一个有责任心的作家应该反映做为社会根基的劳动人民的愿望和喜怒哀乐。

阿云嘎与夫人乌日娜在鄂托克草原

# 目　录


草原上的老房子　1

天边那一抹耀眼的晚霞　231

# 草原上的老房子

赫日克　译

# 第一章

## 1 被忽略的存在

那两栋老房子至今仍然在那里，而且就在大家的眼皮底下，但乌拉扎尔草原上的大部分人早已彻底忽略了它的存在，很少有人想起那里还有那么两栋房子。

那是两栋并排的土房子，坐落在嘎查[①]委员会东边两公里左右的草滩上，通往开发区的柏油路从它南面经过。如果站在嘎查委员会的那个坡地上，或者在柏油路上开车路过那里，都应该能看到它。那两栋土房处在一条不规则长方形坡地的尽头，被浓密的荒草包围着，主体严重歪斜，墙皮大块大块地剥落，门板窗框早已不知去向，显得很不雅观。正因为如此，谁都不愿意多看它一眼，人们的目光匆匆扫过它而转向他方。从那里确实可以看到很不错的景色：草场辽阔，畜群点点，远处是开发区白色楼群梦幻般的轮廓……一派欣欣向荣的景象。而那两栋房子就像被抛在垃圾堆上的破衣烂衫，年复一年地衰败下去，疯长的荒草把它围得密不透风，甚至房顶上的草都长得尺把高，在野风中无精打采地摇来摆去。有几年，一窝獾子和数只刺猬在那里繁衍生息，后来好像又不见了，却搬来不少肥硕的草原黄鼠在那里跑来跑去，生儿育女。

别看这两栋房子现在不起眼，但从上世纪五十年代末到九十年代

---

① 在内蒙古牧区，村一级建制叫嘎查，下文中的“苏木”即乡，“旗”是县。

初的三十多年的大部分时间里，它们风光无比，因为这两栋房子曾经是乌拉扎尔生产大队既后十年又改曾称乌拉扎尔嘎查委员会的驻地。一九五九年建起这两栋房子之前，在整个乌拉扎尔草原只有一处砖木结构的建筑，那就是乌拉扎尔庙。当年陡然建起的这两栋房子，在附近牧户的毡包群中显得十分高大、气派，就像骆驼挺立在羊群中一样格外显眼，与辉煌的乌拉扎尔庙遥相呼应。用这里供销小分店站了数十年柜台的售货员老张的话说，这两栋老房子几十年来一直是乌拉扎尔草原“政治、经济、军事、文化中心”。

老张的话尽管有点夸大其词，但也基本符合实际。因为这里召开过无数次的会议，什么党支部会议、领导班子会议、贫下中牧会议、全体牧民会议、分畜到户大会、划分草牧场大会……不仅研究生产计划和分配方案等经济问题；民兵训练和比武在这里举行，乌兰牧骑和牧民宣传队也曾在这里演出，偶尔还放映电影。一九五八年搞公社化，乌拉扎尔生产大队就是在这里宣告成立的，一九八四年社改乡，生产大队的称谓也是在这里宣告终止的。说这里是乌拉扎尔草原政治、经济、军事、文化中心基本没错，只是这个中心实在太小而已。

如今，乌拉扎尔草原这个曾经的中心就好比被乌拉扎尔河的浪涛抛到岸边的枯树枝，已经没人理睬了。

## 2 世纪末

但也不能说没有人记得那个房子。比如党支部老书记呼毕斯哈拉图的老伴达布辛娜，她每年清明他老头子的忌日都去房子附近走动，因为她老头子就葬在房子西坡上。还有那个呼和浩特的陶迪，每次回乌拉扎尔草原都要去看看老房子，因为她永远也忘不了这里度过的那些年月。还有大队部原来的炊事员扎米延，更是有事没事到老房子那里转悠。当然还有一个人也肯定没有忘掉老房子，她就是曾在大队部挤过牛奶的色布吉德玛……

乌拉扎尔敖包是草原上无数座敖包中很普通的一座。但因为先有的这座敖包，这一大片草原遂之也叫乌拉扎尔草原，穿越草原腹地的一条不太宽的河流叫作乌拉扎尔河，草原东北角的一座寺庙称乌拉扎尔庙。一九五八年成立人民公社，公社下边分了几个生产大队，这片草原就变成了乌拉扎尔大队。

有两条道路傍着乌拉扎尔河穿过草原，一条是盐道，另一条是驿道。盐道是运盐的路，距这里往北几百里地有一个盐湖，内地运盐的车辆盐帮来往穿梭，时间久了就形成了一条大道。而驿道比盐道更为古老，是大蒙古帝国时期的产物。大蒙古帝国时期疆土无边，但成吉思汗及其子孙们却能够做到政令军令畅通，各种指令和讯息能够迅速传递到这个广袤国土的每一个角落，他们靠的就是当时纵横交错四通八达的驿道。那个年代，为数可观的驿差骑着快马日夜奔驰在驿道上，他们的使命就是传递各种指令和信息。速度和耐力惊人的蒙古马一眨眼的工夫就能跑出几十公里。这样的快速奔跑对马的体力消耗很大，当马的速度开始放缓的时候，在指定的地点早有一个驿差和一匹快马等候在那里。这时候通常有两种做法，一是换马不换人，跑来的驿差换乘另一匹马继续奔跑；另一种是人马都换，原来的驿差将携带的信息或指令交给半路上等待的驿差，这个驿差骑上自己的马接力续跑，两个驿差碰头交接的地方就叫驿站。

乌拉扎尔草原上的老住户全是驿差的后代，因为这个地方过去有一处比较大的驿站，驿差不少，姓氏各异。虽说驿站的存在已经是几百年前的事了，但只要用心寻觅，仍然能够发现很多驿站的痕迹，比如现在漠南有一个叫“二台”的地方，据说那就是“斡尔特”一词的音译，“斡尔特”就是驿站，汉族朋友把“斡尔特”说成了“二台”。“乌拉扎尔”意即“交接的地方”，就是两个驿差见面交接信函和信息的地方。过了多少年，驿道和驿站这种形式已经过时，人们在驿站的旧址上建起了一座地标式的敖包，就是现在的乌拉扎尔敖包。据说这里的好多地名跟当年的驿道、驿站有关系。比如这里有一道坡叫“倒马坡”，是因为有一年一匹驿马累倒在此地后再也没能站起来，因此而得名。还有一处地方叫“迷路湾”，因为一个年轻的驿差曾在此处迷过路。直到解放前，好多牧人都说夜里听到了马蹄声。他们说，虽然过去了几百年，但那些驿马仍在驿道上奔跑着，你看不到驿马，但却能听到它们的蹄声……

今年是一九九九年，不仅是世纪末，而且是过去一千年的最后一年。据说好多地方都在写书，写文章，那些书和文章是对过去百年和千年的回望。旗政协文史委员会的几个年轻人也觉得应该写点什么了。他们当然不可能去写百年或千年，他们没有那个自信，但可以写近几十年呀，比如解放以来的五十年，或者公社化以后的四十年。于是他们分头到下边收集资料，有两个人来到乌拉扎尔嘎查。他们得知乌拉扎尔这个地名跟过去的驿站有关，便如获至宝地高兴起来。但接着了解人民公社成立时的情况，就产生了一个疑问。这个疑问是：公社化以后，乌拉扎尔生产大队的队部为什么建在这么一个地方？

他们的疑问不是没有道理。因为内蒙古草原过去佛教寺庙很多，解放后，那些寺庙都变成了基层政权的驻地。一是因为那些寺庙从来都是草原上的中心，二是解放后宣传婚姻法，很多年轻僧人都还俗当牧民，腾出了不少房屋。所以成立人民公社时，百分之八十的大队部都设在寺庙里。唯独乌拉扎尔大队的队部却没有设在乌拉扎尔庙，而是在草原上新盖了房子。为什么选址在这个地方？谁决定的？什么原因？两个年轻人打算刨根究底。他们了解到，当时的大队支书呼毕斯哈拉图和大队长丹毕都已过世，就只好去找大队部的老炊事员扎米延。

尽管两个年轻人满脸笑容，但扎米延却比较冷漠。

“哼哼，才过了四十年呀，都不记得啦？”他说。

两个年轻人望着他冷漠的表情，没敢说话只是笑。

“老房子那地方原来没有名称，后来叫铜匠棚。”扎米延说。

“什么？铜匠棚？”

“如果没有那两个铜匠，哪儿有后来那些事？”扎米延说，突然挥手，好像在驱赶苍蝇蚊子，“我是个做饭的，什么都不知道。你们去问别人吧，四十年以前的事就像昨天的事，怎么都忘了呢？”扎米延说完，再也没有出声。

扎米延住在一个小土房里。晚上他一个人喝了一点酒，就朝老房子走去。

“才四十年呀，很多人都忘啦？”他嘟哝着。

## 3　铜匠棚

距乌拉扎尔敖包东南十几里的地方水草丰美，那地方原来并无名称。但解放前后那几年，人们开始称其为“铜匠棚”，这名称来源于一座窝棚。因为有一年两个铜匠搭了个窝棚在此居住，所以此地被叫作铜匠窝棚即“铜匠棚”。

一九四八年盛夏季节扎米延正好二十岁。别看他年纪轻轻，当牧马人已有好几个年头，成天骑马握杆游荡在草原上。那年雨水特别好，牧草长得又高又密，草浪起伏，就像大海泛青波。

他正走着，突然发现前面的草丛中有东西隐隐绰绰。

也不知道是什么，说房子当然不是，说毡包或者帐篷也不像。反正，在缓慢起伏的草浪中他看到了一个大小和形状跟三角帐篷差不多的东西。他策马近前，这才看清原来是一个窝棚。

是的，是窝棚。窝棚当然是一种最为简陋的居所，而扎米延看到的这座窝棚又是最低档次的窝棚，几根树干相互靠在一起形成了一个三角形的空间，上边胡乱搭挂了一些荒草而已。一个中年人和一个年轻人站在窝棚门口迎着他笑着。这两个人都身着短装，估计是汉族。

“你们好?”扎米延面带笑容问道。

“啊，你好，你好？……”年长的那个用蹩脚的蒙古语反过来问候。

“你们是……?”

“我们是铜匠，常年走草地，制作和修补铜壶、铜锅、铜勺什么的。我们知道你们蒙古人喜欢使用铜器。我们昨天才来到你们这个地方。”

扎米延看到窝棚门口摆放着几把铜茶壶，还有皮囊做的风箱和数件工具。

“请给乡亲们捎个话，谁家需要制作或修理铜器，让他们来找我们。”又是年长的那个说，年轻的那个一直没有说话，只是微笑。

“好吧，我转告大家。”扎米延愉快地应允。

那时候乌拉扎尔草原十分闭塞，偶尔出现一个生人，消息会马上传遍四野。现在来了两个陌生人不说，还是铜匠，又在草原上搭起了窝棚，这当然是特大新闻了。而发现铜匠的第一个人是扎米延，所以他很得意。那天他去了好几个牧民家，告诉他们来了两个铜匠，还把窝棚的具体方位指给大家。第二天他又来到铜匠棚，但他不是去订做或者修理铜器，只想开开眼。

两个铜匠在煮饭。窝棚门口挖了个地灶，小锅里的稀粥在翻滚，年轻的铜匠已经采集回来一大把沙葱，他将沙葱切碎，正往锅里放，年长的铜匠请他跟他们一起吃。

“你们就吃这种饭？我明天给你们送来一些羊油和风干牛肉条来。”扎米延说。

附近的牧民也开始光顾窝棚，有的是为了订做或修理铜器，有的只是为了看看，其中大部分人第一次看到制作铜器的过程。年轻的那个在鼓风，年长的手拿一把铁勺，里边放着铜块。铁勺下边的火苗发出耀眼的炽光时，勺里的铜块就化成了铜水。年长的把铜水灌进模具里，铜水就变成铜片和其他各种形状。这样，这个窝棚就成了附近牧民常去的地方。这个地方原来没有地名，现在大家把这里叫铜匠棚。

过了半个月左右，一个深夜，扎米延听到了枪声，枪声是从铜匠棚那边传来的。开始是一声，后来是两三声，接着又断断续续响了好一阵子。当时扎米延就在距铜匠棚不远的高坡半腰上守护着马群。他想到铜匠棚那边肯定出事了，很明显那里有人在打枪。但谁跟谁在对射？难道是两个铜匠跟别人打起来了？铜匠还带枪？……他想着开始害怕起来，想赶紧离开这个地方，但他又不忍心丢下马群。刚响起枪声时马群似乎有点骚动，稍许又若无其事地吃起草来，好在枪声不久便停了下来。草原上夜风习习，半个月亮挂在天空，月亮附近有几片浮云在懒洋洋地移动，好像什么事情都没有发生一样。只是空气中飘散着一种异味，扎米延知道这是硝烟的气味。硝烟的气味说明窝棚那边刚刚发生过不平常的事情。扎米延慢慢地把马群驱离那里，尽量避免发出响动，天亮时已经走出去了二三十里以外。

第二天一早，几个牧马人在马群旁碰面，谈论起了昨夜的枪声。大家说肯定是铜匠棚那边出事了，有的还说去看看，但最终也没有人敢去。两三天后，扎米延从远处仔细观察铜匠棚，窝棚还立在原地，但估计已经人去棚空。又过了几天，有人不知道从哪里听来的，说那两个铜匠其实并非铜匠，而是共产党。两个人里，年轻的那个是官，年长的是兵。他们为什么来乌拉扎尔草原，现在还不得而知，但绝不是为了制作和修理铜器，他们以铜匠身份做掩护却另有他图。至于那天夜里的枪声，是国民党兵来抓他们。国民党来了整整一个排，跟两个共产党打了起来，后来他俩的子弹打光了，年长的那个还负了伤，两个人都被抓走了……

两天后，扎米延路过盐道时，坐骑忽然立起双耳，不知为啥受惊。他前后左右仔细观察，连一丝微风都没有，花草静静地伫立在那里。此时，他听到了一个人的低声呼唤。

“扎米延……喂，扎米延……”

呼声从他右侧传来，离他很近。他拉紧缰绳止步望去，别说人了，连个黄鼠都不见。

“扎米延……扎米延……”

扎米延费力地搜寻着发出声音的方向，只见几棵树和一堆草丛，声音似乎从那里传来。他瞅了半天才看见一双萎靡的眼睛正巴望着他，头脸也慢慢显露了出来。距离稍远点儿，会很难发现那张失去血色的脸。

扎米延脱镫下马，走向难奈的那个人。

确实有一个人俯卧在那里。这是谁？为什么知道我的名字？扎米延感到奇怪。

“您是什么人？为什么躺在这里？”

那个人有气无力地说道：“你不认识我了吗？”

扎米延面对那张失去血色的面孔望了好久，才勉强认出是小铜匠，听说不是被捕了吗？为啥躺在这里？是半路逃出来的？

扎米延迅急朝附近察看了一遭，未发现异常情况，这才问道：“你受伤了吗？”

“没……”

“那为啥躺在这里？”

“……我被抓当夜就逃了出来，他们肯定在遍地搜索，而我这短打扮的人，在草原上很容易被发现，我已经三天没有吃喝了。”

“现在别说是人了，连鬼都看不到我们，你能站起来吗？我扶你走，不远处就是乌拉扎尔河，先到那里润润唇解解渴，我再给你弄吃的去。”

解放以后，放映队偶尔来乌拉扎尔放映电影。影片中的地下工作者大摇大摆地在敌人眼皮底下通过，而敌人一个个像傻瓜一样杵在那里，视而不见。扎米延看后觉得好笑，因为他所遇见的地下工作者，怕得在毛草丛里躲避过三天三夜。

扎米延搀扶他走到河边，年轻铜匠将头伸进河水拼命喝起来，扎米延似乎觉得河水下去了不少。

“你在这里歇一会儿，我给你找吃的去。”扎米延说完乘马离去。他从近处的牧民家里搞来了食物。傍黑时分，他将小铜匠带往盐道。他们路经乌拉扎尔敖包附近时，星斗满天，是个星光璀璨的夜晚。

“你要想活命就必须赶快离开这里，你穿上我的袍子，骑我的马走吧，我指给你路。”扎米延说。

“哦，哦，太谢谢了。”

黎明前，二人走到了乌拉扎尔草原的尽头，小铜匠这才放下心来，好像从地狱迈向了天堂似的说：“咱们坐下来歇息一下吧？”又说：“真的给你添麻烦了，非常感谢。”

“你就不要再说这话了，我听着别扭。”扎米延说。

年轻的铜匠似乎感到惊奇，说：“你真的给了我很大帮助呀。”

“你这条命也是命吧，我能见死不救?”

“如果你碰到的是国民党而不是我，你还救吗?”

“当然要救了，国民党不也是人吗?”

铜匠盯了他好一会儿，说：“你真是个好人。”

黎明时分，躲在草丛间的小鸟开始鸣叫，茫茫盐道展现在面前，扎米延将蒙古袍脱下来连同马缰绳递到他手中。

小铜匠握着他的手说：“非常感谢！等革命胜利后我们会加倍补偿你的。”

扎米延冷冷地说道：“现在谈胜利有点过早吧？逃命去吧，他们有可能追过来。”

铜匠久久地望着扎米延：“我再不说什么了，咱们后会有期。”他说完后跨上扎米延的马直奔盐道，渐渐远去……

那顶窝棚孤零零地立在那里，后来被冬季的大雪和白毛风压塌了。来年开春，扎米延无意中走过那一带，突然想起了窝棚，但左看右看就是看不见。他就转圈地寻找起来，很快找到了塌掉的窝棚。几根柱子和一堆枯草已经被融化的雪水沤烂，上面还长出了嫩绿的小草。扎米延回忆起那两个铜匠，年长者的相貌已经模糊，但对年轻的那个却记忆犹新。扎米延勒住马站了很久，那个年长的共产党肯定是不会活着了，年轻的那个呢？大概也是凶多吉少吧？

但那个年轻的共产党人却还活着。过了三年后的一九五一年，乌拉扎尔草原和平解放，一支部队经过这里。部队是沿着“盐道”走过来的。这里和平解放后，几乎每天都有部队沿着盐道过来。那天扎米延骑着马站在路边看部队排着队经过。那是一支步兵队伍，但后边又驰来几个骑马的，都挎着短枪。扎米延一眼就认出走在最前面的军官就是那个年轻的铜匠。他兴奋起来，笑着望那个骑着高头大马一身戎装的铜匠。他看见他也笑了笑，但不知道认出他没有。

他感到有点遗憾。

就在步兵队伍经过后不久，又来了一支队伍，他们干脆就驻扎在铜匠棚的原址上。那支队伍百十来号人，在那里搭起了好几顶军用帐篷，每天出操、训练。当时乌拉扎尔区的领导曾经请这支队伍到乌拉扎尔庙驻扎，因为那里有好多房子，但带队的连长谢绝了。那位连长说：“我们的乔团长明确要求我们必须驻在这个叫铜匠棚的地方，他曾在这里战斗过，他的战友把鲜血洒在了这里。”

这支队伍驻扎在这里完全是军事行动，与地方无关，但仍然有很多牧民去那里。他们不仅去看部队操练，还去买东西。因为为了方便群众，部队在那里专门为老百姓开了个小卖部。小卖部很小，只占了帐篷的一个角落，但很受牧民的欢迎。那里出售的都是牧民所需要的，而且价钱出奇地便宜。后来部队要在这里过冬，就盖起了几栋简易营房。如果可以称之为房舍的话，那大概是这个世界上最简陋的房舍——柳条栅栏里外抹一层泥就是墙体，木条上搭一些茅草是屋顶，但住进百十个人没有问题，还为小卖部专门隔出一间小房。到了第二年春天，部队开拔，工作队下来住在那里。工作队叫“民主建政工作队”，都穿短装，大部分还带武器。部队把小卖部移交给了工作队，工作队专门指定一个人管理小卖部，还不断进货，扩大经营。不久在这里召开了首届牧民大会。

派出工作队是共产党执政后采用的一个基本工作方式。“民主建政”工作队后，又下来过合作化运动工作队，中间还插进来打狼运动工作队、宣传婚姻法工作队、防疫工作队、扫盲工作队等短期工作队，在简易房那里工作队像走马灯似的倒来换去，常年不绝。

无疑，这里已变成了乌拉扎尔草原的一个中心。正因为如此，一九五九年乌拉扎尔生产大队队部的两栋土房顺理成章地建在了这里。

## 4 老革命毕立功

一九五八年成立人民公社，第二年起有不少生产大队开始建队部。乌拉扎尔大队书记呼毕斯哈拉图、大队长丹毕二人也动心了，正商量盖房子的事儿，公社党委书记毕立功来了。毕立功说起来也是乌拉扎尔草原上的人，但很小就流浪到了农区，再无音讯。一九五〇年，这里和平解放，下来民主建政工作队，人们认出工作队的队长是几十年没有音讯的毕立功。那时候他已经是老革命了。他穿着带补丁的衣服，态度和蔼，很少骑马，大都步行，还因为怕狗，转牧户时手里经常拎着个木棍。他就那么提着木棍走家串户，跟牧民聊天气，聊牲畜膘情，用通俗易懂的话语宣讲政策、任务，很受老百姓拥护。去年成立人民公社，他当了公社书记。这次他到乌拉扎尔大队，跟支书呼毕斯哈拉图和大队长丹毕喝茶聊天，呼毕斯哈拉图和丹毕就说起来盖房子的事。他们看着毕立功的脸说："现在各大队都在盖房子，我们也想盖。""那就盖呗。"毕立功说。"但是……不知道应该盖什么样的房子好，木匠、泥瓦匠还得现找，哪儿找去？"毕立功当即放下茶碗，说："咱们现在就出去选定盖房子的地方，商量一下怎么个盖法儿。木匠、瓦匠我从农区找来，建房材料和劳力问题你们自己解决。抽劳力的事好办，都是公社社员，抽谁都行，记工分干什么不是干？要是让牧民出建筑材料，必须折算成工分，来年收益分配时给钱就是了。"说完，三人走了出去，建房规划工作就此开始。那天的天气真叫好，耸立在十几里外的乌拉扎尔敖包看得真真切切，远处弯弯的乌拉扎尔河像一条闪光的银线。近处是十来年前部队搭建的几排简易房舍，早已东倒西歪，印证着建新房的必要性。

毕立功曾经在此地当工作队长好几年，哪里有獭洞、哪里有鼠窝都清清楚楚，对地形地貌了如指掌。他眯着眼睛观察一会儿，选中了部队旧址以北的一处平地说："好啦，就建那里吧。"而后用步量了量，又拽断一截锦鸡儿根，在沙地上画起了建房图。

"要有一个厨房，建在最东头吧。接下来是办公室，你们书记队长咋也得有个待的地方吧，财会要有专门的房间。另外再设两间客房，上级不是经常来人吗？东面的这一栋就这样吧。西侧再盖一栋，大会议室旁再设一间，把供销社的小卖部搬进去不就行了？……你们看咋样？"

呼毕斯哈拉图和丹毕只顾点头，佩服至极。建房子的问题就这么定了，毕立功喝罢茶，又拎上他那打狗棍转牧户去了。一个来月后，毕立功从农区叫来两个木匠、四个泥瓦匠，队里招集了二十几个牧民青年干了起来，到春末夏初已然完工……

## 5　四十年后的一个夜晚

时间过得真快，不知不觉地就过去了四十年。一九九九年夏天的这个夜晚，潮湿而闷热的空气笼罩着乌拉扎尔草原。天好像阴了，看不见一颗星星。一位老汉朝着破房子走去。远处的柏油路上偶尔闪过一辆汽车的灯光，呼啸过后周围又变得一片寂静。他就是五十一年前用自己的乘马和蒙古袍救助过年轻铜匠的扎米延老汉。他从一九五九年起在乌拉扎尔生产大队当厨师，一直干了三十多年。谁忘了老房子，他也绝对不会忘掉的。他经常到那里走走看看。虽然那里早已衰败不堪，但在他心目中仍然是那么亲切，他似乎能够看到那里曾经的情景：呼毕斯哈拉图和丹毕边喝茶边皱着眉头商量着那些永远商量不完的工作，色布吉德玛在牛圈里忙着，她是那样地欢乐、利索，那个在呼和浩特长大的姑娘陶迪总是用几分好奇几分胆怯的眼神望着周围的一切，供销分店的老张手拿那只特大号的茶缸朝他走来……当然还有那个身材瘦小而精力惊人的“谢”……他不仅忘不了这些情景，甚至还能够闻到那里曾经有过的气味：厨房里的羊肉和奶茶味儿，老张小卖部的杂货味儿，会议室里的烟味儿，还有牛圈那边牛奶的甜香……

许多年来，那两栋房子的主人走马灯似的换过无数次。一九五九年建成这两栋房后，呼毕斯哈拉图和丹毕是它们的主人。过了几年，开始搞“四清”，“四清”工作队长成了这里的主人，一九七六年后，呼毕斯哈拉图和丹毕虽然恢复了职务，但没过几年又遇“领导班子年轻化”，几个年轻人成了那里的主人，而他们亦更迭不断……其间，唯有扎米延犹如铁板钉钉三十多年一直未挪窝。他守着那两栋破房，打扫内外、挑水拾柴、熬茶做饭，挨过一天又一天。一九九五年，乌拉扎尔生产队队部（当时已改成嘎查）搬到新址，扎米延仍难舍旧居，独自一人在那里赖了两年。开发区出资在乌拉扎尔草原建起养老院后，嘎查领导曾让他到那里养老，但他却固执地回到了曾经的小屋，一直住到现在。

浓浓的雾气趁夜色偷偷地降落，打湿了扎米延的面颊和衣衫。当他走过一片没膝深的荒草时，浓浓艾蒿味刺激得他不禁打了一声喷嚏。上了年纪的人走起夜路很容易迷路，但他却照直走向了目的地。

扎米延边走边只言片语地叨叨："咳，不知不觉老了……时间过的可真快哟……"

他突然听到了某种动静，好像是马蹄声，让他感到一阵心跳。驿站的旧路直到六十年代还在，后来看不见了。公社到大队通了新路。后来旗里的公路经过这里，再后来开发区也修了路……人们开始走新路，数百年来的驿道遂被荒草淹没。那条古老的驿道虽说肉眼难以觅见，但扎米延确信它依然存在。所以，当他今夜听到奇怪的踏踏声后自然想到了人们谈论过的有关马蹄声的传说。驿道仍然存在，驿马仍然在奔跑吗？

远处的公路上，又一辆汽车闪着灯光，静静地远去。乌拉扎尔敖包隐隐约约地耸立在深邃的夜空中。

马嘶咽咽，蹄声踏踏……

# 第二章

## 1　大队部

一九五九年夏天的一个中午，乌拉扎尔生产大队的炊事员扎米延和小卖部售货员老张二人坐在队部阴凉处唠嗑闲聊。队部以南的洼地中建有一处牛圈，牛圈那边的草场上有几头奶牛在觅草，挤奶员色布吉德玛往柳编的支架上晾晒着酸奶渣。昨日雨水洗刷过的湛蓝天空飘来了朵朵白云，云朵渐聚渐大，其巨大的阴影掠过队部东面的广袤草场。大队支书呼毕斯哈拉图到公社开会，大队长丹毕下各小队检查生产情况，所以队部只剩扎米延、老张和色布吉德玛三人。原本凉爽的天气在傍午时分变得炎热起来。

老张四十开外，由于浓茶旱烟不离口，牙齿熏得黢黑。他蒙语说得虽然不标准但也很能嘟噜，算盘也打得不错。他是个旅蒙商的儿子，前几年跟居住在队部附近的寡妇罕达玛成了家。可扎米延却是个三十刚出头的单身汉，原为牧马人，自去年起被抽到队部当了炊事员。如果扎米延没到队部当炊事员，他跟老张有可能今生今世也成不了知己朋友。只因常年住在队部，这两个人成了无话不说的挚友。

“你这茶缸子也太大了，就像个喂狗盆。都说穷地方讨吃鬼的吃饭家伙大，看来这话不假。”扎米延说道。老张这个人不仅旱烟不离嘴，就连灌茶的大号搪瓷缸子也不离身，扎米延煮好一壶茶，每次都让他那满是茶垢的缸子倒走一半。

老张捧着大茶缸喝着茶说：“你懂个屁。我这家什可是个有意义的物件。解放头两年，红区缺乏资金就让我爹出面跟白区做买卖，当时我也去了，年底一结算，盈利还不少，于是上级奖励我爹和我，每人奖了一只大瓷缸。现在漆皮掉得看不见了，原来上边还有个大红‘奖’字呢。”

“这样说来你是个老革命啰？”扎米延逗他说。

“那当然了，为了解放你们，我们出生入死，轰轰烈烈……”老张一本正经地继续说道，“一九五〇年，我们顺着拉盐的那条大路来解放了这个地方，那时候你还是个孩子呢。”

“但我听说你至今仍不是国家正式职工，像你这样的老革命为啥没有让你当干部？”扎米延问。其实人们都说老张的父亲为解放军做买卖时暗中有些私吞行为，因此被遣返回家，虽然儿子被留了下来，但未被招为正式职工。扎米延这是明知故问，揭他的伤疤。

“就算不是正式职工，我一个月也能挣二十五元的工资，比你这个一天只记八分的破炊事员强多了。”老张又若有所思地叹息道，“说实在话，你也应该成为干部。解放前夕你不是救助过那个姓乔的什么团长，连马匹和衣服都送给他了吗？后来让你参加了积极分子训练班，你却不识抬举半路偷跑了回来，现在只得当一名火头军。”

“有人当官，就需要有人做饭。没人做饭，当官的还不得饿死？”

老张望着扎米延笑。解放后，上边让扎米延参加了区里举办的积极分子培训班，但因他不习惯那里的管理，就不辞而别跑了回来。跟他一起参加培训的呼毕斯哈拉图等几个年轻人进步很快，呼毕斯哈拉图现在已是大队党支部书记了，扎米延却来大队当了厨子。

两个人就这么闲扯，几乎没有一句正经话，老张看见挤牛奶的色布吉德玛从南面的洼地朝这里走来。

“你看谁来了？”老张对扎米延挤眉弄眼。

“你不认识她了？”

色布吉德玛从南面的洼地攀上来，走到他二人身旁笑着说：“今天真叫热。”

“你是喝茶来了吧，扎米延已经为你熬好了香喷喷的热茶，正等着你呢。”老张说。

色布吉德玛笑着说：“有人为我熬茶还不好吗？这叫福气。”

“其实你来喝茶是借口，你是为了见扎米延。”

她倒了一碗热茶，咂嘴说：“反正你也管不着。”

“你就这么往这边跑吧，过不了多久，肚里就怀上东西啦。”

“那就生下来养大呗。”

老张哈哈大笑。

## 2 色布吉德玛

色布吉德玛与老张和扎米延喝着热茶，开着玩笑，走时对着扎米延嫣然一笑。老张望着她远去的背影叹息道：“真是个可怜女人，她的心思全在你身上。”

扎米延也望着她远去的身影。色布吉德玛于去年夏季从巴彦杭盖公社搬迁到此地，但她与扎米延的相识却在十年以前。

十年前，扎米延赶着马群走在巴彦杭盖草原上。他自小是个孤儿，性格孤僻，再加牧马人赶着马群到处跑，又养成了一种独来独往、无拘无束的性格。那一日，扎米延远远看见一口水井后策马来到井边，一位姑娘正在汲水，她就是色布吉德玛。

“您好？请替我汲一斗水，我饮饮马。”扎米延说道。

“行呢。”姑娘边答边汲水，并捂嘴笑问，“您是牧马人吧？”

扎米延惊奇地问道：“牧马人咋啦？你觉得好笑？”

“啊，不是。据说有的牧马人一见井边的汲水姑娘就以饮马为借口去找人家呢。但我想，不一定每一个牧马人都那样吧。”她就像占了多大便宜似的越发笑得厉害。

“我可不是那种人。”扎米延微笑着说。

“那说明你还没有学会那种坏毛病呢，不过你可能很快就学会的。”

自打那次偶然相遇后，色布吉德玛的样子经常萦绕在扎米延的脑海里。他打算半月后离开此地返回乌拉扎尔草原前，说啥也得再见一见这位姑娘。

那天，色布吉德玛依然在井边汲水。

“我要回家乡了。”扎米延说。

姑娘这次未再开玩笑，稍显忧郁地说道：“那就……一路走好。”

“以后……我还会看你来。”

姑娘停顿一会儿，说：“我有男人。”

自那以后直到去年，扎米延再未与色布吉德玛见过面，但姑娘仍经常闯入他的脑海。让他万万没有想到的是，去年色布吉德玛突然出现在他面前。

去年，乌拉扎尔大队队部仍在柳笆搭成、泥巴抹就的旧址凑合。因呼毕斯哈拉图、丹毕二位经常外出，常待在队部的只有扎米延、老张二人。那天，他二人也像今天这样坐在屋阴下喝茶，此时，西边的梁坡上走来了一个步行的女人。

“哈哈，你看见没有？你不是没有老婆吗？现在那个女人来了，就是为了给你当老婆。”老张说。

那位女子肯定是赶了很远的路，从她走路的样子就可以看得出来。她就那样疲惫不堪地走到他俩跟前问候，又问：“这里是乌拉扎尔生产大队吗？到旗里还有多远？”

“到旗里不多不少还有一百里。已经晌午了，喝了茶再走吧。”扎米延说罢，对着这位女子看了半天后问道，“您是……是色布吉德玛吧？”

女子看了他半天说："你是扎米延？"

眼前的色布吉德玛已经不是十年前在井边跟扎米延斗嘴的那位年轻姑娘。她脸上刻满了岁月的沧桑，已然变成了一个成熟的女人。扎米延在心里琢磨，草原上的风霜雨雪、炎炎烈日和艰苦生活，难道会使人发生如此大的变化？

老张喜笑颜开地说："你们两人原来是老相识呀？快进屋喝茶，说说话。"

色布吉德玛叹息说："我丈夫挖井时被垮塌下来的石头砸伤了，当时就送到了旗医院。昨天旗里捎来话说，他的伤情越发加重了。为了见他最后一面，我从昨天起就开始赶路……本打算带上儿子一起去，又怕耽误时间，只得独自上路……"她声音哽咽了一下继续说："也不知道能不能在他活着的时候见上一面。"

"那就抓紧赶路吧。"扎米延边说边与老张走到外面，套上小卖部运货的马车，由扎米延赶车，拉上色布吉德玛就上了路。

扎米延一路抽打着马屁股，赶到旗医院时太阳已经下山，照料色布吉德玛男人的两个人正在医院门口着急地跺脚等着她。当她问道"怎么样了？"，那两人只说了两个字"已经……"后再没说出话来。色布吉德玛想冲进病房，但刚一拔腿，全身一软就倒了下去。要不是扎米延扶住她，她肯定会昏倒在地。他用力架起她小声耳语："现在需要勇气和毅力……"

扎米延跟那两个人一起埋葬了逝者，后将色布吉德玛拉回了乌拉扎尔草原。身心受到严重折磨的色布吉德玛一来到队部就病倒不起，扎米延又用马车前往巴彦杭盖公社将其六岁的儿子古鲁格接了过来。经过与老张商量，将色布吉德玛母子二人暂时安顿在老张老婆罕达玛那里。

几天后，大队长丹毕从乡下返回队部，丹毕在伙房喝茶时，扎米延把色布吉德玛的事情讲了出来。丹毕抬头问扎米延："那个女人住哪儿啦?”

“罕达玛把母子二人领回去了。”

“哦，是这样啊。”丹毕再未作声，喝过几碗茶后说，“让她长时间住在罕达玛家也不是个事儿。我看给她抓几头奶牛，让她来队部当个挤奶员好了。省得上面来人要喝奶茶，你还得到牧户家找奶子。让那女子来队部挤奶，不仅能解决熬茶用的牛奶问题，还可解决奶酪和奶皮。”

“这倒是个好办法，可是让她住哪儿呢?”扎米延说。

丹毕想了一会儿说道:“你那顶毡包不是锁着吗?我看你把毡包搬来搭在南面的洼地里，再弄个牛圈什么的。”

几天后，扎米延把自己家的毡包搬来，搭在队部南面的洼地里，又捡来树桩、柳条建起一处牛圈，丹毕赶来了十几头带犊乳牛。当色布吉德玛看到毡包和圈舍后眼含热泪，轻抚着儿子的额头说:“儿啊，我们要在这里重新开始生活……”这位不幸的女人，眼望带犊的乳牛，埋在她心底的希望又被唤醒了一般。

色布吉德玛就此住在了队部旁，人们都能看得出来她正在努力摆脱心中的悲伤。扎米延站在队部门口就可以看到毡包、牛圈和进进出出忙来忙去的色布吉德玛以及不离她左右的小儿子。每当此时，就会有一股暖流流遍他全身。他一有空闲就前去帮助母子二人，若遇好吃的还叫来母子二人一块儿吃。她也是个不怕苦、不怕累，干活利落、思维敏锐的女人。她从内心里感谢扎米延和老张，时常跑来搭手帮忙。

色布吉德玛搬来这里一年了，身边又有一个光棍汉，人们都以为这二人会自然而然地走到一起。尤其是老张，为了让二人组合在一起，天天在扎米延耳旁吹风，一见色布吉德玛就开玩笑。

人们有理由相信，这两个人之间迟早会发生某种故事。

今春，色布吉德玛的一头二岁小牛走失，她与扎米延出去寻找，太阳落山时才从敖包后坡找见小牛，这才放下心来。他们坐在敖包阳坡上歇息。阳坡上飘浮的淡淡薄雾犹如漫漫轻纱，远处的乌拉扎尔河面冰雪刚刚消融，河畔有几匹暗褐色的马匹在悠闲地吃草。

色布吉德玛望着春意盎然的草原说：“时间过得真快呀，我来这里已经过了一年。”

“人呀，有苦有乐，有悲有喜，就这么一年又一年地过着。”扎米延接着说，“你也真不容易。”

“我听说我男人快不行了，就急急忙忙步行往旗里赶，说实话，路太远了，但我一直咬着牙走着。那天中午走到乌拉扎尔草原遇见你后，我眼泪就止不住地流了下来，好像没有了迈步的气力。”色布吉德玛说到此摇头笑笑，继续说道，“到医院门口，听说我男人已经去了，我马上就站不住了，如果没有你扶我，我肯定就倒下去了。当时我就想，一个女人无助的时候，身边有一个男人是多么重要！”

扎米延心想，这个女人不是在说客套话。

“咱俩回吧，天快黑了，儿子还等我呢。”色布吉德玛说。

二人赶回小牛，她熬了一壶浓奶茶，儿子有点瞌睡，她将儿子安排在火撑子左面睡下后朝扎米延说：“别着急走，坐一会儿慢慢喝茶。”

扎米延说“我还是回去吧”，就走出毡包。她将他送到包外，两个人相互望着，都有点舍不得离开。

色布吉德玛笑问扎米延：“老张是否到公社进货去啦？”

“是咧，最快也得明天回来。”

“那……我去你那儿吧。”

在满天星斗的照耀下，二人缓步而行。

“多好的夜晚呀。”她说，“那年我正在井台汲水时你过来了，我不知道你的来意，吓得心一个劲地突突。”

“我就是饮饮马。”

“我那时是个刚刚过门的新媳妇，我当时如果没有嫁人，也许会嫁给你。”

“是吗?”

“你走后我真那样想过。”她问,“人们说你有老婆,是真的吗?”

“是有那么回事儿,但我后来离开了她,走了。”

“没办离婚手续吗?”

“我是不辞而别的,没有工夫办手续。”

在厨房狭窄的土炕上,扎米延、色布吉德玛二人搂抱在一起,窃窃私语到深夜。他们用劳动者粗糙的手掌,爱抚着对方,深吻着浸满日月风尘和野草芳香的肌肤。

那一夜,扎米延谈起了萨仁其其格。萨仁其其格曾经是他的妻子,其实至今尚未办理离婚手续,所以仍是他的原配。扎米延未曾向任何人如此细说自己的婚姻往事。

“是个大美人吧?”色布吉德玛问着,咯咯地笑。

扎米延叹口气,说:“想不起来她的样子了。”

“详细说说呗。”

那是一九五四年秋天的事情。驻牧在黄河岸上的一户富裕人家打算为自家独生女找一个入赘女婿,不知那户人家从哪里听说乌拉扎尔草原有一个叫扎米延的无牵无挂的年轻人,就派媒人来找扎米延。那年扎米延二十六岁。他对这门亲事并不热情,但邻居们却热心得很,大家劝扎米延说:你如果不想当一辈子光棍,现已到娶媳妇的年龄了,虽说是赘婿,但你娶的是人家的独生女,以后的当家人非你莫属,何乐而不为呢?扎米延想了想也对,就在那年冬初到那里与萨仁其其格成了亲……

“她叫萨仁其其格?这名字挺好听。”

“当我到她家当入赘女婿时,萨仁其其格已经有了五个月的身孕。原来是在陕坝中学念书时怀的孕,她父母这才赶紧为她找女婿。我去那里以前根本不了解这些情况。”

"他们是骗你过去想为女儿遮丑。"

"可不是嘛。"

"所以你就回来啦?"

"本想当即就走人,可那位叫伊达木的媒人却前来见我。我心里恨他花言巧语地将我骗来。那家伙却无言无语地坐了老半天后讲了几句话。"

"咋说的?"

"他说:小兄弟,是我骗了你,但那是实在没办法的事。她父母亲嫌女儿给他们丢人现眼,萨仁其其格两次跑出去要跳黄河,一个完完整整的家眼瞅着就要支离破碎了。折腾一段时间,她父母终于想出了一个办法,就是赶紧为女儿找女婿。他们就找到我,求我出面找一个人。起初我没有答应,谁还会娶身怀六甲的女子?要想办成此事,只能采取欺骗的手段,被骗的人还不记恨我一辈子?但一想到他们这一家的情况,我又心软了。如果给他们找来一个人,这个家庭就会完整,否则,什么事情都有可能发生。后来听说乌拉扎尔草原有个叫扎米延的单身青年,所以我就去找你……"

"这才叫媒人的嘴巴,真会说。"色布吉德玛说。

"他还说了:我知道你在想什么,你肯定现在就想回去。说实话,你这个想法没有错。但我现在想说的是:你一旦离去,这个家庭就会完蛋。我只想对你说这么几句话。他说完扭头便走。"

色布吉德玛叹息道:"他们那一家也真够可怜的。"

"我也是这么想的。有的人骗人是为了占便宜,而有的人骗人是因为遇到了难处。老人们常说见死不救就是罪过!她已经到了跳河的地步了,我能走吗?所以留了下来……"

"也只能这样了,还有什么办法?"色布吉德玛又问,"那后来你为啥又走了呢?"

扎米延眼前出现了一个画面:一个年轻人在炎炎烈日下正在牧

放牛群，他正是入赘新婿扎米延。刚开始，岳父岳母和萨仁其其格对他还不错，原因在于怕他了解实情后一走了之。但扎米延并没有走，于是这家人就将扎米延不走的原因误解成穷苦的后生贪图丈人家的财富而难以离舍。所以岳丈家对待扎米延的态度马上来了个急转弯。

当他风吹日晒、饥渴难耐地收牧回来时，岳父母早已吃喝完毕，对他不理不睬。他只能先用半壶凉茶垫底，再翻橱倒柜地找来残渣剩饼果腹，而此间，父女三人刚刚吃过的肉食香味尚未散尽。扎米延心里想：我连个雇工、佣人都不如，雇工、佣人还有工钱呢，我却常常饿得睡不着觉。

当赘婿的四个月头上，萨仁其其格生了一个儿子。扎米延不得已只好跟萨仁其其格一起以孩儿父母的名义在满月宴上为客人敬酒，接过酒的人们说啥的都有。但他仍穿梭在那些讽刺、怜悯、嘲笑、鄙视的目光中，无暇顾及。后来萨仁其其格与客人们欢饮，把孩子扔给了他。婴儿一离开母亲当下就哭闹起来，当扎米延手足无措、笨拙地抱起孩子时，哭声却戛然而止。她在那边厢房里与男男女女饮酒取乐，扎米延却在此间看护孩子直到午夜，忙乱得汗流浃背。那孩子也真叫奇怪，放下去马上大声哭叫，扎米延一抱起来，哭声当即停止，安静地睡着了。其间，岳母曾进来过数次，看了几眼，说了一句“你哄小孩挺顺手”，后成了个甩手掌柜。

从此，扎米延又增加了一个哄孩子的差事。每当他放牧归来一进屋，就会传来“孩子哭了，快抱一抱”的刺耳的指令。

人这个东西就是挺怪，过了不长时间扎米延就喜欢上了这个孩子，有点难舍难离。每当在野外放牧时，孩子稚嫩的笑脸总要出现在眼前，让他心里感到甜蜜。他心里惦记着孩子，只想急于收牧。当孩子两岁以后，岳丈家人的态度再一次发生了变化。他们开始有意让孩子疏远扎米延。“孩子嘛，跟什么人在一起就学什么人。”老岳丈常常捋着胡须这般絮叨。自那以后再不准扎米延靠近孩子，当孩子张着小手奔向扎米延时，他们会强行把孩子拉走，到后来萨仁其其格带上孩子住到她远方亲戚家，扎米延和孩子彻底隔离开来。从那时起扎米延就想离开这个家了。有一天黄昏，他将牛群集中到一个洼地里，点清了头数，便甩开大步走上了回乡的路。

唯有那个孩子时常进入他的脑海。孩子该五岁了，肯定长高了不少，扎米延时常想……

当扎米延讲完这一切，色布吉德玛已经哭成了泪人，枕头上湿了一大片。“这家人真够狠心的，太欺负人了……”她说着一把搂住扎米延的脖子，亲吻了很久。

## 3　扎米延

扎米延就是乌拉扎尔草原老驿差的后代，出生在乌拉扎尔敖包西南十华里左右的草滩上。但他很小就成了孤儿，因此他对自己出生的那个家，对自己的母亲只留下了十分模糊的记忆。在他模糊的记忆里，母亲是个勤快而乐观的人。他的记忆里没有父亲，母亲好像也从未说过他父亲在哪里。他还不到五岁，母亲病故，他先后被几个亲戚收养，七岁时被喇嘛舅舅带到乌拉扎尔庙当了小徒弟。喇嘛舅舅十分疼爱他，希望他将来成为一个好僧人，教他藏文字母，让他背诵简单的经文，当然也让他干一些杂活儿。但他几个月后却不辞而别。那天他原本是要去拣柴，带着一根绳子走出庙区进入乌拉扎尔庙的禁地。寺庙的禁地属于寺庙管辖区，那里禁止俗人居住和拣拾柴火，也禁止杀生，但允许僧侣们到那里背柴草。那里有拣不完的柴草，也有很多野生动物，从野兔到狐狸，唯独没有野狼和黄羊。因为野狼喜欢荒野，而黄羊流动性大，它们不会在寺庙附近滞留。但进入禁地后他却忘记了原本的使命，就那么一走了之。任何人都很难说清楚一个七岁孤儿当时的想法，很可能他根本没有一个明确的想法，但他就那么头也不回地走了。至少可以说，他大概是不喜欢寺庙里的生活，也不喜欢学经文。这一走，他再也没有回到庙里，只是喇嘛舅舅为他起的扎米延这个名字伴随了他一生。

他先给人放羊，到了十七岁就跟着大人放马。

那年夏天，他骑着马走在野外，碰到一个陌生男人赶着十来匹马朝他走来。

“你叫扎米延吧？我打听到你在放马。我们下来说说话吧。”那个人说着下了马。

扎米延也跟着下马，两个人在草坡上席地而坐。那个人拿出烟袋和火镰子，点着烟抽了起来，淡淡青烟随着轻风飘散开去。

“我是你阿爸。”男人若有所思地说。

扎米延没有说话，只是仔细看了对方一眼。他相信对方的话是真的。那个人有一张粗糙的脸和一双忧伤的眼睛。哦，阿爸原来是这样一个人。

“你母亲叫珊丹其其格，那年我来乌拉扎尔草原放马，认识了你母亲，从那以后每年夏天都来。十来年前我被官府陷害，被押送到很远的地方做苦力，半年前逃出来后才听说你母亲已经去世，你在放马……我看得出来，你大概会变成一个话语不多、性格倔强的人。不管怎么说，男孩子到了你这个年龄，就会慢慢长大成人的。我是逃出来的，居无定所，以后很难再见面了……”

父亲说完这些话就走了。扎米延一句话都没有说，只是目送父亲远去的背影。父亲好像突然变得暴躁起来，大声呵斥着马群，把那十几匹马赶得如同风卷残云，很快消失在远处。扎米延望着空荡荡的地平线，天空深邃、白云片片。

一九五〇年部队驻扎在铜匠棚不久的一天，扎米延正在放马，看见几个军人骑着马路过附近，其中一人扯过马头来到他近旁，说：“我们的乔团长要见你。”这是个二十来岁的小战士。

“那就过来见呗。”

“不是……团长让你过去。”

扎米延有点不高兴地说：“是你们团长要见我，又不是我想见他。”

年轻战士着急起来：“可人家是个团长。”

“团长怎么啦？他没长腿吗？”

那边几个当兵的这时候朝这边策马奔来。跑在前头的一个喊：“好你个扎米延，派头还不小，连团长都不放在眼里……”这位大声说笑的人，原来就是当年的年轻铜匠。

扎米延也笑了，说：“现在不是说人人平等了吗？”

“你怎么样啊？”

“你不是看到了吗，我还是老样。”

“我对你们区领导嘱咐过，看看用什么办法补偿你的衣物和马匹。”

“算了吧，只要你能活命，我的马和衣服也就值了。”

“我那时脱险，就是全凭你那衣服和马呀。”乔团长还接着说，“我曾经对你们区长交代把你吸纳进积极分子队伍，你帮助过党的地下工作，我们不会忘记你的。”

几天后，区党委派一名年轻干部找扎米延来了。

“解放前你是否帮助乔团长脱离了险境？”

“是有那么一回事。”他回答，暗自猜想，看来是想让我加入他们那积极分子的队伍喽。

“那时，你对共产党、干革命有什么看法和认识，是啥态度？”

“人们说共产党、国民党，还说干革命什么的。那时候我不大懂。”扎米延答罢心想：问这么多问题干啥？

“你当时为什么要搭救乔团长？那可是个危险事儿……”

“我只想他也是个有父母的人，父母肯定巴望他早日回家团圆吧。

哪儿有见死不救的?”

年轻人对扎米延的回答好像不太满意，但这没有影响扎米延被吸纳为积极分子。因当时刚刚解放，党和政府需要大量青年人，扎米延所熟悉的年轻人当中，有不少人都在跟着工作队跑，区里对扎米延极为重视，点名让他参加积极分子培训班。

区公所聚集了三十几个男女，家居乌拉扎尔草原的额尔顿巴图主持开班仪式，由乌拉扎尔工作队长毕立功讲了话。

毕立功笑容满面：“今天我特别高兴。你们都是牧民子弟，经过这次培训后，你们大多数将成为基层的骨干力量。有的要肩负起基层领导工作，有的还将成为国家干部。所以要努力学习，学好文化，学好理论，掌握好工作技能，准备担负更重要的担子……”

学员们听了毕立功的讲话，个个欢欣鼓舞，学员代表发言表决心，学员负责人额尔顿巴图宣布纪律要求。

第二天培训班正式开课，大家起床、做操、上课、睡觉都以哨声为号。面对新生活，人人憧憬未来，个个信心满怀。没过几天，扎米延却擅自溜走，气得额尔顿巴图骑马追赶。

“一点组织性纪律性都没有，谁批准你走的?”额尔顿巴图气急败坏地斥责说。

“我想走就走，你管得着吗?”扎米延说。

额尔顿巴图叹了口气，下得马来说：“你怎么身在福中不知福?又没让你干重活，只是吃饭和听课，那不是享福吗？你这是怎么啦?”

“享福？那叫享福？每天光听哨声摆布，觉没睡够就让起床，还不瞌睡就逼你躺下，我长这么大也没受过这种罪，连睡觉的自由都没有，啥都得听人指挥。”

额尔顿巴图焦急地劝导他：“好好学习，将来要让你当干部，毕立功不是讲过吗?”

“都当了干部，牲畜谁来放？你当你的干部，我放我的牲畜。”

额尔顿巴图没再言语，摇头而去。

扎米延就这样误了当干部的大好机会，他自己虽然一点也不觉得后悔，但当地领导总想完成好乔团长的嘱托，尽力想照顾扎米延。盖起队部后，呼毕斯哈拉图、丹毕二位队领导决定让他来队部当厨师。

“如果这次他还不干，以后就再没有被关照的机会了，干不干就看他自己啦。”丹毕说。

“就是，不知他会做饭不？”呼毕斯哈拉图说。

“基层大队的炊事员用不着多大技术，把生的做熟了就行。”

扎米延自此当了大队厨师。

老张以前对扎米延没能当上积极分子感到遗憾，现在却为他的离婚之事操心起来。

“你真的想跟色布吉德玛成家，就必须先跟你那原来老婆办离婚。”近来他经常对扎米延这样叨叨。

“什么离呀分呀的，我不是早就离开她了吗？”扎米延说。

“但是你并没办理离婚手续，没那个离婚证书，萨仁其其格仍算你的婆姨。”

“那不就是一张纸吗？现在不是说实事求是吗？事实上我们已经不在一起了。看事实还是看那张纸？”

“你这个倔毛驴，听不进人话。当色布吉德玛你俩到公社起证时肯定要看看你说的那张纸，你又拿不出来，人家能给起证吗？”

“没有那张破纸就不能一起过生活了吗？你父母没那张纸不也过了这么多年，还养了你们一堆不是吗？”

他俩时常这般顶牛逗乐，一个说东，另一个偏说西，可谓妙趣横生。

# 4 陶迪姑娘

老张前往公社进货，傍晚才回来抓紧卸货。他瞪了一眼袖手旁观的扎米延，说："没看见卸货吗？连个互相帮助的觉悟都没有吗？"

"大队一天只给我记八分工，又不包括卸货。"扎米延说过后仍若无其事地站在那里。

"你时常跑到色布吉德玛那里为她牵犊拽牛，那是不是包括在你八分工里？"

"党和政府不是号召人们扶贫济弱吗？我那是帮助单身女人呢。"扎米延边说边开始帮老张卸货，"不过我今天也发扬一点风格吧，你也怪可怜的。"

色布吉德玛也跑来搭手，还笑问："老张哥给罕达玛姐买啥了？"

"什么也没买，扎米延叮嘱我给你买雪花膏，我倒给忘了。"老张说过后好像占了多大便宜似的扬扬得意。

"下次拉货可别忘喽。"色布吉德玛嬉笑着说。

三人卸完货进厨房喝茶。

"咱这里可能要添一个人。"老张说。

"什么人？"

"在供销社我见到了毕立功，听他说呼和浩特的一个人要下放到俺公社，经他们研究后决定下派到俺队。"老张说。

"让呼和浩特的来我们队干啥？"扎米延问。

"我能知道吗？"老张瞪眼。

"是啥样的人？"色布吉德玛问。

"听说是犯了错误的人。"老张还说，"据说还是个刚刚二十岁的女娃咧。"

两天后丹毕从下边回到队部时呼毕斯哈拉图也从公社回来，二人在办公室商量了一阵，遂将老张、扎米延、色布吉德玛叫进厨房。

呼毕斯哈拉图小扎米延三岁，少年时期在乌拉扎尔庙当过小喇嘛，解放初期成了积极分子，将自己的名字由扎拉生改成呼毕斯哈拉图，后来入了党，当上了牧业生产合作社的社长，现在是大队书记。他性格好，忠诚厚道，怕得罪人。他曾与当地一个叫达丽玛的姑娘很要好，入党后碍于姑娘的家庭出身，至今尚未婚娶，还在打光棍。丹毕年长呼毕斯哈拉图十来岁，他也是解放初期的积极分子。他虽然话语不多，但办事利索，说一不二，也是由于社会关系问题至今未能入党。据说全旗几十个生产大队中，只有三个非党队长，丹毕是其中之一。

“呼和浩特要来一个人，是个在城里长大的二十岁的姑娘，还是个孩子呢。要是个男的还好办，让他干活就是了。可她是个姑娘家，怎么安排呢？我跟队长商量了一下，让她跟色布吉德玛住吧……”呼毕斯哈拉图说。

“行啊，我还能有个伴儿。”色布吉德玛高兴地说。

丹毕露出无奈的笑容，说：“你这位新伙伴有可能帮不了什么忙反而添乱。说是让她劳动改造，一个二十岁的城里姑娘能干个啥？反过来需要人家照顾。一遇到酷暑严寒有可能生病，可能想家流泪，也许情绪波动出现什么问题……”

“不怕，她都二十了，我可以照看好她。”色布吉德玛答道。

呼毕斯哈拉图交代说：“两天后那姑娘会被送到公社，扎米延用老张的马车把她接来。”

“行吧。”扎米延允诺。

两天以后，扎米延赶着马车来到公社，时已近中午。他走进公社办公室，只见文书额尔顿巴图正忙于填写统计表格，他对扎米延笑笑，说：“接那个女娃娃来了吧？她在供销社后院的招待所，你去接走吧，她名字叫陶迪。”

供销社后院静悄悄的，烈日当空，院落北侧用于招待客人的一排房子的玻璃门窗反射着阳光。

“有个叫陶迪的人吗？我接她来了。”扎米延站在空无一人的大院中央高声喊道。

一间客房的门被打开，一个年轻的姑娘走出房门，手中拎着行囊包裹，她像是等待了好久。

“是呼和浩特来的陶迪吗?”

“是的，我叫陶迪。”

“现在走吗?”

“我听您的……”

扎米延接过陶迪的东西放在车上，说：“那就走吧。”

“好……”

马车走出大院。陶迪显得很拘谨，抱着提包坐在车上，一句话都不说。扎米延只好首先挑起话头：“看到远处蓝色高地了吗？那就是乌拉扎尔草原，大队部就在高坡那一面。”

“真是个广袤无际的大草原，都看不到人烟……”陶迪惊奇地遥望着远方说。

“我们这里就是这么一个地方，待惯了也挺好的。大队支书、队长人都不错，要让你跟队部挤奶员色布吉德玛住一起。我是生产队的厨师，还有一个供销分店的汉族售货员。书记队长经常下乡，他们走后，队部只剩我们几个人……”

“想寄信，该咋办?”陶迪问。

“老张时常前往公社或者旗里进货，把信交给他，他会替你邮寄的。”

“家里来信我到哪里取?”

“每隔十天半月，旗里邮递员就会把报刊信件等邮件骑马送到公社，之后就由前往公社办事的社员捎回生产队，只是时间长点，不难接到家信……”

二人一路说着来到大队部，天已黑了下来。老张和色布吉德玛二人迎了出来，色布吉德玛拉着陶迪的手走进厨房，二人已经做好羊肉面正等着他俩。三人陪着陶迪吃饭，色布吉德玛忘了动筷子，用怜悯的目光看着陶迪，还不时地抚摩一下她的头顶。

饭后，色布吉德玛将姑娘领回毡包，第二天一早，她来小卖部买砖茶咸盐，扎米延和老张问：“那姑娘睡好了吗？没抹泪吧？”

“睡得挺香，可能路上太累了吧，躺倒后一宿都未动。”色布吉德玛叹口气，说，“可怜的姑娘，她说她自己都不知道犯了什么错。”

扎米延和老张吃惊地问：“怎么回事呀？”

“单位领导号召大家多提意见，因为她刚刚参加工作，说不出什么意见，因此只是静静地坐在一个角落里不说话。后来因为得罪了领导，被下放到了这儿……”

老张惊异地问：“这叫什么事儿？把人家娃娃就这么下放了？”

“可不是吗？”色布吉德玛说。

扎米延干脆就骂了起来：“世界上还有这种事，他妈的！”

不管怎么说，自打陶迪这个呼和浩特姑娘来了以后，色布吉德玛的毡包溢满了欢乐，队部的生活平添了几多新意。陶迪还有几分孩子气，似乎没把下放当回事，对草原上的一切都觉得好奇。待色布吉德玛黎明前起床时她也跟着起身，当色布吉德玛让她再睡一会儿时，她说她也要学挤牛奶，刚开始只能牵牵牛、拽拽犊，不久也学会了提桶挤奶。

俩女子的手被牛奶泡得嫩白、肿胀，毡包顶上晾晒的奶食如同初冬的新雪，洁白无瑕，厚厚一层。

## 5　公社文书额尔顿巴图

达丽玛偶尔到大队小卖部买东西，每次老张都跟她开玩笑，说什么“都说响雷无雨、娇女无婿，你啥时候能嫁个人家？”

“你别愁，我不是一个嫁不出去的姑娘。”她笑呵呵地回答。

“呼毕斯哈拉图真是瞎了眼，你这样的好女子都不要。可惜我老了，如果再年轻点早就娶了你啦。”

“那样的话，罕达玛姐还不骑你脖子上用鞭子抽你？呼毕斯哈拉图不在队部吗？”

“你是买东西来了，还是找他来了？”

达丽玛叹了口气，说道：“看见他没日没夜地辛苦，有时还真有点心痛。”

老张也唉了一声，说：“入党、当领导真不易啊，与自己心爱的女子都结不成对。”

达丽玛是个美丽、聪明、自信的姑娘，乌拉扎尔草原上的人们异口同声地夸她是好姑娘。开展打狼运动那年她才十五岁，她单枪匹马独自一人追上一只恶狼，解下马镫照准野狼额头狠命砸去，被命名为乌拉扎尔草原打狼英雄之一。她参加扫盲班学习，以优异成绩获得苏木和旗里的嘉奖，在全旗民兵乘马射击大比武中，她弹无虚发，大家都叫她为神枪手。到了婚嫁年龄后，与一起长大的呼毕斯哈拉图相互有了感情，因为她舅舅当过几天国民党兵，二人无奈地渐渐疏远。

达丽玛购买了一点东西，说：“见见扎米延大哥再走。”老张也捧着他的大茶缸子跟着她走进厨房。当三人喝茶闲叙时，外面传来嚼铁的磕碰声，公社文书额尔顿巴图走了进来。

老张瓮声说："公社干部驾到，快喝茶哇。"

"今天真叫热，渴死我啦。"额尔顿巴图说罢赶紧接住扎米延递过来的茶。

达丽玛笑着问："额尔顿巴图哥今天怎么骑马来了？上次你不是跟着毕立功书记步行来的吗？"

"他在毕立功面前是个正人君子，在毕立功背后原形毕露。毕立功步行，他也步行。毕立功穿补丁衣服，他也在好好的衣服上补块补丁跟人学。"扎米延讥讽说。

"那说明我比你聪明，所以才当上了公社干部。像你这样的蠢货只有当厨师的命。"额尔顿巴图说着，看着扎米延笑。

额尔顿巴图确实很聪明。他也是土生土长的乌拉扎尔草原人。当年呼毕斯哈拉图他们那帮年轻积极分子在基层汗流浃背地辛苦奔波，他却毫不费力地被送往盟干部学校学习，回来后成了一名国家干部。人们说他头脑灵活，聪明敏捷，各门功课都在人先，所以进步较快。但还有另一种说法，说他是巴结毕立功才当上公社文书的。过去扎米延对他很厌恶，认为他是个善于拍马屁的两面派，但现在却不怎么厌恶了，因为他从不隐瞒自己拍马屁的那些事，扎米延觉得他这个人还挺直爽。

"你干啥来了？"扎米延问。

"旗里要开全旗成果总结评比大会，我给你们大队写材料来了。"

"呼毕斯哈拉图、丹毕都下去了，明天可能回来。"扎米延说。

"他俩除了牲畜头数外说不出个啥，不等他们了。你们三个给我提供点具体事例，我凑合着写吧。"

"具体事例也应由队领导说，我们平头百姓有什么可说的？"

"我问什么你们说什么就可以了。"

三人只待额尔顿巴图提问。

他呷了一口茶，沉思片刻，说道："我看这个材料这么写：就说你们队，取得了五大成绩，总结出三条经验好了。这里是我的家乡，我应该写得好一点……”

“可是……五个……三个……哪有那么多东西？”扎米延疑惑地反问。

“说有就有，说没有就没有。”额尔顿巴图说。

“这叫什么话？没有的东西偏说有，无中生有能行吗？”达丽玛说。

额尔顿巴图说：“管它有没有呢，你们只管说来就是。我刚才不是说过了吗？咱们想方设法也得凑。”

达丽玛忍不住笑着说：“这不成了先起名字后产娃的事儿了嘛。”

“先起名字后生孩子也不是不可以。听说你们队的乌云巴特自制了一个搅酸奶的土机器？”

一听这话，老张也笑得前仰后合。“是做了那么个东西，差点让人们笑掉牙。他那个玩意儿一启动就把奶缸给砸破了，气得他阿爸把他揍了一顿……”

“能打破奶缸，说明这机器还挺有劲，好吧，这算一个，还有什么？接着说。”

“‘算一个’这叫什么话？那机器根本就没成功，打烂瓮就再没了下文。”老张说。

“没成功也是非常有意义的创举，没听说‘失败是成功之母’这一说法吗？快想想，还有什么？”

扎米延自言自语：“纯粹是儿戏。”

“嘎拉森是否栽活了西瓜？”额尔顿巴图又问。

“那也算栽种？嘎拉森的儿子到旗里办事顺便买了一颗西瓜，一家人啃完后将瓜籽和瓜皮朝外一扔，没承想今夏长出了几枝瓜秧……”达丽玛说。

“好了，可以了，这也算一个！”额尔顿巴图说，“草原牧民种出来西瓜，这不是成就是什么？这是开天辟地头一回呀。”

“可是能不能结出西瓜还不好说呢。”老张说。

“结不了瓜有什么要紧，失败是成功之母嘛。”达丽玛学着额尔顿巴图说。

扎米延、老张都忍不住笑出了声。

额尔顿巴图笑得更厉害，说：“你们继续说，继续说……”

“算啦，这不是瞎编吗？要编你自己编吧。”扎米延说，“你晚上想吃什么？”

额尔顿巴图说：“晚上给煮点肉，老张送几支蜡烛来，我熬夜也得把材料写出来。”

“写东西一定要点蜡吗？太排场了吧？”老张说。

“我在为你们生产大队写材料，点几支蜡烛有啥舍不得的？”

额尔顿巴图走进客房开始写材料，这边被撇下的三个人大眼瞪小眼发愣。

“这不是放空炮吗？”达丽玛说。

“又不止他一个人在放炮，报纸上的那些事不知是真是假，有可能是放炮放出来的。”老张说罢哈哈笑。

“喇嘛跳鬼——听鼓点儿，上头说什么下边就跟着说呗。可是这样放空炮能行吗？”扎米延叹声说。

额尔顿巴图整整写了一宿外加半天，都未挪地方，第二天一早拿出了厚厚的一沓材料。他将材料交给进屋送茶的扎米延，说：“把这交给队领导，可以增加内容，但绝不可删减，照此宣读，就说我说的。”

## 6　绵绵秋雨

很多个夜晚，色布吉德玛到扎米延那里去，当二人挤在厨房里的窄炕上长时间地窃窃私语时，就会暂时忘掉生活的艰辛和一整天的劳累。过了半夜，她每每唉声叹气地说“我该走了”，扎米延问：“着什么急？”她总要说“可怜的孩子一个人在家呢”。现在增加了一个陶迪，她只好急匆匆地来，忙三迭四地回。扎米延说：“过了秋天我去跟萨仁其其格办理离婚手续，我们就能放心地一起生活了。”色布吉德玛温柔地轻抚着他的面颊说：“该咋办你自己决定，现在这样我也挺满足的。”

这天夜里色布吉德玛离开后，扎米延再没有睡意了。他想跟萨仁其其格离婚后与色布吉德玛生活在一起，需要添置一些东西，把毡包上的毡片也换成新的。他正这么想着，外边传来了沙沙的雨声，潮气溢满全屋。雨点不紧不慢地落在屋顶和地面上，看来一时半会儿停不下来。

次日早晨他出去看到，灰暗的云团压得很低很低，乌拉扎尔敖包隐入厚厚的云层，老张披着雨衣站在雨水中对扎米延说：“房子开始漏雨了，咋办？”

“天要下雨，我有什么办法？”

“再漏下去，货物都得泡汤，你帮我盖盖呗。”

“好吧。”扎米延走进小卖部，帮助老张将怕水的商品盖了起来。

“还有苫布吗？”

“干什么？”

“色布吉德玛和陶迪的那顶破毡包肯定也漏了……”

“啊，你这个光棍，是在打她们两个的主意呀？”

扎米延骂了一句，带着苫布朝毡包走去。

毡包和牛圈那里地势比较低，扎米延看到毡包被泥泞包围着，牛圈积满了水。牛屎、稀泥搅在一起，无法下脚。他看见色布吉德玛的影子在那边草场上灰蒙蒙的雨幕中晃动，那里有几头牛，她是看牛群去了。她七岁的儿子古鲁格跟在母亲后边欢快地跑跳，大概觉得下雨好玩吧。

他正在张望时，色布吉德玛笑眯眯地走了过来。

“这雨下的……”她浑身湿透，头发上的雨水顺着脸颊往下流，面色苍白。

“漏雨了吧？”

“没法说了，柴火、米面都湿透了，油灯进了水，火柴也被泡了……”色布吉德玛边说边招呼，“快进去呀。”

陶迪掀开门帘探头微笑。

“看来你们连一口热茶都喝不上了。这样吧，你们去大队部，我给你们做点热的，这几天就住在那里。虽然那里也漏雨，但比这里强多了。”

“我们也正想去呢。陶迪，把咱们的衣服被褥都搬出来，咱们挂在牛圈上面晾晾……”色布吉德玛说。

“大姐，正下雨呢，能晾干吗？”陶迪喊。

“压在包里会沤烂的，挂在外边就好得多。”

扎米延帮助色布吉德玛和陶迪把东西搬到了大队部。色布吉德玛忙着烧火、熬茶、做饭。陶迪想帮忙，色布吉德玛说：“你休息吧，你已经有点感冒了。看老张那边有没有药……”

正说着，外边传来羊群咩咩的叫声，扎米延到门口看，罕达玛跟儿子一起赶着羊群已经来到大队部，估计她的情况跟色布吉德玛和陶迪差不多，毡包漏雨不说，可能柴草什么的也全湿了，就到这里来了。

老张走进来说：“你们就不要做饭了，到我那里吧，人多热闹。”

他们走进小卖部，罕达玛在切肉。老张把锅烧热放进羊油又放葱花，一股诱人的香味立刻弥漫开来，接着老张开始炒肉，把一瓶黑乎乎的液体浇在肉上。

“你倒进什么了？”扎米延问。

“酱油。”

“好吃吗？”

“我这么给你说吧，不咋样的肉，只要加进这个东西就变得香味扑鼻，如果是上好的肉，就更好吃了。你连酱油都不懂，还当什么炊事员！”老张说着拿出一瓶酒，说，“扎米延你把瓶子打开，大家都喝点，驱驱寒……”

“你这里有没有药？陶迪感冒了。”色布吉德玛说。

“我这里……可能有正痛片，我给找。”老张说。

“吃他的正痛片，还不如吃两碗加酸奶的面条呢。”扎米延说。

外面的雨仍下个不停，风儿带着雨丝不时刮进小卖部，但这里却欢声笑语，热气腾腾。罕达玛找来几只酒盅倒满酒，在每个人前面放了一只，但这些人没有一个喝的。罕达玛看了一眼老张，意思是让他劝大家喝酒。

老张炒了一盘菜端到桌子上，举起酒盅说：“咱们……好好喝。”

大家都举起酒盅，其实谁都没有喝。老张自己也没有喝，把酒盅放下，说：“你们喝呀，怎么不喝？”

色布吉德玛看出大家的为难劲，就站起来说：“大家还是喝点吧，我唱一支歌……可是……我可唱不好……”

巍峨的敖包山
屹立在苍茫的山梁上
矫健的马儿哟
奔驰在广袤的原野上……

“我看咱们都喝点吧，不就是烧酒吗，怕什么？”扎米延说。

色布吉德玛唱起了民歌，罕达玛跟着唱，扎米延接连喝了两盅酒，也唱了起来。

色布吉德玛发现陶迪在悄悄流泪。

“怎么啦？你是不是……想家了？”罕达玛关心地问。

“我太感动了，你们唱得……这么感人……”陶迪说。

“我们都是乡下人，也不怎么会唱。”色布吉德玛说着笑了起来，问，“听说呼和浩特有很多著名的歌手，你没有听过他们唱歌吗?”

“我当然听过，他们唱得当然很棒，但你们一唱不知道为什么我就想流泪……”陶迪说着，泪光闪闪。

“你吃药吧，不是感冒了吗?”色布吉德玛说。

“听到你们的歌声，我好了。”陶迪说。

大家又唱起来，外面秋雨绵绵。

这场雨迫使乌拉扎尔草原上的打储草工作也停了下来。现在正是打草季节，呼毕斯哈拉图、丹毕二人带领二三十号青壮年上了打草场。但开镰没几天就下起了雨，不仅没有停息的迹象，反而云层越来越厚。大家只好猫在帐篷里望着外边的雨幕。

呼毕斯哈拉图和丹毕钻进一个小帐篷商量。“只能让人们回家了，在这里待着也不是个办法呀。”呼毕斯哈拉图说。

丹毕皱着眉头说：“这老天爷不迟不早在这节骨眼上下开了没完……误了今年的打储草就麻烦了。到了冬天，畜群怎么过?”

“有什么办法呢，到时候只好咱们两人多辛苦呗。”呼毕斯哈拉图说完苦笑了一下。

丹毕从背包中掏出新写的入党申请书交到呼毕斯哈拉图手中。丹毕每月都交一份入党申请书。他文化水平低，只在扫盲班学习了几次，写一份内容完整的申请书对他来说难度太大了，但他仍月月不落地递一份申请书。

呼毕斯哈拉图揣起他的申请书，说：“上次我去公社，又向毕立功书记汇报了一下你的入党问题，他说他会努力的。”接着又叹气说：“其实你那伯伯在衙门里只当了几个月的笔帖式[①]而已，有什么

① 笔帖式：文书。

大不了的!”

“不知道组织上是啥看法。”丹毕也叹了一声，反问道，“你也二十七了，你和达丽玛的事情怎么办?”

“达丽玛是个好姑娘，但是……”呼毕斯哈拉图摇头苦笑。

“但是什么?”

“他舅舅……”

“那你应该早下决心，给人一个痛快话，我看达丽玛就等你的回话呢。要是不行就早点给一个答复，人家可以另做打算。”

“但是……我又说不出口……”

“不早一点决断，自己痛苦不说，还带累人家。”

他俩那天解散了打草队，正待回去时，达丽玛走来对呼毕斯哈拉图说：“一块儿走吧?”

丹毕说：“我卸下帐篷带走，你俩先走吧。”

呼毕斯哈拉图与达丽玛默默地走在绵绵的秋雨中，心里充满了矛盾，不知说啥为好。

姑娘首先开了口：“不要太为难了，近来我看出你有意躲着我，以后别躲了，我再也不会影响你的进步了!”

达丽玛说话缓慢，语气平和。

“不是，这……”他吞吞吐吐，词不达意。他觉得对不起达丽玛，想分手的决心似乎有所动摇。

“你是组织里的人，应该考虑前途，不要因为我耽误了进步。”她说完撇开他走了。他被抛在后头，想喊也不是，想追也不是，最终逼迫自己站在原地未动。他孤零零地站了好长时间，思前想后，心情渐渐平静下来……

## 7　大评比

每当老张前往公社或旗里进货，陶迪总要让他寄家书，再从公社捎回她的信件。老张十天半个月才去进一次货，所以差不多每次都捎回好几封。时间一长，老张按照信封颜色和笔体，也能辨认出哪些是家书，哪些是同学和朋友的来信。

今天老张又捎来了好几封信件，陶迪跑过来，当即拆封看信，脸上表情千变万化，有时微笑，有时哈哈大笑。

“信上说什么了？”老张好奇地问。

“说呼和浩特很多单位都垒起小高炉，开始大炼钢铁呢。”

“是吗？还有什么新鲜消息？”

“我们学校要将两年的课程压缩在两个月内上完……”

老张再没有询问什么，陶迪收起信件帮老张卸货，扎米延也过来搭手。

“呼毕斯哈拉图、丹毕他俩有消息没？”扎米延问。呼毕斯哈拉图和丹毕到旗里参加全旗总结大会，已经走了十来天。

“当然有，而且我还听来了一个惊人的消息。”老张说。

“啊，怎么啦？”

“卸完货再给你们说。”

色布吉德玛也跑来帮忙，几个人卸完货物来到灶间喝茶。

“我给你们透露一件特大新闻，我们队的两位领导到旗里参加会议，说是惹了大麻烦，挨批了。”老张神秘地说。

“什么？挨批？”色布吉德玛疑惑不解地问。

“我们大队在全旗评比中成了老末，骑猪了！……”

“啥叫骑猪？”

“这次他们去旗里开会为什么这么长时间？原来是全旗每个大队一个一个上台介绍工作情况。大家都介绍完了再进行评比。听说大礼堂主席台旁的墙壁上挂了好大一块牌子，上面画着乘卫星的、坐飞机的、坐火车的、开汽车的、骑马的、骑牛的人……最末尾是骑猪的人。哪个大队被评为第一名就把那个大队的名称写在乘卫星的人下边，第二名坐飞机，第三名坐火车……咱们大队被排在老末，骑猪！据说骑猪的那个人画得还真有点像呼毕斯哈拉图呢……”

“这究竟是怎么啦？咱们大队也不是太差呀……”色布吉德玛嘟哝道。

“听额尔顿巴图说，呼毕斯哈拉图没念他写的稿子，上台自作主张讲了一套，结果挨批了。”老张说。

“那有什么？当了大队领导，有时候受表扬，有时候挨批评，有什么大惊小怪的？”扎米延说，“咱们谁不知道呼毕斯哈拉图和丹毕？他们太老实，如果添油加醋地吹一顿牛皮，会是这个结果吗？”

“我看也是这么个事。他们不应该太实在，别人能吹牛，他们也跟着吹呗。”色布吉德玛说。

“不过我看也没有什么，说真话终归没有大错！骑猪就骑去吧。”扎米延说。

又过了几天，呼毕斯哈拉图和丹毕回来了。扎米延一看他俩气色不对，就特意炖了一锅肉，把老张、色布吉德玛和陶迪都叫来不说，还从老张的小卖部买了一瓶酒。他想让大家热闹热闹，为呼毕斯哈拉图和丹毕宽宽心。

大家聚在厨房，都装出很高兴的样子。色布吉德玛给大家斟酒，还开了几句玩笑。

“你们都听说了？”丹毕沉着脸问。

“就那点事呀？听说了。”色布吉德玛说。

“我坐在会场听那些大队支书汇报情况，越听越坐不住了，我知道他们在吹牛，但一想到我们很可能落在最后，夜里就睡不着觉。我有几次想，就把额尔顿巴图那个材料拿上去念了算了，但轮到我发言的时候我还是没有念那个材料，还是把真实情况说了……”呼毕斯哈拉图说，“结果我们大队排在最后，我对得起谁呀？”

“我不后悔！”丹毕恶狠狠地说。

“没有人怨你们。排在第几名，受表扬或者挨批评，跟我们老百姓没多大关系。”扎米延说，“我们今天不谈这些好不好？色布吉德玛你唱个歌吧。”

“好吧，大家一起唱。”色布吉德玛说。

过了两天，毕立功带着工作组来了。工作组是以旗里指挥部的名义派下来的，所以有旗指挥部的两个年轻人，还有公社副书记额尔顿巴图等，人不算多。乌拉扎尔大队评了个倒数第一名，他们是专程“帮助和提高”来了。工作组到来的当天晚上就把呼毕斯哈拉图和丹毕叫到会议室谈话。扎米延去送茶，看见额尔顿巴图正指着呼毕斯哈拉图和丹毕骂。

“你们自以为是，竟抛开我专门为你们起草的稿子另讲一套，结果怎么样？在全旗面前丢人现眼……”

“说真话错了？”丹毕顶了一句。呼毕斯哈拉图低着头一言不发。

毕立功打断了他们的争吵，笑着说：“这次评比咱们大队落在后边了，是谁的责任？是群众的责任？是上级的责任？我看都不是，还是你们两个大队主要领导有不可推卸的责任。所以你们要认识这个问题。旗里派我们几个人来，就是为了帮助你们提高认识，把你们大队的落后状况改变过来。但你们不要以为改变落后面貌靠我们，不是的，还是要靠你们自己，我们只是帮助。另外还要靠群众，说到底是你们领导落后了，而不是群众落后了，因此明天开始召开党支部扩大会议的时候不仅请各生产队队长参加，还要请你们大队积极分子参加，请各突击队、发明小组负责人参加。怎么个开法？呼毕斯哈拉图、丹毕你们两个人先做个检查，之后大家批评帮助，根据大家的意见再做一次检查，最后统一认识，安排下一步的工作……”

晚上扎米延在洗碗，呼毕斯哈拉图和丹毕走了进来。他赶忙给他们倒茶。呼毕斯哈拉图脸色苍白得像病了一样，丹毕像喝足了水的牛一样喘着粗气。

“你们俩也太没有出息了，挨批算什么？你们就抬不起头了？”扎米延说。

呼毕斯哈拉图没有说话，丹毕说：“如果真的是我们错了，杀头我也没有怨言，但我觉得我们没有错呀。”

这时候毕立功进来了，接过扎米延递过来的茶碗，看着呼毕斯哈拉图和丹毕说：“怎么？还没有想通？”

“没有什么想不通的，我们是为党工作，党认为我们错了，那就处理吧。”丹毕说。

毕立功看着他们两人笑了，说：“我提醒你们，对待工作的态度问题是政治问题。”

呼毕斯哈拉图和丹毕没有说话。

毕立功继续说道：“是谁提出来的？是党中央提出来的。所以，对这项工作的态度就是对党中央的态度问题。你们说这是不是政治问题？所以我劝你们，必须从政治上看问题。要不然，你们会犯错误，犯大错误。”

“我们拥护这项工作，但我们不能说假话。”丹毕说。

“什么叫真话？什么叫假话？也必须从政治上去判断。”

呼毕斯哈拉图和丹毕怔怔地看着毕立功，好像没有听明白他的话。

“我不知道你们看不看报纸？前些日子报纸上有一篇报道，说南方某地一亩地收了十万斤粮食。你们牧区人不知道十万斤粮食是多少，但我在农区待了几十年，我知道不要说一亩地长出十万斤粮食，就是一亩地上铺十万斤粮食，那也得铺二尺厚的一层呢……”毕立功说。

“什么？这么说……报纸上说的是假的？”呼毕斯哈拉图吃惊地问。

“你能说是假的吗？台湾的国民党才会说那是假的呢，但你是共产党员，丹毕也在申请入党。”

丹毕嘟哝：“这是怎么回事呀？”

“所以说，这就关系到政治态度，甚至关系到政治立场！我刚才不是说了吗？这是态度问题！清醒一点吧，不要在这里犯错误。”

毕立功说完走了。

“毕立功书记的话……好像很对，可是我怎么越听越糊涂呢？”呼毕斯哈拉图说。

“我也糊涂了。但却想通了，人家批我们是对的。”丹毕哈哈大笑起来。

扎米延也笑了，说：“快去睡觉吧，你们这两个可怜虫！”

到了第二天中午，参加会议的人们到齐，会议马上开始。扎米延忙了起来，他抓来几只羊宰了，让老张过来帮助炒肉。上次下雨时，老张把肉放在油锅里炒，还加了那个叫“酱油”的黑色液体，扎米延觉得很好吃。当时老张还建议扎米延，以后可以偶尔做炒肉，还给他买来几瓶酱油，因此扎米延今天给大家换换口味。

下午，扎米延为大家送了几次茶，头一次看到呼毕斯哈拉图在流泪做检查，第二次进去看见丹毕脸色铁青，大概也在做检查。第三次进去，额尔顿巴图在发言，再后来是其他人发言。扎米延端上饭菜进去的时候正好毕立功在讲话。

毕立功说：“……今天呼毕斯哈拉图、丹毕做了检查，大家觉得不深刻，我也觉得不够深刻，不过这要有一个过程。现在大家都很忙，我们也不能老开会。我觉得他们的检查虽然不够深刻，但认识和态度都还可以。我看是不是这样，今天晚上请额尔顿巴图帮助他们再改一改检查材料，明天再检查一次，大家再议一议，会议先告一段落，让他们在实践中进一步加深认识，改正错误。下面我重点说一说检查材料和过冬工作。今年秋天下连阴雨，影响了打草储草工作，今冬明春肯定是不好过。我们整天地开会也不是个办法，要抓紧做好牲畜过冬的准备工作。呼毕斯哈拉图和丹毕是生产队的核心领导，让他们在这里做检查不如让他们到生产一线，边抓生产，边提高认识。我知道，你们大队的过冬准备工作前一阶段抓得还不错，还要继续抓好，不能松懈。他俩的检查通过公社审查后还要上报旗办公室，他们的文化水平比我高不到哪儿去，材料需要重写，看来还得由额尔顿巴图代笔，我们好早点卸掉这包袱，轻装上阵，要做的工作还多着呢……”

额尔顿巴图说：“他们看不上我写的材料，说我满篇胡诌。”

“他们不就是固执己见才骑了个大肥猪嘛，有什么办法？还是帮帮他俩吧。”毕立功说。

呼毕斯哈拉图和丹毕像听到释放令的囚犯一样喜出望外。

毕立功接着说：“今冬还要做好来年种田准备。我早就打算咱们乌拉扎尔草原人畜所用的口粮和饲料实现自给自足，现在正好趁这个契机大干一场。但你们不会种地，我先回公社一趟，而后从农区找一些人来教你们种庄稼。如果明年解决了全大队口粮自给，那可是很大的成果！那时候乌拉扎尔草原的落后帽子不用别人摘，自己就被刮跑了。”他喘了一口气继续说：“有没有亟待解决的事项？趁大家都在，咱们商定一下。”

毕立功走后，额尔顿巴图留在大队部，整整搞了一整天，好不容易重新写好了呼毕斯哈拉图和丹毕的检查材料，晚饭过后乘马离开了大队部，但他没回公社，却走向了另一个地方。

他骑马慢慢走着，天黑时分来到了一户人家。看家犬迎上来狂吠，毡包里走出一个人拦狗。

“您好啊，是谁呀？”一个女子的声音传了过来。

“浩尔乐，是我。”他回应道。

“啊……”

浩尔乐是个牧羊姑娘，原本恋着一个牧马青年，禁不住额尔顿巴图的猛烈攻势，就撇下那个牧马人，投入了他的怀抱。他脱镫下鞍当即搂住了浩尔乐姑娘。

“没想到今天我会来吧？”

“你是国家干部，知道你忙，只要心里还有我，我就心满意足了。”浩尔乐调皮地嘟囔了一句，又说，“只怕你有一天不要我了，但……我也不会埋怨你……”

## 8　呼毕斯哈拉图的婚礼

一天，毕立功来到乌拉扎尔大队，正与扎米延喝茶闲聊，呼毕斯哈拉图走了进来。他是从下边回来，衣服上全是土。

“呼毕斯哈拉图你已经二十七了，该娶媳妇了吧？”毕立功对他说。

呼毕斯哈拉图笑了笑答道：“年年忙得不可开交，哪顾得上啊。”

“我有一个小姨子，今年二十了，我看你俩挺合适。今冬我把她叫来，你俩见见面，交往一段时间再说。”毕立功说。他在农区生活了好多年，从农区娶的老婆。他后来参加革命当干部，老婆和老婆的亲戚仍在农村。

呼毕斯哈拉图点了点头。

入冬后过了很长时间，毕立功捎话叫呼毕斯哈拉图去一趟公社。到了公社，毕立功让他进自己的小房间，说：“我小姨子来了，这几天临时在公社食堂帮厨，我向她介绍了你的情况，她好像同意，我马上把她叫来，你们认识一下。”

呼毕斯哈拉图坐在炕沿上等着，门被推开，进来一位年轻的姑娘。

他急忙站起来说：“您好，请坐……”

“您是呼毕斯哈拉图哥吗?”姑娘边说边提起暖壶为他倒茶。

“您也坐吧，从您的家乡到这里来，得走好多天吧……”

姑娘坐在他身旁，笑笑说：“从我们家乡到你们这里走了整六天，有时夜里碰不到人家我就一直走……”

呼毕斯哈拉图看到姑娘粗糙的双手和健康的体魄，心想看来这姑娘也是自幼饱受苦难的人，人家为了见我步行了六整天呢……这样想着就倍觉亲切。

姑娘解开一个包裹，说“我给你缝了一件棉坎肩，我做不好针线活儿”，便掏出了一件崭新的蓝色坎肩递到他手中。接着二人谈起了畜群、庄稼等话题，不知不觉天色就晚了。

毕立功推门进屋，一手端着饭盆，一手举着一罐腌沙葱说：“看来你俩谈得不赖，以后互相再多了解了解，如果没啥意见，婚事我来张罗。假如一方不同意我就让妻妹回去。她现在暂时在公社食堂帮忙。”

从此以后呼毕斯哈拉图就常往公社跑。他还买了一条花头巾回赠姑娘。快到年底了，毕立功把两个人叫到跟前，说：“你们两个觉得没有意见的话就把事办了吧。”两个人都说没有意见。“现在是新社会，你们要新事新办。明天你们找公社民政助理领结婚证，完了新郎就把新娘领回家。”

呼毕斯哈拉图的父母已经知道儿子找了个对象，而且是毕立功的亲戚，就想办一次热闹风光的婚礼，不是为自己的儿子，而是为了老革命毕立功和他的小姨子的面子。他们不同意领了结婚证就把新娘领回家，那还叫结婚吗？这样，父母和儿子之间产生了分歧，呼毕斯哈拉图让爹妈骂了一顿，只好跑到公社跟毕立功诉苦。毕立功想了想，笑着说：“吃一顿饭也可以。我代表娘家，你们那边请几个亲戚就可以了。”

这样，呼毕斯哈拉图的婚礼成了一场很新颖而且颇有争议的婚礼。扎米延头几天就跑到呼毕斯哈拉图家，帮助两个老人做婚礼准备。举行婚礼那天，毕立功一早就来了，穿了一身没有补丁的衣服，还戴了一顶新军帽。婚礼上来的人不多，只有呼毕斯哈拉图的几个亲戚。呼毕斯哈拉图的父母请毕立功主持婚礼，他站起来，让两个新人向毛主席像行礼，又把从公社领来的结婚证发给他们，讲了一段简短的祝福和鼓励的话。

为新娘改名是乌拉扎尔草原上的一个古老习俗，新名字应该由公公、婆婆起。但呼毕斯哈拉图的父母却请毕立功来起名字，这是对毕立功的尊重。毕立功笑眯眯地思谋了片刻，开口道："新郎叫呼毕斯哈拉图，是'革命'的意思。新娘应该跟新郎一起进步，所以就叫达布辛娜吧。"

呼毕斯哈拉图的父亲大加赞赏，说："你们的姐夫为新娘起了一个很有意义的名字，你们两个人快磕头致谢呀。"

从这一天起，新娘达布辛娜就跟呼毕斯哈拉图父母生活在一起。

她这个从农区来的粗手大脚的媳妇是个勤快、不怕苦的人。从过门那天起，几乎把家务事全由她一个人包揽了下来，弄得呼毕斯哈拉图的母亲不知道做什么好。她做饭，扫地，洗衣服，里里外外忙个不停，从早到晚不得闲。每次做好饭，她必定要让公公婆婆先坐下，再盛饭递到他们手里，什么时候等公公婆婆吃完了，她才站在角落里吃几口。对她的这个做法，呼毕斯哈拉图的父母一开始很不习惯，但也不好说什么。到了冬天，达布辛娜说要回一趟娘家。呼毕斯哈拉图父母提出让儿子陪着去。达布辛娜说："不用，他忙。"老两口专门到公社买了几块布料，让达布辛娜带给她父母。达布辛娜来去都是步行，回来时背着个柳条筐，里边装着一只猪仔和二三十只小鸡。这让老两口为难起来，不知如何是好。猪仔哼着一个劲地拱地皮寻找吃的，小鸡叽叽喳喳跟着人乱窜。"这……有点麻烦。"呼毕斯哈拉图的父亲说，"鸡倒好说，可以关在笼子里。这猪怎么办？跑到羊圈弄脏羊圈就麻烦了。""好办，我来想办法。"达布辛娜马上动手干起来，她在离羊圈很远的地方盖起了猪圈，在猪圈旁边又搭了鸡窝。呼毕斯哈拉图家的牧羊狗一开始见了猪仔就像见了怪物一样狂吠不止，但过了几天就相安无事了。那些小鸡几次遭到野猫和狐狸的侵害，损失了一些，但一部分还是存活了下来。第二年，那些长大的公鸡和母鸡到处啄食幼蛹和各类昆虫，呼毕斯哈拉图的父母在浩特附近经常捡到一窝一窝的鸡蛋。又过了一些日子，有的母鸡就领着很多小鸡走出草丛嬉戏玩耍，增添了一道独特的景致。

## 9　多雪的冬天

数九后第三天，扎米延赶着马车出去砍柴，就看到灰蒙蒙的云层渐渐笼罩起草原，下午就落开了雪。雪花飞扬，周围静谧无声，傍晚时分已然变成了鹅毛大雪。扎米延跑去看望色布吉德玛和陶迪，看见牛棚里闪有手电筒的光亮，二人正在加固棚舍，添加饲草。

“看来这雪一时半会儿停不下来……”色布吉德玛说。

“今年冬天肯定不好过，我明天找几块儿大毡，给你们毡包加加厚，我看牛舍旁再搭一个暖棚吧。”扎米延冲她俩说。

陶迪笑笑，说：“又要劳烦大哥了。”

第二天早上，大地完全被大雪覆盖，原有的地貌完全变了样子，雪仍在纷纷扬扬地飘落。老张挥动扫帚，清理着店铺门前的积雪。

“借用一下马车。”扎米延说。

“干啥？”

“拉几块毡子，加厚一下色布吉德玛的毡包。”

“又是色布吉德玛！昨天傍黑儿我看见你去她那儿了，睡她那儿了吧？”

“你就胡嘞嘞吧，早晚要烂舌头。”

扎米延去朋友家借得几块毛毡，驾车往回赶。因为没刮风，天气还不算冷，雪仍在下，路上的雪不断加厚，行车都感到困难。扎米延为色布吉德玛加厚了顶毡和围毡，从队部找来一些椽子搭在牛舍一角，上面盖上干草，权当暖棚，两个女人当他的下手。

下午，呼毕斯哈拉图、丹毕二人，蹚着积雪回到了队部，连茶也没喝一口就召集队部上的几个人布置任务。

“雪一停，天就变冷，还有可能刮白毛风，我们要提前想办法做好抗灾准备。我到牧户看到，只几天时间牲畜膘情就有所下降，如果持续下去，过冬越春是很难的。”呼毕斯哈拉图说。

“我一秋天都在强调加固棚圈，但是仍有那么几户牧民耽搁了正事，羊只没有像样的避风处，冻得直哆嗦。今日起把这部分牧户的老弱畜分散到棚圈好、草料足的人家。看这天气样，到天黑可能下到尺把厚的雪，牲畜难以行走，需要老张用车拉。色布吉德玛、陶迪二人今秋打储草挺足，附近的部分老弱畜要运到你们这里。”丹毕说。

“饲草不足是个大问题，我现在就去一趟公社，多少争取一点抗灾草料。”呼毕斯哈拉图说。

“那就行动吧。”丹毕说罢站了起来。

老张当天下午至第二天中午跑了好几趟，拉回了百十只羊，色布吉德玛如同见到了久未谋面的子女一样，高兴得腿脚都显得分外轻快，忙着饲喂草料。

几天后天气放晴，但却极端寒冷。乌拉扎尔河蒙上了厚厚的冰层，冻得咔咔直响，裂成深深的冰缝，冰渣如刀似剑。雪虽然已停，但白毛风肆虐，乌拉扎尔敖包白头翁似的忽隐忽现。

陶迪背过脸躲避着寒风的吹打，蹒跚地来到扎米延身旁。

“真叫冷。”扎米延说。

“早上醒来时被角都挂满了一层霜。我来老张这儿买点东西。”陶迪说。

扎米延发现色布吉德玛、陶迪二人近来有了明显的变化。前者自从侍弄弱畜以来脸上总挂着笑容，而城里来的陶迪也越来越像个牧民。她似乎逐渐脱离了忧愁和苦闷。原来不爱言语的姑娘，如今见谁都能聊几句，还畜膘草情地拉开了话。扎米延心想，人还是很容易入乡随俗的。

一日，色布吉德玛领着儿子古鲁格去找一头走失的二岁子小牛，回来时发现陶迪脸涨得通红正着急地等着她。

色布吉德玛忙问："出什么事了？"

"把我急得呀……"陶迪见到她后才宽心地说。

"怎么了？"

"来了一个男人……"

看她那样子，肯定是发生了某种事情，色布吉德玛越想越不安，急匆匆地问道："谁来了，咋回事？"

"他说他叫萨楚拉图，满口都是没羞没臊的话……"

"咳，是他呀？"色布吉德玛听后放下心来。她来到乌拉扎尔草原不久就认识了萨楚拉图。这个人比较活套，有时有点轻佻，但不至于跟陌生女子放肆。

"那怎么样了？"

"他喝着茶忽然笑笑说：原来你长得这么漂亮。羞得我无地自容，不知说啥是好。我说我不认识你，他说认识以前生疏无比，认识以后亲密无间。我说我是下放来的，他说男人爱上一个女人就不管这个了……"

"而后呢？"

"他见我紧张，就走了。他说他还会来……"

色布吉德玛忍俊不禁，说："妹子啊，那些坏小子对女孩子说这种话，好比家常便饭，这种事儿以后会经常碰到，只要提防着点，没事儿的。"

“那个萨楚拉图是怎样一个人？穿戴也与众不同。”陶迪说。

“前几年他为地质勘察队带路，穿戴也发生了变化，见了同乡都有点看不上眼，但他人还是不错的。”色布吉德玛说。

“他如果再来咋办？”

“没事，让我来对付。如果我不在，你就说你有男人了，那他就死心了。”色布吉德玛停顿了片刻继续说道，“不过最好的办法是，你真的找个对象。”

“那个萨楚拉图还留了一张相片。我说不要，他非要留下……”

“放着吧，他也不是个坏人。”

被皑皑白雪覆盖了半个多月的乌拉扎尔草原显得苍凉而寂寞，骤然刮起的凛冽寒风呼啸着掠过包顶和棚舍，将积雪刮向天空，甩向大地，天地难以分辨，混沌一片。

一天傍黑时分，呼毕斯哈拉图艰难地跋涉在积雪中。许多天来，他走村串户奔波在生产第一线，今日说啥也想回家一趟。

夜已深，达布辛娜提着马灯，前往棚圈照看怀胎母羊。

雪后的白毛风不分昼夜地肆虐，但她却很安然，因为她早早地就备好了饲草，加固了棚舍，公公站在一旁说风凉话：“你这是搭畜棚呢，还是建住房呢？”她专心干着手中活儿，说：“棚圈暖和就不愁牲畜过冬。”公公却叹了一口气，说：“牲畜这东西不宜过热，会生病的，你不能总是这样不分轻重地干啊，也该歇几天吧。”她回答：“没事的，阿爸……”

可眼前，她的暖棚发挥了极大的作用。白天将临产的母畜留在棚圈里，她就在棚圈一角亲手搭盖的小土屋里过夜，夜里还几次起身照看羊只，待母羊产仔舔净包衣后，她就将小羔抱入小屋喂食黄油。通过她的努力，羔羊全部成活，公公伸出拇指说：“我们家的儿媳妇不是在接羔而是在侍候月子，也真难为她了，我看着都心疼，可怜的孩子。”

今夜达布辛娜又巡视了一遍羊只后回到小土屋。土屋里生着小铁炉，里边的火在熊熊燃烧，她面对火炉子坐了下来，觉得滚烫的热气灼疼着她的面颊，而后背却被可怕的寒冷浸透着。她往铁炉里加满干牛粪，裹上棉被坐着，外面寒风依然在肆虐。忽然，有一人影闪进她的小屋，此人满头满脸挂满了霜雪，袍裹一身寒气，着实让她吓了一跳，当此人笑出声时她才知道来人是自家男人。

呼毕斯哈拉图在火炉上暖了暖手，说道：“你受这么大的罪，我却帮不上一点忙。”

“你有你的工作，家里的事你就放心吧。”接下来还关心地询问，“其他畜群不知咋样？”

“这是一场多年不遇的白毛风雪，损失不小。”

“你待在这里干啥？回家，我给你熬茶。”

“天一亮我还得走，这次我从附近路过，咋也得回来见你一面。”他说着就抱住了达布辛娜。

她挣扎着说：“不要这样，咱妈时常来看我，再说又这么冷……要不咱们回屋吧？但是母羊产羔咋办？”

呼毕斯哈拉图未松手，抱得越发紧了。达布辛娜叹了口气，停止了挣扎，心痛地抚摩着丈夫被风吹皱的面颊，心疼地说：“我这可怜的男人……”

就在这天夜里，留在大队部的几个人很晚都没有睡。扎米延和老张在厨房里坐着，两个人中间放着一壶茶。外边暴风雪在呼啸。自发生雪灾以来，整个乌拉扎尔草原就没有一个人按时入睡了。人们的生活秩序已经被打乱，为了多保活一头牲畜，大家在日夜苦战。说实话，他们两人倒没有多大压力，老张老婆罕达玛是个有经验的牧民，她家里棚圈结实，饲草也充足，不用老张担忧。色布吉德玛、陶迪她们也问题不大。但他俩仍然不敢早睡，如今是非常时期，大家都在不分昼夜地忙，说不准什么时候谁来求助。

色布吉德玛推门进来了。“老张哥，打二斤煤油。”她说。陶迪她俩这两天开始接羔，白天连跑供销分店的时间都没有。所以买东西只好晚上来。

“坐下歇歇，喝点茶。”老张说，“过去扎米延你俩夜里还能热闹热闹，现在忙得没有时间热闹啦。”

色布吉德玛自己倒了一碗茶，说：“灾情总有一天会过去，那时候再补吧。到时候你跟罕达玛姐也好好补补。”说完忍不住笑了起来。说起来也奇怪，在严重的灾害面前，牧人们几乎没有一个垂头丧气的。他们那么劳累，但好像却越来越精神，见了面还短不了开开玩笑。

“陶迪怎么样？她可是第一次见这种情况。”扎米延说。

“一点事都没有。”色布吉德玛说，“她一个人在这儿也真不容易，如果给她介绍个对象就好了。”

老张说：“每次我到旗里和公社进货，都给陶迪捎回信件，时间一长我可以从信封上的字迹猜出哪封是她的家信，哪封是别人的信了。近来有一个人经常来信，有可能是一个年轻后生吧。”

“你怎么知道是男人的信？”扎米延不无怀疑地问。

“我只是希望有个男的给她写信。色布吉德玛你可以私下里探探她的口气。”老张说。

“早问过，她不说话，只是笑。”色布吉德玛说。

“唉，多好的姑娘呀……”老张叹息着。

十几天后一个风雪弥漫的下午，一个骑马人来到队部。这个人走向听到动静出来看究竟的扎米延，问道：“这里是乌拉扎尔大队吗？”

来人是个子挺高的年轻人。

“就是。你从哪里来呀？”扎米延问。

“我是内蒙畜病防治总站的兽医。”年轻人稍微犹豫了一下又问道，“呼和浩特来的陶迪住这儿吗？”

“她就住在那边的毡包里。”

年轻人牵着马大步流星地朝毡包走去，扎米延望着他的背影思谋：他大概是经常给陶迪写信的那个人吧。

不一会儿，陶迪满面红光地跑到老张的小卖部说："我的同学看我来了，人家是大老远跑来的呀，我得好好款待款待。"说着买了罐头、点心、白酒等不少东西，还说："你们二位大哥也过去吧，给我朋友做个伴，热闹热闹。"

扎米延和老张来到时，色布吉德玛出出进进忙着煮肉，陶迪跟那个兽医正有说有笑。

"我这位同学叫德力格尔，在内蒙牧业学校速成班，我俩是同班，半年后各自走上了工作岗位……"陶迪介绍说。

德力格尔抿嘴微笑，看来是个沉稳的人。

"毕业后我们就断了音讯，但他一直在打听我，后来听说我在这里，他就经常写信联系我，今天又专门看我来了。"陶迪说。

德力格尔笑笑，说："两个月前我才打听到陶迪在这里，我就给她写了一封信，也不知道她能不能收到。结果是她不仅收到了，还给我回了信。后来入冬后你们这里遭了雪灾，自治区决定派兽医队到你们旗，我就主动申请，得到了批准。本想早点来，因为先去了别的几个公社，今天才有了机会。"

色布吉德玛摆上奶食盛好茶后说："好人一生朋友多，陶迪的朋友也是我们的朋友。"锅中肉香扑鼻，温馨祥和的氛围溢满毡房。扎米延仰望天窗，看到狂风席卷飞雪，不停地从毡包上空呼啸而过。

扎米延笑着说："德力格尔你可不要客气，往后我们就是朋友了。你来了，我们都高兴。"

"说得对，朋友来了是大家的喜事。你们喝起来，唱起来呀。"老张也喊。

在外边狂风呼啸的伴奏下，他们欢乐到很晚。到了后半夜，扎米延和老张领着德力格尔去队部客房，色布吉德玛将客人的坐骑拴在棚圈的避风处添好草料。

德力格尔第二天一早就走了。正当扎米延、老张二人替陶迪高兴之时，色布吉德玛跑过来叹气说："这个陶迪呀，别提了……"

"咋了？"

"她在一个劲儿地哭。"

"为什么？"

"她说德力格尔在校时就喜欢她，这次见到德力格尔后她打心里高兴，但他一走，她就掉开了眼泪。说自己是个犯过错的人，德力格尔要是跟她好上了，他的前途就毁了。"色布吉德玛说，"你们都是男人，快想想办法，到底咋办？"

扎米延和老张大眼对小眼，不知说啥为好。

扎米延叹气说道："这就看德力格尔的态度了，这姑娘的心眼太好了，能遇到这么好的姑娘是他的福分。"

## 10 春节

抗灾保畜形势越来越严峻，不知不觉，春节临近了。老张现在隔三岔五就去进货。什么马灯、手电筒、皮手套、围巾、毡靴子……全是牧民急需的东西，而且需求量也在不断增加，他只好不停地去进货。这次他带回来陶迪的一封信。

他卸完货拿着信去陶迪那里。这时候祭灶节已过，几天后就是除夕了。他到羊圈旁，从栅栏上面看到色布吉德玛和陶迪正在忙碌。她们都穿着厚重的皮袍子，用长围巾包着脑袋，脚蹬沉重的皮靴，笨拙地来回走动，喂养那些弱畜。她们将吃饭、睡觉的时间压缩到无法再压缩，简化到再不能简化了。她们的手早已冻裂，好多天都没有认真梳理过发辫了。

"陶迪，有你的信。"老张说。

陶迪隔着栅栏接过信。色布吉德玛说："咱们回去喝两口茶吧。"她们走进包内，陶迪读完信哭了。

"怎么啦？家里父母病了吗？"

"不是，是德力格尔……"

"德力格尔怎么啦？"

"他被开除了……"

"为什么？"

"还不是因为我？……"

色布吉德玛问了半天才弄明白了事情的前因后果。不知道是什么人没事找事，向"组织"告发了德力格尔跟她谈恋爱的事，"组织上"就开始查这个问题。结果证实，德力格尔申请到基层参加抗灾保畜其实是为了与下放到基层接受改造的女友见面。他还专程跑到女友那里"住了一夜"，他们还经常通信……问题的性质一下子变得严重了。"组织上"找德力格尔谈话，德力格尔一点都没有隐瞒，把事情说得清清楚楚。"组织上"劝德力格尔与她划清界限。德力格尔说："是我主动提出来要跟陶迪好的，现在出了这个事，我怎么能丢下她不管呢？"于是"组织上"就让他二中选一：要么就选择陶迪丢工作，如果不想丢工作就离开陶迪。他说他无法离开陶迪，结果被开除了公职……

"那……他现在在哪儿？"色布吉德玛问。

"信上说，他今天到公社……"

"到公社？"

"说是公社额尔顿巴图副书记让他到公社兽医站工作。说额尔顿巴图副书记跟他很熟悉，他说不管德力格尔政治上怎么样，论技术他是个好兽医，你们不要他我要，让他到公社当兽医，按临时工待遇……"

"你说他今天到公社？"

“信上是这么说的。”

色布吉德玛沉思片刻，说：“你马上去见他！”

“什么？……”

色布吉德玛找了一条褡裢，十分利索地往里装着储藏在家的奶食品。“你的命真好，遇到了一个难得的好人。你现在就走，去见他。”

队里冬天给色布吉德玛和陶迪分配了一匹马，陶迪骑着马走进了白毛风肆虐的广袤草原。她是有生以来第一次独自一人骑马赶这么远的路。走着走着太阳就落了，走到公社时天也黑了。她勒住马犹豫着，不知道德力格尔到了没有，到哪儿去找德力格尔，如果德力格尔没有来她怎么办。

有一个人走过来问：“是陶迪吗？”一听是德力格尔。

“是我……”她流着泪喊道，想下马，但第一次长时间骑马，双腿都麻木，下不来了。德力格尔来扶她下马，她一下子滚入他怀里哭了起来。

“你怎么知道我要来？”陶迪问。

“我想，你也许会来……”德力格尔说。

往年一到腊月二十七大队部就放假，大家都回家过年。但今年抗灾保畜形势依然严峻，上面又号召大家抗击灾情，老张就不能回家了，除夕那天中午，罕达玛领着儿子赶着羊群过来了。扎米延本来没有家，色布吉德玛和陶迪也在这里，德力格尔也过来了。大家就准备在大队部过年了。呼毕斯哈拉图和丹毕仍在最困难的几个畜群点，看来只好在那里过年了。

毕竟是要过年了，在队部的这几个人都很高兴。老张头几天去公社进回来一些牧民过年用的货物。现在他裁红纸，德力格尔在上面写对联，其他几个人在嘻嘻哈哈地包饺子。落日时分，这里已经有了过年的气象了。

夜里德力格尔要出去放炮仗，陶迪跟了出去。

虽说是黑夜，但因为雪的反光，并不是伸手不见五指。德力格尔用烟头点着了一只“二踢脚”的捻子，陶迪捂着耳朵站在一旁。炮捻子哧哧响着，火星四射，接着“嗵”的一声飞到了天空，又在很高的地方闪出红色的火光爆炸了。陶迪笑着，跳着，把脑袋贴在德力格尔的胸口说：“从此刻起我已经二十一岁了……”

他俩突然有了一种奇特的感觉：这个世界怎么变得这样静啊？

他们相依着站了很久，陶迪喃喃道：“暴风雪……停了？”

“啊！好像是……”

“你记得我们学校里的除夕吗？”

“记得，当然记得……彻夜狂欢……”

“是啊，老师和同学，对对双双，翩翩起舞……”

陶迪夺走了他手中的烟头，又点燃了一支炮仗。炮仗蹦上了高空爆炸了，像美丽的礼花……

# 第三章

## 1　又一春

清明刚过，大队部西梁的阳坡上，一群羊在一位年轻女子的呵护下觅食，不远处有两个孩童在追逐，嬉戏。女子是陶迪，两个孩子一个是色布吉德玛的儿子古鲁格，另一个是罕达玛的儿子呼格吉勒图。

两个孩子在逮蜥蜴，不知发现了什么，忽然冲她跑来。陶迪看见两个孩子跑起来好似离弦的箭，这让她惊奇不已。

“陶迪姨，绿草长出来了……”二人争先恐后地报告说。

“是吗？在哪儿呢？”陶迪问。

古鲁格用靴尖踢了踢脚下的土层，下面露出了淡绿的小草芽。

陶迪举目瞭望远方，敖包附近蜃影幢幢，草滩周围春意盎然，早春在不知不觉中叩响了荒原的大门。色布吉德玛探身包外，朝他们挥手，大概在召唤他们回来喝茶。

陶迪下放此处虽然只有七八个月，但猛一看，与当地的牧民姑娘没什么两样。她的皮肤经风吹日晒，雨淋霜染，变得又红又紫，走起路来咚咚作响，干起活来铿锵有力，说话声调与当地女子没什么区别，养成了草原牧民的豪爽耿直的性格。但她并未发觉自身的变化，更不知道从何时起竟有了此等变化。

正月初三，丹毕队长到队部看望大家，了解到德力格尔和陶迪要生活在一起，便摸着下巴沉思片刻，说：“让你俩完成一项任务。”

“什么任务?”

“明后天出发到呼和浩特采购兽药。”

“旗里各种兽药都有，不必到那么远的地方。”德力格尔说。

“呼和浩特的兽药质量好。”丹毕说。丹毕队长其实是找借口让二人回一趟呼和浩特，见见陶迪的父母。丹毕还特别嘱咐他们：“不要忙着回来，跟父母多待两天。”但二人在呼和浩特只待了几天就返回了大队。他们见了父母虽然很高兴，但街道居委会三番五次来家里询问陶迪回城的目的，有的同学在街上碰到他们后就躲，让他们大为扫兴。更可悲的是因为全国性的粮食紧张，父母拿不出像样的东西了。他们只好提前回来。

陶迪早前可能是个胆小怕事的女孩，但现在却能够拿得起放得下了。她和德力格尔二人找公社民政干事开结婚证，干事却挠着头皮笑笑说：“你俩的这事……恐怕需要领导批准。”“其他人结婚也需要领导批吗?”德力格尔问。“别人不需要。”“那你告诉我，我们应该找哪个领导?”“这个……我也说不清楚。”德力格尔还想争辩，陶迪拉着他就走了出来。她说：“你听不明白人家的意思吗？我是个犯过错的人，你是个被开除公职的人，就算我们都是有血有肉的人，但必定低人一等。”德力格尔仍不死心，陶迪又说：“算了吧，就是没有那纸证明，谁能挡住我跟你睡觉？我还要生儿育女呢……”她大概自己都没有意识到说出了粗话，还哈哈大笑。

之后，德力格尔在公社所在地找了一间小房，陶迪准备被褥和炊具。就这样，他们算是有了一个家……

陶迪撇下觅食的羊群，返回毡包喝茶。

“你还记得萨楚拉图吗?”色布吉德玛问。

“萨楚拉图？就是去年冬天来给我留下照片的那个呀?”陶迪笑了起来，问，“他怎么啦?”

“听说在公社被关起来了。”

“什么？听谁说的？”陶迪问。

“老张上午从公社回来说的。”色布吉德玛说。

“他因为啥被关起来了？”

“好像是说他散布谣言……他说内地闹饥荒了。”

“啊！……”陶迪叫道，她想起春节回家时家里缺少口粮的窘况，她当时就觉得城里粮食紧张了。“老张没说别的吗？”她问。

“他说，旗里看见要饭的了……”色布吉德玛说着，好像害怕似的耸了耸肩。

萨楚拉图真的被关起来了。

萨楚拉图也是土生土长的乌拉扎尔草原人，但前几年为地质队当过几年向导后，就有点趾高气扬，乡亲们都不在他眼里。地质队所发蓝色帆布服装整天不离身，还穿了一双带补丁的翻毛皮鞋，戴墨镜，时常不打招呼就出去逛十天半月。

那几天他住在公社供销社招待所，他是个自由惯了的人，想住即住，想走就走，见人自来熟。一天傍晚他走进招待所食堂时碰见送货的几位马车夫围坐在一起，桌子上还立了一瓶酒。他不讲究什么客套，也凑了过去。

他自负地扫了一眼桌子上的饭菜，说：“就吃这个呀？没办法，这里不比旗里的饭馆。”

这伙人看他的穿戴与牧民有别，口气也不一般，顿感钦慕，随之敬酒。

他本没打算吃白食，又要了两盘肉炒菜，端起酒杯就喝：“你们在这里还能吃到肉，没听说个别地方都有人饿死了？”

那几个人没有作声，他们有可能还没有听到过这种消息，或许听到了也没胆量传播。

“你们什么都不知道”他说。

“真的吗？”其中一人低声问道。

“咳，当然是真的啦，我们地质队走南闯北，啥事不知？”

其实，消息是他从旗里一个钉鞋匠嘴里听到的。那天他想修一修皮鞋，找到了一处修鞋点，鞋匠将鞋底朝上套进鞋砧，抓起一把钉鞋锤钉掌时无意间说出了口。具体发生在什么地方，钉鞋匠也没说，今日他好像亲眼所见似的，添油加醋地侃侃而谈。

食堂里不仅有那几个车夫，还有其他人也在那里吃饭。他这些话，有人告发了。第二天中午，他被公安特派员叫去询问。

“现在流言蜚语挺多，上级指示要严查，你说话要小心。”特派员训斥他，萨楚拉图如果态度好一点，事情也许就能过去。

但萨楚拉图却偏偏不买账，在他眼里，一个公社公安特派员只不过是土包子一个。

萨楚拉图叼着香烟，吞云吐雾地说：“最近你可能没去过盟里旗里吧？”

“什么？”特派员脸色不好看了。

萨楚拉图还继续说：“年轻人不要学会那种趾高气扬的毛病，这样不好。你在这儿充当个无冕之王，搁在我们地质队，想当个下人还不一定要你呢……”

公安特派员冷笑一声，喝问：“昨晚你在食堂说了啥？说得详细点！”看来已经不是一般的谈话，而是像审讯了。

“我……昨天晚上？”萨楚拉图愣怔了一会，说道，“那时我喝醉了，现在想不起来了。”

“你是酒后吐真言吧？你说过闹饥荒了没有？”

此时萨楚拉图才明白被传唤来的真正原因。但他对公安人员的态度很反感，不屑一顾地说：“有可能说过，忘了。”

“为什么传播谣言？谣言是不是你编的？”

“咋成了谣言？”

“你说人们吃不上饭了，这是什么话？”

“真话呀，你没有听说?”

“你态度太顽固了，得让你去个地方反省反省，在那里提高提高认识，端正端正态度，而后再说。”公安特派员命令萨楚拉图跟他走。不知是本人喜好那样还是公安工作的要求，还挎上了手枪。

萨楚拉图不得已只能让他押着走，边走边说：“是否要关押我?饭钱得你掏。”

他被关进公社后院的一间小屋，由一个民兵把守在外，到饭点，由民兵押到公社食堂。

被关押的第三天中午，在押往食堂的路上，他和那个民兵几乎同时看到一对男女拖儿带女地从那边的路上走来。穿过乌拉扎尔草原的运盐路正好从公社侧旁通过，他们正是顺着那条路走过来的。萨楚拉图和民兵都注意到了，那夫妇两人走得很慢也很艰难，好像连迈步的力气都没有了。

他们越来越近了，两人都是三十多岁的样子，一人背着一个孩童，手里还牵着一个孩子。他们来到他俩面前，忽然跪了下来，萨楚拉图惊诧不已，年轻的持枪民兵头一回遇见这种情况，吓得脸都白了。

“救救我们！……”男的说。女的跪地不起，一个劲地抽泣。

“你们是咋回事?”

“饿……”

萨楚拉图呵斥站在身旁的民兵：“还不赶紧搞点吃的，杵在这儿干吗?”

那位民兵赶忙跑去食堂端来两碗饭，逃难的夫妻二人和孩子们大口大口地吞咽起来。民兵看到他们狼吞虎咽的样子，甚至都有点害怕了。

“你们咋就到了这种地步?”萨楚拉图问道。

“我们那里闹了大饥荒……”男的话说一半忙着往嘴里塞饭。

立功一口纯正的汉语，表情惊异地问道：“你……你是什么人?”毕立功说：“你刚才说种植葱蒜很辛苦，我也种过，还可能比你早些。你说得对，种植这些东西是够费力的，但牧放牛羊也同样辛苦呀。你不是问我是什么人吗？我可以告诉你，我是旗里下派到此地的工作队队长，这里没有我管不了的事情。”“那您……怎么个管法?”小商贩问。“你开价要公平。我给你出个价，你要是用我定的价格售完你这些东西走人，就不会招来麻烦。否则我们给你们区里写个公函告发你的奸诈行为，到时候你吃不了兜着走，现在可是新社会。”毕立功说罢开始跟商贩算细账。“你从那么远的地方来，怎么也得让你盈点利，但不能盈利过狠，你看这样如何？……”二人计算了熬顿茶的工夫，商贩摇了摇头，苦笑着说：“就这么着吧，遇上了您这么个人，认倒霉吧。”送走商贩，毕立功与这家主人喝茶闲谈，他哀叹一声说：“不就是几把葱、几头蒜吗？还这么麻烦!”牧户的主人说：“光是葱、蒜的事还好说，实在不行的话，不吃它都可以。但米面可缺不得，路再远、价再贵也得买呀……现在又快到赶着牛拉着骆驼前往农区运粮的时候了。每年的这个季节都要走一遭。现在时局稳定，天下太平，还好办。过去我们运粮的人被抢去车马、掳掠钱财的事时有发生，甚至有人都丢了性命……”毕立功插话问道：“我们不能自己种吗?”“谁会种呀?”“我就会种，其实一学就会，人人都可以种……”

那年冬天，毕立功回了一趟生活了几十年的农区。那个冬天，雪非常大，他跋涉在厚厚积雪中，时而陷进雪窝，再艰难地爬起来，跌跌撞撞地走了好几天。从农区回来后就带领工作队员在工作队驻地附近挖掘水井，平整土地，开春以后就在水井旁种起了菜。大家这才知道他去年冬天去农区是要菜籽去了。初春到盛夏，咋看他也不像个工作队长，倒像个老菜农。有时为了到上面开会或下基层布置工作，好几天都见不到他，但一回来就来到菜地，不是锄草就是施肥灌溉，劳累了就坐在菜地旁欣赏着菜地，犹如看着自家正在成长的孩子。

扎米延那时候还是个牧马人，他时常来到毕立功身旁，啧啧赞美菜势长得好。蔬菜叶面又翠又绿，鲜嫩饱满，含水欲滴，让人不忍离去。毕立功嘴叼烟袋杆，坐在地垄旁，挽着俩裤腿，浑身是泥巴，真像个老农民。

“还缺少一样东西，如果用上它，长得会更好。”毕立功说。

“那是什么东西？”

“人粪！”

扎米延恶心得差点儿吐出来，毕立功看着他哈哈大笑，说：“人粪不好弄，你们抽空运些牛羊粪来。”

自此，凡来这里的人们都会带点牛羊粪肥，那个时节这里还没有麻袋，都用粗纺的毛口袋。他让牧民将毛口袋中的牛羊粪倒进田边的土坑，再往上面喷水，说是促使发酵，增加肥力。

到了秋天，工作队通知牧民们前来取菜。当大家来到地头时，看到工作队的同志将起好的菜码放田边，正等着大家取走。收获的葱蒜辣椒可真不少，胡萝卜、白萝卜、马铃薯、圆白菜堆积成小山似的。那年外来小商贩的葱蒜无人问津，均无功而返。是年冬季每到吃晚饭时，乌拉扎尔草原一些牧民毡包的天窗里就飘出蔬菜的气味。人们对毕立功更是佩服得五体投地，说他没有一个不会的，什么事都能办成。毕立功这时候又说，明年他要带领乌拉扎尔草原上的人们种庄稼，实现口粮自给，再也不必从外地进粮了。但是，毕立功开荒种田、粮食自给的宏伟计划未能实现，因为以盟长名义发布的关于禁止开荒的布告从乌拉扎尔庙的墙壁一直张贴到了铜匠棚那些简易房屋。于是毕立功再不提开荒种地了，开始着手发动打狼运动。第二年，毕立功升迁为区长，那片菜地也就荒芜了，但以前修的水渠和田垄仍清晰可见，现在被人们称呼为“谢”的那个小青年又要在那里种菜了。

一天，陶迪到井台汲水，看到谢开挖整理好很大一块菜田，正在引水灌溉，见到陶迪后殷勤地招手道：“婶娘打水啊？”

只几天时间里怎能整理出那么大的一片菜地？这让陶迪惊异不止。后来不只是陶迪一人，住在队部的另几位也不得不佩服他了。谢的身板是那样瘦小，比罕达玛的儿子呼格吉勒图高不了多少，但他的体力、精力、毅力又是那样地惊人！只用几天时间就整好地撒好种，夜里还趁月色打开了土坯，说要盖房子。半个月后，菜地初现新绿，一个月后，一座小土房立在了井台边的菜地旁。

老张站在小卖部外，眼望那边的菜地，对朝他走过来的扎米延大发感慨："那个谢真不得了，放在旧社会迟早是个大财主。"

"像他那样牛马一样受苦，当了什么又能怎么样？"扎米延说。

"听说我们大队今年要种粮食，还说毕立功过来亲自领导。"老张接着说道。他每次前往进货都要带回一些新闻，这消息是他昨日在公社所在地听到的。

"在哪儿种啊？"

"听说乌拉扎尔敖包西南的打草场。"

"那可是乌拉扎尔敖包的禁地呀。"

"谁说不是呢。"

扎米延忽然觉得心里很别扭。毕立功老是说要开荒种地，从当工作队长那时一直说到现在，扎米延每次听过也就罢了，没当一回事。可是，现在他意识到垦荒种田可能要变成事实，就感觉很不舒服。难道乌拉扎尔草原真的会变成另外一个样子吗？……

草原虽然闭塞，但"垦荒"消息却传播得出奇地迅速，而且还成了口口相传的话题。继而，此地被一种沉闷的氛围所笼罩。

一位牧民来小卖部购物，恰遇老张、扎米延二人在闲谈，就问道："据说今年要大祭乌拉扎尔敖包？你们听说了吗？"

"没有呀，你是听谁说的？"老张问道。

"有人说过……"

也不知到底是谁人所说，这个消息就此传开了。

几天后，额尔顿巴图来到队部，跟扎米延问呼毕斯哈拉图和丹毕去哪儿了。

“下乡去了，要叫他们回来？”

“看来得见见他们。大家都在嚷嚷要祭敖包，这话到底是谁说的？”

“说的人多了，咋啦？祭敖包也不对了？”

“问题有点复杂，大家都说是听来的，但问他听谁说的？个个都躲躲闪闪……”

“追查这个有用吗？”

“不单单是祭敖包的问题，还有其他谣言呢……”

“什么？……谣言？”

“说乌拉扎尔敖包顶端有时被黑色雾幔遮蔽，驿道上常常传来马蹄声。”

“那你们要怎么样？”扎米延问。

额尔顿巴图直视着扎米延：“你看这是个什么性质的问题？”

扎米延沉思了一会儿，叹息说：“乡亲们不愿意草场被破坏，自打传出开垦草场的消息后，说什么的都有，谁不知道？但大家没什么恶意，只是不想家乡变得一塌糊涂……”

“现在谁敢反对开垦……”

“难道放牧有错吗？”

“谁也没那样说，反正毕立功书记听到祭敖包等传言后很不高兴，他这次派我来的目的就是了解一下这里的情况。”额尔顿巴图说。

“那你回去怎么交差？”

“你刚才说得挺对，回去后我把你说的重复一遍。毕立功书记也不知咋了，非得要开荒，要种这个种那个，过去种菜，现在要种庄稼。我看不种也未尝不可。”额尔顿巴图说。他在下面转两天后领上呼毕斯哈拉图和丹毕二人返回了公社。

“这帮家伙瞎咧咧，现在怎么样？毕立功生气了，呼毕斯哈拉图和丹毕不被骂个狗血喷头才怪呢。”老张说。

扎米延无语。

“你们别以为毕立功脾气好，他可是手腕非常硬的人。”老张说道。

“不管怎么说，他不会怪罪老百姓吧？”

“哼，看着吧！”

呼毕斯哈拉图、丹毕二人由公社回来后，召集各生产队长开会。散会后，各位队长发动群众几番查找，终未找到“制造谣言”的始作俑者，但也查出了几名谣言传播者。而后召开全体社员大会，各生产队对存在的错误做出深刻检讨，让传播谣言者低头站在众社员面前接受批判。经过这次大会后，乌拉扎尔草原平静得鸦雀无声，别说是祭敖包了，就连说家常话也变得万分小心。

一天，色布吉德玛放牛回来到厨房喝茶。

“今天可真热，口渴了吧？喝点茶吧。”扎米延说。

色布吉德玛倒了一碗茶，说：“你猜我今天路过敖包时看见了啥？”

“看见啥了？”

“敖包祭台上放着很多祭祀品。”

“是吗？”扎米延深感诧异。

“前往祭祀的人不会是一两个，因为供品堆了不少……”

扎米延说不出话来，站在那里发愣。

“你想什么呢？”色布吉德玛望着他。

“乡亲们真叫可怜……”扎米延说完后沉默无语。

老张捧着他那大茶缸走进来问：“你俩咕哝什么呢？”

色布吉德玛将所见的情况对老张重述了一遍。

“啊，我现在明白了。前几天我进完货路经敖包时天已很晚，瞧见一个人乘马向上爬，天都这么黑了，这个人要干什么？难道要祭敖包？当时我还觉得好笑。现在思谋起来，还真是那么回事儿。”老张说。

“这么看来每当夜深人静时还真的有人在祭敖包，呼毕斯哈拉图、丹毕他们俩知道这个情况吗？”色布吉德玛说。

扎米延沉思一会儿，说：“他俩也肯定知道，他们可能在左右为难呢。”

“如果我们告诉了他们，他们会更加为难。咱们啥也别说。”老张又说。

额尔顿巴图受毕立功的指派，又来过几次乌拉扎尔草原。

“你一来准没好事。”扎米延边说边给他熬茶。

额尔顿巴图干脆躺倒在扎米延的小窄炕上，盯着扎米延问：“还有人说听见马蹄声了吗？”

“现在谁还敢说这话？都让你们吓唬住了不是吗？”

额尔顿巴图又改成斜倚的姿势微笑着问：“驿道上传来的马蹄声你听到过吗？”

扎米延说：“十几年前我真听到过。一天黑夜我沿着驿道骑马慢慢走着，这时从身后忽然传来了纷乱的马蹄声，不一会儿就从我身旁飞奔了过去。听起来不像是单骑，好像是一二十匹马接踵而过。我的坐骑也挣缰奋蹄，被我勉强扯住，杂乱的马蹄声渐弱后我的坐骑还长长地嘶鸣了一声。”

额尔顿巴图摇头微笑说：“真是个怪事。”

“好了，坐起来喝茶吧，然后再好好折腾我们。”

额尔顿巴图坐起身，一边喝茶一边说：“领导让我们咋干我们就得跟着人家咋干，没有别的办法。”

“你也是乌拉扎尔草原上的人，难道你一次也没听到过马蹄声？”

他扫了一眼扎米延，压低声音说道：“咋没听见呢？就在前几天，不止我一个，毕立功书记也听到过，那天夜里我俩正好路经乌拉扎尔敖包脚下。”

“啊，真的吗？”

额尔顿巴图原本也是一个有啥说啥的爽快人，他悄声对扎米延讲述了当晚的事情。

那天晚上，毕立功和额尔顿巴图正走在乌拉扎尔敖包脚下。那是个明月当空的夜晚。他们正走着就听到了飞奔的马蹄声，声音越来越响亮，越来越近。难道有人在这深沉的夜晚骑马飞奔？他举目搜寻，唯见一切景物在白色的月光下朦朦胧胧，其他什么也看不到，但马蹄声一直在传响。额尔顿巴图忽然想到了有关马蹄声的传言，停下来痴痴发呆，毕立功也驻步倾听，他肯定也听到了马蹄声。

“马蹄声！……”额尔顿巴图悄声报告。

毕立功马上变得若无其事，回过身来反问道：“你说什么？有马蹄声吗？”

“您……没听见吗？”额尔顿巴图问道。

“听见什么了？”

“不是传来马蹄声了吗？”

“是吗？”

马蹄声渐渐远去，直至消失。

“可能是马群跑过去了吧……”毕立功如此说罢，无动于衷地向前走去……

扎米延听完额尔顿巴图的叙述，表情惊异地问：“按你的说法，毕立功当时没听见马蹄声？”

“应该听到了，他跟我一样，也支起耳朵听了一气。”

“那他为什么？……”

“可能不打算让我知道他也听见马蹄声。”

“为啥那样？”

额尔顿巴图诡秘地笑笑，说：“别说你那个笨脑瓜了，我这个聪明人当时也不明白这是为什么。过后想了好久才琢磨出点道理，人家想得就是远，就是深刻，而且反应快如闪电。”他叹息了一下接着说：“只因如此人家才能当官，我们只配当随从不是吗？”

“听见就听见了呗，藏着掖着干吗？”扎米延倍觉好奇。

“你想呀，如果毕立功也听到马蹄声的消息一旦传开，你知道会招来什么麻烦吗？说明牧民的传说不是谣言，追查谣言是不对的。再往深里说，会增加对开荒决定的疑虑。你看人家毕立功多厉害，人家能转瞬间什么都考虑到了，而我却像个傻子，仍然不停地絮叨马蹄声这个那个的，太可笑了……”他摇头笑着。

不知道是巧合还是毕立功书记有意的安排，乌拉扎尔草原开犁之期恰逢乌拉扎尔敖包祭祀之日，但人们都不敢说什么了。那一天，乌拉扎尔敖包西南方向的草场四周红旗漫卷，锣鼓喧天，乌拉扎尔大队的社员们早早聚集在那里。

蒙古族尊崇的敖包周边都有划定的禁地。乌拉扎尔敖包禁地是敖包四周十几华里，禁地范围内可放牧，可打草，但禁止居住，更不允挖坑动土，这是祖上的规矩，就是早年的驿道盐路都绕开了禁地，但今日却没人提起，无暇顾及。

开犁前召开了大会，在即将要垦荒的草场旁边摆了一溜儿桌子当作主席台，垦荒总指挥毕立功坐在正中，微笑着。大队支书呼毕斯哈拉图宣布大会开幕，鼓掌欢迎毕立功讲话。坐在乡亲们中间的扎米延对老张咬耳说：“今天毕立功准保会发威，批评有人黑夜祭敖包的事情。”老张却反过来对扎米延耳语：“不可能，毕立功是个滑头。”

看毕立功的样子，他好像原本没有打算讲话，无奈被支书点了名，只好站了起来。“我没什么准备，也没什么说的。对于大队党支部和管委会决心实现粮食自给，我感到非常高兴。他们的这一决定，充分体现了社员群众的意愿，我代表公社党委表示坚决支持！”说完引来了热烈的掌声。

扎米延目不转睛地盯着毕立功，心里想：在乌拉扎尔草原最先主张垦荒种田的不是你吗？现在咋又变成了队领导的决定和群众的意愿了呢？你是在鼓励队委会和社员群众，还是在推卸责任？

乌拉扎尔这片从未开垦过的处女地首次被锋利的犁铧划开了肌肤。毕立功不仅住进田头的帐篷里，还从农区叫来了几位农民兄弟。呼毕斯哈拉图、丹毕也率领全队青壮劳力，住进了在田头搭建的帐篷里。开垦计划也不断扩大，刚开始要开垦五千亩草场，最后变成了一万亩。

经过一阶段的艰苦辛劳，春播结束后，牧民们各回各家，只留毕立功请来的几位农民看管庄田。到夏初，离老远就能望见这一大片绿油油的庄稼地。农区来的几个农民，领头的姓刘，四十多岁，太阳刚露头就带上大家劳作，中午和晚上以稀饭为主，腌野菜就饭。丹毕有一天去庄稼地看了看，回来对扎米延说："给他们送去一些脂油和干肉条吧。"扎米延这才去了一趟田头。当扎米延来到地头时恰碰他们做午饭。两个后生在煮饭，姓刘的手持拃长的小烟袋坐在一旁吸烟，扎米延将东西交到姓刘的手中，坐在了他身边。

"庄稼长得不错呀。"扎米延说。

姓刘的沉默稍许后说："你们吃供应粮的人种什么粮食？真是吃饱撑的，没事找事！"

"毕立功书记不是说让我们口粮自给吗？"扎米延说。

姓刘的发一声冷笑，说："自给？弄不好，草场有可能沙化。"

"沙化？"

"我们那个地方现在沙化得都无法居住了！据老人们说，早先也是一片好草场，后来连年开荒，现在变成了一片黄沙。你们这里的土质跟我们那儿一样，弄不好也跟我们一样……"

"不可能吧。"

姓刘的不再往下说了，对做饭的后生嘱咐："把这油脂和干肉放好，省着点吃。"

"不用太舍不得，过几天我再给你们送过来。你们喜欢吃菜吧？

大队部有个姓谢的种了不少菜，正愁没人吃呢，正好给你们送过来。”扎米延说。

几天后，谢开始用老张的马车为他们送菜。

两个月后进入三伏天，庄稼长成了一人多高。一天中午，谢赶着马车送蔬菜，由于天气过于闷热，他一个劲擦抹着额头上的汗珠，已然来到田边地头。高高的玉米犹如一堵山墙，挡得周围严严实实，在勉强挤进来的微风吹拂下，长长的枝叶摩擦，碰撞，沙沙有声，好一个密不透风的青纱帐。谢多么期盼哪怕来上一小片云朵遮挡一下炎炎烈日的烤炙，他眼巴巴地眺望远空。他还真的望见大片的乌云朝这边靠来。但奇怪的是乌云下方悬挂着巨幅的灰白色雾幔，而且往这里移动的速度越来越快。谢惊讶不已。只一眨眼的工夫，他就被雾幔彻底裹了进去，原来是一场冰雹从天而降！

世间的一切瞬间被暴风骤雨的喧嚣声所淹没，密集的冰雹如万箭齐发疯狂地砸向地面，好像到了世界末日。谢慌忙从地头拔起一丛蒿草遮挡住头顶，滚进了田边的壕沟。不知道过了多久，周围重新恢复了平静。

谢睁开双眼慢慢爬起来了。白茫茫的世界，凉飕飕的冷风，他看到的是一个陌生的世界。墙一样耸立的玉米均已倒伏，枝叶被砸得百孔千疮，田畔的草棵已无影无踪，大地盖上了厚厚的冰雹。谢活动了一下手脚，好像没有受伤，虽然周围一片狼藉，模样大变，但乌拉扎尔敖包依然保持原有姿态耸立在远处，神威不减。

在谢为了躲避冰雹的袭击抱头鼠窜之时，扎米延和老张正站在队部门前朝此处张望，只见庄稼地方向天地相接，茫茫一片。

“冰雹！……”扎米延口中喃喃。

“完了！……”老张惊叫。

刚才，他们二人已经清楚地看到了发生雹灾的全过程：起初是敖包上空聚集起了云层，云层渐厚渐暗，最终犹如承受不了自身重量，向着敖包南坡急速坠落，接着好比一个巨大的口袋底部开了线，大片的冰雹朝玉米地砸去。那里从天空到地面变成了一片巨大的白色。

刚刚回到队部的呼毕斯哈拉图和丹毕走出办公室问道：“你们在看什么?”

“朝那边看!”

他俩看到那个白色，眼睛都直了。

“咱们的玉米地……全完了。”呼毕斯哈拉图痛心疾首地说。

此时，两个马倌前来小卖部买东西，他们刚下马，呼毕斯哈拉图和丹毕就抢过马缰绳，急速奔往庄稼地。

厚厚的冰雹到第二天中午才化净，田地里泥泞无比，没法进入，几天后，倒伏的玉米植株发霉变质，臭气熏天，牲畜都不愿靠近。

下罢冰雹的几天头上，帮助牧民种庄稼的几个农民来到大队部，姓刘的那个在厨房门口探头问扎米延：“呼毕斯哈拉图、丹毕在不?”

丹毕从另一间屋走了出来。

“庄稼没有了，我们咋办?”姓刘的农民瞪着眼珠问。

“没有了就没有了，又能咋办?”

“我说的不是庄稼，是说我们自己。我们到这里已经几个月了，我们原籍没有给我们记工分，现在又一无所获，我们靠什么维持生活?”

“你们有什么打算?”

“我们的吃、住问题该由你们解决。”

丹毕气不打一处来：“你们事儿真多，我给你们安排其他劳动。”

“我们的户口怎么办?”

“以后再说。”

这几个农民从此就居住在乌拉扎尔草原。呼毕斯哈拉图本打算让他们放几群羊，丹毕却说这些人连山羊绵羊都辨不得，公羊母羊都分不清，他们会放羊？倒是可以让他们种点什么，维持生活。没过多久，那几个农民将妻儿老小全都搬将过来，还时不时地找呼毕斯哈拉图和丹毕，要求解决这个那个问题，纠缠不休。

还没有到冬天，那一万亩土地就变成了寸草不生的荒沙。

## 3　萨仁其其格

一个陌生人来到大队部。此人说他来自黄河南岸某地，要去很远的地方探亲，想在这里歇一夜。他坐在厨房跟扎米延喝茶聊天，谈起他家乡的种种新闻，谈起黄河边上的芨芨滩、丘陵、草场和庄稼地……总之这个人十分健谈，扎米延听着听着就想起了在黄河边上当女婿放牛的那两年。

“兄弟去过我们那里吗?”客人问。

“也去过。”扎米延说，说起了萨仁其其格家乡的地名。

“那个地方在我们老家以东五十多里，那里有认识的人吗?”客人又问。

“……有一户人家有很多牛，是个富户，女儿叫萨仁其其格。”扎米延说。

“嗐，你说的是他们家呀。唉，过去那户确实很富，但现在不行了，那家老头都入狱了。”客人说。

“是吗？因为什么?”

“听说那个人过去在黄河以北当过国民党兵的连长，临解放时搬到南岸居住。可能是隐瞒了历史问题，去年河北岸来了几个警察把他押走了……”

“真的吗?”

“当然是真的。在黄河岸畔那可是个大事件，人们议论了好久。”

“他老婆孩子怎样了?”

“那就不太清楚了。反革命家属能有什么好结果?”

扎米延再没有往下打听。他没有想到萨仁其其格家里出了这么大的事，心想入冬前去一趟，看看他们母子，顺便也办了离婚手续。

半个来月后，老张再次从公社进货回来，狠狠地瞪了一眼帮他卸货的扎米延说道："我说过多少次，让你跟那个婆娘办离婚手续，你是一个劲地往后拖，这回好啦，麻烦事就要来了。"

"你说什么？"

"人家现在寻上来啦！"

扎米延没听懂老张的意思，反问道："谁来啊？"

"你那个老婆呗。"

扎米延根本不信。

老张称：他正在公社供销合作社装货，额尔顿巴图走了过来，问他什么时候回去，老张说现在就走。额尔顿巴图说，要是知道你来了，不如让你拉上那位女子，她路不熟不说还带着个孩子。老张问什么女子？额尔顿巴图说，那个女人是昨天来这儿的，自称是扎米延的妻子，一早反复问询去往乌拉扎尔的方向后步行上了路……

"她来干什么？要找我？"扎米延问。

"不找你找谁？找我？那是你的老婆，不是我的。"

"她……来干什么？"

"我哪知道？"

"你说你在公社的时候她就出来了，你都到了，她为啥还不到？"

"带着孩子步行的女子，她能快过马车吗？"

"你肯定在骗我，你一张口没有一句正经话……"

"只要不迷路，她这会儿应该快到了，快给你那个多年不见的老婆做饭去吧。只是你那个炕太窄，连孩子三个人挤在上边，你跟老婆还要折腾一气，别吓着孩子……"老张好像过足了嘴瘾，得意地大笑。

扎米延恨不得掴老张一嘴巴，但也没有办法，说："她是不是跟我办离婚来了?”

“办离婚带孩子干什么?”

“那该怎么办?”

“你自己想吧，这边还有个色布吉德玛，那边你老婆又来找你。该决断的就应该决断了。”

“好吧，她来她的，来了之后我跟她办离婚不就得了……”

扎米延以为萨仁其其格很快就到，但她当天根本没有来，他又认为老张在骗他，也就放下心来。

但他高兴得太早了。第二天小晌午，他看见一个女人手牵一个孩子从通往公社的大道上蹒跚走来，扎米延这才相信老张没说假话。

女子走到他面前停住了脚步，但他左看右看也没有看出萨仁其其格过去的模样。她身穿带补丁的衣服，灰头土脸，头发擀成毡，显得那么憔悴。一个男孩紧紧拽着她的手，用惊悚的眼神望着他。

“您好吧? 我……我是萨仁其其格。”

他仔细端详努力回忆，最后勉强认出确实是她。

“啊……进屋吧。”

扎米延把母子二人让进厨房，盛好茶，端上蒙古炸果。可能是过于饥饿的缘故吧，二人狼吞虎咽的情景难以目睹。

扎米延久久地注视着小男孩。以前，作为富家子弟的他，穿戴与众不同，他的玩具，别家小孩见都没见过。但现在有多可怜，手捧饭碗贪婪地吞咽着食物，还不时朝扎米延投去惊惧的目光……

扎米延心里寻思，这么一点小孩子，不知熬过多少苦，太可怜了。

吃喝了很长时间后，萨仁其其格哭了起来。“我太不懂事了，我没脸见你……但我真的没有办法……救救我们母子俩吧……”

通过萨仁其其格的讲述，扎米延才了解了其大致情况。她父亲被押走后，公安部门没收了他们的家产，她母亲因贫病交加也离开了人世。孩子亲生父亲一直跟他们生活在一起，她父亲一被押走，这个人就断绝来往，她带着儿子到工地上劳动。

“工地上人很多，大点的孩子欺负我儿子，这孩子现在夜里做噩梦，变得十分胆小……”她边说边用泪眼望向扎米延，扎米延撇下母子俩去找老张。

老张皱着眉头问：“谈得怎么样？”

他把萨仁其其格讲的又大致说了一遍。

“你想咋办？”

“他们太可怜了，我总不能把他们赶走吧？离婚这句话也不好说出口……”

老张皱着鼻头，挠着脑壳说：“那就给他们找个住的地方吧，其他事情完了再说。可是让她住哪儿呢？要不……让母子俩暂时跟罕达玛住一块儿？”

“跟罕达玛住十天半月还行，但不能长住。要不让她去那几个农民那儿怎么样？那里有一处土坯房空着没人住。这还得跟呼毕斯哈拉图、丹毕俩商量一下。”

“那也行。这期间你得抓紧做出决断，一定要办妥离婚，色布吉德玛还等着你呢。”

“我知道……”

扎米延又去见色布吉德玛。陶迪此时出外放牧，正赶上色布吉德玛一人在牛圈东边的草滩上捡牛粪。她见到他后满脸堆笑说：“你来得正好，我刚煮好茶。望见队部好像来人了，是谁呀？”

扎米延静默稍许后说：“我说的那个萨仁其其格领着孩子过来了。”

“啊！那咋办？”

他将萨仁其其格的情况细说了一遍。色布吉德玛听后静思了好长时间，长长地叹息一声，说：“太可怜了，真让人受不了，我去看看她们。”

色布吉德玛探视完萨仁其其格母子返回到草滩时，已然哭成泪人。“她和儿子几乎没有活路了，如果有一丁点办法，人家是不会来找你的。她是投奔你来了呀？你是个男人，能不管他们吗？能够帮助遇难女子的男人才称得上真正的男子汉……”

“可是……”

色布吉德玛深情地望着他：“人只要活着，谁知道谁会遇到什么难处？你我又不是小伙儿小姑娘，应该懂得遇到事情应该怎么处理。”

“我不能抛开你。”扎米延焦急地说。

色布吉德玛笑了笑：“那就深藏在心里吧，我也不会忘记你。”她深深地吻了吻扎米延，就走了。

扎米延望着她远去的背影，突然感到浑身无力，几乎都迈不动步了。

扎米延把萨仁其其格母子送到开荒者那里，找了一间快要倒塌的小土房，稍加修整就让他们住了进去。因为他们母子二人的户籍不于属当地，口粮没法解决。他们实在没办法就跑到队部，扎米延让母子吃饱喝足，还将自己定量口粮分给他们一些。

一日，萨仁其其格被一个陌生人押送到队部，那个人不知是为了打猎还是想要威风，还背着一杆枪。

这个背枪的人自称从萨仁其其格的家乡来的民兵，说：“萨仁其其格是偷跑出来的，别说是反革命分子的家属，就是一般人出门也要得到生产队的批准，但她却偷跑了。后来听说他们在这里，我的任务是把她带走。但她说要与自己的丈夫共同生活，你真的是她的丈夫吗？你真的想跟她一起生活吗？”

老张跑来生硬地问道：“你说自己是民兵？有介绍信吗？”

那个人拿出介绍信递给老张，老张再不作声了。

民兵说：“她是被监督对象，没有说话权，就看你这个丈夫的态度了。你如果想留下他们跟你共同生活，我不能说不同意，回去跟领导汇报。你如果不管他们，我今天就押回去。”

扎米延没有说话，萨仁其其格母子二人用祈求的眼神望着他。

“我不知道他们是咋想的。”扎米延说。

“我听您的，我……我无话可说……”萨仁其其格说。

“两口子嘛……当然想共同生活。”扎米延说。

“那我就回去了，她的监审材料我们会寄往你们公社，户口迁移问题只能自己去办理。”

民兵走后，萨仁其其格猛然对着扎米延磕了个响头，流着眼泪，拉着儿子走了出去……

## 4 远距离转场

冰雹过后，晴空万里，巴掌大的云彩都盼不来，太阳好像大烤炉一样成天在人们头顶上烘烤。烤得沙丘滚烫，烤得草坡泛黄，烤得饱受冰雹摧残后的那片草场雪上加霜。可怕的旱灾已经形成。

“必须转场走了。”丹毕说。“转场”就是赶着畜群去寻找新的草场，度过冬寒和初春，草原上叫“走敖特尔”。

“现在各公社都在行动，纷纷转场，我们要动就早点动弹，要不然好草场都让人给占喽。”呼毕斯哈拉图说。

最后二人商定：丹毕负责安排转场，呼毕斯哈拉图留守。

十几天以后，但凡膘情尚可、估计可以走到敖特尔放牧点的牲畜都开始起程上路。拉车牵驼的、赶牛驱羊的，不断从队部门前走过，场面很是壮观。色布吉德玛、陶迪二人也做好了转场走敖特尔的准备。临走的头天晚上，扎米延帮她们将所带品和必备用具整理妥当，第二天一早又跑去把东西驮在生产队安排的两匹马上，绑好拴牢，为她们送行。

色布吉德玛难舍难离地说：“多多保重……”

“路上走好，别太累着……”

色布吉德玛走近低声说：“要和萨仁其其格好好生活，要一心一意地对待她，你心里如果还有我，你就照我说的做，听话。”

扎米延光叹气，不作声。

她俩赶着牲畜越过大队部西梁，直到完全隐没，扎米延还在原地张望，他觉得一切变得那么空旷、渺茫。

率领大家走敖特尔的丹毕队长，只几天工夫就弄不清楚转场各畜群的具体位置了。因为走敖特尔的畜群出发时间不同，赶路快慢不一，马群一天能跑几十公里，但轰赶牛羊的人也就走一二十里路，不几天时间，马群远在几百里之遥，牛羊群的主人们回头一望，乌拉扎尔敖包仍在他们身后若隐若现。丹毕成天骑马奔波在各畜群之间，见落在后边的就骂，对早已跑得无影无踪的那些牧马人咬牙切齿。

畜群出发的第五天，几个骑马人赶上丹毕，自我介绍他们是旗转场指挥部办公室的工作人员。几个人坐成一圈商谈起来。

“你是乌拉扎尔大队的队长吗？”

“是啊。”

“走敖特尔牲畜有多少头只？”

丹毕将畜群和头数汇报完后心想，他们咋像审问犯人一样？

“你们到哪里去？”

“走着看，碰上水草好的地方就不走啦。”

“你们这是典型的‘三无’行动。”一个干部指责起来。

“你说什么？”

“无计划、无目的地、无到达时间的就叫‘三无’行动，这怎么行呢？”

丹毕立马来了气：“你觉得不行，你来当队长算了。”

“你这是什么态度？”

“对你就是这个态度!”

发生旱灾以来，人们的脾气都变坏了，说话口气都很冲。几位干部中稍老的一个急忙阻止二人的争执说：“现在全旗有十几万只牲畜在转场路上，都争着往水草好的地方去，现在你们去那种地方连插足的地方都找不到。这种盲目的行动会造成损失，所以旗里才组建办公室统一协调转场。”

“那把我们乌拉扎尔的畜群安排在哪里?”丹毕问道。

“稍等……”那位干部边说边铺开一张大表格，寻找了一会儿，说：“你队小畜安排在巴彦杭盖公社北部，大畜只能去陕西。”

丹毕失声叫道：“陕西？我不去。”

“别处已经没地方可去了。这也是我们专程去找人家那个地方，求爷爷告奶奶才得到同意。所以你只好去那里，必须去那里。”刚刚与他争执过的那位说。

丹毕这回再未作声，寻思还是按他们的安排走为好。管他路远还是跨省，只要到了人家安排好的地方咋也会有办法，如果瞎走一气最后弄不好可能找不到落脚之处。这些天丹毕在路上遇到过多少转场的畜群呀。着急上火的牧民们个个脸色黑紫，都想找到一处离家乡近便点的草场过冬，都要往好一点的牧场挤，他当时就想到，这样盲目的转场可能造成严重后果……

十几天后，丹毕与十多个牧民，赶着几群牛，越过古长城垛口，来到旗里指定的地点。他又派遣两名年轻人前去寻找无影无踪的马倌和马群，让他们向此地靠拢。

太阳落山时分，他望见了一处村庄。说是村庄，其实是在一片洼地里散落着一些土房，好比抛弃在灰堆上的羊拐骨。这里的房屋、田地以及遗留在地里的梗茬都呈黄色，让人感到荒凉。丹毕边走边问，好不容易找到生产队李队长。他长得五大三粗，五十来岁。他看了一眼丹毕的介绍信后说一声“跟我来”，就带着丹毕走过一片今年的新茬，又路经留有旧茬的田垄，绕过一座小山梁，来到一处遗弃多年的大院和一排房前。

“好了，就是这儿……”李队长说完转身离去。

丹毕手抚下巴，仔细瞅了瞅门窗歪斜的破房子，让身边的一个年轻人，叫大家把牛群赶过来。虽然已来到目的地，但他咋也高兴不起来。当人们将牛群赶来时，天已漆黑，只有几颗星星在晦暗的天空中闪烁。

“先做点热乎东西垫垫底，今夜得有几个人下夜，新来乍到这陌生的环境，牲畜跑失都没法寻找。明天想法加固门窗，再搭炉灶……”丹毕说道。

第二天早上丹毕找到李队长家里时他刚刚起炕，炕桌上摆了一盘蔓菁咸菜，与老婆孩子围坐一桌正在喝稀粥，见丹毕进来只是看了一眼，没有说话。

丹毕坐在炕沿上对他说：“有旧门板窗扇吗？不修修，那房子没法过冬。炕洞也塌了，昨晚我们在灶台点火做饭，一个劲倒烟，差点把人呛死。”

“嗯……个别人家可能有旧门窗，我打听一下吧。但你必须给钱，没钱可以用牛换。”李队长答复。

“我们从那么远的地方赶着牛群到你们这里来，目的是让牲畜成活，不是为了换烂门窗。”丹毕说。

“哼，成活……”李队长嘟哝着，说，“牛粪得归我们。”

“行吧，你们能否匀给我们部分秸秆，我们好喂牛。”

“每斤三分钱！”

“多少？那是饲草还是饲料？哪有这么贵的草价？”丹毕喊道。

“嫌贵别买。”

“我们不是自己跑到你这个地方的，是旗里安排我们来的，我们旗里的领导跟你们这里的领导商量后，是你们的领导同意我们来的。

更何况我们是在拯救人民公社的畜群，不是为了私利……”

可是李队长根本不听他那一套，说：“我们哪个领导同意你们来的你们就找他去说，跟我说这些没有用。”

丹毕说完转身就走了出来。

他回到昨夜住宿的大院时看见几个牛倌正打扫院落，再一细瞧，牛粪被收了个精光。

“这是咋回事?”

“来了几个人，把粪都收拾走了。”

“干啥用?”

“说是积肥，队里还给他们记工分呢。”

丹毕生气地说：“再来就别让他们拉走牛粪，就说要算钱，他们的一斤秸秆要三分钱，就他会算账？我们也会。”

“算了吧，牲畜粪便怎好收钱?”几个牛倌笑笑，说。

丹毕叹了一口气，说：“附近肯定还会有别的生产队，打听一下那里的秸秆价格。”

几个牛倌分头出去打探，中午才回来。询价的结果是每斤都在三四分钱，低于三分的一个也没有。

姓李的队长下午过来见到丹毕笑着问：“你不是要买秸秆吗?”

丹毕忽然意识到，这家伙原来是急于推销他们的秸秆啊，你急，我却不急。

他说：“过几天再说。”

“过几天涨价该咋办?”

“价格一涨，你不是更加高兴吗?”

“但你就该犯愁了。”

“我犯什么愁？我就直说了吧，我不买你的秸秆。”

“但别人的比我的更贵!”

“别人家的贵我也要，你的便宜我也不稀罕！草料款生产大队出，我又不掏腰包，那么抠门儿干啥，你说是不？”

“可是……你为什么偏要这么干呢？”

“因为你这个人让我烦！你这是见死不救，却趁火打劫。你小看我了。我这个人最不能容忍的就是这个。所以，你们的东西再便宜我也不要，他人的再贵我也买，我们买得起……”

李队长愣了半天笑了，眨巴着眼睛说：“你真是个倔强如牛的老蒙古，算了吧，一斤秸秆二分钱！我想从牛群中买三两头犁田用的犍牛，你可得便宜点儿。”

“那就这样定了吧。我想往家里打个电话，有电话吗？”丹毕说。

“只能去公社打，离这儿三十里。”

“在哪边？”

“我给你指路。你这个牛鞑子呀！”

李队长披着破旧的白茬皮袄，领着丹毕走上一座小山包，遥指远处的一条小道，说：“顺着那条道走下去就到了。”

西斜的太阳在黄土高坡边沿沉落。

色布吉德玛、陶迪二人赶着二十几头牛、百十多只羊，不慌不忙地缓缓行进，遇到好点的草坡就停下来让牲畜吃草。

前些天，转场路上的牧民偶尔还能碰个面，有人告诉色布吉德玛和陶迪：乌拉扎尔大队的小畜被安排到巴彦杭盖公社北部草原。后来牧民之间的联络就中断了，谁人走在哪里都无从知晓。

但色布吉德玛却信心十足。侍弄这么几头牲畜走场，根本难不倒她，这种走场的生活她经历过多次，何况身边还跟着个陶迪，不愁没人和她谈笑取乐。再者说，巴彦杭盖是她的出生地，她不乏在此生活的窍门、招数。陶迪更是一百个放心，所有的事情毋庸操心，跟上色布吉德玛走便成。所以两位女子一路走来，并不觉得劳顿寂寞，反而谈笑风生。这一天下午，她们来到一处比较开阔的草场，二人打算在此过夜，捡来柴火，点燃篝火，将牧民转场用的带耳小铜锅置于其上，把驮在马背上的铜缶中的水倒入锅内。因为二人昨日在一口井边过的夜，今朝灌了满满一缶，所以不缺水。

好一个星疏月满的静谧夜晚。羊儿站了一会儿，不久就卧下反刍，二人各把一头躺在羊群两边，因为远离故土的羊群恋家，很容易逃遁。临行时，大队为她们配备了一个三角形的尖顶小帐篷，但她们怕拆装起来麻烦，从未用过。陶迪看到明亮的大圆月从东边冉冉升起时，她才想到今日是十五。

陶迪想念起了德力格尔。走敖特尔之前，德力格尔经常从公社跑来与自己相会，如今她离开了乌拉扎尔草原，不知道在什么地方过冬，也不知道待多久，他还能不能找到她？会不会来看她？……

她在思念中进入了梦想，但睡一觉还是醒了，坐起来看羊群有什么动静。她发现羊群很安静，仍卧在原处，但守护羊群另一侧的色布吉德玛身旁，却有一匹带鞍马站在那里。那是一匹陌生的马，个头较高，毛色发暗，在明晃晃的月光下看得再清楚不过。那里怎么多了一匹马？她感到奇怪，但很快意识到了什么，就一个人笑了起来。她和色布吉德玛这一路走来，总是碰到一些相识和不相识的人，其中有些男人见到她俩后往往说些挑逗话，她们笑笑就过去了。现在看来，色布吉德玛与其中的某一个至少有了一种约定，那个人今晚来了……啊，色布吉德玛姐姐，你真不容易……陶迪心里这样说着。她知道色布吉德玛的男人在事故中去世，后来她跟扎米延好上了，偏偏又来了一个萨仁其其格！陶迪从内心里希望色布吉德玛能够找到自己的幸福！或者……哪怕她能寻觅到一时的欢悦，稍许麻痹一下她心中的疼痛！

第二天早上，太阳还没露头，二人起身熬茶。她偷眼望向色布吉德玛，看到她脸色绯红，更精神了。

她们又上路了，前面的路仍很远……

## 5 留守

罕达玛没走敖特尔，呼毕斯哈拉图送来百十来只瘦弱牲畜说道：“大姐，你就努一把力吧，尽量多保活几只。”老张当然帮不上她的忙，身边只有儿子呼格吉勒图和色布吉德玛的儿子古鲁格陪伴。

霜降伊始，每天清晨草原上都要蒙上一层薄薄的冰霜。扎米延早早地熬好茶，老张将门外打扫干净后捧着他那大茶缸走进厨房。丹毕领着人们走场，色布吉德玛、陶迪二人也走了，呼毕斯哈拉图十来天才露一次面，队部只留下扎米延、老张和谢三人，日子过得既寂寞又无聊。

“色布吉德玛不在你就像个没有娘的孩子了，实在忍不住去萨仁其其格那里解解馋吧，她好赖还是你的老婆。”老张说。

扎米延瞪了他一眼没作声。

外面传来哞哞的牛叫声，他们出去一看，只见一头三岁公牛立在门外。那头牛看来是赶了很远的路，毛尖卷曲灰头土脸，既憨又丑，偶尔还低声哞叫两声。

“这不是色布吉德玛、陶迪她俩的牛吗？怎么单独跑回来了？”扎米延好不容易才认出来。

“牲畜都恋故乡。”

扎米延先给牛饮了水，而后圈进色布吉德玛、陶迪二人闲置的暖棚，扒出一些陈年草喂上，返回队部与老张商量如何让这头牛安全过冬。扎米延皱着眉头寻思，现在农区闹饥荒，牧区亦缺吃少粮，别说牲口饲料，就连人的口粮都紧张。要想让那头三岁公牛成活，必须得喂饲料，但从哪里搞到饲料呢？

老张嘿嘿一笑：“把你那长毛的祖宗交给罕达玛不就行了吗，她会让它活得好好的。”

“罕达玛也没有饲料，你老婆把自己当饲料喂了牛，我看你咋办？你还想找一个？谁家女子能相中你？”

“你放心好了，罕达玛宁可叫我饿着，也会让这牛活下去的。”

这样，老张将牛赶回罕达玛处。自那以后，呼格吉勒图、古鲁格这两个小家伙成天与小公牛为伴，天天饮水添草，后来发展到偷偷拿来家里的炸果子和炒米饲喂。尝到食物甜头的小牛变得挑剔起来，对饲草看都不看一眼，跟在两个小鬼屁股后头哞哞叫着要吃的。这头小牛冬天不但没瘦还长了不少膘。

天气越来越冷，抗灾保畜已经进入最艰难的阶段。呼毕斯哈拉图又有一个来月没回过家，他挨家转悠，谁家缺少饲草饲料，他就东挪西凑，还常跑公社求助……真所谓饱尝辛苦，备受煎熬。

今日他来到新婚不久的达丽玛、图门仓家，两口子正在棚舍里忙活。呼毕斯哈拉图从畜圈外探身朝里看，二三十只羊挤在背风处，强忍沙尘暴的吹打，夫妇二人正在添加饲草。

“你们这里怎么样啊？”呼毕斯哈拉图问。

“眼下还行，就看以后吧。”达丽玛的丈夫图门仓是复员军人，在部队当过班长，无论干啥都有股军人的劲头，大家都说这两口子很般配。

达丽玛关心地说：“你们家里肯定也缺少饲料，达布辛娜怀孕也有些天了。”

“我将近一个月没有回去过，又不是只有我家有难处，走着看吧。”呼毕斯哈拉图说。

“牲畜这东西一受灾就有损失，但灾一过又会繁殖起来。”达丽玛说。

“毕立功书记从农区联系好了一些秸秆，需要我们去运回来，图门仓你带上几个人去一趟吧？”呼毕斯哈拉图说。

“那咋不行?”图门仓轻轻地笑着说。

“每年上边都给点饲料，今年停供了吗?”达丽玛问。

呼毕斯哈拉图勉强地笑笑，说：“我为饲料的事往公社跑了无数次，毕立功书记说‘现在吃粮都紧张，哪儿来的饲料?’，这才想到拉秸秆。”

呼毕斯哈拉图从达丽玛家出来，犹豫片刻，朝自家走去。因为妻子有孕在身，他有点放心不下。

粮食紧张状况日渐明显，牧民购买口粮原先一到公社粮站就能买全，可现在却说“旗里没送过来，过几天运来”，不能按时供应不说，由于炒米断供更换成了豆类，人们开始互相赊借米面。

毕立功来到乌拉扎尔大队，扎米延发现他也瘦了一圈。

“呼毕斯哈拉图不在吗?”

“他在转畜群点，叫他吗?”

“不用了，我也下去。”毕立功说罢又问，“农区来的那几个农民不知怎样?”

“他们就居住在自己盖的土房里。”

扎米延时而去看望萨仁其其格母子，他更进一步体会到人在困难面前的忍耐力是多么惊人。那里的人们用沙蓬籽充饥，套些野兔田鼠解馋，将死畜肉风干炒熟糊口。他们母子二人多一份扎米延的接济，还能勉强度日。

“我们不能只顾牲畜如何成活，更应该考虑如何不让社员饿肚子。等来年天气一暖和，我们还是种地吧，秋收季节一到人们就可以吃饱肚子了。”毕立功说。

“现在农区的农民不是也吃不饱肚子到处流浪吗?我看种地也不一定能吃饱肚子。”扎米延说。

“呃，你刚才说什么?”毕立功问。

扎米延笑着说：“我没瞎说，我见过农区的盲流，但牧区却没出现盲流。”

毕立功对他抛去奇怪的眼神，笑笑说：“你讲得倒蛮实在。”

毕立功喝罢茶，到下面转了几天返回队部。农区来的老刘的老婆也跟着来了。这女人有几分姿色，看来跟毕立功很熟，跟毕立功眉来眼去开着玩笑。毕立功进了厨房，那女人到小卖部买咸盐。

“一斤咸盐卖多少钱?”女人问。

“八分钱。”老张应答。

“那你送给我二斤呗，给女人送点东西，亏不了你。”

“公家的东西白送你，我该犯事了。”

“我付款不就得了……”

老张过了过秤，说：“二斤三两……”但女子趁老张不注意，直接夺过秤盘，将大青盐哗地倒入自己带来的口袋，嘻嘻一笑说道：“就算二斤吧，不就是一把破盐嘛，忘带钱了，过几天再补。”说完扭头便走。她来到厨房，对毕立功笑笑说“我回去了”。

当天夜里扎米延出外解手，无意间发现了一桩秘密。

事情是这样的，睡到半夜时分，扎米延被尿憋醒，跑到马桩那边的洼地里。他正准备撒尿，从不远处传来了女人的笑声，而后是毕立功的说话声。

“我夜里跑到这儿来，就是为见到你，嘻嘻……”

“谁知道你是为我来了还是为粮票来了?”

“就凭我黑灯瞎火的奔波劲儿，给点粮票算啥?”

扎米延听那口音，就听出是老刘的老婆，他不顾膀胱憋胀，蹑足退回房间。

次日，待毕立功走后，老张手捧大茶缸子走进厨房问：“昨夜看见什么了?”

“什么?”

“夜里你不是出门朝西撒尿去了吗?”

“你看见啦?”

“当时我正从西洼地边上撒完尿往回走，模模糊糊地看见你也朝那边去了。当时我暗想，这小子再朝那边走肯定有戏看了……”

“啊，你也看见了?”扎米延诡异地笑了笑。

“当然看见了。”

扎米延摇了摇头，叹口气说：“行了，终究是个人，可怜的毕立功成年累月忙于工作，根本回不了家。”

“你们不是一直将他当作活菩萨吗？现在明白了吧，他不是菩萨，而是人。”老张笑着说。

“咱们看见也就看见了，可不能说出去。”扎米延说。

“我俩又不是爱磨牙传闲话的人，就看那几个农民兄弟吧，他们的嘴不一定牢靠。听说毕立功每次来，老刘家就能吃上白面烙饼，老刘吃饱了烙饼就把老婆揍一顿。”老张厌恶地说道。

## 6　大漠孤烟

色布吉德玛、陶迪二人驻牧于一道高坡下，打算在这里过冬。这里草长得厚实，看不见人烟和其他牲畜，但离水井远了一点，属于无水草场。两个泼辣、敢为的女子却根本不惧这些，间隔一日，就将畜群赶往十几里之遥的水井上饮水。

今日陶迪去饮羊，午后返回驻地时，看见帐篷外的系马桩上拴着一匹全鞍马。她仔细一瞧，认出了那匹马，暗自笑了笑。在敖特尔路上明月照大地的那个寂静夜晚，羊群另一侧，在色布吉德玛姐睡觉的那个地方曾出现过这匹马。

陶迪将即将产羔的怀胎母羊拢在一起，哈腰走进帐内，只见四十岁左右的一条壮汉，正与色布吉德玛喝茶聊天。

“您好？”陶迪抿嘴微笑。

“好，好。”那人说，“我是巴彦布日都的牧马人，我的马群离这儿有四十来里地，色布吉德玛我俩早就认识，但你我头一次见面。”

“但您那匹马我早前就见过。”陶迪说。

“是吗？……”那人好像很惊讶。

“敖特尔路上的一个夜晚，我看见过您那匹马，今天我一眼就认出来了。于是我就想看看马的主人是什么样的人。所以我见到您很高兴……”陶迪说罢咯咯笑个不停。

“啊，原来是这样……”那个人也跟着笑起来，色布吉德玛脸色通红，低头笑着。

“姐，借客人的光，咱们好好改善一下，包饺子吧？”陶迪说罢，撸胳膊挽袖子，洗开了手。三个人切肉、和面、包饺子。那人做饭很有门道，包出来的饺子圆鼓鼓的，很中看。

陶迪这会儿就想拿他俩取乐，说道：“姐，听说饺子包得好看，将来生出的孩子也可爱。”

“闭上你那嘴行不？”色布吉德玛微露笑意，偷偷地扫了一眼旁边的那一位。

牧马人名叫图都布。“天气会越来越冷，凭这布帐篷哪能过冬？过两天我给你们挖个地窨子，接羔时也需要有个暖棚……”他说，天傍黑时就走了。

过了数天，图都布再次过来，从当地老乡家借了几根椽檩，在地势较高处挖了一个地坑，上面担上椽檩，用枯草土石压好，又在地窨出入口垒了一个灶台。

“好了，先点火驱潮气，三两天后就能入住了。”图都布说。

她俩因为有了温暖的住处而无比高兴时，一头小牛的走失又让二人着急万分。

那头小公牛一路上让她俩劳心劳力，成了二人的一块心病。它总要回头朝家乡方向哞叫，还数次往回跑。她们住到这个地方后，每天早晨一起来就先看它在不在。就那样，有一天夜里它还是跑了。

色布吉德玛骑马找牛。因前一天晚上下了薄薄的一层雪，顺着小牛逃走的蹄印跟踪起来较容易，她顺着眼前清晰的蹄痕追了下去，小牛没有一点犹豫，照直朝自家的方向遁去，她估计它已经回去了，也就原路返回。

数九前几天，两个牵着马车的人走进了巴彦杭盖北部草原，这两个人一个是扎米延，另一个是谢，二人受呼毕斯哈拉图的指派，为走场的小畜驻牧点送补给。当二人走到此处时，夕阳西斜，天地灰暗。他们走上一座坡脊，遥望远处的草原。那里有一道梁，其中部有一道斜坡，越过斜坡应该是一片宽阔的草场，那里一准有转场的畜群。只听说乌拉扎尔大队的畜群在巴彦杭盖北部草原，但畜群的具体位置连呼毕斯哈拉图也说不准。扎米延当马倌时曾来过此地，大致清楚这里的地形地貌。

“咱俩不用太着急，如果驻有畜群点应该就在那道梁那面，天晚了，这时候应该看到炊烟。你注意看，哪有炊烟升起，那里肯定有驻牧点。”扎米延说。

谢第一次看见如此广袤荒凉的草原，早已辨不清方向，只顾默默地跟随扎米延走着。他按照扎米延的交代，死死地盯着日落方向上的那道梁，唯恐看走了眼。

“啊！那里有烟……”他喊道。

“在哪儿?”

“在那儿……在西北方向!”

“哈，真的，我也看到了。”

二人朝那个方向走到了天黑。

“你好好听一听，有没有牲畜反刍的声音?”扎米延对谢说。点点繁星好像在寒冷的夜空中冻得瑟瑟发抖。

“哦……前面真的有牲畜的反刍声……”谢说。

又朝前走了好长时间，羊只的反刍声听得更加清晰，几头牛的身影隐约可见。生活的温暖气息好像在荒野上飘移，蔓延。

“有人吗?”扎米延高呼。

色布吉德玛、陶迪二人乐不可支地从地窖里钻了出来。

那一夜她二人好像遇到了多年未谋面的嫡亲一样高兴无比，熬茶煮饭，忙得不可开交。扎米延和谢将米面食物等补给品一一交给她俩，喝茶喝得满头冒热气。

“丹毕他们有消息吗?”色布吉德玛问道。

“听说在陕西呢……”

“呼毕斯哈拉图还那么忙吗?”

“都挺忙的。”

“我们的小牛是否跑回去了?”

“饲养在罕达玛家了。你儿子和罕达玛的儿子喂炸果和粮食，喂得膘肥肉满，圆溜溜的。”

大家笑得前仰后合。

色布吉德玛笑问：“见德力格尔了没？他不来吗?”

“我正等陶迪问这话呢。德力格尔听到我们要来你们这儿的消息后，专门来了趟队部，这是他给你的东西。”扎米延说着将棉衣、围脖和手套递给陶迪。

第二天，扎米延、谢二人把带来的毡包搭建起来，还想方设法垒了一个简易畜栏后打算上路。趁他们几个忙着套车，色布吉德玛拽着扎米延的袖子，将他拉到一旁，问：“萨仁其其格母子二人好吗?”

“还行……”

“我跟你说件事……我已经有了一个人。”

“啊！是吗?”

“现在你一心一意地跟她生活吧，不要分心了。”

“嗯，唉……”

“怎么走才能找到我们的人?”谢在那边大声问。

“可能在西北方向吧。”色布吉德玛说。

## 7　慰问

五九冷入骨的一天午后，两个骑马的人走过长城垛口，进入了陕西地界，这二人是公社副书记额尔顿巴图和德力格尔，是为了春节之前慰问在陕西走敖特尔的牧民。

拉满慰问品的马车落在他们身后很远的地方。

“冬季的白天就这么短，眼看太阳就要落山。看来我们大概要在野地里过夜啦。”额尔顿巴图说罢看了看德力格尔，又说，“两条汉子不至于冻死吧。”说完哈哈大笑。

“听说，过去的蒙古族好汉们会唱着歌闯过严寒季节呢。”德力格尔说。

没过多久，太阳拖着火红的晚霞徜徉在远处的山脊上，朔风阵阵，周围朦朦胧胧。

德力格尔一直对额尔顿巴图感恩戴德。他被开除后，倘若没有这个人的努力争取，他就不可能到公社兽医站工作，他的命运无疑会是另一种样子。当时额尔顿巴图对他说：“你是一个好兽医，但你不会是一个合格的牧民，所以只要干好你的兽医，别人就不会小看你，到我们公社兽医站吧。”后来他才了解到人们对额尔顿巴图的评价褒贬不一，但他认定此人看问题较为透彻。

二人走着走着，天色逐渐暗了下来，天空中看不到半点星星，变成了伸手不见五指的漆黑夜晚。

“咱们这样走下去会迷路的，找一个地方等待天亮吧。”额尔顿巴图说。

他们继续走了一个来小时，前面好像抵住了什么东西，下马一看，已然来到长城脚下。

“太阳落山时，我们不是翻越过一次长城废墟吗？我们不会是迷了路吧？咋又返回来了呢？”德力格尔说。

“我们没有迷路。长城本来就是拐来扭去的，好多地段还有弃墙。建长城时汇聚了成千上万的筑墙大军，筑墙速度较快，未等管事官发话，人们就朝直线方向垒开了去，当官爷发现其方向有误时，城墙已建起一二十里长。所以又勒令回原处朝正确的方位重新垒墙，那段垒错的城墙被遗弃在那里，后人将它称作弃墙。”额尔顿巴图讲道。

“那这可能是弃墙吧。”德力格尔说罢抬头仰视，只见数丈高的城墙矗立在夜空中，凛冽的寒风掠过墙顶，呼啸着。

“是不是弃墙不好认定，总而言之我俩终于找到了一处能够避风的地方。”

天气越发冷起来，二人牵着坐骑站在墙根背风处，跺脚暖身。时间过得真叫慢，他俩从民间传说讲到身边趣闻和远近消息，声音时高时低，表情有苦有乐，终于等到鱼肚白懒洋洋、慢悠悠地渐渐显露出来。

当二人寻找到丹毕带领的走场队伍时已近午时三刻。

额尔顿巴图瞧了瞧丹毕：“天啊！我都认不出你来了。”而后又看了看靠过来的走场牧人说：“真不敢想象，模样全变了。”

丹毕眼中好像有泪光闪了一下，但很快消失了。他说：“我们这次走场的人都到齐了，我把情况汇报一下。完了以后你做指示。我们走场牛共计一百二十五头，几个月来损失了三十头……”

“这就是成绩，我代表公社党委感谢你们！”额尔顿巴图说，“我先宣读一下旗党委和旗人委的慰问信。”说罢掏出一张打印在红纸上的慰问信，读过后鼓励众人：“拿全旗情况来看不容乐观，尤其是走场牛群的损失都在三成以上，所以你们不必自责，在抗灾保畜斗争中出力最多的是你们，贡献最大的非你们莫属……”

大家静默过后，掌声骤起，有人还眼含热泪，丹毕咬着嘴唇，直挺挺地坐在那里。

“春节快到了，大家好好过个大年，撂倒它两头牛，送米面烟酒糖茶的车随后就到。”额尔顿巴图说。

散会后德力格尔出去检查畜病，额尔顿巴图与丹毕去见李队长。李队长已经通知队领导班子所有成员，正在会议室等待他们的到来。

一见面，额尔顿巴图说了不少客套话，而后拿出写在红纸上的慰问品清单说：“我代表走场牧民家乡的领导给你们送一些慰问品，感谢你们的支持和帮助，从你们身上，我们看到了一方有难八方支援的社会主义的新风貌。我们拉运慰问品的马车不是今晚就是明早准到，先将清单送上。”

那几位看了一眼清单，勉强地笑笑，说道：“我们也不认识蒙古文啊。”

“礼轻情义重，就是一些烟酒而已。”额尔顿巴图说罢瞟了一眼丹毕，意思是让他说几句。丹毕鼓着腮帮子默然无语。

额尔顿巴图无可奈何，笑笑说：“春节将近，你们这里缺少肉食，送给你们一头牛吧。”

“哎呀，那可太好了，太好了……”李队长的脸笑成了一朵花。

“俗话说‘每遇风雪灾害，畜损人愁狗乐坏’！一冬天你们牛肉没断顿，我们的牛不停地死，你们的人不住地吃。”丹毕说。

李队长听后笑笑说：“你们的牛是自己死掉的，可不是我们杀掉的，何况个个瘦成了皮包骨……”

“好了，我们的敖特尔到你们这里待了这么长时间，给你们带来了很多麻烦。立春还有几个月时间，待回返时还会出现赊欠问题，到那时再跟咱丹毕队长看情况解决了就是。”额尔顿巴图如是说。

“那没问题，你们这位丹毕队长跟我吵了一冬天，吵得都成了朋友啦。他这个牛鞑子呀！”李队长边说边笑，丹毕忍不住笑出了声。

# 第四章

## 1　工作队

春末的一天上午，呼毕斯哈拉图、丹毕和支委们，以及各生产小队长齐聚大队部。原来工作队今天要进驻乌拉扎尔大队。这是一九六四年夏天。

二位队领导时不时出去瞭望通往公社的黄土路，几个生产队长忙着悬挂“热烈欢迎四清工作队”的横幅，陶迪和老张、谢各持一把扫把，将拴马桩和灰堆以里的地面重新清扫一遍，扎米延、色布吉德玛二人忙于煮肉熬茶。

呼毕斯哈拉图朝公社大道方向张望了半天，又回到办公室与公社电话联系。公社到各大队的电话线路去年已经开通。

公社接线员从线路另一头询问：找谁？

“工作队出发了没有？”

“您是呼毕斯哈拉图书记吧？工作队出发好长时间了，额尔顿巴图副书记带的路，应该快到了吧。”女接线员回答。

站在外面的人群中传来“来了”“呼毕斯哈拉图去哪儿了？”的喧嚣声，呼毕斯哈拉图丢下话筒奔向屋外。

大道上摇摇晃晃开来一辆敞篷卡车，车顶上站着几个人。汽车在队部门前停了下来，驾驶室里最先下来的是额尔顿巴图，紧跟其后的是一个四十来岁的男子。

呼毕斯哈拉图、丹毕带头鼓掌，驾驶室里走出的那个陌生人用怒冲冲的目光瞟了一下欢迎的人群，又抬头望了一眼横幅，脸色当下阴沉下来，不知对额尔顿巴图低声说着什么。

额尔顿巴图微笑点头，朝鼓掌人群摇手制止，掌声当即停止。

额尔顿巴图领路在前，工作队跟随，呼毕斯哈拉图和丹毕殿后，走进会议室。待人们坐下后，额尔顿巴图从座位上站起来："我先介绍一下工作队的领导，这位是工作队队长哈图、工作队秘书青格乐……"

呼毕斯哈拉图抬起手来，本想鼓掌，又左右为难，丹毕悄悄地用肘部捅了他一下，意思是不必多此一举。

额尔顿巴图将双方人员介绍完后转向哈图队长问道："让大队领导汇报一下情况吧?"

哈图队长点了点头。

呼毕斯哈拉图掏出事先起好稿的汇报材料，犹豫片刻，将开头的热烈欢迎等内容全部省略，直接汇报生产队人畜数量、去年分红等情况……

哈图队长打断他的话说道："谈一谈你们这儿的形势吧。"

呼毕斯哈拉图支支吾吾地说不出什么来。

哈图队长表现出不屑一顾的样子，扫了一眼呼毕斯哈拉图。青格乐秘书更是怒目而视。

"谈谈你们大队的具体情况。"哈图队长说。

"这个。"

哈图队长再不理睬呼毕斯哈拉图，自己讲了起来。

"同志们，当前的形势是多么尖锐、复杂、激烈呀……"他讲起来没完没了。呼毕斯哈拉图不时扫一眼自己准备好的发言稿，坐也不是，站也不是，走又走不得。丹毕脸色铁青，不知想些什么。

其间，工作队的青格乐秘书出去了一趟，回来时表情恼怒地不知向哈图队长低语了啥。哈图队长圆睁怒目喝问："你说啥?"

"他们煮了一大锅手把肉……"

“你们想干啥?”哈图队长直视着呼毕斯哈拉图问。

“工作队的同志们从那么远的地方来到我们这里……我们牧区也拿不出像样的饭菜，就煮了点肉……”呼毕斯哈拉图结结巴巴地解释，额头上汗津津的。

“你炖了一锅肉，还说没有像样的饭菜？什么意思？那不是旧社会富人、官宦人家吃的东西吗？你们大队的贫下中牧天天煮肉吃吗?”秘书青格乐怒气冲冲地喝问。

“我明确地告诉你，我们不吃你那锅肉!”哈图队长说罢又接着讲道，“下面宣布一下纪律要求。”

额尔顿巴图看了一眼呼毕斯哈拉图，低声提醒：“记录一下。”

“一、要警惕利用吃喝手段拉拢腐蚀工作队员的行为。工作队员吃好的。要实行与贫下中牧同吃、同住、同劳动……”

哈图队长讲完话，青格乐秘书又讲了讲如何落实好哈队长讲话精神问题，才宣布会议结束。

人们陆续走出会议室，呼毕斯哈拉图走近青格乐问：“午饭吃什么?”

“你们这地方有蔬菜吗?”

“有一位汉族小伙种植蔬菜……”

“他的出身、历史清白吗?”

“不晓得，他是前几年流浪到我们这个地方的。”

“外来人口的出身历史你都不了解?”

哈队长插嘴说：“我们到牧民家里走一走，吃饭要交粮票和饭钱。”

“用我们领路吗?”呼毕斯哈拉图问。

“不必，你将贫下中牧家的姓名、地址告诉我们就可以了。我们自己去。”哈队长说。

“我带你们去吧。”额尔顿巴图说。

“不用了，我们自己能找到。”

工作队前往牧户家，其余与会人员留在队部。

扎米延走出厨间问："开饭吧？"

呼毕斯哈拉图说："还开什么饭？都走光了。"

扎米延着急地说："那么一大锅肉咋处理？现在可是伏天，容易坏。"

"要不咱们自己吃吧？"丹毕嘴里絮叨。

额尔顿巴图赶忙制止道："啊呀，我的那个亲爹呀，那肉谁吃都行，唯独我们几个吃不得！人家工作队员在牧民家喝茶，我们却在这里大口嚼肉，那还不成了大事？不找你后账才怪咧！"

"那就喂狗吧。"丹毕赌气走了。

扎米延说："你们不吃我吃。全是一些不识抬举的东西！"

"老张、陶迪，你们都过来，领导们不吃，我们几个享用，人民的东西哪能喂狗。"色布吉德玛喊。

色布吉德玛来到乌拉扎尔草原的第三年与图都布结婚成家。图都布本打算将她接回家乡生活，但她不愿意离开乌拉扎尔草原，图都布又牵挂老家的生计，至今二人仍过着分居生活。萨仁其其格母子二人依然住在开荒者的土屋。色布吉德玛对扎米延说了好几次，让他将萨仁其其格母子接到大队部，但他迟迟没有行动。

去年，大队建配种站，丹毕向公社求助，将德力格尔要了过来，又把陶迪安排在配种站。陶迪虽然不再与色布吉德玛居住在一个毡包，但配种站距大队部不太远，一有空陶迪就跑来大队部。因为这里不仅有色布吉德玛，还有与她惯熟了的扎米延和老张。

有一天达丽玛忽然跑到大队部直闯厨房问道："支书和队长呢？"

"一个去公社，另一个去配种站了，什么事？"扎米延说。

"工作队正在搜集他俩的材料，不知啥意思？"

扎米延惊异地问："真的吗？"

"工作队的秘书青格乐昨天到过我家，逼迫图门仓我俩对两位队领导提意见，当我们说没意见，他一个劲地鼓动我们别害怕，大胆地说。”

“本来没意见，为什么要催逼人家?”

“这样下去，本来没意见的人也会编出几条的。全大队那么多人，有意见的人一准会有，有意见说出来是对的。但工作队好像在特意搜集他俩的缺点错误，这种做法似乎不太对头，这样不就复杂化了吗?”达丽玛皱紧眉头说道。

“这才叫怪事呢。”

“我也特奇怪。不管咋样，待他俩一回来就把这一情况告诉他们，小心为好。”

“行……”

工作队员三三两两地返回队部，马上召开会议。呼毕斯哈拉图和丹毕虽然已经来到队部，但未让他俩参加，二人只得心事重重地坐在厨房喝茶。

老张走进来笑笑，说：“二位领导在这儿啊？人家开会呢。”

丹毕瞪了他一眼没作声，呼毕斯哈拉图只顾叹气，色布吉德玛大呼小叫地跑进屋，咯咯笑着高声问道：“有茶吗？渴死我了。”

扎米延对呼毕斯哈拉图和丹毕说：“听说工作队正在搜集你俩的材料呢，你们应该心里有数。”

丹毕将茶碗用力放在桌子上，狠狠地吼道：“想咋就咋吧。嫌不好，把我的队长职务撸了不就行了？我早就不想当这个队长了。”

呼毕斯哈拉图无奈地摇摇头咧嘴苦笑说：“情况都一样，我们又不是独一家。”

色布吉德玛说：“一位工作队员昨天跑到我那里问，呼毕斯哈拉图、丹毕二人欺压过你吗？我说，如果没有他俩的扶助，就没有我今天的生活。他说，你不要害怕，要提高思想觉悟，勇敢地检举揭发，我们会给你做主。紧张得我话都说不出来了……”

呼毕斯哈拉图对丹毕说："事情变得越来越复杂，今后你我说话要多加小心，再不能随便放炮了，好自为之吧。"

之后，几个人再无言语，默然闷坐。

色布吉德玛昨天碰到的事情，今日又在扎米延身上重演，一名工作队员找扎米延谈话。

"扎米延同志，咱们谈谈吧？我叫阿日宾嘎。"那个年轻的工作队员说。

"好吧……"扎米延看着他。

"呼毕斯哈拉图、丹毕二人经常欺压你？"

"据说只有国民党才欺压百姓，他俩是国民党吗？"

阿日宾嘎张口结舌地愣怔了一会儿，不再言语，扭头离去。

又过了几天，工作队召开社员大会，哈图队长发表长篇讲话。他圆睁怒目，越讲嗓门越高。

"……我们来到这个大队后马上深入牧户，走访社员，虽然时间不长，但还是了解和掌握了一些情况。表面上看乌拉扎尔草原风平浪静，却有不少问题。比如说，很多群众受歧视，挨白眼，他们干最重的活儿，得到的工分却特低。可大队主要领导的关系户，干的活儿最轻，工分却最高。有人可能会问，你说的是谁呀？今天我就不点名了，大家心里都清楚！这些人居住在大队部这个巴掌大的地方，与队领导拉帮结伙，不分你我，组成了一个特权阶层。在这里，我只拿一个人为例。从呼和浩特不是下来了一个叫陶迪的人吗？应该把她放在最基层的牧民群众中，让她干最苦重的体力劳动加以改造才对。但大队领导却没有这样做，把她放在队部近旁，与挤奶员住在了一起。没给她分配劳动任务，确定完成指标，于是她成天东游西逛，衣服是洗了又换，还拉拢腐蚀年轻人，现在又被安排在配种站。她是改造来了，还是旅游来了？队领导对这个为啥关照得如此周到？队领导们的头脑里还有这根弦吗？"

会场内鸦雀无声。大家当然明白哈图队长没有点名的那几个人是谁。扎米延和色布吉德玛肯定跑不脱，甚至于还有可能包括老张和谢……

"……我们要支持被现领导打压的群众，在共产党的领导下，他们不应该受欺压！谁是朋友、谁是敌人就清楚了，大队领导到底站在哪边?"

太阳几近下山时会议才结束。

扎米延刚刚走进厨房，色布吉德玛就跟着进来。扎米延第一次看见色布吉德玛脸上的怒气，赶紧给她倒了一碗茶。

她不言不语站了好久才愤愤地说："我活了这么多年，第一次被人说成这样……"

"说去呗，管它呢。"

"你不能抛下萨仁其其格母子不管。图都布要我去他那里，我一直犹豫不决，拿不定主意。一是，我生活在这地方许多年，已经习惯了，不愿意离开。二是，……我对你放心不下。你可能还恋着我，但我不可能与你组成家庭。你还是跟萨仁其其格生活吧，我也就放心了。我……想走了。"

哈图队长在全体社员大会上的讲话精神，大多数牧民虽然没搞清楚，但几天后人们才反过味来，才意识到他那些话的分量。

往常不太来队部的几个人，现在却经常找工作队嘀咕。扎米延熬好奶茶给工作队送去，这些人一见他进门当即成了哑巴，看样子只盼他赶紧离开。有一天老张手捧大茶缸来到厨房讨茶。

"有茶没?"

"难道我有义务为你熬茶不成?"扎米延瞪着眼珠说。

"你要端正态度，老老实实，几天前哈图队长是怎么说的? 你不记得啦?"

"你也比我强不了多少，哈图队长没有点名的那几个人里肯定也包括你!”

“我虽然住在队部，但我是公社供销合作社的工作人员。跟你们这些人不一样。”老张倒了满满一茶缸茶，与扎米延唠了起来。

“领导们要调换积极分子和培养对象了。”老张说。

“你怎么知道?”

“你想呀，呼毕斯哈拉图、丹毕、额尔顿巴图他们是解放初期的积极分子，现在不算了！哈图队长要另选他人培养了。”老张说罢，用下巴指了指会议室方向，说，“经常到这里打小报告的一部分人是他们心目中的积极分子。”

“看那几个人的德行，谁不知道他们是什么样的人。如果他们是积极分子，那咱们乌拉扎尔草原上就没有落后分子了。”扎米延说。

“你想过没有，工作队为啥要这么做?”

“谁知道呢？是嫌我们过得太舒服了吧?”

会议室里的密谈大概结束了，一个小伙子走进厨房来，他叫巴布，最近常往工作队跑。

“咱们的积极分子喝茶来了?”老张带点挖苦地问他。

巴布是个守本分的人，有点懒惰，就是给他少记了工分他也懒得与人争辩，他坐下来，自己倒了一碗茶。

“你们跟工作队谈什么呢?”老张问。

巴布说：“过去我真觉悟不高，什么都想不到。经过工作队的教育，我才明白了我一直在受压制和歧视。像我们这样穷人的孩子，人家指东我们不能朝西，工分咋记都得认，连开会学习的权利都没有……”

“那你们现在打算怎么办?”老张又问。

“我们听工作队的，工作队要我们揭发呼毕斯哈拉图、丹毕二人的问题，我正在考虑咋个揭发。”

两天后，又有个叫卓尔旦的人来到队部与工作队谈了好长时间，出得门正遇扎米延走来。卓尔旦这个人很自私，干啥事先考虑有无便宜可占，成天为蝇头小利奔波，所以大家都厌恶他。扎米延问他：“你也见工作队来了?”

“那当然。”卓尔旦说，“这些家伙，过去把我们欺压得够了。但我一直相信共产党终会给我做主的。呼毕斯哈拉图和丹毕真不是好东西，扎米延你也不要以为你是个厨师就翘尾巴。你们得意的日子已经过去了……”

扎米延冷笑道：“呼毕斯哈拉图、丹毕两人可能有不少缺点错误，但我看对你的态度一点都没有错。你也太不像话了，竟把别人割倒堆积起来的草垛趁夜偷偷拉回自家，你那叫什么事？不应该批评?”

“那是诬陷!”卓尔旦喊。

十几天后，召开了第二次社员大会。会上，先由呼毕斯哈拉图、丹毕做检查，再由巴布、卓尔旦等人揭发批判，最后工作队哈图队长讲话。

他说：工作队来到乌拉扎尔生产队还不到一个月，但取得了明显的成效。他还说：成绩主要体现在群众的觉悟大有提高。

上次大会上，哈图队长的脸色极为晦暗，这次却犹如柳暗花明、谈笑风生：“我们初来你们大队的那天中午，队部煮了一锅手把肉等待我们的到来，那可不是普通的一锅肉啊，同志们，看似是肉，却有不少问题啊！我们工作队看到问题的本质后，断然拒绝，去了牧民家……”

有人笑了起来，响起稀稀拉拉的掌声。

“但是，有时我们也得在队部就餐。我们决定另找一位厨师，就让我们的积极分子卓尔旦当厨师吧……”

传来了几个人的笑声，却没听到掌声。

因为是全体社员大会，扎米延和老张均在会场。

老张捅了一下扎米延，咯咯地笑着说：“卓尔旦这回可要吃肥了。”

扎米延伸了一下懒腰，说："管他呢。"

## 2　敖包上空的一轮明月

接着又发生了诸多事情。以不得让没有觉悟的人执掌科技权为由，任命巴布为配种站领导，让陶迪、德力格尔二人侍弄种公羊。在工作队秘书青格乐监督下，扎米延将粮油、米面以及风干肉如数转交给新任厨师卓尔旦，并在交接清单上签字画押。扎米延扛着行李只得前往萨仁其其格居住的破土房。有个牧民叫萨木腾，他早前抱养的儿子道尔吉，找到工作队哭哭啼啼地说要跟养父母断绝关系。又将大队会计白音贺希格从其家中押将过来，圈进一间专门房间，逼迫他说出二十元左右短款的去向……

人们开始互相猜忌，产生隔阂，甚至于埋下了仇恨的种子。

工作队队长哈图是自治区某厅副处长，秘书青格乐是旗党委办公室的工作人员，另一位叫阿日宾嘎的是盟师范学校的数学老师，还有几个队员也没有一个懂牧业的。呼毕斯哈拉图、丹毕二人按照工作队的要求，只得一边写检查，一边忙于生产。

扎米延被解除厨师工作，搬往萨仁其其格住处时，色布吉德玛前来送行。

"你真的不生气?"色布吉德玛问。

"一个炊事员的岗位有什么留恋的?"扎米延说。

"那就和萨仁其其格好好过吧，别再胡思乱想了。你安顿好了后我就搬到图都布那里。"色布吉德玛说，"咱们看望一下陶迪吧？配种站就在前面。"

"行啊，没见陶迪、德力格尔已经有两个月了。"扎米延说。

陶迪牧放着几只种公羊，在敖包斜坡上缓步慢行。别看种公羊这一畜牲在羊群里还算温良驯顺，一旦离群就麻烦了。更何况这几只进口美丽奴[①]种公羊，个个体格健壮，桀骜不驯，很不好管理，稍不留神就会四散而逃。但因德力格尔、陶迪二人都学过畜牧专业，侍弄牲畜还真有两下子。将大个头的用长绳索连在一起，它们就相互拽扯，哪个也跑不脱了。

陶迪正走到坡下，看到萨楚拉图在那边走着。

“喂，你过来。”她喊。

萨楚拉图走近后露出洁白的牙齿笑着说：“唤我干啥？不怕德力格尔生气？”

“他没有盯我梢的赖毛病。”陶迪笑着说，“你不要光耍嘴皮子只说不练，你早该娶个老婆了。”

“抬头挺胸的嫌弃我，塌肩缩脖的我又看不上，挑来挑去，不就耽误了嘛。”

“你脸皮那么厚，怕什么，勇敢点吧。”说罢，陶迪想起几年前他让自己紧张难堪的往事，又笑。

萨楚拉图说：“你已经嫁人啦，我也没有心思找人啦。”

说话间，陶迪看见远处走来的扎米延、色布德吉玛，高兴地呼喊起来。

“今天是什么好日子呀，贵客一个接一个地来。萨楚拉图跑一趟队部吧，得需要几瓶酒……”

几个人走到配种站时，太阳正要落山。陶迪一进门就与德力格尔煮上风干带骨肉，熬茶，还炸了新油果，萨楚拉图也拎着几瓶酒回来了。

摆好了碗筷盅盏，只待开宴。陶迪犹豫了一下，说：“巴布挑水去了，等他一会儿。”

“等那个饭桶干什么？”萨楚拉图抖出这么一句，还说，“乌拉扎

---

① 美丽奴：产自澳大利亚的一种优良品质的绵羊名称。

尔草原的人没死光吧？怎么让这种人当站长？”

“好啦，都在一起工作，低头不见抬头见，丢下他一人不好。又不是他自己跑来当的站长，是工作队派的。”色布吉德玛从中打圆场。

“扎米延哥，你们咋有空来这儿？”德力格尔问道。

“卓尔旦成了大队厨师，扎米延要去萨仁其其格那儿住，我也打算往图都布那儿搬。”色布吉德玛说。

“是吗？咱们几个人就这么各奔东西啦？”陶迪惋惜地说。

“我们还会有见面的机会。”色布吉德玛叹了一口气，说。

巴布正好走了进来。

“就等你了，往上坐，我们开始吧。”陶迪满脸笑容。

“今天我们正好碰到了一起，色布吉德玛姐不久要搬家……”德力格尔的意思是给巴布做点解释。

巴布显得有点紧张，似乎不知自己能否参加这些人的聚会。

色布吉德玛看到他的为难样，叹气说：“这是陶迪、德力格尔的一片心意，能不能跟我们一起吃饭，你自己拿主意……”

巴布显然无意跟这些人相聚，但为了避免生怨，进退两难地说：“哦，没关系。”

那晚除巴布外，其余人都有说不完的话，大家说着，喝着，直到半夜才散。扎米延朝萨仁其其格居处走去，色布吉德玛跟他一起走着。

路经敖包南坡时，色布吉德玛说：“多好的月亮，咱们坐坐吧。”

“啊，好吧……”

月亮挂在敖包上空，皎洁而温柔，在很近的地方陪伴着他们，又将银色的光辉洒向草原，让他们的周围变得梦幻般朦胧。

“小时候在这样的夜晚走在草滩上，就感到草原变得神秘了，草原深处肯定有好多我们不知道的东西……”色布吉德玛感慨道。

“是呀，走夜路时仔细听吧，马吃夜草声、远处的狗吠声、醉汉的歌声……都能听到。”

“有些青年男女就手拉手消失在苍茫的月色中。”色布吉德玛说完用手捂着面颊笑了笑，腼腆地继续说，“咱俩别着急走，就这样一直坐下去。”

扎米延叹了一口气，说：“这种机会可能再也没有了。”

“人人都会有后悔事，但还是尽量豁达地活下去。”

他们在敖包坡上一直待到东方的天际呈现鱼肚白时。色布吉德玛把扎米延送到那年开垦的那片草原的边沿。过了几年，这里已经完全沙化了，歪七扭八的一些破土房像马粪蛋般无序地坐落在那里，最西南角那座就是萨仁其其格的栖身住所。

“好了，我该走了，跟她好好过吧。”色布吉德玛走了。

扎米延走近房门口踟蹰不前。只见挂着旧布帘的窗户和一扇斜门歪框静静的。不管萨仁其其格过去怎样，如今她已经沦落到了生活的最底层，带着儿子在这里艰难度日……扎米延想着。

门被打开，一个敞胸露怀的女人，端着一簸箕灰走了出来，那正是萨仁其其格。她猛一见扎米延，不知如何为好，痴呆呆地站在那里。

## 3 遥远的基地

夏末的一日上午，十几个年轻人坐一架三套马胶轮车，沿着乌拉扎尔敖包前的大道出发了。车上拉着锅碗瓢盆、行李铺盖等物品，车辕上还插着一杆红旗，上面绣有“乌拉扎尔生产大队突击队”几个金灿灿的大字。这支队伍，要前往二百里外建设种殖基地，是乌拉扎尔草原的一伙年轻人。

前几年地质队搞钻探，在距乌拉扎尔大队二百多里的地方碰巧打出了一眼自流井，井水昼夜不停地白白涌流了好几年，没得到利用，也无人问津。再者说，这口井恰好处于三个公社的交界处，谁也没法归自己所有。曾给地质队当过向导的萨楚拉图跑来队部说：“嗨，布日和敖包北侧，不是有一眼自流井吗？可以在那里种田种饲料呀。”呼毕斯哈拉图、丹毕二人以为他又在瞎放炮，但过后认真一琢磨，觉得这事儿有那么点意思，可以考虑。丹毕遂骑马晓行夜宿地走了几天，实地勘察，眉开眼笑地返回队部。

“水量充足，地势像桌面一样平坦，如果在那里搞水浇地，比在这里闷头折腾强多了。”呼毕斯哈拉图听了丹毕的介绍后，去找工作队的哈图队长汇报。那时，呼毕斯哈拉图和丹毕在社员大会上已做过数次检查，群众也没揭发出什么新问题，经工作队研究，打算将二人列为二类干部。呼毕斯哈拉图与丹毕就这样过了一道关。哈图队长说话态度虽然仍较生硬，但也未否定他俩的提议，在自流井附近建饲料基地的动议就被批准。于是，组建了一个十几个人的青年突击队出发了。

率领这群年轻人的是大队的团支部书记乌尼尔，工作队的阿日宾嘎协助他。工作队虽然掌握大队的全部权力，说一不二，但在具体问题上出头露面的仍然是大队领导。就拿呼毕斯哈拉图、丹毕来说，让他俩成天写检查的同时，还要求他们抓好队里的具体工作。这次组织青年突击队也一样，乌尼尔明里是突击队长，但又有阿日宾嘎伴随，大小事必须先由工作队的人点头认可，而后才能实施。为什么非得如此，乌拉扎尔的人们搞不清缘由，也不去想。

草原上的年轻人出远门的机会少，因此这些人一路上说笑打闹唱歌，欢乐无比。这辆胶轮车是队里新购置的，车把式是个膀大腰圆的壮汉，他长鞭一甩啪啪作响，三套马鼻孔翕动协力奋蹄，车上的人儿两耳生风。他们路上住了两宿，第三天才到达自流井。

乌尼尔看着阿日宾嘎说：“男女各住一顶大帐篷，另一顶做厨房吧？”

阿日宾嘎笑笑说："这事儿你安排吧。"

青年们的野外生活就这样开始了。他们挖水渠，平整土地，谢跑来跑去地指挥，在这群人中，他成为了不起的专家，手握铁锹做示范。在盟师范学校当教师的阿日宾嘎也有了用武之地。他手拿盒尺测量地面高度、水渠长度，在纸上算好各种数据，勾勒出设计图。因为都是年轻人，干起来有股虎气，干累了也不知歇息，就知道嬉戏玩耍。打扑克，下蒙古棋，讲故事，姑娘们跑到涌泉旁洗衣衫……当夕阳西下，晚霞在荒原上洒下一片嫣红，缓缓隐入西边的山岗后面后，这里才变得安静。

男青年当中，唯有知识分子出身的阿日宾嘎，一有空闲就裹进女孩中间到水边洗衣服。

一日傍晚，他又来到泉边，只有乌仁其木格姑娘在水边洗衣。

"男人洗东西就是不行，我给你洗吧。"姑娘说。

"我也不能闲待着吧，咱俩一块儿洗吧。"

"算术真就那么神奇吗？"姑娘问。

"那是一门计算数字的学问。"

"你那天怎么那样准确地计算出了地质队的三脚架高度？"

那是十几天前的事。人们在劳动中暂歇，阿日宾嘎拿着大盒尺来回跑。一个青年叫住他问："知识分子先生，有本事你把这个三脚架的高度给算出来。"泉水旁的那个三脚架是地质队立的。

"那没问题。"

"算错了咋办？"

"不可能算错。"

"那咱们赌一赌？"

"赌啥？"

"算错的话你给我一盒香烟。"

"算对了呢？"

“让你亲一下乌仁其木格。”

大家哄然大笑，乌仁其木格羞得无地自容，赶紧避开。

阿日宾嘎将铅笔立在地上，先量好铅笔及其影子的长短，再去量架影的长度，当即报数：“五米三十！”

打赌的那位青年，拿上阿日宾嘎的盒尺爬上三脚架仔细测量后喊道：“阿日宾嘎报的数很准确，允许他亲一口乌仁其木格，赌局到此为止！”

当时姑娘虽然躲在帐篷后，但视线却没离开阿日宾嘎……

现在乌仁其木格想起那天的事捂着嘴笑起个没完没了，她在想，假若那天我没有逃走，他是否真的会亲我？而阿日宾嘎从她的笑声中似乎也猜到了她在想什么，因而感到紧张也感到幸福……

她强忍笑意说：“上小学的时候，我学习成绩非常好，当时真想就那么学下去，但到了小学四年级，爸妈让我辍学，不让我继续读书了……”

“太可惜了。”阿日宾嘎说。

月儿露出半边脸偷偷地俯视着两个年轻人，二人难以割舍，不忍离去……

## 4　走失的羊

几个农民在被冰雹扫得颗粒无收的地垄旁，艰难地生活着。他们根据地势情况又补种了一些农作物，眼巴巴地守望，很想有所收获。达布辛娜来看望过他们，还送来十几只鸡。所以这里响起了鸡鸣声。有的鸡将蛋产在草丛里，平添了一项寻鸡找蛋工作。鸡群原本安然无恙，不知哪来的几只野猫搅得众人和鸡群不得安宁，今天撂倒一个，明天又叼跑一只，那些鸡差点被野猫斩尽杀绝，最后只剩下一只大雄鸡，在附近追逐昆虫，寻觅草籽。他们虽将家小全搬了过来，因为不能落户，当地就不供应口粮，只能以野菜充饥，谢也经常送些蔬菜过来。

扎米延搬来已有半个多月。

萨仁其其格那天出门倒灰时见到扎米延很感意外。原先他也经常给母子二人送些食物，每次过来连茶也不喝一口，放下东西就走，可那天他却背着行李卷过来，不得不让她惊奇。她猜测，他是否要住在这里？

“您……进屋呀……”她瞅着自己的脚尖说。

虽然早已亮天，但屋里光线很暗，过了很长时间，扎米延才开始适应黑暗环境，看见了睡在一堆铺盖中的小男孩。

萨仁其其格倒完灰，进屋将堆成一堆的铺盖往里推了推，给扎米延腾出坐处，开始点火熬茶。

“都夏天了，门窗还捂得这么严实干啥？”

“嗯……”她回应着，随即敞开门窗。

新鲜空气伴着清晨的阳光，驱走屋内腥酸的异味。

萨仁其其格舀出两碗面开始和面，可能要炸蒙古果子。扎米延喝罢两碗茶，叫停她：“停一停，先把家里清理干净。”

她低头瞅着脚尖，他让干啥才干啥，他若不指点，她根本找不着活儿。睡梦中的孩子睡眼惺忪地坐起来，怯生生地跑了出去。待里里外外打扫干净这间破土房，还不到小晌午。他寻思，能搞到白泥粉刷一下就更好了，但他怎么都提不起精神。他走到屋外坐了下来。远处蜃气闪动，近处景物模糊不清。

住在这里的人们惯于早睡，据说是为了节省灯油。晚上萨仁其其格铺褥摆枕，做睡前准备。扎米延却不想早睡，就走到外边。月亮刚刚升起，他在外面站了很久。后来他叹了口气走进屋来，只见她坐在油灯下发呆。他脱衣钻被，她犹豫片刻，上炕躺在孩子另一面，再没有了动静。

几天以后的一天早晨，扎米延早早起来走到外边，无意中看见有二十几只羊从一处低洼地走了出来。这地方的牧民出牧，都要等到露水干了以后。现在是清晨，草尖上全是露水，这些羊却走了出来，这是谁家的羊？为什么这么早就出来了？而且……扎米延还发现，这些羊并没有低头觅食，而是在一个劲地走，像是被人轰赶过来似的。这又是怎么回事？

扎米延判断这是一些走失的羊，是从附近的牧户家里走出来的，于是他朝羊只走来的方向走去，当他走上一处坡地时，卓尔旦的毡包映入眼帘。这些羊是从卓尔旦的羊圈里跑出来的吗？……

扎米延想到了一种可能性：这部分羊是卓尔旦隐瞒未报的羊！

牧区的牧业年度与农区的农业年度不同。牧业年度到每年的六月三十日截止。这是因为，在整个冬春两季牲畜的头数都处于不稳定状态，有增有减，只有到了六月三十日基本数字才能确定下来。而农区的粮食产量和其他作物的收成在年末就已成定局。今天是七月三日，正是牧区清点统计牲畜基数时期。在这关键时刻，一大早跑出这许多羊，必有猫腻！……

扎米延看到卓尔旦家出来几个人朝羊圈走去，他们无疑是统计牲畜头数的人。可是这部分羊该怎么办？他犹豫着。按常理，人家走失的羊是应该送回去的，但如果这部分羊确实是卓尔旦隐瞒未报的羊，那麻烦就大了。

扎米延就这么犹豫了半天，再回头一看，羊不见了。

中午，扎米延进屋坐下喝茶时，萨仁其其格的儿子萨仁呼跑进来，好像发现了多么大的秘密似的，眨着毛茸茸的双眼说：“妈妈，三娃子家吃肉呢？”

“不会吧，哪儿来的肉？……”母亲说。

“真的，他们杀羊吃呢。”

扎米延沉思片刻，说：“好孩子啊，人家吃啥就吃啥吧，千万不能讲出去。”

“要听阿爸的话。”萨仁其其格嘱咐。扎米延思忖，这件事不会到此为止，事态可能比想象的要复杂。

正如他想象的那样，当天下午就出了事。

那一小群羊，在农民兄弟房前屋后走过时已然少了数只，其余的继续前行时却被萨楚拉图发现了。萨楚拉图那天正好路过那里，发现了那些羊。他还根据其耳记印痕认出是卓尔旦的羊。于是他就把羊赶往了卓尔旦家。他把羊赶到了，卓尔旦家的年度统计工作也正好刚刚结束。工作队的青格乐秘书、大队长丹毕、抽调来填写数目统计表格的达丽玛以及其他几个人，站在羊圈门旁正在核对数字。作为一家之主的卓尔旦也从队部赶回来，笑嘻嘻地给众人递烟点火。正在这个时候，萨楚拉图赶着十几只羊走了过来，卓尔旦的脸色当下就变得煞白。

萨楚拉图将那些羊赶进大群，擦着额头上的汗笑笑说：“追赶你这些走失的羊，差点渴死我，这天气也真叫热。”

“什么？”丹毕扫了一眼那些羊，脸露怒色，狠狠地盯着卓尔旦。

“这……不是……我的羊。”卓尔旦说话吃力，口舌笨拙，表情似笑似哭。

“什么？不是你的，那是谁的羊啊？”萨楚拉图嘟哝。

依照耳记确认牲畜的归属，对牧民来说易如反掌。原本同群的这批羊，离群半日再一合群，马上安静下来，两只早羔还寻见母亲，唯恐再次走失似的贴在母羊旁。

丹毕脸色铁青，怒气冲冲地说：“我们进屋谈。”

人们鱼贯进屋，卓尔旦勾着个腰走在最后，身体好像比平时矮了不少。

进得屋来，丹毕对青格乐说：“我想先核实一件事，事情搞清后怎么处理你看着办。”说罢又转向达丽玛说：“卓尔旦的畜群不是已经统计完了吗？将统计好的数字再说一说。”

达丽玛拿出统计表念道：“卓尔旦的羊群去年六月三十日的统计数：羊三百二十五只。秋天出售二十五只，冬春两季死亡十七只，接春羔四十七只，成活三十八只，合计：应该是三百二十一只，这次的统计数：三百二十一只……”

“这数字没错，是吧？”丹毕看着众人说。

大家都说“没错”。工作队秘书青格乐拿出纸笔计算后也说：“是的，没错。”而后用惊愕的目光盯着丹毕，搞不清他葫芦里卖的是什么药。

丹毕问萨楚拉图：“你撵回来的羊是多少只？”

“十七只。”萨楚拉图答道。

“核实过的本来无误的数字现在又不对了！多出了十几只羊。这是咋回事？只能由卓尔旦本人来解释。”丹毕说罢盯视卓尔旦。

卓尔旦“这……这……”地支支吾吾，汗珠直流：“我……我对不起党和人民，我错了，我悔不该，我……”他欲哭无泪地捂着脸蹲在地上。

“是非、对错完了再说，先谈谈羊群为啥多出来那么多？”丹毕说。

“嗨！还不是因为个人主义……自私自利思想作怪！……几年来我的羊群产了一些双羔，我将双羔报成单羔，把多出的羔子隐瞒下来，几年后就多出了一些……秋天我偷偷卖掉一部分，冬天宰杀几只作为冬储肉……都是我的错。”

“那你一共瞒报了多少只？”丹毕这才心平气顺地问道。达丽玛看着卓尔旦的滑稽样忍不住笑出声来。

“哎呀，让我想一想，连吃带卖，一共是七只，再加上今天的十七只，合起来是二十四只……”

“我们年年都过数、统计、填表，你老兄把一二十只羊藏在什么地方混过了关？没藏在柜子里吧？”有人问。

“在你们来之前的头一天夜里，将多出的羊挑选出来，第二天一大早将它们赶往草场深处，待统计完数目，你们一走，再到野滩找回来……”

丹毕转向青格乐说：“该问的我都问了，事情也清楚了，你也都听到了。怎么处理？你们工作队看着办。”说完他就出去了。

青格乐这才明白了事情的前因后果。他过去只听说农民有瞒报粮食产量的现象，现在看来牧区也有人瞒报牲畜头数。他狠狠地瞪了一眼卓尔旦，也走了。

扎米延正思谋着搬离这个地方，呼毕斯哈拉图找上门来说：“我说扎米延，你还到队部当厨师吧。丹毕我俩倒无所谓，吃喝问题自己能凑合，但工作队要是少了厨师，还不得饿坏喽。”

“什么？你说什么？”扎米延眼睛瞪得比牛眼睛还大，“工作队不是看我不顺眼，找了个信得过的卓尔旦替换我了吗？”

“你是真不知道还是故意装糊涂？卓尔旦因为盗宰盗卖集体的牲畜，工作队决定让他到二百里外的那个水利基地劳动去。他现在别说当厨师，就连牧放集体畜群的权利也没有了。他家放牧的畜群，大队决定要收回来了。”

“那些跟我一点关系都没有。”扎米延说。

“我求你还不行？”

“甭说是你了，就是哈图队长自己来都没有用！”

“那就……”呼毕斯哈拉图无可奈何，笑了笑说，“色布吉德玛把你那蒙古包留下后走人了。你去那儿住吧，这地方有啥可待的？”

“我本来就打算搬家呢。”

过了两天，扎米延牵来老张的马车，将零碎东西放在车上，带上萨仁其其格母子搬进了色布吉德玛、陶迪住过的毡包，老张看到后急忙跑出来帮忙。

扎米延走进毡包，看到包内收拾得干干净净，一股暖流涌上心头。色布吉德玛身上固有的温馨气味，仿佛依然洒满整个空间，渗进所有物件，嵌入他心窝。

老张跟进来坐在火撑子右边说：“你走后我都喝不上茶了。”

“那是肯定的！”

扎米延三口人刚整顿利索，丹毕就过来说：“你领上那个秦木匠，再带上几个泥瓦匠，得去一趟基地，那边要盖房子。”一九五九年建队部时过来的秦木匠等几个人，再未回原籍，留了下来。也就是从那时候开始，乌拉扎尔草原牧民陆陆续续盖起了房子，传统的毡包越来越少了。

“行吧。”扎米延允诺。

“还有一件事……哈图队长说让你把那个阿日宾嘎带回来。说他跟咱们大队的乌仁其木格有点那种关系，影响不太好。也不知道是谁打的小报告。”

“那种关系是什么？”

“谈恋爱呗。”

“不是说恋爱自由吗？又不是啦？”

“你就别跟我抬杠了。严禁工作队队员与当地百姓谈情说爱，这是他们的纪律。我看那个叫阿日宾嘎的年轻人遇上麻烦事了。”丹毕说。

“那我更不能参与那种麻烦事，让他们工作队自己去找那个阿日宾嘎好了。”

“你说的也有道理，你自己看着办吧。”丹毕笑了笑说。

## 5　家乡的热土

扎米延、秦木匠等人走了两天多才到达基地。自流井旁翻耕和平整了很大一片土地，还种了一些菜和几亩荞麦。年轻人一见到扎米延就围拢过来，渴望听到家乡和亲人们的情况。扎米延看到乌仁其木格脸泛红晕，喜形于色地挤在人群中。他扫了一眼这伙青年，心想：在阿日宾嘎、乌仁其木格背后说三道四的人就站在这伙人中间。

阿日宾嘎走过来问道："工作队的同志们忙什么呢?"

"还那样……"扎米延应了一声后继续说，"丹毕队长说，你们哈图队长叫你回去一趟。"

"叫我回去?"阿日宾嘎显然不愿意离开这里。

团支部书记乌尼尔微笑着过来。

扎米延说："我明天就走，给领导捎什么话吗?"

乌尼尔说："这里的情况你也看到了，入冬以前可以完成二百亩地的平整和挖渠工作。虽然今年种不成地，但来年可以早早动犁下种。这些蔬菜和荞麦地是我们试种的，不知道霜降前能不能收割。"

乌尼尔是个办事稳妥的青年，现在还是这里的负责人。扎米延很想告诉他从丹毕那儿听来的传闻，但后来还是犹豫了。自从工作队来了以后，好多事情都变来变去，上午是一个说法，下午又是另外一个说法，他认为还是闭紧嘴巴为好。

没承想，当天午后工作队秘书青格乐却来了，他骑着一匹马又牵着一匹马，显然是来带走阿日宾嘎。

青格乐一到，马上召集突击队成员到泉边开会，扎米延坐在距他们很远的地方。

"工作队最近接到了群众举报阿日宾嘎的材料，为此专门派我来……"青格乐一开口就直截了当。

自流井的水通过一个大口径的胶皮管不停地涌出。管道约一米高，是地质队当年安装的，地下水通过这个管子日夜不停地奔涌了好几年。清亮的水柱像有生命的精灵在那里舞蹈着，歌唱着，在午后阳光的轻抚下，显得那么舒展和欢快。但青格乐的讲话声音，在扎米延听来与这无限美丽的环境极不和谐。他喷着口水，嚣叫了半个多小时，众人哑口无言，乌仁其木格、阿日宾嘎低头不语。

“阿日宾嘎现在就做检查!”青格乐厉声叱喝。

“等等!”同样的断喝声出自乌尼尔之口。

乌尼尔看都没有看一眼青格乐就开了腔：“我们与阿日宾嘎共同劳动了一个多月，他如果真的违反了工作队的纪律我也有责任，因为我是突击队长。但是，我们与阿日宾嘎成天在一起，没发现乌仁其木格他俩有什么不正常的情况。青格乐同志刚才说是别人揭发的，揭发者应该就在我们这些人当中。那个人究竟揭发了什么问题？有没有证据？我很想听一听。”

青格乐气急败坏地说：“处理阿日宾嘎是我们工作队的事情，没你的事。”

“但乌仁其木格是我们突击队队员，我有权了解情况！如果真的犯了错误，处理是应该的，假若是诬陷，我们不答应。这不是她一个人受辱的问题，这是在向我们全体突击队员头上泼脏水!”

乌尼尔这个年轻人，每句话都铿锵有力，而且句句在理。就这么几句话就将会议主题引向了另外一个方向。会场静极了。

“阿日宾嘎你自己说一说，有没有那种事情？”青格乐大声喝问。

“阿日宾嘎先别说话，谁揭发的先让他摆出证据来!”乌尼尔毫不退让。

没人作声。

“怎么没人站出来说话？有证据怕什么？是不是有人在搞鬼？当面不说、背后搞鬼的人，我们必须警惕。这种人今天可以诬告阿日宾嘎，明天也可能诽谤我，到后天很有可能给青格乐秘书也编一段故事……”乌尼尔说。

“我没有那种事!”乌仁其木格抬起头来咬紧嘴唇说。

“冤枉我倒无所谓，但不能冤枉一个普通牧民!”阿日宾嘎也说。

“阿日宾嘎要跟我回去，我们要做进一步调查。”青格乐说。

乌尼尔笑问：“青格乐秘书还有其他指示吗？”

“啊……没有……”

“散会！”乌尼尔竟然擅自宣布散会，站起来就走。青格乐气得七窍冒烟但又无可奈何。这个会是他召集起来的，也是他主持的，现在乌尼尔却宣布散会，连看都没有看他一眼。

接着，扎米延和青格乐又吵了一架。

青格乐气呼呼地朝前走去，看见扎米延也在他们前面走，也不知道为什么就觉着扎米延很不顺眼。那天他心气不顺大概是一个原因，另外，他总觉得扎米延对他不够尊重，也是一个原因。工作队下到乌拉扎尔大队后，说实话群众对他们还是尊重的，见了工作队员也很热情，但唯独这个扎米延好像从未正眼看过青格乐，从未跟他说过一句话！再加上刚才乌尼尔让他在大家面前很丢面子，他正有气没有地方出，所以他想抓住机会耍耍威风，挽回一点面子。

“扎米延你知道自己干啥来了吗？”青格乐在扎米延后面叫。

扎米延回头看了一眼没作声，因为他没听明白对方的意思。

“你是干啥吃的，为啥不为我饮马绊马？”

青格乐如果没太嘚瑟，扎米延会毫不犹豫地给他把马饮好并绊开。但看见他索命鬼般似的脸面，他就不高兴了。

“你自己不能饮马、绊马吗？”扎米延反问。

“你这是什么态度？”

“什么态度，你管得着吗？”

青格乐根本没想到扎米延会如此，愣了片刻大声喊叫道：“你……你要知道，我可是工作队的秘书。”

“秘书不是人吗？”

这时候，刚刚散会的人们跑过来站在不远处看热闹。

“你……你骂我不是人?”

“人这东西说话做事有分寸才配做人，如果太过分，还不知道会变成啥呢?”扎米延盯着青格乐继续说，“你是干部我是老百姓，但说起来都是一样的人吧？你如果累得不行或者懒得动弹，我可以为你饮马。但你要搞清楚，我并不是你的奴隶。如果我去告你说，工作队秘书青格乐强迫百姓为自己饮马，我看也不一定没有人管。”

乌尼尔对看热闹的人说：“你们站在那里干啥？还不快把领导的马饮好、绊开。”

年轻人哄笑着将那两匹马牵往泉边饮好后绊开觅食。

“干部骑马，老百姓饮马，各有各的命!”

“看来这牲口脾气不大好，是谁调教的牲口?”

大家说着，笑着。青格乐的脸色越来越黑，大家的说笑声却越来越响亮。

晚饭后青格乐找到扎米延，说要“交流思想”。

“你想说什么就说吧。”扎米延说。

“今天我态度不好，今后会注意的。”青格乐还说，“今天吵架的事我俩内部解决算了，你也不必上告了。”

原来他是怕我告发他呀，扎米延叹了口气，突然觉得青格乐其实也很可怜。

扎米延于次日往回返。路上还专门拐进公社商店转了半天，买了一点生活用品。现在他不是独身，已经变成了三口之家，得置办一些东西了。他想起罕达玛的儿子有把玩具枪，也给萨仁其其格的儿子萨仁呼买了一把那种枪。他知道萨仁其其格除了穿来的衣服外别无他装，给她买了一件花衬衫。想了一阵，又给孩子买了一双胶鞋。

落日之前他赶回了家。如今他的毡包静静地立在那里。色布吉德玛、陶迪二人住在这里时的那种吼喊乳牛和呵斥小牛犊的声音，互相挑逗取乐的欢快景象已不复存在。现在这里笼罩着一种凄凉和无助的气息。他觉得萨仁其其格也挺可怜的。人这个东西，过得得意的时候往往变得不太懂事，不知道天高地厚，而遭遇困顿时也许会变得懂点事……

萨仁其其格见他回来，眼睛虽然仍盯着脚尖，但看得出来她是高兴的。她在做风干羊肉汤，要好好慰劳一下扎米延。他知道，在自己出门在外的这几天，娘俩又是以茶代饭，勉强度日。

扎米延给孩子掏出玩具和新鞋，又将花衬衫递给萨仁其其格说：“长短肥瘦不知合身不？穿穿看。”

萨仁其其格受宠若惊，为了不让他看到自己闪动的泪花，急忙扭过脸，说了声“行哪……”，随即收起了花衫。

是夜，待孩子睡下后，她把头脸、胳臂洗了个仔细，低头缩坐一旁。扎米延用哀怜的目光注视着她，握住她的双手无奈地哀叹了一声。她起初还想抽手躲避，一会儿就头挨他的肩膀恸哭起来。

早上扎米延醒来，发现睡在身旁的萨仁其其格不见了。他走出外边，只见萨仁其其格担着水皾悠悠地来到他面前，满面红光地抿嘴微笑。他看到她好像变了个人，从不轻易落泪的他突然觉得鼻子发酸，赶紧扭过头看着别处。

“起这么早干啥？……”萨仁其其格说。

“要干的活儿多着呢。”他说。

## 6　看不见的雾

这天扎米延站在小卖部正跟老张闲聊，走进来一对老夫妻，此二人是道尔吉的养父母萨木腾和呼日和穆。

“好久不见，买东西啊？”老张问。

“买点东西。”萨木腾老汉答。

“买过东西喝了茶再走吧。”扎米延说罢回厨房熬茶。

老夫妻二人没多大工夫就来到厨间。夫妻俩是忠厚本分人，因为一生未得子，就抱养了孤儿道尔吉。但道尔吉却与养父母二老划清界限，断绝关系。

老张也捧着他那大茶缸，跟在后边走进来。

“道尔吉真的抛下你们不管了吗?”老张问。

“有时候也回来拿点口粮取一两件衣服，但很少说话。”萨木腾老人苦笑着说。

“牲口都不如的东西!”老张骂道。

“起初我与老伴伤心透了，但后来又觉得孩子的想法也许是对的。解放前后我们家有不少牲畜，如果这给孩子造成麻烦，老伴我俩死都闭不了眼啊……有了这种想法后我们就不太伤心了。”萨木腾老汉说。

扎米延听后唉声叹气地说：“不止你家如此，就是亲兄弟、亲父子都生活不在一个屋檐下了。”

“现在人们相互说话、闲聊都倍加小心了，就怕惹出麻烦。”老张说。

虽然阿日宾嘎始终没有承认他与乌仁其木格在谈恋爱，但工作队还是决定将他退回原单位。深秋的一天早上，老张用马车送他到公社。阿日宾嘎好像要将此地的山山水水、一草一木，以及高耸的敖包和弯弯的乌拉扎尔河，都牢牢记在脑海里，深深刻在记忆中，一路上放眼瞭望，沉思不语。他们快到公社时，太阳快落了。老张看见前面的路旁站着一位姑娘，认出那是乌仁其木格。

“好了……一路走好，常来。”老张说。

“我……肯定还来。”阿日宾嘎声音颤抖起来。

一位是在盟师范学校执教的知识分子，另一位是草原上的普通牧羊女。二人相会在公社附近的荒滩野地里，自深夜坐到黎明，不知谈了些啥。

工作队在做撤离准备，呼毕斯哈拉图、丹毕二人研究如何欢送。

“咋也得吃一顿饭吧。”呼毕斯哈拉图说。

“是呀，没饭没酒地悄悄把人送走咋也不合适吧。我看他们现在大概也不会念叨他们那个什么纪律了吧。”丹毕说。

“我跟他们商量商量。”呼毕斯哈拉图说罢走了出去。

丹毕一边喝茶一边盯着扎米延说：“听说哈图队长遇到麻烦事儿了。”

“我看见他脸色有点难看。”扎米延说。他禁不住呼毕斯哈拉图和丹毕一说再说，又当起了大队炊事员。

晚上，工作队的人坐在厨间，扎米延将手把肉盛在盆里摆到桌面，老张从小卖部取来两瓶酒。

“工作队的同志们在我们大队住了近两年，不仅领导我们大队的各项工作，还认识了扎米延、老张等很多社员。所以我们几个想跟你们吃顿饭……”呼毕斯哈拉图说着就举起了酒杯。

哈图队长没说话，与众人共同举杯。

“大队的马车今晚回来，明天把你们送到旗里。”丹毕说。

哈图默然无语地坐了老半天，说：“我们工作队，特别是我本人，在你们这里工作期间肯定有做错的地方。”

老张笑着说：“依我看，人哪，有时候做对了，有时候又做错了，这没有什么。只是你刚来那会儿动不动发脾气，当时我就想，你是官我是民，但实质上都是人，人对人要那么大脾气干啥?”

那一晚，哈图队长没怎么吃肉，喝酒喝得酩酊大醉，不一会儿又哭了起来。

后来滑到桌底，彻底醉倒。

“青格乐秘书帮我把他扶进屋里吧。”说罢，老张又暗自絮叨，“我觉得这位领导今天才像个正经人。”

# 第五章

## 1 丹毕做出的决定

这一天，丹毕回到队部，一个人在办公室坐了很长时间，中午时分才走出办公室，来到厨房与扎米延喝茶。

“我说扎米延老弟，我俩都是在乌拉扎尔草原长大的，我虽然大你几岁，但仍是同辈人。这里这些人谁怎么样，谁好谁赖，你知道，我也知道。有些话我打算只对你一个人说……”丹毕说道。

扎米延点了点头。

“所以我想办一件事……”

“说吧。”

“这儿生活越来越难了，我想一部分人送往二百里以外的那个饲草料基地，到了那里，生活可能会好点儿。”

“这办法可行。”扎米延说。

“这件事我做主了，也不跟呼毕斯哈拉图商量。有问题我一人承担，省得把呼毕斯哈拉图再牵扯进来……”

扎米延点头。

“萨仁其其格也跟着去那里为好，在这里待着也不好。”

“把她送走我的压力也能减轻点。”

“那就这样定了吧。”

第二天，丹毕叫来几个生产队的领导开会。

丹毕说：“我们大队存在一种怪现象：广大革命群众，不分昼夜忙于革命和生产，而那些有问题的人却清闲得很。我们必须要改造他们!”

与会的生产队长用异样的眼光看着他，心里想：这个人今日为啥变得如此厉害？原先可不是这样。

“自流井旁我们不是开了一块饲草基地吗？群众忙得很，没法顾及那边，就让犯过错的那些人去那里，让他们在艰苦的环境中从事重体力劳动，你们说呢?”

生产队长们纷纷点头。

“好吧，那你们把去那儿的人的名单列出来。”

队长们列出了十几个人。

“把配种站的陶迪、德力格尔两口子也加上。今明两天让他们做好准备，后天一早就动身，路那么远，用大队的胶轮马车送一趟吧。”丹毕布置道。

“还得给他们指定一个负责人吧……”有人提出。

“就让吉仁太负责吧。他人比较稳当。”

三天后的那个早上，乌拉扎尔大队十几个所谓有问题的人到队部集合，乘车前往遥远的基地，丹毕目送他们直到看不见为止，终于舒了一口气。

## 2　并非平静的饲草基地

乌拉扎尔大队的这十几个人在基地已经两个月了。这里地处偏远，消息闭塞，但他们每个人心头并不轻松。生活条件艰苦，又惦记着家乡，感觉日子过的非常慢。

德力格尔的小半导体收音机是这里人们获取时势要闻的唯一渠道。这部分人的头儿叫吉仁太，是个老实巴交、胆小怕事的人。解放前夕，他为解放军当向导时，有一次忽遇敌人的埋伏，牺牲了两名战士，他一只耳朵也被飞弹撕豁，从此人们戏称他为“豁耳吉仁太”。没过多久，设埋伏袭击解放军的那个国民党军连长被俘，审问他伏击我军详情时，他交代说有一个叫达林太的人将解放军行军路线密报了国民党军。当追问“那个达林太是什么人？干啥的?”时，俘虏除了“不知道”外再说不出有价值的线索。我方开始寻找那个叫达林太的人，结果没有找到，却发现了那个为他们做向导的吉仁太的名字让他们生疑。在蒙古族男子中，常遇到叫“达林太”或者“吉仁太”的人，而这种名字与其爷爷或奶奶的年龄有关。爷爷或奶奶六十岁上出生的孩子叫吉仁太，七十岁上出生的就叫达林太，因此这两个名字的词根分别为“六十”和“七十”。因为内容相近，在人们的感觉里，这两个名字很相近，很容易混同。于是解放军的个别首长就猜测，也许此吉仁太就是彼达林太，解放军的向导吉仁太就有了国民党奸细的重大嫌疑，他那只被子弹击穿的豁耳也被误认为是自残假象，是自导自演的骗术。自此，吉仁太丢掉一只耳朵不说，今生今世误解缠身，有苦难言。

吉仁太最近几乎每天夜里都做噩梦，惊醒后便再也无法入睡。俗话说度日如年，他感到今年夏季特别漫长，每天在提心吊胆中煎熬。

他经常找德力格尔诉苦。

这天他又找德力格尔，皱着鼻头说：“我昨天夜里又做噩梦……”

“那是梦，又不是真的来了，怕什么?”德力格尔说。

“这样提心吊胆……”

“该来的时候，你怕也要来。没有到来的时候，你盼都盼不来。”德力格尔笑着说，“不过我觉得咱们这里也太冷清了一些，不像搞胜场的样子，这样下去将来会怪罪你的。你得想点办法。”

“什么办法?”

“至少可以张贴一些大幅标语吧。”

“写什么呀?”

“就是‘进行到底’呀那一套呗。”

“噢，这倒是个办法……但这里没纸笔呀。”

“我那半导体电池不行了，从这里往西北走百十里地就是黄河，黄河北岸有座小镇，我去那里买电池，顺便买来纸笔。”德力格尔说。

“那你快去快回。”

但因陶迪生病德力格尔没能成行，就决定让老家在黄河边的萨仁其其格去一趟。

萨仁其其格将儿子托付给基地的人们，徒步上路，走入了茫茫荒原。自从来到饲草基地，萨仁其其格心情好多了，因为这里大家地位都差不多，谁比谁也强不了多少，就不存在相互歧视的现象。不仅如此，这些人好像更能够互相理解和同情，比其他地方更多了一份人情味。今天她独自行走在无垠的原野上，感到心胸更加开阔了。她走上一座沙丘坐了下来，不知不觉就哼起了歌儿：

走上这座白沙梁哟
等待我的心上人
超过三天的约会期哟
我心里多惆怅……

她已经多年没唱歌了，这些年她已经忘记了人间还有唱歌这么一种事。所以今天唱起来她有点感动，甚至还产生了一种陌生感。在陕坝中学读书时，她曾是个能歌善舞的女生，穿戴体面讲究，父亲偶尔骑着高头大马到校看她，引来众多羡慕的目光……那时的她，好比是梦幻中的仙女。后来梦幻破灭了，她却懂事了。

落日时分，无边的沙漠挡住了去路。她知道，越过这片沙漠就到黄河了。她确实胆怯于一个人夜涉几十里宽的漫漫沙海，所以打算先歇息，第二天再走。如果在沙漠这边遇见转场牧户就好了，但是见不到牧户也不要紧，可以在野外过夜。夏季的夜晚不会太冷，点上一堆篝火，眯上一会儿，天就会亮的。

她想着这些，正在前行，传来一声女人的呼唤。原来这里住有人家啊，她停了下来。

“你这是往哪儿去呀?”一个女人来到她跟前。

“我要去黄河那边。”萨仁其其格答罢再仔细一瞧来到身边的女子，高兴地喊道，“嘿，这不是色布吉德玛姐吗?”

“哎呀，我的老天爷！原来是萨仁其其格啊!”

在这样一个无边荒漠的边沿遇到熟人，萨仁其其格别提有多高兴了，问道：“你咋在这里?”

“我转场到了这里，就住在附近。刚才我正走在沙漠边上，忽然看到了你的脚印。太阳都快落了，什么人还要进沙漠？这个人是不是迷路了？这样想着，我就跟着追来了。”色布吉德玛说，“好了，到我这儿吧。”

色布吉德玛就住在沙漠边上。在一顶旧毡包，一处简易圈舍，百十来只羊，一个小小的温馨的世界。色布吉德玛给萨仁其其格倒好茶，开始做风干肉米饭，问道：“孩子长高了吧?”

“长得挺快。”

“扎米延好吗?”

“还好。”

“大队把我们送到了饲草基地，还好。”萨仁其其格将基地所处位置、大致状况以及此次出来的目的等情况详细讲给她听。两个女人越讲话越多。

“扎米延确实是个好人……”色布吉德玛羞涩地笑了笑。

“我过去真不懂事，伤了他的心，后来又扯着孩子找上门来，给他增加负担。”

“不要想得太多，真正的男人是不会怨恨女人的。”色布吉德玛叹了口气，接着又说，“我担心的是你受苦受罪。如果真遇到这种情况，你一定要放宽心，不能想不开。”

“姐，你们没事吧？”

“哎，没啥大事儿，就看以后会怎么样吧。”

第二天，萨仁其其格走得很早，色布吉德玛将她送到沙漠边上。

“姐姐，你回去吧。”萨仁其其格笑盈盈地说。

“路上要小心，返回来时再来我这里。”

“一定来。”

一走进沙漠，太阳就灼烤起来，空气干燥闷热，感到嗓子都冒烟。她走了四五个小时，中午时分才勉强来到黄河渡口。渡口正好停着一艘渡船，人们踩着窄窄的踏板上船。萨仁其其格上船不久船就开了，她站在船上望着滚滚的河流。她就是在这条河边长大的，她想起了自己的童年，想起了父母……

乘船的人们骤然吵闹起来。她看见有人受伤，头上流出了血，顺着脸颊滴滴流淌。接着又有一伙人要救那个受伤的人，于是两伙人在船上打斗了起来。船在水面上左右摇晃，撑船人无法喊也无法控制了，随着船只激烈的摇晃，人们也挤来涌去，惊叫声不断。萨仁其其格被挤到了边上，又很快从船上掉了下去。萨仁其其格生长在黄河边，多少会点水。她拼命挣扎，呛了几口浑水，但尚未沉没。她首先想到的是孩子，而后扎米延的身影映现在她脑海里。她看见黄河北岸的山脉，还有湛蓝的天空，朵朵白云，所有一切都慢慢地消失在河水中……

等了好几天不见萨仁其其格的身影，色布吉德玛就着急了。正在这时，图都布带着儿子来送口粮，她就把羊群留给丈夫，自己直奔黄河岸。她涉过沙海正朝河岸走去时，迎面走来一个人。她就跟这个人攀谈起来。

“河对岸过来的？”

“是啊。”

“渡船还摆渡吗？”

“有时有，有时没有。船上动不动就打起来，太吓人了。”那人说罢又补了一句，“听说前几天渡船上斗架，生生把一个女子挤下了河心……”

“啊！她长什么样？”色布吉德玛双腿发软打战。

“那就不清楚了，反正是个渡河女子……”

色布吉德玛没等那人讲完，迈开大步直奔渡口，她踉跄跑到河岸时，渡船刚好靠岸。她虽然说不了几句汉话，但连比画带哇啦，最终让一个船工明白了她的意思。

“那天，船上确实发生了斗殴，也听人吼喊说有人掉水了，但双方都红了眼，打得你死我活，哪能顾得了那些？……我们是拼命想稳住船，什么都管不了……”

“掉河的人长什么模样？”

“那人是从南岸上的船，但长相没人注意。后来船到北岸，有人说她是个年轻女子。”

色布吉德玛就地坐倒在河岸上，抬头一看，渡船早已离开渡口。眼睁睁看着一个大活人掉进河里，为什么就没有人管？她思谋要找公安或者渡口管理部门说理，咋也是活生生的一条人命吧？但又一想，她确实没有能力去说理告状，就又走了回来。

她回到驻牧地时夜已深深。孩子踹开被子，光着身子，睡得正香，图都布拢了一堆艾蒿正在熏蚊子。

色布吉德玛把听来的消息讲完就哭了。

“这件事必须告诉基地的人们，他们应该派几个能说会道的前去说理。”色布吉德玛说。

图都布说：“明天我给你找匹马，你去一趟基地，我和儿子看家。”他又唉声叹气起来，“现在谁还过问这种事？”

第二天色布吉德玛乘马跑到基地，将有关萨仁其其格的事情讲了一遍，众人大眼瞪小眼，不知如何是好。胆小怕事的吉仁太只是不断地重复一句话：“这可咋办？这可咋办？”

“得先找人啊。”陶迪首先开口说，“德力格尔有出门经验，让他带上一个人去吧。”

德力格尔站起来说：“就这么办。扎米延也应该去。要是真的淹死了，得找见遗体吧？找不见遗体也得寻见踪迹吧？”

德力格尔、吉仁太二人来到队部报告了萨仁其其格失踪的消息，扎米延当即去基地带上萨仁其其格的儿子萨仁呼，与他们一起到了黄河渡口。但到了渡口他们就一筹莫展了。他们听说公安局和司法部门都被砸烂，航道管理处分成了两派，没人管事了！……

扎米延拉着小萨仁呼的手，瘫坐在河岸，直直地盯着在徐徐降落的晚霞和缓缓流动的河面。德力格尔他们站在他身旁。

“孩子啊，妈妈去了很远的地方，一定又饥又渴，但依然惦记着我们！……你把这晚霞和这条河牢牢刻在心上吧……”扎米延说罢捂着脸，久久未动，年方十三岁的萨仁呼望着晚霞和河水泪如泉涌。

扎米延回到家整理妻子的遗物，在装有衣物的纸箱底发现一个布包，包内整齐地摆放着她在陕坝中学读书时使用过的初中全套课本。他寻思，珍存这些东西还有用吗？也许是留给孩子的吧！

萨仁呼默默地坐在扎米延身旁发呆。自从母亲离开后，这孩子经常这样久久呆坐，不知道想些什么。他还小，但终会长大成人的，扎米延想。

“阿爸……”

萨仁呼发出的声音虽然很小，但被扎米延听了个真切。这是这孩子第一次叫他“阿爸”。这稚嫩的称呼在告诉扎米延，这孩子已经将他当作自己最亲的人了，因为他已经没有母亲了！

“唉，我的儿子……”扎米延轻抚萨仁呼的头顶，扭过脸抹去泪水，继续归整遗物。

## 3　大漠深处

豁耳吉仁太昨夜又做了一场噩梦，今早醒来，气色很难看。自萨仁其其格出事以来，他的噩梦更多了。昨夜梦见恶魔在身后追逐，他想跑开，但双腿软得迈不动步，恶魔渐逼渐近，吓得他大叫一声坐了起来，冷汗直流。他想：成天这样提心吊胆地活着，还不如死了痛快。

正在他唉声叹气、心神不定地胡思乱想时，德力格尔走了进来，见他气色不对，忙问：“怎么了？病了吗？”

吉仁太皱着额头，鼻尖抽动了几下问道：“听到队里消息了吗？”

“哪能听不到？但有什么办法？只能硬着头皮闯过去，想绕过去肯定不行。”

吉仁太“唉”了一声，喃喃自语：“我父母为什么给我起了这个名字呀！”

“你说什么？”

“如果我不叫吉仁太，或者给国民党送情报的那个家伙不叫达林太，我能摊上这倒霉事吗？”

德力格尔忍不住笑了，一个人该倒霉的话，父母起的名字都会成为倒霉的由头呀！

其实德力格尔比吉仁太更心急，眼瞅着陶迪的肚子越来越大，产期愈来愈近，在这里谁能照顾她？

“陶迪快生了，咋办？”德力格尔问吉仁太。德力格尔现在真是急得要命，人一急了就总想对别人说说，哪怕听到几句安慰的话呢！

正当二人大眼瞪小眼，陶迪挺着个肚子走来说："色布吉德玛姐来了。"

色布吉德玛并不是一人前来，还带着萨仁其其格的儿子萨仁呼。

德力格尔好奇地问："姐，这大清早你是从哪儿冒出来的？"

色布吉德玛走进德力格尔和陶迪的住处，喝着陶迪递过来的茶说："我到乌拉扎尔领上这孩子才过来。"

"那里……现在怎么样？"德力格尔问。

"大人们都忙，这孩子成了无主的羔羊，我才把他领了过来。整整走了三天。我原计划昨天住你们这里，但走着走着天就黑了下来，只好在野外凑合一宿，这不是早早过来了嘛。"

陶迪泪眼婆娑。

色布吉德玛笑了笑又说，"这次我是接你来了。"

"接我？"

"你不是快生了吗？去我那儿吧，我会好好地照料你。"

德力格尔、陶迪两口子听到此话，就像听到特赦令的死囚。陶迪眼里噙满了泪水。

"会给你添麻烦的。"德力格尔说。

"没啥麻烦的，我就在大漠深处，谁也寻不见我们。德力格尔你就一百个放心好了，某一天，我要把陶迪安全地给你送回来，但那个时候就不是她一个人了，她会抱着一个白白胖胖的孩子。"

小晌午时分，这里很多人看到了色布吉德玛领着孩子走在前，德力格尔扶着陶迪跟在后的情景，人们以为两口子在为色布吉德玛送行。过了很长时间后，德力格尔独自一人返回到驻地。人们问到他时，他总要说"陶迪跟色布吉德玛姐姐住几天就回来"。其实色布吉德玛将陶迪领回家的第二天，她就带着陶迪，赶着羊群，朝着大漠更深的地方走去。茫茫大漠，沙山高耸，梁坝叠嶂，风吹枯枝，浪卷流沙，唯见兔子奔跑的小径和蜥蜴爬过的痕迹，偶有苍鹰在头顶盘旋。

“姐，这里一点绿色都看不到呀。”陶迪叨叨。

“大漠深处有一片绿洲，除了我没人知道那个好去处，我小时候，阿爸为了躲避匪患，领着我曾经逃进这大漠深处，偶然发现了那个地方。阿爸早已过世，现在知道那地方的只有我一人。”色布吉德玛说。

“现在还能找见那地方吗？”

“大致朝这个方向走，会走到的。”

他们在漫漫的沙海里整整跋涉了三天，忽见远处一汪玉潭波光粼粼。近前一看，岸边芦苇连成片，水中野鸭排成行，鱼儿嬉戏浅底游，蛙虫呱叫水上行，湖面近处有睡莲，潭水尽头是草滩。好一个世外桃源，绝佳牧地。

从此，湖边出现了一顶小帐篷，岸畔响起了羊群的咩咩声，沙梁上炊烟袅袅。陶迪腆着大肚子懒洋洋地帮色布吉德玛干这干那，色布吉德玛的儿子古鲁格和萨仁其其格的儿子萨仁呼每天放羊。

“天啊，我姐夫偶尔想找你亲热一下也找不到我们了。”陶迪说。

“你等着瞧吧，他会找到我们的。”色布吉德玛说。

十多天后，图都布找到了她们。

“姐夫咋找到这儿的？”陶迪感到惊奇。

“我找有羊粪蛋的地方走，走着走着就看到了羊蹄印，在这茫茫的沙海中，除了你们，再无第二家羊群。”图都布说罢咧嘴一笑，随即拿出带来的食物等补给。

“我们基地上的人都好吧？”

他说：“据说你走后也就十来天吧，大队来人把他们都押回了队部。几个人关押在大队，其余的人在打井工地劳动。听说德力格尔也去了打井工地。”还说：“豁耳朵吉仁太失踪了。”

“失踪了？”

“大队来人的前一夜失踪的，估计是逃跑了，可能跑进大漠深处了吧。”图都布说。

“这苦难啥时候才能熬到头？”色布吉德玛一个劲地叹气。

“苦难这东西，该来，你躲不过，该走，你也留不住。”图都布说。

图都布第二天就走了。又过了些几天，色布吉德玛出去放羊，意外地看到了一行陌生的脚印，她想到了失踪的吉仁太。这是不是他的脚印？她跟踪走了一气，发现脚印在黄河南岸沙石地消失了。脚印的出现让她感到不安了，又决定搬迁了。

冰冻三尺的一天夜里，陶迪生了个女婴，经与色布吉德玛商量，起名叫哈布尔，是“春天”的意思。

# 第六章

## 1　重回乌拉扎尔草原

十几年以后的又一个夏天。

在广袤的草原上，三辆马车、十几只羊和一头二岁口的牛犊鱼贯而行。坐在首辆车上的汉子是图都布，他斜靠在车上的行李上，他的儿子走在车旁一路照顾着他。儿子已经小三十岁了，早已将原来的小名古鲁格改称了杭盖。其后的两辆车上装满了箱柜和日用品，色布吉德玛吆喝着十几只自留羊和那头小牛，紧随其后。

他们这是时隔十几年以后又去乌拉扎尔草原落户，而主张这次搬家的并不是曾经在乌拉扎尔草原生活过若干年的色布吉德玛，而是家住巴彦布日都的图都布。

图都布的腰部落下了毛病，一遇到刮风下雨就会隐隐作痛，但他一直没当回事。去年的某一天早晨，他睡醒打算坐起来下地，两条腿却不听使唤，完全失去了知觉。色布吉德玛留在家里管护牲畜，杭盖这个继子带着继父前往盟旗求医。治疗数月也没什么效果，图都布决定放弃治疗回家静养，但继子说啥也不同意。末了，图都布以牧马人固有的浑厚胸腔，訇然一笑说："我这病已经不是医生能治好的了，回家!"

自此，图都布成了离不开双拐的人，但他显不出惆怅和悲伤，仍很开朗。秋季，他让杭盖请来木匠和泥瓦匠翻新了住房，冬季起忙于说儿媳。色布吉德玛母子二人明白他内心的想法，心里就很难受。一天夜里，色布吉德玛钻进图都布的被窝，紧搂他的脖颈哭了起来。

图都布爱抚着她的双肩说：“人不能不认命，躲是躲不开的。但也不能太难过，因为难过没有用。”

“我知道你的心思。”她越发哭得一塌糊涂。

图都布长长地叹了一口气，说道：“我现在虽然不能行走，但还可坐着说话，以后肯定要瘫倒床上。我是想趁我还没有躺倒之前，让儿子成家。”

就在那年冬天，图都布、色布吉德玛老两口，为孩子娶了媳妇。举行了一场很排场的婚礼。婚庆过后，图都布倍感轻松，今年开春后他又跟色布吉德玛商量要迁往乌拉扎尔草原。

“为什么要搬？我们在这里不是生活得好好的吗？”色布吉德玛说。

“一想起我是在这个地方被打残的，我就一天也不想待了……”

提起乌拉扎尔草原，色布吉德玛心里觉得热乎乎的，陶迪、德力格尔、扎米延、老张、谢、呼毕斯哈拉图、丹毕、罕达玛等人的面孔就出现在她眼前。但扔下房舍和儿子一家迁往他处，这也不是办法呀？她似乎猜到了图都布的真实想法，他是在为她以后的日子着想啊！……

搬家，尤其要迁徙他乡，不是件易事。所以杭盖事先专门去了一趟乌拉扎尔草原，与生产大队协商。听到色布吉德玛打算回来的消息后，别说是呼毕斯哈拉图、丹毕了，新近被举荐为领导班子成员的乌尼尔和谢二人也很高兴。罕达玛由于年纪的关系，已经搬来大队部与老张共同生活，决定将旧房腾出来让图都布、色布吉德玛居住。这样，搬家的基本条件已经具备，两个月后他们就出发了。

经过几天的长途跋涉，乌拉扎尔敖包进入他们的视线。色布吉德玛不免想起了当初离开乌拉扎尔的情景。真是岁月如梭啊，自一九六四年离开以来，整整过去了十六年……

当来到罕达玛的旧居时，新当选的副大队长谢，从屋里笑眯眯地跑了出来。“哎！来了，来了！还不出来迎接？”他朝屋内喊。

扎米延、德力格尔、陶迪高兴地跑出来迎客。

“先进屋休息，我们备好了迎客宴。”德力格尔兴奋地说。

色布吉德玛强忍着眼泪，笑着。

“老张、罕达玛老两口一会儿就到，听到你们要搬回来的消息别提多高兴了，把这房子整修得快成新房了。”陶迪说。

人们纷纷走进屋，陶迪留在外面帮助色布吉德玛将牲畜关进圈里。她忽然扑进色布吉德玛的怀里，紧紧贴在她的胸前。“四十岁的人啦，还像个孩子！”色布吉德玛怜爱地轻抚着她的肩膀说。

传来了车轮发出的辚辚声，来者肯定是老张、罕达玛两口子。

老张老远就喊：“色布吉德玛你来了？想死我了。”

“就怕你死喽，我才回来了不是吗。”色布吉德玛说。

罕达玛只顾用袖头抹泪。

人们走进屋，谢忙于盛茶倒水。

“你现在是领导，倒茶的事我来干吧。”陶迪开玩笑地说。

一九六七年，扎米延的厨子也干不成了。谢顶替他当上了队部厨师。谢利用职务之便偷偷给犯过错的人做好吃的，没让他们怎么挨饿。粉碎“四人帮”后充实生产队领导班子，乌拉扎尔草原的牧民群众异口同声推举谢当了生产大队副队长。

这些人聚集在大队部是一九五九年年末、一九六〇年年初，现在时间已经过去了二十年。一九六四年，色布吉德玛与图都布成亲，德力格尔与陶迪被派往配种站侍弄种羊，老张与扎米延虽然留在队部，吃了不少苦头。

图都布问扎米延：“身体咋样？”

“没有多大事，只是右手伤了，受了一些苦。”扎米延说罢又仔细瞧了瞧图都布，说，“没想到你会变成这样。”

“我也没有想到。”图都布笑了笑，说。

陶迪久久地凝视着图都布。她想起那一年走敖特尔途中的一个月圆之夜出现在色布吉德玛那边的那匹马。她当时就想，马的主人肯定是个高大潇洒的男子汉，因为她内心里希望跟色布吉德玛相好的应该是那样的人。后来她见到了图都布，他跟她当初的想象毫无二致不说，还很沉稳，富有生活经验。二十年来，这个人牵手色布吉德玛，色布吉德玛依偎着他宽厚的胸膛，度过了一年又一年。如今本该是苦尽甜来了，他却变成了离不开拐杖的人……但她强忍着泪水，又将视线转向色布吉德玛。她的脸上刻满了岁月的痕迹，如果这位大姐没把自己带往大漠深处，很难预料自己的命运将会如何……

“听人们说在给落实政策，是真的吗？”色布吉德玛望向陶迪和德力格尔问道。

“这倒不假。我俩为这事专门去了一趟呼和浩特，但毫无结果，只好返回来了。”德力格尔说。

“是吗？为什么呀？”

据陶迪说：他们到呼和浩特一打听，她原单位已经不复存在，所以二人到处打听，费力寻觅，终于找见原单位的几个同事。几位同事东扯西扯，但就是不说如何帮忙。

走在街上，德力格尔牙咬得咯咯作响。“他们冤枉了你，他们为啥这么冷漠？”

陶迪叹口气，说：“这种人多了。”

“而后呢？”色布吉德玛追问。

“而后我们就回来了。”

“现在这个情况，我们的事儿肯定会有着落。这次我们自家的问题没有得到解决，但听到了不少新的消息。形势可能会有大的变化。”德力格尔说。

“什么新的消息？”老张问。

“说的事儿挺多，消息也不少。农区的土地都包给个人了。人们吵吵，牧区也要将牲畜和草牧场承包给牧民。”德力格尔说。

“哈哈，这是大好事……”老张说着，不知为什么流下了眼泪，接着问，“听说供销社也要实行承包?”

“你打算承包大队小卖部?”扎米延问。

“要是放在十年前，我真敢承包，现在没那个精力了。但我想让我儿子承包下来，我在一旁出出点子还行。”老张说。

“我不希望其他什么，只求以后人们能够和睦相处。”色布吉德玛说，问德力格尔、陶迪，“咋没看见你女儿?”

“女儿在公社上小学。”陶迪喜滋滋地说。

“还小着呢，娃儿一个人去那么远的地方能行吗?”色布吉德玛叨叨。

“萨楚拉图在公社开了个电器维修店，他经常照顾我女儿。”陶迪说。

“电器?萨楚拉图不是骗人吧?”色布吉德玛备感惊异。

“那家伙呀，脑子真聪明，说话真的假的都有，但修电器还真行。”陶迪说罢撇嘴一笑。

“说起来，萨楚拉图是个聪明人，心眼活套。”老张说。

大家谈得正热闹时，门被撞开，萨楚拉图领着陶迪和德力格尔的女儿走进屋来。

“嘿，你们咋来了?”陶迪高兴地问道。

“听说色布吉德玛姐回来了，我就带着这姑娘一奔子跑了回来。”萨楚拉图喘着粗气说。

陶迪的女儿哈布尔已经十二岁了，色布吉德玛看着她，流下了眼泪。

## 2 雨中的班车

这辆班车一大早驶出旗里时，雨已经下了很长时间。高原上的沙石路面一般不会积水，班车晃晃悠悠地驶离旗府小镇，一路颠簸，已然驶进一眼望不到头的草原路。车上只有十几个乘客，其余座位都空着，在客车不住的摇晃中，乘客们大都困倦无语，有人望着窗外雨蒙蒙的原野，有的在打盹。雨点从一孔破损的车窗不断袭来，但靠那里的座位空着，所以也没有造成不便。

一个年轻人单独坐在最后一排长座上。他是额尔顿巴图和浩尔乐的儿子达布希拉图。一九六三年，额尔顿巴图与浩尔乐离婚时他刚满三岁，现已长成二十岁的大小伙子。十七岁起，他就远离家乡和亲人，从盟旗一直闯荡到包头，在工地上和泥搬砖打零工，但今年却因故进了看守所，让家里着急万分。事情的起因是，工头不按时支付工资，一个劲地找借口拖延，惹来部分工友的不满，遂前去说理，还在包头市某一行政区政府门前聚集吵嚷，达布希拉图也跟随前往。人越聚越多，影响到了部分区段交通，来了一些警察维护秩序，结果双方斗开了嘴架，有一个警员亮出手铐来吓唬领头人。一直站在外围看热闹的达布希拉图，不知哪儿来的一股无名怒火，跳出来与对方大吵了起来。他第一次发现自己的口才和勇气，而且因为自己的口才与勇气被带进了看守所。在看守所，他跟警察混熟了，有的警察说过几天就释放，有的说等他变老实以后才可以出去。他笑笑说："弄不好，越关我越不老实。"他一直被关了三个月才出来，现在坐上这趟车，行驶在回家的路上。

这趟车伴着连绵不停的雨和一路的寂寞，中午时分才徐徐晃进公社，停在供销社门前的候车点。公社所在地原本就人烟稀少，再碰到雨天，连个人影都不见。供销社两侧有饭馆和商店。

身披雨衣、缩脖弓腰的随车售票员，仍保持原有的姿势说：“到站了，有下车的赶紧下车，不用检票。”说罢继续闭目默然而坐。达布希拉图手拎包裹，一边朝车门口走，一边向车外张望。他看见哥哥走出饭馆，踮着脚跟，朝车窗内搜寻。

弟弟走到车门口，脚刚着地就喊：“哥哥，我在这儿……”

“哦……”站在车门后侧的兄长听见弟弟的呼声后赶忙答应了一声，上前握紧弟弟的双手，说了一声“你？……”就卡了壳。也许哥哥想问“你还好吧”，但想到弟弟刚走出监室，觉着这样问话不合适。

班车丢下达布希拉图，又冒雨开走了。

“咱们进饭馆，饭菜都已订好了。”哥哥乌日希拉图说。

“我……在这里外面站一会儿。”弟弟说。

蒙蒙细雨飘飘洒洒，打湿了衣衫，无声地洗刷着他发际上的尘埃，轻轻地抚平他旅途的劳顿和岁月的创伤。所谓停车点，系三米高的铁管顶端焊了一块钢板而已。他心想，三年前开始步入外出打工之路时，每次都在这里候车远行。这个站牌虽然形态仍存，但早已面目全非。它锈迹斑斑、红白相间的油漆标识消失殆尽。供销社的饭馆和商店的墙砖，经过风吹日晒，青色变成了灰白色，门窗歪歪斜斜，原有模样已经不复存在。砖木结构的建筑和铁打钢铸的站牌都禁不住岁月的熬煎，何谈凡胎肉体，无疑，变化会更大。

饭馆内又阴又暗，哥俩找了个挨窗的桌子坐了下来。“秦大嫂，上菜吧。”哥哥喊道。

灶间内菜刀案板的撞击声即刻停止，一位胖大嫂端着两盘菜肴走了出来。这位女子是一九五九年来到乌拉扎尔草原盖队部房子的秦木匠儿媳。其公公秦木匠被毕立功叫来乌拉尔建房，再未回老家，一直住在乌拉扎尔草原，后来又让儿子做了公社供销合作社的厨师，还从原籍娶来儿媳，在此干零活。

哥哥斟满两杯酒："今天有点冷，喝点……"话未说完声先颤，还一劲地抹泪。

"阿妈的身体好吧？"弟弟问。

"还行，听说你回来的消息后高兴得睡也睡不着……"哥哥说罢叹气问，"那地方……吃得肯定不好吧？"

弟弟回答："勉强不让你饿肚子，吃不上什么油水。"

"唉，弟弟真的受苦了……"

"我们那位阿爸还在这里当领导吗？"弟弟问。

"还在……"

弟弟听罢没作声。父母离异时他才三岁，啥事也不懂。父亲当时在公社上班，经常不在家，偶尔才回来一趟。其实阿爸与阿妈离异后还常来看望他们母子三人。每当阿爸来了，阿妈就显得非常高兴，尽量做好的给他吃。阿爸也去河边饮马，阿妈往往并肩而行。在他的印象中，阿爸、阿妈之间总有说不完的话。他当时根本不知道父母早已离婚。后来他稍微大一些了，才知道阿爸跟阿妈已经离婚，还娶了别的女人，从此阿爸来看他们，他就躲着不见。自那以后，他再未见过阿爸的面。

"我进看守所后阿爸来过两封信，我拆都没有拆，退回去了……"弟弟说。

哥哥愁绪满怀，未作声。他知道他这个弟弟可不是好捏的面团，而自己却相反，是个心肠软、爱激动、易伤感的人。母亲跟父亲离婚后曾对他们弟兄二人说过："不管咋说，额尔顿巴图终究是你俩的阿爸，你们没有权利怨恨他。"阿妈的这一教诲不无道理。他觉得母亲说得对，而弟弟却见都不想见父亲。

"呼毕斯哈拉图、丹毕二人还是大队领导吗？"

"是的，他们仍然是书记、队长。丹毕到旗里看病去了。"哥哥答罢又补充道，"你走后，乌尼尔成了大队副书记，谢当了副大队长。"

胖嫂又加了一道大盘炒肉，弟兄二人边说边喝，不知不觉已经喝干了满满一瓶老白干。透过长时间没有擦抹过的窗玻璃朝外望去，雨似乎越下越大。

哥哥犹豫着说："雨下大了，咱们住一宿再走吧。"

"咱弟兄俩又不是纸糊泥捏的，阿妈和嫂嫂还等着我们哪。"

两兄弟哈哈大笑，牵手走到门外。外面风雨交加，雨点打在脸上生痛，二人越发狂笑起来。

哥哥原来是赶着马车来的，他将小弟的背包放在车上说："你给咱阿妈和你嫂嫂买点补品吧，我带着钱呢。"

"我早就买好啦。虽然拘留了三个月，但工钱还是要回来了。"弟弟说。

二人牵着马车出发了。哥哥让弟弟坐车上，而弟弟说步行身上暖和得快。供销社门前的一段路面一色的红胶泥铺垫，没走几步，二人的靴底粘了厚厚的胶泥，越粘越厚。走出胶泥路来到草原上，他们清除干净靴底的污泥，才轻装上路。

雨越来越急……

公社至乌拉扎尔大队四十华里。弟兄二人正牵着马车冒雨前行，一个身穿雨衣的姑娘骑马赶了上来。

"乌日希拉图哥，达布希拉图哥……"姑娘叫着他俩，笑笑说"我刚刚从供销社听说你俩往这边走了，就追了过来。"这姑娘是呼毕斯哈拉图的小女儿、达布希拉图的同学旭仁其其格。

"你回大队吗?"乌日希拉图问她。

"我到公社办点事，听说达布希拉图哥回来了，我想见一见。"姑娘说。

达布希拉图笑着说："你骑马，我们步行，走不到一块儿啊。"

"我陪你们一起走。"

"旭仁其其格一有空就来我们家帮忙。"乌日希拉图给弟弟说。

达布希拉图与旭仁其其格是“马背小学[1]”的同学，她是个性格开朗的姑娘，她把达布希拉图当成青梅竹马的好朋友，而他却一直跟她有意保持距离，因为他认为他和她不是一路人。去年秋天，他在公社站牌下等车准备外出打工，她来到身边说：“你外出打工干啥？我看还不如在家呢。”“人与人不一样，各有各的命，各有各的路。”他说。“你和我有什么不一样？”“我看不一样，我是普通牧民子弟，你是大队书记的千金。”她没听明白他的意思，说：“那，你阿爸还是公社书记呢……”他说：“但阿爸看不上我们，把我们抛弃了……”

也许是父母离异的缘故吧，他对干部家庭特别是领导干部的子女没什么好感。

“达布希拉图这次回来后再不往外跑了吧？”她问。

“那不好说。”他说。

弟兄俩牵着车，姑娘骑着马，一直并行到傍晚才从乌拉扎尔敖包东侧走过来。“我也去你们家，想看看大娘。”旭仁其其格说。

## 3　天外有天

旭仁其其格跟随达布希拉图弟兄二人来他们家，让这家人平添几分欢乐。哥哥杀羊煮肉，嫂子拾掇下水、灌血肠，浩尔乐高兴得擦眼抹泪，进进出出。待吃喝完收拾利索已近午夜。

旭仁其其格要回家，嫂嫂示意小叔子相送。

达布希拉图虽然明白嫂子的用意，却迟迟不肯动弹，但他看见阿妈和兄长亦用期盼的目光盯着自己，不得已起身出门。一整天的

① 马背小学：牧区人烟稀少、居住分散，孩子们每天集中在一个固定点、老师骑马前来授课的小学。

连阴雨转变成了毛毛细雨，姑娘心事重重前面行，小伙子默默无语后头跟。

姑娘见小伙子的尴尬样，忍不住笑了，说道："看你那为难样，别跟着了，回去吧。"

达布希拉图说："谢谢你常来帮助我阿妈和哥嫂……我们再走走吧。"

姑娘低头走了一阵后说道："我知道你心里很困惑，但你的想法并不正确。要知道生活是美好的，未来是光明的。"

"对你来说生活确实美好，但对我却不一样。我被父亲抛弃，为讨还工钱还被拘留……你认为这是美好吗?"

旭仁其其格叹口气，说："现在我无法说服你。但我认为，生活中美好的东西还是很多的，我们应该看到这一点……咱们以后再谈。"

姑娘跨鞍上马，嗒嗒的马蹄声淹没在雨夜里。

小伙子静静地聆听着渐渐远去的马蹄声，站了很久又往回走。

两天后，达布希拉图说去旗里看望朋友。雨后的草原烟雾缥缈，蜃景朦胧，清风送爽，却难以留住他的心。他说去看朋友，其实是为了出去散散心。不知道从什么时候开始，他觉得待在家乡好像缺少了一点什么，甚至感到憋屈，压抑。所以他出去打工。这次回来后，他这种感觉更为强烈了。

他步行四十里，来到公社等班车。卓尔旦在马背上驮了一口袋东西，正在离他不远处拴马，问道："达布希拉图，你要出门啊?"

"到旗里，你干啥来了?"

"打算将几只自留羊的二茬毛卖了，换点砖茶和青盐。"说罢又转换话题问，"你经常外出，有什么新消息吗?"

卓尔旦虽然爱占便宜，让人讨厌但从没害过人。据说他曾对别人讲："什么便宜都可以占，但绝对不能欺负人，会得到报应的。"这几年他时常驮着三五斤二茬毛到供销社变卖，说是自家自留羊的羊毛，但谁都不信。

“农区的土地都包给个人了，人们说牧区的牲畜和草牧场也有可能承包到户。”达布希拉图说。

“是吗？”卓尔旦听罢顿时来了精气神，眼睛变得炯炯有神。

“是真是假谁能晓得？人们只是这样议论。”达布希拉图说。

卓尔旦随即拎上二茬毛走进供销社后院，路经这里的班车也摇摇晃晃地开了过来。

达布希拉图来到旗里，到了好几处工地，都说不缺人。几天后，身上的钱所剩无几，看来只好打道回府。中午，他走进一个小饭馆，心情沮丧地喝开了闷酒，走出饭馆一见风，酒劲上涌，就摔倒起不来了。

不知过了多长时间，一双明晃晃的女式长筒马靴在他眼前闪亮。

“这不是达布希拉图吗？咋躺这儿啦？”

达布希拉图顺着那双靴鞠，从下至上慢慢扫瞄。似曾相识的女子面孔进入他虚睁的眼帘，看了半天才认出是莫德格。莫德格，前几年搬来乌拉扎尔，结婚不到一年就离了婚。

“快起来，躺在大街上多丢人！”她说。

他挣扎着爬了起来，感到头晕眼花，天旋地转。

“我住在旅馆，给你也登记个床位吧。”她说。

达布希拉图在旅店，死猪一样睡了多半天外加一整夜，第二天早上才被莫德格叫醒。二人来到旅店食堂，因他酒劲尚未散尽，胃里特难受，不能进食。

“你酒醒了？”她问。

“有奶茶就好了。”他擦着额头上渗出的冷汗说。

“我如果在旗所在地街面上卖奶茶，肯定赚钱。”莫德格说。

他笑笑说：“有人会没收你的锅灶、茶具，割你的资本主义尾巴。”

“我又不是没让割过。任何生灵一旦割掉尾巴，别想再长出来，唯有这个资本主义的尾巴，割了又长，怪不怪？”她说。

“哦，你真被割过？”

“可不是嘛。我在家乡卖过牛粪卖过蘑菇，都不准。过门来到乌拉扎尔草原后出售过风干肉，仍不允许，丈夫也嫌弃我，离了。可是我总觉得，只要有人要烧牛粪，要吃干肉和野蘑，就有人会卖那些东西，不会绝种。”

他望着莫德格，她肯定比他大好几岁，离婚都两年了，但他觉得她的想法跟自己很相近。他认为她的想法是对的，人们不应该满足于现状，而应该追求别样生活。

“我先回一趟家，过几天再来。”他说。

“回来再见面吧。”她说。

达布希拉图回家取了一点钱，又回到旗里。当天天气已晚，找了一间旅店住了下来。翌日一早一起床，就听见从街角传来了女子叫卖奶茶和油炸果子的叫声，他听出正是莫德格。

他走近她的茶摊说：“我买两个果子一碗茶。”

莫德格看见他后笑问：“啥时候来的？”

“昨天夜里到的。这样大声叫卖也没人管你吗？”

“好几天了，没人管。”她边说边收拾摊子，说，“去我那儿吧。我租了个房子。”

街面上空烟云雾罩，灰蒙蒙的。

莫德格租住在一条小巷尽头的民房里，她与达布希拉图来到住处，说：“今天啥也不做，歇它一天。”

中午，她炒了几样菜，拿出了一瓶酒，请他入座。“来，先干一杯。”她说。

“你真胆大。”他说。

“要是无能也就罢了，既然有点能力，就不应该闲着。对不？人活一世，稀里糊涂过也就过去了，但那样太可惜了。”她说。

“如果没人阻止，你有可能办成大事。”

“大话咱不敢说，开个饭馆不成问题。你不想干点啥?”

“以后我想办公司，你去我那儿管财务算了。”他笑笑说。

“玩笑话也许会变成真的。”

“有时我也很失望。我们原本可以生活得好一些，可以办好许多事，但咱没那个条件。”他说。

“没有条件也可以试试。我们自己不动弹，没有人为我们着想。”

他们一直聊到晚上，聊到深夜。后来两个人都困了，就东倒西歪地躺在炕上睡着了。半夜达布希拉图口渴得像着了火，爬起来拿起水瓢就喝。莫德格也醒了，打开了电灯开关。

“天亮还有两个小时……”她说。

“但我……睡不着了。”

“咱俩说了一大堆醉话，你真的想干点什么吗?”

“我们合伙开个小饭馆吧。要是你同意，我们一起生活。”

看不出莫德格有多么激动，她沉思片刻，说：“开饭馆可以，但咱俩真要成家，你家里不会同意的。”

“我自己的事，我能做主。”

达布希拉图在那里住了三天，满怀信心地又回到乡下。来到公社，走下班车，稍作犹豫，毅然买了烟酒等礼品，迈步走向公社党委大院。他在路上已经下了决心，要去见见亲生父亲。

额尔顿巴图正在办公，见到儿子后高兴得竟然站起来迎接。

“哦，原来是你啊?”

达布希拉图微微一笑说：“我从旗里回来，想见个面再走。”

“咱回家，多年没见了……”父亲激动得说话都有点结巴。

“家?”

“你继母人挺好，没事的……”

额尔顿巴图后来娶的妻子是旗里的干部，常来公社小住。

儿子头一回走进亲生父亲的家门。父亲的家，里外两间，摆布得井井有条。烫发头上裹有绸巾的一个女人，笑容可掬地迎上前来沏茶倒水。达布希拉图心想，如果没有这个女人，站在这里的应该是我阿妈，但他表面上却一点都不露，而是很有礼貌地问："您身体好吗？"

"好，好，你阿妈好吧？"

"还行。"

"你们父子俩先说说话，我准备饭菜。"女人走到里屋。

"你受苦了。"额尔顿巴图叹气说。

"还可以。"

"我总想你的事。你哥哥已经成家，又和你阿妈生活在一起，没多大问题。你已经二十多了，在公社找个事儿干，不好吗？"

要按过去，他肯定会断然拒绝，但今天却顺势说："我也这么想，但会给您添麻烦。"

"我好赖还是个公社书记，再难也得给你安排个活儿。"额尔顿巴图停顿片刻又自语，"干啥好呢？"

女人从里屋走出来，举着沾满湿面的双手说道："在这巴掌大的小地方孩子有什么干头？我在旗里给他找份活儿。一开始可能找不到像样的活儿，但先干着，慢慢再想办法。"

达布希拉图来父亲家不是为了找工作，但也附和着说；"那我到旗里吧，我不会挑三拣四，像我这种被行政拘留过的人，有活儿干就满足了。"

她在一旁感慨道："你没偷没抢，谁都不应该歧视你。"

在清凉晚风的吹拂下，达布希拉图朝自家走去。他暗自想，与各色人群接触来往，也许能开阔眼界多一些门路，但前行的道路绝不会一帆风顺，好多事情必须靠自己应付。

## 4 故乡的热土

旗所在地的某工地，有一个人背负一大摞红砖，沿着脚手架搭就的平台，气喘吁吁地向上攀爬。工地上尘土飞扬，头顶上烈日炙烤。

“道尔吉，快点走。”砌砖师傅朝他大喊。

“啊，啊……”

背砖人正是呼树其。他觉得呼树其这个名字很时髦，但现在他却最怕别人叫他这个名字。所以他又恢复了原先的名字。

在他当年最风光的时候，也有几个姑娘老围着他转。现在，她们见他如同见了鼠疫患者一样，逃之夭夭，所以他至今仍然是单身。“文革”有一个阶段他好像患了抑郁症似的成天发呆。当年的荣耀，眨眼间烟消云散一去不返，让他甚感奇怪，自己都搞不清了。曾几何时，他身兼数职，前呼后拥，他若一跺脚，整个乌拉扎尔草原都震颤。怎么说变就变了呢？就像做了一场美梦，一旦醒来就什么都没有了。他整天提心吊胆，吃不好睡不香，体重都减少了很多。他是怕被抓判刑，结果倒是没有抓他，但这段“黑历史”无法抹去。他深感羞愧，后悔，灰心，认为有生之年只能如此度过，越来越不愿意待在家乡，只想躲走。

他有一天被单独派去挖渠，扎米延走过来问他：“你现在怎样啊？”

“就这样呗……”他低着头小声回答。

“连自己的父母都不去看望一下，太不懂事了吧？”扎米延说。

“父母？……”

“萨木腾、呼日和穆老两口不是你的父母吗？是你宣布与老两口断绝关系，人家却依旧把你当作自家孩子，难道这都看不出来？”

扎米延的话好像是在他最敏感的部位捅了一刀似的，让他痛苦不堪。他应了一声“可是……我”，就势蹲坐地上，手捂颜面，孩子般地哭了起来。

“你知道那两个老人多为你担心吗？怕你被抓走，成天哭哭啼啼。畜生永远变不成人，但人有时候却连畜生都不如。但不如牲畜的人，仍然是人，是可以变回来的。”扎米延说罢扭头离去。

呼树其站在原地哭了很长时间，猛地抛下铁锹朝自家跑去。敖包东南就是他的家。从一个不懂事的孩童一直生活到二十岁的那个家，他已经好久没有回去过了。他跑得上气不接下气，后来停下来了。

“我还有脸回去吗？……”

他醒悟到自己再无勇气迈进家门了。他看见母亲走出家门，朝一个方向张望着，父亲随后也跟出来站在她身旁。二老肯定在巴望自己的归来吧，他想。但自己却没有迈步向前的勇气。他缓缓转身走去……

之后，他被叫到旗里问话，便留在旗里打工。

在炽热的阳光下，工地上的人们一个个汗流如注。呼树其卸罢背上的砖头，稍作喘息，无意间一抬头，看见扎米延已然站在面前。

“啊，您……”呼树其脸憋得通红，眼光躲闪，嘴唇一个劲地哆嗦。

“跟我来。”扎米延说。

呼树其没动，心里似乎在想：我跟您到哪儿去？

“你请我到街里喝顿茶不行吗？真不懂事。”扎米延说罢领先就走，他这才如梦初醒般紧紧跟上。

二人来到一处小茶馆，呼树其点好了奶茶和炸果子，默默地望着扎米延。

扎米延冷冷地问：“还能想起故乡吗？”

“就算惦念……我这样的人……”呼树其口中喃喃。

“看来你还懂得羞愧，说明你的良心还在。你这样躲着没有用。

回去吧。”

呼树其耷拉着脑袋，一个劲叹息。

“当年你当了这个常委那个主任，说真的，那时候很多人并没有觉得你有多了不起，而是可怜你，心痛你，担心你将来跌跤。现在大家都原谅了你，你还不回去，你对得起乡亲们吗?”

呼树其从衣兜里掏出一沓钱交到扎米延手上，说：“叔叔，把这钱捎给阿爸、阿妈，今后我还会寄钱，但我确实没脸与二老见面。”说完哭泣起来。

扎米延看都不看那沓钱，冷冰冰地说：“你阿爸、阿妈已经病了。”

“什么？重吗?”

“不重我找你干什么?”

“这个……怎么办啊?”

“跟我回家。”扎米延说完扭头便走。

呼树其犹豫了一下，跟在扎米延身后。

## 5　达丽玛家的来客

达丽玛赶着羊群去乌拉扎尔河饮水后，羊群撒满草滩安逸觅食，她就往回走，想趁此空闲收拾收拾家。平日里达丽玛非常注重室内外清洁整齐，人们议论，整个乌拉扎尔草原没人比得过达丽玛的干净利落。

图门仓遇难后，她将丈夫的遗体运来埋葬在乌拉扎尔草原，好像整个人都垮了。有人还担心她精神上出什么毛病。但没过多久，人们看到她穿得漂漂亮亮地走在草原上，去她家一看，家里也一尘不染，院落和棚圈干干净净，整整齐齐。大家不得不承认一个事实：她没有被痛苦压垮，而是已经在不幸中挺立起来了。

今天，达丽玛正往家走，偶见一人正朝她家走去。她加快脚步往回赶，想为来客备好茶水。刚走到家门口，客人就到了。

“您好？快进屋。”她说。

来人是个中年男子，显得忧郁，疲惫。

“天气真热，您累了吧，先歇一会儿，我马上熬茶。”她把客人请进屋后开始引燃灶火。

客人说：“今年夏天太热了。”

她给客人倒了一碗茶，自己也盛了一碗，坐下喝茶。两碗茶进肚，客人好像有点精神了，看了看家中的摆设，视线落在了挂在墙上的相框上。客人纵身站起来，仔细看了看相框里的相片后问道：“这位不是图门仓吗？他是你什么人？”

达丽玛反问：“你认识我爱人？”

“我俩是部队上的战友，图门仓是我的班长。”客人答道。

“啊，原来如此……那你听到过有关我爱人的消息了吧？”她问。

“听说了，说是遇难了。”客人答罢又问，“你们还剩几口人？”

“就我自己。图门仓我俩没孩子。”

“真没有想到，走着走着却来到了班长家。”客人叹气说。

当她得知来客是丈夫的战友后心想，咋也得请人家吃顿饭才行，开始切风干肉。

“你要干什么？”客人问。

“我想给你做饭吃，你是我丈夫的战友呀。”她说罢笑了笑。

“今天我觉得这奶茶特好喝。”他说罢又问，“图门仓服役时的照片还有吗？我想看看。”

达丽玛取出夹在日记本中的几张相片递给来客。他看着一张照片说：“站在图门仓身后的这个人就是我。”

达丽玛走到他身旁细瞧，笑笑说：“真是呀，都很年轻。”

“可不是，那时候我还不足二十岁。”

“你复员后在哪儿，做什么事？”

“分配到旗土产公司工作。我设法为公司多创点利润，而我们领导只想突出政治，久而久之，我与领导产生矛盾，我就请了长假一走了之……”

达丽玛心想，这是个不甘居人之下的人，问：“你老婆孩子住乡下吗？”

“老婆说我是霜打的沙葱，别想返青，再也立不起来了，就离开我跟了别人。听说她后来的丈夫经常打骂我儿子……”

“太可怜了，一个母亲为什么不能呵护她的儿子呢？”达丽玛说。

客人吃喝完毕要走了。达丽玛送他走了一段路，又望着他渐远的背影，看着他孤独一人慢悠悠地远去。达丽玛反身回屋，收拾碗筷，发现炕桌下面放着五十元钱和一张字条，写着：巧遇战友之妻，特留五十元钱，请笑纳。望你成为一个在痛苦和困难面前宁折不弯的女人，我的名字叫达姆丁。

一个多月后，达丽玛来到公社供销社买些东西，没承想与临时受雇于此的达姆丁再次相遇。

“你原来在这儿啊！”达丽玛高兴地喊道。

“勉强挣个吃饭钱，我把儿子也要回来了，他在公社中学初中班就读。”他说。

“男人带个孩子真不易。”

“没办法，他继父老是打骂孩子。”

“学校该下课了，把孩子叫来吧，我也认识认识。”达丽玛说，又补了一句，“我在饭馆等你们。”

达丽玛一见那孩子倍觉亲切，这也许跟她从没有生养有关。她在供销社食堂点了丰盛的饭菜，还要了一瓶酒。她和达姆丁边吃边聊，达姆丁的儿子不声不响地吃着。

“……我当兵那会儿，文盲挺多。首长们专门请来教员，教战士认字，学文化。可能我学得稍好，又是全连年龄最小的小兵，所以文化教员特别喜欢我。因为是和平年代，抽调部分战士到工农兵速成学校学习，其中就包括我。复员后才分配到土产公司……”达姆丁说道。

“而后与领导闹起了别扭?”她问。

“不是闹别扭，是失去了信心。土产公司就应该以收购土特产品，而后易手变现为己任。我们内蒙古高原，物产丰富。甭说畜产品了，草原上生长的饲草和各种植物全都是宝。就在乌拉扎尔草原，盛产二十几种草药、十多种蘑菇……其中有的属于珍稀物种。但是，我们那个单位坐在金山上还吃不饱肚子，真让人灰心……”他哀声说道。

达丽玛虽然是没有远离过草滩的普通牧羊女，但却听懂了达姆丁话中之意。她也感慨地问道：“他们咋就挣不了钱呢?”

达姆丁叹口气，说：“后来我发现，本来可以搞好的好多事情我们都没有搞好。我就想这是为什么。”

“为什么?”

“没有人为国家和集体着想了。”

“什么?”

“我们公司是国营单位，公司的主人是谁呢?当然是国家喽!但国家又是谁呢?”

她越听越觉得稀奇，只盼他继续说下去，紧紧盯着他的嘴。

“都说国家财产的所有者是人民大众。既然人民是主人，主人就应该爱惜财产，并让财产与日俱增。但公司里的人却没人这样做，这是为什么?”

“就是啊，你说为什么?”

“因为，实际上他们并不是公司的主人。公司发展了，他们的收入不会增加，公司破产了，他们也照样拿工资。其实，公司跟他们没有直接的关系，你说有这样的主人吗?”他说过后，摇头叹息，又说，“就拿你们牧民来说吧，都说牲畜属于全体社员，但哪个牧民把自己当成了牲畜的主人？因为他们本来就不是主人……”

“真的是那样。牲畜归集体以前，牧民放牧很辛苦，但后来就不用心了。”达丽玛说。

“所以我认为，这样下去不行。”达姆丁说。

两大一小，三人走出饭馆时，天已很晚了。

“你带儿子在这儿生活，能行吗？”她问。

“行不行就这样了，没有办法。”

“再回公司不行吗？起码有工资吧？”

“我的心已经凉透了。”达姆丁停顿片刻又说，“我如果自己组建一家公司就好了……”

“那能行吗？”

“不会许可的，但为什么不行？让人费解。”

好一个群星璀璨的夜晚。

达丽玛道了一声“我要回去了”。接下来本想说“抽空再来看你”，但又临时改口说成“我……再看你儿子来……”。

自那以后，达丽玛老想着达姆丁。她已经忘不掉那个神色忧郁、想法古怪的中年男人了。

## 6　老首长的光临

三辆北京吉普由通往公社的大道开过来，在乌拉扎尔敖包脚下停了一会儿，车里走下来几个人指指画画地谈论一阵后，重又上车直奔大队部。

呼毕斯哈拉图、乌尼尔、谢三人，听到汽车声就赶紧迎了出来。最先走下车的是公社书记额尔顿巴图，其次是毕立功，最后是乔团长，还有几个陪同人员和司机。

乔团长有点老态龙钟，不知是发胖还是浮肿，显得又粗又笨。他被搀扶着走下车后当即甩手呵责扶他的年轻人："过一边去！我还不到让人搀扶的地步。"他看见了站在厨房门口看着他们的扎米延，大笑着喊："他妈的，扎米延你这个枪崩货！咱俩又要活着见面了。"连看都不看站在他面前笑脸相迎的大队领导。

额尔顿巴图昨天电话通知呼毕斯哈拉图，说几个老领导要来。在家的队领导就开始忙乱起来，打扫房间、杀羊炸果子，还不时跑到外面朝大路口瞭望。

客人们被请进了会议室，乔团长没有等别人请就主动坐到了正中的座位上，左右两侧是毕立功和额尔顿巴图，随行人员挨次入座，呼毕斯哈拉图等人忙着上茶点。

"扎米延，坐我身边来。"乔团长说。

"我是个厨师，我要坐下，谁给你们熬茶备饭？"扎米延笑了笑，说道。

"让他们替你忙去呗。想当年你我为了摆脱国民党的追捕，夜里穿过乌拉扎尔草原时，他们这些人还不知道在哪儿呢。"

"你就坐在首长身旁吧。"呼毕斯哈拉图说。

乔团长叫来一个年轻人，说："这是我儿子。快给你扎米延叔鞠个躬。"

乔团长的儿子是个三十来岁的青年，留着长发和大胡子，穿戴也很新潮。他恭恭敬敬地向扎米延鞠了一躬。

上罢茶，该上主食了。乔团长话匣一开，说起来没完。房间里好像只有他一个人，粗大的嗓门嗡响不绝。

"老首长们来一趟不容易，我把大队情况汇报一下吧……"呼毕斯拉图说。

乔团长摇摇手，打断他的话："汇报就算了。我们老了，不顶用了，年轻人都上来啦。"接下来他又开始讲起了解放战争时期如何出生人死的往事："现在这些娃娃啥也不懂，说我们是老糊涂，看不上我们。他们会打仗吗？"

饭后，毕立功想下去走一走，由呼毕斯哈拉图陪伴。人们常说人老腿先老，这话一点都不假，他如今不能步行了，只能以车代步。

额尔顿巴图对乔团长说："您怎么办？也要下去走走吗？我陪您吧。"

乔团长厌烦地挥手说："这不用你管，扎米延在就行了。"

午后，乔团长父子俩在扎米延的陪同下，漫步草滩。乔团长又讲起了三十多年前的那座窝棚，那一夜的枪声……

"那年咱俩挖掘出来的东西还在不，没丢吧？"乔团长问。他指的是那年挖出来的铜匠用具。

"没丢，还在。我把那些东西放在厨房的储物间了。东西还在，要看看吗？"扎米延说。

"保存好喽，以后也许会有用。"

毕立功首先去了那几个农民那里。一九五九年最先过来的木匠、瓦匠、泥水工和一九六〇年开荒时来的几个人，后来全把家搬了过来，现在已经发展成几十户人家，组成了单独的生产小队。他在那里住了两天，之后又去了妻妹家。

达布辛娜见老姐夫登门拜访，高兴无比。呼毕斯哈拉图当即放倒了一只肥羊。呼毕斯哈拉图的父母均已去世，孩子们打工的打工，上学的上学，家里只留下达布辛娜。她仍然身手敏捷，干什么都很利索。

她边和面边炸油果，问道："姐夫的孩子都安排了吧？"

"没有，都在乡下，他们年纪也不小了，无法安排工作。"毕立功说。

"现在稍有点权力的都给孩子找出路呢，有的上大学有的上班……可是我们的四个孩子都没有着落。"

“咱们都是劳动者出身，咱们的子女若嫌弃劳动，与嫌弃自己的父母有啥区别?”毕立功说。

达布辛娜再未出声。

乔团长和毕立功主任一伙人，在乌拉扎尔草原待了四五天后要走了。呼毕斯哈拉图等队领导将他们送上车，再三说：“有时间再来，我们永远热烈欢迎你们的光临。”

乔团长之子从车窗探出头说：“我一定再来父亲战斗过的地方。”

毕立功笑笑，说：“我离休后干脆到你们这里安家算了。”

## 7　担保协议

一脸胡须、满面笑容、四十多岁的一条汉子，来到了乌拉扎尔大队。他是毕立功老婆的表弟，姓李，人们习惯地称呼他为老李。前些年他在旗钻井队工作期间，曾在乌拉扎尔大队打过几个月的机井，就跟呼毕斯哈拉图和丹毕成了朋友。此人绝对是个“马大哈”，给别人借了钱会忘掉，借了别人的钱也照样会忘掉。当年大队凑不出打井款，尚缺万数来元，呼毕斯哈拉图和丹毕跟他商量拖欠一年再给，老李无比痛快地说：“这钱归国家又不进我口袋，啥时候给都行，不想给就拖着，这好说。”据说近二年老李离开打井队单干了。

老李这天骑着个旧摩托，突突作响地来到了队部。他先走进小卖部，与老张开了一气玩笑，又来到厨房与扎米延喝茶聊天，之后才走进呼毕斯哈拉图的办公室。在那里他又天南地北地侃起来，直至傍晚。

扎米延拎着一壶奶茶走进来问：“你有段时间没来了，晚饭想吃点什么?”

“煮几根半干的牛肋，拣肥的煮。”老李说。

“你一来就像只饿狼。”扎米延停顿了一下又问，“你这次干啥来了?”

“嗨，我有事求你们大队来了。”老李好像这才想起了来这里的目的。

“你也有求人的时候？”

“说是求，其实很简单，一不借钱，二不费力。酒桌上再说，给我炒两盘下酒菜。”

老李就是这样一个人，想吃你的，追着喊着要你端，想请你吃，就逼着你动筷子。所以人们乐意接纳他。

呼毕斯哈拉图、扎米延、老张仨人与老李一起吃晚饭。老李刚喝几杯酒就打开了话匣。他说，旗钻井队因为发不出工资，内部实行了承包制，他本人承包了三台钻机，一年上缴一万元……

“内部承包？上边允许吗？”呼毕斯哈拉图问。

“上边当然不允许了，所以才叫内部承包，就是对外保密的意思。没别的办法呀，旗里没钱，打井队自己赚不了钱，队领导开了整宿的会，才想出了这么一个办法，还不敢向外透露。”

“承包就能赚钱？”老张问。

“当然能赚，但眼下有困难。我包下三台钻机，还得带十名职工。要给这么多人发工资，还得维修机器，花销很大，从银行贷款又很难，所以决定从街道办的一个工厂借点钱。他们倒是同意借贷给我，但必须要有担保人，我这才跑来找你们。”

“担保？什么叫担保？”呼毕斯哈拉图问。

“我们说定借款十万，如果我没有还款能力咋办，一旦我死了又咋办？我卷款逃跑了又咋办？所以得有保人。我这个人缺啥也不缺朋友，所以就想到了你们。由你们大队出具一份担保书，写清楚到期还不上借款由你队代还。其实，钻机一旦转起来，来钱如流水，数都数不过来。实在没办法，那三台钻机也能卖七八万。”老李说。

“担保书怎个写法？你自己写吧，我给盖章。”呼毕斯哈拉图说。

老李从包里拿出一份写好的文书递给呼毕斯哈拉图。

当晚，他们几个人一直喝到午夜，老李躺倒便睡，鼾声如雷，差点没把房盖掀开。次日早茶后，他揣上盖有红印的“担保书”，跨上摩托车渐渐远去，这事即告结束。自那以后，老李再未露面，呼毕斯哈拉图、扎米延、老张三人，偶尔还惦记起他。但不知道他赚上钱没有，他借的十万元还上了没有。再后来他们也很少提起他了，似乎忘掉了给他出担保书的那档子事儿。

# 第七章

## 1　最后的守望者

二十几年来坚不可破的大锅饭，只半年间就被打破，连公社、生产大队的叫法也改称苏木、嘎查，牲畜和草牧场开始划分到牧户，有的地方把队部的院落和办公室都折价卖给了个人，集体积累也都分光了。

呼毕斯哈拉图一早走进厨房喝茶，只喝两碗就放下了茶碗。

“咋啦?”扎米延问。

“近来一见茶饭就感到恶心，有时胃里还有点灼痛。”

“还不看医生?”

“嫌麻烦。”

“病这个东西，一经发现就早点治，拖下去就麻烦了。”

他俩正谈论着，老张走了进来，他年届六十，已经步入老年序列。他喝着茶说：“据说现在有个政策，退休后可由子女顶替，不知真假?”

呼毕斯哈拉图说：“旗里都这么说。”

“我退下来打算让儿子顶替我。”老张说。

他的儿子呼格吉勒图现在都长到三十出头了。现在孩子们都成人了，萨仁其其格的儿子萨仁呼、色布吉德玛的儿子杭盖都三十出头了。

呼毕斯哈拉图对老张说道：“退休顶替，我看行。但要抓紧办，现在的政策说变就变。你赶紧到旗供销社申请一下看看。”

“那我明天就动身。”

扎米延看着呼毕斯哈拉图说：“你也搭上老张的马车到旗医院看看吧。”

“过几天再说吧，最近事情都堆在一块儿了。”

“堆就堆着去呗。你不在，乌拉扎尔草原的人们照样活。”老张说罢诡异地一笑，又道，“听说各地都强调领导班子年轻化，丹毕你俩快下台了吧。”

“真的快下了，但新领导上任前，我要站好最后一班岗。现在很多地方把集体积累都分了。那是社员们经过几十年艰苦努力，好不容易积攒起来的呀。只要我没有下台，就绝不会分，要分等我下台以后分去。”呼毕斯哈拉图说着，忽然放下茶碗就朝外跑，扎米延和老张正感到诧异时，外面传来了呕吐声。

“他这个病不看不行了。”扎米延说着就向外跑，老张也跟上。

呼毕斯哈拉图苍白的脸上全是汗，他呕吐物里带有血丝。

老张和扎米延套好马车，准备将呼毕斯哈拉图送往旗医院。

“要不……带上达布辛娜？”老张对扎米延说。

“先别给她说，到医院检查检查再说。现在说了她会急疯的。”

马车顺着大路轻快地前行，三个人坐着马车边走边说。这些年他们经历了多少事呀，但乌拉扎尔河水依然哗哗流淌，乌拉扎尔敖包仍在巍巍耸立，乌拉扎尔草原照样宽广无际。

“我们小时候的那些事好像就发生在昨天，但不知不觉咱们也快老喽。”呼毕斯哈拉图倚坐着车上的一卷行李说道。

扎米延望着他苍白的面色，深深地叹了一口气。他想起五十年代初，呼毕斯哈拉图被工作队看中培养为积极分子。他对组织一心一意，对上级义无反顾。这没有错！一个两眼一抹黑的乡野孩子，参加扫盲班和积极分子培训班开阔了眼界，懂得了不少道理。一个在别人面前不敢抬头的穷困少年，能够在大庭广众面前讲话，让人们羡慕。

他不可能不对上级感恩戴德，努力工作。一种新的生活、一个意义非凡的新未来展现在他面前，他不可能不亢奋，自觉地按照上级的要求行事，甚至到了对自觉苛刻的地步。他看见毕立功走村串户从不骑马，他也改为步行，平常讲话说事也变得像念社论，甚至不敢爱打小就青梅竹马、亲密无间的达丽玛……但他没让人生厌，因为大家都明白积极分子有积极分子的要求，党员有党员的标准。但现在扎米延看来，呼毕斯哈拉图这些年过得也够窝囊的。他记得呼毕斯哈拉图脸上那种无所适从的茫然，过度劳累的苍白，唯恐受到上级责怪的紧张和为难。他总是跟不上形势，他觉得对不住上级，并为此苦恼。

“好了，这些年你也够辛苦了，现在该休息休息、养养病了。”扎米延说。

“辛苦怕什么？我是党员嘛。”

在旗医院检查了几天，诊断结果是胃黏膜溃疡，糜烂性出血，治疗建议是手术切除病灶部位。

“不做手术不行吗？”呼毕斯哈拉图经过翻来覆去的检查，越发显得疲劳无力，拖着个病体问道。

“药疗也不是不可以，但是……”

“那就先用药吧，实在不行再说。”呼毕斯哈拉图说。

院方说药物治疗也得住院三四周，必须稳住病情。扎米延留下来陪床，老张到旗供销社跑退休顶替的事。

扎米延煮过几服蒙药，让他喝下，他明显消瘦了，但精神好了一些。扎米延高兴地问：“今天感觉好些了吧？”

“那天又吐过一回后，里边不堵得慌了，舒服多啦。”呼毕斯哈拉图笑了笑又说，“不过谁能说得准？都五十多岁的人了。”

“你不要想得太多。”扎米延说。

呼毕斯哈拉图哀叹了一声，说道：“大队领导班子成员当中，也有人想分掉集体资产，见我无动于衷，他们就不说什么了，但肯定心里有意见。达布辛娜跟了我一辈子，一点福都没享上，嘴上不说，心里也许在埋怨我。但我没有做过愧对党的事，我没什么遗憾的。可是，领导们好像嫌我观念落后，对改革不积极……”

“你不老想这些事不行吗？”

“但这些事总在我脑子里转，你说咋办？”

“你这个人呀，总是这么折磨自己。你的观念也真该变一变了。”扎米延说。

“我反正是跟不上趟了。”呼毕斯哈拉图苦笑。

几天后，呼毕斯哈拉图继续留在医院，扎米延回到了乌拉扎尔草原，没有想到恰好遇上有些人在扒队部的老房子。

最先发现有人扒房子的是达丽玛。她那天骑着摩托正好路过乌拉扎尔敖包旁边，无意中发现队部房前停着一辆卡车，屋顶还有数人挥锹抡镐。他们是什么人？在干什么？正在她诧异之际，扎米延骑马跑了过来。

“嗨，你快看呀，他们在干什么了？”达丽玛喊道。

扎米延打马靠近前来问道：“你说什么？”

“你朝那儿看……”

扎米延望着队部方向：“这就怪了，那些人在干什么？”

“队里没有人吗？”

“今天谁也不在。乌尼尔、谢连鬼影都不见，呼毕斯哈拉图在旗医院，老张也去了旗里……”

“去看看。”

一个是开足马力猛轰油门，另一个骑着马快马狠加鞭，转瞬来到队部前。只见十几个人，站在队部房顶，挥舞工具在拆房。

扎米延、达丽玛二人高声喝问：“你们这是干什么？！”

那些人回答：“我们拆房，咋啦？”

“谁让你们拆的？”

可能是这些人里领头的，顺着木梯爬了下来，其他人站在房顶等待。

“你们没听说拆房子的事？”这个人拍打着身上的尘土问道。

“啥意思？”达丽玛问。

“旗里一个人派我们前来拆乌拉扎尔大队的房子……”

“什么人派你们来的？”

“王经理！”他反问，“你们是什么人？是队领导吗？”

“我们不是领导，但也是社员。我们嘎查领导知道你们拆房子这件事吗？”达丽玛问。

“应该知道啊……”

“什么叫应该知道？”

达丽玛在那里跟人家唇枪舌剑，扎米延站在一旁察言观色。看这几个人倒像是卖苦力挣钱糊口的老实人，扎米延就想到这件事必有缘故。

“我们都是民工，我们为了拆房拉木料，还花钱雇了一台车，你们不让拆房，我们的损失谁来负责？”那个人说。

“什么？你还想耍厉害？我看你趁早老实待着吧，这两栋房子是我们大队的集体财产！要是把你们告上法院，人家知道会怎么处理。再说我如果叫几个人来，你们想走也走不了。”达丽玛说。

“那……让我见见你们队领导。我们也是受人指派，又不是随意胡闹……”那人的态度软了下来。

达丽玛、扎米延商量了片刻，决定她前去找领导，他留下来守护。

下午，达丽玛找来了嘎查副书记乌尼尔，这些人又把对达丽玛说过的话复述了一遍。

乌尼尔沉思了一阵，说：“我只要给苏木派出所去一个电话，他们就会把你们连车带人带走。但咱们还是把事情的来龙去脉搞清楚再说。你们稍等，我挂个电话。”

他当即给已经当了旗政协副主席的额尔顿巴图去了个电话，额尔顿巴图也感到这事蹊跷，说要尽快了解情况后来电话。拆房子的那些人在一旁等着。

落日时分额尔顿巴图的电话才打过来。“乌尼尔啊，事情有点麻烦了。几年前，你们队是否为旗打井队一个姓李的人做过担保?”额尔顿巴图在电话那头问。

“我不清楚啊，咋回事?”

“我找几个人了解了一下，好像是这么一件事：你们担保的那个人借了人家十万块钱不见了，债主就根据你们担保书上写的承诺，来拆你们大队的房子顶债……”

乌尼尔听懂了额尔顿巴图的话，不晓得呼毕斯哈拉图、丹毕二人哪一个出于好心而做了一件让人坐蜡的事。

“首先，我需要搞清楚这件事的起因，如果担保书真实存在，我们会负起责任。其次，这件事如何解决，该由司法机关定夺，突然冒出几个人扒砖卸檩我们不会同意……”乌尼尔说。

“话是这么说，但你们嘎查最终也摆脱不了干系，坐等是解决不了问题的。要及早行动，该找的找，该说的说，要提前做好工作。”

乌尼尔放下电话问拆房工头：“派你来拆房的人是哪一个?”

“旗里的王经理!”

“哪个公司的经理?”

拆房工头掏了半天兜，找出一张名片递过来，说：“名片上有名有姓。”

“好了，你们可以回去啦，工钱找王经理要去，我们现在就去旗法院告这个王经理的状。”乌尼尔说。

“去……法院?”

“当然去法院！他雇人来拆房子，是破坏集体财产。他是土匪?不告哪成?哪能便宜了他!”

“可是我们的损失谁补？”

“谁让你们来的就找谁去。”乌尼尔说话干脆有力，还说，“房顶上的几个洞，你们要负责补好。”

看来那几个人也是老实人，他们填好房顶上的窟窿，又用泥抹平，长吁短叹地走了。

晚霞停留在敖包上空久久不肯散去。乌尼尔心事重重地坐在老房子门前。扎米延、达丽玛二人提来一壶茶坐在他身旁。

“看样子，我们碰到麻烦事了。”乌尼尔说。

“那咋办？”问。

扎米延若有所思地说：“我现在明白了，全是那个姓李的惹的祸。那年那家伙来求呼毕斯哈拉图出的担保书。”

“可是呼毕斯哈拉图书记在住院，听到这事肯定着急，但不告诉他又不行。”乌尼尔皱着眉头说，“我明天进一趟旗里。”

## 2 纠纷

达丽玛驾着摩托车驶往苏木所在地。嘎查发生那么大的事情，她心里也挺着急。一想到这件窝囊事肯定与呼毕斯哈拉图有关，他那苍白而憔悴的面容就出现在眼前。达丽玛这次前往旗里，主要目的是想与达姆丁商量一下这件事有没有解决的途径。

达丽玛与达姆丁相识后的第二年就结婚了。去年，企业开始实行承包制，达姆丁也与苏木供销社签订了每年上缴万元利润的承诺书。他不仅顺利完成了全年的任务，还充分展示了自己的业务能力，不得不让人们刮目相看。所以今年将苏木供销社整体承包了下来。

四十华里的路程对于骑乘摩托的达丽玛来说根本不在话下，一会儿工夫就来到了达姆丁的办公室。丈夫正与几个人研究工作，看见妻子进门就微笑着说：“坐下喝会儿茶，我们马上结束。”

“不行，必须立即结束。”达丽玛说。

“咋回事？天要塌了吗？”

“天没塌，房子要塌了。”

达姆丁挠挠头，笑了笑，对那几位说：“今天就这样吧，下次继续研究。”

达丽玛将发生在嘎查的事情对达姆丁讲了一遍后说：“现在该咋办，真棘手。”

“不是一般的棘手，是大麻烦。前去拆房的人只是受人指派的一伙民工，问题的关键在雇他们的那个人。我得先会会这个人。”达姆丁说。

“咋能找见这个人？”

“到旗里打听呗。”

“那就快去吧。”

“但是……我这里的事儿快堆成山啦。”

“你的事儿重要还是我的事儿重要？”

达姆丁无奈地笑笑，说：“那我马上去，给我摩托钥匙。”

达布希拉图和莫德格在旗所在地经营小饭馆已有两年，他昨日听到了有人要强行拆除乌拉扎尔老房子的消息后，跑到一个开小卖店的朋友那里求助。“我听到了一个消息，不知真假。你替我弄清楚。”他说。“这个消息的真与假，对你有那么重要吗？”朋友问。“非常重要。”达布希拉图回答。“你是只想简单了解还是打算全面了解详情？”“越详细越好。”“那你回家等着吧，下午我会把所有情况给你搞清楚。”他那朋友说完就骑着叮当乱响的破自行车跑了。

傍晚达布希拉图回到自家经营的小饭馆时，已经确切掌握了乌拉扎尔嘎查拆房争议的所有细节。他跑进灶间炒了两盘菜，还拎了一瓶酒。

莫德格见状，诧异地问："今天是什么喜庆日？看把你高兴得。"

"喝了这杯酒再说。"

两个人连干几杯。

"好了，你现在听着。"他嚼着一口菜说道，"毕立功有一个表弟在咱们旗打井队工作。前几年承包了三台钻井机，由于缺少资金跟人家借款十万，是咱们大队出具的担保书……"

"哦，而后呢？"

"后来那家伙可能没挣上钱吧，借款没有还，人却不见了。"

"这不是把咱们嘎查害了吗？"

"可不是吗？人家债主派几个人去扒大队部的房子了……"

"真扒啦？"

"没有，正在扒，被乌尼尔制止了，现在已经变成了一场纠纷。"

"那不是大队领导自己惹下的祸？还发生什么纠纷？"莫德格说。

"这事很麻烦，呼毕斯哈拉图对付不了，其他人也不行。可是我们如果努努力……"达布希拉图说罢诡异地笑了笑。

"我们？我们能行吗？"

"试试呗。"

"惹那麻烦事儿干啥？"

"起码得让人们看看，我们并非无能小辈，让人们知道知道我们的本事。"

莫德格想了想也兴奋起来，说："其实你我在乌拉扎尔草原不比谁差。一想那些酒囊饭袋给咱们当领导，我就觉着憋屈。"

"所以说该轮到咱们施展才华了。"他道。

她忽然头枕桌面抽泣起来。"过去咱们就像长了一身疥疮的病羊一样让人瞧不起……"

"你知道我过去是怎么想的吗？我想我一旦掌管了乌拉扎尔草原的大权，我肯定远比呼毕斯哈拉图、丹毕强。但一想到自己被拘留过就心灰意冷。现在好了，再也不必沮丧消沉了，就是没什么一官半职，只要有钱，就能立于不败之地。”

第二天起，他们二人就忙了起来……

在旗所在地的街上，走着一位六十多岁的汉子。他阴沉着脸，很愤怒的样子。他就是现在的嘎查长丹毕。他探望一家远房亲戚，走了一个多月，一回到乌拉扎尔草原就听到了拆房子的事。他赶忙来到嘎查办公室，只见副嘎查长谢一人留守空房。

谢将事情的始末述说一遍后叹气说道：“这事儿挺麻烦。俗话说‘没有直路还有弯路’，我们却被逼上了绝路。”

“呼毕斯哈拉图如果听到这件事，还不得急死？”丹毕当下奔往旗里。

丹毕来到病房时，额尔顿巴图、乌尼尔、呼毕斯哈拉图三人正在商量事。他发现一个多月不见，呼毕斯哈拉图明显瘦了，脸色显得更加苍白。

“你们打算怎么办？”丹毕问。

“正在商量，说说你的意见。”额尔顿巴图说。

“要我说，呼毕斯哈拉图没做错什么，只是对那个姓李的家伙过于同情罢了。钱是他借的，又不是我们借的。要钱，冲他要去，折腾我们干什么？”丹毕气呼呼地说。

“那个姓李的没影了不是嘛。”额尔顿巴图说。

“没影就不找啦？养那么多警察是干啥吃的？实在找不到就让他父债子还，也可以没收财产。”

乌尼尔摇了摇头，笑了笑说：“人家手里有咱们的担保书呀，告到法院的话肯定要我们赔偿。”

“法院也不讲理啦？”

“法院就是按法律办事，不管你有什么理由，不符合法律，人家不会采纳。”额尔顿巴图说。

呼毕斯哈拉图望了一眼众人说道：“这件事是我办砸的，由我个人负责，与你们无关。”

“你怎么负责？”丹毕瞪着眼睛吼道，“咱们到法院再说。”

“我也同意到法院，该咋处理就咋处理。”乌尼尔说。

有人推门进来，原来是达布希拉图。他笑笑说：“你们在吵吵拆房子的事吧。”

“你也听说了？”乌尼尔问。

“那还用说，你们是不是要走诉讼程序，打官司？”

“反正迟早得到法院。要我说，别等他告咱们，咱们先把他告了算了。”乌尼尔说。

“我看不能告，一告准坏事。”达布希拉图说。

“为啥？”

“一上告，法院肯定会按照担保书的约定让你赔款或者拆走房屋抵债，那不等于自己送上门让人宰割吗？人家没告你，你为啥先告人？”达布希拉图如同给小学生授课，似乎又觉得自己的语气太冲了一点，不好意思地笑了笑。

乌尼尔点了点头，钦佩地望向达布希拉图。

“不要只想打官司，可以找其他途径。”达布希拉图说。

众人的视线均集中在达布希拉图身上，纷纷想，难道真的有其他办法？

“你……有办法？”丹毕信心不足地问。

“我看，咱们可以与那位拆房子的王经理协商，他的真正意图不在那两栋老房子上，而是用拆房子相要挟，想要回自己的钱而已！假若让他等待三个月，容我们筹款还钱，他肯定会答应。”

“三个月里去哪筹那么多钱？”乌尼尔叨叨。

“谁给他筹款？是缓兵之计罢了。利用这段时间，我们得想方设法找到那个姓李的。”

“咱们能找见吗？”

“咱们不去找，咱们到公安局举报他。”

“用什么理由举报呢？”丹毕问。

“以行骗为由举报他。”

“说他行骗，又好像不全是……”呼毕斯哈拉图说。

“他不是向咱们承诺保证按期足额还清借款吗？这不属于诈骗是什么？”达布希拉图端起桌面上的一杯凉白开就呷，又说，“讨债的事不归公安管，因为那属于经济纠纷，但是诈骗却属于刑事犯罪，公安不得不管。都说那个姓李的无影无踪了，他能跑到哪去？有可能临时躲往盟里或者其他旗县。谁能相信这么长时间他不与家里人联系？真要踪迹全无，他老婆孩子不急死才怪！早该满城风雨喽。”

“这还真是个办法。”乌尼尔说。

“再者说，”达布希拉图端起水杯又连续呷了几口说，“那位王经理也许与姓李的有什么暗中约定，把咱的老房子扒掉后再倒卖、分赃……”

额尔顿巴图赞许地看着儿子，点头认可说：“我看先就这样试试。”

“可是那个什么王经理在哪儿呀？咱们谁去见他？这个人现在肯定傲得不得了，我这个人脾气又不好，一见面准会吵起来。”丹毕说。

“我负责跟那个王经理联系，乌尼尔哥跟他会面。”达布希拉图说。

“我一个人不行吧，你跟我一起去吧。”乌尼尔对达布希拉图说。

“我又不是嘎查领导……”

“你咋说也是乌拉扎尔草原上的人，该出力就得出力。”额尔顿巴图对儿子说。

达布希拉图耸了耸肩说：“我一直在出力呀。”又微微一笑说：“要不你们谁也不要见那个王经理，待我探探他的口气再说。”

“这办法也行。”乌尼尔说。

## 3　谈判

达姆丁来到旗里的工商局，几年来，他往这个部门跑了无数趟。对于他这个打算承包苏木供销社的人来说，遇到的最大难题和最严的关卡就数工商局。只要工商局说一声“不准”，你就有天大的理由也白搭。

但是，达姆丁也非等闲之辈，功力不浅。他知道再干硬的皮条，只要抹油揉搓，也会软下来。于是他就开始“抹油揉搓”，功夫到了，工商局这个干硬皮条慢慢就变得柔软灵活，他跟工商局长成了朋友。

他直接走进工商局副局长的办公室，坐在沙发上说：“天气真热，有茶没?”

副局长倒好茶，笑眯眯地问：“老兄今日有何贵干，又要添什么乱?”

“不添乱，是有事相求。”达姆丁说。

“你还有求于我？不骂娘就不错了。”

“毛驴就得鞭打，不经常骂着点哪成。”

“谁让我们是朋友呢，说吧，什么事?”

二者相视，皮笑肉不笑，各怀鬼胎。达姆丁心想，狼与羊永远成不了真正的朋友。他是狼，我是羊。因为请吃请喝，送礼递钱，我偶遇难事他也能伸出援手，但这并非真正的朋友关系，只是互相利用而已，是我那“油水”起的作用……

“旗里有个王经理，他派人扒拆乌拉扎尔嘎查的房子，你整治整治他，让他老实点。”达姆丁说。

“王经理？……旗里没有姓王的大经理，小经理倒不少，我哪能找见？”

达姆丁掏出达丽玛准备好的那张名片递到副局长手上说：“就是他，上面有电话号码。”

副局长按名片上的号码拨通电话：“是王经理吗？我是旗工商局的。哦，你说什么？你正打算找我们？什么事？申请扩大经营范围？现在管理更严了，一般是不会批准的，下周你过来一趟再说……什么？中午请吃饭？今天没时间……我问你一件事，你是不是派人扒了乌拉扎尔嘎查的房子？……”

副局长在电话里叫嚣了一阵。达姆丁坐在一旁寻思：那个姓王的现在肯定软了下来，权力这个东西就是厉害。

是晚，达布希拉图、莫德格二人将王经理请来饭馆小坐。王经理虽然挂着经理头衔，但从他穿戴和困窘疲惫的神态可以看出，他也没挣上几个钱。

“王经理，我知道您时间宝贵，请你来我这儿，耽误您发财了。”达布希拉图说。

王经理情绪低落、萎靡不振地说：“你是为乌拉扎尔嘎查房子的事儿要见我的吧？想咋解决？”

“其实这事与我毫不相干，我只想把听到的一些消息转告老兄。你我都是艰难奔波、打算挣点钱的人，理应互相帮忙，以后我也许会有求于您。”

“可不是吗？达布希拉图我俩刚在此地站住脚，还望您这样有经验的大哥多多指教。我俩敬大哥一杯。”莫德格拽起老公敬酒。

“他们现在是什么打算？听说要打官司？”王经理问。

“那是前几天的情况，他们很生气，准备打官司。但现在他们想明白了，说你扒房子是好事。”达布希拉图说。

“什么？”王经理夹着一筷子肉菜正往嘴里送，一听这话，手就停着不动了。

“那两排老房子，年岁比我还大呢，嘎查领导早就想拆旧建新。他们现在正盼着你王经理快点去拆，几根旧椽檩就顶了十万元。之后他们又跟那个姓李的要十万元。你看谁吃亏谁占便宜?”

“其实我只想逼他们一下，我要那些破椽檩有啥用?”

“可是你雇的那伙人已经将房顶扒了几个大窟窿，既然扒开了，他们一定会催促快点扒走。”达布希拉图话题一转接着说，“那你就赔大了，借出十万，最后只弄回一堆烂木料。”

“用那么几根烂椽檩想抵偿我十万元的借款，没门!”王经理吼道。

“您肯定不会同意，只好走诉讼程序。但一旦打起官司来，终审判决权在法院手里，你知道人家如何判决？得等多久?”

“那你说该咋办?”王经理无奈地嘟囔。

“依我看，所有麻烦事都由姓李的人引起的，那家伙欺骗了你们双方，还玩开了猫腻。叫我说，你们双方不要对峙，要携起手来找到姓李的，那时候所有问题会迎刃而解。”

“如果乌拉扎尔嘎查非要将两栋房子推给我怎么办？因为咱把人家房顶扒漏了呀!”

“我给他们做做工作，也许能行。”

“那就拜托老弟了。”王经理说。

莫德格在一旁笑笑说：“我们当然要努力，但大哥今后也得帮帮我们。好喽，咱们今夜喝个痛快，酒喝干，不醉不还。”

第二天中午，乌尼尔代表嘎查领导班子与王经理在达布希拉图的饭馆会面。

乌尼尔一落座就问：“王经理，啥时侯扒房子去呀？尽量快点吧。我们再也没进那所房子。屋内家具设施和财会账目、现金仍在房里。因为顶棚露天，屋里全是虚土、灰尘。”

“哦，这……”王经理牙痛似的皱了皱鼻头。

达布希拉图倒满四杯酒，笑笑说：“人们常说，相识前疏如远亲，相识后密似近邻。我们两口子结交二位朋友，感到非常荣幸，心里无比高兴，特备薄酒，敬请开怀畅饮。咱们先喝起来……”

特意穿戴打扮了一番的莫德格，满脸红晕，光彩夺目，柔情微笑：“没有谈不拢的事情，谈开了就好解决。叫我看，都怨姓李的，是他惹的祸。现在他跑了，你们双方却闹起了矛盾。其实你们双方都是受害者，不应该闹矛盾。”说罢先给经理斟酒，双手举杯敬上。

“好啦，初次相识，畅饮杯中酒。”达布希拉图喊。

待午夜时分，已经喝干了两大瓶烈性白酒，王经理喝出了三位知己朋友。从今往后要亲如手足，互相扶持，一方遇到难事，众人倾力相助——几位新朋旧友，发了一通醉汉的誓言。

## 4　支书回家

乌尼尔、达布希拉图二人，大清早睡眼惺忪地来到医院，老支书呼毕斯哈拉图却不在病房，医生说他已经出院了。

“他着急出院干啥?”乌尼尔暗自絮叨。

“既然出院，一定是回去了。走吧，到我那儿喝茶解酒，昨晚的酒喝多了。”达布希拉图说。

“嘎查里有很多事情等着我呢，我得赶紧走。你这次帮了很大忙，有啥事就说，别客气。”乌尼尔说。

“我打算在家乡办件事。”达布希拉图说。

“你说。”

“我想承包一片草场养畜，草场差点没关系，也用不了多大面积。”

“那你抽空回去一趟，咱们具体商量一下。”乌尼尔说。

乌尼尔从旗里朋友家借了一辆摩托回到嘎查时，老书记呼毕斯哈拉图正与扎米延喝茶叙谈。

“回来啦？情况如何？”扎米延问。

“与王经理商定，两家一齐告那个姓李的。”乌尼尔喝了一口茶、盯着呼毕斯哈拉图说，“老支书为啥忙着出院？应该放心治病的。”

“因为我的原因，给集体带来许多麻烦……”呼毕斯哈拉图呷了一口茶说道，“我决定辞去大队支书的职务。”

“这事你着的什么急？时候一到，你不想下也得下。现在不是成天说领导班子年轻化吗？”扎米延说。

“我想做件事，你得帮帮我。”呼毕斯哈拉图对扎米延说。

“做什么？”扎米延备感诧异地望向他。

“这，以后再说。”呼毕斯哈拉图又对乌尼尔说，“我把辞职申请交给你，你与嘎查领导们研究一下。”

乌尼尔沉默一阵后说：“我不同意你辞职，但你可以按自己的想法干，嘎查里的事由我们来做。你别再提辞职。”

乌尼尔放下茶碗，出去看房顶，扎米延看着呼毕斯哈拉图问：“刚才你想说什么？打算做什么？”

“我想搞驮运。”

扎米延没有明白他在说什么。

“这次住院期间认识了一位盐湖的领导，听说往化工厂运送湖盐的费用很大，原因是石油涨价了，运费跟着猛增。我对他说用骆驼驮运，肯定会便宜。那人说他也想到了骆驼运输，但没人愿意搞……”呼毕斯哈拉图说。

扎米延怀疑他神经是否有了什么毛病，惊诧地问道：“你想拉骆驼搞驮运？”

“要是把牧户家的骆驼集中起来，咋也有五六十峰成年骟驼。”老书记笑眯眯地说。

“你说的都是实话？”

“是实话。”

“你是否还惦记着那十万元？你要知道，干傻事和窝囊事的不是你一个人，有的人远远超过了你！就拿毕立功来说，他将敖包周围那么好的草场变成了寸草不生的荒漠，但人家还是旗人大主任。”扎米延说。

呼毕斯哈拉图直视着扎米延的眼睛说道：“在这件事情上，你帮也得帮，不帮也得帮，别狗扯羊皮，费话少说。”

“那……怎么个帮法呢？”

“我一个人能拉五六十峰骆驼吗？”

“天啊，你想让我帮你拉骆驼？”

呼毕斯哈拉图点了点头。

呼毕斯哈拉图在嘎查住了两天就往自家走去。远处，自家的院落影影绰绰，达布辛娜背着一捆柴草，从羊群边上正往回走。他心里突然很难受，心想可怜的达布辛娜，在家辛苦了几十年，我不仅没干好集体的工作，也未陪伴好老伴，没让她享受到一天清福……

达布辛娜看到他的身影，当即抛掉背上的柴草，痴痴地望着老头。

“你啥时候出的院？”她问。

“我前天就回来了。”呼毕斯哈拉图回答。

“医生咋说？我本打算去旗里看看。”

“没多大事。”

达布辛娜进屋动手熬茶炸果条，问：“你啥时候走？”

“不急，歇息几天再说。”

达布辛娜笑了笑说：“今天的太阳是从哪头升起来的？不过你也真的该歇歇了。”

呼毕斯哈拉图在家歇息期间，老伴去哪儿他都跟着，她到棚圈清扫，他搭把手，她去草滩放羊，他也跟上。

“你咋就孩子似的成天跟着我？”达布辛娜问。

“你不在身边，我会感到孤单，寂寞。”

听到这话，达布辛娜笑个不停。

“时间过得多快呀？都三十年了。但你除了去旗里三两次外，再没有出过远门。要不咱俩到城市走一走？”呼毕斯哈拉图说。

“进城干啥去？”她问。

“看看病，逛逛街，到公园、动物园转转。”

“别啦，花冤枉钱，多可惜呀！”

“今年是来不及了，明年一定要领你逛一逛大城市。”呼毕斯哈拉图说。

## 5　划分草场

牲畜分到户不到两年，又开始划分草场，人们对此议论纷纷。

上面派来了工作组，通知大家召开牧民大会。由于近两年基本没开过什么会，所以开会这码事快被人们忘却了，人们慢悠悠地勉强前来参加会议。

大家挤坐在嘎查会议室里抽烟聊天，那些无吸烟嗜好的人时不时跑出门或探头窗外呼吸一下新鲜空气。

老张裸着牙龈哈哈地笑着说：“当官的就知道折腾这片草场。一开始是开荒种地，把草场种成了沙漠，接着又是治沙。现在又要划分草场到户。反正这点草场，分不分有什么两样？”

“想分掉还不容易？但分了以后怎么办？人倒好说，知道哪片草场是自家的，哪片草场是别人的，但牲畜懂得那些吗？还不是哪儿草好往哪儿跑？”又有人说。

“牲畜不懂事，但牲口的主人该懂事吧！”

“很多牧户的牲畜都到乌拉扎尔河饮水。若将河边的草场划分到某人名下，我们饮羊群时怎样才能到达河岸？是背过去还是飞过去？”

“只好自己挖井喽。”

大家正怪话连篇，旗政协副主席额尔顿巴图走了进来，他是分草场工作组的组长。他满面笑容地走进会议室，站在众人面前说：“你们不要瞎起哄。我这就给大家讲讲划分草牧场的必要性。”

众人静了下来。

“乌拉扎尔草原年年在退化，我们大家看在眼里，痛在心上。但退化的原因是什么呢？”额尔顿巴图说。

“那不都是毕立功老头开荒破坏的吗？”一个人说，众人笑。

“不管它退化的原因是什么，反正现在是人们只顾牧放牲畜，啃食草场，却没有人保护和建设草牧场。但草场一旦划分到户，人们就会懂得爱惜和维护自家分到的草场了……”额尔顿巴图说。

台下有人接过话茬说：“可是我听说，别的地方分了草场，亲兄弟俩都为了争草场打得头破血流呢。我们这里会不会出现那种情况？”

额尔顿巴图气哼哼地说：“你们别学乌鸦乱呱呱，上级要咱们做啥就做啥。你们吼喊了这么多年，到头来还不是听上面的？还不是按上面的指示办？”

众人听得笑了起来，再没有人说怪话了。

额尔顿巴图将有关划分草牧场的政策、原则、步骤等讲解完后让大家讨论，有人又呱呱叫嚷起来。

“说是按照居住情况就近划分草场，我家附近的草场不好，他家的非常好，这该咋办？”

“还说以牲畜头数确定草场面积，我家牲畜今后要是增长了，还能否扩大草场面积？”

正在这时，卓尔旦诡异地一笑，。说：“给本乡本土的人咋分都行，外来户咋办？”

额尔顿巴图惊异地问道：“你指的是谁？”

“还用问吗？大家都知道。”卓尔旦说。

众人继续吵吵了好长时间后，会议的主持人乌尼尔宣布："现在休会，下去后我们再挨家挨户征求意见。"

散会后，额尔顿巴图和工作组的几个人，跟乌尼尔、谢走进厨房喝茶。

乌尼尔挠着头皮说："这可是个大难事。"

额尔顿巴图边喝茶边说："工作只要开展起来总会有头绪。何况又不是只有你们在搞这项工作，全盟全旗都在搞，大家怎么做你们也那样做不就成了嘛。"

"但有很多具体问题，今天的会上卓尔旦不就提出来了吗?"谢皱着眉头说。

在灶台边忙着做饭的扎米延插话说："显然是指色布吉德玛、图都布两口子，二人虽然搬来几年了，但户口仍在巴彦布日都。"

额尔顿巴图若有所思地说："别以为卓尔旦在无事生非，不解决好这些问题，还真能产生后患。"

老张说："我老伴肯定能分到草场，她体力不支现在与我在一起。把我老伴分得的那份草场让给她俩不行吗？何况她俩就住在我们家的旧居里。"

谢摇摇头说："那不行，划分到罕达玛名下的草场永远成不了别人的。"

"那咋办哪？色布吉德玛一九五八年迁到咱这里住了几年，那时起她就离开了老家。后来跟图都布成家后虽然搬到那里待了几年，但又搬了回来。那地方肯定不给她草场，就算分给一份，她哪能再搬回去呢?"老张说。

"咋也不能把人家驱走吧。我的想法是从较远处分给她一片草场，这样与当地户产生不了什么瓜葛。当然不能分给她好牧场，以防产生麻烦。给她一片较差的草场，完了慢慢治理呗。"额尔顿巴图说。

“我同意这个意见。”乌尼尔又扭转话题说，“草牧场不能都划分到户，集体要预留储备一部分，以后也许用得上。”

嘎查领导班子在工作组的指挥下整整忙碌了两个月，确定了划分草牧场的详细规划，将配种站以南五华里远的一处沙质草场，划分给了图都布、色布吉德玛两口子。她兴高采列地跑来对扎米延说：“不管咋说，现在已经有了固定的草场，你陪我去看一看，好做搬家准备。”

当扎米延、色布吉德玛二人来到那片沙地时，陶迪、德力格尔俩人已经在那里。这里显得荒芜贫瘠，一条洪沟从草场中间穿过，由于洪水的冲刷，岩石裸露在外，草场尽头横卧着一座高高的沙梁，到处长的是牲畜不爱吃的狼毒草。

“得先盖一处能住人的房子，我看就建在北边那处高坡上，要用刺丝将草场围起来，而后再种上饲草饲料。”德力格尔说。

“还应该打一眼井。”扎米延说。

这时，谢也跑了过来。

陶迪冲着谢说：“你们咋就给色布吉德玛姐分了这么个鸟不拉屎的地方？”

“现在的事情复杂得很，你们又不是不知道。”谢停顿了一下又说，“这地方还是我给色布吉德玛姐选的呢。这里有古河道，容易出水，打井不难。有了水就有了基础，干啥不行。从那片沙地到咱脚下，平整好，种上饲草饲料，多棒。”

“说起来容易，做起来难，还不得忙乱几年？”德力格尔说。

“有我们几个帮忙，问题不大。色布吉德玛姐不要忙着搬迁，待这里搞得差不多了，再搬也不迟。”谢说。

几天后，谢带领几个人来这里打井，附近的住户也来帮忙，待到秋末，这里被拾掇得有了一定眉目。一天，色布吉德玛用马车拉着图都布来看分到手的这片新牧场。

图都布高兴得合不拢嘴，说道：“我们在这里重新立起门户，生活肯定一年比一年好。”

色布吉德玛眼里闪动着幸福的泪花。

## 6　达布希拉图的草库伦

叶落草黄雁南翔，天高云远日渐寒，秋天悄然降临。

达布希拉图在乌拉扎尔敖包西北的荒滩上，围了一个很大的草库伦，在库伦一角还建了一座小土房，门外不时有汽车跑来卸下拉铁丝网用的带刺儿的铁丝。众多牧户此时都忙着建网围栏，刺儿丝尤显紧缺，见达布希拉图门前的刺儿丝堆得像小山，便纷纷找上门来。

达布希拉图表情为难地说：“这不是我的货，是一个朋友暂时存放在这里的，我卖给你们哪成?”

“跟你朋友说说，匀兑我们一部分行不?”人们请求说。

“可能够呛，我那位朋友是个不好说话、不讲情面的人，要不说说看?”达布希拉图模棱两可地答复。

“你咋也得说一说……”

过了几天，人们又接踵登门。

“跟你朋友说了吗?”

达布希拉图摇头：“说是说过，答应匀一小部分给你们，但价格蛮贵，我求了多次，对方就是不降价……”

“价高也得要啊，物以稀为贵。”

达布希拉图仍摇头说道：“人家得利，我却得了个哄抬物价的臭名。一旦传开，让我在乡亲们面前如何做人？还是算了吧。”

“我们感谢都感谢不过来，怎能让你背黑锅！少匀兑一点儿呗……”

“好吧，那就……你们得掏现钱，否则朋友会责骂我。”达布希拉图说。

达布希拉图门前的刺儿丝就这样以高价转给了牧户。有的人实难凑足现金，想赊购，他笑笑答复："实在不行，可以用活畜顶。"至此，达布希拉图院里平添几多牲畜。这时人们才有所醒悟，感觉到他明里打着朋友的旗号，暗地里却将低价购进的刺儿丝高价倒手。

浩尔乐听到人们的议论后，让长子乌日希拉图去看看。当哥哥来到弟弟的草库伦时，只见弟弟雇的几个人正在搭棚盖圈，莫德格手握计算器在一旁计算，夫妻二人看见兄长到来，满脸堆笑地往屋里请。

哥哥看着几个月未谋面的弟弟，小弟下巴上长满了胡楂，肤色又黑又紫。

"你们受累了。"哥哥说罢心疼地望向夫妻二人。

"先苦后甜，赚钱哪能那么容易？"弟弟说罢嘎嘎笑。

"但也不能太看重钱，"哥哥话锋一转，"人们说你连乡亲们也照刮不误，阿妈听到后让我过来看一看。阿妈说乡亲们待咱不薄，不能占乡亲们的便宜。"

弟弟顿时变脸："看来一个人穷的时候没有人管，刚挣了几个小钱就都想管了。"

这话让当哥哥的很尴尬，唯有苦笑。

莫德格微笑着说："快晌午了，哥哥你俩先聊着，我准备饭。"说罢又朝几个干活人喊道："巴拉布尔大哥，饭菜做得好点，我哥来了。"

乌日希拉图问弟弟："你围那么大的草库伦干啥？"

"到冬天你们就知道啦。"达布希拉图说。

"建这么大的草库伦，花销肯定少不了，不要欠债太多。"

"欠债我能还得起，不会像咱们嘎查领导，让人来扒房子。"

弟兄两人说着进了屋，那个叫巴拉布尔的雇工端来了几样炒菜，莫德格斟满了酒。

达布希拉图与兄长碰盏干杯后说："哥哥有空就过来，想吃啥尽管说，用钱就从这里拿。我没做对不住乡亲们的事，是他们求我买走的刺儿丝，不是我求的他们。买了我的货又嫌贵，当初就别买呀。说实在话，如果没有我达布希拉图的那些刺儿丝，他们现在还不知哀求谁呢！我毕竟解决了那么多人家的急需。当时嘎查那些头头脑脑干什么去了？”

乌日希拉图再没有说什么，他觉得弟弟变得陌生了。

那年冬天的牲畜开始掉膘时，满载饲料的卡车直往达布希拉图家奔。随着弱畜头数的增加，缺草短料的牧民又开始往他那里跑。他们购买刺儿丝时还能够讨价还价，现在却顾不得那样了。现在他们的牲畜一天比一天瘦弱，早已火烧眉毛，哪怕再贵，他们也要买。于是达布希拉图一边装出十分为难的样子，一边将饲料高价卖给他们：刚开始，一斤发霉的玉米粒每斤一元钱，没过今天就涨到一元二角，再后来，牧民手里没有钱了，只好以弱畜换饲料。五斤玉米换一只二岁山羊，已经没有人犹豫了。达布希拉图搭好的棚圈里开始挤满瘦弱畜。他专门从旗里聘来兽医诊疗疫病，再加饲料催肥，满圈的瘦弱畜很快恢复了元气，个个溜光滚圆。达布希拉图这个时候并没有守着这些牲畜沾沾自喜，而是开始出售活羊。这时已经快过年了，苏木和旗里那些饭馆对羊肉的需求突然增大，他喂肥的羊很受欢迎，卖的都是好价钱。

## 7　繁忙的秋季

一日，扎米延直奔图都布家。原野显得空旷辽阔，秋风阵阵。听说天气变冷后图都布的身体大不如前，已经卧床不起了。

嘎查的所有工作均落在乌尼尔和谢的头上。前者下乡跑外，后者留守嘎查办公室，处理日常工作。昨日谢与扎米延聊天时谈道：“你注意到没有，咱老支书的性格变了。”

“都是因为那个十万元钱。”扎米延说。

扎米延也看出呼毕斯哈拉图确实跟过去不一样了。自从扒房子事件以来，他总是显得闷闷不乐，一天说不了几句话。决定驮盐拉脚后，更是听不进所有劝告。

“事情既然已经出了，慢慢终会解决，着急上火有什么用?”谢感慨道。

“你就是搞驮运，谁愿意把骆驼交给你使役？现在牲畜都分到了牧户，那些骆驼现在都是个人的，大家舍不得。”扎米延说罢还吁了一口气……

扎米延来到图都布家时天已过午。

图都布躺在炕头，身上盖着厚厚的棉被，陶迪帮助色布吉德玛里外忙碌。图都布鬓发全白，头脸瘦成个骷髅样，唯有两个眼球还在转动。他看见扎米延，费力地笑了笑。

“躺在家里不是办法，赶紧住院。”扎米延说。

陶迪在一旁说：“德力格尔我俩想带他到呼和浩特就医，可我们这位姐夫固执得哪也不去，真急死人。”

图都布说：“到医院躺着还不如在家。”

“有病就得去医院，要趁早动身，不要惦记家里和牲畜，不是有我们吗?”扎米延说。

图都布想了想，说：“要去……就先去旗医院……如果那里不行……再想办法。”

“那也行，咋也比躺在家里强。”

“让罕达玛过来给你家放几天羊。”扎米延说罢掏出一百元钱，偷偷放在他枕头下。

扎米延心情沉重地往回走去。他不仅为图都布担忧，也为色布吉德玛以后的生活分心。他返回嘎查时天已黑了下来，他熬了一壶茶，边喝边想，久久地凝思。

老张推门走了进来。几年前他在老房子旁边盖了两间土坯房，并把罕达玛搬了过来，旗社也资助了部分建房款。

“图都布咋样啊？”老张问。

“决定到旗医院治疗，房子和牲畜只能让罕达玛去照料，可以吗？”

“没问题，我让罕达玛住那里。尽量帮他们吧，帮到什么程度算什么程度。”

“是呀……”

晚上，呼毕斯哈拉图、乌尼尔、谢三人坐在老房子里，边喝茶边说话。

“老支书，您的身体还没有完全康复，都快六十岁的人了，数九寒天怎好拉驼运盐？”

“这事儿你们就甭管啦。”呼毕斯哈拉图说。

“咱们嘎查的成年骟驼，算起来也有五六十峰。但是现在，什么集体经济、集体畜群都没有了，人们会让咱白白地使用骆驼吗？”谢说。

“我可以花钱雇用。”呼毕斯哈拉图说。

“可是给多少钱？怎么开支？”谢说。

“你们别操心了，我自己解决。”

夜已很深，呼毕斯哈拉图到另一间屋休息，乌尼尔、谢二人出外解手，满天的星斗在寒冷的夜晚冻得直发抖。

“看来老支书不会听咱俩的劝告了。”乌尼尔叹了一口气接着说，“实在不行的话，嘎查出资雇驼吧。”

“我倒是想到了一个办法，不知行不行。”谢说。

“说说看。”

谢沉默片刻后说道：“将各家的骆驼集中起来拉脚运盐，搞利润分成。”

“咋个分成？”

“假设……用五十峰骆驼运盐挣了千元，二百元按出借的骆驼数量分给其主人，剩下的作为集体积累，不知可否？”

“停一停，你这是以骆驼作为本金，投资搞运输呗？能行吗？人们要是提出来分成一半收益该咋办？要求全部分掉又该如何应对？”

“所以我拿不定主意不是吗？”

“老支书非要拉驼运盐的话，嘎查先出资把骆驼给弄来，有收益归集体，没有收益就算花钱买教训。”乌尼尔说。

“咱俩明天开始集中骆驼吧？”

“好的。”

## 8　雪原驼铃声

当年寒冬，一列驼队在白雪覆盖的荒野中行进，驼铃叮咚，雪雾漫漫。两位驼夫的帽檐和胡须、骆驼的前鬃和口鼻都挂满了一层霜雪，他们一个是呼毕斯哈拉图，另一个是扎米延。

征集骆驼的事宜刚开始虽然不太顺利，到后来人们却接踵把骆驼主动送到嘎查。其中，最先送来五峰驼的是呼树其的养父萨木腾。“听说咱们嘎查被骗了，呼毕斯哈拉图书记很着急。这几峰驼你们先使唤着。挣点是点，能减轻点嘎查的负担就好。挣不下也没关系，别让呼毕斯哈拉图过于着急上火。”老人说罢，撂下骆驼就走。继而，送驼人日渐增多，驼队启程时已然聚集了四十多峰驼。乌尼尔很感动，都说分草场后人心都散了，现在看来不完全是。

苏木没有同意呼毕斯哈拉图辞去支书职务的申请，但他还是将所有工作留给其他班子成员后毅然前往运盐。乌尼尔为了那十万元的事，仍然常跑旗里，谢负责其他日常事宜，老队长丹毕也主动抓开了抗灾保畜工作。丹毕的脾气越发乖张，时常训人骂街。

呼毕斯哈拉图、扎米延出门将近一个月。他们今天白天让骆驼吃草，傍晚才上路。

“中午你没怎么吃东西，是不是胃又不舒服?”扎米延问。

“没关系的，咱们赶一宿夜路，待明早日出时分，攀过那处险要沙梁后再找地方歇息吧。”

“你这是在玩命。”扎米延赌气又问，“不知道他们找到那个姓李的家伙没?”

“不知道嘛。找到他，我们嘎查就不用还那个十万元了，这趟挣的运费都将归嘎查。今后如果还用大家的骆驼拉脚挣钱，多多少少也能增加一点牧民的收入。”

好事多磨，虽然辛苦了一个多月，收入却不多。看到呼毕斯哈拉图紧咬牙关、艰难跋涉的样子，扎米延总是暗自思忖：他这是在有意惩罚自己吧。

驼帮夜宿在外是常事，一次，二人在野外进餐闲聊，呼毕斯哈拉图忽然哀声叨叨“达布辛娜不知咋样”。

“想老伴了吧?”扎米延笑着问。

“好女嫁好男，好马配好鞍，其他嘎查的老书记夫人，都享上福了，可我老伴还是个受罪的命。”呼毕斯哈拉图看着扎米延问，“你就这么一个人过下去?”

“我早就没了那个念头……”

“时间过得真快，不知不觉就过去了几十年。”

两个人一直走下去，夜越深天越冷。

“咱俩唱个歌吧？驼夫走夜路，不是经常唱歌吗？小时候听大人们说，夜里赶路不唱歌，就不是真正的牵驼人。”扎米延说。

“是呀，咱们小时候半夜从草原深处传出歌声，大人们说那是牵驼人的歌声。还有那个驼铃声，叮咚、叮咚，不紧不慢……”

接着，两个老男人真的唱了起来，他们的嗓音沙哑而疲惫。

驼夫的上好良驼哟
能满载而归
父母的贤女孝郎哟
会知恩图报……

他们的破锣嗓音，划破寒冷的夜空，回荡在寂静荒野中。

驮盐一个半月，净赚了两万元。呼毕斯哈拉图说经过一冬的努力会为集体盈利五万元左右。但就在这天夜里他就晕倒在路上。扎米延见状，狠掐他的人中穴，用冰凉的山泉水喷脸，忙乱了一阵，才好不容易让他苏醒过来。扎米延将他弄到路遇的一户人家，又往家里捎话，费尽周折才把他带回嘎查。

回到嘎查，扎米延一直守在呼毕斯哈拉图身边。呼毕斯哈拉图脸色苍白，闭着眼睛，也不知道他是睡着了还是昏迷。乌尼尔跑到旗里请大夫，谢骑摩托接来了达布辛娜。达布辛娜看到丈夫那个样子就哭成了泪人儿。还好，呼毕斯哈拉图后半夜就醒过来了，但仍然很虚弱，达布辛娜用小勺给他喂水。

“你再不能自不量力了。”扎米延说。

呼毕斯哈拉图用微弱的声音说：“死有什么？人都得死。不过……我如果真的死了，我求你带达布辛娜到大城市看一看。可怜她跟了我一辈子，除了旗所在地再未远离过家乡的草地。”

“我看你还是别死了，你的老伴还是你自己领吧。为了她你也应该多活几天。”扎米延说。

呼毕斯哈拉图执意不去医院，人们只好让他回家休养。乌尼尔去探视，看到他虚弱苍白的样子，眼睛都湿润了。

“已经找到那个姓李的了。”乌尼尔说。

“从哪儿找见的？”呼毕斯哈拉图问。

“据说躲在盟里的一个亲戚家，公安局没费多大劲就把他找见啦。”

“是不是被逮起来了？”呼毕斯哈拉图问，又说，“我知道老李，他也是没有办法。”

乌尼尔挠了挠头笑着说：“我说老支书呀，咱老房子差点让扒掉，逼得你去拉驼运盐，他给咱们造成了多么大的麻烦？现在总算找到他本人了，我们就可以摆脱十万元借款的纠缠。至于怎么处理他，那是公安局的事，跟咱们一点关系都没有。”

呼毕斯哈拉图仍摇头叹气。

# 第八章

## 1　毕立功的绿化点

乌拉扎尔敖包西南方向上的那片被开垦过的万亩撂荒地上，几百亩绿油油的柳树苗随风摇曳，旁边还盖起了一座小矮房，这是毕立功的绿化点。他前年离休，去年从乌拉扎尔嘎查争取到了两千亩荒滩，开始植树造林。对此，有人说他这是在弥补那一年开荒种地造成草原沙化的过错，个别人还说他退下来后无所事事，占据一部分土地想谋私利……一时间，人们七嘴八舌，议论纷纷。经过施肥灌溉，辛勤管护，去年秋天栽植的小苗，今春开始发芽展绿。毕立功如同老来得子般地兴奋异常，身板也直了，腿脚也灵便了，早起晚睡，忙个不停。乌尼尔、谢二人常来看望他，呼毕斯哈拉图、达布辛娜两口子有时候也请他去家里改善生活。

达布希拉图的家离这里较远。两年前他倒卖刺儿丝，育肥弱畜，只半年时间就赚了不少。他们两口子仍然居住在原处。简易的房舍和棚圈以及网围栏，看起来虽说有点寒碜，但没人怀疑他是乌拉扎尔草原当之无愧的首富，人们不得不叹羡他的谋略和经营手段。每到隆冬季节，达布希拉图就开始收购瘦弱畜，聘来兽医驱虫医病，再用好饲料催肥，来年开春再出手。待到春末夏初已然销售一空，腾出草库伦又大种饲草饲料，秋季打储草结束后再着眼冬季的收购事宜。缘于此，他被苏木和旗里命名为实行“商品化畜牧业示范户”，不仅召开过现场会，还时常有外地参观团慕名而来取经。但本地老乡却挖苦道

“灰狗趁灾害，赖人发难财”。经过上一次担保书风波，达布希拉图和乌尼尔二人变成了好朋友。达布希拉图动不动就到嘎查缠磨乌尼尔。

“你们即然让我当上了这个典型示范户，我也得出点力，多做点贡献才对。以前的草场面积太小，再给我分上点呗。”达布希拉图央求。

乌尼尔笑着说：“现在草场都有主，我把谁家的草场割一块给你？但我也知道，我这么一说，你早就准备好了用什么话对付我。”

“我是乌拉扎尔草原的牧民，户籍关系仍在这里。你们可以把草场让外地人用，就不能让我这个土生土长的老百姓进行开发？太不公平了吧？”达布希拉图说。

“我早就知道你这么说。你指的是毕立功老头。你要知道，他不是别人，是毕立功！我有什么办法？”

“怎就没办法？不就是毕立功吗？毕立功不是人？”

“让你当这个副支书，看你有啥法？”

“我肯定有办法！毕立功不仅在我们的草场种树，还建房。如果我是支书，我就提出，你种树可以，但每棵树每年你给我交十元钱的草场占用费。盖起来的房屋所有权归嘎查！我看他怎么说？他只能背着铺盖走人。”

“我不会办这种事。等你当了支书，你那样办，我不会阻拦你。”

乌尼尔笑了笑不说话了。

达布希拉图由嘎查往回走，正好途经毕立功种树那块地方。他只见毕立功扛着一把铁锹在围栏里忙碌。达布希拉图继续往前走，攀上一座梁坝顶，恰遇卓尔旦在寻觅着什么。

“嗨，叔叔找什么呢？只顾低头看，不是在跟踪马蹄印吧？”他大声问道。

“捡蘑菇呢。晒干后能卖些钱。”卓尔旦说。

“这道梁那头有很多蘑菇，到那里捡吧。”

“那儿不属于嘎查的草场吧？”卓尔旦说着掏出半包揉皱的香烟，

与达布希拉图聊了起来。

“那片草场的权属原本就归嘎查所有，外人却搬过来又盖房子又种树。但捡点蘑菇总可以吧？蘑菇又不是他种的。”

卓尔旦再没言语，只是笑，达布希拉图也冲他笑。

其实，毕立功的树园并不平静。经常有牛羊破栏而入啃吃幼树，让老毕立功心疼得要命，经常跟人家吵架。那天农户老刘小儿子的几只山羊又跑进围栏。扎米延正好路过那里。

山羊这种畜生远不比绵羊驯顺，用两只后腿立起来，抻着脖子将幼树的嫩皮从上到下撕下来一条。毕立功见状急得要命，抓起一根木棍就是个追赶，恰被老刘的儿子撞了个满怀。毕立功气喘吁吁地吼道：“你是咋放的羊？把树全给糟蹋了。”扎米延在旁边站着，头一次见他发这么大的火。

老刘儿子看似在认错，其实根本不在乎，还蛮不高兴。如果毕立功至此打住，这事也就过去了。但那天毕立功气得不得了，发脾气没完没了。当老刘的儿子赶着那几只羊转身要走时，只听毕立功呵斥道：“先别走，损失了这么多树怎么办？”

老刘的儿子停下脚步，脸色已经很难看了，但也没有说话。

“这……这些树……”毕立功气得话不成句，声音颤抖。

“你还要干啥？”老刘的儿子说。

“把我的树啃成这样，你还想走？”

“不走咋办？住在你这儿？你管饭？”

“什么？你……说什么？”

“我是乌拉扎尔嘎查的牧民，我的羊在乌拉扎尔草原觅食，跟你有关系吗？”

“这是我种植的树！”

“你咋就跑到我们嘎查的草场上种开了树？”

“我又不是随便种的，跟你们嘎查领导商量好的事。”

“跟谁商量的就找谁去！”

一个是从旗人大主任职位上退下来的老革命，一个是比他小四十岁的晚辈后生，一个气得即将要晕倒，另一个是气死你不偿命的神态，老的骂了个不亦乐乎，少的嘴也没闲着。扎米延看不下去了，就过去斥责年轻的：“这孩子咋这么没教养？咋跟老人说话呢？”

老刘的儿子不作声了。

扎米延搀扶着毕立功回屋为他熬茶。毕立功也慢慢恢复了平静，摇着头笑笑说：“我真成了没用的老瓜瓢。对一个孩子也发这么大的火，这才叫找罪受、讨苦吃呢。”

## 2　为了子孙后代

老张来到旗供销社办完退休手续，就提出让儿子接班顶替。旗社领导答复说：“你们苏木的供销社由达姆丁承包了，人事权一并由他负责。他如果同意，我们没意见。”老张返回苏木，走进供销社后院，恰好碰到达丽玛。她微微一笑说道：“好长时间没见张哥了。”

老张说：“现在有件事求你老公帮忙。”

“求啥啊？有事直说，乡里乡亲的，有啥可求的？进屋坐会儿，达姆丁马上就回来。”

达丽玛、达姆丁夫妻二人住在苏木供销社后院，房间挺大。老张坐在沙发上仔细观察，房子装饰得挺讲究，老张心里估计，肯定花了不少钱。

“听说你们承包了苏木供销社，这次我去旗里才知道。”

“是呀，达姆丁挺忙的。你找他啥事？”

“我决定退休，打算让儿子顶替我的工作，旗社说先要征得达姆丁的同意。”

“用得着他同意？我同意就行。”达丽玛说罢笑了起来。

“真的？”老张惊讶地问。

“那可不？虽说达姆丁承包了苏木供销社，我可是他的妻子，能当半个家。”

“那太好了。”

“罕达玛姐的身体还好吧？”

“还算行吧。”

“你们老两口也该享享福了。”达丽玛说，“你先喝茶，我准备饭菜，达姆丁回来后咱仨喝点酒。”

老张现在真的老了，说话也慢了许多。待达姆丁进屋后，达丽玛赶紧摆好酒菜，刚喝几盅，老张就晕乎起来，一个劲地重复那么几句话。

“人一上年纪不想别的，只操心娃娃们生活好。但我这种无能之辈给儿子留不下什么财产，只盼能进入苏木供销社，风吹不着，雨打不到，我就满足了……”

达姆丁笑了笑说道：“我们正在实行层层承包制，你儿子把乌拉扎尔嘎查门市部包下来，只要完成好规定指标，生活不会有问题。”

“孩子们都长大了。他们终于遇上了好时代。”老张笑着。

孩子们真的都长大了。色布吉德玛的儿子杭盖在巴彦布日都娶妻生子，孩子都两岁了。萨仁其其格的儿子萨仁呼在黄河畔的一处化工厂工作。

这两年，乌拉扎尔草原的人们忽然苏醒了一般，都想让孩子上学或找份工作。想起解放初，公家连求带逼地让年轻人出来工作他们都不太情愿，现在不管入学找工作有多难都要拼命争取。接着又传开一种说法，说只要送礼送钱没有办不成事的。有的人说得更是有鼻子有眼，说谁谁给哪个领导送了多少多少钱孩子就有了工作，谁谁花了多少钱孩子就上学了，等等。

萨仁其其格出事后的十几年里，扎米延、萨仁呼二人相依为命过日子。扎米延一直盼望能够让萨仁呼上学念书，他认为这是萨仁其其格的遗愿，后来草原上出现了“马背学校”，但萨仁呼因出身成分问题被拒于门外。扎米延只好求助当时在水利工地劳动改造的陶迪、德力格尔两口子，求他们给儿子教书识字。

“不是有马背学校吗，为啥不让他去那里?”陶迪问。

“嫌出身不好，人家不收。”

“母亲成分不好是事实，但作为他父亲的你本人可称得上八辈子的贫下中牧咧？好好求求不行吗?”德力格尔说道。

“我这一辈子都没求过人，让我去求那几个家伙，没门!”扎米延吼道。

“我们教你儿子读书识字不是不可以，但哪有书本啊?”陶迪说。

扎米延解开包裹，萨仁其其格细心保存的课本展现在眼前。

打那以后，萨仁呼留在了水利工地，每当夜深人静，人们进入梦乡时，陶迪、德力格尔二人就开始教孩子识字。萨仁呼聪明伶俐，好学上进，学得还真不错。但他不可能进入任何学校学习，得不到任何文凭或学历证书，很快他就到了二十，只得留乡务牧。但两年前他的命运突然发生了变化。

两年前，萨仁其其格家乡来函通知，萨仁其其格的父亲已经平反，要按政策给予其后代一定数额的补偿，并为其一名符合条件的直系后代安排工作。来函附一份平反决定抄件，内称萨仁其其格的父亲虽然任过国民党的连长，但因为其参加了绥远省“九一九起义”，按照当时的政策规定，不应该追究。

最先收到此通知的是嘎查委员会，乌尼尔将扎米延、萨仁呼叫来说：“萨仁呼有必要回一趟母亲的老家，还得抓紧点。当你姥爷被当成坏人对待时，亲戚朋友肯定躲得远远的，现在开始落实政策，听说还给补助，有些人会像绿头蝇嗅到肉味一样扑将上来。要赶快行动，别叫人抢了先。”

扎米延回家对儿子说：“你乌尼尔叔说得没错，人倒霉时近亲都躲着走，人得意时远亲都追着来。现在为你姥爷落实政策，你母亲那些亲戚肯定都想分到一点好处。所以我看呀，你到了那里，先去给姥姥姥爷上坟磕头，别的事情自己看着办，不要跟人家争。这么多年都过来了，那点东西要不要都无所谓。”说完还感慨道：“人呀，多吃一口胖不到哪儿去，少吃一口也饿不死。”

当萨仁呼来到黄河岸边母亲故土时，给他外祖父“落实政策”的那点东西早已被三亲六故撇光捞净，听说还差点互相动起手来。萨仁呼远离其纷争，按照扎米延的叮嘱去外祖父、外祖母坟上磕头祭奠，正待回返时，那个地方化工厂的领导找到了他。

“你是萨仁其其格的儿子吧？我跟你母亲是同班同学。”化工厂的领导说。

“啊，叔叔您好。”萨仁呼问好。

“你母亲出事我都听说了。这次落实政策，听说你啥也没得到……”

萨仁呼没作声。

“你打算怎么办？”

萨仁呼无奈地笑笑说：“我虽然出生在这里，但哺育我成长的是乌拉扎尔草原，我还回那里。我那些亲戚正担心我从他们碗里抢食呢。我还不如早早回去，免得他们吃不好睡不香。”

“别回了，到我那儿干吧。”

“什么？”

化工厂领导诡秘地笑笑说：“这事跟落实政策一点关系都没有。”

这样萨仁呼就留化工厂工作了。

## 3 祭敖包

有一天，一辆旧吉普戛然停在队部门前，车里走出一位三十几岁满脸胡须的男人。他下车就喊：“扎米延叔叔在这里吗?”扎米延走出厨房打量。

“叔叔。”络腮胡喊了一声跑过来握住扎米延的手，问：“还认识我吗?”

“嗨，你不是乔团长的儿子吗，那年跟你阿爸来过这里，他好吧?”

“还行。”

“那就好，快进屋。”

扎米延将他让进屋，倒了一碗茶，问道：“他身体咋样?”

“还算可以。只是过去打仗受过伤，‘文革’中又被打伤，天气一变就觉得浑身疼痛。”

“那是必然的。你阿爸没说要来吗?”

“他说抽空定再来见您。他老是念叨您。”

“你这次来是公事还是私事?”

“只想在父亲曾经战斗过的地方看一看，走一走。”

“那我给你带路。”

喝罢茶，扎米延就领上乔团长的儿子出去了。距老房子以东几十步远处，扎米延指着一个地方说：“三十多年前，你阿爸在这儿搭了一个窝棚居住，从此人们叫这里铜匠棚……”

乔团长的儿子拿出相机赶紧拍照，而后二人乘车路经敖包南麓，来到乌拉扎尔河岸。

“你阿爸遇险后曾隐藏在这里，我为他送来吃的，天黑后将他带到盐道上……”扎米延说。

该去的地方都去过了，该走的地方也全走到了，正待回返时，乔团长的儿子问道："父亲说你们这里产一种稀土，那地方在哪儿？"

"你阿爸是说过，但谁晓得究竟在哪里。"

"等一等，乌拉扎尔敖包是指那个地方吗？"乔团长的儿子拿出一张手绘地图问道。

"是的，就是那里……"

"据说我父亲于一九四八年，装扮成一个铜匠，画了这幅图……叔叔能带我上那座敖包吗？"

"当然可以。"

攀上敖包高坡，乔团长的儿子继续取景拍照。扎米延心想，看来这个年轻人不仅仅是为了重游父亲曾经战斗过的地方，似乎另有所图。

"父亲忘不了您，也忘不了乌拉扎尔这片草原，经常教导我要扶持和资助这里的建设。所以我打算为这地方尽力办点事。"

"你真是个善良的孩子，你打算怎么支持？"

"我已经承包了父亲单位的招待所，以后想组建一个公司……"

"那……你也想当经理？"

"不只是想的问题了，现在人们都叫我乔经理。"

"哦，哦……"

"听父亲说，上次他来过乌拉扎尔大队，说你俩挖出了不少东西？"

"可不吗？就是那些铜匠的用具。"

"东西还在吗？"

"当然在，他嘱咐我保存好那些东西，你想拿走？"

"我不拿走，您先保管着吧……"

当乔团长的儿子再次来到乌拉扎尔草原时，与前次大不一样，坐着崭新的轿车，身边还跟着旗委秘书。

"扎米延叔叔，嘎查领导在吗？"乔经理径直走进厨房询问。

“谢一人在，乌尼尔下去了。”

陪同他来的旗委秘书说：“我去叫乌尼尔。”说罢带着司机出了门。中午时分，秘书用小车将乌尼尔拉了过来。

这位秘书拿出一份文书说：“乌尼尔书记您看看这个。这是乔经理打算建乌拉扎尔旅游点的规划书，上面有盟委副书记和旗委书记的批示，明确要求你们嘎查要支持和配合好乔经理的工作。我受领导指派，专门陪同乔经理前来协调此项工作。”

乌尼尔接过那份公文仔细阅读，深思了好一会儿后说道：“乔经理前来支持我们嘎查的建设，我们深表感谢和欢迎。但有两个具体问题不知如何解决？规划书上的征地范围包括了达布希拉图的畜产公司和毕立功的绿化点，他们肯定不愿意搬迁。”

乔经理不屑一顾地说：“那好办，给钱就是了。”

但乔经理派几个人去跟毕立功和达布希拉图谈判，结果却无功而返。

那几个人找到毕立功时，他正忙着侍弄树苗。那几个人说明了来意，说他们要征用这块地，请毕立功提出一个赔偿其损失的具体钱数。毕立功都没用正眼看他们一下，说了一句“把那钱用在别处吧”，再未作声。这些人又来到达布希拉图的经营点，照样重复了一遍先前的话，“给多少钱我也不会出卖故土”，达布希拉图回答得更加干脆……

乔经理首先在敖包西北的坡地上建了几排房子，称其为旅游点建设指挥部，仍然常往嘎查委员会跑。

有一天他见到乌尼尔说：“这两栋老房子建了多少年啦？我看快要倒塌了。”

“一九五九年建的，整整二十五年了。”

“建个新办公室，搬走算了。”

“暂时还在这儿吧，花多少钱呀。”

“你不用掏钱，我出资给你盖好。”乔经理说。

乌尼尔乍一听以为他是在说玩笑话，但从他的表情上看不出一点开玩笑的样子。“我先让技术人员搞一份草图，你认可后咱就动工。”乔经理狡黠地一笑，说，“别忘了，建设乌拉扎尔草原是我的职责。”

“你这是真话?”

“当然是真话。里外我还有一事相求。”

“啥事?”

“我们的旅游点要从当地请几位顾问。这对加快经济建设、跟地方协调都有好处。”

“这没有什么问题吧?”

“最先要聘你当顾问，还要聘苏木领导，当然还要聘请乌拉扎尔草原上几个德高望重的老人，其中包括扎米延叔叔，他可是我父亲的救命恩人。受聘的嘎查领导每月都有回报……”

乌尼尔慌忙说：“回报就不用了。”

“这你就别管了，我们不违背按劳取酬的原则。”乔经理话锋一转，“我们还需要工作人员和劳力，要从你们这里招几个。”

高兴得乌尼尔站起来说：“你是给咱乌拉扎尔草原行善造福来了。”

“我先招十个人，人员你来定，我又不熟悉这里的人。”乔经理又说，“你们那座敖包多少年没祭祀啦?”

“好像从一九六〇年开始拔白旗！以来再未祭典过。”乌尼尔说。

“听人们说祭敖包的日子应该在下个月。现在应该恢复这项祭祀活动，具体工作我来干，但必须由懂得祭典程序的几位老人来指导我们。”

乔经理离开后，乌尼尔仍然久久地伫立在那里发呆，心想：今日的太阳从哪方升起，咋能遇到这么多好事儿?

当天下午，乔经理派出去的几台小车，请来了五六位长辈，开了个座谈会。乔经理亲自主持座谈会说：“据我们了解，牧民群众渴望重启祭敖包活动。这是对的，与上面的保护发展和弘扬传统民俗文化的精神不谋而合。我公司积极协助乡亲们实现这一夙愿。可我们对祭敖包一窍不通，所以请来诸位长辈给我们出出主意，确定一个方案，我们好按照方案做好准备工作，所需款项由我公司承担。”

几个老汉怀疑自己的听力是否出现了问题，当确信没听错，就激动得不得了，有的还哭了起来。他们很快提供了整个祭祀活动的完整方案，将每个细节和注意事项都说得清清楚楚。接着是晚宴，他们个个喝得晕晕乎乎，坐着小车回了家。第二天起，这几位老者好像年轻了十几岁，个个精神矍铄，逢人便讲祭敖包之事，成了该项活动的义务宣传员。

当乌拉扎尔嘎查又盖新房、又祭敖包、喧嚣沸腾不亦乐乎之时，毕立功和达布希拉图正准备搬迁。因为有盟旗两级领导的亲笔批示，他们不搬也不行了。

毕立功的搬迁还算痛快，达布希拉图却不然。当乌尼尔找到他时，他问道：“不搬真的不行啊?”

“不搬真不行。”

“好吧，知道了。不久的将来，姓乔的会变成这里的土皇帝，你们几个只配做稻草人，建什么旅游点，他是冲你草场来的。到了这个地步，我也不想太为难你们。不过，让那个姓乔的拿六十万来!”

“六十万?!”乌尼尔听到后，眼珠子差点蹦出来。

“少给一个子儿，我会从呼市告到北京，从首府上访到京城!”

临祭敖包的十几天前，乌尼尔代表嘎查委员会前去邀请毕立功光临祭敖包大会。毕立功接过印制精美的请柬翻来覆去地欣赏了一阵，叹息道：“我去不了，该住院了。”

间断了二十多年的祭敖包活动重启后举办得非常隆重，由公司出资恢复祭祀活动，对于乌拉扎尔草原来说真可谓开天辟地头一回，旗领导均被邀来出席，广电部门和报刊记者闻讯前来报道。整体活动中，除了传统的祭祀项目外，还有一项新鲜内容，即乔经理的“乌拉扎尔旅游度假村”宣告建成开业，乌尼尔代表嘎查送了锦旗。

大家在这边欢天喜地祭敖包的当儿，毕立功种植的那些幼树和达布希拉图的网围栏被力大无比的推土机夷为平地。

## 4 车祸

色布吉德玛早早起来，到外面瞭望，却没看见昨夜绊放的坐骑。图都布那匹马老得不得了，带上马绊从不远离门前的那一小片盐碱滩，这畜生今天跑哪儿去了？她望了半天也没有看到马的踪影，又跑去滩地寻找，嫩绿的毛草坪上根本留不下蹄痕。是否被人盗走了？又一想，哪个毛贼会偷盗那样老的一匹马呢？

等她找了一圈马，太阳尚未露头，远近弥漫着薄薄的雾幔。她打算出去寻马，那匹马再老也是图都布的心爱之物。他上不了马背后，两口子曾商量卖掉那匹马，但终因下不了狠心而未予出手。到后来，图都布总絮叨“马和我不知谁先离去，到时将我俩葬在一处”。色布吉德玛说：“人与牲畜怎好葬在一处？”图都布说：“我是个牧马人，到另一个世界也要骑马，要跨马踏歌，呼啸飞奔。”

这两年，图都布身体状况一天不如一天，有人扶着才能勉强进出屋门。这可苦了色布吉德玛，不仅要侍弄牲畜还得照顾好老头。她不愿意求人，也不好向人诉苦，但对陶迪、德力格尔、扎米延以及老张和罕达玛有啥说啥，毫不隐瞒。色布吉德玛进屋熬好茶，跟老头一起喝茶，但没说丢马的事。喝好茶出去放羊，正好扎米延从对面走了过来。

“干啥去？”她问。

“想看看你俩。达丽玛给图都布捎来了几瓶营养液，我带过来了。”

“我家那匹老马不见了。”她说。

“丢啦？”

“早上起来一看不见了。”

“我去看看蹄印。”

“草滩上不好寻找……”

“我过去也当过马倌，要说跟踪寻迹肯定比你强。”

扎米延并未到草滩内寻踪，而是绕着转，先从草滩边沿觅迹，这种寻找方法更易发现蹄印。巴掌大的一片草滩，绕一圈不费多长时间，当他搜寻到草滩西南的沙坨时发现了一前一后的脚印和蹄痕，那马无疑是被人牵走了。

“要说盗马贼吧，还不像，哪有步行的盗马贼，他能跑多远?”扎米延嘟哝着，继续朝前跟踪。翻越两道沙梁就望见了达布希拉图的家。

达布希拉图赖着乔经理索要六十万元未果。姓乔的并没有露面，而是来了一位副旗长到他家给他“做工作”。先讲述“引进资金的重要性”，再灌输“顾全大局的意义”，接着又讲旗政协副主席额尔顿巴图和老革命毕立功与乔经理的父亲乔团长的关系等，最后还诡异地笑笑说：“别看眼下受点损失，以后你会获大利，以小换大，何乐而不为?”达布希拉图却越听越冒火，说：“我不稀罕以后的大利，只要求赔偿当前的损失。”“那好办，你的损失由我们负责，以后找我就行。”“不要说以后，你今天给我钱，我明天就搬家。什么时候给钱我立刻搬，不给钱我就在这里待着。”副旗长生气了，说：“不允许你一个人影响大局。”达布希拉图声音更高，喊：“你那个大局跟我一点关系都没有!”

几天后的祭敖包之日，达布希拉图的所有固定设施都被强行拆除，达布希拉图无奈之下只能借助他人的旧房舍栖身，并开始上访告状，时常往盟旗两地跑。

当扎米延寻到达布希拉图门前时，他从家里迎了出来。

“你回来啦?”扎米延问他，“图都布的那匹老马让人牵走了，你没看见吗?”

“没看见，现在丢了牲口就难找喽。”

“为什么?”

“旅游点的建筑工人多的是，可能是他们抓走了。叔叔进屋喝点茶吧。”

“他们抓那么老的马干什么?”

“杀了可以吃肉，扒了还不卖它二百元?老马肉怎么啦?用酱油一炒，照样吃。”

扎米延继续前行。牵马人的足迹真的就消失在了工地前的杂乱脚印和推土机等施工机械的碾轧痕迹当中。

扎米延逢人便问老马的下落，但始终没问出个结果。一气之下他叫住一个后生没好气地询问:“你们的乔经理在哪儿，我有急事见他。”

年轻人面带鄙夷的表情，生硬地回了一句“不知道”。

“谁知道他在哪儿?”

“不晓得。”

扎米延说:“你们乔经理家有急事，我是送信儿的。若不把他给我赶快找来，小心你的饭碗。”

年轻人当即转变了态度，急忙问:“出啥事了?”

“用不着你知道。”

“您稍等。”年轻人说罢转身跑去，过了好一会儿才领来乔经理。乔经理显得很劳累，眼睛蒙了一层血丝。

“哦，是扎米延叔哇……”他走近后问道，“我们家出什么事了?”

扎米延笑笑说:“我不骗他，他不给我找你啊。看来你架子大了，一般人都见不着你了。”

乔经理狠狠瞪了一眼那个年轻人，训斥道:“他是我父亲的好朋友、救命恩人，要记住!”

扎米延谈了丢马之事。

“叔叔请放心，若是工地上的人偷的，我一定给你找到送去。中午我请客。”

“我挺忙的，马上就走。”

扎米延过几天就到工地找一趟。起初乔经理满脸堆笑地迎出来说“还是为了马的事儿吧？叔叔以后就别跑了，找见后我给您送过去”，后来就见不到他了，向他手下人打听，都说“乔经理出差了”。

扎米延无奈，来到色布吉德玛家回话。

忙着伺候图都布的色布吉德玛给扎米延倒好茶，说：“别找啦，肯定找不到了。”

扎米延呷了一口茶，感叹道：“现在这个世道怎么啦？”

几天后色布吉德玛前往嘎查购物，路经卓尔旦家附近的草场，让她吃惊不小：只见卓尔旦和儿子在自家草场正中设置铁丝网！

“今天太热了。”色布吉德玛首先开口。

父子俩脸色难看，卓尔旦头也没抬，“嗯”了一声，继续干他的活儿。

她问：“为啥在这里拉铁丝网？”

“哼，省得你多我少地成天吵闹，不如分了好。”

“分什么呢？”她追问。

“没看见吗？分草场呗。”卓尔旦说。

她这才反应过来：“父子俩在分草场啊？”

“分了省心……”卓尔旦赌气说。

色布吉德玛觉得心里不是个滋味，怏怏不乐地离去。

提起卓尔旦这个人，能把一分钱掰开花，跟自家人都斤斤计较算细账，他儿子更是个一毛不拔的人。但亲生父子总不该因为草场而吃不在一锅睡不在一炕吧？这可不是好征兆。

色布吉德玛来到老房子，走进伙房。扎米延正在埋头忙乎。她将卓尔旦父子分割草场的事情讲给他听。

“现在这种事情多啦。亲生父子、同胞兄弟因草场纠纷而吵闹争执，分家另过的为数不少。”扎米延说。

“可是……这多不好啊。”色布吉德玛说罢又停顿片刻，说，“好像来电话啦？”

扎米延也听到了，嘎查办公室的电话响个不停。

“让它响去吧，嘎查领导一个都不在。”扎米延说。

电话铃声响响停停，扎米延只得骂骂咧咧地前去接听。

“我是旗政协办公室的工作人员，额尔顿巴图副主席因车祸正在旗医院抢救，他一个劲儿惦记原配妻子和儿子……”

“啊，那个……伤势重吗？”扎米延问。

“挺重，他老伴更是昏迷不醒……”

“啊，俩人都受伤了？”

“二人从盟里返回途中翻车……”

扎米延放下听筒就对色布吉德玛说：“出大事儿了。额尔顿巴图两口子遇车祸，正在抢救。”

色布吉德玛惊得话不成句：“这可咋办……要是让浩尔乐听到，还不吓傻喽？”

“你马上去她家，先透露点风声，我去找辆车。”扎米延说。

色布吉德玛赶往浩尔乐家，扎米延骑上马就奔向工地，从乔经理处借得一辆小车。

浩尔乐带着两个儿子赶到旗医院，伤者经抢救，危险期已过。额尔顿巴图几处骨折，但已苏醒，其夫人虽然尚有呼吸但知觉全无。医生说，此人就是抢救过来也是个植物人。

全身裹满了纱布的额尔顿巴图，见到浩尔乐母子三人，满眼泪花。

“我对不住你们……”

浩尔乐说：“我知道，你始终惦记着我们娘几个。”

额尔顿巴图忍不住抽泣起来。

浩尔乐抚摩着他的额头说道：“两个孩子会笑话你的。你要有个男人样！”

乌日希拉图与达布希拉图二人，见父母依然如此恩爱，禁不住热泪盈眶。

“你俩去看看呀……”浩尔乐说。

哥俩有点无所适从，但在母亲的怒视下走向另一间病房。在那间病房里，他们看到一个人，她遍体裹满纱布，浑身插着管子，毫无知觉地躺在病床上。

自即日起，浩尔乐与两个儿子滞留医院，照顾两个伤者。其间，浩尔乐时不时跑到另一个病房照顾一息尚存的那位夫人。几天后，浩尔乐连护士都不许靠近，按摩、洗刷的事宜全由自己承担。二十几天后，夫人蔼然谢世。额尔顿巴图让两个儿子搀扶着走近灵柩时，浩尔乐侧身走出门外，久久落泪。

浩尔乐冷不丁发现两个儿子站在身后。

“额吉……”这是大儿子在叫她。

“额吉，咱们回吧。”这是老二的声音。

“啊，噢……”浩尔乐如梦方醒，“你们的阿爸到了这种地步，我怎能撇下不管?”

“那我俩……”老大刚一张口，老二用肘部碰了一下他，似乎不让他多说。母亲抽泣了一阵，说道：“我已经离不开你们的阿爸了。”

## 5　告别

陶迪、德力格尔二人要回呼和浩特了，原单位恢复了俩人的工作。

陶迪来到色布吉德玛家告知她这件事的时候，色布吉德玛哭成了泪人。“跟咱们生活了这么多年，说走就走?”她抹着泪水叨叨。

“不走不行，很多问题只待回去解决。再者说，孩子去那儿读书还是好吧?”陶迪眼泪汪汪地说，“我在这儿整整生活了二十五年。”

“你这一走……啥时候再回来？”

“现在的交通越来越方便了，我们会常回来。”

只有德力格尔最清楚，每当入夜，陶迪都贴在他的胸前，一边流泪一边讲述诸多往事。

“……接我来乌拉扎尔草原的人是扎米延大哥。那年夏天，我被送到公社，住在供销社后院，我头一次看见那么宽敞、那么寂静的院落。正当我身心恍惚、无所适从的时候，一个人赶着一辆马车进大院高声喊道：‘有个叫陶迪的吗？’那个人就是扎米延哥。我坐上马车走进乌拉扎尔草原，我感到拘谨，感到陌生，但心里慢慢也平静了。来到队部，迎接我的是老张大哥和色布吉德玛姐，几天后又认识了呼毕斯哈拉图和丹毕。他们从没有跟我讲过大道理，更没有给我灌输生活的意义什么的，我本来是下来接受改造的，但他们给予我的却是理解、同情和呵护。正是他们让我懂得了很多，他们让我开始明白人应该怎样活着……所以说实话，这些年我不仅过得幸福，还生活得有意义。真的，他们从来没有讲过大道理，其实他们也不会讲，他们只是做。但他们并不是盲目地去做，其实他们心里知道应该怎么做，只是讲不出来。比如扎米延大哥和色布吉德玛姐，他们相恋了多少年？但他们懂得，有些东西比爱情更重要，比他们个人的幸福更重要，那就是为别人担当。为了别人，他们宁肯牺牲自己的幸福！想到这一点以后我才明白了他们为什么活得那么满足，那么快乐。他们拥有让人钦佩的宽广胸怀，这就是内蒙古高原的灵魂。二十几年，弹指一挥间，草原日新月异，变化巨大。但这片热土的灵魂不会变……”

一个秋高气爽、大雁南飞的早晨，陶迪和德力格尔坐上嘎查的马车走了。扎米延、色布吉德玛、老张、谢等挥手相送，一直望着马车消失在远处。乌拉扎尔草原空旷静谧，陶迪颠簸在伸向远方的弯弯大道上，眼望南飞雁，心中慨叹：那些大雁明年春天又会飞回草原……

# 第九章

……

扎米延走到距离老房子四五十步远的地方停下来歇气。这两栋让他度过了大半生的破房子，见证过乌拉扎尔草原很多活剧而如今却被人们遗忘的所在，在他前面的夜色中静默着。已经走了的和健在的人们轮番闯进他的脑海里。

呼毕斯哈拉图、丹毕二人去世了，毕立功和乔团长不在了，图都布也走了……但扎米延为何总觉得他们依然活着？

呼毕斯哈拉图临终留下遗言，要求葬在老房子附近，其坟冢就在老房子西坡上。扎米延有时想，呼毕斯哈拉图并未离去，只是搬到老房子住下了。别人有可能忘却这两栋老房子，但呼毕斯哈拉图绝不会。他的魂灵依然游移在老房子附近……

丹毕他不怎么来老房子了，因为他感到委屈，咽不下那口气。他可不比呼毕斯哈拉图那样逆来顺受，老实过头。他眼里揉不得半点沙子。在下葬他遗体的那一天，人们前来送老队长最后一程。整理遗物的儿子从另间屋手捧木匣走过来说：“阿爸原来一直珍藏着这些东西，该咋处理？”

“你父亲的遗物你留下不就行了。”人们说。

“不，这……”

丹毕的儿子将木匣放在乌尼尔面前，打开一看，全是“入党申请书”。纸张各异，笔色不同，咋也有百十多份。

“我阿爸……每个月都写一份……”老队长之子语气伤感。

众人默然发愣。

……

达丽玛、达姆丁已经搬到旗所在地，他二人先承包苏木供销社，经过几年的打拼赚了不少，后来到旗里开办了一家大公司。几年前，扎米延去过一次他家，两口子住着一座三层别墅式楼房，院落很大。达丽玛虽然不显老，但胖了不少，步履有点笨拙。

“看来你们成天都忙于挣钱吧？”扎米延说。

“他忙，但我不忙。”达丽玛说。

“不忙？”

达丽玛笑笑说：“头几年我也是成天忙乱，那时没别的办法，我必须跟他携起手来共同奋斗。现在我们有了一定的基础，我就想休息了。”

“这就怪了，在我们的印象中你是个从不退缩的人啊。”

“因为我想明白了。”

“什么？”

达丽玛狡黠地一笑：“我年轻时是个漂亮腼腆的女孩。但后来生活磨砺得我浑身是胆，像个男人。图门仓出事后，生活逼迫我只能像男人一样生活，与达姆丁成亲后，我仍然如同男人般地果敢爽快……但后来我觉得太累了，精神和肉体疲惫不堪。我虽然是个女人身，但却过了大半辈子男人般的生活，后来我就想，我究竟是男人还是女人？我为什么不能过一过真正的女子生活？”

“你打算过什么样的生活？”

“偶尔给老公耍耍小脾气或者撒撒娇，让他哄哄我……”达丽玛脸上掠过一丝幸福的红晕。

自车祸后，额尔顿巴图的身体状况非常不好，所以浩尔乐干脆搬到了旗里，偶尔见她搀扶着额尔顿巴图练步。

陶迪回到呼和浩特后，起先每年回来一两趟，近几年也不回来了。她也是快六十的人了，想必出远门也困难了。

四十年的时间虽然不太久远，但走的走，去的去，变的变，远非当年。

那边的柏油路上又驰过一辆小车，车灯很亮，也许是乔经理的座驾。

哈，乔大经理！……

当年达布希拉图曾说过一句话："将来乌拉扎尔草原可能要姓乔！"现在看来不无道理。扎米延知道，乔经理为达目的采取了三个步聚。

初来时，是"为了看看父辈战斗过的地方"，第二步是建旅游点，第三步是放弃旅游项目，搞开了稀土矿产开发。扎米延这才明白乔经理的最终目的是在草原上开发矿产资源。对于开办旅游项目，盟旗两级曾大力支持，乌尼尔等嘎查新老领导均被挂上"顾问"头衔，乔经理出资为嘎查建起了新办公室，还盖了敬老院……所以嘎查领导班子变成了乔经理掌中的面团，随意揉搓。合同上确定的草场租期为七十年，别说挖稀土了，就是挖掘纯金足银、玉石玛瑙，谁能阻拦？而且听说稀土比黄金还值钱。

原来的"乌拉扎尔旅游点"现更名为乌拉扎尔开发区，乌拉扎尔敖包西北坡地上的几排砖瓦房变成了漂亮的楼宇。开发区占据了敖包周围几十里的草场，拉起了坚固的铁丝网，门前伫立的巨型雕塑高过几层楼房，离老远就能望见。塑像群由鼓风皮囊、锤子、砧子等铜匠使用的工具组成。如今的年轻人哪见过此等用具，唯有扎米延了解其中奥秘……

色布吉德玛昨日又来看望扎米延，说道："陶迪捎来话问咱们俩什么时候住到一起生活，她说她和德力格尔要来道喜。"

扎米延激动不已地说："我俩也真的该到一块儿了。"

"那你啥时候去我那儿啊？"她说完还不好意思地笑了笑。

"明天吧。"扎米延回答得挺痛快。

"真的吗？那我在家等你。"

二人牵手走到屋外，草原宽广无际，高原的和风吹来花草的芬芳，清香扑鼻。

二人在外面站了很长时间。色布吉德玛虽说年届古稀，但仍很矍铄，鬓发尚黑。

"与早先相比，乌拉扎尔草原变化太大了。"扎米延感叹说。

"变是变了，但我看变化不大。虽然横七竖八地拉了不少铁丝网，毡房换成土房、砖房，但这里仍然是乌拉扎尔草原，敖包依然在那里耸立着，乌拉扎尔河还在不停地流淌……远古的驿路仍在，有一次我又看见啦。"

"你说什么？……"

"那天我走向敖包，我感觉到密密麻麻的草丛间似乎有一条弯曲的路伸向远方。我掀开草棵一看，古驿道还很清晰！……"色布吉德玛说。

扎米延听罢色布吉德玛的述说，久久地凝视着乌拉扎尔草原，感到草原真的没有多大变化。人类总是在忙着鼓捣出好多新奇的东西，其实那是厚重大地表皮上的东西，那些东西其实改变不了什么。经历过多少年风雨磨砺的乌拉扎尔草原，哪能说变就变？

夜已深，扎米延又朝老房子送去深情的一瞥，转身走去。

走着走着，他望见了色布吉德玛的院落，静静地笼罩在奶白色的曙光中……

**译者简介：**

赫日克，蒙古族，1944年出生于内蒙古科左中旗，曾就职于旗、盟、自治区机关，历任正蓝旗乌兰牧骑队长，锡林郭勒盟歌舞团团长、书记，锡盟行署翻译科科长，自治区人大常委会副巡视员。从事蒙汉语言文学翻译工作五十余年，先后翻译出版了长篇小说《大地》《红月亮》《草原上的老房子》《莽原》及中篇小说《蒙古商人》等二百余万字作品。

# 天边那一抹耀眼的晚霞

# 第一章

## 一

草原之夜是那么宁静，有一群马在安静地吃草，守护马群的牧马人在马群旁等待着天亮，也许还思念着留在家里的妻子儿女。但长夜漫漫，距天亮还很远。他做梦都不会想到，他的马群已经被人盯上了——也不是整个马群，而是马群中最好的那些马匹。

盯上马的是“高原好汉”，也有人称他们为“赶马大盗”。

高原好汉或者赶马大盗挑剔得很，他们要赶走的是马群中最好的那些马匹，一般的马他们根本看不上眼。在白天，他们就盯上了那些他们看中的马匹，就隐藏在离马群不远的某一个地方。夜更深了，整个世界都变得像梦一样朦胧，就在此时，突然一声呼啸，有人冲进了吃草的马群中，把那些最好的马赶跑了。整个过程几乎是在一瞬间完成的。守护马群的牧马人这时候才明白发生了什么，就慌忙骑着马去追，但已经迟了，前边的马蹄声越跑越远，还传来赶马人嘹亮的歌声。高原好汉或者赶马大盗一个个骑术高明，胆大包天，他们将盗得的马赶到很远的地方卖掉，揣着白花花的银元回到草原。他们大碗喝酒，大块吃肉，见了穷人和朋友就散发银元，盗马所得很快用完，但他们仍然快乐无比。他们一般没有家室，也没有财产，除了几匹追风快马和一身绝技几乎一无所有。他们干盗马的勾当并不是图财，而好像只是为了炫耀自己的骑术和胆量，就像开了一场玩笑。蒙古族有崇尚勇敢的传统，所以对这种人大家并不厌恶和仇恨。丢了马的人骂他们是强盗，但一般都称他们为高原好汉。草原上一些半大男孩还梦想着自己将来也当个高原好汉，一些年轻的姑娘和媳妇也经常梦见他们的马蹄声和歌声。

他们艺高胆大，但善终者并不多，因为他们一旦被抓住只能是九死一生。他们被吊打，指甲缝里钉竹扦，被湿牛皮裹住扔在野外，被烧红的烙铁烫……很难活着闯过这一道道鬼门关。但草原上流行着一种古老习俗，就是只要他们活着闯过九道生死关，就对他们赦免，不再追究他们。当然赦免是有条件的，那就是被赦免者不能跟王府作对，也不能对家乡造成危害，至于他们跑到其他地方干什么事是他们自己的事，那个地方的人能否抓到他们进行惩罚那也是人家的事。

不需要追溯太远，仅在百十来年前的内蒙古高原上就真的存在过他们这样的人。但他们的人数也在逐年减少。最后一个高原好汉是哪一年消失的？没有确切的说法。但他们的故事还在，人们仍在传颂着他们那些充满传奇的故事……

## 二

距今百十来年前的那年夏天，一个陌生人走进了阴山以北的大草原。这个人五十多岁，身材高大，神情阴郁，骑着一匹马又牵着一匹马慢慢走着。他那一身穿了很多年的蒙古袍原本大概是蓝色的，但经历年复一年的风吹日晒早已发白发黄。他一直沿着一条河走下去，见了一个牛倌说了几句话，中午又到一家牧户的毡包里喝了好几大碗酸奶，下午继续走，消失在草原深处。在地广人稀的草原上出现个把陌生人很容易引起人们的兴趣。据那个牛倌和那家牧户的人说，那个人基本算是个老头，而且很少说话，见了牛倌是问路，只说了三两句话，而进了那个牧人的毡包除了问候以外基本没有说话。他们还说，那是个完全陌生的人，但说起话来却带着这一带的口音，当然不是完全标准的本地口音，但也能听得出来。

两天后的上午，这个人来到一个破旧毡包旁的拴马桩前。包里走出一个老奶奶，她显然眼神不好，看了半天正在拴马的客人，喃喃着："这是谁呀？"老男人提着褡裢走过来跪倒在老奶奶前，用浑浊沙哑的声音叫道："妈妈！……"老奶奶吃惊得说不出话来，看着跪在自己面前的人。她终于看到了跪者的脑袋上稀疏头发里那一颗红色的痣，便"啊……"了一声，还摇晃了一下，颤声问道："你是我儿子……萨仁呼？"

达吉德老人孤苦伶仃地过了几十年。她没有邻居，也没有亲戚来看望她，据她自己说已经八十多岁了，所以好多比她岁数小的人都不知道她还有个儿子。过了一些天人们才传开原来达吉德老奶奶还有个儿子，最近回来了。

"什么？她还有儿子？从来没有听说呀。"

"听说她真的有那么一个儿子，十七岁离开家，过了四十年才回来。"

"十七岁，四十年……那她那个儿子应该是五十七岁了呀。"

"是呀，所以听说她都认不出自己的儿子了。"

"四十年不回来，他干什么去了？"

"不知道呀，很奇怪。但听说她那个儿子叫萨仁呼。"说话的人无意中强调了萨仁呼这个名字。

"萨仁呼？……真的叫萨仁呼？"

"听说就是叫萨仁呼……"

"哦，哦……"

萨仁呼这个名字让人们想起了那个内外蒙古出了名的赶马大盗，因为那个大盗就叫萨仁呼。他们当然不相信达吉德老奶奶的儿子会是那个大盗，两个人只是同名而已。但也有人想，达吉德老人的儿子为什么一走就是四十年？他去哪儿了？干什么去了？这么一想又感到有些神秘。

大草原本来就是一个神秘的世界，别看这里从自然景观到人们的生活都那么简单。蓝天、大地，远处地平线上是一些蔚蓝色的山影，再没有更为复杂的内容。牧人一顶毡包、几群牲畜，每天的生活都是简单的重复。但这里却有一种神秘感，发生好多神秘的事情。比如从大自然某些现象中牧人们会看到一些预兆和启示，比如有一年从大草原深处传来一种可怕的巨响而人们一直没有弄明白那是什么声音，比如被荒草淹没已久的一条古道突然显现后又突然消失，还比如某一个人突然失踪但过了多少年又回来，像达吉德老奶奶的儿子……

出于好奇有些人就去达吉德老人家看她的儿子。

草原完全可以用“荒草连天”来形容。土层里的养分过分充足，再加上雨水也好，荒草长得拥挤而蓬勃，风吹过来，草浪就像海浪一样滚动着。成群的黄羊从草浪中跑过，只能看见它们的脑袋和犄角。只是在那些牧户的夏营地周围，因为牲畜一早一晚的践踏，会有那么一块地方没有太高的草，但贴着地皮的草仍然很密实。达吉德老人的毡包就在草原深处那么一块地方。

在达吉德老奶奶家里，他们看到的是一位十分魁梧的老头。见有客人进来，他就站起来迎接，就像毡包里立起了一座山。他行动迟缓，神色阴郁，但深陷的一双眼睛十分锐利，而且真的很少说话。达吉德老人满脸堆笑地跟客人说话，说儿子十七岁那年突然离家出走，走了四十年才回来，让她在入土前总算见到了儿子，说明她是有福之人。儿子这次回来她才明白，儿子离家的最初起因是为了父亲的鼻烟壶。那年她家遭遇了匪祸，不仅牲畜被赶走，她丈夫的一只鼻烟壶也被土匪抢走了。她儿子知道父亲十分喜欢那只鼻烟壶，是用三匹马换来的。那年儿子刚刚十七岁，有一天就离开家走了。“他是要他父亲的鼻烟壶去的，但后来又遇到了很多事情。不管怎么说，他这次真的把父亲的鼻烟壶带回来了……”老人乐呵呵地说着，拿出鼻烟壶给客人看。那只鼻烟壶让所有的人惊叹不已！鼻烟壶大如小孩子的拳头，通身天蓝色，不知是一种什么石头，而且雕刻精美。老人让儿子给客人倒茶，端奶食，那个五十七岁的儿子按照母亲的要求忙来忙去，看来他很孝顺，像母亲的奴仆。客人当然想跟他谈谈。

“你走了不少地方吧?”

他似乎对这个话题没有兴趣，沉默了一会儿，说：“哦，哦……”

“经历过不少事吧，说给我们听听。”

“哦，也没有什么……”

他的声音沙哑而低沉，根本不想谈什么。客人虽说很失望，但也对他有了深刻的印象。他个子很高，有点驼背，很多时候在沉默。他的沉默中似乎隐藏着一种力量。很可能他是一个经历了很多事情的人，四十年呀！……

过了一些天，萨仁呼去旗王府见了一次索德纳木协理。他见官府的人干什么？没有人知道。据说他在索德纳木协理那里待了大半天，究竟说了一些什么？更没有人知道。但后来有的人曾说，他如果就是那个有名的赶马大盗萨仁呼，那么他也许去找索德纳木协理请求赦免并得到了批准。又过了几天，他离开家出去，走了几天。走的时候，他骑一匹马又牵着一匹马，跟他第一次出现在草原上的时候一样，但回来的时候另一匹马上却骑着一个年轻美貌的女人。这事又引起了人们的议论。

“那个女人至多二十二三岁，可以给他当女儿，但听说是他的妻子。”

“听说两个人恩爱得很呢。”

“奇怪呀。”

“这个萨仁呼是不是真的就是那个有名的好汉萨仁呼呀?”

“不是没有这个可能……”

后来大家的看法趋于一致：他就是那个威震四方的赶马大盗萨仁呼，如今他被官府赦免了，回来过安稳的日子了……但这些都是猜测。

## 三

不管达吉德老人的儿子萨仁呼是不是那个赶马大盗，他如今过着一种安分守己与世无争的日子。达吉德老人原来有几十只羊，后来他又带来两匹马，再后来他又带来一个女人，一家三口人就过着最简单的生活。后来邻居给了他一匹带驹的母马，过了几年，它们繁殖成了五六匹。比他年轻三十多岁的老婆生了个儿子。接着，达吉德老人去世了。

达吉德老人是面带满足的微笑去世的。家里就剩下萨仁呼两口子和儿子。儿子长到三岁那年，他老婆也患急病撒手人寰。从外表上看不出他有多悲伤，但人们也发现他明显地苍老了。人们看到他让三岁的儿子骑在马背上，自己在前面牵着走。

一个沉默的老人，一个刚刚开始懂事的孩子。他们的日子波澜不惊，单调而漫长。但在孩子八岁那年有两件事给那个孩子留下了终生的记忆。

一是驯马。

邻居送给他们一匹带驹子的马。过了两年，那匹驹子长大了，该驯化了。那个孩子目睹了他父亲抓马、驯马的全过程。因为他当时就站在自己家旁边的高坡上。

他看到父亲骑着马追那匹已经三岁的马。那三岁马慌不择路而他父亲骑着马一直跟在其后，无论前面的马如何躲闪、转弯、变换伎俩，他父亲的马就像吸铁石一样紧随其后。那样来回追了几圈，他父亲突然把套索甩了出去，那套索就像长了眼睛一样，一下子套住了马……接着他直接从自己的马背跳到了那匹马上……那马暴怒地蹦跳起来，想把他掀翻在地，但他却像焊在马背上一样……后来那马不蹦跳了，向前跑去。跑了一圈就跑到孩子跟前，他跳下马来。那马喘着粗气，用鼻子嗅着他的袖口，向他发出低鸣……他这个八岁的孩子都能看得出来，马和他成了好朋友……

二是追马群。

那年冬天有一天，很少说话的父亲站在毡包前，望着遥远的天边摇头叹气。儿子问：“怎么啦?”“哦，你看看天边的云。”父亲说。儿子看到天边一块形状怪异的云，那云不是平浮在空中而是立在那里。夏天草原天空中的云是多种形状的，但冬天那种云很少见。“那云怎么啦?”儿子问。父亲的脸色很沉重，说：“在草原深处某一个地方发生了暴风雪……”“在很远的地方吗?”“现在很远，但今天后半夜就到我们这里了……”

那天半夜，暴风雪真的来了。他们的邻居跑来说：“我的马群惊跑了，帮帮我吧。”他父亲什么都没有说，骑上马就跟邻居一起出发了。他们走时已经是深夜，整个世界都在风暴中摇晃。草原牧人都知道，马群一旦在暴风雪中跑起来是很难停下来的。几十匹马顺着风势跑起来就是一股可怕的洪流，什么力量都挡不住。但到了第二天上午父亲和邻居把马群赶回来了。两个人的眉毛胡子都结了冰，邻居的半边脸还冻伤了，而他们的马却浑身冒着热气。后来儿子听那个邻居讲，他父亲跑到了马群前面但并没有企图拦住马群，而是不断呼喊着领着马群跑。不知道那马群是怎么了，好像听懂了他的喊声，就跟着跑起来，他们就这样领着马群跑回来了……

## 四

草原上夏天绿草如茵，到了秋天牧草枯黄，冬季大雪纷飞风暴肆虐，但接着又是一个生机蓬勃的春天——这里的时光在按自己的节奏不慌不忙地流逝着，显得大气，从容不迫。很多惊天动地的大事、很多枭雄好汉都在时光流逝的过程中变得模糊不清，似有若无。

儿子八岁那年，萨仁呼突然不见了。那天他的邻居因为一件什么事去了他家，走进了毡包。这个邻居看到萨仁呼那个八岁的儿子在包里呼呼大睡，早就蹬开了盖在身上的皮袄。毡包的门是开着的，清新的空气和清晨的阳光从门外进来。邻居又走到外边向四处瞭望，但没有看见萨仁呼的影子。从那一天起，人们再也没有看到萨仁呼。人们刚开始以为他是出去找走失的牲畜了，这是草原上常有的事。但草原上的日子就那么不紧不慢地过了一天又一天，大家不得不承认一个事实：萨仁呼也许不会再回来了。

但他去哪儿了？为什么走了？

人们去问他那个八岁的儿子，他父亲去了什么地方？那孩子说他父亲没有告诉他要去哪儿。又问他，从他父亲的言谈举止或只言片语中感觉到什么没有。那孩子直摇头。人们唯一的发现是萨仁呼经常骑的那匹马不见了，马鞍子也不见了，说明他是骑着马走的。后来有人说萨仁呼可能预感到自己到了生命的尽头，不想让儿子看到他离世的过程，所以才走了。还有人说有些高原好汉就是这样，知道自己要离开这个世界了，就去一个谁也找不到的地方……

萨仁呼就这么消失了，给儿子留下了一顶破旧的毡包、百十来只羊和十来匹马。邻居一家人可怜那个孩子，就把那个孩子和为数不多的牲畜带了回去，为那个孩子管理畜群，照顾那个孩子。那个小男孩很喜欢马，而且什么样的烈马都敢骑，还骑得很好。这在这个年龄段的孩子里是很少见的。这孩子长到十二三岁的时候，他走路和骑马的姿势、他的体形开始像他的父亲了。他将来可能也是一个身材魁梧的人。草原上的孩子就是这样长大的。但到了十五岁那年，那个孩子也不见了。邻居家的人骑马出去找了十来天，一点音讯都没有，只好失望而归。他们无可奈何地说："有什么样的父亲就有什么样的儿子。据说他父亲是十七岁时离家的，这个孩子是在学他的父亲。只是他还小了一点，才十五岁呀……”还有一件事让他们感到遗憾：他们一直不知道那个孩子的名字。孩子的奶奶、父母、邻居都管那个孩子叫“小马驹”，但那是昵称而不是名字。他的奶奶或父母肯定给他起过名字，那孩子也肯定知道自己叫什么。但谁都没有问过他，谁能想到他突然走了呢？

时光仍在不紧不慢地流逝，达吉德、萨仁呼，还有那个孩子……总之这一家人只是偶尔被人提起。人们记得在这一片草原上曾经有过这么一户人家。他们已经离人们的记忆越来越远了。

据说后来有一年索德纳木协理到这片草原巡视，正好去了萨仁呼那个邻居家，在聊天的过程中无意间说到了萨仁呼一家。

“虽说穷，但也是和和睦睦的一家人呢。现在却什么都没有了。”那个邻居说。

“啊，不能说什么都没有了吧。不是还有个孩子吗？”索德纳木协理说。

“可是……他在哪儿呢？”

“那孩子现在肯定长大了。”索德纳木协理说，“那孩子应该带着一只鼻烟壶……”

“啊，真的，他们家有那么一只鼻烟壶，我们都见过。”那个邻居说。这个憨厚的邻居当时并没有想一下：索德纳木协理对萨仁呼家的情况真是了如指掌啊，连那个鼻烟壶都知道……

那个邻居问索德纳木协理：“协理大人，达吉德老人的儿子萨仁呼是不是那个远近闻名的萨仁呼？”

索德纳木协理笑着说：“很多人都这么问我，可是我哪儿能知道呢？也许是，也许不是。”

索德纳木协理要走了。他到拴马桩跟前，望着西天的晚霞很久。太阳落入地平线已经有一阵子了，现在那里留下了一大片美丽的晚霞。

“你看呀。”他对送他到拴马桩前的主人说，“别以为太阳已经落了，就什么都没有了。不是的。它给大地留下了晚霞。晚霞就是遗留下来的阳光呀……”

“哦，哦……”

索德纳木协理说完，骑上马走了。

# 第二章

## 一

二十年后一个夏天的深夜。

河面上半夜起雾了。那雾又向河两岸的草滩蔓延开来，使得天上的星星变得模糊不清，空气中的水分明显增多，河里淤泥的气息也随着雾气到处飘荡。这是一条阴山北部草原上的河，河的拐弯处住着三家牧户，如今他们的毡包、牲口圈以及上了羁绊放在河边吃草的马匹，还有几头牛等都被夜雾吞没了。你就是走到跟前，也很难发现这里住着这么几户人家。这是1943年的夏天。

多浓的雾啊！如果没有雾，从这里就可以看到草原以南阴山雄伟的轮廓。阴山是内蒙古西部一道著名的山脉，向东与大青山连接。包头城就在阴山南麓，黄河从城南向东流过。阴山与大青山以北是广袤无边的大草原。草原上的人们过着一种古老、简单、平静的生活，年复一年。但自从日本人占领包头以后，这种平静被打破了。驻包头日军经常到山后草原祸害，他们烧牧民的毡包，无缘无故打死野外放牧的牧人，还抢走牧民的牲畜。这样的消息几乎每天都在草原上传来传去，让人们白天黑夜提心吊胆。而在同时，有关大青山抗日根据地和阴山游击队的消息却让他们看到了希望。据说大青山根据地和阴山游击队经常派人下山跟日本人作对，让日本人头疼。

夜越来越深，雾气似乎也更浓了。河边这三户牧民辛苦了一天，现在也早已进入了梦乡。但很快，夜的平静被打破了，先是传来急促的马蹄声，接着，牧户家的牧羊狗也狂吠起来，接着，有些人在大声喊叫。

单身女人娜仁惊醒了。她住在最东头的一顶毡包里，距另外两户有好几百米远。三年前，她在旗王府卫队当兵的新婚丈夫出去打仗再也没有回来，去年她的哥哥又失踪。接二连三的变故让她变得十分胆小。她现在祈祷着外边喊叫的那些人快点离开这里。也许她的祈祷起了作用，马蹄声和人们的喊叫声真的远去了。但牧羊狗仍在叫，这使她暗暗叫苦。在她听来，牧羊狗的吠声是在提醒着那些刚刚离开的人：这里有牧户，你们没有发现吗？你们怎么走了？按说牧羊狗见了生人吠叫，是它们的职责。它们一直忠诚地履行自己职责。但自从日本人来了以后，牧民该不该养狗都成了问题，因为狗的叫声很容易引来日本人。好像要印证她的担忧，那些喊叫声又回来了。那些人好像是在追什么人，“那家伙，怎么一到这里就不见了？”“仔细找，他跑不了！”……

她在被窝里缩成了一团，闭上了眼睛。

接着，更为可怕的情况出现了，她感觉到有人走进了她的毡包。她虽然闭着眼睛，但相信自己的感觉没有错。她睁开眼睛，就真的看见在门口有一个黑乎乎的轮廓，相当高大，说明进来的是个男人。她还闻到了露水和马汗的气息，露水的气息是这个人从门外带进来的，马汗味是牧马人身上常有的，所以这个人大概是个牧马人。虽说她很害怕，但同时也有点恼怒。草原上的人黑夜去别人家，总是先站在门口打招呼，比如说“家里有人吗？很抱歉打扰了你们……”之类，哪儿有这样闯进来的？但她也不敢出声。她不知道进来的是什么人，深夜闯进一个单身女人毡包里要干什么。

倒是进来的那个人先开了口。“你别怕，我待一会儿就走，有人在追我。”那个人说，他说的是蒙古语，是一个男人。

还没有等她说什么，他就走到她身边，好像还开始脱衣服，说：“如果那些人进来问，你就说我是你的男人。”说着他就钻进了她的被窝。

她的第一个反应是拼命地往外推这个人。但这时候外边有人凶狠地叫了起来。

“快点上灯。快点！……”

她只好战战兢兢地点上了油灯。几个人闯了进来。

“来生人没有？”来人问。他说的是蒙古语，这让她稍微放心了一些，看来这些人不是日本人。

“没有……”她说。她现在只能这么说。因为那个男人已经躺在她的被窝里，她不能说自己跟一个陌生人睡在一起。

“这个人是你的什么人？”来人又问。

被窝里的男人有点不高兴地反问：“这还用问吗？”

那些人边往外走，边说：“奇怪，那家伙怎么就突然不见了？”

外边的马蹄声渐远，那些人这次真的是走远了。被窝里的男人一跃而起，边穿衣服边说：“谢谢你，我会报答你的，我说话算数。”

她根本不敢抬头看他，只是问：“你是……什么人？”

“我吗？我是好人。”

“那怎么有人追你？”

“他们也是好人，有时候好人也会追好人……”他已经穿好了衣服，又说，“我得化装一下，借你的头巾用用，我会还你的。”

头巾就在她的枕头旁，那是她丈夫娶她时送的礼物，是丝质的，是她的心爱之物，但她也不敢说不给。

他走了。

她望着油灯的火苗出神，很久没有缓过神来。刚才的事是真的吗？我是不是做梦了？刚才真的有一个陌生男人闯进来跟我躺在一个被窝里，之后又走了吗？她觉得这个事情实在荒唐。但她又不得不承认刚才的一切是真的，因为他的体温、气味还残留在她身边，她的枕头上凹进去一块，那是他的脑袋压的……

她一直坐到天亮，就匆忙走到外边。昨夜生成的雾仍笼罩着河两岸。雾中有几头牛在河边站着，但看不清楚是谁家的牛。牛那边传来的河水流动声在单调地重复着。

“娜仁，娜仁……”高娃大姐响亮地叫着走过来。她大概有四十来岁，是个寡妇，跟光棍达瓦相好，但不知为什么两个人没有成家，就那么半明半暗地来往着。她这个人心地善良，心直口快，今早不知是因为走路太急还是因为激动，呼吸急促，脸上红扑扑的。

“娜仁，你知道昨天夜里发生什么事了吗？”高娃的蒙古袍下摆和靴子全湿透了，因为她是从没膝的野草里走过来的，草上全是露水。

“啊，发生了什么？……”娜仁问。她当然想起夜里的那个事情。

高娃语速很快，说：“听说那个朝乐蒙昨夜赶跑了王爷马群里的一些好马，王府卫队的几个士兵和马倌一直追到咱们这里，他却不见了，就像变成了水渗进了土地里，又像变成了空气飘到了什么地方……”

“朝乐蒙……？哪个朝乐蒙？”娜仁的心在活蹦乱跳，昨天夜里的那个男人……是他吗？

“还能是哪个朝乐蒙？就是那个赶马大盗朝乐蒙嘛。”

娜仁“啊”了一声。她又想起了那个男人的体温、气味等等。

据说近二三十年高原好汉已经越来越少了，但也没有绝迹，听说朝乐蒙是他们中的后起之秀。对娜仁而言，朝乐蒙这个名字只不过是个传说，草原上流传着关于他的很多传说，但今天听高娃姐这么一说，昨夜那个不速之客却变成了一个实实在在的人，她听到了他的声音，闻到了他的气息，感觉到了他的体温。当时她是怕得要命也羞得要死，根本没有敢看身旁的那个男人。她现在有点后悔，高原好汉朝乐蒙昨夜来到了她身边，她却没有看清他长的什么样子。但她也觉得，她不可能再见到朝乐蒙。朝乐蒙倒是说过要报答她，还说要把头巾还给她，但她认为那是不可能的事。

但不久她却明白了朝乐蒙是说话算数的。大约十来天以后的一个早晨，她走出毡包就意外看见她家的拴马桩上拴着一匹马，她的头巾挂在马脖子上，还打了个漂亮的结。

朝乐蒙来过了，为什么不进屋跟我说说话？她感到一点遗憾……

那是一匹高大的枣红色的马，左臀上有一枚五角形的烙印。

## 二

虽说日本人占领包头后搞得草原上人心惶惶，但阿杜敖包一年一度的祭奠仍然如期举行，因为祭敖包是不能中断的。

敖包，内蒙古草原上的一个独特的景观，是蒙古族百姓与永恒的长生天沟通的祭坛，每座敖包都向苍天传递着草原上的人们对苍天的感恩和祈求。草原上究竟有多少座敖包？任何人都永远不会得到一个准确的数字。其中有一些著名的敖包是有记载的，这种敖包或者与某一件重大历史事件有关，或者与某一个历史人物有关，或者属于某一个部落、氏族共同供奉。这样的敖包远近闻名，都经萨满大师亲临开光，在地方官府的史志中有明确的记载。但还有很多敖包没有记载，那是民间百姓自己立起来的敖包。比如几个牧马人经常在一起放马，就觉得应该在他们经常放马的草滩上建一座敖包，以祈求苍天护佑这片草原风调雨顺。又比如一些牵驼人拉着骆驼远足，在漫漫路途旁某一个高处建一座敖包，以求得路途平安。这样的敖包不用萨满大师开光，只有建敖包的那几个人及其后代每年前去祭拜，但也很灵验，因为祭拜者的虔诚感动了苍天。

祭敖包的内容分两个部分，先是完成一系列传统的祭奠程序，之后举行“男子汉三技”即赛马、摔跤、射箭竞赛。阿杜敖包并不著名，但这里的赛马却远近闻名，因为阿杜敖包意即“骏马敖包”，到了祭敖包这一天，很多人牵着快马来参加比赛，他们中很多人是从很远的地方来的，所以祭阿杜敖包时总是出现很多陌生的面孔。

这天天气晴朗，正是盛夏季节，还没有到正午天就变得很热。阿杜敖包在一个高坡的顶端，从敖包周围一直到坡下全是黑压压的人群，很多马匹拴在距敖包较远的地方。旗王府索德纳木协理主持祭奠，他双手高举哈达和盛装满鲜奶的银碗，跪在敖包正前方念诵颂词，祈祷苍天保佑草原风调雨顺，人畜平安。接着，他面对敖包跪拜下去，旗王爷等大小官员以及远近赶来的百姓跟着他依次跪拜。旗王府献的是九只绵羊，其他富户都献一只，也有些穷苦牧户几家合起来献一只绵羊的，还有很多奶食品。那些祭品都摆在敖包的台阶上。草原上祭敖包的程序大致相同，但在具体做法上也有些区别。阿杜敖包的规矩是允许女人们来祭拜，但必须在人群的外围。因此娜仁、高娃她们在敖包坡下。祭拜程序结束后，旗里的官员和德高望重的老人被请进敖包坡下的一顶大帐篷里喝茶休息，其他百姓就在草坡上喝着自己带来的茶水或者酸奶。几个人跑来跑去，做着“男子汉三技”竞赛开始前的准备。

在距敖包较远的地方，经常穿梭于包头与草原之间的一些小商贩摆出草原牧民所喜欢的小商品叫卖。娜仁是跟达瓦和高娃一起来的。高娃找娘家那边来的姐妹们说笑去了，达瓦也不知去向，娜仁就跑去看小商贩那里。李边商是这一带牧民的熟人，看见娜仁就叫。

“买点东西吧。”李边商说。

娜仁买了两根扎辫子的辫绳，又跟李边商说了一会儿话，就往回走。祭敖包是草原牧民的节日，她今天很愉快。

她看见高娃过来了，就叫道：“高娃姐，快来喝酸奶呀。”

“你知道我刚才看见什么人了？”高娃边喝酸奶边说。

“看见什么人啦？”

“我看见一个人，好像是你哥哥阿迪亚，很像。”高娃说。

“不会吧？我哥哥他……”娜仁说。她哥哥阿迪亚也是在王府卫队当兵的，去年有一次出去办事，就再也没有回来。

“真的很像，但我想过去打招呼，他却不见了。”高娃说。

娜仁想高娃姐肯定是看错人了，但也没有说什么。

这时候达瓦过来了，这个四十出头的光棍马倌已经喝醉了，手里提着个酒瓶东倒西歪地走过来。

“你们两个今天可真漂亮。”达瓦说。

“其实你是想说高娃姐最漂亮吧？”娜仁说。

高娃为他倒了一碗酸奶，说：“少喝点吧，下午咱们还要回去呢。不过你现在已经喝成这个样子了。”

“我醉酒心明，我刚才看见了一个人……”达瓦说。

“你看见谁了？”娜仁忙问。莫非他也看见了她哥哥？

“我看见了那个高原好汉朝乐蒙了。”达瓦说。

“什么？你认识朝乐蒙？”高娃问。

“也不算认识，只是在三年前我远远地看到过他。我刚才看到一个人，很像是他。”

娜仁的心狂跳起来。她自己都不知道为什么一听朝乐蒙的名字就心跳。朝乐蒙真的来了？但她只是这么想，没有说什么。

高娃说：“他也许真的来了，他是个盗马的，今天来参赛的快马很多，他看中了哪一匹，就会趁机下手。”

那边摔跤和射箭已经开始了，参赛的马也朝远处走去。总共是百十来匹马，他们先到四十华里以外的起跑点再掉过头来开始赛跑。娜仁放眼望去，摔跤场和射箭场那里都围着很多人，还有好多人坐在草坡上，到处是人，还有很多马匹。朝乐蒙也在那些人中间？还有哥哥，他真的活着吗？

又过了很久，坡上有人喊：“参赛的马回来了！”于是大家都朝坡上跑，娜仁和高娃也丢下喝醉的达瓦往上跑。她们一口气跑到坡上，参赛的马真的过来了。百十来匹马经过四十华里的奔跑，现在已经拉开了距离，跑在最前边的二三十匹马已经跑到敖包东边辽阔的草滩上，骑在马背上的小骑手们挥动着马鞭呼喊着。整个草坡在马蹄声中微微颤抖。

敖包祭奠的最后一道程序是为获头名的骑手、摔跤手和射箭手颁奖。这时候太阳快落了。好多人开始陆陆续续离开了敖包。被暴晒了一天的草原上，凉爽的风在吹荡着。达瓦、高娃、娜仁三人骑上马走上了回家的路程。

## 三

娜仁的哥哥阿迪亚随着一些陌生人离开了阿杜敖包。现在很多相互不认识的人都走在了一起，因为他们回去的大致方向一致。阿迪亚混在他们中间，为的是避免跟相识的人碰面。

他已经完成了游击队交给他的任务，还有了一些意外的收获。首先他看到了离别将近一年的妹妹。看来她很快乐，跟达瓦和高娃一起来的。如果不是重任在身，他会去跟妹妹见面的。她肯定很思念他，也许还以为他不在人世了吧？但他不能那么做，只是远远地看了妹妹很久。接着，他确认了妹妹骑来的那匹马，这是他今天来阿杜敖包的最重要的目的，是阴山游击队政委伊尔比斯和队长特穆尔向他下达的任务。他们对他说，听说你的妹妹娜仁最近有了一匹高大的枣红马，马的左臀上有一枚五角形烙印，你这次去确认一下你妹妹是不是真的有那么一匹马。他们没有向他说明为什么让他去完成这么一个任务，但看样子这对游击队很重要。

完成这个任务后他就想等祭敖包结束后混在一些陌生人中间离开。其实他一直站在陌生人中间，把帽子压得很低，基本上遮住了半个脸。就那么站着，突然看见高娃朝他走来，也许已经认出了他，于是他急忙挤到几个人身后。好在今天陌生人很多，让他比较容易躲藏，要不然阿杜敖包是他家乡的敖包，来的人里有不少人是他的熟人，很容易认出他来。他成功地躲开了高娃，站到了另外一些陌生人中间，这时候他竟发现人群中有三个日本人！那三个日本人也跟他一样站在人群中间，也把帽子压得很低，还穿着蒙古袍，但他却一眼看出了他们是日本人。这一年他在游击队，跟日本人打过不少交道，已经有经验了。别看这三个人穿着蒙古袍，但他们的神态、脸部轮廓、细小的动作等等，一看就是日本人。他们来这里干什么？

不管怎么说，他已经完成了任务，现在可以回去复命了。西天的晚霞很美丽，凉风习习，大草原似乎也想休息了。妹妹的身影又出现在他的脑海里，过些天他一定要去看她。

去年他出去为王府办事，结果被日本人抓住了。那是三个日本兵，就押着他走向阴山北口，大概是想把他带到包头。事后他才知道，那三个鬼子实在是运气不好，因为游击队那天正好在那个山口。阴山游击队当时只有二十八个人，说是游击队，其实就是被日本人逼着上山的贫苦农牧民。三支快枪、八杆猎枪和三把大刀是他们的全部武器，其余的人都手提棍棒。那天黄昏他们正在山口活动，就看见三个鬼子押着一个人过来。被押的是什么人他们不知道，但三个鬼子肩上的三杆长枪对他们产生了巨大的吸引力。他们缺的就是枪和子弹。游击队长特穆尔立即部署了一场伏击战，他将三支快枪和八杆猎枪分了三个组，明确了哪个组打哪一个鬼子，还要求大家都听他的命令才能开枪，所有的枪必须同时开火。这里的岩石和灌木很好地隐蔽了他们。三个鬼子押着那个人走着，越来越近，但特穆尔却迟迟不下命令。他的耐心十分惊人，一直等到他们走到五六米远的时候才下令开火。十几杆枪同时响起来，三个日本兵即刻倒下，一点都没有挣扎，被押送的那个人像个傻子一样站在那里，还没有弄明白发生了什么。

他就这样成为阴山游击队第二十九名队员。当时阴山游击队很弱，武器差，也没有作战经验。后来他们跟大青山根据地取得了联系，才算站稳了脚跟。今年春天大青山根据地还派来了一个叫伊尔比斯的政委。

离开阿杜敖包大概走了二三十里地，天色已经暗了下来。他离开了同行的那些人，向着黑黝黝的阴山山脉走去。

## 四

被阿迪亚发现的三个日本人也离开了阿杜敖包。他们是驻包头日军骑兵中队长岗村和他的翻译官、护兵三个人。下午敖包祭奠还没有结束，翻译官和护兵两人已经认为他们长官的神经多少出了一点毛病。

岗村中队长五十多岁，五短身材，很壮实，一副傲慢、冷漠的帝国军人神态。但从下午开始他就出现了异样：喃喃自语，无缘无故地笑，很激动的样子。翻译官和护兵交换了一下眼色，但也不敢说什么。他们认为他们的长官可能中暑了，今天天气那么热，他们在烈日的暴晒下站了差不多一天，难免中暑。人一旦中暑，也可能出现一些异常。到了后来他们才明白，他们长官出现异样是因为一匹马，他喜欢上了一匹马。

岗村天生就喜欢马。小学时上美术课，他画的全是马，上了中学他就参加了骑马俱乐部，上大学又是学的马的专业，入伍后又当了骑兵，如今已经是整个侵华日军中资格最老的骑兵中队长了。他认定他与马的缘分是命运的安排，他不仅当了骑兵中队长，还被派遣到内蒙古大草原，这里有数不清的马群，他要充分享受命运里安排的每一天。所以当他听说山后草原上的阿杜敖包祭奠以赛马闻名，就迫不及待地带着翻译官和护兵来了。

他真是大开眼界了。这里来了多少匹马呀？过去他见过很多种马，欧洲马、阿拉伯马、东洋马、美洲野马……但接触蒙古马是这几年的事。他知道蒙古马是一种优良的品种，在阿杜敖包他有生以来第一次见到了这么多匹蒙古马。但让他吃惊的并不是蒙古马的数量，而是蒙古马与大草原的和谐。他感到只有在大草原这样的环境中才会出现蒙古马，它们是大草原的骄子，是草原上的精灵啊！……他对马的观念跟好多人不同。他瞧不起欧洲马，欧洲马十分娇贵，那些好的欧洲马有专人饲养，饲料配方犹如医生开的药方，它们是马中的贵族，优越的条件让它们变得已经不像马了。美洲野马很暴烈，但驯马手与它们的关系是一种征服与被征服的关系，人与马永远不会变成朋友。那是马的悲剧，同时也是人的悲剧。他最看不上的是马戏团的那些马，那些马钻火圈，上板凳，人在马背上翻跟头，那是一种杂耍，是对马的亵渎……

他就这么想着，看着，眼睛对着那些马匹挨个看过去，就像一个购物狂在挨个儿地看着货架上的商品，双眼射出迷醉的光芒……但很快他的眼睛不动了，因为他看到了一匹马。

那是一匹枣红色的马，左臀上打着五角形的烙印。那是他五十多年来看到的最出色的一匹马，他庆幸自己在有生之年看到了这么一匹马。他感到其他那些马都不见了，在他的眼前只有这一匹马。他的眼神里，兴奋和贪婪交替出现，他微笑着，自语着，让他的翻译官和护兵认为他中暑了。接着他又发现，这匹马的主人竟是一个年轻女人，这让他觉得很不合理。骑它的为什么不是一个年轻汉子或者一个军人？这样的马应该是军人的坐骑，如果让一个军人骑着它冲入战场，那是什么样的一个情景啊？

敖包祭奠结束了，他看到那个女人跟一男一女两个人一起离开了。

“长官，咱们该回去了。”翻译官说。

“回去？啊，不，不，为什么要回去？”岗村说。

“您不想回去?”

“跟上前面那个一男两女，看到没有?”他说。

“什么? 跟上他们?”

“对，跟上他们。你们要注意，人可以打死，但不能伤马的一根毫毛。”岗村说。

翻译官和护兵这才明白，他们的长官是要抢那三个人的马。

## 五

索德纳木协理是最后一个离开敖包的。作为敖包主祭，他必须最后离开，这是规矩。现在他骑着马朝自己的家走去。

现在我们应该说说索德纳木协理了。所谓的协理是清朝时内蒙古地区的一种官阶。那时候旗府都有两个协理——左协理和右协理，其中右协理实权大一些，协助王爷处理旗务，索德纳木协理就是这个旗的右协理。他已经六十多岁了，一直协助王爷处理旗里大小事务。他忠于职守，处理任何问题都游刃有余，德高望重。他精通蒙汉满藏四种文字，天文地理无所不晓，远近闻名。加之他在老王爷在位时就当协理，还给如今的王爷当过老师，再加上他处理事务很得体，所以现在的王爷都很敬重他。但去年他却告老还乡，再也不到旗府主事了。人老了，想回家过几年清闲的日子，这也是情理之中的事。但也有人说他之所以离开王府是为了躲避日本人来纠缠。

索德纳木协理家距阿杜敖包还不到二十华里，所以他天黑的时候就回到了家里。他家有两顶毡包，东边的一顶是他和家人、仆人生活起居的地方，西边的毡包等于他的佛堂、书房和会客室。有身份的人来了，他就请进西边的毡包里接待。

听到马嚼子铁环叮当响，他家的两条牧羊狗迎着跑来撒娇。他的仆人也到拴马桩旁边迎接他，接过马缰绳替他拴好，提起他的褡裢跟在他身后走着，边走边问：“舅舅，敖包祭奠很热闹吧？”他这个仆人是他的外甥，叫达姆丁。“不错，不错。”索德纳木协理说。这时候老伴又出来迎接他。

他进包内刚喝两碗茶，外边的牧羊狗就吠叫起来，说明来人了。

“谁来了？去迎接一下。”他对达姆丁说。

进来的是一个完全陌生的人，约三十来岁。他跪下请安道：“协理大人安康！”

索德纳木协理心不在焉地说：“啊，啊……我很好，你……路上辛苦。”他的注意力完全集中到了这个陌生人身上。慢慢地，他可能从这个人身上看到了另一个人的影子，眼睛一亮说，“我们到另一个包里说话。”

于是他们走进了西边的毡包里。陌生的年轻人掏出了鼻烟壶，按照草原上的习惯跟索德纳木协理交换鼻烟壶：两个人将各自的鼻烟壶交换一下，再交换回来。索德纳木协理接过年轻人递过来的鼻烟壶看了看，就不动了，竟然忘记了把人家的鼻烟壶还回去。

年轻的陌生人微笑着。

“啊！……”索德纳木协理的眼睛仍然没有离开鼻烟壶，说，“整个内蒙古高原，这样的鼻烟壶只有这一个……你走了多少年？”

“十三年。”

“我知道你要回来。”索德纳木协理笑着说。

“真的？”

“一个月前有人赶走了王爷马群中的一些马，但过了几天那些马又回来了。我就想到，你是用那么一种办法告诉我：你回来了，而且再也不干盗马的勾当了。”索德纳木协理说，“这回你父亲也该安心了。”

“我父亲给您讲过什么？”

“你父亲亲口对我说，他不希望你当盗马强盗。但他又说，他的儿子很可能去盗马，因为他从你的眼神里看到了一种东西：野性和自信。他说他儿子将来可能要走，但总有一天会回来的。你父亲希望我容纳你……”

“看来，我是违背了父亲的希望。”年轻人说，“但我现在想回来过日子。”

“真的？”

“真的。”

索德纳木协理沉默良久，说：“你想过安稳的日子，这也是你父亲所希望的。但你的日子能安稳吗？你不知道日本人来了吗？”

“日本人太讨厌了，但内蒙古草原辽阔得很，我想找一个没有日本人的地方安顿下来。”年轻人说，“您不是过得很安稳吗？”

“你是想躲，可是你躲不过去的。日本人不是过路的土匪，他们是想长期占据草原。你说我过得很安稳，我这是做给别人看的。其实我比过去更忙……”索德纳木协理说。

“是为了对付日本人吗？”

“当然。”索德纳木协理说，“不管怎么样，你回来了就好，按自己的打算过你的日子。不过你要记住，我们身边有一条狼，那就是日本人！”

“那我先告辞了。”

年轻人出来骑上马就走了。他没有向索德纳木协理打听自己的父亲是不是那个赶马大盗萨仁呼，因为他知道索德纳木协理不会告诉他。他估计他父亲跟索德纳木协理大概有一个私下约定。而且，他早已相信他父亲就是那个远近闻名的萨仁呼。

星光下的草原无边无际。他信马由缰慢慢前行，回忆着这些年充满刺激的生活。他已经记不清自己多少次袭击过别人的马群又多少次被人家追赶过。夺马他从未失过手，被追赶的过程中他从没有怕过苦，有一次他赶着马群跑了三天三夜没有下鞍，自己的马跑累了他就在快速奔跑中跳到另一匹马背上。他三次被抓，第一次被抓的时候他才十七岁，人们看见他是个孩子就怎么也不相信他就是赶马大盗，就把他放了，让他觉得遭受了侮辱，气得要命。第二次、第三次就没有那么容易了。其中一次是人们把他捆绑起来扔到了野外，半夜，好几条狼过来了。结果他一挣扎竟然挣脱了绳索站了起来，狼们就不敢靠近了。他摸出火镰子点燃了一堆火，狼就跑了。还有一次他被打得动不了，也是被扔在野外，正好有个牧羊姑娘救了他。那些年他认为这就是他要的生活，是一个真正草原男子汉的生活。但这两年他却意识到这样的生活并不完美。他连个朋友都没有，他总是独自一人在没有人烟的荒原上走来走去。跟所有的赶马大盗一样，他也结识过几个女人，她们很崇拜他，但他却不能给她们更多的爱。他的生活跟他的同龄人完全不同，无论是他的欢乐还是他的痛苦，跟那些草原上普通的年轻人绝对是两码事。

这样，他就经常想起父亲。在他心目中，父亲是一座沉默的高山。虽然父亲从没有给他讲过自己的过去，更没有承认过自己就是那个威震四方的萨仁呼，但他却相信父亲就是那个人。当年父亲突然不见了，他不知道父亲去了什么地方，但他至今相信父亲仍健在——实际上他是希望父亲健在——也许有一天他会见到父亲。到了十五岁那年，他每天都有一个幻觉，父亲在草原深处不停地召唤他：儿子，来吧，跟我走呀！……他是找父亲去了，但没有找到。到了这两年他才意识到，父亲根本没有从草原深处召唤他，而是一直希望他留在家乡过日子。于是他就打算回来过普通人的生活了。这个时候，命运又让他认识了那个女人……

他现在还不知道那个女人叫娜仁。但命运让他今天先看到了那匹马，接着又看到了那匹马现在的主人。一个月以前他躲进那个女人的毡包只是为了躲避追捕，而且在昏暗的灯光下根本没有来得及细看女人的长相，而今天一看到她，他的眼睛就离不开她了。那是一个很普通的女人，朴实、健康、漂亮，但又是那样地本色，没有一点造作和假装。他觉得这些年他寻找的就是她，或者她一直在等待他的出现。他相信这就叫缘分。离开索德纳木协理家后他就打算去见那个女人。他看见她是跟一对男女一起离开朝西走的。别看草原辽阔无边，有的地方有路，有的地方没有路，但赶路的人们却不会乱走，就是在没有路的地方他们也会根据地形地貌找到便于赶路的路线。总之，草原人赶路是有规律的，他不仅对这种规律了如指掌，当然还知道前面那三个人的目的地——那个河湾。

为了追上那三个人，他一阵疾驰，而且很快就追上了。但那里已经不是三个人而是六个人……

## 六

现在已经是满天星星了。空气湿润而清新，娜仁他们三个人骑着马慢慢地走着。他们心里很愉快。达瓦的酒也醒了，他下午还给高娃买了一条头巾。

“今天赛马的头奖竟被邻旗的夺走了。我们的马今天是怎么啦？”高娃说。

“咱们旗的那几匹好马今天不知道为什么没来？如果它们来了，其他旗的能夺头奖？休想。”达瓦说。

这是他们今天最大的遗憾，阿杜敖包每年一度的祭奠，哪一年的赛马不是他们这个旗的马获头奖？但今年的头奖却被邻旗夺走了。

“咱们那几匹马是不是被日本人抢走了？”娜仁问。

“有可能。”

“摔跤和射箭头奖还是我们的。”

这三个朴实的草原牧人就这样边说边走。生活不能说不艰难，环境不能说不严酷，但他们总是能够找到愉快的话题，还能够看到生活的美好。他们绝对是与世无争的，甚至是认命的，但日本人仍然不放过他们。

突然，三个骑马的人挡住了他们的去路。

“下马！”其中一个人命令道。他说的是蒙古语，但语调古怪，娜仁他们没有反应过来。

“听见没有？八嘎！”

“啊。这是……”达瓦低声告诉娜仁和高娃说，“他们是日本人……”

三个人只好乖乖地下了马，他们知道日本人可以打死他们，就像踩死三只蚂蚁。

一个日本人走过来，搂住了娜仁那匹马的脖子，叽里咕噜说了很多话，看样子很激动。

“快滚蛋呀，怎么站着不动？八嘎！”刚才那个人说。

达瓦拽了拽两个女人的袖子，离开日本人走去。他不敢奔跑，是怕刺激日本人从后边开枪。走了好一阵，身后没有动静了，他才拉着两个女人跑起来，一直跑到精疲力竭才停下来。

三个人东倒西歪地躺倒在地，很久没有说话。后来高娃坐起来说：“吓死我了，现在怎么办？”

“天亮以后我去附近的牧户借三匹马来。”达瓦说。

“啊，还是男人有办法。”娜仁说。

星光下的草原又恢复了静谧，好像什么事情也没有发生过。这时候一个骑马的人来到他们身边。“你们好？”那个人问候道。他们仍然惊魂未定，听到来人纯正的蒙古语才放下心来。在星光下，他们看到来人模糊的轮廓。

“啊，我们好着呢……蒙古人互相问候不能说不吉利的话。其实我们刚才……”达瓦说。

“我已经看见了，你们被日本人抢了。”来人说着下了马，在他们身边席地而坐。

“朋友，你是牧马人吗？能给我们借三匹马吗？我们住在很远的地方。”达瓦说。

“嗐，借马多麻烦，我去把你们的马再夺回来。”那个人说。

“啊，千万不能那么做，他们是日本人呀?”高娃说。

“日本人不是人?”

“您是不是游击队的?”达瓦问。

“游击队有我这个本事？笑话!”那个人站起来拍了拍衣服，说，“你们就在这儿等着，明天一早我把你们的马送来。”

那个人走了。

“好大的口气，好像连游击队都不放在眼里。吹牛吹得也太那个了。”高娃说。

“不一定是吹牛，你们知道这个人是谁吗?”达瓦说。

“谁呀?”

“我看他可能就是那个朝乐蒙。”

娜仁“啊”了一声。她刚才就觉着那个人说话的声音有点耳熟，现在达瓦这么一说她就想起，那个半夜钻她被窝的人好像就是刚才那种嗓音。

## 七

岗村骑着刚刚抢来的枣红马走着，一句话都不说，他是在陶醉。他觉得自己变成了这个世界上最幸福的人，他得到了自己最想得到的东西。但他却忽略了一件事：这匹马是他抢来的，对他而言，这匹马是不义之财。但强盗的逻辑里没有这种概念，他们认为这个世界上所有东西都是他们的。所以，他们抢别人的东西的时候就认为是在拿自己的东西，觉得理所应当。这样的逻辑不仅让他们变得贪婪，还让他们形成了仇恨的心理。他们仇恨那些生活在辽阔的疆土上的民族，更仇恨那些在疆土下面储藏着丰富资源的民族。凭什么他们的疆土那样地辽阔而且富有？我们为什么在那样憋屈而且贫瘠的土地上生活？这样一想，他们就觉着这个世界对他们不公平，就对别的民族产生仇恨。所以他们在这个世界上咬牙切齿地左冲右突，用阴谋面对善良，敢于跟任何人玩命，哪怕用鸡蛋去碰石头也不愿意退缩。但他们知道这种逻辑的基石是脆弱无力的，有一种不可名状的自卑感。就像一个叫花子面对富人一样，嫉恨与眼红并不能改变其叫花子的身份。于是他们又用傲慢、冷漠来掩饰这种自卑感。

他就是在这样的逻辑中生长的，这种逻辑早已渗入了他的骨髓。

夜已经很深了，他们也接近了阴山北口。翻译官和护兵各骑一匹马还牵着三匹马。这时候，枣红马好像感觉到了什么，低低地嘶鸣了一声，突然尥了一蹶子。陶醉中的岗村毫无防备，像一个装满沙子的口袋一样“咚”地摔倒在地，还“嗷”地叫了一声。翻译官和护兵跳下马来扶他们的长官。几乎在同时，一个骑马的人飞奔而至，一伸手就把他们手中的马缰绳夺了过去。还没有等翻译官和护兵反应过来，六匹马就被抢走了，马蹄声很快远去。

岗村刚刚被扶起来，像个傻子一样站着发呆。

## 八

长夜终于过去，草原的东方出现了一道乳白色。达瓦、娜仁、高娃三人望着曙色，高娃突然说：“来了……”

一个骑马的人朝他们走来，身后牵着几匹马。娜仁的心开始狂跳不已。这个人真的是朝乐蒙吗？他会认出我吗？会想起那天夜里的事吗？她数了数，他牵的是六匹马，那匹枣红马在其中。

三个人站起来迎接那个人。娜仁目不转睛地看着他。她看到的是一个很普通的小伙子，除了身材比较魁梧以外没有什么引人注目的地方。可是就是这个小伙子夺回了他们被日本人抢走的马，连日本人原本的坐骑都捎带上了。而且在前不久的那个夜里……她想着就脸红了。

小伙子来到他们跟前下了马，笑了笑说："总共六匹马，你们的三匹、日本人的三匹。"

"啊，你可真了不起……"达瓦说，"快坐下歇一歇。"

小伙子坐下说："啊，现在我们应该找一家牧户喝早茶了。"

"我的天，你是怎么弄的呀？我们一直为你提心吊胆呢。怕你吃日本人的亏……"高娃说。

"怎么弄的？很简单，他们抢了你们的马，我又去抢回来了。"

"你真的是那个朝乐蒙吗？"高娃又问。

"我……"小伙子笑了笑，好像有点不好意思。

"今天去我们那里吧，我们要好好感谢你。"达瓦说。

"今天不行，但过两天我肯定去。"朝乐蒙说，"你们的马你们骑走，日本人的三匹马还是我带走吧。那些家伙肯定会来找他们的马，这几匹马在你们手里，会很麻烦。"他还特意将枣红马的缰绳递到娜仁手里说："它现在又回到你手里了。"

"啊，啊……太好了。"她低声说。两个人的目光碰撞了一下，就在这一瞬间，娜仁相信了：朝乐蒙肯定会去找她……

## 九

几天以后的一个傍晚，娜仁坐在河边乘凉，枣红马在她身边吃草。一个骑马的人来到她身边，下了马挨着她坐了下来。她知道谁来了，所以并没有看他，只是问：“你上次送马来，为什么不进屋就走了？”

“我怕你把我赶走。”朝乐蒙说。

“那以前那次呢？你就不怕我把你赶出去？”她说着，朝他的肩膀打了一拳，说，“你怎么那样没皮没脸呀？把我吓的……”

朝乐蒙轻轻地笑着说：“那天夜里你肯定在恨我，恨得要命。”

“当时我真的很慌乱，但事后我盼望你来。”娜仁叹口气，说，“今天的夜色真好。”

“家里就你一个人？”

“是啊，一个人……”

月亮升起来了。河水波光粼粼，欢快地流淌着。

“你家在哪里？”娜仁问。

“我没有家。”朝乐蒙说，“到处是我的家。很多个夜晚，我是在野外过的。”

“可怜的……”她抚摸着他的脸说，“咱们进包吧。”她很想问他有没有相好的女人，但终究还是没有问。

## 十

第二天一早，娜仁打扮得漂漂亮亮，红着脸去邀请达瓦和高娃到她的包里做客。“你怎么突然想起来请客了？今天是什么日子？”高娃问。“你们去就知道了。”娜仁说。高娃又去找达瓦问：“娜仁要请客，咱们应该带着礼品去吧？但我们又不清楚她为什么请客。”达瓦笑着说：“你没有看到河边多了一匹马吗？我认出来了，那是朝乐蒙那天骑的那匹马。”“啊，你是说朝乐蒙在她家？”高娃高兴地笑了。

河边只有三户人家三个人。高娃准备了新出的奶酪和奶酒，达瓦带了两瓶包头二锅头，两个人一起去了娜仁家。娜仁已经把包内外打扫干净了，里里外外充满着喜气。朝乐蒙笑着跑出来迎接。

“这里说起来是住着三户，其实就是一男两女三个人。现在好了，又增加了一个男人，成双成对了。多吉利。”高娃笑着说。

朝乐蒙和达瓦出去宰羊，娜仁红着脸幸福地笑着，和高娃在包里忙乎，还不到中午，一场牧人家的酒宴就开始了。毡包的门敞开着，他们从那里可以看到河边的草滩和草滩上的畜群，又可以通过毡包天窗看到蓝天上一朵朵美丽的白云。

高娃喝了几杯酒就哭了起来。

“怎么啦，大姐？”娜仁赶紧给她递毛巾。

“我高兴……”

高娃真的为娜仁高兴，她遭遇了太多的不幸，今天却结识了朝乐蒙，总算有了靠头，但对她的未来却也有担忧，像朝乐蒙这样的人会跟她相伴一生吗？而且他还经常遇到危险……

娜仁好像也猜出了她的心思，有点悲伤地说：“姐，你放心。这是……缘分。”

达瓦看着朝乐蒙说：“以后别盗马了，跟娜仁安安稳稳过日子。”

朝乐蒙沉思着说：“说实话我也感到累了。我会跟她一心一意地过日子。你们放心！”

“好，好，我放心。”高娃说。她笑着，但眼泪仍在流。

“今天大家这么高兴，要欢乐个够。”达瓦说，“没有日本人来该多好呀！”

“可是已经来了呀！”高娃说。

一提起日本人，大家都沉默了，就像晴朗的天空突然出现了一片乌云，把阴影投到了他们的心上。朝乐蒙经常去包头，他讲了几件亲眼所见的事情，让另外三人听得瞠目结舌。

……半夜，在包头一条小胡同里。五六个日本兵在侮辱一个妓女。他们把妓女脱得一丝不挂，几个人每人拿着一条鞭子抽那个女的。每抽一下，妓女就尖叫着跳一下，他们就哈哈大笑，再抽。

在一座桥上，一个披头散发的女人疯了似的跟几个日本兵抢夺自己的孩子。孩子很小，包在襁褓里。那几个日本兵把孩子相互扔着玩，当那个女人刚扑到抱孩子的日本兵跟前，那个家伙就把孩子扔给另一个家伙。后来他们玩够了，把孩子扔到桥下就走了。那个可怜的母亲也跳下了桥……

"我都是亲眼看见的。"朝乐蒙说不下去了。包里出现了长久的沉默。过了好久，朝乐蒙说："只要你是一个人，就不可能不仇恨他们！"

"别看日本人现在很张狂，他们待不长，草原不是他们的。"达瓦说。

# 第三章

## 一

日本人占领包头是有其战略野心的。北边是阴山，南面是黄河，山与河中间是一条狭长的走廊，可以通往中国的大西北。而从包头南渡黄河就进入鄂尔多斯，鄂尔多斯又与陕北接壤，那里是中国共产党的天下。所以只要占领了包头，往西可以向宁夏、甘肃长驱直入，往南可以威胁延安，东边又连接着张家口、北京。但在这个地段偏偏又耸立着大青山和阴山，就像故意破坏日本人的如意美梦似的。两道山脉气势宏伟，连绵几百里，犹如俯瞰着黄河的两只雄鹰，而黄河岸边的那个小小的包头城更是像雄鹰脚下的一个小猎物，随时都有可能被鹰爪撕碎。如今大青山有了抗日根据地，阴山也有一支游击队，日本人占领包头的战略优势已被大大削弱。

于是，驻包头日军理所当然地把大青山和阴山看作眼中钉。

阴山游击队人少武器差，也没有作战经验，它的前身是被日本人祸害得家破人亡的几个农牧民。阴山南麓有一条昆都仑河，那里原本是山里牧民的夏季牧场，包头附近居住着一些汉族菜农。去年夏天，驻包头日军对昆都仑河两岸进行了一次扫荡，他们见房屋就烧，见人就杀，毁坏庄稼，赶走畜群。恰好那天一个叫特穆尔的牧民跟几个朋友进阴山打猎躲过了一劫，但他们的家人却全部被杀。傍晚他们回来，日本人已经走了，他们看到烧成灰烬的毡包和亲人的尸体目瞪口呆。这里已经什么都没有了，他们只好往山里走。他们的眼睛已经被仇恨烧红了。在路上他们又遇到了几个同样被仇恨烧红了眼睛的人，他们是包头郊区的菜农，遭遇跟他们完全相同。他们一同钻进了阴山。猎人扛着猎枪，农民提着铁锹和棍棒，今后他们就想用这些原始的武器去杀日本人。他们进山时已经是半夜了，大家坐在山坡上，一直到天亮谁都没有说一句话。后来太阳升起了。

“咱们结拜吧。”一个农民说。

“那没有用，现在跟日本人作对就应该叫游击队。”另一个人说。

“那好，咱们就成立游击队。大青山的叫大青山游击队，咱们就叫阴山游击队。”

特穆尔被推举为游击队队长，因为他的枪是最好的。

“咱们的武器不行，我们先想办法夺日本人的武器。”特穆尔说。他数了数，总共十七个人，六支猎枪。

“对，夺枪。”大家说。

“但我们先找吃的。”特穆尔又说。他们对食物的需要更为迫切，而住处想都不用想，能有个山洞就不错了。“你们四五个兄弟下山找吃的，再打听有什么情况。”特穆尔又说。

他们就这样艰难地发展着。大家都认为特穆尔这个队长选对了，他虽然连最起码的军事知识都没有学过，但办事却十分沉稳，做大小任何事情最先考虑的是大家的安全，没有十二分的把握，他绝不会做。所以虽说他们行动不多，但只要行动都小有收获，他们缴获了三支日本三八大盖和十来个手榴弹以及近百发子弹，人也增加到了二十多个。

特穆尔经常派出三五个人下山侦察情况。有一天其中一个叫小石的汉族小伙子回来报告特穆尔说，他在包头郊区一个小集镇遇到了一个人。

“怎么啦?”特穆尔问。

“我正跟一个钉鞋匠聊天，那个人过来了。他说他打听一个人，叫特穆尔，问我认不认识。我说叫特穆尔的多了，你打听的是哪个特穆尔？他说他打听的这个特穆尔原来住在昆都仑河边，前几个月全家被日本人杀了，只他一个人逃脱。我就顺着他的话说，我也听说过这个事，但不知道那个特穆尔现在在什么地方。他说也不是他要找特穆尔，而是他的一个朋友委托我打听他的情况，他的朋友在大青山……”

“大青山？”

“他是这么说的。”

“完了呢？”

“他说他就住在那里的车马店里，如果遇到特穆尔就让他到那里找他。”

“什么样的人？”

“三十来岁吧，像个教书先生。”

特穆尔沉默了。他不知道这个人是什么来头，是日本人的奸细，还是大青山根据地来的。如果是日本人的奸细，与他联系无疑是把自己送入虎口，但如果是大青山来的，他又不能失去这个难得的机会。他拉起这么一支队伍，越来越感到势单力薄，早就想跟大青山取得联系，但又不知道怎么联系。

他苦苦思索了一天一夜，最后决定去见那个人。

两天后，装扮成苦力的特穆尔带着小石来到了车马店。正好有几个人往一辆大车上装药材，他们两人也参加了进去。特穆尔正扛起一捆药材，有一个人来到他身边悄声说：“跟我来！”

他的心在咚咚地跳着，跟那个人走到了大院外边。

“特穆尔同志，我是大青山来的。”那个人说。他确实像个教书先生，脸瘦而且白，戴着一副眼镜。特穆尔没有说话，警惕地看了看周围。他没有发现异常，大家各忙各的，跟他来的那个小石站在距他们一丈多的地方，手里提着一根棍子，盯着他们。

见特穆尔不说话，那个人笑了笑，说：“我不是坏人，如果我是坏人，刚才你一进这个大院我就会把你抓起来。让你的朋友把棍子放下吧，咱们出去找个僻静的地方说话。”

三个人离开集镇到了一块菜地，那里有菜农的窝棚，他们走了进去。人的心思有时候很奇怪，特穆尔刚才对“教书先生”充满猜疑和戒备，到这个时候却产生了一种信任感。

“特穆尔同志，根据地了解到你在阴山拉起了一支队伍，就派我来跟你一起工作，给你们当政委。我叫伊尔比斯。”那个人说。

“真的……吗?”

“真的。你们吃苦了。”伊尔比斯说。

特穆尔无论如何都控制不住自己的眼泪了。大滴大滴的泪珠砸向窝棚的地面。“太好了……”他说。

“我还带来了见面礼呢。在后边山坡上，跟我去取吧，完了去看看同志们。”

他们走上山坡，在一个僻静处的树底下取出了两把短枪、三支步枪、十颗手榴弹和子弹。

“特穆尔同志，听说你枪法很好，今天你得给我露一手。”伊尔比斯说。

“是啊，我也想在路上打一只岩羊什么的，晚上大家好好吃一顿呢。”特穆尔说。

“好吧，你就用快枪打。”

## 二

伊尔比斯只有三十多岁，却是一个老资格的革命者。他也是草原上牧民的儿子，但十来岁被一个亲戚带到归绥城念书，十几岁参加学生运动被捕，后来被地下党组织送到北京念大学，加入中国共产党，后来又在山西参加了八路军，接着随部队到了大青山。阴山游击队的人数还不够一个正规加强排，但伊尔比斯却被称作政委，给人的感觉就像给婴儿戴了个大人的帽子，显得有点滑稽。据说因为伊尔比斯在大青山当过支队政委。

伊尔比斯一到，阴山游击队就变了样。他为大家上政治军事课，带着队伍操练，还介绍对付各种突发情况的事例。这时候阴山游击队已经发展到三十多个人，他把这些人分成了三个班，指定了班长和班副，经常开展各班之间的竞赛和评比。他还组织队员帮助躲在山里的牧民，还策划了几次对小股敌人的袭击，夺回了一些枪支弹药。特穆尔对他佩服得五体投地，队员们也很拥护他。只是对他讲的课兴趣不大，觉得他所讲的大道理很难听明白。

“伊尔比斯政委，你讲课一套一套的，你怎么懂得那么多的道理呀?”特穆尔问他。

“一是从实际工作中学习，二是看书。”伊尔比斯说。

“看书?”

“我有很多书，过一些天会有人从大青山带来。书里头有很多道理呀。”伊尔比斯笑着说。

“啊，啊……”特穆尔对他的佩服又增加了一层。“你有没有老婆孩子呀?”他问。

“我已经订婚了，她在大青山。”伊尔比斯说。

“怎么不结婚?”

“我敢结婚吗? 有了孩子怎么办?”

“有孩子不是好事吗? 你都三十多了。”

“有了孩子就打不成日本鬼子了。等赶走日本人我们再结婚，那时候我们就憋着劲造孩子，一口气造他个十个八个。”

“这个日本人呀，害得你们连婚都不敢结了。”特穆尔摇头叹气。

“先不说这个了。特穆尔同志，咱们阴山游击队三十多人对革命的贡献有多大? 你说说看。”伊尔比斯笑着问，像是教书先生在考一个笨学生。

特穆尔呵呵地笑着："咱们有什么贡献呀？一年里头我们才消灭了十一个鬼子。按咱们这个本事，把日本鬼子全部消灭大概要用一百年……"

伊尔比斯也笑了，说："你错了，说明你没有战略头脑。"

"战……略？"特穆尔记得伊尔比斯上军事课时讲过"战略"，但他忘了当时是怎么解释的。

"有了我们阴山游击队，驻包头的鬼子就睡不好觉。这叫四两拨千斤！"

"你这样说也可以。"

"在敌强我弱的情况下，我们更应该巧干，我们游击队的特点就是巧干。"

"哦，哦……"特穆尔似乎茅塞顿开了。

"我们的一个人必须顶敌人的十个人、一百个人，但并不是因为我们一个人的本事比敌人十个人、一百个人还大，而是我们用巧妙的办法对付敌人。"伊尔比斯又说。

很快，伊尔比斯这个"巧干"理论派上了用场。

大青山根据地得到情报：驻包头日军最近要派一个骑兵中队到根据地进行扫荡。他们就命令阴山游击队阻击这股日军。命令飞速传达到阴山，伊尔比斯和特穆尔立即进行研究。

"什么？让我们这三十几个人十几条枪去阻击日军一个骑兵中队？"特穆尔怀疑自己听错了。

"不错，命令里就是这么说的。命令口气很硬，明确要求我们不惜一切代价完成任务。意思你明白了吧？这叫死命令，就是哪怕把我们的人马拼光了，也要挡住日军。"伊尔比斯说。

"这……不是用鸡蛋去碰石头吗？"特穆尔喊道。

伊尔比斯用沉静的目光看着特穆尔，说："这就是战争！战争有时候需要用鸡蛋碰石头。从局部看鸡蛋破了，但从大局看我们可能就主动了。”

“那我们真的要去碰一下？”

“不，我不是说过我们要巧干吗？咱们应该想出一个巧妙的办法。”

“什么办法？”

“咱们两个人一起想办法呀。汉族同志有一句俗话：三个臭皮匠赛过诸葛亮。你我是游击队的领导，怎么说一个人也可以顶四五个诸葛亮吧。尤其你是放牧出身，对付骑兵的办法应该比我多。”

于是两人就搜肠刮肚想“办法”。别看这里只有三十多个人十几条枪，对特穆尔而言，这支队伍比他的命还重要，怎么能“拼光”呢？

“你刚才说，侵犯大青山的是骑兵？”

“是呀，一个骑兵中队。”

“啊，啊……那么……”

“你有办法啦？”

特穆尔犹犹豫豫地说：“如果……我们在半路上把他们的战马放跑了呢？行不行？”

“什么？放跑他们的马？”伊尔比斯愣了一下就高兴地蹦了起来，那个样子简直就像个孩子。他喊道：“你这个办法太妙了，没有了马，骑兵就寸步难行了。你真的赛过好几个诸葛亮了。”

“你说这个办法行？”

“当然行。”伊尔比斯在地下转了几圈又站住说，“我们现在研究出一个具体行动方案。”

但两个人越研究越觉得这事难办。放掉日本人的战马？那只能等他们半路宿营的时候下手。但他们的战马肯定有荷枪实弹的士兵守护，你怎么去放掉？

“我看咱们别白费脑筋了。还是带着咱们的人去打吧，打到哪儿算到哪儿。”特穆尔丧气地说。

“不要灰心，我们今天非得想出个办法不可。”

于是两个人又继续绞尽脑汁。

“可惜……我们中间没有赶马出身的人。”特穆尔自言自语道。

“什么赶马出身的人?”

“过去草原上有一种人，叫高原好汉。他们专门赶别人的马。几乎什么情况下都能成功……”

“我知道有这种人，他们是赶马大盗呀。”伊尔比斯问，“这里草原上有没有这种人?”

“听说有一个叫朝乐蒙的。”

“朝乐蒙?他在哪儿?”

“不知道。”

“咱们找找看。可以让大青山根据地帮助我们找。”伊尔比斯说。

## 三

索德纳木协理告老还乡的起因是日本人的来访。那是一年前的事，驻包头日军派代表造访王府，旗王爷和索德纳木协理接待了他们。日军代表满脸堆笑，大谈“东亚共荣”，谈完“共荣”才谈到主题：在旗保安队的基础上成立旗保安团，帮助日本人“共荣”，人马由旗里出，由日本人提供武器。王爷比索德纳木协理小二十来岁，脾气比较直，一听这话就黑着脸不说话了。索德纳木协理却笑容满面地表示了感谢，并说我们立即着手组建保安团。日军代表邀请王爷和协理到包头日军驻地做客，便告辞。他们一离开。索德纳木协理的脸也黑下来了。

“王爷，日本人是包藏祸心呀。他们已经提出了建立保安团的要求，就不会善罢甘休的。”索德纳木协理说。

“休想！他们想让成吉思汗的子孙给他们当炮灰?”王爷愤怒地说。

“我们当然不能让草原上的孩子为他们当炮灰。但我们如果当场拒绝，他们就会来进行报复，加倍地祸害草原。”索德纳木协理说。

“是啊，是啊，我明白你的意思。”

“所以我们必须想出个办法，不能惹恼日本人，又不给他们当炮灰，最好还用他们的枪支弹药武装我们的队伍。现如今，只要手里有枪，别人就不敢轻易欺负咱们呀。”

旗王爷向来很尊重索德纳木协理，但今天他听了索德纳木这些话，却感到这老头是异想天开。尽量不惹恼日本人是对的，那是为了本旗百姓免遭更大的苦难，但不惹恼他们就不来祸害了吗？那可是日本人呀。还有，索德纳木协理竟然还想拿上日本人的枪支弹药却不给他们卖命，日本人会答应吗？

“王爷，我知道你在想什么。”索德纳木协理说，“我们当务之急是跟山里取得联系，得到他们的帮助。”

只一句话就点拨得王爷豁然开朗。索德纳木协理说得对，现在日本人已经逼上门来了，要应付他们就必须跟游击队形成某一种联系。

“那赶快派人去吧。”王爷说。

“我想告老还乡。”

“什么？你不想帮我了？”王爷急了。

索德纳木协理安详地微笑着说：“恰恰相反，我回家住着，把我的家变成跟游击队联系的联络点。王府毕竟人杂，不宜直接跟游击队来往。”

过了一些天，阿迪亚带着索德纳木协理家的外甥兼仆人达姆丁来到了游击队驻地。伊尔比斯和特穆尔接待了他。

达姆丁是个机灵的小伙子，索德纳木协理亲自教授他识字，更是让他变得思路清晰，表达能力也大有提高。他用非常简短的几句话就将王爷的态度、索德纳木协理的想法说清楚了。

“什么？日本人要给你们提供武器弹药？”伊尔比斯听完眼睛就发亮。

“是的，他们要求我们建立保安团。”达姆丁说。

“那赶快成立呀，把他们的武器拿到手再说。”伊尔比斯说。

“可是协理大人认为，拿了人家的武器就接受他们的控制。保安团建立起来后，他们肯定会派来教官什么的。”

“那不是更好吗？让他们给你们训练出一支真正的军队，之后你们在适当的时候掉转枪口打他们。”

“王爷和索德纳木协理也是这个想法。但他们担心，保安团得到了日本人的武器，老百姓骂我们是蒙奸。”这句话是达姆丁临时想出来的，他要伊尔比斯明确说一句话：他们不是蒙奸！他认为这个很重要。

“是不是蒙奸我们心里清楚呀。看起来你们是受日本人控制，实际上你们是一支抗日的队伍！”伊尔比斯说。

“好了，我这就回去告诉索德纳木协理大人。”达姆丁说，他等的就是这句话。

过了几个月，原旗王府卫队扩充为保安团，日本人送来了武器，派来了三个教官。保安团有团长、团副和参谋长，但一切权力都在日本教官手里。索德纳木协理从未到保安团看看，但也许只有他一个人知道，保安团的士兵当中有几个从大青山过来的人……

## 四

大青山根据地有几个情报专家，领导着一支侦察员小分队，专门收集分析各种情报。他们很快回复了阴山游击队：

一、是有朝乐蒙这个人，经常在阴山山后草原出没；

二、前些天他曾经赶走了旗王爷马群里的一些马匹，被追赶，但逃脱了；

三、据侦察员报告，山后草原上一个叫娜仁的女人最近有了一匹枣红马，很像是朝乐蒙几匹心爱的马中的一匹，但不能确定，请阴山游击队自己去确认一下，如果那匹马左臀有五角形烙印，那就是朝乐蒙的马；

四、如果娜仁那匹马就是朝乐蒙的，说明娜仁跟朝乐蒙有不一般的关系，可以通过娜仁去找朝乐蒙；

五、据了解，那个娜仁就是阴山游击队侦察员阿迪亚的妹妹。

伊尔比斯和特穆尔立即叫来了阿迪亚。

“你有个妹妹叫娜仁？”伊尔比斯问。

“是呀。”阿迪亚回答。

“她是不是有一匹枣红马？”特穆尔问。

“我去年上山前她有一匹白马，已经老了。没有枣红马。”阿迪亚说，“你们问这个干什么？”

伊尔比斯神秘地笑着说：“你以后会知道我们为什么问这个。现在你去看看，你妹妹是不是真的有那么一匹枣红马。注意，那匹马左臀可能有一个五角形烙印，你一定要看清楚。”

“这个好办，我还可以去见见妹妹。自从去年以来我就没有见过她，她可能以为我死了呢。”

“啊，你先不要见你妹妹。你的任务是确认那匹马。”伊尔比斯说。

“好吧，过几天就祭阿杜敖包，我妹妹可能去，我到那里看看。”阿迪亚说。

接着阿迪亚就去阿杜敖包确认了那匹马，没有费什么事就完成了任务。但他不知道那天夜里发生的事：他的妹妹娜仁和邻居达瓦、高娃三人在半路上被日本人抢走了马，后来朝乐蒙又把马夺了回来，让那个叫岗村的骑兵中队长差点气疯……

# 第四章

## 一

东边天际出现了美丽的朝霞，带着草香的晨风徐徐吹来。娜仁和高娃已经在挤牛奶了。两家六头母牛，每天早晨两个人一起挤奶。她们忙个不停，额头上渗出了细密的汗珠，偶尔聊几句。草原上女人们的一天开始得比任何其他地方都早，她们起来时天还是黑乎乎的。打扫家，将垃圾和灰烬倒到半华里以外的地方，接着熬茶。这个时候整个草原仍笼罩在沉沉夜幕之下。当她们提着奶桶去挤牛奶时，天幕的东南角才悄悄地被撩开，那里出现了一道乳白色。

新的一天这才开始。那道乳白色在迅速地扩展，很快变成了红色，像燃烧的大火，有一股不可阻挡的气势……

如果说女人们一早必须做的事是挤奶，那么男人就必须去找马。昨晚上了羁绊放到草原上吃草的马一早需要找回来。朝乐蒙和达瓦现在就提着笼头走在寻马的路上，边走边说话。

“达瓦大哥，你应该跟高娃姐成家呀。”朝乐蒙说。这时候太阳还没有升起，草原上很安静。

“其实，我们已经是一家人了，只是平时各过各的。”达瓦说，“这样更随便一些，没有拉扯。”

朝乐蒙听娜仁说过，达瓦从二十岁起给一家富户当马倌，牧放着几十匹马，去年为了躲避日本人的祸害，那家富户搬迁到了很远的地方。达瓦没有跟着去，因为他不想离开高娃。达瓦自己只有三匹马，是个穷人。而高娃曾经嫁过一个男人，但那个男人另有家室，而且住得很远，很少到高娃这边来。这样，这两个与世无争的人就自然走到了一起。朝乐蒙跟达瓦和高娃认识才几天，但已经开始羡慕这一对男女了。他们在本分、朴实地生活着，同时也是快乐、满足地生活着。

“娜仁家的羊圈需要加固了，我帮你弄。”达瓦说。

“好呀，过去这里是你一个男人，现在又增加了一个我。咱们两人让她们两个女人过得舒舒服服，让她们高兴。”朝乐蒙说完哈哈大笑。他现在好像有了使不完的劲，每天想着把生活安排得更好一些。

“不过今天咱俩先修马鞍子。她们两个女人使用的马鞍子都该修了。”

“你是好手，我给你打下手。”朝乐蒙说。

他们将马匹牵回来时，太阳已经升老高了。娜仁和高娃在门口制作奶酪。草原上的夏天是牧人们相对轻松的季节，寒冷的冬季和繁忙的春天已经过去，牧草长出来了，幼小的仔畜也成活了，每天的主要活儿是挤奶和制作奶酪，但那是女人们的事。如果日本人不来骚扰，生活就会这样不紧不慢地持续下去。但日本人太坏了，他们连这几个普通牧民都不放过，竟然在夜里半道上抢他们的马！

这几天朝乐蒙常想起那三个日本人。他们会善罢甘休吗？他们会不会找到这里来？这样一想他就感到不安。

下午草原的北部边沿涌起了一朵朵乌云。那些云海浪一样翻卷奔流着，一场大雨即将来临。草原上的风也开始强劲起来，让人们感到冷飕飕的。娜仁和达瓦跑去把两家的羊群赶了回来，高娃忙着把一些干柴火和牛粪搬进包里。很快，雨就哗哗地下了起来。娜仁笑着，叫着，跑进来，拿毛巾擦着被浇湿的头发，说：“看来这雨要下个够。”

外边越来越暗，大雨肆虐不停，黑夜提前到来。娜仁依偎在朝乐蒙的怀里。这一对年轻人一起生活只有几天，白天他们忙这忙那，一到夜里他们就有说不完的话。其实很多的话是娜仁说的，她趴在朝乐蒙宽阔的胸口上，说起来没完没了。她诉说她过去的生活，说她与前夫的恩爱，也说对朝乐蒙的爱，还说今后的生活，还说想生个孩子……外边的雨声并没有影响她说话的兴致，反而衬托出了包内的甜蜜与温馨。

## 二

现在岗村的神经可能真的出了问题。几乎每天夜里他都做同一个梦：他像一个装满沙子的口袋一样重重地摔在地上，还“嗷”一声。“嗷”了一声他就惊醒了，接着是极度的愤怒和耻辱让他浑身发抖。一个堂堂的帝国军人、骑兵中队长竟然摔下马背，让人夺走了坐骑。只要活着，他是绝不会咽下这口气的！

岗村那天被翻译官和护兵扶起来之后，做的第一件事就是扇那两个倒霉蛋的耳光。日本军人扇下属的耳光既狠又有技巧，每一掌都会把对方扇倒在地。按他们的规矩，被扇倒的人还必须站起来立正，喊“嗨”！他那天把他们扇倒在地六次，那两个又六次爬起来喊“嗨”！接着他还想把他们毙掉，并不是为了出气，而是为了杀人灭口。他这次去阿杜敖包的借口是物色战马。他给上司打报告说，骑兵中队需要一些备用战马，他要去山后草原弄一些马来。但实际情况是他不仅没有弄到马，反而把自己的马都丢了。他的上司绝不会容忍这种既丢马又丢人的失误，而身边这两个人却目睹了事情的整个过程。所以，只有把这两个人灭掉，又编一个故事把一切责任推到他们两个人身上，他才会摆脱困境。但他还是暂时克制住了自己。从这里步行到包头是不可想象的，天亮后他还需要这两个人去抢老百姓的马。

过了很久，天终于亮了，他也平静了许多，意识到他刚才的想法是太愚蠢了。他已经丢了三匹马，如果再丢两个人——不管他编一个什么样的故事，比如说翻译官和护兵带着三匹马投靠了游击队等——最后全是他的责任。

于是他对仍然笔直地站在他身边的那两个人说："还站着干什么？快去弄马呀！"于是翻译官和护兵步行到一家牧户抢来了三匹马。

回到包头后他还是编了个故事：到了山后草原，他们遇到了游击队，三个人的坐骑都被打死，他们三人经过英勇作战才摆脱了游击队的。但还是让上司扇了他好几个耳光。

他回到包头已经几天了，现在他每天想的都是如何找到那个夺马的混蛋。如果抓不到那个家伙，他很可能会疯掉，甚至气死的可能性都有。夜里的做梦与煎熬是一回事，白天他不仅跟以往那样矜持，还会变得清醒。折磨他的痛苦这时候好像暂时隐去，取而代之的是冷静的思考、严密的推理、灵敏的分析。

他想还原那天夜里的感觉：夜深人静，满天繁星，凉风习习。他在陶醉。枣红马尥蹶子……而最关键的是在尥蹶子前它有点异样……是的，它步伐突然轻快起来，两只漂亮的耳朵错动起来，还发出低低的嘶鸣……

它肯定是得到了某一种信号！作为研究马的专家，他相信自己的判断。马这种动物比其他任何动物都更善于按照别人的暗示或信号行事。那些出色的战马一旦冲进战场，从主人最细微的动作中能够准确地领会主人的意图，拐弯、冲刺、躲闪……主人想到什么它就能做到什么。那个时候，人和马完全变成了一个整体。但马又只会接受主人的指令！那么那匹马在那天夜里就是得到了其主人的信号。那个信号对它下达了一个指令：尥蹶子，把骑在它背上的皇军掀翻……但它的主人是那个女人吗？不会，肯定是那个发起突然袭击的家伙……不过只要找到那个女人，就可以找到那个男的，就可以找到游击队……那个男的肯定是游击队！啊，如果是这样，只要找到那个女人，就有可能顺藤摸瓜找到游击队。那他可就立功了。

但有一点他还是想不明白，如果袭击他们的那个人是游击队，那他为什么不打死他们？游击队最恨的不是日本人吗？打死了他们三个，还可以得到他们的武器。但那个人并没有这么做，他只是夺了他们的马。草原上有的是马，他冒险夺日本人的马是为了什么？或者，那个家伙没有武器？没有武器还袭击日本人？他究竟是为了什么？

不管怎么说，只要找到那个女的，一切都会清楚的。

几天后，他带着翻译官和护兵，化装成牧民，又进入了山后草原。岗村一开始对这次行动还是有信心的。他知道山后草原地广人稀，地广虽说需要跑不少路，但人稀却可以比较容易打听某一个人，而且他带着地图、指南针和高倍望远镜。但很快他又明白找到那个女人并不容易。他的蒙古语水平很差，而他的翻译官虽然能说但口音古怪。一听他那个古怪的口音，草原上的牧人就产生怀疑，甚至可能也看出他们是日本人，就什么也不愿意说了。他们一连碰到几个牧人打听那个“骑枣红马的女人”，结果都说“不知道”或者“没有见过”。还有一次一个放牛的还故意为他们指错了路，让他们走上了完全相反的方向。

岗村长久地望着大草原，他这才意识到这里看似空旷、平静，但也许这里的每一棵草都对他抱有不欢迎的态度。他不仅感到丧气，甚至感到了心虚。他在这里第一次觉得自己的孤立与渺小，想到如果有人要他们三个人的命都很容易，突然飞来子弹把他们打倒，别人大概连枪声都听不到。这里的静谧与辽阔会淹没一切……

但他还是不死心，他知道那个女人住在阿杜敖包西边，因为那天祭完敖包她和另两个人是朝西走去的。还有，他不仅能认出那一男两女，还能认出他们的马……

于是他又到阿杜敖包以西辽阔的草原上寻找。第三天他遇到了一条河，就沿着河流走下去。他这时候已经很疲惫了，翻译官和护兵更是无精打采地跟在他后边摇晃。他看到西沉的太阳，看到河在前面拐了个弯……他突然勒住马站在那里不动了，因为他看到了几顶毡包，还有羊群、牛群，还看到了站在河边的一匹马！

因为距离太远，他看不清那匹马的颜色，但从它的体态上看很可能就是那匹枣红马。他迫不及待地举起了望远镜，但仍然看不太清楚，就策马朝那里奔去。

## 三

此时娜仁和高娃正在毡包里裁衣料。娜仁有一块布料，原本准备为丈夫做袍子的，后来丈夫出了事，就一直存放在小木箱里。现在她拿出来要给朝乐蒙做一件袍子，就把高娃请来帮助裁衣服。两个女人愉快地忙碌着。

“日子就这样平平安安过下去多好。”高娃说。她看到娜仁这几天变得比过去愉快多了，心里由衷地高兴。

“谁说不是呢？”娜仁拿着剪子，顺着高娃在布料上画好的线快速地剪下去，就像燕子掠过一样灵巧。

“你跟朝乐蒙已经一起生活了，他怎么样？”

“怎么说呢？其实，跟我原来想象得大不一样……”娜仁说。

“什么？”

“我原来想，他是赶马大盗，他肯定是个城府很深，胆大妄为，狡诈凶狠的人。但我现在觉得他根本不是那样的人。”娜仁说。

“我也看出来了，我觉得他……像个孩子。”

“没错，是那样……”娜仁笑了起来。她觉得高娃说得很形象，朝乐蒙给他的感觉真的像个孩子。他的想法很简单，觉得日本人可恨，他就恨了，他想夺回日本人抢走的马，就毫不犹豫地去干了。他心里怎么想，嘴上就怎么说。想怎么做，就怎么做。快乐、简单，还有点异想天开……

“那样的人靠得住。”高娃说。

“今天他应该回来。”

朝乐蒙前天去了包头，说是为娜仁定做首饰，今天应该回来。两个女人一边做针线活儿一边等朝乐蒙回来，做梦都没有想到岗村他们正朝这里奔来。

## 四

这时候朝乐蒙也快回到河湾了。

朝乐蒙前天去了一趟包头，为的是给娜仁买点礼物。他多次去过包头，对那里很熟悉。进城后他牵着马走在那些熟悉的街道上，他边走边看，发现街上的人明显少了，还有一队队日本兵排着队从街上走过，皮靴踩在石板路上发出咔咔的声音。这就是原来山后草原人所熟悉的包头城，现在却笼罩着一种恐怖气氛。

他去绸布店给娜仁买了一块缎子衣料，又去银匠铺定做了一些首饰。今天下午他穿越阴山到了山后草原，知道娜仁在等着他，想快点回去。

娜仁说得对，他们两个的相遇、相识是一种缘分。他第一次闯进娜仁家的时候，他看到的只是一个年轻的女人，都没有看清楚她长的什么样，而娜仁更是看都不敢看他。但从那以后他就不能忘记那顶小小的毡包和那个女人了。他感到那里有一种温馨的气息，那正是他渴求的。而娜仁后来告诉他，她那次虽然没有看清楚他的样子，但那天夜里短暂的相遇却让她怎么也忘不掉了，后来竟变成了一种强烈的思念。当达瓦告诉她在敖包坡上看到了他的时候，她的心就开始狂跳不止。他现在已经感到离不开那顶毡包，离不开娜仁，离不开那里的生活了……

他已经离河湾不远了，他看到了三个人，立刻警觉了起来。

那三个人在他的右前方，骑着马慢慢地走着，看来没有注意到他。他却怎么看都觉得那三个人跟草原上的牧民有些不一样。比如这三个人一个人在前面，另两个不远不近地跟在后边，与前面的距离好像一直不变，这就跟草原牧民边走边聊天不一样，显得古板、拘谨。还有，草原牧民骑马赶远路，身体一般会往一侧倾斜，但这三个人却腰板挺直，像三个木墩子立在马鞍上……朝乐蒙不得不想到日本人。他夺了三个日本人的马是七八天以前的事，他一直防备着他们来报复。如果这三个人真的是日本人，现在的情况已经很危急了。娜仁、达瓦、高娃他们都在家里，想躲都来不及。

不管那三个人是不是日本人，当务之急是把他们引开。但怎么引开？这时候他又注意到，那三人好像是直奔河边的枣红马，前边走的那个还朝枣红马策马奔去。他就远远地打了个口哨，枣红马就向他跑来。他在前面走，枣红马跟在他后边。他边走边回头看，那三个人真的追了上来，还喊叫着什么，接着又向他射击，子弹呼啸着从他头顶飞过。他现在完全肯定他们是日本人了，就引着他们走向了荒无人烟的大草原。

“站住！”这是用一种奇特的蒙古语喊。

“八嘎！”这是日语。

枪声也在响，子弹在他的头顶上呼啸。

朝乐蒙很会利用地形，在追他的三个人眼里，他突然消失得无影无踪，过一会儿又在另一个地方出现了。他的马又快，为了让身后的追击者不死心，他甚至还不让马跑得太快，一直保持着一种适当的距离。后来天黑了，为了把身后的日本人引向更远的地方，他放开嗓子唱了起来。

白发苍苍的妈妈呀
儿子会去给你磕头
我送你一双金手镯
但你别问是哪儿来的……

他立刻找到了那个熟悉的感觉——被追击的感觉，但这是一种快乐的感觉。他想到身后追赶的三个日本人听到他在唱歌是什么感觉？肯定快气疯了吧？这样想着他又唱起来。

活蹦乱跳的弟弟呀
哥哥会去看你
我送给你一匹追风快马
但你别问是谁家的……

就这样一直走到后半夜，离河湾有百里之遥了。他知道后边的三个人一直追着他不放。前面就是魔幻滩。

魔幻滩是这一带一个奇特的地方，就是大白天有人进去，十个人里肯定有八个人迷路。他们走得晕头转向，怎么都走不出去。所以哪怕是经验丰富的牧人都不会轻易走进这个地方。但这地方又是像朝乐蒙这样的盗马人逃脱追捕的理想之地。只要他们逃进魔幻滩，后边追的人就只好望而却步。但朝乐蒙知道追他的三个糊涂蛋不知道这里是什么地方，肯定会跟着他走进这处迷魂阵。

他在魔幻滩转了一圈就离开了，他必须很快回去帮助娜仁他们搬家。

## 五

明晃晃的太阳升起来了，但岗村他们却不知道那太阳是从什么方向升起的，他们现在已经分不清东南西北了。要命的是这时候指南针都不灵了，拿出来看，指针乱颤乱转，像个醉鬼在胡言乱语。岗村现在甚至都怀疑遇上鬼了，为什么一看到那匹枣红马他就总是鬼迷心窍地跟上去？而跟上去以后总是要倒霉？他昨天就是被那匹马吸引到这个鬼地方的。当然还有那个歌声。后来歌声没有了，枣红马当然也没有了踪影，他们三人就迷路了。

他们只好继续走，但走了半天翻译官说："我们又转回来了！"

"什么？你说什么？"他问。

"您看呀，这不是我们一早的马蹄印？"翻译官说。岗村也看到了马蹄印，是他们早晨的马蹄印。

"下马，歇一会儿！"岗村气冲冲地说。他意识到继续走还不如原地待着。

他们喝着军用水壶里的水，啃着干粮。

"中队长，您不要生气，我们离我们的目标越来越近了。"翻译官说。

"什么？"

"我们不仅又一次看到了枣红马，还发现了那个年轻人。"

"哦？"

"您知道他唱的是什么歌吗？"

"什么歌？"

"那是一首盗马强盗的歌，那种歌是不能随便唱的。"

"什么意思？"

"我的意思是，那个枣红马的真正主人可能是个盗马的。"翻译官说，"而且很有可能，那家伙就住在河湾那几顶毡包里，至少跟那个地方有关系。下一步我们应该去河湾那几顶毡包看看，也许会发现一点什么……"

"哦，哦……但我们怎么走出这个鬼地方？"

"走着看吧，总会走出去的。"

下午，他们总算走出了魔幻滩。但当他们回到河湾的时候那里什么都没有了，毡包、畜群都不见了。岗村不得不承认，他又失败了。

# 第五章

## 一

他是夜深人静以后走进这道山沟的。他先到了河湾，才发现娜仁他们搬家了。他很纳闷，不在这里好好待着，为什么搬家了？莫非遇到了什么事情？他们去哪儿了？

他想了半天，才想到冬季牧场。冬季牧场在山里，他们很可能是去了那里。于是他走进了山沟。虽然是后半夜，但有月亮。半圆的月亮正好在山沟的上方，他真的看到了几顶毡包。虽然是盛夏季节，但山里的夜晚还是有点凉。几条牧羊狗迎着他跑过来，但发现是熟人就没有叫，还围着他撒娇起来。仍然是三顶毡包，他很容易就认出了妹妹的毡包，这顶包的每一块毡片他都很熟悉。他走到娜仁的毡包门口，还警惕地看了看左右，才开始叫门。

“娜仁，娜仁……”

包内传来娜仁睡意浓重的嘟哝：“什么……谁呀？”

“我是你哥哥。”

娜仁“啊”了一声，门很快打开了。

“你真的是我哥哥？”

“真的。”阿迪亚低声笑了笑。

原来，那天黄昏娜仁和高娃正等朝乐蒙从包头回来，边说话边裁剪布料，外边就响起了枪声。她俩跑出毡包时达瓦也从自己的毡包跑出来了。他们看到朝乐蒙和枣红马在前面跑，后边有三个人边追边打枪。他们三人就跑到河边的柳林里躲了起来。一直躲到后半夜才听到朝乐蒙叫他们："你们三个在哪儿？快出来吧。"接着他们天亮前就搬离了河湾，到了山里的冬营牧场。

进了包里，娜仁点上了灯，仔细看着哥哥，慢慢地，她的眼眶里溢满了泪水。

"这一年你去了哪里呀？为什么不来看看我？"

"我已经上山了，想来看你，又怕被人发现。"阿迪亚说。

娜仁听明白了哥哥的话，这两年"上山"二字有了特殊的含义，指的是参加游击队。她说："真的应该当心，你可以捎个话来，让我知道你活着就行了。"最初的激动已经过去，娜仁忙着熬茶，煮肉。

"但我这次非来见你不可，有重要事情。"阿迪亚说。

"什么事呀？"

"我们想见朝乐蒙，你要帮助我们找到他。"阿迪亚说。

"啊，你们怎么知道我认识朝乐蒙？"

"我们知道。"阿迪亚说，"我们的侦察员发现你骑着朝乐蒙最心爱的那匹枣红马。所以我们断定你认识朝乐蒙。"他省略了自己专门去阿杜敖包确认那匹马的过程，因为他怕妹妹埋怨他那天没有去见她。

"那……事情急吗？"娜仁问。

"很急。"

"究竟是什么事？"

"我们接到阻击日本骑兵的任务，希望他帮忙。"

"啊，让他去……？"

"我们希望他帮助我们。"

"哥哥，我跟朝乐蒙是一家人了……"

"啊，原来是这样……"

阿迪亚发现妹妹是一脸的痛苦。他知道妹妹的头一个男人已经失踪了，这个经历已经让她被击倒，她现在好不容易又有了自己的伴侣，她不想让朝乐蒙再冒风险。

娜仁很痛苦，他不想让朝乐蒙去冒险，但也想到，如果不是万不得已，哥哥不会来找她。

阿迪亚把游击队面临的困难给妹妹简单说了说："如果他不帮忙，只好我们自己去。可是……"他犹豫了一下又说："你无论如何让我们见到朝乐蒙。我们要直接跟他谈。"

"好吧，我们现在就走。"娜仁说。朝乐蒙昨天离开了这里，说去看看朋友，因此只能她去找他。好在那匹枣红马还在，朝乐蒙走的时候曾告诉她："你想见我，就骑上枣红马走。它会找到我。"

"还有一个人，是我们的政委，他要亲自见朝乐蒙。"阿迪亚说，"妹妹，对不住你。但我是在执行游击队的命令。"

"政委是什么？"娜仁问。

"是我们游击队最大的领导，领导就是最大的官。他叫伊尔比斯，是个老革命。"

"哦，是这样……"

枣红马就在下边的山沟里吃草，娜仁把它牵来鞴上鞍，因为阿迪亚是步行，所以她牵着马跟哥哥去见那个"政委"。他们在一条山沟里见到了伊尔比斯。

娜仁根本想象不到游击队最大的官是什么样子。但当她第一次看到伊尔比斯时还是很失望。伊尔比斯脸白，身瘦，还戴着一副眼镜，哪儿像个出生入死跟日本人玩命的人呀。

"这是我妹妹娜仁，她能找到朝乐蒙。"阿迪亚说。

"啊，你好。"伊尔比斯伸过手来跟娜仁握手。娜仁这时候还不知道握手是一种问候的礼节，所以感到有点吃惊又觉得好笑，心想：这个人拉我的手干什么呀？

娜仁在枣红马脖子上轻轻地拍了拍，它就朝一个方向走去。三个人跟在后边。

阿迪亚看到这个情况大为惊奇。很明显，娜仁是让这匹马去找它的主人！他只是在民间故事里听到过这样的做法，可是那是故事里的情节呀！

“它……真的能找到？”他问。

“应该能。朝乐蒙说，要找他，就用这个办法。”娜仁说。

“马屁股上那个五角形火烙印是什么意思？是不是要表明它是朝乐蒙的马？”伊尔比斯问。朝乐蒙就是启明星的意思，那个五角形跟朝乐蒙的名字是吻合的。

“其实那不是火烙印，那是天生的。”娜仁笑着说。

“什么？天生的？”

“五年前，朝乐蒙走在野外，意外地听到小马驹的叫声，结果他看到了一个刚出生的小马驹，屁股上有五角形印迹……”娜仁说。其实朝乐蒙对他讲述枣红马的来历时讲得很生动又很神秘。他说他发现小马驹时，它才刚刚出生不久，但可以跑了。它就是嘶鸣着朝他跑来的。他左看右看就是看不到它的母亲，好像它是从天上掉下来的。当他看到它臀部五角形印迹时，立刻就联想到了自己的名字，认为它与他相遇是缘分。

伊尔比斯赞叹道：“人们都说马是聪明的动物，其实马比人们想象的还要聪明。就看你能不能把马的聪明激发出来。我看，也许只有那些高原好汉才能够做到。”

## 二

第二天一早，他们在山下的草原上见到了朝乐蒙。娜仁介绍他们几个互相认识，大家都很高兴。但伊尔比斯和朝乐蒙之间的谈话一开始就有点不投机。

“请你谈谈对日本侵略者的认识。”伊尔比斯说。

“什么？认识？我不认识日本人。”朝乐蒙笑了起来。

“嗯……这么说吧，你恨不恨日本人？”伊尔比斯问。

“当然恨，我还瞧不起他们。”朝乐蒙说。

“瞧不起他们？”

“是啊，一群饿鬼，跑到咱们这个地方抢我们的饭食，谁瞧得起他们？”

“哦，你这个理论很有意思。”

“理论？什么叫理论？我怎么听不懂你的话？你有什么事快说，我忙着呢。”

“我们想让你办一件事。一支日军骑兵中队，总共八十个人八十匹战马，最近要进犯大青山，你要在半路上袭击他们的战马……”伊尔比斯说。

“你刚才说什么？让我办事？你是在求我吧？”

“怎么能说求你呢？”

“那我不干，你们自己干去。”

“我是想请你帮个忙。”伊尔比斯避开了“求”字，但也不敢再说“让”，就用了一个“请”。

“你想让我怎么干？把那些战马夺回来吗？”

“放跑也可以，只要让他们没有马骑就行。”

“他们什么时候出来？”朝乐蒙问。

“后天一早从包头出发。”

“明白了，再没事了吧？我要走了。”朝乐蒙站了起来。

“别走呀，咱们还没有说好呢。”伊尔比斯说。

“不是已经说好了吗？那个骑兵中队到不了大青山，他们只能从半路上返回，还得步行着回去。”朝乐蒙说。

“这么说你同意干了？”

“我干。这样的好事我没有理由不干。”朝乐蒙得意地笑了起来。

“需要我们接应吗?”

“你们就别添乱了。”朝乐蒙想了想说，“日军离开包头的第三天夜里我动手，你们第四天一早在阴山北口等我。”

伊尔比斯和阿迪亚走了。娜仁说：“他们突然来找我，我事先来不及跟你商量……其实我很怕你有什么闪失。”

“他们算是找对人了，我愿意帮助他们。”朝乐蒙说，“你还见到了你的哥哥，好事呀。”

“你……有把握吗?”

“我们干这种事，十次里八次没有把握。真的，一点把握都没有。但我们几乎每次都能办成。”

娜仁突然哭了起来。“我怕……”她说，“你一旦有个三长两短，我真的活不成……”

“我不会去送命的。”朝乐蒙说，“我出来好几天了，每天都想你。我们应该快乐起来。”

## 三

岗村是心怀强烈的仇恨离开包头向大青山进发的。上次他去山后草原莫名其妙地走进了那么一个地方迷了路，转了一整天才走了出去。走出荒滩后他们又去了河湾，但那里已经什么都没有了。他们只好垂头丧气地回到了包头。他觉得有人跟他又开了一次恶毒的玩笑，差点让他们三个人困死在荒野。他有一次还梦到一个年轻人看着他轻蔑地笑着。

他带着队伍一早出了城，沿着阴山南麓走去。八十个人八十匹马，排成二路纵队慢慢行进，几乎没有一点声音。从包头到大青山根据地约三百公里，大概走五天。这次要杀个痛快，他想着。据情报，大青山根据地正在搞干部培训，集中在一个山沟里。他时而望着连绵的阴山山脉，时而低头沉思。

他想起了自己的家乡，那里也有山，但都是一些低矮的山包，虽说常年翠绿，却没有这里的山那种巍峨的气势。他的家就在一个依山傍海的小港口。那里有他守寡的母亲和丧母的女儿，父亲是在海边械斗中丧命的，老婆是女儿出生时大出血死亡的。他认为父亲和老婆死得光彩，男人战死和女人因为分娩死亡是理所应当的。前两天他收到了母亲和女儿的来信。母亲的信里充满担忧而女儿的信却表达了对父亲的敬仰。母亲是提醒他避开危险而女儿却鼓励他勇敢杀敌。他觉得母亲和女儿都提到了死亡，区别在于母亲怕他死亡而女儿是让他勇敢赴死。他厌恶母亲的担忧却赞赏女儿的鼓励，认为母亲表达的是怯懦而女儿追求的是光荣。

太阳沉入了阴山背后，他们也到达了预先指定的宿营地。岗村没有想到一次更大的耻辱在等着他。

岗村命令队伍在山脚下宿营，就在此时阴山山尖上升起了雨云。盛夏季节的雨说下就下，他让手下刚撑起帐篷，雨就哗哗下起来了。派出五六个士兵放马，其余的都进帐篷躲雨。这场雨下了一整夜，下得不太急却没完没了。到后半夜，帐篷里的日本兵早已进入梦乡，只有守护马匹的几个士兵披着雨衣站在马群旁。

## 四

雨在哗哗地下着。最近十几天没有下雨，所以老天爷好像突然想起阴山南麓有点干旱，就安排了这场雨，打算把这块土地浇个透。

朝乐蒙在半山坡上一处巨石下避雨。巨石像宽大的屋檐，他坐在下边根本不用担心被雨水浇湿。马站在他的身边一动不动。他下午就来到这里，而日军骑兵中队落日时分如期而至。他的判断竟然是这么准确，他好像早就知道那里是日军的宿营地。这种判断力也许是天生的，也许是多年练就的。他知道现在已经半夜了，他想再等等，等到那些日军完全睡熟了再动手。

雨在一个劲地下，多么淋漓畅快。他想起了过去经历过的那些雨夜。十五岁离开家以后，他就成了一个无家可归的人，而且总是独来独往。走夜路遇到下雨，如果在山里他还可以找个山洞或者大树避一避，如果在草原上他只能在雨中赶路。那是一些多么难忘的记忆呀！沙沙的雨声包围着他，像一曲持久绵长的摇篮曲。因为天黑他无法看到雨中的草原，只是感到一阵说不清楚的快意。他当然也想起了前几天那个雨夜，他跟娜仁在毡包里。

接着他又想起了伊尔比斯。说实话，一开始他对伊尔比斯居高临下的口气很反感。但一听说让他去夺日本人的战马他就兴奋起来了。夺马，而且是夺日本人的马，还是一个骑兵中队的八十匹马！这时候不让他去干都不可能了。伊尔比斯在他眼里也变得可爱起来。人家是专门跟日本人作对的，凡是中国人都应该帮助他们。他这是第一次跟游击队接触。他原来听说山里有游击队，以为那是一群铁石心肠的英雄好汉、百发百中的神枪手，但他见到阴山游击队最大的头儿伊尔比斯却有了完全不同的印象。看样子伊尔比斯比他大不了几岁，是个聪明、快乐的人。如果娜仁没有介绍他是游击队的政委，朝乐蒙是绝对看不出他的身份的。还有娜仁的哥哥阿迪亚，跟普通的牧民没有区别。原来游击队是这样一些人！感情上他很快跟他们亲近起来。

临别时娜仁哭了。他知道她很害怕，他对她说："不用担心，我会好好地回来。"他不是哄她，是真的相信自己会成功。假如没有这种自信，这些年他会活过来吗？

日军的宿营地就在前面的山脚下。那里完全被黑暗吞没了。但天黑以前他已经观察清楚了，四顶军用帐篷在山脚下一字排开，战马在帐篷前面吃草。他心目中，那些日本人都是无恶不作的坏蛋。这些坏蛋如今在帐篷里睡觉，明天一早起来后去大青山干坏事。

他认为该动手了，便牵着马走出巨石下边，雨仍在下。

## 五

雨下得不算太急，但一点都没有减弱，一个劲地下着。那几个看守战马的士兵听着雨声昏昏欲睡，虽说觉得有点冷。

一个守马的士兵发现一个骑马的人来到跟前。因为天黑下雨他根本看不清这个人是什么样子。他有点奇怪，是跟他一起守夜的士兵吗？为什么还骑着马？于是他对那个人哇啦哇啦几声，问他是谁。对方也学着他哇啦哇啦起来，但他连半句都没有听懂。那个人就这样从他身边走了过去，前面就是那群战马。几乎在一瞬间，随着一声呼喊，整个马群受惊了。八十匹战马突然变成了一股不可阻挡的洪流，向着一个方向奔泻而去。守战马的那几个士兵到这时候还没有弄明白究竟发生了什么。他们在雨中大声喊着互相询问。“怎么啦?”“马跑了吗?”……

马蹄声越来越远，很快消失了，他们才觉得出了大事。他们用电棒照着看了一下，连一根马的毛都没有了。

他们只好齐声喊：“马跑了！……”

他们看到睡在帐篷里的士兵们都跑出来，还看到岗村中队长来到了他们跟前。岗村对着六个倒霉蛋扇起了耳光，把六个人全部扇倒在地。他们倒地后又迅疾站起来，挺直了腰板，岗村第二次将他们扇倒。

“还站着干什么？快追呀!”岗村喊。

但没有人动。事情明摆着，他们这些骑兵如今却变成了步兵，两条腿的人怎么去追四条腿的马？这肯定是骑兵中队的士兵们第一次违抗岗村的命令。

## 六

遮天的乌云被晨风撕裂成碎片向南飘去，金灿灿的太阳从东方升起。朝乐蒙赶着八十四日本战马如期而至。一直等在那里的娜仁、伊尔比斯、阿迪亚三人赶快迎了上去。

“天啊，你真的成功了。遇到麻烦没有？”伊尔比斯问。

“出奇地顺利。我看日本人比草原上的马倌笨。”朝乐蒙说。

“你把马都赶过来了？”阿迪亚问。

“你们交代的事我已经办了，这些马我现在交给你们，怎么处理是你们的事。”朝乐蒙看着娜仁憔悴的脸问：“你怎么了？病了吗？”

“你如果今天不回来，我死的可能都有。”娜仁破涕为笑了。

“咱们走吧，事情已经办完了。”朝乐蒙对娜仁说。

“你们不能走，跟我们上山。”伊尔比斯说。

“什么？”

“你至少在我们那里躲几天。你以为日本人不找你呀？我们必须保护你。如果过一些天没有动静，那时候你想走，我们也不挡你。”伊尔比斯笑得像个孩子，又说，“这些马我们送到大青山根据地好了，差不多可以装备一个骑兵连了。”

# 第六章

## 一

大青山根据地派专人来宣布了对阴山游击队的嘉奖令，还接见并奖励了朝乐蒙和娜仁，奖给朝乐蒙的是全套俄罗斯式的马具，娜仁的奖品是一块上等衣料。

阴山游击队的驻地在深山沟里，这里原本就有几座石头砌墙的房子，大概是几十年前的一些绿林好汉的住处，很隐蔽，进退方便。大青山派来的人、伊尔比斯、特穆尔在队部的房子里跟朝乐蒙和娜仁谈话。

“参加游击队吧，我们不仅需要男子汉，还需要女兵。”大青山来的人说。

“女兵能打仗吗?”娜仁问。

“怎么不能? 男人能做的，女人也可以做。”

娜仁笑了，听了这话她很高兴。

“朝乐蒙同志，你不愿意参加游击队吗?”

“我……?”朝乐蒙笑了笑说，“我……有点不习惯。”

伊尔比斯和特穆尔也笑了起来。这几天他们要求朝乐蒙和娜仁跟游击队其他队员一起活动，结果朝乐蒙确实表现出了十二分的不习惯。他几乎从未按时睡觉和起床，而且队伍集合十次他至少八次迟到。伊尔比斯和特穆尔好几次批评他，他也不买账。“我爹都没有这样管过我，我凭什么让你们管?”他说。

有一天伊尔比斯给大家上政治课，讲的是阶级分析。“世界上的人，分富人和穷人两种，这是阶级划分的基础……”伊尔比斯讲道，大家静静地听着。讲完课，伊尔比斯让大家讨论。有几个人发言，朝乐蒙坐在一个角落，不知道在想什么。

“朝乐蒙，你也说说吧。”特穆尔说。

“富人都是坏人？穷人都是好的？不一定。还是看人品，有的人很穷，但人品不好，做坏事。有的富人却很善良……”他说。

一个农民出身的队员马上反驳他，说自己的父亲是被地主逼死的，所以富人没有一个好东西。

“那是因为你遇上了一个坏地主。”朝乐蒙说，“现在日本人跑到我们这里尽干坏事，你说他们都是富人？我看他们中间穷光蛋也不会少。”

伊尔比斯气得要命，只好宣布讨论结束。

“那你的意思是，不想参加游击队？”大青山来的人笑着问。

朝乐蒙犹豫了一下，说：“你们打日本人我赞成，你们需要我做什么事我一定照办。”

他的意思很清楚了，他不想参加游击队。

“可是为什么呀？”伊尔比斯问。

“我是个从小野惯了的人，除了我自己，谁都管不了我。”朝乐蒙叹口气说，“你们的好意我领了。”

“也好，我们常联系。”大青山来的人说，“以后你们要注意保护自己，日本人可能盯上了你们。”

朝乐蒙和娜仁当天下午就离开了游击队，他们在山沟里转来转去，后来顺着一条羊肠小路走上了一座小山包。

“我们下马歇一会儿吧。”朝乐蒙说。这里已经是山脉的边沿，可以望见山下苍茫无际的草原了。

“你为什么不想留在游击队？”娜仁问。她觉得在游击队里待着更安全一些。

“怎么？你不想离开他们？”朝乐蒙问。

“不是，我最离不开的是你。”娜仁说，“但游击队那些人挺好。”

“我们应该安安稳稳地过日子。”朝乐蒙说，眯起眼睛望着山下沉思着。

“达瓦大哥说，你可能是那个有名的大盗萨仁呼的儿子，他也是听别人这么说的。你父亲真的叫萨仁呼吗？真的是那个出了名的萨仁呼吗？”

“他真的叫萨仁呼，可是他从来没有说过自己就是那个赶马大盗。但我总是觉得，他……应该是。”

“是吗？我的天啊！……”

“他能够懂得马的心思，马也会明白他的心思……”

“太神奇了。”娜仁问，“他就没有讲过自己的故事？”

“没有，但他给我讲过那个赶马大盗萨仁呼的故事。”

“什么样的故事？你给我讲讲。”

“他说，萨仁呼有一次被追兵抓了，人家要给他的十个手指钉竹扦。那是一种多么可怕的刑罚呀！连那个行刑的士兵都不敢下手，手拿十根竹扦哆嗦。萨仁呼很生气……”

“他生什么气呀？”

“他瞧不起孬种，所以那个士兵的胆小让他生气。他一把夺过去竹扦，往自己的指缝里扎，再用扎着竹扦的手指使劲往桌子上砸，弄得满手是血。那个士兵连看都不敢看就脸色苍白大汗淋漓了。他把竹扦拔出来扔到那个士兵脸上就走了……”

“啊，真是条汉子！”

“还有一次萨仁呼被湿牛皮裹住全身扔到了野外。”朝乐蒙说。

娜仁听说过那种刑罚，把人抓住后宰一头牛，用湿牛皮裹其全身扔到野外。在烈日的暴晒下，牛皮不断地收缩，被裹者不能呼吸，憋闷而死。

“后来呢?”娜仁问。

“他被裹着躺了三天三夜，因为呼吸不畅已经开始昏迷了。但第三天夜里突然下起了暴雨。据说巴掌大的一片云飘到他上方就不动了，下起了雨。晒干的牛皮被泡湿了，变软了，他费尽全力挣脱了出去，打了个口哨。他的马正在附近不安地转悠，听到口哨就跑过来。他爬上马背走了……”

“这……究竟是你父亲的故事还是那个另一个萨仁呼的故事?”娜仁问。

“他说是萨仁呼的故事，但我想，可能是他自己的故事。”朝乐蒙说。

娜仁望着山下苍茫无际的草原，那里空旷、安静，但那里发生过多少故事呀！有些人过得真不容易……这样想着，她就像理解了朝乐蒙。他真的累了……

## 二

岗村被关在牢房里。他本来是想剖腹自杀的，但上司没有给他这个机会，决定对他实施军法处置。他给大日本皇军丢尽了脸面，中国南方的一些报纸甚至日本本土的报纸都登载了驻包头骑兵中队丢马的事。让他自杀太便宜他了，日军驻包头最高长官恨不得活剥了他的皮，而他的直接上司被撤职遣送回国。岗村戴着手铐脚镣等待着最后的处置。他估计可能要被枪毙，砍头也有可能。反正是个死，怎么死已经无所谓了。他请求狱方允许他给母亲和女儿写封遗书，但后来又不想写了。他知道母亲盼望他活着回去，而女儿希望他成为帝国英雄，但他现在却随时都可能被杀，还是以帝国罪人的名义被杀。无论是母亲还是女儿都不会愿意接受这个结果，他没有资格给她们写只言片语。

他并没有很快等来死期，而是等来了比死还可怕的羞辱。他被拉到操场，在那里站了七天七夜。那七天天天烈日暴晒，夜夜大雨如注，谁都可以对着他吐唾沫，骂他打他。他被士兵们扇了无数次耳光，扇倒他还命令他立即站起来。没有人给他送一口饭或者一口水。他很快脱相了，变得三分像人七分像鬼。第八天头上，他被人拖走了，但没有被拖到刑场而是到了新任上司的办公室。他已经衰弱到了极点，瘫倒在上司面前。

新到任的上司赶紧掏出手绢捂住了鼻子，却说："你把那天夜里的情况说说。"

他用十分微弱的声音说："给我喝一口水吧……"说完就昏过去了。

"快把他救活，给他洗个澡……"上司捂着鼻子挥了挥手。

经过一番折腾，他仍然很虚弱，但已经可以说话了，身上也不臭了。但上司还是跟他保持着尽量远的距离，让他在进门那个地方跟他说话。大概是怕他摔倒，允许他坐在凳子上。

"……那天夜里下着大雨，我在帐篷里睡觉……"他开始说，边说边回忆，边捋顺思维，"后半夜听到外边有人喊叫，我出去一看，马……不见了。"

"守战马的士兵是怎么说的?"

"只有其中一人说，他遇到了一个骑马的人，当时还问了是什么人，但那个人说了一句谁也听不懂的话就过去了，紧接着战马就被赶跑了……"

"他们究竟是多少人?"

"守马的士兵只看见了一个人。"

"他们没有向你们射击?"

"没有，绝对没有。"

新任长官很年轻，叫渡边，白净的面皮，戴着金丝边眼镜，乍一看像个贫穷瘦弱的在读研究生。天知道他是怎么获得这样的军阶的。

“说说你的看法。”渡边说。

“什……么？”

“你说是游击队夺了你们的马吗？”

“啊……这个……”岗村的思维跟不上长官了，但很快又茅塞顿开。长官是在问他，其实是在谈自己的判断。当夜睡在帐篷里的有七十多人，因为守护马群的是六个士兵。如果是游击队来夺马，最合理的做法是先向帐篷开枪。就算游击队再没有作战经验，武器再差，但他们是应该这么做的。因为只有首先向帐篷射击，才能够造成混乱并为夺马行动提供条件。

“我看不像。”他说。

“如果不是游击队，那是谁干的？”

“不知道……”

岗村以为长官会训斥他，但没有。事后岗村才得知，新任长官渡边是谍报人员出身，并不热衷于杀人而对破案感兴趣。当然他一旦破了案，将会有很多人被杀，但他一般不会出现在杀人现场。他上任后认真研究了战马被夺的过程。大家都说马是被游击队夺的，但他却怎么想都觉得不像。于是他认为这事的真相可能是另外一个样子，而弄清真相不仅是他的长项，而且比枪毙一个倒霉蛋重要得多。

“听说你还有一次经历，跟这次差不多？”渡边问。

“啊，是的……”岗村讲起了祭阿杜敖包那天夜里的遭遇。那次遭遇他一直在保密，但上司还是知道了，他估计是他的护兵或者翻译官告发的。

“嗯，两次都是一个人，都没有开枪。说明这个人不带枪。”渡边很肯定地说。

“哦，哦……”

“这个人很可能不是游击队，跟游击队有没有联系？是不是游击队派来的？现在还不清楚。不管怎么说，这两次是同一个人干的，那么第一次他只是夺走了你的马，而第二次至少在客观上是为大青山解了围。”渡边说，“这说明跟我们作对的不光是游击队，我们需要弄清楚这个人是谁。这就是我暂时不杀你的理由。你去给我弄清楚这个人的底细。”

“啊，这个……”岗村似乎还没有反应过来，但也很快明白渡边在说什么了。他站起来立正，大声答应道：“嗨!”

“我现在就放掉你，但不可能让你回去当骑兵中队长。听说你是学马专业的，你就去骑兵中队当兽医。你必须记住，你的使命是破案!”渡边又说。

“嗨!”

岗村没有被送回监狱而是被送到了日军医院。但他拒绝治疗，他不想在这里浪费时间。他直接去骑兵中队报到，住进了他的前任兽医住的小屋。他坐在床上哭了起来。他感谢渡边长官，但并不是感谢他不杀之恩，而是感谢给了他一个报仇雪恨的机会。他活着的意义现在特别简单了：雪耻！哭了一阵，他点起一支烟，脱掉了裤子，用火红的烟头慢慢地烫自己的皮肉。他的大腿上出现了一个灰白色的水疱，足有豌豆大，像个没有瞳仁的眼睛。他是想以这种自虐的方式增强自己的仇恨，在抓到那个让他丢尽了脸面的混蛋之前他决定每天在腿上烫一个水疱。

## 三

一个骑骡子的人趁着浓重的夜色走出了包头城。除了几条主要街道有昏暗的路灯无精打采地照着空荡荡的街道以外，其他地方已经没有多少灯光了。他出了城以后还警惕地回头看了看。

他就是祭阿杜敖包那天把辫绳卖给娜仁的李边商。他在草原上做生意十多年了，把牧民的畜产品拿到包头卖掉，又从包头买一些牧民需要的日杂货弄到草原卖给牧民，从两地差价获利。据说他刚来草原时挑着货郎担，后来骑着毛驴走家串户，后来毛驴又变成了骡子，说明他买卖越做越好。但自从日本人占领了包头，买卖就做不好了。据说最近他正打算卖掉骡子，再换一头毛驴骑。这两年像他一样穿梭于包头和草原之间的边商已经不多了，因为包头有日本人。他却一直没有住手。他经常进包头并不是单纯地为了做买卖，其实大多时候是接受阴山游击队的委托去打探消息。当然，他探听到的消息不一定准确，只能做参考。

他每次去包头就住进一家破败不堪的车马店。别看住店的都是社会底层的芸芸众生，但他们知道很多消息，也不知道是从哪儿听来的。虽然有些消息也无法证实是否真有其事，但对一个有意打探消息的人而言，忽略这个地方是不明智的。今天他又住进了这家车马店。

车马店就是大通铺，可以睡四五十个人，都是自带行李。到了晚上，住店的都回来了，有几个角落点上油灯，形成了几个中心。有的在讲故事，有的在聊天，有的拿出某种简单的用具赌博。如果是在冬天，通铺下边的空地上安装两个大铁炉子，燃烧的劣质煤散发出呛人的味道，角落里还放着两个大尿桶。夏天就清静得多，没有煤气味也没有尿臊味，只是成群结队的蚊子的袭击让人们心烦意乱。

李边商也参加到了聊天的人们中间。大家对他比较尊重，因为他是骑着骡子来的，而这里的大部分客人比他差，其中甚至有捡破烂的和流浪汉。于是大家为他让座，都看着他的脸，等他说点什么。

“嗐，也没有什么新鲜事，就是满街日本兵……”他说，有意将话题往日本鬼子身上引。他知道只要一提起日本人，大家都有说不完的话。

“我今天在大街上看见两个日本兵打一个要饭的老头……”一个

人说。

“听说日本人从老家弄来一些娘儿们开窑子了，但不让中国人进去。”又有人说。

“你想进去呀?”

“这几天街上的日本兵好像比过去多了……”

就这样漫无边际地瞎聊，有人就说起了一个叫岗村的日军中队长丢马的事。

“上次日本骑兵去打大青山，半路上把马全丢了。丢了马的那个中队长就叫岗村。”有人说。

“这事我也听说过，谁那么大胆，敢夺日本人的马?”

“听说是一个叫朝乐蒙的年轻人一个人干的。”

“都这么说。那个人也太胆大了。”

“听说人家是出了名的高原好汉。”

“那样的好汉多出几个，小鬼子都会气死。”

“那个岗村后来怎么样了？被砍头了吧?”

“没有。听说给日本骑兵当兽医呢。”

李边商认真听着他们的每一句话，从中捕捉一些他认为有价值的消息。哦，那个岗村还活着，当了兽医……

“日本人现在肯定恨死了朝乐蒙。”

“那还用说吗？听说他们到处打听朝乐蒙的踪迹呢。”

“你们不知道吧？听说日本人已经知道了阴山游击队的驻地了。”

李边商暗暗吃惊，说这个话的是一个很瘦的中年人，他满是病容的脸面告诉他，他是个大烟鬼。

“不可能吧，他们怎么知道的?”有人问。

“我的一个朋友是日本人的暗探。他说，阴山游击队住在深山沟里几处石头房子里……”

李边商坐不住了。深山沟里的石头房子他去过，看来那个大烟鬼的朋友没有吹牛。他走到外边找店掌柜结了账，骑上骡子就走了。

## 四

李边商仇恨日本人，因为日本人让他的发财梦变成了泡影。他原来的梦想是积攒点钱以后在包头城里开个铺面，再雇几个伙计，让伙计们到草原上收购畜产品，他的收入就会成倍地增长。到那时候，他身穿长袍头戴瓜皮帽，左手拿水烟袋右手拨拉算盘，再把长城那边的老婆孩子也接来，多风光呀。但他没有等来这种好日子，而是得到消息说他老家也被日本人占领了，老婆被杀，孩子不知去向。听到这个消息，他躺倒了，三天不吃不喝也不睁眼睛，第四天爬起来从牙缝里挤出一句话："日本人，我×死你姥姥！"他决心只要有机会就不能让日本人过舒服的日子。后来阴山游击队得知他经常进包头，就请他收集日本人的情报，他很痛快就答应了。

他出了包头城，手提一根短鞭子一个劲抽打骡子屁股，嘚嘚地往前跑。他很怕有人尾随他，但已经有人尾随过来却全然不知，因为他不是军人，所以一点都不懂得怎么保护自己。而尾随者却目的明确，不远不近地跟在其后，看他去什么地方见什么人。

他就这样带着一个看不见的"尾巴"进入了阴山，从半夜走到第二天中午。进了山沟以后他犹豫了，因为他这时候才想起存在"尾巴"的可能性。他当然想立刻去游击队的驻地，将得到的消息告诉他们。因为耽搁一分钟都会增加一分危险。但如果有"尾巴"怎么办？

他停了下来，左看右看，山沟里太静了。但他已经想到了"尾巴"的事儿，就变得十分谨慎小心。山沟里到处是树，他现在感到每一棵树后边可能都有"尾巴"的眼睛在盯着他。于是他牵着骡子爬上了一座小山包，隐藏在几棵树后边观察动静。

山沟里仍然是静悄悄的，太阳在头顶上晒着。他待了很久，慢慢放下心来。他自嘲地微笑起来，这不是自己吓自己吗？哪儿有什么尾巴？他正准备上路，沟底下的树林里却飞起了一只鸟，扑棱棱地飞上了高空，到了他的头顶盘旋着，响亮地叫着。他不是山区人，但也能够看得出来这只鸟受惊了，它遇到了什么？

就在鸟儿起飞的那片树林里走出了两个人。这两个人各牵一匹马，一个背着长枪，另一个举着望远镜。

李边商现在不知道怎么办好了，该躲还是该逃？他正犹豫，那两个人并没有给他做出选择的时间。他们径直朝他这边走来，其中一个还喊："小子，出来吧。我们已经看见你了。"一听这话，李边商就像听到了赛跑的口令一样，骑上骡子就跑。追逐开始了。他知道骡子这种牲口负重拉车可以，跑起来远没有马快，因此他专找那些树木多的地方逃窜，这样后边追他的两个人就不容易看到他。

他从一条山沟逃进另一条山沟，这样持续到落日时分。追他的人这时候开枪了。随着枪声，他身边的树枝纷纷掉落，接着，他眼前一黑，从骡背上滚落下来，滚下了山坡……

## 五

在浓密的晨雾中，他们四个人探头探脑地走出了树林，朝乐蒙和达瓦在前面，高娃和娜仁跟在后面。

朝乐蒙和娜仁在山沟里跟达瓦、高娃为邻过起了日子。娜仁和高娃各有一百多只羊几头牛，达瓦把自己的几十只羊放到高娃的羊群里，自己照料他那几匹马。朝乐蒙有好几匹好马，但分散寄养在草原深处几个朋友那里，所以他没有带来什么，但其余的三人却把他当作主心骨。

山沟里的日子很安宁。每天清晨整个阴山山脉被浓雾笼罩着，高娃和娜仁在雾中出去挤奶，达瓦和朝乐蒙去寻找晚上放出去的马。太阳升起老高以后才穿透浓雾照亮山里，浓雾就变成一朵朵白云升到蓝天。挤完奶，两个女人把牛和羊赶到山上吃草，就加工奶食品，制作奶酪。达瓦和朝乐蒙就做一些修理马具等，零碎活儿。

但昨天黄昏，平静被枪声打破了。

枪声是隔一条山沟传来的，陆陆续续响了十几下，说明并不是有人在那里打猎。接着两条牧羊狗也狂吠起来。他们就带着牧羊狗躲进了附近的树林里。他们给牧羊狗上了项圈，紧紧抓在手里，还不断地低声提醒："不要叫，安静！"弄得牧羊狗烦躁不安。他们在树林中待了一整夜，再没有听到任何动静，天亮后才探头探脑地出来。就在此时，那两条狗突然挣脱，向前跑去，围着什么又狂叫不停。

那里躺着一个浑身是血的人。

"啊……这不是李边商吗？"娜仁到跟前惊叫道。

达瓦和高娃也说："真的是他，这是怎么啦？"

四个人里只有朝乐蒙不认识李边商，看了看说："他受伤了，但还活着。"

几个人手忙脚乱地将李边商抬进包里，赶紧给他喂了几口水。李边商很虚弱，脸色苍白，但醒过来了。

"……快去告诉游击队，日本人知道了他们的驻地。"李边商好像醒过来就是为了说这几句话，说完就昏过去了。

"他是被人跟踪了，而且就在这附近被打伤的。打伤他的人很可能追到这里来，因此我们必须马上离开这里。"朝乐蒙说，"娜仁，你火速去找游击队，把他带来的消息告诉他们。这里只有你我知道游击队的驻地，但我必须留下来安顿这个人。"

"可是……畜群、毡包怎么办？"高娃问。

"不急，过两天再说。人先离开。"朝乐蒙又对娜仁说，"我们这个地方可能被人盯上了，所以你再不能回到这里。你先在游击队待着，我想办法跟你联系。”

“他的伤势太重了，这附近没有医生，我们这里也没有药。”达瓦看着昏迷不醒的李边商说。

“我想把他送到索德纳木协理那里。”朝乐蒙说。

## 六

朝乐蒙、达瓦、高娃三个人转移到了草原上。朝乐蒙和达瓦几次出去打听游击队的消息，都无功而返。他们不知道娜仁是否把消息带到了游击队，更不知道游击队是否来得及转移。他们望着蔚蓝色的阴山山脉，心里有说不出的沉重。

有一天朝乐蒙沉默了很久，说：“大哥大姐，你们应该成家了。”

达瓦和高娃望着他，不明白他为什么说起了这个。

朝乐蒙说：“今后我不可能跟你们在一起了。你们应该在一起过日子，这样我也就放心了。娜仁的百十来只羊，只好麻烦你们照顾了。”

“你要离开我们？去找娜仁吗？”

“是的，我一定要找到她。”

朝乐蒙再也没有说话，就默默地离开了他们。

# 第七章

## 一

娜仁火速赶到游击队转述了李边商送来的情报后，游击队立即转移到了另一条山沟里。她也只好留在游击队，她现在不知道朝乐蒙他们在什么地方，遭遇了什么。伊尔比斯和特穆尔当即决定让阿迪亚去寻找朝乐蒙、李边商他们。

几天后，阿迪亚回来了。

他说："李边商在索德纳木协理家养伤。"

"在那儿……他安全吗？"伊尔比斯问。

"索德纳木协理说安全。其实，不安全我们也没有办法，我们这里没有药，更没有医生，连个养伤的住处都没有。"阿迪亚说。

"朝乐蒙他们呢？"特穆尔问。

"一点消息都没有……"

娜仁哭了起来。

"你别太着急，他可能躲到了什么地方，肯定也在找我们。问题是我们已经转移了，朝乐蒙找不到我们。还是我们想办法打听他的消息。"伊尔比斯说。

游击队现在进入了一个艰难时期，不仅是因为被迫离开原来的驻地，更因为他们处于暗探的威胁之下。暗探不除将永无宁日。问题是暗探在哪里？怎么除？

伊尔比斯和特穆尔躲到树林里商量起来。

"要找到暗探，只有李边商能够提供线索。"特穆尔说。

"你这个家伙，在关键时刻总是比我聪明。"伊尔比斯笑了起来，"让阿迪亚去找李边商吧。"

"反正我也看出来了，你我总是碰到没有能力对付的难题，但没有能力也要想办法，要不然就会被消灭。"特穆尔说。

## 二

半夜，阿迪亚到了索德纳木协理家。索德纳木协理这么晚了竟然还没有睡，正在西边那顶毡包里看书，听见动静抬起头来问："你们没有遇到麻烦吧？"

"暂时没有，成天东躲西藏的。"阿迪亚坐到索德纳木协理的对面，自己倒了一碗茶喝起来。

"你们什么打算？"

"必须除掉那个暗探。"阿迪亚说，"我要见见老李。"

这些天李边商一直藏在索德纳木协理堆放杂物的小窝棚里。那时候草原上一些有学问的人大部分懂点医道，经过索德纳木协理用蒙药调养，他已经脱离了危险。索德纳木协理就领着阿迪亚去见李边商。阿迪亚看到李边商躺在角落里。

"怎么样？"阿迪亚问。

"看来是死不了啦，但伤口愈合得慢，流血也太多，身上没有力气。×死日本鬼子他姥姥！"李边商说，"找我有什么事？"

"我们要除掉暗探。"阿迪亚说，"你不是说有一个大烟鬼吗？我们想找到这个人。"

"找他？那你就进一趟包头，找到那个破客店……"

两天后的傍晚，阿迪亚带着游击队员小石来到包头城里那家车马店，住进了李边商上次住过的那个大通铺。他们的马拴进了骡马棚，喂草料另外付钱。

一股让人不舒服的气味弥漫在大通铺里。这时候这里人还不多，总共也就十几个人在炕上围成一圈在赌博。阿迪亚扫视了一遍，就看到只有一个人没有参与赌博，这个人坐在一个角落，面黄肌瘦，哈欠连连。一点都不错，四十多岁，左耳有豁口，右裤腿上有蓝色的大补丁，这都是李边商告诉他的。他正想跟这个人说话，对方却先对他开口了。

“两位大哥，能给我一点钱吗？”那个人对阿迪亚说，满脸堆笑。

“你要钱干什么？”

“我……买药。”

“你病了吗？”

“是啊，是啊……”这个人不仅打哈欠，眼泪和鼻涕都流出来了。

“你买什么药？”

那个人不好意思地说：“不瞒您说，我烟瘾犯了，我好抽那一口……”

“烟瘾犯了是不是很难受？”

“比死还难受。”

“真的忍受不了啦？”

“快救救我吧……”

“好吧，你跟我们走。”阿迪亚说着站起来。

“去哪儿？”

“我领你去烟馆啊。”

“别开玩笑了，我哪能进得了烟馆，在附近街头买点劣等烟土抽两口就不错了。”

“要抽就去烟馆抽，但我不知道烟馆在什么地方，你给我带路。”

“真的呀？”

“当然是真的。”

大烟鬼喜出望外，带着他们两个人就走。他们走出车马店，走进一条胡同拐来拐去。那个人走得特别快，好像不赶紧抽一口烟就会死掉。阿迪亚跟在后边觉着好笑，心想：为了早点抽一口烟，这个人大概什么事都干得出来。又走了一阵，进入一条比较整齐的街道，烟鬼看到一个青砖大门竟小跑起来，阿迪亚估计那就是烟馆。

“等等。”阿迪亚说。

“快走呀，等什么？”

“你过来。”

烟鬼十分不情愿地走来，但不断扭头望着烟馆的大门。

“你真的很想抽一口吗？”

“求你了，快点吧大哥……”

“那么我问你几个问题。”

“抽完问不行吗？”

“你知道阴山游击队吗？”阿迪亚问，他看到烟鬼的脸色比刚才难看多了，嘴角出现了白沫子。

“听说过……”

“你认识一个日本人的暗探，他经常把阴山游击队的情报送给日本人，是吧？”

烟鬼犹豫了一下。但阿迪亚的眼神明白无误地告诉他：如果不痛快回答，他肯定抽不上“那一口”。

“我认识那个人……”他说。

“他叫什么名字？”

“叫王二……”

“他在游击队里吗？”

“不是，他住在包头城。”

“他的情报是从哪儿来的？”

“这个我真的不知道。”

“最近你见到他没有?”

“没有。”

“你能不能找到他?”

“也许可以，我知道他的住处。”

“那这样，我可以掏钱让你进烟馆，但你下次还想进烟馆，你就必须找到你那个朋友。我们在烟馆门口等着你，你抽完快出来。”

“可以，当然可以。我现在可以进去了吧?”

阿迪亚掏出一些伪票子给了他。

天已经黑了，这里本来比较偏僻，这个时候更是变得冷清，只有烟馆门口的一盏灯寂寞地照着巴掌大的一块地方。过了一会儿，烟鬼出来了，好像变了一个人，很精神。

“好了，你已经过足了瘾，现在带我们去找你那个朋友。”阿迪亚说。

“跟我走。”烟鬼很痛快地在前面引路。对这种人而言，抽一口大烟就是一切，只要有人给他抽口烟，爹妈都可以出卖。

走了好久，进入一条比较热闹的街道。他带着阿迪亚他们走进一个小杂货店里。

“王二在吗?”他问杂货店伙计。

“不在，你没有看见他那个小屋上着锁?”伙计说。

“几天没有回来了?”

“大前天还在。”

“没有说什么时候回来?”

“没有说，但估计他快回来了，每次出去他走不了几天。”

大烟鬼看了阿迪亚一眼，阿迪亚示意离开这里。走出街口，阿迪亚对他说:“你如果见到你那个朋友，不要告诉他我们在找他。这样我们还可以让你进烟馆，你如果多嘴，我们拧断你的脖子也很容易。”

烟鬼笑着说："我懂，不会那么傻。"

阿迪亚他们两个人决定在这里蹲守，在树底下的一块石头上坐了下来。

"这个王二……究竟是谁呢？"小石问阿迪亚。小石是个机灵的小伙子，他已经想到这个王二肯定有另外一个名字，因为游击队经常接触的人里没有叫王二的。

"见了他就知道了，可以肯定他是我们的熟人，所以他一看到我们就能认出来。我们必须有防备。"阿迪亚说。

"我们可以当场打死他。"

"我倒觉得，应该让他提供一些情况。"

"你说得对，让他说出一切。"

他们一直守到第二天中午。小石突然说："来了，往那边看！"

阿迪亚看到，有一个人从街口匆匆走来，同时他听到小石咬牙切齿地嘟哝："王八蛋！原来是他……"

阿迪亚也认出来了，来者是张三。张三是个流浪汉，经常到山沟里给富户打短工，也经常去游击队走动。伊尔比斯和特穆尔还动员他参加游击队，他却说自己胆小怕枪声。他跟游击队每一个人都很熟悉。

他们看见张三走到杂货铺后边的一间小房门口，掏出钥匙开锁进去，阿迪亚给小石使了个眼神，两个人就把张三堵在屋里。

张三看到堵在门口的两个熟人愣住了。但他强装镇定，说："啊，是你们两个呀，坐呀。"可是他没能掩饰内心的紧张，声音在发颤，手也在抖。

"你好，我们的政委、队长让你去一趟，有急事。"阿迪亚说。

"是吗？他们在哪儿？他们都好吗？"张三满脸狐疑。

"游击队转移了，谁都找不到。"小石说。

张三很显然在犹豫。一方面，他大概很想知道游击队转移到了什么地方；另一方面，他对阿迪亚和小石的突然出现大感意外，觉着这个很不正常。

“你们……怎么找到了我?”张三又问。

“这几天我们一直跟着你。”小石说。

“哦，是吗?”

“快走吧，老张，我们的领导在等你。”阿迪亚说。

“你们先告诉我游击队领导在什么地方。我有点事，办完随后就到。你们先走着。”张三显然很警惕。他懂得这里毕竟是日本人的天下，待在这里总是安全一些。

而阿迪亚和小石却被难住了，他们已经站到了张三面前，假如他们离开张三，什么样的情况都可能发生，比如张三突然喊一声“这里有游击队!”就可能引来日本鬼子。

阿迪亚跟小石交换了一下眼神，两个人的想法一致了：必须速战速决，这个张三想多活一个时辰都不可能了。

“咱们也别再啰唆了。你说吧，什么时候当的日本人的暗探?”阿迪亚问。

“什么？你们……?”张三脸色一下子苍白了。他看到阿迪亚和小石堵在门口，两支手枪同时指向了他。

大滴大滴的汗珠从张三的脸上滚落下来。他明白，即便此时有大批日军来包围这所房子，最先死的仍然是他。把这两个游击队员逼急了，他将死得更快。

“我……有很多日本人的情报要告诉你们。”他说。

“快说！别要花招拖延时间。”

“暗探不是我一个，还有……”

张三这句话让两个游击队员吃惊不小，但一想又觉着合情合理。

“还有好几个人，但我不认识他们。”张三接着又说，“我可以帮你们找到他们……”求生的欲望让张三几乎在瞬间变成了一个编造谎言的能手。

“继续说，还有什么？”

“事情多着呢，让我想想……”

看来这家伙已经说不出什么了。阿迪亚和小石十分清楚，在这里多待一分钟就多一分危险。阿迪亚对小石使了个眼色，一条细细的麻绳勒住了张三的脖子。张三无力地挣扎了几下，脑袋歪向一边不动了。

他们走出房子锁住了门就离开了。正午的太阳仍明晃晃地照着。

## 三

“娜仁同志……”这是伊尔比斯第一次称呼她为同志，让她感到惊奇。站在伊尔比斯身边的特穆尔看着她笑。

“我们知道你是在等朝乐蒙。但是有一个任务只能请你去完成，没有办法。”伊尔比斯说。

“让我干什么？”娜仁问。

“上一趟大青山。”

“可以呀。”娜仁说。

“是这样。”特穆尔接过伊尔比斯的话头说，“大青山根据地民族工作委员会有一个领导要到阴山山后草原开展工作，那个领导是个女的，所以根据地要求我们派一个熟悉那里环境的女队员为她带路。但我们这里全是男的，所以只好派你去。”

“什么时候走？”

“明天一早出发吧，我们派一个队员送你。这边的事情你放心，我们会继续打听朝乐蒙的下落。”伊尔比斯说。

第二天一早娜仁就出发了。她刚走，阿迪亚和小石回来了。他们汇报了处决张三的过程。

“那家伙说暗探不是他一个?”伊尔比斯问。

“他是这么说的。”

“他没有说还有谁是暗探?”

“他说不认识其他暗探。”

特穆尔黑着脸沉思着说:“也许那家伙没有瞎说。那家伙死了,可能还有暗探盯着咱们。”

“这个情况,必须立即向大青山报告。”伊尔比斯说。

过了几天,大青山过来一个龚部长,是专门来处理暗探事件的。此人一来,没说几句话就跟伊尔比斯争吵了起来,让特穆尔干着急没有办法。

争吵的起因是这位龚部长批评伊尔比斯和特穆尔,他的话很难听,让伊尔比斯很恼火。

“你们的警惕性太差了,因为你们右倾。说轻了是客观上帮助敌人,说重了实质上是向敌人投降!”龚部长说。

“你说什么?我们在这里出生入死,你说我们是投降?”伊尔比斯顶了一句。

“向敌人投降是右倾的必然结果。”

“好吧,咱们说具体问题,你认为下一步我们应该怎么办?”伊尔比斯还是让步了。

“切断一切与外边的关系。”

“你的意思是我们不能跟老百姓交往?那我们不是变成了瞎子和聋子了吗?”

“我说的是暂时。我估计,暗探可能就在你们的外围。”

“外围是什么?”特穆尔问道。

“就是跟你们经常有联系的人。”龚部长说,“你们把外围情况给我说一下,一个人一个人地说。”

伊尔比斯和特穆尔开始介绍那些跟他们有联系的人。没有想到龚部长听完又发脾气。

“你看看，你看看，你们是跟什么人来往的？旗王府的协理、奸商，还有强盗！……”

伊尔比斯冷冷地看着龚部长说：“索德纳木协理是主动跟我们联系的。那个李边商不是奸商，有暗探的消息正是他告诉我们的，为此他还负了伤。正是你说的那个强盗朝乐蒙，夺回了日本骑兵中队的八十匹战马，成功阻挡了侵犯大青山的日军……”

“原来你们是依靠这些人。你刚才说那个李边商和朝乐蒙还经常进包头城，你们知道不知道他们干什么去了？你们不觉得可疑吗？”

“你的意思是，宁肯冤枉好人，也不能放过坏人？伤害好人的事情我做不出来。”伊尔比斯喊。

“大敌当前，我们应该把问题想得严重一点。”

“大敌当前我们更应该注意团结一切可以团结的人。”

“你这是违抗上级！”

“你这是越权！”

两个人吵得一塌糊涂，特穆尔怎么劝都劝不住。结果龚部长转而让特穆尔表态。

“我的意见跟政委一样。”特穆尔说。

“那好，你们不配合，我仍然有权命令你们，把那个李边商立刻抓来审问，见到朝乐蒙当场拘捕。你们把队伍集合起来，我要宣布这个命令。”

“我保留向大青山根据地表达意见的权利！”伊尔比斯喊。

“可以。”

伊尔比斯说完就走了出去。连特穆尔都没有想到他擅自采取了一个行动：派阿迪亚一个人去执行任务了。等龚部长发现这件事的时候已经是下午。

“你怎么不得到我的允许就让一个人离开了游击队？”龚部长又开

始训斥。

“为了了解敌情呀。”伊尔比斯说，“那是我们游击队的正常工作，不需要请示你。”

## 四

大青山根据地少数民族工作委员会工作人员有蒙古族、汉族、满族，还有藏族。娜仁被送到大青山，没有过几天就陪工委蒙民部副部长格玛到了阴山山后草原。格玛比娜仁大不了几岁，听说是北京大学历史系的毕业生，但现在的装束是地道的女牧民。她跟娜仁骑马走在茫茫草原上，有说有笑，好像忘记了日本人的存在。而娜仁却提心吊胆，就怕从什么地方冒出几个日本人把她们抓走。

看到她紧张的样子，格玛笑了，说：“你别怕，碰到日本人，我保护你。”

娜仁不好意思地笑了笑说：“我这个人太胆小。”

格玛疼爱地看着她说：“谁不怕死？但怕也没有用。”

娜仁点点头。

“听说你爱人很勇敢。”

“爱……人？”娜仁不习惯这样的称谓，不禁脸红了，说，“他叫朝乐蒙。”

“知道，他只身袭击日本骑兵队，夺了他们的战马。”格玛说，“现在你们失去了联系，阴山游击队在找他。咱们这次也顺便找找。”

“咱们……能找得到？”

“试一试。”

她们用三天时间，走访了十几家牧户，了解了不少情况。她们白天去牧民家，但到夜里却在野外露宿，是防备遇到不测。两个人绊住马放在草滩上吃草，躺在一起望着满天星星说话。

“朝乐蒙就是启明星，天空出现启明星，天就很快破晓了……”格玛说，“你叫娜仁，是太阳。一个启明星，一个太阳，很般配。”

“不知道他现在什么地方。”娜仁叹口气说。

“听说他是高原好汉。”格玛说，“高原好汉是什么？你知道吗？”

“不就是赶马的吗？”

“不是那么简单。那是蒙古人一种传统的接续。所以，你要弄明白高原好汉是怎么回事，你就必须从蒙古族的传统中去寻找原因。”

娜仁笑了笑说：“我不懂。”

“这么说吧。蒙古人的历史上一直贯穿着英雄主义的情结，这种情结渗透在他们的生活中，有很多人都希望展示自己的勇敢和技巧，比如那达慕大会上的男子汉三项竞赛。当然还有高原好汉，他们活着的意义就是让别人看到自己的勇敢和技艺。当然还有马，这个世界上，唯独蒙古人与马的关系是那么和谐，那么神奇。没有马，蒙古人的历史肯定是另外一种样子。是马帮助蒙古人实现了梦想。在高原好汉们身上，蒙古人喜欢马的本性得到了一种奇特的展现。英雄主义精神和对马的喜爱，让他们变成了高原好汉……”

娜仁只是笑。

“好了，完了再接着给你说。现在睡觉。”

又过了两天，她们仍然没有打听到朝乐蒙的消息，娜仁很失望。格玛提醒道：“我们应该改变一下寻找的方式。比如，我们可以先找到跟朝乐蒙熟悉的人，看能不能从他那儿打听到朝乐蒙的行踪。”娜仁觉得这个办法好，就说起了达瓦和高娃两个人。

“好，就找这两个人。”格玛说。

她们一路打听下去，结果却听到了达瓦被日本人抓走的消息。告诉他们这一消息的是一个牧马人，这个人说，达瓦被抓后，高娃赶着畜群走了。

“她去哪儿了？”娜仁问。

“一个赶着畜群的女人能去哪儿？不会走远。我看见她是朝东走的，肯定在荒滩井附近。”

荒滩井是草原上一口古老的水井，不知道何年何月什么人在渺无人烟的荒滩上挖了这么一口井，为过路的行人和转场的畜群提供方便。格玛和娜仁到了那里，真的见到了高娃。

高娃和娜仁一见面就抱头痛哭，格玛强忍着泪水说：“你把情况给我们说说……”

“近半个月，日本人经常来抢马，抓人。那天我在草原上放羊，达瓦赶着几匹马过来了。这时候突然来了几个日本人，就把他连人带马带走了。我在后边哭喊着追，没有追上。”

“奇怪，他们抓人干什么？”格玛说。

“我们这里好几个人都被抓走了。听说抓他们去当牧工。”

“当牧工？”

“听说日本人抢老百姓的马，在昆都仑河岸边建了军马场，需要牧工。”

“啊，这可是个新动向。”格玛说。

“大姐，别太难过，达瓦大哥只要还活着，就有希望。”娜仁说。

“但到了那种地方，他就出不来了。”高娃看着娜仁说，“看来你已经当了游击队，你就好好打鬼子，为我们报仇。我一定要看到日本人滚回去！”高娃哭着，咬牙切齿。

她们在高娃那儿住了一夜，第二天就离开了。结果这一天她们听到了更为惊人的消息。这一天她们见到了一个牛倌，便问他认不认识一个叫朝乐蒙的年轻人。

“听说过。”牛倌说，“他大概被抓了吧。”

娜仁一听就急得要死，问：“是日本人抓的吗？”

牛倌说：“不是。听说他是日本人的暗探，游击队要抓他。”

“什么?”

格玛这时候却显得很镇静，问：“你是听谁说的？真有这事?”

“真假我不知道，都这么说。”

他们又碰到几个人，他们都说有这个说法，但不知道真假。

“我们必须立即回大青山，这里有问题。”格玛说，又劝娜仁，“你先不要着急，情况现在还不清楚。”

# 第八章

## 一

朝乐蒙费了不少周折才找到高娃，才知道达瓦被日本人抓走了。

“把他抓到哪儿去了？”他问。

“听说被抓的牧民都到了军马场。”高娃说。

“军马场？”

“听说日本人在昆都仑河边建了军马场，把抓到的牧民都送到那里当牧工……”

“我去救他。”朝乐蒙说。

高娃苦笑着说：“你真像个孩子。娜仁来过，还住了一晚上。”

“啊，她来过？”

“她很好，跟着大青山的一个女官。”

“这我就放心了。”朝乐蒙说，“我现在就去看看军马场。”

高娃再三叮嘱他不要去冒险，他也没有再说什么，走了。他走了一天一夜到了阴山南坡。昆都仑河就在他眼前。他真的看到了军马场，而且是三处军马场，在河南岸一字排开，之间的距离约五华里。军马场都用铁丝网围着，里边都有百十来匹马，一些人好像在那里训练马匹。

他久久地望着。

# 二

阿迪亚先到了索德纳木协理家。他是带着特殊使命来的：按照伊尔比斯的指令，让朝乐蒙和李边商躲避拘捕。跟上次一样，他去索德纳木协理家也是一个深夜。索德纳木协理包里点着油灯，他看到李边商和索德纳木协理模糊不清的脸。

“你的伤好了吗?”他问李边商。

“好了，只是身上没有力气。”李边商说，“你是来抓我的吗?”

“什么？抓你?”

索德纳木协理说：“我们听到一些说法，感到很奇怪……究竟出了什么事?”

阿迪亚很痛苦。他想对眼前这两个人说很多话，但他明白，说得越多可能越说不清楚。

那天龚部长召集游击队全体成员讲话。他说伊尔比斯和特穆尔犯了严重的右倾机会主义错误，使得阴山游击队处于日本暗探的威胁之中。他点了朝乐蒙和李边商的名字，说要将这两人抓起来审问。阿迪亚当时就想这位领导在瞎说八道，打死他都不会相信那两个人是日本暗探。龚部长讲完话，伊尔比斯就把他叫到一边，让他以最快的速度去通知朝乐蒙和李边商躲一躲……

“我是来传达伊尔比斯政委的话，他让你和朝乐蒙最近不要去找游击队。”阿迪亚说。

“是不是游击队真的以为他们是暗探?”索德纳木协理问。

“说我和朝乐蒙是暗探？如果不是我冒死传递消息，你们游击队现在还不知道怎么样了呢！还有像我这样的暗探？他妈的！”李边商骂起来。

“伊尔比斯政委和特穆尔队长还是信任你们的……”阿迪亚说，又问，“能不能找到朝乐蒙？”

“他好长时间没有来了，只要他来，我一定把你刚才的话转告他。”索德纳木协理说。

李边商问：“娜仁还在你们那里吗？他们把朝乐蒙当作暗探，她没有被抓起来？”

“她到大青山执行任务去了。”阿迪亚说。

阿迪亚走了。索德纳木协理和李边商相对无言，一盏油灯寂寞地照着他们的脸。

“你别生气，如今是大敌当前，遇到这样的事情其实不奇怪。”索德纳木协理说。

“我不生气，我是伤心。”李边商说，竟然流下了眼泪。

“你的伤已经好了，还是出去躲一躲吧。我这里已经不安全了。”索德纳木协理说。

“真是个笑话！我为游击队搜集情报，结果游击队要抓我……”

正在此时，朝乐蒙走了进来。

“天啊，怎么这样不凑巧？阿迪亚刚走你就来了，他在找你。”索德纳木协理说。

“他说什么了？”

“他让你和老李暂时躲一躲，说是伊尔比斯政委的意思。”索德纳木协理说。

“为什么？”

“人家游击队说你我是日本人的暗探，还要抓我们……”李边商说。

朝乐蒙吃惊得说不出话了，愣了好久才嘟哝道：“他们……为什么要这样？”之后又沉默了，不知道在想什么。

李边商却说起来没完：“是达瓦你们几个人救了我，你又把我送到这里养伤的。没有我冒死送情报，没有娜仁火速去找游击队，游击队也许就完蛋了！他们现在却说我们是坏人，还要抓我们。”

“伊尔比斯派阿迪亚找你们，就是为了通知你们暂时躲一躲，不要跟游击队接触……”索德纳木协理补充道。

朝乐蒙仍旧沉默着，最后长长地叹了口气，说：“其实……也不能完全怪游击队，他们有警觉也是对的。”说完笑了起来，又说：“但我们真的不是暗探，我不是，你也不是！”

“你这样想就对了。抗日是我们自愿的，是为了我们自己，不是为了其他任何人。”索德纳木协理说。

朝乐蒙自己倒了一碗茶喝起来，说：“你们知道我在昆都仑河边看到了什么？”

“看到什么了？”

“军马场。”朝乐蒙说。

“什么军马场？”李边商问。

“日本人在昆都仑河南岸建了三个军马场。每个军马场大概有百十来匹马。”朝乐蒙说，“最近日本人不是经常到山后草原抢老百姓的马，还抓了一些人吗？他们把那些马都送到了军马场，抓牧民去那里当牧工……”

“啊，他们是在训练军马。”索德纳木协理说，“他们让旗王府组建保安队，是要让中国人打中国人，现在他们建军马场，是用中国人的马武装他们的骑兵。”

“这日本鬼子，太坏了。我还得跟他们斗下去，不管谁说我是暗探，我还是要跟鬼子作对。”李边商说。

朝乐蒙和李边商后半夜离开了索德纳木协理家。因为李边商的骡子没有了，索德纳木协理给了他一匹马。

## 三

草原的东方出现曙色的时候，朝乐蒙和李边商一个人骑着一匹马走在野外。草丛中过夜的雀鸟在他们附近欢快地叫着，两个人望着黑沉沉的大地。

“咱们两个还是分开的好，走在一起别让人家一网打尽。”朝乐蒙说。

“我也这么想。”李边商说，“我想去草原上朋友家待一段时间。你准备去哪儿?”

“我哪儿都不去。我想去昆都仑河。”

“什么？你想干什么?”

“那里有好几百匹马呢。”

“就你一个人去?”

“哪次不是我一个人?”

李边商直摇头，说：“你以为军马场是什么？那是虎穴狼窝呀！过去你夺日本人的马，总是有逃脱的条件，但你如果去了军马场，就出不来了。”

“你就别劝我了，这几天我做梦都梦见那些马。”朝乐蒙说着叹口气，又说，“我本来是在等娜仁，但现在她去了大青山，游击队又要抓我，我正好干点别的了。”

## 四

那一天，正好有三个日本兵从军马场出发准备去山后草原抢老百姓的马。如今，抢马已经变成了他们的业余爱好，什么时候觉得寂寞和无聊就去抢那些毫无抵抗能力的老百姓的马，从中获得乐趣。这一天他们的运气更是格外地好，因为他们刚走到山口，还没有进山沟，就看见一个骑马的人牵着三匹马迎面走来。

那个人正是朝乐蒙。看到三个日本兵对着他站着的时候他并没有惊慌，只是盯着他们黑洞洞的枪口和狞笑的脸不动了。

“马的，留下。你的，滚蛋!”一个日本兵说。

“太君要我的马?”他问。

“那当然。”

“可是……这是我的马。”

日本人哈哈大笑，说：“从现在起是我们的了。不要说是马，连你这个人，我们也要带走。”

“那可不行，我还有事……”

“但我们的事更重要。”

“马你们牵走吧，我真的不想去。”朝乐蒙说。

日本人生气了，用枪逼住了他。

朝乐蒙就这样到了军马场当了牧工。他被带到军马场时已近黄昏，被送进了最东头的军马场。事后他弄清楚日本人给军马场编了号，最东头的这个叫一号军马场。这里有十来名牧工。他一眼就看见了达瓦，达瓦也看见了他。

# 第九章

## 一

达瓦和朝乐蒙只是对视了一下就移开了目光，但两个人都受到了鼓舞。这里无疑是魔窟，但他们并不孤独。朝乐蒙现在需要变成一个话语不多、毫不引人注目的牧工，每天人家叫他干啥就干啥，人家不说话就在一边待着。

天很快黑了，朝乐蒙被安排进了牧工们住的大帐篷里。这是一顶日军的军用帐篷，朝乐蒙数了数，共八个牧工，达瓦也在其中。他已经观察到了，铁丝网四周都有哨兵站岗，总共十二个人，军马场场长一人，日本驯马师六人……

朝乐蒙就这样在军马场待了下来。牧工们的职责是管理马匹，其中包括为驯马师抓马。他们将驯马师指定的马匹抓到，交给驯马师以后就站在一旁看驯马。日本人要把草原牧民的马训练成战马，让那些马能听懂日语口令，学会列队、卧倒等。半晌午，驯马师们停下来休息，军马场兽医来为马进行检查。朝乐蒙这才明白，这里还有一个兽医。一看到这个兽医，他心里就产生了一种异样的感觉。因为这个兽医的一举一动似乎触动了他的某些记忆。他在什么地方见过这个人吗？绝对没有，那为什么产生这种感觉？他想不明白。

那个兽医在对马匹进行例行检查。

矮墩墩的身材，满脸忧郁，一条腿明显有点跛，五十多岁……他看着他，就像看一道难猜的谜语。

兽医发现一匹马腿弯受了伤，便喊叫起来。但听不懂他喊什么。旁边坐下休息的几个日军驯马手却根本不理睬他的喊叫，只是用鄙夷的眼神看着他。朝乐蒙猜测，兽医是在怪驯马师没有爱护马，而那些驯马师又不买他的账。

兽医仍在喊叫，很激愤的样子，结果那些驯马师就跟他争吵起来。这时候那边过来一个军官模样的人，后来朝乐蒙知道这个人是一号军马场的场长。

“岗村！”场长叫。

兽医立刻对着军官立正，喊：“嗨！”

岗村？这个兽医叫岗村？朝乐蒙记得那个骑兵中队长就叫岗村，这个兽医就是他吗？他听说日本人同名的不少，所以他不能确定这个岗村就是那个骑兵中队长，但认为这是个值得注意的人物。

他发现，这里的日本人都对岗村态度恶劣，动不动呵斥他，经常取笑他，而这个岗村却在默默忍受。他还发现，在没有工作的时候，这个岗村总是站在一个角落看那些马，看驯马师驯马。每当这个时候，他的眼神就会变得柔和、贪婪。尤其当他盯着看某一匹好马的时候，脸色就出现孩子般的微笑。朝乐蒙想，这个人喜欢马，可能还懂马。

## 二

昆都仑河在日夜不停地奔流。每天落日时分，那些牧工在日本兵的监督下把马群赶到河边饮水，其他时间不管人还是马都不允走出铁丝网围栏。因此，当那些牧工赶着马群走出网围栏时，总是有一种走出魔窟的感觉，河边吹过的晚风都让他们觉得有一股自由的意味。这个时候，阴山山脉显得更加巍峨和浓重，最高的那几座山峰在夕阳的照耀下闪着金色。这时已经是黄昏，几个日本人端着枪远远地跟着他们。

朝乐蒙现在才明白日本人的防范是多么严密。三个军马场都在昆都仑河南岸，可以相互接应。而且，有人要夺走军马场的马匹，就必须渡过昆都仑河。因为夺马的人只能往北跑，跑进阴山山口才有可能脱险，而往其他任何地方跑都会送死——往东是包头城，往西是毫无遮掩的河套平原，往南就是比昆都仑河更宽更凶险的黄河。要是在平时，赶着马群渡过昆都仑河并非难事，几个牧马人齐心合力就可以把马群赶过河去。但如果想在日本人的尾随追击中冒着呼啸的子弹渡河，就绝没有可能。

他现在也意识到自己的无助了。无法找人商量，更不可能与游击队取得联系。而且更让他感到不安的是，这里怎么看都像是陷阱和诱饵，三个军马场将近四百匹马放在阴山脚下，似乎在等待游击队来上钩。他现在并不希望游击队来夺马，而是担心游击队贸然行事。四百匹骏马是个巨大的诱惑呀!

但他又绝不能容忍日本人把这些军马送到战场投入战斗。用草原上的马去打草原人，用中国的马去打中国人，谁能容忍？因此他必须想出一个万全之策。

这么多的马饮完水很费时间，牧工们站在一旁等着，那些日本兵站在百十米开外一动不动。

“你看到没有，一走出网围栏，马也精神起来了。马本来就不习惯关在网围栏里，它们是在大草原上自由奔跑的动物……”达瓦站在朝乐蒙近旁说。

“是啊……”朝乐蒙感叹着。那些马匹真的一走出网围栏就不一样了，变得精神抖擞，很多马都望着草原尽头和阴山山脉。

“日本人把它们关在网围栏里是对的，它们想跑也跑不了。如果没有网围栏，它们一旦受惊跑起来，谁也挡不住。”达瓦又说。

“你说得不错。”朝乐蒙说。

“可是，每天又不得不让它们走出网围栏到河边饮水，而且都是傍晚。等它们喝饱了水，天基本就黑了……”

“嗯……”朝乐蒙突然想起另外一件事，问，“那个兽医叫岗村?”

“没错，我打听清楚了，他就是那个骑兵中队长。”

“祭敖包那天抢你们马的也是他。”

“是啊，那个狗日的!”

晚上朝乐蒙躺在铺位上，想着达瓦傍晚说的那些话。他明白，达瓦的每一句话都是一种提醒。

其他牧工都进入了梦乡，疲劳的男人们深沉的鼾声在此起彼伏。他们何止是疲劳，还有悲苦和绝望。他们都是被抓来的，在日军枪口的威逼下干活儿。谁心里都清楚，除非是逃跑，否则他们再也见不到家人了。但逃跑几乎是不可能的。朝乐蒙经过苦苦的思考终于意识到，当务之急是用什么办法跟游击队取得联系，让游击队知道他已经在军马场，以及这里的其他情况。

过了几天，军马场抢来十几匹三岁牙口的马，那是一些在草原上还没有来得及调教的马。那几个日本驯马师的职责是将普通的马训练成战马，对普通马的调教根本不在行，而且他们也忙不过来，于是调教这些马的差事就落到了那几个牧工的身上。

## 三

岗村被调到了军马场。他现在已经不是骑兵中队长，而是一个被排除在战斗序列之外的罪人，他本应该被处死，但却侥幸活下来了。当他从地狱门口回来的时候他是麻木和懵懂的，是万念俱灰的。他唯一清醒的时候是在自己的大腿上烫燎泡的时候。但随着燎泡的与日俱增，他的神志也开始回来了，比如：复仇的欲望、往上爬的野心以及对那匹马的占有欲等等。

他虽穿军服却没有军阶，因腿上的烫伤越来越多而且早已化脓而走路一瘸一拐。

岗村在闲暇时就站在一旁看驯马。谁都不会注意他这个人人瞧不起的瘸子，更不会注意他眼神和表情的变化。其实他是那样地专注，看着那些人在驯马，羡慕、挑剔、不屑等在他的眼神中交替出现着。尤其当他看到一匹好马的时候，就两眼发光，如醉如狂。有一天他对一个日军驯马手说："你驯马的方法不得当，不应该那样。""那你说怎么做才得当?"那个年轻的驯马手反问。他指手画脚地讲了起来，但很快被对方打断了。"听说你的马老是被人抢走，原来是这样训练出来的呀!"岗村噎住了，脸憋得通红，一句话都说不出来。

一个牧工边擦汗边走到他身边，说："我看出来了，你懂马。"

岗村其实懂点蒙古语，听明白了他的话，心里很受用，但却不愿意理睬这个人。虽说他目前的处境比牧工也强不到哪儿去，但在骨子里却瞧不起任何中国人。但那个牧工好像感觉不到他的鄙视，仍笑嘻嘻地说："如果让你当这里的最高长官，你会训练出一些出色的战马。"

一个倒霉蛋再心存傲气，也希望得到别人的理解，他叹了口气，又看了看对方，摇头叹气。

他是在回忆失去的辉煌。但没有想到，让他失去辉煌的那个人现在正站在他身边跟他说话。

"太君，您腿脚不方便，有什么事尽管吩咐。"年轻人说。

"嗯，嗯……"岗村微笑了。他过去当骑兵中队长时不仅有护兵、翻译官，还有勤务兵，而如今没有一个人帮助他。他只能瘸着腿去打水，打饭，自己洗衣服。对他这样一个瘸子而言，做这一切确实很困难，而现在有一个人却提出为他服务。

到了中午，他带着朝乐蒙回到了他住的那间小房子。这里的其他日本人都住在用木板搭建的简易房子里，马场负责人和驯马师们都住单间，其他士兵虽然住大通铺，条件也相当不错。唯独岗村，住在马场一个角落的小房子里，离其他人很远。那也是木板搭建的房子，但很破也很小，一张桌子上摆满了兽药，紧靠着桌子就是岗村的单人床。朝乐蒙进去一看，这里简直像狗窝。脏乱不说，还有一种怪味。

“你的……给我打扫……去打饭。”岗村对朝乐蒙说完就倒在床上呻吟起来。

## 四

岗村收到了一封信，又哭又笑地折腾起来。朝乐蒙给他打饭送去，看着他。

“你的……坐下。听我……说。”岗村说。

朝乐蒙坐下了。

岗村处于一种奇特的激动和兴奋状态，一个人在这种状态下会产生强烈的诉说愿望，但这里的日本人没有一个愿意听他唠叨，因此无奈之下他选择将朝乐蒙当作了诉说对象。

“我的……妈妈、女儿……来信了。”他手舞足蹈。

“哦……”

“他们希望我为帝国立功……”

“是吗?”

“但……我的……却这个样子。”岗村哭了起来，说，“你那一天说我懂马，还说，如果让我当这里的长官，你相信我会训练出一流的战马……我没有想到，了解我的竟然是你这个中国人，而我的同胞们却不了解我……咱们喝点酒吧!”

“这里不让我们喝酒。”朝乐蒙说。

“我允许你陪我喝酒。”岗村激动地说，“你知道吗？这里的长官……过去是我手下一个谁都看不起的窝囊货。所以他只能来这里当场长，战斗部队不要他……”岗村说着，从床底下摸出一瓶包头二锅头，又找出两个玻璃杯。

兽医这个特殊的岗位，这个军马场的场长曾经是他部下的特殊关系，当过骑兵中队长这个特殊的经历，等等，让岗村有了一个相对自由的环境。虽说这个自由很有限，但他至少可以叫一个牧工来照顾自己，还可以跟这个牧工喝酒。

岗村倒满了两杯酒，但没有马上喝，却脱掉了长裤，用烧酒洗起了大腿上的烫伤。朝乐蒙看着他那条腿倒吸了一口凉气。整个大腿基本溃烂，一些地方可能已化脓，散发着恶臭。

“你为什么不找医生治一治?”他问。

烈性白酒的刺激下，岗村疼得龇牙咧嘴，说:“不到时候!”

“哦，哦……”

岗村住屋的小窗户开着，昆都仑河岸闷热潮湿的气浪在屋里弥漫，让他们流汗不止。岗村脱掉了外衣，露出了老化松弛的皮肤。他喝了两杯就两眼通红，开始骂骂咧咧。

“你们蒙古人太野蛮，一点都不文明。”他说。

朝乐蒙忍不住笑，差点把嘴里的酒喷了出去。一个强盗还嫌被伤害的一方野蛮和不文明?但岗村似乎误解了他的笑，他以为自己刚才的话让对方觉得很深刻，对方才笑成这样。

“一个月以前，我化装成牧民，参加了山后草原阿杜敖包的祭奠。那天那里聚集了成百上千的马。但那天，我看到了一匹马……”说着，泪水直流。

“什么样的马?说给我听听……”朝乐蒙说。他这才明白，岗村他们之所以截住娜仁他们，是为了抢那匹马。

“是一匹高大的枣红马!”岗村激动得站起来，“我一看到那匹马，那些成百上千匹马全消失了，只剩下那匹马。天啊，那是马吗?那是天地万物之精灵呀……”

“那你……后来怎么样了？”

“天黑以后，我把那匹马抢到了手，但接着，一个家伙又从我手中夺走了那匹马。他就是你们草原蒙古人，你说他多野蛮，多不文明？”

“你不是有枪吗？没有打他？”

“哦，没有。”岗村没有解释为什么没有开枪，沉默了好一阵，问朝乐蒙，“骑兵中队丢马的事你听说过吗？”

“没有。”

“有一个人袭击了骑兵中队，夺走了战马！”岗村咬牙切齿地说，“谁敢保证，那家伙不来袭击军马场？难说。”

朝乐蒙听出这句话很恶毒，岗村在内心深处似乎希望发生这样的事，因为那将证明丢马并不是因为岗村无能，而是蒙古人太“野蛮”和“不文明”。

岗村很快就醉了，口齿不清地胡言乱语，后来哼起了一支什么小调，朝乐蒙悄悄退了出去。

# 第十章

## 一

大青山根据地一道命令叫伊尔比斯、特穆尔和龚部长连夜过去，天亮时便宣布龚部长撤回根据地，命令阴山游击队完成袭击日军军马场的任务，由伊尔比斯和特穆尔全权负责，还决定派娜仁回阴山参与行动。伊尔比斯和特穆尔脸上露出了久违的笑容，而龚部长的脸色却很难看。根据地领导虽然没有明确说，但意思很清楚，对龚部长的做法是否定的。

伊尔比斯和特穆尔在司令部作战室等着娜仁，两个女八路嘻嘻哈哈地走了进来。她们都穿着灰色的军装，看上去衣着很得体，显得精神抖擞。特穆尔看了她们半天笑了，说："天啊，娜仁你变成了这个样子……"伊尔比斯这时候已经跟另一个年长一些的女八路握手说笑了。那个人是格玛。

"朝乐蒙有消息吗？"格玛问。

"你们那位龚部长要抓他，他没法找我们。据李边商说，他可能去了军马场。"伊尔比斯说。

"啊，他去了军马场……"娜仁说。

"也就是说，他已经打入了军马场，下一步就是怎么跟他取得联系的问题了。"伊尔比斯说，"这就需要我们动脑筋了。我们马上回阴山。"

特穆尔说："你对象不是在这里吗？不去见见？"

伊尔比斯指着格玛说：“她就是我对象。”

“啊，原来是……”特穆尔笑了起来，格玛和娜仁也哈哈大笑。

回到阴山，他们几个人去了一次昆都仑河以北的山坡上，用望远镜观察了半天。前两天侦察过军马场的阿迪亚为他们带路。

“你看这鬼子多狠毒，把军马场摆在我们眼前，我们不去夺马，他们就把马匹送到战场，但是我们去吧，他可能正等着我们呢。”伊尔比斯说。接着阿迪亚又汇报了侦察到的情况：三个马场相距五华里，一旦有事就能够彼此呼应。他们总共有四十名日本兵和二十四名驯马手，加起来比阴山游击队的人还多。

“所以我们不仅要去，还必须成功。”特穆尔说，“从外边强攻肯定不行，必须里应外合。”

“现在想办法跟朝乐蒙联系。”伊尔比斯说，望着娜仁问，“你有没有办法？”

娜仁突然想到了枣红马。那马一直由她骑着，那是一匹通人性的马……

“也许……我可以试试。”她说。

## 二

几天后的一个黄昏，朝乐蒙他们赶着马群到昆都仑河饮水，天色已经很暗，朝乐蒙突然听到一声熟悉的马嘶声。他吃惊地望去，便看到马群中的枣红马。这马是什么时候跑进马群的？

枣红马也在看着他，但没有跑过来。他发现马脖子上拴着那条他熟悉的头巾。他就立刻明白是什么意思了。他慢慢地走到枣红马跟前，枣红马像久别大人的孩子一样，用脑袋蹭着他的肩膀，从胸腔里发出低沉的嘶鸣。他将头巾解下来，又拴成另外一个样子，在马屁股上轻轻地拍了一下。当饮完水的马群回铁丝网围栏里的路上他仔细观察了一下，枣红马已经不见了，说明它已经回去了。

他强忍着激动不露声色，坐在外边望着铁丝网外开始被夜色笼罩的原野。西天的最后一抹晚霞已经消失，阴山像乌云一样浓重，一些大而亮的星星出现在昆都仑河上空，四周是那么安静。但他知道，娜仁就在附近，那匹马大概早已跑回她身边。他知道，一匹马、一条头巾完成了他和娜仁之间的沟通。娜仁拴在马脖子上的头巾在说：你在里边吗？我想跟你联系。他将头巾拴成另外一个样子，明白无误地告诉她：我在里边，常联系。

## 三

岗村现在有点离不开朝乐蒙了。当然不是朋友离不开朋友，而是主人离不开奴仆。这里的其他日本人过去毕竟是他的部下，加上一瘸一拐行动不便而又没有一个人愿意帮助他，所以当他提出让朝乐蒙照顾自己的时候他曾经的下属也就同意了。当然朝乐蒙牧工的身份不变，必须完成牧工该做的一切以后才可以去照顾岗村。

这一天中午，日本人挑选出朝乐蒙等几个牧工，让他们赶着一些马匹去某一个地方。军马场场长、兽医岗村和一些日本兵押着他们走出了铁丝网。

“这是去哪儿？”朝乐蒙问走在身边的岗村。

“去铁路上。”岗村说。

铁路？朝乐蒙感到奇怪。他们走出军马场，从东边绕过包头城，又走过一个小小的火车站，便看到一条铁轨从小站往南拐了出去。

事后朝乐蒙得知，这条铁轨是日本人自己修的。最近日军调来工兵从小站往南修了一条支线。他们没有抓老百姓去修路，不让任何人靠近，所以这条路修到什么地方没有人知道。铁路很快修完了，路口有持枪的岗哨日夜把守着，没有人敢靠近。

现在朝乐蒙等几个挑选出来的牧工赶着十几匹马，被日本人押着走进了这条支线的入口处。岗村背着药箱骑着马走在队伍中。这是朝乐蒙进入军马场以来遇到的第一次异常行动。他不知道日本人要干什么。刚铺的铁轨上长了红锈，连朝乐蒙这个生长在草原上的人都能看出这条铁轨上从来没有火车行驶过。铁路两旁长满了荒草，修铁路时取土的坑里积满了水，已经变成了绿色。没有走多久，到了铁轨的尽头，那里没有任何建筑，只是一片开阔地，但仍有日军四处警戒。

带队的军马场场长命令大家停下来。

这时候铁轨上驶来一列闷罐车。这也许是这里出现的第一列车。列车行驶得很慢，最后停靠在朝乐蒙他们前面。闷罐车宽大的车门打开了，几条宽大的木板从车门放下来，与地面形成了一个斜角。

朝乐蒙终于明白了，日本人是想把训练好的马装上闷罐车。他们命令牧工们把带来的十几匹马赶上斜放下来的踏板。但那些马匹无论如何都不肯走上踏板。大家没有办法，只好停了下来。

“你的……有办法?”岗村问朝乐蒙。

“啊，我来试一试，但大家要配合。”朝乐蒙说。

岗村立刻叫来场长，用日语说了一些什么。

朝乐蒙让牧工们把那些马聚拢到踏板前，自己牵着马走上了踏板。他那匹马在踏板前犹豫着，但他用舌头发出一种亲切的声音，并不停地摸摸马的额头，那马终于十分不情愿地一步一步走了上去。

朝乐蒙牵着马上去又下来，来回重复了几次，接着他又给另一匹马上了笼头。那匹马更难对付，但在他锲而不舍的努力下，也走上了踏板。一直折腾到下午，那十几匹马终于学会了上下车。岗村兴高采烈地对场长说着什么，又对朝乐蒙说：“你的……有办法。将来这些马，可以带着其他的马……上车。”

朝乐蒙明白，日本人要用闷罐车运送战马了。

回到军马场已经是晚上。场长带着翻译官找到了朝乐蒙，岗村也跟着。

“你有没有办法让所有的马痛痛快快上车？”场长通过翻译官问。

“那……需要训练。”朝乐蒙说。

“什么？怎么训练？”

“让所有的马听懂我的话。”

“哦，明白了，让所有的马听懂我们的话就行了。”

“不行，那些马是蒙古马。”朝乐蒙说。

“嗯？”

岗村在一旁说起了日语，场长听完看着朝乐蒙说：“我的话，你听，你的话，马听。”朝乐蒙明白了他的意思：指令要他亲自下，朝乐蒙再将他的指令传达给马群。

“可以，给我多长时间？”朝乐蒙问。

“这个你不要问，越快越好。”场长说。

## 四

朝乐蒙看出岗村不仅需要生活上有人照顾，好像更需要有人经常跟他待在一起，跟他说说话，或者不说话只是待在他身边也可以。这家伙迟早会疯掉，朝乐蒙想。跟岗村在一起对他是有利的，他至少可以打听到一些有用的情况。

“你说你曾经得到过一匹好马？”朝乐蒙有一天问他。

“啊，啊……”岗村立刻眉飞色舞起来，“这个世界上只有很少几个人有幸能够看到那匹马。哪怕你有一万匹马，哪怕你一辈子跟马打交道，但你不可能看到那种马。可是我却得到了那匹马，还骑着走了大半夜……”

“那匹马肯定就在山后草原，你不想去找找……”

“什么？找？”

“你不是喜欢它吗？”

“我都梦见它无数次了，可是……你能帮我吗？”

“帮？怎么帮？”

“跟我去找那匹马。”

“但我出不去呀。”

“是呀，是呀……”岗村满脸遗憾。他叹了口气，找出一瓶酒。

“啊，啊……我如果再次见到那匹马……”岗村晦暗的脸色甚至出现了淡淡的红晕。“那匹马的主人是一个年轻女人，住在阿杜敖包西边的河湾，那里住着三户人家，但后来搬走了……喝呀！”

“啊，你说的三户人家，其实就是三个人，一个年轻女的，另两个是一男一女，比那个女的年长一些，大概四十来岁……”

“天啊，你认识他们？”

“我能不认识吗？我就是在山后草原长大的，而且是个牧马人。”

那天中午他们两人干掉了两瓶包头二锅头，醉酒的岗村赤着脚跑出去对他过去的部下如今的上司喊：“你现在就把我送到渡边长官那里，我有重要事情向他报告！”

岗村是晚上回来的。他到渡边那里谈了一些什么，无人知道。反正从渡边那里回来后岗村就好像变了一个人。他将军马场场长——过去是他的部下如今是他的长官——叫到自己的小屋。这是自从他来军马场当兽医以来没有过的。以往他要见场长，必须到他门口喊“报告”，得到允许方能进去。

“我现在向你转达渡边长官的命令。”他对场长说。

场长立刻又好像变成了他的下级，立正喊道：“嗨！”

“哦，不，不，你理解错了，你还是场长，我仍然是兽医。只是渡边长官批准了我的一个方案，他命令你协助我实施我的方案。”

“什么方案?”

“我要带着一个牧工去山后草原!”

“啊，为什么?”

“这个不需要你知道。”

“嗨！……”

第二天，岗村和朝乐蒙离开军马场向阴山山口走去。那时候已经下午了。

“这次你一定要给我找到那匹马。”岗村说。

“我一定会找，但找不到你不要打死我。”朝乐蒙说。

“八嘎!”岗村喊，但在笑，说明他是在开玩笑。

朝乐蒙也笑了。

岗村看来心情不错，一路用蹩脚的蒙古语说话。而朝乐蒙一直在紧张地思考着如何跟游击队联系。他们走了整整一夜，终于穿过山沟，走出了山口。他们进入草原走了一阵，突然听到有人叫他们。

## 五

伊尔比斯的望远镜紧紧盯着眼前这片草原。他隐藏在一处草坡上，他这个位置很不错，可以看到前后左右发生的一切，娜仁匍匐在他身边。

昨天下午，他、阿迪亚、娜仁三人还在军马场附近，就意外地看到朝乐蒙和另一个人走出军马场。

“咦，这是什么意思?”他嘟哝道。

朝乐蒙和那个人从他们眼前走过。伊尔比斯断定跟朝乐蒙同行的那个人是日本人。他不知道他们要去哪儿，但无论如何，朝乐蒙已经走出铁丝网就有了跟游击队接头的机会。后来看到朝乐蒙他们向阴山山口走去，就知道他们要去山后草原。

“咱们从另一条山沟绕过去，到阴山北口等他们。”伊尔比斯说。

他们从另一条山沟先于朝乐蒙他们穿过了阴山，天亮前到达了山口，等到半上午，总算看到了朝乐蒙和那个日本人从山口走了出来。

“阿迪亚，你去接触他们。要见机行事。”伊尔比斯说。

“我也去。”娜仁说。

伊尔比斯懂得娜仁的心情，她是恨不得跑到朝乐蒙跟前，哪怕跟他说一两句话，或者相互注视片刻。但伊尔比斯还是断然拒绝了。

“为了朝乐蒙的安全，你不能去。”他说。

娜仁只能流着泪点头。

阿迪亚过去了。

## 六

岗村现在很得意。昨天他借酒壮胆去找渡边长官。他的本意是带着朝乐蒙去找马，但对渡边长官说要去山后草原做马匹疫病调查。他说这项工作很重要，他必须保证军马场输送出去的战马的健康。他以为渡边不会答应他去，但没有想到对方痛快地答应了，让他到山后还必须了解那里有什么值得注意的动向。

朝乐蒙和岗村刚走出阴山北口，就遇到了一个牵着三匹马的牧人。

“你好。”朝乐蒙问候。岗村已经跟朝乐蒙说好，到了草原上他就装哑巴，因为他那个蹩脚的蒙古语会暴露他的身份。

“啊，好好……”牧人回答。

“您是要进山吗？”

“是，给游击队送马。”那个牧人看来是个痛快人，高兴地说。

“给游击队送马？”

“是呀，他们最近需要一些马，好多人都把马送去了。与其让日本人抢去，还不如送给游击队呢。人家是为我们打鬼子嘛。”

“哦，哦……”

又走了一阵，听到有人叫他们。

“喂，前面那两位，请等等我……”阿迪亚喊着朝他们走来。

“你好？有什么事吗？”朝乐蒙问。他提醒自己岗村就在身边，要尽量装得若无其事。

“两位看到几头牛没有？总共五头，一头黑的，一头黑白花，还有三头是红牛。”阿迪亚说。

“我们没有碰到。正好遇到了你，我们想打听一匹马，是一匹枣红马，她的主人是个年轻女人，住在阿杜敖包西边很远的一个河湾上……”朝乐蒙说。

“啊，你说的是娜仁！”阿迪亚说。

“我也想起来了，她是叫娜仁。”朝乐蒙说，“她还住在那里吗？”

“她搬家了。我今天正要去她那儿呢。”

“她好吗？”

“很好。”

“她那匹枣红马还在吧？”

“怎么不在？她每天骑着呢。”

朝乐蒙看了一眼岗村，岗村朝他点了点头。

“我们也想见她，咱们一起走吧。”朝乐蒙说。

“太好了。”

岗村一副疲惫的神态一扫而光，因为他可以看到枣红马了，还对着阿迪亚呵呵地笑了一下。

三个人慢慢向草原深处走去。阿迪亚和朝乐蒙一路说话，而岗村只有听下去的份儿，但却可以听懂他们交谈的大概意思。他感到满意的是，朝乐蒙向这个找牛的人提出的每一个问题对他都有用。

“听说娜仁那匹马真是匹好马。”朝乐蒙说。

“那还用说吗？好多人都说，那匹马落到一个女人手里太可惜了，它应该归一个军人骑。”

岗村微笑着，他喜欢听这种话。

“听说山里有游击队，真的吗？”

“我没有见过，但大家都那么说，大概是真的。”

“你们这里草场不错。”

“你们二位从哪儿来呀？”

“山南，昆都仑河那边来的。”

太阳热辣辣地晒着，草原似乎没有尽头。岗村要撒尿，当然他没有说撒尿，只是指着路边哇啦哇啦几声。其实他是要用烧酒洗伤口，骑着马走了一整夜又半天，他的伤口疼得要命。

“哦，你去吧。”朝乐蒙说。

岗村艰难地下了马，还差点摔倒，一瘸一拐地走到几棵灌木后边。趁着这个难得的几分钟时间，朝乐蒙和阿迪亚交谈了至关重要的几句话。

“什么打算？”朝乐蒙问。

“夺军马场的马。”

“但不能直接袭击军马场，那些马训练好以后肯定要往外送，应该在路上动手。”

“路上？”

“他们准备把马送上火车。”

“在火车站吗？”

“不是，他们专门修了一条铁路。包头城东有个小火车站，从那里修出一条铁路，你们一去就可以看到。从军马场到那条铁轨尽头，是四十华里。”

“他们什么时候行动?”

“到时候我想办法通知你们。”

“好，我们等着你送出的消息。你打算怎么给我们传递消息?”

“你们等枣红马去找你们。”朝乐蒙又说，“为了取得这个叫岗村的家伙的信任，我必须把枣红马带进去。今后传递情报看来仍然需要靠这匹马。但娜仁不能露面，这个岗村会认出她。祭阿杜敖包那天，抢了娜仁他们马的就是这个家伙。”

“好吧，这事我们想办法。”

岗村边提裤子边走过来了。两个人的话就此中止。三个人继续赶路。

岗村已经很虚弱了，阿迪亚看到了这一点并说：“看来这位大哥累了，你们找一户人家歇歇。”

朝乐蒙看了看岗村，岗村连眼睛都睁不开了。

“你们找娜仁有重要事吗?我替你们办。”阿迪亚说。

“我们已经跟娜仁说好了，要她那匹马。”朝乐蒙说。

“她答应了吗?”

“答应了。”

“那就好办了，我去把那匹马牵来好了。”阿迪亚说。

# 第十一章

## 一

夜深了，军马场内外一片寂静。但岗村却睡不着。他不仅听到了昆都仑河在哗哗地流着，还听到风从阴山山脉强劲地吹过来。山顶上吹来的风与平原上的风不一样，那是一股凛冽的气流。

他刚刚去了渡边长官那里，汇报了他的所见所闻。渡边长官在他宽大的办公室里来回踱步很久，最后站定说："一场恶斗在即！"

"是吗？"他问。

"这是你告诉我的。"

"我？"岗村没有听明白渡边的话，想：我什么时候说过这样的话？

"你没有直接说，但你报告的情况已经说明，我们和游击队之间将要有一场激战。"渡边说，"一、你说有迹象表明，山后老百姓给游击队送马，说明游击队最近会有大行动。游击队过去都是步行，因为他们总是钻山沟，他们现在从老百姓那里弄马，说明他们要下山。二、他们下山干什么？肯定跟我们最近输送战马行动有关。三、假如他们想夺马，那么他们绝不会来攻打军马场，因为那是送死。所以，他们只能在我们去铁路的半路上动手。"

渡边的话节奏缓慢，似乎是边想边自语，但条理清晰，让岗村佩服。

"双方的较量焦点是马！"渡边说。"你回去动动脑子，你当过骑兵中队长，你熟悉马。"渡边说。

现在岗村躺在床上，听着阴山山顶吹来的风声，思考着：从军马场到铁轨支线终点是二十公里，地形并不算复杂，按一般的思维，游击队袭击马群很难成功。但也许，一般思维已经过时了！只身一人，也许连一支枪都没有，但却赶跑了一个骑兵中队的全部战马——这事对谁说都不会信。但这是真事，是他亲身经历过的。

二十公里！会出现什么情况？

第一批输送多少匹马他不知道。但既然要装上火车，那肯定不会是少数，至少百匹，将三个军马场几百匹马一次送走都有可能。别看只有二十公里，马群不可能走得太快。因为马群对地形不熟悉，只能慢慢赶着走，没有可能像草原上的牧马人一样赶马群快速奔跑。而且马又是迷恋出生地的动物，在这二十公里的路程中它们企图跑回山后草原怎么办？不用说多，几百匹马中只有三五匹有了这种举动，那就等于对其他所有的马发出了一种信号，那些马会在一眨眼之间跑得无影无踪。出现这种情况怎么办？总不能用机枪扫射那些马吧？

看来，在路途中控制好马群至关重要。于是他就想到了那个牧工。这几天他看出来了，那个小伙子没有撒谎，军马场的那些蒙古马真的能够听懂他的话。在军马场，只要他大声喊一声，所有的马都掉过头来看着他。前几天的一个傍晚，竟然是他一个人就带着百十来匹马去河边饮水的。当然仍有日军在远远跟着，但牧工就他一个。他是能够控制马群的。说实话他现在真的有点喜欢那个年轻人了，他还帮他找到了那匹枣红马……

接着他又想到了渡边长官。他相信渡边长官不仅免了他一死，还对他抱有希望，希望他能够保证马群从军马场安全地到达停车点并被安全地送上火车。他如果做得让渡边长官满意，他也许会时来运转，重新得到重用，到那个时候他给母亲和女儿写信就有话说了……

他越想越兴奋，便穿好衣服走到外边。外边月光如水，他走到了马群中间，走到了枣红马跟前，像欣赏一件稀世珍宝一样看着它。那天他在毡包里迷迷糊糊地躺着，疲惫和疼痛让他连睁开眼睛的力气都没有了。但当他听到外边枣红马的嘶鸣时，他不但睁开了眼睛，还一跃而起跑到外边。从那时起他就一直处于兴奋之中。因为兴奋他有了失眠的毛病，还引起了伤口更加严重的发炎。

## 二

跟任何一个城乡接合部相似，包头东郊是个又脏又乱的地方。这里住着菜农、小贩子、乞丐和一些来路不明的人，都是一些社会最底层的芸芸众生。但这些人也要生活，以维持最简单的生活，所以这里又出现了一些小杂货铺、收购点、旅馆什么的。这两年还有一些有钱人在这里圈地建宅，人越来越多，也越来越乱。

前几天这里又出现了一家皮商行，把一家小旅馆的客房全部包了下来，院里堆了不少皮张，还不断有人来卖或者买皮张。没有人想到这个皮商行是阴山游击队的一个临时指挥部。这又是伊尔比斯异想天开的结果，他说，日本人绝不会想到游击队在这个地方设立指挥部，而我们施行夺马行动却很方便。他这个皮商行共有二男一女三个“伙计”：阿迪亚、娜仁、小石。而经常送皮张来的人中就有李边商。

伊尔比斯现在急需掌握军马场送马上火车的准确时间，这就需要跟朝乐蒙取得联系。但怎么联系？这又是一个问题。他这几天老是思念特穆尔，别看特穆尔没有文化，事情只要逼到眼前，他总能想出办法。找“高原好汉”夺日军骑兵中队的马就是他想出来的。但没有办法让特穆尔来这里，游击队在山里，特穆尔必须留在那里。于是他每天派出阿迪亚或娜仁去军马场附近观察情况，他认为朝乐蒙要传递消息很可能还是靠枣红马。枣红马不可能找到这个地方，但娜仁或阿迪亚在军马场附近，它就很容易找到他们。

李边商带着几张牛皮来了。

伊尔比斯边查看皮张质量，边低声问：“什么情况?”

“旗保安团正在等你们的命令，随时可以配合行动。”李边商说。

“太好了，军马场那边没有消息吗?”

“没有。”

大青山根据地最近已经给混入旗保安队的人们下了命令，让他们参加夺马行动。旗保安团团长、王爷的亲弟弟巴拉巴尔已经答应绝对服从大青山的命令。到时候特穆尔也将带着游击队下山。现在整个方案差不多已经完备了，但关键的一环还没有弄清楚，那就是日本人送马上火车的准确时间。

## 三

军马场的日子是个死板的重复，一点异常的迹象都没有。但朝乐蒙认为运送军马的日子正在迫近。事情明摆着，那些马匹已经训练好了，它们很快被送到战场。当然日本人不会把运送马的日期告诉朝乐蒙，突然哪一天一声令下，马群就会被赶往铁路。但他却必须事先弄清楚行动的具体时间。偏偏这两天遇到了阴天，整个天空被灰黑色的云笼罩了。那些云一动不动，只是不断地加厚。一场暴雨即将来临，但谁都不知道什么时候下。

这天岗村在忙着配药，还让朝乐蒙去帮忙。

“马病了吗?”朝乐蒙问。

“没有。马的，要打防疫针。马圈的，消毒……”

“哦，哦……你太辛苦了。”

“没有办法，这些马要走，新的马要来……”

“这些马要送走吗？什么时候？”

“他们不会告诉我。”

朝乐蒙只知道游击队在筹划夺马行动，但对具体部署却一无所知。当务之急是将日本人往铁路送马的准确时间传递出去。但连岗村都不知道准确的时间是什么时候！是今天半夜，还是明天或者后天？朝乐蒙知道，传递消息只能靠枣红马。他可以让枣红马去找娜仁或阿迪亚，再回到军马场的马群里。这个他完全有把握。但什么时候让枣红马出去？迟了不行，早了也不行……他必须做出决断！而且看来必须在有新的消息来源之前就做决断。他知道这样做是一种冒险，一旦他的决断错了，夺马行动就会失败。

朝乐蒙感到一种巨大的责任压在他的肩上，压得他透不过气来。他想起了伊尔比斯和特穆尔，他们在某一个地方比如北边的山坡上或者在铁丝网外边的什么地方，眼巴巴地等着他把消息传递出去。一旦他传递出去的不是一个准确的消息呢？他不敢想下去了。岗村让他去提一桶水来。他提着桶走到外边，天仍然阴着，阴云一动不动，一丝风都没有。他却觉得空气里隐藏着一种可怕的力量，那个力量在不断地浓缩，不知道什么时候会发生一次巨大的爆炸……

他发现驯马师已经停止了驯马，百十来匹马挤在铁丝网的一个角落里吃草。到了中午，岗村开始给那些马注射，与此同时，达瓦等牧工被押过来，在马圈里喷洒岗村调制好的药液，那是在消毒。

看来就是今天夜里了，他想。正在此时，军马场场长带着翻译官来找他。

“这些马现在能听懂你的话吗？”场长通过翻译官问他。

“能。”他说。

“假如在半夜，不会有什么影响吧？”

“不会，这些马不管白天还是黑夜，都会按我的指令行动。”朝乐蒙说。

军马场场长满意地笑了。

他更加坚定了自己的判断，运送军马的时间是今天夜里！

傍晚饮马时，朝乐蒙走到枣红马旁边，轻轻地拍了拍它的脖颈，轻声说："去见他们，再回来。"他知道娜仁或者阿迪亚见到它以后将明白一切。

## 四

没有月光的深夜，旗保安团在日军摩托车的导引下向阴山山口进发。保安团团长、旗王爷的弟弟巴拉巴尔感觉到有人靠近了他。

"他们这是带我们去哪里?"巴拉巴尔没有看旁边的那个人，问。他知道身边这个人是大青山来的。

"看来是要去打游击队。"他身旁的那个人说。

"那……怎么办?"

"别急。这不是孤立的行动，是鬼子整体部署的一部分。等我们弄清楚他们的意图再说。"

"好。"

他们是半夜被叫醒的。他们听到那三个日本教官在喊："不许点灯，紧急集合!"外边还传来摩托车马达的轰鸣，不知道是从哪儿来的。士兵们穿好衣服提着枪跑出去，发现大院门口停着一辆日军摩托车，车灯雪亮地射向前方。除了原来的三个教官以外还有几个日军在车灯光里走来走去。

队伍集合完毕，巴拉巴尔被叫到摩托车跟前。

"皇军命令你们，立即出发。"站在摩托车旁边的军官说。

"去哪儿?"

"跟在摩托车后边!"

巴拉巴尔心里一直憋着一股气。他这个保安团团长在三个日本教官眼里什么都不是。他们当着他的面体罚士兵，还动不动对他发脾气。他早就不想受他们的气了，恨不得杀了他们。只是王爷有话，不让他轻举妄动，所以他一直忍着。他明白自己的队伍里有大青山派来的人，但不知道是哪些人。他必须等待他们给他下达指令。今夜他们终于现身了，他心里想：狗日的日本教官，你们活到头了……

保安团跟着日军摩托车进了山沟就遭遇了游击队。游击队熟悉地形，而且在暗处，几枪就打中了最前面领路的摩托车，让它滚进了悬崖。但有一个日本兵却没有跟着摩托车滚下去，而是跳到一边挥舞着战刀喊："全体下马，包抄！"

巴拉巴尔团长下马隐蔽到一块大石头后边，对身边的达姆丁说："让我们打游击队？休想！"

此时有人边喊边跑着过来。

"巴拉巴尔团长在哪儿？"

一听是李边商。

李边商找到巴拉巴尔说："伊尔比斯政委命令你们立即行动。"

"太好了！"

摩托车上原来有三个日军，其中两个跟摩托车一同掉进了悬崖，只剩下一个在那里挥刀喊叫。还有那三个日本教官在队伍里，保安团下分三个大队，一个大队有一个教官。

巴拉巴尔将大青山来的几个人召集起来，传达了伊尔比斯的命令。

又是一阵枪响，这次是保安团向四个日本人射击。

## 五

伊尔比斯在屋里兴奋地走来走去，刚刚从军马场那边回来的娜仁站在他前面。

“太好了，朝乐蒙让枣红马出来，就是告诉我们军马场要转移战马了。”伊尔比斯说。

娜仁更是激动不已。傍晚她和阿迪亚在军马场旁边的小树林里。他们在那里已经待了好几天了，一直在等待枣红马的出现。一号军马场就在他们眼前，没有什么异样，枣红马也一直没有出现。但今天傍晚它终于出现了。它从黄昏的原野上跑过来。“哥，你看，它来了……”娜仁说。“是啊。终于……”阿迪亚也说。两个人声音都很低，好像怕惊动谁似的。枣红马到他们跟前，两只眼睛沉静地望着他们。娜仁疼爱地抱住它的脑袋……

接着枣红马又跑回去，阿迪亚决定留在这里观察情况，娜仁去向伊尔比斯做汇报。

现在娜仁望着兴奋不已的伊尔比斯。伊尔比斯仍在来回踱步，但后来站住不动了。

“我们就假设敌人今夜行动，按这个假设部署一切。”伊尔比斯说，“从现在开始，我们不能睡觉，也可能连吃饭的时间都没有，一直到夺马成功。”

“我应该干什么？”

“你再回到你哥哥那里去，有什么情况回来汇报。”

“好。”

“我们没有任何通信工具，很多紧急情况都无法商量。你们只能见机行事。目的就是夺马成功。”

“好的。”

伊尔比斯还想说很多的话，但终究没有说。他知道说得再多也不一定有用，事情瞬息万变，全靠当事人的机智甚至运气。

娜仁走了以后，伊尔比斯走到了外边。天空阴云密布，大地比任何时候都显得沉重，但却并不安静。铁路上火车轰隆隆驶过，包头城那边，日军哨兵不知道在喊叫什么，旁边的水泡子里，青蛙在鸣叫……他还想到，在这片黑沉沉的大地上，一场较量已经开始，双方都会拼死一搏，最后究竟鹿死谁手？

此时，李边商带来了消息：旗保安团已经反戈了，并与游击队会合，现已进入了阴山南口。

“都动起来了。”伊尔比斯说，又陷入了沉思。是的，真的都动起来了，游击队和保安团正在走出山口，娜仁、阿迪亚在军马场附近，他的指挥所设在日本人眼皮底下，而朝乐蒙在铁丝网内筹划着行动……这不是俗话说的“箭在弦上”，而是箭已经射出去了，不可能再回头了。但这一切是成立在一个假设之上的。那个假设就是：日本人运送马匹的时间是今天半夜！如果这个假设不存在，一切后果会是另一个样子……

但伊尔比斯并没有慌乱。他懂得军事斗争任何时候都不会有百分之百的把握。他必须根据朝乐蒙传出来的消息来部署行动，哪怕那个消息并不准确。因为稍有迟疑，日本人就有可能将马匹送上火车。

“下一步怎么做?”李边商在问。

“去军马场附近，跟阿迪亚他们会合。”伊尔比斯说。

## 六

岗村叫朝乐蒙过去陪他喝酒，这时候快到半夜了。

“还不睡？都半夜了。”朝乐蒙说。

“哦，哦，睡不着，太兴奋了……”岗村情绪不错，微笑着说。

“是不是有行动？”

“完全相反，没有行动。”

朝乐蒙立刻傻了。他传递出去的消息是今天夜里要转移马匹，但现在岗村却说没有行动。

“咱们喝点酒，祝贺一下渡边长官的巧妙安排。你知道吗？游击队早已经盯上了军马场，他们想夺马！他们做了很多部署，但他们哪儿能斗得过渡边长官？游击队以为我们今天夜里转移军马，就开始行动了。但渡边长官命令我们不要动。多么高超的计谋！现在那些企图夺马的游击队大概在这附近转悠着，进也不是，退也不是，将很快暴露在皇军面前……你喝呀！”

“喝，喝。”

朝乐蒙这次非常主动，拿起玻璃杯，一饮而尽。

“好，好。”岗村跷起大拇指。

朝乐蒙已经明白是什么情况了，他心急如焚。他明白，游击队现在已经很危急，还有伊尔比斯、娜仁他们更是处于进退两难的境地。而造成这种情势的关键原因是军马场的按兵不动。要扭转这个局面的唯一办法就是立即把军马赶出铁丝网！

但他能做到吗？

他不动声色地陪岗村喝酒。现在他反而很平静了，他要等到天亮前最黑暗、最安静的时候动手，因此时间足够。事情其实很简单，决心已下，就去拼力一搏。也许成功，也许失败，但他会玩儿命去干。他现在突然思念起娜仁，是一种揪心的思念。他们的生活才刚刚开始，但她就是他的一切。娜仁已经成为游击队员，他也在为抗日出力。看来在打败日本鬼子之前他和她不可能过安稳的日子了。但他希望娜仁平安，自己倒无所谓，他是男人。而且他相信日本人总有一天会被赶回老家的。达瓦说得对，草原不是他们的。

岗村喝了几口酒，兴奋起来了。

“你说过，你很思念你的母亲和女儿……”朝乐蒙说。

“哦，哦，那当然。我很爱她们。她们是我心中最亲爱的人……”岗村说，“我们为她们干杯！”

“您的母亲和女儿真的应该同情……”朝乐蒙说。

“同情？你是说同情？”

“怎么了？”

“你们是被征服的民族呀。你还有资格说同情……”岗村像听到了一句最可笑的蠢话那样狂笑起来，笑出了眼泪。

朝乐蒙心想，你很快笑不出来了。

“好了，我现在要睡觉了。”岗村说。

朝乐蒙走出岗村的房间站了一会儿。昆都仑河岸边的后半夜如今很安静，但他知道过不了多久这里会出现一场混乱，百十匹马将冲出铁丝网围栏，日本人的子弹像雨点一样打来。可是他现在已经顾不得这个了，他是有办法将那些马匹赶出铁丝网的，一旦他赶着马匹冲出铁丝网，就可以把日军的注意力吸引到这边来，就可以为游击队和保安团解围！

他走进了牧工们住的简易房屋，靠着达瓦躺了下来。

“想老婆吗？”他问。

“什么？”达瓦问。

“想不想高娃大姐？”

“废话……”

“看来日本人要转移军马了。”他对达瓦耳语道。

“马可以走，我们却只能待在这里……”

“待在这里？待到多久？”

“待到死。”

“那是什么时候？”

“每天都有可能。”

朝乐蒙似乎犹豫了一下，说：“我想跑出去，但不仅仅是为了活命。娜仁在等我。她已经参加了游击队，是她让我把这里的战马赶跑。这是掉脑袋的事，但我必须告诉你，我要马上行动。”

达瓦坐起来说：“我们一起干。”

“人多了不行。你现在就把其他牧工叫醒，穿好衣服听外边的动静。外边一旦乱起来，你们就跑到马群跟前去，趁机逃脱。”

达瓦还想说什么，但朝乐蒙已经走出去了，于是他叫醒了其他牧工。

## 七

仍然是阴云密布。朝乐蒙看到岗村的房间仍然有灯光。

铁丝网一角有一个用粗大的松木搭起来的高架子，上面站着一个日本兵，看到朝乐蒙便喊叫起来，大概是问他干什么去。

朝乐蒙本来是想去马群那儿，现在被日本兵发现了，只好指着岗村的房间说：“我去那儿。”

日本兵再没有说什么，朝乐蒙只好朝岗村的房间走去。他已经来不及想出一个具体行动方案，只能见机行事。他只是知道需要一匹快马，瞅准机会靠近马群。马群现在集中在铁丝网的一个角落。而现在他只能再去岗村那里，因为他刚才已经对日军哨兵说过要去岗村的住处，现在人家正在看着他呢。

岗村正在用烧酒洗伤口，看到他问：“你的，怎么又回来了？”

“枣红马好像有点不对劲。”他临时编了一句谎话。

“嗯？去看看。”岗村站起来穿裤子。

岗村和朝乐蒙又走到外边，他们走向了铁丝网角落里的马群，朝乐蒙明白这是今天夜里他接近马群的唯一一次机会。枣红马在马群中站着，岗村观察了半天，说："这个马，没有毛病呀。"

"我看它腿出了点毛病，你骑上跑一圈试试。"

"好吧。"

朝乐蒙给枣红马鞴好鞍，又抓了另一匹马也鞴了鞍。

"你的，也要骑?"

"我想我们可以骑着跑一跑。看看这两匹马走路是不是一样。如果不一样，那就是枣红马有毛病。"

"哦，哦……"

木架上的日本兵只是朝他们看了一眼。朝乐蒙和岗村骑上了马背。朝乐蒙向铁丝网北边的阴山方向望了一眼，他什么都没有望见，因为现在是夜色最浓重的时候，天还阴着。网围栏里一百多匹马在静静地站着，但此时却像得到了某种信号，都抬起脑袋望着朝乐蒙。

"咱们跑一圈吧。"朝乐蒙说。

"好的，你的马跑不过枣红马。"岗村说。

朝乐蒙打了个口哨，两匹马同时在铁丝网里跑了起来，跑了一圈，朝乐蒙感觉出马已经进入了快速奔跑的状态。他突然发出一声长长的呼唤，整个马群一下子跟着他和岗村跑起来了。就在此时他看到了达瓦等几个牧工矫健的身影。他们跟着奔跑的马群跑着，接着顺势一跃就跳上了马背。那些都是没有鞴鞍也没有上笼头的马，但这些草原男人一旦跨上那些马就等于如虎添翼。

"呼咿，呼咿……"朝乐蒙呼唤着马群。这是人类的语言，也是骏马的语言。马群按照这个呼唤的信息，旋转着，奔腾呼啸着，像被阻挡的洪水。朝乐蒙这时候只是心里想了一下：越过铁丝网！首先是岗村骑的枣红马从两米多高的铁丝网上边一跃而过。朝乐蒙的坐骑第二个跃过。跟在后边的马群就像跟随浪头的洪水，从铁丝网上空飞了过去，刚开头有几匹马没能越过，被坚固的铁丝网反弹回来。但紧接着在很多匹马的冲击下，铁丝网似乎已经不存在了，一百多匹马瞬间没有了踪影，留下了一串马蹄声。

站岗的日本兵可能仍然没有弄清楚他眼前发生了什么，他只是看到铁丝网里的马群不见了，于是朝天开了一枪。那个枪声好像在问：这是怎么啦？……

## 八

伊尔比斯、李边商这时已经来到军马场附近跟阿迪亚和娜仁会合。他们站在小树林里一直观察军马场的动静。天黑以后，军马场铁丝网内出现了一些灯光和人影，伊尔比斯认为日本人在做转移战马的准备。但后来灯光一个接一个地熄灭了，铁丝网里变得异常安静。他着急了，意识到他很可能陷入了日本人的圈套。他知道旗保安团和特穆尔率领的游击队正朝这里奔来。如果军马场按兵不动，他们就会陷入进退两难的境地，等天一亮就暴露在日本人面前。

他一动不动地站着，牙都快咬碎了。

“政委，怎么办?”阿迪亚忍不住问了一句。

“等……”伊尔比斯从牙缝里挤出一个字。是的，只能是等，也许等来的是死，但只能是等。

他们已经到了焦躁不安到极点的时候，铁丝网一角突然传来了一声清脆的枪声，紧接着军马场里有一只聚光灯突然亮了。他们看到很多匹马从铁丝网上边腾跃出来了。伊尔比斯听到娜仁低声叫着：“天啊！……”

伊尔比斯拔出驳壳枪朝天放了几枪，他这是为朝乐蒙导引方向，同时也是为了给军马场里的日本人造成恐慌。

# 九

日本人的反应确实很快，朝乐蒙听到了枪声，但枪声并不密集。这时候马群已经冲过了昆都仑河。岗村在一个劲地喊叫，大概是想停下来，但枣红马已经不会听他的了。

这时候前面又传来枪声，朝乐蒙猜到那是伊尔比斯他们，于是朝枪响的方向奔去。百十来匹草原马紧紧跟在他身后。

“八嘎，停下来，八嘎！……”岗村怪叫着。朝乐蒙没有理睬。

“你让它停下来，快！八嘎……”岗村喊。

朝乐蒙无暇顾及岗村的叫喊，只是将手中的套索甩了出去。套索像一条蛇，灵巧地把岗村缠绕起来，绑定在马鞍子上。

“八嘎，你干什么？”岗村愤怒地喊叫，但朝乐蒙已经不见了。而岗村骑枣红马冲到了马群的最前面，带着马群向前跑去。

达瓦跑到朝乐蒙身旁，与他并驾齐驱。

“大哥，你就带着马群直奔山口，不要停。拜托了。”朝乐蒙说。

“拜托？你去哪儿？”达瓦问，却发现朝乐蒙不见了。

# 十

伊尔比斯、娜仁、阿迪亚和李边商四人看到跑出铁丝网的马群放心了。他们在阴山南口迎接了马群，都想看到朝乐蒙跳下马来。但从马背上跳下来的是达瓦等七八个人，他们身边还有一个人，被绑缚在马背上，他是岗村。岗村被绑在马背上，是用套索绑的。经过激烈的奔跑，他早已被颠得像一条会呼吸的口袋。军马场的日军其实已经追到了昆都仑河边，正在此时，旗保安团赶到，在他们的火力压制下，那些日本兵没敢过河。特穆尔他们又及时去骚扰另两处军马场，使得那里的日军无法支援一号军马场。

更为蹊跷的是，当夜晚些时候，二号军马场也遭到了袭击。当时那里的日军正与特穆尔他们对射，有人悄悄打开了铁丝网的大门，百十来匹马跑了出来。但那些马并没有过河跑向阴山，而是一直向西跑去，客观上分散了日军的追击力量。大家猜测，可能是朝乐蒙将一号军马场的战马带过昆都仑河后又折回去袭击了二号马场。没有人知道那些马去了哪里。

## 十一

接下来几天，一切归于平静。阿迪亚去侦察了一下，日本人在拆除一、二号军马场，那里已经没有马了。三号军马场的马仍然在，但过几天都搬到城里去了。

又过了一些天，二号军马场的那些马三五成群地陆续跑回了山后草原。它们跑出军马场后肯定跑到了很远的地方，但现在终于回到了故乡。

人们再也没有看到朝乐蒙。

伊尔比斯和特穆尔派出阿迪亚去打听朝乐蒙的消息，但没有结果。他们什么都没有说，很多天都没有笑容。

娜仁似乎明白了什么，但她没有哭，只是到了黄昏经常走到原野上望着天边的晚霞。她骑着那匹心爱的枣红马，站在山后草原，久久地凝望……

**图书在版编目（CIP）数据**

阿云嘎文集 / 阿云嘎著 . -- 北京：作家出版社，2024. 1
ISBN 978-7-5212-2615-7

Ⅰ. ①阿…  Ⅱ. ①阿…  Ⅲ. ①阿云嘎 - 文集 Ⅳ. ①I217.2

中国国家版本馆CIP数据核字（2023）第234225号

**阿云嘎文集**

**作　　者：** 阿云嘎
**责任编辑：** 兴　安
**特约策划：** 锡林巴特尔　哈达奇·刚
**特约编辑：** 戴塔娜　那日苏
**封面设计：** 王一竹
**内文设计：** 张　亮
**出版发行：** 作家出版社有限公司
**社　　址：** 北京农展馆南里10号　　**邮　　编：** 100125
**电话传真：** 86-10-65067186（发行中心及邮购部）
86-10-65004079（总编室）
E-mail:zuojia@zuojia.net.cn
http://www.zuojiachubanshe.com
**印　　刷：** 北京盛通印刷股份有限公司
**成品尺寸：** 152×230
**字　　数：** 3000千
**印　　张：** 171.75
**版　　次：** 2024年1月第1版
**印　　次：** 2024年1月第1次印刷
ISBN　978-7-5212-2615-7
**定　　价：** 600.00元（全九卷）

# 阿云嘎文集

第七卷

中短篇小说

作家出版社

如果没有调入文联，我的写作水平可能是原地踏步。来文联有很多名家指点我，很多作家跟我交流。对搞创作的人来说，这是一个难得的环境。

席中国作家协会第九次全国代表大会的代

# 目　录


故乡往事　001

现代传说　021

旱　042

粗人柴德尔的短暂幸福　051

末　路　066

赫穆楚克的破烂儿　091

天上有没有铁丝网　113

抗旱记忆，一九六五……　133

盘羊的故事　156

半圆的月亮　173

故乡与青春　196

巴彦·杭盖草原　219

草原人在菜市场　235

千户猎　253

一个叫阿拉坦索娃的女人　268

小西召　286

大西北的月亮　306

狗　事　322

# 故乡往事

## 一

我家乡的这段故事，发生在春寒料峭的一天早晨。那天早晨，有人看见我们嘎查有名的好事之徒、名叫席日曼门都的瘦老汉迈着山羊般的快步走村串户，就猜想得到肯定发生了一件什么事情。

他们猜对了。席日曼门都一出动必有原因。大事小情、有影没影的消息，他首先能知道，而且立即走东家串西户，添油加醋地进行传播，比如：谁家的姑娘去医院了，据说是未婚先孕，那个姑娘跟她娘一样作风不正。又比如：你们知道谁谁常在一起喝酒吗？可能是在一起拉帮结伙，他们有那个坏毛病，你我多提防着点，等等。别看席日曼门都已经六十开外的人了，可不能小瞧了他。他跑得可快了。由于跑得太快，满头大汗，气喘吁吁，由于太激动，满脸通红，眼角抽动。家乡人所说的“山羊般的快步”，健步如飞，半天工夫起码能去十来多户人家。

不出人们所料，随着席日曼门都的脚步，一条消息不胫而走，传遍全嘎查：我们嘎查的敖特根、庆和乐达来、光棍贡其格三个人正在沙坨地上栽树时，邻近嘎查的长头发乌兰朝鲁领过来一帮人，把他们仨给打了……

听到这个消息，我们嘎查的人们义愤填膺，吵吵嚷嚷地跑向那块儿沙坨地。到底发生了什么情况，大家也估计个八九不离十。

我们两个嘎查交界地有个细长的沙坨地。草牧场承包到户那年，两个嘎查都千方百计地想占这块儿沙坨地，最后哪一个也没成功。苏木的相关领导和干部，两个嘎查的羊肉没少吃，烧酒没少喝，可是到底给谁久拖不决，最后来了个“加强团结，共同经营，共同建设”，等于在两条狗中间扔下一块骨头，埋下了矛盾和纠纷的祸根。两个嘎查为争夺那块儿沙坨地几乎每年都在这里打架斗殴，每次打架，我们嘎查都败下阵来，由此矛盾愈演愈烈，怨恨越来越深。今天可能又打起来了，而且那个嘎查领头的是那个长头发乌兰朝鲁。那个长头发乌兰朝鲁打架斗殴全盟出了名，他姐姐据说是苏木党委书记的相好。不管怎么样，一般人都打不过他，而且被他打伤的人也从来没有打赢过官司。

当我们嘎查的人们吵吵嚷嚷地登上那块儿沙坨地时，情况也一目了然。

长头发乌兰朝鲁和几个年轻人叉着腰站在那里，我们这边只有大个子贡其格还在和他们撕扯着。那几个小伙儿轻而易举地把贡其格推翻在地，贡其格挣扎起来又和他们撕扯，又被推倒在地。庆和乐达来看来被打得不轻，瘫坐在地上。敖特根站在距离他们二三十步远的地方，竖着大拇哥比划着不知在说些什么。

后来听说，那天早晨敖特根、庆和乐达来、光棍贡其格三个人到了沙坨地上，刚要开始栽树时，长头发乌兰朝鲁领上几个人从那头过来了。一来便说这是他们嘎查的地盘，不许敖特根他们在这儿栽树，还要没收三个人的铁锨和树苗。于是，双方就打起来了。我们这边三个人在气头上全力拼打，但还是打不过人家，反而被打得一败涂地。

我们的人跑过去，先把贡其格抱住，贡其格极力想挣脱出去。贡其格是个愣头巴脑的家伙，动不动就打老婆，最终把老婆打跑，自己落得个光棍一条。今天他大有拼命一搏的样子。可他就是打不过对方的年轻小伙们。

长头发乌兰朝鲁看到我们嘎查的人后放声大笑，说：“哈哈哈，来了这么多英雄好汉啊！那怎么着？想打吗？过来吧，老哥教教你们。”

“乌兰朝鲁你凭啥这么张狂呢？”我们嘎查有个人忍无可忍地喊了一句。

“凭啥？你没有听说我姐姐和谁困觉吗？我就凭这个，你能把我怎么样？”

“不要脸的东西！”

“你们以为你们要脸，是吧？可是你们那个脸蛋子还不如我姐的屁股蛋子！”说完，乌兰朝鲁放肆地笑个不止，可是，我们这边的人竟然无言以对，卡壳了。

“本来想和你们练一把，可惜你们当中还没有这个胆量的男子汉。那就算了。我们走。我们工作学习还挺忙的。”

乌兰朝鲁说完，又是一阵狂笑，领上手下几个人扬长而去。我们这边的人虽然气得鼓鼓的，但也无可奈何。

等乌兰朝鲁他们走出挺远的地方，我们这边有个人说：“该怎么办？”

“该怎么办，你我能知道？”

“那谁知道？”

“嘎查书记、嘎查达知道呗。”

“他们怎么连影子也见不到呢？什么收税呀收费呀的，他们就不请自到。出了这档子事，他们怎么就不出现呢？当官不为民做主，不如回家放牛犊！”

“他们哪，正在忙着争权夺位呐。哪有工夫管这个事？”

“你们急啥呀？有法律这个厉害的东西呢，只要我们守法护法，怕什么呀?”大家一看，说话的是敖特根。看来他似乎没有挨打啊，身上没有沾一点尘土。

贡其格好容易挣脱了出来，喊:“什么法不法我不管，我就是拿刀子去和他们拼命，杀一个平，杀两个赚。”

敖特根很不以为然地瞅了他一眼，说:“悄悄的吧你，要愣有啥用?”

贡其格非常忌讳别人说他要愣。他一听就来气了，眼睛通红地瞅着敖特根，喊道:“你还说我愣，你他妈明白也比我好不到哪儿去。”

敖特根满脸阴沉:“不懂法，你滚一边去!”

“庆和乐达来我俩在那儿和他们撕扯，你可躲得远远的，恨不得溜之大吉。你懂法就这样?”贡其格咬牙切齿地说。

大家听了哄然大笑。大家都知道，敖特根胆子小，可是有事后爱耍小聪明的毛病。

听到大家的笑声，敖特根气不打一处来，狠狠地瞪着贡其格，说:“你把你老婆打跑了落得个光棍一条，我以为你开了点窍，原来还是这么傻呀?”

“与其耍小心眼，还不如我这个傻子好。”

这时候坐在地上的庆和乐达来皱着鼻子哼哼了几声，说:“让人家打趴蛋了，还他妈掐什么架呢?”

人们有的替敖特根说话，有的替贡其格辩解，各执一词，莫衷一是。

席日曼门都这时候在人群中像杆子马似的来回穿梭。他到这边人群里说:“贡其格傻是傻点，可他耿直，可比敖特根强多了，净耍小聪明。”一会儿又跑到那边的人群旁边，说:“还是知法守法好啊。我就不喜欢耍愣子犯傻的人。”大家都知道他爱搅和的脾性，谁也没搭理他。这时候，他摇了摇头，挺惋惜的样子:“嗨!咱这帮人啊，总是心不齐，才落到这个下场。”

就这样吵吵了一阵子，各自准备打道回府。这样的事情也不是未曾发生过。被别的嘎查的人打了，起初大家义愤满腔，吼叫一阵子，接着内部意见不合，争论不休，最后什么结果也没有，不了了之。今天这个事也不外乎这个规律。谁也没有想到这个事会节外生枝。

节外生枝的条件这时候已经形成。因为被打的三个人中，庆和乐达来是我们嘎查寡妇宁嘎的弟弟。头一天晚上，苏木派出所警察东鲁布在宁嘎家喝了一宿酒，第二天早晨已是酩酊大醉……

## 二

苏木派出所警察东鲁布有几头牲畜寄放在宁嘎的畜群里，所以，他偶尔来看一看。发生打架事件的头一天晚上，东鲁布来嘎查书记乌日根巴雅尔家，俩人喝了一瓶白酒，然后俩人结伴来到宁嘎家继续喝。宁嘎给他们熬茶、敬酒，又唱歌，一起红火到天大亮。

东鲁布是个五十开外的黑胖汉子。原来在旗公安局工作，因为喝酒老误事，被发配到苏木派出所来了。早晨一看，东鲁布眼屎拉拉的，脸色像烤羊肝似的发紫。

“酒是不喝了，喝点茶就走。”东鲁布声音发哑。

“着啥急吗？把我弟弟叫来杀只羊，咱接着红火。”宁嘎说，“堂堂男子汉喝这点酒就不行了？白白比我们多提溜四两肉了，快割下来喂狗得了。”说完捂住嘴笑个不停。

“多四两肉？宁嘎你称过吗？”乌日根巴雅尔在一旁拱火。

“我倒没称过。听别的娘儿们那么说。”宁嘎又是一阵笑。

正在这时候，有人跑过来把庆和乐达来挨打的事情告诉了宁嘎。听到弟弟挨了打，宁嘎急了。

“谁打的？”宁嘎问。

“又是那个长头发乌兰朝鲁呗。”

“还有没有能管那个牲口的人了？他姐姐和苏木书记困觉就能咋地？现在的法律难道不如一个娘儿们的屁股了？”宁嘎喊道。

乌日根巴雅尔皱了皱眉头。一听是又发生了草场纠纷他就觉得脑袋疼。不过，他又笑了。

“派出所警察在这儿呢。打人凶手该怎么处理，警察知道。”他笑着瞅了瞅东鲁布。

“这类事我们不管，那是牧民之间的纠纷。我们管的是刑事案件。”东鲁布摇了摇头。

这宁嘎可不是等闲之辈，她知道怎么样会让当官的开心，而且甘心情愿为她办事。所以，虽然寡居十来年，仍然过得不比谁差。

她当即板着个脸，摔摔打打：“走吧，你们走！想吃吃喝喝就来了，别的还有啥能耐你们。我现在要看我弟弟去。”

“宁嘎你也不是不知道咱东鲁布的难处。他是在书记手底下工作的人，你说他怎么管这个事吧？”乌日根巴雅尔把球踢到东鲁布这里来了。

“就算怕苏木书记，还怕他情妇的弟弟不成？”宁嘎继续摔摔打打，说，“快拉倒吧，都是嘴上的英雄，有啥用？”

东鲁布实在受不了了：“你们说啥？我难道还怕那个苏木书记？我可是旗里管的干部。”东鲁布对宁嘎说：“宁嘎，你不是说过要宰羊吗？你准备好等着。老哥去把那个王八蛋长毛收拾一下回来。”

东鲁布从他那旧手提包里拿出来手铐挂在了腰带上。他常备有一副手铐，倒不是为了铐人，有时肩上扛东西可以做联结。

有道是话分两头，各表一枝。这一枝就是这样出现的。

## 三

敖特根在回家的路上只觉得心里堵得慌。贡其格说过的话、人们哄然大笑的笑声仿佛还响在耳旁。

早晨，看到乌兰朝鲁的身影他就害怕极了。当时如果逃之夭夭怕别人笑话。他只好站得远远的，讲了一通法律什么的。他自己也知道，站得离他们远一点，是为了便于逃走，讲所谓的法律，是为了掩盖自己的胆怯。可他没想到愣子贡其格居然还看穿了他的把戏，更做梦也没想到他当着那么多人的面揭穿他。他想起贡其格说完那几句话之后，人们哄然大笑的情景，恨从心生。哼！你们这些玩意儿……

人们都以为我胆小如鼠，我真是颜面丢尽。他越想心里越痛恨。我无论如何也得挣回面子。正在这时候，席日曼门都从后边追过来了。敖特根本来挺讨厌此人，而且此时此刻心情很不好，所以就没有搭理。

"敖特根，我们嘎查为什么每次都败在人家手下，你知道吗?"席日曼门都追上他和他平行而走，喘着粗气地问了一句。

敖特根没吱声，心想谁知道这搅屎棍又要搅和什么呢。

"就是因为像你这样懂法、懂道理的人太少了。"席日曼门都狡黠地眨巴眨巴眼，继续说道，"如果像你这样懂法的人多几个，秉持法律不放的话不至于如此。"

敖特根仍然没吱声，但席日曼门都几句话听起来觉得挺舒服。

"有些人自己不懂法，而且还排斥懂法的人。我想起这件事就来气。"席日曼门都愤愤不平地说道。

敖特根心里突然豁然开朗起来。他故作深沉地笑了笑："生气没用。法律终究会取胜的。只不过现在还不到时候罢了。"

"还是你厉害！料事如神，有先见之明啊！可是你也不能默不作声呀，把你的那些高见告诉嘎查书记、嘎查达，开导开导他们。"席日曼门都笑得很灿烂。

"那就不必了。多言多语，容易引起人们的反感，何必呢?"

"先生你就不吝赐教吧。我代表全嘎查求你了。"

敖特根没有马上回答，只是微微点了点头。

敖特根心里舒畅多了。咱嘎查的人们总是排斥我这样懂法的人，但是没关系，和那些糊涂虫们有啥可较真儿的？只是贡其格那个愣货太气人。看着吧，这样下去，他早晚得被抓进牢房。到那时候后悔也来不及了。有道是智者总是孤独的。如今我就是这样孤独的人。想到这里，心中有股悲壮的自豪感在激荡。

席日曼门都离开敖特根，迈着他那个山羊步伐走掉了。嘎查发生点什么事情，他就变得更加忙碌了。

## 四

我们两个嘎查中间虽然只隔一条沙坨地，却完全是两个世界。居住在沙坨地这边的我们嘎查草牧场退化贫瘠且人们的住房普遍低矮，而居住在沙坨地那边的他们嘎查林地成片，树高叶茂，郁郁葱葱，一栋栋砖瓦房掩映在树林中。人们议论说，因为我们太老实，他们太横行霸道，才这样的。所以，我们嘎查的人们常常向那边嘎查投去仇恨的目光。除此之外，别无他法。

当天下午有两个人前后脚分别到挨打的三户人家进行慰问。此后，有关详细内容已由席日曼门都分别到各家各户进行了通报。

嘎查书记乌日根巴雅尔分别去了三个挨打的人家，首先说："你们是为了全嘎查的事挨了打，从嘎查领导到全嘎查牧民都感谢你们。"

接着说："我本来想发给你们疗伤的费用。可是，嘎查财物由嘎查达昭日格图具体管。所以，你们各自写两百元钱的申请，找他签字批准才行。"乌日根巴雅尔前脚走，昭日格图后脚到，说："就是因为乌日根巴雅尔怕得罪苏木书记，事情才闹到这种程度。不然的话，两个嘎查的事情说解决也很容易。可我是个二把手，干着急没有用。"挨打的三个人拿出了写好的申请书，昭日格图看了看后，很不高兴地说："咱乌日根巴雅尔书记是一把手，嘎查的钱两三万块钱说花就花了。给你们这点钱倒推到我这儿来了。既然申请钱，这点钱怎么能行？我多给你们批两百。"

俩领导前后来了，对挨打的三个人是个不小的安慰。不但敖特根心中的懊恼烟消云散，贡其格的疯劲儿也消停了下去，而且用毛巾包住头，哼哼唧唧躺在炕上的庆和乐达来也坐起来了。

乌日根巴雅尔、昭日格图走后，席日曼门都又开始挨家挨户传达消息了。人们注意到，较之早晨，他显得疲惫很多，可是深陷眼窝的两只眼睛更加发亮了。

他给大家带来了两条消息：一条是苏木派出所警察东鲁布趁着酒劲去给乌兰朝鲁戴上手铐，并把他关进嘎查的一间空屋，自己到另外一间屋呼呼大睡了。另一条消息是乌兰朝鲁的姐姐乌兰图雅领着几个羊绒贩子来高价收购羊绒羊毛。

第一条消息，大家听了挺兴奋，都说："上苍有眼，天公明鉴，还是咱政府英明，那些不法之徒罪有应得。"还有些明白人说："既然上了铐子，还有个搜集罪证的程序。长毛乌兰朝鲁没少打过我们嘎查的人。那些挨过他打的人应该积极配合，如实反映他的犯罪事实。"大家齐声呼应，说对，对。听到第二条消息，人们都恨得咬牙切齿。早不来，晚不来，恰恰他弟弟被铐上的当天，乌兰图雅来收购羊绒羊毛，而且还高价收购。大家异口同声地表示："我们千万不能上当受骗。以后宁可低价卖给其他商贩，或者如果销不出去，宁可放在家里让耗子嗑了，也不能卖给长毛的姐姐。”

如此心同意合的情景，以往在我们嘎查未曾出现过。干旱贫瘠的我们嘎查突然变得如此温馨可爱。后来人们谈论起来，其实从那天中午到夜晚时间里，发生了很多怪异的小事情。

据有人说：

那天下午，宁嘎去看他弟弟去了。庆和乐达来用毛巾包着脑袋坐在炕上。

“你怎么没事找事去那个沙坨地上栽树去了？”宁嘎满是责备的口气。

“那是乌日根巴雅尔书记指示的呀，靠沙坨地一带居住的人家都要去沙坨地栽树。”庆和乐达来辩白。

“你呀你，怎么一点儿都不动动脑筋呢。你用毛巾包着脑袋干什么？脸上的血迹怎么不洗掉？”

“听说，苏木上来人搜集乌兰朝鲁打人的罪证嘛。”

“你还想掺和那个纠纷啊？”宁嘎说道，“天底下咱俩是一对亲姐弟，可你呢这么个窝囊，我呢是个寡妇……”说到这里，声音都变了调：“遇到什么事啊，不多掂量掂量可不行啊。”

“不是说……乌兰朝鲁已被铐上了吗？”

宁嘎冷笑了一下：“你呀你……什么时候能开点窍呢？真的有人来搜集罪证什么的，你不要见，躲起来。”

庆和乐达来就是个老实人，对姐姐一向言听计从。他听到姐姐的话，赶紧点了点头。

还有一种说法：

乌日根巴雅尔这时候才回到家。老婆一看见他就甩脸子，说：“你还回来干什么？干脆和那个宁嘎过得了。”

“我本来想回来，可东鲁布那家伙生拽着不放。”乌日根巴雅尔笑着说。

“快别拿东鲁布做挡箭牌了你。就是东鲁布不来，你也一样，一去就不想回来。”老婆说，“听说那个昭日格图在背后说你的坏话呐。”

“那是很自然。”

“东鲁布把乌兰朝鲁铐上了，是真的吗？”

“咋不是真的。”

老婆听了长长地吁了一口气，说：“我的佛呀，这回咱们嘎查的人们该过几天安稳日子了。人们挨了乌兰朝鲁打，都来缠住你不放，多麻烦哪？”接着又说：“那个长毛受到惩处，那昭日格图也该跟着倒霉了。这几年昭日格图在你背后可没少使坏。听说昭日格图还跟着长毛去过苏木书记那儿呢。”

乌日根巴雅尔毛了：“你知道得也太晚了。昭日格图可能今天已经去了苏木书记那里告我的状了，他会说东鲁布、乌日根巴雅尔在宁嘎家喝了一宿酒，第二天早晨东鲁布去把乌兰朝鲁铐上了，甚至还会说，东鲁布是听了乌日根巴雅尔的指使，铐上乌兰朝鲁的。”

“那怎么办呢？”老婆一听急了。

“我得马上去苏木见见书记。但是别人问起来，你千万不能告诉我去苏木的事。”乌日根巴雅尔边说边往外走，从车棚拽出摩托车，一溜烟开走……

再有一种说法：

听到乌兰朝鲁被铐上了、乌兰图雅来收购羊绒羊毛的消息后，大家虽然在口头上表态一致，但是人们心里各有各的“小九九”。

人们见了面，一个笑着说：“听说乌兰朝鲁被铐上了。”

另一个也笑着说：“听说是呢。咱东鲁布真是一条好汉！”

这个笑着说：“铐上是对的！”

那个也笑着回应：“可不是咋地。”

然而，各人笑的背后的意思大家也心知肚明。乌兰朝鲁是那种束手就擒、俯首就范的主儿吗？很快就会被放出来的，而那个醉汉东鲁布的处境就不好说了。人们真还替他担心。人们只是寒暄几句，心照不宣而已。

说起乌兰图雅收购羊绒羊毛的事，人们还是哈哈而过。

一个笑着说："咱羊绒羊毛不卖给乌兰图雅对着呢。"

另一个也笑着说："是的，是的。哪能卖给她呢？她那是为了减轻她弟弟的罪过，堵我们嘴来了。"

这个笑着说："可我们是那么容易受骗上当的人吗？不管她开多高的价，肯定没有人会把羊绒羊毛卖给她的。"

那个也笑着说："肯定是。咱们可都是讲信用的人啊。"

这样说说笑笑走开了。但是，心里都明白，咱这帮人啊你我不是不知道，说不定什么时候背着对方偷偷把羊绒羊毛卖给她呢。

## 五

贡其格一个人在家。时已傍晚。家徒四壁，空空荡荡，只有一盏油灯闪着微弱的光。

贡其格这个人虽然脾气不好，但是心地善良。唯独一个缺点就是缺点心眼儿太直愣愣。也是这个缺点，给他带来了不好的运气。例如，他分不清官和民的区别，眼里容不得沙子，不管对什么人，一看不顺眼，他不管场合，不留情面。因此，也得罪了很多人。当官的不得意他，群众也不怎么喜欢他。但是，他也不明白为什么会这样。为此，他常常懊恼不已，或暴跳如雷。

现在，他独自一个人坐在家里发呆。想想被乌兰朝鲁他们打的情景，虽然还怒火中烧，但气消了很多。苏木派出所警察把乌兰朝鲁抓起来了，嘎查领导也来家里慰问了，还答应给钱了。想到这些，心里觉得轻松不少。正在这时候，席日曼门都走了进来。来回跑了一天的老汉有点疲惫不堪，哼哼唧唧地爬上炕，贡其格给他倒茶，他连着喝了好几碗。

席日曼门都擦了擦嘴角，说："我说贡其格呀，你我不提防着点不行了。"

"又咋的了？"

"一些外来户拉帮结伙呢。我这才看出点头绪来了……"

"哪些是外来户哇？"贡其格感到莫名其妙。

"你得想想啊。"

"是陕西那边来的老王？"

"不是，不是！"

"那是谁呢？"

"嗨，敖特根、庆和乐达来俩不是吗？"

"他们俩怎么成了外来户了呢？"贡其格还是不明白。

"你好好想想。"

贡其格想了好半天，才明白席日曼门都说的意思。那是多少年以前的事了，反正贡其格那时候还是个孩子。隐隐约约记得有一对夫妻，带着一男一女俩孩子搬到这儿住了下来。那个男孩是庆和乐达来，女孩是宁嘎。那不是四十多年前的事吗？就算父母是外地人也好，宁嘎、庆和乐达来就是在这儿长大成人的。说起敖特根那就更早了，敖特根父母亲搬这儿来的时候，贡其格还没出生呢……

贡其格来火了，对着席日曼门都狠狠地训斥道："你不搅和不行吗？"

"喂，咋的了？"

"你整天搬弄是非、挑拨离间不觉着累得慌？你也是有儿女的人，你替他们着想，也不应该这样做呀！"

"我……我是为你好啊……"席日曼门都被口水噎在那里。他有些怕贡其格。

“出去！”贡其格喝令道。

“你这个脾气呀……我本来是很喜欢你的直爽性格。”席日曼门都边说边溜之大吉。

贡其格哄走了席日曼门都，还没等气消，外面传来摩托车声。苏木两个干部来到他家。

## 六

“早晨，在沙坨地上打架，是真的吗？”两个干部一个发问，另一个拿出本本在做记录。

贡其格想他们是来搜集长毛的罪证的，所以如实回答：“是真的。”

“双方都动手了吗？”

“是他们先动的手。”贡其格回答。

那个问话的干部笑了笑：“那么，你们是后动手的？”

嗨，这是什么意思，贡其格觉得有点奇怪：“没……可是……”

“你认为给乌兰朝鲁上铐子对不对？”

“要我说呀，把他五花大绑捆得结结实实地扔到牢房里就对了！”贡其格大声说。他怀疑这两个干部不是来搜集乌兰朝鲁罪证的。所以，一下子就火了。

然而两个干部可一点儿也没激动，只是笑了笑，说：“一切都要以法律为准绳。现在强调依法治理。”

一听什么法律，贡其格炸弹遇着火苗似的立刻爆炸了。

“我们挨打的时候，没有人说什么法律。可长毛挨了抓了，倒有人想起来什么法律了。”他喊道，“你们是国家干部，还是乌兰朝鲁的干部？”

“不能一定要把罪责都扣到乌兰朝鲁头上。我们会秉公办事的。”

“那就把罪责扣到我头上吧！”贡其格随后还骂了一句，“你们简直是驴！”

问话的干部变了脸，做记录的那个吓得眼珠子乱转。

“你怎么可以骂人？”问话的干部喊道。

“骂了，能把老子怎么样？就是把你打了，又能怎么样？”

两个干部迅速撤离，边走边嘀咕：“太粗野蛮横了！有这帮子人还不能打架斗殴？”

贡其格跟了出去，“唾”地吐了口唾沫还不解恨，“嗵”地跺了跺脚。

两个干部去庆和乐达来家没见到本人，又去了敖特根家。

敖特根在乌兰朝鲁被抓的那天下午得知这个消息不但不高兴，反而吓个半死。那长毛有被抓的一天，也有被放出来的一天啊。那家伙一旦被放了出来，还不得要我们的命啊。想到这里，似乎觉得乌兰朝鲁凶狠的目光射向自己，全身不寒而栗。他愣在那里挺长时间，突然还想到，醉汉东鲁布给乌兰朝鲁上上手铐，还不得惹下了苏木书记了吗？这样一想，他觉得东鲁布抓乌兰朝鲁简直是瞎胡闹。苏木书记一句话，可以把乌兰朝鲁放出来。不仅如此，凡是和乌兰朝鲁作对的人肯定成为苏木书记的眼中钉、肉中刺，还有你的好吗？

这回他开始怨恨起东鲁布来了。一切麻烦都是你东鲁布惹下的。可是你那个长毛爹恨我们仨呀，说不定拿刀来找我们来呀。听说，他平时就刀不离身的。

正在这时候，苏木两个干部来到。

“敖特根您好？”两个干部进来非常有礼貌。

“好，好，你们好！”敖特根又惊又喜，忙不迭地下了炕。想到苏木干部不是对所有人都这么热情的，只有对我是这样，他心情很激动。他还嫌老婆动作慢，自己手忙脚乱地为客人端茶倒水。

“敖特根先生好像有些日子没去苏木上了吧，很忙吧？”其中一个干部接过茶水的时候问了一句。

“牧民嘛……倒不出工夫来……”

“苏木书记还经常念叨你，说好久没见到敖特根了，他可是个懂道理、明事理的人。”

“是吗？苏木书记身体可好？”此时此刻，敖特根高兴得忘乎所以，眼睛扫过他们俩一眼，可并没有注意到他们略带有讥讽的笑容。

接着是关于早晨打架的事情的调查开始。

“唉。牧民啊，法律意识淡薄，所以一有点儿矛盾纠纷，就很容易发生动手打人的事情。随着普法宣传的深入，这种情况会越来越少的。这方面我听过苏木书记常给大家讲，讲得好。”

“懂道理、明事理的人就是不一样。”其中一个干部夸了他一句，接着问，“东鲁布你怎么看？”

“嗨，经常是醉醺醺的那么个人。”敖特根这样说，心里觉得挺过瘾。

“贡其格究竟动没动手？”另一个问。

“嗨！那家伙别说旁人，连自己的老婆都让他给打跑了。”敖特根咬牙切齿。

“说是乌兰朝鲁经常打人，是真的吗？”

“倒是听说过他偶尔打架斗殴。但是说经常打人，不会的吧……”敖特根为自己能够想到这个词句感到自豪。

“今天早晨乌兰朝鲁打过你吗？”

敖特根嘿嘿一笑：“我参与打架干啥呀？我在一边给他们讲了一通遵纪守法方面的事儿。可是他们不听，能有啥办法。”

两位干部很满意地往出走。

当他们骑上摩托走的时候，敖特根还喊了一声：“别忘了给苏木书记带个好啊!”

## 七

夜晚，贡其格辗转反侧，久久不能入睡。越是睡不着越是夜尿多。当他起夜出去，发现有人扛着个大包裹急匆匆从他家旁边经过。月色朦胧，他没有认出是谁，发现那个人脚步匆匆，行动鬼鬼祟祟，贡其格不由怀疑是不是盗窃羊绒的盗贼?

眼瞅着那个人走远了。当贡其格小便完回头，发现又有一个拉着驮着驮子马驴的人随之而来。贡其格一下愣住了。这些人怎么扛的扛，驮的驮，一个跟着一个向同一方向走去了。看来不是盗贼……

他仔细那么一看，终于认出那个人是庆和乐达来。贡其格马上想到他们扛的、背的，毛驴背上驮着的肯定就是羊绒羊毛！没看它鼓鼓囊囊的像个大气球，如果不是羊绒羊毛，毛驴的腰不被压断了吗?噢！原来他们是去把羊绒羊毛卖给乌兰图雅的。

贡其格久久地愣在那里。人们卖羊绒羊毛无可指摘，牧民就是靠羊绒羊毛的钱解决半年的生计。可是，大家不是异口同声地表示过，羊绒羊毛卖给谁也好，就是不卖给乌兰图雅的吗?

贡其格觉得，全嘎查的人合伙儿在欺骗他。他便怒气冲冲地回到屋里。进了屋又觉得灰心丧气，全身乏力。人们都说我是个愣货，我真的是傻呀。他看着一贫如洗，空空荡荡的屋子，再想想自己落得光棍一条，形影相吊，不由得鼻子一酸，悲从中来……

第二天大清早，席日曼门都又跑来告诉他：“昨天夜里，敖特根、庆和乐达来、宁嘎等十来户偷偷把羊绒羊毛卖给了乌兰图雅了。就像你我这样老实巴交的人家还糊里糊涂地蒙在鼓里。”

贡其格恨不得给席日曼门都个耳光，骂道：“第一个把羊绒羊毛卖给乌兰图雅的肯定是你。臭搅屎棍你！”

“你连我都信不过了？”席日曼门都委屈地说。

“从今以后，我宁可相信牲口，也不相信什么人。”贡其格喊道。

“说实话，你说得也对。只不过是太露骨了一点儿。”

贡其格没吱声。从那天起，谁谁把羊绒羊毛卖给乌兰图雅了的传闻在人们中间流传。说这样话的人还都忘不了补充一句：“就是我们这样老实巴交的人被他们蒙蔽了。”过了几天，我们嘎查的人们好像都把羊绒羊毛卖了，又好像谁也没有卖掉似的，真真假假，谁也搞不清了。

那两位苏木干部天亮时分，到那个嘎查中心把乌兰朝鲁放了，却把东鲁布带回苏木了的消息不胫而走。这个消息很快得到了证实，很多人看见乌兰朝鲁唱着歌从我们嘎查中间走过。

我家乡的故事到此可以告一段落。以后发生的事情需要补记如下：

几天以后，有人去苏木回来说，那位身穿满是油垢的警察服的东鲁布穿了一身便服，一手拿着一瓶酒，站在苏木党委机关门口破口大骂呢。原因是，因为给乌兰朝鲁上了手铐，被警察队伍除名了。我们嘎查一些“明白人”说，那样处理对。手铐那东西不是随随便便给人戴的，必须经过正式手续。况且他在醉酒状态下给人戴上手铐，那是违法，云云。

宁嘎门口来了一辆小汽车，喝酒唱歌红火到天亮。来的客人是在苏木开商店的乌兰图雅和南方来的羊绒贩子。有人还说，苏木书记也在。

答应给被打的三个人的补助还没有兑现，说嘎查现在没有现金，以后再给。可是，敖特根、庆和乐达来手里都有大把的钱，去苏木供销社买回了烟酒茶糖等很多东西。其实，我们嘎查大部分人家都有钱花了。但是，人们见了面，仍然谈论今年羊绒羊毛啥时候能脱手的问题，个个唉声叹气，愁容满面。

手里有钱了，请客吃饭的事儿不断。那天晚上，宁嘎又请了客，不但有乌日根巴雅尔、昭日格图等嘎查头头脑脑，贡其格、敖特根也在被请之列。不过，那场酒席最后以吵架而告终，不欢而散。

开始，人们天南海北聊着，不知怎么说着说着转到了被乌兰朝鲁打的话题上，不过不是在叫苦抱怨，而是有点评功摆好的味道。

“庆和乐达来被打得最狠了，几乎爬不起来了。”有个人说。

“可不要因为庆和乐达来又瘦又矮而小视了他，他可是一条硬汉子！”另一个人说。

庆和乐达来的脸稍微红了一下，可心里好像挺得意的样子。

“庆和乐达来那点算啥呀？前年那一次打架，我两条肋骨被打断，都喘不上气了都。可我还是咬着牙回家来了。”有一个人好像是怕被别人遗忘了似的旧事重提。

“你真是一条汉子！”大家齐声夸奖。

那个人听了很是心满意足地笑了。

“咱贡其格那天早晨挨打得也不轻啊！”有一个人说道。

“那些年轻人就算一人打三拳，二三十下子是有了吧，挺过来了。”

“不仅仅是拳打，还有脚踢呢。没有吭一声。”

大家把贡其格夸赞一阵，敖特根的脸青一阵儿白一阵儿。

“你们还不知道数量和质量哪一个重要吧？不能以挨的拳头数量来论英雄。”敖特根忍无可忍地冷笑道。

贡其格迎头痛击：“那么，你挨的打可有质量？听说苏木干部来调查时，你竟然说乌兰朝鲁没有打人？”

敖特根与贡其格就这样又掐把起来了。

人们有的替敖特根说话，有的为贡其格辩护，一来二去又互相揭旧伤疤，打得一塌糊涂：

“我再不好，也不像有些人似的在‘文化大革命’中动手打人！”一个人说。

“你还想说那个呢？有人还在‘四清’运动中把自己的爹说成牧主，进行批斗。那是谁呀？”另一个说。

“有一年秋天，有人还从别人家码好的草垛上偷盗过饲草。那是谁？”还有一个人喊。

“有人深更半夜闯进人家寡妇家，说是喝醉酒了。谁知道是真喝醉假喝醉？”

每次打架，都会把这些陈谷子烂芝麻翻出来，都是些陈词滥调。可是，那天晚上又出来了些新词：

“人们都说外来户成帮结伙在欺负原住户。这个话不是空穴来风吧？”

“那原住户在排斥外来户。这个说法也不是无中生有吧？”

乌日根巴雅尔、昭日格图早已溜之大吉。这场干仗持续到第二天黎明，打碎了十几个碗，两个人鼻子被打出血，有一个人的脸肿得老高。

从那次干仗以后，我们嘎查一些人互相闹别扭，有一个多月见了面不说话，形同路人，后来好些了。偶尔传来那边嘎查的人们准备在沙坨地上栽树的消息。我们嘎查的人再也不敢提去沙坨地栽树的事儿了。有人偶尔往那边瞄一眼，那边的树木越发郁郁葱葱，掩映在树影中的砖瓦房显得越发雄伟……

岱钦　译

# 现代传说

## 一

苏木机关食堂的伙房里，有几个炊事员在洗刷碗筷，伙食管理员旺吉勒坐在里边喝着小酒。办公室勤杂员旭仁其木格站在火炉旁边等着水烧开。这是晚饭以后的时间段。几个人一边各忙各的活儿，一边嘴还不闲着，天南海北瞎扯皮。

年近耳顺的张厨师一手摩挲着汗津津的秃脑门，一手拿着烟袋杆来回走着。他是个矮个胖子、早已谢了顶的老汉，多年在苏木机关食堂当炊事员，因为上了岁数了，人称“张厨师”。现在除了上主灶掌勺炒菜，什么刷锅洗碗、打水搬柴之类的活儿，他一般不沾手了。

“现在可是有钱便有了一切。有钱能做官，目不识丁的文盲可以拿到大学文凭，小偷可以当警察……”他在地上来回走着，“嘿嘿”一笑，说，“过去叫‘有钱能使鬼推磨’嘛。钱厉害着呢。”他在内蒙古地方时间长，蒙古话说得相当不赖，但还是带点口音。

“也不完全是那样吧，你说得有点夸张。”旭仁其木格笑着说。她是个三十多岁的妇女，有几分姿色。他们两口子原来都是普通牧民，几年前，她丈夫成了苏木财税所的更夫，而她自己成了苏木机关打扫房间、烧水送水的勤杂员。有人说她是苏木书记的相好。

“你不信啊？如果我有钱，想让你当我的老婆，你也会颠颠地跑过来的。你没听说盟里有一个八十来岁的富翁娶了个十八岁的黄花闺女做了老婆。”张厨师说完“哈哈”一笑。他是不管男女，不管大小，谁都开玩笑。

“你个臭老汉人老心不老，贼心不小啊！”旭仁其木格捂着嘴笑。

“你们蒙古语有个谚语：‘狼再老也能捉羊羔，老喇嘛再老也能教训小徒孙。’我再老，收拾你绰绰有余。”张厨师又一阵哈哈大笑。

“有句俗语，‘临死放个冤枉屁’。你敢染指苏木书记的稀罕物，小心你的饭碗子！”在一边刷碗的松布尔说了一句。他是个四十多岁的窄脸汉子。

“你别胡说八道！”旭仁其木格说完“嘻嘻”笑。

管理员旺吉勒阴沉着脸默不作声地吸吮着酒。一张沾满油渍的桌子上放着一盘羊肚丝、一瓶子酒。他随时随地在两片嘴唇间叼着颗香烟。性格暴，不怎么跟人说话，就爱一个人坐在那里独饮。

三个炊事员中年龄最小的是德力格尔夫，年仅二十二岁的这小伙干活动作麻利。张厨师人家早就是正式工，松布尔是个很有心劲的人，只有德力格尔夫是从牧区招来的临时工。小伙心里明白，要想在这里站住脚，就不能怕累活脏活。这小伙聪明着呢。

他收拾完碗筷后，走到旺吉勒旁边，说：“要不给您炒个菜吧。”

旺吉勒嚼着满嘴的羊肚丝，“呜啊”地摇了摇头，表示不用了。

德力格尔夫笑着又忙碌别的营生去了。其他几个人继续谈论各种各样的消息。苏木机关食堂可以说是信息集散地。在这里可以听到远近内外、真真假假各种消息。他们再把听来的消息在这里交流。

“德力格尔夫，茶烧开了你帮我灌一下暖壶。我有点事出去一下。”旭仁其木格交代给他。

“好的，没问题。还有什么事尽管吩咐。我是年轻人嘛！”德力格尔夫笑着说。

“麻烦你啦。”旭仁其木格边说边往外走。

“像我这样的年轻人应该勤快点好。”德力格尔夫笑眯眯地说。

“你这个年轻人不简单，很机灵，有眼力见。以后啊或发财，或做官。这两个必居其一。”张厨师一踱一踱地走过来笑着说。

“我哪有那个本事？”德力格尔夫笑了。

“我在这里当厨师整整四十个年头，什么没见过？像你这样的年轻后生来了，开始送水端茶伺候人，嗨，不过几年被领导相中了，变成送信送报，搞统计的，又不过几年，当上了副苏木达什么的。到那时候，就官运亨通了。这样的事例多去了。”张厨师说。

“我不行。”德力格尔夫仍旧笑了笑。

松布尔在一旁冷笑了一下。旺吉勒仍阴沉着脸坐在那里吸吮着酒。

德力格尔夫回到寝室已经是晚上十一点多了。打开灯，屋里除了一张旧木床、一床脏兮兮的被褥，别无他物。他不怕累，不怕脏。他相信只要累活脏活抢着干，无论对领导，还是对同事，都要谦恭有礼，总会有好的回报。他想，不能看不起炊事员这个营生，就看你怎么干。苏木机关食堂的炊事员整天在领导眼皮底下，会干而且要巧干，好事也许会找到你头上。

张厨师所说的道理，他早就铭记在心。人们都骂溜须拍马的人，然而爱溜须的人总得到好处。所以，好多人在骂溜须拍马的人的同时，自己也尽溜须拍马之能事。难道溜须拍马的人得到好处，刚直不阿的人吃亏，是这个社会的通病吗？我们先人早就留下遗训：“硬干蛮干，不如会干巧干。”

他把手伸进褥子底下摸了摸，摸到了装在牛皮纸信封里的硬邦邦的东西。那是他两年多来节衣缩食积攒下来的一千元钱。到了秋后农闲时节，把父亲接到苏木医院给他瞧瞧病。父亲该多高兴啊。想到这里，他自己也笑了。是的。父亲会对乡邻们说，儿子在苏木上班，挣了钱把我接到苏木，给我治病。那时候，父亲肯定一脸骄傲的神色。乡邻们听了，也会向他投来羡慕的目光。不能总是抱怨命运。多一分辛苦，多一分收获。总算挣到了给父亲看病的钱了。想到这里，心里非常舒坦。

他关了灯躺下了。从大早晨开始忙了整一天，真有点累了。俩眼皮打架刚要入睡，听见有人喊他。

“德力格尔夫，这么快就睡下了。桑鲁布书记刚从乡下回来了……”这是旭仁其木格的声音。他霍地从床上起来，急忙穿上裤子，披上上衣往出走。桑鲁布书记外出有时候半夜回来，有时候还让炊事员炒两个菜喝酒。桑鲁布好酒，半夜喝酒就愿意叫德力格尔夫过去。因为张厨师毕竟年龄大了，不好意思惊动。松布尔呢，脾气不好，不高兴时啥都敢说。德力格尔夫机灵、勤快。他愿意使唤。当然，德力格尔夫也甘心情愿。熬茶、炒菜。炒菜肉放得多，熬茶奶子兑得多，还瞅个机会给书记敬杯酒，桑鲁布书记高兴了夸他几句，有时候还拍拍他肩膀。这时候，一切劳累都被忘到九霄云外去了。

当德力格尔夫来到伙房时，桑鲁布书记、苏木秘书和汽车司机三个人坐在桌旁，旭仁其木格正在点火准备熬茶。年近五十的桑鲁布书记红光满面，精神头很好。

“我原来猜想书记今天该回来了，就一直等到十点多见不来，就回寝室睡觉了。还是再等一阵儿就好了。”德力格尔夫对着桑鲁布书记笑了笑，坐了一壶水，开始切肉切菜。是不是真的等过桑鲁布书记，只有天知道，可他现编几句美丽的谎言，那已经是他拿手好戏。

“又要辛苦你了，德力格尔夫！”桑鲁布书记笑着说。

“不辛苦。你们日夜为老百姓的事儿操劳，你们才辛苦呢。”德力格尔夫边说着，边动作麻利地弄出冷热几盘菜，从橱柜里拿出一瓶酒，给各人斟满放在桌上。

“旭仁其木格，你也过来吧，坐我身边儿吧。”桑鲁布书记说道。

“还是靠门这边坐，凉快!”旭仁其木格扭捏了一下。

“嗨，在德力格尔夫跟前有啥不好意思的？过来，过来，坐我这边儿。”桑鲁布书记笑了。

旭仁其木格笑盈盈地靠桑鲁布书记而坐。德力格尔夫想，这是桑鲁布书记对我的信任，心里怪舒服的。一个月以前的一个晚上，桑鲁布书记把德力格尔夫叫了去，嘱咐说：“你去看看旭仁其木格的丈夫在家不，如果不在家，叫旭仁其木格过来一下。”他很高兴，跑过去一看，旭仁其木格一个人在。“书记叫你过来一下。”旭仁其木格听了，面颊泛红地点了点头。从那儿以后，旭仁其木格对他表现得相当亲热。

桑鲁布书记一喝酒就高兴，好像变得年轻了十岁。

“旭仁其木格唱一首吧，就那个《路边的矮榆树》，来一个!”

“深更半夜的唱什么歌儿呀?”旭仁其木格佯嗔地瞥了桑鲁布一眼。

“唱吧，唱吧！我就是想听你的歌儿连夜回来的。”桑鲁布书记笑着说。看样子他这么快就喝热乎了。

“唱吧！没关系。”秘书和司机也附和着。

旭仁其木格脸色微微泛红，看了一眼桑鲁布书记后站起来唱开了：

路边的那个矮榆树
刀砍了也照样长起来
年轻的我们两个人
棒打了也照样相爱

与其骑那匹瘦弱的黄马
倒不如干脆步行走的好
与其和那没出息的人相好
还不如独自过光景的好

当旭仁其木格唱完，大伙儿一饮而尽。旭仁其木格不喝，桑鲁布书记逼着她喝了下去。接着，桑鲁布书记站起来要和旭仁其木格唱男女二重唱《敖包相会》。唱的时候，桑鲁布书记把手搭在旭仁其木格的肩上，旭仁其木格红着脸甜蜜地笑着。

德力格尔夫笑着给他们鼓掌，又给他们倒茶斟酒。

午夜过后，小宴会告一段落。桑鲁布书记让旭仁其木格搀扶着回他的宿舍。德力格尔夫手提一暖壶茶跟在后面。到了桑鲁布书记宿舍门口，旭仁其木格接过暖壶，对他说：

“时间不早了。你回去休息吧。”

走出挺远，回头一看桑鲁布书记宿舍的灯灭了。德力格尔夫回到自己的寝室躺下。睡之前，又把手伸进褥子底下摸了摸那个硬信封。睡之前摸摸信封，已经成了他的习惯。

天快亮了。他虽然浑身散了架似的酸痛，心里却很舒坦。

## 二

管理员旺吉勒去旗里购拖拉机走的第二天早晨，张厨师、松布尔、德力格尔夫三个人正一边忙着准备早饭，一边谈论买回拖拉机后，谁当驾驶员的事情。对一个偏远的牧区苏木来说，买一台拖拉机回来，也算是一件大事。

“那肯定是旺吉勒自己开呀。从牧区拉运牛羊，从旗里买回烟酒之类的，多方便啊。”张厨师说。

“我看不一定是那么回事。”松布尔在一旁冷笑着说道。松布尔这家伙可不是个省油的灯。那年，苏木税收干部下乡收税，松布尔他们一起喝酒的时候发生了口角。苏木收税干部扇了他一个耳光。第二天，松布尔扛着被褥，包住脑袋来到苏木赖着不走了。苏木书记上班，他跟着去办公室；苏木书记吃饭，他跟着去食堂吃饭。到了晚上就去苏木书记的宿舍睡觉。你这是干什么？他说你们苏木干部把我打坏了，我没法生活了。弄得苏木书记实在没治，把派出所警察叫来把松布尔铐走关他两天。这下子事儿就更闹大了。第三天，派出所放他走，他贵贱不走，说，你们不把打我的那个苏木干部抓起来，我说什么也不离开这里。派出所所长恨不得给他跪下叫一声爹，好肉好酒招待，好容易把他送回苏木书记那里。苏木领导无可奈何，最后把他安排到机关食堂当炊事员了事。

“那你说谁能当驾驶员？”张厨师问。

“在我们这个地方当上拖拉机驾驶员，那是相当实惠的营生。公家的事可以跑，私家的事也能跑。抽个空帮别人拉运点东西，烟酒钱是不愁。旺吉勒那样不知道溜须的隔路货，这个差事肯定摊不到他头上。”松布尔说。

“你说得也对。”张厨师说，“旺吉勒就是因为脾气倔，不进眼。不然在苏木当了三十来年的干部，稍稍通事理的话，最起码混个副苏木达应该是没问题吧。”说完，来回踱步。

张厨师突然看见德力格尔夫似的瞅了又瞅：“咱德力格尔夫当拖拉机驾驶员不可以吗？年轻人整天跟锅碗瓢盆打交道有啥出息？还不如当驾驶员。拖拉机毕竟是机器，开拖拉机起码也算是一种技术吧。再说了，桑鲁布书记的小车司机早晚得提干，那么，到时候咱德力格尔夫不就是现成的司机吗？”

“我这个样子做好炊事员的活儿就不错了。”德力格尔夫笑了笑，说。松布尔没吱声，脸上划过一丝狡黠的笑意。

旭仁其木格提着一把暖壶走了进来。

“旭仁其木格你说说，那辆拖拉机谁当驾驶员哪？”张厨师问。

“我能知道吗？”旭仁其木格笑了笑。看来她刚打扫过房间，灰尘满面，头上包的纱巾上也落满了尘土。

“你怎么会不知道呢？领导我们的是桑鲁布书记。领导桑鲁布书记的不是你吗？”张厨师讪笑着。

“我真的不知道。反正我老公是肯定不开那个拖拉机的。”旭仁其木格说。

“为啥？”松布尔问。

“我老公准备要开一家饭馆。已经定了。”

旭仁其木格出去以后，张厨师对德力格尔夫说：“小伙子你听见没？旭仁其木格老公要开饭馆，那样的话，那拖拉机方向盘可以弄到你手里。”

“我哪有那个能耐？我在这里做好饭就行了。”德力格尔夫说。

正在洗碗的松布尔又冷笑了一下。

正在这时候，旺吉勒真的买回一台四轮拖拉机，停在了苏木党委后院，更具体地说，停放在机关食堂旁边的仓房门口。不少人过来围观。伙房的几个人也都出来看，唯独德力格尔夫没有出来，他仍然在厨房忙碌着。

几天以后的一天中午，苏木在机关食堂招待旗里的一个检查团，饭菜剩不少。晚上，管理员旺吉勒招呼他管辖的几个炊事员红火红火。在旺吉勒平时喝酒的方桌上摆满了中午剩下的各种菜肴，除了几个炊事员，还有勤杂员旭仁其木格、打字员萨仁姑娘也被招呼来了，大家在一起吃饭喝酒。说着说着，话题又转到了拖拉机驾驶员的事情上来。

旭仁其木格说：“听说原先在这儿当过副苏木达的哈达夫妇晚上带上礼物去了桑鲁布书记的宿舍了。估计是想让他的外甥当拖拉机司机吧……”

“哈达那个外甥？他别的做什么都行，唯独不能当司机。去年咋了他？晚间把苏木汽车开出去轧了人，赔了好几万块钱，差点儿蹲监狱。”张厨师说。

“有人看见养猪场饲养员甘珠尔从苏木书记的宿舍出来。不会是去书记那里汇报养猪情况的吧。”松布尔说。

“他呀，好好养他的那几头猪就得了，怎么还见异思迁？”张厨师说完，看了看德力格尔夫，“我说呀，咱德力格尔夫完全可以开那个东西。可是，现在的事儿真不好说噢。要拿情面、金钱说话的世道。”

德力格尔夫不喝酒，忙着给大伙儿热菜。他听到这个事后愣了一下。火红的颜色、新漆熠熠生辉，胶皮轮胎散发出橡胶的特殊味道的崭新的拖拉机仿佛出现在眼前。他又想起了张厨师几天前说的那段话：“桑鲁布书记的小车司机早晚得提干，那么，到时候咱德力格尔夫不就是现成的司机吗？”

松布尔说话总带有讽刺意味：“桑鲁布书记夜晚喝酒就想起来使唤德力格尔夫，可像这样的事儿早上就给忘到脑后了。”

“如果德力格尔夫今晚给桑鲁布书记送上点钱，这个事准能成。”张厨师又说。

“那就看你送多少钱吧。养猪户甘珠尔对别人表白说自己送了不少钱。德力格尔夫有那么多钱吗？”

“德力格尔夫哇，如果像旭仁其木格似的投生为女性该多好！”张厨师说完又是“嘿嘿”一笑。

旭仁其木格勉强一笑，低头不语。她知道在这种情况下什么话都不能讲，这个娘儿们可机密着呢。管理员旺吉勒阴沉着脸，不言不语。

打字员萨仁平时少言寡语，不过她不鸣则已，一鸣惊人，说话很有分量。

萨仁冷笑道：“人啊该争取的，就要拼命争取。不然，活着有啥意思？我要是德力格尔夫，一定要争取把那台拖拉机弄到手。人该老实的时候要老实，该厉害的时候就应该厉害一点儿。不然的话，人就骑在你脖子上拉屎撒尿，还嫌你跑得慢呢。”

“说得对！”张厨师夸赞了一句，继续说道，“过去，是老实人吃香。可现在老实人受欺负。你们信不信？老实本分的小伙子连讨个媳妇都难。”

“我早就看透了。有钱的靠钱，有姿色的靠姿色。既没钱又没姿色的怎么办？那就得靠闯。撸起袖子面对面斗，豁出去。他们也就没招了。”这也许是松布尔的经验之谈。

“真的？”旭仁其木格笑着问。

“可不是真的。”

接着不知是谁挑起了话题，讨论开了行贿的学问。

“听说给领导送钱还需要很大的学问哩。你们知道吗？”张厨师说。

“怎么地？”

“给领导送钱不能直接送给本人。那样，会把你推出去，钱也扔出来。所以，送钱必须通过第三者送，而且保证钱一定要到领导手里边。因此，必须选好可靠之人。”

“选什么样的人？”

“领导的孩子不能给，那些小王八蛋从中截留，不但不给他爹，而是自己挥霍掉了。所以，要么给他老婆，要么给他情妇也中。”

张厨师如是说完，看了一眼旭仁其木格。松布尔还是冷笑。管理员旺吉勒阴沉着脸假装没听见。萨仁姑娘咬了咬牙。这个姑娘好像喝了不少酒。

“我头疼了，先回去了。”旭仁其木格边说边往外走。德力格尔夫送她出去。

到了门口，旭仁其木格对德力格尔夫说：“小兄弟，你别信他们的胡说八道。桑鲁布书记挺喜欢你的。那你回去吧！”

其他人也都要回去睡觉了。

微微醉酒的萨仁盯着德力格尔夫说：“你要争取一把吧，大伙儿都在看你。”

那天夜里，德力格尔夫回到寝室辗转反侧，一宿都没睡好。

好像过了两天，有一天德力格尔夫红着脸去找旭仁其木格。

那天，正好苏木干部都下了乡，旭仁其木格坐在服务室织着毛衣。德力格尔夫坐在旭仁其木格对面的凳子上欲言又止的样子。

“德力格尔夫，你有什么就说什么吧。咱还有啥客气的?”旭仁其木格织着毛衣，头也不抬地说。

“那个拖拉机……”德力格尔夫吞吞吐吐，红着脸瞅着旭仁其木格。

“噢！那个拖拉机呀……好几个人缠着桑鲁布书记要开那个拖拉机……看来还挺麻烦的……”旭仁其木格还是瞅着手里织的毛衣。

“如果……我也想……”德力格尔夫话说半截儿。

“哦，我给他说说看……”

德力格尔夫知道旭仁其木格所说的“他”就是指桑鲁布书记，可他心里还是不踏实，而且更着急。

德力格尔夫犹豫了半天，拿出一个厚厚的信封，把它放在旭仁其木格前面的桌子一角，擦了擦满头大汗，说：“姐……把这个给桑鲁布书记……”

旭仁其木格依然瞅着手中的毛衣，“嗯……”了一声。

德力格尔夫逃也似的离开那里。他如释重负，步履轻盈地向厨房走去。

因为苏木干部都下了乡了，伙房的活儿不多。但是，德力格尔夫从锅碗瓢盆到菜板菜刀仔细地洗刷一遍，然后把储藏室清理了一遍，然后又推着小推车把后院堆了好几年的垃圾也运了出去。中午，张厨师、松布尔他们看了焕然一新的环境惊叹不已，就连总是阴沉着脸的旺吉勒脸上也露出了难得一见的笑容。

实际上，从那天起德力格尔夫身上发生了微妙的变化。他见到旭仁其木格就红着脸低着头，几天后，桑鲁布书记从乡下回来，叫他炒菜喝酒的时候，德力格尔夫像是犯了错儿的孩子似的低头不语，急急忙忙炒完几个菜就一走了之。

## 三

一个阳光明媚的早晨。

几个炊事员正忙着做早饭，养猪场饲养员甘珠尔笑容满面地走进厨房，从袋子里掏出糖块儿给人们散发。这小子不是有老婆吗？怎么还像新郎官似的发起喜糖来了？大家很惊愕。

甘珠尔笑着说：“托你们大家的福，我今天终于摆脱了饲养员的差事……”

“什么？”

“我要开拖拉机了。”

几个炊事员都愣住了。松布尔最先恍然大悟，冷笑道：“原来，这个糖是你给领导行贿所剩的残羹？”

甘珠尔脸红了一下，说道：“过几天，我还要请大家吃饭呢。”

几个炊事员手里拿着糖块儿还站在那里，甘珠尔出去走到拖拉机旁边。他从衣兜里拿出一把钥匙，坐到驾驶员的座位上，将钥匙插入发动机孔里一拧，“突突突”，拖拉机发动着了。甘珠尔扭头向伙房门口笑了一笑，开上拖拉机走了。因为是新手，拖拉机像个醉汉似的左右摇晃着拐过墙角渐渐远去了，可“突突突”的声音响了挺久。

“唾！”松布尔在后面吐了一口唾沫，张厨师脸色都白了，他回过头来看了一下，叫道：“嗨，德力格尔夫刚才还在这儿来着，哪个工夫走掉了？”

德力格尔夫真的不在了。

松布尔举起菜刀，在案板上的一块儿肉上使劲剁了下去，震得顶棚都直响。

此后发生的事情大体是这样的：

等甘珠尔开上拖拉机走将近个把钟头之后，德力格尔夫走进了桑鲁布书记的办公室。因为桑鲁布书记正在低头看文件，没有看到德力格尔夫哭肿了的眼睛。

“书记……”德力格尔夫怯怯地叫了一声，声音颤抖。

“噢，德力格尔夫……”桑鲁布书记抬头扫了他一眼，又低下头去继续看着文件。

“我的……钱……退给我吧！”

桑鲁布书记看着文件，随口说了一句：“噢，……钱……”显然是没有注意听他说的话。

“一千块钱啊，本来是我想给父亲看病的……”

这时候，桑鲁布书记才把手中的文件放下，抬头看德力格尔夫，问：“什么？你想借钱吗？”

“不……我要我的钱。”

“你的钱在哪里？”

“不是……给您了吗？”

桑鲁布书记笑了：“你什么时候给了我？我怎么想不起来呢？”

德格吉尔夫脸刷白：“我……托……旭仁其木格给您的。”

“噢，你把钱给了旭仁其木格了？”

“是的。”

“那你就去和旭仁其木格要去呀！给了谁就和谁要。对吧？”

“是……是。”

桑鲁布书记低下头看他的文件，不再搭理他。德力格尔夫只好退了出来。

几分钟之后，他来到服务室，站在旭仁其木格对面。

“把我的一千元还给我吧。”德力格尔夫说。

正在忙碌着洗一大堆窗帘的旭仁其木格猛地抬起头来：“你疯了吧？什么一千元？”

“也是在这个屋嘛，我把装有一千元的信封放在这个桌子上的嘛。”德力格尔夫说的时候满头沁出大汗。

“别价，让我想想……哦，好像有那么一档子事，你拿出一个信封放到这里。我还想来着是一封信啊，还是什么呀，后来给忘了。原来是钱啊？”

“是钱，一千块钱。”德力格尔夫瞬时脸若白纸。

“那你为什么当时不说清楚呢？这个服务室里什么旧信封、报刊、过时的文件材料堆得一堆一堆的，过个几天就烧的烧、卖的卖。这你也不是不知道。”

“不管怎么样，我那天真的把一千元钱放在你这里了。”德力格尔夫说的时候声音颤抖且变高了。

旭仁其木格也变得很严肃：“德力格尔夫，咱俩认识也有几年了。说话不能没有根据。一千块钱可不是个小数目。无缘无故地突然来了，说那天我在你这儿放下了一个信封，里边装有一千块钱，现在你要还给我。这样相逼不是很不合适吗？”

“真的是一千块钱啊。”德力格尔夫声音变低，眼神也变得黯淡。

“那我们这样说话吧，你为什么给一千块钱？我没说过和你要一千块钱，也没说借你一千块钱。”

“不，……我给你一千块钱是想……托你转交给桑鲁布书记的。”

“给书记送钱直接送去嘛，为什么还要通过我呢？”

“是因为……书记你俩……”德力格尔夫不知道怎么样表述了。

“你要是这样说，那咱更得好好说道说道。我和书记怎么地了？你这不是诽谤人吗？我可担当不起这个罪名。”旭仁其木格厉声道。

“不，不。我说的意思是……”

“这回咱俩没啥可说的了。你那个一千块钱我没看见。”

德力格尔夫无奈地走了。

那几天，不见德力格尔夫来伙房。去了哪里谁也不知道。张厨师倒是老唉声叹气。后来有人说，那几天德力格尔夫去了旗里，有人说他去了法院，有的说他去了纪律检查委员会，甚至有的说他这两个地方都去过。他肯定是去告状去了，可是事情并不顺利。

每当德力格尔夫把事情大致过程讲完，法院或纪委就要求他提供证据。他就说，我真的有一千块钱，装在信封里压在褥子底下。那天，我真的把一千块钱给了旭仁其木格云云，所谓证据如此而已。对方听了笑一笑（或气恼），说，你这不叫证据，你说，旭仁其木格这个人收了你的钱，给你开了收据没有？德力格尔夫当然回答说没有。对方的提问又深入一步，问：你给旭仁其木格钱的时候，说没说清楚多少多少钱交给你了？德力格尔夫回答：我没有说清楚，只是把信封放到她前面的桌子上。但是，里边的确装有一千块钱。又问：你为什么给旭仁其木格一千块钱？他把苏木买回一台拖拉机，自己为了当拖拉机驾驶员给桑鲁布书记送钱，桑鲁布书记和旭仁其木格关系暧昧等等，讲了一通。对方皱着眉头听了半天后生气了，说：就算你所说的是真的，如果按法律条文来说行贿受贿同罪。你自己犯了罪，还想告别人的状？去，去！把他给轰出去了……

## 四

谁也未曾注意，黑灯瞎火的伙房的灯过了午夜重新亮了，而且从里边传出来一种奇怪的动静，更是没有人听得到。

“嚯嚯嚯、唰唰唰……”声音有节奏而且有力。

有一个人在磨菜刀。这个人是德力格尔夫，可是变得都认不出来了。谁能相信这个两眼红肿、闪着凶光的人，就是曾经眉清目秀、笑容满面的德力格尔夫？

把菜刀磨了好一阵，再用水冲了冲拿到灯底下一看，寒光逼人，一口气吹过去，好像铮铮作响。他把菜刀放在案板上，自己坐在旁边休息。靠墙的碗橱里有一盘菜、一瓶子酒，他拿过来吃喝开了。有生以来，他还是头一次喝酒。

"吱扭"一声，门开了，张厨师走进来。患有膀胱炎症的张厨师晚间起夜多次。这次出来一看伙房有灯光，他就过来瞅一瞅。德力格尔夫是因为没有发觉张厨师进来，还是因为不想搭理，毫不在乎地喝着他的酒。张厨师也没吱声，很惊讶地看着他。

张厨师的目光首先落在变得不敢认的德力格尔夫身上，然后扫过菜盘子和酒瓶子，最后落到案板上的那把菜刀上目不转睛了。

"嗨，小子，你这是在干什么呢？"张厨师踉踉跄跄走到德力格尔夫跟前，直盯着他的脸。

由于紧张、着急，他声音都变得怪怪的了。

德力格尔夫扫了他一眼，继续喝着他的酒。

"你……你……你可是独苗苗啊，你父亲的身体也不好……"张厨师说话声音都变调了，"年轻人……可不能干傻事啊！"

"那我的一千块钱怎么办？"德力格尔夫愣愣地说。

"就当丢了，或者当买肉喂狗了。"

"可我不是丢的，也不是喂狗的，是给了旭仁其木格的呀！"

"可人家硬说没看见你的钱，你能怎么样？"

"能怎么样？我会让他们看看。"

张厨师吓个半死。他想把案板上的菜刀夺过来，但他不敢。这会儿红了眼的人备不住见谁砍谁，所以不能和他硬来，只能想方设法把他的注意力从菜刀上引开。另一个面对的难题是，既要阻拦德力格尔夫干出什么傻事，又要不让别人知道这件事。他绝不希望德力格尔夫要杀人的消息有一星半点儿的风声走漏出去。如果德力格尔夫突然醒悟了，想开了，把那把菜刀扔一边儿去了，好像什么事儿都没发生一样过去了，那该多好。

他以充满怜悯、难过的目光久久地看着德力格尔夫。尽管眼前的这小伙头发凌乱、双眼通红、眼露凶光，仍然让人觉得他很可怜。看看他那瘦削的双肩，还是没有长够身子的孩子呢。

张厨师警惕地看了看案板上的菜刀，半拉屁股坐上德力格尔夫对面的凳子上。接着，断断续续地给他讲了很多东西。

“人和人的运气真的是不一样。有人做官，有人发财。可有人可能一辈子被人使唤。不过，到头来都是一条生命，生命没有贵贱之分。”如是讲了一段。

德力格尔夫板着脸不言不语。

“人只要活着，说不定会遇到什么样的情况，有的可能赔个精光，有的可能遭遇不测，可是有的可能过去了又来个时来运转。你们蒙古语有个非常精彩的谚语，叫：‘只要人活着，金碗里喝水。’和汉人说的‘大难不死，必有后福’的意思差不多。”这样又讲了一段。

德力格尔夫满不在乎。

“谁干了坏事，用不着我们去惩罚谁。苍天有眼，天公明鉴。‘文化大革命’期间，我们家乡一带有个人打人太狠毒，后来得了‘噎膈’[①]病，活活饿死了。这叫做坏事不得好死。报应！”如此这般，再讲了一段。

德力格尔夫仍然无动于衷。

张厨师想到，这一夜绝不能让德力格尔夫走出这个屋子。一旦德力格尔夫揣上菜刀走出这个屋子，事情就麻烦了。

---

① 噎膈：蒙医病名，即现在的食道癌。

就这样坐着坐着，天总算亮了。张厨师觉得自己这一辈子从未熬过这样的长夜，虽然浑身被汗水浸透，脸色苍白，疲惫不堪，但他仍没有离开那里。因为德力格尔夫还是没有回心转意的样子。

“要不……这样吧，你在这儿等着。我去把你的一千块钱给你要回来。如果拿不回来，那你爱咋地咋地去。但是有一条，我回来之前你不能挪地方。明白没？”张厨师真是想尽一切法子了。

这回德力格尔夫脸上划过一丝笑意。张厨师步履蹒跚，呼吸急促地走了出去。

这件事情如何收尾的鲜为人知。不管怎么样，没有发生德力格尔夫杀人事件，这是千真万确的。

后来据有人说，德力格尔夫从旗里回来磨刀霍霍的次日凌晨，张厨师气喘吁吁地到了旭仁其木格家。旭仁其木格刚刚起床洗脸刷牙。

据他们进一步透露：

“你个臭娘儿们你不要太过分了。那一千块钱德力格尔夫肯定给了你了。这个事情上德力格尔夫绝不会撒谎，他不是那种人。”张厨师劈头盖脸地把旭仁其木格臭骂了一通。

旭仁其木格也来气了：“不是说德力格尔夫到旗里告状了吗？旗里的还没说话呢，你说话管屁用？”

张厨师简直是像点燃了导火索的炸弹似的显得惴惴不安，喊道：“我是为你着想才跑过来的。德力格尔夫可是磨刀霍霍，一宿没睡觉。”

旭仁其木格的脸刷一下白了：“他想干什么？”

“干什么，这你还猜不到？”

“那……去找警察。”

“他要是怕警察，还磨什么刀哇？”张厨师气得恨不得给旭仁其木格一个耳刮子，“人家德力格尔夫是豁出去了，死都不怕了，可是你们可有怕的东西呀。桑鲁布书记、旭仁其木格俩人合伙把临时工炊事员的钱给吞了。这个话要传出去，你们丢人现眼还不算，桑鲁布书记现在这个位置能不能保得住还得烧高香，更别说提拔到旗里，做梦去吧！”

“那……咋办好？”这回旭仁其木格慌神儿了。

“把钱还给人家德力格尔夫哇！”

旭仁其木格想了一想，说：“可是……那个德力格尔夫，要账有那样要的吗？”

“咋地了？”

“他张嘴就来了个他把送桑鲁布书记的钱放我这儿了。还说我跟桑鲁布书记这个了那个了的。那我能让他说啥是啥吗？树活一张皮，人活一张脸。我们怎么着也是有脸面的人啊。”

“唉，年轻人嘛不会说话。可你不是那种不明事理的人啊。”张厨师说。

“那别价……好像还真有那么个信封来着。我去找找看吧。放哪里了，我倒忘了。”旭仁其木格嘴里嘟哝着。

“噢，你会这样的。”张厨师咬牙说了一句走了。

不管怎么样，那天早晨桑鲁布书记是没有去食堂喝早茶，人们看见他一早儿就坐上吉普车急匆匆地下乡去了。有人说，他好像逃避什么似的再三催促着司机走的。

也是那天早晨，管理员旺吉勒贵贱找不到甘珠尔司机，那台拖拉机还停在伙房门前，可甘珠尔不见人影。后来有人告诉旺吉勒，他看见甘珠尔慌慌张张地跑过北边洼地。“甘珠尔从我身边跑过去的时候，老远看见一个人，就问我：‘那是不是德力格尔夫？’”那个人说。

那天早晨，去机关食堂喝早茶的一个也没有。张厨师从旭仁其木格那里回来的时候，德力格尔夫仍然目光呆滞地坐在那里。

“这回你不用担心了。”张厨师说了句没头没脑的话，直接去把案板上的菜刀收了起来。德力格尔夫用惊诧的目光扫了一眼张厨师，没吱声，也没动地方。

正在这时候，外边传来了旭仁其木格的声音。

“德力格尔夫，德力格尔夫在吗？你个臭德力格尔夫……”

旭仁其木格手里拿着个信封进来了。看到那个信封，德力格尔夫马上站了起来。

“你个臭德力格尔夫哇，你可把大姐给折腾苦了。你这个东西是在垃圾桶的最底下了，找得我快要累死了。”

德力格尔夫瞅着那个信封仍站在那里。当时他到底是个什么样的表情，后来张厨师都无法描述。反正高兴或激动的样子是一点儿也没有，只是很疲惫的、陷入深思的那种样子。

“桑鲁布书记说来着，要给德力格尔夫调工种呢，具体是什么工作我倒没问。”旭仁其木格对着德力格尔夫笑了一笑。

德力格尔夫也笑了。这回张厨师可看得清清楚楚，那不是高兴的笑，而是很厌恶的冷笑。

几天以后的一个夜晚，桑鲁布书记从乡下回来，让旭仁其木格去叫德力格尔夫，可德力格尔夫睡下没有起来。这样，桑鲁布书记酒也喝不上了，不过他也没有发火。正在这时候，拖拉机司机甘珠尔来把桑鲁布书记他们几个人请到家里招待。

半个月之后，德力格尔夫外出打工去了。除了德力格尔夫一个人减少，伙房的一切照旧。平常，张厨师叼着个烟袋来回蹒跚踱步，嘴里不闲地说着些什么。可是，话题转到了如何把送给领导手里的钱再要回来的技巧上面。“无论如何不能去直接说把我那天送的钱给我退回来，而是说那天我把装在信封里的东西忘在您这儿了。”旭仁其木格在场，她就假装没听见过去了。松布尔仍是冷笑一下，不吱声，管理员旺吉勒阴沉着脸小口抿酒。甘珠尔运来粮棉油肉等，先把东西放到储藏室，然后走进伙房里来。起初，他总是脸上堆满笑容，想和他们聊点什么，可他们几个不怎么搭理他。久而久之，他也就罢了。

伙房仍然是各种消息的传播之地。可是，关于德力格尔夫的事情，大家讳莫如深，谁也不曾提起。

岱钦　译

# 旱

自发生旱灾起，她几乎每夜都做与水有关的梦：有时候梦见一条河在草原上静静地流着，有时候梦见自己站在一口水井的井口上提水，有时候梦见正在下大雨。这天夜里她梦见的是一股泉水，那泉水好像是从悬崖上流下来的，她自己正站在悬崖下边洗澡。清凉的泉水轻轻地撞在她的肩头，立刻被撞碎了，一部分化作水珠四处飞溅，一部分变成汩汩细流顺着她的后脊梁和前胸往下流。水流触摸肌肤的感觉是那样地美妙，水的气息是那样地沁人心脾。后来她醒了，望着黑糊糊的房顶，意识到自己刚才又在做梦。水的气息似乎仍然还在，但已经很不真实了，随着她一声叹息，那气息便迅速消失。严重的旱灾已经持续了三个多月，这方圆几十公里的荒原上最需要的是水，最缺少的也是水。

应该起来了，她想。

她一边穿衣服一边走出门。她看到东边天际有一条深红色的光带，光带这边是无边无际的灰白色。羊圈周围卧着瘦弱不堪的羊群。这时候一辆卡车朝这里疾驰而来，车后拖着长长的灰尘。

她站在门口等着，不知道这卡车来干什么。卡车从羊圈旁边裸露着的皮砂石上边颠簸着过来，停在她前面。驾驶室里探出一张中年男人疲惫得发黑的脸。

“你好?”他的声音是沙哑的，听起来跟这里的空气一样没有一点儿水分。

“你好?”她说。

因为天旱，昼夜温差大，早晨这时候气温最低。她看到中年男人从驾驶室里走了出来，发冷似的缩了缩脖子。

“这是哪儿呀？怎么这里还有人?”他问。

她差点儿笑出声来，但很快明白这是个迷了路的司机。

“是这辆卡车把你带到这么一个陌生的地方来的吗?”她强忍着笑问，接着又说，“这里叫朝鲁图，我在这里住了几十年了。”

“啊，我刚才真是太不礼貌了。我是想说，我迷路了，不知道来到了什么地方。而且这里旱成这个样子，你怎么还不搬迁呢?”

“我倒是想搬，但我走得了吗？就我一个人。”她说。

“哦，是这样。”

“你大概跑了整整一夜吧。我现在就熬茶。你下来喝点儿茶，休息休息吧。”

“好吧。”

她突然变得高兴起来，动作麻利地开始熬茶，因为总算有一个人来到了她家。她至少有一个多月没有见到任何人了。邻居们大部分都去寻找新的草场去了，像她这样没有能力搬迁的也有几户，但大家各忙各的，没有时间相互来往。外地人更不会来这个弄不好连水都喝不上的地方。因此有这么一个陌生人迷路来到她这里，使她甚至觉得自己是一个幸运的人。她很快把茶熬好，在桌子上摆出了丰盛的奶食。这一个月来，她自己都没有喝过一顿像样的早茶。

她用丰盛的早茶招待司机，自己也倒了一碗茶，愉快地说个不停。说了半天她才意识到都是自己在说，而客人却很少说话。

“你怎么不说话?”她问，笑了起来。

“哦，我这个人……不怎么爱说话。”司机似乎有点儿不好意思了，“不过我一直在想，这里这么旱，你这里人畜饮水是怎么解决的？”他说。

“以前抗旱指挥部有一辆卡车，每隔几天给我们几户送一次水，后来那车不来了，听说坏了。”

“坏了？没修好吗？”

“大概没有。”

“那……怎么办？”

“我只好自己用马车拉水。”她说。

“那行吗？”

“不行怎么办？只能这样了。”她说着笑了起来。

“那水井在什么方向？”

“一直往北，有一条小路。”

司机唉声叹气地喝着茶，似乎在思谋着什么，后来他放下碗站起来，说：“你真是太难了，我去给你拉一趟水。”

“啊，那可太好了。但……你想要多少钱？”她问。

“我要你钱干什么？”他有点儿不高兴地嘟哝道。

“那太谢谢你了。”

“不要说谢谢，我也是牧人出身。”

喝完茶，卡车朝着水井开去。她站在羊圈门口望着，一直望到卡车消失在茫茫荒原深处。

太阳落了，西边的地平线又变成了一条暗红色的光带。

羊群已经归圈了，她站在羊圈门口，朝着北边的荒滩瞭望。按说，三十华里的路程对汽车来说不算什么，应该很快回来。但那卡车直到现在仍然不见踪影。

这一天她竟然奇迹般地在干旱的荒原上采到了几把沙葱，便哼着歌几乎是小跑着回家。她拿出牛肉干捣成面，再把沙葱切碎加进去，拌成了馅。接着又把家里打扫得干干净净。她就这样愉快地忙碌着，很快将原本破败而凌乱的家变得井井有条，大放光彩。饺子已经包好，茶也熬好了。她坐在炕沿上休息了一会儿，突然又想到了什么，从竖柜抽屉里找出一面小镜子。她有点儿不好意思看镜子里的自己。镜子里是一个四十多岁的女人，她是个漂亮而健康的女人，但同时又是一个很长时间没有认真梳洗打扮过的女人。我真该死，怎么就变成了这个样子，她骂自己。接着走到羊圈那里，等待卡车回来。

卡车终于出现了，在黄昏的荒原上奔跑着。她站在羊群旁微笑着，望着卡车越来越近，最后停在她前面。

“你是不是又迷路了？”她问。

“嗨，车坏了。”

“我给你添了多大的麻烦哪？”她说。

“这不算什么。我这个车经常出毛病。”

司机的脸色好像更黑了。他跳下车，帮助她给羊群饮水。他车上原本就带着几个空油桶，去拉水时从她家又带了几个空桶。现在那些空桶都装满了水。他拿出一条胶皮管，一头插进桶里，另一头伸向了放在车下边的铁皮水槽。清凉的水哗哗地流了出来，水花四溅。

“你一整天没有吃东西吧？”她看着拥挤在水槽上的羊问。

“没事。”

“你老婆知道了心疼死了。”她说完咯咯地笑了起来，但立刻就脸红了。

他没有说话，过了一会儿却说：“这地方有狼。”

“狼？你看见狼了？”

“我看见了一群狼，有十几只。”

她叹了口气。她也听说最近这一带出现了狼群。胶皮管里的水仍在欢快地流着，水花四溅，那水声像歌声，又像笑声。羊群很快喝饱了，一个个鼓着肚皮散去。

“它们饱了，咱俩人却饿着。”她说。

“哦，哦……”

这是一个难得的静谧的夜晚。干渴到极点的羊群喝饱了水，静静地卧在羊圈内外，倒嚼声此起彼伏。她倒了一盆水端到房后，脱掉衣服洗了起来。清凉的水抚摩着肌肤，给她一种奇特的快感。于是她想起了昨天夜里的梦。是啊，人的生活就是这样，别看平时很艰难，有时候却会意外地遇到使人愉快的事，她边洗边想。

她不停地洗着，并不单单是为了洗，而是为了那种奇特的快感。后来终于洗累了，从房后露出半个脑袋朝停在房门口的卡车望去，司机就睡在车上。

晚上她和他一边喝茶一边闲聊。后来都不说话了，因为他们几乎同时意识到时间已经不早了。她有点儿为难，就那么一间小房子，就那么一盘小炕，怎么睡呢？没想到他一句话就解决了她的难题。

“给我一条毯子，我睡在车上。”他站起来，说。

她松了一口气，但还是说：“那怎么行？”

“车上凉快。”他说着，自己拉过一条毯子走了出去。

她现在望着卡车，突然想笑。人家在荒原上迷路，跑了整整一夜，来到她这里又去拉水，傍晚才回来，他已经一天一夜没有睡觉了，现在早已经进入梦乡。而她却像防贼一样探头探脑，有这个必要吗？他是个好人，受累不说，听说现在汽油都贵得很，她想道。

她走进屋躺在炕上，却怎么也睡不着了。她似乎现在才意识到一个单身女人过日子的难处了。说起来，自己一个人也有十来年了，但似乎从来没有觉得生活有多难。她现在却终于明白了，身边有一个男人和没有一个男人是大不一样的。

她感到脸上变得冰凉起来，才意识到眼泪在流。我应该哭一场了，她想。我已经多少年没有哭过了呀！总是忙，从早晨一直忙到夜，到了晚上想哭都没有那个力气了。眼泪在流，她似乎看到了自己亡故的男人。他爱喝酒，喝醉了总是骑着马东倒西歪地跑回来。有一天他的马跑回来了，人却没有回来，她就这样变成了寡妇。你可真没有良心，怎么就从马背上摔下去了呢？当时你肯定把我忘了，要是想想老婆还在家里等你，你肯定不会摔下去的……

她哭了很久。眼泪一直在流，她也不去擦。后来她不哭了，静静地躺着。月光从半开着的窗户照进来，照在西面的墙上。她又想起了睡在车上的男人。他看样子也有四十多岁了吧，还是个走南闯北的卡车司机呢，见了女人刚开始连话都说不好，真不像个男人。也许，人家家里有一个很好的老婆呢。对，肯定是那样，他老婆应该是个很贤惠，也很漂亮的女人……

正想着，外边传来他的喊叫声。她立即想到了狼，于是一边穿衣服一边跑了出去。卡车已经发动，两个前大灯射出两条粗长耀眼的光向前照去。她看到羊群已经全部惊起，在那里拥挤着，回旋着。她跳进了驾驶室。

“是……狼吗?”

“在羊圈那边。”他说，“狼怕光，咱们把它们赶跑。”

卡车猛地往前冲去，激烈地颠簸着前进，灯光像两把长剑在黑暗中扫来扫去。她简直就像一个装着羊毛的口袋似的在狭小的驾驶室里被抛来抛去。她多次撞在他身上，有几次甚至都被抛进了他的怀里。但她什么办法都没有。她好几次看到了狼，那些家伙似乎并不害怕卡车，只是被车灯照到的时候很不情愿地躲几步。

“咱们猛追，吓死它们。”她兴奋地叫道。

“好咧，你坐稳。”

一场追逐游戏就这样开始了。卡车开始更加猛烈地跳跃，倾斜，旋转。她本来想拼命地叫喊，但还是控制住了自己，只是当自己每次撞到他身上的时候总是像撒娇似的把脑袋靠在他肩膀上。后来发生了一次异常强烈的颠簸，她真的以为车要翻了，但却一点儿都没有感到害怕，只是借这个机会惊叫了一声，便紧紧地搂住了他的脖子，就再也不动了。

“你看，它们跑了。”

好像是过了很久，她听到他平静的声音。她才意识到自己已经闭上了眼睛。他的声音真是太冷静了，她也不得不跟着冷静下来。她有点儿失望并懊恼地望着前面，看到灯光的尽头那些家伙正在拼命地逃窜，很快遁入黑暗之中。

她醒来的时候太阳快要升起来了。她一跃而起，飞快地穿衣服。她不知道自己是什么时候睡去的，怎么会一直睡到现在。近十来年她总是天刚亮就起来，没有一次起得这么晚，因为那些永远做不完的活儿在等她。那以前她倒是有时候睡懒觉。那时候她男人还活着。只要男人在家里，她就不想早起。等男人把房子打扫好，熬好了早茶，她才懒洋洋地起来穿衣服，洗脸。

她红着脸走出房间，她有点儿气恼，也有点儿害羞。我怎么就睡到这个时候了？人家肯定以为我是个懒婆娘的，她想着。她看见他站在羊圈旁，看着散卧着的羊群。

“真对不起，我应该早点儿起来熬茶。”她说。

“你这个日子，真不容易。”他望着羊群说。

“习惯啦。”她说，“你睡好了吗？梦见你老婆了吧？”问完就笑了起来。

“我担心狼群，一直似睡非睡。”他说。

“是吗？”

他叹了口气，说：“你这群羊呀，至少有一部分是不行了。夏天过后是秋天，秋天完了又是冬天和春天，这些羊根本活不到明年。”

“我有什么办法？”她说。

“趁它们还活着，应该把它们卖掉。”

“谁来买？我到什么地方卖？”她苦笑着。

“怎么也得想办法呀。”

“你看我这个情况，能有什么办法?”她笑了起来。

他站在那里苦苦地思索着。“要不，我拉走一部分羊，想办法给你卖掉。不过……”他犹豫着。

“算了，算了。即便是死掉一部分，还会剩下一部分，我照样能活。怎么能给你添那么多麻烦呢?”她说。

“我这是空车，我还必须回去，所以拉一部分羊根本不算麻烦。但问题是……我身上没有现钱，我只能先把羊拉走，卖掉以后，什么时候路过这里，再把钱给你送来。”

“那当然可以。”她真是喜出望外。

“那……你想卖多少钱?”他问。

“你看着办吧。这么瘦弱的羊，能卖多少钱？换点儿钱就行。”

“哪儿有你这样做买卖的?”他睁大了眼睛。

“我根本就没有想做买卖。做买卖是你们男人的事。”她说完笑了起来。

“就这样说定了?”

“说定了。好了，咱们现在喝茶。”她飞快地跑进了屋。

她今天的早茶比昨天的更为丰盛，把家里保存的所有好吃的东西都摆了出来，但仍然感到十分过意不去。

“唉，我这里真的没有什么好东西。”她说。她还想为昨天夜里让他在车上过夜的事道歉，但犹豫了一下没有说。

“这就很不错了。我这个人常年在外边跑，总是饿一顿饱一顿的。”

“你必须多吃一点儿。”她一个劲地为他添茶，往他碗里放食物。

喝完茶，他们到羊圈里抓羊，装进车厢里。

“时间过得真快。”她笑着说。

“啊，我已经在你这里待了一天一夜了。”他说。

“你是在急着回家吧？是不是想老婆了?”她红着脸咯咯地笑个

不停。

“我走了。”

马达响起来，卡车很快加速。装在车上的羊惊恐万状地叫着，有几只羊还企图跳下来，但没有成功。可怜的羊，就这么走了，她想着，心里很难过。

干旱仍在持续，单调而艰难的日子不紧不慢地过着。抗旱指挥部的卡车再也没有修好，她继续自己套上马车拉水。她总是天黑以后朝三十里外的水井走去，天亮时才回来。马车上只能装一只水桶，因此每次拉水不能饮饱所有的羊，她只好每天夜里都去拉水。头一天凌晨饮一部分羊，第二天又饮另一部分羊……

她有时候也朝荒原的南端瞭望。那辆卡车就是从那个方向来的，又是朝那个方向走的。卡车走后的那几天，一个疑问不断地出现在她脑海里：为什么一说起他老婆他总是回避？是他老婆对他不好吗？或者他心里隐藏着什么难言之隐或是苦衷？她想他下次来的时候要问清楚，她至少能给他一点儿安慰。

但他却再也没有来。后来抗旱指挥部发下来通知说，最近发现了一些骗子，他们以帮助牧民卖牲畜为名，用卡车把牲畜拉走。刚听到这个消息，她着实吓了一跳，但思谋了片刻她又摇着头笑了。大概真的有些骗子，但他不是，她想道。她不相信他会是一个骗子，或者说她根本不愿意把“骗子”这个可恶的字眼跟那个美好的一天一夜和那个带给她盼头和快乐的男人联系起来。

艰难的日子在缓慢地流逝着。她知道，一旦天旱了，时间就显得特别漫长，但一切总会过去，包括旱灾。她有这个经验，因为她早已不是第一次遇到旱灾了。

四季　译

# 粗人柴德尔的短暂幸福

## 一

柴德尔，一个粗人，流浪汉，当活到五十三岁的时候他却突然觉得自己变成了这个世界上最幸福的人。

两个月前，他流浪到了这个偏远苏木。那是一个黄昏。他在茫茫的戈壁上走了一整天，日落时分看到前面荒滩上有一些房屋、院落、电线杆什么的，他就知道那里是一个苏木政府所在地。苏木就是乡一级建制。在内蒙古牧区，乡一级叫苏木，县一级叫旗，地区一级叫盟。他走进了苏木党委大院，而且直奔食堂，因为他急需要吃一点东西。当然他不会白吃，他可以为食堂干点诸如劈柴、担水、洗碗或者运垃圾之类的活儿，等他干完，人家自然就会给他饭吃，哪怕是剩饭剩菜。这个方面他已经很有经验了，他知道不需要先跟人家打招呼，看见有什么可干的活儿就先干起来：比如看见一副水桶和扁担，他就可以去挑水，发现有一堆柴和一把斧头，他就可以劈柴。这样做绝不会有人指责他，因为一看他这样做，人家就知道他是流浪汉，是想用劳动换一顿饭吃，等他干完活儿自然就叫他吃饭。

因此他边朝食堂走，边观察有什么可干的活儿。其实不用他观察，活儿已经在等着他。

一个红脸胖女人挑着两桶泔水从厨房后门走出来，一看见他就大概看出了他是什么人，想干什么。

“你快过来，把这个挑到幼儿园。”她说。

他把扁担接过来，问：“幼儿园在哪里?”

“你跟我走就行了。”女人说。

这时候厨房里又走出一个人，像个管理员模样，对他喊：“送完泔水你再回来，这里还有活儿。”

“好咧。”他一边答应着一边挑着泔水跟着红脸胖女人走去。女人颤动着胖屁股在前面领路，像个带着挑夫的女老板。

柴德尔把泔水送到了幼儿园，又回到食堂。管理员模样的人先叫他吃饭，等他吃完了就说，让他每天在食堂干一些掏灰、清扫垃圾、担水劈柴之类的活儿，不给工钱，只管吃住，问他愿不愿意干。他说愿意干。

这样，柴德尔暂时就留在这里。

## 二

柴德尔不仅在苏木职工食堂干活，还经常被幼儿园的红脸胖女人支使着干这干那。那个女人支使起他来就像支使自己的儿子一样。让他挑泔水，让他给幼儿园送开水。这样，柴德尔就经常去幼儿园。

幼儿园原来是个大仓库。这几年，年轻牧民进城打工的多了，他们把自己的孩子托付给家里的老人或者亲戚朋友。几个月前，苏木领导认为这是一个应该解决的问题，就从上级有关部门弄了点钱，把大仓库里的东西清理出去，又雇用了苏木所在地几个干部职工的家属，办起了这所幼儿园。

这是一所非常不规范的幼儿园。那几个被雇用的家属没有一个人接受过正规训练，不会教孩子们识字、唱歌、算算术，也不会让孩子们做游戏。那些孩子也不分大班小班，大的有六七岁，小的刚会走路，都在一起。那些女人像放牧一群小牲口一样看护着那些孩子。她们还利用仓库后边的一截残墙建起了一个猪圈，养了几头猪，打算把猪养肥了卖掉，增加一点儿收入。

柴德尔是有一次给幼儿园送开水的时候，无意间看到那个小女孩的。

那天下午已经快到下班时间了。柴德尔挑着两桶开水走进了仓库。红脸女人把开水提进里边一间小屋，他站在门口等着把空桶挑回去。仓库里光线较暗，有四十多个孩子在那里。但奇怪的是，在那么多的孩子里柴德尔几乎一眼就看到了一个小女孩，而且立刻深深地被那个女孩吸引住了。

那是个三岁左右的女孩，身体很瘦，脖子很细，稀黄的头发像个薄毡片一样粘在头上。穿的一身花裤花袄也比较脏，穿在她瘦小的身上显得过分宽大。那套衣服也许是别的大一些的孩子的，也许出自一个笨拙的女人之手。

大概每个人的心里都隐藏着善良的成分，而这种善良的成分又很容易被一个过分弱小的生命打动。柴德尔现在的情况就是这样，他立刻被小女孩打动了。多可怜，他想着。这个孩子的父母哪儿去了？怎么把这么小的孩子扔下走了？他又想。

在柴德尔这个粗人的眼里，她真的是个可怜而无助的孩子。其他的孩子都在玩耍，嬉闹，跑来跑去，唯独她却低着头静静地站在一个角落里。她是在胆怯吗？是不是经常被别的孩子欺负？……

接着发生的一幕更使他难以忘怀。

仓库的大门突然被打开了，昏暗的仓库一下子亮堂起来，孩子们欢呼着朝门口跑去。幼儿园放学了，那些孩子的爷爷奶奶或者姥姥姥爷或者其他什么亲戚站在门口迎接他们回家。而柴德尔这时候又注意到，刚才那个小女孩却没有朝门口去，而是自己一个人躲到了墙角，仍然低着头站着。就在这时候，柴德尔这个粗人笨拙的大脑却非常快而且非常准确地作出了判断：这个可怜的孩子没有家长来接，那些有家长接的孩子们欢乐的叫声对她来说无疑是一种残酷的折磨，因此她躲开了……

柴德尔走到孩子跟前蹲下。这回他看清楚了，孩子细嫩的脸很脏，而且还有一个青块，大概是碰的。泪水在孩子的眼里打转。

柴德尔的心针扎般疼了一下。

红脸胖女人来了。“你在这里干什么？让我好找。”她粗声大气地埋怨着柴德尔，又说，“这孩子的父母都进城打工去了，把她留给了爷爷，但她爷爷又去世了……”

“太可怜了。”柴德尔说。

“看来你这个粗鲁的家伙心还挺软的。你是个好人。”女人说着，又对小女孩说，“跟阿姨回去，乌仁萨娜……”

柴德尔明白乌仁萨娜就是女孩的名字。他觉得这是个很好听的名字，乌仁萨娜大概就是“聪慧的心灵”的意思，这个名字透着大人对孩子的美好祝福。

那天晚上柴德尔在厨房干活干到很晚，一直是心事重重的样子，回到自己住的小房子躺下，又久久不能入睡。他满脑子都是小女孩的模样。后来终于迷糊过去了，却又开始做梦。

“乌仁萨娜，乌仁萨娜……”他在梦中嘟哝着。

## 三

从那天起，柴德尔经常往幼儿园跑。大仓库的大门经常是关着的，因此他就通过门缝往里看。奇怪的是，他每次都一眼就能够看到她。她没有任何变化，还是那身衣服，还是那种怯生生的样子。这样窥视了好几天，他又发现那孩子几乎从来不哭，老是就那么低着头站着，两个眼睛看着脚前面某一个地方，而且长时间不动。

有一天下午他又去看那个女孩。正看着，红脸胖女人从里边出来，差点儿跟他撞了个满怀。女人吃惊地喊叫起来，接着又说出了一句只有粗鲁的男人才能够说出口的脏话，之后又笑。

“我早已发现你经常来这里偷看。你这个老光棍，在偷看什么呀？大概是在偷看阿姨们吧？但我告诉你，她们都有男人，只有我一个寡妇，可是我又看不起你……”

听了这话柴德尔很生气。他一辈子没有娶过老婆，也从来没有任何女人对他表示过爱慕。所以他对此类的话很敏感，不愿意别人对他说这种话。

“肥母牛！”他骂道。

“哈哈，我不叫肥母牛，我叫通嘎。但话说回来，你身边有一头肥母牛就不错了。”女人笑着说，“你在干什么？”

“我在看乌仁萨娜。”他压了压火气说。

“其实我知道你在看她。我刚才是跟你开玩笑呢。”通嘎说，“但谁也帮不了她……”

“谁说不能？”他生气地说。

“好，好。你能，你这个老光棍……”

就在这个时候，里边的孩子打了起来。柴德尔通过门缝一看，便看见小女孩手里拿着一个塑料娃娃，而一个比她大的男孩在抢那个塑料娃娃，小女孩却不放手。看来男孩力气蛮大，手抓着娃娃拼命地拉，小女孩就像一个小空布袋跟着他转。

通嘎跑了进去，柴德尔也跟着跑了进去。

男孩最后还是把娃娃抢走了，小女孩看来很生气，也很委屈，突然一屁股坐在地上，但却没有哭，就那么坐着不动。

对男孩的行为柴德尔很生气，气得浑身在发抖。

“乌仁萨娜，我给你买塑料娃娃。”他说着，抱起女孩就走。

## 四

就从那一天起，柴德尔认为自己变成了这个世界上最幸福的人。

当他抱着小乌仁萨娜走出仓库的时候，那孩子几乎一点儿反应都没有，好似他抱着的并不是一个鲜活的生命，而是一截很轻很轻的木头。但当他走出百十步的距离，用粗糙的嘴唇在她细嫩的脸上亲了又亲，而且不断地说“好孩子，你会有一个漂亮的塑料娃娃”的时候，小家伙用细小的胳膊搂住了他的脖子。立刻，一股热流在他胸中涌动。

他把她抱进了一家杂货店。小女孩的眼睛一下子亮了。在柜台后边的货架子上摆着一溜各种各样的塑料娃娃。

“你想要哪个？我给你买。”他说着。

孩子的脸像一轮初升的太阳一样灿烂起来。她并没有说要哪个，只是用一双兴奋的眼睛看着那些可爱的娃娃。

“要一个最好的。”他对售货员说。

于是他买到了一个比刚才被那个男孩抢走的娃娃更好看的塑料娃娃。这个娃娃不仅会唱歌，还会笑，还会睁眼闭眼。他让小女孩抱着塑料娃娃，自己又抱着小女孩。他还买了一把糖果，塞进她的衣服口袋里。

走出小卖部的时候，她一个手抱着塑料娃娃，另一只胳膊紧紧地搂着他的脖子。他从她的胳膊里感觉出，她变得那么幸福，那么得意。她突然把自己的脸贴在柴德尔粗糙的脸上。

“好孩子……”柴德尔的心似乎在融化。

他并不想现在就把她送回幼儿园，他有点舍不得离开她了。他抱着她走向那些房子。这里有好些房子杂乱无章地散落着，有的是机关，有的住人，还有小饭馆和小卖部。这些房子都很旧，有的甚至破败得快要塌了。但这些房子周围却充满着情趣。几群麻雀在飞飞落落，一只喜鹊落在电线杆上叽叽喳喳地叫个不停，前面的树上拴着一匹马，鞍具很漂亮，还有一只猫在一家人的柴堆上站着……

他走累了，把她放在一块平整的石板上，自己靠着她坐下来。

“你看，麻雀落了，又飞了……”他指着那些麻雀说。

“飞了，飞了。”她欢叫着。

“你知道那只喜鹊在说什么吗?”他又问。

“说什么?”她好奇地问。

“他在叫你。”

“是吗？为什么?”

“因为你是这个世界上最漂亮的女孩。”

她嘻嘻地笑。

多好的天气！天空是一种近乎透明的蓝色，一朵朵白云在飘浮着。小女孩的笑容、欢乐，以及看他的眼神，是那么纯真。其实，那是一种最简单的表情，但正因为简单，才显得十分真实、动人。

柴德尔兴奋着，幸福着。他用粗糙的手掌摸着小女孩的脑袋说：“只要你欢乐，我就够了。真的，够了。”

“你们俩原来在这儿呀？我已经做好了饭，咱们一起吃饭去。”通嘎叫着过来。柴德尔这才发现，太阳已经落了。

柴德尔抱起孩子，跟通嘎一起走去。

## 五

这是柴德尔第一次来通嘎家。房子很旧，里边的家具也很陈旧。“我那口子原来在经管站放马，后来得了病……”通嘎说着，把饭菜摆上了桌。柴德尔看出来了，有两盘菜是从小饭馆买来的。通嘎把孩子抱上板凳，说："你坐在中间，阿姨和大叔坐在你两边。"

"你喝点酒吧。"通嘎对柴德尔说。

他犹豫了一下。他从来没有喝过酒，但今天他却觉得应该喝点。

"你喝点吧，我也喝点。"通嘎拿出一大一小两个酒杯，倒满了酒，把大的放在柴德尔前面。

只喝了两三口，柴德尔就有了醉意。

"幼儿园和家是不一样的。孩子只有在家里，才有欢乐。"他说。

"没想到，你懂的还不少哇。"通嘎揶揄道。

"一个人必须有一个家。尤其是孩子……"

"是呀，是呀。"通嘎叹着气。

柴德尔醉眼蒙眬地望这望那。他觉得这里就是一个家庭，有男人和女人，更重要的是还有孩子。他被自己的这种感觉感动了，眼眶里充满了泪水。

"你今后打算怎么生活？"通嘎问他。

"我？今后？"他说。他几乎从来没有想过"今后"。小时候他是个笨孩子，也没有上过学。后来父母相继去世了，一个姐姐嫁到了很远的地方，一个哥哥和一个弟弟也分了家各过各的日子。从那个时候起，他就成了一个谁都可以支使的人。哪家有苦活儿、累活儿、脏活儿，首先想到的就是他。他随叫随到，干活儿从不偷懒，把活儿干完了，人家给他吃一顿饱饭，有时候还扔给他一两件旧衣服，他就走人。起初他一直在自己的家乡待着，后来开始到处走。为什么离开家乡？他自己都说不清楚。反正他想走就走，谁也管不了他。

"你年龄也大了，总不能一直就这么流浪下去吧？"通嘎又说。

"我……"他说。他觉得通嘎说得对，他还能流浪吗？比如说他一旦走了，这个小女孩怎么办？

"我不想继续流浪了。"他说。

“你刚才说了，一个人必须有一个家。”通嘎说，“你看，她睡了。”

小女孩早已吃饱，睡在炕上了。看去像一只瘦羊羔。

通嘎给小女孩盖了一件衣服，又坐到了饭桌旁。

“我想在这里待下去，每天带着她玩。”柴德尔说，“把她养大，供她上学，让她变成一个漂亮的大学生……那该多好。”其实他还想说，那时候你我都老了，她开着车来看咱们俩，那该多好，但他没敢这样说，只是瞥了通嘎一眼。

“你想得倒美。她有自己的父母，总有一天她会被父母领走的。我就盼望着，把她养好，不让她得病，尽量让她少受委屈，有一天交给她父母……”通嘎说着，擦了擦眼睛。

他不说话了，想起小女孩将来有一天会被自己的父母带走，他心里变得空落落的。

“你该回去睡觉了，都半夜了。”通嘎说，“你总不会想睡在我家吧？”

“啊，不不……”他吓得赶紧站起来。

通嘎在他身后大声笑着，说：“明天上午你来一趟，我这里有好多活儿要让你干呢。”

“好，好……”

外边夜色浓重。他深一脚浅一脚地朝苏木大院走去。喝点酒真不错，要是有一个家更不错，他想着，突然想应该唱个歌。但他从来没有唱过歌，所以想不起来应该唱什么。

## 六

现在，柴德尔每天都抽空带着小乌仁萨娜玩。因此他必须起早贪黑才能干完厨房的活儿。但他却很愉快。

有一次他抱着乌仁萨娜走着，小家伙正搂着他的脖子叽叽喳喳说个不停，却突然又不说了。怎么了？他看她的脸，发现她怔怔地望着前面。前面就是一片开阔的草地，他看到那里有一匹带驹的马。那是一匹白色的马，驹子也是白色的。母马在那里悠闲地吃草，偶尔抬起头朝小马驹发出一种低沉的声音，小马驹看来很调皮，绕着母马奔跑，尥蹶子，显得欢乐无比。

小乌仁萨娜正在看它们。她眼里有羡慕、渴望，还有深深的悲伤！看着她的眼睛，柴德尔的心颤抖了。

“孩子……”他叫了一声，不知道说什么好。

小乌仁萨娜指着母马说：“那是妈妈……”

“是，它是妈妈。”柴德尔说。

她又指着小马驹说：“她有妈妈……”

“是啊，是啊……”柴德尔的声音在发颤。

孩子的眼睛突然暗淡了下去，看着柴德尔的脸说：“乌仁萨娜也有妈妈……妈妈很快就来接乌仁萨娜……”

“会来的，会来的……”柴德尔的眼泪突然流了下来。

他自己都记不清多少年没有哭过了，但现在却怎么也忍不住了，泪水一直在流着。

## 七

那天中午他又去了幼儿园，想带出小乌仁萨娜玩。他一走进仓库就看到，小乌仁萨娜站在那天那个大男孩身边。大男孩今天手里拿着一只万花筒，对在一只眼睛上向各个方向瞄来瞄去。看样子小乌仁萨娜也想玩那只万花筒，站在男孩旁边用羡慕的眼睛看着他。

“我看见妈妈了……”男孩边瞄来瞄去边说，“这里可以看见妈妈。”

“我也想看妈妈……”小乌仁萨娜笑着对男孩说。那是一个孩子无限渴望的笑，她是那么渴望自己也能够看到妈妈，但同时又怕男孩不答应她，于是她的笑又带着讨好、乞求、担心等意味。

“我不给你。”男孩说。

乌仁萨娜失望地看着男孩，便低着头朝墙角走去，那里是她常待的地方。

柴德尔气得浑身发抖。我一定要把她妈妈找来，他想着。

那天中午他真的乘班车进城去了。那座小城在五百公里以外。他在城里寻找了四五天，却没有找到乌仁萨娜的妈妈，只好买了一个特大的万花筒回来。

他回来时已经是晚上了，小乌仁萨娜已经睡了，通嘎坐在灯下为她补衣服。

“我知道你要白跑。”通嘎没有等他开口就说，站起来给他端来剩饭。

他叹了口气坐下吃饭，又说：“我就说见到了她妈妈，还说这个万花筒就是她妈妈给她买的。”这是他回来一路上苦苦思索才想出来的办法，他想无论如何要给孩子一点安慰。

“什么？你非要让孩子难受是不是？”通嘎生气地说。

“怎么了？”

“你真蠢！”

“她那天最想要的是万花筒。”他说。为了买到万花筒，他真是费尽了周折。城里那些商场不仅没有万花筒，那些年轻的售货员甚至都不知道什么叫万花筒。但他却固执得很，非要买到万花筒不可，最后是在一个很小的杂货店里买到的。

“但这只破东西里她能看到妈妈吗？她不是更伤心吗？”通嘎似乎越说越生气。

“啊，是啊，是啊。”他这才明白自己真是愚蠢透了。

“这些天她最忌讳的就是在她面前提起她妈妈……”

“是吗?”

据通嘎讲，自从柴德尔走了以后，小乌仁萨娜好像变得胆小了，也脆弱了。就在昨天，幼儿园一个孩子的妈妈突然来了，当那个孩子看见了妈妈，“妈妈、妈妈”地叫着跑过去的时候，小乌仁萨娜突然用两只小手堵上了耳朵。自从那一刻起，她一听到仓库门被推开或有人进来就很紧张。

“那匹带驹的马仍然在前面的草滩上，她现在都不敢朝它们看了。”通嘎说，“但到夜里睡了以后却总是说梦话，一个劲地说‘妈妈，妈妈’……”

“那怎么办?”柴德尔问。

“你不能对她说你去找她妈妈了，更不能说这玩具是她妈妈给的。你明白没有？当着她的面，都不能说‘妈妈’两个字。”

“好吧……”

“好了，好了，你也别太难过了。孩子嘛，会长大的。”通嘎说，“你怎么不吃?”

“我……饱了。”他说。其实他没吃几口饭。

两个人爬到炕上俯下身来，看着已经熟睡的乌仁萨娜。柴德尔似乎看到了这个孩子内心的渴望、痛苦和绝望。

通嘎从炕柜里拿出一件衣服给柴德尔，说：“你穿上这个，把现在的衣服脱下来，我给你洗洗，补补。”

## 八

转眼就到了秋天。

柴德尔推着一车垃圾刚走出苏木大院，便看见通嘎匆匆朝他走来。

“乌仁萨娜的妈妈明天来接孩子……”她到柴德尔跟前说。

“什么?”

“来电话了，说把孩子接走。”

“这……”

柴德尔和通嘎都从对方的脸上看出了失落与恐慌。但两个人的表情是不一样的，柴德尔脸色铁青，而通嘎这个大大咧咧的女人却在这个时候流出了眼泪。

“她妈妈来接她，挺好……”通嘎边哭边说。

“是呀，挺好……”

“今天晚上，我们给孩子吃一顿好饭。”

“咱们给她买几件新衣服、玩具……”柴德尔没有说完也跟着通嘎哭起来。

“你……怎么能这样……这本来……是好事。”通嘎擦干了眼泪，说，“她走了，咱们还可以过咱们自己的日子……”

“咱们合计合计，给孩子准备一点东西……”

于是，两个人跑到了小卖部。但在买什么的问题上两个人意见却不一致了。通嘎甚至像个疯子一样大喊大叫，一个劲地挑柴德尔的不是。

“你怎么这么蠢！买玩具干什么？城里什么玩具没有?”通嘎说着。

“那……?”

通嘎开始做主，买衣服，买毛巾，买鞋帽。两个人抱着一堆东西回到通嘎家。柴德尔开始做饭，通嘎去幼儿园接孩子。

其实柴德尔不怎么会做饭，但这一天他却格外认真地做着。包饺子时他将肉切得很碎，还割破了手指。他甚至还跑到苏木食堂跟厨师请教，还从食堂拿来一些作料。

他正忙得焦头烂额，通嘎一个人回来了。

“孩子呢?”柴德尔问。

“我去幼儿园，她已经不在了。听说被她妈妈接到了招待所。”通嘎说。

“她妈妈……不是说明天才来吗?”

“下午已经来了。直接去幼儿园接走了孩子。”

“那……”

“别说了。我又跑到招待所，服务员说她们母女俩又出去了。我给她们留了话，晚上来这里吃饭，我们也想再看一眼孩子。”

“哦……”

包好的饺子和切好的面条都在案板上。两个人都不说话了，也不知道应该做什么。他们坐在炕沿上，屋里变得静悄悄的。

“听说那个女人……是坐着小车来的，看来发了点财。”通嘎沉默了很久说。

“哦……”

又是沉默。天早就黑了，但两个人都没有想起点灯，就那么坐着。

“看来……她们不会来了。”柴德尔说。

“不来……就不来吧。”通嘎抽着鼻子说。

“要不……咱们去看看她?”

“我不去，你也不许去！……”通嘎生气地说。

“也许……她会想咱们，会哭……”

“别说了……”

他们一直坐到天亮，坐到太阳出来。他们突然隐约听到汽车马达声。

柴德尔站起来就往外跑，通嘎也跟着跑了出来。两个人一气跑到苏木招待所。

招待所院内静悄悄的，只有一行车轮印子清晰可见，那是刚刚驶出去的车印子。

“那……那……是什么?”柴德尔突然说。

在一间客房外边的窗台上，放着几件玩具。那都是柴德尔为小乌仁萨娜买的，其中有第一次从小卖部买的塑料娃娃。

柴德尔愣住了，通嘎也愣住了。柴德尔很伤心，也许，小乌仁萨娜的母亲不愿意要别人的东西吧？或者，那个女人嫌这些东西不卫生，或者档次太低？柴德尔想。

## 九

就那天晚上，柴德尔离开了这个苏木。他想离开一个地方真是太容易了，他连行李都没有，更不需要跟任何人打招呼。

当他走出苏木大院的时候，有一个人影在等着他，他没有看清楚，但已经明白是谁了。

“你……要走？”通嘎问他。

“我留在这里干什么？”他恶狠狠地说。

“那……走吧。”

他再一看，通嘎已经不见了。于是他甩开大步朝茫茫夜色深处走去。他感到脸上湿了，也不知道是汗水还是泪水，他用粗糙的手掌擦了一把，很快被夜色吞没了……

# 末　路

## 一　灾难将至

它一直升高，升到云层以上几百米处。它下边是一整个厚厚的灰色的云层，看似铺了一层蓬松的旧棉絮。那里不断有闪电出现，并传来隆隆的雷声。它愤怒地飞出了一个漂亮的弧线，像一颗黑色的流星，又升高了几十米。

它是个成年的鹰，半个小时以前，它的巢没有了。它的巢就在那个厚厚的云层下边。那里有一座水库，水库旁边的峭壁上就是它的巢，大雨造成了峭壁滑坡，连它的老巢也滑下去了。它只好愤怒地升空，越飞越高。“苍天就是我们的故乡，我们生、死、爱都在天上……”它想起了这句话，这句话是它母亲说的。大概母亲的话是真的，当它意识到老巢已经不复存在、冲向高空的时候，它感到这里才是它的故乡，但它仍很愤怒和悲哀。

它知道那厚厚的云层下边正在发生着什么。前两天它就知道要下暴雨了。那天夜里它在巢里待着，就听到巢下边水库里的水开始异样地喧哗起来，它低头去看，便看到水深处的鱼群在快速地游动着。别看夜色黑得像墨，它那双锐利的眼睛却什么都能看得到。那水深处的鱼群就像黑色的暗流，从水库这头游到那头，又急转，再游到这头。

那就是水和鱼的语言，它听明白了，水和鱼在说：很快就要下暴雨了！接着它又听到蚂蚁们的脚步声。它的巢旁边就有一个蚁巢，那里住着那种又黑又亮的个头很大的蚂蚁。它侧过脑袋看了看，那些蚂蚁在连夜搬家，而且它们一个个地长出了薄薄的双翼。它知道下大雨前蚂蚁会长出双翼。现在那些蚂蚁一个跟着一个从它的脚旁往上爬着，看去像一条弯曲的黑线。它当然也听懂了蚂蚁们的语言，蚂蚁们用急匆匆的脚步和形体动作相互提醒着：快点跟上，要下大雨了！

它感到纳闷了，蚁巢在这么高的地方，难道下大雨会淹没到这么高的地方？但它相信蚂蚁们自然有它们的道理，蚂蚁对天气变化的判断从来是十分精确的，很有可能蚂蚁们有自己的消息渠道，也许其他昆虫经常告诉蚂蚁们一些信息，或者蚁巢里的气息、湿度能让它们作出精确的判断。

它决定去巡视一番。它缩了缩身子，从巢里跃了出去，立即感觉到了空气的浮力。它凭借浮力展开了翅膀，便不慌不忙地翱翔起来。它先到水库下方的草原上看了看，那一小片草滩被一条壕沟三面环抱着。它知道那壕沟是被历年的洪水冲出来的。它现在看到壕沟里的草原鼠和獾子、刺猬们也在搬家。再看，草滩上的小动物们也在搬家。于是它明白真的要下大雨了。它想起了那窝野兔，母兔前十来天才下了一窝崽子。它飞到野兔那个地方看了看，没有看到野兔。看来母野兔和崽子们还在洞里。一旦下大雨，雨水灌进洞里，野兔母子就会遭殃。它感到有点遗憾，因为那窝野兔应该是它这两年的主要食物。

这样巡视了一番它就回去了。它知道，苍天和大地的事情谁也说不准，而且谁也左右不了，该旱就旱，该涝就涝，该发生火灾就发生火灾，该发生地震就发生地震。世界就这样延续着，旧的去了，新的又来了。

今天一早它又飞了一次，当时天空一点儿云都没有。但当它越飞越高的时候，终于看见了天边聚积着大量的雨云。它明白了，大雨很快就要到来。来就来吧，它想着。就这时候，它意外地看见了一个黑点，接着又看到了一个……它仔细看了看，才看出那两个黑点是人。它知道他们不是这里的人，他们是从其他地方赶来的。现在这两个人正一前一后朝着水库下方的草原赶来。

“真是蠢货！想把自己送进虎口吗?”它愤怒地想道。

在它看来，世界上各种动物里最愚蠢的就是人。它有这样的看法已经很多年了，因为人类尽办蠢事。但它同时又发现了一个矛盾的现象，人类之所以愚蠢，偏偏是因为他们太聪明。是的，聪明将人类变得愚蠢了。别的暂且不说，就说它巢下边的那座水库吧，那就是人类聪明和愚蠢的见证。除了人类，世界上任何其他动物都不可能造出那么一座水库，因为世界上任何其他动物都没有人类聪明。但反过来说，造那水库又是一次十足的愚蠢行为。那水库是“文革”期间造的。

## 二　暴雨已经下了一天一夜

暴雨已经下了一天一夜，现在仍在下，丝毫没有停下来的意思。早已变成了落汤鸡的她蹲在一丛灌木下边，浑身发抖。寒冷与饥饿在折磨着她，她已经快昏厥过去了。

这几天她常想自己怎么就走到了这样的境地，甚至觉得自己正在做着一场荒唐的梦。但她又明白这绝不是梦，而是一次实实在在的逃亡，只是这次实实在在的逃亡就像梦一样荒唐。不是吗?她本来好好的，有工作，有收入，有一辆崭新的摩托车，有一头飘逸浓密的秀发，有好几套价格不菲的时装……一个年轻姑娘该有的她都有了，好多同龄姑娘还没有的她也有了——这就是她十几天以前的生活。但如今她却变成了现在这个样子：只身一人逃到了荒原上，还有警察在追她。而且她已经明白，比警察更可怕的灭顶之灾随时都有可能吞没她。她已经陷入了绝境。

十几天以前，她的事情败露了。她仅用三个月多一点儿的时间，利用工作便利将几十万元的工程款分头挪到了自己预先开好的好几个账户上。干这种勾当的时候，她曾预想过各种各样最坏的结果。她似乎一开始就知道这事总有一天会暴露，但她自己都觉得奇怪的是她却一直没有罢手。其实她非常害怕，整夜整夜睡不着，白天看到警察或者听到警笛声就心惊肉跳，但就是不能罢手，就好像她的意识和行为分了家，她越害怕，她的作案越疯狂。后来事情终于败露了，她只好仓皇出逃。

她是搭乘一辆载重卡车出逃的。晚上她跑到了大街上，正好那辆卡车驶过来，她就慌乱地举起了手。她想那车不会停，凭什么停？但出乎她意料的是那车竟然停在她前面，司机露出脑袋问："小姐，有事吗？""我……想搭车。"她说。"搭车？去哪儿？""城外。"她只能这样回答，因为她不知道这车去什么地方，但肯定是要出城。"那好吧，上来吧。"司机说。她就毫不犹豫地上了车。要是放在过去，她肯定不会上这个陌生司机的车，尤其是在晚上，她会认为这个陌生的司机对她有什么图谋，但这次她却一点儿都没有犹豫。哪怕这个司机到了城外将她杀死，她也认为比待在城里强，对她来说这个城市已经比死还可怕了。其实她也知道事情刚刚开始，下午财务室的领导甚至很和蔼地对她说："你的账有点不对劲，是不是记错了？好好想想，明天咱们一起再核对一遍账簿。"但当时她就想逃离了。

这样她就乘卡车到了城外。城外的公路漆黑一片，连过往的车辆都很少。这时候司机又问她："你在哪里下车？"问话里有一种担心。这时候她开始编谎言。"其实……我是想到城外看有没有顺路车。"她说，为了不给司机反问的机会，她很快又问，"师傅您去什么地方？""黄羊滩。"司机说。"是吗？"她装出喜出望外的样子，说，"那我就搭你的车好了。"其实说她假装并不确切，因为她一听说黄羊滩这个地名真的很高兴。她知道有一个地方叫黄羊滩，离城里至少有八百公里的距离。她确实希望逃得越远越好，而且最好逃到一个偏远荒凉的地方。她听说黄羊滩那个地方就很荒凉。“你要去黄羊滩哪?”司机问。“是呀，我去那里……”她思谋着编一个去黄羊滩的理由，但司机好像对她去黄羊滩干什么并不感兴趣，再也没有问什么。出了城，她总算有了一点儿安全感，拿出手机给财务室领导发了一个短信:“我突然得了急病，去医院了，请两天假。”她当然不会写具体哪个医院。有两天足够了，她想。等领导跑到各个医院找她的时候，她至少在八百公里以外。

雨仍在下，要下一万年似的。她抬头看了一眼，便看到了瀑布一样倾泻着的雨水和四处的积水。积水好像比刚才更多了，于是她产生了一种错觉：她并不是在草原上，而是身处波涛汹涌的大海里的一个孤岛上。是的，她现在是蹲在一个比较高的土丘上，土丘四边已经被水包围了。她感到很孤独，也很无助，突然产生了一种强烈的渴望，渴望能有一个人在她身边。哪怕那个人是这个世界上最坏的人，最让她厌恶的人，一个流氓或强奸犯，或者是一个身患急性传染病的人，哪怕是那个警察……只要还有一个人在她身边，她就不会感到这样可怕的孤独，哪怕她戴着手铐被那个警察带走，她也有一个同类在身边……而在这以前她是多么讨厌别人啊!

她住在一个人口密度很高的地方，那是一座城市的一个高层住宅小区，说是小区，其实那个地方很大。她实在弄不明白城里人的语言习惯，本来很小的东西，他们偏偏要说大，比如住宅区门口有一个饭馆，面积还没有她的住房大，门口的霓虹灯却写着“海鲜大世界”，而本来大的东西却又说小，比如说她住的那个住宅区。那个住宅区里到处是人。她住在第二十一层，她的上下左右都住着很多人，从楼的窗户往下看，几乎任何时候都能看到那么多的人在那里走着，站着，坐着，甚至有的还躺着。有一次她凌晨三点钟起来从窗户往下看，仍然看到一些人，而且人还不少，那是在户外乘凉的人、早起锻炼的人、去赶夜车的人或者乘夜航回来的人，天知道还有些什么人。当时她就想喊叫，因为她突然感到真的受不了了，她觉得这个世界上最讨厌的就是人，尤其是聚集在一起的很多很多的人。别看从高处看那些人显得那么渺小，像一群蚂蚁，但她感到那些人都是她的敌人，也是彼此的敌人，他们每天都在干着损人利己、尔虞我诈的勾当。她还想到，那么多的人，谁敢说他们里边没有便衣警察？也许那个讨厌的家伙正站在人群中悄悄地盯着她这个窗口吧？

那辆卡车是第三天中午把她带到那个小集镇的。那里是一个三岔路口，路口有一些横七竖八的房屋，其中有旅馆，有饭馆，也有小杂货店。“你在这里下车吗？这里就是黄羊滩。”司机说。于是她就下了车。她走进一个小饭馆吃了饭，又进一家杂货店买了很多面包和几瓶矿泉水。她本想去小旅馆睡一觉，正在犹豫，就在那个时候，她突然发现了那个警察。

那是一辆从她刚刚过来的那个方向驶来的旧吉普车。她就怀疑那吉普车是不是一直跟踪卡车过来的，而且那吉普车也停在距她百十米的地方。从车上下来几个人，其中果然有一个警察，而且那个警察还很注意地看了她好久。

她掉头就走，走向了茫茫荒野……

她现在很明白自己所处的环境，这环境真是太险恶了。她现在所在的是一片巴掌大的草原，而这个巴掌大的草原被一条很深的壕沟三面环抱。下这么大的雨，那壕沟里早已浊浪翻滚了。没有壕沟的是北边，而那里正好有一个随时可能决堤的旧水库。她是无意中发现这个险恶环境的。她在荒原上走了几天，从昨天就开始下暴雨，她又冷又饿，到了晚上基本进入崩溃状态，于是她想到了自杀。但她发现自杀并不容易，因为这里几乎没有自杀的条件，想上吊没有一棵树，想割腕或者割喉，她没有刀子。于是她就蹲在地上不动了，一直蹲到天亮。天亮后她突然发现北边两道高坡中间的大水坝。她就朝那里走去，走上了坝顶。她看到了大坝后边的水，那水正在暴涨。她想跳进水库，但并不着急，她站在坝顶发呆。就在这时候走过来一个老头。“姑娘，你是想死吧？”老头恶狠狠地吼道，让她吓了一跳。“我……是过路的。”她有气无力地说。“过路的？这里有路吗？”老头说。“我……”“快滚吧。你看不出来这里有多危险。”老头说。“危险……？”她说。老头却唠唠叨叨说起来，也不知道是自说自话还是对她说，反正她从老头的话里明白了这个水库的情况。

据老头说，这是一座非常不科学也非常不规范的水库，是“文革”中动员基干民兵修起来的，在两座高地中间筑了一道土坝，把大量的洪水挡在了里边。要命的是这水库不仅没有泄洪道，连放水的闸门都没有。历年来，北边更高处的洪水带着泥沙流进水库里，库底的淤泥越来越高，库容水位也跟着升高，现在下起了大雨，土坝早就泡软了，这水库就随时可能决堤。“这水库就好比一只饿老虎睡在这里，它一旦醒来就会吃人！我看它快醒了。”老头说。一听这话她就害怕了，她真不明白，自己已经准备自杀了，为什么还要怕？一个想死的人还同时又怕死？但她真的在害怕。她是在老头的骂声中离开大坝的。老头说，“你肯定是个精神病，但你家里人为什么不看住你？妈的！但话又说回来，我真弄不明白，现在的年轻人得精神病的为什么越来越多？我看是吃饱了撑的……”

她知道水库的情况以后，突然想走出这个危险的地方，结果发现了那条正在发洪水的壕沟。她先往西走，接着又往南和往东走，终于明白三面都是洪水翻滚的壕沟，而没有壕沟的那一面是水库！她明白自己走不出去了，就蹲在那里再也没有动。

她现在十分害怕，怕那个水库突然决堤。可是昨天这场雨刚刚下起来的时候，她是多么盼望这雨越下越大，甚至都盼望形成某一种灾害。是的，不仅仅是昨天，自从出逃以来她一直盼望出现某一种异常情况，比如大地震、大火灾、大水灾或者瘟疫，甚至战争。前几天的一个夜晚她真的梦见战争爆发了，到处是枪声、炮声、爆炸声和火光，人们谁也顾不了谁了，在竞相逃命，她一下变得无比轻松，因为她知道，好多曾经实实在在存在过的东西如今已经不复存在了，或者说即便存在，但已经谁也顾不得去管了，那实际上就是不存在了。比如那个几十万元，谁还有工夫想得起来？财务室的领导或者警察，谁还顾得上追她？他们自己逃命都怕来不及呢。也就是说这些天像影子一样追随她的危险突然间就不存在了。今后她什么都不用担心了，永远用不着害怕了。后来她醒了，明白刚才只不过是做了一场梦的时候，她是那样沮丧，心里骂这个世界为什么发生一件突发事件竟这么难。但现在她才明白，其实发生突发事件或灾难并不能使她逃出危险，反而可能要了她的命。

她突然又产生了一种奇特的想法，盼望那个警察现在就出现在她面前，把她带走。她现在才想到那也许是她解脱痛苦的唯一的办法。监狱当然不是一个好的去处，但也许比这里强一点……

## 三　警察也陷入了绝境

那个警察真的也在这片草滩上。他确实是跟踪她来的。

那天他到小集镇并不是为了追逃犯，而是几个朋友一起去那里吃新鲜羊肉。他们有一个朋友在小集镇上开饭馆，饭馆后边的小羊圈里总是圈着几只肥绵羊。顾客可以直接去羊圈指着某一只羊说“就吃它”。那叫“手指羊”。于是把“手指羊”当场宰杀，炖出一锅香喷喷的羊肉。那天他和几个朋友就是为了吃“手指羊”到了那个小集镇。但他下了旧吉普车以后却意外地发现了那个姑娘，而且立即看出那姑娘身上有很多可疑的地方。她是那样地憔悴，那样地惊恐，而且手里提着太多的面包和矿泉水。他的职业经验告诉他，那姑娘肯定是个逃亡者。那么她为什么逃亡？

她有两种可能，一种是畏罪潜逃，另一种是被坏人追杀。不管哪种情况，他都不想放过。抓一个逃犯或者救一个被追杀者对他来说同样重要，因为他正面临着提拔。

按说他早就应该提拔了，从警十五年，没有功劳也有苦劳，提到一个相当于正科级的刑侦队副队长的位置应该没有什么问题。但没有问题的事情偏偏出问题，应该提拔的人不是他一个，而有三个。于是三个人之间展开了竞争，两个竞争对手抓住了他的要害：破案率不高！他开始在竞争中败北了。心灰意冷的他连班都不好好上了，跟朋友出去打猎、喝酒，今天又来小集镇吃“手指羊”。但当他发现那个可疑的姑娘以后就不想吃“手指羊”了，想去抓一个逃犯或者救一个被害者。想想吧，他要是在上级并没有下达任务的情况下凭着警察的敏锐和准确的判断力，抓住了一个逃犯或者营救了一个被害者，接着又挖出被害者身后的害人者，他竞争的砝码就会突然加大分量。如果他走运破一个大案呢？……

他一直站在那里望着越走越远的姑娘。等那姑娘快要消失在远处的时候，他准备跟上去了。

“羊肉你们吃吧，我去办一件事。”他对朋友们说，眼睛一刻都没有离开远去的目标。

“你说什么？”几个朋友没有明白他为什么突然说出这样的话。

“先别问了。就这样吧。”他说。

其实他相当有经验，他知道必须远远地跟上目标，而不能让目标觉察出有人在跟踪，要在跟踪过程中观察被跟踪者的种种行为，分析出被跟踪者的身份、目的、所面临的状况。前面的姑娘一直在走，他跟了三天，已经精疲力竭，但一点儿都不后悔。前面的姑娘风餐露宿一直走向荒原深处，已经是很不正常了。而一切不正常行为的后边存在着同样不正常的原因。那是谜，他去解开谜底的时候，案子也就破了。但他明白一点儿都不能着急。糟糕的是他遇到了暴雨，但他仍然不屈不挠。今天一早当那个姑娘走下水库堤坝以后不久他也走上了堤坝，也见到了那个老头。

见了那个老头以后，他的心境完全变了。因为他也从老头的话语里明白了将要发生什么。说实话当时他非常后悔。他已经明白自己犯了一个致命的错误，犯这个错误的结果是他八成要送命。不对，不是八成，而是百分之百！我为什么跟着那个姑娘来到这个地方？真是鬼迷心窍！他想道。但后悔已经太晚了，他已经跟到了这里，走进了绝境。而他所做的这一切，竟然是为了当一个“正科级的刑侦队副队长”！但现在看来他永远也当不上了。等那个水库决堤后，他将很快从这个世界上消失。单位里会发现他不在了，会调查他的下落，跟他一起去吃“手指羊”的几个朋友大概会提供一个模糊的线索——他到了黄羊滩以后，好像是尾随一个姑娘走的，但他们说不清楚他为什么尾随那个姑娘，为什么再也没有回来……

他刚走下水库堤坝的时候是沮丧的、惊慌失措的，甚至是绝望的。但后来他冷静了一些。冷静了以后他也似乎突然明白了许多。是的，他终于明白了，他其实是个非常愚蠢的人，他一直在为一些毫无意义的东西去追求、去苦恼或者欣喜。正科级！现在想起来多么可笑。得到那个正科级究竟能说明什么？说明他比别人强？说明他被领导重视？说明他是竞争中的强者？现在看来所有这些都是多么无聊！但一直到刚才他还为这些无聊透顶的事情赋予着十分重大的意义。正科级！在死亡来临的时候，就是当了太上皇又有什么用？

他也曾像那个姑娘一样企图走出这个危险区，同样跟那个姑娘一样被三面环抱的壕沟挡了回来。这样他倒觉得简单多了，他现在能够做的唯一一件事就是等死！

于是他就开始等待。他找了个地方坐下来，其实他甚至想躺下去，闭上眼睛什么都不想。但地上全是水，他犹豫了一下还是放弃了躺倒的想法。就这时候他突然想起了那个姑娘。她肯定也在这片草原上，也肯定跟他一样在等死。她肯定很痛苦，也很恐惧。她究竟是逃犯还是被追杀者现在已经毫无意义了，她与他的关系现在突然变得简单起来：他和她都是一样的人，一样面临绝境的人。他产生了一种冲动，想见见她。

## 四　幻想

她突然看见了他，没错，就是那个警察！虽说阳光早已被厚厚的云层挡住，还下着这么大的雨，周围很昏暗，但她还是认出那个模糊的身影就是那个警察。那个警察在距她五十米左右的地方很疲劳地、很艰难地走着。

她本能地往下一蹲，但眼睛却死死地盯着他。他是在找我吗？想逮捕我吗？应该是！但他为什么直到现在还不动手？她想着。其实她前天就发现他了。当时她很害怕，以为他很快会追上来。但奇怪的是他一直远远地跟在她身后，她停下来他也停，她开始走他又跟上，总是与她保持着距离，让她在长久的极度畏惧中受煎熬。

他在那里走走停停，显然在找她。事到如今，你逮捕我还有意义吗？她想。那个水库将很快决堤，等那个滔天巨浪奔腾而来的时候，才不管谁是警察谁是犯人呢。本来你可以早一点儿逮捕我，给我戴上手铐，带我去该去的地方。如果那样，我们都不会陷入目前的绝境！她这样想着就感到悲哀，但不知道是为那个警察还是为自己悲哀。

警察仍在那里走走停停。她刚才还盼望有一个人在她身边，哪怕是这个警察，但现在她又害怕了。也许……她想道。也许，当水库里的水奔腾而来的时候她恰巧抓到一个具有浮力的东西，比如一棵被洪水带下来的树或者其他什么东西，接着又被洪水带到很远的地方，推到一个比较高的地方……那时候她肯定会昏过去，但后来又会醒过来。她以为自己已经死了，但睁开眼睛看看周围终于明白自己还活着……那个警察呢？最好也活着，他应该活着回去向他的上司报告："那个姑娘已经被洪水冲走了，她肯定是死了。"是的，他应该活着，而且最好捡到她丢弃的一只鞋或者衣服什么的。那些东西可以成为她已经死亡的证明。如果那样，事情就结束了。

她被自己的想象鼓舞着，没有意识到她这些想象是来自她曾经看过的某一部电影或电视剧。电影和电视剧里充斥着那种巧合、侥幸、绝处逢生、柳暗花明的情节，但那是编剧和导演的异想天开，实际生活中根本不可能有那种情况。可是偏偏有人相信生活中也会出现那种情况，结果是害了自己。她这个人从小就喜欢看电影和电视剧，还从小喜欢幻想。其实正是电影、电视剧和喜欢幻想的毛病让她走到了今天这一步。

如果没有电影和电视剧，她就不会知道世界上有些像她这样年轻的姑娘竟过着那样一种生活：她们开着名车，戴着名贵的钻石项链，住着小别墅，经常在那些世界著名的海滨浴场和度假胜地出现，乘坐飞机在世界名城之间飞来飞去，当然还有她们身边的白马王子……同样，如果没有电影和电视剧，她也不会知道世界上竟有那样多的人生传奇：那些幸运的姑娘里很多人一开头都很普通，但因为某一种机遇她们却一步登天了。她发现她们身上有一个共同点，那就是胆大和冒险。是的，只有大胆和冒险才能碰到机遇。

就这样，她便很快设计出了自己的生活轨迹：要在大胆的冒险中寻找机遇。她一点儿都没有意识到自己是上了导演和编剧的当。

她继续幻想下去：警察捡到了她的一只鞋和一件上衣回去报告，经过认定确认是她的，于是就结案了：她贪污了几十万元的工程款后被洪水冲走死亡。于是再没有人去寻找她了，她很快被人们遗忘了。其实她却活着。她被冲到了很远的地方，被冲上了岸，后来苏醒了，被一个陌生人救起。她开始隐姓埋名地过日子。过了若干年后，她潜回了那座早已忘掉了她的城市，用很短的时间到几处银行取出了存款，又一次远走高飞，销声匿迹。她是用存折取的款。啊，存折！

她摸了摸胸口，存折就在她紧贴胸口的衣袋里。前两天当她发现那个警察在跟踪她的时候，她曾打算把存折扔掉。那时候她觉得那存折是最可恶的东西。但后来下雨她就忘了。幸亏她忘了……

现在她唯一能做到的就是幻想，而且有没有幻想确实大不一样。她当然没有忘记那个随时都可能发生的巨大危险。但她希望那个巨大危险来临之时她仍然不丢弃幻想。哪怕是死——大概死是肯定的——也要在幻想中死去。幻想是对她最好的安慰。

……取了存款后她就变成富姐了。那时候她又遇到了一个男人，她和他开始相爱，两个人用她的钱办公司，赚了很多的钱，后来他们到国外定居。老了以后她会写一本书，书的内容是一个早已被人忘记了的故事。在书的扉页上她要写一行字：将此书献给中国的某座城市！那座城市的读者会感到奇怪，而且读完她的书以后也弄不明白是怎么回事。也许有一两个人会产生一种猜测，比如跟踪她的那个警察，或者她财务室那个头儿，假如他们那时候还活着……

她完全沉浸在幻想之中，突然看到那个警察好像趔趄了一下不见了。他滑倒了，她想着，却不见那个警察再度站起来。

他……怎么啦？她想着，犹犹豫豫地走了过去。

## 五　谈话

她看到那个警察已经趴在那儿挣扎着，好像他的下半身陷进泥水里了。

“你这是……怎么了？”她小声问，怕惊动他似的。

警察抬起头，满脸都是泥。“我正在找你，结果……”他说，“我大概踩进狐狸洞了。一条腿怎么也拔不出来……”

“那……能不能这样……你把手给我，我来拉你……”

"好吧。"

她小心翼翼地走过去，抓住了他的手。但当她使劲拉他的时候自己也掉了进去。下边的洞好像很深，脚尖根本探不到底，好在另一条腿在洞外边，但却使不上劲。

"这下咱们两个人都一样了。"警察似乎还笑了一下。两个人一人一条腿在洞里，而身躯歪斜着几乎叠在一起。她看他大概还不到四十岁，长着一张男性十足的粗糙的脸。

"这可怎么办?"她说。

"现在好办了，两个人在一起，可以相互支撑着爬出去。"他说，"不过别急，休息一会儿，恢复一下体力。"

"好吧。"

两个人都不动了。她心里已经踏实了许多，孤独和惧怕大大减轻。她的身边现在有一个男人，而且还是一个当警察的男人——她心目中，军人和警察都是勇敢的人——虽说她和他都陷在洞里，但他会很快就帮助她走出困境。她和他紧紧贴在一起，她甚至感觉到他强壮的肌肉与体温。她甚至想偎依在他怀里哭一场。

"我很狼狈，是吧?"她说。

"我看得出来，你其实是个漂亮姑娘。"他说。

她竟感到有点儿不好意思，说："但现在我浑身泥水，好像……我的一只鞋也掉进洞里了。"

"好了，我们应该行动了。你把我的身体往上抬一下，我出去再拉你。"

"好吧。"

她抓住他洞外边的一条腿抬高了一点儿，他有了她的支撑很快爬了出去。他反过来又拉她，她也终于爬出来了。

"好，坐下休息一会儿。我们干脆靠在一起吧，那样暖和一点儿。"他说。

她犹豫了一下，但想起刚才他们已经贴在一起了，就靠了上去。

“我们最好找到一点儿能吃的东西，我们身上的热量已经很少了，这样很不好……”

“是啊，可是……”

“别灰心，想想办法。”

她不相信在这样的环境里能找到吃的，但她没有反驳他。她觉得哪怕是白忙乎一气，那也是美好的。

“我们现在很危险，你知道吗？”他问。

“知道。”

“在我见到你以前，我已经绝望了。但现在我们在一起，我倒感到有一种责任，我们必须争取活着出去。”他说，“别绝望，我们一起努力。起来吧。”

“好。”她说，抓住他伸过来的手站了起来。

他们靠在一起朝前走去。

“哈，看到没有？那里长着一些骆驼奶，还有沙葱。”他叫道。

“是吗？”

在一面沙坡上长着一些低矮的植物，上面结着很多绿色的果实。

“这是骆驼奶，草原上的孩子经常采着吃。”他说着摘下一些骆驼奶给了她一些，自己也吃了起来，又说，“那是沙葱。”她看到“沙葱”很像韭菜，开着白色的花。

她觉得骆驼奶和沙葱都很好吃。

“现在你听我说，我们不能在这里等死。要想不死，只有一个办法。”他说。

“什么办法？”

“在大坝还没有垮塌以前走上大坝。”他说，“走上大坝后，想办法爬上大坝旁边的高地。”

“可是……连接大坝的都是悬崖峭壁呀。怎么爬上去？”

"到了那儿再看，也许有办法。"

天已经很暗了，雨仍在倾泻。他和她相互搀扶着，摇摇晃晃地走去。

## 六　大坝

他们爬上大坝时，天已经完全黑了，因此他们什么都看不见，只听到水库里的水暴涨的可怕的轰鸣。

"走这边，小心，别掉下去。"他说，牵着她的手走着。她的感觉就像走钢丝，峡谷里的风带着雨水呼呼地吹着，把他们吹得摇摇晃晃。

走了很久，他说："到了，我摸到了峭壁。"

"啊，啊……"

"情况确实很糟糕，我摸到一面陡峭、光滑的石壁……妈的。"他说着，"当初修水库时为什么不修个台阶什么的？蠢透了。"

风仍在呼呼地叫。她听着他在那里骂骂咧咧。她觉得自己现在没有必要费心思去考虑怎么才能攀登峭壁了，因为现在她身边有了一个男人，考虑那些事是男人的事。

"别急，咱们再休息一会儿。"他说。

风从两座高地中间的峡谷里吹来，因此这里很冷。他们背靠光滑湿润的石壁坐了下来，而且紧紧靠在一起。他们已经冻得无法忍受了。

"我们决不能灰心，我想，会有办法的。"他说，"咱们随便聊聊。"

"好吧……"

"人生是多么奇特，我们本来互不相识，但却在这里相遇了，而且我们两个人的命运也紧紧地连在了一起……这是命运的安排吗？"他说。

"不知道……"

"说说吧，你究竟遇到了什么事？"他问。

她没有明白他的意思，问："什么？"

“你怎么一个人跑到这里来了？”

“你……真的不知道我为什么吗？”她奇怪地问。他真的不知道我是什么人？那他为什么一直在追我？她想道。

“我不知道。”他说。

“你不是在追我吗？”

“确切地说，我不是在追你，我只是想看看你究竟要干什么。我甚至想，也许你遇到了别人的追杀。因此我还想保护你。”他说。

她终于明白了，这个警察根本就不知道她是什么人，为什么来到这里，他只是出于怀疑才跟过来的。她原本是打算把事情的经过毫无保留地告诉这个警察的，但现在却犹豫了。他并不知道我的事，一点儿都不知道，我还需要告诉他吗？也许，她这是出于一种本能，任何人都不愿意将自己不光彩的一面暴露给别人。或者，她不想破坏自己在这个警察眼里的形象。形象？她明白自己如今的形象：披头散发，浑身湿透，一只脚有鞋而另一只脚却光着……但她还是想维护自己的形象，至少不想让自己的形象变得更差，尤其对方是个男人……

“我……”她开始编故事，她是个编故事的能手，不仅编得快，而且编得合情合理。“单位里……领导老是欺负我……家里，父母又不理解我……”她说。

“你家在哪儿？你是搞什么工作的？”

她说了另外一个城市的名字，又说自己是一个设计单位的技术员。

“那么……你就为了那么一点儿事出走到了这里？”

“也……不算出走。我是……想一个人到一个没有人的地方走走，也认真想想……”

“你不应该太伤心，你是一个好姑娘……”他说。

“你说我是好姑娘？”

“是的，我看得出来。”

“你真的能看出一个人好还是不好？”

“当然，我是警察。”他笑了笑。

她有点儿感动。“说说你自己吧。”她说。

“很简单，我和几个朋友到了那个村镇，无意中发现了你，就跟过来了……”他说。

“你是为了我……才陷入这样绝境的。”她说，“为了我这样一个人……你不值得。”

“现在不说值不值得了。现在需要考虑的是怎么走出绝境。”

## 七　灯光

他们已经没有了时间概念，感觉不到时间的流逝了。

“看，灯光……”她说。

他们在大坝的这一头，灯光在大坝的那一头。其实那灯光很微弱，但她还是看到了，接着还想到那个看水库的老头儿……

“灯光？我们去看看……”他说。

大坝那头有一座石头砌起来的房子，他们走过去敲门，看水库的老头走出来，似乎认出了她，便满嘴酒气地骂：“哦，又是你！原来你还带着一个男的……明白了，明白了，你们是逃出来享福……哼，呵呵呵……这也叫享福吗？哼哼……”

她有点生气，说：“不是……不是那样……”

“不是？哼哼，那你们两个人怎么跑到这里来了？哦，一个还是个警察！有你这样的警察，我们老百姓可就幸福了。你带着一个姑娘跑到这里，你知道你老婆孩子怎么为你担心吗？哼，你还带着一个姑娘……”

警察突然变得凶狠起来。“我们又冷又饿，你有没有吃的？”他几乎是吼了起来。

老头却笑了，说：“我这里不仅有吃的，还有烈酒。我这就给你们生火……”

小石头房的一个角落，铁炉子里的牛粪火烘烘燃烧。老头拿出了一些剩饭剩菜。她冲动地抓起一个馒头就大嚼起来。老头望着她叹气摇头。

“知道吗？你们已经……陷入绝境了。”老头说。

“你为什么不逃出去呢？”警察问。

“逃？怎么逃？往哪儿逃？”老头呵呵地笑了起来，说，“这里的地形我十分清楚，除非长出翅膀像老鹰一样飞起来……水库西北角真的住着一只鹰，跟我是老朋友了……”老头又笑起来。看来他灌了不少酒。

警察抓起酒瓶子咕嘟咕嘟灌了几口。“你也喝点儿，驱驱寒。”他对她说。

她是不喝酒的，但现在却有了喝几口的冲动，这是饥饿、寒冷和心里的巨大压力所致。她抓起瓶子灌了一口，立刻呛得咳嗽起来，但她接着又喝，像不要命似的。

有了火，有了食物和酒，她的精力竟奇迹般地恢复起来。

“你们在这儿睡一会儿。唉，也许这是你们两个人的最后一个夜晚了……”老头开始很和蔼，但说着说着就又凶狠起来，“但这是你们两个人自找的。跟自己的老婆孩子在一起多好，你却带着一个小婊子冒大雨跑到这个地方……”

## 八　夜，风雨如磐

一个小小的石头房子坐落在大水坝的顶头，房后是刀削般的峭壁，房子下边是暴涨的水，强劲的峡谷风带着雨点形成巨大的冲击力，不断冲击着小石头房……

这是她的想象，但她认为这个想象十分准确，因为她如今就躺在这所石头房里。窗外风雨在呼啸，粗大的雨点不停地砸在玻璃上。

小小的一张床，上边躺着她和他。老头早已走了。老头一手提着酒瓶，另一手拿着手电筒，说：“你们在这儿睡一觉吧，这是你们两个人的最后一觉。唉，可怜。你的老婆孩子在挂念你呢……”

灯已经灭了，但铁炉子里的火光还在，屋里有一种暗红色的光在弥漫。他的脸很近，她可以看到他浓浓的眉毛粗糙的脸，还能闻到他身上的酒气。床很窄，两个人紧紧挤在一起。

她突然发现他在流泪。

如果不注意看，他似乎已经在沉睡。其实两行眼泪从眼眶里流了出来，顺着他的脸颊很缓慢地流了下来，像两条缓慢爬动的毛毛虫。她感到刚才喝进去的酒在肚里立刻变成了一堆熊熊燃烧的火，冲动地凑过去，用嘴使劲吮吸起他的眼泪。使她万万没有想到的是，他突然紧紧搂起她大放悲声。

“哎哎……你怎么了？”她被他搂得呼吸都困难了。

他哭得更厉害了，什么话都不说。但她却觉得能够理解他的内心。他和她本来素不相识，但在这个生死攸关的时刻却走到了一起，两个人的命运也已经紧紧连在一起。谁能说这不是上苍的安排或者一种缘分呢？

她的眼泪也突然汹涌了起来，她突然疯狂了起来。难道一个濒临死亡的人还需要羞羞答答吗？难道还需要顾及什么吗？

“我们……有……缘分……”她喃喃着。

他更加泪水汹涌：“我们……我们这是……为什么呀？”

“没有为什么！一切都是……命。”她喃喃着，似乎又清醒了，问，“你的……老婆孩子呢？”

“我……对不住……他们……”

“为什么?”

“因为……”

她更加疯狂地亲吻着他粗糙的脸。她觉得她已经不是她自己，而是他的老婆和孩子。她什么都不顾了，剥掉自己的衣服，也剥掉了他的衣服。她想起老头临走时说的话：“这是你们两个人的最后一个夜晚……”

他们像两团野火，一次次疯狂地燃烧着一直到精疲力竭，最后赤条条地躺着不动了。她听到外边的风雨声更加疯狂。

## 九　寻找出路

老头回来了。

“我想起了一个地方，去看了看。也许你们可以攀上去……”老头说。

“原来您是为我们找出路去了！谢谢，太谢谢您了。”警察说，“您说的那个地方在哪里?”

“谢谢？我告诉你们，到了那里你们一旦攀不上去，那可就送命了。”老头脾气又变得很坏，“我先把话说明白，那是修水库时取石料的地方，不是太陡，还长着一些小树什么的。你们究竟能不能攀上去还不好说。但你们想活命就只好去试一试了。攀上去了，就活命了，攀不上去就死了。你们先想好。”

“我明白。”警察说。

“那个地方虽说不远，就在水库东侧，但去那儿没有路，很不好走，我来回走了四个小时。半路上你们就有可能滑进水库……”

“我们会注意的。”警察说。

“那好，现在就跟我走。”

外边仍然伸手不见五指，风雨正浓。老头打着电棒在前面走，她和他跟在后边。他们又走到大坝的另一头，接着紧靠着水库艰难地走了下去。到处都是大小不一的石块，水库里的水在他们脚下喧腾。她一只脚穿着鞋，另一只脚用衣服包着。

走到老头说的那个地方，天已经亮了，但因为下着大雨，又是在峡谷里，能见度仍然很低。

“你们看，就这个地方。”老头说。

她抬头望去，一切希望似乎一瞬间就破灭了。老头指的地方虽不算悬崖峭壁，但仍然很陡，要是放在平时，任何人都不会想到从那里可以攀上去。

警察看了半天，说：“抓住那些小树一点一点往上攀，也许可以……”

“可不可以是你们的事，我走了。”老头说。

“走？去哪儿？”她问。

“回我的石头小屋。”

“那里……不是很危险吗？”

“危险又怎么样？你以为我也可以跟你们爬上去？我能爬得动吗？”

“那……？”她不知道说什么好，回到石头小屋还有活路吗？

## 十　决堤

“我们必须先选择从哪儿攀，确定一条路线。还必须先想到，我们要是攀到一定的高度再上不去，我们很可能想退回来都难了。那我们就留在半坡上……”他说。

“我听你的。”

“看到没有？就从那里往上攀。那一溜地方有不少小树……好，你先试试。”

她毫无信心地走过去，抓住了坡上的一棵小树，他让她踩在自己的肩膀上。

一次艰难的攀登就这样开始。他们失败了多次，攀上一两米就掉下来，但后来似乎明白了一些要领，总算攀上十来米的高度。但她却越来越提心吊胆。因为一旦失手，她就会摔下去，那至少是摔伤，弄不好还可能掉进水库，因为这面坡距水库最多有两米。

“不要慌，一定要沉着……不要回头看……”他在提醒。他在她下方大约两米的地方，不断指挥着她。

“我……一点儿力气都没有了。”她说。

“别急，休息一会儿。”

她身边是一棵碗口粗的榆树，她坐到树枝上。他也跟了上来，跟她坐在一起。这里风大不说还特别冷。昨天夜里吃进去的酒饭早已消化完了，体内没有一点儿热量，两个人靠在一起瑟瑟发抖。

“我们……能够攀上坡顶吗？”她问。

他的表情突然变得十分悲哀，说：“不能了……”

“啊，为什么？”

“刚才从下边没有看清楚，就在我们上方有一个凸出来的石头，还特别圆滑，我们无法从那里攀上去……”他说。

“那怎么办？下去再从另一个地方攀上去？”她这样问着往下看，立刻感到头晕目眩。她看到黑色的浪涛在水库里旋转，就觉着整个世界都在摇晃。别说下去，就在这里死死地抱着树都觉得弄不好会掉下去。

“别急。再仔细想想。假如大坝马上决堤，待在这里还安全一点儿。”

“但……接着呢？”

“再想办法。我们需要一根绳子。”

“哪儿有绳子?”

“我们把衣服撕开，搓一根绳子。”

于是他们脱衣服，撕成一条一条的，终于搓出一条约四米长的绳子。除了内衣裤以外他们身上已经没有其他衣服了。

“啊！……”她突然惊叫起来。因为她内衣口袋里的几个存折掉下去了。那些存折早已被雨水泡透，但峡谷里空气对流，那些存折像几只蝴蝶一样在那里忽高忽低地飞翔着，久久不肯落入水库。

“你……怎么了?”他问。

“哦，没有什么……”

“好了，不管下去还是继续往上爬，有这条绳子就方便多了。”他说。

“我们会成功吗?”

“一直存在着两种可能，一种是活，另一种是死。”他说。

“假如……我们从头再活一次，我们会不会变得聪明一些?”

“怎么问这样的问题?”

“因为我觉得我太愚蠢了……”

“人大概都这样，临死才明白一些道理，但已经迟了，没有用了，因为马上就要死了。但活着的人们仍然会很愚蠢，因此人类将世世代代愚蠢下去。”

就在此时出现了巨大的闷响，他们明显感觉到身后的石壁在震颤，一些细小的石块纷纷往下掉落。

“啊！你看啊……”他惊叫道。

她往下一看便惊呆了。在他们脚下一直喧腾、旋转的黑色的浪涛现在突然向大坝那个方向翻着巨浪奔腾而去。大坝已经看不见了，水雾在峡谷里像浓烟一样充斥着，遮挡了视线。世界的末日大概也就是这个样子吧？她心惊胆战地想着。

她知道大坝已经垮了，问：“我们这里是不是安全一点儿?”

“安全？你没有感觉到这坡在下滑吗？”

“什么？啊！……”

她真的明显感觉出身后的陡坡在缓慢地倾斜、移动。

他的声音在她耳边响着：“我明白了，一个人……一旦走错了路，是没有机会回头的……”

## 十一　它在慢慢地盘旋

那只鹰到了云层下边盘旋着。

水库没有了，大坝也没有了，在原来水库的下方出现了几处大水洼，大片的草场被冲毁，有些地方被厚厚的淤泥覆盖……这里已经变得面目全非。

它不慌不忙地盘旋，冷冷地看着下边。它又想起了那两个人，估计他们已经死了。死了好，愚蠢的人早应该死光，它想着。还有那个水库，早就应该垮堤。在它看来，这场暴雨和洪水是对世界的一次冲刷，冲刷掉了一些愚蠢的行为痕迹和愚蠢的人，让世界稍微变得干净了一点儿。但愚蠢的人类仍然在做着和准备做很多愚蠢的事。

似乎一切都结束了，其实并没有结束。

这个世界还需要冲刷，不断地冲刷，让暴风雨多冲刷几次吧，它想着，在慢慢地盘旋……

# 赫穆楚克的破烂儿

## 一

自从赫穆楚克的破烂儿出现，我的家乡就麻烦事不断。新媳妇舒仁其其格因胯骨粉碎性骨折失去了生育能力，希拉布珍惜如命的好马挣断缰绳狂奔，几户人家的围墙和牲口圈被撞塌，巴雅尔的小孙子半夜惊醒哭闹个不停……宁静的家乡从此失去了安生。

赫穆楚克的破烂儿是一辆旧卡车，但是乡亲们不叫它卡车，而叫它“赫穆楚克的破烂儿”。青蓝色的油漆一块块掉得不成样子，一边的灯坏了，另一边的灯不该亮的时候亮，该亮的时候却不亮，喇叭半夜自己会响，车门破烂不堪。赫穆楚克的破烂儿能不变成这样吗？自从赫穆楚克买了它，从旗里开回来的路上掉进沟里伤了下巴颏之后，大小事件几乎从来没有断过。

买车回来的第二天早晨，邻居的新媳妇舒仁其其格专门来看汽车。赫穆楚克下巴颏肿了，笑起来虽然歪向一边，可还是喜形于色。他向舒仁其其格夸耀了一番自己的卡车。“跑得快吗？”舒仁其其格问。“能不快吗？”赫穆楚克说着就上了车打算炫耀一番，也许刚学会驾驶就买了车的人都喜欢这样炫耀。汽车发动后忽然冲向前，但不是向正前方，而是冲向站在斜对面的舒仁其其格。舒仁其其格除了逃走，就没了别的招儿。可是舒仁其其格跑向哪儿，汽车也拐向哪儿，追赶着她。起初，舒仁其其格以为赫穆楚克在和她开玩笑，但是回头一看赫穆楚克的脸红得奇怪，眼睛也异常地瞪得大大的，还从车窗探出脑袋大喊："你这人怎么回事啊……怎么汽车往哪儿开你往哪儿跑……"舒仁其其格继续跑。可是两条腿的人怎能跑得过四个轮子的卡车呢？转眼间车厢盖儿撞了舒仁其其格的胯骨，勉强停住车的赫穆楚克大呼小叫着下车时，舒仁其其格已不省人事。

随后就乱成一片，送舒仁其其格去医院急救，警察来跟赫穆楚克问这问那，邻里间开始争吵起来。把自己的新媳妇看作掌上明珠的舒仁其其格的丈夫特古斯戳着赫穆楚克的鼻子大骂："你买了那玩意儿是想杀人吗？如果我老婆有个三长两短的，你也休想活命。杀人我也会……"赫穆楚克的老婆也捶着膝盖哭道："我不让你买，你非拧着买那么一个玩意儿。这回好了，你跟它过吧。我带着儿子跟你离婚。"一些没钱买汽车的人也幸灾乐祸："看来还是骑马好啊，即便没有马骑，就是步行也比它强。"

就这样，赫穆楚克被淹没在咒骂与鄙夷之中，彻底被乡亲们冷落了。但有一天却有一个人专门来看他。来看望他的这个人叫顿都卜，是他的发小，十分善良，生活却一直很困难。顿都卜把朋友之间的友情看得比什么都重要，假设他只有一碗饭，他肯定让朋友吃，而自己饿着肚子却比吃饱了还高兴。那天顿都卜来到他家，因为是来到了朋友家显得很随便，与赫穆楚克两口子说笑着，喝了赫穆楚克老婆端来的奶茶，后来甚至跷着二郎腿躺在炕上说话，最后拿出五百元钱放在炕桌上。

"我听说了，你遇到了一点儿麻烦。我就这么一点儿钱，你先拿去对付吧。"顿都卜说。

顿都卜放下钱就走了，赫穆楚克两口子赶忙追了出去。顿都卜回头咧嘴笑了笑，看样子很愉快，迈着大步走了。赫穆楚克望着朋友的背影，眼眶里噙满了泪水。他刚才看得清清楚楚，顿都卜穿着一双旧鞋，鞋上有好几个洞，但他却给朋友送来了五百元钱！

“我们必须永远对得起这样的人。”赫穆楚克对老婆说。

赫穆楚克的破烂儿在家门口闷了几天后，终于有一天颠簸着向公路奔去。这也很正常，花了几万块钱买了这么一个东西总不能老是停在家门口吧。之后，村里人经常看见赫穆楚克开着它来来去去。赫穆楚克老婆的脸色也开始晴朗起来，见了人就说：我们家赫穆楚克最近收入不少呢。赫穆楚克还专程去看望出了院在家休养的舒仁其其格，并给了两千元的医疗费，说：“先给这些吧，过后我会补偿全部的医疗费。”

不管怎么说，事情似乎就这样过去了……不料，又出了事。

或许，人发了点财就容易大意。有一次，赫穆楚克给某个公司拉货挣了一些钱，想一想自己这些天的辛苦，打算怎么也得美餐一顿犒劳犒劳自己。他进了旗里的一家餐馆，点了一些档次比较高的饭菜，买了一瓶酒就喝开了。爱喝却喝不了多少的赫穆楚克喝到半瓶的时候就醉了，感到一身的疲劳烟消云散，忘了要住店休息的打算，哼着“我们的生活真美好，明天会比今天更美好”的歌，向家乡一路疾驰而去。

那一夜，巴雅尔老汉夫妇在小孙子的两侧睡得正香。忽然一声巨响，熟睡中的他们就感觉到身子下边的炕在来回摇晃，还有一些软硬不一的东西纷纷掉落在他们的脸上。巴雅尔老汉以为自己在做梦，只听见老婆在一旁嘟囔：“这是……地震了吗？”然而，一阵风凉凉地袭来，巴雅尔睁开眼睛，只见一个庞然大物耸立在旁边，顺此庞然大物望去，远处是朦胧月色下苍茫的草场。这一面应该是有一堵墙的呀，现在怎么会看见草场啦？巴雅尔老汉这样想着就断定自己肯定是在做噩梦。但他又能真真切切地听见老太婆在一旁哄着哇哇大哭的孙子。于是他就不明白是怎么回事了，说是梦吧，孙子的哭声、老婆子的话清晰可闻。说是真的吧，房屋的一面墙已经不见了，一个庞然大物顶在他身边，而且还哼着“我们的生活真美好，明天会比今天更美好……”。

老婆子的骂声让他从恍惚中清醒过来。

“你还活着没有？出了这样的事你还在躺着……”老婆子在一旁责骂。

巴雅尔老汉这才明白不是梦境而坐起身。但实在想不起来在墙根耸立着哼唱“我们的生活……”的庞然大物是什么，神情茫然。

“那……这是什么呀？”

“还看不清是什么吗？赫穆楚克的破烂儿上了咱们家的炕了！”

“啊……”

巴雅尔老汉夫妇俩惊恐得快要疯了，小孙子也哭闹不停。年迈得了这么一个孙子，把他当作心肝宝贝不说，孩子的父母进城打工的节骨眼儿上发生这样的事，确实让巴雅尔老汉夫妇气不打一处来。醉鬼赫穆楚克还在车里哼唱：“我们的生活……”老汉夫妇已经抱着小孙子找嘎查书记告状去了。

巴雅尔老汉平时虽不爱说话，但是发起火来也是要命的。他生气的当儿，谁遇见他都不会有好果子吃。拂晓之前，他闯进嘎查书记的家门，喊叫谩骂一直到早晨，此时大汗淋漓的赫穆楚克才气喘吁吁地追过来。

被巴雅尔骂了半宿的嘎查书记见到赫穆楚克恨不能撕碎了将他一口吃掉：“尊贵的阁下，您给我们说说，昨夜您到底干了什么？想怎么处理您惹的事？”

“啊，我……”赫穆楚克的脸红一阵白一阵，“我就是开着车顺着路跑来着，可不知不觉地……”

“难道你的那条路是从巴雅尔家炕上经过的吗？”

“嗐，我真不该喝那么多酒的，醉了……”

“幸好是喝醉了，你才把车停在炕上，要是清醒你会不会把车开到房顶上啊！听说你还哼着歌呢，来，现在再哼一遍吧，我也想听一听。”

赫穆楚克没哼歌儿，反而哭了。看他哭得像个泪人儿似的，大家也就消了气。

嘎查书记说：“好了别哭了，巴雅尔现在没房子住了。怎么办？”

赫穆楚克说：“我找几个好泥瓦匠修，一定修得比原先好，我会赔偿他们损失的。”

赫穆楚克好像挺能挣钱。但是把挣来的钱都花在诸如治疗舒仁其其格的伤、修巴雅尔的房屋等事情上，而且事情还在接二连三地发生着，如本文开头所说，希拉布的马挣断缰绳狂奔，几户人家的围墙和牲口圈被撞塌，等等等等，没完没了。大伙儿只要看到赫穆楚克的那个破烂儿，就不由得从心里感到厌恶，有的还拿它当笑料。

“据说赫穆楚克的破烂儿惊散了羊群……”

“据说小孩子们一听赫穆楚克的破烂儿来了，就会停止哭闹……”

“不知道有没有开汽车上炕的比赛？有的话，可以让赫穆楚克去参加。那老哥可是哼着歌就能拿了冠军的。”

“听说舒仁其其格生不了孩子了。特古斯去找他算账的时候，赫穆楚克央求说可以当他儿子呢……”

## 二

有一天，老婆正在家熬茶，赫穆楚克气喘吁吁地走了进来。他不是去给羊群饮水的吗，怎么这么快就回来了？老婆想到这儿再看他，见他的脸已憋得通红，眼角还湿了。老婆的心提到了嗓子眼，心想这家伙今天肯定惹了天大的祸，不会是把谁撞死了吧？想着想着，腿都软了。最近，她落下了夜里失眠的毛病，还常常梦见赫穆楚克轧死了人，然后被警察铐走。白天也心神不宁。

“怎么了……”老婆问起的时候声音在颤抖。赫穆楚克的声音比她还抖得厉害，说：“在井口给羊群饮水的时候……巴雅尔老爷子来了……”

“你……你又……开车上了人家的炕？”

赫穆楚克受不了这样的问话，生气地说：“我走着去给羊群饮水的，怎么会开车上人家的炕呀？”老婆这才想起他那破烂儿还停在自家的门口，心才逐渐平静了下来。

“巴雅尔说什么了？”

“他说想把去年的羊皮、今年的羊绒卖到旗里，为找不到车发愁，问能不能用我的破车给运去卖了。”

“是吗？”老婆的脸上立刻有了光彩，好像自己的丈夫不是被巴雅尔老汉使唤，而是要把巴雅尔老汉叫到自己家里使唤一样开心。

“可不是嘛。”

“那就快去吧，明天就去吧。”

“好的，好的……”

“今天做干肉包子吃吧？”

“好的，好的。”

夫妻俩都觉得忽然轻松了许多，欢欢喜喜地包了包子，老婆还从柜子拿出了半瓶酒。几个月来挨骂挨怕了的他们今天比过年还开心。赫穆楚克喝了几杯后却哭了。

“几个月在大伙儿面前抬不了头。看来今后我们可以有模有样地生活了……”

“别人不了解你，我还不了解你吗？你这个人吧，有时候是晕乎了一点，其实你很善良，是一个乐于助人的好人啊！”老婆这么说着，声音也哽咽了。

“即便乡亲们那样对我，我也不抱怨……”

“其实，乡亲们都不坏……”

他们俩聊得很开心，喝完了半瓶酒后，老婆开始洗漱涂脂抹粉，赫穆楚克出去看看舍圈。当赫穆楚克回到屋里的时候，老婆已经钻进了被窝。

“怎么这么长时间啊，让我等这么久……”老婆面带红晕，看来年轻了十岁。

第二天一大早，赫穆楚克发动了卡车，向巴雅尔家开去。

渐渐地，前来求赫穆楚克帮忙的人多了起来。

人们似乎终于懂得了，赫穆楚克的破烂儿尽管惊了羊群，撞了人，开上了人家的炕，自个儿也时不时地掉进沟里，但同时又是一个可以代步和运输的好东西。乡亲们走远门、搬运东西时总会想起赫穆楚克。赫穆楚克也愿意给任何人跑腿。也有小青年儿来求赫穆楚克教他们驾驶。这样一来，赫穆楚克多了几个擦车和装卸的帮手。

赫穆楚克乐呵呵的声音可以传得很远。他见了人就点起香烟，吐着烟雾，仰起脖子说话，开始神气起来了。赫穆楚克的老婆也开始穿起新式衣服，见了人就说：“赫穆楚克从城里买来这玩意儿，非要让我穿，我还真有点儿不好意思呢。”

又过了两个月。有一天晚上，赫穆楚克从外面回来，将那破烂儿停在了房后，疲惫地进屋了。老婆给他盛了一碗奶茶，见他脸色不佳。

“累了吧？我赶紧做饭，吃完你早点儿歇息。”

赫穆楚克说：“累倒是不要紧，可这样为别人卖命，什么时候是个头儿啊？最近为乡亲们跑车，费时费力还费了汽油，别说挣钱了，挣的那一点儿钱也都快花光了。”

“那……怎么办呢？”

“我也不知道怎么办才好。但要这样下去，我们很快就会变成穷光蛋的。”

“可是……乡亲们有了困难，才来求我们帮忙的呀。人家来求你的时候，怎能说‘不’呢?”

“是啊，不帮他们吧，又得挨骂。我真的让人骂怕了。”

“可是……”

“或者……再有人来求咱们，咱们就说最近忙，没有时间。”

“嗐，干脆就说车坏了，又能怎么的?”

“好招儿!”

第二天，巴雅尔老汉来了。

巴雅尔老汉好像有点儿不好意思开口，犹豫着说：“我的赫穆楚克，原谅我的得寸进尺吧，我又要求你了。我那小孙子没见父母有一阵子了。我想跟老婆子带他进城，可是没有车啊……”

赫穆楚克踟蹰了片刻，看了老婆一眼。跟别人说汽车坏了，他还不犹豫，可是跟巴雅尔，他不敢那么说。他还是有点儿怕巴雅尔。再说，一想到半夜把车开上人家的炕，让人家孙子有了哭夜的毛病，就说不出一个“不”字。可是，赫穆楚克看到老婆的眼神很坚定。于是，他也有了勇气，说：

“车坏了。”

“是吗? 那我只好想别的办法了。”巴雅尔叹气。

“我那个破烂儿突然出了点儿毛病。真是不好意思啊，请原谅!”赫穆楚克说起了客套话。

巴雅尔说：“你可别那么说啊，我可没少麻烦你。”就走了。

连脾气很坏的巴雅尔老汉都可以如此对付，赫穆楚克夫妇由此有了勇气。每每有人来求助，都以“车坏了”的理由拒绝他们。不过，他们还是担心这样会得罪乡亲们。然而，乡亲们非但没有生气，反而个个都脾气好了起来，出现了他们意想不到的一种局面。

有的缠着说：“老兄，求你了，想办法给跑一趟吧。”

有的说："车修好了，最先给我跑一趟啊，我可是等着呢。"

还有的说："说实话，不能总是让你的车白跑吧？今后用车，怎么也得给你油钱。"

这样一来，赫穆楚克夫妇放心了。不仅是放心，还长了心眼儿。他们早已懂得，人活在世上总是有求人和被人求的时候，但说实在的，过去是他们求人的时候多而别人求他们的时候很少。因此近来乡亲们不断地来求他们，他们才真正懂得了让别人来求自己意味着什么。让别人来求自己，意味着一种地位、一种优越、一种……获得好处的可能。明白了这个道理，他们内心豁然开朗，接着又想明白了很多，比如说怎么对付来求他们的人：别人来求你的时候，你千万不能答应得太痛快，而是应该说这个那个的理由稍微拿一把。那样人们才越发地好脾气，越发地求你。那时，也就到了获得好处的时候。

懂得了这些道理的赫穆楚克夫妇商量起今后如何应对来求助的人们。他们把乡亲们分了三个等级。上等人包括嘎查书记、嘎查达以及今后有可能对自己有好处的人。在他们面前是不能拿架子的，不能跟他们要任何报酬，只要他们有所求，必须尽快给办。下等人包括那些穷困的人。那些人来求助的话一点儿都不能理会，因为帮了他们，不会得到任何好处。上等人和下等人之间的就是中等人群，很多人都被包括在这个等级里。

这样商量好之后，两个人相互看着发呆。虽然谁也没说什么，但各自心里都想到了：我们这样做，乡亲们也许会说我们欺软怕硬吧？

## 三

其实事情远比赫穆楚克夫妇想得简单。虽然没有具体规定去哪儿收多少钱，没过多久人们开始进旗里给五百，去盟里给一千……夫妇俩很快就富了起来。给嘎查书记、嘎查达无偿跑了几次车后变得很有脸面。还有一次一个穷人家的孩子得阑尾炎，他深夜无偿地送到了旗里的医院得到了赞扬。顺路拉了盟日报社一名记者，记者给他拍了一张照片，不久报纸第四版靠下位置刊登了赫穆楚克从破车窗探头微笑的图片。赫穆楚克将那张报纸扔在炕桌上，来家里的客人喝茶时就可以看得到那张报纸，然后当然对他赞不绝口。

就在这个时候，一件事开始有了苗头。舒仁其其格虽说早就出了院，但已失去了生育能力。想起这事，赫穆楚克心里很不是滋味，仿佛欠下了几辈子都还不清的债。所以，不时地去舒仁其其格家为他们拉点东西什么的，那当然是不收分文的。舒仁其其格也经常来赫穆楚克家串门。

一天，赫穆楚克独自在家，舒仁其其格来了。舒仁其其格问："赫穆楚克哥不去旗里吗？"

"做什么？有事吗？"

"在家待着寂寞，想去旗里逛一逛。"

"那么今天去吧？"

"您今天有事要去旗里吗？"

"本打算明天去的，你要是想去，今天去也行。"

"那就走吧。"

于是，赫穆楚克、舒仁其其格二人开车去旗里，二人一路有说有笑，很是高兴。

赫穆楚克说："一想起让你变成这样，心里就难过。"

"没关系。据说女人不生孩子，可以延缓衰老呢。"舒仁其其格捂着嘴笑。

"好像还真有那样的说法吧……"

"你看我这身材，是不是看起来像个大姑娘？"说着，舒仁其其格又笑了。

赫穆楚克侧身一看，觉得舒仁其其格真的很漂亮，就说："那还用说？你可是我们家乡的一朵花呀。"

"所以，我应当感谢你才对啊。你给我做了绝育手术，我才保持了少女的体貌。只是，那手术做得手重了一些。"

舒仁其其格这么说完放声笑起来，还不时用肩膀撞一下赫穆楚克，赫穆楚克笑得很开心。

赫穆楚克问："特古斯是不是还在生我的气？"

"让他生气去吧。"

"怎么了？"

"我俩合不来了。"

"为什么？"

"他脾气很糟糕。"

"那也得过呀。"

"想凑合着过，但是努力也白搭。迟早要离的吧……"

赫穆楚克沉默了。

"赫穆楚克哥，学车容易吗？"

"很简单，你想学吗？"

"教教我吧。"

于是二人换了座位，舒仁其其格开着车在路上扭起了秧歌。太阳快落山时，舒仁其其格已经掌握了大概，不再歪歪扭扭了。到旗里已是半夜了。

后来，关于赫穆楚克、舒仁其其格这次进城之后的情形有了种种说法。其实，赫穆楚克半路上给舒仁其其格教驾驶以及到旗里之后两个人在馆子里喝酒，舒仁其其格微醉后向赫穆楚克目送秋波，赫穆楚克扶着舒仁其其格上楼时，舒仁其其格靠着他的肩膀……除了这些是真的，接下来的种种谣言是没有可信证据的。不过，舒仁其其格从此有了开车的瘾，总是来缠着赫穆楚克说去这儿吧去那儿吧，赫穆楚克的老婆见了舒仁其其格也会脸不是脸的了。

这时又出了一件麻烦事。有一个人开始缠住赫穆楚克了。那是一个叫照日格图的年轻人。他时不时地来缠着赫穆楚克学车。赫穆楚克是一个脾气不错的人，谁来都不愿意说“不”。可因照日格图有点儿吊儿郎当，他有些不耐烦。一天，照日格图来了，点了一根香烟吸了一口后吹向房顶，直盯着赫穆楚克说：“你把你那破烂儿借我两天，我想进个城。”

照日格图虽然跟赫穆楚克学车后能在无人的路上走一些，但还没到自个儿开车进城的程度。赫穆楚克摇头笑道：

“不行啊，连我都掉了多少次沟，撞了人家的墙，上了人家的炕啊。你开出去出了事，那可怎么得了？”

如果换一个人，这事也就罢了，可照日格图就是不吃他这一套。

“一个破烂儿而已，没必要那么吝啬吧。”

赫穆楚克听了不高兴，不再言声了。照日格图并没有就此罢休。

照日格图说：“舒仁其其格来了你不会这样摆架子吧？”

听了这话，赫穆楚克既生气又心慌，因为老婆就在身边。

“舒仁其其格偶尔来说学车，我怎么能说不行啊？但她要一个人开车走，我也不会同意的。”赫穆楚克压住了怒火说。

“所以才两个人一起走的吧，听说吃也在一起睡也在一起呢。哈哈哈……”照日格图恶毒地大笑起来。赫穆楚克的老婆在一旁听着受不了了：

“照日格图你胡说什么，舒仁其其格是有丈夫有主的人。”

照日格图说：“是啊，可是最近闹着要跟她丈夫离婚呢，不知道为什么？”

赫穆楚克的老婆说：“唉，说实在的，是我家这家伙作的孽啊，让人家断子绝孙了。舒仁其其格的丈夫特古斯开始嫌弃她不会生孩子。”

“噢，那我可知道内幕了。我们老哥原来是在努力让舒仁其其格怀孕啊。加把劲儿吧，或许真就行了。”

赫穆楚克再也无法忍受，跟他吵了起来。吵得很凶。照日格图指着赫穆楚克的鼻子：

“我才不稀罕你那破烂儿呢，你早晚会跟你那破烂儿一起完蛋。”他谩骂着走了，赫穆楚克气得浑身发抖。

照日格图刚走，老婆又跟他吵起来了。

老婆说：“人们都说开车的不正经，看来你也学会了那个。”

气得直发抖的赫穆楚克说：“照日格图的话你也当真哪？你有没有脑子？”

“不单单是照日格图在说，很多人都在说。”

“无中生有的事！”

“难道你不知道吗，无风不起浪……”

过了几天，更大的问题来了。苏木上的不少人来到了赫穆楚克家，有的是税收征管所的，有的是交通管理所的……在赫穆楚克眼里，这些大盖帽显得很威严，帽檐下的脸也如同一个模子里铸出来的一般。赫穆楚克心里不由得一凉，赶忙给他们倒了茶。

“你在搞运输吧？”其中一人问道。

“什……么？”

“你在用汽车搬运货物挣钱吧？”

“挣什么钱啊，人家来求我，有时候给点油钱罢了。”

其中一个笑道：“进旗里给五百，去盟里给一千，不只是油钱吧。”

赫穆楚克问：“你们听谁说的？是不是照日格图说的？”

“跟谁说的没关系，关键是有没有这样的事。”

其中一个说完了接着又说：“听说你用货车载乘客。这可是违反交通规则的事。”

“那是因为……人家有时求到我了……”

“不要老是忙着说别人怎么怎么的，先说说自己的事吧。”

赫穆楚克紧张得浑身是汗。

那些人说得很细很清楚。税务部门的说，牧民买汽车用在畜牧业上，是有免税规定的，可要是以营利为目的经营运输的话，各种税费都是不能免的。交管部门的说，要是经营运输，是要征得我们批准，获得专门执照才行，否则就是违法，再说人与货是不能混装的，听说你经常这样干；他们又接着说，处理你这类事，按制度是要罚款的。

那些人虽然不是很和气，但也并非那么凶。赫穆楚克觉得那些人不像是人，反倒像是播报法制节目的收音机。那些人临走又说："几天后你去一趟苏木，罚款的事，那时再说。"赫穆楚克的内衣湿透了，贴在后背。

晚上，老婆从外面回来，赫穆楚克给她讲了白天发生的事。叙述的时候特别强调了大盖帽们的威严。老婆的脸顷刻煞白。想起那些大盖帽，赫穆楚克不由得打冷战。大盖帽，以前是只有警察才戴的，所以，见了大盖帽不由得联想到警察。想到了警察，就不由得联想到手铐脚镣、监狱牢房等等。

"说是要罚款，要是说个天大的数，那可怎么办?"老婆说。

"那样的话，就把这破烂儿给他们算了，真是一个惹祸的破烂儿啊!"赫穆楚克咬牙切齿。

老婆眼睛不由得一亮："你终于清醒了，自从那破烂儿来到我们家，我们就没有消停过。把它处理了，我们会安生的。"

"好吧好吧。把这祸根处理掉就好了……"正在这时，舒仁其其格进来了。

## 四

"嗨，苏木那几个酒鬼，有什么好怕的?"舒仁其其格又说，"拿酒灌他们就会变老实的。"

“我给他们端茶，他们连看都不看一眼呢。”赫穆楚克说着擦了擦额头上的汗。

“赫穆楚克哥，我看你啊，虽说你买了汽车在开，可你的思想境界还是停留在骑马的那个时候。现在可是需要更新观念和方法的时代哦。”

“是吗？”

“那可不是？你这是该怕的不怕，不该怕的反倒怕起来了。该愁的不愁，不该愁的瞎愁。没有更新观念的人才会这样。”

赫穆楚克看着舒仁其其格，愣了。更新观念的人，到底应该畏惧什么，为何事发愁呢？还有什么是可以不必畏惧和发愁的呢？不过，她说得一定是有道理的。想到这些，他不由得频频点头。

舒仁其其格进屋时，赫穆楚克老婆虽然脸色不好，但一听这话，就有了兴致：“怎么更新观念？给你这傻哥哥提醒提醒。”

“比如说……”舒仁其其格喝了一口赫穆楚克老婆端来的奶茶后说，“现在是拿钱来说话的年代，你们几个月前给人运送货物，还不好意思跟人要钱，于是费了油费了劲儿不说，还发愁。这是为什么呢？是因为没更新观念啊。那些大盖帽乱讲法制的时候，你不必害怕，而是应该想到找一个有权势的人压压他们。否则被罚了款，还要发愁。”

“可是……求谁呢？”赫穆楚克挠了挠头。

舒仁其其格说：“在嘎查书记、嘎查达面前你比他们亲生儿子还勤快不是吗？现在去求他们，他们能不帮你吗？”

“求人可真是难啊，他们不理会怎么办呢？”

“你看，你这就是被旧观念束缚的表现啊。你用汽车、汽油和劳动为他们提供了服务，他们也应该用权力为你提供服务，这跟做买卖一样。没听说过价值交换这个说法吗？进行价值交换的时候他们不仅不会反感，反而会尊重你。你要是光拍马屁而不会索取回报的话，他们反而有可能瞧不起你……”

“那么……我去跟嘎查书记、嘎查达说这事？”

“不说怎么的？直接跟他们说，要求他们给苏木的那些大盖帽们打个电话。”

舒仁其其格这么给上了一课就走了，赫穆楚克夫妇心里豁亮了，不过，嘴上说的却是有所不同。

“舒仁其其格说得对呀。握着方向盘的人，应该改掉骑马时代的那个脑筋啊。”赫穆楚克说。

“不过，要改也不能改过了头。像舒仁其其格那样又是闹离婚，又是疯癫着要学车，也不怎么好。”老婆说。

舒仁其其格来过的第二天，赫穆楚克去找嘎查书记诉苦，嘎查书记立刻给苏木打了电话，一切问题得到了解决。嘎查书记打电话的时候，赫穆楚克在一旁一直看着他的脸，他觉得那张脸上写满了很多道理。

嘎查书记在电话里说：“我们的赫穆楚克想请你们到家里吃顿饭。所以让我代请你们……”

话筒那边传来某个大盖帽的笑声。

嘎查书记说：“要搬家，来不了？这有什么可发愁的？赫穆楚克的车不是现成的吗？给你搬个家，不在话下啊！”

赫穆楚克听愣了。

是啊，原来我真是活得稀里糊涂啊，赫穆楚克想着。又想起了舒仁其其格说的“价值交换”这句话。真理啊，这世上人与人之间的关系不就是建立在交易之上的吗？钱可以换权，权也可以换钱。我那个破烂儿为你服务的话，你也得给我回报。嘎查书记为什么帮我打电话？不就是因为我给他搬运东西了吗？照日格图为什么恨我呢？是因为我没给他用我的破车。要想对付苏木那些大盖帽，就得用我的破车给他们搬运东西。破车，可真是好东西啊。现在赫穆楚克我只有这么一辆破车，若有十辆八辆，苏木书记还不像我儿子一样在我跟前打滚儿……

赫穆楚克回来时已经非常开心了，不是因为逃脱了罚款，而是因为明白了这些道理。

“怎样了？”老婆问。

“嗐，原来是太简单的一件事。”赫穆楚克说完靠着摞起来的被褥，说，“宰一只羊，准备一下，明天大盖帽们要来。”

第二天，苏木的那些大盖帽们真的在嘎查书记、嘎查达的带领下来到了赫穆楚克家。于是，一场热闹非凡的盛宴马上要开始了。应赫穆楚克夫妇的邀请，之前被他们纳入到“上等人”的人们都来了。打扮入时的舒仁其其格也来了，又是唱歌又是敬酒的，没多久就都喝倒了。

大盖帽们高高兴兴地表态：“赫穆楚克，你的破烂儿今后在我们苏木的地盘上不必纳税缴费……不仅是在我们苏木，全旗范围内我们的熟人多的是，遇到什么事，给我们打个电话就行，我们会给你解决的……”

自此之后，权贵之客们便经常出入赫穆楚克家。邻居们虽然知道那些人去赫穆楚克家喝酒吃肉，却不知在吃吃喝喝之间谈论商量什么。即便如此，赫穆楚克在他们眼里还是显得很威风，有的见了赫穆楚克，会奉承赔笑，以前耻笑赫穆楚克的人也不敢再那样了。

“据说赫穆楚克不用缴纳交管费……”“听说税都不用缴呢，真是一个有本事的汉子……”“赫穆楚克在盟里被交警罚款，给一个熟人打了一个电话，那个交警不仅如数奉还了所罚金额，据说还请他喝酒，赔礼道歉了呢。”

“我们嘎查有本事的只有三个人，一个是书记，一个是嘎查达，另一个是赫穆楚克。其他人跟他们比起来什么都不是啊……”

原来，人这个东西地位变了，脾气也会随之而变。赫穆楚克有了自以为是的性格，并且开始对别人有所蛮横。舒仁其其格跟她的邻居争夺草场发生矛盾时，赫穆楚克却狠狠训斥了舒仁其其格的邻居。

跟舒仁其其格吵翻了天的邻居面对赫穆楚克居然没敢说一句话就走了。

说实在的，不仅崇拜赫穆楚克的人多了，痛骂赫穆楚克的人也开始多了起来。

“以前我们头上只有嘎查书记和嘎查达两个来着，现在又多了一个赫穆楚克不成?”

“那有什么办法呢?赫穆楚克再差劲，也有一个破烂儿，你我有什么呀?”

“有一个破烂儿怎么着?”

因为不管哪个嘎查都有一名书记和一名嘎查达，而无论他们好坏，大家都认了。可是，现在又多了一个赫穆楚克，众人心里就开始不舒服。所有人都看得出赫穆楚克为书记和嘎查达以及有钱人是无偿服务，对普通百姓不讲一分钱的人情，若是贫困人家的话，无论怎么求他都没用，所以骂他的人渐渐地越来越多。

## 五

有一天，苏木的一名大盖帽给赫穆楚克打来电话说:“开你那破烂儿来一下，给我拉点儿东西。”

赫穆楚克答应好了刚要出门，一个人走了进来，原来是顿都卜。赫穆楚克老婆高兴地为顿都卜让座，端来了奶茶。见了顿都卜，赫穆楚克也高兴。

“近来怎么不到我们家来了啊?”赫穆楚克老婆端来奶豆腐和黄油摆在顿都卜面前。

“听说赫穆楚克开车挺忙的，心想着不能忙中添乱啊。”顿都卜接着又说，“但今天不来是不行了。我儿子跟一个姑娘定了亲。未来的亲家要搬家，让我给他找一辆车呢。因为我有你这样会开车的朋友，所以就满口答应了，让未来的儿媳妇也高兴高兴。”顿都卜越说越开心。

“啊，是吗?”赫穆楚克虽然是在笑，那笑却凝固在脸上。

说完要说的话，顿都卜高高兴兴地吃着奶豆腐喝着奶茶。

赫穆楚克心里却思绪翻腾。他知道应该无条件地帮顿都卜的忙。他永远不会忘记，在他最困难的时候是顿都卜来看他，还留给他五百元钱，当时顿都卜还穿着烂鞋呢。可是……可是，苏木上那个大盖帽还等着他呢……

“两天后……要是得空……”赫穆楚克说。

顿都卜说：“可不是两天后的事啊，据说今天是搬家的好日子。所以我才跑过来。”

“今天，我刚好有事……”

“把你那事往后推一推。”

正在这个时候，赫穆楚克的手机响了。一听就是苏木的大盖帽在那边嚷嚷：“你还在家磨蹭呀?”

“我这就去，别急啊。”赫穆楚克大声说，目的是让顿都卜也听得见。

顿都卜忽然沉默了，脸色暗淡下去，仿佛眼神也没了光。他以惊讶的却也是一知半解其中意味的、像是宽容又掩饰不住伤心的眼神看了赫穆楚克许久，勉强笑着说：“没关系，我自己再想办法吧……”话还没有说完便夺门而出。

赫穆楚克追出来望着他的背影，眼角潮湿了。他老婆也走出来目送顿都卜许久，狠狠地对他说：“你……真不是个人!”

赫穆楚克忽然狂怒起来，喊：“每个人都已成畜生的年代，我一个人做人干什么?”

# 六

舒仁其其格买了新汽车，没过多久，照日格图也买了一辆二手车，赫穆楚克的收入比以前少了许多。他们开车都是跟我学的，现在却开始要跟我抢饭碗了，这叫过河拆桥吧，赫穆楚克越想越懊恼。不过，懊恼也没用，他必须比以往更加辛苦地起早贪黑，才可保持收入。

苏木上要盖一栋楼，赫穆楚克在那儿找到了运建材的活儿，于是每天跑旗里拉来水泥、砖什么的。有一天，他开着空车往旗里走，看见一辆崭新的车装满水泥迎面开过来。舒仁其其格从车窗探出脑袋向他微笑，到他跟前停了车。

“赫穆楚克哥，要去旗里啊？”

“你……给谁运东西呢？”赫穆楚克边问边感到了不妙。

“给苏木运建材。”舒仁其其格笑得很妩媚，“我跟旗里的水泥厂签订了运输合同。”

“那……那是我的活儿呀。”

“你又是老脑筋了吧。不知道这是竞争吗？”舒仁其其格灿烂地笑着，按了按喇叭就走了。

赫穆楚克非常郁闷地继续赶路。老脑筋？竞争？去你爹的头！真是一个活该不能生育的婆娘。他心里骂了半天，往窗外使劲吐了一口唾沫。到了旗里，他开进提供钢材的大院。比穷人家的草库伦还要大的那个院子里，锈红的金属到处堆积如山，院最北面的一排红砖房子里有办公室、职工宿舍、食堂等。赫穆楚克把车停在那排房子门前，恰好碰见那里的几个人在食堂喝酒。从敞开的窗子一看，照日格图也在里边。供材料的一个人看见他，剔着牙出来。

“你别再来了，我们已经跟照日格图签了合同。”那个人说。

傍晚的一轮红日正在落山。

“这是什么话？这个活儿一直是我在做，不是吗？”赫穆楚克争论道。

“那你也没跟我们签订合同呀。”

“那么，现在签，不行吗？”赫穆楚克的语气开始有些央求。

“你想签就能签吗？我们愿意才行。”

“但是……”

照日格图打着嗝儿出来，朝着那边的墙脚哗哗地撒着尿，回头说：“老王，跟那家伙啰唆什么？说一句‘不’，不就挡回去了。”

赫穆楚克听了怒火中烧：“你不能欺人太甚！”

“别在我面前张牙舞爪的。爷们儿我要是去告你不缴税费的话，可以把你送进监狱！”照日格图说完跟“老王”勾肩搭背地进了屋。

赫穆楚克在那里站了许久，开着空车踏上了回家的路。

没走多久，夜幕降临，原野黑蒙蒙的，湿润的凉风从车窗掠过。赫穆楚克心里一路窝着一把火。想到前方有一个收费站，他想绕过去，便下了公路。他每次都是这样绕行的。顺着一条排洪沟走着走着，前轮忽然滑入了沟里。尽管使劲转着方向盘，还是没能挽救，车翻进了沟里，赫穆楚克没了知觉。

## 七

赫穆楚克被送到医院抢救、治疗一段时间后回到家里养伤。他的两条腿粉碎性骨折，大家都说赫穆楚克今后不可能再开车了，他那个破烂儿应该处理了。但那个破烂儿仍然停在赫穆楚克家外边。据说他老婆恨透了那个破烂儿，想以低价出售了，将车款用在治疗上，却被他阻止了。有人去赫穆楚克家，看到那车已满是灰尘，锈迹斑斑。过了一些天，人们看见赫穆楚克能够拄着双拐出门了，他经常拄拐走到车跟前，看看，用手摸摸，而后站在车旁久久地出神。又过了一些天，大家看见赫穆楚克开始擦拭汽车，终于有一天，他艰难地钻进了驾驶室，接着汽车喇叭长久地鸣响起来。喇叭声忽高忽低，断断续续，像一个人用沙哑的嗓音底气不足地唱着一支歌，听起来怪怪的。

从那以后，喇叭声经常响起，有时候是白天，有时候在半夜。有人骂赫穆楚克，说他深更半夜按喇叭影响邻居睡觉，而且他那个喇叭声也真的太难听了。但有人说，半夜的喇叭声不能怪赫穆楚克，那是他那个破烂儿自己在响，那破烂儿有自己鸣喇叭的毛病。

也有人说，听见汽车喇叭声你们大惊小怪什么呀？舒仁其其格、照日格图，还有好几个年轻人都买了汽车，不是每天跑来跑去，而且经常按喇叭炫耀吗？现在听见喇叭声，连小孩子都不哭了，畜群也不受惊了，你们为什么还大惊小怪？

哈森　译

# 天上有没有铁丝网

## 一

上个世纪九十年代中期一个炎热的夏日午后，一个骑马的人走到被称为“天堂台”的高地脚下，勒住马停了下来。他仰望高地顶端，仿佛在迟疑要不要走上去。高地下的这片旷野上平常是不可能有人畜踪迹的，因为这里是无水区，只有多日不饮水也能生存的黄羊、狼等动物才会在这里群居生息。而今这里却出现这样一个人，可真是罕见。

距此人很远的地方站着三只狼。因为距离太远这个人当然看不到它们，但狼们却把他看得清清楚楚，因为狼的视力比人强数十倍。狼们用冷漠的眼神望着那个人。它们很可能在想：哦，该死的，那个两条腿的家伙也许神经有毛病吧，所以才来这个不该来的地方。不过爱咋咋地吧……狼们对他一点儿兴趣都没有，它们有享用不完的又肥又嫩的黄羊肉，所以它们不必贪图任何其他东西。再说，看样子那个人很可能是一个黑瘦的老头，他骑的马也不怎么样，那样的肉食，想想都影响食欲。

那个“两条腿”的家伙在那里久久迟疑着，最后还是向高地顶端走去。他走得很慢，马也很吃力。狼们也感觉到了他的孤独和可怜。但他一直在走。就这样，太阳在高地那边落下去了，在燃烧的晚霞这边，高地的轮廓显得特别清晰，而下边的旷野却在高地的巨大阴影下变得朦胧。

那人慢慢地淹没在那个阴影中。

漆黑的夜里，带有野草清香的风柔柔地吹过。星辰布满天空，夜深了。这里的海拔高，因此星星仿佛近了很多。这人手握缰绳坐在野地里。马站在身边。他有点儿困顿了，垂着脑袋一动不动，浑身散发着酒味。近两年他一喝酒就容易打瞌睡。

这人离开家乡一直向北走了有五天，今天傍晚爬上了这高地顶端。他刚攀上来的时候，天上的星星还没现在这么多，只有几颗大而亮的星星在闪烁。他忽然感觉到了疲惫，下了马坐在草地上，再也不想起来了。他想到了乡亲们。不仅是想到了，是开始想念了。不知乡亲们现在都在做什么？有没有人发现我不见了呢？当他们知道我不辞而别，是否觉得缺少了什么？……他无法不想念乡亲们，快六十岁了，他还是第一次离开乡亲们。因此，五天前他离开家乡走向远方时，内心充满了犹豫，而且伤感不止。他骑着马，慢悠悠地走着，泪水在他黑瘦的脸庞上流淌着，但还是离家乡越走越远了。

家乡或乡亲们！

对他来说，没有比这两样更为珍贵的东西。然而对于像他这样文化水平不高的牧民而言，家乡或乡亲又是一个十分模糊的概念。内蒙古大草原从哪儿到哪儿是“我的故乡”呢？那一年的大旱时，他赶着马群赶场走了两千公里，所到之处的牧人曾说：“我们都是内蒙古草原上的人，换句话说，我们都是乡亲啊。”……

想起家乡，他又想起了两个女人和一个男人。两个女人一个是南斯拉玛，一个是米都格达热，男的是他的好友东吉拉……

前天，那道在遥远的北方天际如梦如幻的蔚蓝色的高地已经很近了，也变得清晰了。做过多年牧马人的他当然知道那个高地就是“天堂台”。在过去的年月，他曾经远远地望着“天堂台”，赶着马群吹着口哨自由自在地在草原上驰骋，但从没有走上“天堂台”。不仅仅是他，任何人都不曾涉足过那里。并不仅仅是因为那里无水干旱，仅是那个“天堂台”的地名就让人们望而生畏。蒙古人敬仰崇拜的是长生天！所谓的天堂台，是自人世间攀升到长生天的阶梯啊，福祉不厚的平民百姓哪儿能随意攀登呢？再者说，天堂是有别于人间的另一个世界。如果说某某人升入了天堂，那就是说他去了另一个世界。据说天堂很美也很幸福，蒙古族老乡所说的“德瓦金”即极乐世界就在那里。但只要能够在尘世间对付着过下去，没有一个人愿意自己早一天升入那边的“天堂”。

他就那样一直在走，这一天的午后不知不觉到了“天堂台”脚下。上去看看能咋地？他忽然这么想。虽说是年近花甲的老人，他有时却像孩子一样，内心充满了好奇。

他慢慢地攀着，终于走上了“天堂台”。从下边看“天堂台”，像一道山脉，但走到上边，他才发现这里其实一马平川。他想这可真是一个巨大的平台啊。向北望去，又看到了一道莽莽的高地。他想，那可能是更高的平台吧。那个平台之外肯定还有更高的平台。那么，从一个平台攀登另一个平台，一路走过去，会不会就能登上天呢？他这么想着，不由得想笑。

无尽的长夜在“天堂台”上延伸，令人战栗的寒冷直逼骨髓。

## 二

最先发现萨勒吉德失踪的是南斯拉玛。

这个女人曾经是萨勒吉德的妻子，二十年前跟他离了婚，领着两个儿子，跟萨勒吉德的好朋友东吉拉成了家。虽说离婚多年，但她也时常照料着萨勒吉德的生活，经常去给他收拾收拾屋子，偶尔也给他做做新衣裳，还劝他少喝酒，碰到合适的女人就一起过日子。

那天，南斯拉玛又去了萨勒吉德家。她看见萨勒吉德小小的土屋孤零零地伫立在巴掌大点儿的牧场上，土屋右手是拴马桩，她感到这里很静很静。她想萨勒吉德可能不在家。走到门口，真的发现门是锁着的。她知道，丢三落四的萨勒吉德出门经常忘了锁门。看他今天锁了门，就想这家伙是不是出了远门。她有他家的钥匙，开门进屋，她的预感好像得到了证实。以往，她每次都会看到萨勒吉德家的炕桌上放着半碗凉茶、半瓶酒等东西，灶台上也经常摆着没来得及洗刷的碗筷。今日进屋一看，虽然依旧凌乱，但还是看得出收拾过的痕迹。南斯拉玛想，这家伙去哪儿了呢？不管去哪儿，也应该跟我和东吉拉打个招呼的呀。

收拾完萨勒吉德家，南斯拉玛急忙回家。她想尽快告诉东吉拉，看来萨勒吉德是去了什么地方。阳光晒得令人倦怠，远处的天空飘着几朵云，也仿佛一动不动。

不只是南斯拉玛，这附近的人们哪个不了解萨勒吉德呢？他心地善良，像个孩子一样单纯，一辈子穷苦，却也从没想过怎样才能富起来，即便被人欺负受人欺骗，也像占了天大的便宜一样欢乐无比。萨勒吉德就是这样的一个人。二十年前，南斯拉玛带着两个儿子跟他离婚的时候，萨勒吉德让南斯拉玛把一百多只羊和五头牛全部带走。他从心底希望南斯拉玛跟两个儿子过得好，后来南斯拉玛跟他的好朋友东吉拉成了家，他整个人放心了，因为南斯拉玛终于找到了一个可以依靠的人。

萨勒吉德真的不是一个合格的丈夫。为了帮乡里乡亲，他经常撇下妻儿就不见了踪影。谁家在剪羊毛，哪家在骟马，谁家在剪马鬃，哪家在准备满月宴……萨勒吉德必将出现在那里。他黝黑的脸上滚动着汗珠，发自心底的笑浮现在脸上，干活比谁都卖命。听见谁家老人病了，卷起自己家的一点儿积蓄就跑去送给人家。满月宴和婚礼上拿的随礼比谁都多。在他喝酒喝热乎的时候要是谁家孩子敬酒磕头了，他就高兴得忘乎所以，就开口说要给这些孩子送羊羔甚至送牛犊送马驹。他并不是说说就罢了，事后真的会按承诺将羊羔或牛犊马驹给人家送去。碰到这样的老公，南斯拉玛只好独自一个人在家带着孩子忙里忙外。但说实话，她从不埋怨萨勒吉德，只是心疼他太辛苦，怕他喝醉了伤身体。这样过了十余年，倒是萨勒吉德自己先意识到了南斯拉玛的苦楚，就说："你别跟我受罪了，我们离婚吧。"

南斯拉玛边走边回忆着。当年她犹豫了很久才同意离婚。她明白自己无法独自承担将两个儿子抚养成人的重担，两个儿子越来越大，要面临的事也越来越多了。之后虽然离了婚，也总是惦记着萨勒吉德，总是担心他吃不好，怕他喝多了从马背上摔下来。一有空就去给他收拾收拾屋子，偶尔也给他做做新衣裳。东吉拉跟萨勒吉德打小一起长大，又一样是牧马人，他也经常去萨勒吉德家，跟他聊天，偶尔也骂萨勒吉德："听说你去别人家帮忙扫羊圈，有那个工夫不能拾掇一下自己的房屋？"萨勒吉德乐呵呵地听着。"拿出酒来。"萨勒吉德笑着煮羊肉，拿酒。"你把老婆儿子推给了我，自己在这里享清福呢是吧？"他又骂起萨勒吉德。萨勒吉德还是笑着。东吉拉偶尔从他家回来之后提醒南斯拉玛说："那家伙穿的还是去年的衣裳，给他做一件羊皮袄吧。"……

南斯拉玛回到家时，东吉拉刚好在家。

"那家伙没在家，好像是去了什么地方。"南斯拉玛说。

东吉拉听了这话，好像想起了什么，发了一会儿愣："我早就有一种预感，他迟早有一天要离开这个地方，看来他是真的走了。"说罢一声叹息。

"但是，去哪儿了呢？"南斯拉玛呢喃着，忽然想起一个人，"是不是去了米都格达热家呢？"

东吉拉说："肯定没去那里。去米都格达热家，还不跟你我打个招呼吗？"

"那他去哪儿了呢？"

东吉拉叹气："你我又不是不了解萨勒吉德，他是一个珍惜朋友胜过自己的人，当他意识到自己已经没有朋友了的时候，他只好离开。”

“你这是说的什么话？他的朋友们不是都在吗？”南斯拉玛惊讶地问。

“人是都在，但是都已不是他的朋友了。你想想，现在谁是谁的朋友啊？”东吉拉说。

“啊，也许……是这样。”南斯拉玛不免伤感。

## 三

萨勒吉德坐在那儿一动不动。方才他做了一个梦。年近花甲之人的梦，像是一堆没有整理好扔在一边的旧衣物一般杂乱无章。家乡进入了梦境，忽而又梦见了家乡草原上横七竖八的铁丝网……

啊，铁丝网！

萨勒吉德知道这个世界上还有一个叫铁丝网的东西，是很早以前的事了。有一年，旗里的放映队来牧村放映了一部电影，是抗战影片。高高的土丘上有一座碉堡，围着碉堡拉了铁丝网，游击队员爬近铁丝网，用钳子剪断铁丝网……但是，谁能想到多年后那样的铁丝网出现在自己的家乡？

随之，好像很多东西都变了样儿……

旗里来了工作队，开会宣讲说将草场承包给牧户。干部们说得好像很有道理：人畜数量在膨胀，草场面积却不可能增加，因此草场的压力日益繁重，正在造成退化。大家只知道放牧，却不知道爱护草场，更不想建设草场。这样下去，不过几年我们的草场上将不再生长一株草。干部们还说，要解决这个问题，唯一的办法就是将草场分别承包给牧户。原本属于“集体”的草场一旦变为“私人”的，牧民们就应该知道怎样爱惜和建设自己的草场了。

大队变成嘎查之后，各种会议少了。但是那几个月会议又多了起来，不到三五天就开一次会。萨勒吉德也参加会议。听干部们冗长的讲话，他就想，怎么说个没完呢？你们想做什么做就是了。但是，听着听着、萨勒吉德有了疑惑：草场分给牧户，倒是好说，牧民应该能知道自己分到的草场在什么方位，边界在哪里，但牲畜能懂那些吗？在不懂人话的牲口面前，国境线都不算什么。它们看哪儿的草好就吃到哪儿。那么分不分草场岂不一样？

然而，干部们接着说的话，好像解答了他的疑问。“草场分给牧户之后，怎么管理呢？不能让别人家的牲畜到自己的牧场，也不能让自己的牲畜进了别人家的牧场。解决这个问题，只有一个办法！就是要拿铁丝网围住草场！”

就这样，忙了一年制订了分草场的方案，丈量草场面积，签订合同，发承包书，千百年来属于“大家的”草场被分成了你一块我一块。接着，到处是铁丝网，纵横交错，萨勒吉德的家乡变得陌生起来。

铁丝网惹了多少麻烦啊？这家的牲畜进入那家草场的事经常发生，然后棍打、刀砍进来的牲畜，邻里之间甚至亲戚之间伤了和气，甚至打官司的事件开始屡屡不断。

全嘎查里，没用铁丝网封闭自己草场的人，只有萨勒吉德一个！

## 四

为了打听萨勒吉德的下落，南斯拉玛、东吉拉分头行动。

东吉拉想跟邻居们打听萨勒吉德的下落，没走多久就看见朱尔旦在那边放羊。东吉拉真不想见到这个家伙，但一想到他是萨勒吉德的邻居，也许能问出什么，就朝他走去。

东吉拉从来没把朱尔旦当个人来看待。那是个自私到家、为了蝇头小利跟别人纠缠不休的家伙。在草原上，谁也看不上这样的小人，所以朱尔旦在大伙儿面前从来就没有过威信。朱尔旦也知道大家怎么看自己，所以前些年比较老实，但是一有了机会，坏毛病还是会露出来。秋天夜里去偷偷拉走别人打的草，要是求他从供销社捎点儿东西，他肯定会从中赚个三五毛钱。这些事露了馅儿，就自然被人们唾弃，朱尔旦知道自己跌了份儿，垂头丧气几天也就罢了。

但是，出现铁丝网之后，朱尔旦忽然神气起来了。仿佛人人都欠他什么，人人都欺骗了他一样，每天跟人吵架。说什么“自私光荣，人人自私社会才能发展”，“你们拿集体主义压了老子多年，那东西现在可是过了时的，老子我现在不怕了”。说来也奇怪，如果说往常谁都可以责备他几句，现在大家好像都不好说什么了。

朱尔旦站在那里放羊。东吉拉发现这家伙不是在自己的草场上放羊，而是在萨勒吉德的草场上。

萨勒吉德没有用围栏围住自己的草场，谁家牲畜进来吃草他都不管。这对作为邻居的朱尔旦来说成了天大的好事，每天把羊群赶进萨勒吉德的草场，萨勒吉德从没说过什么。然而反过来，朱尔旦这个混蛋是怎么对待萨勒吉德的呢？

几年前一个雾霭迷蒙的清晨，东吉拉正好要赶往萨勒吉德家。在白茫茫的雾霭中，五六十步之内的东西都变得模糊，仿佛地形地貌都变得陌生了。云团一样的雾霭中忽然出现铁丝网挡了他的去路。

生锈的铁丝网上的蒺藜像枯死的草根一样难看，落在铁丝网上的露珠滴答滴答往下掉落。东吉拉绕着那些铁丝网前行着，忽然听到前方有人在说话。东吉拉拉住缰绳，从马背上一看，原来朱尔旦牵着马站在萨勒吉德面前。

“萨勒吉德大哥，我可是把你的马送来了啊。”朱尔旦说。

“我刚要去寻它呢，谢谢你给送来，这可真是雷锋精神吧。”萨勒吉德哈哈大笑。

朱尔旦用一种奇怪的口气说：“雷锋？而今这个时代还有雷锋？”

又说："大哥你以后应该费心管好你的马。"

"啊……我的马……怎么了？"

"它不止一次进了我的草场，前两次念着邻里乡亲，我就没说什么。但是别因为我没说什么，你就再放马进我的草场啊。"

站在那边的东吉拉听了真是气不过。朱尔旦对谁嚣张，也不应对萨勒吉德这样。你的羊群每天在人家的草场上不说，人家偶尔还给你的羊饮水。那一年，你妈生重病时，萨勒吉德比你都着急，从家里拿了一百块钱给你，那个时候的一百块可是半年的生活费啊……

东吉拉气呼呼地到他们跟前："朱尔旦，你刚才说什么？"

朱尔旦有点儿吃惊，转身看了他："啊，东吉拉大哥来啦？我什么也没说，只是把上面的要求传达给我的邻居呢。上面的领导不是说不能让自己的牲畜进别人家的草场吗？"他脸上带着笑容，话里却藏着话。

东吉拉冷笑道："要说萨勒吉德的马进了你的草场，你的羊群不是每天在人家草场上吗？如果说要注意，不光是他要注意，你们俩都得注意啊。"

"他没围住草场，我有什么办法？听不懂人话的牲畜是拦不住的……"

怎么全成了萨勒吉德的错？东吉拉想一定要压住这家伙的威风。但是萨勒吉德却劝他们不要吵。

"好了，好了……都是我的错……你们俩去我家吧，有酒呢……"

东吉拉的火气忽然消失无踪，感到特别无趣。朱尔旦趁这个时候溜走了。

萨勒吉德发着愣，面色惨白，望着消失在浓雾中的朱尔旦，喃喃："今天……我心里怎么这么难受……"

东吉拉想着这些，走到朱尔旦身边。朱尔旦看到他，笑得很不自然："一看我的羊群跑出自家的铁丝网，我这不过来赶它们回去吗？……”

“萨勒吉德这几天不在家吗？”东吉拉问他。

“好几天没见。”

“知道去了哪里吗？”

“不知道。”

东吉拉再没说什么，向别处走去。

## 五

南斯拉玛朝两个儿子家走去。因为走得急，蒙古袍下摆在风中招展。

萨勒吉德仿佛在她面前。她确信，萨勒吉德肯定是伤透了心才去了某个地方。如果不是伤心，怎么会不告诉东吉拉他俩呢？东吉拉说得对，萨勒吉德是一个看重朋友之间情谊胜过一切，也把所有的乡亲都当朋友的人。“俗语说，有一百头牛，不如有几个好朋友。我萨勒吉德虽然贫穷，但是有很多朋友，这就足够了。”这是萨勒吉德经常挂在嘴边的话。可是，有那么一天，他引以为豪的朋友们都变得不是朋友的时候，他怎能不伤心呢？一定很伤心的。

她忽然想起，这几年萨勒吉德的笑都变了样。他以前的笑是怎样的一种笑啊，人没到，笑声先过来了。被人欺骗了也笑，被侮辱了也照样笑，而且是那种发自肺腑的笑。“今年我被羊毛贩子骗了个够戗，哈哈哈……”“听说谁谁在背后骂我呢，哈哈哈……”所有听到他笑声的人都不由得想，我们生活的这个世界在萨勒吉德眼里是多么美好啊。但不知从何时起，几乎听不到萨勒吉德哈哈大笑的声音了，即便他笑，流露的也是一丝苦笑，笑得很勉强。唉，可怜的萨勒吉德，不知心底有多么伤心……

南斯拉玛忽然想起了前年的一件事。一天，她去萨勒吉德家，看见朱尔旦的羊在萨勒吉德家的草场吃草。南斯拉玛看到后有点儿生气，走到在自家门口修马鞍的萨勒吉德跟前说："那不是朱尔旦的羊群吗?"

"是啊。"萨勒吉德口气毫不在意。

"怎么不往外赶?"

"赶它们干什么，让它们就在那儿吃草吧。"

南斯拉玛更气不过了："人家以为你傻，欺负你，你怎么不知道啊?"

"是吗?"

"朱尔旦拿你草场上的草喂饱了自己的羊，就可以省了自己的草场。真坏。"南斯拉玛说着拿起一根棍子，说，"我帮你赶走它们。"

萨勒吉德急忙起身说："别，别……等等……嗨，算了。"

"你说什么?"

萨勒吉德重新坐下来，又开始鼓捣他的马鞍："别管了，由他去吧。"语气不由得露出一丝伤感。

南斯拉玛气得浑身战栗起来，望着低头鼓捣马鞍的萨勒吉德说："怪不得你让人瞧不起呢，活该!"她远远扔了打羊棒，头也不回地走了。

就在那天夜里，南斯拉玛和东吉拉听到了萨勒吉德在唱歌。他俩走出门时，喝得酩酊大醉的萨勒吉德骑着马唱着歌从黑暗中奔到了他们面前。东吉拉和南斯拉玛扶他下马进了屋里。

萨勒吉德舌头都不好使了，笑着说："拿出酒来，你们的萨勒吉德很高兴，干吗不高兴？家乡这么美好，乡亲们也这么好……"

南斯拉玛忧伤地看着他。想着他内心充满了郁闷和伤心，鼻子不由得一酸。

"……我们有些人总想算计别人。算计就算计吧，萨勒吉德能承受他们的算计。我愿意被他们算计。谁在算计我？是我的朋友们，我的乡亲们。俗话不是说‘挨家乡的跳蚤咬，也是一种幸福’吗?”

这样说着，萨勒吉德虽然还在笑，但已泪流满面。

两个儿子的家闪现在那边的草地上。两家之间不足千米。但中间横亘的铁丝网隔离了兄弟俩。为啥你们俩还拉这玩意儿啊？若是今后哪一天你们当中有谁遇到了急事，一个要去帮另一个，有这铁丝网，多麻烦哪？南斯拉玛想着就伤感。两个儿子的成长过程比较顺利，兄弟俩也很是相亲相爱。但是他们各自成家拉起了这个铁丝网之后，南斯拉玛觉得，在他们之间好像存在着一种暗在的较量。这是唯独亲生母亲才能察觉的敏感吧！以后他俩会怎样？

俗语说，“放骆驼的人，知晓公驼的习性”，作为亲生母亲，她岂能不知儿子们的性格呢？大儿子胡格吉呼像父亲，很老实，但要是动起了倔，那真是比他父亲还要倔百倍。小儿子德各吉日呼跟他哥哥性格截然不同，聪明，脑子快。牧民们开始用铁丝网围住草场那一阵，德各吉日呼进城租车买来铁丝网卖给牧民们，挣了不少钱，也挨了不少骂。

南斯拉玛先是去了小儿子德各吉日呼家。儿媳见了她，动作麻利地给她盛茶摆点心。

“德各吉日呼去哪儿了?”南斯拉玛喝了一口茶，问儿媳。

“跟朋友合伙要去倒卖羊毛。”儿媳笑的时候整洁的牙齿甚是好看。儿媳勤快伶俐。南斯拉玛想，德各吉日呼这两口子真是般配的一对，这两口子要是合起伙儿与人较量的话，一般人都不是对手。

“老是把家里家外扔给了你一个人，自己往外跑。这孩子……”南斯拉玛说。

“没办法的。现在都在玩命地竞争呢。”儿媳说。

“不竞争也不会穷到哪儿去。倒腾这个倒腾那个，低价进高价出也不是咱们牧人该干的事。挨邻里骂有什么好呢?”

“现在哪个不是这样啊？真是人吃人的时候。你不吃掉别人，就会被别人吃掉……”

南斯拉玛没言声，但是听了儿媳的话，明显地不高兴。

“你爸好像不在家，不知去了哪儿？”

“不知道啊，这几天他没来我们家。”

南斯拉玛接着去了大儿子胡格吉呼家。大儿媳去放羊了，胡格吉呼蹲在拴在马桩上的马身边，端详着马腿。

“怎么了？”

胡格吉呼脸色难看：“马腿受伤了……”

“怎么伤的？”

“掉进壕里……”

“谁家的壕？”南斯拉玛有点儿急了。草场分给牧户之后，牧人们不仅用铁丝网围住了草场，为了不让别人家的牲畜进入自家的草场，有的还挖起了壕。随之，经常发生一些牛羊掉进壕里断了腿受了伤的事。

胡格吉呼叹了一口气，没吱声。

“掉进了谁家的壕里，就找谁家去。”南斯拉玛生气地说。

胡格吉呼为难地笑了笑，说：“跟自己亲弟弟理论什么呀？”

“啊！德各吉日呼为什么在你们两家之间还要挖壕？”

胡格吉呼叹了叹气，沉默了。南斯拉玛用忧伤的眼睛望着大儿子。

“你爸不在家。你知道去哪里了吗？”

“不在家？……去哪儿了？”胡格吉呼好像想到了什么，皱着眉头看母亲。

“有没有说过要去哪里？”

“没有……”

南斯拉玛没再说什么，回家了。

## 六

夜深了。萨勒吉德酒醒开始打战，睡意全无。我没跟任何人过不去，怎么所有的错都是我的了呢？他想着不由得笑起来。其实说实话，事情很简单：住在铁丝网前后左右的人们都成了彼此的敌人纷争不断时，全嘎查唯有萨勒吉德没用围栏围住自家的草场。你们就当彼此是敌人吧，萨勒吉德可永远是你们的朋友，这样一想，他就心安理得，而且很满意。但是，最后怎样了呢？……

几年前，上级的一位领导来视察工作。旗里的一个副书记陪同，苏木书记、嘎查书记尾随其后，来到了萨勒吉德家门口。

上级来的领导忽然看到了萨勒吉德家。他家的矮土房、拴马桩、牛圈……不知怎么地，让这个领导看得很不舒服，觉着好像缺了什么东西？啊，铁丝网！这家没有拉铁丝网！大领导一声令下停了车，背着手走下车来，其他人也自然跟着他下了车。

“你们这里也有没用草场围栏的牧户啊？”大领导明显有责备的意思。

“啊……这……是个别的……”旗委副书记磕磕巴巴地说完，恨恨地瞪了一眼苏木和嘎查两级书记。明显在生气：你们怎么带到这样的牧户家门口呢？这不是扫了全旗的面子吗？

“有这样的人家，就说明你们的工作还没做到位。分草场的目的是什么？不就是为了管理、改善、建设牧场吗？分了草场不打围栏的话跟没分有什么区别？你们不抓这个问题是不行的。”大领导口气生硬。

“抓，我们开专题会，进行具体部署……”旗委副书记急忙说完之后，扫了一眼嘎查书记。意思是你赶紧带我们离开这里，去一家铁丝网围得严实的人家去看看，那样大领导会高兴，他高兴了还不把方才的不愉快忘掉一些？可是嘎查书记没领会那个意思，反而做了不该做的事：他看见萨勒吉德站在拴马桩跟前往这边瞅，就喊："萨勒吉德，你来一下。"

萨勒吉德笑呵呵地走过来。

"这个草场是你的吧？"大领导问。

"是的……"

"你怎么不围住你的草场？"

"啊……这……"萨勒吉德挠着头笑。

"这样是不对的，要是全像你这样，牧区现代化怎么实现呢？是不是啊？"

"啊……是的。"萨勒吉德说。

"你得抓紧用围栏围住你的草场，一定要快点。"旗委副书记朝萨勒吉德说话的语气很是生硬，又朝着嘎查书记说，"这事你要亲自落实。"

"好，好……"

……

从几级领导脸上看到责备和厌恶的萨勒吉德红着脸嘿嘿笑着，目送他们离去。几辆小轿车扬尘消失已久，他还是伫立在原地。

大领导是一个发现问题就抓住不放的人。离开萨勒吉德那里之后，他在路上对陪同他的那些地方领导说："明天开个全嘎查牧民大会吧，我要讲话。当然，务必让那个叫萨勒吉德的人来参加。"

然后，开了大会，领导讲了话。那位领导的话可真是如刀如锥。

"世界之大无奇不有啊。政府为了让牧民们过好日子制定了政策，也创造了条件。但是，有些人——或者说是极少数的人——不知道是不想过好日子呢还是什么，不好好管理和建设已经分给他的草场，荒在那儿，每天让别人家的牲畜践踏。别人家的牲畜吃他草场上的草时，你们知道那家草场的主人在做什么吗？他站在一边呵呵笑呢。我走过很多地方，见过形形色色的人，但是这样奇怪的人，还是第一次见到。应该懂得政府是为你着想的，应该明白好意吧。不知好歹的人就是没心没肺的吧。没心没肺也罢，至少应该想怎样好好生活吧？是不是啊？萨勒吉德同志……”

领导点了他的名字，萨勒吉德只好站了起来，笑得好像不是在受批评，而是在受表扬一般。看他那样，大家也笑了。大家这么一笑，反而惹得陪同大领导的旗委副书记、苏木书记生气了。

“笑什么呢？好好听讲。”苏木书记呵斥道。

大领导却没生气，笑着说：“……据说有的牧民称赞萨勒吉德不自私，乐于助人。萨勒吉德真是那样的人吗？我看未必。萨勒吉德是被旧观念束缚了手脚的人，是一个落后于时代的人。人民公社的大锅饭被端掉了，萨勒吉德一定一直很伤心吧？我说你伤心也没用，还不如早点儿动手买来铁丝网围住你的草场。快点儿动手，明天开始也行。行吗？萨勒吉德同志。”

“啊……行……”

有些人就想，萨勒吉德这次可是不得不用围栏围住他的草场了，他拉铁丝网时大家应该去帮个忙。但是等了几天也没见萨勒吉德有什么动静。这家伙在干什么呢？有的人去他家看，发现他家锁上了门。萨勒吉德走了十几天才回来。没说自己去了什么地方，也没拉起铁丝网。

别家的牲畜依然在他的草场上吃着草。

## 七

南斯拉玛还是想去一趟米都格达热家。

南斯拉玛和寡妇米都格达热是好朋友。看见萨勒吉德日益老去，南斯拉玛想他得有一个老伴儿，所以从七八年前就想撮合萨勒吉德和米都格达热一起过日子了。先是跟米都格达热商量了一番，见她没说“不”，南斯拉玛和东吉拉就劝萨勒吉德一定要去见一见米都格达热。萨勒吉德歪着脑袋笑了笑，说：“算了，别给人家添麻烦了。”东吉拉说：“她一个人挺难的，跟了你不是有了依靠吗？”南斯拉玛说：“我已经问了她的意思，也说了你愿意跟她过，人家现在可是在等你呢，你要是不愿意，那就自己去说吧。”萨勒吉德没了办法，挠着头说：“那么……不管怎样得去见一面了。”之后，见萨勒吉德经常去米都格达热家。但是，过了这么多年，没见什么动静。米都格达热家在嘎查边上，比较远。南斯拉玛骑着马出发了。她看见米都格达热在草场上放羊。“萨勒吉德没来吗？”南斯拉玛问。

“最近没来啊。”米都格达热说，“姐姐，去家里吧，咱俩喝茶聊聊天。”

“这儿就行，你的羊进了别人家的草场就麻烦了。”南斯拉玛说，“萨勒吉德好像去了什么地方，但是谁都不知道他去了哪里。”

米都格达热叹了叹气，低头良久后说：“我早就料到他有一天要离开的。”

“你怎么知道他要离开呢？”南斯拉玛问。

“那年，姐姐你不是劝我跟萨勒吉德过日子吗？之后他经常来，但就是不能下决心一起过日子。我理解他是怕给我带来麻烦，所以这些年就这么过去了。但是，到了后来我们都坚信彼此就是老来时的伴儿。这期间发生了很多事。那年不是来了一个大领导，在会议上批评萨勒吉德吗？后来他的名声不好了。他来我家笑着说挨批的事。起初是在笑，后来就哭了。他说自己丢了家乡的脸面。……我劝他来我这里过。他说那样也好，我把那边的草场分给两个儿子吧。但是，后来……”

“后来怎么了？”

“你们的两个儿子之间有了矛盾……”

“什么？真的吗？”

“真的。萨勒吉德怕你难过，就没跟你说吧。”

“怎么了？”

“有一天，德各吉日呼跑到他爸爸那儿说，爸，你别想着跟别人过了，我来照顾你吧。萨勒吉德很奇怪地问他，怎么说起这样的话。德各吉日呼说，听说你要跟米都格达热阿姨过日子，那样没必要。如果你跟米都格达热阿姨成了家，你名下的草场就进了人家孩子的手。萨勒吉德听罢才明白，儿子的心思不在自己身上，而是在草场。萨勒吉德说，那个草场迟早是你们的，但不只是你的，你哥也有份儿。德各吉日呼却说，如果爸爸把草场各分一半给哥哥和我，那么您的生活费，我们俩也得分摊……”

“这畜生！”南斯拉玛骂道。

“胡格吉呼知道弟弟的想法，气极了，兄弟俩大吵了一架。萨勒吉德喝醉跑来我家，说起这件事就哭。姐姐你肯定想不到，接着事情更加复杂了……”

“接着又怎么啦？”

“我儿子不是在旗里打工吗？德各吉日呼去旗里见我儿子说，我爸要和你妈过，我爸要是过去，我们家的草场可不能过去。草场是要给我和哥哥的，我想先跟你说明白了。你知道我儿子说了什么吗？他说你爸最起码应该将三分之一的草场转到我们家。他空着手来我家白吃，难道是乞丐吗？就这样，两个人打得头破血流……”

“啊，这些没人性的玩意儿！……”

“这些事之后，萨勒吉德好久没来这儿。十几天前忽然来了，说我俩要是一起过日子，孩子们肯定会伤和气。我们还是各过各的吧，反正都快死了，受点儿罪就受点儿吧，还能活多久呢？然后还说，在这片土地上我活了六十年，这几年想起家乡，心里就恐惧。要是离开这里，会怎样呢……我以为他只是说说的，现在看来是真话了……”

“姐姐，萨勒吉德什么时候都是很乐观的，可是……这几年……来我这里不知流过多少泪。”

南斯拉玛在回家的路上，不由得流泪。二十年前，我为什么要跟他离婚呢？如果在一起，他也不至于离开家乡而去吧？萨勒吉德现在在哪里呢？是不是真的一去不回还了？

## 八

离开家乡之前，萨勒吉德想了很多。

那天，他先去了东吉拉家，东吉拉和南斯拉玛哪个也不在家。然后想去看看两个儿子。他好久没去两个儿子家了。

那天的阳光很刺眼。他让马儿放慢步走上了一个坡儿，看见两个儿子的家，以及两家之间拉起的铁丝网。而且他看见两个儿子在铁丝网边上吵架。好像是胡格吉呼的马掉进了壕里，就在两个儿子身边。

他听不清两个儿子在说什么，只是看见他们大幅度地挥动着手臂，声音忽高忽低，看来吵得很激烈。虽然听不清他们的话，但是他猜到了他们为什么吵架。铁丝网边的争吵不都是为了草场吗？你看胡格吉呼的马，不是掉进壕里了吗？萨勒吉德没想去劝架，伤感地望了他们好久，转身离去。

回到自己的矮土房后，他抓起一瓶酒猛灌自己。他喝到了天黑，然后倒在那儿打起了呼噜。

夜半时分，他骑上马走向野外。他在喝醉之前就已决定要离家乡而去！夜半醒来喝了好多凉茶，装了几瓶白酒，迟疑了一会儿，收拾起屋子。他想，我可能不会再回这个家了，收拾干净些吧。随后锁门离开。

他没有直接走。来到东吉拉家附近，久久地望着黑暗中朦胧可见的东吉拉家，发自肺腑地想，南斯拉玛你要好好活着。又走到两个儿子家后面的坡儿。他们的家被淹没在夜的黑暗中。他想，你们兄弟俩一定要彼此宽容和理解，你们可真不懂事啊。唉，你们都成人了，到底应该怎样生活，你们自己思量吧……

就这样，他开始了遥远的旅程。感到眼皮很沉，才想起自己下午喝了那么多的酒，大概也哭了很久。为什么哭呢？有什么好哭的？虽然这么想，当他走到嘎查尽头的时候，眼泪还是倏然而下……

无边无际的夜色，无边无际的内蒙古草原。是的，若不是被铁丝网切割得看起来变窄了，实际上，内蒙古草原是辽阔无边的啊。

他任由马儿向前慢慢走着，但还是不知不觉走出很远。

……

东方渐渐亮起来，吹来清凉的风。躲在草丛里的鸟儿开始鸣叫，马儿也抬起头温柔地嘶鸣。萨勒吉德起身伸了个懒腰，向北望去，北面那道苍莽的高地在黎明中隐约可见。今天就去那儿，那里肯定是个更高的平台。走过那个平台是不是还有更高的平台？肯定会有的。这样走下去，会不会真就能登上天堂呢？因为没水喝，我和马儿肯定会受点儿煎熬，但还是走下去吧，反正已经来到这儿了……

天上有没有铁丝网呢？他想着想着，笑得像个孩子。

哈森　译

# 抗旱记忆，一九六五……

## 一

1965年夏天的一个深夜，我的家乡那片草原上静悄悄的，空气显得十分干燥，因为遇到了特大的旱灾。

距天亮还很早，一个声音就在门口叫："青年突击队要上工了，快起来！你们还睡，想睡到什么时候？……"

这是抗旱工作队干部老扎拉森的声音。其时我们三个人正横七竖八地倒在生产队队部一个房间的土炕上熟睡，因此一开始我们觉得那叫声很远也很不真实，我甚至还做起了梦：我骑着马走在草原上，听到一个人在很远的地方唱歌，多么无边无际的草原哪……但接着我们就不得不慢慢苏醒了，翻身，打哈欠，嘟哝，终于睁开了眼睛。屋里黑洞洞的，年轻小伙子们身上散发出来的气息很浓……

"动作快点啊。这里你们是几个人?"老扎拉森仍在叫，叫声开始变得恼怒，还擂门。我能够想象得到他此时疲惫的表情。可怜的老家伙！我们在他名字前面加了一个"老"字，其实他也就五十多岁的样子，但他这个人长相老，资格老，还爱唠叨，我们觉得管他叫"老扎拉森"十分贴切。

我们仍在磨蹭，浓重的睡意浸透在我们身上每一颗细胞里，使我们变得反应迟钝，动作迟缓。我听到“咚”的一声，那是呼格吉勒图那家伙已经坐了起来，但又因为扛不住睡意重新倒在了炕上。我知道我们最多睡了三个小时，昨天晚上我们在这里打扑克，讲鬼怪的故事，还谈论生产队里的姑娘们，过了半夜才睡觉，连衣服都没有脱。本来应该睡个够，老扎拉森这个讨厌的家伙竟这么早就来叫我们。

我们总算迷迷糊糊地开门走到外边。天空中数不清的星星在闪烁，正是夜色最浓重的时刻。这样的时刻，全世界的人都应该在睡大觉，包括老扎拉森经常讲到的资本主义国家那些被压迫的劳苦大众。唯独我们被他叫起来了，这时候我们真有点恨他。但平心而论，他自己休息得比我们更少，他不仅每天后半夜叫醒我们去打井工地，还经常利用劳动的间隙组织我们搞政治学习，对我们进行革命传统教育，给我们讲“占全世界人口四分之三劳苦大众”的苦难和我们今天的幸福，还老是担心青年突击队我们这些青年男女出什么问题。我记得青年突击队成立那天，我们这些年轻人围着他站着，他用亲切的目光把我们一个一个地挨个儿看过去，目光最后到了阿拉坦托娅身上不动了。“啊，你这个孩子，我刚才数了数，你的衣服上总共有七块补丁，这样好啊……艰苦朴素是咱们的传家宝。”于是从第二天起，突击队的积极分子们都穿起了带补丁的衣服。

“哦，你们三个都住在这里啦……”他站在门口说，他的声音疲劳得有点沙哑。因为天黑，我们根本看不清他，能看到的只是一个佝偻的身影。他是在点人数，他经常点人数，好像担心把哪个人丢了似的。

让草原上后半夜的凉风一吹，我们终于清醒了。我们朝工地走去，微弱的星光下，我们几个人模糊的身影在晃动。

远处传来歌声：

我们青年人，有颗火热的心
革命时代当尖兵……

唱歌的是阿拉坦托娅等几个正在要求入团的男女积极分子，他们也跟我们一样，正在赶往打井工地。

“昨天晚上你们睡得晚了吧?”老扎拉森跟我们一起走着，问。

“也不算太晚。”呼格吉勒图说，他是在打马虎眼。

“干活时都喊累，收了工又不赶紧睡觉……”老扎拉森责备道，又问，“你们都干什么啦?”

“我们……学习毛主席著作。”希利德格说。

我差点儿笑出声来，赶紧捂住了嘴。我们有时候也真的学习毛主席著作，但昨天晚上绝对没有，一开始拿出一副残缺不全的扑克玩了一阵，后来不想玩了，就讲鬼怪故事，接着又谈姑娘。

老扎拉森没有说话，但我知道他根本不相信我们的胡诌。自从把全生产队的团员和青年集中起来组建突击队打井以来，老扎拉森就对我们这些年轻人表现出了十二分的不信任。其实他的不信任是有道理的，我们这些青年男女在家时有父母管，而且牧区地广人稀，十里八里才一户人家，互相见面的机会不多。但来到打井工地就不一样了，大家都在一起，只有老扎拉森一个人管我们了，他怎么能管好我们十多个人？白天还好些，到晚上就不好办了。因为工地上没有统一住宿的地方，收工后大家就自己找地方睡觉，有的到生产队部，有的到附近牧民家，还有一些人到了晚上就没有了踪影，第二天问他们在哪儿睡的，他们就说是为了凉快睡在野外。天知道他们是图凉快还是图其他。我们这三个人昨天夜里就去了生产队部，而头一天晚上却在牧民家里。这种行踪不定的状态真的很容易出问题。别看打井时我们累得要死，一收工我们却一个个变得精力充沛。在这种没有约束的环境中，别说是年轻小伙子，就是平时很本分很腼腆的几个姑娘都开始变得喜欢跟男青年打打闹闹，还喜欢说一些粗话。这肯定是出问题的预兆。

阿拉坦托娅他们仍在唱：

哪里有困难，哪里有我们

披荆斩棘向前进……

“号叫什么呀？真是的。”呼格吉勒图闷声闷气地嘟哝着。

“人家在唱革命歌曲嘛。人家是积极分子呀。”我冷嘲热讽道。

“假装的！他们见不得人的事多着呢。”希利德格阴阳怪气地说。他这个人有一种特殊的本领：消息十分灵通。他把这种本领主要用在发现和搜集积极分子们的小隐私上。

1965年那时候，任何地方都有两种人：积极分子和落后分子。昨天晚上住在生产队部的我们三个人就绝对属于落后分子。团支部经常通知一些要求入团的青年参加各种会议和学习，而我们三个却永远不会得到通知。我们自己都说不清楚为什么我们当了落后分子。但反正我们明白自己是落后分子，于是内心深处对团员和积极分子就有了抵触情绪，看他们装模作样假惺惺的样子就不顺眼，处处与积极分子作对。我们最大的乐趣就是发现和议论积极分子们的种种毛病。

老扎拉森又不失时机地开始教育我们：“年轻人应该跟先进的同志看齐，那样才能进步。”

“大叔，我听说邻近公社的一个女积极分子因为怀孕被开除团籍了。是真的吗？”呼格吉勒图问。

没等老扎拉森有什么反应，希利德格也接上了：“千真万确。那个女积极分子还曾发誓，不改变家乡的落后面貌决不结婚，结果婚倒没结，但却怀孕了……”

我实在忍不住，捂着嘴笑了起来。我这两个“落后分子”伙伴真是绝了，他们这是在故意逗老扎拉森生气。

“这事正好说明，积极分子更应该时时刻刻严格要求自己，要不然就很容易退步。”老扎拉森严肃地说。但我知道他心里既生气又紧张。他本来不愿意任何人说积极分子的坏话，他更怕同样的事情发生在他所组织领导的青年突击队里。

前面的洼地中有一堆篝火在燃烧，那就是打井工地，有先到的突击队员在那里为大家熬早茶。

到了工地，天仍然很黑。老扎拉森又点了一遍人数，接着我们喝早茶。他不断地提醒我们多喝点热茶驱寒，还要求我们多吃点。这时候他表现出来的是对我们的疼爱，就像老父亲疼爱自己的孩子一样。

说起来他是个好老头。

## 二

1965年，我只有十九岁，基本还是处于一个懵懵懂懂的年龄段。虽说我亲身经历了那场旱灾，但并不能够真正理解问题的严重性。过了很久——具体说整整三十年——以后，我无意中读到了当年我家乡抗旱斗争的一些资料，才真正明白了当年我的家乡遇到了什么！

那是一大包残缺不全的资料，一部分是油印的，还有不少是手写的，纸张发黄，杂乱无章，缺章短页，用牛皮纸包着，外边用细绳捆着，扔在我们那个旗档案馆的一个卷柜里。据档案馆的人讲，因为这些资料太乱，根本无法整理和编订目录，就只好这么扔着。但开始翻阅那些资料时，我的手却不由自主地颤抖了。

我从那些残缺不全的资料里得知：

——从1964年到1965年夏天，我们那个旗已经整整十五个月没有下一滴雨。河水断流泉眼干涸不说，地下水位也急剧下降。夏季本来是牧区最好的季节，但那年夏天牲畜就开始大批死亡了。那些牲畜不是饿死的，而是干渴而死的。其实，那年并不是赤地千里，干旱草原上耐旱的牧草长得还不错，但却没有水了。于是打井成了解决问题的唯一希望。虽然希望很渺茫，但如果不打井就连渺茫的希望也没有，那就真的是死路一条了！万一有一口井真的打出水来呢？能救活多少头牲畜？如果早一天打出水来，又少死亡多少头牲畜？那年全旗共打了一千多口井，但大部分没有打出水来……

——那年，我们那个旗出现了一个权力显赫的部门——旗抗旱总指挥部，旗党委书记任总指挥，旗长任副总指挥，这说明，抗旱保畜已经成了全旗首要甚至唯一的任务。指挥部全权调配全旗人力、物力、财力，每一口原有的水井和正在开挖的水井，每一条还没有彻底干涸的溪流，每一片草场等都在他们的统一筹划之中。指挥部的权威确实很大，他们说一不二，任何人都不得违反他们的意志，对不服从指挥的就毫不客气地按破坏抗旱论处，甚至可以派警察抓人。旗公安局长就是指挥部核心班子成员。

——那年旗里百分之八十的机关都锁了门，干部职工统统下到了抗旱第一线，盟和自治区也下来不少干部。这还不算，到了最关键的那几个月，旗里的四家商店三个关了门，所有学校都放了假，商店的经理、售货员，学校的师生都到乡下参加抗旱。那时候，几乎每一个牧户都住着抗旱干部，还有好多干部住在生产队和各个工地上，师生们和职员们更是日夜不停地奔波。从旗运输公司车队的汽车到牧民家的牛马车都被统一组织起来，不分昼夜地运水。全旗每一口水井都安排了断水的畜群……

读着那些资料，我才真正理解了“背水一战”那个词的含义。什么叫背水一战？那就是没有退路也没有选择余地的拼死苦斗！

## 三

草原上发生干旱，昼夜温差就特别大，别看夜里冷，太阳一出来人身上就开始冒汗。

我们在坚硬的砂石上打进去四米多深，但仍然不见水。究竟能不能打出水？谁都没有把握，包括领导我们打井的老扎拉森。我们那个地方属于干旱草原，水位很低，打出一口水井很不容易，弄不好就是以失败告终。但不打又有什么办法？

井口开得很大，几个人下到下边挖，另有几个人在井口用箩筐把下边装好的土提出来，还有一些人把箩筐里的土抬走，倒在远处。我们突击队总共才十几个人，牧区人烟稀少，一个生产队本来就没有多少人。

干了三个多小时，老扎拉森说大家休息一下，喝点水。大家分成好几拨儿找地方坐下休息。我、呼格吉勒图、希利德格三个人当然走到了一起，与其他人尤其是积极分子拉开了距离。不仅我们不愿意跟积极分子们在一起，那些积极分子更不愿意与我们为伍，好像我们身上有传染病似的。在落后分子面前，他们永远端出一种优越感。

“看他们的德行！”呼格吉勒图低声骂了一句。

我看了一眼，阿拉坦托娅等五六个人在一起。他们都是积极分子。

“我发现了一个秘密，你们绝对想不到的秘密。”希利德格说，满脸得意和诡秘。

“什么秘密？”我和呼格吉勒图立刻来了兴趣。我们知道他说的“秘密”肯定与积极分子有关。

“你们发现没有？阿拉坦托娅开始爱打扮了。”他说。

于是我和呼格吉勒图同时抬起眼睛观察那边的阿拉坦托娅。我不得不佩服希利德格这小子观察力的敏锐。阿拉坦托娅真的变了个样子，她的衣服上竟一块补丁都没有了，脖子上还扎着一条天蓝色的纱巾，头发都经过了用心的梳理。

“你们知道那是为什么吗？我告诉你们，她肯定爱上了一个人。”希利德格说。

“爱上了……谁？”我问。

“现在还不好说。不过以我的观察，她可能爱上了图克奇。”

“你说什么？图克奇？……”呼格吉勒图叫了起来。

“我的话八九不离十。”

我却怎么也不相信他的话。图克奇是什么人？是抗旱工作队的干部，盟师范学校的老师，年轻知识分子。他那样的人会爱上一个乡下姑娘？阿拉坦托娅也太异想天开了，她真的以为癞蛤蟆也能吃上天鹅肉？但希利德格既然那么说，那大概是有点根据。这样想着，我不禁兴奋起来，有好戏看了。

我发现呼格吉勒图脸色变得很难看，我才想起来呼格吉勒图曾追过阿拉坦托娅。那是去年的事，这家伙竟直接去找阿拉坦托娅表示爱意，结果让阿拉坦托娅教育了一番：我们还年轻，先必须当好革命的接班人，不能过早地考虑个人问题，等等。他在阿拉坦托娅面前大丢了面子，从那以后他就有点恨阿拉坦托娅。但其实，他大概仍然没有死心，所以希利德格的话对他而言是个不好的消息。

我正这样想着，听见希利德格低声说：“你们看，谁来了？”

真的，图克奇真的来到打井工地。雪白的衬衫、白净的面孔，金丝边眼镜后边是一双永远微笑着的眼睛。我们一直都羡慕图克奇，因为他是正儿八经的知识分子，但今天他却成了我们眼中的头号嫌疑人。我们在密切观察着他的一举一动。

他是徒步走来的，一来工地先跟老扎拉森打招呼：“进度怎么样？快出水了吗？”接着又跟其他人打招呼，拿出烟卷给会抽烟的人散发。但我眼里他这一系列动作是为掩饰自己来工地的真正目的。别急，他真正的目的很快就会暴露。其实他来了以后唯独没有跟阿拉坦托娅打招呼，好像没有看见她似的。阿拉坦托娅也好像没有注意来了他这个大活人。但我注意到，她已经偷偷地看了图克奇好几眼。

不出我所料，做完上述一系列掩护动作后，他好像突然想起了什么似的说："哦，差点儿忘了。阿拉坦托娅，你要的书我给你带来了。"他说着，从军用书包里掏出一本毛主席的《为人民服务》单行本。

"是吗？太好了。"阿拉坦托娅接过书，表情淡淡。但他们越是这么装得若无其事，反而越说明他们有鬼。

希利德格不仅生有一双"火眼金睛"，他的想象力和分析能力也极强。他悄悄对我和呼格吉勒图说："书里肯定夹着情书，知道吗？"

图克奇要走了，他笑着跟大家道别，最后朝着阿拉坦托娅看了一眼，离开了。

我们三个落后分子很是兴奋。我们已经看到了一场好戏的一个情节，这肯定不是序幕里的情节，但也可以肯定这戏刚开始没有多久。这场戏毫无疑问会继续演下去，最后是什么结果？现在还不好说。但肯定是一场悬念迭出，热闹又荒诞的喜剧、闹剧抑或是悲剧。

"你们俩快看老扎拉森。"希利德格说着嘻嘻地笑。

老扎拉森正笑着朝离去的图克奇招手，看样子对刚才在他眼皮底下演出的剧情一点儿都没有感觉。可怜的老家伙！

## 四

那天黄昏刚过，我们三个"落后分子"走上了工地旁边的高坡。我家乡那片草原已经处于刚刚降临的夜色之中了。但西边那一小块天空仍然比较亮，一抹晚霞在那里久久不肯消失。在这里，我们看到了夜色是如何逐渐浓重起来的。原来那夜色就像雾，很快四处蔓延开来，一切都变得模糊。这时候一些地方出现了灯光，说明那里有牧户。

我们还没有决定去哪儿睡觉，其实我们一点儿睡意都没有。

“坐一会儿吧。”希利德格说。

我处于一种莫名其妙的兴奋之中。在短短的一天里，我印象中的阿拉坦托娅完全变了。她不仅不让我讨厌，还让我产生了莫名其妙的羡慕。我没有谈恋爱的经历，因此我觉得图克奇和阿拉坦托娅两个人的关系很神秘，神秘得让人心动，甚至神秘得……美好。

希利德格也变得心事重重的样子。他说：“他们这种事，不知道最后是什么结果……”他指的也是图克奇和阿拉坦托娅。

“迟早会出洋相的。”呼格吉勒图恶狠狠地说。

我和希利德格都没有说话。我不知道希利德格怎么想，反正我是觉得呼格吉勒图太恶毒了。不错，他被阿拉坦托娅拒绝后我也在心里骂过阿拉坦托娅，也憎恶过她那个假惺惺的样子。但现在我心中的阿拉坦托娅却变了。

“但愿……他们别让人发现。”希利德格又说。

其实我也朦朦胧胧地意识到了：我们今后应该保护阿拉坦托娅。我把呼格吉勒图瞥了一眼，他会保护阿拉坦托娅吗？弄不好会落井下石吧！

这就是1965年！那时候，青年男女谈恋爱这种极为平常的事却很容易被看作“思想不健康”，现在回想真是荒唐至极。而且那时候还有一条纪律：抗旱干部不允许跟牧民谈恋爱。

但那时候的情况就是这样。

## 五

阿拉坦托娅不仅变得爱打扮，还变得爱笑，过去那种高傲、严肃、假惺惺的样子正在从她身上迅速地消失。她现在对任何人都很友好，包括我们三个“落后分子”。

如果她在井口上抬筐，她就会经常朝我们喊：“帮帮忙，帮我抬一下。”如果她在井底，也会伸出胳膊喊：“拉我一下。”

老扎拉森大概也看出了她的变化，一听到她欢快的笑声就皱眉头。很有可能，他认为阿拉坦托娅正在开始“堕落”。其实我也认为，她如果继续这样下去的话不久就会变成跟我们一样的落后分子。但我与老扎拉森的区别是，阿拉坦托娅的表现让他头疼，却让我愉快。

有一天傍晚收工后，老扎拉森让我和阿拉坦托娅留下来清理工地。那是一个美丽的傍晚。工地在洼地里，四周是露出褐红色岩石的高坡，石缝里长着稀疏的牧草，那种牧草十分耐旱。晚霞在西边高坡后边燃烧成通红，有一群羊正从坡地半腰经过，几只落伍的山羊羔在岩石间调皮地跳来跳去。

我正铲着井口上的土，负责运土的她没有走两个来回就把土筐扔掉了，说：“累死我了，咱们休息一会儿吧。”

我当然愿意休息。她挨着我坐下来，我闻到了一种清香，那时候我还不知道世界上有一种叫作香水的东西。后来我曾猜想，香水肯定是图克奇给她的，在认识图克奇以前她也不知道什么是香水。

黄昏时分吹来的仍然是暖风，不过比白天还是凉快了许多，我感到身上的汗正在消失。

“哎，你跟姑娘相好过没有？”她突然问。

“没有，没有。”我感到有点拘谨。其实，像我们那个年龄，相互间提这样的问题很平常，爱情已经变成了我们的主要话题。但阿拉坦托娅也喜欢这样的话题，这是我没有想到的。

“也没有喜欢过哪个姑娘?”

“没有，真的。”我不感到拘谨了。“你是不是在谈恋爱?”我问。

“不知道。”她说。

“什么？不知道?”

她微笑着说：“我真的不知道。不过，我现在觉得我周围的人都很可爱。”

“也包括我这个落后分子吗?”

“当然包括。你反对我谈恋爱吗?”

“为什么要反对?”

“过去我可是反对年轻人过早谈恋爱。我……真傻。”

我感到我们之间的距离在迅速缩短。我觉得，这才是真实的阿拉坦托娅。一个人真实了才会变得可爱。

“我要去一个地方，但我求你，不要告诉任何人。明天有人问起今晚的情况，你就说我一直跟你一起清理工地。好吗?”

“没问题。”我爽快地答应。被姑娘信任真好。

她站起，往坡上走去。坡那边仍然是燃烧的晚霞。我知道她找图克奇去了。我觉得燃烧的晚霞里隐藏着好多动人的秘密。

## 六

我没有想到的是，晚霞中的秘密很快就暴露了。大概是第三天，老扎拉森叫我去谈话。

“前天晚上阿拉坦托娅去哪儿了?”他问。

“一直在工地。”我回答，但已经想到出了麻烦。

“清理完工地以后呢？”

“她说累了，要睡在工地。”我不知道阿拉坦托娅是否已经被询问过，更不知道她如果被询问了是怎么回答的，没有其他办法，我只能这样回答。

“你看到她睡在工地了？”

“其实，我们清理完工地后就一直坐在那里聊天，一直到后半夜一两点，基本没睡。”我开始编瞎话。我这样编的目的就是让老扎拉森相信一点：那天夜里，阿拉坦托娅没有时间去任何地方干任何事情。其实我还想把瞎话编得更完满一点，准备说：呼格吉勒图和希利德格都可以作证，因为他们也在场——那样说会大大提高我的话的可信度，但因为我没有来得及事先跟他俩统一口径，最终没有敢那么说。

“除了你以外，还有谁可以证明？”老扎拉森紧追不舍。

“我想想……一开始好像希利德格他们也跟我们在一起，后来什么时候走的我想不起来了，不过……我慢慢回忆，会想起来的。”我只能这样糊弄。

“你一定要好好回忆回忆……”老扎拉森看着我说。其实他也不希望阿拉坦托娅出问题，而是希望她成长为合格的革命接班人。我发现他眼皮浮肿，脸色苍白，额头上有虚汗，感到他确实可怜，而我却在编瞎话哄他，但不编瞎话行吗？

老扎拉森走了。

谁是告密者？我开始想这个问题。我虽然很不愿意把“告密者”这个词与呼格吉勒图联系在一起，但我最先想到的还是他。他喜欢过阿拉坦托娅如今却憎恨着阿拉坦托娅，除了他还能有谁？

我现在必须尽快找人商量出对策。如果放在过去，我会找呼格吉勒图和希利德格，现在看来呼格吉勒图是靠不住了，那么希利德格呢？会不会出卖我？

这是我第一次遇到了一个天大的难题，但我并不为难，而是很兴奋。这就是一个十九岁男孩的心态。

## 七

打井在持续。

看见希利德格去撒尿，我也跟了上去。

我站在希利德格身旁，悄悄地把情况告诉了他。

“我知道。老扎拉森已经找我谈过话了。”他说，哗哗地撒尿。

“是吗？那你是怎么说的？”

“我就说，那天夜里工地上有三个人：你、阿拉坦托娅，还有我。我还说，我们清理完工地已经很晚了，阿拉坦托娅怕一个人睡，我们三个人就都留在工地过夜了。”

“太好了。老扎拉森他相信你的话了吗？”

“他怀疑我在撒谎。”

“是吗？”

“你想啊，那天傍晚阿拉坦托娅去找图克奇时肯定有人看见了，而且反映到了老扎拉森那里。现在你我的说法跟那个人反映的情况完全不一样，老扎拉森会轻易相信我们的话吗？”

“奶奶的，那个告密者是谁呢？那么坏！”我骂了起来，又说，“会不会是……”

希利德格没有说话，沉思着。

不迟不早，呼格吉勒图这时候过来了。他并不是来撒尿，而是来找我们套近乎。他从衣兜里掏出半盒烟，抽出两根准备递给我们。但他应该知道我和希利德格都不抽烟。我盯着他看，怎么看怎么觉得他就是告密者。但这小子还真能沉得住气，被我盯着看了半天，似乎一点儿感觉都没有，只是把烟卷收了回去。其实这几天他已经被我和希利德格冷落了，他应该意识到一点儿什么，但他现在却若无其事，我估计他这是装的。

“哦，忘了，你们都不抽烟。”他说。

“真是知人知面不知心。”我说。刚才我还显得很冷静，但说这话时我的嘴唇哆嗦起来，大概脸也气白了。

“什么？你……说什么？”他瞪大眼睛问我。

“装得倒像。”我说。

“我装什么啦？”

“你自己清楚。”

希利德格一直没有说话，但脸色铁青，望着天边，好像没有注意到呼格吉勒图这个大活人似的。

呼格吉勒图看看我又看看希利德格，脸色开始变得灰暗。他的表情真是复杂极了，愤怒、悲伤、失望、委屈等全都有。

他气呼呼地离我们而去。

我们之间的友谊结束了，我想着，感到鼻子发酸。希利德格仍然那么站着，不说一句话。

但到了下午我才想到，呼格吉勒图很可能不是跟我们套近乎，也不是想对我们解释一点儿什么，他大概是想跟我和希利德格告别。因为下午我听说，他被抽调拉水去了。他走了！

## 八

现在说说拉水是怎么回事吧。

平常我们都说，水是最宝贵的，是生命之源，但又根本不把水当一回事，因为大家都不缺水。这就好比大家都知道没有空气人很快就会死亡，但同时又不把空气当一回事，因为空气有的是。但在1965

年，我家乡的每一个人都真切地明白了水的重要，因为干旱造成了严重的缺水。从某种意义上说，1965年那个难忘的夏天，全旗都在为水而战。

我们全生产队当时大概有十来口水井，要是平时，这些水井是足够全队人畜使用的。其实大部分牲畜饮用的是河水，有一条小河穿过我们生产队，而牧户都依水而居。但因为如今河水断流，就只好靠井水了。而更为严重的情况是，那十来口井里有三口已经干涸，其他井的水位也有不同程度的下降不说，抗旱总指挥部又从其他地方调来不少畜群安排在我们队那些水井上，这样一来，牲畜数量和井里的水量早已不成比例。

我至今记得那个场面：天刚亮，四面八方的畜群就涌向水井，把每一口水井都包围得水泄不通。按说，每一个畜群的饮水先后顺序是排好了的，但干渴到极点的畜群根本不管那一套，所以每到天亮水井附近就变得混乱不堪，人们争论着，叫骂着，有时候还动手。但不管怎么说，畜群总算开始饮水了。可是到了中午井里却没水了。于是大家只好等待井里渗出水来，一直等到晚上也饮不了几个畜群，因为好不容易等上半天渗出一点水来，很快又用完了。这种混乱在每一口水井日复一日地重复，持续了整个夏天和秋天。

事后我每每回忆起那个场景就总是想：如果想搞乱一个地区抑或一个国家，其实很容易。根本不用打仗，只要断水就行。而且不必要断多长时间，有三天足够。

为了让干渴的畜群多饮点水，抗旱工作队专门组织各种车辆拉水。呼格吉勒图就被抽调去拉水。距我们生产队四十公里的地方有一口自流井，那是前几年地质勘探队打出来的。据说本来是寻找石油，结果却打出了水。当时一些地方领导和附近牧民还骂地质队没干好事。因为是自流井，很快冲毁了附近的草场。旗水利局只好花钱修了一些水泥池子，把水储存起来。但到了1965年，那里却成了人人向往的地方，据说四面八方赶去拉水的汽车、拖拉机、马车在那里排成了长队。呼格吉勒图就是去干那种活儿。别以为拉水那个活儿很轻松，只不过赶着马车来来去去。不是的，他们几乎没有休息的时间，更不要说睡觉了。他们每天啃一点儿干粮，白天黑夜连轴转。

但我们当时做梦都不会想到呼格吉勒图这一走就永远地离开了我们。下午我跟希利德格紧急商讨下一步应该怎么办。

“我们必须尽快跟阿拉坦托娅统一口径。”希利德格说。

“对呀。一旦阿拉坦托娅说得跟我们不一致，事情就搞砸了。”我说。

没有想到，我们还是迟了一步，老扎拉森已经找过阿拉坦托娅了。

## 九

是阿拉坦托娅自己来找我们的，时间是当天傍晚收工以后。她脸色苍白，眼皮红肿，一副可怜相。

“老扎拉森找你了吧？”希利德格问。

“是。”阿拉坦托娅的声音很低。

“你是怎么说的？”我忙问。

“我什么都没有说……”

“什么？你什么都没说？”

“因为他什么都没有问。”她说。

“什么都没有问？那他找你干什么？”

她说，老扎拉森把她叫去，却什么话都不说，只是长久地盯着她。他显得那么疲惫、孱弱，她从他的眼睛里看到了失望、惋惜、责备等等，但更多的是疼爱。接着，她从老扎拉森眼里看到了泪水。她的心颤抖了。她明白自己辜负了老扎拉森，伤了他的心，内心深处涌动着自责和内疚。

“孩子……你也别太难过。”老扎拉森最后竟然说出了这么一句话，就掉头走了。阿拉坦托娅整个就傻在那里。

“我……究竟该怎么办好啊?”她带着哭腔问我们。

看来希利德格也想不出什么好主意了，他仰望着万里无云的天空出神，好像解决难题的答案写在天上似的。

听她说完，我也傻了。我绝对没有想到事情会变成这样。我理解阿拉坦托娅的两难境地，一方面她是绝不愿意放弃与图克奇的感情的，对她而言那感情也许比她的生命还重要。但这样一来她就不得不辜负另一个人的爱，那是一个老人对她慈父般的爱。

不过，我们总算松了一口气。

## 十

三十年后，我在旗档案馆翻阅当年的资料，读到了一组数字：

> 1965年6月30日牧业年度统计，全旗牲畜共235万只羊单位（一头大畜折合五只羊）；
>
> 到了1966年牧业年度，已经死亡90万只牲畜；
>
> 自治区、盟、旗三级财政投入我旗抗旱经费1800万元；
>
> 从1960至1965年，我旗年平均财政收入为160万元……

看着这些数字，我慢慢看出了其中的逻辑关系：我们旗花掉了多于全旗十年的财政收入的资金，救活了145万只牲畜，也就是说，救活每只羊单位的成本是十三元多。别看现如今十三元最多能买到一盘炸花生米，在当时却是一个二十五级干部月工资的三分之一。而那时候一只羊只值五元左右，也就是说，那年用三只羊的价钱救活了一只羊，而且预支了全旗十年的财政收入！在救活145万只羊的同时，我们又损失掉了90万只。更值得一说的是，那个1800万元钱可以买回360万只羊。也就是说，全旗人民什么都不干，到了第二年就可以用那些钱买回比所损失的牲畜多得多的牲畜。我想那1800万元大概只是财政拨款数字，而牧民付出的劳动和牺牲、商店停业学校停课所造成的损失根本没有列在里边。因为这部分付出根本无法算清。

谁都可以看出，这些数字之间存在着严重的不合理：用轻易购得360万只牲畜的钱救活的只是145万只牲畜，还付出和牺牲了那么多。

但账能那么算吗？假设你是旗里的决策者，或者你只是一个普通牧民，你会对那些成批死亡的牲畜视而不见，而事后用那些经费购回360万只牲畜吗？你能做得出来吗？你有那种权力吗？

其实，很多账是不能简单地用投入和回报的比例来算的。

当严重的旱灾已经成为现实的时候，我家乡的领导和群众只有一个选择：拼！拼光了老本也要拼。

## 十一

一辆吉普车来到工地。那时候全旗也没有几台吉普车，因此大家感到很稀罕。从车上下来的是一个中年汉子，神态疲惫，满身尘土。老扎拉森看到他忙扔掉手中的铁锹迎了过去，叫着："巴书记……"

大家都停下手中的活儿盯着中年人。大家都听说旗党委第一书记叫巴音桑，人们称呼"巴书记"。前些日子老扎拉森还说过，巴书记如今亲自兼任旗抗旱指挥部总指挥。

巴书记看都没有看一眼老扎拉森，径直朝井口走去。我们注意到他的脸已经被晒脱了皮，目光冷冷的，似乎随时准备跟某一个人决斗。

“什么时候能见水?”他朝井里看了看，问。

“我们正在抓紧挖呢。”老扎拉森说。

“你们就拖吧，拖到牲畜都死光了，再挖出水也没有用了。”巴书记恶狠狠地说，“这口井一旦打出水来，我们计划安排两千头牲畜。你们看着办吧。”

他说完就上了车。老扎拉森一直跟他到车前，显然想对巴书记说点什么，但巴书记根本没有理他，上车走了。

老扎拉森让大家停工，开会。

“大家都看到了，旗里的巴书记都急成了这个样子……”他说不下去了，低着头沉默了良久，又说，“两千头牲畜呢！现在每天都有不少牲畜死亡，要是早一天打出水，就少死多少头牲畜哇……”

一种拼死一搏的决心在我们年轻的胸膛里涌动。这井我们必须打下去，而且要加快进度。至于最后究竟能否打出水，倒似乎变成了次要问题。

“我看……我们三班倒吧，把人分成三个组轮流上，白天黑夜不停地挖……你们看行不行?”老扎拉森看着我们问。

“没问题!”我们说，声音并不洪亮，但很整齐。

说是三班倒，其实从那天以后谁也没有离开过工地。因为大家都看出来了，十几个人分三班根本没法干，于是都不走了。谁瞌睡了，倒下去睡一两个小时，爬起来再干。奇怪的是，这样一来，“积极分子”和“落后分子”的区别开始模糊了，大家都在玩儿命。

有一天，图克奇来了。白白净净的一个漂亮小伙子，如今变得又瘦又黑，雪白的衬衫变成了灰黄色，金丝边眼镜也不见了。他并不避讳跟阿拉坦托娅的关系，站在那边叫：“阿拉坦托娅，我告诉你一件事……”

阿拉坦托娅跑过去，图克奇不知道对她说了什么，很快两个人急匆匆朝我们走来。我们发现阿拉坦托娅在哭。

“呼格吉勒图……他……”她哽咽着说不出话。

“他怎么啦?”希利德格和我几乎同时问。

“他倒在拉水的路上，等有人发现，身体已经僵了。”图克奇说，“他是累死的。”

“什么?他死了?真的?”我们问。

“真的……”

我完全傻了，活生生一个人，真的说没有就没有了?这怎么可能?他去拉水是二十多天以前的事，我记得他告别时的样子，他给我和希利德格递烟，满脸的愤怒、悲伤、失望、委屈。他肯定想说很多话，但我们却冷落了他。

阿拉坦托娅捂着脸哭着说:“他去拉水以前跟我告过别……”

“什么?他还跟你告别了?他说了什么?”希利德格问。

“他说祝我幸福，还说他不会去告密，还提醒我别让别人发现……”

我什么话也说不出来了，我们错怪了他!

“前两天我碰到了他。他正走在拉水的路上。他还问你们俩呢，说想你们了。”图克奇说。

为了不让眼泪流出来，我掉头走开了。但刚刚走出几步，我还是哭了。

“干!他娘的，这口井如果打不出水来，我就死在工地上。”希利德格在我身后喊。

“干!……”阿拉坦托娅也在喊。

## 十二

两个月以后已经是秋天了，我们赶着畜群远距离倒场——“倒场”就是去寻找新的草场，蒙古语叫“走敖特尔”。

那口井终究还是没有打出水来，这是我们那年抗旱中千百次失败中的一次小小的失败。但我们一点儿都没有失望。比起夏天，我们心情沉静得多了。也许对失败我们已经麻木了，也许我们根本就不把失败当作一回事了。夏天长出来的那些耐旱的牧草最后还是一大片一大片地消失了，我们必须到很远的地方过冬。

图克奇已经回盟里了，他是因为违反了工作队的纪律被“赶走”的，因为他跟阿拉坦托娅的事最后还是被发现了。现在阿拉坦托娅跟我和希利德格赶着一群羊走着。

“图克奇还回来吗?”我问。

“不知道。”阿拉坦托娅说。

“不知道?”

“我真的不知道。”阿拉坦托娅说，“但我们相爱了，度过了一个难忘的夏天，这就够了。一个姑娘，被爱过和没有被爱过是不一样的，被爱过，就变得成熟了，懂事了。”

是啊，从我们这个偏僻的草原到盟府所在地，五天通一次班车，一个来回就需要十来天，太遥远了。图克奇和她还会见面吗？但我仍然喜欢那个年轻知识分子。那天他送来呼格吉勒图去世的消息，就再也没有离开打井工地。他跟我们一样地拼死拼活。有一天傍晚，我们坐在一起休息。“图克奇，你太累了，后悔吗?”希利德格问他。“为什么要后悔？有这么一次经历，我感到很幸运。你们知道吗？一个苏联英雄说过：‘他这一辈子值了，因为他参加过卫国战争’……”大概这就是知识分子，总是能够看到具体事情背后的意义。而阿拉坦托娅当时却提醒他注意休息，别太累着，完全像个妻子。

后来老扎拉森也走了。他吐了血，大家用拉水的马车送走了他，据说他仍然住在医院。从那以后我再也没有见过他。他被抬上马车时，将阿拉坦托娅叫到了跟前，对她说：“孩子，你以后的路还很长……你知道吗？我有过一个女儿，也叫阿拉坦托娅，后来入伍，牺牲了。”阿拉坦托娅一听就哭成了泪人儿。

据说倒场的目的地很遥远，大概需要走二十来天。这一天一早我们又赶着畜群上路，就听见雁叫。我们抬头望去，在深秋高深的天空中，一行大雁在飞过。它们跟我们一样，需要到很远的地方，但明年还是会回来的。

我想起了一句话："我不知道将来人们怎样评价1965年。但在我看来，这是一个让人产生高尚感和光荣感的年代！"

这话也是图克奇说的。

# 盘羊的故事

## 一

那只成年公盘羊从山顶上跑下来的时候是下午，当时米吉德在半山坡放羊。他虽然看见了它，却不知道那是什么，因为他从未见过盘羊。这是一个宁静的下午，西斜的阳光照在山坡上，密实的牧草看去像绒毯，山坡那边是挺拔的山峰，在淡蓝色的雾中高耸着。那只盘羊就是从山峰的某一处跑下来的。

盘羊就是野绵羊的一种，仅仅在几十年前，这一带的山区牧场曾有很多盘羊，但后来逐年减少，在米吉德还没有出生的时候已经绝迹了。当最后一只盘羊终于消失以后，这种野绵羊就变成了一种回忆，不久连回忆也变得模糊。别说像米吉德这样的年轻人，就是他的父辈也不一定知道盘羊是什么样子。因此，米吉德当然认不出跑来的是盘羊，他看到的是一只比三岁马矮一些但是绝对比任何绵羊都高大强壮的家伙，是一种他从未见过的动物。那家伙正朝着他的羊群跑来。它不仅跑的速度惊人地快，而且矫健有力。米吉德一开始甚至有点儿害怕，但接着他看到它头上长着一双无比威风的盘形犄角，才明白是一种绵羊。

奇怪，还有这种绵羊？他惊奇地看着。长着盘形犄角，它应该是种公羊，它要干什么？

那家伙就那样冲进了他的羊群，把原本安静的羊群冲得七零八落，接着便旁若无人地跟那些母羊交配起来。米吉德始而目瞪口呆，接着是着急和愤怒。他这群羊是改良等次很高的绵羊，一开始是土种绵羊与纯种外国细毛羊之间杂交，经过十几二十代以后土种羊的基因才基本消失，变成了一个适合本地气候、草场条件的新品种。现在突然闯进来这么一个家伙与母羊交配，明年的羊羔会不会出现退化？某一代羊羔出现退化可不是小事，弄不好就会一代不如一代，所以他很着急。而让他愤怒的是那家伙在蔑视他的存在，根本没有把他这个羊群的主人当一回事。你想来就来，想怎么样就怎么样，你看来也只不过是一种绵羊，又不是老虎，凭什么这么霸道？

他开始喊叫，盘羊不理不睬，我行我素。

他捡起几块石头冲进羊群，想把那家伙打跑。结果那家伙毛了，用后腿直立起来，对着他举起长着一双可怕犄角的硕大无比的脑袋。他发现它立起来有两米多高，他仰起头才能看到它的脑袋。他一看这架势就害怕了，那高高举起的脑袋如果真的朝自己砸下来，他还会有命吗？他只能是往后退。看他后退，它就朝他追了过来。他只好落荒而逃。就这样，这个霸道的入侵者吓跑了羊群的主人，自己继续在那里享福。

落日时分，羊群归圈。米吉德回家跟他老婆其其格说了今天的事。

“什么？你说咱们的羊群里来了什么？”其其格没听明白他的话。

“我也不知道是什么，看样子是一种绵羊，长着大犄角，是种公羊。”他说。

“后来呢？它走了吗？”

“走什么呀？它跟着羊群来了。不过你不要去看，那家伙脾气不大好。”米吉德说。

“什么？绵羊还有脾气？”

米吉德将白天的情况说了一遍，其其格听了笑个不停。

两口子吃完饭，天也黑了。他们打开电视机看电视，正好放《动物世界》，又正好介绍盘羊。

“嘿，嘿，就是这种家伙。”米吉德指着屏幕说，“原来那家伙是盘羊。”

“盘羊？你是说我们的羊群里有一只盘羊？”其其格叫起来，她不仅吃惊，还有点儿兴奋。

“看来就是盘羊。”米吉德说。

“天啊，它是从哪儿来的呀？”

“我不是说了吗？是从山顶上跑来的。”

“山上不是说早就没有盘羊了吗？”

“看来有，只是没有人发现它们。”

“那……它跑下来干什么？”

“我看它纯粹是为了捣乱。”米吉德想起白天的事情就气不打一处来。他是羊群的主人，还是一个七尺壮汉，竟然让那个家伙追着跑，他忘不了那个奇耻大辱。其其格的笑声更让他生气。她大概想象着他白天的狼狈样子，所以才笑。

“你还笑！明年的羊羔出现退化怎么办？”

“是呀，这倒是个事。明天我们把它赶跑吧？”

“谁敢把它赶跑？它不赶跑咱们就算谢天谢地了。”第二天早晨，他们起得比往日早一些。两口子走出屋子，空气湿润而清新。东边的山顶上，美丽的朝霞在燃烧。羊圈周围卧着羊群，很安静。

“它在哪儿呀？”其其格压低声音问米吉德，好像是怕惊扰盘羊的美梦。

“是啊，那家伙……”米吉德嘟哝着，突然说，“它在那里，看到没有？在羊群那边的斜坡上。”

“啊，我看到了。”其其格喊。

那盘羊真的在那边的斜坡上昂首挺立着，它并不在羊圈里。其其格看着它惊呆了，它是那么健美，高昂的头，流线型的身躯，矫健有力的四腿……

“它……在那儿干什么呢?”看了好久，她喃喃着。

“谁知道，也许是在守护着羊群吧？它可能以为自己是羊群的主人呢。”米吉德说着摇头苦笑。

## 二

从那天起米吉德两口子就过起了哭笑不得的日子，因为对那个家伙他们竟然什么办法都没有。羊群出牧时，它跟着羊群走，傍晚羊群归圈，它也跟着回来。到了草场上，它霸气十足地在羊群中走来走去，像是示威或者炫耀。无论米吉德还是其其格都与它保持着足够的距离，提防它发毛追过来。羊群中那些被阉割的公羊可怜地被它挤到了羊群的边缘，而一些口轻的母羊却众星捧月般地围在它身边。本来，温驯、和睦是绵羊的天性，但自从那家伙来了以后整个羊群性情大变，那些羊好像注射了兴奋剂似的到处乱跑，还形成了大小不一的很多势力圈。而让米吉德两口子最为担忧的是羊羔的退化。他们虽说很年轻，但也从小放羊，一看盘羊就能想到它的后代将会是什么样子。它们肯定是一些体格健壮而浑身长着粗硬的毛的怪物。那样的羊毛根本卖不了好价钱，而他们家的主要收入就靠卖羊毛。

夫妇二人绞尽脑汁，终于商量出两个办法。首先他们想把盘羊隔离起来。它不是不愿意离开羊群吗？那你就在羊圈里待着，只要你不接近母羊，待几年都可以，我们好草好料款待你。于是他们想方设法把它关进了羊圈。山区的牧户，从住房到牲口圈都是石头砌出来的，米吉德家的石砌羊圈不仅坚固，还足有两米多高。他们把它关进羊圈很是得意，但没有想到，他们刚离开羊圈走出几步，那家伙就从石砌的羊圈上一跃而出，追着羊群跑去。眼看这个办法失败，他们又采取了第二个措施，其其格把他们家的适龄母羊分出来，赶到了十华里以外的一个朋友家，这是“惹不起但躲得起”的意思。但这个办法仍以失败告终。其其格把母羊赶到朋友家住了一夜，第二天一早却看见盘羊在羊群里站着。它是半夜找来的。她只好把母羊又赶回去。要不然，连朋友家的羊群也遭殃。

“咱们找领导吧，不是有野生动物保护法吗？让他们拿去保护好了。”米吉德说。

于是他骑着摩托跑了三天，先找嘎查领导，再找苏木领导，最后找到旗里。在内蒙古的牧区，村一级叫嘎查，乡一级叫苏木，县一级叫旗，他这是从最低一级到最高一级惹了一肚子气回来。

他先找了嘎查长。“我的羊群里跑进来一只盘羊。”他说。

“我也听说了，是真的呀？”嘎查长笑着。

“是真的。”

嘎查长一拍大腿，说：“太好了！你，一定要把它养好。”

“不用我养，它好着呢。问题是……”米吉德把自己的苦恼诉说了一遍，说，“羊群退化怎么办？”

“是呀，这倒是个问题。”嘎查长挠着头说，“你说怎么办？”

“我看你们领导想个办法吧。”

“我能想什么办法？”米吉德一想也对，说嘎查长是领导，其实也是牧人一个，他能想出什么办法？米吉德就跑到苏木。苏木一个副书记接待他，一听他的话就高兴，说：“旗里让各苏木上报环境保护方面的材料，我正思谋着怎么写呢。现在好了，就写你那头盘羊，咱们苏木就出名了。”

“材料怎么写，怎么出名那是你的事。我现在遇到了困难。”米吉德又把自己的担忧说了一遍。

“你要认识清楚出现盘羊这件事的意义，”副书记说，“据说仅仅五十年前，我们这个山区有过很多盘羊，后来绝迹了，为什么？是因为环境恶化了。现在盘羊又回来了，说明什么？说明我们苏木的环境建设抓好了。这件事意义重大呀！”

“可是……”

“你别‘可是’了，你一定要把盘羊养好，保护好，至于你的具体困难……我们完了研究。”

米吉德把摩托车留在苏木，登上长途客车去了旗里。牧民最怕的就是领导“完了研究”，领导嘴里一旦说出这句话，一般就不会有结果。

他已经三年没有去旗里了，主要是因为路太远，近二百公里，没有要紧事谁去那么远的地方？三年没有来，旗里变化很大，旗委、政府又搬进了新楼。米吉德站在新楼门口思谋着找谁。保安过来了。

“你找谁？”

米吉德说：“我也不知道应该找谁。”接着把来旗里的目的讲了一遍。保安想了想就打电话，一个自称旗委办公室副主任的中年人下来了。副主任把米吉德领进了接待室，米吉德又把情况说了一遍。

副主任高兴地说：“真是好新闻，我马上给旗广电局打电话，让他们派记者跟你一起去你家，在旗地方节目里好好报道一下。”

“你们快把它弄走吧。”米吉德说。

“往哪儿弄？那盘羊就你养着，不能出问题。国家有法律，你知道吧？”

“国家只定法律不行，你们还必须采取具体措施。”

“你这样说就不对了，你的意思是谁定法律谁管？你以为执行法律是领导的事？不对，执行法律，人人有责，你也不例外。”副主任说，“那只盘羊是跑到你的羊群里的，你就有责任保护好。现在社会上有些不法分子，他们或者盗猎野生动物，或者贩卖牟利，因此你的责任还不小呢。”

“可是我有具体困难。”

“有困难自己克服嘛。不能有一点儿困难就找政府。保护野生动物是光荣的，你要保持光荣，克服困难。”

米吉德掉头就走。那个主任还后边喊：“你别走啊，把记者带上……”

他当天就回家了。生气归生气，但办法只有自己想了。

## 三

山区的夏夜总是很凉爽，甚至还有点儿寒意，不像平原上，夜里都让人冒汗。米吉德和其其格提着一壶奶茶坐到外边说话。米吉德傍晚才从旗里回来。一轮皓月挂在当空，周围一片朦胧。他们很年轻，结婚还不到一年，都是高中毕业生。

“他们就不管。”其其格嘟哝。

“他们说，出现盘羊很有意义，又说保护野生动物很光荣，但就不说怎么保护，我们家的问题怎么解决。”米吉德说。

“他们不管，咱们怎么保护？”其其格苦恼地叹气。

“是呀，那个主任还说盗猎者和野生动物贩子什么的。如果那些家伙盯上盘羊，就麻烦了。”

“它怎么就偏偏跑进咱们家的羊群了？”其其格说着笑了起来，“你看见没有？它在那儿。”

米吉德早就看见了，它又在羊圈那边的斜坡上站着。在银色的月光下像一尊雕塑。

“它真漂亮。”她赞叹着。

“其实，它没有什么错。”米吉德也望着盘羊说，“它也是一种绵羊，进入绵羊发情期，它找母羊交配有什么错？可是它给我们带来了麻烦。”

“那怎么办？”

“我们能怎么办？但愿它不要出事。我想，过了交配期，它会回到山上。”

他们就这样坐着。那盘羊披着一身月光，一动不动。

“这叫什么事呢？是不是……也算一种缘分？”其其格说。

“大概是吧。这家伙……”米吉德望着盘羊说。

“它走了，我们会不会还想它？”

“大概会吧。”米吉德叹气道。

## 四

先是旗电视台的记者，接着盟里、自治区的一些媒体记者陆续找到米吉德家。他们写报道，拍视频，有关盘羊和米吉德两口子的报道、照片和镜头开始在报刊和电视节目里出现了。紧接着是一个什么检查团，总共二十来个人，乘坐一辆中巴颠簸而来。米吉德两口子到最后也没有弄清楚这个检查团是检查什么的。检查团里不仅有领导、专家，还有几个家属和孩子。他们到羊群旁边说说笑笑，指指点点，拍了一些照片，接着就接受了主人家丰盛的招待。米吉德两口子敬酒时，领导和专家们说了不少赞扬、鼓励的话。

那些天，米吉德不断跑到苏木信用社取钱，又到那里的商店买成箱的白酒、啤酒、葡萄酒。其其格在家里准备奶食、果子。正是夏天，羊肉很肥美，他们家已经宰倒了五只肥绵羊。

不管怎么说，米吉德两口子成了名人，他们很兴奋。但看完报道和节目后，他们也有点儿不满意。无论谁来采访，他们基本是按照记者的要求说的。比如来了盘羊给他们带来的无尽的欢乐，盘羊的出现是各级党委和政府抓好环境建设的结果，他们一定要按照野生动物保护法的要求养好、保护好这只盘羊，等等。但说到最后，两口子都要说说自己的困难，比如羊羔退化了怎么办？一旦遇到盗猎者怎么保护盘羊？等等，还提出他们的希望，希望有关部门把盘羊带走，放到一个适当的地方进行保护。但无论是报刊还是电视，都把他们最后那些话删掉了，他们也没有办法。

接着旗旅游局的领导来了。他说要把米吉德家设为旅游点，连旅游点的名称都想好了，就叫“蓝羊牧场”。他还说，明年如果米吉德的羊群产出盘羊的后代更好，外地来的旅行团肯定很喜欢，但没有说羊毛卖不了好价钱怎么解决。

欢乐、热闹又疲劳的日子好像很快过去了。接着发生了一件事：盘羊不见了。

## 五

一早，两口子走到外边，感觉到羊圈那边很安静。这种安静让他们觉得不习惯，自从盘羊来了以后可不是这样的呀……

“好像是……那家伙不在了。”米吉德说。

“是啊，它不见了……”

两口子跑进羊群巡视了一遍，盘羊真的不见了。米吉德跑回去从屋里找出平时不用的望远镜，对着周围的山坡望了一遍又一遍，仍不见盘羊的影子。米吉德气得差点儿把望远镜摔了，其其格竟抽抽搭搭地流下了眼泪。一直到昨天晚上他们两口子还商量怎么把盘羊弄走，但今天一早发现它不在了，却急得要死。

夫妇二人迅速作出了判断：一是发情期的种公羊是不会离开母羊

的，所以它的消失属于不正常；二是盘羊昨天傍晚还在羊群里，他们两口子都看见了，因此它是夜里丢的。

接着他们急急忙忙分头去寻找，结果米吉德在距山顶不远的地方找到了盘羊。盘羊卧着，看见他挣扎了几下但没能够站起来。他想弄清楚它是怎么了，就靠近前去。它毕竟是野生的，对人类似乎有一种与生俱来的敌意。就在他走到它身边，把手伸过去的时候它突然一下子蹦了起来。为了这一蹦它肯定是耗尽了全力，所以它想跑却没有力气了，像个醉汉似的摇晃了几下就跌倒了。他望着它，想着下一步应该怎么办。看来他如果再次靠近它，它肯定又要拼力挣扎，但那样的结果它有可能毙命，因为它已经太虚弱了。他想了想，就走到四五十米以外找个地方坐下来。他可以不接近它，但必须守住它。山区有野狼出没，还有老鹰。他看见一只鹰已经在他的头顶盘旋。他掏出手机给其其格打了过去。

“你在什么地方?”他问。

电话通了，沙沙的杂音传进了他耳朵，接着是其其格的声音：“我找了一圈没有找到，回来照看羊群了。盘羊找到了吗?”

“找到了。”

“是吗？太好了，它在哪儿?”其其格的声音立刻欢快起来。

“离咱们家不远，它起不来了。”

“怎么啦？受伤了吗?”

“没有看见伤口。我正守着它呢，你过来吧。”

“我很快就到。”

头顶上的老鹰仍在不慌不忙地盘旋，但仔细一看，它几乎每盘旋一圈就降低一次高度。他知道老鹰已经把盘羊当作目标，它现在是选择一个适当的高度和角度，一旦选好了，它就会闪电般地俯冲下来，那时候情况就会变得很糟糕。想到这里，他急忙朝盘羊跑去，只要他这个大活人站在盘羊身边，那老鹰就不会贸然行事。这次盘羊倒没有挣扎，它大概也看到了老鹰，很可能还意识到了他这个两条腿的动物不会比老鹰更凶狠。

“你这个混蛋！你给我找了那么多麻烦，那天还追我，到头来我还得保护你……”他对盘羊说着，笑了起来。

“你究竟怎么了？说你受伤吧，你身上没有血，也没有伤口。可是你就站不起来……等我把你养好了，我看你还是回去吧，求你了。

“你为什么从山上跑下来？山上没有母盘羊吗？肯定有吧，但你却跑到我的羊群里找母羊！你够花心的，你是个风流的盘羊，是色鬼。但你现在明白了吧？这个地方不安全，还是回去好……我已经想明白了，明年的羊羔肯定退化，那我也认了，现在我最担心的是你的安全。你一旦出了事怎么办？”

他就这样对着盘羊絮絮叨叨，也不知道为什么，他很想就这样说下去，觉得有很多话要对它说。也许是他的错觉，他觉得盘羊的眼神变得温柔了，它听懂了吗？

“你可把我害苦了！你让我生气、着急，为你忙碌，现在又开始为你担忧。我大概上辈子欠了你什么，你来跟我要账来了。你现在就可怜可怜我吧……”

等了很久，其其格才到来，原来她是赶着羊群来的。那些母羊一看见盘羊就围了过去，用身体蹭它，用鼻子拱它。也不知道怎么回事，到落日时分盘羊站了起来，虽说仍然很虚弱，但可以走了。

“我的天，吓死我了。”米吉德说，“这家伙是怎么了？”

“我看是中麻醉枪了。”其其格说。

“什么？”

“电视上不是演过吗？”

米吉德当然能够想得起来，那是电视上演过的：有人往枪膛里推进的不是子弹，而是像注射器一样的东西，那就是麻醉枪，针头射进动物身上，动物就昏迷倒地。

盘羊跟着羊群回到羊圈。

那天晚上他们两口子吃饭都没有了胃口。他们真的很担忧，他们觉得盘羊现在不安全了。

其其格的想象力比米吉德活跃，她说："……昨天夜里，它大概又到那边的坡上站着了。它不是总是那样吗？半夜，盗猎者过来了，就用麻醉枪射中了它……"

"夜里也能射中它？"

"电视上不是常有那种事吗？那叫什么？……哦，对了，叫夜视镜。"

"电视上，大象中了麻醉枪都倒地，它怎么就跑了？"

"也许……现在假货很多，射它那支麻醉枪弹是伪劣产品。"其其格说着自己都忍不住笑了起来，"咱们俩这是干什么呢？是在编故事吗？"

"看来什么事都可能发生。"

"那怎么办？"

"有一条牧羊狗就好了。"

"可是现在不是没有吗？"

"今后我每天夜里守着它。"

"看来也只能这样了。但你一个人不行，咱俩轮流着来。"

就从这天夜里开始，夫妇二人轮流守护羊圈，从天黑到天亮。他们时而来回走动，时而找地方坐下休息，常常大声吆喝，意思是让他们想象中的盗猎者知道这里有人守护。

"咱们是不是有点儿神经过敏了？真的有盗猎者吗？"其其格有一天问米吉德。

"肯定有。"米吉德说。

"可是……他在哪儿呀？"

"他在暗处，但肯定就在咱们家附近。"

“听你这么一说，我怎么有一种毛骨悚然的感觉?”

“你别急，那家伙迟早会现身的。”

其其格有些夸张地耸了耸肩膀，笑了起来。

## 六

这个中年人是骑着摩托来的，一脸的疲惫。米吉德在外边修摩托车，那个人驶到他跟前下了摩托，就帮着他修了起来。

“哎哎，你进屋吧。你好!”米吉德说。

“我好个屁！连你这个老同学都认不出我了……把改锥递过来。”

米吉德看了对方半天，高兴地叫了起来：“天啊，你不是哈达吗?这几年你去哪儿啦?”他站起来拍掉手上的尘土：“快进屋……”

“忙什么?把你这个破车修好再说。有扳手没有?”

修好摩托，两人进屋喝茶。

“看样子你很累。”米吉德说。

“人想过好日子，就受累。”哈达说，“我做生意亏了。”

“可惜，可惜。亏了不少吧?”

“不少，但也正常。人这个东西吧，有时候赚有时候亏。”

“那你为什么不来找我?在念高中的时候咱们是好朋友哇，你还帮助过我。”米吉德说。高中三年，他和哈达真的是形影不离的好朋友，有一次米吉德的父亲患急病被送到旗里的医院，哈达帮助米吉德跑前跑后伺候不说，还把学费垫进了药费里。米吉德原本想下个学期还他的钱，结果下学期哈达就辍学没有来。这样说来，米吉德不仅欠着朋友的人情，还欠着人家钱。

“没事我找你干什么?”哈达说。

“我还欠你钱呢，都好几年了。”

“嗨，还说什么欠不欠的，咱们是朋友。你有困难，我就把钱送给你花。我如果有困难也肯定跟你要。”

米吉德很感动，说：“你现在不是有困难吗？我来帮你。”

“没有困难我来找你干什么？”

米吉德激动地拍了拍他的肩膀，说：“这才叫朋友。”

正说着，其其格放羊回来了。三人都是同班同学，其其格欢天喜地开始做饭，很快摆出一桌山地牧区特色的饭菜。

“喝起来呀，你们两个男子汉主动点儿。”其其格喊。

三个人从中午喝到傍晚。其其格招呼羊群归圈时，米吉德和哈达也出来了。哈达想看看盘羊，他们今天一下午都在谈论盘羊。

昨天刚下过一场雨，空气凉爽而清新，山坡上又增添了一层新绿，淡蓝色的雾在山坡上游荡。盘羊今天比任何一天都精神抖擞，追着几只母羊跑跑停停。

哈达一直看到天黑，喃喃着：“它是我的救星。”

“什么？救星？”其其格咯咯地笑着，“它怎么成了你的救星？”

“因为……我有救了。”

“你究竟怎么了？”米吉德问。

“不瞒你们说，我不是来找你们俩，而是来找它的。”哈达说。

“找它？”

“咱们进屋说……”

米吉德两口子进屋点上灯，哈达久久不语，后来竟然哭了起来。

“你说话呀。”米吉德着急地说。

“你们让我把盘羊带走吧。”哈达说。

“你究竟遇到了什么难题？”

“这几年我有房子，有汽车，但后来全顶债给了别人，还欠人家三十万。我有家不能回，成天东躲西藏……我过的是什么日子呀！……”哈达一把鼻涕一把泪。

“你别太难过……你太可怜了。”其其格也跟着抹眼泪。

米吉德也看出来了，哈达绝不是喝了酒才哭，看来他这几年真的很难！

“后来，债主听说你这里有一只盘羊，他就让我把盘羊弄回去……”

“他要盘羊干什么呀？”其其格问。

“他没说，但肯定想倒卖。这几年他就干这种勾当，赚了不少。”

“那不是犯法吗？”米吉德问。

“犯法不犯法是他的事。他说了，只要把盘羊弄过去，我欠的三十万就一笔勾销。”

“你也想跟着犯法呀？”

“我没有办法，但我不会让你受到牵连的。对你们来说，有一只盘羊跑进你们的羊群里，后来又不见了，仅此而已。你们不会承担任何责任。”哈达说。

“前几天你是不是用麻醉枪打过盘羊？”其其格问。

“还有这事？”哈达大为惊奇。

米吉德把那天的情况说了说：“我们当时就想，它很可能挨了麻醉枪。”

“很像是麻醉枪。这样说来，打盘羊主意的人还不少呢。”哈达说，“与其让别人得手，还不如我先下手。我听说山里有一家牧户有一只盘羊，但不知道是你们家。今天来一看，原来是你们俩。你们知道我当时有多高兴？这也许是苍天的安排吧。天啊，我现在是什么心情你们知道吗？就像黑夜迷路的人突然看见阳光……两位老同学，咱们再喝一瓶吧，祝贺我这个倒霉蛋重见天日吧。”

三个人又喝了一瓶酒，哈达倒下睡着了，连衣服都没有脱。米吉德两口子站在他身边看着他。

“也许，他很多天没有睡过这样的安稳觉……”其其格说。

“是呀，你注意到他的眼神没有？是那样地充满希望和信任，像是重见天日一般……”

“他是相信我们会答应他。可是……”

“那天你说盘羊跑到咱们家是缘分。反正，我们不能把它送进虎口。”

“是呀，可是他也太可怜了。”

米吉德想了想，说：“我跟你商量一件事，我有一个想法。”

“快说呀。”

“咱们到外边说。”

两个人走到外边，月光下的山坡静谧而安详。山坡那边的层峦叠嶂一片朦胧。

“他那个三十万，咱们用家产担保，为期三年。”米吉德说。

“天啊，能行吗?”

“三年里让他想办法还债，他如果有困难我们还可以帮帮。没有办法，他是我们的同学，是我们的好朋友。”

“三年……三十万……”其其格低声重复着。

他们又看到了盘羊，它仍然站在对面的山坡上。

## 七

哈达第二天走了。

喝早茶时他发现米吉德两口子总是躲避他的目光，他好像明白了一切。

“好了，你们也不要太为难了。”他说。

米吉德把连夜写好的担保书递给他。他看了看装进兜里，说：“这个我不会交给债主，只是作个纪念。”

“你就骂我们几句吧。”其其格说。

“其实，也没有什么。天无绝人之路，也许有一天我会翻身的。”

哈达骑着摩托向坡下驶去。米吉德两口子一直看着他。他跑得飞快，到了对面山坡上向他们挥了挥手。

“他还会把我们当作朋友吗？”其其格问。

“不知道。”

又过了一些天，绵羊发情期结束。一天清晨，其其格从羊圈回来说：“看样子它要回去了。”

“是吗？咱们去看看。”

其其格在银碗里倒满鲜奶，跟丈夫走了出去。他们看到盘羊正在离去。它没有一点儿恋恋不舍的样子，倒像个终于完成重大使命的将军，威风十足地慢慢离开羊群。

其其格拔了一根小草，蘸着鲜奶向盘羊抛洒起来：“好瑞，好瑞，好瑞！……”

这是一种吉祥的祝福与道别。

“它走了，还会回来吗？”其其格声调发颤。

“它能不来吗？明年夏天它肯定会来。它跟咱们有缘分。”米吉德说。

盘羊慢慢走下坡，突然奔跑起来，是那样地矫健、有力，很快跑上对面的山坡，好像停顿了一下就消失了。它那边是笼罩在蔚蓝色雾气里的高山，它好像融入到那个蔚蓝色中了……

# 半圆的月亮

## 一

七年前的那个夏天，朝克巴特尔将一百来只羊托付给邻居萨仁其木格，自己用马车驮着重病的父亲赶往旗里为父亲治疗。那年他十八岁。那次他是实属无奈，在这片小谷地上原本住着五六户人家，可其他住户都先后搬走了，只留下萨仁其木格和朝克巴特尔两家。连年干旱、草场退化是那些人搬走的一个因由，邻村的人们时时来毁坏铁丝网，偶尔还发生斗殴也是他们搬走的原因。没能力搬迁的朝克巴特尔父子和单身女人萨仁其木格三人只好留在这里，所以，现在朝克巴特尔要送父亲去看病，只能将羊群托付给萨仁其木格。

萨仁其木格家就在朝克巴特尔家西南两三里地，所以朝克巴特尔走出屋子站在门口就能看见她家。他常看见胖墩墩的萨仁其木格忙得屁颠儿屁颠儿地走在自家巴掌点大的草场上，或在进进出出地忙碌。出发前的晚上，朝克巴特尔向萨仁其木格家走过去。他走在旱年零星生长的草丛间，临近萨仁其木格家时便看出单身女人生活的艰难和力不从心。她家后边已经形成了一弯沙丘，从灰堆到房屋的这点距离扔着诸如一截烂绳子、一只破旧的鞋子、一截锹把等乱七八糟的东西。萨仁其木格的丈夫几年前和她离婚，弃她而去，她唯一的儿子在旗里上小学，所以，萨仁其木格独自生活，忙得焦头烂额，什么都顾不过来。

朝克巴特尔对萨仁其木格提到去旗里的事，说：“要烦劳嫂子您了。”朝克巴特尔从小就称呼萨仁其木格为嫂子，萨仁其木格管朝克巴特尔的父亲叫大哥。因为萨仁其木格比朝克巴特尔大十七八岁，朝克巴特尔的父亲比萨仁其木格年长十几岁，所以他们如此称呼惯了。

萨仁其木格说：“巴布哥的病情加重了？唉，可怜啊，从春天开始，他脸色就憔悴了……你的羊群你放心，我替你放着，你带巴布哥好好治病。真可怜啊……”说到这里，她的嗓音开始嘶哑，略微思索后，从里屋拿出两百元：“春天剪的羊毛还没卖出去，除了这些，我也无能为力了……”说话间，她的双眼溢出泪水。

朝克巴特尔急忙说道：“给父亲看病的钱我有。”

萨仁其木格生气地说：“你虽有点儿钱，但这些还能够贴补点呀。”说完把钱硬塞给朝克巴特尔：“我明早去你家，把你的羊赶过来。”

朝克巴特尔在旗医院待了十几天后，只好将病入膏肓无药可治的父亲带回家。于是，萨仁其木格也把自家的羊群赶过来，住在朝克巴特尔家里，将两家羊合了群，还给他们父子熬茶做饭，有时还伺候料理着卧病在床的巴布老人。晚秋过后，朝克巴特尔的父亲去世了，萨仁其木格帮朝克巴特尔安葬他父亲，哭得比他还厉害。

此后，萨仁其木格时时过来帮朝克巴特尔，提醒他管理羊群应该注意一些什么；给他缝补撕破掉线的衣服。有时因怀念朝克巴特尔的父亲而哭泣；还有时，萨仁其木格一受到邻村人们的欺负，便来他家诉说心中的酸楚……

邻村的人们很霸道，根本不把朝克巴特尔和萨仁其木格放在眼里。他们在萨仁其木格的草场边开荒，还在朝克巴特尔家门口放羊，肆意破坏掉他们两家的铁丝网。萨仁其木格、朝克巴特尔俩人去跟他们吵架理论时，对方却似乎对他们不屑一顾，似乎将他们的怒吼声当作耳边风，若无其事地为所欲为。有一次，萨仁其木格忍无可忍，向前冲去抢夺对方的犁杖。掌犁的壮汉却毫不理睬她，一手扶犁，另一只手冲她拨拉了一下，胖墩墩的萨仁其木格便如风中飘起的破烂衣服一般被甩出很远。她躺倒在地，昏迷几分钟，清醒时只见那壮汉还在若无其事地掌犁垦地。有一次，朝克巴特尔抽打驱赶在他家门前吃草的羊群，没过多久，从邻村来了三个年轻小伙子对他说："你打伤了我的几只羊，要赔我们。"说着就从朝克巴特尔的羊群里抓了一只大羯子，扬长而去。朝克巴特尔和萨仁其木格被逼无奈时，就去找嘎查书记那玛海告状。那玛海却总是挠挠头，笑着说："这事我们不仅上报到了苏木，还报到旗里也很久了，就看他们有没有办法处理吧。我是拿他们没办法呀。"萨仁其木格喊道："那如果他们也没法子，我们怎么办?"

"你们只好自己小心谨慎喽。"

"你们当领导的就不为群众做主吗?"

"难道要我去帮你们和他们打架吗?"

萨仁其木格一来气就大喊大叫，可朝克巴特尔越生气就越说不上话。萨仁其木格说："我们在那里没法活了，让我们搬迁吧!"

"现在草场都各有其主，你们如果商定好在谁的草场上居住，当然可以。"

"嘎查不是有剩下的草场吗?"

"不是大家商定那是全嘎查的打草场，不能住人家吗?"

"可是巴音琪琪格在那里居住了呀?"

"旗里一位当官的同意巴音琪琪格在那里居住的。那位领导给苏木打电话，苏木的领导又给我下达的命令……我们也只好答应。如果你也和旗里的某个领导有交情也行啊。"

萨仁其木格、朝克巴特尔从那玛海家出来。返回家的路上，萨仁其木格走一路骂了一路。看着萨仁其木格恼怒的样子，朝克巴特尔怜悯之心顿生。朝克巴特尔刚才注意到，那玛海说起巴音琪琪格时，是何等地笑逐颜开！那一丝笑颜背后显露着这一层意思：人家巴音琪琪格年轻貌美，你一个年近四十的胖老婆子还妄想和巴音琪琪格一样占大便宜？朝克巴特尔想到，萨仁其木格也可能察觉出那玛海的想法而倍感憎恶，于是怜惜萨仁其木格之心油然而生。

那天，朝克巴特尔跟着萨仁其木格去她家后，大献殷勤，弄来柴火，煮起奶茶，干起杂活儿。他想，通过这些举动，能稍许慰藉这个女人。萨仁其木格上了炕，翻过身躺了一会儿后，忽然猛地起身说："你杀一只羊，今天咱俩喝口新鲜的羊肉汤。"

朝克巴特尔怔住了，说："为什么想起要杀羊？"

"吃自己的羊，想杀就杀，想吃就吃，谁也管不着。等什么时候都吃光了再带着木棍讨饭去……"

于是，朝克巴特尔宰羊，萨仁其木格包饺子，那天晚上他们俩像过年一样，来了一场饕餮大餐。

萨仁其木格从柜子里拿出一瓶酒。

"还要……喝酒吗？"

"怎么不喝？难道我们不是人吗？人家享用的东西，我们也享受一番，怎的？……"

从来不喝酒的朝克巴特尔在那天晚上初次喝醉，萨仁其木格不久便唱起歌。因那一晚太过闷热，萨仁其木格敞开门窗，解开领扣，不时擦拭汗水。萨仁其木格嘶哑的歌声飞出窗外，消失在黑暗中。

萨仁其木格说："我们小时候，流行过这么一支歌。"说完，清了清嗓子唱起来：

半圆的月亮
幽幽悬挂在苍穹
呼唤彼此的骏马

在荒野上嘶鸣……

朝克巴特尔不由得用醉眼凝望萨仁其木格，觉得她变得年轻漂亮了许多。她那圆嘟嘟的肩膀，撑起衣服的奶子，都近在咫尺。朝克巴特尔望着萨仁其木格的奶子，想起一件事，不由得想笑。早在朝克巴特尔是孩童时，萨仁其木格已经嫁人生子。有一次，朝克巴特尔放羊，碰见萨仁其木格在自己的羊群旁给儿子喂奶。朝克巴特尔跑到她面前，她就抓起奶子对着他说："想吃奶吗?"不知是被那大奶子吓着了，还是害羞了，朝克巴特尔撒腿就跑，还听见萨仁其木格在背后哈哈大笑……

萨仁其木格说："我们年轻时不知疲惫，虽然整天为牛羊忙碌，晚上还到彼此家里喝酒热闹。儿子还小时，我用布腰带把他背着赶场子，从不曾落下……"说完，她又唱起歌。

朝克巴特尔想：谁都曾拥有青春岁月，所以萨仁其木格也肯定常常忆念起自己的青春时代。谁能忘却自己劳碌而欢乐、时常感到满足又时常觉着委屈，但又不愿意示弱的青春岁月呢?

萨仁其木格眯缝着醉眼说："朝克巴特尔，你现在已经十八岁了，十八岁的小伙子应该追着姑娘跑，可你怎么老是垂头丧气的?没听说过十八岁是一团火，二十五岁就像一头发疯的公牛吗?"

朝克巴特尔支吾着说："我……"再也说不出话来，他只觉得，他俩都醉了。

"……那时，我和我的男人还没结婚。若三两天看不见他，我在夜里就睡不着。后来，我们俩结婚，我才放下心来，觉得相恋的男人属于我了。其实，我想错了。如果我们没结婚，仍保持那种关系，我就不会那么可悲喽……"

左邻右舍们都晓得，萨仁其木格的丈夫结婚几年后就不再喜欢她，弃她而去。朝克巴特尔忽然觉得，如若那个男人不曾抛弃她，她不会如此受苦受累。

“过去我男人不喜欢我，现在儿子也不喜欢我了……”萨仁其木格说着，快要哭出来，又说，“我这是开始胡说什么呢？还要唱呀……”

接着，她又唱起了《半圆的月亮》。朝克巴特尔从小就听过这支歌，但不会唱。如今萨仁其木格唱起来，他感到十分动听。

明亮的弯月
幽幽悬挂在天空
寻觅至爱的鸟儿
在辽阔原野上鸣唱……

最后，朝克巴特尔朝着自己的家踉跄走去，中途却倒在野外睡着了。《半圆的月亮》的歌声依旧萦绕在他耳边。乍一想，似乎萨仁其木格站在身旁唱歌，又一想，觉得是自己在唱。

翌日醒来时，太阳已经升起，光芒分外耀眼。他坐起来，只觉全身瘫软，冒出冷汗，不由得作呕。为什么喝那些苦水呀？他非常懊悔，站起身一看，萨仁其木格家就在附近。他想到，人一喝醉就难以自控，昨天自己是否在萨仁其木格面前胡作非为，丢掉脸面？于是觉得再没脸见萨仁其木格。

但是，萨仁其木格望见了他。

“嗨，你倒在路上睡了吗？让你在我家过夜，你偏不要，一个劲儿地要回家。”萨仁其木格说着便来到他身边，邀他到家喝了热茶再走。

朝克巴特尔跟着萨仁其木格到她家，把茶喝得直渗汗。萨仁其木格的眼睛虽然红肿，可还是欣喜地谈笑风生。

“昨夜咱俩为什么醉成那个样子呀？”萨仁其木格笑着说。

“是呀，真是的……”

“有空就来吧。”

“好的，好的。”

从此，萨仁其木格更频繁地出入朝克巴特尔家，还隔三岔五就叫朝克巴特尔来自家吃饭。朝克巴特尔两日不见萨仁其木格，就倍感孤独。那些日子里，朝克巴特尔似乎快乐许多，萨仁其木格也穿戴起漂亮衣裳。

虽然有诸多的艰难和不如意，但他们也有欢乐。他们的欢乐就好比穿过厚厚的云层缝隙间照射的阳光般，虽不常有，但也是实实在在的。光阴荏苒，不知不觉间过了七年，朝克巴特尔到了二十五岁，萨仁其木格已到四十三岁。

## 二

大前年的一天，在旗里维修电器的莫日根特古斯在摩托车上驮着酒来看望朝克巴特尔。莫日根特古斯的家也曾在这个谷地，他和朝克巴特尔直到高中毕业都在一个班级学习。后来，莫日根特古斯家搬走，他在旗里一家维修电器的小铺子里当学徒。

“我就想看看你过得咋样，就骑摩托跑来了。”莫日根特古斯笑着察看屋里屋外，还往羊圈瞅了瞅，“过得还不算太差，勉强活得像个人。”

朋友的到来让朝克巴特尔高兴不已。当年临近高中毕业时，莫日根特古斯他们俩在私下里悄悄谈论“能不能考上大学”。其实，他们彼此都知晓自己没有考上大学的命，可偶尔谈论起来，还感觉挺美好。当然两人只是悄悄一谈，唯恐别人听见。如果同学们知道，可能会嘲笑说：“这两个没出息的家伙还妄想考上大学，真是癞蛤蟆想吃天鹅肉。”而他们想，癞蛤蟆都想吃天鹅肉，只有暴露意图的癞蛤蟆才被人们嘲弄。

朝克巴特尔熬奶茶，给朋友喝，又煮起干肉。

莫日根特古斯毫不客气地仰卧在炕上，问道："邻村的人们还来捣乱吗？"

"还是那样！真拿他们没办法。"

"上旗里打工也比在这里受苦受累强啊。"

"我这不是舍不得这块巴掌大的草场和百十来只羊嘛。"

"把这些都卖掉，再走呗。"

朝克巴特尔觉得，这也算是一个出路，可是他走了，萨仁其木格怎么办？这两年以来，朝克巴特尔和萨仁其木格一直互相帮忙，为彼此操心。有一次，朝克巴特尔为挣钱，要出去打工二十来天，萨仁其木格给他整理行装，还再三叮嘱他注意事项。二十来天后，朝克巴特尔归来，他远远望见萨仁其木格站在谷地北边等他。也许她每天都这样等我的吧，他这样想着，不由得心头一热，快步朝她跑去。

"天啊，你变黑变瘦了……"萨仁其木格叹了一口气，说，"我想你今天可能回来，特地给你炖了肉。"

俩人有着谈不完的话语，一路欢笑畅谈。朝克巴特尔一进屋，便从包里拿出一件衣裳和手上涂用的一小盒防冻油，说："这给你买的。"

萨仁其木格高兴得将那些东西翻来覆去看了好几遍后说："你真会买东西。这种结实的衣服对我们这样干粗活的人最合适不过。"她又凝视着防冻油说："这对我有用，一到冬天，我手上的皮肤就会裂开。"

萨仁其木格端上肉，邀他吃喝，还问道："工钱都拿到了吗？"说话间，她满面红光，很明显为朝克巴特尔的归来欣喜不已。

"拿到了。只要不怕苦，看来出去打工还是能赚到钱的。"朝克巴特尔说，"以后有机会我还出去，你照看咱两家的羊，我再赚点钱回来，也能添补点咱俩生活不是吗？"

"可外出打工太辛苦了。"萨仁其木格说。

……

想到这些，朝克巴特尔觉得，无论如何也不能丢下萨仁其木格。于是，他扭转话题问莫日根特古斯："你是住在旗里的人，有女朋友了吗？"

"自身难保的家伙哪有那种痴想。城市里的姑娘不把没钱人当人看。"莫日根特古斯叹气，将杯中白酒一饮而尽。

"不会全是那样吧？"

"不会挑剔的姑娘也碰不见，我也没办法呀！如果找个女朋友，买冰棍还不得多买一根吗？可是我要买一根冰棍，还得先考虑考虑兜里的钱够不够。"莫日根特古斯继续说，"你是住在乡下的人，可以找个憨厚老实的牧民姑娘一起过呗。"

"你不知道，现在的乡下已经没有姑娘了，别说姑娘，年轻一点儿的少妇都跑到城里，不是当保姆就是当饭馆的歌手。"

"我怎么不知道呢？留在乡下的那些小伙子现在只能找比自己大的寡妇一起生活，没办法！无论如何，比起单过好，好歹彼此有个照应呀。"莫日根特古斯忽然间似乎想到什么，又说道，"萨仁其木格不是在你跟前独自生活吗？其实，她虽为中年妇女，可姿色姣好，为人也好……"

朝克巴特尔面红耳赤，急忙说："你胡说什么呢？萨仁其木格的儿子吉日嘎拉图比我才小七岁。"

"那有什么关系？"

"没关系吗？"

"你觉得无所谓就没一点儿关系……"莫日根特古斯继续说，"在我们小时候，萨仁其木格还是个大姑娘，偶尔和我们嬉戏追逐。现在想来，觉得她在那时还算漂亮。时间过得真快呀！"

到晚上，两人已喝得烂醉如泥，躺在炕上鼾声大作。翌日，朝克巴特尔醒来，发现莫日根特古斯已经走了。他回忆起昨天跟莫日根特古斯谈过萨仁其木格，夜里又梦见了萨仁其木格。他清楚地记得，梦中的萨仁其木格变得愈加年轻美丽，笑靥如花地朝自己款款走来……

朝克巴特尔走到外面，看见萨仁其木格正走在家附近。他想去和她见面，转念一想，昨天和莫日根特古斯围绕她胡吹一番，夜里还梦到她，不由得感到害羞，犹豫不决。

## 三

自从南方养蜂女来之后，事情变得有些复杂。

莫日根特古斯走后的第二天夜里，朝克巴特尔听到汽车声渐行渐近。他虽被惊醒，但没当回事，又睡起来。翌日早上，他起床走到外面，看见一位穿着蓝衣裳的姑娘走来。

奇怪呀，从哪里冒出这么个尤物？朝克巴特尔伫立思索时，姑娘来到他面前，笑容满面地像鸟似的啁啾一番。朝克巴特尔费力地理解到她在问："你的井在哪里？"

"你问井干吗？"

姑娘继续啁啾后，朝克巴特尔再也听不懂她在说什么。他放羊时才看见自家的左下边有一顶帐篷和几十个蜂箱，才晓得昨夜一辆汽车拉来了这些东西。

下午，姑娘给他带来许多大小纸盒。朝克巴特尔看到盒子上有汉字，有些还有外国文字，所有纸盒上都有蜜蜂的图案，便晓得，这是送来了蜂产品。南方养蜂人每年光顾这里。他们从大老远雇车过来，搭起帐篷，几个月风餐露宿，到秋天再返回。操着一口叽里呱啦语的南方养蜂人风餐露宿的生活看上去虽让人感到怜悯，可他们依然精神抖擞，信心百倍。朝克巴特尔想：比起我们，他们有无穷的能耐和智慧，肯定能赚到大钱。又想：我们却没有能耐和智力，所以受邻村人的欺辱。如果碰上养蜂人，会把邻村的那些像烧火棍似的家伙们玩弄于股掌之间，再把东西出售给他们。

养蜂女谈笑些许后说：“晚上到我那儿吃饭吧!”这句话总算让朝克巴特尔听懂了。

“不，我在家里……”朝克巴特尔犹豫不决。

“一人吃饭多寂寞呀！两人在一起谈笑风生地吃呗。”

“那就……”

残阳如血，将近落下时，朝克巴特尔跟养蜂女到她帐篷。小帐篷里面非常干净，床单和枕巾好像刚刚洗过，弥漫着女人用的香水味道。养蜂女拿出个折叠的铁玩意儿，操弄几下，那玩意儿竟变成桌子一样的东西。她再从一个箱子里取出牛眼大的几个盘子，将还不够塞牙缝的各种菜肴往盘子里放两小撮或半羹匙，又拿出一瓶葡萄酒。锅里还煮沸了挂面。

姑娘啁啾一番，举起杯子时，朝克巴特尔大致听懂她说的是“为蒙古族青年的美好”，而后将杯中酒一饮而尽。

姑娘不时哈哈大笑，拍着朝克巴特尔的肩膀，还打开录像机，播放外国电影，其间与朝克巴特尔频频碰杯。

朝克巴特尔觉得，姑娘来这片谷地有如干旱的天空中升起雨云，抑或萨日朗花在野地草丛中独自盛开。别小看姑娘待在小帐篷里，里面可是飘散着女人用的香水味，开动小发电机观看着外国录像，一天换几次大都市姑娘们才穿的衣服，举止落落大方。他整天见到蜂箱那边的几个灌木丛上晾晒着姑娘色彩斑斓的衣服。姑娘天天来朝克巴特尔家里，每天都邀请朝克巴特尔到她那里去看录像。

朝克巴特尔也爱看录像。录像中的那漫卷地泛着银白色浪花的大海，海里游泳后躺在沙滩上休息的男女，绿野中蜿蜒的公路，公路上疾驰的小汽车……多么美的地方，多么有福气的人们啊！想到这些，朝克巴特尔感到自己的生活让人厌倦。

一天，朝克巴特尔去井边打水，碰见萨仁其木格给羊饮水，才想起七八天没见萨仁其木格了，便说：“真是个好天啊。”说完就笑。

萨仁其木格没说话。

朝克巴特尔便知道萨仁其木格在生气，急忙说道：“这几天我感冒……”他扯了弥天大谎。

萨仁其木格嘀咕着：“也许吧……”又用幽怨的目光瞄他一遍，扔下水桶，赶着羊，屁颠儿屁颠儿地走远了。

朝克巴特尔打完水回家时，养蜂女匆忙赶来说：“哥啊，这里有用卡取钱的地方吗？”

朝克巴特尔虽然知道有那种用来存钱的卡，但自己却没有那种东西，所以发怔说：“旗里或许有。”

“哎呀，那怎么办呢？”姑娘快要哭了。

“怎么了？”

“我妈妈生病了，我要给她汇款……”

朝克巴特尔一听就急了。从这儿到旗里有二百里，看这姑娘的样子到旗里汇完款时她妈也许已经病死，谁知道用卡汇款的地方在旗里哪边呢？

于是，他问道：“三千元够吗？”

“先给三千，够了。”

朝克巴特尔走进里屋，从毡子底下拿出三千元钱，交给姑娘，对她说：“你如果原路返回，会见到公路，在那儿搭上过往的车，走一个来小时就到苏木。在苏木汇款吧！”姑娘的眼睛噙着泪水，流露出一丝感激，甚至是惊喜的神情。

姑娘说：“哥呀，我真不知道说什么才好。我给你写借款收据吧。”

朝克巴特尔豪迈地说：“嗨，真麻烦。我们彼此间借东西时总不写那玩意儿。”

“要不……我把存款卡抵押给你。”

“别麻烦了，还不快去汇款?”

姑娘的眼睛更显泪汪汪，说：“我如今明白了什么是蒙古族青年，什么是蒙古故乡。”她在朝克巴特尔脸上亲了一口便匆匆离去。

朝克巴特尔自打出生以来，还没有被人如此夸奖，还没有体恤和帮助比自己还处于弱势的人。因此，他觉得自己瞬间变成了另一个人。还觉得：我帮扶弱势者，看到她感激涕零，如此看来我还是个有能耐的男人啊!

姑娘去苏木汇款，直到傍晚还不见回来。朝克巴特尔有些担心，给她打电话。莫日根特古斯上次来时，给他留下一部旧手机，如今派上了用场。姑娘却说：“天色已晚，我住苏木旅馆，明天再回。”她的这番话让朝克巴特尔得以安心。那夜，朝克巴特尔梦到姑娘，梦见姑娘在返回的路上迷路，迷惘地游走。还梦见姑娘要回家乡，在汽车上装着那些蜂箱。梦境里，汽车声久久轰鸣，渐渐远去。

翌日，他醒来等姑娘，等到中午还不见回来。他想，也许她一回来就进帐篷里睡觉了。朝克巴特尔过去探看，眼前的一切几乎让他不敢相信，让他发蒙。姑娘的蜂箱和帐篷好像被风刮走一般不见了踪影。他走过去看到汽车轮子新轧过的痕迹。于是，他知晓昨夜听到的汽车声原来并非梦境而是真有其事。

他虽想到事情不妙，但又想那姑娘或许有什么急事，夜里搬走，几天后可能会回来，如此抚慰着自己。几天后，他知道姑娘已不再回来，便给莫日根特古斯打手机。

莫日根特古斯听完，叫苦连天地说：“你被骗了。就当作把三千块钱扔给狗了。”

“如果打听，也许能找到……”

“你知道那姑娘的姓名和籍贯吗?”

“她说她叫小王。籍贯是江苏哇还是江西，反正带着一个江字……”

“那就把那姑娘连三千块钱一并忘掉吧。”

“那……只能如此了。兄弟，千万别对他人说这事，人家会笑话。”

“不说，你放心。”

朝克巴特尔好几天都感到寂寥。一想起那姑娘曾泪汪汪地说“我如今明白了什么是蒙古族青年，什么是蒙古故乡”，他咬牙切齿地自语道：“你是看透了像我这样的蒙古人，才如此欺骗我呀。”站在门口望去，他觉得故乡也在寂寞一般飘着氤氲。萨仁其木格的家就在南下方，离这里很近。于是，他想到十来天没见萨仁其木格，她还生我的气吗？等他坐下来思索时见萨仁其木格朝自己走来。

朝克巴特尔有些慌张，但想想又觉得自己并没有对不起萨仁其木格。

萨仁其木格来到他面前，若无其事地一笑，说道：“我想麻烦你一次。”

朝克巴特尔兴高采烈地说：“没关系，为什么这样客气。”

“我的羊圈破了……”

朝克巴特尔晓得，萨仁其木格是以让他修羊圈为由，与他重归于好。萨仁其木格一路与他欢声笑语，但只字未提养蜂女。朝克巴特尔到她家修羊圈时，萨仁其木格忙着准备做饭。

## 四

到了秋天，朝克巴特尔看见萨仁其木格屋外隔三岔五出现一辆摩托车。摩托车主是一个穿着黑衣服的家伙，在萨仁其木格家进进出出。有时骑着摩托走了，过两天又回来。朝克巴特尔不明白那家伙是从哪里来的。萨仁其木格仍在自己的家外忙碌着，但他发现萨仁其木格有时穿着红衣服，有时穿着蓝衣服，就想起萨仁其木格以前没有那种衣服，可能是那家伙从什么地方的地摊上买来廉价的衣服，还哄骗萨仁其木格说，价格不菲。

一天，萨仁其木格来到朝克巴特尔家，对他说：“晚上去我家吃饭吧。”

朝克巴特尔想，亏你还偶尔想起我这个大活人。他怨声说道：“我没空。”

萨仁其木格扑哧一笑，说：“姐姐我独自生活，还真难啊。现在等到有人光顾我家了。实不相瞒，我想能凑合就凑合吧。所以，来请你过去。一来，帮我看看他的为人；二来，你们两个大男人在一起乐呵一番也方便……姐求你了。”说完，她眼睛里噙满哀求和渴望宽恕的泪水。

朝克巴特尔被感化了，说：“好的，我去。”他想，我能为这可怜的妇人帮上多大忙呢？再说，她的儿子才比我小七岁。

晚上，朝克巴特尔来到萨仁其木格家，虽对那个骑摩托的家伙表现得彬彬有礼，但还是觉得那家伙怎么看都惹人烦。

那家伙是四十来岁的高瘦黑脸汉，一见到朝克巴特尔就摆着长者的谱，冷冷地跟他打招呼，又嘱咐萨仁其木格说：“倒茶。”

朝克巴特尔尽力稳住自己，露出一丝礼貌的微笑，坐在炕沿。萨仁其木格生怕他们俩尴尬，赶紧端肉斟酒。

“请你们喝酒……”萨仁其木格劝几回酒后，给自己也斟了一杯说，“咱们喝三杯。”

那家伙装出一脸正经，说道：“再整两盘菜吧。你一个妇道人家喝酒干吗？”朝克巴特尔咬着牙忍耐着，强作欢颜。萨仁其木格依照那家伙的话赶紧放下杯子，开始做菜。

“扎，喝吧，但年轻人可不能嗜酒。”那家伙说。

朝克巴特尔说：“哥，您也喝……我给您敬三杯酒。”又说：“我当弟弟的先喝三杯。”

如此开喝起来，不一会儿，朝克巴特尔醉了。

“哥骑的摩托真漂亮。”说话间，朝克巴特尔的眼睛在闪闪发光。

只听到那家伙“啊，嗷……”地答应着。

“可是摩托已经过时了，人们都买汽车跑呢。看来你似乎没那能耐。”

“啊，嗷……”

“摩托可厉害呀！一不小心它就驮着你飞入悬崖。断胳膊断腿是起码的事，虽然受重伤瘫痪，还能保住一条命，但说来那比死还难看。若重重一撞，还可能立马死去……”

那家伙还在：“啊，嗷……”

“你是老家伙。如果想娶老婆，从故乡娶个老太婆，哄自己开心就行。为何跑到这里来……”

朝克巴特尔仿佛听见那家伙的喊叫，脸色显得格外狰狞。

“你怎么变成三角脸了？变成五角、十角也是个破流浪汉……”

接着，听到嗵咣作响声，朝克巴特尔感觉自己好像和他打起架来了。可不知道谁揍谁。他喊道：“我宰了你这个坏家伙……”

忽然间整个世界变得非常寂静。仔细一听，还不算寂静，有人在号哭。屋里漆黑一片。

“那个流浪狗在哪儿？”朝克巴特尔喊道。

“已经走了……”萨仁其木格还在抽泣。

“什——么？”

“是你把人打跑了！”

朝克巴特尔的头脑一清醒，顿觉千错万错都是自己的错。他喊道：“我……我不是人。”他想起身，挣扎几下，又瘫软倒下。

萨仁其木格趴在他胸膛上哭了许久后说：“可怜的你啊，你有那种想法为何不早对我说呀？”她说完抱着朝克巴特尔猛地亲吻一番。

## 五

那个夜晚后，朝克巴特尔再也离不开萨仁其木格家。朝克巴特尔觉得，萨仁其木格的那两间土屋让他感到难以言喻的温馨，自己以前独守空房的生活不是人过的。萨仁其木格也有了依靠，心情也似乎平静许多，她虽整天操劳，却很少生气，干活儿时哼着小曲，还不时化妆打扮起来。她十分注重让朝克巴特尔吃好喝好，让他像样地穿着。若给朝克巴特尔做上一顿好饭，买上一件新衣服，她比朝克巴特尔还欣喜不已。在此期间，萨仁其木格也变得比以前年轻漂亮，不由得让朝克巴特尔感到好奇。

眼看着到了秋天。那些日子里，朝克巴特尔仿佛忘却疲倦，干起活儿来不知停顿。一个月辉遍地的夏夜，朝克巴特尔忙碌着堆起白天割的草，萨仁其木格站在他旁边说："你这是堆起草山！"说完便哈哈大笑。她拿出手巾，为朝克巴特尔擦拭着汗水说："现在到半夜了，休息吧，明天做也赶趟。"

"我想不停歇地干下去。你先去睡觉，我把这些草全堆起来再说。"

"那我也不睡觉，待在你旁边吧……"

从夏天到秋天，再从秋天到冬天，他们俩如此陶醉在幸福中。到了冬天，朝克巴特尔要给萨仁其木格买一部手机。萨仁其木格犹豫地说："你不是有手机吗？两人有一部不就行吗？"朝克巴特尔倔强地说："每人有一部更方便。你儿子也可能来电话。"他到苏木邮政所给萨仁其木格买了新手机。

萨仁其木格有了新手机，高兴得不时给儿子打电话。她儿子几年前中学毕业，在盟里打工。他两年前回家住了两天就离开了，再也没回来。朝克巴特尔知道，那儿子看不起生母。

朝克巴特尔放羊回来，只见萨仁其木格坐在那里，闷闷不乐。

“怎么了？你身体不舒服吗？”

萨仁其木格叹口气，说一声：“唉，我这坏小子……”又说：“既然咱俩要一起过，无论如何要给儿子说一声。可虽然想说，不知道该怎么说……”

“那什么都没说吗？”

“我对他说，你也年年不来，我独自在这里受累。我儿子却说，你想找汉子吧，你已经老了，那样丢人现眼，干吗？但怎么说，现在的牧场、畜群、房屋都有我一份。看来他的性格比以前坏了许多。照他那性格，如果跟别人吵架打斗，出了事，咋办呢？”

朝克巴特尔不知说什么好，踌躇一阵后说：“这也不能怪你儿子，儿子是父母遗产的主人啊。”又说：“你把所有财产留给你儿子，去我那儿过吧。”

“可……我不愿离开儿子，怎么说那是我儿子，还是独子……”萨仁其木格哭了。

“别太伤心，苦难这东西，一咬牙就过去了。”

“但愿今年过年儿子能回来。真想和他开怀畅谈。”

“你就给他打电话说，必须回来。”

春节渐渐临近。一天，萨仁其木格笑容满面地说：“给吉日嘎拉图打电话了。他说，有空就来家过年。”

于是，萨仁其木格和朝克巴特尔开始忙活起来。朝克巴特尔清理垃圾，还弄来白灰，将屋里的墙壁粉刷得白白亮亮。萨仁其木格专门去苏木，买来床单等用品，为儿子将里屋收拾得清清爽爽，还准备了很多儿子喜欢吃的食品。

除夕之日，下午冷风吹起，尘土飘卷。朝克巴特尔打扫屋子，在门上贴好对联，不时探望着萨仁其木格家。他想，若吉日嘎拉图来了，就能瞅见。萨仁其木格家看起来，格外寂静。因前几天已进行彻底打扫，她家附近干净许多。萨仁其木格不时走出家，望望公路。如此，等到暮色低垂。

朝克巴特尔走进羊圈，给羊搁草后进屋想煮饺子，却又犯懒。他看着电视，坐了许久，才想营造年味而在锅里烧水，拿出酒小酌。此时，萨仁其木格进来了。

朝克巴特尔就知道吉日嘎拉图没有回来，却不知如何说起，只道："扎，那么……"

"你没有煮除夕的饺子吗?"萨仁其木格说完，立即行动，从柜里找出能吃的东西，摆在桌上，煮起饺子。朝克巴特尔觉得，萨仁其木格一来，几分钟之内，屋里便显得温暖，充满生活气息。他觉得，期盼许久的儿子没来，萨仁其木格可能在焦急，于是偷偷察看，萨仁其木格丝毫没有焦急的神态，而摆出一副无论如何还得照样过年的样子，显得利落大方。

"喳嘿，劳累了一整年，无论如何，欢欢喜喜地过好年。"萨仁其木格斟上酒。

从外面呼啸的风声中，他们听到远处的爆竹声，那是邻村的人们在过年。

萨仁其木格说："咱俩也轰轰烈烈地放放爆竹。"

于是，俩人到外边放炮。用香烟点燃爆竹引线时，引线沙沙作响着燃起来，紧随其后的轰隆声震耳欲聋，不久，升上高处的爆竹在狂沙席卷的夜空上红光闪闪地炸开，然后听见"嗵"地一响。

"说是，爆竹声剧烈，来年运气旺盛。来年你会过得好。"萨仁其木格鼓掌欢笑。

那夜，他们俩都没入睡。不久，萨仁其木格喝醉，唱起《半圆的月亮》。

半圆的月亮

幽幽悬挂在苍穹……

夜深了，风暴愈演愈烈。

## 六

除夕，吉日嘎拉图没来，大年初一也没来，初二下午竟然回来了，还是醉醺醺地回来。

那夜，朝克巴特尔很晚才睡，所以睡得鼾声大作。睡梦中，他忽然被重重的推门声惊醒，一开灯，只见一个陌生青年站在屋里。朝克巴特尔揉揉眼睛，凝望一阵，才认出是吉日嘎拉图，问候一声："什么时候来的?"又道一声："过年好!"他闻到扑鼻的白酒味，便知晓吉日嘎拉图喝醉了。

朝克巴特尔赶紧起来生火煮茶，还说："我本想你除夕来。"

"路上碰见几个朋友，一起喝酒……"吉日嘎拉图口吃地接着又说，"我一回来就想给你拜年，所以夜里赶过来。"

朝克巴特尔给他倒奶茶，摆上糕点，斟了酒。

吉日嘎拉图将酒洋洋洒洒地全干后说："扎，我叫你啥呢？叫哥，还是叫爸?"他的眼睛在恶毒地盯着。

朝克巴特尔被这话给愣住，但他又认为这番话早晚都得和他说，今天亮开讲了也好，对将来也方便。于是犹豫一阵后吞吞吐吐地说："啊……这事……"

"你没看我家穷吗？家里的东西一个妈用还不够，你还想分一杯羹，干什么？若有能耐就去分享别人的东西。欺负像我们这样的可怜人家……你还算是人吗?"

"不……不是那样的!"朝克巴特尔心急如焚地喊道。

"我们虽势单力薄，却还没丢掉脸面。可现在你侮辱我家的脸面。我们怎么说也是邻居呀，为什么欺辱我们家?"吉日嘎拉图异常疯狂地哭叫着。

朝克巴特尔更急了，说道："你别哭……听我说……"

吉日嘎拉图号哭一阵后咬牙切齿地对他说："像你这样龌龊的乡巴佬还要欺负我们！你老子我和市里的强盗都打得头破血流，杀你也是易如反掌。"

吉日嘎拉图突然抓起酒瓶砸向朝克巴特尔的头。朝克巴特尔未感觉到疼痛，却发觉热乎乎的东西顺着他的脸颊流。他丝毫未动，也没擦拭脸上的血。吉日嘎拉图跳起身，摁倒朝克巴特尔，骑在他身上，揍起来。已经二十五岁的朝克巴特尔可以轻松地拿下小他七岁的吉日嘎拉图，但他没那么做，而是豁出身子，躺在那里，任由他打。不一会儿，他感到头晕目眩，神志迷茫。

清醒过来时，家里异常寂静，吉日嘎拉图走了。门开得敞亮，冷风吹进来。一想到吉日嘎拉图正醉着，恐怕倒在路上挨冻，朝克巴特尔跳起身，随手抓住电棒，向外跑去。外面一片静谧，冷气袭人，仿佛要凝冻人的骨髓。朝克巴特尔一路喊着吉日嘎拉图的名字，来到萨仁其木格家，只见她独自哭泣。

"吉日嘎拉图没回来吗?"

"来后又走了……"

"这么冷的夜里走了吗?"

"他是坐朋友的摩托来的。和他朋友一起走的。他发誓……再也不回这个家……"萨仁其木格轻声细语地说完，望着朝克巴特尔问道，"打你了吗?"

"没事，没事的……"

# 七

从春节到清明，朝克巴特尔无数次地去找嘎查、苏木、旗里三个级别的领导，总算以二十年的期限承租到邻村的一片草场。那片草场里有一间闲置的房子，他跟房主人说好，用十只羊来换房子，忙碌几天，才把房子收拾干净。

于是，他赶到萨仁其木格家，对她说："你现在就搬到那里去。"

"我搬到那儿，你怎么办？"

"我随后到呗。"

萨仁其木格用疑虑的目光望着他。自从吉日嘎拉图来打朝克巴特尔走后，他们俩再也没谈论一起生活的话题。

"要抓紧了。"朝克巴特尔催促着说。

穷人搬家非常容易。朝克巴特尔借来嘎查书记那玛海的马车，一次就搬走萨仁其木格的所有东西，又拆掉她家的棚圈，搬运两天。最后，只剩下赶羊。走之前的晚上，朝克巴特尔在家炖肉，包饺子，与萨仁其木格美美地饱餐了一顿。

"今晚咱俩醉个痛快。"朝克巴特尔豪爽地说。

"你怎么还草场二十年的租金？"萨仁其木格问道。

"我有办法，你别管。"朝克巴特尔说，"唱那首《半圆的月亮》吧。"

那天晚上，萨仁其木格唱得真好。歌声飘过在黑夜酣眠的乡野，响彻到很远很远。"从此，我走到哪里，都会怀揣着你半圆的月亮。"朝克巴特尔说完笑了。

翌日，朝克巴特尔帮萨仁其木格赶羊，把她送到新草场。

"你什么时候搬过来？要抓紧啊。"萨仁其木格说。

"不会太久……"

从此，朝克巴特尔消失得无影无踪。过了许久，萨仁其木格才知道，朝克巴特尔承租那片草场时，用自己的草场经营证做抵押，又把自己的房子和畜群都变卖成钱，还了草场三年的租金。萨仁其木格想：他这样做是否为了和我一起生活？但又想事情好像并非如此。朝克巴特尔杳无音信，二十来天后，萨仁其木格去看以前居住的谷地。朝克巴特尔的房子被人拆走，只剩下几面墙壁。

他已经走了！萨仁其木格唉声叹气地往回走。走到谷地东边时已到夜里。那是个无月夜。月亮叫朝克巴特尔揣走了，不知他去了哪里？萨仁其木格边走边想……

海风　译

# 故乡与青春

## 一

听到其尔麦拉图来到苏木等他的消息，德格吉尔夫跑三十里路来了。其尔麦拉图在一个小饭馆叫了四个菜，备了两瓶酒在等他。俩人见面相拥在一起，然后把两只手搭放在对方的肩上，笑着注视着。

高高的个头、削肩膀的其尔麦拉图较之前几个月脸晒黑了，也显得沉稳了。你呀你，很辛苦。德格吉尔夫心里这么想着，不由得感伤一番。

俩人对桌而坐。

“祝贺我们再次见面。”其尔麦拉图举起了酒杯。

“少喝点吧你，胃不好。”德格吉尔夫把自己的一杯酒全干了，劝对方说道。

“喝，喝！谁知道下次什么时候再见面。”

他知道其尔麦拉图有喝酒容易吐，甚至有时候吐血的毛病。可是，其尔麦拉图见到朋友往死里喝。一是见到朋友高兴，再就是不驳朋友的面子，属于感情铁喝出血之类。

几个月之前，他们从旗蒙古族中学高中班毕业，少数几个同学考上了大学，大多数走向社会的四面八方。德格吉尔夫、其尔麦拉图、娜布其玛、萨仁其其格他们四个是一个嘎查的，四个人都回到了家乡。其尔麦拉图是个孤儿，在兄嫂手上长大的，所以，他回来不久就进城打工了。

“是在建筑工地上打工吗？”德格吉尔夫问。

“是的。”其尔麦拉图说完，一边嘴里嚼着羊肚丝，一边对着厨房喊了一声，“嫂子！给我们拿点醋蒜过来！”言谈话语的神态整个一个打工仔的样子。

“建筑工地活儿不是重吗？换个别的活儿不行？”德格吉尔夫问。

“像我这样的人别的还能干啥？在建筑工地上只要不惜力气地干活，吃喝是不愁。工头对我也不赖，说这个蒙古小伙肯吃苦，经常表扬我。”

饭馆老板娘是个胖女人，拿过来捣好的蒜泥和醋浇在盘子里的羊肚丝上面。

“实际上你哥哥分到的草场和羊群里应该有你的份儿。”德格吉尔夫说。

“唉，哥嫂孩子多，巴掌大的草场，百八十只绵羊，我和他们搅和什么呀？现在我一人吃饱全家不饿，也挺好。”其尔麦拉图说完，又想起了什么似的，问了一句，“我那个侄子挺好的吧？”

“挺好的，好像是今年秋天上学了吧。”

“可好玩呢。他小时候我去放羊，让他骑在我脖子上。”其尔麦拉图说。

“娜布其玛、萨仁其其格她俩好吗？”德格吉尔夫问。其尔麦拉图进城不久，娜布其玛和萨仁其其格俩也进城了。

“挺好的。娜布其玛在饭店唱歌，萨仁其其格嘛，她准备和一个四十开外的商人结婚，那个男的年龄是大了一点儿，不过好像对萨仁其其格挺好的，还给她买了金项链。”

酒下得挺快。

“去过咱学校没？”

“没。一想那大院与咱没啥关系了。但又想你我在那个大院整整度过了六年的光景啊!”其尔麦拉图说道。

“现在想想看我们为什么上学了?如今落到这般地步，六年的时光白白地浪费掉了。真可谓‘早知今日，何必当初’?”德格吉尔夫感慨道。

时间过得真快，酒足饭饱，其尔麦拉图要走。

“着啥急呢?要不去我家住上两天再走吧。”德格吉尔夫发出了邀请。

“不了。现在趁天气暖和多干点。入冬后，建筑工地就停工了。”

其尔麦拉图站起来，从背包里掏出两包香烟递给德格吉尔夫，说:“这是我给你妈妈买的。我小时候，哥嫂在吃饭方面对我另眼看待。你妈妈把我领到家里给我好吃的。”然后又掏出一个挺漂亮的笔记本，说:“这个给我侄子。有时候还怪想他的。”

俩人走到原来苏木供销社门前歪脖子大榆树底下等班车。班车会在这里停下，人们上下车。俩人等了挺长时间，一辆落满尘土的班车“呼哧呼哧”喘着粗气停下，车上下来三五个人。其尔麦拉图和德格吉尔夫拥别后上了车，从车窗挥手告别时，眼角闪动着泪水。

德格吉尔夫一边使劲挥手，一边心里想，其尔麦拉图好兄弟，别看他身材骆驼般地高大，心底却孩童般地单纯。

德格吉尔夫一直目送班车消失在天际后，转向奶牛场方向走去。他想见见斯尔吉姑娘。

斯尔吉因为家庭生活困难，初中二年级的时候就辍学了。德格吉尔夫每年暑寒假回来，斯尔吉都来见他。返校时，斯尔吉也会来送行。去年冬天寒假结束，德格吉尔夫返校时，斯尔吉又来送行。到了岔路要分别时，德格吉尔夫回头一看，斯尔吉还站在那里。德格吉尔夫突然一把抱住了斯尔吉。斯尔吉瘦小的身子颤抖了一下，但没挪地方。“放开我吧。班车快要来了。”过了许久，斯尔吉这样说。德格吉尔夫不想放开，斯尔吉掰开了他的手，红着脸，说:“一辈子长着呢。以后……有的是时间不是?可是……”“可是什么呀?”“你上了大学，就会看不上我了。”斯尔吉说完扭头走了。

德格吉尔夫没有考上大学。回到家里好几天没有见到斯尔吉。问母亲，母亲告诉他，斯尔吉去苏木奶牛场打工去了。

奶牛场位于苏木东南方向一个洼地里。德格吉尔夫走到大门口时，正遇一个连面胡子的汉子站在大门口在喊："先把湿牛屎都清理出去，然后推来干沙子垫上！"德格吉尔夫想起来这个人就是奶牛场的场长，名叫达尔嘉。德格吉尔夫从墙头往里看过去，只见一个头包纱巾的女人正在清理牛圈。看了好半天，才认出是斯尔吉。

这时候，斯尔吉也看见了他，扔下手中的铁锨跑了过来。俩人分别站在墙内墙外说起了话。

"我听说你回来了。"斯尔吉低着头说。

"我早就想过来见你。可是，家里忙得……"

"我知道你们家的情况。"

这时候传来了场长达尔嘉的声音："快点儿干活吧。只顾站在那里说话怎么能行？"

"那我先去了，以后抽空慢慢唠吧！"斯尔吉说完走了。

## 二

德格吉尔夫虽然没有考上大学，也没有感到那么遗憾就回家来了。从老远看见自己的家还感到很亲切。可是回来没几天，不再感到那么亲切了。

回来当天吃完晚饭，和母亲、弟弟三个人默默地坐了很久。

"你就这样回来了？"过了许久，母亲这样问。

"回来了。"

"再复习考考看，怎么样？"

"那也考不上。"

母亲长长地吁了一口气："就这么个巴掌大的草场，你们哥儿俩以后咋过日子呀？"

"没关系。我可以当倒插门女婿。"弟弟笑着说。德格吉尔夫知道这不是他真心话。

当倒插门女婿也该由我来当。德格吉尔夫这么想着。几年前，这哥儿俩该让谁上学念书的难题摆在了母亲面前。两个都去念书，她实在供不起。那时候，弟弟直接表示，让哥哥去念书。从此以后，德格吉尔夫总觉得自己欠弟弟的。这回不能再欠弟弟了。

母亲在一旁长吁短叹坐了一会儿，回自己屋休息去了。这个屋剩下他哥儿俩。

"我和乌仁其木格订婚了。"弟弟说。

"什么时候结婚？"

"初步谈定在春节前后。"

到那时候，我可成了多余的人了。德格吉尔夫这么想。乌仁其木格弟弟、妹妹多，他们家草场也窄，结婚后她就得来这儿生活。

"我们家西洼地的草场还给我们了没有？"德格吉尔夫突然想到了这个事情。原来，他们家草场还算挺宽裕。但是，几年前嘎查党支部书记森格硬是把他们西洼地的那片草场租给了别人。

"没有还。我去找他几次，每次都说不要急，不要急，以后再说，推托至今。"

"腐败分子！"德格吉尔夫骂了一句，"明天我去找森格！"

"找了也没有用。我带着烟酒去求过。他们家盖房子的时候，我帮他们背过砖，干过泥水活儿。还专门杀了只羊把他请到家里来招待。可一点儿作用都没有。"弟弟说。

"那怎么办？"

"有啥办法？人家有权有势，咱什么都没有。"

"告他！"

"快拉倒吧。人家打击报复更没有我们好果子吃了。"

"可不能这样白白受欺负!"

德格吉尔夫越想越来气，连夜写了告状信，分别誊写几份。第二天去旗里，把几份告状信分别送到旗党委、政府、纪律检查委员会、法院等。等了好久毫无反应，后来几次去旗里找了这些单位，他们互相推诿，来回踢皮球，甚至有的连理都不理。

德格吉尔夫正在苦恼不已的时候，有一天弟弟对他说："哥你干了件蠢事。"

"怎么了?"

"人们都在骂你呢。"

"骂我什么?"

"说你念了十几年书，别的本事没学会，倒学会了写告状信。"

"谁那么说呢? 不是好多人对森格有意见吗?"

"有意见是有意见，但是他们都不敢惹，怕森格打击报复哇。最近你有没有注意到来登我们家门的人越来越少?"

德格吉尔夫觉着心里洼凉洼凉的。

"妈说明天要去森格家，还说要带上我。"弟弟告诉他。

"去干啥?"

"……给森格赔礼道歉。"

第二天，看到母亲领着弟弟往森格家方向走去，德格吉尔夫双眼噙满泪水。但是他咬了咬牙，强忍着没有让眼泪流下来。

## 三

德格吉尔夫从苏木回到家时，夕阳西下。晚霞染红了大地，高原平川涂上了一层金晖，轻雾漫漫，归来的羊群像浪花飞扬，牧村黄昏的景色格外秀丽。这片平川靠东头低矮的土房是德格吉尔夫他们家，而西南边高大挺拔的砖瓦房是森格家。

三年前，刚考入旗蒙古族中学高中班，德格吉尔夫常常做梦梦见家乡。那时候，家乡的景色是多么美丽，如果说那时令他引以为豪的话，而如今令他作呕了。因为在他眼里似乎看到了家乡另一种面貌。

后边传来摩托车声音，还没等德格吉尔夫回过头来看，又听见一个女人叫他的声音。

“德格吉尔夫，等等我！”

骑摩托的人还叫步行走的人等等，你开过来不就行了吗？德格吉尔夫回头一看，原来是娜仁其木格，骑着一辆火红色的摩托车疾驰而来。脖子上扎的青蓝色纱巾随风飘荡。德格吉尔夫皱了皱眉头。

“娜仁其木格单身女人，自己有房子，草场也宽裕……”母亲曾不止一次地在德格吉尔夫耳边吹风。母亲的意思德格吉尔夫心知肚明。过年的时候，弟弟要和乌仁其木格成婚，两间房子一间母亲住，一间新郎新娘住。到时候德格吉尔夫就连住的地方也没有了。最好的办法就是德格吉尔夫出去当倒插门女婿。可是，非得要和娜仁其木格吗？

娜仁其木格和德格吉尔夫也曾同过学。比德格吉尔夫年长两岁的这位姑娘倒挺会打扮，但学习成绩很差，所以连初中都没毕业就辍学回家了。德格吉尔夫有时候想，娜仁其木格命不好。辍学回家不到半年，与她相依为命的母亲因病撒手人寰，娜仁其木格就成了无依无靠的孤儿。第二年，娜仁其木格和一个外来人结了婚，不到半年又离婚了。人们传言，因为娜仁其木格太懒，那个男人实在受不了就弃她而去。娜仁其木格自己说是因为俩人性格不合才离的婚。不管怎么说，对娜仁其木格来说一连串不幸事接踵而至。然而，娜仁其木格也并没有因此而悲观失望，照样穿戴得漂漂亮亮，打扮得很时髦。人家有房子，草场充裕，羊也不少，生活上不缺这、不缺那，过得很滋润。

娜仁其木格很快来到德格吉尔夫跟前。

“去苏木上了?”娜仁其木格单脚点地，坐在摩托上笑着问。脚蹬一双高跟高筒皮靴子，看着挺漂亮。

“是的，你这是去哪里回来?”

“到旗里采购点东西回来。”

娜仁其木格身上的雪花膏香气扑鼻而来。看着她一身打扮，德格吉尔夫心想，我如果和他一起生活，连她买化妆品的钱都供不起呀。

“正好一路，你坐后边，我带你。”娜仁其木格说。

“算了，快到家了，我还是步行回去吧。”

“我有事求你。昨天有人给我送来一麻袋粮食，因为我没在家，就放到外面走了。看今天这个天气好像要下雨，淋雨就糟蹋了。请你帮帮我把粮食搬进屋里去。”娜仁其木格一边说，一边抬头看天气。

德格吉尔夫也抬头看了一下天，果然是黑云密布阴了下来。

“那好，走吧。”

德格吉尔夫坐到娜仁其木格身后，摩托马上启动奔跑。

“你抱紧我……”娜仁其木格“嘻嘻哈哈”笑着，在乡间小路上开足马力奔驰。车速越来越快，虽然道路崎岖不平，且弯道也多，但娜仁其木格轻车熟路，驾驶得得心应手，游刃有余。

德格吉尔夫刚好帮她把一麻袋粮食搬进屋里，瓢泼大雨随之而来了。

“咱做点儿什么饭吃好呢?”娜仁其木格瞅着德格吉尔夫问。屋里明显昏暗起来。

“不啦。我回去。”

“回?你看你能回吗?”

德格吉尔夫开门一看，外面大雨倾盆，昏天黑地。走是没法走了。

“你是不是瞧不起我?”娜仁其木格说。德格吉尔夫一看，娜仁其木格两眼直直、愁容满面地坐在炕沿上，说完低下了头。

"不，不，哪能……"德格吉尔夫慌了神。

"瞧不起也是很自然，一个离过婚的女人，而且文化也低。"

"文化高有啥用？我虽然高中毕业还不回到乡下来了，而且过得还不如你呢。"

"不管怎么样生活，我总想心情舒畅最重要。"

"可是……"

"咱俩喝点小酒，怎么样？"

"不用了吧。"

"你怕啥呀？这么大的雨谁会来？"

俩人打开两筒肉罐头，边做饭边喝酒，边喝酒边唠嗑到很晚。

"咱睡觉吧。"娜仁其木格说。

德格吉尔夫听了浑身一激灵。娜仁其木格迷瞪着醉眼，笑眯眯地看着他。外面大雨仍然哗哗而下。

德格吉尔夫倾听着雨声在那儿坐了很久，脑子里也想了很多事情。母亲的叹气声、弟弟说过的话，还有斯尔吉姑娘……交替出现在他的脑海里。古人言："人生不如意事十之八九。"指的就是这个吧。好多事情不以你的意志为转移。

娜仁其木格来到他身边，手搭在他肩头，美眸斜睨，迷迷蒙蒙地瞅着他。他还是一动不动地坐在那里。

"你寻思啥呢？自从你回来以后，我多次想过和你结婚成家。但是一直没敢对你表露。"娜仁其木格轻轻地说，"其实咱俩在一起可以过得很好。"

德格吉尔夫抬起头来看了看娜仁其木格。一条现成的路就摆在面前。如果照这条路走下去，什么住房、草场等问题能轻而易举地得到解决。可是他至今没有产生过走这条路的想法……

他首先想到了斯尔吉姑娘。但是她弟妹多，草场窄。和她结婚住哪儿，如何过光景？

娜仁其木格端起脸盆进里屋去了，洗洗涮涮的动静持续很久。外边大雨哗哗下。

洗涮动静终于停住了。娜仁其木格从门缝露出半个脑袋："你不进来吗?"

德格吉尔夫站了起来，但不知所措地愣在那里。

"人家叫你来嘛……"娜仁其木格有点不高兴。

德格吉尔夫还是犹豫不决。他知道往娜仁其木格那边儿迈出一步就没有回头路了。

娜仁其木格的目光由热盼逐渐变为失望继而变为怨恨。德格吉尔夫见了更是惊慌失措。对德格吉尔夫来说虽然头一次碰到这种情况，但他理解一个女人深更半夜将男人拉进温柔之乡需要多么大的勇气。如果这个男人不理不睬，无动于衷，对那个女人来说不啻是一种侮辱和蔑视。

但是，他还是没动，只是直愣愣地看着娜仁其木格。

"哐!"当娜仁其木格气呼呼地把门关上，德格吉尔夫只觉得整个房子震了一下。接着，传来娜仁其木格"嘤嘤"的哭声。

德格吉尔夫愣了一会儿，推门而入……

## 四

次日凌晨，天还阴沉着，下着毛毛细雨。德格吉尔夫往家走的时候，心情很激动，眼睛也湿润了。

他们家的房子在云雾中忽隐忽现。多么矮小的房屋，多么窄小的院落呀？想到没有能耐的人的生活就这样窘迫，心里很难过。没能耐怎么办？和娜仁其木格结婚，这些问题就迎刃而解了。我不能对不起母亲和弟弟。

他又想起了昨晚的事情。当他推门进里屋，娜仁其木格正哭得很伤心。德格吉尔夫见了不知所措地愣在那里。他心里在想，你这是哭啥呢？说真的是你半道上把我拉来的，而不是我主动来你这儿的。但他的眼睛已经离不开娜仁其木格的身子了。戴着乳罩、穿着三角裤衩的娜仁其木格俯卧在炕上哭呢，看上去似乎是一丝不挂，女性的胴体之美，令他呼吸急促起来。

俯卧的娜仁其木格突然转过头来，用噙满泪水的眼睛看着他，说："没出息！与其站在那里看着，上炕来躺着多好！"说完，又埋下头哭起来。

该发生的事情就这样发生了。德格吉尔夫以后的命运的航向就在这天夜间有了了断。

第二天他想早点儿起床回家，可娜仁其木格搂住他的脖子坚决不放。

"你着啥急呀？"娜仁其木格爱不释手地摩挲着他的脑袋说。

"早点儿走好吧。别人看见了不好……"德格吉尔夫说。

"管他呢！"娜仁其木格接着说，"咱该商量商量以后的事了。"

"以后的事嘛简单，我来你这儿生活不就得了？"德格吉尔夫聆听着外面"淅沥沥"的雨声说。虽说是阴天，毕竟是天亮了，屋里的一切影影绰绰看得见了。

"早点儿来我这里吧。这房子呀、院落呀的需要收拾收拾。这羊群也没有人管不行。这你来了，我这乱七八糟的营生该变得井井有条了。"娜仁其木格接着又说，"事到如今还有啥藏着掖着的呀，你就大大方方来就来嘛！回家来嘛。先把这房子该收拾的收拾一下。入冬以前把事儿办了得了。"

新生活就这样开始了。德格吉尔夫总觉得有点不适应。

"亲爱的，快起床吧，熬茶。我再眯瞪一会儿。"娜仁其木格说着，"吧"一声在德格吉尔夫脸上亲了一口。

德格吉尔夫煮茶、打扫屋子，扔垃圾的时候顺便去看了一看羊圈。羊圈里有的地方有积水，被雨水打湿了的绵羊、山羊三五成群地或站或卧，还发现草棚子一角坍塌了下来。

德格吉尔夫煮好茶等了好半天，娜仁其木格才起床，接着涂脂抹粉、梳妆打扮完，已是半晌午了。

当德格吉尔夫回到家时，母亲和弟弟一脸高兴地喝着茶。他上了炕默不作声地坐在那里。

“娜仁其木格身体还好吧?”过了一阵儿，母亲问。

“挺好的。”他说完又不作声。他本来为如何张嘴把准备和娜仁其木格结婚的事告诉家里而作难呢，现在发现什么都不用说了，家里人已经知道他从哪里回来的。

“羊群还好吗？有时候娜仁其木格把羊群撒出去不管，人就走了。”弟弟在一边说。

“没大没小的。叫一声娜仁其木格姐姐就不行了?”母亲责备弟弟。

“妈说得对。娜仁其木格姐……”弟弟说着笑了。

“娜仁其木格的草棚子坍了，我得去修理修理。”德格吉尔夫说完往外走去。

## 五

几天以后，德格吉尔夫要去旗里买铁丝网，娜仁其木格的草库伦围栏的铁丝网好几个地方断了。

娜仁其木格叫他骑上摩托去，德格吉尔夫没骑。那么值钱的东西丢了就麻烦了。再说，他驾驶技术还不熟练。

“步行走不怕别人笑话?”娜仁其木格有点不高兴。

德格吉尔夫更来倔劲了：“穷人还怕别人笑话？习惯了。”

娜仁其木格鼻子“哼”了一下，不再搭理。

于是，德格吉尔夫向公路那边步行走去，穿过这片平川到西南边，再爬过一段上坡路才到公路边。等了挺长时间，开过来一辆卡车。德格吉尔夫举手示意，可是卡车没停，从他身旁呼啸而过。如果乘坐长途班车，坐到旗里票价三十元。看来这三十元是省不下了。

去三十元，回来三十元，来回六十元。公家的行市，谁坐车谁掏钱，德格吉尔夫也不能例外。可是，高中毕业回来已经四个多月，自己没有一分钱的收入，花钱和妈妈张嘴，向弟弟伸手，多难为情。自己作为儿子，作为兄长，已经是堂堂男子汉，花钱还要靠妈妈和弟弟，想到这里不由得脸发烧，鼻子发酸。

德格吉尔夫坐上班车到旗所在地时，夕阳偏西，日近傍晚。他走出汽车站，心里觉得怪怪的。几个月以前，我还是旗蒙古族中学的高中生，自由自在地在这里逛街，可现在我变成了一个自顾不暇的乡下牧民。现在他只有一个想法，尽快找到其尔麦拉图、娜布其玛和萨仁其其格他们仨，疾步向街里走去。可是谁知道这会儿他们几个在哪里?

他走到街上，踌躇不前站在那里。突然传来一个女人的声音:

“德格吉尔夫！德格吉尔夫难道你聋了?”

他循声望过去，看见马路对面满头红头发的娜布其玛正向他招手呢。穿着超短裙、嘴抹口红的娜布其玛的头发像腾腾燃烧的火苗一样。

“哈，娜布其玛！……”他高兴地喊了一声。

“嗨，德格吉尔夫!”

不到一个钟头的工夫，火红的红头发的娜布其玛，涂脂抹粉、一身贵妇人打扮的萨仁其其格，身穿浑身溅满泥土的工作服的其尔麦拉图和德格吉尔夫聚在街上一家小饭馆。

“你们……你们都好吗?”德格吉尔夫很激动的样子。

“好着呢。我们是属于城里不像城里的、乡下不是乡下的。乡下的呢接受不了我们，城里的呢还看不起我们。可是我们一不偷二不抢，靠力气靠汗水吃饭，谁能把我们怎么地了？他娘的！”娜布其玛骂骂咧咧地说了一通。

德格吉尔夫禁不住笑了。娜布其玛原来就是个挺泼辣的姑娘，现在看来越发厉害了。萨仁其其格虽然穿戴挺讲究，但显得很拘谨。也许因为嫁了个有钱的半大老头显得不好意思吧。其尔麦拉图高兴得合不拢嘴。

几个人开始喝酒，酒酣耳热，话也多起来。娜布其玛还是那样张嘴就骂人。突然，萨仁其其格趴在桌上哭了起来。

“行了你，哭啥呢？如果你不喜欢那个老男人，给他一个嘴巴子，把金项链扔到他脸上。如果你愿意就花着他的钱享受呗。有啥哭的？”娜布其玛在一旁连说带劝。

“我想和你一样唱歌却没有你那副好嗓子，想像其尔麦拉图一样去工地干活，没有那份力气。我还有啥办法？我心里苦啊……”萨仁其其格还在哭。

“谁都有难处。慢慢来，以后总有个办法。”其尔麦拉图说。

“什么以后？你我等还有什么以后，可是现在谁也甭想欺负咱！”娜布其玛咬牙切齿地说。

萨仁其其格擦了擦眼泪，勉强地笑了笑，说：“不过，你也有点太过分了吧，怎么能把热汤子泼到人家脸上？”

“什么？泼汤子？”德格吉尔夫感到奇怪。

“是这么一回事。”其尔麦拉图给德格吉尔夫讲起了娜布其玛的这一段故事。

有一次，娜布其玛在饭店为客人唱歌敬酒时，有一个有钱人掐了娜布其玛的大腿。娜布其玛不干了，拿起放在那个人前面的一碗热汤直接泼到他脸上。

“然后呢？”德格吉尔夫急不可耐地问。

“然后，然后警察来把我抓走了呗。”娜布其玛平静地说。

“再然后呢？”

“警察问我为什么往人家脸上泼汤？我说，你们既然要管脸上泼汤的事，那么掐我的大腿的事管不管？啊，富人的脸蛋是肉，难道穷人的屁股蛋不是肉吗？警察无言以对，只好把我放了。”娜布其玛说完咯咯笑了。

“从此以后，好多饭店都不敢请她去唱歌了。”其尔麦拉图说。

“可敢掐我大腿的人也没有了呀。”娜布其玛说完，脖子一仰把一杯酒喝了进去。

“不是说你告发森格了吗？怎么样？”萨仁其其格问。

“没成。”德格吉尔夫吁了一口气。

“告状有什么用？你要是有那个胆量，你就半夜截道把他往死里揍一顿。如果没那个胆量，趁早悄悄儿地待一边儿去。”娜布其玛说。

德格吉尔夫犹豫了半天，吞吞吐吐地说：“我准备和娜仁其木格成家。”说完，低下了头。

三个人听了，一下子变得鸦雀无声。德格吉尔夫低着头坐了一会儿，当抬起头来看时，三个人都以悲伤的目光瞅着他。

“咋地了，你们？”德格吉尔夫生气地问。

“没咋地。要不咱几个唱歌？唱吧。”其尔麦拉图笑着说，说完开口唱开了：

荡起路途上尘埃的
是那小灰马的四个蹄子……

其尔麦拉图是个左桑子，五音不全不成调。娜布其玛瞥了他一眼，接着唱：

建设幸福不懈奋斗
是年轻人的坚强意志

萨仁其其格也跟着唱起来。德格吉尔夫知道，这几个朋友虽然都不大喜欢娜仁其木格，但是为了安慰他而唱呢。他很受感动，唱得更加起劲：

震动山上的石头的
是那枣红马的四个蹄子
热爱劳动不断努力
是年轻人的美好追求……

午夜过了，酩酊大醉的四个人摇摇晃晃走在大街上。萨仁其其格哭得泪湿衣襟，娜布其玛一会会儿唱着，一会会儿骂街，其尔麦拉图不断地呕吐。

“你们认出这是什么地方吗？”娜布其玛用手指头指了指前方问道。

德格吉尔夫醉眼惺忪地朝手指的方向看去，一个大门上面的横梁上亮着一盏大灯，大门两边儿挂着门牌，“……旗蒙古族中学”几个大字清晰可见。

“啊……这是我们的母校……”娜布其玛喊道。

“母校的房子如果坏了，我给修理，免费不要钱。”其尔麦拉图说着醉话。

萨仁其其格没吱声，德格吉尔夫也没吱声。

当四个人离开那里时，都哭了。

## 六

娜仁其木格、德格吉尔夫经常闹矛盾。矛盾的根源还是因为娜仁其木格太懒。德格吉尔夫从放牧羊群到收拾院子，从打扫房间到洗衣做饭，里里外外忙得脚打后脑勺，娜仁其木格每天睡到日中方醒，起来描眉画眼，梳妆打扮后骑上摩托一走了之。

起初，德格吉尔夫一直忍着忍着，到后来实在是忍无可忍了。

有一天，娜仁其木格又骑上摩托要走。

“我没法和你过了。我要走哇!”在院门口忙乎的德格吉尔夫突然喊道。

已经跨上了摩托的娜仁其木格停了下来：“你有地方去就去呗。谁阻拦你了?”

“你以为我真的是走投无路没地方去了?”德格吉尔夫说话的时候嗓音都颤抖了。他深深感到娜仁其木格这句话里满含着对他的蔑视和侮辱。

“不是走投无路，你能来我这儿吗?”娜仁其木格说着发动着了摩托一溜烟开走。

德格吉尔夫久久地看着摩托后面扬起的尘土，使劲吐了一口唾沫。

有一天，娜仁其木格去旗里回来，给德格吉尔夫买来了里里外外一身新衣服以及鞋和袜子。

“干吗呀，这是?”德格吉尔夫问。

“旧衣裳明天开始不要穿了。”娜仁其木格说。

“怎么？这身衣服给你丢脸了?”

娜仁其木格叹了一口气：“咱俩怎么一张口就想吵架呢？我们走到一起，可不是为了吵架的呀。”娜仁其木格口气满是委屈。

德格吉尔夫也长长地吁了一口气。

夜晚，娜仁其木格躺在德格吉尔夫身边，沉默了许久后开口说道："我让你做我的丈夫，而不是让你来给我当长工的。因为我爱你。但我从小娇生惯养长大，不愿干活，没办法。"

德格吉尔夫回想起了那个雨夜。娜仁其木格招呼了他几次，后来俯卧在那里伤心地哭了。他并不怀疑娜仁其木格对他的爱。

"咱俩对待事情的态度不一样，你知道吗？"德格吉尔夫翻过身子面朝娜仁其木格说。

娜仁其木格他们俩面对面地躺着。娜仁其木格摩挲着他的脸和肩膀，说："态度不一样，就不能一起生活了？"

德格吉尔夫没吱声。

"好多事情，你的想法是错误的。记得上学的时候，老师常讲'追求'二字。那么，你的追求是什么呢？"娜仁其木格摩挲着他的头发问。

德格吉尔夫想了一想，说："什么追求倒谈不上。可是一想到命运的不公，我就很恼火。"

娜仁其木格"咯咯"笑了一声："人啊，多想想如何过得轻松愉快就可以了。什么公不公平，想了也没有用，想多了反而折磨自己。因为在这个世界上就没那么多公平。"

"可是……"

娜仁其木格用手掌捂住了德格吉尔夫的嘴："快拉倒吧，咱俩讨论这个没用的话题干什么？咱俩吵嘴好几天谁也不理谁。今晚咱俩和好吧。亲爱的，来吧……嗯……"

可是，他们俩的矛盾不但没有平息，而且不久以后甚至发展到离婚散伙的地步。

"宰一只羊吧。需要请客。"有一天，娜仁其木格对德格吉尔夫说。

"怎么又想起了请客了？请谁呀？"德格吉尔夫感到奇怪。

“嘎查的领导。还有另外几个人……”娜仁其木格说着，下了摩托往屋里走。

德格吉尔夫紧随其后，终于问清楚了请一些什么人吃饭。这里的牧民经常请客吃饭。被请的也总是那么几个人，以森格为首的嘎查领导班子成员，还有和他们关系好的亲朋好友或有钱人。

“请他们吃饭干什么呀?”德格吉尔夫有点不高兴。

“经常给那些有权有势的人嘴上抹点油，总是有用的，可以免除不必要的麻烦。”娜仁其木格说，“抓紧点吧。我打扫屋子。你拾弄羊做饭。”

“你若是一定要请他们来，那我就走人。”德格吉尔夫说。

娜仁其木格不仅生了气，而且感到诧异：“你这是怎么了？请他们过来吃顿饭，不就是为咱俩以后的生活吗?”

“不管怎么样，请他们吃饭我就不参与。”

娜仁其木格满脸委屈：“既然如此……我们俩在一起生活还有啥意思?”

## 七

德格吉尔夫深更半夜里迈开大步往回走。

下午，虽然和娜仁其木格拌了嘴，最后他还是宰了羊做起了饭。娜仁其木格已经把客人请来了，别无他法。但是，他仍然说准备完饭菜他就离开。他不想见到那些人。

可是，他饭菜还没做完，客人们就陆陆续续地来到了。外边传来摩托车声音，娜仁其木格早已迎上前去，接着是说说笑笑的声音。

“欢迎书记大驾光临！我还以为你不来了呢!”这是娜仁其木格的声音。

“哪能不来呢？怕你生气呀！”这是森格的声音。

“当官的还怕我们平头百姓？”

“哥哥我呀就怕年轻媳妇生气哦！”

接着，说说笑笑着、拉拉扯扯着进了正屋，在旁边厨房忙碌的德格吉尔夫不由咬了咬牙，心想，他们算是我们嘎查的特权阶层，有他们横行乡里，老百姓哪有出头之日？

娜仁其木格红光满面地走了进来：“你去见见客人吧！”

“我不见！”德格吉尔夫说。

“这叫什么话呀？你是这家男主人，来客人了，怎么能不见呢？”

“他们不把我当人看，我也用不着溜贴他们。说实话，我想起来他们就来气！”

“可是你想一想啊，以后我们有事求他们的呀。”

“我宁愿饿死，也不会去求他们。”

那面屋子有人喊娜仁其木格呢。她端起几盘子菜就过去了。

德格吉尔夫煮好了手把肉盛在盆子里，端到正屋。满屋子酒味、烟味飘洒。

“德格吉尔夫，你给客人敬酒吧！”这是娜仁其木格的声音。

德格吉尔夫抬头一看，在烟雾缭绕中看到森格正坐在炕头正中，娜仁其木格紧紧靠在他身旁。

“噢，德格吉尔夫哇？”森格居高临下地看了一眼，接着又说了一句，“年轻人啊，该懂事了。”

德格吉尔夫的目光与森格的目光碰在一起。德格吉尔夫只觉得像是两块石头撞在一起，火光一闪。

“为了那点草场，你不要再告我的状了。你和我结仇，对你有啥好处？还是咱娜仁其木格明事理。只要跟着我，你俩吃不了亏。”

德格吉尔夫没吱声退了出来。回到厨房煮茶的时候，正屋里一阵阵传来森格放肆的笑声和娜仁其木格撒娇、嗲声嗲气的声音。傍晚，酒席散了，娜仁其木格和他们拉拉扯扯着往外走。

“德格吉尔夫，客人要走了，出来送送客人啊！”娜仁其木格在喊他。

德格吉尔夫没有动地方。

“娜仁其木格，哥哥喝醉了，你来送送我！”森格喝醉酒，舌头大了。

“德格吉尔夫，我去送送森格书记回来……”这是娜仁其木格的声音。

又吵嚷了一阵，听见摩托车声由近而远。

过了将近俩钟头，娜仁其木格回来了，脸色红润微醺。这个工夫，送森格送三趟也绰绰有余。德格吉尔夫想。

“来客人了，怎么一点儿热情劲儿都没有呢？你不考虑客人的面子，也得考虑考虑我的面子了吧！”娜仁其木格说，“来碗茶！”

“我为什么要给他们打溜须呢？”德格吉尔夫直视着娜仁其木格问，满脸悲伤和无奈。

“为什么，我不是告诉过你吗？你也应该想得到。”

“咱俩呀，该是各奔前程了。”德格吉尔夫悲伤地说。

娜仁其木格沉思许久，点了点头。

德格吉尔夫开始收拾自己的东西，装了半个提包。娜仁其木格一边哭着，一边拿出一个提包往里装东西，是给德格吉尔夫买的衣服、靴子、袜子之类。娜仁其木格给我买的东西还真不少。德格吉尔夫都感到惊奇。

俩人面面相觑站了许久。

“你……用不着溜须他们。他们得到好处，一星半点儿也不会给你。”德格吉尔夫说道。

娜仁其木格低头不语。

“尤其是……尤其是森格那个王八蛋东西，他在玩弄你，玩够了就把你扔一边儿去了。”

“不……可是……”

德格吉尔夫直视着娜仁其木格，说：“不管怎么样，我还是很感谢你。因为你是真心想和我过日子的人。”

德格吉尔夫拿起两个提包刚要往外走，娜仁其木格突然从身后一把抱住了他。

“你真的……真的要走吗?”娜仁其木格哭着问。

“走！不走你也难受，我也难受……”

娜仁其木格慢慢地松开了手。

德格吉尔夫把两个包搭背在肩上往前走，走着走着很快来到了自己家的西边。低矮的土房子门窗敞开着，断断续续传来人们说说笑笑的声音，是妈妈的声音、弟弟的声音，还有弟媳妇的声音。

噢，他们几个开开心心我就放心了。德格吉尔夫想到这里，继续往前行。

当他走到苏木奶牛场时已经是深夜了。大院北侧一栋低矮的平房窗户透着微弱的灯光。德格吉尔夫走到离那栋平房五十来米的地方站住了。他猜想着斯尔吉姑娘应该住在哪一间呢。

突然，一间房子的门打开，从里面走出一个人来，正是斯尔吉。德格吉尔夫正要走上前去，发现从那边黑影里走出一个人来，德格吉尔夫一眼认出那是奶牛场的场长达尔嘉。

德格吉尔夫愣在那里。只见达尔嘉上去一把搂住了瘦小的斯尔吉的细腰。

“轻点儿，看你的手多重?”斯尔吉笑着说。

“我每个月给你多开两百块钱的工钱。管他什么轻了、重了的?”

达尔嘉搂着斯尔吉的腰走远了……

德格吉尔夫转身向公路方向走去。

他站在公路旁等过路车。他决定去旗里打工。像其尔麦拉图一样去建筑工地上打工，不知道自己能不能吃得消？

一辆卡车开着灯驶过来了。他举了举手，车理都不理呼啸而过。他恍惚看见驾驶室里驾驶员一手把着方向盘，一手搂着旁边的女人。

“唾！”德格吉尔夫从车后吐了一口唾沫，掏出一颗烟卷儿点燃。不一会儿又见一辆车开着灯驶过来。德格吉尔夫没有举手，若无其事地站着。

车到跟前慢慢停下，车窗摇下，一个大胡子司机探出脑袋：“坐车吗？”

德格吉尔夫冷冷一笑：“我说过坐你车了吗？”

司机满脸不高兴：“那……那你站在这里干什么？”

“这是我家乡的土地。在我家乡的土地上要站要坐，用得着你来教吗？”德格吉尔夫回答。

司机狠狠地扫了他一眼，开上车扬长而去。

德格吉尔夫自己忍不住乐了。他把烟头扔出很远，重新把两个提包搭背在肩上，大步流星往前走开。

他想这样走下去，明天中午咋也能走到旗府所在地。

岱钦　译

# 巴彦·杭盖草原

## 一

这里就是民歌里唱的那个巴彦·杭盖草原吗?

他二十岁开始当牧马人，如今已经四十五岁，曾几次寻找马群来过这个地方，也知道这里叫巴彦·杭盖，但却一直没有弄明白这个“巴彦·杭盖”是不是就是民歌里唱的那个巴彦·杭盖。其实他这是没事找事，白费心思。内蒙古草原上叫杭盖的地方多啦，杭盖指的是地势比较高而且比较辽阔的草原。内蒙古地区那种地方不少，因此好多地名叫什么什么杭盖：德力格尔杭盖、青格尔杭盖、布拉格图杭盖等等，其中一些地方也叫巴彦·杭盖。但那支民歌已经传唱了几百年，谁知道当初指的是哪一个巴彦·杭盖?

那首歌讲述的是一个人寻找自己心爱的坐骑的过程，其大意是：在一个叫巴彦·杭盖的地方的北坡，降生了一匹小马驹，后来马驹长大变成了一匹出色的骏马，主人十分喜爱，还打算将来骑着它参加虎年的战役，但没承想马被盗走了。于是，这个人就唱着怀念骏马的歌，到处寻找，还做出许诺：谁要是看见过我的马，我将狐皮外套奖赏给他；谁要是抓住了那个盗贼，我将用虎皮外套答谢他……这歌很出名，一直被当作鄂尔多斯民歌的经典之一传唱，但除了他以外，大概没有人企图考证歌里唱的巴彦·杭盖的具体位置。其实，他也不是非要弄清楚歌里的巴彦·杭盖究竟在哪里，因为他也知道这不可能，只是偶尔想想他曾经几次到过的这片草原是不是就是歌里唱的那个地方？而且在内心深处还毫无道理地希望这里就是歌里的那个巴彦·杭盖……

正是盛夏季节，正午的烈日晒得他脑袋发昏。天上飘着几朵云，天是蓝色的，云是纯白色，显得很干净。深绿色的草原在升腾的地气中颤动着，很静，看不到一个活物。

他来这里也是为了寻找自己的马。

他有三匹马，最喜欢的一匹却丢了。大前天，他到了苏木派出所。

“我的马丢了。”他说。

派出所警察叫哈达，正摆弄着新买的手机，问：“嗯……那……怎么啦?”连头都不抬。

“可能是让贼盗走了。”他说。

“是吗？哦，谁是贼?”仍然不抬头。

“我知道谁是贼，我找你干什么?”

“没有证据你别来找我。也许你的马自己跑了呢……”

“你不管是吧?”

哈达这才抬起头看着他说：“你以为派出所是帮助牧民找牲口的?牧民丢牲畜的多啦，我们哪有时间去为你们找牲畜？我们是管社会治安的。我们可以抓人，但不找牲口。”

“有你们这些饭桶警察，牧民的牲口不丢才怪呢，盗贼不猖獗才怪呢。”他说完起身就走。

哈达跟他很熟，在后边叫他：“你喝一碗茶再走嘛。你急也没用，现如今丢了东西休想找到……”

于是他走向了这个叫巴彦·杭盖的地方。

## 二

这个绒毛贩子本来是一个人出来的，但今天一早在岔路口碰到了另一个贩子，于是两个人就相伴而行。这本来没有什么不好，一样的身份，一样的目的，两个人一起走会有很多共同的话题，至少可以不感到孤独和寂寞。因此他一开始还为了自己遇到了同行而高兴——那个人跟他一样骑着毛驴，连驮在驴鞍子上的褡裢样式也跟他差不多——但没过多久他却想离开这个同路人了。

他首先觉得那个家伙长相、神态就让他不舒服。那是个又黑又壮的汉子，不像他似的又黄又瘦，也不像大多数绒毛贩子那样满脸狡黠和假笑，他很少说话，眼神很凶，让人怎么看都不像小贩子而像个逃犯或打手。到草原收购绒毛的贩子哪个身上不带点现钱？不管他们把钱缝在裤腰里或者藏在鞋底的夹层中，或者塞进驴鞍子某一个地方，反正谁都知道他们是带钱的。因此他们每个人都怀有戒备心理，遇到不顺眼的角色就觉得不安全。

但既然走在一起了，他也没有办法。

牧区收羊毛的季节是春天，但这些绒毛贩子到了夏天才进入草原，他们知道这个时间差很重要：他们可以用少得多的资金收购到多得多的绒毛。

牧民们收完绒毛后就等待贩子们到来，还相互打听今年绒毛的行情，希望能卖出好价钱。但贩子们这时候根本不见踪影，好像都死绝了似的。牧民们等啊等，心理负担越来越重：他们怕堆积的绒毛让老鼠祸害，更怕被贼们偷走。那些绒毛变成现钱才有价值，变成钱以前什么都不是。于是他们开始着急，这时候绒毛的行情已经不重要了，哪怕以最低廉的价格他们也希望把绒毛卖出去，家里正等着用钱呢，孩子的学费、老人的医疗费，还有草原管理费……都需要钱。正当牧人们望眼欲穿的时候，绒毛贩子们才不慌不忙地进入草原，他们装出十分烦恼的样子，声称去年收购的绒毛至今在积压，已经亏了很多……牧人们当然知道他们是装的，因为他们每年都这样说。但没有办法，手头没钱，只好把绒毛便宜卖给他们。

太阳越升越高，天气开始热起来。两个人顺着一条简易公路走了下去。

他边走边问刚认识的那个壮汉："大哥，你这次打算收购多少?"他叫大哥纯粹是为了表示尊重或者讨好，因为他看不出对方究竟比自己大还是小。

对方嘴里发出一声含混的声音，并瞪了他一眼，那意思是"这跟你有关系吗?"。

他当然有些不高兴，但绝对没有流露出来，好像是想缓和一下气氛，他又笑着说了一句："嘿嘿，今天天气不错……"

"不错你爹那个头!"

他吓得再也不敢说话。就这样两个来回，他就完全败下阵来，这时候他就想离开这个人，但又不敢说走就走，因为他已经开始有了害怕的感觉。他不想得罪这个人，他想找一个适当的机会离开。

到了中午，他们看到路边有一座铁皮房，那肯定是一家路边饭馆。路边饭馆是这几年在草原上出现的一个新的景色——当你跋涉在辽阔无垠的草原上，只有一条弯弯曲曲的路在你前面没完没了地延伸，就在你走得精疲力竭又饿又渴的时候，路边突然会出现一座毡包或者铁皮房，大多数在门口立着一个牌子，上面用很大的字写着"草原人民欢迎您"之类，这就是路边饭馆。

那个汉子大概饿了，看都没看他一眼，把驴拴在桩子上走进了铁皮房。他也需要吃点东西，就拴好驴，也进了饭馆。

铁皮房里很热，有一股羊肉味，有几张高低不一的桌子和板凳。

用薄木板把厨房隔开，里边大概有人在砍肉，响动很大。靠厨房门口有个小柜台，一个中年人手拿计算器坐着，他肯定是老板，他身后的货架子里摆着一些瓶装酒。他看见同行的那个汉子已经坐到了一张餐桌旁，他去坐在对面，饭馆老板过来了。

“二位想吃什么？”

“你这儿有什么？”没等那汉子开口他抢先问，他觉得应该这样，表示他很主动，而且接着对那汉子说，“今天我请客。”

其实这种路边饭馆也就那么几种菜，你爱吃不吃。

老板汗津津的脸有些浮肿，打着哈欠说：“有手把肉，羊杂碎……”

“有炒菜没有？”

“有，你们想吃什么我们就炒什么。”

他本打算再详细问问，那大汉却打断他对老板说：“炒二斤羊杂碎，多放辣椒和大蒜。再拿来一瓶酒。”

“大哥我再点几个菜，咱们哥俩今天好好吃一顿……”他大献殷勤，又把刚才的话重复了一遍，“我请客。”他嘴上这么说，心里想的却是，去你妈的，爷爷吃饱了就离开你。

按说他已经声明他请客，所以他完全可以分享对方要来的那瓶酒，但他不敢，就又要了半斤装的酒。

喝了几杯，他就想跟对方说说话，虽然他已经打定主意离开他，但不说话只喝酒他觉得难受。

“大哥，绒毛贩子涌入草原也就是这几天，听说今年收购绒毛的人特别多，狼多肉少，弄不好咱们空着手回去……”他说。

对方没有理睬他。

“大家一旦开始争夺资源，收购价格很快就会上去。谁提价谁就得到更多的资源……”他又说。

“你就不能说一句人话？资源！收购！不就是想多花钱多弄点绒毛吗？还说什么资源、收购！你以为我听不懂你这种狗屁话？”

“我的意思是，我们适当提点价就能多弄点绒毛……”

没想到那个家伙把酒杯往桌子上一蹾，说：“不行。”

他一下傻了眼。他刚才那些话连“协商”都不算，他只不过是说了说自己的看法，没有一丝一毫让别人接受自己想法的意思。这家伙为什么发这么大的脾气？

也许是因为喝了一点酒，那汉子现在变得暴怒，开始骂骂咧咧：“他妈的！在老子面前指手画脚，你算老几？不高兴了，老子宰了你！老子又不是没有杀过人……”

这些话让他胆战心惊。前几年不是传说，有一个绒毛贩子进入草原以后就没有了踪影吗？在人少地广的草原上宰掉个把人，那可太容易不过了……

“大哥你喝着，我去尿一泡……”他说着站起来，还装模作样地对坐在柜台后边打盹的老板说，“再炒一盘菜，今天我们哥儿俩要好好喝一顿……”

他的毛驴拴在铁皮房后边，因此里边喝酒的人和打盹的老板绝对看不到他。他站在毛驴旁边真的尿了一泡，边撒尿边观察周围，边倾听铁皮房里的动静。铁皮房坐落在一面斜坡上，距拴驴的桩子不到十米处是一条浅浅的壕沟，那是坡上的雨水冲出来的壕沟，弯弯曲曲一直延伸到坡下拐了个弯就不见了，而铁皮房里一点儿动静都没有。于是他解开驴缰绳，牵着驴走进了壕沟。越往下走壕沟越深，而且拐来拐去，给他提供了很好的隐蔽。

## 三

落日时分，高地北边出现了雨云。

他已经走了整整一天，现在是又累又饿又渴，但他一点儿都不着急，他是个有经验的牧马人，他知道怎么对付。他慢慢走着，还哼起了歌：

巴彦·杭盖北坡上
降生了一匹小马驹
我本打算骑着它
参加虎年的战役……

他想象小马驹是下午降生的，它降生在一面斜坡上，那里地势很开阔，从那里到斜坡脚底下很远，斜坡顶端，在蓝天下划出了一道起伏不平的轮廓。刚刚当了母亲的母马舔干净了小马驹身上的黏液，发出一种母性的低鸣。小马驹在挣扎，它拼尽全力想站起来，但总是不成功……

他想着激动起来。一匹马降生的时刻是庄严的时刻，尤其那些未来的骏马出生的时刻，整个草原都应该是屏住呼吸的。

马驹在不屈不挠地挣扎，它很多次已经用前腿撑起了身躯，但接着总是跌倒。母马一直看着它低鸣，偶尔抬头望望天边，天边聚集着雨云……

他的思绪就这样杂乱无章地持续着。他这个人就是这样，想问题做事都不太严谨。比如大前天他去派出所，那时候他大概认为他的马是被盗了。但他并不是去正式报案，而只是到那里走了一趟，看警察不管就走了。接着他就到这里来寻马，这样看来他又好像认为马是自己跑掉的。还有一个问题是，他究竟为什么跑到这个叫巴彦·杭盖的地方来寻马？他真的以为他的马跑到这里了吗？还是仅仅因为那首关于寻马的民歌？

……小马驹终于站起来了，但站不稳，它的腿很细很瘦，在可怜地颤抖着，它就那么颤抖着，摇晃着，终于走出了一步，又走出了一步。再过了大约半个时辰，小马驹走路已经不摇晃了，接着它竟然奔跑起来。马驹刚降生时，它们的蹄子是嫩软的，但让草原上的风一吹，蹄子就迅速地干爽、变硬，那时候马驹就会跑了……他激动地想着。

小马驹跑出百十米，它的母亲在后边嘶鸣着召唤它，于是它又飞快地跑回来。它就这么不断地来回奔跑着。

马是什么？马是草原的灵魂哪！没有骏马的草原就是没有灵魂的草原。但竟然有人还偷马，奶奶的！偷什么不行，偏偏去偷人家心爱的骏马，那不是偷走了草原的灵魂吗？

他跟老婆离婚就是因为马。那年他老婆说，现在草原上养马已经没有用了，我们把马卖了，买摩托车骑吧。他不同意，于是老婆跟他离了婚，他守着三匹马过日子。很快，他看见老婆骑着摩托在草原上飞跑，后来还嫁给了一个开私家车的。随着草原上摩托、汽车越来越多，他已经感觉到被冷落了，甚至觉着被大家抛弃了。但他内心里是不服气的，反而觉得那些人是可怜的，包括他老婆，因为他们根本不懂得马是什么！

他又唱了起来：

在那蔚蓝色的高地上
曾经风驰电掣的骏马哟
你曾看见那个黑了心的盗贼
把它弄到了什么地方？

在那绿草如茵的草滩上
曾经像闪电一样奔跑的骏马哟
你曾看见那个让人恶心的盗贼
把它牵到了什么地方？……

反正这里没有人，他放开嗓子唱着。他的嗓音其实一点儿美感都没有，显得生硬，不像唱歌倒像喊叫。

## 四

他成功地甩掉了另一个绒毛贩子，很得意地走在午后的草原上，小毛驴轻快地小跑着，他哼着家乡的小调。他想象着那个家伙现在的样子：他发现被甩开了，但他什么办法都没有，愤怒、骂娘毫无用处，还得乖乖地付吃饭的账……

他的得意不是没有道理。那家伙不是说过“不高兴了，老子宰了你！老子又不是没有杀过人”吗？他也许真的杀过人，谁敢说他那个褡裢里除了收购资金以外没有其他东西？比如说一把杀猪刀子之类。他跟那个家伙相伴而行的几个小时是笼罩着不祥气息的几个小时，是黑色的几个小时。但现在已经过去了，别说是杀猪刀子，他的褡裢里哪怕装着一颗小原子弹也威胁不着他了。那几个小时已经变成了他生活中的一个小插曲，现在回想起来还挺有意思……

但只过了几个小时他将会发现自己得意得早了一点，事情还没有过去，而且还变得更加让他心惊肉跳。那时候是晚上。

但现在还不到晚上，是下午。

这些年他过得并不顺利。不少人都贩绒毛发了财，他却差别人很多。也不是一点儿钱都没挣，比如他在小镇边上盖起了好几间砖房，还带一处院子，他给老婆也买了金项链和戒指。但其他一些绒毛贩子却盖起二层小楼开上吉普车了。他不是不辛苦，他付出的辛苦不比别人少，但赚到的钱却比别人少得多。他认为那是自己运气不好。有太多的实例证明他的运气不如别人。比如前几年他发现别的贩子都往收来的绒毛里掺沙子、重金粉、狗毛等乱七八糟的东西，他当然也不甘落后，结果其他人都把掺假的绒毛顺利卖给了纺织厂，他却撞在工商部门的枪口上，绒毛全被没收不说还差点儿给他上了铐子。还有一年他收的绒毛最多，本想可以赚一把了，但紧接着绒毛价格大跌，结果他亏了本……这就是他的命！

他一边骑着毛驴小跑一边盘算着收购绒毛的一些细节，不知不觉到了落日时分。这时候北边出现了一些雨云，他就有点着急，想赶快找个地方住下。就在这个时候，他看到了一些房子。北边的雨云正黑压压地朝这边推移过来，而夕阳仍挂在西边，于是黑云和夕阳形成了反差，西边的落日就显得很亮甚至有点刺眼。在那轮刺眼的夕阳这边，那些房子看去白晃晃的，在距他两三公里的地方。不仅有房子，还有电线杆子，还立着“中国移动”的铁塔，看来那里是个苏木政府所在地。但等他跑到那里的时候雨点已经噼里啪啦落了下来，厚厚的黑云已经笼罩了整个天空，因此没有黄昏的过渡，草原直接进入了黑夜。牧区的苏木本来人就少，现在已经是晚上，还下雨，所以连一个人影都没有。不过他还是看到了一家小卖部，跑过去下驴就闯了进去。

“这个地方……有招待所吗?”他问。

“对面那个大院就是招待所，不过，管理员可能下班回家了。你要住宿就去他家里找他。”小卖部的人说。

“管理员的家在哪里?”

“往西走五十米，左拐，再左拐……”

管理员原来是个中年女人，他找到她家时一家人正在吃饭。因为他去得不是时候，那个女的一点儿都不热情。

“住宿？等着吧……”她说，但过了一会儿又说，“你自己去吧，进了走廊右拐，最里边的房间有三张床，已经有一个人在那里住呢，你跟他住一个屋吧。你放下二百块钱押金，明天早晨我去跟你结账。”

他放下押金走进了大院。他把驴拴在大院角落里的树上，就走进走廊。走廊很空也很静，只有一颗落满灰尘的灯泡挂在天花板上，射出暗淡的光。走廊最东头的房间也有灯光，看来真的有一个人住在那里。

他推门进去就傻眼了，他看到了那张一辈子也不想看到的脸！

## 五

巴彦·杭盖草原也在下雨。

这时候他已经在一处巨大的石头飞檐下躲雨了。这里有几块大石头，比牧人居住的毡包还高还大，其中有一面石板斜着延伸出去，很像庙堂的飞檐，下面形成了一个不小的空间。他过去来这片草原寻马，就知道有这么一个地方，今天发现天边出现了雨云，他就凭借着经验丰富的牧马人出色的方向感和判断力，毫不费力地找到了这个地方。他现在稳稳地坐在石板下边，他的坐骑站在他身边。雨在四周的夜幕里哗哗地下个不停，浓浓的水的气息在弥漫。

他记得这几块石头有个名称，叫呼德尔。呼德尔这个词有多重含义，比如强壮、坚硬、巨大等等，现在人们把铁矿石也叫呼德尔，反正呼德尔这个名称很适合形容这几块巨石。但他还听人说过，呼德尔其实是人名，一个叫呼德尔的人曾经在这里栖身。

他来这里说是寻马，其实大部分时间是在遐想中度过的，他遐想这片草原就是民歌里的巴彦·杭盖草原，遐想那匹小马驹的诞生，现在又开始遐想人们传说的那个叫呼德尔的人……

他傍晚来这里走进石檐下边，就感觉到这里有若有似无的人间烟火气息，往上看，石板黑乎乎的，也许是烟熏的，但天黑看不清楚。看来那个叫呼德尔的人很可能真的住过这里。呼德尔是个男人的名字，那么一个男人不住在家里而跑到这里干什么？很可能是为了躲避追捕。这个人应该住在很远的地方，是条汉子，与官府结仇，就跑到了这个叫巴彦·杭盖的地方，躲在几块巨石中间……当然还有一种可能，这个呼德尔就是那个被盗走的骏马的主人，为了寻马他来到这里，暂时居住在石檐下，在这里生火做饭，睡觉……

呼德尔寻找骏马的时候是不是也遇到过下雨？肯定遇到过。草原上的夏天，雨说下就下，几百年前的巴彦·杭盖草原其实跟现在没有什么两样，当然那时候没有摩托车、汽车那种可恶的东西，因此那时候的女人也比现在单纯得多，不会为了骑摩托就背叛丈夫……

雨哗哗地下个不停。他好像看到了那个叫呼德尔的男人，一个眼神忧郁的人走在草原上，唱着歌：

在那河水拐弯的地方
曾经嬉戏奔跑的骏马哟
你曾看到那个内心恶毒的盗贼
把它弄到了什么地方？……

## 六

那个人慢慢地转过身来，于是他就看到了那张永远不想看到的脸。有那么几秒钟，他脑子里一片空白，站在门口一动不动。

很显然，这个家伙中午在路边饭馆被他甩掉以后一直顺着简易公路走到这里，而且比他早一些时候住到了这间房里。他却稀里糊涂地把自己送到了他身边。现在对方暴怒地盯着他。

神志很快回到他的脑海里，于是他很想转身就跑，但他强迫自己没有这么做，而是装出了一脸喜出望外的表情。

“嗨呀大哥，我终于追上你了……你知道发生了什么事吗？我出去撒尿，发现我的毛驴跑了，我就去追，一口气追出十几里地才把毛驴抓住，等我再返回饭馆，人家说你刚走，于是我就追你……咱们真是有缘分，又见面啦。”

他把谎话编得很得体，而且及时打住。他认为继续说下去会有漏洞。

“放你娘那个狗屁！”

对方一句话就把他镇住了，他闻到刺鼻的酒气，看来对方不仅在愤怒，而且醉得很厉害。他胆战心惊地坐到了对面床上，讨好地笑着说：“大哥你晚上没吃吧？我看见对面有小卖部，我去买点吃的。我再去打一壶热水，给您泡一杯茶，您再烫烫脚……”

对方似乎根本没有听见他的话，却在那里一个劲地骂娘，一边骂一边在地上走来走去，把一只空茶壶一脚踢到角落里。他以为那家伙要揍他了，揍就揍吧，只要不拿刀子捅就算谢天谢地了。但对方却没有揍他，躺到了床上。

他大气都不敢出。

“熄灯！妈的……”

他赶紧拉了灯。他在床上坐了很久，后来对方开始打呼噜，他也就悄无声息地躺了下去，但绝不敢睡过去，睁着眼睛听人家打呼噜。可是等他稍微放下心来的时候，那家伙突然又在床上坐了起来，接着又来回走动，喘粗气，骂骂咧咧……他的心又提到了嗓子眼，在黑暗中一直观察着对方。外边的雨声好像更大了。现在他觉得一分钟比一年还长。他很想突然跳下床，提上褡裢就跑出去，只要跑出走廊他觉得就好办了，天那么黑，还下着雨，他会迅速地消失在黑暗中。但要跑必须选择好时机……

“妈的，杀一个是杀，杀十个也是杀！……”

那家伙在黑暗中挥着手说。

一直折腾到后半夜，那家伙走了出去，大概是要出去撒尿。他一下子蹦起来，这是一个难得的而且很可能是唯一的机会。他抄起褡裢，推了推窗户，竟很容易就推开了，于是他从窗户爬了出去。他蹲在窗下观察起来，终于看见那家伙在大院的东南角，而他的毛驴拴在西南角。他想等他撒完尿走进走廊的时候，他就跑过去骑上驴就跑。他觉得这样最保险，时间也足够。

他的计划很快就实现了，等他骑上毛驴跑出大院的时候，他估计那家伙很可能刚刚进屋。他会不会立即发现他跑了？但这已经没有考虑的必要了。他跑出大院，跑出苏木所在地，雨下得很猛，但他却很愉快，回头朝大院的方向说："再见了，你这个混蛋!"

## 七

下了一整夜的雨在黎明时分停了下来。接着草原上起风了，把盖在天空中的云彩吹得七零八落，逃也似的向南飘去。高远的蓝天露了出来。不久，金灿灿的太阳从东方升起。

他从石板下边走了出来。草尖上全是水，亿万颗水珠在初升的阳光下闪动着。他想着今天应该朝哪个方向走？他现在才意识到自己一开始就不相信自己会找到那匹马，他只是想到这个叫作巴彦·杭盖的地方走一走，好像是为了散散心……

就这时候，他非常意外地看到了一个人。那是一个骑毛驴的人在拼命地奔跑。怎么会在刚刚下过雨的荒野上出来一个骑毛驴的人？

"大大大哥……你你你好？"那个人很快跑到他跟前，牙齿打战地问候着。他看到的是一张苍白、惊恐的脸，人和毛驴早已浑身湿透。

"你怎么啦？"他问。

"说不清楚……但求你救救我……"

"可是，你让我怎么救你？"

那个人虚弱地摇晃了一下就摔倒了，他赶紧扶起他。他估计这个人大概是因为饥饿和寒冷变得这样了，于是想怎么救他。在这个满是水的草原上生火取暖绝无可能，所以他想到了挂在马鞍子上的军用水壶。水壶里有烈性白酒。

原来，那个人有极强的生命力，灌了几口酒脸就有了血色，眼睛也开始活泛起来。

“你究竟怎么了？”他问。

“我遇到了麻烦，只有大哥你能救我……”

他没有听明白，望着他。

“我把褡裢拿错了，以为是拿了自己的褡裢，结果错拿了别人的……”

他还是听不太明白，就说：“拿错了跟人家换过来不就完了吗？”

“问题是，人家褡裢里装着很多钱，却让我拿走了，人家肯定以为我是偷了人家的钱……我说不清楚了呀！也许，现在警察已经在到处找我呢……”

不管怎么说，他已经大致明白了这个人在说什么了，就问：“就算你说的是真话，但我怎么救你？”

“我想请你陪我去派出所，给我作证，就是告诉警察我现在给你说的这些话……”

“什么？让我陪你去找警察？你以为我没事干了是吧？”

“帮帮我吧，大哥，要不然我会被判刑的，家里老婆娃娃怎么办？”

他开始对这个人厌烦起来。他不知道这个人说的是谎言还是真话，但他知道这件事跟他一点儿关系都没有。其实他烦的不是其他，而是这个倒霉蛋破坏了他的心情。他本来丢了马心里憋屈，来到这个地方心里才好受了许多，甚至觉得丢一匹马也不是什么大事，但偏偏在他心情好转的时候突然冒出这么一个家伙，把他刚刚好转的心情全给破坏了。

对方却开始絮絮叨叨地讲起了事情的详细过程，讲起他昨天上午在岔路口遇到了另一个绒毛贩子跟他相伴而行，接着到了一家路边饭馆，接着是他第一次逃脱，接着晚上又跟那个家伙住进了一个房间，接着是第二次逃脱，结果偏偏拿错了褡裢……

“……我以为我脱离了危险，心里还很得意，天亮后雨停了，我下驴想看看褡裢里的钱是不是湿了，一打开看我傻眼了，那不是我的褡裢，我的褡裢里只有三万块钱，而我看到的是七万……我吓坏了。”

他听着觉得很有意思，“三万变成七万不是好事吗？你怎么吓成这个样子？”说完还呵呵地笑了起来。

“你还笑？我的天，我都想死了……”他哭丧着脸说。

风停了，云清了，草原上开始变得闷热、潮湿。虽然他十分不情愿，但他还是决定把这个倒霉蛋送到某一个地方的派出所。他知道距这里最近的一个苏木所在地也在五十华里以外。至于这个人说得是不是真话，他认为跟自己没有关系，那是警察们的事。

“走吧，你这个倒霉蛋！我送你去派出所。”他说。

他们上路了。我本应该在这片草原上多走两天，就因为这个家伙我不得不提前离开了，他遗憾地想。这家伙说的都是真的吗？那么他说的另一个贩子是什么人？真的是一个逃犯？谁知道呢？他觉得这个世界已经荒唐到家了。

哦，巴彦·杭盖草原，将来我还要到这里走一走，他想。

# 草原人在菜市场

## 一

“看来，人不能老待在家里，应该出来走走。”扎拉森边走边想。

他从草原来到城里的儿子家里住了二十天。这二十天，他觉得城里的一天比草原上的三天还长，而且浑身难受。第二十一天，他终于走出家门，感觉立刻就不一样了。不仅时间过得快，而且心里也很愉快。他还明白了城里有个谁都离不开的地方叫菜市场，城里人每天必须做的一件事是买菜。不仅如此，他在那里还碰到了两个老熟人张三与翠花。他们是两口子，在菜市场摆摊卖菜。第一次走出家门就有了这么多的收获，所以他在回去的路上就有了刚才那个想法。

买菜是儿子、儿媳发现他成天闷闷不乐的痛苦样子后想出来的办法。“爸，您怎么啦?”儿媳问。“没事干，难受。”扎拉森说。“那……您从明天开始为咱家买菜吧。”儿子说。儿媳立刻表示反对，说：“让爸去买菜？我每天下班路上买菜就可以呀。”扎拉森迫不及待地说：“今后咱家的菜就我负责买。你们安安心心地上班。”他脸上的表情让儿子、儿媳都笑了起来。因为那表情是一个小孩子从幼儿园升小学似的兴奋，又像被拘役的人听到释放令一样地喜出望外。

“您一个人去不行，我给您找个伴儿。”儿媳抓起了电话。她给这个小区的旺吉拉打电话，请旺吉拉大叔从明天起陪她公公去菜市场。旺吉拉跟扎拉森一样也是从草原来到城市，跟儿子、儿媳一起生活的。区别在于，旺吉拉来城里住已经三年，而扎拉森才刚刚住了二十天，旺吉拉进城前是草原上一个中学的老师，而扎拉森是个地地道道的草原牧民。

第二天，扎拉森起了个大早，提着菜篮子出去，看到一个与自己年龄相仿的老头笑眯眯地站在小区门口等他。那个老头就是旺吉拉。

菜市场离他们那个小区并不远。旺吉拉带着他上大马路走了十来分钟，就拐进了一条巷子。“看，这就是菜市场！”旺吉拉说。扎拉森看到的是一条乱哄哄的巷子。他站在巷子的入口处望着。

刚才他们走过的马路多宽敞呀，整齐、干净。但一看到这条巷子他的感觉就马上变了。首先他看到的是“乱”，接着又发现了“脏”。提着五花八门的菜篮、菜筐的人们络绎不绝地从他身边走进巷子，就像无数个小溪流流向一道河槽，汇集成了浊流。那边的人流流过来，这边的人流顶过去，形成了好多大大小小的涡流。叫卖声、叫骂声，还有录音机和电喇叭传出的各种声音混杂在一起，结果什么都听不清。还有气味。他怎么也想不出一个恰当的词语来描述这个气味。那是香味、臭味、甜味、苦味、咸味、辣味等的并存与混合，无论你用一个什么词都不可能给这种气味一个明确的定位。这大概是烂菜叶和熟食店里散发出来的气味，当然还有其他气味成分，比如厕所、阴沟等地方的气味……

“走啊，进去看看。”旺吉拉说。

他跟旺吉拉走进了人流，远远看到一面水泥墙，上边写着两行粗大的黑字。他不认识汉字。

“那写的是什么呀？”他问。

旺吉拉念道：“乱倒垃圾是王八蛋，这里是毛驴的厕所！”

“什么？毛驴的厕所？”扎拉森没有弄明白是什么意思，“有人在驴棚里买菜？谁要？”

旺吉拉笑了起来，说：“那个意思是，谁在那里倒垃圾是王八蛋，谁在那里大小便就是毛驴。”

扎拉森也笑了起来。看着那两行字，他觉得城里人的想法和做法跟草原上确实不一样。他想那两行字肯定是那里卖菜的人写的。为了不让人乱倒垃圾和大小便，他竟然写了那么两行字。但那些字起作用吗？不一定。所以他眼里那几个字只是表示了一种愤怒和无奈。

他们挤到那个摊位跟前。看来现在是菜市场最忙乱的时候，几乎每个摊位前都挤满了人。那个摊位的摊主是一对中年夫妇。扎拉森又想笑，因为那两口子脑袋上方就是王八蛋和毛驴几个字。但很快他又不笑了，因为他觉得那两个人面熟，再看一眼就认出来了。那不是张三和翠花吗？

“张三！”他叫了一声。

张三和翠花正忙得不可开交，根本没有工夫抬头看他。十几年以前的两个小青年如今已经是中年人了，但扎拉森还是认出了他们。那年张三和翠花到草原上贩蘑菇，就住在扎拉森家。这小两口很能吃苦，干活就像玩命，但让扎拉森不满意的是他们总是违反当地的一些规矩。草原上蘑菇很多，但采蘑菇也不能乱采。比如蘑菇在土层下边生长时，会顶起一个个小土包，有经验的牧人一看就知道哪里有蘑菇。这时候的蘑菇又嫩又鲜，但草原上的规矩是这时候禁止采集。因为这时候采蘑菇就必须挖开土层，容易破坏土层结构。尤其不能用铁锹之类铁器挖，因为蘑菇是一种十分娇嫩的菌类，一碰到铁器便再也不会生长。但张三、翠花两口子对这些规矩却熟视无睹，不仅挖开土层采集嫩蘑菇，还拿铁锹挖。结果扎拉森那些邻居都很反感，还埋怨扎拉森收留了这么两个人祸害草原。

张三、翠花两口子住在他家的小仓房里，把每天采集的蘑菇铺在仓房与正房之间的空地上晾晒。扎拉森看到这小两口每天那么辛苦，很同情他们。隔三岔五有意炖牛羊肉请他们来共享。每当一起吃饭，他看着小两口被烈日晒黑的脸，就觉得他们不容易。有一天吃饭时他对他们说起了草原上的规矩，说：“你们也不容易，但你们应该守规矩。”张三正抓着一块牛骨头啃着，说：“我们是穷人，还守什么规矩？”扎拉森没有想到张三会讲出这么一句话，忍不住笑了，问：“穷人就不用守规矩？”张三说：“穷人守规矩就会更穷。”扎拉森第一次听到这种怪论，又笑。他觉得这两口子不容易，不仅不厌恶他们，心里还有点喜欢。而且，穷人也有穷人的乐趣，翠花每天哼着不知从哪儿学来的流行歌曲，穿着红绿相间的衣服，还经常抹口红。虽然她的衣服和化妆品是绝对的假冒伪劣，但也看得出她对美好的追求。

有一天，草原监理部门找张三来了，要罚款。因为张三不仅挖土层下面的蘑菇，还使用铁锹。张三一开始还想抵赖，但在草原监理部门那些人强硬的态度面前还是服软了。“罚多少钱？”他问。“六百。”人家说。“罚了款我们可以随便挖了吧？”“再乱挖再罚。”“好吧，过两天我卖了蘑菇就找你们去交罚款。”张三说。但过两天张三带着老婆和蘑菇跑了，扎拉森再也没有见到他。没有想到时隔十几年，在城里的菜市场看到他们两口子。

“张三！……”他又大声叫。

这次张三听见了，抬头看了看他，惊喜地朝他笑着招了招手，又接着忙。

扎拉森带着旺吉拉走了过去。就这个时候出现了一段插曲。

## 二

两个身着工商制服的人挤到张三摊位前，是一男一女。

男工商约四十来岁，很不高兴地对张三说着什么，但火气不是很大，大概每天跟这里的小摊主费口舌，早已懒得发火了。那个女工商是个二十多岁的姑娘，激愤得满脸通红，用明显鄙夷的眼光看着张三夫妇，就好像看着两个可恶的无赖。张三夫妇跟两个工商吵了起来。

扎拉森挤到跟前，才明白他们是为收摊位费的事吵架。

“你们在这里卖菜也不是一天两天了，收摊位费是老规矩，缴了不就完了？我们催你多少次了？我们也不是闲着没事，忙得很，不能老是往你这里跑……”男工商不耐烦地说。

“我不是不缴，我只是过两天缴，现在没有现钱。”张三一边说没钱，一边数着手里的票子，好像是故意逗对方生气。

“不缴就离开这里，没有见过你们这样耍赖的。”女工商在尖叫。

“没见过？那说明你是新来的。再来几次你就见怪不怪了。”张三说。

“今天你必须缴，不缴我就开罚单！”

至少有十几个人在围着看热闹，有几个年轻人还开始大声起哄，没有一个站在工商一边的。

“嘻嘻，这小娘们儿，小脸蛋憋得通红。厉害啥呀？不就是走后门当了工商吗？”

“走后门也是一种本事呀，你走一次给我看看。”

“我哪儿有那个本事？我是男的。”

“他们为什么收费那么积极？都私分了。”

“所以工商女的身上肉就多嘛。”

翠花的嘴也没有闲着，但她每说一句都很有技巧：她在骂人但却没有一句脏话，而且声调不高，似笑非笑。看她那个神态，她根本就没有把那个工商丫头放在眼里。

扎拉森替张三着急起来。摊位费是多少？他不知道。也许是五元，也许是五十元，不管多少，该缴的应该痛痛快快地缴。今天不缴明天也得缴，与其让人们围观，在大庭广众面前丢人败兴，还不如早点缴完了事。草原上也经常收这个那个费，人们觉得有些收费不合理，但几乎没有一个人赖着不缴的。因为不缴就感到欠了人家，草原人不愿意欠别人的。这大概就是草原人的心理，跟张三不一样。

这时候有一个人端着大木盆从卖菜摊位后边喊边走过来。那里有一个卖鱼的摊儿，这个人要把一大盆剖鱼的脏水倒进阴沟里。他那个木盆也太大了，里边的水太满，漂着鱼的内脏和鳞片。他吃力地端着木盆摇摇晃晃地走着，每走一步都溅出一些脏水。

“让一让，让一让。水溅到您身上可别怪我，让一让……”他的步态和叫声都明显夸张，人们纷纷躲避。走到两个工商身边，盆里的水溅得更厉害了，女工商躲避不及，脏水溅到了裤腿上，尖叫着跳开。

几个年轻人又起哄。“快回去换裤子吧。”“这个鱼贩子要倒霉了，明天就让他滚蛋!”

女工商哭着跑了，男工商狠狠地瞪了围观的人群，也摇头叹气离开。

现在大约是上午十时，巷子里持续几个小时的混乱和嘈杂终于清静了下来。扎拉森和旺吉拉坐在张三摊位后边的凳子上。能看得出来，张三和翠花见了扎拉森很高兴。张三蹲在凳子上陪他们说话，翠花在整理摊位。

“你什么时候来城里卖菜的?”扎拉森问。

“五年啦。”张三说。

“很辛苦吧?”

“能不辛苦吗? 人和人的命不一样。我们就是辛苦的命。”张三说，“我每天早晨三点钟就到批发市场批发蔬菜。而那些腐败分子可以睡到中午，还净做好梦。”

扎拉森看着他笑。他就弄不明白这家伙为什么蹲在凳子上。凳子是用来坐的而不是蹲的，你蹲在凳子上，就让凳子变得没有了意义。这时候一辆旧面包车驶过巷子，一个劲儿摁喇叭，速度还挺快，张三骂了一句：“开这么快干啥？腐败分子！”又看到一个骑电动车的年轻女子驶过，张三又骂：“看那德行，腐败分子！”

这次不仅是扎拉森，连旺吉拉也笑了起来。看来“腐败分子”是张三骂人的口头禅。凡是不顺眼的，他一律骂成腐败分子，不管人家是不是真的腐败分子。

扎拉森和旺吉拉要回去了，从张三的摊位上挑了几样菜。张三却从摊位下边摸出一些菜，说：“你们吃这个，摊位上的菜全是被农药泡出来的，有毒。那些菜是卖给腐败分子吃的。”说完笑了起来。

扎拉森和旺吉拉高高兴兴地走出了巷子。扎拉森想，今后每天到张三那里买菜。

## 三

从那以后，扎拉森真的每天到张三那儿买菜。其实买菜并不是目的，主要是去看看他们两口子，聊聊天。所以他去得比较晚，等菜市场买菜的人基本散尽后才去。这样一来，他跟旺吉拉走不到一起了。旺吉拉每天早起晨练，晨练完了就去买菜，所以他去菜市场比扎拉森早。等扎拉森去的时候，从凌晨忙碌了几个小时的张三和翠花开始收拾摊位，可以松一口气了。他就坐在摊位后边的凳子上，张三仍然蹲在另一把凳子上，两个人聊天。张三有一只很大的玻璃瓶，带盖儿的，原本大概装豆瓣酱什么的，如今在里边泡着劣等茶叶。翠花一般会拿出一个玻璃杯给扎拉森倒一杯水。翠花仍然保留着爱打扮的习性，抹口红不说，还把辫梢染成了黄色。

“那年你们怎么突然走了呢？”扎拉森问。

“你们那个地方的腐败分子要罚六百！我又不是傻子，六百块钱我们两口子可以过一个月。”张三笑着问，“你们那里那些腐败分子抓起来没有？”

“谁是腐败分子？你怎么知道？”扎拉森问。

“怎么不知道？我走在大街上，扫一眼就知道谁是腐败分子。听说纪检委查腐败分子很费劲。他们应该找我，我给他们指认腐败分子，一指一个准……”张三说，“凡是对老百姓耍横的，全是腐败分子。”

“你说纪检委没有你本事大？你以为腐败分子就那么傻？他们会拼命掩盖自己的腐败。不好弄。”扎拉森说。

“怎么不好弄？连什么周永康、薄熙来都抓起来了，咱们这里那些小腐败算什么？只是咱们国家判得太轻了，要我说大部分应该枪毙。”

“你的摊位费缴了吗？那天我看见你跟工商吵架来着。”

“没有缴。”

“快缴了吧，多别扭哇。迟早要缴吧？”

“迟早要缴，但我不能痛痛快快就缴。我要让他们生气、憋气、着急，让他们知道，他们不可能什么时候想收就什么时候收。”张三得意地笑了起来。

今天上午扎拉森刚到菜市场，看见旺吉拉正好在张三的摊位前，不知道他今天为什么来得这么晚。他刚跟旺吉拉说了几句话，一片云彩飘到菜市场上空，下起了雨。

“走，咱们到我那个小库房里躲躲。”张三说着，就领着他俩走到巷子拐弯处，走进一个特别小的房间。里边角落里放着几块木板、一辆破自行车，还有一张歪斜的餐桌和几个凳子。

“你还有这么一个地方。”扎拉森说。

“有时候存放一点儿东西，刮风下雨也进来躲一躲。”张三说。外边传来噼里啪啦的雨声和人们来回奔跑的脚步声。张三说：“这雨一时半会儿停不下来……中午你们就在这儿凑合一顿。咱们吃什么?”

“我们两人每天从你那儿买菜，今天我们招待你们两口子吧，我们这就出去买酒菜。”旺吉拉说。

外边的雨下得不小，大部分顾客早已逃离，摊主们也都收了摊儿，只是几个没有来得及逃离的人站在几处遮阳篷下茫然地望着哗哗的落雨。旺吉拉和扎拉森跑进隔壁的一个小商铺买了一瓶白酒五瓶啤酒，又走进一家饭馆买了几种冷热菜，回到小屋。翠花也来了，站在角落里用毛巾擦头发。

“这里只能买到这些东西，凑合着吃吧。”旺吉拉说。

“这是在城里，如果在农村，这就一顿好饭了。”张三说。他从摊儿上带来了黄瓜和辣椒，拿起一根长辣椒咔嚓一声咬掉了一半，边嚼边对老婆说：“找几个酒杯。”说着又蹲到了凳子上。

“如果没有下雨，今天中午咱俩应该去看女儿，把她叫出来在饭馆吃一顿。”翠花听着外边越来越大的雨声叹气说。

一说起女儿，张三露出满脸的笑容，说：“你给女儿打个电话，中午下雨了，晚上一起吃饭。”

“你的女儿在哪儿?”扎拉森问。

“就在这个市里，念高中。”

“就一个孩子?”

“哪儿能是一个孩子，我们有四个孩子，前面三个是儿子，最小的是这个女儿。”张三说，“那年我们两口子为什么去你们那个地方贩蘑菇?就因为我老婆生了第二胎，人家要罚款，我们就出来了……”说完嘎嘎地笑。

“那你那三个儿子呢?”旺吉拉问。

“都出去打工了，一个在东莞，一个在西安，一个在新疆。他们计生部门不是不让生吗?我非要生个儿女双全不可。好在我们两口子都很厉害，我一个劲地播种子，她那个肚子又不断地让种子发芽……

我如果是皇帝，她可以给我生几十个孩子。可惜我不是皇帝，前几年她结扎了……”

翠花接通了女儿的电话，两口子就用手机轮流跟女儿说话。

“我们就是为了女儿才到这里卖菜的。”张三骄傲地说。“不挣钱供她怎么行，现在的孩子花销大，明年考上大学花销更大。”他一脸幸福地说。

“我每天来买菜，怎么从来没有见到你的女儿?”扎拉森问。

“怎么能让她来这个地方？不能让她受到精神污染。”张三使用了一个过时的词语，大概是想说他的女儿来到这里会产生负面情绪。

翠花拿出一个钱夹给他们看，里边有她女儿的照片，在扎拉森眼里，照片上的少女是那么纯真、漂亮、欢乐，穿一身白色的连衣裙愉快地笑着。

“这件连衣裙三千元，买的时候我连眼睛都没有眨一下。”张三骄傲地说。

后来雨停了，扎拉森和旺吉拉走在回小区的路上。空气很清新，街道、街道两旁的楼房、树都被雨水冲刷干净了。扎拉森第一次感到，城里也不错。

就在当天下午扎拉森上街溜达，便看到了张三和翠花的女儿。当时他看到对面的一棵树下边有一条长凳，上面坐着张三一家三口。女儿坐在中间，张三和翠花坐在女儿的两边。女儿穿的白色连衣裙跟照片上的一样，正在甜蜜地笑着吃冰激凌，翠花偶尔疼爱地摸一下女儿的头，张三笑眯眯地望着街景。

多么幸福的一家三口啊!

扎拉森被眼前的画面迷住了。他想起了儿子上大学那年的样子。他还记得他把儿子送上汽车时候的心情。那是草原上公路旁的一个停车点。长途客车把儿子带走了，兴高采烈的儿子从车窗里伸出脑袋向他挥了挥手。他觉得草原一下子变得很静，很空。儿子就像一只小鸟飞走了，他将飞到很远的地方。张三和翠花的女儿也即将要飞走……

他突然有了一种冲动，为这个孩子买一件礼物，比如一件衣服或者如今孩子们爱玩的电子玩意儿什么的。他很愿意这么做。这是个幸福的孩子，她并不缺少爱，但多送给她一份爱，绝不会显得多余。

他走了过去。张三和翠花看见他，笑着。一家三口挤了挤为他让出一块地方。但他没有坐，站着跟他们说话。

“这就是你们的女儿?”他看着女孩儿问。

“快叫大爷。”张三笑着对女儿说。

“大爷……”带点羞涩的声音传进了扎拉森的耳朵，让他激动。

这几年他越来越喜欢孩子。在草原上，邻居家的儿媳生了个孩子，他每隔几天都要去看看。如果看到那孩子在襁褓里笑，他也会笑着回去。如果遇到那孩子感冒发烧，他恨不得替那孩子感冒。据说人老了都会这样。来到城里后，他也常站在阳台上看小区院里的孩子，而且总也看不够。一个刚出生的婴儿在小推车里睡着，让大人推着走，他就会从那个孩子睡相看到无比的安然与超脱。社会的纷争、生活的艰难跟他一点儿关系都没有。还有几个蹒跚学步的孩子，看什么都新奇，见什么都想抓在手里。他们眼里的世界是什么样的呀?还有一群更大一些的孩子，喊叫着跑过他眼前，像一股小小的旋风……

这个姑娘比那些孩子大，马上要参加高考了。他知道这些孩子的辛苦。在小区里，这种孩子起得肯定比其他人早，背着双肩包匆匆走向学校。每晚很晚他都能看到对面楼层的窗户里有一个孩子趴在书桌上写着什么，据儿子、儿媳说现在的孩子作业特别多，有时候做到半夜才做完。他听了以后心疼。

“作业多吧?”他问张三的女儿。

“还好……”

张三说：“你爸你妈小时候想多做作业都没有机会，我们没钱上学。”

“你的生日是什么时候?”扎拉森问。

“下个月二十三号。”张三替女儿回答。

“到时候我给你送一件礼物。”扎拉森说。

## 四

扎拉森对菜市场越来越熟悉起来。别看每天早晨菜市场熙熙攘攘，但他发现其中好多顾客是固定的，而且大部分是女人和老头。过了十来天，他对其中的不少人已经不感到陌生了，当然他不知道他们的名字，也没有跟他们说过话。比如那个胖女人，几乎每次买菜都跟卖菜的吵架，好像将一辈子遇到的不痛快结算到卖菜人的头上。又比如有几个穿着练功服的女人，五六十岁的样子，总是结伴而来，挑选菜很认真，好像是为最后一顿饭做准备。还有那个老头，总是一副怒气冲冲的样子，动不动就是“我当年当领导的时候，根本没有现在这些乱七八糟的事儿……”，好像社会风气变坏是他下台的结果。

这一天，张三见了扎拉森说：“过两天我请一个腐败分子吃饭，你也去陪陪客人吧。”

扎拉森一听便笑了起来，问：“你骂人家是腐败分子，还请人家吃饭?”

“没有办法，人家是工商的小头目。”

“你还怕工商?”

张三笑了笑，说：“那家伙是管这个菜市场的工商所所长。你知道他是谁吗?”

“谁?”

“就是你们那里老支部书记的儿子……”

“是浩特拉的儿子呀？那孩子叫呼德尔。”

“对呀，叫呼德尔。所以我请你陪他。”张三诡秘地笑着说，“其实我就是用你的名义请的他。不说你请的，他不来。”

“你这家伙，满脑子鬼点子。”扎拉森说，“在哪儿请客？什么时候？”

“后天晚上，在那个叫……蓝色的多瑙河二楼203。”

“怎么去那么一个地方？”

“那是管我们的那个工商所定点餐厅，请他们就得去那儿。”

两天后，扎拉森如期赴约，走进了那个叫“蓝色多瑙河”的餐馆。客人还没有到，张三和翠花已经等在那里了。翠花打扮得花枝招展，张三也理发刮脸，换了比较干净的衣服。

“客人来了，你可不要蹲在椅子上。”扎拉森说。

“我已经提醒过他了。”翠花笑着说。扎拉森觉得她的打扮已经很过分了，不知道用了多少化妆品。

这时候，在餐厅小姐的导引下，一个年轻人走进了包间。他看到扎拉森就按照草原上的习俗屈膝问安，笑容满面地问候“叔叔好”。

“好，好……你这个孩子……进步很大呀。在城里当了领导，我听了很高兴。”扎拉森说。他只能这样说，因为按张三的说法，今天这顿饭是他请的。

呼德尔说：“我不知道您来城里生活，我如果早知道了，我早就应该请您到家里做客，吃饭。”接着又问：“叔叔您有什么事吧？尽管说，用不着摆这一桌……”

扎拉森一听这话就不高兴了，说：“前些年你爸是我们的领导，我是平头百姓，但我们是从小一起长大的。你爸当支部书记后也经常去我家吃饭喝酒。而你呢，是我看着长大的，我以为你跟我的孩子一个样。我想我的儿子，也想你。听说你在这里，我就想叫你出来吃顿饭……”其实他的倔脾气已经上来了，很想接着说：“有事我也不会请你吃饭，你算老几?”但张三这时用胳膊碰了碰他，他就打住没有说。因为他想起这顿饭是张三请的。

呼德尔一听这话就站起来连干三杯，说是说错了话自罚三杯，接着又让服务员去叫餐馆经理。

餐馆经理走了进来，后边跟着几个如花似玉的服务员，端盘里端着一瓶洋酒。经理一见呼德尔就满脸堆笑，说：“呼所长您来怎么不先打个招呼？我好做个安排呀。您看你们点的是什么菜呀？怎么进了这个雅间？真是的……”

呼德尔说：“你今天就不用费心了，我们只是随便坐坐。”

“哪儿能随便呢？呼所长为我们付出了多少心血呀……”经理说着扫了一眼桌上的凉盘，又说，“就这些菜？也太廉洁了吧。不行，我给上几道菜……”

扎拉森心里越来越感到别扭。他是有生以来第一次参加这样的饭局，但也懂得这顿饭是什么意思。并不是因为呼德尔饿了或者吃不上好的饭菜，也不是因为张三要对呼德尔表示友情或者谢意，其实张三是仇恨工商的，所以这个饭局其实是一次交易，张三是要用一顿饭换取一些照顾。扎拉森虽说懂得这一点，但这里的虚假气氛让他感到恶心和愤怒。餐馆经理说出来的每句话都是假话，他脸上堆出来的笑也是百分之百的假笑。

他打断了经理的话头，指着呼德尔说：“他是我家乡的一个孩子，他叫我叔叔，今天是我叫这孩子来吃一顿饭，说说话。我们好久没见了。”他这几句话意思很清楚，让经理赶紧滚蛋。

“哦，哦，是这样。那你们慢慢吃，有事叫我……”经理走了出去。

呼德尔笑着说：“好了，现在清净了。咱们喝起来。”

翠花站起来举杯说：“听说呼所长跟扎拉森大哥是同乡，我们真的很高兴。其实我跟我老头子跟你们有缘分，我们两人十几年前就认识了呼所长的父亲，那可真是个好人，对我们很照顾，我们两人现在还常常念叨他呢。现在呼所长也很照顾我们，早就想请你出来坐坐。来，我们大家干一杯，为了你们两代领导对我们的照顾……”

呼德尔痛痛快快地干掉了一杯，说：“你们有什么具体要求？说说。”

“我们哪儿敢提什么要求哇。你们所里具体管我们的那一男一女经常上菜市场，以后让他们去我们的摊位上拿菜好了。”翠花说。

扎拉森有些吃惊地望着翠花。他想什么叫会说话？这才叫会说话呢。

张三说话比老婆直，说：“那两个家伙，男的态度还可以，那个小娘儿们可没有一点女人的样子。对我们这些人那么厉害干啥？”

呼德尔笑着说：“说实话，他们也不容易。”

“他们收钱的不容易，我们交钱的更不容易……”张三可能有很多话要说，但大概意识到今天这个场合不宜多说，就打住了。

“其实大家都不容易。”翠花说，“人就是这样，互相不理解，就像仇人似的，互相理解了，就成了朋友了。”

其实呼德尔吃得很少，喝酒还算痛快。他说过一些天一定请扎拉森到家里做客，最后对张三和翠花说他一定会对分管菜市场的那两个工商打招呼，对张三的摊位尽量给予照顾。呼德尔走了，张三和翠花去柜台上结账，扎拉森坐在门厅沙发上等他们。

扎拉森感到很累，但他也觉得无论张三、翠花还是呼德尔，大概比他更累。他们本来是死对头，却装出相互很友好的样子，说那么多的假话，挤出那么多的假笑，不累才怪。还有那个餐馆经理，能不累吗？

两口子结完账，三个人走出餐馆。外边的空气污浊不堪。扎拉森不知道张三花了多少钱，更不知道他得到了什么。他认为张三两口子是没事找事，人家收费你缴了不就完了？何必还搞这个名堂？不嫌麻烦？但看张三两口子的样子，好像很得意。

“你们高兴什么呀？花了一把冤枉钱。”他说。

“大哥你不懂，在城里混日子不容易。”张三说。

“本本分分过自己的日子，谁能把你怎么样？”

翠花这时插话说：“那样只能吃亏。”

“你们城里人的活法跟我们真的不一样。”扎拉森感叹道。

“按城里人的说法，就是不能按规则出牌。”翠花又说。

“什么？出牌？”

张三说：“就像玩扑克，你得经常偷牌藏牌换牌。你老老实实地玩儿，就会吃亏。”

“可是那样玩儿有意思吗？”

“大家都在那样玩儿，只有你一个人按规矩玩儿，你不亏死？”

## 五

扎拉森对菜市场越来越熟悉了。他开始适应了这里的气味，也适应了这里的嘈杂与混乱，每天去菜市场也成了一种习惯。他今天去得早了一些，碰到张三跟一个老头干仗。一看，就是那个老说“我当领导那会儿……”的那个老头。那几个身着练功服的老太太在那边的摊位上挑菜，不时地朝这边看一眼。

“你说这把菜是三斤，我到公平秤那里过秤，只有二斤七两……”老头气呼呼地说。菜市场出口处摆着一张桌子，上边有一台电子秤，旁边还有个木板，上边写着“公平秤”三个字，据说是工商部门摆在那里的。

“公平秤？公平秤就那么公平？”张三一边给别人拿菜，一边说。

“那是政府摆在那儿的。”老头喊。

“政府还出腐败分子呢。”

“你讲不讲理?”

“再说了，蔬菜本来损耗大，水分蒸发了，分量就少了。”

“你这是强词夺理!”

“反正我卖给你的菜是三斤。也许你藏了其中的一把菜来讹我呢。”张三说。

“我非告你不可!”老头气得发抖，又说起了“我当领导那会儿……”。

“得了吧，你当领导那会儿我们连肚子都吃不饱。我又不是没有经历过那个年代。”

张三就这样毫不退让地气走了老头，仍在那里嘟哝:“还说他那个时候！说实话，现在日子也不好过，但比那个时候强多啦。”

又过了两三天，扎拉森去买菜却没有看到张三两口子。摊位还在，但空着，没有一棵菜。扎拉森有点茫然。他们怎么不见了？有急事回家了？病了？或者他们的宝贝女儿有了什么事？菜市场仍然乱哄哄的，张三两口子的消失对这里不会产生一丝一毫的影响。就好比一滴水的蒸发对一条河没有影响一样。但他却觉得这里缺了一个东西。

扎拉森继续溜达，碰到了旺吉拉，两个人就站在一起说话。

“你去张三那儿啦?”旺吉拉问。

“他不在。”

“听说被抓了。”旺吉拉说。

“什么？被抓了？因为什么?”

“听说是购买考试作弊用的耳机什么的，当场被抓了个现行。”

“哦，哦……”

旺吉拉说，他的一个学生在晚报社，采访过这个案子，所以消息比较可靠。据说公安部门通过侦查发现，最近有一个团伙暗中销售考试作弊器，都是一些小电子玩意儿，有耳机、手表、圆珠笔等，其实都是一种信号接收器。公安部门组织了一次集中打击行动，抓了一批人，其中就有张三……

“不会判刑吧?”

“不会。关几天，批评教育，再罚点款就没事了。”

“他老婆呢? 也被抓了?”

“麻烦就出在她身上。张三被抓以后她就到公安局要人，她不仅骂了警察，还跟警察撕扯起来，结果被拘留了。”

“她怎么能那样。”

“不过也不要紧，也就是罚点款。”

扎拉森垂头丧气地往回走。这个张三，买那种东西干什么? 他大概是想给女儿用，但他不知道考试作弊是什么行为吗? 他应该知道的。让女儿凭本事考不行吗? 还有那个翠花，还敢跟警察撕扯，能有好结果吗? 傻不傻?

第二天起，他不去菜市场了。但张三两口子老是钻进他的脑海里，在他眼前晃动。他们社会地位低下，辛辛苦苦地操劳着。他们当然也有不少毛病，按他们的话说就是“不按规则出牌”，其实他们得到的很少。还有，虽然他们社会地位低下，但也有美好的向往，他们希望宝贝女儿能够考上大学，翠花还忘不了把自己打扮得漂亮一点……

十几天后，旺吉拉给他打来电话说张三两口子放出来了，已经回到菜摊上，想不想去看看? 他就迫不及待地出了门。

进了菜市场，他老远就看到了张三和翠花。正是菜市场人最多的时候。他看见他们两人在忙着称菜、收钱、跟顾客争论，忙得不亦乐乎。他还发现他们气色很好，张三看见了他，还得意地朝他笑了笑……

# 千户猎

## 一

1953年仲春，我的家乡开展了猎狼行动。层层动员，从旗武装部拿来枪支弹药，解放后第一次“千户猎”即将开始。大规模的集体狩猎，在别的地方称之为“围猎”，在我的家乡鄂尔多斯却称其为“千户猎”。据说这个说法与过去蒙古地区实行千户制、万户制有关，以千户为单位组织的狩猎称之为“千户猎”。后来千户制、万户制不存在了，但这个说法却延续了下来。解放后的那次狩猎，虽然没有千户人家参与，但也足有老老少少两三百号人参与其中。

工作组跟当地领导连夜开会，研究部署了这次行动。

工作组组长阿尔宾桑曾在部队任营长，部署工作时也不失军人作风。他叫人拿来一张大纸，展放在桌上，手握一支毛笔说：“你们都过来。”参会的七八个人立马围了过去。

阿尔宾桑用笔画了一个椭圆：“这是勃尔克席勒。我们狩猎的范围在……”他指定了狩猎范围，要求参加行动的各组后天中午之前赶到指定地点。

大家一致点头同意。

“我的指挥位置在这里。”他在椭圆的一角上点了一个黑点儿，又补充说，“就在哈什亚图井北坡上。中午十二点的时候，各组联络员来向我汇报猎围形成情况。”

有人说：“可是我们怎么能知道到了中午十二点呢？我们没有手表。”

又有人说：“大家各就各位之后去汇报就行了吧。”

阿尔宾桑说：“等围场封口，我就朝天开一枪，就算狩猎开始。”

其实这些事几天前早就说好了，阿尔宾桑现在重复这句，只是在做最后的正式宣布。接着需要探讨一个新的问题。

“现在定一下枪手名单。”阿尔宾桑说，“围场留三个口子。恐慌的狼会从那些口子跑出来。所以每个口子上各安排六名枪手。百步埋伏一名枪手，若是第一个枪手打不中，逃出来的狼转眼间就会跑到第二个枪手面前。第二个射不中，那就第三个接着射杀……能从六名枪手的枪口下逃出去的狼，不会太多。不过，得安排一些好枪手。”

“我们这里复员军人有七个，未曾参军但经验丰富的猎手也有几个。即便如此也凑不够十八个人。你们工作组能否也抽几个人当枪手?”一位当地领导说完后，又有些犹豫，“不知能不能让那木斯莱也当枪手？他是个好射手，不过他当过国民党兵，还私自藏过枪支，是一个有问题的人……”

“我们工作组有两名复员军人，让他们当枪手好了。”阿尔宾桑又说，“那木斯莱嘛，也不是不能参加，但是……”他神情有些迟疑。

“应该让那木斯莱参加。他可是我们这个地方的打狼能手啊。”又一位当地领导说。

阿尔宾桑说：“那就让他参加吧。不过你们得跟他谈一谈，教育教育。”

## 二

党和政府的号召

我们牧民的任务

恶狼是畜群的敌人

我们一定消灭它……

各组就这样高歌着，清早向勃尔克席勒进发。青壮年都是骑着马去的，附近的老人和孩子们徒步去的也不少。那些老人和孩子手里拿着水壶水桶等，准备在围猎开始后敲打那些东西惊吓野狼。挑选的十八名枪手在太阳升起前已经各就各位埋伏了下来。

那木斯莱在围场东南口最外围的位置上。他四十五岁左右，目光锐利而沉静，皮肤黝黑。他擦了擦枪，又接着擦拭刚领到的子弹。那些子弹闪闪发光甚是可爱。然而这些可爱的家伙发射出去击中目标物时，一个鲜活的生命会随即消亡。它是蛰伏在铜壳儿里的夺命天使、屠杀时呼啸而飞的神秘小鸟、让男人爱不释手的神奇东西。没有了子弹，枪跟烧柴棍儿没啥区别。不过奇怪的是，人们更看重枪，而不怎么看重子弹。那木斯莱当兵时，他们那个连队被授予“功勋枪”称号的枪有三支，其中之一是那木斯莱的。那三支枪，有一支曾经放倒过七十六个鬼子，有一支曾经从千步之外夺去一个日本军官的命，那木斯莱那支呢，曾经一枪打断过日本敢死队的战旗旗杆。那木斯莱入伍不久就有了神枪手的美誉，连长叫苏德纳木，只要开战就把他叫到身边。那次与日军作战，日本敢死队员举着战旗怪叫着冲向他们。看着不顾机关枪的扫射，蜂拥杀过来的日本兵，那木斯莱心想，这些小矮子可真是疯了。苏德纳木连长跟他说：“看到那面战旗了吗？射断它！”那木斯莱问：“不射人，射那个破旗干啥？”苏德纳木连长训斥他：“你没见那面旗帜向哪儿挥舞，那些军人就冲向哪儿吗？少说废话！”那木斯莱狠狠地咬紧牙关瞄准并扣下扳机。射断两百米外晃动的旗杆，虽说有些不可能，但奇怪的是那木斯莱却丝毫没紧张。一枪过去，便射断了那个旗杆。日军忽然原地不动，都愣在那里。就在这个时候，苏德纳木连长一声令下，喊着“冲啊！”，整个连队像洪水一般冲向了敌人。苏德纳木连长特别珍惜那支被射断的旗杆，送到上级，为那木斯莱请了军功，又授予他那根枪为“功勋枪”。这种做法是苏德纳木连长的独创，他是草原蒙古人，大概从草原人祭敖包的时候，命名得了头名的骏马和头名摔跤手的做法中得到了启发，并将那个做法移用到战场上了。

日本投降后，那木斯莱退伍回了家。苏德纳木连长跟他说：“你的马，你就骑回去吧，那匹马就送给你了。”那木斯莱说：“马就不用了，我想把我的枪带回去。”苏德纳木犹豫一番后还是答应了他，还给了他五十发子弹。那木斯莱没家没业。回乡后跟邻居借了一个毡房，正思谋下一步生活的时候，勃尔克席勒的狼袭击了附近几家的营地。

一天，朵丽玛来到那木斯莱家。“啊，你好吗？”那木斯莱问候。

“在你回来之前，还好……”朵丽玛说。

“那是说我回来之后就不好了？”

“狼群袭击了我家营地。”

“我也听说了。可是这个跟我的回来有啥关系？难道是我领着那些狼回来的？”

“你不是背着枪回来的吗？”

“那又怎样？”

“据说，狼跟背着枪的人是有仇的。”

“那么，狼群袭击你的营地，是我惹的祸？”

“不管怎么说，勃尔克席勒的狼群可是把你当眼中钉了。要是你那支破枪不是烧柴棍儿，就不能吓唬一下那些狼？”

那木斯莱看着朵丽玛。想起当兵十几年，他曾梦见朵丽玛两回或三回。他不太明白，家乡那么多女孩，为什么就单单梦见了她？当兵十几年，他一次也没回过家乡，所以没见朵丽玛也有十几年了。然而奇怪的是，有时也会想朵丽玛一定变化很大吧？今天见了朵丽玛，感觉她跟他的想象几近一样。皮肤黑了粗糙了，眼角有细纹了，嗓子稍稍沙哑了……怎么那么像他想象中的样子呢？

那木斯莱说："我一定能让你知道我背回来的不是烧柴棍儿，而是一支功勋枪。过几天我给你送去几张狼皮，而且就是袭击你营地的狼皮。"

朵丽玛揶揄道："真好，我正想做一个狼皮褥子。"

"到冬天的时候，我拿狼皮给你包毡房……"

第二天，那木斯莱背着枪奔向勃尔克席勒。那么一去不要紧，他跟勃尔克席勒的狼结下了仇恨。

## 三

那木斯莱感觉到勃尔克席勒今天变得那么寂静。是那些狼知道自己已被包围了吗？大多数应该不知道的。不过，被他称为"孽灰"的那只公狼，可说不好。那可是一个狡猾的家伙！

这些年来，那木斯莱几次差点儿要了它的命，最终都以失败告终。有时他想，如果狼会发笑，那么它一定是在嘲笑我吧。

勃尔克席勒真是狼的世界。那里有七群狼，不过其中最厉害的是孽灰。它是一个以毅力、智慧、凶狠超然于其他几个狼群的家伙。

为了让朵丽玛知道他背的是枪而不是烧柴棍儿，第一次去勃尔克席勒时，那木斯莱信心满怀。不曾畏惧过扛枪的敌军，说是怕了一个畜生，那岂不笑话？如此一想，仿佛勃尔克席勒的狼群都在等待着死亡一般。方圆四十里地，这个地方没有人烟，仿佛空气中都有危险的气息在凝固。他走到一面坡地上休息时，看见那边的洼地里有几只狼在徘徊。他坐在那里，瞄准射击了其中最壮实的一只狼。那只狼倒下了，其余的都跑了。那木斯莱想，第一个用枪声打破勃尔克席勒宁静的人，应该是我吧，不到几个月，我一定能把勃尔克席勒的狼群清除一空。之后的三天里，他又打死了七只狼，将狼皮挂在枪杆上，朝朵丽玛家走去。七张狼皮，两张给朵丽玛母女吧，剩下的五张拿出去卖了，给她们买点茶啊布啊……他心里美滋滋的。

然而，迎接他的是朵丽玛愤怒的眼神。

“你知道自己惹了多大的祸吗?”朵丽玛呵斥道。

“我又给你惹什么祸了?”

“你在勃尔克席勒要枪时，那些家伙又来袭击我们几家的营地，损失惨重……”

“啊，真的?”

“一天夜里，忽然来袭击，咬死了五六十只羊!”

“怎么又是我的错了？那我该怎么办?”

“这是狼在报仇呢……”朵丽玛伤心地看了看他，叹了一口气。

那木斯莱和狼之间就这样结下了仇恨!

勃尔克席勒有七群狼，其中孽灰的狼群虽然数量不多，但数它们最凶狠、最狡猾，因此它们也是其他六群狼的头。只要那木斯莱去勃尔克席勒，孽灰一拨儿定会来袭击他几个邻居的营地，而且袭击朵丽玛的营地时最狠，这几乎成了一个规律。那木斯莱不明白狼的思维是怎样的，但是他明白一个道理，那就是，为了邻里免遭祸害，他不能再去勃尔克席勒了。那木斯莱恨狼恨得咬牙切齿。他想，不是自己战胜了狼，而是狼战胜了自己。他感到无比羞愧。邻里们没因那木斯莱与狼为敌而感激他，遇见了他反而会说：“我的那木斯莱，你把那个烂铁扔了吧，我们也消停消停。”然而，就算不去勃尔克席勒，那些狼也没有轻易放过他的意思，时不时来祸害他。

有一次，那木斯莱去串门，回来时，狼们把他蒙古包的围绳咬断了不说，还在他门口喷了一摊狼便。那木斯莱差点儿气炸了。又过了几天，一天夜里，狼群围着他的蒙古包嗥叫到天亮。如此一来，那木斯莱不能离开自己的蒙古包了，夜里也睡不踏实了。

再过几天，他跟孽灰碰了个正着。

那是一个薄雾轻漫的清晨。那木斯莱睡醒后出去撒尿，看见一只狼蹲在他的前方望着他。那木斯莱站着没动。那只狼也没动。那木斯莱知道自己不能动。要是转身回去拿枪，那家伙一定比自己还快，会扑过来撕碎他。这可是短兵相接啊……

虽说是第一次遇见，那木斯莱能断定它就是孽灰。孽灰在离他二十几步外觑视着他。淡定冰冷的眼神中有一种不屑的意味。仿佛在说："你就是那个枪手吗？看来也就是这么一个不起眼的家伙啊。"

"迟早我得要了你的命。不信，你等着瞧。"那木斯莱望着孽灰的眼，心里这样想。

"懦弱的家伙们才会啰唆要这样要那样。谁知道呢!"孽灰张开嘴巴吐出长舌舔了舔嘴唇。那木斯莱看它像是在发笑。"你就知趣点儿，老实点儿，不然我不会放过你那个女邻居。我会把她家的营盘洗劫一空。"

孽灰好像说完了，转身走了。

"你！……你!"那木斯莱气急败坏地跳起来。他觉得不紧不慢走去的孽灰仿佛在讥笑他……

## 四

"决定让你当明天的千户猎枪手。"

"哦，好的，好的。"

“这是组织对你的信任呀！”

“哦，好的，好的。”

“当枪手，自然会给你发枪和子弹。你要正确对待组织的信任。”

“哦，知道了……”

当地领导跟他进行了这番谈话。那木斯莱没说一句多余的话，但是他顷刻想到孽灰，这次可以要了它的命。

那木斯莱的家乡1950年春天得到解放，到了秋天，开始收缴民间收藏的军用武器。那木斯莱不想缴枪。他从小喜欢枪。记得小时候，家里来了带枪的人，他就特别高兴，悄悄过去摸人家的枪。十几岁就跟着猎人跑，二十岁之前拿一头牛犊换了一把火枪，几年后参军成了神枪手。在他的心里，枪和子弹是有生命的，是他爱不释手的伙伴。上过油之后，枪的那种气息，推枪机时那种悦耳的声音……仿佛在对他呢喃：我的朋友，我在你身旁。所以，退伍的时候他没要马，而是背着枪回的家。虽说年过四十，还光棍一个，但他从未孤独过，因为心爱的枪陪伴着他……

上级两个干部初次来收缴枪支时，他避而未见，再去时他说把枪卖掉了。两个干部有点生气，从牛粪堆里搜出他的枪，押他去努图克[①]关了三天。国民党那么多官兵，除了逃到台湾的，其他的都缴枪投降了，你怎么就不愿意缴枪？想干什么？面对这般训斥和问话，那木斯莱开始紧张了，他说我爱枪，所以才这样，没有任何其他目的。他反复认错，三天后就放回来了。但干部们将他当作了反面教材，教育群众时说，有些参加过国民党军队的人违抗缴枪，你们大家要提高警惕。私自收藏枪支的人们听了这话都很害怕，于是缴枪工作进展十分顺利。然而，那木斯莱却成了地方领导们眼里的可疑分子。那木斯莱无话可说，自己确实参加过国民党军队并有私藏枪支的事儿。

① 努图克，蒙古语，意为“故乡”“营盘”“领地”。也指解放初期内蒙古自治区牧业地区的行政单位，区所属地。

那木斯莱被缴枪之后，勃尔克席勒的狼群更加猖獗了，经常来围着他家转悠。一次，他从朵丽玛家回来的时候，见孽灰朝着自己走来。那木斯莱止步了。孽灰却也原地躺下了。那木斯莱心里恨恨的，却一点儿办法都没有。这个家伙知道我没枪，在欺负我。他只好咬着牙，绕道而行。

## 五

那木斯莱先是把五发子弹压进弹槽里，然后等待狩猎开始的信号。太阳高高升起，天气十分炎热。狩猎行动该开始了。

他想起孽灰。这几年他有时想起孽灰，心里不由得奇怪。他不知道狼的那些坏点子是怎么想出来的，只是觉得狼的智慧一点儿都不亚于人类。只要那木斯莱去勃尔克席勒，孽灰就领着狼群来袭击他几个邻居的营地。而跟他来往密切的朵丽玛受害总是最惨重。这个结果，不只是几只羊受损的问题，还成功地将那木斯莱孤立于邻里中。人们认为狼群来祸害是他跟狼作对的结果。多狠毒的伎俩啊？如此这般几回后，那木斯莱再也不去勃尔克席勒了。他输给了孽灰吗？好像是这样，但他不服气。只要手中有枪，迟早有一天会要了那个恶棍的命。但后来枪被收缴了，他就气馁了，他想这辈子都没法收拾孽灰了。

可是，现在他又有了枪。那家伙是否知道呢？虽说勃尔克席勒有很多很多的狼，但他只关注孽灰。这些年来，那家伙给他带来不少耻辱。什么时候孽灰滚倒在他面前，他才能解恨。

孽灰不知在不在这个围场中，这个问题让他头疼。那个狡猾的家伙也许早已带着伙伴们跑到别处去了吧。当勃尔克席勒上空枪声一片时，那个家伙说不准又在谁家营地上祸害羊群呢……

“叔！”

朵丽玛的女儿龙棠花来到他身边。十七岁的这个丫头真是神采奕奕。她牵着一匹马。

那木斯莱问："你是骑马过来的？"看着龙棠花，想起了她母亲年轻时的模样。

"让我们一帮年轻人骑马过来，让我们追跑出去的狼。"

"追上了怎么着？用鞭子抽？"

"吓唬一下也行吧。"丫头从褡裢里拿出一壶酸奶给他，说，"这是妈给你的。"

"你妈在哪儿？"

"达木丁叔叔他们几个拿着水壶水桶，在来的路上。"

"孩子啊，小心点儿。逃出去的狼要是被赶上了，会掉过头来跟你玩命的。"

"知道了，叔……"

龙棠花上马远去，那木斯莱久久望着她的背影。朵丽玛早年就成了寡妇，独自带着这个女儿长大。前几年，那木斯莱想跟朵丽玛一起过日子。后来，人们排斥他参加过国民党军队，私藏过枪支什么的，他就收了这份心。不过，朵丽玛母女俩倒是没有排斥他，经常过来帮他洗衣服，缝缝补补。

等待已久的枪声终于传来，子弹在勃尔克席勒上空呼啸而过。围猎正式开始了，喊叫声、击打水桶水壶声在四面八方响起。好几百号人形成了一个包围圈，喊叫着，敲打着家伙向勃尔克席勒中心推进。包围圈在慢慢缩小。没过多久，枪声四起，说明狼们开始往外逃。那木斯莱埋伏的这个口子里边也响起枪声，好像击中了一只狼。

过了一个时辰，往外逃的狼越来越多了，枪声一片。那木斯莱用三发子弹击中了三只狼。那些狼从弹雨中拼命地奔跑，跑过他面前时顺着枪声便倒下了。

夕阳西下时，枪声渐稀。那木斯莱他们这个围堵口，拿下了十五只狼，其中五个倒在那木斯莱枪口下。那木斯莱不愧是神枪手。要是最后一位枪手位置上的他没能射中，那么会有五只狼逃命。可是因为他的枪法精准，没有一只狼逃出他们这个围堵口。

那木斯莱丝毫高兴不起来，因为孽灰至今没见踪影。这次狩猎中有几个年轻人骑着马跑来跑去，担任着联络员任务。其中一个放马到那木斯莱跟前儿。

联络员说："围猎圈儿已经缩到很小了。阿尔宾桑组长说，枪手们都得往那边集中。"

参加狩猎行动的几百号人朝着勃尔克席勒中心围过去，现在走到了一个盆地周围。宽五六里地的这个盆地边儿上，人群密密麻麻的，他们向彼此招手。勃尔克席勒的狼死的死、逃的逃了，剩余的一部分很有可能藏在这个盆地里。那木斯莱站在盆地的边儿上放眼望去，空气中有刺鼻的硝烟味儿，整个盆地很安静。这时一个想法突然闪入他的脑海：孽灰就在这个盆地里！这个想法是那样地突如其来，而且又是那样地坚定不移。那木斯莱知道唯有猎人才会有这样的直觉，而这种直觉总是八九不离十。他仿佛看到孽灰在哪一簇灌木下，用仇恨的目光望着他。起初他想，这个狡猾透顶的家伙也许在狩猎之前就有所察觉，离开了这里。现在他却更加相信自己此刻的直觉。孽灰可不是一般的动物，它一定是藏在人们意想不到的地方。当人们以为勃尔克席勒的狼都逃光了的时候，那个家伙一定是出乎意料地藏在这里呢！

工作组的组长阿尔宾桑和地方领导们来慰问枪手们。"你们听从党和政府的号召取得了可喜的成绩。目前为止已经消灭了三十四只狼。这些狼要是活着，得祸害多少牛羊？不过，还是有一部分狼逃掉了。搜查完这个盆地之后，枪手们一定要再去追踪那些狼……"

朵丽玛来到那木斯莱跟前儿。"听说你今天收获不小啊。"

"可是没看见那个孽灰呢。"那木斯莱说。

"那只是你没看见而已吧，说不准被别的猎口上的人给打死了呢。"

"它应该遇见我，让我要了它的命，才是它的宿命。"

"但愿如此吧。"

可能是想恐吓狼，枪手们开始朝盆地开枪。然而，盆地里好像没有喘气的活物一样，静悄悄的。

"继续缩小包围！"阿尔宾桑喊。人们围了过去。包围圈越来越小，忽然有一只狼窜出来，突围出去。人太多，枪手们怕出意外，谁也没敢开枪，只好望着它扬长而去。不过人们又很快发现一个姑娘追赶着那只狼而去。

"那是谁啊？"

有人说："龙棠花。"

## 六

龙棠花这个姑娘骑术很好。现在她正追着前面的狼，一刻不懈怠。她的马也比任何时候都快，快马驰骋时，耳畔的风呼啸而过。前面的狼也在拼命地跑。她对它们恨得咬牙切齿，她怎能忘了它们曾祸害那些老实的羊呢，她也忘不了母亲眼里噙满了憎恨的泪水。她们母女俩与世无争，这些狼为啥就不放过她们呢？

越过几道梁进入平川时，前面的狼明显慢了下来，说明它没劲儿了。然而龙棠花的马好像跑得越发快了。狼和马的距离越来越近了。龙棠花遇到了一个问题，追赶上这只狼后该怎么办呢？走投无路的狼，据说会拼命一搏的。她想起了那木斯莱叔叔说过的话。她想到了马镫。她稍稍倾斜身子，摘下了右边的马镫。她看见前面的狼踉跄了一下，一眨眼的工夫，龙棠花的马也到了狼跟前。就在这一刻，跌倒的狼忽然起身向她反击。狼那个张大的嘴巴、凶狠的眼睛接近了她的膝盖，她挥起马镫朝它的鼻子打了过去。她的马跑出五六十步外止步回望时，那只狼已经瘫在那里。

## 七

那木斯莱把枪横放在膝上，坐在盆地边儿上。

朵丽玛站在他身旁。参加狩猎活动的人们大多都回家了，枪手们去追逃出去的狼了。

“其他枪手都去追了，你咋不动?”朵丽玛问。

“哼，他们都中了孽灰的计!”

“什么?”

“刚才在盆地里跑出一只狼，你没看见吗?”

“见了啊……”

“那可是孽灰最爱的母狼。”

“啊? 是真的吗?”

“那么多枪手向盆地开枪，结果只跑出它这条狼。轮到谁想，谁都会认为这个盆地里除了它就没别的狼了！接着阿尔宾桑组长宣布了狩猎结束，让人们解散了。其实，这是孽灰的阴谋。它在最危难的时候，让自己最心爱的母狼向外逃，吸引了人们的关注，自己留在了这个盆地里……”

“留……哪儿了?”

“就在这个盆地里。”

“快找找，灭了它。”

“不行，一会儿就太阳西沉了。”

“那咋办?”

“不过它的死期已到了。”

“啥时候?”

“明天！”

“明天？……”

第二天，勃尔克席勒边儿上举行了狩猎行动总结大会。这次围猎总共消灭了三十九只狼，其中枪手们追杀的有四只，龙棠花拿马镫打死的有一只。人们立起两个柱子，中间拉了一道绳，把三十九张狼皮挂在上面。朵丽玛在人群中望了半天，没见那木斯莱的身影。群众大会，牧人们都穿上了好看的服装。龙棠花脖子上系了红彤彤的围巾，面带微笑，神采奕奕。这个女孩，昨天把那只狼驮在马鞍后返回来时，可是让大家又是惊讶又是赞叹。

会议马上要开始的时候，忽然听到勃尔克席勒深处的枪声。没过多久，那木斯莱枪杆上挂着孽灰的皮，回来了。他把狼皮挂在绳子上，什么也没说。

“怎么了？”朵丽玛问。

“我自己找了一个地方，设下埋伏等待那个家伙出现，我等了一整夜，它并没有出现。我耐心地等到晌午。忽然见它从灌木丛中伸出脑袋。就那一刻，我开了枪……”

“还是你赢了。”

“我没赢，我被它骗了。”

“你不是把它打死了吗？”

“我的枪声响的那一刹那，那家伙就倒下了。我跑过去一看，它已经死了。我正好打中了它的头。不过那家伙像是没断气一样，双眼一直瞪着我。你怎么让我要了你的命呢？你可是一个狡猾的家伙。我有点怀疑，又往那边看了看，却看见了一个狼崽跑去的踪迹……”

“它们怎么这么聪明呢！”

“它是为了给狼崽争取逃走的时间，忽然在我面前伸出了脑袋的！我知道那个狼崽是前年出生的。那时经常见它们狼群里有一只狼崽的踪迹。那个狼崽的父亲是孽灰，它的母亲应该是被龙棠花打死的那只母狼。”

“你没跟踪那只狼崽?”

“没有……”

“怎么不跟踪?”

那木斯莱低着头久久沉默，叹息道:“狼再凶狠，为了孩子却不惜生命。我想，还是放过那只狼崽吧，它的命是它的父母用生命换来的。那个狼崽长大后，一定会回来为父母报仇的。那个时候再说吧。不过，狩猎行动结束后，我就没枪了……”

朵丽玛没再言声。

大会开始了。阿尔宾桑组长讲完话之后，宣布这次狩猎中表现突出的十名打狼英雄，每个人奖励一条毛巾、一个日记本外加十发子弹。龙棠花成了十英雄之一，接过奖品，朝大家微笑着。

“怎么就没有你呢?你打死的狼比谁都多，六只啊。”朵丽玛说。

“我参加过国民党军队，又私自藏过枪支，怎么可能受到嘉奖?”那木斯莱叹息，“可别跟别人说我放掉了一只狼崽，让它活着吧。”他把枪和剩下的子弹交给朵丽玛，说:“散会后把这些交给干部们。我现在要回去了。”

哈森　译

# 一个叫阿拉坦索娃的女人

## 一

我家乡的人们爱唱歌，一些年轻人喜欢唱那种俏皮、轻佻的歌曲，比如有一首歌叫《阿拉坦索娃》。歌词的头两句是："花斑马是马群中的花儿，阿拉坦索娃大姐是邻里间的花儿……"当然，这种歌在诸如婚礼、寿宴等庄重的场合是不允许唱的，只是年轻人在野外碰到一起时唱着玩。我想，此歌传唱时间不短，因为我小时候就听到有人在唱。至于歌里的那个阿拉坦索娃是哪个年代的人，早已无法考证。但有一点还是比较清楚，那就是这个叫阿拉坦索娃的女人大概是一个风流的女人。你听呀，"邻里间的花儿……"对女人而言绝不是一种赞美。后来，我的家乡又出了一个叫阿拉坦索娃的女人，我就不由得想，歌中的那个阿拉坦索娃有可能是这样的人吧。

现在的这位阿拉坦索娃，人们称她为北大草滩上的阿拉坦索娃。因为她家在我们家乡北边大草滩上，紧靠一条公路。

我们老家，说来还是比较落后。其他地方的人大多都有私家车了，出门十分方便，而我们老家的牧民来来往往都还靠骑马。虽说阿拉坦索娃家门口有那么一条公路，经常有车辆过往，但我们家乡没几个人指望能搭上那些汽车。偶尔有人想乘坐那些路过的汽车，站在路旁招手，却没有司机肯停下来拉他们。因此，汽车走汽车的路，牧民们还是会骑着马晃悠。

但阿拉坦索娃是个例外，在这片草原上，她是最早坐上汽车出门的一个。那时候她已经三十多岁，离婚好几年了。

据说有一天有一辆汽车在路上抛了锚，其位置距阿拉坦索娃家不远，从下午到太阳西沉，停在那里一动不动。有一位牧民路过那里，见一位司机满身油污，车上车下地忙着修车。那位司机的脸上写满了饥饿、疲惫、烦躁。不过，那位牧民丝毫没有怜悯的意思，也没想过要帮他，反而有了一种幸灾乐祸的感觉。我们牧民偶尔想搭个车，站在路旁招手，你们不是连瞧都不瞧我们一眼吗？原来你们也有这个时候啊。看来开车的有时还不如我们骑马的省事。

那个牧民走过去不久，天也就黑了。

不知道是阿拉坦索娃去叫那位司机到家里的呢，还是那位司机发现附近有一户人家自己跑过去的，总之，黑夜里又一位牧人路过阿拉坦索娃家门口，发现她家的灯光异常明亮，听到阿拉坦索娃在唱歌，一位陌生男子大声说笑。第二天，那位司机修好了车，但没有走，而是停到阿拉坦索娃家门口，第三天才离开她家，有人还看见阿拉坦索娃坐上那辆车走了。

从那以后，阿拉坦索娃家的门口经常有汽车停留，阿拉坦索娃也隔三岔五地将牛羊托付给邻居就消失几天。到了后来人们说，路过的大货车到了阿拉坦索娃家门口便出故障的多了起来，尤其到了夜晚的时候更是如此。再到了后来，人们开始称阿拉坦索娃为车队队长。

阿拉坦索娃家向西两公里外住着嘎查主任巴图达赉一家。巴图达赉的老婆经常跟丈夫说阿拉坦索娃的坏话。按她的说法，阿拉坦索娃简直就是病菌污染源，男人们只要接近阿拉坦索娃，不想堕落都不可能。接着她又举出很多实例。虽说那些实例想象的成分太多，但老婆每天如此唠叨，巴图达赉便从不敢去邻居阿拉坦索娃家，虽然两家住得很近。然而有一天，巴图达赉第一次去了阿拉坦索娃家，而且还是奉老婆之命去的。

那天巴图达赉老婆肚子痛的老毛病犯了，疼得在炕上直打滚，她说要是这样疼下去就没法活了。巴图达赉站在她身旁抓耳挠腮急得团团转，说："要不……去苏木医院吧。"从这里到苏木怎么说也有四十公里，怎么把站都站不起来的老婆带到苏木？但巴图达赉其实已经想到了一个办法。不过，他不想自己说这个办法，而是希望从老婆嘴里说出来。

"那就快去吧。"老婆不再打滚儿了。

"可是怎么去苏木呢？嘎查的摩托车坏了，有一辆马车，还被贡楚克借走了……"

"你就没有别的法子？"

"要是有一辆汽车，或者有一个认识司机的人……"听了这句，他老婆不可能想不到阿拉坦索娃。

"那你快点儿去求求阿拉坦索娃呀。"

"去求她？……"

"你老婆疼成这个样子，你还犹豫什么呢？要是说救命，也许阿拉坦索娃比你管用。你要是不去，我爬着去求她……"

巴图达赉装出一副不情愿的样子："那，我去说说看吧……"

巴图达赉去阿拉坦索娃家后怎么求的，阿拉坦索娃怎么说的，没人知道。后来巴图达赉跟人说：起初我出了家门，真是"犹豫了半天，最后还是决定不去"，另想办法。这个时候吧，刚好看见阿拉坦索娃坐一辆汽车过来。后来有人问起阿拉坦索娃，她说那天她刚好在家，巴图达赉慌里慌张跑过来说他老婆病了，能不能给送到苏木。她就领着巴图达赉跑到公路上，没过多久，一个与她相识的司机开车过来了，她就让那辆车拉着他们两口子去了苏木医院。

不管怎么说，到了苏木让老婆住院后，巴图达赉请司机和阿拉坦索娃吃了饭。有人见阿拉坦索娃和司机稳稳地坐在那儿，巴图达赉像个侍从敬酒点烟，点头哈腰地忙着。

巴图达赉的老婆输了两天液，康复了。夫妻俩进商店买了一些东西，就思谋着怎么回家，见阿拉坦索娃坐一辆车，停在他们跟前儿。

阿拉坦索娃从驾驶室探出头说："要回去吗？"

"是啊……"

"那就赶紧上车吧。快点……"阿拉坦索娃又嘟囔"真麻烦"。

那辆车的驾驶室有前后两排座，阿拉坦索娃坐在前排司机身旁。巴图达赉夫妇像是做错事儿的孩子，满脸堆笑，点头哈腰上了车。

"好了，朝我家开吧……"阿拉坦索娃命令司机，又转身对着巴图达赉夫妇说，"要是没碰见我，你们想咋回去？"

虽说是左邻右舍多年，巴图达赉夫妇跟阿拉坦索娃见面的时候甚少，前几天一起坐车到了苏木，但巴图达赉照顾老婆一路紧张，他老婆也是疼得一路闭着眼睛，所以他们谁也没仔细打量阿拉坦索娃。他们今天才发现阿拉坦索娃跟以前大不一样了。头发烫了，染棕红色了，嘴唇打了血红血红的口红，穿了一件黄白对半拼色的衣服。

"要是没有客车，那只好徒步回去了……"巴图达赉说。

"唉，你们也真是可怜啊……"阿拉坦索娃叹息。巴图达赉夫妇没吱声。

嘎查主任这个职位究竟算不算领导职务？巴图达赉一直没有想明白。即便是算，那也是排在领导干部序列最末端的一个职位。但是在全嘎查，却没有一个人说过巴图达赉"可怜"。所以，起初听阿拉坦索娃的话，巴图达赉以为自己听错了，暂且不说我是不是"可怜"，但无论如何轮不到阿拉坦索娃这样的人来说吧？他感到心里很不舒服。

阿拉坦索娃从前座转身继续跟他们说话。

"巴图达赉，你可不能这样当这个嘎查主任，你怎么不长长心眼，哪怕把嘎查的草场租出去也能捞点钱吧？"

巴图达赉的老婆忍不住了，说："再怎么着，我们也不做那种腐败的事。"

"嘿，还说啥漂亮话呢，大家听你这么说会笑死的。其实你们也爱钱，只是没本事挣。而今啊，没本事挣钱可是让人瞧不起的。"阿拉坦索娃继续教训道，"你看看别的嘎查那些领导，开着自己的车，带着美女去大城市住豪华酒店……唉，巴图达赉，你可真可怜呢。"巴图达赉紧张得不敢说话了，他老婆气得直打哆嗦。有那么几次，他老婆想喊"停车，我们自己走回去"，但她毕竟刚出院，没力气，没有勇气徒步走几十公里。

汽车终于到了巴图达赉家门口，夫妇二人下了车。阿拉坦索娃从驾驶室探出头说："有啥困难就说一声，唉，可怜的……"她的脸上满满的悲悯，便挥手离去。

巴图达赉夫妇进屋后，好长时间，谁也没说话。过了一阵儿，巴图达赉的老婆还是没沉住气，说："谁瞧不起我们都可以忍受，但像阿拉坦索娃这样的货色居然也……"

"要不是考虑你身子不好，我早就下车了。"巴图达赉边说边擦汗。

巴图达赉夫妇的宁静生活似乎开始遭受了破坏。两个人没头没尾地聊几句就没话说了。

过了两天，巴图达赉老婆说："昨晚我失眠了，想了很多。阿拉坦索娃比我们有钱吗？应该不是。可是人家过的是啥日子？隔三岔五坐上汽车远近都走遍了。有钱又咋样？拿着钱站在路边儿也没有汽车给你停下。人家即便没钱，不也像是坐自己的车一样，来去逍遥吗？"

巴图达赉没吱声。

"那些汽车怎么都在她家附近出故障，司机怎么都会到她家门口就停车了呢？"

"你真不知道为啥吗？"

"怎么不知道呢？不过，我想不明白的是为啥像她那样的女人，活得比谁都风光呢？要是放在过去，这就是生活作风问题，不处理才怪呢。现在的领导们怎么不管这个了呢？”

“就是啊，现在的事儿……”

在全嘎查，比巴图达赉夫妇生活富足的人也不少。然而，当他们觉得阿拉坦索娃都比他们活得滋润的时候，还是觉得受不了。但受不了也没有办法，阿拉坦索娃过得就是比他们好。因此他们恼火、憋屈，又无可奈何，变得茶饭无味，经常失眠。

## 二

巴彦都荣跟巴图达赉关系紧张已经很多年了。

巴彦都荣是从心底喜欢阿拉坦索娃的。二十年前，巴彦都荣和阿拉坦索娃曾经好过几个月。巴彦都荣这辈子都忘不了，那次的爱情是在一个大雨瓢泼的夜晚忽然来临的。

那次的雨，来得真是很突然。太阳落山时，西北方的天空中升起团团乌云，眨眼间就飘到巴彦都荣头顶上，没头没脑地下了起来。那时，巴彦都荣正在野外寻找他家唯一的小牛。他不知在哪儿避雨，急得东张西望，望见不远处有一个破旧的空房子，有一个女孩从门里探出头向他喊：“快——过——来！”那人便是阿拉坦索娃。

那个空房子，对巴彦都荣来说是激动欣喜和烦恼忧愁的开始，即便二十年后那个房子早就没了，在巴彦都荣心里却记忆如初。

被雨困在破房子里的两个年轻人说着笑话向外望。屋外骤雨依然。

阿拉坦索娃问：“你怎么也被雨困住了？”

“找我家的小牛……你呢？”

“去苏木供销社买了点东西，回家的路上就下雨了嘛！”

“这雨可没停的意思呢。”

阿拉坦索娃似乎想起了什么，忽然脸红了，笑个不停。

“怎么了？”

“这雨要是真的下个不停，咱俩是不是得住这里啊？”

“还真是……”

“你肯定希望这雨千万别停吧？”阿拉坦索娃笑个不停，快被自己的笑呛住了。

巴彦都荣听了这个话有点紧张，向外望。这雨可真是没有停下的意思。他的马就拴在门口，雨水顺着马鬃往下滴落着。

阿拉坦索娃问：“你吸烟吗？”

“烟？什么烟？”

阿拉坦索娃打开包，拿出一包烟：“要是家里来客人，是要敬烟的，所以买了几盒。咋样？咱俩吸吸看？”

“那……好吧。”

阿拉坦索娃从包里再拿出火柴，一人点了一根烟，吸了几口差点儿呛住了。天很快就黑了。雨还是下得很急。

“站着干啥，找个地方坐会儿吧。”阿拉坦索娃把围巾铺在炕沿上，说，“坐这儿吧。”

巴彦都荣跟阿拉坦索娃并肩坐了下来。感觉阿拉坦索娃的呼吸声离他很近，她的身子仿佛散发着热气。

“咱俩讲故事吧？”

巴彦都荣说：“我不会讲故事。”

“说笑话也行。”

巴彦都荣说：“你先说吧。”

“那……你听着。一个苏木干部下乡，走着走着天黑了，碰到一户人家，于是他想借宿，进去一看，只有一个婆娘……”她捂着脸笑了起来，“这个，接着没法讲。算了。这种笑话，也就是你们男人才说得出口。”

巴彦都荣说："我可没听过那样的故事，更不会讲。"

阿拉坦索娃不再笑了，一脸严肃地说："那就是说，你还没成为真正的男人。"

巴彦都荣想，她这可是在小瞧自己，有点不高兴地说："真正的男人会怎样？"

"真正的男人嘛，见了女人就会说一些让她们脸红心跳的俏皮话……"阿拉坦索娃说罢又问，"你谈过恋爱吗？"

"没，没……你谈过恋爱吗？"

"没有，不过……听说谈恋爱特别好，拥抱，接吻，跟电视上的一样。"阿拉坦索娃说罢脸又红了，"那天我在井边儿饮羊，牧马人东日布大哥来了，可把我急坏了。"说着她又呵呵笑了起来。

"怎么了？"

"怎么说呢？我跑掉了……"

那一夜的雨下得真是猛，好多人家的房子都漏了雨，少数几家破旧的房子差点儿塌了，虽说对这些人家造成了不小的麻烦，但是对巴彦都荣和阿拉坦索娃来说，真是成了今生难忘的美好记忆！

在我的家乡，很注重走马。会将走马的尾巴给扎起来，不仅给马脖子戴上铃铛，手巧的妇女们还会缝制一种绣花的装饰带佩戴在马的前额上。巴彦都荣骑的虽说不是走马，几天后也戴上了那种装饰带，当然是阿拉坦索娃给缝的。

虽说世界上的女孩很多，巴彦都荣再也想不起阿拉坦索娃之外的女孩，虽说世界上的男人很多，巴彦都荣却觉得自己是最幸福的那一个。然而，他俩的爱情没能持续多久就吹了。

巴彦都荣惊奇地发现，不只是他的马，同龄的几个小伙的马都戴上了装饰带，而且绣出来的花草跟他那匹马的装饰带大同小异。他这才明白阿拉坦索娃不只是给他一个人缝制了装饰带，就来气。接着，有关阿拉坦索娃的流言也多了起来，说她跟哪个哪个小伙子如何如何。接着又有人说，看见阿拉坦索娃跟一个下乡的年轻干部同骑一匹马走在野外。还说那可不是一般的骑马而已，而是两个人在马背上拥抱在一起了。还没等巴彦都荣分清真假，阿拉坦索娃却来见他了。

几个月间，阿拉坦索娃明显长高了。身材高挑而健壮，满面红光，眼睛里像是有一把火焰。巴彦都荣想到干涸的原野小草忽遇甘霖，几日内便会秀美挺拔。阿拉坦索娃真像那样的小草。

“那么……你……”巴彦都荣想问一句，但又不知如何问，犹豫着。

“我……喜欢上一个小伙子了。”阿拉坦索娃说这句话时眼睛里仿佛有千万个火星。

“你说的小伙子……是那位干部?”

“是啊，你也听说了?”阿拉坦索娃的神情充满了激动和骄傲。

巴彦都荣说：“那个干部，听说人家在盟里有工作。说不准人家还有家室呢。”

“听说有一个孩子……”

“那你明知还喜欢人家……”

“喜欢，又不是要嫁给他。”阿拉坦索娃陶醉地说。巴彦都荣本来要跟阿拉坦索娃理论一番，但此时已经没了脾气。他这才明白阿拉坦索娃原来是这样一个人。他甚至庆幸自己没有跟她走得太近，今后更应该离她远一点。不过说实在的，阿拉坦索娃走后，他还是有点感伤。

阿拉坦索娃的坏名声很快传起来。巴彦都荣虽然跟她没有瓜葛了，但还是为她担忧。一个女孩子家，要是有了坏名声，那名声可是会像影子一样伴随她一辈子啊。然而，阿拉坦索娃好像不理会别人在说她什么，仍然过得兴高采烈。在我的家乡，最早染发的是她，最早穿奇装异服的是她，最早去南方大城市逛了一圈的也是她。几年后，阿拉坦索娃跟外地来的一个叫麻格斯日的生意人结了婚，没过两年又离了，从此一个人过。

巴彦都荣的婚事也没能顺利。不知是担心再遇到阿拉坦索娃那样的人呢，还是因为阿拉坦索娃占据了他的心，再也容不下其他女孩呢？当有些女孩自己找上门来，或者别人给他介绍对象的时候，他就那么犹犹豫豫着，到了三十还是光棍一条。后来跟一个带孩子的寡妇搭伙在一起，没到一年那个女人就没了，给他留下一个五岁的儿子和看病欠下的三万元债务。巴彦都荣除了料理生计，又摊上了抚养那个孩子的义务，真是吃尽了苦头。

## 三

巴图达赉的老婆往回赶羊群时，看见阿拉坦索娃家门口停着一辆大卡车。虽说阿拉坦索娃门口停车不是什么新鲜事儿，但是看见有几个人从车上往屋子里搬东西，不免有些好奇。再说了，在她生病的时候阿拉坦索娃给她找车送到苏木医院，不管怎样，她得感谢人家。巴图达赉的老婆不得不明白遇事找阿拉坦索娃是最便捷的办法。他们夫妇俩商量过请阿拉坦索娃来家里吃个饭，但还是犹豫，他们怕阿拉坦索娃说不中听的话。“你们真够可怜的”——这种话，阿拉坦索娃是张口就来的。这种话，对巴图达赉夫妇而言，比谩骂还难听。再说，不管怎么说，巴图达赉是嘎查领导，阿拉坦索娃请他吃饭实属正常，可要是巴图达赉请阿拉坦索娃吃饭，人们就会觉得奇怪。巴图达赉夫妇就这样犹豫到了今天。今天看到人们往阿拉坦索娃家里搬运东西，巴图达赉老婆想，不管咋样去看看。说两句好听的话，帮她搬点儿东西也行……

巴图达赉老婆如此想着，到了阿拉坦索娃家门口，见两个人站在凳子上，在门的上方挂写有“阿拉坦索娃小卖部”的木板，其余几个人在往里搬运装纸箱的货物。阿拉坦索娃站在一旁，指挥着那些人。

原来，阿拉坦索娃要开商店了！

帮阿拉坦索娃搬东西的是本嘎查的几个年轻人。他们见嘎查领导夫人来了，都点头微笑致意。阿拉坦索娃不知道是因为忙，还是怎么的，压根儿斜眼都没瞧她一眼。

巴图达赉的老婆走到她跟前儿说：“你这是要开商店啊？”

“牧人为了买点生活用品，都要跑到四十公里外的苏木。多难啊！这里要是开这么一个小卖部，不是方便大家吗？”阿拉坦索娃说完这句，又指挥那些人安顿那些货物。

“你可真是想到了一个好主意。”巴图达赉老婆说。

“这个主意，应该是由嘎查领导想的，可是那些饭桶想不到，只好我来想办法了。”

巴图达赉的老婆没再吭声，走了。

起初没人看得起阿拉坦索娃的小卖部。人们众说纷纭：“阿拉坦索娃开商店了？真是不知天高地厚！雄鹰飞不到的地方，蝴蝶能飞到？笑话。”不过，虽然他们一方面如是说，另一方面却不断去她那里买东西。即便是巴图达赉夫妇，也是需要从阿拉坦索娃小卖部买东西。不过两个人谁也不愿意去她家。原因就是怕阿拉坦索娃那些讥讽的话语。正在这时，忽然听说旗委书记要专程来看阿拉坦索娃的小卖部了。

那天，巴图达赉的手机叫个不停。在外面修围栏的巴图达赉正忙得不耐烦，接了电话一听，是苏木党委书记的声音。

“你们嘎查的阿拉坦索娃开了商店？”

“是个小卖部。”巴图达赉回答。

“旗委书记说要来视察那个商店。你们得有点准备。跟阿拉坦索娃说好好收拾收拾家，再穿个像样的衣服。可能会问关于商品经济的认识和面临的问题什么的。说啥，得提前做个准备。”

“啥时候来呢？”

“听说是明天。相关部门领导和记者什么的，可能来十几个人。”

巴图达赉揣了手机就向阿拉坦索娃的家跑。阿拉坦索娃一个人在小卖部。说是小卖部，巴图达赉没看到货架什么的，大大小小的纸箱堆得满地都是，无处下脚。

“苏木书记来电话说，明天旗里的德力格尔书记要来视察你的小卖部。让你收拾好家里，穿着像样一点，领导来了说几句得体的话。”巴图达赉说完，蹙眉说，“你这个还算是商店？怎么这么乱？”

“什么？……明天就来？”阿拉坦索娃想了想对巴图达赉说，“赶紧找几个人来帮帮我。”

巴图达赉有点不高兴：“你说什么？”

“你以为这只是我的事儿？这可是全嘎查的事。旗里的书记要是看我的商店不顺眼，肯定会对你不满……”

巴图达赉生气也没辙，出去叫来了附近的小伙子。接着，巴图达赉他们几个像是阿拉坦索娃家雇的用人一样为她干起活。阿拉坦索娃点了一根香烟，指挥着他们。不管怎么说，人多力量大，没一会儿就弄整齐了。阿拉坦索娃打开几个罐头，煮了手把肉，请他们喝酒。

第二天晌午，巴图达赉穿上新衣服去了阿拉坦索娃家，在外面等候领导们的光临。到中午的时候，四五辆小车鱼贯而来。巴图达赉迎了过去，想跟领导们握手。这时阿拉坦索娃从屋里跑出来，跑到他前面，跟第一个下车的苏木书记握了握手。

“欢迎领导们光临指导！”她笑着说。

苏木书记把阿拉坦索娃介绍给随后下车的旗委书记德力格尔。德力格尔书记久久地握着阿拉坦索娃的手说：“你就是阿拉坦索娃啊？看你的穿着哪儿像牧民呢。新时代的牧民就该这样。”记者们开始拍照。德力格尔书记笑着说：“好好拍，在盟报和电视上都好好宣传。”

拍照时，巴图达赉也想加入，可是没人叫他，他犹豫了一下，就站在一边。他想，也许拍完照后，苏木书记会给德力格尔书记介绍他吧？然而，苏木书记压根儿没想起他。阿拉坦索娃请大家进了屋。巴图达赉有点伤心，但还是跟了进去。

他进屋的时候，阿拉坦索娃跟二位书记已坐在炕上，屋里站满了随从人员和两位记者，没有巴图达赉下脚的地方。阿拉坦索娃跟二位书记说笑了一会儿，忽然看见了巴图达赉，就说："哎呀，你快上茶呀。"巴图达赉快气炸了，但也没法子，找了碗给他们上了茶。德力格尔书记望着阿拉坦索娃问："你们嘎查总体情况咋样？谈谈你的看法吧。没关系，有啥说啥。"听了这句，巴图达赉的心不由得怦怦直跳。谁知道这个阿拉坦索娃会说出啥话呢？

不过，阿拉坦索娃没说嘎查领导的不是，笑着说："我们大家也在努力呀。不过，我觉得上级不怎么关心我们这个嘎查呢。您当我们旗委书记都一年多了，今天才来我们嘎查视察吧……"

巴图达赉听着就紧张。这个婆娘怎么开始教训起旗委书记来了，人家生气了咋办？便偷偷看德力格尔书记。德力格尔书记却丝毫没有生气的样子，笑着说："你批评得对，我愿意接受。"又说："有啥困难就说啊。"

"缺资金。您看啊，连放货物的货架都做不起呢。"

陪同德力格尔书记来的某个部门负责人立马说可以借贷扶持商品经济基金的低息贷款。

"嘎查领导没来吗？"德力格尔书记这才问。

"我，在这儿……"巴图达赉急忙回答，"我是这个嘎查的嘎查委员会主任。"

"你怎么看阿拉坦索娃的这个小卖部哇？支持吗？"德力格尔书记笑着问。

"阿拉坦索娃是牧民中从事商品经济的典范。我们在尽力……支持……她。"巴图达赉结结巴巴地说，已经浑身是汗了。他怕德力格尔书记让他谈谈怎么支持的，那他就没话可说了。好在德力格尔书记没那么问，说了几句鼓励阿拉坦索娃的话就走了。

## 四

人们说，阿拉坦索娃家门口经常有喜鹊叫。喜鹊是吉祥的鸟，在谁家门口叫，谁家就会有喜事。巴图达赉的老婆放羊回来对丈夫说："人们说得没错，她家门口真有几只喜鹊在叫。"

这些天巴图达赉一直闷闷不乐。德力格尔书记来访那次，他在阿拉坦索娃家扮演的几乎是一个仆人的角色。他能高兴吗？盟电视台报道了阿拉坦索娃，报纸上还登了图文报道，旗里的相关单位开始经常来关心阿拉坦索娃……越是如此，巴图达赉就越是气恼不堪。盟报上刊登了阿拉坦索娃和德力格尔书记坐在炕上谈笑的照片。一看到这个照片，他就想起自己在下边忙着给他们倒茶的情景，就气不打一处来。

"你知道人们在说什么吗？他们说阿拉坦索娃当嘎查领导都比巴图达赉强。"

"那让她当好了，我还真不想当了。"

"你别生气啊。不能说他们的话完全不对。阿拉坦索娃跟德力格尔书记已经很熟了，对咱们嘎查有好处哇。"

"明白了，原来阿拉坦索娃是我们嘎查的真正大救星。"

人们对阿拉坦索娃的态度开始变得有多种了。年龄稍大的还是看不惯阿拉坦索娃。他们对阿拉坦索娃上报纸上电视表示不屑，觉得这是世风日下的表现。他们摇头说："以前的报刊可都是赞扬先进模范人物的。现在倒好……"不过，大多数人开始拥护阿拉坦索娃。因为他们缺什么就去阿拉坦索娃那里买，真是太方便了。不过，还有一些男人以买东西为借口跑到阿拉坦索娃家，一待大半天。听说那些人也不是在那里白白地喝茶聊天，而是为阿拉坦索娃干活儿，还很情愿的样子。各种流言都有，但阿拉坦索娃已经听惯了那些，百炼成钢了，根本不在意。她家里整天传出嘻嘻哈哈的笑声。

唯独巴彦都荣去了，阿拉坦索娃从不支使他做任何事。人们慢慢看出了这一点。

巴彦都荣的那个继子这个时候也有二十多岁了。这些年，为了抚养那个男孩，巴彦都荣真是吃尽了苦头，现在刚刚有了喘息的机会，有空串串门聊聊天了。前面说过巴彦都荣和巴图达赉有矛盾。矛盾的起因是巴图达赉看巴彦都荣不顺眼，经常训斥巴彦都荣没按时缴纳牧场费，批评他没有围好草场，罚他的牲畜进了邻居的草场……这样的事儿多了，安守本分的巴彦都荣也开始来气了。就这样，有一次他俩在牧场上打起来了。那正是在禁牧期。上面来了一个巡视组下来视察，正好看见巴彦都荣和阿拉坦索娃两家的羊群从羊圈里跑出来散到野外。巡视组批评了巴图达赉，巴图达赉气恼之余跑到巴彦都荣家。巴彦都荣正在往回赶跑出去的羊群。“全嘎查没有像你和阿拉坦索娃这样拖大家后腿的家伙。”巴图达赉训斥他。巴彦都荣本来为羊群跑出去的事儿恼火，一听这话就没能把持住自己，说：“有本事，你就把我们赶走。”

巴图达赉大叫：“这次得重罚你。”

“你除了罚款，还会点儿啥？听说你爹在‘文革’的时候打过人……”

“你爹那时候也咬了不少人……”他们的话都说到了这个份儿上，能不结仇吗？所以，一听巴彦都荣开始在阿拉坦索娃家出现，巴图达赉更是心中不快。巴图达赉想，这俩臭家伙在一起一定是在鼓捣与我为敌吧，能把我怎样？骆驼再蹦跶也蹦跶不上天。

然而，虽然巴图达赉暗暗发誓再也不去阿拉坦索娃家，却又遇了一件事，不想去都不行了。

我们嘎查与毗邻嘎查之间发生了草场纠纷，纠纷很快又升级到破坏围栏网、打伤牛羊的地步。两个嘎查都去打官司，开始各找各的靠山。其实这样的事儿也不是头一回发生，两个嘎查纠纷由来已久。但是每每发生纠纷打官司，总是以我们嘎查败诉而告终。这几乎成了一个规律，大家就骂巴图达赉是饭桶一个。所以巴图达赉这次对打赢官司没有一点儿信心，但他老婆的一句话却提醒了他。

“真没人管得了那帮强盗了？你去找领导哇！”老婆说。

“没用的。”巴图达赉说。巴图达赉有点畏惧领导，在领导面前连一句完整的话都说不出来。所以领导们也不怎么理他。

“去求求阿拉坦索娃。她跟德力格尔书记不是很熟吗？”

巴图达赉想了想，点了点头。走到阿拉坦索娃家门口，见门口停着一辆皮卡，是新车。他听说阿拉坦索娃买了汽车，看来是真事。进屋看见巴彦都荣坐在炕上。

“啊……你好？”巴图达赉的表情甚是不自然。

“当然好着呢，有你这样的领导，能不好吗？”巴彦都荣冷着脸。

“阿拉坦索娃不在家？”

阿拉坦索娃从里屋走了出来。她刚洗完头，拿几个卡子横竖卡了几下，显得整个脸都是歪的。

“你今天怎么来我家了？”阿拉坦索娃问。

“你能领我去见见德力格尔书记吗？那边嘎查的太欺负咱们了。”巴图达赉说。

阿拉坦索娃欣然答应了，换了衣服化了化妆，商店交给巴彦都荣，开着皮卡跟巴图达赉去旗里。

## 五

阿拉坦索娃和巴彦都荣决定生活在一起，开始筹备婚礼。按理，年过四十的两个人，可以办得简单点儿。但是，阿拉坦索娃说一定要办一场轰动远近的盛大婚礼。这个消息传出去，大家众说纷纭。“想炫耀自己有钱吧？”“老都老了，还这么折腾干啥？”“难道你们不知道阿拉坦索娃的为人？干啥不都得轰轰烈烈的？”“不管怎样，一定是一场隆重的婚礼啦……”

阿拉坦索娃和巴彦都荣去大城市买衣服，顺路去邀请德力格尔书记参加婚礼，请旗电视台的播音员当婚礼主持……大家期待的婚期越来越近了。

但因为一件事，这个婚礼黄了。

有一天，阿拉坦索娃去苏木回来后，跟巴彦都荣说：“那个麻格斯日撞车重伤了。”

“啊？怎么啦？”巴彦都荣见阿拉坦索娃像是哭过的样子，眼睛都红了。麻格斯日是她十几年前结婚又离了的那个男人，巴彦都荣是知道的。

“听说没了知觉，在医院躺着呢。我得去看看。”

“那快去吧。”

阿拉坦索娃赶紧去了旗里，巴彦都荣留守看家。到了晚上，阿拉坦索娃来了电话：“内脏都伤了，医生说得去大城市医治。他没老婆孩子，只好我带他去。”又说：“你把我的银行卡给我送来。”

就这样，阿拉坦索娃带麻格斯日去了大城市。先是说他们在北京，后来又说去了上海。一个月后，阿拉坦索娃来了电话。

阿拉坦索娃的声音特别平静。“花了二十多万，命是保住了。但是大脑伤了，恐怕这辈子都醒不过来了。只好我来照顾了。”

“啊？这……”巴彦都荣在这头不知所措。

“看来咱俩没有在一起生活的缘分。你找个伴儿吧。我的房子，我的商店，你做主卖了吧。钱给我寄过来就好。我在旗医院附近租了个房子……”

从此，阿拉坦索娃再也没回来。我家乡的人们到了旗里会去看望阿拉坦索娃。他们说，租房的里间躺着一个毫无知觉的人，吃得很胖，红光满面，但没有知觉。阿拉坦索娃在外屋放着录音机哼着歌。阿拉坦索娃的神情，看不出一丝疲惫，看不出愁苦，脸色依然红润，也比原先胖了一点。看来她照顾病人照顾得好，房屋也收拾得整洁。

这就是阿拉坦索娃，什么难事都奈何不了她，家乡的人们如是说。

哈森　译

# 小西召

## 故事的引子

鄂尔多斯是歌的海洋。然而，《小西召》只是偶尔唱唱，并没广泛流传。未能流传的原因，我想可能与其内容有关。此歌叙述了一个年轻的女子落入锁链之苦、一个小喇嘛不幸丧命等事件。蒙古人一向忌讳不吉祥的歌曲，所以明显不能在婚宴节日场合唱这首歌。那么，不能在婚宴节日场合唱的歌怎么能够流传呢？听说这是一首准格尔的民歌。听歌词就不难发现诉说的是一个悲伤的故事。嘤嘤求饶的语气也很明显。然而，这首歌的背后，有着怎样的故事呢？想表达怎样的道理呢？民歌这个东西是源自某一个具体事件的，但它也不只是说说故事而已，也是在表达着某种情感的……

后来，有几位朋友给我讲述了这首歌的故事。他们所讲述的故事有诸多版本，情节各有不同，然而我仿佛看见有一位年轻的女子从岁月的浓雾中走来，面容渐渐清晰。在那个动荡的岁月，那个女子年纪轻轻的就摊上冤案，戴上了锁链，蒙受了万众的唾弃和侮辱。她的眼里充满了羞愧、绝望和请求宽恕的心意。不管怎样，她还在花一样的年纪。然而，冷冷的尘世并没理会她的眼神。

民歌，自从创作起就会经受多年的考验吧。在这个过程中，许多故事细节会被遗失，段落和语句也会被删掉，最终只留下动人心弦的那一部分。然而，留下的那一部分却蕴含着极其丰富的信息。

所以，我想写这么一部小说。因为那个羞愧的、绝望的、祈求宽恕的眼神时常在我的脑海里。写这部小说，朋友们讲述的故事自然是底子。希望你们原谅我为了架构小说而调整的情节，对一些事件还进行了一番拼凑。因为文学毕竟不是纪事……

## 一

走上了南边的山梁望了望自己的家乡
哎哒[①]，诺彦[②]们发发慈悲吧
走上了西边的山梁望了望自己的故乡
哎哒，诺彦们发发慈悲吧

“快走快走！”恶狠狠的声音在身后呵斥着，晗德日玛加快了脚步。八十斤的锁链叮当响着。她被折磨得已经精神恍惚了，有时分不清是白天还是黑夜，有时分不清自己是死是活。铁锁链有八十环，每一环都一斤重。这个娇弱的女子拖着八十斤的铁锁链，每天游行示众，真不是一般地苦。幸好，监视她的老狱卒帮她把那些铁环用绳子捆好背在后面，虽说好走一些，但依然超出了她的承受能力。

天空布满乌云，雾霭沉沉的一个阴冷的日子。身后传来一声“站住”，晗德日玛知道自己走上了一个矮矮的山坡。看见山坡下有零零星星几户人家。村落里走出一些人朝她走来，戴着八十斤铁锁链游行示众是当时的一个惩罚规矩。犯下重罪的人就会有如此下场，如此警

① 哎哒，蒙古语，叹词。
② 诺彦，蒙古语，尊称，指官员或有地位的人。

示大家不可触犯刑律。

那几户人家又走出几个人。拄着拐杖的老头老太太步履蹒跚地向这边走来，小孩子们却是追逐着奔跑着过来，走过来的人越来越多了。

待到人们都到齐，那个一路呵斥晗德日玛的狱卒清了清嗓子，说道着晗德日玛的罪行。

晗德日玛听到人们议论纷纷。“西协理的姨太太变成这个德行了啊！”“如此人不人鬼不鬼的，还不如跟着那个青海喇嘛跳井算了！找棵树上吊了也好。”……有一个老妈妈哭丧着说：“我佛保佑！怎么把人折磨成这样啊！犯了什么错也不能这样，都是爹妈生的孩子啊！”一个小男孩刚说“看看，看看，她的光腿！”，就被他的长辈训斥住了。“你给我闭嘴！”随后听到男孩被掌打的声音。

晗德日玛眼睛紧闭着。这并不是因为羞愧，她只是觉得闭着眼睛，内心就可以平静一些。人，是可以习惯耻辱的。最初被抓后推进审讯堂让她跪下的时候，她羞愧得真想撞墙死了算了。现在不了。人们朝她唾弃，扔石子，进行谩骂羞辱，她已经麻木了，心里只想着，不知何时让我消停一会儿，要是给一口水喝该多好……

“孩子啊，你走到你的家乡了，不睁开眼睛看看吗？”老狱卒在她身边小声说。

啊，家乡……她慢慢睁开了眼睛。

真是我的家乡啊，她不由得激动。望见十几里之外有一座山梁。山梁东侧是她小时候玩耍的牧场。那里看起来依然如故。那边有一条溪流，那条河水日夜不停地在奔流。远远地看，像是一个生命在蠕动。仿佛看见小羊羔把嘴探进水里吃惊地闪到一边儿……

想想这些，她脸上露出了微笑。下面的观众说：“你们看，她好像在笑呢，疯了吧。”“不要脸的女人就是这样，真是家乡的耻辱。”“老协理的姨太太，小喇嘛的情人，真是不要脸到家了！”“呸，真是可耻！……”人们议论不休。

晗德日玛望着家乡的青青山野，内心沉醉。她忽然悟到童年如蜜糖一般美好。然而，十八岁的某一天，她经历了一番隆重的仪式，到了夜里被推进一个白发老头的怀里。她知道那个老头是旗府西协理，她知道自己成了这个老头的第三房姨太太。哈屯[①]，是怎么当的呢？夫妻之道又是怎样的呢？如果说这些问题之前对她来说是一个谜，那么到了那一夜，她感到非常恶心。晗德日玛坐在华丽的婚房里，身旁站着两个侍女。晗德日玛有点不自在，伺候主子的女仆叫侍女，不过她从来没让人伺候过。忽然外面像是发生了什么事，传来一阵骚乱。听起来都是侍女们的声音。“哈屯额吉[②]发怒了，碗筷砸了一地……”“那咋办啊！”……虽说外屋侍女们的话，听起来事情跟自己没关系，晗德日玛还是心惊胆战了。“哈屯额吉”，她仿佛看见了一个老太太的样子。西召跳查玛舞[③]的那天，她见过那个老太太。去观看查玛舞的人们围在西召主殿前，主殿门前的台阶上有几个贵宾席。贵宾正中间坐着一位雪白长须的瘦老头，他的旁边坐着一个干瘪的老太太。这二位是西府协理和他的大哈屯。协理诺彦不时打盹儿摇晃着脑袋。老夫人不时以凶巴巴的眼神东张西望。据说，她是一个脾气暴躁的主子。

外屋间，侍女们的话题在延续。“今天不是大喜的日子吗？这样大喜的日子哈屯额吉还发怒啊……”“正因为是大喜的日子，哈屯额吉才发怒了呀。你们可不知上次二太太入门时她是怎样发飙的！都是动了刀子的。”“听说还真是那样。后来不把二太太折磨得疯掉了吗……”

大哈屯发怒，原来不是与她无关，而是直接冲她而来的，明白了这一点，她心颤了。这个时候，老诺彦走了进来。两个侍女给铺了床，弯腰行礼便出去了。那一夜，晗德日玛感到无比恶心……

---

① 哈屯，蒙古语，夫人。

② 额吉，蒙古语，母亲。

③ 查玛舞，查玛为藏语，跳起来的意思。一种民间舞蹈艺术，后来被佛教所运用，成为寺院舞蹈“查玛舞”。

晗德日玛望着家乡站了许久。心想也许再也见不到家乡，她想看个够。

“走。”狱卒呵斥。

“啊，好好，请饶恕……”

自从落得罪名，这一句“请饶恕”，是她说得最多的一句话。铁锁链又叮当响了起来。

## 二

想走上西边的城墙见一见年少的情郎
哎哒，诺彦们发发慈悲吧
想走上东边的城墙见一见可爱的情郎
哎哒，诺彦们发发慈悲吧

城墙，是汉话，就是城池之围墙。鄂尔多斯准格尔旗与山西相邻于黄河两岸。山西人喜欢筑围城。别说是县衙了，较为富有的人家都各自建起了高墙，四角还都建有炮楼，还有配枪的岗哨。于是黄河这边的蒙古诺彦们也学起了他们，不仅建起了高墙，还学着他们用起了“城墙”这个词。本歌出现的“城墙”，指的当然是准格尔旗西协理府邸。“尚”，鄂尔多斯方言，“诺彦尚”“格根尚”，顾名思义是有地位的人的府邸。在巴润[①]尚这个大院子里，侧哈屯晗德日玛重复着了无边际的寂寞的日子。她没什么可做的事，也没有谈心的朋友，每当看见大哈屯凶巴巴的眼神，她就厌恶不已。所以，她一有空就爬上城墙望着远方消磨时间。因为是诺彦尚的城墙，所以又高又结实，还有可

① 巴润，蒙古语，方向词，西。

以走上去的步梯，城墙上还有可供人来回徜徉的、较为宽敞的空间。两年，很多个日子，她都是这么过来的。

那般怅惘的日子，她可能自己都没有发觉自己内心深处有什么东西在凝结哽噎吧。不过到了后来才知道那时她的心里确实有了一样心结。那便是对爱情的向往。她需要一个男人的爱。对于一个青春如火的女子来说，这也是人性使然。那位老人家给不了她，她所希冀的东西。然而，人性最本能的欲望在她的生命里像是被拦截的水一样呼啸不已。要是被拦截已久的水冲破了堤坝会有怎样的后果呢？

小西召，在巴润尚二十里外。寺院，那时可是民众聚集的一个中心地。每年到了跳查玛舞的时候，人们穿上节日的盛装兴高采烈地聚集到小西召。这一年，协理诺彦偕大哈屯侧福晋带着全家老小也去看查玛舞表演。协理跟大哈屯坐了马车，晗德日玛跟几个随从骑马跟在后面。

小西召大殿前熙熙攘攘十分热闹。大喇嘛出来迎接了协理和二位哈屯。其他百姓都给他们让路，远远地向他们鞠躬微笑。协理跟大哈屯走在前面，晗德日玛跟几个随从跟在其后进大殿烧香拜了佛。

晗德日玛站在离协理和大哈屯几步之遥的地方，忙乎着点香。她刚想划开火柴，身边亮起了火光，昏暗的殿堂仿佛有了光。一个喇嘛点了火柴站在她身旁。晗德日玛说：“啊，太好了！”“不客气，夫人，夫人您可真美啊！”“啊？您！”晗德日玛吃惊地看他。隔着火柴的光，她看见了一个英俊男人的脸庞，晗德日玛呆了。

多英俊的喇嘛呀！天生的健康肤色，宽宽的肩膀，活泼的个性，望着女人充满挑逗和贪婪的双眼……仿佛在引诱晗德日玛干涸的心。

“师父您说什么呢？”晗德日玛说着脸红了。“我说的只是真话而已。”喇嘛笑着弯腰致意。

这个事儿就这么过去了。晗德日玛跟着诺彦和哈屯走出了大殿，坐在台上专门为他们而备的座椅上开始看查玛舞。身着各式各样查玛舞服装的喇嘛随着法号的声音尽情舞着。然而，晗德日玛的心思忽然不在查玛舞上了，仿佛在找寻着什么。正在此时，忽然看见了那个年轻的喇嘛，于是她的眼睛寸步不离地跟随着他。那个喇嘛也在大殿前吹着法号。四个年轻的喇嘛鼓着腮帮子吹着铜号，那低沉的号声震颤着大地。

不是说大型法号没几个人能吹得响吗？如此一想，那个喇嘛显得更加可爱。你看，多威武啊！仿佛是在说，这个破铜号，看我是不是把它给吹破了。晗德日玛这么想的时候，那个喇嘛好像也看见了她。他朝她调皮地眨了眨眼。晗德日玛也眨了眨眼，当是一种回应，随后脸红了起来，低下了头。而后，晗德日玛耳朵里没了大法号低沉的声音，眼里不再有那些跳查玛舞的人和观看的人群。午后，查玛舞结束了，大喇嘛请协理到客堂禅茶。晗德日玛没去。她跟一个丫鬟到转经路那边的集市转了转。

小西召的查玛舞之日，长城外的汉族商贩也会过来。他们不走到转经路内侧，而是在转经路外侧远远地摆地摊，卖一些杂货和水果。所以，来这边转的当地百姓也不少。晗德日玛看着人群徜徉在各色商品中。大多是头绳、色彩斑斓的丝线、针线木梳之类的小商品。这些东西，看的人多，买的人不多。反而有一个水果摊上聚集了很多人，热闹得很。晗德日玛领着侍女走过去，见那个吹法号的喇嘛买了很多梨，兜在大襟里。晗德日玛笑着说："买了这么多梨啊。""一半儿给你吧，很高兴认识你。"喇嘛说。"啊，不用不用，我自己买吧。""已经认识了嘛，客气啥呀。"喇嘛说。晗德日玛也就真不客气了，拿了一个梨，边吃边跟喇嘛聊了起来。"您是哪里人呢？口音听起来有点奇怪。"晗德日玛问喇嘛。"我是从青海来的。"喇嘛说。"啊，是吗？我的菩萨！……""师父说让我在这边最起码待三年。""您怎么称呼呢？""萨穆旦。"

时间过得真快，转眼太阳就要落山了。两个人都有点依依不舍的样子。"有空去我们巴润尚走走吧。"晗德日玛说。"诺彦尚，可不是想去就可以去的地方啊。”萨穆旦说完这句又接着，“不过也没关系，我每三天到东泉拉水，您要是站在城墙上，我就能看得到您。”“你们西召没有水吗？干吗到那么老远拉水？”“大喇嘛说自己佛堂里的供水必须是东泉的泉水，所以每三天必须去一趟呢。”“那么，下次哪天去啊？”“后天。半晌的时候我会从你们尚的南面路过。”“哦，后天啊……”晗德日玛自言自语着，感觉那个后天有点遥远。

晗德日玛和藏族喇嘛萨穆旦吃梨聊天的时候，老协理在大喇嘛的客堂禅茶说话。老协理真是老了，有点老糊涂了，他基本听不到旗府里的权势之争。但是，心里还是想知道一些的。他能料到一定是阴谋不断。小西召的大喇嘛经常给他传各色消息。就在刚刚，大喇嘛又告诉了他一个重要的消息。听了那个消息，老协理气得浑身打战。

“这个狗崽子……居然还企图官位？他不知自己是什么血统？”协理诺彦说着说着剧咳起来，快要窒息了。

坐在他身旁喝茶的大哈屯用厌弃的眼神看着他：“您就息怒吧……听说那个小不点到处在说，只要旗府的权力在老家伙们的手里一日，准格尔旗就不会好到哪里去。”

“这叫什么话！鹞鹰再老也是雄鹰的族类，吾身再老也是成吉思汗的嫡系……他这个狗崽子！”说着说着又剧咳起来。

被老协理骂成“狗崽子”的是准格尔旗一个小武官的儿子，叫阿尔彬仓。他跟着一位远亲北京天津地跑了几年，二十多岁回到了家乡。之后出入权势之门，拉帮结伙，搞起了小动作。协理诺彦很是厌恶那个家伙。现在听说他在企图把整个旗的权力收入自己手中。他还到处说西府协理在内的一些上了岁数的诺彦们的坏话。大哈屯也恨阿尔彬仓，但想起自己老头的无能，也会火冒三丈。人这个东西，应该知道自己几斤几两，不该奢望超乎自己能量的东西。可是这个糟老头，总是想着超乎自己能量的事，折磨自己。你瞧他上炕都需要别人扶一把的样子，还娶了一个年方二八的小老婆。

“该回去了吧？太阳都落山了。”大哈屯厉声说。

“着啥急？你没见旗里的事现在都到了这般程度吗？……”

“旗里的事，跟你有啥关系？真是皇帝不急太监急！”大哈屯话说得很强硬，又对侍女们发号施令要打道回府。

观看查玛舞回来的第三天，晗德日玛喝过早茶就走上了城墙，这一天阳光明媚。远方苍茫如幻。有一条路，自小西召蜿蜒而来，经巴润尚，向东泉而去。想着将会有一个人出现在这条路上，晗德日玛的心像一只小鸟在歌唱。

真是没过多久，有一个牵着马的人出现在那条路上。无疑知道是谁的晗德日玛摘下脖子上的围巾使劲儿向他挥舞。那个人也早已看见了她，向她招着手。从此之后，晗德日玛每三天都要走上城墙。半晌和傍晚时分各上一回。半晌时分，牵着马的人由西向东而去；傍晚时分，牵着马的人由东向西返回。

这是一个开始。不是说这二人一个在城墙上，一个在半路上，看见彼此招一招手，故事就此结束了。而是有朝一日他俩的相见，成了一个必然的事。因为他俩都由衷地期待那一刻。

## 三

巴润尚的大麦粉搬没了，运没了

福祉被你们挥霍了，诺彦们

者衮[1]尚的织锦缎

---

① 者衮，蒙古语，方向词，东。

剪没了，扯没了

福祉被你们挥霍了，诺彦们

那一天，晗德日玛说要采沙葱，出了大院，朝南面的路走过去。虽说没人说路边的沙葱长得好，但她还是奔那边去了。到了路边，她对侍女说：“你往那边走走看，也许那边的沙葱长得更好呢。”支走了侍女，她顺着道路向西望去。心里想着将有一个牵着马的喇嘛向这边走来，想着他很快就走过来了，就按捺不住心中的喜悦，恨不得迎着他奔跑。

那一天，萨穆旦出门比往常要早很多。上了路就看到路边采沙葱的晗德日玛，远远地打招呼：“赛音拜努[①]！”又说：“沙葱真多啊！”晗德日玛回应：“您一路可好？出来得早啊！”

阳光明媚，原野上的幻景轻轻悠悠，蓝天上，白云朵朵慢慢游弋。天气很热，萨穆旦敞开了衣衫，袒露出健壮的胸膛。同样健康的脸上满是调皮的微笑。“这么走累不累？”晗德日玛问他。“还好啊，途中远远地望见那么一个人时，会忘了疲惫的。”萨穆旦说。“真的吗？”“你不信？”“信的，信的，跟你开个玩笑嘛！”

能够这么说说话多好啊！晗德日玛担心那个侍女跑回来打断他们说话，她望了望，见那个侍女远远地，好像在弯腰采着什么。

“不去我们寺院吗？”“找不到借口呢，大哈屯同意才行。倒是说，你不能去我们府里喝喝茶吗？”“那可不行。只能远远地看你一眼。怎能跟你一起喝茶呢？”晗德日玛不由得叹了一口气。“夜里，你能出来吗？”萨穆旦问她。“干吗啊？”晗德日玛问着，心跳加速了。“我可以在这条路后面的盆地里等你。”“为了这个事跑这么老远干吗呀，将近二十里地呢！”“我不觉得远的！”萨穆旦说完这句又说，“就

① 赛音拜努，蒙古语，问候语，意为你好。

今晚，我在那边等你。”直接说“可以”吧，还有点害羞，但是看见侍女快走过来了，她急忙说：“好的。”

是说冲了堤坝的洪水呢，还是说朝向熊熊烈火的凤凰呢？虽说那一夜晗德日玛胆战心惊、犹豫不决一番，但走出大院小门朝南而去时，忽然忘了整个世界。头顶广袤的天空中，亿万万星星在闪耀、在穿梭，仿佛在以赞许的眼神望着某种美好的生命轨迹。如果说晗德日玛走出小门走到东南方向的那个小盆地，是冲出堤坝的洪水之第一层波浪，那么之后接踵而来的更强劲的波澜扫荡了更多的东西……

那一夜，晗德日玛枕着萨穆旦的胸膛，感觉像是依靠了大山一样踏实。她清楚地听得到那个宽宽的胸膛内跳动的心。然而，晗德日玛却问了一句不吉利的话：“你怕死吗？”萨穆旦以为自己听差了：“你说什么？”“咱俩都这样了，也许有一天会被处死的，一个是偷人的诺彦的哈屯，一个是染指诺彦哈屯的喇嘛，一定会受到惩罚的。”晗德日玛说着说着笑了。“我不怕。”“真不怕吗？”“真不怕！都已经跟你这样了……”“亲亲我吧！”“我恨不得把你吞了！”……

有了这样的开始，萨穆旦喇嘛每晚跑二十里地到巴润尚东南方的盆地，天色渐亮时回寺院。

一日清晨，侍女走进晗德日玛的屋子，说大哈屯在唤你去。晗德日玛走向南院时想着是不是被发现了什么。怎么可能不被发现呢？每天夜里走小门进进出出的不是小老鼠，而是活生生的一个人啊。晗德日玛早就料到这个事瞒不了多久。她只是想着，被发现了不过是被棒打一通，再被赶出去罢了。

走进大哈屯的屋子，见她的脸色阴沉可怕。晗德日玛低头站在那里，等着她怎么说。

“人这个东西吧，做事可不能太过分了！”大哈屯说话的语气比她的脸色还阴森可怖。

晗德日玛低声说："是，是……"她知道，不管大哈屯说什么，她都要说"是"。

"你可以不要脸，但你也得想想这个诺彦尚的脸面。"

"是，是……"

"我现在就可以打你一个半死，之后赶出这个大院。但是，还是饶你一回吧，知道往后该怎么做吧？"

"知道了！"

晗德日玛退出来，吓得浑身打战。她明白大哈屯阴森的脸背后有着某种强大的力量。

刚走进自己的屋子，她就听到侍女们一阵慌乱的动静。"哈屯额吉晕倒了！""怎么了呢？""她刚才特别愤怒，然后就……""快去给诺彦老爷汇报啊！"

晗德日玛急忙跑向大哈屯的屋子。她想着，自己真是惹了不小的麻烦。当她跑到大哈屯的屋子，诺彦老爷也让人搀扶着走了过来。

大哈屯慢慢醒了过来，坐在靠椅上，一个侍女用勺子给她喂水。

老协理颤颤巍巍地抖着花白胡子骂下人："你们就不知道请个大夫什么的吗？没看见哈屯都这样了吗？真是一群傻瓜笨蛋！"最近几年，老协理落下了打战的毛病。不仅是手抖，整个脑袋胡子都抖动不已。

"我又没生病，请什么大夫！"夫人眼神凶巴巴的，但声音却比较微弱。

"不是说你晕倒了吗？"

"生了病才会晕倒吗？我心里难受！怎么了？不行吗？"

"那么，你说说，你为啥难受成这样啦？"协理老爷问她。

"看见这个府里发生的一些事，实在气不打一处来，憋气啊！快疯了我！你说说怎么办！"

晗德日玛担心哈屯接着要数落她的种种不是，着急万分。

没想到大哈屯说："你们都给我出去！我看见你们就恶心！"

那一夜，晗德日玛没出大院。一整夜辗转反侧，伤心、恐惧、思念……熬到了天亮。她想着亲爱的萨穆旦在那边的盆地等她，心里就急得着了火一样。但她还是没有勇气走出大院。

第二天，是萨穆旦拉水的日子。晗德日玛早早起来登上城墙望着南边的路。忽然望见有一个牵着马的人出现在那条路上。马，还是那匹马，但牵马的喇嘛已然不是萨穆旦。正在晗德日玛愣神的时候，牵着马的喇嘛走过去，她才看见那是一个比萨穆旦矮小很多的小喇嘛。

今天怎么就不是萨穆旦了呢？是因为我昨夜没去赴约，生气了？或者是生病了？结果，从那天晚上开始，晗德日玛自己却病了。

发烧，说胡话，晕厥不省人事时，府里上上下下都急坏了。老协理颤着胡子，除了“这可怎么办啊！这可怎么办啊！”就没了别的话。大哈屯却召集了府里上上下下的侍女仆人，三言两语下令交代了任务。“桑布，你快马加鞭去小西召，跟巴腊吉师父捎个话，就说我们随后就送夫人过去看病，让他们备好医药。津巴，你赶紧套上马车，都赶紧的！”又指着两名侍女，“你俩去马车上铺好被褥，照顾夫人去小西召治病。”

把晗德日玛抬上马车，送走之后，大哈屯进屋，让侍女盛了一碗茶。方才忙碌一番，她真是出了一身汗。虽然她恨晗德日玛入骨，但见她那样痛得难受，还是心生怜悯，不管怎样也是一条人命，还是要救一救的。

协理前后娶了两个小老婆。这不是针对她的凌辱和歧视吗？大哈屯心中的仇恨与日俱增。然而，就算老协理娶二十个老婆，她也是毫无办法的。所以，她只能在那两个小老婆身上使坏。当然，她也从心底憎恨他的两个小老婆。她们的花容月色、她们的青春靓丽，对她而言是一种折磨。二夫人后来疯了死了。但那个糟老头又迎娶了晗德日玛。

最近，她见晗德日玛每天夜里从小门出去跟喇嘛约会，她对晗德日玛的仇恨更是加重了。那个老头看不上我，还娶小老婆，那个婊子倒好，连小西召的喇嘛都喜欢她。我像个破衣衫，谁都嫌弃我，那个婊子倒好，成了僧俗所有人的最爱……

不过，今天她也不知怎么了，脑子里全是被病痛折磨的晗德日玛。女人之间，是容易有嫉妒，但是也容易有相怜相惜。也许，再恶毒的女人，也有她善良的一面吧！

晗德日玛醒过来看见陌生的屋子，看到穿绛红色衣衫的几个喇嘛，也闻到了藏药的味道。一位清瘦慈祥的老喇嘛面带微笑看着她。她勉强认出是小西召的名医巴腊吉师父。

“我……来这儿了啊？”晗德日玛声音微弱。

一个侍女说：“您生病后哈屯额吉特别着急，先让我过来。把您抬上马车送来的呢。”

“现在您快好了。不过还不能回去。最起码要在这里休养半个月。”巴腊吉师父微笑着说道。

巴腊吉师父用药很神奇，没两天晗德日玛就可以下地出门转一转了。她心里只有一个念头：萨穆旦怎么了呢？能见一面就好了。

一天，晗德日玛跟巴腊吉师父聊天时大喇嘛走了进来。巴腊吉请大喇嘛上座，问：“萨穆旦咋样了？”晗德日玛尽可能地克制着自己，尽可能不在神情上表现出来，听听大喇嘛怎么说。

“好了很多。不过夜里还是做噩梦大喊大叫的。受了惊吓落下的毛病不容易好。”大喇嘛叹气。

“让他心情放松一些，慢慢可能就好了吧。”

大喇嘛请了几天的药，便走了。晗德日玛问巴腊吉师父：“怎么了？您二位刚才说的是那个青海喇嘛吗？”

“唉！”巴腊吉师父叹了叹气，“那个小喇嘛近来神经出了问题，一到夜里就走出寺院不见了。后来听说，有一天在你们府的南面遇到了一个可怕的东西。天亮之前跑回来，人已经说不了一句完整的话了！嘴里喊着‘鬼呀鬼呀’的……”

“我的佛啊！然后呢？”

“大喇嘛叫我过去的时候，天刚刚亮。我给他做了针灸，好了一些。他说，走过你们府南面时见一个黑影走近了他，他问是谁，那个黑影说是老协理的二夫人。他想着，二夫人已经死了好几年，心里不由得发毛，那时那个影子逼近了他。看着又像是反穿了羊皮袄的人。他就吓得拼命跑回了寺院。”

“那现在好些了吗？”

“好些了。但还是说每夜做噩梦大喊大叫的……”晗德日玛整个下午陷入了沉思。

二夫人?！巴润尚南边的盆地？反穿羊皮袄的人？这些词一直在她脑海里。一定是有人施了计。是大哈屯察觉了我和萨穆旦的事。是她为了拆散我们吓唬了萨穆旦？我可怜的萨穆旦，不知吓成啥样了！

太阳落山之前，晗德日玛想解手，走到转经路外。忽见萨穆旦走过来，像是去解手回来，一看就消瘦了很多。晗德日玛心疼地望着萨穆旦。萨穆旦却傻傻地站在那里看着她，脸上是一种迟疑和恐惧的表情。

“你……好吗？”晗德日玛声音都在颤。

“你……是老二，还是老三？”萨穆旦脸色刷白，貌似要逃跑。

晗德日玛实在受不了了。“我是你的晗德日玛啊！”她跑上前去抱住了他，仿佛这个世界上只有萨穆旦一个，西召的众僧已然不在她眼里了。自从那天后，晗德日玛每天去大喇嘛的院子，去看望萨穆旦。什么名誉什么惩罚，于她而言已经无所谓了。小西召的喇嘛们见了也当是没看见。说要管吧，人家是哈屯，谁能管？说不准还惹一身麻烦。懂这个道理的小西召喇嘛们觉得睁一只眼闭一只眼是最好不过的。

“巴润尚的大麦粉，搬没了，运没了。者衮尚的织锦缎，剪没了，扯没了。”意思就是晗德日玛把协理府的米面绸缎大量送给了萨穆旦喇嘛。我认为这是民歌夸张的手法。因为萨穆旦喇嘛是穷是富，他都不需要那么多的米面和绸缎。所以，晗德日玛顶多给萨穆旦送了一些面点或者几块绸缎，而不可能那么多。可是，这事儿被人发现了，就传唱为“搬没了，运没了”。人们憎恶诺彦老爷的哈屯居然跟寺院喇嘛发生这般私情，从而添油加醋地讥讽而唱，也是可以理解的。还有一个是方位问题。我们在前面清楚地交代过，小西召自巴润尚向西二十里地。可是，民歌会有四方、四季等词汇递进而用的特点，所以这里出现了“巴润尚”“者衮尚”等词汇。这与前面出现的“东边的城墙”“西边的城墙”是一样的，实际上指的是同一个地方。

不管怎样，晗德日玛离开诺彦尚，来到了离大哈屯冰冷的眼神甚远的小西召，在有眼无珠、有耳无声的环境里待久之后，胆子大了，日子过得有点不知天高地厚起来。

## 四

相亲相爱

那是真实的作法行咒

是不存在的哎哒

诺彦们发发慈悲吧

晗德日玛和萨穆旦的关系，变得无人不知无人不晓，成了民间的话题。他们要面临一场严刑重罚是不可避免的事了。然而，他们没有退路。这时，萨穆旦表现得是一个胆小怕事、懦弱的人。

萨穆旦即便是康复后，说起那一夜的事情，也会浑身打战。有一天晚上，晗德日玛约萨穆旦在转经路外见面。晗德日玛反复问起，萨穆旦才战战兢兢地告诉了她那一夜的情形。

……漆黑的夜晚，萨穆旦到约会的地点等着晗德日玛。天上繁星点点，微风阵阵送来花草的清香。这个时候，他看见一个人走来。他想着，是我的晗德日玛来了，心里美滋滋的。“晗德日玛，晗德日玛！”他低声呼唤。“我不是晗德日玛，是水凌花日！”“啊？水凌花日，是哪一个？”“你连水凌花日都不认得吗？是协理的二夫人啊！”“啊?！可是……”“你是不是在想二夫人不是早死了吗？就是因为死了，才是夜晚出来的呀。鬼魂也需要爱情啊。见你跟晗德日玛耳鬓厮磨，真是令人垂涎三尺啊，今晚，你就跟我欢爱一场吧！”对方笑声诡秘，萨穆旦毛骨悚然，拼了命地往回跑……

“她不是鬼，是人。”晗德日玛说。

“什么?”

“大哈屯知道咱俩的事儿了，她骂了我一顿。咱俩迟早要吃苦头的。”晗德日玛说罢，笑了。

“那么……那么……咱俩那就断了吧。”萨穆旦声音发颤。晗德日玛的内心忽然满满的忧伤。可惜了，可惜了这魁梧的七尺男儿身，原来如此懦弱不堪啊！

“离开你，我会活不了的。”晗德日玛又说，“要么，咱俩私奔吧！”

“啊？那怎么行啊?”

“与其迟早被人当羊宰，不如早早逃去，还能留下一条性命。”晗德日玛接着又问当初问过萨穆旦的那句话，“你不怕死吗?”

“怕啊，怎会不怕？干吗呀?”

晗德日玛再也没吱声，萨穆旦的这一句让她伤心极了。一个诺彦的哈屯，舍弃眼下拥有的一切，想跟他私奔，是想把自己今后的生活和命运都交付于他。可是，她的愿望幻灭了。

几日之后，晗德日玛回到了巴润尚。虽说她不喜欢那个阴森森的大院，但她也没有理由继续待在西召了。

作法行咒的谣言，也是这会儿起的。诅咒与谩骂，区别还是很大的。若说谩骂是用难听的话语彼此攻击诋毁的行为，那么，作法行咒却是以宗教的一些规矩或程序来进行诅咒的一个过程。这是第一个问题。真正会以宗教的规矩进行作法行咒的人，少之甚少。因为，那是针对敌者或仇人而施的一种行为。一般来说是秘密进行的。会作法行咒的人，原本就不多。这是第二个问题。所以像萨穆旦这样二十出头的小喇嘛绝对没有作法行咒的本领。

然而，世上的事儿，谁能料得到呢？作法行咒的恶名落到了萨穆旦头上！

作法行咒的恶名本来是要扣给旗府西协理的。但是没能直接扣到他头上的原因，一是老协理不管怎样也是在官场上混了几十年的人，谁也不敢直接碰他。二是西协理再昏庸，真是要短兵相接时，人家要是呵斥“我可没这样的事，你们有证据吗（本来也是诬陷嘛）”，他们也拿不出什么来。所以，想射乌鸦的箭落在刺猬身上，毫无瓜葛的小喇嘛萨穆旦背了黑锅。二十几岁的小喇嘛，他们怎么收拾都好说。于是制造了一个离奇的故事：老协理派最最疼爱、年轻貌美的夫人勾引了西召的萨穆旦喇嘛作法行咒，西召的大喇嘛在背后操纵其事……

直到旗府里的几个官兵到西召铐住萨穆旦，他都不知道作法行咒为何物。而被官兵抓住之后他迅速懂了什么叫作法行咒，并很快承认自己真作了法行了咒。让他承认如此之快的，是旗府里那些形形色色的刑具。

## 五

青海来的小喇嘛
在地狱里
青春貌美的哈屯拖着链锁
哎哒，诺彦们发发慈悲吧

小喇嘛萨穆旦被抓后，又一拨儿人冲进西协理的府邸抓了晗德日玛。大哈屯发怒：“是谁无礼闯入我们的府邸，胡乱抓人？”来的人说：“这个荡妇让协理老爷和哈屯额吉颜面扫地，我们是为了维护西协理府的名誉！”老协理除了颤颤巍巍地晃动脑袋，没能说出一句话。大哈屯咬着牙说：“我们知道怎么惩罚自己的家人！”不过，没人再听她的话。

准格尔旗出了这样一件大事，惊动了全盟。严惩萨穆旦和晗德日玛的判决来得也快，小喇嘛萨穆旦被头朝下吊进枯井，用石头诅咒压了一个实在。旷野无主的枯井边，聚集了很多人，狱卒们把吓得脸色刷白的萨穆旦推向枯井时，只听一个山羊般的尖叫声，此事到此便终了。

站在他身旁的晗德日玛拖着八十斤的铁锁链，游村示众以作惩罚。

人的性命，脆弱时真是经不起一丝一毫。一个月后，晗德日玛也死了。被驱赶中扑倒在野外，再也没能起来。不远处看，只见一堆锁链，瘦骨嶙峋的晗德日玛被埋在锁链中几乎看不见她的人了。不过，那个老狱卒断断续续听到了她最后的几句话：“要是给我一口水，那该多好啊！……故乡怎么不见了呢，……发发慈悲吧！”

后来，听说……

几年后，老协理作古，年迈的大哈屯守着破旧的城墙留了下来。大哈屯的性情温和了许多，终日在佛前吃斋念佛……

十几年过去了，这方土地上出生了一男一女两个孩子。虽说生在两家，但是两个小孩一见面就欢喜不已。人们就说这两个孩子，前世兴许有什么缘分吧。后来，有一天西召的大喇嘛见到了这两个孩子，忽然泪流满面。他说，你们看，他们是晗德日玛和萨穆旦重生了。听他那么一说，这两个孩子还真像晗德日玛和萨穆旦呢，仔细端详能发现被拷打的伤痕、拖锁链的印记。抚养这两个孩子的人是大哈屯。那时，刚好赶上可以读书上学的光景。大哈屯资助二人读书，听说后来又送他们到北京上了大学堂。这两个孩子后来是否回到家乡，二人后来是否成婚，并无确切消息。

世事变迁，有时人生很慢很慢……

哈森　译

# 大西北的月亮

## 一

晚八时半，嘎尔玛走出货场，发现太阳离地平线还很高。太阳的位置告诉他，他现在身处距自己的家往西至少一千公里的地方。在这个时辰，他家乡那边应该是落日时分，家乡的太阳会变得很大很红也很安详，缓慢地往下沉落，像个疲惫的老人。萨茹拉这个时辰应该提着奶桶走向羊圈，她的背影是那么动人……

一个叫声将他从一千公里外的家乡拽回到货场外边几栋东倒西歪的木板房前面。“嘎尔玛大哥，我在这儿呢。你怎么看不见我？……”那个声音在叫。叫他的女人自称琪琪格，说是蒙古族。但她那个半生不熟的蒙古语让他觉得她在撒谎。说实话他对此并不反感，他认为撒谎不一定就是为了骗人，有的人是出于无奈才说假话。比如说他自己，他是为了躲避巨债跑到这里的，但他却说是家乡遭了灾出来打工的。再说了，别看这地方听说只有一千多人，几乎什么来历的都有，中国大西北什么民族都有，根本不可能弄清彼此的底细。

他来这个大西北小集镇，第一个认识的就是她。那是他被货场雇用的第一天，正按照工头的吩咐去扛麻包，便看到一个大红大绿的女人出现在眼前，大约三十来岁的样子。“大哥，听说你是蒙古人？我也是，我叫琪琪格。”她说。她穿的衣服左半身是大红而右半身是大绿，看去就很别扭。这种穿戴至少证明以下几点：一是她爱张扬，想吸引人们的眼球；二是她的审美感觉很有问题，她可能认为刺眼就是美；三是她没有钱买稍微贵一点的衣服，所以就只好买最便宜但很艳丽的衣服，好像只要这样就能弥补缺钱的缺憾。“哦，你好？……”他答应道。“我在货场那边卖菜。”她说。

他们就这样相识了。

过去他根本就不知道世界上还有这么一个地方，更没有想到自己会来这里扛麻包。四周是一望无际的荒野，遥远的天边有一道模糊的山影。这个地方连个地名都没有，据说这里的人说起这个地方，只说2083公里，因为路边有水泥做的路牌，上边标的就是2083，但谁都不知道这2083公里是从哪儿算起的。这里的天空显得比其他任何地方都高，很少出现云彩，让人感到寂寞。据说这里属于中国大西北。不仅景色跟其他地方不同，人们的穿戴风格也不同，一些人的口音也怪怪的。没有想到他在这里却碰到了一个自称为蒙古人的女人。这个女人现在一边说着，一边笑着，一边还不停地嗑瓜子，哪个都不误。她从衣兜里抓出一把瓜子，说：“给你。”他笑着摇了摇头。货场用铁丝网围着，还养着一条狗，但白天用铁链拴着，到夜里就放掉。

她真的在货场旁边卖菜。那是一小间铁皮房，挤在那些东倒西歪的木板房中间，门口还放着一台破录音机，一天到晚放着二三十年前的流行歌曲。他有时候路过那里，她经常走出来跟他拉话。她说着，笑着，好像是多年的老朋友，显得又俗气又过分张扬。她就是这个性格，明明过的是苦日子，却成天欢天喜地过着，也不知道是真的没心没肺还是自欺欺人。她有一次曾对他说：“人需要把苦日子当作甜日子过，学会从黄连里品出糖的味道。其实你好好品，黄连里真的有一种甜味。”有那么两三次他路过她门口，看见她在菜架后边跟某个男人拥抱亲嘴，而且还是大白天。这就是她说的“从黄连里品出糖的味道”？他只是觉得她可怜。她肯定有求于那些男人，谁活着都不容易。

两个人相伴往前走去。他仍然想着家乡，想着萨茹拉。他们在路上遇到了巴音玛大姐在卖酸奶，见了他俩露出雪白的牙齿笑着说：“来，喝一碗酸奶吧。”“不喝了，我们有事。”嘎尔玛说。其实他很想喝一碗酸奶。天气这么热，空气十分干燥，喝一碗酸奶多爽呀。但巴音玛大姐每次请他喝酸奶都不收钱，给钱都不要。他就不想占那点便宜。他知道这个女人家里很困难。“以后什么时候想喝酸奶就过来。”巴音玛在他们身后热情地说。

## 二

这个小集镇真的很小，他们走着走着就到了小镇的边上。有一条柏油路从那里经过，柏油路那边是茫茫荒野。一辆面包车从公路上驶过，竟是他家乡的车牌号，看见他俩还犹犹豫豫地停了下来。它为什么停下？车上的人是不是认出了我？他想着。这半年，他最不希望见到熟人，最不希望看到家乡那个方向过来的汽车。

面包车上下来四个人。其中两个在那里伸懒腰，一个走到路边撒尿，一个年轻人笑着朝他俩走来。还好，四个都是陌生人。

“师傅，一棵树怎么走？我们没有走错吧？”从车上下来的年轻人问。

他没有说话，琪琪格却热情得多余，说：“就顺着这条路走下去，百十公里，天黑以前就到了。”接着还说：“是内蒙古的车呀？我们也是内蒙古的，都是蒙古族。”

真是个多嘴的娘儿们，嘎尔玛愤愤想道。人家问你是哪儿的了吗？你套什么近乎？

不出所料，那个人笑得更为亲切了，问：“你们是内蒙古的蒙古族？哪儿的人哪？”

嘎尔玛只好假装要撒尿，向一旁走去，因为他一开口人家就听出是同乡。他听到身后琪琪格响亮地笑着说：“我们老家离呼和浩特不远。说起来咱们也是半个老乡啦。”“你们在这里做什么工作？”那个人问。“淘金子呀。”“淘金子？这里有金子？”“我说的是发财。不是为了发财，来这个地方干什么呀？”接着又是一串响亮的笑声，好像她每天都在发财。这个女人见了人就想多说话套近乎。

嘎尔玛真的撒了一泡尿，转回来时面包车已经走了，琪琪格自作多情地朝着已经走远的汽车挥手，好像那个车上坐着她的四个情人。两个人继续走。今天她是带他赴饭局。从前天开始她就给他打电话，三天打了五六次，说有个王老板想请他吃饭。一个老板请他这个扛麻包的吃饭？他觉得滑稽，但琪琪格说了几次，他就答应了。他们现在走过的地方大概属于这个小集镇的“服务区”，他们走过“黑妹发廊”“昼夜按摩房”“君再来洗脚屋”等等。因为没有统一规划，这里的建筑布局毫无章法，所用的建筑材料也五花八门，木板、铁皮、砖头等等。听说这个地方原本没有人烟，因为这里没有水。后来出现了一条柏油路，来往车辆也很少，有人说那是战备路，将来打起来才能派上用场。后来，柏油路上来往的车辆逐渐多起来，又有人在这里打了一口深机井，接着出现了旅店、饭馆，一点一点发展到现在的规模。但总的感觉是仍然很荒凉。

“你知道吗？巴音玛大姐把一头奶牛卖了。”琪琪格说。

“啊，太可惜了。她那几头牛产奶量都不错。”嘎尔玛说。

“没有办法。听说老头那边催药费。”

嘎尔玛叹了口气。巴音玛大姐是个不知疲倦的女人，一早出来卖早点，之后回到住处喂牛，挤牛奶，接着推着铁架车出来卖酸奶。据琪琪格说，她那架铁架车是从废品收购站买来的，经常坏，都是她自己修。他难以想象一个女人怎么会有这样的精力！据琪琪格说，巴音玛来自几百公里外的大戈壁，是个额鲁特蒙古人，是个不幸的女人。她二十出头嫁给了一个生意人，等她怀了孕那个男人却抛弃了她。但她好像相信男人有回心转意的一天。儿子二十岁的那一年，她真的等来了那个男人，但那个男人因为遭遇严重车祸，虽说没有变成植物人但完全失去了自理能力。她将那个成天卧床、口齿不清的男人留给儿子照顾，自己独身一人到了这里。她想多赚点钱为男人治病。

## 三

走了十分钟左右，到了一座二层小楼前。门口匾上是五个大字——五洲大酒店，说明这里的老板不乏幽默感。这个地方共有三座小二层。一个是货场老板工作的地方，就在货场里边，一个是公路道班，紧靠柏油路，一个就是这个五洲大酒店。他们顺着狭窄的楼梯上了二楼。一个雅间里，那个王老板在等他。

王老板见他进门就笑着站起来，这让嘎尔玛感到意外。好赖也是个老板，对一个打工的需要这么热情？这个老板是个黑胖子，他的西装、皮鞋一看就是最廉价的那种。王老板站起来跟他握手，让座，满脸笑容。这里还有几个人，穿戴跟王老板差不多，看来是作陪的。

王老板给大家斟酒，让菜。

嘎尔玛笑了笑，问："王老板，咱们不认识呀。你找我有什么事？"

"喝酒，喝酒。待会儿再说那些烦心事儿……"王老板说。大家连喝好几杯。琪琪格红光满面地站起来说："我给大家唱几支歌吧，活跃一下气氛。"

她站起来就唱，《蒙古人》《蓝色的蒙古高原》《思念母亲》……边唱边跟每个人碰杯。王老板很快就有了醉意，嘎尔玛也喝了不少。只是那几个作陪的很少喝酒，他们越这样，琪琪格就越端着酒杯纠缠不休。

嘎尔玛说："王老板，我看这酒差不多了。有什么事你就说吧。"

王老板说："你我素不相识，但今天我只能求你。我被人骗了……"

"被骗了？"嘎日玛盯着对方的表情，好像要探究他是不是在撒谎。

## 四

嘎尔玛和萨茹拉曾经被人骗过，才落到今天这个下场。骗了他的是他们曾经的朋友。那是两年前的盛夏季节。他那个朋友骑着摩托车朝他家驶来。他发现他这个朋友比过去话多了，滔滔不绝，而且似乎句句在理。朋友说他决定成立一个融资公司。嘎尔玛不懂得融资公司是干什么的，但听了半天还是明白了，朋友要拉资金放高利贷。"放高利贷？你也太黑了吧？"嘎尔玛笑着说，但心里并不反感，当时高利贷已经不是一个新鲜话题。"我是为了推动经济发展。"朋友说。"什么？你是为了推动经济发展？"嘎尔玛仍在笑。"那当然，多少人想办事业缺少资金，从银行贷款又很麻烦。我把钱贷给他们，不就是推动了经济发展？""你这样说，也有道理。"嘎尔玛说。朋友接着说，他想请嘎尔玛帮助拉资金，嘎尔玛也就答应了。朋友来了，萨茹拉也很高兴，很快弄出了一桌饭菜。三个人就高高兴兴地吃饭喝酒。朋友拿出若干份融资合同书，说其实他跟一些朋友已经谈好了拉资金，只是请嘎尔玛再去找那些朋友办手续。合同书有三处需要填写人名，分别为：交款人、经办人、公司法人。其中经办人一栏必须由嘎尔玛签名。三个朋友的酒宴在欢声笑语中结束。

又过了大概一年，听说朋友跑了，是因为放出高利贷收不回钱了。一场纠纷由此拉开了帷幕。那些人找嘎尔玛要钱，嘎尔玛说你们应该去找法人代表，你们的钱是他拿走的。而那些人却说我们把钱交到你手里，合同书也是你签的，我们就找你。嘎尔玛和萨茹拉一边应付那些债主，一边还为朋友担忧。但后来的事情让他们隐隐约约感觉到，也许他们钻进了一个精心设计的圈套。

那些讨债者个个凶相毕露，瞪着血红的眼睛，一股玩命的架势。他们逼着嘎尔玛和萨茹拉立即还钱，声称不还就扒房子，赶畜群，其中有个女的还说要在他们家门口上吊。那些人吃在他们家，睡在他们家，把两口子的生活搅得乌烟瘴气。那天又有一拨债主骂骂咧咧离开他们家后，两口子已经很疲惫了，相互看着，谁都不说话。后来萨茹拉终于开口了。“你不觉得这事有点奇怪？”萨茹拉问。“奇怪？”“你的朋友让你去拉资金的那些人都是外地人。”“啊，是呀……”

是呀，那些合同书上写的都是陌生的名字，当地人一个都没有。他们都是居住在几百里之外的农区人。为什么会是这样？

又过了两天，有一个人来到他们家，倒不是为了要债，而是要买他们家的草场。

“听说你们欠了那些农区人的钱。这事很麻烦，弄不好会出事的。绑架呀，凶杀呀……其他地方这种事多了去了。”那个人说，“我倒是想了个办法，你们把草场卖给我……”

“卖了草场，我们咋生活？”萨茹拉说。

“不还钱，你们咋生活？你们还年轻，艰苦几年，还可以翻过身来。只要摆脱那些债主的纠缠，你们可以一心一意去努力。”那个人又说，“只要你们把草场卖给我，就让那些债主去找我。我替你们还钱。你们也该过几天清净的日子了。”

嘎尔玛两口子不说话了，那个人要了他们的电话号，走了。

“你怎么想？”萨茹拉问。

嘎尔玛骑着摩托走了几天，说要去了解来人的底细。有一天他回来了。萨茹拉看到丈夫脸上多了几分苍白。

“什么情况？”萨茹拉问。

“你知道要买草场的那个人是谁吗？”

“谁？”

“是咱们那个朋友的亲舅舅，他们是一伙的。”嘎尔玛喝了一口茶，沉思片刻，说，“你记得前几年我那个朋友就想买咱家的草场那事吗？”

萨茹拉想了想，说：“啊，他有一次流露过那个意思。”

“这很可能是一个圈套。”嘎尔玛说。

“不能吧？”

“一开始是朋友失踪，接着是债主逼债，接着是他舅舅出面。一环扣一环。”

“那……怎么办？”

嘎尔玛又沉默了很久，才说：“路上我想了很多……”

“想出办法没有？”

“我脑子现在变成了一桶糨糊啦……”说完躺倒在炕上，还闭上了眼睛。

这就是他的故事，故事的结局是他跟萨茹拉离婚。为了把草场和畜群完整地留给萨茹拉和两个正在城里念书的孩子，他跟萨茹拉办了离婚手续，又写了一份一切债务他一个人承担的协议书，就离开了家。现在回想起来，从提出离婚到离开家的那个过程就像做梦一样断断续续。他只记得说出“我们离婚吧”这几个字的时候，往外吐每一个字都那么艰难，好像吐的不是字而是石头，从喉咙里挤出来时都带着血丝。而萨茹拉像是被打了闷棍，愣在那里说不出话来。

## 五

嘎尔玛和琪琪格从王老板饭局出来时，天已经黑了。柏油路上偶尔有辆车打着灯驶过。琪琪格走路都有点不稳了，但话仍然很多。

“我没有说错吧？王老板是个实在人。”她说。

嘎尔玛没有说话，但他也觉得她的判断是对的。饭桌上，王老板是一副落水的人求救的表情。“我已经三个月没有做一单生意了。职工的工资发不出去，公司的电被掐了。老婆每天闹离婚……”他说。“那怎么办?”嘎尔玛问。“有个内地客户来电话，说要收购干蘑菇……就是草原上长的那种纯天然的蘑菇。”一听”蘑菇“二字，嘎尔玛的心跳加快了。他知道他的一个朋友正好前几天给他打电话说，手里积压了不少草原蘑菇，请他帮助找销路。

但表面上嘎尔玛不动声色，他怕这又是一个陷阱，看王老板接着说什么。王老板说：“有货源，我出车去拉，每公斤六元，一手钱一手货。”嘎尔玛觉得这倒是一个靠得住的办法，就说：“给我两天时间，我跟朋友打听一下。”“好了，生意上的事就说到这儿。接着喝酒。”琪琪格又唱起了歌。

现在酒席已经散了。醉意蒙胧的琪琪格一路说这说那，后来又哼起了一支歌：《深圳的月亮》。嘎尔玛记得她常哼这个有头没尾的歌。

啊，深圳的月亮
你陪伴着我
……

唱了两句，琪琪格说：“嘎尔玛大哥，咱们没有去过深圳。如果去看看，那里的月亮肯定很漂亮……”

他没有说话，抬头望了望天空。这里的天空上也挂着一轮月亮，今天大概是阴历十五，那月亮很圆。而且他发现，这里的月亮好像比其他任何地方都大一些。

他笑了笑，说：“深圳的天空中的月亮，就是现在我们头顶上的月亮。世界上只有一颗月亮。”

“但是，我就想那里的月亮很漂亮。”琪琪格说，“我听说深圳原本也是很穷的一个地方。后来开发了，就变了，像变戏法一样，一天一层楼……咱们这个地方为什么不开发呀？”

“不知道……”

“什么时候这里也变成像深圳一样……”琪琪格说，“我们这里的路标是2083，我有时候就想，这路是不是从深圳起头？不是没有这个可能。”

嘎尔玛觉得她简直就像小孩子一样异想天开，深圳距这里怎么说也不止两千多公里吧？但他没有说话。

回到住处，嘎尔玛打了几个电话。他住在货场一个角落的小房间里。那是用铁皮、水泥预制板和破砖头垒起来的房子。他不愿意跟别人挤大通铺，就要求住这里，为此老板每月收他四十元房费。

他先给那个要推销蘑菇的朋友打电话。朋友一听说有人收蘑菇就像阴天见了太阳一样高兴。他说了人家提出的价格，又说了有汽车直接到他家运蘑菇。朋友更是高兴得不得了，千恩万谢，还说要跟他按比例分成卖蘑菇的收入。接着又给王老板打电话。“你要的蘑菇有着落了，我把对方的电话告诉你，你自己联系。”他在电话里说。“是吗？真的呀？……”王老板的嗓门出奇地高了许多，“你是我的大恩人哪，我现在就想给你磕三个响头。你这等于救了我一命呀！”嘎尔玛放下了电话，心想那个家伙今天黑夜可能睡不着了。

接着他很想给萨茹拉打电话，但犹豫了半天，还是没有打。刚出来那阵，他几乎每天都给萨茹拉打电话。那时候他认为两个人是假离婚，以后他还会回到她身边。但现在却不那么自信了。两个月前的一个晚上，他给萨茹拉打电话。他听到家里的电视机在播放歌舞，他好像看到了自己的家。电视机就放在床对面的小柜子上。萨茹拉一有时间就搜索内蒙古的文化频道。现在他好像也看到萨茹拉坐在电视机前笑。不知道为什么，萨茹拉打开电话却没有说话，只有电视机在话筒里唱歌。他突然听到一个男人浑厚的嗓音："换台吧……"

在家乡，这时候应该是半夜了。一个男人跟萨茹拉在一起。听嗓音好像不陌生，但又想不起是谁。估计是萨茹拉高中时期的某个同学。他突然觉得没话说了。从那以后他总是没有勇气打电话。萨茹拉倒是来过几次电话，问了问他的情况，又说了家里的近况，口气也平平淡淡的。

他打消了打电话的念头，倒在床上，想过千百遍的那个问题又冒了出来：今后怎么办？

## 六

刚离家那阵子，他没有想过"今后"。他甚至都不知道要去什么地方。当时他脑子里只有两个字：离开！他要离开债主的纠缠，找一个不受干扰的环境，寻找新的机会。他骑着摩托驶上柏油路，一点儿都没有犹豫，就拐向了黄河那个方向。他没有想其他，只是知道过了黄河往西走，人会越来越少，地会越来越广。过黄河可以骑着摩托上公路桥，也可以乘火车。他没有急着作决定，先到河边坐了很久。已经是下午了，河彼岸巨大的山影挡住了下午的太阳，让这个河段提前进入了黄昏，让河水变成了暗红色。

他坐了很久，自己都没有意识到眼泪是什么时候流下来的。他好多年没有哭过了。他活了四十二岁，今天才明白家乡是什么，家是什么。他家乡是很普通的一处高原牧场，在全世界，那样的草原大概很多。但只有在那里有他的家。因此他与这个地方就有了无法割舍的联系。如今他离开了家乡，离开了家，他就像被春天的大风刮走的沙蓬，没有了根，不知道在何处落脚。

天黑了。他找到一家摩托车修理部卖掉了摩托，在街边吃了一点东西，就去了火车站。正好有一列西去的客车，他买了到终点站的票，找到座位坐下就闭上了眼睛，再也没有动。列车经过了黄河铁路大桥，一直轻微地摇晃着前行。其实他没有坐到终点站。在第二天午后，他突然想下车了。那是一个很小的车站，孤零零地坐落在荒野。有一条柏油路经过车站，他到路边就碰到了一辆大货车，他要求司机捎他一程。他原本估计司机会拒绝，或者也可能让他拿钱。没有想到司机却很痛快答应了。“上来吧，搭不上我这个车，你可能就住在野外了。”司机是个满脸胡须的中年汉子，很豪爽。他上了车，司机又问：“看样子你是第一次到大西北吧？肯定是要打工。”“打工好打吗?”“嗨，只要不惜出苦力，养活自己没有问题。”“这地方风气怎么样?”“凡是有人的地方，哪儿都一个样。”司机说，“不过我喜欢这个地方。”他倒觉得这个地方的人真朴实。在二十年前，我们那个地方也一样，他想。

他的感觉像做梦，昨天中午他还在家，现在却搭着一辆货车在不知名的荒原上奔跑。除了萨茹拉以外，他家乡的人们肯定不知道他已经走了。其实萨茹拉也想不到他已经渡过黄河跑到了千里之外。但过一些天家乡的人们终会发现他“蒸发”了。他们会议论纷纷，将他们的想象力和猜测发挥到极致，很可能把他描绘成一个混蛋。一个好人变成一个混蛋原来就这么简单！他想着，苦笑了。

## 七

半夜有人敲门，是巴音玛在叫门：“快起来，咱们去看看琪琪格……”他睁开眼睛拿出手机看时间：半夜两点五十。他一跃而起。他不知道琪琪格那里怎么了。看到巴音玛站在门口，衣服扣子都没有扣好，很慌张的样子。

“晚上几个男人去了琪琪格那里，现在还不走。我是怕有什么事。咱们去看看吧。”巴音玛说。

琪琪格屋里亮着灯，因为天热，门窗大开，里边有三个男人和琪琪格四人或站或坐。琪琪格在哭，三个男人也不说话。看见嘎尔玛和巴音玛，琪琪格才说起了事情的原委。事情其实不复杂，琪琪格五年前出去打工，后来又提出离婚。婆家倒也没有为难她，只是提出必须把她刚一岁的儿子留下。这并不过分，他们娶媳妇本来就是为了传宗接代，儿媳妇只不过是生孩子的工具。而琪琪格要出去打工，带着孩子也不方便。婆家还提出让琪琪格每年给儿子一千元的抚养费。儿子本来是琪琪格生的，她没有理由不答应，五年来她也一直给婆家寄钱。这次是她婆家需盖房子没有钱，就找她来了。问题是她手里没有多少现钱，难住了。不管琪琪格是不是蒙古族，嘎尔玛看出她婆家来的三个人都是地地道道的偏远地区的汉族，据说其中一个中年人就是她过去的丈夫。说实话这三个男人一点儿都不厉害，反而到了这个陌生的地方明显有点拘束。

“我们真的没有办法，你们城里人……怎么说也比我们有钱。”那个男的说。在他们眼里，我们倒变成了城里人？嘎尔玛觉得好笑。

“多少钱？”他问。

“至少……两千块。”那个男人说。

货场这个月的工钱还没有发，嘎尔玛身上只有几百元钱。他就给王老板打电话。

“凑够两千元，现在就到琪琪格这里。”他说。

“干什么？现在是半夜呀……”王老板睡意浓重地说，“没问题，马上到。”王老板倒了一次蘑菇，接着又做了几笔生意，现在说话的声音比过去高多了。

琪琪格婆家的人回去了。琪琪格哭成了泪人。她说想她儿子了。

## 八

王老板和巴音玛已经走了，嘎尔玛也正准备离开，琪琪格说：“你别走，陪我一会儿。我……”“你怎么啦?”她没有说话，却扑过来靠在他肩上。

“我可能是……这个世界上最傻的人。除了我，谁还会丢下儿子跑到这个地方……”她抽泣着说。

他劝她不要哭，她反而哭得更凶了，他叹了口气。也许，这个女人成天乐乐呵呵是硬装的，其实她内心积攒着太多的苦楚。他静静地坐着，她趴在他身上一个劲地哭。后来天亮了。

从这一天起，琪琪格变得快乐了许多，好像她久憋在内心深处的悲苦随着眼泪流掉不少。她快乐地笑着，快乐地忙碌着，满脸涂抹着浓重的劣质化妆品。她几乎每天都来找嘎尔玛，一般是晚上收工后来，带着做好的饭菜，跟他一起吃。嘎尔玛有点为难，觉得这样下去不好，但她也好像猜出了他的心思，有一次她说：“你放心，我知道我配不上你。”说实话这些天他思念萨茹拉更甚，但却没有打一次电话，不是不想打而是不敢打。他怕又听到那个男人的声音。

货场的狗到了晚十点就放开。被铁链子控制了一整天的狗一旦自由了，就变得格外凶。这时候如果有陌生人走进货场，肯定是凶多吉少。那天琪琪格在嘎尔玛那里聊天，不知不觉到了半夜，才想到狼狗已经放出来了，就不敢出屋了。

这是她和嘎尔玛第一次睡在那张破旧的木板床上。她显得有点兴奋和疯狂，但后来不动也不说话了。“你怎么了?”他问。她叹了口气，说：“我知道，你瞧不起我……”但接着又说：“不过我还是高兴。”

## 九

入秋后的一天，嘎尔玛离开了小镇。王老板要去西北大戈壁上开发野生枸杞。在戈壁深处有那么一片地方漫山遍野长着一种灌木，这几年有科技人员考察，说那种植物是野生枸杞，极具开发价值。王老板迫不及待想试一试了。他贷了款，并请嘎尔玛去帮忙。他要注册一个公司，说将来嘎尔玛就是公司副总。

那是一个晴朗的秋日，天空是无边的淡蓝色，四周静静的。集镇上那点嘈杂被四周无尽的静寂吞没了。巴音玛大姐一直没有回来，他去跟琪琪格告别。

“我要走了。”他说。

她并没有吃惊的样子，但脸色有点苍白，说：“我知道你迟早要走的。”

“你还在这里待下去吗？”

“我不可能待一辈子，但眼前还是待在这里。”她说，“我这几天有了一个想法，我想把儿子带出来。”

“带到这个地方？”

“不，也许我带着儿子去……深圳。”

“哦，哦……”

琪琪格笑了，说：“我知道这很难。但只是这样想想，我觉得也很有意思。我甚至想，不仅是儿子，连儿子他爸也带到深圳，孩子在那里上学，我和孩子他爸在那里打工……不过这都不可能。”

他也知道她是在异想天开，但绝对不想扫她的兴，所以没有说什么。

他跟王老板是晚上离开小镇的。王老板开着一台破吉普，夜晚的大地一片空旷，天边有依稀的星光。“这大西北不得了，谁能想到那些灌木是野枸杞？天知道还有多少无价之宝？”王老板说。野性十足的风从车窗吹进来，让嘎尔玛觉得有一股力量在心中聚集。不久，月亮升起来了。那月亮又大又圆。他想起了琪琪格的话。她说深圳的月亮肯定很漂亮，但他觉得这个大西北的月亮也很美……

# 狗　事

## 一

脏，丑，瘦，这就是流浪狗花花。谁都不知道它是从哪儿来的，也不知道在这个小区待了多久。它原先有没有名字、叫什么名字，谁都不知道，但肯定不叫花花。花花是桑杰给它起的名字。它好像住在某栋楼房下边的垃圾箱旁。所以那栋楼的住户一早出门扔垃圾，有时候会看到它。扔掉的垃圾中肯定有些能吃的东西，这是它住在垃圾箱旁边的唯一理由。

那天桑杰发现它的时候，它正被一条巨型洋犬追逐。如果说大洋犬是一艘军舰，那么被它追逐的花花就像一条小舢板，处于绝对劣势，但它在拼命地逃窜。这里需要多说几句。桑杰居住的这座小城是一座新兴的草原小城，刚建起来不久，因此各方面的管理还远远没有跟上来。比如城市里是不允许养巨型犬的，这是有明文规定的，但偏偏有人养。城管部门来说了几次，但个别人根本不把他们放在眼里，这事就拖了下来。现在这只流浪狗被一条巨型大洋犬追得慌不择路，正好碰到桑杰迎面过来，就一头扑进他的怀里。桑杰吃惊地嘟哝：“哎，哎，你这是干什么？脏死了……”但看到后边追来的大洋犬，他明白了它的处境。桑杰本来是为了寻找自己的宠物狗走到小区的，他的狗丢了已经好几天了。那是一只纯种的京巴犬，他把它视作家里不可缺少的成员，突然不见了，使他变得像丢了魂似的，他每天出去寻找但找不到。今天他仍旧没有找到，却意外地碰到了一条流浪狗。

他把它抱回了家，它是条黑白花狗，就起名叫花花。

## 二

桑杰把花花带回家，为它洗澡，又把它带到宠物美容店剪毛（别看它瘦，毛却特别长）。他希望它能够弥补他丢了狗的缺憾。但他很快失望了。首先是因为它的态度。大概是因为过去经常遭受欺负和伤害，它对任何人包括桑杰抱有敌意。好像觉得桑杰为它做的一切都是出于恶意。它一点儿都不亲近他，吃饱了就躲到一边，还时不时用警惕的眼光瞥他一眼。还有一次它因为什么事不高兴了，竟然对他狂吠不止，气得他真想踹它一脚。再就是它不讲卫生，虽说给它洗了澡剪了毛，但它却总是把自己弄得很脏。如果说桑杰原来的京巴犬是个高贵的公主，那么现在的花花就是一个没有素质的流浪汉。狗与狗竟然有这么大的差别。过了几天它还逃跑了。有一天早晨桑杰下楼扔垃圾没有关门，它就跑了。他发现它不见了，也没有想要去找它。它不愿意在他家享福，非要再去流浪，他也没有办法。

那天是周日，牧兰来看他。两个人都是离异过的中年人，认识相处已经好几年，但也不着急成家。

“京巴呢？”牧兰问。

“丢啦。”他说。

“啊，丢了？”她说，“肯定是被人偷走了，南街有好几家狗肉馆……”

“牧民丢了牲畜有公安局管，市民丢了狗却谁都不管……”他说着苦笑了一下。

“再养一条狗吧。”她说。

于是他讲起了流浪狗花花。说花花是如何如何地不识抬举，他好心好意救了它，让它过上了舒适的生活，它却不领情非要回到垃圾箱旁边，不吃专门为它购买的狗粮而非要去吃那些被扔掉的变质的东西。

“啊，这就好比一个乞丐，住在贫民窟觉得比住皇宫还舒服。”牧兰笑了起来。天气很好，两个人决定出去走走。他们下了楼走到小区院里，就正好碰到了花花。

“你看，那就是花花。”他说。

“花花，花花……”牧兰欣喜地叫它。

花花在距他们百十来米处，正低着头啃一块骨头。它朝这边看了看，摇了几下尾巴，接着又掉过头继续啃它的骨头。

“啊，你看见没有？它对咱们摇尾巴了。”牧兰高兴地笑着，又叫，“花花。花花……”花花又摇了几下尾巴。

桑杰笑了起来。他记得雨果说过，狗是用尾巴微笑的动物。它在微笑，他想。虽然它摇尾巴是应付性的，比较勉强，但毕竟是在摇，是在表示一种友好。

牧兰干脆走到花花跟前，并伸手摸了摸它的头。奇怪的是花花并没有排斥她，而且伸出脖子让她摸，还发出类似撒娇那种呜咽。牧兰激动得左掏右掏竟然掏出了一块巧克力喂给花花。

“多好的狗，它通人性。”牧兰说着，跟桑杰朝大门口走去。他们回头看，花花蹲在垃圾箱旁目送着他们。

他们在小区门口吃了饭又转回来，意外的事情就是这时候发生的。

那条大洋犬不知道是从哪里窜出来的，凶猛无比地朝桑杰和牧兰冲来。城里养的狗大部分时间关在院里或者用铁链子拴着，所以一旦单独跑出来就很可怕。桑杰和牧兰两个人都蒙了，站在那里不知道怎么办。而就在这时，更意外的事情发生了。本来在垃圾箱旁边的花花突然向大洋犬冲去。它跑的速度快得让人吃惊，简直像射出去的箭一样。它很快冲到了大洋犬跟前，毫不犹豫地咬住了大洋犬的一条后腿。凶猛的大洋犬竟然趔趄了一下，调过头咬住花花的脖颈。大洋犬大概想把它甩出去，但咬住它后腿的花花好比变成了大洋犬身体的一部分，宁肯被咬死也不放松。

牧兰这时才缓过神来，急得跺脚大喊："这……这……怎么办？它快被咬死了……"她是在为花花着急。

好在大洋犬的主人这时候出现了，他来用项圈套住了自己的狗。花花这时才松开嘴，被大洋犬的主人踢出老远。牧兰跟大洋犬的主人吵了起来。大洋犬的主人三十多岁，很壮的一个人。桑杰经常看到他牵着大洋犬在小区溜达，大多数情况下戴着墨镜，一手牵狗一手夹着香烟，趾高气扬地走过。偶尔他也曾看到他开着车在街上走。据说他在街上有好几处门面，都租出去了，自己不上班，坐享其成。桑杰总觉得这个人不是善茬。城里有规定不让养巨型犬，他毫不在乎地牵着大洋犬走来走去。

"你为什么养巨型犬？市里有规定不允许养，你知不知道？"牧兰喊。

"你管得着吗？"大洋犬的主人根本不把她这个女人放在眼里，冷笑着说。

"怎么不能管？"

"看你们那个德行！"大洋犬的主人像哄自己的儿子一样心疼地摸着大洋犬的头说，"我这就去宠物医院给它治伤，但钱你出。"

"你想得美。我还要告你呢。"

桑杰一边劝牧兰不要生气，一边用眼睛寻找花花。花花却不见了。

## 三

这件事真的没有完。几天后牧兰和桑杰走在小区院里，半路上又遇到了大洋犬。它关在院里，还用铁链子拴着，但看到他们两人以后像疯了一样跳着叫着，恨不得挣断铁链扑过来。牧兰吓得脸都白了。他们走进小区附近的一家餐馆。但两个人都没有了食欲。

“那条大洋犬已经跟咱们记仇了。”牧兰说。

“是啊，不过……”桑杰说。他很想安慰牧兰，但又找不到词儿。

“今后你我要当心一点，这家伙什么时候跑出来，就麻烦了。”

“我明天就找城管，就说我们面临着危险……”他说。

“还是我去吧，我有个同学就在城管工作。”她说。

饭菜剩了不少。他们打包回到小院，看到花花在垃圾箱旁边转悠。桑杰叫它，它连看都不看他一眼。牧兰拿过打包的饭菜，放到垃圾箱旁边，它才用脑袋蹭了蹭她的腿，开始吃起来。

“这狗跟你有缘分。”桑杰说。

回单元楼的路上，牧兰问：“你知道我刚才想到了什么?”

“什么?”

“我想到，狗也有自尊心。”牧兰说完笑了起来，又说，“别看都是狗，但狗跟狗不一样。你看那条大洋犬，对咱们是那样的态度，而花花又是另外一个样子。”

“因为它们社会地位不同。”桑杰说。

“不都是狗吗？还讲什么社会地位?”

“或者可以说，是它们的主人社会地位不同。比如大洋犬的主人，似乎没有人能够管住他。而花花，连个主人都没有……”

“这说明，狗也分特权阶层和平民阶层。”牧兰说完笑了起来。

第二天牧兰打来电话说她在城管。

“怎么样？”他问。

“没有希望。”她说。

“怎么啦？”

“他们说，要开会研究，请示上级，还要跟小区协调……”

“怎么那么麻烦？”

“很明显，他们是不想管。”

“哦，哦。”桑杰认为她说得对。等他们研究、请示、协调完，那是何年何月？这期间那个大洋犬可以咬他一百次。而且，为了一只狗，他们不可能一而再，再而三地去催促城管吧？他们又不是上访老户，而且也没有那个精力。

“你不是有同学在城管吗？”

“我跟我的同学正在饭馆里。你也过来吧。”

桑杰去了饭馆，看到牧兰跟一个年龄相仿的男子面对面坐着。桑杰开始点菜，犹豫了一下问男子：“今天是上班时间，你能不能喝酒？”

男子笑了笑，说：“我是穿便装出来的，就是为了喝酒。”

三个人边喝边聊。“不是有规定城里不能养巨型犬吗？那条大洋犬就那么难处理？”桑杰问。

男子说：“那得看大洋犬的主人是谁。”

“怎么？”

“你们小区大洋犬的主人是市里某领导的亲戚。”男子说。

“那又能怎么样？我可以直接找那个领导。”牧兰喊。

“可以呀，那个领导会亲切接见你，还可能表态说他支持你按规定办事。但你别以为那是真心话。他嘴上那么说，心里可能认为你在挑战他的权威。不会有结果的。”

“什么世道！”牧兰大骂。

“不过，也不是一点儿办法都没有。”男子笑眯眯地说。

“说说。”

“南街不是有几家狗肉馆吗？我可以给他们打个招呼。好了，这事就交给我吧。喝酒，喝酒。”

## 四

桑杰是自由职业者，在家里写小说，还玩股票，不用上班。他有时候在小区院内看到花花。他现在对它的看法大大改变了。那天它奋不顾身扑向大洋犬的情景仍然历历在目。他知道它是为了他和牧兰做出了牺牲，所以很想对它表示一种谢意，比如用什么办法让它饱餐一顿。但花花却不正眼看他。他也经常看到关在院里的大洋犬。大洋犬每次见他都发了疯似的狂吠。

有一天大洋犬主人那栋楼前面乱哄哄的。他正好路过那儿，没有看到大洋犬，却看到大洋犬的主人站在那里骂，派出所的一个警察也在那里。

“奶奶的，谁跟我的狗过不去？这事没有完！竟冒犯你爷爷，你真的瞎了眼……”大洋犬的主人像疯子一样喊叫着，这时候他看见了桑杰，恶狠狠地盯着他说，“你以为我不知道谁搞的鬼？”

桑杰站在那里听了半天才明白大洋犬丢了。

“你们一定要赶紧破案。你知道我那条大洋犬用多少钱买的？三万！这还是那年的价钱。那个贼破坏了我的铁栅栏，我的栅栏值多少钱？奶奶的！夜里我没有听见一点儿动静，那家伙也许打昏了我的狗，也有可能喂了迷魂药。这是一起严重的治安案件……”大洋犬的主人喊着。

派出所那位警察说：“这是两码事，破坏栅栏偷狗是治安问题，但你养巨型犬也是违反规定。”

“你负责破案就行了。其他事你不要管。你们如果不赶紧破案，我给市里领导打电话。”大洋犬的主人说。他说的“市里的领导”可能就是他的亲戚，桑杰想。“我知道是谁害了我的狗！你等着瞧……”大洋犬的主人又喊道。他怀疑到我的头上了，桑杰又想，不禁哆嗦了一下。大洋犬不在了，他却一点儿都没有感到轻松。

那天他走出小区，走上街头，鬼使神差般地走进了南街。

那里真的有好儿家狗肉馆。他不明白这些馆子的狗肉从何而来，不可能从乡下来，农村牧区不会有那么多的狗。那只能是从城里就地取材，城里人养狗越来越多，这里的人把那些狗弄来，宰杀，烹饪，端上餐桌，就变成了人民币。所以，那条大洋犬八成是来到了这里。他很想看到它。但看来这些饭馆宰杀狗的地方不在当街，可能是在后院或其他地方，他没有看到活着的狗。

这时候他看见派出所的那个警察走过来。警察不认识他，他却记得前两天在大洋犬主人家门口看到过他。而且他猜到了这个警察为什么出现在这里。再看，警察身边还跟着两个城管。

他们一行人走进了第一家狗肉馆。桑杰也跟了进去。

两个城管之一验查营业执照和卫生许可证什么的，另一个走进厨房说要看看卫生状况。饭馆的老板是个光着头的中年人，满脸堆笑地把各种证件递到城管手中。看他那个满脸堆笑的样子，很像是发自内心的笑，好像盼城管盼了多少年。桑杰觉得好笑，这位城管验看这个那个证书，但目的并不在验看而在于在气势上压住老板，而进厨房那个也不是为了检查卫生而是看有没有大洋犬的踪迹。结果可想而知，他们没有发现大洋犬。于是派出所警察出面了。“你看到一条大洋犬没有？”警察问。“什么？大洋犬？没有没有，哪儿有大洋犬？”老板说。“真的没有看到？”“没有，不是有规定城里不让养巨型犬吗？哪儿有大洋犬？”桑杰差点儿笑出声来。这是一场斗智游戏，显然警察输了。

警察和城管走进第二家狗肉馆。桑杰站在街上看着来往穿梭的汽车发呆。他感到悲哀。无论警察还是城管，都应该执行市里的规定，应该取缔养巨型犬的行为，而他们却来这里寻找大洋犬，仅仅因为大洋犬主人的亲戚是领导……

桑杰打算就在这里解决午饭。他不吃狗肉，但这个饭馆也有猪牛羊肉。那个警察和两个城管转了几家狗肉馆，又转回来了。看来他们一无所获。饭馆老板笑脸相迎，为他们安排了餐桌，又问他们吃什么。一个城管让老板拿菜单，说："我们吃什么我们自己点。但你必须收钱。""收什么钱，就算我请客了。为了我们老百姓，你们白天黑夜辛苦……"老板说。"你别这么假惺惺好不好？谁不知道你心里怎么恨我们呢。"警察说。

桑杰边吃饭边听他们说什么。

"吃吧，这顿饭我请客，你们辛苦了。"警察说。

"咱们白跑了一趟，没有完成任务。"一个城管说着，叹了口气。

另一个城管说："怎么能说没有完成任务呢。"

"不是没有找到大洋犬吗？"

"不能这么说。我们证明了这里没有大洋犬，所以我们已经很好地完成了任务。"头一个城管说，得意地笑了起来。

警察说："我同意你的说法，我对我们今天的结果很满意。你们想啊，假如我们找到了大洋犬，那怎么办？按规定城里不能养大洋犬，我们却去救大洋犬，老百姓不骂死咱们？假设我们发现大洋犬被这里的饭馆杀死了，比如发现了大洋犬的皮张，那又能怎么样？我们能说饭馆老板做得不对吗？"

"可是……这是领导交办的任务哇。"

"你以为领导真心希望找到大洋犬哪？不会的。领导希望的是这事不了了之。应付一下就可以了。"

"我也听说了，大洋犬的主人是市里一个副市长的外甥，那个副市长下了命令，一定要找到大洋犬或者破案。”

“他不是心疼大洋犬，他是认为自己的权威遭到了挑战……”

## 五

晚上牧兰来了，出乎意料的是，她身后跟着花花。

“看来这狗喜欢你。对我理都不理。”桑杰说。

“因为这狗看出了我比你好。”牧兰得意地说。

花花的回来让这个小小的单元房充满了欢乐。桑杰拿出剩余的狗粮喂花花，牧兰跑进厨房炒出好几道菜，又从柜子里找出一瓶葡萄酒。

“你我今天为什么这样高兴?”牧兰问。

“大概是因为花花回来了吧?”

“还有呢?”

“还有……是因为那条大洋犬不会回来了。”

“说得对，干杯!”

“其实大洋犬不可怕，可怕的是它的主人。”桑杰说。

“狗仗人势嘛。”

“肯定被狗肉馆偷去杀了。他们是为民除害的功勋。”

“他们大洋犬都敢偷，别把咱们的花花偷走。”

“它最好留在家里不要跑到外边，那样就安全了。”桑杰说，“可是它宁肯去外边翻垃圾箱，也不在家里吃狗粮。”

“你知道那是为什么?”

“为什么呀?”

“它认为狗粮是嗟来之食，而垃圾桶里的东西是它劳动所得。”

花花在家里待了一会儿，走了。

一天上午桑杰出去买菜，突然看见大洋犬被主人牵着在小区内溜达。大洋犬又回来了，这太出人意料了。它看见桑杰就狂吠起来。大洋犬的主人喝住狗，竟走到桑杰跟前。

“你看见了吧，我的狗回来了。”大洋犬的主人说。

“啊，啊，看见了……”

“你看，这就是命，我的狗丢了，又回来了。说明我这个人命好，谁也没有办法。别人眼红，嫉恨，背后搞鬼，都没有用。”

“哦，哦……”

“听说有个王八蛋告到城管那儿。有用吗？他能咬爷爷发卵？不自量力。”

他是在骂我，桑杰想，很想顶回去一句，但没有想起怎么说。大洋犬的主人今天脾气出奇地好，大概是因为他的狗回来了。

“听说你是作家？”大洋犬的主人问。

“不敢称作家，只是喜欢写点东西……”

“写东西干什么呀？没用。真是的。”大洋犬的主人用看到一个傻子的那种眼神看着他说，“还不如倒腾畜产品呢。”

“我不会呀。”

“你太可怜了。”对方满脸讥讽的表情，又说，“你看我，每天牵着狗溜达，还不误赚钱。”

大洋犬的主人牵着狗趾高气扬地走了。他大概想到每一栋楼前面走一趟，炫耀一番。

## 六

这些天出现了一个“爱狗者联盟”，是个微信聊天群。据说发起者是个退休女教授，桑杰也被拉进这个群里。聊天群人数猛增，每个人一帧头像，桑杰在那些头像里认出了大洋犬的主人。聊天群里一部分成员异常活跃，大家互不相识，但被爱狗、养狗的共同爱好联结在一起，发图像和视频，发养狗感言，发寻狗启事……每天接连不断。

大洋犬的主人也很活跃，他发了几组大洋犬的照片，大部分是大洋犬的各种姿态，也有小部分是他和大洋犬在一起。但很快，他遭到其他成员的围攻。“你养巨型犬是违反规定，等着受罚吧”，一个网友写道，他的昵称是“风光无限”。这个风光无限的话马上受了不少人的响应，“建议群主把养大洋犬的人驱逐出去”，这是昵称“路见不平”的话，接着又有叫“直来直去”的说：“不要驱逐，直接扭送公安局”……大洋犬的主人当然受不了这个，马上反击，骂不绝口。写了一系列诸如“我养的是你爷爷，知道吗?”等粗话，还说：“你知道我是谁吗?”但聊天群是个虚拟的环境，互不见面，谁也不怕谁。他这个态度更是遭到了猛烈的反击。“据说你的一个远亲是个小小的副市长，官太小了”，“你那个亲戚还没有被双规？我看快了”。大洋犬的主人没有招架之力了，最后发了一条“你们是一群流浪狗，走着瞧!”便销声匿迹。

“你可以发一条寻狗启事，也许能找到咱们的京巴。”牧兰有一天说。那天她来他这里洗衣服，手上甚至脸上都沾着白沫子。

“我也想过，但有用吗?”他说。

“试一试总可以吧，只要它还活着……”

他仍然信心不足，现在丢了东西很难找到。但听牧兰这么说，还是发了一条寻狗启事。没有想到很多人立即响应，连续几天，他那个微信对话每天爆满。有人说最近他们小区出现了一些流浪狗，其中就有京巴品种，让他亲自去看看。有人还发来很多京巴狗的照片，让他看其中有没有他的京巴。还有人说“已经丢的不好找了，还是向前看吧。我这里有京巴出售，价钱见面后商量”。

看来他的京巴很难回来了。这一天牧兰来看他，身后跟着花花。那天花花并没有吃完就走，而是住在桑杰这里。它好像对牧兰情有独钟，看她不走，它也不走了。

“我看我干脆搬到你这里来住好了。那样你不仅有了老婆，还能得到一条狗。”牧兰说。

“我真的想，我们应该在一起过了。”桑杰说。他们想象一起生活的情景，不仅有他们两人，还有花花。他们在小区散步，花花跟在他们身后……

过了一些日子，牧兰搬到了桑杰这儿，果真花花也跟着她来了，再也不走了。

## 七

大概过了半个月，桑杰的京巴回来了。它毛色很好，还胖了一些。也许它是被喜欢养狗的人偷走，现在逃回了家。桑杰高兴得咧开嘴笑个不停，牧兰甚至都流下了眼泪。两个人想庆祝一番，做了好几道菜，还开了一瓶葡萄酒。他们坐到餐桌旁，让京巴也过来。京巴跳上了专门为它准备的椅子，一副理所当然的样子。牧兰在京巴前面放了个小蝶，不断给它夹菜，它也毫不客气地享用。

牧兰跟桑杰碰了几次杯，突然说：“咦，怎么不见花花?”说着就叫起来：“花花，花花……”

没有动静。

两个人走进小卧室看，花花卧在墙角。

“花花，过来。咱们吃饭去……”牧兰说。

花花看了她一眼，没有动弹。

桑杰突然看到花花的眼里好像有泪光，就把它抱了起来。“花花你懂吗？你有了一个新朋友，以后你不会感到孤独了……”他说。

花花不愿意让它抱，挣扎了一下。“我来吧，我抱它。”牧兰说着抱起了花花。花花不挣扎了，但看样子很不情愿。他们回到了餐厅。牧兰在京巴旁边又放了一把椅子，把花花放了上去。花花却一下跳到地上，跑到墙角卧下了，不时地用哀怨的眼神扫一下他们。

“别理它，不识抬举的东西。”桑杰说。

“哎，哎，别这么说，我们可能伤了它的心……”牧兰说。

“我们伤了它的心？怎么伤了它？我们从垃圾箱旁边把它带到家里，为它剪毛为它洗澡，好吃好喝让它享受，结果是伤了它？”

牧兰不说话了，沉思良久才说：“我们为它改善了生活环境，但也许……在我们眼里它仍然是流浪狗，这是我们对它的基本态度。它感觉到了这一点……”

花花卧在墙角，仍然用哀怨的眼神看看他俩，也看看京巴，后来站起来走到门口，朝门外汪汪叫了几声。

“它想走了。”桑杰伤心地说。

牧兰走过去为它开了门，它悄无声息地走了。

花花再也没有回来。有时候桑杰和牧兰出去散步，走过它原来住的那个垃圾箱旁边，也不见它的踪影。它去了哪里？是不是遇到了什么不测？他们想，但谁也不说话。大洋犬也不见了，市政部门动了真格的，对全城巨型犬进行了一次扫荡，大洋犬当然不能幸免。大洋犬的主人也不见了，据说因为陷入经济纠纷，跑了。

过了一些天，桑杰、牧兰两个人去城边上的农贸市场，在那里的垃圾场旁边意外地看到了花花。它全身脏兮兮的，毛也很长了，但他们一眼就认出了它。它也看了看他们俩，好像犹豫了一下，接着继续刨它的垃圾。

**图书在版编目（CIP）数据**

阿云嘎文集 / 阿云嘎著. -- 北京：作家出版社，2024. 1
ISBN 978-7-5212-2615-7

Ⅰ. ①阿… Ⅱ. ①阿… Ⅲ. ①阿云嘎 - 文集 Ⅳ. ①I217.2

中国国家版本馆CIP数据核字（2023）第234225号

**阿云嘎文集**

**作　　者：** 阿云嘎
**责任编辑：** 兴　安
**特约策划：** 锡林巴特尔　哈达奇·刚
**特约编辑：** 戴塔娜　那日苏
**封面设计：** 王一竹
**内文设计：** 张　亮
**出版发行：** 作家出版社有限公司
**社　　址：** 北京农展馆南里10号　　**邮　　编：** 100125
**电话传真：** 86-10-65067186（发行中心及邮购部）
86-10-65004079（总编室）
E-mail:zuojia@zuojia.net.cn
http://www.zuojiachubanshe.com
**印　　刷：** 北京盛通印刷股份有限公司
**成品尺寸：** 152×230
**字　　数：** 3000千
**印　　张：** 171.75
**版　　次：** 2024年1月第1版
**印　　次：** 2024年1月第1次印刷
ISBN 978-7-5212-2615-7
**定　　价：** 600.00元（全九卷）

# 阿云嘎文集

第九卷　创作论　作品评论

作家出版社

亲身经历过的生活，不想关注都不可能。有些东西，我看到了就想写出来。这就是动力。

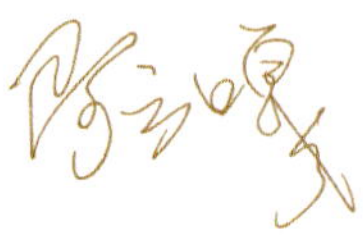

骑马奔走在内蒙古大地上

# 目　录

## 创作论

小说创作谈　003
文学的力量　109
从生活到文学有多远?　111
文学是一种记忆　116
有关落日与晚霞的话题　119
我的追求——真正把生活“味儿”写出来　122
描写弱者是文学的良心　124
答《中华儿女》　126

## 作品评论

在改革大潮中发掘生活的独特性　奎　曾　139
反思民族现代转型的经典之作　丁　琪　143
“小说是弱者的心声”　梁鸿鹰　153
关于《大漠歌》的对话　兴　安　156
小说人生　哈达奇·刚　160
忧虑的草原忧虑的人　王石庄　163
论《满巴扎仓》的本土叙事与现实风格　包明德　168

《满巴扎仓》的历史意蕴与文化情怀　梁鸿鹰　173
鄂尔多斯高原上的生命护佑者之歌　满　全　176
《满巴扎仓》的民族根性与开放意识　丁　琪　183
民族文化反思与个体经验写作　肖惊鸿　194
《满巴扎仓》的思想深度与生命关怀　李　博　203
阿云嘎创作论　刘　成　209
善缘成韵　宋生贵　216
新时期蒙古族小说与游牧美学　丁　琪　227
阿云嘎——为大漠草原而书　李菡丹　238
阿云嘎："民族寓言"的书写者　赵富荣　鲍丽丽　247
小说是弱者的心声　阿云嘎　阿　霞　253

后记　乌日娜　268

# 创作论

# 小说创作谈

## 前言

我曾想过，给这些笔记、随感、论文起名《小说创作谈》会不会太拙劣？但最后还是保留了这个名字。因为：

一是选入这本集子里的文章大多是类似笔记、心得的东西。如果称为理论或者观点的话，那肯定是达不到那个水平。比如，我在一篇笔记里写过“如果你想塑造好你的人物，就把一个男人放在两个或三个女人中间，或者把一个女人放在两个或三个男人中间。这样的话故事情节就变得复杂，主人公的心理活动也会变得丰富”。这样的东西怎么也达不到理论或观点的水平，但是叫创作谈或者创作心得是过得去的。

二是如果是理论或观点论述，就必须准确、完整、成体系。但是围绕一个话题聊聊天，那要求就不用那么严苛了。聊天就是把心里想的说出来。笨猎人会反复去曾经猎到过兔子的洼地，希望能打着一只兔子。有时候那个洼地里还真的有兔子。只是聊聊天的话这也没什么不行，但是把它变成理论，说想要猎兔子就必须去那片洼地就显得有些荒唐了。

三是创作谈虽然没有理论和观点论述那样深刻、准确、完整，但是可以更加丰富和生动。所以，它虽然没有指导性，但也有一定的参考价值。说实话，我们需要指导，也需要参考。

因此，这次出版创作谈，希望能有帮助。除此之外，需要说明的、解释的是：

一、选进这本集子里的都是我个人简短的笔记和感受，相互没有任何关联。所以，先后的观点也许互相矛盾。我没想解决这些矛盾，也没有努力从理论和观点的角度将它们系统化。如果存在这样的矛盾，那只能代表我的认识和观念中真实存在着那种矛盾。对于同一个问题，一个人早上这样想，晚上那样想的事情常见；这个情况下这么想，那种情况下那么想的事儿也常见。那些想法，哪些是正确的，哪些是错误的呢？如果我自己都不清楚那些互相矛盾的认识和观点的对与错，那又怎么统一呢？统一又做什么呢？与其那样还不如怎么想就怎么写出来，也许对读者更有用处。至少，不是能给读者提供更多的信息吗？哪些观点是正确的？哪些观点是错误的？读过的人辩论起来不是更方便吗？只要能给别人一点参考我就烧高香了，可没想做指导。

二、这个集子里，我引用了很多作家的作品作为例子来用，也说了很多类似这个作品这样、那个作品那样的话。我应该在这里解释一下，我只是举例子，不是评价。评价必须要准确、公正、照顾到全面。但举例子就是根据自己的认识，给自己想说的观点提供一个例子，所以，不必对举例子的作家作品做全面、细致的评价，也不必考虑提哪个作家、不提哪个作家，谁放在前面、谁排在后面等问题。希望读者们理解这一点。

三、这本集子里涉及了不少世界著名作家的名著。在此声明一下，关于那些名著我并没有做全面的评价。像我这样的人不敢评价那些巨著。我没有那个能力。我只是写了些读完那些巨著后得到的最深刻的印象。如果把那些巨著比喻成大海，我只是说触及了里面的一两滴水。而且也只是为自己的观点举个例子而已。

四、本集子里提到的观点也许大多不符合现在的创作新手法和对文学的新理解。因为我自己是被旧手法，旧的理解方式束缚着的人。所以，我写的这些东西也许只对像我这样用旧手法写的人有些许参考意义吧。

五、我在这里也用了不少文学理论评论的名词术语。但是要一一核实我用的这些名词是否准确，却超出了我的能力，很有可能用错了某些名词。请见谅。

# 第一章　随感

## 触及心灵痛处的《长长的黑辫子》

长长的黑辫子哟
在细细的腰上轻轻地摇曳

这是鄂尔多斯民歌《长长的黑辫子》开头的歌词。我刚听这首歌的时候没那么喜欢。蒙古族民歌中歌唱姑娘长发的歌很多。比如，鄂尔多斯民歌《金色的鹡鸰》里，又是梳头发又是编辫子的，唱的都是姑娘的头发。

后来我才醒悟到，不是这首歌不好，而是我缺少了理解感受民歌美妙之处的感知能力。

我有两个女儿。先后把两个女儿嫁出去的时候我才理解这首歌的美。两个女儿给父母磕头拜别后转身离去，我看到的是女儿摇曳在后背上的长长的黑辫子。

那可是我女儿的头发呀！多么美丽的头发。

原来，姑娘出嫁的时候，父母最后一眼看到的是姑娘的头发！

就这样，父母在心里铭记嫁出去的姑娘的头发。每当想念女儿，就会想起女儿摇曳在后背上的长长的黑辫子。于是，《长长的黑辫子》也世世代代被深情地、感伤地传唱。

有句话说，科学是论证的，文学是呈现的。呈现得好坏跟是否精确地掌握生活中的细节，以及能否很好地表达出掌握到的细节有直接的关联。《长长的黑辫子》这首歌是一个很好的例子。

一、姑娘的头发总是富有内涵。小时候父母抚摸，所以那头发里渗透着父母无尽的疼爱和辛苦的养育过程。年轻的蒙古族姑娘为了学业、工作、生活努力奔波，所以那头发使人想到阳光雨露，想到汗水，想到灰尘。如果我们留意观察一下就不得不承认蒙古族姑娘的头发很美，浓密、飘逸、乌黑油亮，姑娘们年轻的活力在她们的头发上清晰可见。

二、要出嫁的姑娘的头发里渗透着父母的深情。当爸爸的曾多少次抚摸过那头发呀？当妈妈的曾多少次梳理过那头发呀？如上所述，姑娘出嫁转身离去的时候，最后映入眼帘让人感伤落泪的还是那长长的黑辫子。

小说里需要写很多实物。衣服帽子、锅碗瓢盆、马鞍马嚼子、刀枪剑戟……故事需要什么就写到什么。然而，那些实物中的某些物品需要包含某种意义。一个物品一旦包含某种意义，它就不再只是个物品，而是一种心灵的象征。我在十几年前看过一部知识青年下乡生活的电视剧。我现在已经忘记了那部电视剧中的人物和情节，但是还记得片头。片头中出现一支手电筒、一把军用水壶、一部泛黄的《毛泽东选集》。那些物品就是那个特殊时代下乡的知识青年生活中普遍用到的物品，所以包含着某种触碰人心的力量。我说的意义指的就是类似的东西。

我至今也没有忘记在一个朋友家里看到的旧火镰和烟袋。那是挂在墙上的当作摆设的东西。一个铁被磨损了的、装白山蓟的皮袋的皮都脱落了的破旧的火镰和一个玉石烟袋嘴都出现了缺口的烟袋而已。可我觉得那破旧的火镰和烟袋很好。我好奇地盯着它们，从朋友家里出来以后，我也一直回想着它们。当初我没有在意为什么会这样，后来才知道，那是因为那火镰和烟袋让我联想到很多东西。

火镰是火柴还没有发明出来，或者火柴即便发明出来了但还很稀少的时候，蒙古族男人使用的点火工具。男人一般用细链子把火镰、蒙古刀和烟袋连起来带在身上。所以一看到那历尽沧桑的火镰和烟袋，各种猜测和疑问纷沓而来了：它的主人到底是个什么样的人呢？它的主人是牧马人吗？还是驮运队的人？因为，长途跋涉的人和经常在野外的人更重视随身携带的火镰和烟袋。接下来会联想到什么呢？一个牧马人盘腿坐在山坡上，望着宽阔的山野上吃草的马群，打火镰点着烟斗深深地吸着；一个驮运队的男人腰里带着火镰和烟袋，牵着驼队，跋涉在茫茫戈壁……一定会联想到很多生动的画面。看那落在装白山蓟的皮袋上的灰尘吧，那也许是远古时代马蹄扬起的灰尘，或许是驮运队的人路过腾格里沙漠、巴丹吉林沙漠、新疆大戈壁时落下的灰尘也不一定呢。还有那烟袋嘴怎么有豁口了呢？是跟岩石相撞的吗？还是跟一个什么恐怖的故事有关……

不只是作家，任何一个人在突然看到某个事物的时候联想到很多东西而心情激动是常有的事儿。进博物馆后，展览柜里生锈的剑戟，断裂的刀枪，老旧的望远镜等东西都像在告诉我们很多东西。这种感觉谁都会有吧？

遗憾的是，我们的创作缺少这种意识。我们写生活中的种种细节的时候，不会选择那些最具丰富含义的、最容易触碰心灵痛处的东西，而是想到什么就在写什么。结果，我们的作品平淡无奇，没有触动人心的力量。

## 马兰草的清香从哪里飘来？

写作过程中，某种奇妙的联想在不知不觉中突然产生。乍一看，两样东西似乎毫无关联，但是仔细思考的话，这两样东西却有着更深层次的、说不尽道不明的关联。它们在作者的脑海里相互呼应，产生奇异的意境。

那是1986年夏天的事情。《民族文学》杂志在通辽市举办草原作家笔会，我也得到参加的机会，跟莫·阿斯尔住了一个房间。因为有写作任务在身，我白天黑夜都在忙着写短篇小说《沙梁那边是十三世纪》。

那短篇小说里有这样一段情节：钻井队的年轻技术员斯琴呼跟戈壁的一个姑娘去野外寻找怀胎的母骆驼，母骆驼还没找到，夜幕却已经降临，两个人在野外坐下休息。想象一下，没有人烟没有村落的戈壁的夜晚，说不出地柔美安静。在这样柔美安静的戈壁的夜晚，处在一样的青春年华，但是文化素养、社会位置有着很大差距的两个年轻人并排坐着。也不知是沙子还是蚊子进入了年轻技术员斯琴呼的眼睛里，斯琴呼感到灼痛。姑娘为了清除斯琴呼眼睛里的东西，靠近他翻开他的眼皮。姑娘椭圆的美丽的脸，长睫毛的发亮的大眼睛离他那么近，斯琴呼的胸中产生一种奇怪的冲动，心情激动起来……

接下来写什么呢？进一步着重描写斯琴呼内心的冲动是必要的。因为必定发生的一件事是斯琴呼克制不住自己突然搂住姑娘强吻她。

就在这时候，一句话突然闪进了我的脑海里。我随手把那句话记下来。那句话大概是：斯琴呼突然闻到了马兰草的清香……

哪儿来的马兰草呢？马兰草跟斯琴呼和姑娘有什么关系呢？我当时没想到，但是为写到这样的文字而异常兴奋。现在我仍觉得那段文字很美。后来我理解到，那段文字精准地巧妙地表现了斯琴呼的内心活动。

我觉得马兰草是戈壁大地和戈壁姑娘在斯琴呼脑海里的化身。马兰草是戈壁山野上随处可见的植物。虽然不像花朵般烂漫夺目，但骨子里透着一种无法言说的高贵。更深层次上说，它耐旱、简朴，有着可贵的品质。把戈壁姑娘的性格比喻成马兰草不会失去精准度。所以，在那安静柔美的戈壁的夜晚，坐在戈壁姑娘身旁的斯琴呼闻到马兰草的清香不是奇怪的事儿。

马兰草的清香其实是从斯琴呼的内心里，或者说是从作者的内心深处飘散出来的。

从本质上说这是一种隐喻，把戈壁的夜晚和戈壁的姑娘比喻成马兰草。但这里没写“像”，而直接写“斯琴呼突然闻到了马兰草的清香”，这能更好地表达小说主人公的内心。

写短篇小说《“浴羊”路上》的时候也遇到过类似的情况。小说写的是几个女孩和男孩去浴羊的路上，互相产生懵懂的、模糊的爱情心理，他们因此迷茫、慌乱，经历了几件小事儿后慢慢醒悟成长的过程。小说结束的时候，他们浴完了羊，夜色朦胧中欢快地唱着歌返回。小说的结尾处我这样写道：“一次浴羊回来，我们似乎突然长成了大人，原来乡下孩子总是这样突然间长大的。”这小说就这样结束也可以了，但我总感觉缺少了什么，于是另起一行加了一句：“月亮升起来了……”

我自认为这个结尾写得还可以。夏夜，从遥远的东方悄悄升起来的圆月暗中切合了那几个孩子当时的心情。这也可以说是一种隐喻。

隐喻有时候比明喻更有力。

## 小说主人公的名字是怎么产生的？

小说作家经常遇到一件微不足道却也不可或缺的事情。那就是给小说主人公起名字。

不知道别的作家是怎么做的。我是常常为小说主人公的名字伤脑筋。叫什么名字好呢？我一琢磨就是半天。想到一个名字，感觉不贴切，又想到一个名字还是不满意，勉勉强强定了一个名字开始写作，最终还是不合心意，于是又换掉……

回头一想，这样的伤神费脑有点荒唐。人名是什么？不就是人的代名词嘛，世界上还能少得了人名吗？想什么就叫什么呗，作品的好坏取决于人物、情节、思想等因素，又不是取决于人的名字。起再好的名字塑造不了人物形象的话整个作品也就完了。再说，什么名字是好名字呢？没有一个统一的标准。

但是，直到现在我还在为小说人物的名字而忙乎着。名字起得不准确的话心里像卡了一个东西，写下去的兴趣都没有。可是什么样的名字是一个准确的名字呢？我也说不出来。

总之，我觉得小说人物的名字和人物形象之间存在着一种内在的关联。一个准确的名字能推动作者的想象，对塑造人物形象起到不小的作用。我是这么想的。

我们的脑海里储存着很多名字。那些名字不是抽象的，是跟一个个具体的人物形象联系在一起的。当然，这里所说的具体的人物形象也许是真实存在的一个人，也可能是性格特征相似的几个人。也许是你认识的人，也许是从别人那里听到的或从书本上看到的人。不管是哪一类，存在于你脑海里的那些人名都跟相应的形象、性格、特点关联在一起的。当然，在你意识里这种关联也许是清晰的，也许是模糊的，但这种关联是确实存在的。所以给小说人物起一个精确的名字的话，你潜意识里隐藏着的关于那个人物的诸多理解自然就被带动起来，有助于塑造人物形象。

除此之外，我觉得人名的读音有时候也跟人物的特征发生某种关联。蒙古语的元音是很奇妙的。有时候那些元音能营造一种意境。比如，七个元音中的第一个元音“阿”开头的名字在通常情况下给人一种坦荡稳重的感觉。第二个元音“额”开头的名字给人一种和蔼慷慨的感觉。依我看，蒙古语中把七个元音分成阳性元音、阴性元音，也许就是根据这七个元音给人的感觉分的。读三个阳性元音的时候，感觉阳刚有力，读三个阴性元音，感觉温软柔和。这真是个奇迹。这个奇迹是我们的祖先发明的。

因为从智者学者到普通百姓都理解蒙古语音的这个特点，所以蒙古人给孩子起名的时候不仅注重名字的意义还重视名字的读音。起名为“卓恩”，叫的时候却叫“卓娜”，起名为“胡歌吉呼”却叫成“胡歌竹”，这是为了听起来更好听，对读音的美的追求也显而易见。“宝如”这个名字叫成“宝如勒岱”，“乌尤”这个名字叫成“乌尤黛”，这是表示亲昵的意思。蒙古名字中还有一种名字是由语音叠加而成，没有任何实际意义。为什么会产生那样的名字呢？那是因为那个名字的语音跟某种意境有关。

作为一名小说作者，我在自己的小说里写过很多人的名字。那些名字中，有的我很满意，有的并不满意。自己满意的名字我至今还记得，不满意的早已忘记了。下面列举几个让我感到满意的名字：

一是《大漠歌》里的吉格吉德和巴德玛拉嘎。我从未见过一个叫吉格基德的人。但是写作中那样一个名字很自然地溜进了我心里。吉格基德可能是一个藏语名字，我不知道在藏语里那是什么意思。这名字之所以感觉不错是因为它的读音能表达强壮敏捷之类的意境。蒙古语音里的“ji”和“d”给人一种硬朗稳重的感觉。这一点与我小说主人公的性格形象不谋而合，所以我选择了那个名字。我小时候见过一个叫巴德玛拉嘎的女人。印象中她是个身材高大，性格直爽的女人。写《大漠歌》女主人公的时候，那个女人的名字和形象一起进入了我的心里。

二是《有声的戈壁》里的萨日莱。这部长篇小说中，我给戈壁上的一个牧羊姑娘起名为萨日莱。我很喜欢这个名字。其因之一：这是具有西部特点的名字，符合小说里描写的那个环境。鄂尔多斯民歌中有一首叫《萨日莱》的。这证明了西部曾流传过这个名字。萨日莱到底是什么意思呢？是花草植物的名字吗？还是“萨日（月亮的意思）”这个蒙文字上加了一个“莱”？这跟我没关系。其因之二：这无疑是一个乡村姑娘的名字，正符合小说主人公的职业出身。

三是《人间》里的巴林。鄂尔多斯有些地方管锅把手叫作巴林。意思是被油和黑灰包裹的破布。乡下有一种现象，有人怕孩子被魔鬼缠身，就给孩子起破烂东西的名字。从小没爸没妈的一个孤女，叫巴林没什么不合适的，这还能呈现小说里写的那个年代的某些特点。再说，这个名字还暗中讽刺了主人公的行为。

这样看来，小说人物的名字可不能马虎对待。基于这些原因，精确地选择小说人物的名字是重要的事儿。

## 比知识技巧更重要的是风格

有时候，刚开始写小说的年轻朋友给我看他们的稿子。有的稿子我一看就觉得这个人有可能成为不错的作家。有的则不会产生这样的感觉。

为什么有的被我一眼看中呢？因为他们的稿子里显露着一种属于自己的风格。他们的稿子里也许存在着情节布局不合理，段落短缺，语句不流畅，甚至人物形象都没立起来……等等问题。但是，在这样的作品里如果能看到较为鲜明的风格，我的信心就会倍增。因为我觉得风格是艺术作品重要的因素。没有一个名著是没有风格的。

不只小说如此，文学也如此，而且所有艺术作品、所有艺术家最终都在风格上找到并确立了自己的地位。

拿歌曲和歌唱家举例吧。每年创作和演唱的歌曲有多少首呀？但是风格相近不鲜明的歌曲不到第二年就被遗忘掉了。只有那些风格独特的歌曲会留传下来。电视广播上每天多少歌唱家在唱歌呀？但是，还是有独特风格的歌唱家更受观众听众的喜爱。我固执地认为，好歌不只是因为曲调好技巧精，好歌唱家也不只是嗓音好，而是因为独特的风格才出名的。

再拿我们的诗人举个例子。我觉得纳·赛音朝克图之后巴·布林贝赫能脱颖而出，跟巴·布林贝赫诗歌的独特风格有密切关系。巴·布林贝赫之后出来阿尔泰，也是跟阿尔泰形成了自己独特的风格有很大的关系。巴·布林贝赫的风格不是纳·赛音朝克图的风格，阿尔泰的风格不是巴·布林贝赫的风格，所以他们才得到了各自的地位。如果没有形成各自的风格，一个劲儿地模仿别人的话怎么会有这样的结果呢？

那么，风格到底是什么呢？我觉得：

一、风格不是知识或技巧，而是一种特点。知识和技巧是可以学来的，但特点是学不来的。

二、风格作为一种特点当然是属于一个人自己的东西，而不应该是学人家的或重复人家的。

三、小说中，风格虽然在叙述的视角，字句的结构等方面都有所展现，但更重要的是展现在对人物和环境的特殊的感知和理解上。

四、风格这个东西既然是学不来的，所以只能从自己身上找到。写东西不模仿别人是谎话，但是找到自己的特色是更重要的。

读那些文化知识水平差不多、年龄相仿、才华相近的作家的作品，他们各自的风格清晰可辨。满都麦、布仁特古斯的作品视野宽阔，还似乎在营造一种远古的气息。但是满都麦的作品里有一种追寻，布仁特古斯的作品以老练的叙述透露着一种深意。莫·哈斯巴根干和巴图孟和的作品的主要题材是牧民的现代生活，两个人的表达也很幽默。但是一读就知道莫·哈斯巴根干的牧民生活是鄂尔多斯式的，巴图孟和的牧民生活是察哈尔式的。噶·希日布扎木苏嘎·希儒嘉措和吉利格其已故作家赛音巴雅尔两个都努力呈现民族文化的灵魂。但是噶·希日布扎木苏嘎·希儒嘉措是抓住一个核心，挖掘更大的内容。赛音巴雅尔则是把很多东西集中到一个核心。

小说创作方面，他们谁也替代不了谁，因为他们的风格是独一无二的。

安昂格图有一次跟我说："我以后写小说的时候想改掉无拘无束地扩张的毛病，看你们的小说不那样啊。"一听这话我就跟他说："你改掉了那个'毛病'你就不是安昂格图了。"真的，扔掉了自己的风格那还算什么作家？

作家需要知识和技巧，但是更需要风格。只有知识和技巧没有风格的人可以当文学课老师，但是不会成为好作家。有知识、有技巧，还具备自己独特的风格的人才能成为好作家。

## 小说的开头和结尾

我觉得小说的开头是很重要的。开头不好的话我就不知道怎么写下去了。有些小说的开头，我曾写过十几遍。这绝不是说我小说的开头好，只是在讲这方面的理解。

在我的理解中，小说的开头不仅关系到故事从哪儿怎么开始，还关系到整个文章运用什么样的叙述风格（是幽默风趣还是严肃稳重），营造什么样的氛围（是轻松愉快还是沉重忧伤），作者坚持一个什么样的态度（是批评讽刺还是冷静的叙述）等基本问题。所以一定要重视小说的开头。

古代文学评论者说过，文学一定要用"凤凰头"开始。

我们有时候会读到，几行或几段文字就能把读者带入现实的、生动的环境氛围里的那种精妙的开头。那简直就是一种美的享受。

“在顿河上游，战后的第一个春天显得特别爽朗，特别蓬勃。三月底，从亚速海一带吹来暖洋洋的春风，吹了两天两夜，就把顿河左岸的沙滩清清楚楚地显露出来，草原上的谷地和山洞由于积雪，似乎显得比过去更宽阔了，小河凿开冰面，汹涌奔流，这样一来，道路就简直无法通行了。”

这是米哈伊尔·肖洛霍夫《一个人的遭遇》的开头。这个开头的绝妙之处不在于粗略地交代了故事发生的时间和地点（战后的第一个春天，在顿河上游），而在于描画出了生动的环境，营造了那个时代的氛围，确定了叙述的风格。

读到顿河上游、亚速海等名字，俄罗斯广袤的自然环境仿佛铺开在了眼前。战后的第一个春天来临了这片广袤的土地上。亚速海一带不断吹来暖洋洋的春风，冰雪融化，江河奔流，沙滩显露。这是生动鲜明的描画。还不止这些。这可是战后第一个春天。战争的伤痕还没有愈合，是万物待兴但很多问题还未得到解决的特殊时期。这是这个开头的时代特征。但是，还不止这些。贯穿整部小说的冷静缓慢的叙述风格也是从这里开始起步的。好的开头就应该是这样的。

跟小说开头有关的还有一个重要问题是，从故事的哪一点切入的问题。我曾多次遇见过这类事情。如果作者的脑海里形成了一个完整的故事，那么接下来就是从哪里开始写的问题。不好好解决这个问题的话，小说的质量一定会受到影响。从故事的开头入手呢？还是从中间切入？还是从结尾开始？这个一定要仔细斟酌。有的小说是从故事的结局开始的。也就是说，小说开始的时候所有事情都已经过去了。前几年很出名的美国小说《廊桥遗梦》就是这么开始的。一位老妇人去世后，老妇人的几个孩子整理她留下的东西时发现一个珍藏的日记本。翻开那个日记本，出现了一段多年前的爱情故事。上面提到的米哈伊尔·肖洛霍夫的《一个人的遭遇》也是如此。小说是从战后第一春开始的，小说里讲的却是战争初期和中期的事情。

从故事的中端切入的开头也常见。小说开始的时候故事已经进行很久了。我的短篇小说《大漠歌》的开头属于从故事的中间切入的开头。小说开始的时候，吉格基德已经牵着骆驼在走，暴风雪也开始了。而不是从吉格基德骑上骆驼出发开始写的。

从故事的开始入手的小说也不少。但是从哪一个点上切入手呢？远点上还是近点上？在这一点上，各有不同。有的从下雨开始写，但有的从乌云密布入手。不同的切入发挥着各种各样不同的作用。从结尾切入的话，通常情况下，不仅能以纵观全局的视角去俯视和总结发生过的事儿，还不用一五一十地、从头到尾地全盘叙述，而是选择性地叙述对小说有用的环节。比如说，文章是这样开头的："我们小时候很淘气。"那么往下长大成熟的人以回忆和总结的视角看待自己不懂事儿的童年，以老练稳重的语调叙述童年的趣事，不用把从小到大的所有经历都写下来，而是选择几个最调皮捣蛋的事儿就可以了。

从中间切入的文章，通常是从矛盾激化的地方切入的，所以矛盾冲突很集中，布局裁剪很巧妙。如果在《大漠歌》里，按时间顺序把吉格基德小时候怎么崇拜驮运队的吉仁泰，后来怎么被年轻人嘲笑，又怎么跟巴德玛拉嘎相识等过程全部写出来的话，一定会变成一个没有可读性的东西，而且表达不了想要反映的吉格基德落后于现在生活的中心思想。

从故事的开头入手，从远处切入和从近处切入也是不一样的。从远处切入的话视野更宽阔，还能形成抒情、批评的叙述氛围。从近处切入的话可以直接进入故事，一下子激化矛盾冲突。

好的开头能成功地把读者吸引到小说的故事情节中，好的结尾能给读者留下广阔的想象空间，给人一种意犹未尽的感觉。齐·莫尔根说，好的结尾应该"像钟声一样久久回荡"。就像撞一下钟，余音久久回荡一样，文章结束了，文章的意义持续延伸。

有一种死板的结尾，我是很不喜欢的。看看以前的某些战争片吧，都是一到结尾都战胜了敌人，弘扬了正气，在雄浑壮阔的音乐声中向新的战场前进。有什么用呢？我们过去的某些小说结尾也存在过这个毛病。小说结尾处好坏都分出来了，正面的取得胜利，中间的反省变好，反面的一败涂地。为什么一定要这样呢？又不是给孩子讲故事。

很明显，这种结尾的来源跟开端—高潮—结局这个模式，或者是矛盾发生—激化—解决这样固定的方式法有关。但是这种模式是谁创造的？谁规定一定要按照这个模式写？跟这个相反，我很欣赏前南斯拉夫两部电影的结局。

一部电影叫《桥》。为了阻止德国法西斯的进攻，游击队的几个队员出发要去炸掉一座桥。经历很多艰难险阻后炸掉了那座桥。这部电影是怎么结束的呢？炸掉那座桥的几个游击队队员爬上山顶望着刚刚被炸掉的桥。游击队的领头人略带伤感地说：“多么美的桥呀！”说完领着几个战友转身走了。多么漂亮的结局！一是游击队领队的那句话起到了回忆和总结整个影片的作用。因为，这部电影讲的就是炸掉那座桥的事儿。二是这些游击队员并不愿意炸掉自己领土上的那座桥，只是因为战争的无情，敌方的残酷侵略才导致他们不得不炸掉那座桥。所以，这句话具有悲剧性，突然深化了电影的内容。这个结局不是比我们在胜利的音乐中向新的战场前进更深刻吗？

另一部电影是《瓦尔特保卫萨拉热窝》。这部电影演绎了城市的游击队。敌强我弱的情况下，一个叫瓦尔特的有勇有谋的游击队领队，把敌方弄得鸡犬不宁。敌方早就知道这个叫瓦尔特的游击队员，想方设法要逮住他，但是最终未成。后来他们泄气了。电影结束的时候，敌方的两个军官站在高高的建筑上聊天。一个军官说：“瓦尔特到底是谁呢？”另一个军官回答：“那是一座城。”这时候屏幕上出现城市的全景，电影到此结束。这个结局当然是美的。因为，这个结局着重表达了，瓦尔特之所以立于不败之地，是因为他不是孤独的，他是代表着全城的，他在人民的中间。

上面的几个例子说明了，不能把文章的开头和结尾只当成是故事的开头和结尾，要考虑比那更深远的东西。但是我们很缺乏这种意识。

## 小说有节奏吗?

我慢慢醒悟到小说也是有节奏的。小说的节奏当然不像音乐或诗歌那样通过韵律节拍表现，而是通过情节的裁剪布局、叙述的快慢、感情的起落等几个方面来呈现。

情节安排得不宜太拥挤，有时候紧凑一些，有时候宽松一些。叙述不能一成不变，有时候详细一些，有时候可以有点跳跃性。感情也应该时而高涨有力，时而冷静平缓……巧妙地安排好这些事儿，文章的节奏就自然形成，文章的美度也就大幅度提升了。

一说这事儿就想起了电影《上甘岭》。《上甘岭》演绎了朝鲜战争中有名的一场激战。电影的主要事件是志愿军的一个连跟美军争夺上甘岭这座山峰的事儿。开始的时候，我方占领着那座山，后来撤下山退进地道，最后再次反攻取得胜利。如果是稍微迟钝的作者，可能从头到尾都写打打杀杀的事儿，这部电影却不是那样。电影一开始，是一场激战。一阵血战后志愿军进入山洞。一直到这时候，故事情节是激烈的，强劲的。进入山洞后，节奏突然放慢，出现了士兵们逮住一只松鼠，并饲养松鼠的情节。就这样，电影的氛围从激烈变得柔和，护士姑娘还跟士兵们一起唱歌。那首歌不是军队的进行曲，也不是节拍强劲的歌曲，而是很抒情柔和的歌曲。最后，进行反攻的时候，电影的节奏再次加速，除了比较详细地呈现炸掉山顶上的敌军最后堡垒的事情，其他过程都是以短促的节奏带过的。

我觉得这部电影在总的布局上，巧妙地安排了节奏。

想想看吧，作战的过程开始是详细的，中间简单，后来紧凑。一开始，详细地演绎了争夺山顶的激烈的战斗，中间简单地呈现了几个开枪的画面。结尾部分，没有详细地讲再次攻占山顶的经过，而是展现了志愿军不断前进的经过。于是形成了快—慢—快，或者说详细—简单—详细的节奏。

电影开始的时候旋律是悲壮的，到了中间旋律变得平缓幽默，接近尾声旋律变得慷慨激昂。电影一开始主要呈现了为守卫山顶，不少战士英勇牺牲的壮烈情景。中间部分却演了士兵们看到一只松鼠后闹腾着逮住松鼠，逮住后又让松鼠跑掉了，士兵们又闹腾着重新去抓松鼠，在十分缺水的情况下还给松鼠喂水等有趣又温馨的事情。结尾部分没有重点演绎战争的艰苦，而是着重展示了我军继续前进的豪迈气魄。

氛围刚开始的时候激烈严峻，中间平缓柔和，结尾壮阔乐观。开头和结尾两部分就不在这里重复了。中间部分出来了一个美丽的姑娘，还跟众人一起唱歌，这就突然改变了原来的氛围，营造了一种意外的柔和的环境。

这部电影不仅可以大致地分为开头、中间、结尾三个部分，就是单个儿看每个部分，也能明显地看到多种节奏。以最后的反攻举例说吧：开始的时候，志愿军接连突破敌军的层层阻碍线前进。这时候电影的节奏很快。但是当山顶上突然出现了敌方的堡垒，机关枪从那里扫射出来，志愿军前进的步伐被阻碍的时候，节奏突然放慢了。我军战士被击中倒地，连长很着急，接受炸掉堡垒任务的战士前进途中受伤爬行，把炸药包推进堡垒后炸药包又被推出来，再次推进去……这些过程演绎得很详细。

我觉得，巧妙地掌握小说的节奏至少有以下几个意义。

一是能提升文章的质量。有些文章，故事和人物都不错，但是情节混乱，事情很拥挤，读起来不舒服。这可能是因为没注意节奏的原因。如果写的时候注意节奏，把故事讲得时而紧凑时而缓慢，把色彩渲染得时而浓厚时而稀薄，把调子放得时而高昂时而低沉，把氛围营造得时而沉重时而欢快的话，一定能摒弃这种毛病。

二是符合读者的要求。对于读者来说，读小说终归是一种欣赏的过程。这个过程跟逛公园很接近。逛公园的人当然希望能欣赏到多种风景。所以，公园的风景通常变化多样。茂密的森林那边是翠绿的草坪，穿过草坪可能是一座拱桥，拱桥那边还有凉亭。从建筑风景的角度看，这也算是一种节奏。如果没有那些变幻莫测的东西，谁会无聊到去逛那公园呢？这么说来，小说的节奏对吸引读者的注意力有着很大的作用。

我们写小说的时候，不能觉得塑造好人物形象，有头有尾地讲完故事就万事大吉了。也该注意小说的节奏。

## 关于艺术的感觉

有个人问我："你觉得当作家最基本的条件是什么？"我回答的时候表达了这样一个意思："最重要的是要有艺术的感觉。如果没有那种感觉就不会成为好作家。至少不能成为好的小说作家。"然而艺术的感觉是什么呢？能让你对一个普通平常的人、物、事情心动，继而触发各种艺术想象的那种特殊的感觉应该就是艺术感觉。那句话大概是这么说的：文学家不是创造美，而是感知美。感知美的时候艺术感觉起重要的作用。

一个下暴雨的夜晚，几个边防战士来到了一个老牧民的家。老牧民看其中的一位老兵很像哈丹巴特尔将军。但是老牧民不敢肯定自己的猜测。第二天，老兵站在井边，跟老牧民的女儿聊天。从他们的谈话中老牧民发现老兵真的是哈丹巴特尔将军。

这是格日乐朝克图著名的短篇小说《井边》的主要情节。读过这个小说的人当然不会忘记。仔细想想，这个故事情节有什么了不起的呢？谁都有可能遇见的普普通通的一件事儿嘛。但是作者却发现了里面的价值，写下了精美的小说。

在繁华的大街上穿着蒙古袍蹒跚走路的乡村老妇人、拎着书包犹豫不决地站在学校门口的小姑娘、在广阔戈壁中央的巨大岩石上一动不动地坐着的老雕，夜深人静的时候从远处传来的人声……等等事物和画面，甚至一首歌词，一幅画都有可能触动我们的心弦，让我们浮想联翩。抓住那样的感觉写下来的话有可能写出一个不错的东西呢。作家会写作的最主要的原因不是因为他们有这个本领，而是有这种感觉。我也遇到过类似的事儿。我写《大漠歌》是因为在东胜的一场暴风雪。我把那次创作经历比较详细地写进了论文《放飞笔尖和想象很重要》里，所以在这儿就不重复了。除此之外，短篇小说《孤独的沙丘》也是从同名的鄂尔多斯民歌中找到灵感的。哼唱那首歌的时候，仿佛能看见盐沼地边的孤独的沙丘上站着一个牧羊姑娘，遥望着远去的恋人。扎，那个小伙子到底是个什么样的人？他们是怎么认识的？怎么相恋的？又发生过什么矛盾？这么一构思，人物形象和故事情节自然而然地产生了。有的小说就是这样写成的，不信你试试看。

人、物、社会、生活是多面的。不同的角度看到不同的情景。想象一下，你的家乡有一条河。从自然科学角度我们可以看到河水的化学结构、水的体积、河流的速度等。从生活生产的角度可以考虑这条河水能浇灌多少亩地，能饮多少头牛，暴发洪水怎么办，干涸了怎么办等。但从艺术思维的角度可以说，那条河像在纵情歌唱，像愤怒咆哮，像诉说着久远的故事，像思考着现代的某些事儿。我们要想写作必须用艺术思维观察思考一切事物。其实，每个人或多或少都有艺术的感觉。因为那是人的思维里天生就有的本能。写作者发动、发展这种天生的艺术感觉，让它越发灵动娴熟很重要。

## 为什么面带着微笑转身流泪呢？

蒙古族民间传说中常常出现这样的说法：某某人“面对着微笑，转身流泪”。小时候我听不懂这句话的意思。常常想，如果真的伤心难过的话为什么不直接流泪，还面对着微笑，转身流泪呢？

很久以后我产生了一种想法：蒙古人不愿让别人看到自己的痛苦？与这个想法同时出现在我脑海里的就是民间故事里的那句话，“面带着微笑，转身流泪”。我觉得，这句话源于蒙古人的民族思维特征。

蒙古人好像真的有那种普遍的特征。这个特征在忌讳不吉利的话语的习惯上尤为明显。如果有人问：“老人家身体好吗？”那么不管老人的身体再坏，也要回答：“挺好，挺好。”如果问：“你们那边的草牧场挺好吧？”那么即便草牧场正遭受干旱也会回答：“还可以，还可以。”不说某某人在战场上被杀了，而说出意外了。甚至有些人不说牛死了，而说牛少了。不说被杀了，说出意外了，不说牛死了，说牛少了，这些说法在内容上是一样的，但是在表达方式上却用一种淡化的说法代替了直接的说法。我听巴·奥斯尔说起过杀羊的种种说法。蒙古人不说杀羊，而是说上羊、用羊、喝肉汤……听说至少有十多种说法。为什么那样呢？就是淡化杀这个字。

隐瞒痛苦的倾向在民间习俗中也常见。在很多蒙古地区，老人去世后忌讳过分悲痛和哭闹。姑娘出嫁或者家里的成员长时间离家远行时，也忌讳太过恋恋不舍。有着这样一种心理特征的民族怎么会不藏起眼泪呢？怎么不会面对着微笑背对着流泪呢？

也许，蒙古人不只隐瞒自己的痛苦，还隐瞒自己的愤怒。我研究《嘎达梅林》这首歌后产生了这样的想法。那首歌里没有说一定为嘎达梅林报仇，也没有说嘎达梅林的精神流芳千古，更没有号召一个嘎达倒下了千千万万个嘎达站起来，而是平静地叙述了嘎达梅林为了什么奋斗，怎么牺牲的过程。蒙古族民歌中有叙述没有呐喊。就是有满腔的怒火也不会直接喊出来，而是藏在平静的叙述后边。

为什么这样？因为始终相信牛车能赶上兔子吗？还是因为有着比别的民族更强的承受力？或者是不愿跟别人分享自己的痛苦？不知道。我唠叨了这么多，到底想说什么呢？就是想说，我们的小说里写的蒙古人是真正的蒙古人吗？我们在写的人物形象里到底有多少蒙古人的心理特征？这真的是值得思考的问题。尤其是文化思维这个词已经成为我们作家们的口头禅的今天，考虑这个问题更为重要吧。

听说，蒙古人为被摔倒的搏克惋惜，而不去耻笑他。

听说，蒙古人可怜未婚先孕的姑娘，而不去嘲笑她。

听说，蒙古人抱怨辜负了自己的恋人，而不去记恨他。

听说，蒙古人看到朋友就高兴得倾尽所有来款待，完全不考虑第二天吃什么喝什么。

听说，被偷了钱的蒙古人会说："偷我钱的他不会暴富，丢了钱的我也不会穷死，去你的吧。"然后若无其事地走掉。

听说，最爱牲畜的是蒙古人，最爱吃肉的也是蒙古人。

听说，有人传达"领导叫你"，满不在乎地回答"有事儿让他自己来说"的是蒙古人。

是真的吗？当然，作为同一个人类，民族之间的差异性没有那么明显。而且不管是哪个民族都在跟着时代改变，更何况一个民族的人也有各自不同的脾性。

但是蒙古人还是有蒙古人的特征。这个特征必须在小说人物最细微的言行举止上表现出来。这一点我们不能忘记。

## 读者喜爱什么样的作品？

这个问题很难回答，但是也不得不考虑。

如果有人问："你喜欢读什么样的作品？"可能谁都能很容易就答上来，但是如果问："读者喜欢什么样的作品？"我们该说什么呢？每个人的喜好不同，有的喜欢喝酒，有的却喜欢喝果汁，有的喜欢喝茶，你怎么说呢？

写作的人，没办法回避这个问题。大多数作家写作还是为了给读者看的，而且希望能写出读者喜爱的作品。听说，少数人不是那样，我是死也不信他们这样的话。如果不想给读者看的话，发表和出版它有啥用呢？所以，一个作家写完一部作品后难免会想：读者到底喜不喜欢我的作品呢？

这也是合情合理的事儿。如同产品进入购买者的手里才算真正实现产品的交换价值和使用价值一样，文学作品跟读者见面后才实现了它美的价值。这个价值其实是作者和读者双方合作实现的。

一个人喜欢什么样的作品，取决于这个人的文化水平、社会环境的影响、民族的传统思维、个人的经历遭遇、性格等多种因素。所以，这世界上估计没有被每个人喜欢的作品。但是被多数人喜爱的作品是可以有的，而且应该有。不然，那些世界的、国家的、地域和民族等各个层次的名著是怎么产生的呢？

我不想在这儿讲大道理。如果讲大道理的话这个问题很好答复。符合人们审美需求的作品才会得到众人的喜爱。这一句话不就回答了吗？谁能说这句话是错的呢？但是真正到了写作实践中，这样的大理论、大道理往往发挥不了多大的作用。我一直以为，写作的过程，从根本上讲不是理论的问题，而是实践的问题。不是吗？比如说，诗歌理论的伟大学者自己会写诗吗？我绝不是贬低理论的意思。只是想表达文学的理论和实践是有关联却不能相互替代的两种职业类别的意思。

我在这里只是说说自己的理解和心得。这些理解和心得都是从写作和阅读中积累总结出来的。我理解到，一般情况下（必须注意，是一般情况下——肯定不会包括所有情况）必须注意以下几个方面。

一、文章一开头必须努力吸引读者的阅读兴趣。不管是长篇小说还是中短篇小说，能在开头上引起读者的兴趣有着重大的意义。大作家是俘获读者的。我们不是大作家，俘获不了读者。但是不能引起读者注意力和兴趣的话人家就不读你的作品了。勉强读下去也不太喜欢。因为你一开始就让人产生了一种遗憾和反感。我读过我们自治区很多蒙文杂志上发表的小说。有些三十来页的小说，前两页过去了还不出现矛盾冲突的线索。文章里出现一片宽阔的大草原，草原上走着一个人，一直在走。为什么走呢？心里想着什么呢？面临着什么问题呢？都不知道。这样，读者怎么会不扫兴呢？那么，怎样才能引起读者的兴趣呢？总的来说，必须给读者一个想继续看下去的渴望和兴趣。比如写一片无边无际的大草原，你要直接或者间接地告诉你的读者这片大草原上将出现什么样的一个人物，或者会发生什么样的一件事情。这样，读者才会产生继续读下去的兴趣。不然你没完没了地描写你的大草原，谁会读你的那些东西呢？以一开始就有个人在走举例吧。那个人为什么走着？在想什么？有着什么样的脾性……从这几方面选一个交代也好些吧？老说走着一个人，连长相都看不见，这对读者来说不是一种遭罪吗？《清澈的塔米尔河》开头的时候，一个男人带着妻儿，赶着车子，沿着河一直在走。这时候，虽然什么故事也没开始，但是这位看起来从很远的地方来的，疲惫不堪的男人还是能引起读者的兴趣，读者心里会产生这个人到底是什么人、接下来会怎么样等疑问。米哈伊尔·肖洛霍夫的短篇小说《一个人的遭遇》的开头描写了战后第一个春天来到俄罗斯广阔大地上的景色。第一自然段不会出现任何人，但是已经给读者巧妙地暗示了即将出来一个什么人。开头的两三句描写了顿河上游广阔的美景，接下来笔锋一转把读者的目光聚焦到狭小的空间：道路就简直无法通行了。既然写道路简直无法通行了，那肯定要出来一个人了。想想电影《悲惨世界》的开头，一个小镇的街上出现一个胡子拉碴的、衣衫褴褛的、面带凶相的壮汉。这时候，观众的注意力瞬间被吸引：这到底是个什么人？接下来发生什么事儿？观众肯定会迫切地往下看。我国一部反映革命战争时期的电影的开头是这样的：漆黑的夜，下着暴雨，闪电的光中一叶孤舟在江中间摇摆。那就是要发生什么事儿的暗示。

二、尽量早点交代主要矛盾冲突的线索。不早点交代可能要发生的事儿、跟矛盾冲突有关的主要人物等线索的话，读者的兴趣可能提不起来。依我看，如果是三十来页的文章，第三页以前就必须哪怕大概地交代一些线索。我国“文化大革命”以前的电影——说的是小说创作，又以电影举例了，电影编剧比小说作者更注重引起观众注意力的问题——虽然艺术手段单一，喊口号稍微多了一些，但是在交代矛盾冲突的线索这方面普遍是直接利索的。电影开始短短几分钟就能看出什么人面临着什么样的问题。不像现在的有些电影看了一小半还摸不着头脑。现在的有些电影不被观众喜欢也可能跟这个有关系。

我说的不是尽早把矛盾冲突的最后结局告诉读者的意思。我说的是矛盾冲突的线索。线索和结局是两种截然不同的事儿。

三、在总的结构上，必须以波浪形式前进。时而激化矛盾冲突，时而淡化矛盾冲突。叙述也要像波浪一样前进。这样把故事情节、冲突矛盾写得时而快时而慢，对牵引读者有很重要的作用。短篇小说里至少激起两到三次大浪，中篇小说中没有五到七次浪潮的话一定是没什么可读性的东西。我觉得长篇小说就更加复杂了。几个大浪潮的间隙还得安排更多的小浪花吧。总之不能一个劲儿地强化情节的进展，也不能一个劲儿地弱化情节的进展，而是要强弱结合。借用古代汉语的话说："一张一弛，文武之道也。"

四、把人物、环境描写得活灵活现也是很重要的。这一点我就不重复了。因为在其他章节里专门说了。

最后要说的是，上面提到的四点只是我个人的理解。我觉得我必须提一下跟我上述的四点不沾边却非常有名的作品。二十世纪用英语写成的被称为最伟大的文学作品的长篇小说《尤利西斯》、美国作家威廉·福克纳的长篇小说《喧哗与骚动》就是那样的作品。但是要想读懂那些作品也是个遭罪的事儿。

# 第二章　经验和教训

## 放飞笔尖和想象很重要——我的部分写作经历

在写作的过程中，有时候思想这个奇怪的东西闯进脑海里，让我们心情激动，有时候还带我们误入歧途，让我们不能做还不舍得放。

真的，有时候以为找到了一个不错的题材，绞尽脑汁地写下去，结果并不理想，偏偏无意中写出来了不错的文章。有句话说：有心栽花花不开，无心插柳柳成荫。这种现象在写作中经常出现。可能是一种规律吧。

我的写作中，先产生思想后写下文章的几乎没有一个成功的，反而那些在意外的刺激下写就的小说，成了不错的东西。这样的事儿常见。

我至今还记得写短篇小说《大漠歌》的经过。一个刮沙尘暴的初春的傍晚，我下班骑着自行车顶着风往家里赶。这时候，家乡闯进了我的心里。我的家乡在春天和冬天也是这样刮大风的。这样的大风天气，驮运队伴随着驼铃声从我们村北边的沙丘上下来。想到这些我心情特别激动。在沙尘暴中顶风前行的驼队，牵着这支驼队的人像一幅幅画一样出现在我眼前。我心里涌出写作的冲动。一进屋我就趴在我那破桌上写起来。虽然我开始写牵着驼队顶风前行的年轻的驮运队队员，但是我还没有想到这个年轻人到底为什么走着，要去哪儿，遇见什么事儿……写《大漠歌》的真实经历就是这样的。我在还没想到具体的故事情节，还没构思框架的情况下一直写着。我之所以在那样的情况下还一直写是因为我的心情越写越激动，似乎有什么东西从内心深处往外喷涌。也许是进入那种状态的原因，想象变得活跃自由，各种情节接二连三地涌入我的脑海里：驮运队的小伙子顶着风走过沙丘走向相好的女人……好不容易到了女人那儿，女人却有了别的男人……最后驼队的小伙子没能在日思夜想的女人那儿过夜而是继续赶路。故事情节、线索、旁枝末节意外地整合到一起，吉格基德、巴德玛拉嘎、琪琪格玛等人名一个一个地冒出来，很早以前一个同学哼唱的歌词也突然溜进了心里……就这样，一个小说写成了。写完后我自己也不知道写得怎么样，也没有再看，第二天锁进了办公室的抽屉里。正好莫·哈斯巴根担任那一期《阿拉坦甘德尔》杂志责编，跟我打听稿子。我把抽屉里的那个东西给莫·哈斯巴根说，能用就用吧，不能用给我退回来就行，我找个时间修改修改。莫·哈斯巴根拿走了我的稿子，起了一个叫《大漠歌》的标题后发表了。

那个短篇小说后来获过这个或那个奖项，还被几种外语翻译过。然而，初春的那个刮风的傍晚骑着自行车直到走出单位我还没有想过写那样的东西。后来我常常在想，那天晚上哪个神仙保佑我，让我在回家途中想起了我的家乡，让我心情激动？

我写我的写作经历绝不是吹嘘我有才华。而是在说我的一点心得：在某一个瞬间，心灵受到突然的刺激，开始激情澎湃的时候，赶紧抓住那一瞬的激动和兴奋，放飞想象，放飞笔尖，也许能写出一个不错的文章呢。

《大漠歌》是东胜的一个傍晚的沙尘暴刺激的结果，《吉日嘎拉和他的叔叔》是跟一个朋友闲聊的收获，短篇小说《“浴羊”路上》是读一个中篇小说后的连续。

夏天的一个下午，我骑自行车上班的路上遇上了研究历史和档案的宝音陶格套。我下自行车跟他聊了一会儿。“《花的原野》上有一首诗歌，你看了吗？”他问我。“没注意，什么诗歌？”我问。宝音陶格套笑着说：“别的国家别的民族互相竞争的是谁的太空飞船先上月球？咱们蒙古人仍在吹嘘着谁的赛马在敖包那达慕上夺冠之类的一个诗歌，我在近期的某一期上读到过。我们蒙古人也就那样吧。”我感到他的话很有力。为了读到那首诗歌，我到处寻找《花的原野》。但是不知道为什么，就是找不到那一期的《花的原野》。但是宝音陶格套说的话深深地印在我心里，挥之不去。在我的脑海里反复出现一个画面：祭敖包的时候，或者是在某个那达慕上，一个蒙古人兴高采烈地喊着我的赛马夺冠了的时候，他怀里的收音机播放着某某国家的太空飞船到了某某星球……没过多久，《草原》杂志策划了一个报告文学专栏，从各盟市叫来几个作家安排在宾馆，要求每个人写出一篇来。我也在那几个人里，但是什么也没写成。我无精打采地准备要回家的时候，博·奥斯尔找到了我：“在汉文刊物上没留下什么东西就给蒙文刊物写个什么东西留下吧，我给你找住处，你自己解决伙食就行。”我留下来坐在《花的原野》的一个隔间里写下了那个东西。刚开始写的时候，只有小说的结尾在我的脑海里：参赛的马陆续跑向终点，夺冠的马的主人高兴地嘟囔着我的马夺冠了，正在这时候他怀里的小收音机里播放某某国家的太空飞船到了某某星球……，因为马的主人的形象在我脑海里大概成形了，所以没太吃力，忙乎了几天几夜后写出了初稿，然后，按照编辑的意见再修改一次后就留在了刊物。

我过了很久才看到宝音陶格套说的那首诗歌。如果那一天，我和宝音陶格套没在东胜的街头有幸碰上的话，那篇小说就不会面世的。

短篇小说《“浴羊”路上》是我读钦吉斯·托瑞库洛维奇·艾特玛托夫的《查密莉雅》后写的。那篇小说很美。保卫祖国的战争中苏联某个地方的一个年轻人去参军，年轻的妻子留在家中。参军的年轻人的弟弟是个十多岁的小男孩。这部中篇小说的故事情节在男孩和嫂子一起忙碌各种农牧活儿的情景中展开。这其间，男孩的心灵深处发生了什么样的变化呢？刚开始的时候，男孩尽可能地给离开丈夫留在家里的嫂子做做帮手，后来男孩总想跟嫂子待在一起，只要跟嫂子在一起，他就心情愉快。有一次，嫂子背起一捆草挣扎着起身，男孩帮嫂子举那捆草，无意中看见了嫂子衣领里的脖子、肩膀、垂在脖子上的几绺头发，还闻到了嫂子身上的汗味，男孩心灵上产生了一种奇特的激动。一个还在成长中的，涉世未深的男孩的心灵深处，男性女性之间的认知就这样萌生发展。从那以后，男孩看到嫂子就紧张害羞，看不到嫂子就想念，听到哥哥要回来的消息后又喜又悲……艾特玛托夫的这部中篇小说是人性的赞歌，爱情的抒发，是人心深处最隐秘部分的刻画。读到这样的小说的人无法不心动。我心动的同时突然想起了小时候的一次浴羊路上的经历。

短篇小说《“浴羊”路上》里的情节是我亲身经历过的真事儿。我们那时候是什么样呢？嘴上虽然看不上姑娘们，但是心灵深处喜欢跟她们一起玩，而且为一个跟我们毫不相干的姑娘而吃醋。这其实是从孩童时代转向青春期的男孩心理上必定发生的一种很自然的经历，开始萌生两性意识的朦胧的感觉。这种现象的意义是深刻的。它跟人的本性、社会心理学、爱情的多层次……都有关。但是带给我这种认识的是艾特玛托夫的《查密莉雅》。如果我不幸错过了那篇小说我就不会写《“浴羊”路上》。总结上述三个小说写作的收获和心得如下：

一、一个作家，常常因为生活中的某件事儿心情激动。那其实是积存在你心灵深处的某些东西突然苏醒的信号。也就是经常说的灵感来临的征兆。出现这种情况的时候不让它溜走，麻利地抓住它很重要。

二、心情激动的时候放飞想象自由发挥比什么都重要。因为那时候是你的想象思维最活跃的时刻。你如果放弃活跃的想象思维，去考虑故事的框架结构，重视逻辑思维的话你的想象思维就被束缚住。我们随时都可以考虑逻辑思维，但是想象思维也许只有心情激动的时候才活跃。

三、塑造人物形象的过程是精确地找出主人公的心理、性格的脉络，并表达出来的过程。只要精确地把握住了那个脉络，主人公的情节就自然而然地出来了。如果不能精确地把握住那个脉络，勉强编造故事是不会成为好东西的。

四、像我说的那种，开始写的时候不知道结局怎么样，想到了结局还不知道怎么开头的情况，我是遇到过多次的。有时候我也想，要不先定一个大纲一样的东西，根据大纲再写？可是那对我来说很麻烦。这样跟着感觉写的东西，成的话能成为一个不错的东西，不成的话就什么也不是了，只能半途而废了。所以在写作习惯上，也许不是那么成功的办法。

## 为什么主人公的形象总是显得单薄？

如果有人问我，你的作品里常见的缺点是什么？我会毫不犹豫地回答，主人公的形象总是显得单薄。也许读者没有注意过这个问题。

拿《吉日嘎拉和他的叔叔》举例吧。这个短篇小说里写了为民族的未来忧虑的、追求掌握文化知识的年轻人吉日嘎拉和只要有酒有马就心满意足的那木吉拉老人之间的矛盾。从小说的内容来讲吉日嘎拉是主人公。但是写出来的结果是吉日嘎拉的形象没有那么立体，反而配角那木吉拉显得生动形象有血有肉。在写作和修改当中我发现了这个问题，也曾努力强化吉日嘎拉的形象，费了很大的劲儿，结局还是不太理想。

《"浴羊"路上》里的"我"的形象没有另外两个男孩的生动。

《人间》里的松赖扎拉森的形象没有宋帝和扎弥彦多彩。

《有声的戈壁》中的嘎碧拉的形象越到后来越扁平化……

如果说我没有尽心尽力塑造这些形象，那是撒谎。我是真的想通过这些形象传达文章最深刻的含义。

但是寄予厚望的人物形象却变得最单薄。为什么会这样？想来想去我找到了两个原因。

一是把人物形象概念化的倾向。回想起来，我总忙乎着通过主人公的形象传达文章的中心思想。这样忙乎的结果是塑造主人公的形象时产生了概念化的倾向。比如说吉日嘎拉，我老想把爱学习，认识到自己民族传统中的劣根性并去研究，还为民族的未来忧虑思考等中心思想集中在吉日嘎拉身上，通过吉日嘎拉来表达出我想说的东西。结果吉日嘎拉只能变成一个概念化的形象，别无他法。同样，《"浴羊"路上》里的我担任了叙述几个男孩子的情感思想的任务；《人间》里的松赖扎拉森成了人性挣扎的表达者；《有声的戈壁》里的嘎碧拉成了戈壁女人美好形象的化身。一句话来说，我只给主人公内容和概念，而没有给性格。或者把内容和概念错以为是性格。想想看，为民族的未来思考，成长中的男孩喜欢姑娘，当喇嘛的夹在教会的戒律和爱情中间痛苦，戈壁女人为了别人牺牲自己……等等，都是一种思想而不是性格。这样用内容和概念替代性格的结果，人物形象也无可避免地成为概念化的形象。

二是给一个人物套上了太多的任务。既然是主人公，放在整个文章的故事情节的主要位置是对的。但是不能强制性地让主人公去完成文章的诸多情节。事实上，不管是我自己还是别的很多作家正在这样忙乎着。不管主人公的性格、条件和可能性，凡事都想让主人公去发挥主要作用，那就荒唐了。我的两个长篇小说的主人公松赖扎拉森和嘎碧拉的形象正是被这两个原因影响的。这两个人随时随地出现，什么事情都参加，但是能发挥的作用有限，于是人物形象也就单薄了。

我也有成功塑造主人公形象的作品。《大漠歌》里的吉格基德、《主人》里的德木楚克、《岔路口》里的王刷尔等等。我也考虑过，为什么这些人物形象塑造得还不错呢？总的来说这些人物有以下两个特点：

一、他们都是有缺点的人。

二、性格特征很明显。也就是说，塑造他们形象的时候没有理想化或概念化。所以，我想总结的是，塑造人物形象的时候切忌理想化和概念化。

## 三三规律

我们都知道，唯物辩证法的哲学家们认为世界上所有的事物都按照对立统一规律存在着。辩证法认为世界上所有的事物都不是独立存在的，而是跟自己对立的另一个事物相互依附着存在的。哲学的这个普遍的规律在小说创作中也适合。粗略地说，小说的故事和情节是依附这个规律发展的。一个主人公，必须有跟他对立的另一个人，不然故事没法发生和发展，主人公的性格也不会显露出来。这种对立不是敌对的意思，这一点我在这儿就不用重复了。恋爱中的男女，互相思念的母子等关系都在对立的范围中。根据这个道理可以总结出：只要能写出对立的两个人，一个小说也就写成了。但是事实上，我感觉还不只是这样。很多例子可以证明，除了对立的两个人，再进来第三个人的话，小说的情节会变得更加复杂，人物形象更加丰满完美。《静静的顿河》里的一个主要情节就是格里高力和阿克西妮亚的爱情。但是涉及这件事儿的另一个人是格里高力的结发妻子娜塔莉亚。正因为有了娜塔莉亚，他们俩的情感、行为变得更加复杂。这样的例子数不胜数。《红楼梦》里贾宝玉和林黛玉中间还存在着一个薛宝钗。看看反映战争的文章吧，共产党和国民党中间总有一个两个叛徒或者是摇摆者。日本鬼子和八路军中间也一定出来一个汉奸搅局。不只是小说，世界上所有对立的两者之间往往存在着一个第三者，稍微留意就很容易看到这一点。富农和贫农之间的中农，冬天和夏天之间的春秋，冷和热之间的温，黑与白两种颜色中间存在的其他各种颜色，甚至有可能夹进夫妻之间的第三者，等等。正因为存在这种第三方，世界才更加多姿多彩，人的生活才更加矛盾和复杂，一切都更加丰富和完满。小说写作也是如此。通常情况下，在对立的两者之间巧妙地安排一个第三方，精确地描绘它，充分发挥它的作用的话，你文章的故事就会变化多样，会更加丰富复杂，更加完满。我是真的这么认为的。一个朋友写了一个文章拿给我看，想听听我的意见。文章的主要内容是相恋的男女之间那些复杂的事情。我怎么看都觉得故事情节有点无力，我提醒那朋友说："如果你想塑造好你的人物，就把一个男人放在两个或三个女人中间，或者把一个女人放在两个或三个男人中间。这样的话故事情节就变得复杂，主人公的心理活动也会变得丰富。"这是真话。看看那些爱情题材的小说、电影、电视剧吧，十个有八个不都是用这个模板写的吗？我观察了一下自己的小说也是如此。吉格基德冒着黑夜顶着暴风雪去跟巴德玛拉嘎见面，结果撞见一个司机住在了巴德玛拉嘎家里。《"浴羊"路上》里的几个男孩女孩更是演着三角戏。《吉日嘎拉和他的叔叔》里，老人和年轻人这两个对立面的中间还夹着喋喋不休的那木吉拉的老伴儿。甚至在《人间》中也不是两条路，而是出现了三条路，各个层次的人们都是以三三排列的……

在战争或政治实践中使用过"三三规律"这个概念。我觉得小说创作中有时候也可以用。

## 怎样才能写得活灵活现?

小说创作中，不管是人物还是情景、环境，写得活灵活现很重要。读者一读到你的作品就像自己到了那个环境，就像亲眼目睹了小说人物的所作所为，那就说明你的小说是个好小说。

名著是真的能达到这种水平的。我们虽然没去过顿河岸边，但是读《静静的顿河》，仿佛能看见那远处的河岸的景色。读到格里高力跟父亲一大早去钓鱼，我们仿佛能看到雾气缭绕的河水，能闻到泥土的气味，能听到流水的声音。第一次世界大战的时候我们还没有出生，不知道那时的意大利战场是怎么样的，但是读海明威的长篇小说《永别了，武器》就能听见在黑暗中摩托牵引车拖着大炮经过的响声，看见路边的树叶上积满了尘埃，看见树丛后边隐藏着伤兵的疗养地。我们不得不佩服和感叹著名作家的神奇的手笔。然而，他们神奇的手笔是怎么形成的?

我觉得其中最主要的原因是，他们勾画出了一个完整的画面。拿《静静的顿河》里钓鱼的事儿来举个例子。清晨，格里高力的父亲一面走，一面扣着绣有许多小十字的衬衫领子，来到台阶上。大儿媳妲丽亚穿了衬裙跑去挤牛奶。老头走进屋叫醒了一只手伸到床外睡觉的格里高力说趁太阳升起以前钓鱼去。米哈依尔·亚历山大维奇·肖洛霍夫就这样轻轻松松地速写出了住在河岸边的一户人家的清晨的生活画面。老人一面走一面系着扣子，大儿媳跑去挤奶，小儿子还在睡觉……这些情节很平常却很真实，生活气息浓厚。所以给读者一种真实的身临其境的感觉。《永别了，武器》也是这样的。海明威一开始就活灵活现地叙述从窗户看到的群山和河床里大大小小的卵石，从房前走上大路的部队，积满尘埃的路边的树……接着还说，夜里可以看得见炮火的闪光，有时候能听见在黑暗中摩托牵引车拖着大炮经过的响声等等。这不也是一个完整的画面吗？

人物也是如此。读《静静的顿河》，仿佛能听见阿克西妮亚俏皮的笑声，似乎能看见格里高力固执的脸。读《永别了，武器》，夜色中我和护士姑娘在树丛里约会聊天的情景就像在眼前。

写到这种程度，当然需要很多细腻的技巧。比如选择最能展现河边清晨的氛围的东西，或者选择从一个窗口看所有的画面等。但是除了这些，最基本的原因还是我上面所说的那样，在于描画出一幅完整的真实的画面。

我觉得我们的文章达不到这种程度的基本原因，跟不努力描画出这种完整的真实的画面有很大的关系。

我们这样开始我们的文章，马路边坐落着一座房子，或者山脚下有个夏营地。但是那座房子到底是什么样的？羊圈大还是小？羊圈在房子的哪一侧？那个夏营地看起来怎么样？有没有牛羊在附近吃草？房子和院子是怎么建的？我们都不考虑。那房子、夏营地在作者的脑海里都不清晰，都没有形成一幅完整的生动的画面，怎么会给读者一个明晰的感觉呢？我们文章里的人物在我们脑海里都没有活过来又怎么能给读者生动立体的感觉呢？

我们描写环境描写情景，也许只是为了给小说人物提供一个活动场所。但是著名作家描写那些是为了使小说主人公更加鲜活、使小说的内容更加丰富和深刻。真正成功的小说中，人物和环境像水和盐一样相融，而不是相互独立存在的。

我们写小说人物的时候，也许出于表达某种思想的需要，赋予他们某种性格和形象。但是著名作家会让这个无法复制的人物形象在自己心里活起来。我们写的人物是胖的还是瘦的？穿着什么衣服？嗓音是什么样的？身体上散发着什么味道？我们心里必须清楚地知道这些。当然，并不是说把这些都写进小说里，但是人物形象不在你心里活起来的话，肯定不能形成一个生动完美的形象。

## 那天的落日为什么徘徊？

蒙古文中的感知这个词是我自己发明的，天知道这个词准确不准确。

那么，我说的感知这个词到底是什么呢？我在一个短篇小说里这样写的，春天的落日红着脸在我村子的西边久久地徘徊。我说的感知指的大概是徘徊之类的东西。其实太阳每天都在升起落下。你说哪天的落日徘徊着不下山？哪天的落日迅速地下山？每天不都一样吗？这里说的徘徊，不是客观的存在，而是在那一天我心里产生的主观感知。

文学中，这种感知起很重要的作用。没有这种感知的话，小说里的人、物、环境就不真实，显得很抽象。作家不是记录者，写作也绝不是做笔记。如果是做笔记的话查好人和物的数量、形状、位置等，原封不动地记录下来就行。但是写作的时候，那些数量、形状、位置就不用查得那么仔细，而是认真观察要写的人、物，对这个人和物形成一个真实的感知。因为，我们写作的时候不仅要呈现一种存在，还得呈现以什么样的形式存在。这个什么样的形式就是一种主观感知。更进一步说，写作的时候，我们必须实现从客观形象到主观形象的转型和跳跃。

作家脑海里的主观形象和现实中存在的客观形象之间的差别是，主观形象里渗透了作者的理解、态度、感情。牧场上有二百七十六只羊，这当然是客观现象。我们不用考虑这是多还是少。不管是多是少，它就有二百七十六只。但是作家眼中（或者心里）这二百七十六只羊可以是多的，也可以是少的。那都取决于作家的理解、态度、感情等。这样被认为或多或少的时候，那些羊不再是客观现象，而是变成了主观现象。我有时候想，写作其实就是作家在写自己的主观感知。好好想想，我们写的每个句子里不都渗透着我们的主观感知吗？

我为什么写春天的落日红着脸在我村子的西边久久地徘徊？仔细考量的话，几乎每个字里都包含着主观感知。我在那篇小说里写的是牧区的牧民为争夺牧场打起来的悲伤的事情。被打的几个牧民和他们的邻里们愤怒闹腾，但是弄不出什么结果，后来还相互闹矛盾了，就这样到了晚上。这时候作者的心里肯定产生深深的悲伤。又挨揍又跟自己人闹了矛盾，还有比这更让人悲伤的事儿吗？但是，我家乡的人就是这么没出息，不团结，可怜的人们啊。怀着这样的心情抬头看远方的时候肯定能看见落日。因为落日正应景了一个人内心的悲伤和孤寂。早上朝气蓬勃地升起，白天明媚地照射着大地，我家乡春天的太阳现在正落下去，缓缓地、一寸一寸地落下去。这不正是一幅寂寞悲伤的画面吗？现实生活中的傍晚可以看到很多东西的，比如，走向羊圈的羊群，在晚风中伸腰的草原，等等。但是，那时我的眼睛看不到那些，只能看见那红红的，久久徘徊的落日。这就是感知。

人物的性格到底是什么？

小说创作中最重要的当然是塑造人物形象。我们天天忙乎着写小说，其实就是在忙乎着塑造人物形象。

那什么是成功的人物形象呢？用经典理论说只能是“这一个”形象，用平常的话说必须是鲜活的形象。鲜活的形象到底是什么呢？就是有独特性格的形象。但是性格到底是什么？我们真正了解性格这个东西吗？

据我个人理解，最重要的是不能把一部分人普遍的特点误认为是性格，那样的话形象就模糊了。我们常常评价身边的人有这个那个脾性。比如，谁谁有点冲动，谁谁善良，谁谁坚强，谁谁吝啬……等等。但是这些只是一部分人共同的特点，而不是被作者引用的性格。遗憾的是我们有时候把这样的一群人的共同特点误认为是人物的性格。这样塑造起来的人物形象虽然能表达出那一部分人的普遍特征，但是成不了“这一个”活生生的形象。比如说，我们塑造一个爱冲动的人的形象，不要以为一再地让他冲动就能塑造好他的形象。你的“这一个”形象到底是什么样的冲动？跟其他千千万万个冲动的人比起来有着什么样的独特差别？必须理解透这一点。

《水浒传》里的鲁智深和李逵都是冲动性格的人。但是他们俩虽然在脾性上相似，性格上却有差别。鲁智深不会干出为了找水把母亲扔在深山野林中，导致母亲变成老虎的食物的事儿。如果李逵当了和尚应该也不会破坏寺庙的戒律，喝酒吃狗肉。

小说主人公的性格不是冲动、吝啬等某种特征，而是隐藏在这种特征后面的符合这个人内心逻辑的具体的言行举止。

我有时候是这样思考的，用冲动、吝啬等来划分小说主人公的性格是不恰当的。因为脾性和性格不是一回事儿，也不是在一个层次上的东西。我们可以把人的脾性分为几类，但是无法那样分类人物的性格。因为真正有效的人物形象的性格是无法重复的“这一个”。

真的，阿拉木斯是阿拉木斯，阿拉坦布日古德是阿拉坦布日古德，他们之间有没有什么相似之处，不论是跟作者还是跟读者都有什么关系呢？我们能把《静静的顿河》里的阿克西妮亚和《包法利夫人》中的艾玛两个人的性格归结为淫荡吗？虽然在故事情节上，她们俩都跟别的男人相恋过，但是在性格上几乎没有相似处，是截然不同的两个女人。

所以，我们不能觉得写出一个人的冲动或吝啬就是塑造了一个人的形象，要找出并写下他们区别于其他冲动的人群、吝啬的人群的细微的差距才算塑造了一个鲜活的人物形象。

## 塑造人物形象的关键在哪儿？

理论家们早就告诉了我们，塑造小说人物的关键在于精准地描写主人公琐碎的行为活动。我在这里只是在记录我自己的心得而已。

你相信吗？一个人灵魂的本性不是表现在大事儿上，而是表现在微不足道的琐碎事儿上。我是慢慢地认识到这一点的。在现实生活中这样的事儿很多。

一个大领导下基层检查工作的时候，很多下层领导会结伴同行。那时候你留意观察那些人的脸色、眼神、言谈举止。至少能看清几个人的灵魂。讨好的、突出自己的、胆怯的、轻蔑的……你会突然看清那些人的真面目，看清那些人的灵魂。可是仔细想起来，你看到的都是琐碎的东西呀，一个眼神、一种脸色、只言片语，以及微不足道的小动作而已。在大事儿上你却看不到他们的内心。

我尝试写过一个中篇小说，后来没怎么成功就扔了。但是那里有一段情节我是很喜欢的：解放初期，一个家乡的两个年轻牧民参加了革命工作。因为他俩的情况长相有点相似，所以总有人把他俩弄混。他们俩每天都下乡，总和牧民待在一起。有一天，下乡干部集合在村部开会。人都聚集在一起了，决定杀一只羊吃。杀羊的任务很自然地落在牧民出身的两个年轻人头上。一个年轻人杀羊，其他干部围观。地方领导也在围观者当中。

地方领导是生长在农业地区的人，所以惊奇地看着年轻人杀羊的过程。多么熟练啊，真不简单，地方领导夸杀羊的年轻人。众人也跟着夸。同志们应该向牧区的同志学习，地方领导说。众人跟着点头。地方领导问站在旁边的另一个年轻人（跟杀羊的年轻人一起工作的那个牧民出身的年轻人）：“你也很会杀羊吧？”那个年轻人连连后退摇着手说：“我不行，不太会。”地方领导点头说：“那咱俩差不多，以后要在这方面努力呀。”年轻人使劲点头称是。

说实话，那个年轻人肯定跟杀羊的年轻人一样熟悉杀羊的技巧。因为他俩是一个地方的人，生长的环境也一样。可是他为什么说不会杀羊呢？

接下来，我又写了这样的一个情节。农业地区长大的那个地方领导不吃羊肉。煮羊肉，他没吃，炒野菜吃了。这时候，不会杀羊的年轻人也称自己不吃羊肉，跟地方领导一起吃了野菜……

这就是那个年轻人的灵魂的突然呈现。想接近、讨好地方领导的意图就这样显现出来了。为了达到这个目的，他其实在暗中诋毁同时工作的那个人。多么无耻的灵魂！

然而，这是通过微不足道的几句话和琐碎的几个动作表现出来的。下乡、干活等事情上可能不会那么容易发现他心灵深处的可耻的一面。

所以，想把主人公的灵魂清楚地展示给读者就必须在写琐碎的细微的事情上下功夫。那样，主人公的形象才会变得生动又深刻。塑造人物形象不就是精准地描画人物的灵魂吗？那么写琐碎的事情应该注意什么？

依我看，首先抓住能突然体现主人公的灵魂本性的言语、举止，生动地描写出来。这里强调“突然”是想表达出乎意料的，强有力的意思。你觉得那个人是好人吗？一件小事儿上那个人突然显露出最丑陋的本质。你觉得那个人不怎么样吧？突然某件琐碎的事儿上他珍贵的性格显露出来。这样一来，人物形象怎么能不生动起来呢？然而，写那些对塑造人物起关键性作用的琐事儿的时候必须细致又生动。也就是说，不仅写他在做什么，还要清楚地描绘出他在怎么做。在这一点上不能吝啬笔墨。

下一步是，尽量完整地表达出人物内心的复杂性。人的内心是很复杂的东西。不能完整地表达出这种复杂性肯定不能精确地表现出人物灵魂的本性。写一个阿谀奉承的人，一直让他阿谀奉承下去，写一个心软的人自始至终让她流泪下去的话，这种人物形象肯定不会成功。自始至终没有变化的人物形象，我们叫扁平形象。

所以，想表现人物形象的复杂性，写出他们脾性中的变化性很重要。举几个具体例子：《红楼梦》里的林黛玉是个心胸狭窄，多愁善感的姑娘。同伴跟她玩笑几句她会伤心，看到花儿凋谢她也会忧愁落泪。但是后来她患病，身体一天比一天消瘦，又得知喜欢的人要娶别的姑娘时，她却开始笑了。虽然那是苦涩的微笑，但是不像以前那样整天哭哭啼啼了。这种变化更清楚地表露了她内心的绝望。如果哭是她的一种挣扎和反抗，那么停止哭证明她连最后的挣扎和反抗都放弃了。还有一个例子是，外国的某部电影中杀了自己亲生女儿的一个男人。杀害亲生子的那个男人简直是铁石心肠的畜生。但是最后那个男人死时手里居然紧紧地握着他女儿的手绢。杀了女儿，但是爱着女儿，说他铁石心肠，他其实也在伤心悲痛，那种复杂的灵魂这样显现出来了。多么丰满立体的形象啊！

表达人物灵魂的复杂性，通常使用的一种方法是对立法。写一个残酷暴力的人时，突然写一下他在某件事上流露出来的懦弱的一面，写一个稳重成熟的人时，突然提一下他无耻的一面，等等。这样写的话能给读者一种强烈的刺激，进而对人物突然产生新的理解。

## 氛围、基调、味道

小说创作中，最重要的当然是人物和情节。但是想写一个好小说，除了人物和情节还必须注意三个方面。这三个方面是氛围、基调、味道。

氛围。优秀的小说必须营造一种明显的氛围。而且这个氛围还必须从头到尾地覆盖着全文。氛围主要表现在具体的环境描画上。乡村有乡村的氛围，城市有城市的氛围，牧户有牧户的氛围，苏木中心有苏木中心的氛围。这样才能创造出真实的意境，才能引领读者进入那个环境中，增强文章的审美和影响力。

我刚开始写小说的时候不注意这个问题。心里想着，想写什么就快写呗，啰里啰嗦东拉西扯干啥呢？这样的结果是，虽然情节和人物勉强过得去，但是整个文章光秃秃的很苍白。我后来才醒悟，写小说和画画是一样的。比如说画一匹竖着鬃毛尥蹶子的儿马和一匹准备向儿马发起进攻的狼。把儿马和狼画得再生动，如果不用心画背景、环境的话，不会成为一幅完整的作品。只有把儿马和狼后面那浓密的乌云、荒凉的原野、近处的芦苇等全部画出来才能渲染出一种浓厚的氛围。这样看来环境、氛围并不是可有可无的东西，而是人物、情节离不开的组成部分。如果《大漠歌》中没用心写夜晚的大风暴氛围的话，吉格基德这个人物形象就不会那么明晰。《沙梁那边是十三世纪》中没有下功夫渲染戈壁安静柔和的氛围的话，斯琴呼和姑娘的故事中肯定缺少一种氛围。

基调。这个主要表现在文章的叙述形式上。如果说莫·阿斯尔的《煺火》洋溢着那个历史时代的朝气、悲欢，那么他的《大喇嘛的小狗》却贯穿着幽默风趣批评的调子。出自同一个作家的两个小说的基调截然不同。我觉得一个成熟的作品必须有自己的基调。因为那个基调形成一种艺术特点，提升文章的审美价值。“从火车站到骑兵营至少十里地。站在道路两旁放着鞭炮、摇着旗帜、捧着花束、敲锣打鼓的迎接队伍也连续了十里地。”这个开头是一种冷静缓慢的叙述基调，“这该死的狗，不，这破哈巴狗”，这么一来幽默风趣的调子自然就出来了。

但是，我们的有些朋友不注意这个事儿。比如说，前些年，一部分年轻作家推崇和模仿蒙古国式的叙述。句子很长，转折也多，含义广阔，大多有着抒情的调子。不是说那种基调不好，但是全都变成那样就不好了。有时候我们怎么就不能用简短的句子呢？

味道。这是比氛围、基调更深层次的东西。同样都是牧人家，但是每户的奶茶都有各自的味道。文章的味道是个奇怪的东西，说它没有，读起来却明显感受到，说它有，又很难说出在哪里。

生活中蕴含着丰富的味道。寒冷的冬天的晚上从远处传来的驮运队员的歌声、黎明的光线中若隐若现的地平线、走近羊圈的时候扑鼻的羊粪味，隔壁房间里传出的温柔的笑声等等都有各自的味道。

当然，表达那种氛围、基调、味道不是说加进多余的东西。那一切是跟全文密切地结合在一起的、不可分割的组成部分，是自然地渗透在文章的各个段落、每个语句中的。而且，大多数情况下还应该从人物的言行举止中自然流露出来。

## 话说得太直接就没有力度了

话里有话，这是蒙古谚语中的一句话。人这个动物大多数情况下不直接说出自己的意思，而是拐弯抹角地表达出来。这样一来，说这样的话隐藏着那样的意思，说那样的话表达着这样的意思……话语和意思之间形成奇妙的关联。

这也是一种语言艺术吧。

跟你说“来我家坐坐呀”，并不是真的邀请你到家里坐，而是在表达以后常来常往的心愿。“有机会的话，咱们再小酌几杯。”这句话其实是在提醒你不要忘了我们曾经那样小酌几杯的。“我们的朋友可是有话直说的汉子。”这句话有可能是在嘲笑你说话不经过大脑。“跟我们比的话你是大富豪了。”这句话可能不是羡慕而是嫉妒。

这世界上最迟钝的年轻人才会对自己喜欢的姑娘直接说：“我爱你。”

关于“文化大革命”中的一些戏剧的艺术水平，我持着不同的意见。无论如何，我觉得那些戏剧没能处理好人物的对话。为什么呢?语言太直白了。

一定要把革命进行到底，一定要打败敌人，我有雄心壮志，憎恨的火焰在我心里燃烧等等，都是由剧中的主角直接说出来的。这样一来，观众的眼里那些人物形象就可能变得虚空。因为，那些人物说的话不是生活中的真人说的话。

话说得那么直接是不够智慧的表现吧。现实生活中，人不会那样说话的。他们的话语放射着智慧的光芒。那种智慧有时候体现在话语后面藏着的真实意思里。驮运队的吉格基德牵着骆驼走到相好的女人巴德玛拉嘎的家，巴德玛拉嘎的狗拦住吉格基德狂吠。出来迎接吉格基德的巴德玛拉嘎这样呵斥她的狗："一边儿去，不认识人了呢。"表面上她在呵斥狗，但是很明显这是说给吉格基德听的。狗是不会阻拦主人的。所以，巴德玛拉嘎的这句话背后隐藏着把吉格基德当成自己家主人的意思。（《大漠歌》）

有时候以旁敲侧击的方式体现。嘎碧拉姑娘在井边饮羊的时候牧马人德力格尔来到井边下了马说："你哥哥的马有个毛病，一看到井就眼馋，妹妹你能不能帮帮忙。"听明白话里的意思的嘎碧拉姑娘红着脸说："从来没听说牧马人的马缺过水。"理解姑娘的意思的德力格尔哈哈大笑了。（《有声的戈壁》）

有时候用责备的话表达爱慕的意思。有时候表面上赞美，心里却咒骂。有时候话语的某个停顿、句子的某处断开蕴含着丰富的意思……

怎么说话，取决于说话人生存的环境、条件，对谁说，甚至出身、性格等多种方面。在文学作品中考虑这些很重要。

## 第三章　从别人的作品里得到的收获

### 对话的美

小说创作中写好人物之间的对话当然很重要。关于这一点，我有很多至今都难以忘怀的好例子。那些语句，越想越喜爱，似乎背后蕴含着说不尽的寓意。

读阿·敖德斯尔的《撒满珍珠的草原》已经过去了三十来年。那部中篇小说中有个叫撒穆旦的人，心眼儿不怎么正还喜欢装明白。过了这些年，撒穆旦的行为举止差不多都忘记了，但是至今还记得他说过的几句话。

牧民大会上领导讲话，撒穆旦总想插几句。他时不时地打断领导的讲话，严厉地盯着牧民们说："你们好好听，能听懂人家说的事儿和道理不?"他平时吹嘘自己跟盟里的一个老领导是朋友。撒穆旦跟去盟里参加完人工输精培训回来的娜仁琪琪格姑娘聊天的时候问："你们到了那儿见到盟里的老领导了吗?"娜仁琪琪格姑娘回答："见到了，他还给我们讲话了。"撒穆旦接着说："那家伙身体还好吗?"

一读到撒穆旦说的这几句话，似乎就看到了他的样貌，他的嘴脸。我觉得仅仅这几句话就已经塑造了撒穆旦的形象。你看吧，是不是认真听领导的讲话，能不能理解其中的意思又不关他的事儿。他跟其他人一样也是个普通的牧民。但是，他就喜欢那样装。通过那样做表示自己比别人高一等，让人知道自己已经深刻地理解了领导讲的话，也表现出了自己很重视领导的讲话。也许，他根本就不认识盟里的老领导。但是，他还叫他"那家伙"，还关心他的身体怎么样。他就是那样的一个人，你能把他怎么样呢?

莫·哈斯巴根的《扎萨克盆地》里的麻子孟和的一句话也很经典。

叫麻子孟和的硬汉在一个相好的寡妇家过夜，大清早还没起来呢，来抓他的几个人背着枪破门而入。看到气势汹汹的来者，麻子孟和别说害怕，连头都没抬一下没好气地说："门关上，冷。"

这就是麻子孟和该说的话，除了他谁也不会说出这句话。一是麻子孟和胆儿够大，那么多人背着枪进来抓他，他别说害怕，连动都懒得动。二是他是个无耻之徒，睡在寡妇床上被逮个正着不惊吓不羞耻。还不止这些，你看他抱怨背着枪破门而入的人放进了冷风妨碍了他舒服的懒觉。

小说主人公的这种绝妙的对话对全文起着非常重要的作用。它的作用不亚于文章里的其他千百字的段落。最重要的作用是能立刻让人物生动起来。能达到一听他的话就像看见他的人的效果。主人公的形象立刻在读者心里变得真实了。

契诃夫的一个短篇小说，我记不起来名字了，但还记得里面的一句话。那篇小说里有个贫穷的画家在旅店给一个妓女画裸体画的情节。画家让赤裸的妓女坐在面前，结果画得不太顺畅，于是走到妓女跟前摸她的肋骨，那个妓女咯咯笑。画家生气地说："你怎么老是发抖?"那个妓女还是咯咯笑着说："你的手冷啊。"不要小看你的手冷啊这句话，就这一句话让那个贫穷的姑娘的形象生动起来了。

七十年代末，史铁生有一篇小说，如果直译小说标题的话大概叫《角落》。那里写了几个残疾青年和一个可爱的姑娘的关系。为了给手脚不便的残疾青年一条生计，街道组织给他们安排了一个制作机器螺丝之类的活儿。于是他们整天忙碌在一座空旷的屋子里。突然有一天，一个可爱的姑娘也来这里跟他们一起工作。那个姑娘不是残疾人，长得还漂亮，几个残疾年轻人心里增加了很大的压力。因为看着可爱的姑娘，他们更清楚地看见自己不幸的命运，他们还怕被姑娘嘲笑和侮辱。于是几个年轻人产生了提防姑娘，敌视姑娘的心理。就在这时候，姑娘突然咯咯咯地笑起来。几个年轻人心里很生气，有的已经攥起了拳头。因为，他们以为姑娘是在笑话他们的残疾。然而那姑娘说："你们知道吗?人能看到自己的鼻子。"原来姑娘无意中看到了自己的鼻尖，笑得那么开心。一个活泼善良的小姑娘的形象就这样立起来。

但是，这些对话为什么变得这么绝妙呢?我觉得：

一是这些话都是从人物的灵魂深处流淌出来的。眼睛是心灵的窗口。有时候，人的语言也能变成表达灵魂本性的窗口。从一两句话中我们突然能看见一个人的内心。上面的对话就是达到了表达人物的本性的程度。从撒穆旦的那几句话里看出他狡黠虚伪的灵魂，从麻子孟和的那句话里看出他胆大、粗鲁、无耻的灵魂。妓女的那句话表现了她无奈的，没什么文化知识（画画得好不好跟她毫无关系）的样子，那位可爱的姑娘的话呈现出了她纯真善良的心理特征。

二是作者在写小说主人公的这些言语的时候，精准地抓住了他们性格上的细微差距。不同性格的人在特定的条件和环境下表达自己想法的方式是不一样的。撒穆旦是爱装明白的人，那样装明白的目的是抬举自己，压倒别人，从中得到一点小利益。他小心翼翼，不让别人发现他的这些目的。所以在领导讲话的时候他不直接说自己很认真地在听，也不说领导说的道理他都深刻地理解了，而是对其他牧民说认真听领导的讲话，认真领会领导的话里的意思。跟娜仁琪琪格聊天的时候，也不直接说我跟盟里的领导是好朋友，而是称那位老领导为那家伙，问他身体怎么样等等。这就很精彩地表达出了撒穆旦那种自作聪明的，不明白还爱装明白的让人作呕的性格特点。想想麻子孟和的那句话吧，“门关上，冷”。不把背着枪破门而入的人放在眼里，那是多大的蔑视呀。他没说我不怕死，也没说像你们这样的人打不过我，而是怨他们放进了冷风，扰了他的好觉。这句话正符合麻子孟和这样的人的性格。后来的两个例子中的两个姑娘说的话虽然跟撒穆旦和麻子孟和不一样，但是符合人物的出身。给画家当裸体模特挣点小钱的那么一个姑娘，人家来摸她身体时没有对他说不的意识，只因摸的手太冰冷而咯咯笑。另一个姑娘没有嘲笑残疾人的意思，也没有留意自己的优越性，只因看到自己的鼻尖而发笑，多么天真呀！

说实话，我的作品中写得好的对话很少。但是有一次还真写到了不错的对话。不客气地把它拿出来的话，那是小说《沙梁那边是十三世纪》中的一句话。

年轻技术员斯琴呼和戈壁姑娘骑着摩托车去寻找母驼，天黑了，就在野外休息。后来，斯琴呼没控制住自己抓起姑娘又抱又吻。斯琴呼自己是没发觉时间过了多久，但是姑娘突然说“这么久了……这下可以了吧？”我觉得这句话比较准确地表达了姑娘的内心活动。因为，其一，斯琴呼冲动地吻她，姑娘没有生气，所以没躲开，任由斯琴呼吻了。但是，其二，姑娘并没有喜欢斯琴呼，斯琴呼吻她的时候她没有陶醉在其中，所以提醒他这下可以了吧。这句话简直是从姑娘的内心深处自然出来的。在塑造一个善解人意的、宽宏大量的、善良的戈壁姑娘的形象时，这句话也没有失去它应有的作用。

小说的主要任务是塑造人物形象。塑造人物形象有两个途径。一个是行为举止，另一个是言语。但是我们很多作家只重视主人公的行为举止，忽略言语。那样的作家的主人公的语言发挥不了营造故事氛围的作用。

我们应该在写主人公的言语上多下功夫。

## 连接或结子

怎么把小说中的人和事物连接起来是个麻烦的事儿。这方面，有些作品用了很巧妙的技巧。

怎么把工作在各种岗位上的五个姑娘写进一个小说里呢。通常用的办法是通过一件或者几件具体的事情让她们五个发生矛盾冲突产生关系。不然的话五个人五个方向，编造的故事也毫无关联。对于一个文章来说，那就没任何意义了。但是，六十年代的电影《五朵金花》里运用了一个出人意料的办法，轻松解决了这个问题。那是什么办法呢？就是给五个姑娘起了同一个名字，金花。一个远方的年轻人寻找其中的一个金花。估计很多人都看过那部电影。

一开始，远方的那个年轻人认识了一个叫金花的姑娘，相约来年见面。姑娘告诉他：“你来年来就打听金花，我的名字叫金花。”

第二年，那个年轻人真的来了，到处打听叫金花的姑娘。找到第一个金花，但不是他要找的金花，又找到一个金花还不是她……年轻人相继见到了改良牛的品种的金花、开拖拉机的金花、炼铁的金花等四个金花后，最后才见到了自己寻找的金花。作者通过这种办法一一介绍了五个姑娘，在观众面前一一展示了她们的性格特征、事迹。这个手法的巧妙在于给五个姑娘起了同样的名字。如果名字不一样的话所有的事儿就不会那么轻易解决了。

说到这儿，自然而然地想起了六十年代读过的一部中篇小说。那个中篇小说好像是蒙古国的作品。一本薄薄的书，名叫《达木林家的》。那个小说里好像也有五个叫道妮杜歌玛的女人。因为有个司机问："你们这儿到底有几个道妮杜歌玛？"有人这样回答："我们这儿一共有五个道妮杜歌玛。"原来，给小说人物起同一个名字，利用这一点编造奇妙的故事的手法，人们还不止用过一次呢。

这是一个例子。我们可以把这例子中的同一个名字叫作连接。

这样的连接在很多文章里常见。但是号术崎的中篇小说《大漠深处》里用的那种办法应该叫结子更为恰当。

这篇小说不长，字数可能不超过两万字，但是在有限的章节里呈现了阿拉善戈壁几十年的变化。能容纳那么大内容的主要原因是作者找到了一个结子。这个结子就是胡其木格。

这个中篇小说的主人公是一个叫胡其木格的戈壁女人。胡其木格是陶古斯老人的女儿，娥妮日丽玛姑娘的妈妈。这个特殊的安排，能让胡其木格回忆陶古斯老人年轻时候的事儿，也能看到娥妮日丽玛姑娘现在的情况。也就是说，胡其木格具备了把陶古斯老人那时代的戈壁的生活情景，胡其木格自己经历的几十年的主要事件，娥妮日丽玛等戈壁新一代年轻人的追求都连接起来的可能性。作者通过戈壁的三代女人的生活命运反映了几十年的社会发展变化。我说的结子指的就是胡其木格。换句话说，胡其木格像绳子的结，一头连接着祖辈的年代，另一头连接着下一代。

## 情节的极端化

读布仁特古斯的中篇小说会看见主人公的情节极端化的现象。

关于布仁特古斯的长篇小说《辽阔的杭盖》里的一个画面，哈达奇·刚有一回这样跟我说："这部长篇小说里，一个好汉的形象通过一件事儿就立起来了。"哈达奇·刚说的是这样的一件事儿：一个赶路的好汉，晚上搭帐篷睡觉。夜里来了几个强盗。好汉跟那些强盗打起来。一个强盗趁机拿铁杵往好汉的后脑勺重重地来了一棒。拿铁杵捶人的脑袋，听那一声巨响也要命了。但是好汉没有立刻倒下，把那些强盗追得屁滚尿流，一直追到北边的山岭那儿才倒下。第二天，人们去那儿看见好汉的后脑勺凹进去一个铁杵的形状……

这是小说情节的极端化。后脑勺被锤进去那么大块儿还没倒下也没死去，把强盗追打出那么远，那是多么厉害的人啊！现实生活中不可能有这样的事情，但是作者因为塑造人物的需要这么写了。这是极端化。正如哈达奇·刚所说，这个人物形象就这么立起来了。

这样极端化的倾向在布仁特古斯另一部长篇小说《大地恩泽》里也可见。这部长篇小说的主人公迪瓦是个浑身长着毛，春天还能从长毛中梳出绒的汉子。这是人物形象的极端化。在现实生活中不可能存在这样的事儿，但是为了深化小说的中心思想写成了这样。

极端化的手法在小说创作中很常见，就是有的作者用得明确突出，有的用得平淡模糊。满都麦的小说《苍老的火焰》里有一些极端化的画面。莫·哈斯巴根的一些锡林好汉题材的小说中也出现这样的极端化。那些事情虽然在现实生活中不存在，但是读者愿意接受。

在艺术创作中不仅要承认极端化这个手法，还应该评价它的作用。因为这种极端化能更好地放大主人公的某些特征，起到深化中心思想的作用。这样极端化的现象在民间故事里更常见。我从一本书上看过《戊戌变法》里的六君子之一的谭嗣同在民间流传的一个传说。砍掉谭嗣同的脑袋时，谭嗣同的脑袋滚了十多步远，眼睛还愤怒地睁开着，不只如此，还朗诵了一首诗才闭上眼睛。现实生活中不可能有这样的事儿，但是塑造谭嗣同这样的好汉形象，这种极端化是有作用的。因为，这个极端化是那位好汉性格的合理的放大。

## 没有主人公的长篇小说——《家园笔记》

长篇小说《家园笔记》是文学评论家扎·仁钦道尔基给我介绍的。那是我国当代作家谈歌写的汉文长篇小说。虽然我没读完那部小说就给了别人，但是写作手法给我留下了深刻的印象。

我们一直在说，一个长篇小说里应该有几个主人公。比如说，长篇小说《茫茫的草原》的主人公是特木尔和斯琴，《草原烽火》的主角是巴图吉日嘎热和乌云琪琪格等等。小说主人公的情节从头至尾地贯穿着整个文章，串连着一切事情，执行着表达小说中心思想的任务。所以，写长篇小说的过程其实就是完整地塑造一个或几个主人公的形象，写他们的命运、情节的过程。

这是长篇小说创作中，早就定型的规律。

可是，长篇小说《家园笔记》打破了这个规律写得还很成功，这一点引起了我的注意力。

《家园笔记》里出现很多人。开头的一百多页就出现了至少五六十个人。他们的故事有的相互有关联，有的一点关系也没有。有的是当代人，有的却是好几十年前的人。那么多人，你说谁是主角呢？谁都不是。所以，按照我们原来的规律可以说这部长篇小说没有主人公。真的，总不能把那么多人都当成主人公吧？

这部小说里，从开头到结尾都有一个人，那是第一人称的“我”。但是这个“我”怎么也不能成为主角。“我”只是整个小说的连接点。

“我”的作用是拜见那很多人中的某些人，采访某些人的事情，记录从别人那儿听到的某些人的故事。

裁剪拼凑那么多人的故事得费多大的力气呀？如果让一个或几个主人公去连接那么多故事更费劲。但是《家园笔记》的作者没有在裁剪布局、连接上费力就写成了小说。

观察这部长篇小说的结构，简直就是巧妇的碎布袋。“我”讲的故事、从别人那儿听到的事情、零碎的采访笔记、零散的档案材料等东西混合成一起，形成了多种视角，给读者一种奇妙的艺术感觉。

那么，这部长篇小说违背了传统规律怎么还成功了呢？主要有以下几个原因。

一是因为人物太多导致故事散了，但是思想很集中。小说里写到的那么多人的故事其实都是野民岭这个地方的故事。《家园笔记》的家园就是野民岭。小说里的“我”是野民岭的人，“我”采访的那些人也都是野民岭的人。所以人再多也都是同一个家园的人。还有，写一个家园的那么多人的时候，作者紧紧地抓住了一个焦点——野民岭家园的人们的好汉性格。野民岭里的野民有点野性的意思。那个地方历来多出好汉。不管是起义的头头、强盗土匪、当兵的、当官的、逃兵或者流浪者，甚至不管是男的还是女的，不管多少人，他们身上普遍存在着一种硬气、胆识、不怕死的豪迈，如同家园的名字般的野性世世代代流淌在那里的人们的血液里。

这部长篇小说突出写那些人的野性，所以人物再多，故事再多样最终都能集中到那一个聚焦点上。甚至说，这部长篇的重点不是刻画那些人的野性，而是反映传统的性格正在衰退。那家园的人们以前何等地勇敢，现在他们的后辈怎样丧失那种传统精神，对比刻画这些落差才是这部长篇小说的主要任务。换句话说，这部长篇小说立足在反映人们的传统精神、原始性如何在现代化经济、文化的条件下变化和消失这个主题上的。所以，虽然人物多，故事也多，但是最终能集中在一个根基上。

二是“我”这个人连接了所有的事儿。“我”这个年轻的军人是生长在野民岭的人。理解并佩服家乡人的传统精神，想收集整理家乡好汉的故事。小说里无论出现几个人，发生多少故事都是通过“我”的嘴说出来，通过“我”的笔写下来，通过“我”的心传达出来。所以不会出现分散的情况。

总的来说，这部长篇小说虽然人多，故事线索多，但是作者把那些都归结在家乡人的性格这一个点上，用“我”这条唯一的线连接起来，所以变得集中明朗还丰富，真是奇迹。

没有主角的一个长篇小说就这样形成了。这种写作手法我们也可以参考。

### 多向叙述——《檀香刑》

《檀香刑》是著名作家莫言写的长篇小说。因为一时很盛名，所以我也拿来读了。虽然整个小说给我的感觉没那么出奇，但是写作手法很新颖。

这部长篇小说的故事梗概是这样的：年轻女人孙眉娘的父亲因为带领农民发动起义反抗德国修铁路的事儿不幸被捕。为了从德国人那里讨点面子，掌握着清朝大部分军权的袁世凯亲自下令，用最残酷的酷刑杀死孙氏女人的父亲。虽然杀掉一个人很容易，但是没人知道最残酷的酷刑是什么。因为袁世凯要求必须残酷地折磨孙氏，还不能让他立即死掉，让他活到德国人修的铁路通火车为止。这种任务一般人是做不到的，必须找个精通刑罚的人来做。然后真的找到了一个精通刑罚的人。这个人不是别人，正是起义领头人孙氏的亲家，孙眉娘的公公赵氏。赵氏是京城皇宫衙门里的专业刽子手中最出名的一个，正告老还乡跟儿子儿媳生活在一起。能完成袁世凯交代的任务的只有他了。就这样折磨死孙眉娘的亲生父亲的任务落在了孙眉娘的公公身上。

孙眉娘的公公考虑再三后决定使用檀香刑。这世界上只有他知道那个刑是怎么进行的。把一个粗檀木削出尖儿，放在油锅里长时间煮，增强檀木的硬度。然后把犯人绑在木板上，把尖尖的木头从下身慢慢地往里敲。最大的技术在于把那个带尖儿的木头从下身打进去再从肩膀那儿打出来这一路不能伤到内脏，得让他活着。换句话说，把带尖儿的木头打进去的时候一定要精确掌握尺寸。这样的话犯人非常痛苦但不至于断命。刽子手真的成功执行了那个酷刑，整个小说结束。

引起我注意的不是小说里描写的那个残酷野蛮的酷刑，而是作者的写作手法。

这部长篇的主要人物是孙眉娘父女俩、赵家父子俩（孙眉娘的丈夫和公公）、钱氏县官（孙眉娘相好的男人）这五个人。五个人的关系如上所述。起义的领头人孙丙是孙眉娘的父亲，刽子手赵甲是孙眉娘的公公。给孙眉娘的父亲用酷刑的差事落在孙眉娘的公公的身上。钱氏县官虽然不想杀死相好孙眉娘的父亲，但是也不敢让袁世凯生气，所以夹在中间很为难。整部小说主要写了这五个人的纠葛矛盾。

如果按照常规写的话，怎么布局这五个人的故事是作者的主要任务。那是个很费劲的事儿。但是这部小说里作者用了一种特殊的表达手法，所以没费多大劲儿就解决了这个问题。这手法是什么呢？就是轮换第一人称写作法和第三人称写作法，而且把第一人称写作法各自用在文中的五个人身上。

具体说：这部长篇小说分为三大部分。第一大部分，孙眉娘和他的公公赵甲、丈夫小甲、相好钱丁四个人以第一人称叙述各自的想法、行为。这四个人都以第一人称叙述完一遍“我怎么样怎么样……”的时候，故事的线索，人物之间的关系，人物的性格变得明晰起来。第二大部分，作者却用第三人称写作，从侧面叙述这几个人的事儿。第三大部分里，五个人再次以第一人称把各自的想法事情说了一遍后全文结束。依我看，因为用了这种手法，这部长篇小说避免了裁剪布局等诸多麻烦。

我们不能把这部小说的特殊写作手法原封不动地搬过来使用。但是可以得到一种启发：写长篇小说的时候可以用多种手法。

## 傻人的聪明作用

以傻子当主人公的小说并不罕见。为什么呢？刚开始的时候我感到奇怪，后来才理解了其中的奥妙。

八十年代，我看过一个短篇小说，叫《选举》。那篇小说的主人公是个傻子。村里要选村长。村民们有的选自己的亲戚，有的选关系好的人，有的选跟上级领导有关系的人……就这样发生了很多复杂的事儿。嘴上都说选出一个德高望重的人，但是暗地里选跟自己有关的人，他们互相欺骗，暗中勾结，出尽了洋相。这篇小说的主人公是个傻子。人们都嘲笑他，只有一个姑娘同情他，偶尔照顾他。

到了选举那天，村民们像上面所说的那样按自己的需要选了自己的人。统计票数的时候，关心同情傻子的姑娘得了一个选票。谁选了那个姑娘？是那个傻子。在傻子眼里没有比这个姑娘更好的人。别人都嘲笑他，只有那个姑娘可怜他照顾他，所以傻子选了她。

就这样的一个短篇小说。作者写完这么个事儿，没做任何分析和解答，把很多问题留给了读者。这篇小说给读者留下了很大的思考空间。

一是这次选举没能选出真正的德高望重的人。所有人只在嘴上那么说，行动上却没那么做。他们都选了对自己有利的人。傻子跟别人也没什么两样，选了对自己有利的人。但是无论怎么想都觉得傻子的选票跟别人的有区别。区别到底在哪儿？这是一个问题。

二是选村长就得选个能带领全村的人吧？但是傻子选的姑娘没有那样的能力和素养。那个姑娘最大的能力是同情被人嘲笑的傻子而已。选那样的人当村长不是笑话吗？但是我们的傻子诚心诚意地选了那个姑娘。怎么看待这个问题？这也是个问题。

三是我们从本质上怎么评价傻子的选择和别人的选择？怎么评价这次选举？作者到底想说什么？这是接下来出来的诸多问题。

仔细想想，这些问题的答案隐藏在文章的字里行间。

一、别人都从利益的角度选人，只有我们的傻子选了自己心目中最好的人。这是别人和傻子对待这次选举的最大的区别。换句话说，这个傻子的举动或多或少地接近了这次选举的目的。不会选择有能力的人，至少选择一个好人是没错的吧？

二、这次选举中被点名的那些人哪个都不是能带领民众的人。当然那个姑娘也包括在内。但是别人都是以只能在心里想不能在嘴上说的那种目的选了各自的人，只有我们的傻子直接选了自己永远敬爱的人。换句话说，别人都不是出自本心，而是因为各种原因参加选举，只有我们的傻子真心参加选举。这样说来，傻子以比别人更高贵的态度参加了选举。

三、如果所有人都用傻子那样的态度参加这次选举的话事情也许简单得多。因为，不管傻子选的人怎么样，至少他是真心想选出一个好人。但是众人没有那样做，所以这次选举充满了遗憾。

那么，作者到底在跟我们说什么呢？从人民性的角度说，反映了我们的民众中存在着只考虑眼前的蝇头小利，不考虑长远大利益的可怜情况。从组织角度说，反映了在基层实施真正的民主还有很大的距离。作者也给读者留下了进一步细致思考存在这种现象的根本原因的空间。然而，作者能简单明了地表达出这些想法都跟那个傻子有关系。看吧，一个智力健全的人还不如傻子那么善良、那么直接，甚至在考虑长远、理解选举的意义、认清好坏等方面也都远不如那个傻子。但是那个傻子又有什么了不起呢？选了一个他口渴的时候送来一瓢水的，偶尔给他补补破烂衣服的姑娘当村长。

这篇小说中的傻子发挥了一种尺度、标准的作用。他的思想、举动在文中成了对待这次选举的最基本的标准和尺度。那些不傻的人的思想、举动还达不到这个最低标准，所以参加这次选举的人们和选举的过程当然变得荒唐了。

作者在说，我们做得还不如傻子呢。从此以后我开始注意以傻子为主人公的文章。好几个作家都通过傻子，形成一个特殊的视角，串连文章的情节，深化文章的思想。

《铁皮鼓》是德国诺贝尔文学奖获得者君特·格拉斯的长篇小说，《尘埃落定》是我国著名藏族作家阿来的长篇小说。这两部长篇小说的主人公都是一个傻子。

《铁皮鼓》的主人公是身高只有九十四公分的傻子。《尘埃落定》里的主人公是一个睡觉醒来自己在哪里都想不起来的傻子。

这两部长篇小说都以傻子当主人公，发挥了以下几个方面的作用。

一是形成了超越常人的认识和主观的特殊视角。既然是傻子，看事情的角度是傻子的角度，考虑问题是傻子的思维，说的是傻话。这样一来，常人看好的人物或事物对他们来说不一定好。常人觉得错误的事情他们也许觉得正确。傻子说话很直接，他们不知道虚情假意，有什么说什么。读完这两部长篇小说你会觉得他们不是真傻。《铁皮鼓》的主人公是用各种手段让自己停止长高，装疯卖傻的人。《尘埃落定》的主人公的思维有时候比正常人还聪明超前。所以，这两个傻子身上形成了一种超越时代认识水平的，超越那个环境的道德限制的视角，能更深刻地呈现事情。

二是形成一个新奇的氛围，拓展了小说的容量。因为是傻子的思维观点，一种飘渺的、梦幻般的氛围自然形成。《铁皮鼓》里的傻子一敲起鼓就能看见自己出生以前的很多事情。《尘埃落定》里的傻子看到的很多事情都是违背常理的。因此小说情节变得新奇，还拓展了文章的内容和思想，融进了很多东西。

三是这两个傻子最主要的作用表现在连接归纳整个文章的情节、思想上。第一个傻子如果没有敲起鼓就能看见过去的事情的能力，就不能像现在这样安排布局整个故事情节。土司的傻儿子如果不是不时地冒出一些傻想法干出一些傻事儿的话，文章的矛盾冲突不会像现在这样发展下来。

这两部长篇小说的作者各自想到了这么一个傻子当主人公，轻松地解决了从情节到思想的诸多矛盾。我觉得，这两部长篇小说都写进了傻子是小说写作技巧范畴的问题。因为这样安排都是为了巧妙地串连小说的情节，深化小说的思想。我们开始构思文章的时候，会碰到很多矛盾冲突。找到某种合适的办法，那些矛盾冲突也许很容易就解决了。所以，思考研究各种手法是重要的。从这个意义上讲，上述的两部长篇小说能给我们一个启发。有些作家编造一个傻子主人公原来能发挥这样的作用。

# 第四章　从文学巨匠的作品里得到的收获

## 《静静的顿河》——顿河岸边的社会生活的油画

《静静的顿河》的开头是美的。

“麦列霍夫家的院子，就在村子的尽头。牲口院子的小门朝北，正对着顿河……”

没有任何比喻和修饰，就普普通通的几句话不仅告诉了我们这一户的地理位置，更主要的是描绘出了一种看得见摸得着的环境和氛围。

一座村庄的北边流淌着一条叫顿河的河。有一户人家坐落在村子的尽头。离房子有点距离的牲口院子肯定是在高一点的地方，因为不在高一点的地方的话，不会说院子的小门正对着顿河。至少是能从牲口院子的小门看到顿河的。再说，因为是河边，草木肯定茂密。在这里没日没夜地听到顿河流淌的声音，早上和晚上这里弥漫着浓雾，散发着泥土的清香……

读完这部长篇小说的开头两句，真的可以产生上述的想象和猜测。文学的语言不能只停留在交代事物上，更要呈现事物。不仅给读者交代发生了什么，还要努力呈现怎么发生的。

在这一点上，《静静的顿河》是个很好的例子。

读这部长篇小说关于环境、生态、生活的描写，自然而然地想到浓厚这个词。色彩浓厚、声音浓厚、味道浓厚。好像在欣赏西方的油画。读小说中的描写仿佛能看见顿河的年轻人骑上马上战场，仿佛能听见战马的马嚼子在丁零作响，仿佛能闻到马身上散发出的马汗的味道。读割草的片段时，仿佛能看见在秋天的草原上，风吹着茂密的草，天边云朵在移动。

《静静的顿河》中很少看到奇特的比喻修饰，也没有夸夸其谈。小说用朴实无华的词汇描绘出了顿河岸边的景象、人物的形态，给读者一种身临其境的感觉。这部长篇小说的语言文字真像有神奇的魔力。

我觉得拥有这种魔力的最主要的原因是，带动了读者的想象力。好的语言能带动读者的各种想象、联想、艺术思维。结果是，读者想象文章里并没有交代的景象，走进一幅生动的画面中。很明显，这部长篇小说开头的两句话就发挥了这样的作用。

麦列霍夫家的院子，就在村子的尽头。读者不仅能从这句话里知道有那么一个村落，还不得不把注意力集中到村子尽头的那户人家的院落上。在村子的尽头，那是不是离村里人挺远呢？而且院落是不是很宽敞呢？读者可能会产生这类想法。这时候，读者不仅知道了麦列霍夫家院落的位置，还情不自禁地想象、构思那院落的样子。读到牲口院子的小门朝北，正对着顿河这一句的时候，读者的艺术思维肯定会进一步被带动起来。接着还可以产生因为是牲口院子，应该离人的住处稍微远一些，而且如上所说，那个院子应该在高一点的地方等等想法，还可以想象村北边流淌的顿河的样子。比如，那条河流淌的声音，泥土的芬芳、浓重的雾气等等。从牲口院子这个词儿也能想象到随处可见的新牛粪，母牛和牛犊的哞哞声，去挤奶的女人的身影。读者心里产生这种种想象、联想、艺术思维的时候，一幅有关环境的生动的画面当然就出现了。

文学的语言就应该是这样的。说到这儿，想起纳·赛音朝克图的《蓝色绸缎袍子》的第一段。如果只是从字面意义上讲的话，那一段里只出现绿茵茵的草地、新盖的毡房、聪敏的姑娘等三个具体事物。但是这些文字给读者一个广阔的联想空间。读到绿茵茵的草地，洁白的毡房的时候不可避免地联想到草原上的蓝天白云。这样一来，呈现在读者眼前的不只是草原和毡房，而是以草原和毡房为主的一个完整的画面。所以那段文字得到读者的喜爱。

我们写东西的时候学会用这类语言是很重要的。

## 《永别了，武器》——最简洁的写作

海明威的作品，我读得不多。但是读完他的长篇小说《丧钟为谁而鸣》和《永别了，武器》后，他小说里简洁的写法给我留下了深刻的印象。

我在这里说的简洁指的是故事的线索简单直接，情节简短利落的那种特点。这两部长篇小说有几个特点。

一、人物少。长篇小说《丧钟为谁而鸣》的主要人物不超过四五个。长篇小说《永别了，武器》的主要人物就两个。

二、人与人之间的关系不复杂。

三、故事也简单。《丧钟为谁而鸣》写了游击队炸桥的几天的事儿，《永别了，武器》就写了一个军人和护士的爱情。

看起来就是普普通通人的简简单单的故事。几乎没有意外的情节，没有突然发生的危险，也没有复杂的裁剪或布局，就把一个普通的事儿从头到尾地直接写下来。人物也是普普通通的人。他的作品里没有智慧超群有勇有谋的人物，甚至女主人公也不是美女。

也许这是海明威的作品最独特的特点。他的这个特点在《永别了，武器》中尤为明显。

意大利的战场上有个伤兵的疗养院。住进那里的一个中尉跟一名护士姑娘开始谈恋爱。他们之间没有发生我们的一些作家的作品里出现的那种火热的爱情，也没有发生什么浪漫的故事。住在村里感到寂寞的军官们找疗养院的护士们解闷，护士姑娘们也跟他们聊天缠绵，打发晚上的时间。他们俩就是其中的一对。说他们恋爱，不如说他们解闷更准确。后来两个人分开了，男的去找女的，两个人再次相见，但是女方死去，整个长篇就这样结束。读这部长篇不知不觉地产生一种想法，海明威是不是故意避开那种复杂的故事和精巧的布局？

某个评论家说过类似的话，海明威不画枝繁叶茂的大树，而是砍掉树的旁枝末梢留下最有用的主干。那个评论家还说："海明威把冰山的八分之七藏在海里，只露出八分之一在海面上，但是读到的人通过想象能从八分之一看到八分之七。"

我突然想到，海明威的本领不在于编造复杂的故事，而在于他简洁凝练的叙述上。看《永别了，武器》的开头部分：

"那年夏末，我们住在乡村的一幢房子里，从那儿可以望见隔着河流和平原的群山。河床里有大大小小的卵石，在阳光下，表面干燥，泛着白光。河道里水流湍急，河水清澈蔚蓝。部队从房前走上大路，激起的尘土洒落在树叶上，树干上积满了尘埃……山里正在打仗，夜里可以看得见炮火的闪光。在黑暗中，这仿佛是夏日的闪电；只不过夜里阴凉，并没有夏天风雨欲来的那种闷热感……有时，在黑暗中，我们听见部队从窗下走过，还有摩托牵引车拖着大炮经过的响声……”

多么朴素的叙述啊！用普普通通的语言讲述了从住着的房间里看到的普普通通的风景。

摘抄一下在雨中退兵的一些片段：

“我们出城的时候，天下着雨，一片黑暗，小城空荡寂寥，主街上只有几队开拔的部队和大炮行进。小街上也行驶着许多卡车和马车，纷纷向主街集合……我们在雨中缓慢而平稳地前行，车子的散热器盖几乎能碰到前面一辆卡车的尾板——那卡车满载着物资，堆得很高，上边覆着已经被打湿了的帆布。之后卡车停了。整个队伍都停住了。卡车又往前开了一下，我们往前稍微挪了一点儿，就又停了……”

这部长篇小说中，这样描画了在下着倾盆大雨的漆黑的夜里很多兵马从城里退出的情景。退兵的章节中反复写这种失去秩序的、拥挤混乱的、喧闹的、着急抱怨的氛围。但是这些章节里看不见比喻。上面的这段文字里也是，除了黑暗、空荡寂寥、许多、缓慢而平稳等几个词外没有别的判断客观存在的字句，只是一种平缓的朴素的叙述在持续着。但是，就是这种普普通通的叙述把周围的氛围描绘得活灵活现。

这就是海明威的作品。

他能用这种极朴素的叙述给读者心里刻下诸多景象。读了他的小说就忘不掉。这是因为他的语言魅力。

上述的例子证明，语言的魅力不仅通过比喻、比拟、描写表现，还能通过凝练的朴素的叙述呈现。说实话，朴素的叙述更有力地呈现语言的魅力。从这里我们可以看出海明威杰出的能力。

## 《悲惨世界》——智慧的海洋

我读过维克多·雨果的好几部作品。从受到众人喜爱的《巴黎圣母院》到《九三年》《笑面人》《悲惨世界》等等。其中我最敬佩的还是《悲惨世界》。我前后三四次读过这部长篇小说。这部作品的奇妙之处真是说不尽。抛开铺展的画卷的广阔、人物故事的奇特不说，就是时不时地对社会生活做出的深刻幽默的分析都能让人心生敬佩。除此之外，深深铭记在我脑海里的还有文中那些充满智慧的话语。有些话，除了维克多·雨果，别人说不出来。

“世界上最宽阔的是海洋，比海洋更宽阔的是天空，比天空更宽阔的是人的胸怀。”我多次见过其他文章引用这句话。他的好词佳句可不止这些。比如说：

“狗是一种多么奇怪的畜生啊，用舌头淌汗，用尾巴微笑。”

谁不知道狗啊？但是这样说很出人意料。仔细一想说得还真对。狗这个动物表示友好的时候会摇尾巴。所以说用尾巴微笑，又幽默又准确。热的时候狗吐出舌头是为了排解体温。说它用舌头淌汗有什么不行的呢？

“对权威这个东西有两种服从：要么像奴隶服从上帝那样服从，要么像驴子服从鞭子那样服从。”

这句话说的是自愿服从和逼迫下服从两种情况。但是把这种意思这样表达出来就让人称奇了。奴隶是从内心深处自愿相信并自愿服从上帝。他们真诚地信仰上帝，向上帝做祷告。但是驴子是因为害怕鞭子才服从。用鞭子抽会疼，所以只能按照主人的意思走。两种服从的本质不同，但是结局却是一样的，都是按照别人的意图努力。

“任何人初到一个说话的嘴多而思考的头脑少的小城里总有够他受的。”

这座小城里的人善于传递闲话，传递真假消息，但是在思考斟酌事情的原委方面欠缺。

除此之外，雨果在描写人物形象的时候善用有趣又简明的语言。描写一个人笑的样子时写道，像小学生一样笑。写主教的老女佣时写道，可以用村妇这个词来概括她所有的特点。文学中怎样表达一种思想不是技巧的问题，而是智慧的问题。

维克多·雨果的智慧不仅体现在语言叙述上，更体现在故事的布局和内容的容量上。《悲惨世界》写了一个逃犯（从监狱里被释放后逃脱监督消失了的）、一个妓女、一个孤女三个人。但是内容的丰富让人惊奇。这三个人的故事布局很奇妙，还通过他们三个各自的故事一一描绘出城市的无赖青年、法院、教会、警察等社会多方面的人，展开社会生活的壮阔画面。这也反映出作者超人的智慧。《维克多·雨果传》的作者这样写道："人类遗忘的大海淹没了多少19世纪的作品。而雨果的作品像群岛一样，傲然挺立于大海之中，露出它们那千姿百态的尖顶。"那个尖顶当然是超人的智慧的尖顶。

## 《木木》——用动作准确地表达内心的例子

屠格涅夫在中篇小说《木木》中写了一个哑巴农奴。

既然是哑巴，没有用语言表达思想的能力。作者也没有写哑巴这样想了那样想了之类的话。但是读过的人都能准确地理解哑巴的心理活动。因为作者巧妙地选用了能准确地表达哑巴复杂的内心活动的动作。

这部小说的故事梗概是这样的：在莫斯科的一条偏僻的街上，生活着一位性情古怪喜怒无常的富裕老太太。老太太养着很多奴仆，那些奴仆中有个身强力壮的哑巴，名字叫盖拉新。整个小说也正是写了这个哑巴。

盖拉新生下来就聋哑，听不见人家说话，自己也不会说话，所以日子过得很孤独。人这个动物喜欢有个朋友陪伴自己，哑巴盖拉新也一样。有一天，盖拉新救了一条带黑点子的白毛小狗。不会说话的人也不会给狗起名字。他每次叫狗的时候鼻子里发出类似“木木”的声音。所以，人们把那条小狗叫作“木木”。所以，这部中篇小说的标题是那条小狗的名字。

对哑巴盖拉新来说，木木是他最亲密的伙伴。但是他的主人，那个阔老太太有失眠症，一天晚上被木木的叫声惊醒后再也睡不着了。让老太太失眠的这事儿成了大事儿。一个阴谋很快就开始了，阴谋者的目的是杀掉或赶走哑巴盖拉新的狗。但是，对可怜的哑巴盖拉新来说，离开亲爱的木木不亚于一个父亲看着儿子被抢走的痛苦。于是，哑巴盖拉新想保护木木，其他人想毁掉木木……就这样小说的情节发展下去，最后哑巴盖拉新亲手杀死了木木回了老家，小说也结束了。

这部中篇小说最巧妙的地方在于用动作行为描绘出哑巴盖拉新的几次心理活动。

木木第一次脱离危险后（这其实是哑巴盖拉新的错觉，那条小狗不是脱离了危险，而是见哑巴盖拉新死也不想让木木受害，阴谋者暂时推迟了杀害小狗的动作，暂时麻痹哑巴盖拉新，以便找准机会再下手），哑巴盖拉新比任何一天都麻利地工作。一早起来就把院子打扫得干干净净，还加固了院子周围的杆子。可怜的，这个不会用言语表达心情的人的这些行为举动中我们清楚地看出他高兴的、对宽容他木木的人们表示感谢的、请求人们不要再伤害木木的心理。

没有姑娘喜欢哑巴盖拉新。但是盖拉新喜欢上了在厨房干活的一个姑娘。他虽然在心里喜欢着姑娘，但是没有产生跟姑娘谈恋爱的想法。在爱情方面他也是很有自知之明的。有一天，那姑娘出嫁了。那天晚上盖拉新在干啥呢？在马棚里刷马呢。不停地刷，刷了很久，而且刷得很用力，所以马有点站不稳。从这些举动中我们能清楚地看到哑巴内心的委屈和悲伤。

在无法言说的强压下，盖拉新只好带着心爱的木木，亲手把它淹死了。写到这儿这篇小说也进入了尾声。

那天晚上，从莫斯科通往家乡的路上，哑巴盖拉新敞着衣服，大步地走着。途中遇见有人在割草，盖拉新拼命地投入到了那劳动中，旁人看着都害怕。在迈着大步走向家乡的盖拉新身上，我们能看到他内心深深的悲痛，能理解到他扔下伤害他的城市头也不回地走掉的心情。从不要命地投入劳动的举动上能看出他内心的巨浪。

顺便说说，我反复考虑过，这部悲剧巨大的震撼力到底来自什么？我得到的结论是：这都来自作者把主人公哑巴盖拉新的动作行为安排到一个总是无意识或者是总是消极的位置上。哑巴盖拉新反复被欺负被侮辱，但是没有积极反抗。他的愤怒、他的怨恨都堆积在他心灵深处。越这样，读者心里就越同情哑巴盖拉新，越替他着急。这个身强力壮的哑巴奴仆某一时刻忍无可忍的时候会不会大发雷霆？这已经不是读者的猜测，而是他们的希望。但是哑巴盖拉新直到小说结束都没有那样做。这一定让读者心里产生很大的遗憾和悲伤。作者理解一个道理，反抗后失败是悲剧，连反抗都不做就被压倒是更大的悲剧。哑巴盖拉新哪怕一次也好，做出反抗的话，读者的心意得到满足了，但遗憾和悲伤也就淡下去了。

## 杰克·伦敦作品中的英雄主义

杰克·伦敦的作品翻译成蒙古文的很少。如果他的小说翻译和介绍得比现在多一点的话，我觉得对我们的读者来说是更多的精神享受，他的作品也会得到更多的喜爱。

从介绍上看，杰克·伦敦出生在十九世纪八十年代末的美国。但是贯穿在他作品中的英雄主义跟蒙古族的一些思维特征很接近。正因为如此，读了杰克·伦敦的作品后我想，我们的民族中也有很多类似的故事，我们的作家们怎么没有把那些故事写出来呢？真的，我们怎么没有想到把那些故事写下来呢？

蒙古族本质上是一个有胆识的英雄的民族。这种胆识是历史和生活环境赋予的。一望无边的戈壁沙漠、无边无际的旷野。严寒酷暑、暴风雪、冰雹……蒙古人赖以生存的自然环境就是锻炼胆识的场所。长年的历史转变中所经历的战争、屠杀、仇恨、压迫、欺骗在他们的血液里融入了刚强的意志和顽强的韧劲。到目前为止，在蒙古人中还随处可见的爱喝酒，不计得失，一般的伤害下不心伤，超人的韧劲儿……等等都是这个民族英雄主义的印记。

奇怪的是，这些特征在我们的作品题材中还没有占据主要的位置。

我们只看见一望无垠的草原、缓缓流淌的江河、洁白的蒙古包，却看不见动物绝迹的雪山、望而生畏的冰冷的沙漠、嚣张的沙尘暴。我们只看见深情呼唤彼此的母牛和牛犊，羊圈里撒欢的羊儿们，却看不见高空中盘旋的雕，深山老林中觅食的野狼。我们只看见阿妈慈祥的目光、恋人甜蜜的笑容，却看不见充满悲伤的脸、溢满仇恨的眼睛。甚至，我们只看见自己懦弱的一面，却看不见英雄的一面，回忆传统的时候也是只看见自己艰难落后的步伐，却看不见力量和希望。

我们的作品是不是离英雄主义越来越远了？

从这个意义上来讲，近些年写草原好汉的那些中篇小说至少呈现了我们民族传统精神中的一种珍贵的存在。但是我们的草原好汉也缺少深度，缺少生命的坚韧性、永不回头的追求、赤裸裸的人性等等。我们写的那些好汉有点像调皮的年轻人酒后的游戏：赶走富人的马，吹着口哨飞奔，赶到很远的市场去卖，怀里揣了很多钱，花钱如水，晚上跟漂亮的姑娘相约后快乐地远去。

民族的英雄气概是通过生命的内动力、人的本性的流露来展现的。

杰克·伦敦不只看到了这种胆识和气概，还当成文章的主旋律来演奏。当然，他不是从蒙古大草原上看到这种英雄气概的，而是从美洲的旷野上看到的。

他的中篇小说《热爱生命》写了什么？

遇到生命危险的时刻被朋友抛弃的一个汉子艰难地走在深山老林。那人不是因为怕死，而是因为生命本能的挣扎继续艰难地前行。饥渴、疲惫不堪的这个人还碰上了一匹面临饿死的生病的狼。对没有力气捕食的这匹狼来说筋疲力尽的、一瘸一拐的这个人是它理想的猎物。于是人和狼互相窥视、警惕、跟踪……最后进行激烈的争斗。结果人战胜了狼，喝了狼血。

这部中篇小说就是一部生命力量的赞歌。杰克·伦敦的很多小说都是以这样的精神为题材的。他文章里的自然世界、环境里都埋伏着艰难险阻和危险。他文章里的主人公都是在绝望中不屑地奋斗努力挣扎的人。他的环境是考验意志的残酷艰难的环境，他小说里的主人公是接受着那个环境的严峻考验的英雄人物。我觉得，其实离现在不算遥远的年代，蒙古族当中那样的精神也占据着很重要的位置。不信的话去问问现在还健在的家乡的老人，他们不仅能讲出很多那样的故事，还能告诉你故事里的人跟讲故事的人生活在同一个年代。叫某某某的孕妇在大雪天放羊的时候在野外生孩子了，她自己撕下羊皮裤的一个裤脚，裹住婴儿，从容地抱着婴儿回家了。讲故事的人还会补充一句，那个女人就是现在的某某某的奶奶呗。叫某某某的兄弟俩走进无边的荒漠时只剩下了半瘤胃水。那点水只够一个人喝，所以兄弟俩之间必须死一个。兄弟俩扔羊踝骨来决定谁生谁死，结果弟弟摊上了死的命运。于是，哥哥为了免除弟弟忍受渴死的痛苦，拿出蒙古刀一刀捅向了弟弟的胸口。我小时候不仅听说过这个故事，还见过那个杀了弟弟的人。我至今还记得，他脸色微黑，不怎么说话，见到人就平静地微笑。

现在，我们不是更需要英雄主义吗？我们为什么不写它？那是我们民族的精神啊。我想借杰克·伦敦的集子的序言里的一句话来结束这次笔记：

请听野外的狼的嚎叫，那就是杰克·伦敦的小说……

## 钦吉斯·艾特玛托夫小说里的独特的世界

真正成熟的作家在一个文章里创造一种世界。这里所说的世界，当然不是我们平常说的世界，而是文学的世界。在文学里，他们创造各自的生活世界、人物世界、精神世界、思维世界。

艾特玛托夫在自己的小说里创造了一个个奇妙的世界。

《查密莉雅》中创造了一个成长中的男孩的内心世界。《海边奔跑的斑点狗》里创造了人的生命的坚韧的世界。《一日长于百年》中创造了底层劳动人民的生活和精神世界。《断头台》里创造了有关社会、生命、宗教和竞争等等的更加奇特的哲学世界……

八十年代初，艾特玛托夫在我区蒙古族作家中产生了很大的影响。后来想想那主要基于两个原因。一个是，在当时的苏联，他是用自己的母语创作的少数民族作家，又是世界上出了名的作家。在那个所有人都觉得少数民族作家不用汉语写作就出不了名的年代，艾特玛托夫这个活生生的例子给母语创作的蒙古族作家们注入了信心。还有一个是，他小说里创造的奇特的世界由于某种原因特别受到蒙古族作家的喜爱，激起了他们的写作兴趣。但是到底是什么原因，我到现在也不太清楚。

总之，艾特玛托夫小说里的世界是很独特的奇异的世界。能创造出那么奇异的世界的主要原因可能是艾特玛托夫深刻地理解并感受到自己民族和家乡所面临的很多问题。

《断头台》到底写了什么？开头出来一对公狼和母狼。那两匹狼在人们打羚羊的围猎中失去了狼崽逃到很远的一片长满毒草的空旷的草原。读到这儿，可能以为这是生态小说。但是接下来出场的却是一个前来采毒草的年轻人。通过叙述这个年轻人的遭遇，呈现贩卖毒品的情况，还铺展开有关宗教教义、保护家乡之类的事情。文章的结尾部分反映了集体生活、官僚主义等等。文章里还写人逮住了狼崽，想念狼崽的母狼抢人的孩子后逃跑，想射杀狼结果射死了孩子……等事情。很难用一两句话来总结这部长篇小说的内容和思想。因为，这部长篇小说比较深刻地剖析了社会上的好几个方面的大问题，做了深刻的根本性的思考。但这些不是通过说教的形式，而是通过艺术形式呈现在读者面前，创造了一个奇异的艺术的世界。

从艾特玛托夫小说里创造的世界，我们至少看出以下几个特点。

一是向人的原始性深入。中篇小说《查密莉雅》能触动读者心弦的原因是写了成长中的男孩从嫂子身上看到了异性的美丽，因此，男孩心灵深处萌生了激动、烦闷等模糊却强有力的感情。男孩的那种心情是比法律、道德更深刻的，人的内心深处的原始性的表现。人的所有思想、行动都是从那个原始性植根发生的。所以，写这种原始性对文章的思想来说肯定是一种超越。

二是把心放在全人类面临的共同的问题上。破坏生态、吸毒、人与自然、牲畜的关系、宗教问题，这些都是超越国家民族范围的全人类面临的问题。《断头台》正反映了这些问题，所以内容的范围就变得很广阔。

读艾特玛托夫的小说，我们蒙古族小说的差距就显而易见了。这个差距主要集中在不深刻这三个字上。我们总是在写我们民族的缺憾、毛病，也在反映我们民族面临的很多社会问题，但是我们还没能深刻地反映出来，还纠缠在表面上。我们还没有注意到人的原始性，没有观察和思考全人类的命运这样高层次的问题。艾特玛托夫的作品告诉我们这个结论。

想别人没想过的，说别人没说过的，这是艾特玛托夫的那个独特的世界的突出特点。

# 第五章　说说自己的作品

## 关于《沙梁那边是十三世纪》

这个短篇小说是1986年我在通辽市科尔沁宾馆写的。那年，《民族文学》杂志社在通辽举办草原作家笔会，十九个民族的三十多个作家聚到一起。我和莫·阿斯尔住在一个房间。

我熬几个晚上写出这个短篇小说的初稿后给莫·阿斯尔，请他帮我看看。一天晚上，他削好铅笔说："今天晚上咱俩就解决你这篇稿子。"于是，我们俩从字句到断落，从情节到细节，认真仔细地修改研究讨论，一直忙乎到早上三四点钟，做了一次详细的修改。阿斯尔是个很有责任感的人。平常的一个句子他都久久地考虑，寻找一个更有艺术的说法。我们俩有时候交换意见，有时候在地上来回走，修改一次不满意就再修改。他能敏感地捕捉到语言最细微的差距，还注重节奏、旋律，所以稿子越润色越鲜艳。文章修改完后阿斯尔可能太疲倦了，有失眠症的他睡不着觉了。平时能吃能睡的我也睡不着了。我们俩分吃了他最后几粒安眠药，谁也没能睡好天就亮了。从那次开始我才理解到，原来文章这个东西是这么修改的，也有了反复修改文章的习惯，不把自己写的东西给别人看听听别人的意见，心里总感觉缺了些什么。

那篇小说就是这样写成的，先后在《民族文学》和《阿拉坦甘德尔》上用蒙汉语发表。

过了十五六年，我再次读这个短篇小说，想说以下两个方面。

一是这个短篇小说是我个人创作路上的转折点。这篇小说中第一次明显地出现，反映民族传统文化思维的美好一面以及无奈地抛弃这些美好东西的历史悲哀的意识。从那以后的很多年，这种题材成为我文章中的主旋律。比这个先写的《大漠歌》中，反映吉格基德想成为真正的驮运队队员的追求以及这个追求落后于历史发展的悲哀的时候，虽然或多或少地赞美了吉格基德果断的、善良的性格，但是也明显批评了他想成为古代式的驮运队队员的目的追求。在《沙梁那边是十三世纪》里不但没有责备戈壁姑娘的思想行动，反而赞美歌颂了戈壁姑娘的美好品质。

从落后于时代的标准和需求，跟社会发展对立和矛盾这个本质上讲，《大漠歌》里的吉格基德和《沙梁那边是十三世纪》里的姑娘是一样的。交通运输发展的今天，吉格基德不断地追求驮运队的荣誉；经济效益放在第一位的年代，戈壁姑娘还恋恋不舍她的驼羔，不愿卖掉它。但是面对这两个人物的时候，作者的态度是不一样的。具体来说，批评吉格基德的落后，赞美姑娘崇高的品质。

我们民族的不少落后的习惯其实也是崇高的东西。我初次在我的作品《沙梁那边是十三世纪》里有意识地，而且明显地表达出来。

我有这个意识也跟莫·阿斯尔有关。《大漠歌》发表后，莫·阿斯尔给我写了一封长长的信，他在信中对吉格基德的形象做了分析，强调了吉格基德身上存在着很多美好的东西。于是我第一次有了这种意识：我们应该从唯物辩证法看待我们民族的一些落后的东西。半年后，我写了短篇小说《沙梁那边是十三世纪》。

我个人觉得我这个短篇小说在艺术方面也是有点成就的。小说虽然不长，但是巧妙地容纳进了戈壁的那个女孩怎么对待男女关系，怎么对待利益金钱，怎么对待牲畜等三个方面的事儿。通过对比沙梁这边和那边，轻松地突出了中心思想。从生命的意义、爱的角度深刻又抒情地描写了用马头琴和长调感化母驼以及被感化的母驼流着眼泪给驼羔喂奶等事情。两次描写红红的落日慢慢地消失在天际的情景，象征了美好的东西终将被遗弃的悲伤。我对这些表达很满意。

我也慢慢察觉到，这个短篇小说中最令我不满意的一点是内容的拓展不够。一些好小说虽然篇幅不长但是给人的感觉是里面包含了很多东西。但是我这篇小说除了被写到的东西外，没什么让读者思考的东西。一切都很明显地展开在读者眼前。于是，我想说说文章的张力到底是什么。

摸一个充足气的气球，我们能感觉到里面有一种张力在往外弹。很多好作品都是这样的。除了文章里明写的东西外，似乎还有很多东西蕴含在里面，但是那些东西到底是什么，我们一两句话也说不明白。那样的文章当然是有重量的文章。《沙梁那边是十三世纪》就缺少了这种重量。

然而，那种张力是怎么形成的呢？物理学上说，物体内部的张力是在挤压下产生的。把大体积的东西塞进小体积里的时候产生一种压力，产生张力。如果文章里也能形成这样的挤压的话，也会产生张力吧。换句话说，能在琐碎的小情节里塞进大内容的话，文章才会有张力吧。

说到这儿，格日乐朝克图的短篇小说《桑如巴的家人们》自然进入脑海里。这个短篇小说是张力很大的文章。

老喇嘛桑如巴和孙子斯琴呼两个赶着驴车聊着天。小说就是这样开始也这样结束的。他们俩的对话涵括了丰富的深刻的内容。这爷孙俩身材的高大和认知的矮小（桑如巴喇嘛不知道人有几颗牙齿，斯琴呼也只能把“罪孽”纠正为“罪过”而已），关于这爷孙俩的心智为什么变得这么愚钝的回忆（爷爷桑如巴在寺庙里当喇嘛，斯琴呼在马背小学上学等等），三代蒙古人的智慧的对比（斯琴呼的父母是文化人，在“文化大革命”中受害，他们的上一辈桑如巴和下一辈斯琴呼变成了文盲）……等等。这篇文章涵盖了这么丰富的内容，所以读起来能感受到一种张力。

这样一看，小说张力的强弱跟内容的容量有着直接的关系。这是其一。

再说，不是把所有的意思都明确地直接说出来，而是隐藏在行为举止的后面，这样自然形成一种张力。

屠格涅夫著名的中篇小说《木木》的张力就是这样形成的。叫盖拉新的哑巴奴仆面对那么多的欺压没有反抗，而是尽可能地忍受着。他那委屈的压抑的心情都是通过扫院子、加固篱笆杆子、刷马、从莫斯科出去后大步走、回到村子后拼命割草……等行为举止表现出来的。盖拉新的举动像一个随时都会爆炸，但是永远不会爆炸的炸弹。如果哑巴盖拉新会说话，把内心深处的愤怒悲伤都喊出来了的话，就不会形成那么大的张力了。

这也是在文章中形成挤压的一种手法，这是其二。

## 我最喜欢自己的哪一篇小说？

我最喜欢《“浴羊”路上》这篇小说。因为我觉得在这部小说里我深入到了人的本性和内心深处。

我们的小说中（当然也包括我的小说）普遍存在着以政治的、道德的，或者是某种社会意识为标准去明辨对错的倾向。不是说不能写这样的小说，但是总写这样的东西，或者离不开这种模式的话会影响我们文章的质量。

文学在本质上应该写生活，写生活中的人性。文学没有分辨谁对谁错的义务。生活的美，人的本质是比对错更深层次的东西。作家对人生做美的或者是内心的判断远比对与错的判断更重要。

浴羊的路上，十六七岁的三个男孩突然对同行的两个姑娘产生了很奇妙的感觉，像爱慕，又像喜欢，想接近她们，又互相吃醋等。这种感觉让他们激动，也让他们伤心难过，脸红，甚至流泪。我们谁能判断成长中的这种经历到底是对的？还是错的？

在这些孩子的情感面前，我们平时说的对错的标准失去了效果。因为这里出现的情感不属于对错的范畴，它是比那个范畴更深刻的东西。

《"浴羊"路上》这篇小说里，我就是试着描写这种比对错的标准更深刻的东西，也反映得不错。

人的生活中存在着很多深刻的东西，因为人的本性是很丰富的东西。比如说，母子的爱、爱情的冲动和痛苦、仇恨、嫉妒、追求、自私的想法、懦弱性……数不胜数。从更深刻的意义来说，那些都是人这个动物的本性的表现。

我们怎么就不能把这些东西反映在文章里呢？我们怎么就不能抛开对与错的辩解，直接去描写人的生存情况、日常的情感思想、人的崇高品质或者卑微低贱性呢？

原因就是，我们太片面地理解中心思想这个东西，太把那个东西放在前面。我是这么认为的。

我们完全排除中心思想当然也不对。拿维克多·雨果著名的长篇小说《悲惨世界》来举例吧，这部长篇小说的序言里作者自己说："只要本世纪的三个问题——贫穷使男子潦倒，饥饿使妇女堕落，黑暗使儿童羸弱——还得不到解决；只要在某些地区还可能发生社会的毒害，换句话说，同时也是从更广的意义来说，只要这世界上还有愚昧和困苦，那么，和本书同一性质的作品都不会是无益的。从这里我们可以看出作者把小说的中心思想定在反映这三个问题上。米哈伊尔·肖洛霍夫写《静静的顿河》的时候自己也说："旨在反映几百年来一直贯穿着的旧习惯、旧思想，为新生活而奋斗的艰难又复杂的过程……哥萨克们的生活。"

那怎么就不能说，《"浴羊"路上》的中心思想是反映成长中的男孩对爱情的模糊的冲动呢？但是必须指出的是文章的中心思想比对错的判断有更丰富的内涵。我们的作品中或多或少地存在着概念化的倾向，质量提升不了的原因是，我们太纠结对与错的问题，忽略了人的本性这个东西。

文学巨匠们的文章因为深刻地反映人性而成为伟大的作品。可以说，他们塑造的人物形象不仅反映了对错，还更深刻地反映了人的本性。无论是《悲惨世界》里的逃犯，还是妓女、孤女或者是警察，他们不仅代表着真理和罪孽，他们身上还纷纷流露着人性的慈祥、堕落、伤痛、残酷性。《静静的顿河》里的格里高力身上也不仅存在着选择人生道路的对与错的问题，还同时流露着坚毅固执性和愚蠢摇摆性。《包法利夫人》里的艾玛身上，我们看不到对与错的标准，只能看见一个年轻女人的内心。我们遗憾自己作品中的形象不深刻。也许不深刻的基本原因就是没能反映出人的本性。没能反映出人的本性的原因也许是太纠结对与错的判断了。

## 我很遗憾起了《主人》这个标题

《鸿嘎鲁》杂志上我发表过一个短篇小说——《主人》。那篇小说里我写了一个叫德木楚克的人。他乐于助人，心地善良，但是性情有点怪。嘎查里来领导，他一定去见个面聊聊天。为了保护自己嘎查的名誉，他还总跟别人争吵。用一句话概括，德木楚克的灵魂深处隐藏着一种不自量力的意识。在东部地区，管这样的人叫皇上不急太监急。德木楚克就是这样的人。

德木楚克是个普普通通的牧民。旗县或者盟市里来了什么领导，来干什么跟他有什么关系？别人说这个嘎查好或者不好，嘎查达都不急，他急什么？但是他不这么想。他不这么想的原因是德木楚克把自己当成苏木嘎查的主人之一。我写这么个短篇小说的主旨也在这儿。

人民是国家的主人，所以德木楚克那样想也对。但问题是，一是他还没有成为真正的主人，从嘎查书记很不客气地骂他可以看出到底谁是主人。二是说实话，咱们的德木楚克自己都没有资格当这个主人，看看他关于牧民收入的言论，瞎说一通惹了麻烦，这篇小说里我就是想表达这个意思。

也是因为这个想法，我给小说起了《主人》这个标题。我现在后悔起了这个标题。当初起这个名字是为了把文章的中心思想直接明了地告诉读者。可是，文学中不是忌讳把文章的意思直截了当地表达出来吗？我很后悔破坏了文学最基本的戒律。

## 我创作中的几次转变

回想起二十多年写小说的历程，似乎经历了几次转变。不管是对的还是错的，这是我走过的路。概括下来的话：

一、内容的转变。

从社会问题到民族命运的转变。我最初的几个短篇小说写的都是反映社会问题的内容。比如，短篇小说《公社书记的一天》里，揭露批评了走后门的现象。说实话，那时候我自己都没有一个明确的目标到底写什么，每天翻刊物杂志，别人写什么我就跟着写什么。那时候，写社会问题的小说很多，还流行着一个专业名词："问题小说"。于是，我也跟着写那种题材的东西。过了几年，反映民族命运的小说开始到处可见，这又引起了我的注意。这个题材的文章不知从何时从哪里开始盛行的。有些人说，美国黑人作家亚历克斯·哈利出版了一部长篇小说《根》后，各民族作家重视找寻自己民族的根源，于是刮起了那么一阵风。还有的说，经历"文化大革命"的灾难后，我国部分知识分子从自己民族的内部，换句话说从民族的历史传统、民族的文化思维、人们长年积累的劣根性中寻找这次灾难的根源，于是出现了那样的作品。不管怎么说，通过小说明确地提出这个问题的是一部分汉族作家。后来蒙古族作家也注意到了，也开始观察和书写自己的民族。我觉得这是意义重大的转折。解放以后，我们蒙古族作家的目光集中在好人或坏人，无产阶级或资产阶级，落后或先进等问题上，到了这个时候初次转移集中到民族这个词儿上。他们开始注意和研究，解剖和分析自己的民族走过来的路，优点和缺点，面临的问题，等等。我觉得这是民族作家第一次主动肩负起自己的历史使命。我当时可没有这么明确的认识，只是读到蒙古族作家写的类似题材的文章后心动，觉得那些文章很深刻，也认识到我们的民族有写不尽的东西。于是，我开始写反映民族生活题材的文章。

从民族的弊病向悲哀和遗憾倾斜。《吉日嘎拉和他的叔叔》是一个解剖民族的弊病的文章。接下来写的短篇小说《岔路口》也是那样的内容。那些小说反映着这样一个思想：要想发展强大自己的民族，必须战胜自己民族的缺点。但接下来，我产生了一种想法。在现在的社会上，要想不落后于其他民族不仅要战胜自己民族的缺点和弊病，是否还抛弃一些美好的习俗和传统呢？比如说，不计得失是蒙古人美好的传统习惯。如今这种激烈的竞争中要想不被淘汰，就得摒弃这种传统习惯。抛弃这些，也许是为自己民族的繁荣昌盛做出的牺牲。但无论怎么说那也是一种悲哀和遗憾。也就是这个时候开始，我的很多小说开始出现悲伤的旋律。《大漠歌》《沙梁那边是十三世纪》等小说里很容易看到这种倾向。

从悲哀遗憾转变到生存情况。我们到底是怎样生存的呢？反映这个问题是我近十几年的很多小说的主题。这种转变的原因是我慢慢地感知到人类生存状态中存在着丰富的、惊心动魄的东西。痛苦、狂妄、耻辱、伤害、欺骗、迷茫、慌乱、绝望、追寻……哪个没有呢？人的本性、生活的所有意义、精神思想的复杂等等都融化在这些里。有这样的认识后，我写了很多类似题材的文章。这些文章里主要写的还是普通人的挣扎和绝望。我在中篇小说《供销社》里写了供销社的几个卖货员。一个是在供销社干了一辈子连组长都没能当上的人，还有一个是连妻子的医疗费和孩子的学费都出不起的人，第三个是每天遭到家暴的女人，第四个是不喜欢现在的工作，却也找不到别的出路的年轻人。尽管如此，他们也一直在努力把工作做好，虽然缺钱也拒绝非法利益，还在追求着美好的东西。短篇小说《吉祥快乐的聊天室》中写了因为失去牧场不能再放牧的牧民夫妇到苏木开小饭馆的事儿。他们遇到了各种艰难困苦，最后饭店经营不下去了，搬到了别处。《苏木干部》《抗旱记忆》《乡下人》都是类似题材的文章。

二、表达方式的转变。

裁剪布局上下功夫到注重氛围基调。我刚开始写小说的时候很注重故事的结构，在裁剪布局上更下功夫。现在想来这个好像是无法理解的事儿（对初写者来说人物塑造、语言锻炼不是更重要吗），但确实是那样的。我最初写的两个短篇小说都是在《内蒙古日报》文学栏里发表的。一个是写学大寨的《鹰》，另一个是反映民族团结的《额吉的心》。在思想、人物塑造上很幼稚，但是现在也能看出故事的裁剪上下了很大的功夫。那时候为什么那么看重裁剪布局呢？那是因为仁钦冲乃的几句话。七十年代中期，奥特格旗苏木图苏木小额尔河图队发现了一名叫阿尔滨贺喜格的英雄牧马人。本苏木通讯员照那苏图把他的事迹写成通讯报道，拿着通讯稿子直接到了内蒙古日报社。报社很看重这件事儿，专门派了一名记者。他就是仁钦冲乃。路过盟中心的时候，鄂尔多斯报社派我去帮着采访。于是我跟仁钦冲乃相识，去小额尔河图队做了十多天的采访。到大队后我才知道仁钦冲乃是内蒙古日报社文学编辑。对于想写作但是苦于找不到路的我来说，能认识这样的一个人是难得的机会。他知道我有写作的想法后，十几天之内，跟我多次谈论文学。结束采访住在大队写报告文学的时候他说："我来写报告文学，这其间你写个短篇小说吧。"于是我没日没夜地忙碌，写出了一个很长的东西。仁钦冲乃先生一看说，这么长的东西内蒙古日报的四个版面也不够，在《花的原野》上发表也得占三分之一的版面。接着他说："写短篇小说这个东西要格外注意裁剪布局。"我越想越觉得他说得有道理，写小说不是把一个故事从头到尾地说完就完事儿了，而是像缝衣服一样裁剪拼接缝纫。可能因为有了这个想法，回到盟里后我读了很多短篇小说，感觉都有裁剪的艺术。那段时间，我的脑海里除了裁剪似乎没有别的东西了。于是，我写了短篇小说《鹰》寄给仁钦冲乃，没过多久就发表出来了。那是我的第一篇小说。我至今还记得那是发表在1976年11月1日的《内蒙古日报》文学专栏。第二年，短篇小说《额吉的心》也在这一栏上发表。把下在这两个短篇小说裁剪上的功夫一一说出来的话：《鹰》，在写小说主人公女先进个人先进事迹的时候，没有一开始就叙述那个女人都做了些什么，而是记者身份的我去采访那位女人，叙述了有关那个女人的所见所闻，就写了一天的事儿。没有直接写那个女人所有的先进事迹，而是通过记者的所听所闻呈现出来。这当然跟裁剪技术有关。《额吉的心》反映了蒙古族和汉族之间的友谊和团结。在写来蒙古地区跟敌方抗战的、成立电厂的、救死扶伤的三个汉族人的时候，我给三个人起了同一个名字。所以，生活在不同年代的、有着不同事迹的三个人因为同一个名字而联系起来。乡下的一位老人等待那个为了从敌方手中救她而受伤的小战士。这时候，碰到跟那名小战士同名的电厂技术员。老人误以为电厂技术员就是那名小战士。过了几年，又碰上了同名的一个大夫。老人又以为大夫就是那名小战士。用同一个名字连接二三十年间的三个人的事儿，又集中到老人身上，这也是裁剪技术范围内的事儿。这样的印记在《吉日嘎拉和他的叔叔》里也是可见的。那达慕上赛马夺冠和宇宙飞船到达某个星球是凑不到一起的两个截然不同的事儿。但是我为了并列这两个事儿，想到了一个小收音机。那木吉拉老人的侄子吉日嘎拉给叔叔制作了一个小收音机。收音机上能播放某某国家的宇宙飞船到达了某个星球。这样一来，这两件事儿就可以并列了。那木吉拉老人的马比赛上夺冠回来的时候，怀里的小收音机正播报那样的内容。说实话，小收音机的作用不只这些，在表达那木吉拉老人和吉日嘎拉两个人的性格差距，反映他俩两种追求的时候都起到了一定的作用。综上所述能看出我在初期的作品中很看重裁剪布局。

过了几年我还是醒悟了，在短篇小说创作中不能只注重裁剪。文章里必须还有浓厚的生活气息、鲜明的表达风格。从那时候开始我注意这个问题。具体说的话，是从《大漠歌》开始的。我开始注意在作品里尽量明确表达时间、地点、环境氛围。短篇小说《大漠歌》和《大漠孤烟》里，试图表达出沙尘暴天气横行在戈壁上的氛围。《沙梁那边是十三世纪》里主要展示戈壁沙滩柔美的氛围，《“浴羊”路上》里主要反映夏天的草原欢快的氛围。注意和思考基调这个问题也是从那个时候开始的。就是在那时候我在一次创作谈中写过，必须努力展示生活的味道，这也证实了我的追求是从那个时候开始的。《大漠歌》充满了悲哀又自信的旋律，《沙梁那边是十三世纪》里贯穿着朴素的理想化和抒情的旋律。

从抒情的叙述转变为朴素的叙述。我向来不是善于抒情的人。在初期的短篇小说中我尽量使用抒情的语言，但是结果不怎么样。近十几年来，我追求朴素的叙述。我自己也想不明白怎么转变的，可能是被别人的作品影响的吧。

我只记得开始欣赏一些作品中朴素的语言。我越来越喜爱那种字句中看不见修饰的、简洁的、渗透着一种朴素情感的叙述。我发现，那样的叙述能表达很多意思。我觉得我近几年的作品中这种叙述很明显。拿发表在2002年《阿拉坦甘德尔》第二期的《吉祥快乐的聊天室》来举个例子。我是这样写饭馆里的情景的：“从屋顶吊下来的灯泡子格外明亮，刚洒水扫过的地散发着泥土的味道。”阿拉坦达莉刚出场的时候我是这样写的："下暴雨的那天晚上，阿拉坦达莉脑袋上披一个方形塑料，从苏木医院往饭馆跑去。""推开饭馆的门进去，看见厨师朝格吉乐拿袋子装扔在地上的骨头，其木格在择葱。"这个短篇小说中这样的叙述很多。前几年发表在《潮洛濛》杂志上的中篇小说《供销社》里也有很多类似的叙述。

追求什么样的叙述取决于作者个人的喜好，而不存在哪个好哪个不好的问题。以世界名著举例的话，长篇小说《悲惨世界》充满了优美的抒情的旋律，长篇小说《永别了，武器》却以简洁的直接的叙述突出。看起来各有各的美妙。

三、《人间》和《有声的戈壁》的得失。

《人间》和《有声的戈壁》发表后引起了读者和评论家们的注意，这是真事儿。不管好评还是指出不足之处，我都从心底高兴能出来这么多公正的意见建议。我们的读者、评论家从发展蒙古族小说的角度和关心作者的目的出发，把自己的意见建议发表在刊物杂志上，有的还直接跟我做专访。那些意见建议对我终身有益。

其实，关于这两个长篇小说，我自己也想过很多东西，现在也在想着。我觉得把这些想法说出来可能是感谢读者和评论家们的一个合适的方式。所以我写了这么一个东西。

## 两部长篇小说的写作大纲

《人间》。这部长篇小说中存在着两个主题。一个是政、教、强盗这三股力量的竞争。换句话说，嘎啦桑尼玛、特古斯朝克图、傲其尔三个人的三种目的。另一个是宗教教义的束缚和人性的挣扎。换句话说，松赖扎拉森和媾斯乐玛的爱情故事。所以，写这部长篇小说的时候先解决这两个主题哪个放在主要位置，哪个放在次要位置，哪个当背景，哪个放在幕前等问题。考虑再三后我决定把三股力量的竞争当作背景和社会环境，把松赖扎拉森和婻斯乐玛的爱情故事放在面上写。

这样考虑的原因是，三股力量的竞争或者说三个目标的竞争是很早就存在于蒙古族中间的历史现象。我不分析评论这三股力量谁对谁错，我没有那个知识和能力，也没有那样叙述的必要。历史进程不会按着人的主观改变，历史选择自己的路也不是选择最合理的那一条。不管是好事儿还是坏事儿，该发生的事情一定是发生的。那是一个不可避免的过程。所以，文学也没必要分析历史上诸多事情的对错。比如说，佛教在蒙古地区盛行的事情，不管我们说它是好的还是不好的，那件事儿发生的时候还是不可避免地发生，发展的时候也是不可避免地发展，不可避免地发挥了该发挥的作用。文学描绘出这种历史现象发生的原因、给社会做出积极或消极的作用就可以了。

我觉得，松赖扎拉森和婻斯乐玛两个人身上出现的人的原始性的挣扎和宗教教义的束缚是比上述三股力量的矛盾冲突更为普遍性的，更为深刻的现象。如果说政、教、强盗三个的目的存在于一个民族某个特定的历史时期，那么教义（包括所有的教义）和人的本性之间的矛盾是每个民族每个时期都存在的普遍的现象。人这个动物的存在方式社会化后，他们的原始性就存在于法律、道德、教义的限制下了。所以，这是个普遍性的题材。如果想深刻地反映宗教的历史作用，从这种角度和点出发也许是更准确的。

出于这种考虑，我在这部长篇小说的两个主题中做了以下布局：

第一主题——宗教的戒律和人性的冲突—具体形象化的形式—小说的主要故事——竖线。

第二主题——蒙古社会中的三股力量的矛盾—概念化的形式—小说的背景——横线。

这就是长篇小说《人间》的总的布局。我正是这样构思这样布局，也是这样写出来的。

《有声的戈壁》。我刚开始构思这部长篇小说的时候还是面临了怎么安排布局两件事儿的问题。一件事当然是小说中写到的那次沙尘暴的开头和结尾。解决这个问题很简单。因为这部小说主要情节就是那次沙尘暴。另一件事儿是，怎么用这一次的沙尘暴去连接1960年开垦有声戈壁以来的四十年的事情。解决这个问题很难，因为解决得不合理就像用蛮力硬塞进去一样。

解决这个问题的时候，我考虑用竖线把沙尘暴开始到结束的两天三夜的经历连接起来，再用横线编织有声戈壁四十年的经历。

这样写的话，最重要的是怎么安排嘎碧拉四十几年的生活和沙尘暴开始到结束其间的命运、情节等事情。因为，一是需要通过嘎碧拉的回忆引出1960年开垦以来的几件大事（开垦、草原沙化、搬走和回来等），几个主要人物（德力格尔、老领导、牲灵的父亲、青赫勒、桑布等）。二是这次沙尘暴开始到结束其间出现的很多人物和情节都需要安排在嘎碧拉周围。

具体效果：上面我已经说了两部长篇小说的构思大纲。这个构思就是：《人间》里松赖扎拉森和婻斯乐玛的爱情故事占主要位置，《有声的戈壁》中沙尘暴开始到结束的所有经历占主要位置。换句话说，读者在读这两部长篇小说的过程中，注意力应该集中在松赖扎拉森和婻斯乐玛的命运以及沙尘暴上。但是结果不是这样。

很多朋友跟我聊《人间》，反复提的都是三种争斗，似乎忘记了松赖扎拉森和婻斯乐玛。聊《有声的戈壁》也是总说响沙、野骆驼的鸣叫、老领导等等，却不提我主要写的沙尘暴。这证实了我没达到原本的目的。

后来我总结，出现这种结果的主要原因有两点。

一是跟主人公的形象有关系。我在塑造松赖扎拉森和嘎碧拉的形象上下过不少功夫，但是始终没能如愿。松赖扎拉森回到寺庙就想婻斯乐玛，到婻斯乐玛身边又害怕佛祖，他总是这样，但是性格命运上的变化不大，很多大事小事儿上没能发挥作用和影响。更没能跟作为背景的三种争斗发生强烈的关系。嘎碧拉呢？从沙尘暴开始到结束，她都在为各种人担心，但是也没起到更大的作用。正因为如此，读者的注意力没法集中到他们俩身上。

二是裁剪布局有点不合理。这个主要表现在《有声的戈壁》上。初心是想写一场沙尘暴，但是过了小说的三分之二，沙尘暴还没到来。既然这样，读者就不可能注意到沙尘暴的经过了。

## 两部长篇小说的创作过程

有一阵儿流传着这样的说法：《人间》在四十天之内就写完了，顶多不超过两个月。我是承认的。但是因为这个似乎产生了一种误会。

具体情况是：写初稿一百五十页用了四十天。那时候刚刚开始用电脑写作，所以被那机器的神奇能力所吸引，没日没夜地写。写得很快。出现过除了吃饭时间，十四个小时连续不停地打字的情况。草稿虽然没有出版出来的书的一半儿厚，但是故事结构已经形成，每个人的故事情节也都有模有样，有始有终了。所以四十天之内写出了初稿这个说法没有错。然后，我把初稿拿给几个朋友看，一边听意见，一边拓展初稿。二稿在二十多天后出来了。我再听意见再修改又忙乎了两个月，最后定稿形成了。

但是说阿云嘎是个神手，或者说四十天最多两个月之内能写出一个长篇，那就是误会了。这部长篇，我不仅在心里琢磨了十来年，这次写初稿以前也有过两次半途而废的写作经历，其间，还跟莫·哈斯巴根合作写过以喇嘛生活为题材的二十集电视剧。

十来年前，在鄂尔多斯上班的我因工作去呼和浩特，跟齐·莫尔根见面聊天。我们聊到喇嘛僧侣寺庙的生活。齐·莫尔根说：“写喇嘛的生活能表现人本性的挣扎，那是个很深刻的题材。”我觉得他的话很有道理，心里很兴奋似乎能写出什么东西出来。回家后我一边思考一边利用空闲时间开始写作。刚开始，只写一个喇嘛和一个女人秘密恋爱的故事。写作当中生出了很多问题，比如，为什么黄教在蒙古地区那么盛行？我觉得把黄教盛行的所有责任推给清朝似乎有点不公平。这话是什么意思呢？意思就是，我们也应该从自己民族的内部寻找原因。如果从自己民族的内部寻找这个原因，就应该写一个原来不信教的人后来信教的那种故事。那是什么样的人呢？应该是能代表蒙古传统精神的好汉。也许写进一个强盗也可以，这个想法开始在心里萌芽。

开头的一些片段我现在还能想起来。草原上，几个人正在骟马，这时候来了一个强盗。于是几个人往远处看，山脚下一座寺庙的金顶在阳光下闪现着。几个人争论宗教的话题。夏天的烈日下，嘎啦桑尼玛和松赖扎拉森背着木头走在无边的草原上，然后见到婻斯乐玛……等等。

用鄂尔多斯报社的稿纸写了三百多页后我面临了两个问题。因为我第一次写长篇小说，所以写了这么多也不知道写得怎么样。再说，关于寺庙的描写跟真实情况符不符合呢？想解决这些问题必须找个人帮我看看。于是找到我的朋友——鄂尔多斯广播电台的拉格巴帮我看看。我朋友仔细认真地看完后鼓励我说，一定会成为一个不错的东西，还说小说的名字可以叫《傲其尔敖包草原》。因为这句话，有一阵子我跟别人说我正在写一个叫《傲其尔敖包草原》的长篇小说。有一天，一个我认识的电影导演听说我在写喇嘛的故事后给我来了电话，没多久专门来鄂尔多斯，让我写电视连续剧。“推迟你的长篇小说吧，先把那个故事写成电视连续剧。”他说，“而且尽快写。”人家大老远地专门来找我写剧本，我没好意思对人家说不，于是答应下来了，但是我没有时间写二十集电视连续剧。无奈之下，我想起写过电视连续剧，又了解喇嘛生活的，还会编故事的莫·哈斯巴根。我们俩大概地探讨了故事大纲，决定我来翻译成汉文。结果，我跟他真的写出了二十集电视连续剧。但是导演先生拿走那个稿子后销声匿迹了。因为遇到了这样的事情，写长篇小说的事儿也被中断了。

来呼和浩特两年后我想继续写那个长篇小说。翻翻以前的三百多页，觉得只是个素材，所以决定重写。也是在那时候，我买了电脑开始学习电脑上写作。

这其间又发生了一个故事。一个蒙古族青年给我的电脑安装了蒙文软件。写多少字，屏幕旁显示行数。真是不错的东西啊。我写啊写啊，没想到写出了麻烦，还不是小麻烦。写了很多后，我想打印出来拿给朋友看，听听他们的意见。但是打印机上死活也不出来。惊慌失措的我给年轻人打电话，我那年轻的朋友给我的答复是："给您安装的那个软件的打印程序我还没有研究出来呢。"这不是要命吗？写了那么长时间的东西不能打印在纸上，只能存放在电脑里。

我只好扔下了那些文字。我至今还记得，屏幕旁显示着四千八百行。但是不管怎么说我又拟稿了一遍这部长篇小说。

这部长篇小说两次半途而废的写作经历是这样的。

我不甘心，自己出钱安装了新的蒙文软件写。

我啰嗦这些是为了说明我那四十天的草稿和两个月的定稿是怎么出来的。思考琢磨了那么长时间，又经历了两次半途而废的写作，最后写的时候当然快。写的时候，文章的情节、画面、语句不停地一段一段地涌现在我的脑海里。

我原先没有想过要写《有声的戈壁》这部长篇小说。以后是不是可以写戈壁生活？写写沙尘暴的文字呢？我只是这么想过，顺便把一些断断续续的画面输入到我的电脑里。正在这时候，民族出版社的张宝锁同志来呼和浩特打听稿子，也听说了我在忙乎那么一个东西。那时候，沙尘暴的话题在社会上很热门，所以正合了张宝锁的意。他说："赶紧写吧，我纳入我们的出版计划。"对一个作者来说能进入出版计划是难得的机会，所以我立刻就答应了。我把那些断断续续的片段往长篇小说的思维靠拢，开始写和修改。做了两次大修改，用八个月时间写出来的正是这部《有声的戈壁》。

我衷心地感谢在我修改这两部长篇小说时无私地帮助我的那些朋友。写《人间》的时候，莫·阿斯尔、阿尔泰、齐·莫尔根、哈斯宝鲁他们详细读了两次，给了我很多意见和建议。修改《有声的戈壁》时，还是莫·阿斯尔、哈斯宝鲁全力相助，除了他俩还有哈达奇·刚、那顺布赫他们也给了我很大的帮助。他们像操心自己的作品一样操心我的作品，有时候深更半夜地来电话把突然想到的修改意见告诉我。尤其是莫·阿斯尔先生，具体地给我修改两部长篇小说的很多语言，还不止，《人间》这个名字都是他起的。为了给《有声的戈壁》起名，阿尔泰拿着铅笔和纸张坐在我对面，绞尽脑汁地跟我商量两个多小时。在印刷的事儿上锡林巴特尔、张宝锁、乌·纳钦他们全面策划宣传。具体业务上，纳荷芽、伊和巴雅尔他们没日没夜地跑。宣传评论这一点上，扎·仁钦道尔基他们做了很大的努力。我应该感谢他们。

## 满意和遗憾

关于《人间》的人物形象。我自己觉得这部长篇小说中扎慕岩和丹森的形象塑造得不错。这两个人物形象在蒙古语小说中很少见。像嘎啦桑尼玛这样的学者思想家、松迪一样的汉子、傲其尔和巴斯尔那样的好汉形象在我们蒙古族作品中不缺，但是像扎慕岩一样贫穷老实的老喇嘛和丹森一样变态的人物形象很少见。这是其一。

还有就是，塑造这两个人物形象的时候，我写到了既跟他们的思想、性格吻合，又在别的文章中没有出现过的情节、动作、画面。比如说，扎慕岩晾干茶叶渣滓，反复地煮着喝，丹森跟踪和偷听人家夫妇的谈话和动静，偷女人的毛巾裤子，等等。这些行为动作为塑造人物形象起到了很重要的作用，这是其二。

准确地描写出这两个人物的内心，合理地安排了他们的死亡过程。写扎慕岩的内心的时候，作者结合扎慕岩的行为举动，用了从旁叙述的手法。扎慕岩听到额吉生病的消息后很难过，去请假很沮丧，偷糕点的时候如何害怕，自杀的时候又想了什么等等，写得细致又准确。他的自杀也很合理。对佛祖那么忠诚的人，偷东西的事儿败露后认罪自杀是很符合他的思维逻辑的事儿。关于丹森的心理，没有直接写也没有直接交代，而是努力通过他的动作描绘出他的内心。收集女人的毛巾、裤子玩，深更半夜到跟妇女鬼混的喇嘛窗户下偷听，刚开始的时候好奇地看松迪和乌珠莫的事儿，后来去威胁松迪，被松迪打后找掌堂师告状……写他这些行为的时候没有交代他为什么这么做，但是从这些行为举止中能看见他的内心。他的死也是合情合理的。承受着一般人承受不了的心理折磨的一个疯子，什么时候突然不想活了，这是情理之中的事儿，这是其三。

除了这两个人物以外塑造得还算成功的形象应该是掌堂师的形象。我觉得塑造他形象的时候很好地运用了对立的手法。具体说，他虽然恨其他喇嘛跟女人鬼混的事儿，还严惩他们，但是在内心深处自己也渴望那样的事儿。他跟巴林达噶发生某某事儿被松迪抓住，破坏戒律丢尽了脸面，内心却想着为佛祖献出一切。所以选择了《祭献天上的长明灯》的结局。

关于情节。这部长篇小说的情节布局很巧妙，表现在以下几个方面。一是从道德目的的角度看，嘎啦桑尼玛、傲其尔、特古斯朝克图三个人的关系是敌对的，但是从个人情面上来说是友好的，这种写法使文章变得有趣。二是班思尔的思想有变化有深度，对深化文章的内容起到了很大的作用。班思尔以前是为了仇恨毫不犹豫地出手的人，有了孩子以后烦透了打打杀杀，最后用自己的生命结束了债务，希望后代远离仇恨。这反映了当时的蒙古社会摒弃屠杀，向往和平的共同的愿望，指明了必然发展的方向，也解释了宗教教义为什么在蒙古地区盛行的原因。这是这部长篇小说的中心思想。三是不是通过念佛搜刮钱财等表面现象来反映宗教的麻醉和危害作用，而是通过扎慕岩、班思尔、掌堂师、伊喜巴拉朱尔等四个人的死亡来表现。这种表达更加深刻。四是十年后，强盗班思尔的儿子去寺庙当喇嘛，小说就此结束，也就宣布了宗教的胜利必然到来。这也突出了小说的中心思想。

关于环境和氛围。这部小说中努力营造符合宗教盛行时期的特征和环境的神秘氛围，我觉得还是很成功的。比如说，嘎啦桑尼玛睡在野外，狼围着他嚎叫却不能靠近他；扎慕岩自杀前去神殿点佛灯转身出去，忽然刮来一阵风把佛像前的一千个长明灯都吹灭了，唯独扎慕岩点燃的长明灯还在亮着；傲其尔的强盗放火烧寺庙时，天边飘来马鞍大的云朵下雨浇灭了火等。这些都营造了神秘的氛围，更突出了小说的社会、环境特征。

这部长篇小说的不满意之处如下：

最大的遗憾是，松赖扎拉森这个人物形象扁平化的事儿。这里就不再重复了。因为在这则笔记的开头，两个长篇小说的写作大纲部分里细讲了。

第二个遗憾是，没能平衡“三路”博弈和松赖扎拉森、媜斯乐玛两人的故事的轻重。换句话说，“三路”博弈占了文章的主要位置，松赖扎拉森与媜斯乐玛被挤到了一边。这当然跟两个主人公的人物形象单薄，嘎啦桑尼玛、班思尔、松迪，甚至丹森、掌堂师的形象比主人公的形象更立体更具色彩有关。

除此之外，还有故事的总体布局没有秩序（有的地方似乎是硬塞进去的），情节缺少了精练度，环境氛围时强时弱等缺点。

关于《有声的戈壁》中的人物。我觉得这部长篇小说中比较不错的人物形象是葫芦老人和老领导。葫芦老人的形象是我从民族传统文化思维角度考虑和塑造的，并且通过他的所作所为成功地达到了目的。草原沙化以后，很多人都在搬家，葫芦老人却没有搬家。因为他从祖辈那里传承了把土地占为己有的意识。努力盖砖房也是为了在这片土地上生根，长久地生活下去。除此之外，他在家里什么都自己做主，还打老婆，不愿参加集体劳动，等等。这些特征应该都是他那个民族的文化思维的具体表现。写老领导的时候：一、几次变换了他的外形，使他的形象变得丰富立体。刚来嘎碧拉家的时候，像个寻找牛马的老头。来正在开垦的地方时判若两人，穿崭新的毛呢大衣、漂亮的皮鞋，带着秘书和警卫员，排场十足的一个大领导。再次来的时候，变得苍老疲惫。这三次的变化给读者留下了一个关于老领导到底是个什么样的人的想象空间。这对塑造人物形象当然是有好处的。二、用饲料当诱饵抓住跑掉的马，向敖包的上空开枪等行为对塑造老领导诡计多端、成熟老练、刚毅的性格起到了关键性的作用。

除了这两个人物，萨日莱与乌日根达赖、牲灵的父亲、德力格尔等人的人物形象也不算太差。

关于环境氛围。写好环境氛围对这部长篇小说来说不只对故事的发展和人物形象的塑造有帮助，还有着更重要的意义。因为，这部长篇小说是以环境与生态平衡为题材的文章。所以这部长篇小说的环境氛围应该发挥反映人与自然之间的关系的作用。出于这样的思考，我在以下几个方面下了很大的功夫。

一是努力写出戈壁的灵魂。戈壁是生活在这里的人的额吉，牲畜的依靠，不能把它只看成是小说故事发生的具体场所。所以，把这里的戈壁写得有生命有灵魂是很重要的。我绞尽脑汁地想了很久后想到了响沙。那个偶尔打响的响沙，可以说是戈壁的愤怒。会愤怒的土地当然是有灵魂的土地。除此之外，通过牲灵的父亲等人物，反复强调了这片大戈壁深处隐藏着爱恨、威力，神力，所以，很好地完成了写出戈壁灵魂的目标。再有就是，反复突出了野骆驼的鸣叫。沙尘暴发生前，很多野骆驼从有声的敖包那儿跑了出来；有声的井被埋时，那些野骆驼绕着井鸣叫。写这些也都是为了更好地表达出戈壁的灵魂。

二是从多方位描写沙尘暴。在萨日莱姑娘的眼里，那次沙尘暴以多种样子出现。刚刚发生的时候，远看像在天边立起了一堵黄色的墙。再一看，那堵墙变成了一座山。那座山远看一个样，近看又一个样。嘎碧拉和淑热姑娘去井北的建筑地时看到的是旋风开始发生的景象，牲灵的父亲在村边看到的是已经刮起的沙尘暴的远景。这样从早晚、日夜、远近、井边、原野……等角度描写沙尘暴有很大的用处。因为，不可能反复写沙尘暴的同一种样子，而且还不能不反复写沙尘暴，所以只能从多角度去写。

三是努力从根本上反映人物、自然、牲畜的关系。下面列举一下这类描写：

人与家乡的关系——嘎碧拉的父亲反对开垦；老领导领导开垦；散普拉等人抛弃家乡搬走；葫芦老头反对搬走。

人与人之间的关系——嘎碧拉和德力格尔在驼峰那边初次相许；嘎碧拉同情青赫勒；萨日莱和乌日根达赖的关系；松赖和诺敏格日乐的关系；牲灵的父亲和寡妇的关系；葫芦老人和散普拉之间的关系；牲灵的父亲和嘎碧拉之间的关系，等等。写这些关系的时候，没有以社会的法律、道德做标准，而是在表现人的原始性上下了功夫。从原始性角度写人与人之间的关系是这部长篇小说内容的需要。所以，嘎碧拉一夜之间喜欢上了德力格尔，驼峰那儿初次跟德力格尔相许后不但没有生气和怨恨反而感到心满意足。

人与牲畜的关系——牲灵的父亲把人家的骆驼宰了吃了，想逮住野骆驼；嘎碧拉母女俩怜爱一峰叫鲍尔呼很的孤驼羔；散普拉老人希望增加羊的数量等等。

牲畜与牲畜的关系——鲍尔呼很与野骆驼之间的关系；野骆驼与

狼在沙尘暴中会合后逃跑等。

除此之外，在写开垦敖包和祭敖包，怎么保护井，戈壁上建工厂等事情时也下了很大的功夫，试着从多方位呈现人、家乡、自然、环境之间的关系。

令我满意的是，写这些关系的时候，没有写成一个普通平常的故事，而是有意识地去写对待这些事儿的基本态度。比如，抛弃家乡搬走和死也不肯离开家乡守着家乡是两种根本性的态度。再比如，到底怎么对待婚姻怎么对待男女关系也是跟民族的传统文化思维有关的大题材。对这类题材的小说来说，从历史发展的角度、全人类命运的角度、民族文化传统的角度、人的原始性的角度以及从人与自然的根本关系的角度去探索观察是很重要的。我认识到这个问题，并有意识地去解决，当然是正确的。

这部长篇小说的缺点是，从沙尘暴开始到结束，住在有声戈壁的几户人家都在各自忙碌着，相互之间没能发生某些关系。所以，小说的故事性下降了很多，也缺少了吸引读者的吸引力，人物形象也就单薄了。

## 关于两部长篇小说的自我评价

很多人对《人间》的评价比《有声的戈壁》高。但我自己的观点恰恰相反。我之所以这样看的原因是：

一、《人间》中存在着很大程度上的概念化的倾向。有些地方我直接说出来了那些概念。下面简单说一下那些概念。蒙古社会上存在着三种路；黄教在蒙古地区盛行不仅仅是因为清朝的政策，而是蒙古社会内在的需要；宗教教义有负面也有积极面；教义是能束缚人的本性的；某一种时刻，宗教可能会胜利，等等。虽然我也曾努力通过故事情节以自然而然的方式表达出这些概念，但是很多地方没能如愿。

所以，有些地方可能有点像概念的说明图。但是《有声的戈壁》中很大程度地摒弃了这种情况。

二、我觉得在分段、描写人物形象、写作语言等方面，《有声的戈壁》比《人间》强了很多。用一句话来概括的话，《有声的戈壁》的艺术精练程度远远超过了《人间》。

那么，人们为什么提《人间》更多一些呢？我觉得，那也许不是出于艺术角度，而是出于内容。也许那三条路或者蒙古族的出路更吸引读者和评论者的注意力吧。

# 第六章　观察蒙古文小说写作中的一些现象

## 人物第一？思想第一？

最近，内蒙古作家协会蒙古语文学委员会和《花的原野》杂志社邀请我区部分小说作家举办了一次研讨会。研讨会上，作家们围绕蒙古族小说创作怎样才能实现新的突破的问题聊得很热烈。依我看，要实现新的突破，必须先弄清突破点在哪儿。要想提高蒙古文小说的质量，首先得知道我们的弱点在哪儿。只有这样，我们所向往的那个突破才能实现。

那么我们的小说创作中比较普遍存在的毛病缺点到底是什么呢？依我看，就是我们塑造的人物形象不立体。不解决人物形象的问题，我们的小说创作很难出现新的突破。我在这篇论文里铺开了这个观点，跟大家探讨。

一、从思想到人物到底有多远。

我们所说的新世纪开始以后，不能想更不能说的禁忌已解除，关于社会集体、关于民族命运、关于人的命运、关于生活的意义等很多事儿我们都可以自由思考了。人们开始回忆和思考过去的很多事儿。尤其我们的小说家们似乎个个都成了思想家、学者，开始思考自己民族的命运，审视阻碍民族发展的病根，开始从伤痛深入到社会不合理的现象，从社会不合理的现象深入到民族的缺点后遗症，从民族的缺点后遗症深入到民族的文化思维……用这种不断的深入形成了新世纪小说创作的特征。

正因如此，我们新世纪的小说以丰富的内容和深刻的思想吸引了读者的注意力，但是在人物形象的塑造上没有什么突破。

我们的一些小说，以某种思想在读者中产生过一定的反响，但是以人物形象影响人们的作品很少。人们会讨论某某作品大胆地或者深刻地反映了某某意思，但是很少有人说起某某作品塑造了一个叫某某的人物形象的。一些深刻反映社会现象、人的命运、情感、民族未来的文章，虽然读起来情感真挚，语言流利优美，但是作品中的人物形象还是模糊或者有概念化的倾向。这不是我们小说的一大悲哀和遗憾吗？

我固执地认为，一个优秀的小说是以人物形象立足的。历史上的著名小说留给我们的遗产其实是人物形象，而不是思想。鲁迅之所以伟大是因为塑造了阿Q这个人物，而不只是因为揭露了中国农民落后的意识。

然而，我们总是把思想放在首位，人物当成了表达内容的一个工具。结果，思想是挺深刻了，人物要么成了没血没肉的苍白的东西，要么成了没有眼睛没有鼻子的模糊的东西。很多作品里，思想不是跟着人物出来的，而是思想拖着人物在跑，这样的文章能长寿吗？

这反映了什么？就是反映了我们的小说家们心里产生了很多深刻的思想，但是还没有形成那么多生动活泼的形象。小说家需要思想，更需要人物形象。而且人物和思想必须统一结合在一起。但是我们的思想和人物之间存在着很大的距离。

我们也许成了一个很深刻的思想家，但是可能还没能成为成熟的作家。

二、思想是从人物中产生的？人物是从思想中产生的？

创作过程中到底是先产生人物形象呢？还是先产生思想呢？我们的很多作家都回答不了这个问题。可能这个问题对他们来说跟先有鸡还是先有蛋的问题一样难吧。可是否定和批评《以中心思想为先锋》的理论，已经有二十年了。

否定和批评《以中心思想为先锋》理论的原因是，那个理论会降低创作的质量。那个理论的核心是写作过程中先制定思想，然后才塑造几个人物为思想服务。

真正优秀的文学作品的写作过程不是那样的，作者脑海里先形成一个或者几个生动鲜明的人物形象，作者为那几个人物的遭遇和命运担心兴奋，然后真实地把他描绘出来，好作品也就诞生了。如果作家创造出的人物真是从生活的刺激中来的话，作家又如实地描写出脑海里出现的那个人物的话，那个人物身上会自带多种思想，有些思想就连塑造这个人物的作者都想不出来。

鲁迅先生塑造了一个生动鲜明的阿Q形象，有关中国落后农民的命运的思想也就深刻地被表现出来了。如果阿Q这个形象没有成功的话，那些思想也就不会产生的。

著名作家们写那些名著的时候，也许没有想通过这篇文章表达一个什么样的思想。他们写生活、写人物形象，没有写思想。但是人物一站起来，丰富的、深刻的思想就自然而然地出来了。因为，真正的人物形象是社会的形象，所以，真正的人物形象中蕴含着社会上的很多思想和内容。

我怀疑，写文章总忙乎着表达一种思想是不是源自《工具论》？解放以后的三十来年，把文学当作“政治的工具”，后来发展成了

"阶级斗争的工具"，至少也是"宣传正确思想的工具"。那时候，批评评价某篇文章一定要说"表达了什么样的中心思想"。教文学课的老师分析课文的时候也一定要说："这节课的中心思想是什么什么。"我们现在的很多作家都是在那样的情况下走上文学创作之路的。所以，踏进新世纪文学时代后也未能摆脱那个束缚，只是认为过去的小说在极"左"的指导下反映了错误的思想，而没有觉醒到追求反映某种思想是小说创作的禁忌。

二十世纪六七十年代，苏联的文学舞台上诞生的《这里的黎明静悄悄》《活下去，并且要记住》等中篇小说引起了很大的轰动。那些小说揭露了战争的残酷性，所以大大地拓展了苏联保卫祖国战争的文学思想。第一个中篇小说写了几个可爱的姑娘在战争的魔爪下一个一个牺牲，第二个中篇小说写了一个逃兵的悲惨结局。有些人把这些小说的诞生都归功于新的概念、新的思想。其实这是两部中篇小说的作者不受思想的捆绑，自由真实地塑造那几位姑娘和那一名逃兵形象的功劳。

从过去极"左"年代的部分作品里可以看出，人物远比思想重要。那时候的有些作品，虽然在思想上有些错误，但是成功塑造了人物形象，所以到现在还留在读者的脑海里，不失他们的光彩，没有因为思想的淘汰而消失。

三、几种迷茫。

我觉得，作家想解放思想首先要从"思想第一"的束缚中挣脱出来。但是，过去最想挣脱捆绑的作家们，居然到现在还没在这个问题上解放自己。有的人以为，碰触过去不能碰触的思想，表达过去不能表达的思想就是解放思想的英雄。其实不是，他们还是在跟思想纠缠着。

观察最近的一些中篇小说，明显存在着几种迷茫。

象征的迷茫。象征手法作为一种写作手法，从古至今都有。它在丰富文章的表达手法，深化文章的思想上起着积极的作用。这是其一。但是，它作为一种写作手法，只能跟其他手法处在同等位置上，不能替代其他的写作手法。它不能替代小说创作中塑造人物的重要性，更不能替代现实主义写作的原则。这是其二。

然而，就在这个问题上产生了一种迷茫。这个迷茫就是因为把思想放在首位的原因。

有些小说，不仅人物形象具有象征性，故事情节也有象征性，自始至终都在象征着，所以成了谜语一样的东西。读那样的小说必须不停地猜测，不然就别想理解。“文章里的这个人代表着我们民族的什么思想意识呢？那个人象征着我们民族的哪一种精神呢？起风了这句话象征了什么呢？下雨了是什么意思呢……”这样的文章里的人物和情节都是表达某种意思的比喻、讽刺或者编号。创造象征手法的那些大作家们若是九泉下有知的话，看到他们创造的东西如今这么运用会不会生气呢？

表达的迷茫。过去，“工具论”占地方的时候也忌讳直接表达思想。然而现在我们的作者们却直接地说出思想了。这像美女脸上写着“我是美女”一样粗糙。

比这更遗憾的事情是，根据表达思想的需要随意安排故事情节。让故事的主人公没有遇见任何危险的情况下死掉，让快要死的人重新复活，让快要哭的人唱起歌来，让该笑的人生气等，这些都是瞬间的事儿。我们有些小说中的人物情节、故事发展的过程完全没有了规律，没有了合理性，像是淘气小喇嘛手中的面团。淘气的小喇嘛有可能用那个面团造出一尊佛像，或捏出一个魔鬼，这都小喇嘛自己说了算。但是这样的文章有时候还被赞美，也没什么奇怪的。虽然情节乱七八糟，但是蕴含着重要的思想嘛。

“文化”的迷茫。我们的一部分作家认为，要想深化小说必须触碰民族的文化思维。这个没有错。但是不少作家忘了文化思维是通过人物的行为表现出来的。文化思维存在于人的思维的最深层，一般表现在人的日常行为举止上。归根结底，我们还是塑造出一个真正的蒙古人的形象，才能表现蒙古文化思维。人物形象不行的话想表达文化思维那是空想。

我们的有些作家离开了人物形象追求文化思维。他们也许认为天天祭敖包赛马，天天喝酒唱歌，或者说几句蒙古谚语，拉一拉马头琴就能表现蒙古思维了。

我们的小说作家应该追求真正的蒙古人的形象，而不是放弃人物去追求蒙古文化思维，那是本末颠倒的事情。

这篇论文的结尾处，我想说的几句话是：人物的问题应该是小说创作中最重要的问题。但是很长一段时间内，我们的作家和评论家似乎忘记了这个最重要的问题。现在我们应该想起这个问题了。所以，我衷心地希望类似的研究对话继续发展。

## 写人物？写情节？

观察蒙古族小说，似乎重视写情节，忽略写人物。这是上面的论文中说的重视思想，忽略人物倾向的一个具体表现。

看看我们的小说吧：写草牧场沙化的、做买卖赔钱的、雇人被骗的、生态被破坏的……类似的文章很多。这些都是事情。

事情是挺重大的事情。也是，现在我们的民族面临着很多事情嘛。但遗憾的是，我们的小说被事情牵着鼻子走，用事情代替一切，忙乎着写事情忘记了写人物。我这不只是在说别人，还是在说我自己。回忆起这些年的写作过程，我觉得我自己也是忙乎着写事情，忘记了写人物。

我觉得，这不只是小说写作技巧的问题，而是从根本上影响着小说质量的大问题，完全颠覆小说写作原则的事情。这样的颠覆真的存在。

常见的一个毛病是，事情不是跟着人物出来的，而是人物跟着事情跑。我们开始构思文章的时候考虑的不是写一个人，而是考虑写一个事情。换句话说，先构思出一个故事，然后根据故事的需要安排一个人物。于是，写出来的小说不是人物的故事，而是事情的经过。文章里的人物不是生动的形象，而是推动故事的工具。这样一来，你的文章肯定是失败的。

人物和情节是小说的两大组成部分。但是这两个成员不在同等位置上，也不是分开独立存在的，而是以主要和次要，领着和跟着的形式存在的。换句话说，一个小说中情节必须跟着人物出来，而不是因为情节的需要，人物被情节牵着跑。

小说的任务是写人。写情节其实不是文章的任务。

## 因为马虎出来个飞蓬

现在的蒙古族小说家们的知识范围、信息量、理论素养比八十年代初不知超过了多少倍。那时候，我们不知道除了理想主义和现实主义外还有别的写作手法。虽然开始听说国外的很多流派，但还不知道内容。说实话，很多国外大家的名字都没有听说过。能看到的书很少，听说某某杂志上发表了一个不错的小说就去找去借，读到一个不错的东西就回味畅谈好几个月。现在可不是那样了。

现在重视哲学思维。蒙古族小说家中已经出现了理解世界新流派信息的、艺术手法精湛的、批评意识强的，而且有创新意识的一部分人。这是我们的进步，也是值得高兴的事儿。可是，我们小说家的质量大幅度提高了，写出来的作品反而没有那么大的提高。对此，我也想说几句。

为什么出现这样的情况？我觉得，写作态度不认真，创作过程马马虎虎是一个主要原因。

读某些小说后我真的有这种感觉。读起文章，作者的才华显而易见，题材的选择也很好，人物情节的安排也合情合理，但是有些地方却很马虎。从文章的总体情况看，这种缺点不是作者缺少能力素养的问题，而是态度的问题，是作者没有认真对待，没有认真思考的原因。这样的作品很让人遗憾。

说实话，这不只是读者的遗憾，更是作者的遗憾。一个发表出来的文章就像射出去的箭，嫁出去的姑娘，回不来了。我们不可能把它拿回来再修改再发表。于是，小说领域里多了一个飞蓬，读者作者的心里多了一份遗憾。前年的一次小说研讨会上，我们把类似的文章叫作飞蓬。

出现飞蓬的原因是态度马虎。但是马虎态度的根到底是什么呢?

我觉得一是刊物杂志、出版社的要求降低了。任何一个作者的作品，必须在报刊上发表或出版社出版发行后，才跟社会大众见面。所以发表出版机构应该是一个作品最后的关口。他们不仅有用稿子和退稿子的权利，也有让作者修改精练稿子的责任。符合标准的稿子留用，不够标准的退掉，对还未成熟的稿子提出修改意见让作者修改。不然的话要求弱了、标准低了，好的不好的都出来了。虽然说读者是作品最后的评判者，但是发表出版机构的要求会在作者们中自然而然地形成一个标准，或多或少地影响作者们对自己作品的要求。“不如我文章的东西都能发表，能出版，比起它我这强多了。”也许这是我们的部分作者对自己作品的态度。

我们不能要求我们的作者写出来的每一个作品都是精品。再努力有时候也可能写出飞蓬。但是我们的出版和发表机构要忌讳发表飞蓬。说实话，我们批评的飞蓬是刊物杂志上的飞蓬，而不是作者压在抽屉里的飞蓬。

二是我们的有些作家患上了妄想症。妄想症在现在的社会上很普遍。没有能力当队长的人有可能当局长。身无分文的穷光蛋转眼间可能发了财。这种现象不可能不影响写作者。这种现象中的手段、技巧也不可能不渗透到作家队伍。哪位先生突然想成为作家也就成了，甚至还获奖了。

三是奖励的质量降低了。如果说这几年获奖的全是烂作品，当然不符合实际。但不能说评选中不存在看情面的问题。

四是评论的指导作用弱化了。自己写了一个飞蓬，把责任推给评论者，那不公平。但是近几年，评论对写作的作用比以前小了，这是事实。不批评飞蓬，也不分析长飞蓬的原因，有时候还把飞蓬当成品质好的草来赞美，这样的话怎么不出现飞蓬呢？而且还更骄傲地生长呢。

归根结底，有些作家还是对自己的事业没有责任感，甚至对自己也缺少责任。

写作需要技巧。但是进入写作过程后更需要凝练，更需要认真仔细地修改。一个短篇小说，如果修改它十次，每次修改完后质量一定或多或少地提升。第十稿比起第一稿肯定有很大的提升。我觉得认真修改自己的稿子是写作者永远需要重视的最基本的工作之一。我们写作的目的是写出一个不错的东西吧。所以要忌讳马虎的态度。

## 宽度和深度，我们都在缺少

总的来说，我觉得我们现在的蒙古文小说的题材缺乏宽度和深度。有时候我也会思考，这个原因是不是因为我们的目光过度集中在问题或者事情上。

我们已经习惯了写某种问题和事情，而且也习惯了把它写得直接又明显。

具体说一下题材缺少宽度的问题，我们的很多作者要么写眼前面临的问题或事情，要么从眼前面临的问题或事情延伸的题材。他们还尽可能地捡重大问题或重大事件来写。所以，我们题材的范围怎么可能不越来越窄呢？当然，我们现在这个时代是面临很多问题和事情的时代。不能说文学不能反映问题和事情。但是如果看不到比问题和事情更为广阔的社会生活的话，或者写问题和事件成了一种习惯影响我们作品品质的话，我们就不得不留意这个问题了。

文学是反映生活的，但是生活中除了问题和事件还有很多东西。比如，爱情、追求、绝望、思念、悲伤、孤独、快乐……等等。自由地反映这一切同样有社会价值，有鼓舞民族的作用，有审美价值。我们怎么就不能写为爱情痛苦的年轻姑娘的内心、辜负爱情伤了恋人的男人的思想举动、为某种追求和目标而奋斗的人的努力和绝望，甚至怎么就不能写狼的坚强、狐狸的狡猾、狗的忠诚、牛的老实等畜生的事情呢。其实好文章不是因为写了什么，而是写得怎样来占领自己的位置。

《红楼梦》到底写了什么问题或者什么事情？不就是富家大院里的男孩女孩们哭笑玩乐的那些事儿吗？仔细想的话，《安娜·卡列尼娜》《约翰·克利斯朵夫》《包法利夫人》，甚至《红与黑》等不都是写爱情、追求与犹豫、真心和假意吗？我们怎么就想不到写那样的作品呢？

八十年代初，我参加在呼和浩特举办的一次小说研讨会。那时候解除了各种禁忌，作家们很受鼓舞。我至今还记得，好几个受鼓舞的作家说："如今到了可以自由书写爱情的时代，应该写个美好的爱情故事。"可是过了二十年，我是没见过那美好的爱情故事。那么感人的爱情故事在蒙文作品中有吗？

具体说一下缺乏深度的问题，主要表现在人物性格太表面化。看看我们的作品，整天忙乎着给人物定一个社会地位，这个人是掌权者，那个人是平民百姓，那个是找到了致富之路的人……这样给每个人物套一个社会地位，想用套好的地位来衡量人物的一切举动、思想。或者定好了哪个是好人，哪个是坏人，然后用这个标准衡量他们的行为。一句话来说，我们的作品的深度，停止在解释小说人物的社会地位和人品好坏的那个层次上。

我觉得文章的深度应该表现在人物的深度上。要想实现人物的深度，不能停留在他们的社会地位和好人坏人这个层面上，而应该去触碰更深层次。这个深层次就是人物灵魂的深渊。

灵魂深处的人物不以富有或贫穷、官员还是平民等社会地位来区分，也不是以好人、坏人这种思想行为的性质来区分的，而是集中在人这一个字上。他们都是同样的人。他们同时兼备着崇高性和卑贱性，有时候勇敢，有时候懦弱，这件事儿上善良，另一件事上却变得无耻，这种条件下刚强，那种条件下却变得心软，有时候果断，有时候犹豫……以这种多样性展示着人世间的多彩，引发各种矛盾冲突。我们如果能真实地展示出人灵魂深处的这种崇高性和卑贱性、勇敢性和懦弱性、善良和无耻性、坚强和柔软性……的话我们作品的内容一定会变得深刻起来。

二十世纪六十年代苏联的一些作品能证实这个观点。其一是，电影《第四十一》。那部电影里，苏联的一个女游击队员押送德国法西斯的一名俘虏。押送途中，碰上了大风浪，最后两人去一座孤岛上生活了。如果从社会地位的角度说，他们俩一个是押送者，一个是俘虏，如果分好坏的话一个是保卫祖国战争中的神枪手，另一个是侵略别的国家的战争罪犯。但是这部电影的编剧没有停留在这一层面上，而是更深入到人性深处，深入到人物的灵魂深处。作为人，他们心中有美好的东西，也有缺点和毛病。一个法西斯侵略者——一名德国年轻军人真心喜欢上了游击队的姑娘，游击队的姑娘忘记军纪接受了年轻德国军人的爱。在一个没有人烟的孤岛上这两个人的灵魂挣脱了所有的束缚，清晰地展示出来了。所以，这部电影里写的是比地位、好坏更为深刻的人的内心。

另一个例子是中篇小说《活下去，并且要记住》。这部中篇小说写了苏联的一个逃兵。如果从好与坏的标准来讲，逃兵是个无耻的懦弱的东西。但是这部中篇小说写透了逃兵的复杂的内心，他的向往和爱情，所以不是一个概念化的逃兵，而是一个生动的具体的感人的人物形象。

我们的文章缺少的正是类似的人物形象。

## 分牧场后写什么呢？

我有时候想，二十世纪八十年代开始，内蒙古地区发生了两个历史性的大变化，那就是牧场私有化和牧业商品化。

对一个放牧的民族来说，他们的一切都基于牛羊和牧场。民族的民俗风情、思维特点、行为特点、人与人之间的关系都是从牛羊和草牧场中生根发芽的。牛羊和草牧场的经营方式改变了放牧民族的一切都会跟着改变。

大集体的时候，原来一直爱牲口的蒙古人突然不爱牲口了。我当记者时，见过这样的事情。几个年轻人看到几匹马在大队东边的草地吃醉草，说："吃呗，管它呢，那是大队书记领导们的坐骑，又不是我们的马。"他们说完毫不在乎地笑着。打草场的时候，要杀羊给众人吃，有人就喊："挑肥的杀，多杀几个。"为什么呢？因为那些羊成了集体的东西。现在，牧民又开始爱护牛羊了。但是那些牲口在主人的眼里都只是商品，牧民是从爱金钱的角度爱护牲口。

我不说大家也都知道牧场分给个人以后人与人之间的关系发生了什么样的变化。那都是因为原先集体的牧场现在变成了个人的原因。

事情也真就这样变了。千百年来一直都是集体的牧场突然被分成一截一截的变成了你的我的他的，多少年来被视为生活依靠的牲口突然变成了变卖的商品，牧区的很多东西肯定会随着改变。毫无他法。

有变化的时代出好作品。在牧区发生的这个巨变象征着蒙古族小说新的超越吗？实现这个新的超越，我们应该注意什么？

我觉得，最主要的是真实地写出这大变化时代的人物心灵上的纠结和复杂。

比如，写传统观点和新的观点的冲突。现在是我们民族的传统观点面临着最激烈的否定的时刻。传统的道德、传统的思维模式、传统的风情，一句话说，传统的价值观和对错的标准都需要改变。这是产生于我们民族的思想观念中的最丰富的变化。痛苦、煎熬、压抑、遗憾、悲伤、忧愁都在这个过程中显现。这些应该给我们的作品提供了丰富的题材。

正所谓，小说是一个民族的思想的秘史。

骑着摩托车疾驰的人们，不怀念和感伤骑马时的风采吗？因为草牧场纠纷相互仇视的亲人们怎么评价自己呢？我们该怎么评价在南方地区的饭店里唱歌的蒙古族姑娘呢？

我们民族的内心深处升腾着的狂风暴雨，或者是流动的血液，给我们提供了很多题材吧。

再说，我们还存在着从全人类命运的角度去观察和表达我们所面临的诸多问题的需要。我们现在面临的所有问题都是全人类面临的普遍性的问题。生态环境的破坏，竞争中的悲伤忧虑，现代化中的人性的异化，道德观的改变，关于人与自然关系的顾虑，关于诸多价值观尺度标准的迷茫……不只是蒙古人在面临这些问题，很多国家的人都在面临这样的情况。所以，在小说中反映这些问题要从人类命运的角度去考虑是很重要的。这是我们深化文章内容的主要途径。拿新科学技术的应用来说，对落后地区，那是推动经济发展的唯一的途径，但是从全人类未来命运的角度看，它的负面作用也是不可忽视的。生态被破坏、环境被污染等诸多社会问题不都是因为无限制地应用科学成果的结果吗？这句话不是我想出来的，最近在央视上说，我们坚持的理论大师早就这样预言了。近几年，有些世界名著因为反映人类普遍面临的问题而产生了很大的反响。

关于这点，有些作品能给我们当参考。有一部电影讲的是城里工作的儿子和儿媳把乡下的母亲接过来住的故事。儿子儿媳给母亲买了一座房子，又安装了一个电话机，时不时地给母亲打个电话问候。但是那个母亲不高兴反而很悲伤。因为那个母亲想看儿子和儿媳，想跟儿孙们一起团聚，所以只是打电话让老人感到悲伤。如果电话机这个东西不在这个世界上多好啊！也许老人是这么想过的。那部电影不只反映了母子之间的爱，还涉及了现代化的情况下人与人之间的关系正在疏远的这个大主题。别的国家和民族有很多这类题材的小说。但是蒙古族小说中很少见，真是遗憾。

蒙古族小说的超越点也许就在这点上……

陈萨日娜　译

# 文学的力量

一部成功的文学作品应该具备一种力量，那是一种能够进入到读者内心深处的触动与震撼，引起读者悲伤、愤怒、欢乐、振奋……同时又引起读者省悟、思考、辨别与选择。这种力量来自对真善美的肯定与张扬和对假恶丑的批判与唾弃。而这不仅应该是作家的追求，更应该是文学的使命。正是在这一点上，《丁新民与他的民工兄弟》这部书为我们提供了一些有益的启示。

文学的力量来自人性。这部书里的丁新民是个实力雄厚的大型企业老总，但作者并没有去描述他在商战竞争中的风采与辉煌，而是努力开掘他与民工之间的关系。在对待民工的问题上，丁新民表现出了爱心、善良、同情弱者，怜悯不幸等人性中最珍贵的东西。丁新民是个见不得别人痛苦和不幸的人，看到别人遭遇不幸比自己遭遇不幸还痛苦。作者正是敏锐地抓住了这个十分关键、有力的环节，深入地开掘下去，写出了一个企业老总的动人故事。这个故事不仅震撼人心，而且会引起人们思考。比如：我们的社会人与人的关系中最值得珍惜的是什么？包括我们每一个人是不是在不经意间丢失着很多珍贵的东西？一个企业家在追求高效益的同时还应该不应该承担其他的社会责任与道义？这两者应该不应该，能不能够兼顾？等等。这些思考与“以人为本”的理念有关，与“构建和谐社会”的目标有关，与“社会主义核心价值体系”有关，同时与我们的人生观、价值观有关，因此这部书引起的思考也是十分深刻而且有广泛社会意义的。

文学的力量来自真实，而真实中应该包括高尚，因为高尚也是我们社会中的客观存在。只是高尚存在于普通之中，存在于一些普通人的内心与行为之中。高尚的心灵，高尚的追求，高尚的责任感是人类社会的希望所在。如果没有高尚，人类也许就没有希望，至少没有多大意义。这部书的成功告诉我们：那种否认或无视高尚的存在，否认或无视光明的存在的观念是十分片面的。其实，任何一种社会制度下都存在着高尚，任何一个社会阶段的文学作品都崇尚过高尚。我们的社会主义文艺更应该发掘、表现人的高尚的情操。这部书也在告诉我们：表现高尚当然不是人为地拔高，更不是喊空洞的口号，而是从人性的角度去挖掘。真正的高尚，其实就是一种人性之美，人的内心之美。

从这部书中我们也看到了作家的责任感和使命感。作家不应该只考虑“我喜欢写什么”，同时还应该考虑“社会需要什么”。因为作家是承担着社会责任的。党中央提出构建和谐社会的目标，我们确实需要用“以人为本”的理念与社会主义核心价值体系去调整社会各阶层之间的关系。根据这种需要，我们的作家敏锐地抓住了丁新民这个事迹，写出了这本书。为了写好书，作者深入到丁新民所在的东方路桥集团，了解企业工作情况，采访民工，付出了艰苦的努力。这也说明了我们的作家深入生活，深入基层和第一线的重要性。

# 从生活到文学有多远?

有关生活与文学的关系的话题是个老话题，但却不是一个过时的话题，而是每一个作家必须终身面对的问题。所以我今天就想讲这个问题，但不可能讲有关生活与文学之间关系的一般理论，因为那些东西大家都懂。我只是想谈谈我们创作中一些不足之处，想了个题目叫《从生活到文学有多远?》，也就是摆一些现象再做一些分析。所以我今天讲的不是理论问题，而是一些具体操作层面上的问题。

关于生活和文学的关系问题，我们最常用的一种表述就是：生活是文学的源泉，文学是生活的反映。这个表述很经典，很正确。但对这个表述应该怎么理解？我认为它有两个方面的内涵。一是，生活与文学的关系是密不可分的；二是，生活和文学不是同一个东西。因为它们一个是源泉，一个是反映，而且这个反映不是具体景物在照相机、摄像机或者镜子里的反映，而是变了形的，所以它们本来就不是一个东西。那么我们就可以说，生活不是文学，文学也不是生活。

因为生活是一种自然流程，而文学里存在着生活本身所没有的东西，那就是作家对生活的认识、态度、评价等。同一种生活在一千个作家眼里可能是一千种样子。所以说从生活到文学必须有一个过程。有一个提炼、发现、虚构、想象、构思等过程。也就是从生活的客观到作家的主观表达的过程。我认为我们有时候写不出让自己满意的作品，很多的时候是因为这个中间的过程中努力不到位。

先说提炼。简单地说提炼就是选择的过程。比如我们找到了金矿石，但纯度不高，有其他杂质，就需要提炼，经过提炼得到纯度比较高的金子。对作家而言生活就是一堆素材，像一锅八宝粥，里边什么都有，是一种完全自然的状态。带有无限的丰富性和无限的可能性。生活当然有它自身的结构，有其自身的逻辑，但与文学的结构、文学的逻辑相比较又是完全两码事。所以你按照生活本身的结构和逻辑去表现生活，你就永远写不出文学作品。所以，从生活到文学的过程就是一个选择的过程，挑出自己需要的东西留下，把其余的扔掉。就如米开朗基罗说的，雕塑的秘诀仅仅在于把多余的东西去掉。但你能否看到你所需要的东西？就看你有没有发现的眼光。

这样，又出来第二个环节：发现。发现什么？我认为应该发现“意义”。生活本身是没有意义的，因为那是一种自然过程，比如狼吃羊或者羊吃草？哪个有意义？但作家眼里就不一样。作家从生活中可以发现爱，发现善，发现美，发现某种精神。这些东西是文学的灵魂，没有这些也就没有文学。所以“发现”就是从没有意义的生活现象中发现意义。比如苏联有部电影叫《第四十一》。讲的是一个游击队的女神枪手押送一个德国俘虏坐船到后方。船上就他们两个人，到了还是遇到风浪，两个人被抛到了一个荒岛上，船也坏了。岛上没有其他人，所以一切困难他们都必须齐心协力地去面对。这样这一男一女就产生了感情。如果我们把这件事当作一个生活中的现象，它没有多少意义。一男一女在那种与世隔绝的状态下要活下去，就必须相互配合，相互关心，产生感情也顺理成章。它只不过是一个比较独特的故事而已。但作者却从中发现了“意义”。比如战争对人间美好东西的摧残，人的本能，爱情的力量，阶级性和人性等等。在荒岛上，这两个人忘记了各自的身份，忘记了各自所属的敌对双方，当然也忘记了原来的任务。在这里他们只不过是一个男人和一个女人。后来有一天在海上出现了德国军舰。这时候这两个人才想起了各自的身份，那个德国俘虏拼命地朝军舰跑去，而那个女的一枪打死了那个俘虏。如果说军舰出现以前他们身上表现出来的是人的本性，那么看到军舰以后他们身上的阶级意识复苏了。

说到发现，我们还可以说说作品的精神内核问题。最近读了李廷舫先生的《河套母亲》。河套多大呀？在那里发生过多少故事呀？那就是生活。但你如果想写一部反映河套生活的长篇，就必须找到一个精神内核。比如河套出过土匪，所以有些作家可以从中提炼出一种有关枭雄豪杰的精神内核，可以写出一个豪气冲天的故事。比如河套是内蒙古西部农业开发面积最大的地区，那么有的作家也可能写出开发的艰辛以及农耕、游牧两种文化形态的冲突。又比如河套的水利开发很成功，所以也写这个方面的内容。怎么写都可以，但你不管怎么写，首先必须提炼出一个精神内核。要不然你怎么写都不会成功。那么李廷舫先生从河套大地发现了什么呢？他发现了一种伟大的母性，在他眼里河套大地就是一个充满母爱的土地。

这样的例子很多。比如《百年孤独》里马尔克斯发现了一种孤独意识，这就是它的精神内核。没有这个发现，就不会有《百年孤独》。贾平凹从古都西安发现了一种“废都”意识，如果没有这个发现就不会有《废都》那部长篇。《堂吉诃德》写了什么？写了一种荒唐的骑士精神。这就是它的精神内核。

不仅仅是长篇、中篇，短篇小说同样存在这个问题。鲁迅的《药》写的是麻木意识，《孔乙己》写的是颓废意识等等。我认为这是关系到写小说成败的一个十分重要的问题。

这个“精神内核”会直接关系到你的小说里的人物形象。

第三个环节是虚构。我认为这是文学创作的很关键的一个过程。其中包括想象，打碎重塑等等。我们常说从生活真实到艺术真实，就是这个过程。而且我认为，我们的小说质量上不去的主要原因就在这个环节上。我们的虚构能力真的比较差。我们没有实现从生活到文学的飞跃，而是仍然跟实际生活纠缠不清。这是我看了国外一些经典电影后生出的想法。那些电影里，好多“不可能”的事情都发生了，而且合情合理。还有一个就是“打碎重塑”。假如我们发现生活中的某一个自然形成的造型，比如一块巨石，形状像骆驼、像马。其实这是我们想象的结果，那个石头只不过是石头，而不是其他什么。这时候有的作家就进行一些修补，把石头这儿打掉一块，那儿刮掉一块，让其更接近于骆驼或马的造型。而有的作家却将那个石头打碎，弄成粉末，再加上水，按照自己的理解重新塑造一个造型。这个过程很艰苦，但比起那个修修补补的东西更为逼真。我认为《狼图腾》就是这样的作品。作者从狼身上发现了一些东西，比如坚忍不拔、百折不挠等精神。他认为当今的人类缺乏的正是这种精神，于是把自己的这种希望添加到了狼身上。而采用的并不是模拟的写法，而是打碎重塑。因为那已经不是自然状态下的狼，而是带出了作者好多思考。

从生活到文学，大致上就应该经过这么一些过程。当然还可以分得更细，这里就不讲了。

下面讲讲我们的不足。其中当然包括我自己。我认为我们现在的主要问题就是缺乏对生活素材的处理能力。我们看不到素材里的意义，缺乏挖掘、提炼、组合的能力。其实从生活到文学，有一个东西起到很重要的作用，那就是作家的主观能动性。我们现在缺乏的就是这个。这是一个普遍性的问题，也是有点想要努力解决的问题。对这个问题如果不重视，我们的小说就提高不了，不仅出现不了高峰，连高原也保持不了。

一是照搬生活。把一些生活流程基本不动地搬进小说，只是增加一点趣味性。这个现象在影视作品里更为突出。你看那些表现城市小市民生活的连续剧。几个孩子争前恐后地要占孤寡父亲或者母亲的房子，老人很伤心但无奈，这时候往往又出来一个孤老太太或者老头，两个人搞起黄昏恋，事情变得更复杂。再看那些谍战剧，共产党的地下组织、军统、日军情报机关相互交叉，都是那么一个模式。我不是说日常生活不能写，也不反对朴实无华的白描写法，但我们好多作品缺乏一种内在张力。这方面成功的例子是有的，比如有个回族作家叫马金莲，这几年很活跃。写的就是农村普通人的生活，但她的作品有张力，读了以后让人感到震撼。但好多作品不是这样。

但我们现在有些作家在回避这个问题，还想用其他办法弥补甚至掩盖这个缺陷。一个是写打打杀杀，很热闹。或者写变态，人物离奇古怪。我前几年看到《南方文坛》上的一篇评论，说当下文学创作的三种病症：一、从意味到趣味的滑落；二、欲望取代愿望；三、技术超越艺术。我觉得这个情况仍然存在。

希望我们的创作会越来越好。

# 文学是一种记忆

我在草原深处常遇到一些中年人。他们话语很少，问他们一些问题，他们总是用最简短的话来回答。他们历经风霜的脸上也没有微笑，有的只是一种坦然、沉思的表情。我曾想，他们的生活不艰难吗？他们没有遇到过不平吗？肯定不是。但他们不想说这些，只是默默地，坦然地承受。我认为他们这个表情的背后存在着十分丰富的记忆。但那些记忆具体包括一些什么？我又说不清。因为它太丰富了，所以也就变得模糊了。但我相信它是存在的。

我在深夜的草原上独行，偶尔会听到歌声。那是一个男人在唱歌，是长调。虽然听不清歌词，但我却能够听出歌声里表达的某些东西，比如孤独感、思念等。我想到唱歌的也是一个独行者，很可能就是我曾见过的人中的某一位。他的唱歌技巧完全是“草原式”的，从而让我觉得那歌声不是从喉咙里唱出来的，而是从他内心深处（也是记忆深处）发出来的。

他们的表情、他们的歌声都承载着记忆。我如果读懂这些，才能够多少读懂草原。我有时候想，从某种意义上讲，文学本身就是记忆，作家是记忆的记录者。至少，对作家而言，记忆是一个绕不过去的存在。内蒙古有很多作家是写草原的，所以有人说他们的作品是草原文学。但他们大都生活在城市里，所以就需要经常到草原深处去寻找记忆。因为有关草原的活生生的记忆不在城市，也不在旅游点，而是在最基层的百姓大众之中。

草原文学作家搞创作并不是为了怀旧，草原文学更不是“向后看”的文学。但我们如果不能读懂草原记忆，我们的作品就厚重不起来。其实不仅仅是草原文学，其他任何民族、任何地域的文学一旦脱离了记忆，都是一种悲哀。那些曾经存在过的人、物、事，一旦成为记忆保留下来的时候，它们的意义就会超出原本的它们。或者，当它们成为记忆的时候我们才会发现其背后的意义。当风沙中传来的驼铃声和牵驼人的歌声被汽车喇叭声替代的时候，我们才想到消失的不仅仅是驼铃声和歌声，还有对沙暴的蔑视和勇敢精神。当狭小的网围栏让牧马人挥动套马杆快速奔跑变成没有必要的时候，我们才会意识到告别了一种豪情。当好些劳动环节被机械替代的时候，我们也会常常怀念过去的汗水与欢笑。

去年我写过一部长篇《天边那一抹耀眼的晚霞》，写的是过去草原上“高原好汉”的故事。曾经的蒙古草原上，确实存在过“高原好汉”这种人，他们以盗赶马匹为职业，所以也有人称他们为“赶马大盗”。但“高原好汉”为什么干盗赶马匹的勾当？为了图财？为了不劳而获？好像都不是。他们干那种事，似乎仅仅是为了炫耀自己的骑术与胆量。而更为奇特的是人们对“高原好汉”的态度。那些遭受袭击的牧户对他们咬牙切齿，官府有时候也会追捕他们，但总体而言，广袤的蒙古草原对他们却相当地宽容，好多人赞美他们如赞美英雄，于是，关于他们的故事也会一代接一代地传颂……但这是为什么？你如果不了解蒙古族的历史和文化心理，可能觉得这种现象很离奇。但你如果了解到蒙古族是个崇拜英雄的民族，从骨子里崇尚各种“好汉”而不会厌恶他们，明白蒙古人与马之间的特殊情感，从而对优秀的骑手总是赞美有加……当你了解所有这些以后，你也许会明白蒙古草原上的“高原好汉”在追求什么，人们从他们身上看到了什么。我曾买了三本书，都是“高原好汉”们的传略，三本书加起来写了大几十号人，有内蒙古的也有蒙古国的。我查阅中发现，越往后他们的人数越少，最后一个“高原好汉”是1961年去世的。随着社会的变革，他们生存的空间越来越小，最后被挤出历史舞台。这是一种必然，同时也是一种缺憾。

民族文化是民族文学的根基，其中包括民族的记忆。所以想写好自己的民族，不管是写现代生活或者写大都市的蒙古人，我们必须从记忆深处寻找一些东西。

# 有关落日与晚霞的话题

我大脑里动不动就出现一种景象：先是落日，又红又圆的太阳正在缓慢地沉落，非常壮观；接着是晚霞，草原的西地平线整个在熊熊燃烧，非常美丽。但我为什么总是想到这样的情景呢？后来我才明白，是落日和晚霞的悲剧意味打动了我。

是的，落日和晚霞让我们看到了一个“消失”的过程。

在如日中天的工业文明和商业文明面前，我们民族的传统文化就是那轮正在下沉的落日和那面逐渐暗淡着的晚霞。别以为凡是“过时”和行将“消失”的都是不好的东西。不是的！我倒是认为，我们正在不得已地丢弃着很多美好的东西。我的家乡在鄂尔多斯西部的荒漠草原。我记得小时候我们那里的牧民出门几乎都不锁门。一顶顶毡包或者一座座房子就那么永远地为路人敞开着。因为在毡包或房子主人的心目中，这个世界上全是好人，全是朋友，贼或者小偷即便有，那也是少而又少。还有，牧人们常遇到走失的牲畜。他们肯定会把那些走失的牲畜照顾好，要是冬春季节，还要贴喂饲料，到了天暖主人还没有找来，那么把那些走失的山羊和绵羊的绒毛剪下来卖给供销社，把卖绒毛的钱单另存放。等什么时候主人找来了，把牲畜和卖绒毛的钱如数交给人家，而决不提贴了多少辛苦和草料。还有，草原牧民之间很少发生买卖关系，“自己缺什么，别人会给你。看到别人缺什么，你也得给人家送去”，这是老人们常说的一句话。还有对大自然的敬畏心理，对一草一木的爱护，还有关于生命和性爱的观念，还有……

你说这些东西不好吗？好极了；是“落后”吗？够先进的了。但我们又为什么不得不丢弃这些？因为不丢弃这些就进入不了工业文明和商业文明。而工业文明与商业文明是整个人类发展的走向。为了未来的美好，我们不得不丢弃传统的美好，为了社会的进步，我们不得不丢弃本来进步的东西，这就是最大的悲剧。

当我们发展机械运输的时候，在提高效益的同时也失去了牵驼人的自豪感；当把马群关进铁丝网围起来的狭小的草库仑的时候，在省去牧马人辛苦的同时也失去了自由的心态；当将牲畜看作商品宰杀或出售的时候，人与牲畜相互依赖的关系变成了敌对；当我们安装坚固的防盗门喂养凶狠的狼狗的时候，我们对“人”的信任度也下降到了极限；当我们把太多的功利目的添加到婚姻关系的时候，爱情的本意早已荡然无存。甚至可以发现，人口越密集，人与人之间的情感却越疏远。当一个人在同类之中缺少朋友，只好去养宠物。

我业余写小说三十年，其间多次有人提问：你为什么写小说？我也曾给出了各种各样的回答。其实我自己也不太清楚为什么写，反正三十来年就这么写下来了。后来我冷静地想了想，觉得实际情况大致是这样的：一开始，是出于一种爱好；接着有一段时间是为了名利，想出名也想赚稿费；再接着是为了表达，表达自己的情感，想法，爱与恨等等。再后来就是“落日”与“晚霞”了。是的，当我意识到那是一种深刻的悲剧的时候，我心里产生了强烈的创作冲动。

对一个写作者来说，也许这样的冲动比什么都重要，至少是相当地重要。只有责任感是不够的，因为责任感有时候变不成文学思维；只有内心体验也是不够的，因为没有冲动的内心体验有时候显得苍白无力。而只有产生了一种冲动，你就想诉说，想喊叫，在自己流泪的同时恨不得让全世界的人都跟着你流泪……这时候名和利已经不重要了，作品能否得到认可也不重要了，唯一想做的就是宣泄冲动。当然不会有人陪你流泪，但已经无所谓了。

工业文明和商业文明为人类带来了飞速发展，同时也制造了越来越多的难以解开的“死结”。怎么解决？出路在何处？很多专家学者提出了很多良方，大概都很不错。但我却觉得，将传统文化的某些精神运用到现代社会，也许就可以“柳暗花明”。比如说对大自然的敬畏心态，比如说人与人相互之间的宽容精神，比如说草原人对于生、死、爱的理解……等等。如果真的是这样，那我们就不必伤感和悲哀了。

有一句名言：每天的太阳都是新的。但也许明天的太阳却在闪耀着传统文化的光芒，它将照亮我们的前程？谁知道呢？

作家不用管这些，写下去就行。

# 我的追求——真正把生活“味儿”写出来

我生长在戈壁，我爱我的戈壁。像品酒专家能够辨认出酒的味道一样，我也能够品味出我的戈壁的独特的韵味儿。在我看来，戈壁具有独特的美的魅力。当我每每想到戈壁，我心里便激动不已，骚动不安。但我拿起笔写它的时候，又苦于写不出那个味儿。

前几年，改革的浪潮席卷而来，在我的戈壁突然出现了种种不和谐音。旧的价值观念受到了时代的挑战。我自以为抓住了一个重大的题目，找到了写出“有深度”的作品的途径。于是我匆匆忙忙写了几个短篇。我写了戈壁生活中的落后面，也写出了时代对生活的要求，但写着写着觉得没劲了。新旧之间的矛盾，新生事物不可战胜，旧势力必然灭亡，写来写去就这么一个公式。这一公式，在人类社会发展史上算得上一个十分过硬的公式，但仅仅把这么一个公式告诉给读者，而写不出真正的戈壁生活，我自己都感到不能满足。

为什么一定要从概念和公式出发？为什么一定要用“主题”去衡量生活的意义？这时我才真正意识到概念化、公式化是文学的大敌。生活太丰富多彩了，只有从生活本身出发，才有可能表现生活；只有你对生活有了独特而较深刻的感受时，你所描写的生活才能有意义。就说戈壁牧人那种宁肯亏待自己也不愿亏待别人的道德观念吧。用时兴的竞争观念来看，那也许是可笑的。但我们能简单地否定它吗？能断言它没有存在的价值，宣布它马上会被淘汰吗？再说瀚海之中行进的骆驼队吧，作为运输工具，它已落后了几十年。但在它那单调而沉闷的驼铃声中，不仅有着孤独和悲凉，同样还有着信心和力量，以及其他许多许多复杂的东西。我意识到，只有把戈壁生活中那些丰富、复杂、微妙的东西表现出来，才能算写出了真正的戈壁。生活就是生活，人就是人，文学家实在不需要把它们分类排队，写鉴定贴标签。只要真实地描写就够了。只要写的是真正的生活真正的人，文学就肯定能够起到它应有的社会作用。

这也许可以说，是我观念上的一次变化吧：衡量一篇作品，主要是看它是否真正写出了生活本来的“味儿”。

说到写出生活的“味儿”，就关系到对生活的感受问题。因为作家对生活的切身的感受，是真实地描写生活的前提。对作家来说，也许感受比理解更为重要。我有好多次，开始动笔写一篇小说时信心很足，但写完一看只好烧掉。为什么？根本原因是忽略了对生活的感受。这说明一个问题，对生活只有理解而没有感受是写不出好作品的。意识到这一点以后，我就把主要精力放在对生活的感受上边。这样一来我发现，好多不曾注意过的东西，实际上是很美的，是可以写成小说的。而且这些东西具有着丰富的内涵，丰富到连你本身都难以说清它们。而且把感受放在首位来写，确实能带出生活的“味儿”来。

这可以说是我创作方法上的一些变化。从围绕“主题”去构思作品，变为以“感受”去调动构思。

真正把生活的“味儿”写出来——这就是我的追求。

# 描写弱者是文学的良心

任何时代、任何社会，弱者总是大多数。为什么会这样？不知道。而且，在任何时代和社会，弱者往往会被忽略，这又是为什么？也不知道。

但我却认为，他们是社会的中坚。没有他们，国家和社会的基础都会出问题。“老百姓”是他们的别名，假如没有老百姓，一个国家，一个民族，一个社会形态能够存在下去吗？道德、良知、宽容、忍耐等等人类一切美好的品德都集中表现在他们身上，我们为什么总是忽略他们？

弱者？他们是社会的支柱！但谁是弱者？

老实巴交，没有多少收入，失败的记录总比成功的记录多，没有念过多少书，跟不上社会潮流，还有这样那样的缺点，因此总叫人看不起……这大概就是弱者。但他们是人类的大多数。你不相信吗？没有他们这些弱者，人类大概也就不能生存。

因为，道德、良知、宽容、忍耐等等人类赖以生存的美德全是他们的本性，想改都改不了。

坚持业余写小说三十年，其间经常遇到一种提问：你为什么写小说？

每次我都做了回答，怎么回答的却记不清了。但肯定的一点是，我的回答是因（提问的）人而异的。比如遇到记者，我会说是出于责任而写作，遇到文学青年我又会说为了抒发自己的情感而写作，提问的人要是家乡的老牧民，我很可能要说是为了最基层的人民群众而写作……为什么这样？因为我并不想认真回答提问，只是在应付，揣摩提问的人喜欢听什么样的回答，我就做出什么样的回答。但这只是问题的一个方面，从另一个方面讲，这个问题本身就是一个很不好回答的问题，一两句话根本说不清楚。也可以说，我自己就不太明白自己为什么写小说。这里有爱好问题，也有责任感等因素，还有将自己所看到的和想到的告诉别人的欲望，当然还有对名利的追求。

其实还远远不止是这些，比如说冲动，没有冲动，能写出小说吗？但冲动又是从哪里来的？

去年我回了一趟老家，我突然想，假如没有这片荒漠草原和这片荒漠草原上的人们，我会写小说吗？大概不会吧？

我突然觉得，问题的答案就在这里。

# 答《中华儿女》

1.首先请您谈一谈自己的成长经历，年少时的梦想是什么？

答：我于1947年出生在内蒙古鄂尔多斯鄂托克旗包乐浩晓苏木一个叫敖伦淖尔的地方，是个地处偏远的荒漠草原。偏远到什么程度？这样说您就明白了：在1964年我去呼和浩特念书之前我只乘坐过两次汽车，第一次是走了几百米，第二次是走了三十多公里。1964年我去呼和浩特是第三次乘坐汽车并第一次坐火车（那以前我都没有见过火车）。总之，1964年是我成长过程中的一个重要的拐点，那年我初中毕业，考入了内蒙古蒙文专科学校翻译班，从偏远的牧区到了自治区首府呼和浩特。1968年毕业后分配到鄂尔多斯报社，1982年调到鄂尔多斯广电局任副局长兼蒙文编辑部主任。报社也好，广电局也好，都是搞新闻工作，属于业务干部。1983年我命运中的第二个拐点出现了，在那年的机构改革中我被任命为当时的伊克昭盟党委副秘书长（当时鄂尔多斯叫伊克昭盟），从业务干部变成了党务干部。在这个岗位上我待了十一年，从副秘书长到秘书长、盟委委员，中间还兼任鄂尔多斯伊金霍洛旗党委书记。1995年是我生命中的第三个拐点，我被任命为内蒙古文联党组书记，从盟市调入首府，从党务部门调入人民团体。我在内蒙古文联一直干到退休，当了几年党组书记，从1999年起当了两届内蒙古文联主席。2010年文联换届后按惯例又任了两年自治区人大常委。

以上就是我的基本履历，每次填写干部履历表我都是这样填写的。

但其实，我还有一套履历，那就是我的文学创作道路。我的一生中贯穿着对文学创作的追求，从未间断和动摇过。

在念小学的时候我就对文学着迷，当然刚开始我分不清文学和纪实文学，凡是好看的东西就读。后来大概到了小学五年级我懂得了文学作品是由人创作出来的，创作文学作品的人叫作家。从那时起我就梦想当个作家。当然，在我的心目中作家就像天空中的星星一样可望而不可即。我记得上初中时给内蒙古的蒙古文综合性文学刊物《花的原野》投过几次稿，写的都是诗歌。那时候的编辑很负责任，每次退稿都附有短信。短信都是统一格式打印的，空白处写着我的名字和作品名称。我将那几封退稿信珍藏了好几年，因为那几封信说明我与编辑部有了某种联系。

遗憾的是“文革”让一切文学刊物停刊，任何出版社都不可能出版文学书籍了。但梦还在，对文学的热爱还在。经历过“红卫兵”造反、串联、两派武斗等以后，大部分学生已经变成了“逍遥派”，成天无所事事。不知道是哪位同学撬开了学校图书馆的窗户，反正大家开始从那里搬书。他们把书抱来塞在床底下，我的床下也塞得满满当当。我就成天看那些书，真是太惬意了。1968年分配到鄂尔多斯报社，当时报社资料室已经被砸烂，那里的藏书堆在印刷厂大库房里。管理库房的老工人允许我们去搬书，因此我的床下边又一次塞满了书。记得有《战争与和平》《安娜·卡列尼娜》《沫若文集》，还有建国十周年出版的我国文学精品单行本，还有好几年《文艺报》的合订本。我最喜欢的是《文艺报》里的文学评论，正是那些评论让我明白了小说创作的基本要求和原则。

说来也有意思，我（其实应该包括跟我一样年龄的作家）关于文学的启蒙教育是在我国文学大萧条时期得到的。因此，当全国的文艺政策开始松动时，一大批文学新人的名字出现在报刊上是顺理成章的事情。

“文革”后期我开始发表作品，第一次变成铅字出现在《内蒙古日报》上的是一首诗，共32行，题目是《鄂尔多斯沙漠的春天》，第二首是我去“五七干校”接受“锻炼”时写的《五七抒怀》，发表在鄂尔多斯报上，还有一首好像是歌颂“牧区大寨”乌审召公社的，收进了某部诗集里。但我很快意识到我天生缺乏诗的思维，我不能够将我心中的好多东西用诗表达出来，就开始试着写小说。我的第一个短篇发在1976年11月11日《内蒙古日报》文艺副刊上，题目是《鹰飞不过去的沙梁上》，写的是学大寨内容。从此至今，我一直写小说，快四十年了。

我发现不少人对我的看法是有偏差的，他们想一个“当官的”后来怎么就当了作家？他们不知道我从小追求文学，年轻时就开始了文学创作，应该说我很早就是一个业余作家了。至于当了这个那个“官”，全是让我碰上的，从未刻意追求过，我这样说好多人肯定不信，但熟悉我的朋友们都知道这一点。所以至少可以说我具有双重身份：干部和作家。而我自己心目中，我最主要的身份是作家。

2.您是什么时候热爱写作的？平时喜爱读什么样的作品？

答：我上边已经说过了，第一次变成铅字的那首诗大约是1973年发表的，第一个短篇是1976年发表的。

我最先接触的是内蒙古的玛拉沁夫、敖德斯尔等人的作品，而且一直喜爱。他们作品中出现的草原场景、人物都是我所熟悉的，我感到很亲切。还有上世纪五十年代蒙古国的作品，在我的阅读经历中占有重要的位置。那时候我国和蒙古国（那时候叫蒙古人民共和国）的文学交流很广泛，我这个年龄段的内蒙古读者对他们那些文学大家的作品都相当熟悉。他们写的也是草原生活，也是蒙古人的生活，读来感到亲切。还有一点必须提到，当时的内蒙古读者是通过他们的翻译认识了俄罗斯以及苏联的文学。那时候中国、蒙古、苏联都属于“社会主义阵营”，而且苏联是阵营里的老大，中国十分重视介绍他们的文学，而内蒙古的蒙古族读者读他们的作品只能靠蒙古国的翻译。当然也大量阅读我国的汉族作家的作品，都是通过蒙译的，比如《青春之歌》《林海雪原》等。

后来随着改革开放，中国读者有机会接触世界各国的文学。这样，我们的文学视野就大大地扩展了。正是在这个阶段我喜欢上了几个外国大作家。他们是雨果、屠格涅夫、艾特玛托夫。

其实，凡是爱读小说的人都有自己的喜爱倾向，总是特别喜爱某几个人的作品。对普通读者而言，这大概跟其审美倾向有关，而对作家来说又跟他的追求有关。当他发现自己想写而又没有能够写出的一些东西在别人的笔下淋漓尽致地出现了，他的内心肯定会产生一种共鸣，产生一种崇拜心理。我比较喜欢一种冷峻、粗犷的风格。我喜欢以上几个作家大概也跟这个有关。

3.您记得您的第一部作品是什么？请您回忆其中创作的细节、灵感来源、感悟？

说来惭愧，我的第一个短篇根本不成样子，就是上边提到的《鹰飞不过去的沙梁上》，写的是学大寨的故事。一大片沙漠，连雄鹰都无法飞越，但人们却在改造它。写法也是模仿那时候“战天斗地”的作品。

4.在您的所有写作作品中，让您本人最满意的是哪一部？为什么？给您的创作带来了哪些影响？

答：八十年代我写过两个短篇，一个是《大漠歌》，另一个是《“浴羊”路上》。这两个短篇都获得自治区文学创作“索龙嘎奖”一等奖，我自己也比较满意。因为《大漠歌》体现了我小说创作中的一个转折。那以前我写的小说地域特色、场景描写、人物个性都不理想，而且内涵也不够深刻。写《大漠歌》的时候就有了变化：首先，小说里的场景是毛乌素沙漠里一个风沙漫天的深夜，一个孤独的年轻人牵着骆驼顶着风沙在走。场面感就比较浓厚了。这个年轻的牵驼人要去哪里？他是要去一个相好的女人家里住宿。但当他顶风冒沙赶到女人家时，却发现一个开汽车跑个体运输的人住在她家。在草原上，一种传统的运输方式是驮运，现在他这个古老运输方式的传承人却不得不败在汽车运输方式面前，他只好牵着骆驼离开了女人。但我在这个小说里并没有批评牵驼人的落后，而是歌颂了他身上很多美好的东西，比如他对自由生活的追求，他对爱情的观念，他对传统方式的热爱等。我想表达的是，传统的东西里有好多美好的内容，只是因为社会的发展我们不得不丢弃它，这是一种必然，也是一种悲剧。

《“浴羊”路上》写的是三个十五六岁男孩性意识的觉醒。这三个男孩跟比他们大几岁的两个姑娘一起走上了浴羊（为羊洗澡）的路。他们原本是羞于跟女孩子同行的，但那一天他们几乎同时发现那两个姑娘是那样地美，第一次在心中产生了一种异样的冲动。接着他们的表现显得很可笑也很可爱：他们本来觉得两个姑娘很美，却拼命掩饰这种感觉；他们仇视接近两个姑娘的年轻人……浴羊结束了，他们觉得自己长大了。我之所以喜欢这个小说，是因为在这个小说里我没有写政治思想、道德等等东西，而是写了纯粹的人性。

我写过好几部长篇。其中自己比较满意的是《满巴扎仓》。蒙文稿在内蒙古的刊物上发表后被译成汉文发表在《人民文学》上，现在正被译成英文。重庆出版社也出了单行本。这部长篇写的是民族文化遗产传承的困境：明朝烧毁了元上都藏书阁，其中的一部蒙古族的药典从大火中被抢救，流落民间，后被鄂尔多斯右翼中旗的一个叫满巴扎仓的寺庙所收藏，到了清朝，宫廷又在寻找这部药典，引发了一系列错综复杂的争斗。这部长篇获得内蒙古“东方路桥集团”所设的

"朵日纳奖"大奖。

在这些年的写作中，我也悟到了一些东西。

比如，有些东西是可遇而不可求的。这里我谈谈写《大漠歌》的过程。那是一个冬天的傍晚，我下班后顶着风沙骑着自行车走在回家的路上。那天的风确实很大，我边蹬自行车边想着我小时候的情景。我小时候这样的风沙天气，有时候就会传来驼铃声。那是从荒原深处传来的，说明有驼队过来。驼铃声越响越近，不久牵驼人的歌声也传来。牵驼人是孤独的，大概是为了消除途中的寂寞，他们总是放开嗓子唱……这样边走边想，我就开始激动起来，也好像看到了小时候的情景。回家吃完饭，就铺开稿纸写出了最初的段落：落日时分，在风沙弥漫的荒原上，一个年轻人牵着骆驼在艰难地行进……这个年轻人要去什么地方？会遇到什么？我都没有想好，只是想把已经想到的场景记录下来。写完这个段落，下边的情节又出现在我的脑海里。就这样写了几个晚上，小说就写成了。假如那天傍晚我没有在风沙中走在街上，比如我出差到了别的地方，我会想起写这个短篇吗？不可能。所以有的文学作品的产生是很偶然的，可以说是可遇不可求的。

后来我又回顾写这个小说的过程，我认为有一点起到了很重要的作用，就是从开始写的时候起，我已经处于一个激动的状态，而且我完全放开了我的思绪，没有任何束缚，想怎么写就怎么写。我认为，对一个写作者而言，这是一个最佳状态。你心中好多东西——比如记忆、情绪等等——都有可能被调动起来，奔流起来。这个时候千万不能用逻辑思维限制自己的思绪，你就有可能写出一个自己比较满意的小说。

还有，我认为"感觉"这个东西在文学创作中具有特殊的意义。这里着重谈一下长篇小说《满巴扎仓》的创作。满巴扎仓这座寺庙是个真实的存在，就在我的老家鄂托克旗北部山里。1964年，也就是上边说的我第一次离开家乡赴呼和浩特念书那次，我曾路过那里，并去参观过。寺庙在半山坡上，当时已经没有人了，但建筑还算完好。一座半山坡上人去屋空的寺庙给人留下的感觉是非同一般的，它不仅显得荒废，还显得神秘，似乎其每一间房屋里都隐藏着故事。从那以后我再也没有去那里，时过几十年，那座寺庙的具体样子早已变得模糊，但那种破败、颓废、被遗弃的感觉在我的脑海里却变得越来越清晰，给我提供了很大的想象空间。如果没有这种感觉，《满巴扎仓》这部长篇可能是写不出来的。不知道别人怎么样，反正我非常重视“感觉”这种东西，没有感觉宁肯不写，有了感觉就跃跃欲试。

5.在您多年的创作经历中，有哪些人和事给您留下了深刻印象，对您的创作有着深远的影响？

答：对我产生最大影响的当然是我家乡的人们，其中包括我的父母和亲友。我的优点和缺点，我的成绩与局限，都来自那里。他们对我的思维方式和行为方式的形成，对我性格的形成，对我的人生观和价值观的形成起到了决定性的作用。我离开家乡已经好多年了，这几年都没有回去过，但我却越来越觉得我家乡那些人身上有挖掘不完的东西。每当我回忆起家乡那些人，总是抑制不住地动感情，他们是一些什么样的人呢？首先他们是一群与世无争的人。他们的付出那么多但得到的很少，而且往往被人瞧不起。而我认为瞧不起弱者是人类最不道德的行为。他们几乎从未去争这个争那个，哪怕有些东西是他们理应争取的。吃亏是他们的常态，但却从来不嫉妒别人。他们从不去巴结有权有势的人，大概因为懂得巴结也没有用。我们总是要求年轻人去认识社会，但不了解这些最底层的老百姓你就根本不会懂得社会是什么。我们还常说社会的良知什么的，但不同情这种人就是社会良知的缺失。这样一种认识和情感，对我的作品当然有影响，它决定了我的作品的基调。有一次《民族文学》让我写几句创作感言，我就写了一句“从某种意义上讲，小说是弱者的心声”。我在自己的小说里写过不少弱者。什么是弱者？弱者就是穷人、遭到不公命运的人、被人瞧不起的人……弱者之所以变成弱者，其原因五花八门，他们当然跟其他人一样也有缺点，但他们又是可爱的，善良的，是我们整个社会的主要根基。

让我讲几个小故事吧。都是我亲身经历的，虽然事情很小，而且过去了很多年，但我永远不会忘记。

——我小学三四年级的时候，我们班来了一个同学，他叫青格乐达赖，学习很好，也很聪明。但没过几个月他就辍学了，因为他的继父将他赶出了家门，而他母亲又没有能力保护他。从那以后我们每天看见他背柴火到旗所在地小镇里卖。一个孩子的生活轨迹就这样被改变了。他背柴火经常路过学校门口，我们看到他背负着巨大的柴捆，艰难地慢腾腾地走过。后来有一次我与他在街上相遇了，还说了几句话。说了什么我已经记不清了，但我当时的心境我却至今记得。我当时突然产生了一种类似负罪感的感觉，觉得在他面前十分尴尬。也就是说，我看到了他的不幸和我自己的幸运，这个差距让我感到羞愧，好像我从他那里抢了什么似的。当然，我对他的遭遇没有一点责任，但我真的产生了那种感觉。现在我有时候还想到他，不知道他后来怎么样了，现在在哪里。

——1964年我到呼和浩特念书，在我们那个偏远的家乡，这算是很让人羡慕的事情。每次我放假回家，一个牧民老奶奶都要来看我。她是那样由衷地为我的好运高兴，每次都带给我新制作的奶食品，让我说说呼和浩特的所见所闻，有一次还给了我两块钱。她跟我非亲非故，为什么要这样？而且我知道他的孙子曾经跟我同班，小学没有毕业就辍学了。但她却为我这个孩子高兴。这就是一种善良吧？

——还有一件事也让我终生难忘。那是八十年代，我已经任盟委副秘书长，协助副书记分管落实政策工作。落实政策这个提法当时有特定的含义，指的是平反冤错假案，为受害人提供一定的补偿。当时

“文革”结束才几年，落实政策任务很重，每天有不少人找我，其中有一个姓张的年轻人。他不是我家乡来的，而是盟所在地附近的农民，“文革”中被当作强奸犯判刑，后来因为事实不清又放掉，但罪名没有被否定。一个未婚青年的名誉就这样被毁掉了。但困难在于，这是一个经过法院判决的案子，法院宣判他无罪之前，谁都解决不了他的问题。但他是个农民，不懂这些，只是不厌其烦地找这儿找那儿。有一次他又来找我，说在附近煤矿挖煤，接着拿出一个信封放到我前面，说里边是一些与他的案件有关的材料，让我慢慢看，说完起身就要走。我觉得那个信封里不会有材料，于是没有让他走。打开信封一看里边是钱，我估计是一百块钱（全是一元面值的票子）。我将信封扔给了他，又说你以后不要来找我。结果你知道是怎么了？他哭了，还说了一句“我没有办法呀……”说完走了。

我立刻惊呆了，接着陷入了深深的自责。

从表面看，我没有一点错。我坚持了原则，拒绝了他的行贿行为，真可谓义正词严，大义凛然。但我却后悔得要死。首先我觉得我很虚伪（在那以前我从来不认为自己虚伪）。面对这个可怜的人，我生什么气呀？我真的生气了吗？还是装的？再就是我是不是太冷漠了？一个冤狱的受害者，一个靠挖煤维持生计的人，我不收他的钱是应该的，但也应该说几句暖心的话，安慰几句呀！还有，我是不是在看人下菜？假如他不是一个挖煤的农民而是一个干部，我敢对他要态度吗？还有，我是不是侮辱了他的人格？他行贿当然不对，但正如他说的，他是“没有办法”，拿出那个信封的时候他是多么犹豫、紧张，还抱着一点点希望。而我的举动却无情地羞辱了他，侮辱了他的人格。他的眼泪我能忘吗？

说起来这是三十年前的事，但这一生我不会忘掉。因为这件事对我是个深刻的警示。一个人对弱者要威风是多么容易的一件事呀！他可以毫无节制，还完全可能以正义和原则的名义去要威风，从中得到一种满足感或者快乐。但对方是什么感觉？他很可能对我们的社会失去希望。他甚至可能破罐子破摔去犯罪。如果是这样，社会对他应该承担什么样的责任？我认为，那些“不高尚”的人的不高尚行为往往是一些“高尚的人”在不经意间造成的吧？

这样的感受我还可能写很多。总之这些东西对我的作品影响很大。我的作品中如果有一种孤独感，悲剧意识等等，那都是生活给予我的。

6.作为少数民族作家，您认为您的责任和使命是什么？

其实我认为，在任何一个国家或地区，都存在各民族作家这个概念。在中国，什么是中国文学？其实就是中国五十六个民族的文学。一个没有“少数民族文学”的中国文学并不是一个完整的中国文学。

我认为中国的少数民族文学应该承担丰富中国文学的使命，因为中国各民族的文化内涵是各有特色的，比如雪域西藏文化中的神秘与神性，蒙古族草原文化中的游牧精神，等等。这些都是整个中国文学取之不尽的精神富矿。我们希望其他民族的作家挖掘这个富矿，但同时，我们少数民族作家更应该利用自己的优势表现各自民族的文化特色，形成一个五彩缤纷的中国文学。这是我们的责任。

7.您觉得我国少数民族文学作品的现状怎样？未来发展的前景如何？少数民族作家应该坚守什么，又该有哪些创新？

答：我认为我国少数民族文学的内在活力决定了它未来发展的竞争力。从具体作者层面看，主要是看各民族是否有一群具有创作实力的作家，但支撑这些作家创作的应该是他们对各自民族文化精神的理解。我认为中国少数民族文学已经进入了一个好的发展期，因为：一、我们的文艺方针政策符合文艺发展的规律，有利于解放文艺生产力，激发了大家的创作热情；二、各民族作家的素质得到了全面的提升，不仅对世界各民族的文学有了一定程度的了解，拓宽了艺术视野，他们的哲学思维、历史思维等都有了极大的丰富；三、党对民族文化的重视鼓舞了少数民族文学的繁荣。

8.您的梦想是什么？当前，您对自己的创作、生活有着怎样的规划？

答：我将继续努力学习，努力创作。退休后干扰少了，我会更加珍惜这个时光。我认为每个民族文学创作的空间是很大的，没有具体规划但我会努力探索。

# 作品评论

# 在改革大潮中发掘生活的独特性

## ——《大漠歌》两次获奖的启示

奎　曾

我区蒙古族青年作家阿云嘎的短篇小说《大漠歌》，继去年荣获自治区第二届文学创作索龙嘎（彩虹）一等奖后，最近又被列为中国作家协会《民族文学》首届山丹文学奖榜首。一篇小说，两次获奖，留给我们不少有益的启示。

《大漠歌》写的是一个不起眼地区的不起眼人的不起眼故事：鄂尔多斯南部的牵驼人（驼倌）吉格吉德拉脚穿越毛乌素沙漠，通过夜宿寡妇巴达玛日格家的所见所闻，引起自己心灵的巨大颤动。这个一向勇敢强悍、自满自足的快乐的蒙古族汉子，面对着跑运输的卡车停到寡妇院内，现代文明正促使沙区人民逐步改变古老的生活习惯和传统的思想观念的现实，他不得不感到“做牵驼人以来第一次迷了路”，“心里突然产生出一股忧伤与嫉妒”。于是天亮之前他就牵着驼群，迎着风暴，唱着大漠歌谣，向沙漠深处走去，并且明显地感到“这驼群的步子迈得太慢了”。小说写道：“他必须以牵驼人的坚韧的毅力与勇气，去另外走出一条路来。”小说到此戛然而止，留给读者回味与揣想的余地。是什么原因使得这篇小说获得成功，受到青睐呢？它的独到之处何在呢？

文艺作品，归根到底是人类社会生活在作家艺术家头脑中反映的产物。我们生活在改革开放的八十年代，人们希望通过文艺作品去了解同时代人的思想风貌和感情信念，从中获得精神力量，并有助于开阔视野，陶冶性情，愉悦身心，提高自己的审美能力和文化素养。那种与现实保持“远距离”的所谓“三无”（无主题、无人物、无情节）、“三淡”（淡化时代、淡化思想、淡化性格）的作品，虽然也是一种探索和创新，但要满足人民群众对精神食粮的多种需求，产生为世人传诵的一代佳作，就目前来说是不大可能的。《大漠歌》的可贵之处首先在于它贴近现实，切入改革，表现了一个社会主义作家的责任感与使命感。然而更为奇特的是，它选择了一个不大为人注目、迄今鲜为人知的题材领域——为毛乌素沙漠的新时期牵驼人绘像立传，描写他和周围牧民们在改革大潮到来时心灵上的撞击和躁动不安。这就使得这篇小说脱离开一般性写草原生活的窠臼，而另辟蹊径，别出心裁。它同我们常见的“草原文学”有以下三点明显的差异：

第一，小说写了一个极为闭塞荒凉的穷山僻壤。“说起来人们不相信，苏木所在地离他家不过二十里路，可是吉格吉德长到十七岁，只去过那里两次。比那里再远的地方，他无从涉足。别说吉格吉德，就是他的父母双亲，也是一辈子没有走出过绵羊草场的苦命牧人。”这里没有水草丰美的草原景色，而是一片浩瀚沉闷的戈壁沙原。作品的规定空间不算大，而且很不“美”。

第二，作品的特定时间，又放在风沙之夜的严冬旷野，越发显得严酷艰苦，阒寂寥廓。通篇作品，大部分是牵驼人在夜路上的回忆，笔力集中，很少枝蔓。作品通过对恶劣气候和环境的渲染，烘托出主人公自得其乐的性格：“在这个飞沙走石的世界上，如今满不在乎地闯荡的是谁？还不是驼倌吉格吉德！”

第三，由于这种特定的题材和特定的环境，改革开放在这里仅仅是刚刚起步，可以说还没有形成气候。小说实事求是地反映了实行牧业生产责任制以来，人们生活的富裕和对新事物的追求与向往（团支部还专题讨论了“如何正确对待青年人修饰打扮和穿戴新式服装的问题”），同时也表现了传统的落后保守思想观念的顽强和荒谬。后者着重反映在主人公吉格吉德的形象塑造上。

小说中的吉格吉德，具有一般牧人的豪爽勇猛勤奋乐观的性格。他从十七岁起向老驼倌杰仁泰学习牵驼，于今整整十年，其目的就是为了闯荡沙漠，见见世面。但他没有文化知识，观念陈旧保守。小说选用了几个极富典型意义的生活细节，将他刻画得惟妙惟肖，栩栩如生：一是他瞧不起那些“穿上像充了气的鼓鼓囊囊的登山服”的青年牧人，而一刻也离不开自己的老羊皮袄；二是他不收其其格玛姑娘送给他的心爱的“考姆普斯”（指南针），认为“靠它来辨别方位，还算什么驼倌”；三是不抽纸烟而抽烟叶，甚至忌用火柴而改用火镰燧石取火。他这些守旧拒新的行为，受到同龄青年人的嘲笑，却被左邻右舍的老头老太婆们称赞为“头等好后生”。这就颇能令人深思和猛省：改革开放中的观念更新，并不是轻而易举的呀！在关乎青年人切身利益的恋爱、婚姻、家庭问题上，吉格吉德同样保持着传统牵驼人的陈旧观念，认为“让女人们婆婆妈妈扯着袍襟子，还算什么有出息的驼倌”！因此，尽管他和寡妇巴达玛日格相好，但决无娶妻成家的意思。可是，当他第二次路过她家发现另有个男人在替她出力时，他终于认输了。寡妇说得好，同样是拉脚、跑运输，“你走五天的路，他一天能跑五趟”。四个轮子的卡车，毕竟要比四条腿的骆驼优越得多啊。这是朴素通俗的真理。吉格吉德不得不承认：“哦，看得出，他确实很能干……”

作为一部短篇小说，作品没有继续写主人公的思想变化后的行动，而是适时而止，只侧重表现他动摇了以往陈旧的观念，“启明星已经升了起来”。小说表示，牵驼人的旅途是漫长的，这只是他生活道路上的“一个站口”。这样，小说的结尾有力而干脆，含蓄而不含混，令人感到余味不尽，意蕴深长。我们无须将《大漠歌》说成是“改革文学”，不过它确是选取了牧区改革大潮中的一个独特的视角，写出了独特的人和事，能给人思考，给人启迪。

阿云嘎是我区新时期出现的有才华的蒙古族青年作家。他坚持运用本民族的文字创作，其短篇小说《吉日嘎拉和他的叔叔》曾获1984年自治区文学创作首届索龙嘎一等奖。《大漠歌》原载蒙古文文学期刊《阿拉坦甘德尔》1985年第4期，汉文译文（郭永明译）载于《民族文学》1986年第6期。译文文字流畅，语言清新朴实，富有鄂尔多斯民间文学的韵味。文学翻译是各民族文学间交流借鉴的不可缺少的桥梁和纽带，其中蒙译汉对我区尤为重要。民族文学要开放改革、走向世界，没有翻译工作也是不可能的。盼能及时读到更多优秀的蒙译汉文学新作！

# 反思民族现代转型的经典之作

## ——解读阿云嘎《燃烧的水》

丁　琪

阿云嘎是近年来活跃在文坛的一位蒙古族作家，他出生并成长在内蒙古西部的鄂尔多斯，其创作风貌与族裔、籍贯，以及成长生活经历有着密切的联系。故事的背景多是西部大漠戈壁那神秘广阔的土地，思考的问题也关乎少数民族的传统文化以及现代社会转型的诸多问题。他的长篇小说《燃烧的水》生动地体现了他的民族创作特征，所谓“燃烧的水”就是指石油，它是埋藏在那西部广阔大沙漠下取之不尽用之不竭的能源，它被埋藏在地下时，戈壁人过着简朴而宁静和谐的生活，但当它被发现、开采和利用时，现代工业社会的种种弊端显露出来，对财富的渴望犹如汩汩流出的石油污染了一切自然原始的东西，环境被破坏、空气被污染、母羊生出怪胎，曾经的牧人无所事事、游手好闲，最终一场油田大火冲天而起，把曾经的一切成果化为灰烬，在废墟中裸露出可怕的欲望、贪婪、堕落和人的本能。故事时间跨度前后八十年，涉及几代戈壁人的生活和情感，还融合了历史、爱情、成长、寻宝、悬疑等多种叙事元素。民族文学中反思民族现代化进程的作品不少，但以如此宏大叙事规模和复杂深厚的文化内涵来探讨民族社会现代转型这个问题的，《燃烧的水》确实是独一无二，堪称经典。

## 一、侵略性与民族自发现代性的呈现

《燃烧的水》以偏远落后的蒙古族戈壁地区如何发现和开采石油的故事讲述，深入全面地探讨了源于西方资本主义社会的“现代性”如何在落后国家和地区发生的社会问题。美国历史学家布莱克说，现代性是“被广泛应用于表述那些在技术、政治、经济和社会发展诸方面处于最先进水平的国家所共有的特征”。那么这种发达国家所共有的现代性特征如何在落后国家和地区发生呢，作品的成功之处不是简单地把这样一个封闭环境中现代性发生归结于外来因素，即八十年前一个法国人赛西亚的侵入，而是同样也揭示了民族自发现代性的隐匿与爆发，那就是再封闭落后的地方也潜藏着对财富和文明的强烈追求，也有渴望变迁的态度和信念，只不过它是以畸形欲望的方式存在着，本地牧民郎和的惊人表现就是最好的例证。

小说采取双线交织的方式讲述八十年前发现石油和现在油田发生火灾的故事，一条线索推回到八十年前说明现代性的发生，另一条线索回到现代讲述现代性的后果。在八十年前那段鲜为人知的动人传说里，欧洲人赛西亚与戈壁人郎和是两个男主角。赛西亚的殖民者身份和侵略行为非常具有象征性，他放弃了国内优裕的生活条件，骑着小毛驴到戈壁来勘探“能燃烧的水”，他傲慢地打量着普通牧民的贫穷生活，也以救世主的论调来游说王爷开发能源，他坚信这是科学发展的必然走向。但是只有他自己明白，那冠冕堂皇的一切理由都是托辞，无法遮掩他对财富的贪婪欲望。就像他在日记中感叹的：“啊，神奇的东方，神奇的内蒙古大戈壁！在一些人眼里那是一片蛮荒的土地，没有经验的人一旦走进去就分不清东南西北而迷路，还有可能遇到可怕的沙暴和狼群。但在另外一些人的[illegible]目中，戈壁的形象完全是另外一种样子。他们知道那里有许多废[illegible]和遗址，运气好的人在那里可以找得到举世罕见的壁画和古籍；有[illegible]地方玛瑙石多得就像牧场上的羊粪蛋一样遍地都是。他们还知道[illegible]的地壳下边可能埋藏着各种各样的矿藏，而且储藏量大得惊人[illegible]他来这里的最终目的是财富，所有“拯救”“开化”“带来科学文[illegible]曙光”，等等，全是他们掠夺财富的托辞和借口，这恰恰是一切[illegible]国家侵入落后地区的一种行为模式，也是落后地区接受侵入式[illegible]性的一个过程。

在这个过程中，侵入者赛西[illegible]着殖民者的傲慢，但也遭到了原住民的激烈抵抗，上自王爷、梅[illegible]的兵力镇压，下至普通牧民的冷落和驱逐，但他忍受着这种不友[illegible]待遇、恶劣的气候条件和在异国他乡艰苦寂寞的生活，在戈壁上[illegible]十二年，他用十二年时间完成了勘探、定点和绘制图纸，到实际[illegible]采石油的时候他带来的金条和元宝却所剩无几了，而巨大的开[illegible]费等着他解决。这时候他暴露了他的罪恶本性，他和仆人郎和联[illegible]来策划了血腥的沙漠劫宝行动，王爷浩浩荡荡的驼队载着贵重的[illegible]银财宝迷失在他们可怕的阴谋中，他们在大漠的三眼井水中投了[illegible]把驼队提前埋在大漠深处的盛满水的羊肚子捅破，让无数人畜被[illegible]、渴死，甚至自相残杀在茫茫无际的沙漠里。当全部的金银财[illegible]入囊中时，他已经耗尽了青春生命，“这个已经六十四岁的洋老[illegible]已没有了人样。他蓝色的眼珠深陷在眼眶里，腮帮子上的胡子[illegible]荒草一样，苍白的脸上积着厚厚的污垢”。这时曾经说得天花乱[illegible]的“救赎、启蒙、文明、进步”等现代性托辞一律被戳穿，他[illegible]生命和血汗来到异国他乡的目的只有一个就是财富掠夺，[illegible]是外来现代性侵入不发达地区的最早雏形。

如[illegible]赛西亚是对侵入现代性的一个演绎，郎和就是早期民族自发现[illegible]性的一个标本，他们的共同特点是都长着一双欲望的眼睛。赛西亚的阴谋能够实施和戈壁人郎和分不开，在赛西亚的行为遭到上下一致抵抗时，郎和却给予了他最大的支持和帮助，但郎和做这一切的目的并不是宽容和善良，而是对财富的觊觎和占有财富的野心。这个穷困潦倒每天被老婆呵斥怒骂的驼倌，内心藏着别人无法想象的巨大野心，他想把埋藏在戈壁下面那种会燃烧的水挖出来，“变成这个世界上最富有的人”，“到那时候，在你面前王爷都只不过是个叫花子”。为了这个野心能够实现，他忍气吞声了很多年，不声不响甘心做赛西亚的仆人，任由赛西亚呼来唤去、支使打骂，忍受自己的老婆和赛西亚当着他的面鬼混，就为的是等到赛西亚绘制的石油勘探地图。当赛西亚遇到石油开采费用的难题时，他觉得机会到了，和赛西亚做了一笔交易：他凭借自己丰富的沙漠生存经验和审慎机智，帮助赛西亚劫掠王爷的财宝，交换条件是赛西亚要立下字据保证他的儿子能够出国留学去学习石油开采技术。真是小盗盗财，大盗盗天，他知道那无尽的财富在当时是不可能实现的，最终是属于将来那能够掌握先进开采技术的人，所以他想用自己的生命做赌注为子孙后代换得一个辉煌的前程。这足见这个普通牧人的心机和长远眼光，只可惜这一切追求都伴随着阴谋、交易、杀戮和掠夺。这个表面上是个窝囊废、穷得心安理得的牧人，最后的举动让人瞠目结舌，这证实了在那些贫穷落后的民族地区并非没有自发的现代性欲求，他们的财富欲、改变现状的梦想、做人尊严的追求不亚于任何一个发达地区的文明人，只不过他被压抑得扭曲了，最终以狰狞邪恶、阴险狠毒的面目呈现。所以那种欲求越强烈，它的破坏性越大。

作者力图以赛西亚和郎和这两个人物描绘现代性在那些落后地区的发生过程，它既是发达国家侵入后的殖民产物，也是本土力量的自生体，二者尽管有着不同的说法和表现形式，但对财富的追求是它们的共性，暗合现代性与资本主义共生的实质。它是进步、文明的符号，但也裹挟着资本原始积累的血腥和阴谋，它带给那些落后国家和地区的既有生机和希望，同时也意味着巨大的灾难。从此之后戈壁第二代、第三代的奋斗成长史轰轰烈烈地展开了，他们不再安于那舒适悠闲的牧马放羊、牵着骆驼找水喝的生活，他们追求财富和梦想，敞开胸怀迎接挑战，他们要告别封闭、贫穷、愚昧、落后的生存状态，过有尊严的生活。但是它也需要戈壁人付出巨大惨痛的代价，在那汹涌的财富欲望涡旋中无数人跟着一起沉落，消逝的不仅是他们的青春和生命，还有戈壁人淳朴的精神和心灵世界，这是任何东西都无法弥补也无法挽回的，作者对现代性的反思态度使他的笔触更多地集中于后者。

## 二、现代化的沉重代价

现代化是表述人类自科学革命以来的高速变迁过程，这一变迁过程的发源地和最初影响是在西欧社会，到了十九世纪和二十世纪，扩展到了所有其他社会，引起了影响全部人类关系的世界性变革。这被美国历史学家布莱克称为人类有史以来的“第三次历史性巨变”，它到底给人类带来了什么，它是如何改变人类的生存环境和冲击人类传统价值模式的，这是《燃烧的水》借助一个偏远的民族地区的故事所探讨的另外一个话题。作者的想象方式完全是反思式的，作者没有否认现代化的工业和科技带给人类前进的巨大动力，但人类为此也要付出巨大的代价，而后者是作者强烈突出和描绘的。

在现代科技力量的推动下，经过几代戈壁人的苦心奋斗和经营，那“燃烧的水”终于被挖掘出来了，巨大的油田矗立在戈壁滩上，戈壁人像守着聚宝盆一样从此衣食无忧，但是他们并没有因此获得幸福，相反却付出巨大的精神和情感代价。现代化是一个正在进行的过程，但也是一个个惨痛的结果，每一个结果似乎都在证实八十年前萨满大师对赛西亚的教诲：“苍天把一切有害的东西都深深埋入了地下。

就好比你们的神话里边讲的，把魔鬼装进瓶子里再加上封盖一样。你说的那种‘会燃烧的水’，还有好多好多深埋在地底下的东西，都是魔鬼呀，你现在却要把魔鬼释放出来。”在蒙古族的历史传统中，萨满大师是智慧兼神性的象征，他的预言在现代化走了将近一个世纪后似乎都变成了现实。

作者非常巧妙地以现代化的油田起火开篇，在处理火灾事故中把每一个油田建设“精英”推上灵魂审判台，他们的成长、创业、心灵和情感故事在倒叙中伴着冲天而起的大火徐徐展开，起初都是蓬勃的青春和膨胀的欲望，在机械、工业的旅途上盲目地冲撞，但最后都化为烟突和灰烬。在灰飞烟灭的惨痛结局中我们看到的是现代化欲望性的一面，这不仅包括财富欲望，还有自私、贪婪、虚荣和情欲，它犹如瓶子里的魔鬼，引导把它释放出来的人走向不归路。

那些曾经参与油田建设的创造者们充实忙碌，他们为了事业、为了理想、为了父辈的期望，参与到轰轰烈烈的石油建设中，成为厂长、经理、主席、总工程师，但当功成名就时他们突然发现那自己亲手创造的一切并不是理想国，相反是枷锁、镣铐，是物质暴殄和道德沦落，这是创造者的苦恼。油田工会主席丹巴就是这其中的一个，曾经他是一个有前途的年轻旗长，但是由于缺乏政绩而得不到提拔和重用，这时他想到了开掘矿产，在他的不懈努力下，八十年前赛西亚的故事浮出水面，他们也看到了辉煌的前途和希望。接下来“行动派”丹巴开始“马不停蹄没日没夜地行动了”，他找到了赛西亚制作的石油勘探地图，成立了“油田筹备指挥部”，投入生产以后，旗政府收入成倍增长，效益直接体现在市政建设上，广场大了，楼房高了，马路宽了，人的腰包鼓了。但是牧民们广阔的蓝天碧野不见踪影了，他们曾经无比丰富的精神和情感世界也在萎缩，相反滋生出了懒惰、猥琐、交易、潜规则等等，此时已经难以说清那巨大的油田到底是他的丰功伟绩还是他的罪恶。

当代戈壁故事中的另一个核心人物就是油田总工程师桑嘎，他是油田火灾事故调查组的负责人，但就是在调查火灾事故原因的过程中，他渐渐发现了自己的身世之谜、妻子对他的爱情背叛和成功背后的失败。火灾事故的调查过程既是对戈壁人情感和道德的审视，也是他自我身份的追寻。那些曾经追逐着水草放牧着牛羊的牧人现在很多都是油田的职工、经理、厂长、主席，随着身份的变化，逝去的是一种价值观念和生存信仰。那些经理、厂长组成的调查组人员都畏缩不前、明哲保身，而那些与事故相关的人则努力通过拉拢关系、讲情说话来推脱责任，桑嘎的调查工作已经无法开展下去。在油田死难者中也包括他的妻子——一个年轻漂亮、活泼大方的《油田日报》记者阿拉坦苏都。他的妻子名义上是去油田工厂车间拍新闻照片，但实际却是借机和情人青巴图约会，丧妻之痛让桑嘎悲恸欲绝，但是发现妻子早已背叛自己后使他陷入了巨大的精神虚空。他还发现自己就是八十年前那个让人敬畏、遭人唾弃的蒙古人郎和的后代，他的祖父不惜用屈辱、背信弃义和生命代价为的是留给子孙后代辉煌前途，它表面看是桑嘎的父亲出国留学、他自己总工程师的荣耀，但是这也恰恰是他们的人生悲剧，他的父亲无法承受父辈的过重期望变得歇斯底里，他设计的油田发生火灾，被停职等待惩处。生活仿佛和他开了一个巨大的玩笑，无数的人生悲剧使人信服原来那现代化梦想不过是一个巨大的欲望陷阱。

## 三、民族传统文化的精华

作者在揭露现代化欲望陷阱的同时始终在发掘民族传统文化的闪光点，批判现代化的弊端是为了彰显传统蒙古族文化的魅力、民族精神的可贵，某种意义上说这才是作品最后的落脚点。八十年前故事中的哈拉金呼一家，还有八十年后那个表面狡猾最后在火灾营救中表现出勇敢善良品质的额毕勒图，都是作者在揭露之余所要树立的民族精神典范。他们的人生命运可能没有那么大起大落、精彩纷呈，但他们表现出的人性光华却是熠熠生辉，作者所要张扬的民族精神性格是要通过这些人物展现出来。

哈拉金呼是与郎和完全相反的一个人物，代表了作者对一个真正戈壁牵驼人的所有美好想象。他年纪轻轻，但在牵驼人中已经拥有较高地位，王爷的重要远征任务几乎他都被选为“驼队老大”，他拥有一个优秀驼队能手的素质，经验丰富、德高望重、身怀绝技又胆大心细，连他的妻子乌吉木对他都是又惊讶又佩服。他不但职业素质很高，而且有着善良纯洁的心地。他们一家三口是最早接触到洋人赛西亚的，但是他却没有任何自私贪婪的想法，赛西亚对他的老婆不恭，他不但不生气，还劝老婆想开点，说那是文化差异，其友好善良可见一斑；赛西亚进一步提出无理要求，要花大价钱雇佣他做专职牵驼人，他坚决不为金钱所动拒绝了，赛西亚不停地找上门来，他不是驱逐赛西亚，而是自己悄悄地搬了家，这可谓是那个人性淳朴的年代戈壁人高风亮节的典范。他心胸宽广，对金钱没有任何贪念，这在后来的沙漠劫宝行动中得到了最好的呈现。

哈拉金呼是驼队老大，负责押送王爷的驼队到兰州去，但是在沙漠无水区遭到了赛西亚和郎和的阴谋劫杀，由于不听他的指挥，王爷的官兵全军覆没，但是他凭借自己惊人的耐力又活过来走出沙漠，是那次沙漠惨案中唯一的幸存者，他完全有理由找到仇人郎和为那些死难者复仇，但这个普通的牵驼人却表现得如一个顶天立地的大英雄。他首先处理了那无数的金银财宝必然要引起的人间厮杀，杀死了唯一知道财宝藏处的母骆驼；然后他阻止了儿子要杀郎和的举动，带着儿子离开沙漠去找妻子，这对那个欲壑难填、无所不为的郎和来讲是一个生动的教训。作者把这个人物塑造得非常完美，是那个浴血厮杀、爱恨情仇的故事线索中的灵魂人物，某种意义上说他的光辉高大衬托了早期现代性入侵时的邪恶，而郎和、赛西亚等人的丑恶又衬托了哈拉金呼所代表的民族精神的壮美，他们纠缠在一起是相互衬托、反向共生的关系。

当代苏木党委书记额毕勒图代表作者对民族精神在利益、灾难面前表现出坚韧品性的信赖和赏识。对这个人物，作者采用了欲扬先抑的写法，前后鲜明对照和作者有意使用的风趣幽默笔法使这个人物显得可亲可敬又可爱。他刚上场的时候是个有点小奸猾的基层干部形象，“他四十多岁，中等个头，不胖也不瘦。在不了解他的人眼里他是个十分普通的人。其实他有他的过人之处，他能不断地从油田那里搞来钱”。因为油田建成后与牧民的矛盾不断，尤其是环境污染的问题，一开始牧民们不知道怎样解决矛盾，后来就有人想出了办法：要求赔偿！能想到办法的当然是苏木和嘎查领导中的一些厉害角色，额毕勒图就是其中的一个。他到油田指挥部索要赔偿的过程也毫无一个领导干部的风范，完全是一个奸诈狡猾之人撒泼耍赖的作为，弄得油田总经理又气愤又无奈，拿他没办法只好给他五万元了事。他虽然狡猾，但并不自私贪婪，他弄来的“污染赔偿款”没有中饱私囊，而是都用于苏木党委所在地的建设，从某种角度看，他费尽心机索要赔偿的行为并非讹诈，而是为了改变贫穷落后的苏木面貌。他小狡猾背后的大爱大善在油田火灾救援的关键时刻表现了出来。火灾发生时他第一时间驾驶着沙漠王冲到救火现场，大油库周围长满了一种叫“萨嘎拉嘎尔”的灌木，他知道那是一种见火就燃的植物，为阻止火势向大油库蔓延，他拿起一把铁锹“像疯了一样向那片灌木冲去”。最后大油库保住了，在灭火中受伤的消防队官兵中多出来一个人，他不是消防战士，伤势很重，但神志清醒，“于是在医院里一边对他进行急救一边问他叫什么名字。他嚅动着烤煳的马铃薯皮一样的嘴唇吐出了四个字：额毕勒图！消防队军官当然不知道额毕勒图是什么人，在场的油田办公室主任却知道。办公室主任流着泪说：‘你怎么变成了这个样子?’烤煳的马铃薯皮一样的脸抽搐起来，那是额毕勒图在微笑。‘这次我可不是来索赔的。’他用微弱的声音说”。作者以非常温情感人的画面完成了对额毕勒图的形象塑造，颠覆了他前面的小奸小坏，他可爱可敬，关键时刻表现出蒙古人应有的自我牺牲和顾全大局的道义和气节，而绝非一个贪图小利、背信弃义、明哲保身之人。

通过塑造民族精神典范来抵御那现代化的欲望冲击，在剧烈社会变迁过程中保留住一些恒久不变的东西，这是作者创作的宗旨之一。阿云嘎曾沉痛地说：“在如日中天的工业文明和商业文明面前，我们民族的传统文化就是那轮正在下沉的落日和那面逐渐暗淡着的晚霞。但别以为凡是过时和即将消失的都是不好的东西。不是的！我倒是认为，我们正在不得已地丢弃着很多美好的东西……但我们又为什么不得不丢弃这些?因为不丢弃这些就进入不了工业文明和商业文明。而工业文明和商业文明是整个人类发展的走向。为了未来的美好，我们不得不丢弃传统的美好，为了社会的进步，我们不得不丢弃本来进步的东西，这就是最大的悲剧。”民族的现代转型是民族经济的现代化过程，它带来民族社会的经济崛起，同时也形成了对传统文化和道德观念的挤压，那些在漫长的历史发展中积淀的传统精神品性和美好追求受到了前所未有的排挤和压抑，在作者看来这也是民族现代转型所付出的沉重代价。作者在一场油田大火的废墟中让那些美好的东西重新发出璀璨的光芒，让那些没有价值和意义的所谓的“进步”也暴露出真实的面目，社会的发展犹如一棵参天大树的成长，斩断根须不可能使它枝繁叶茂，相反要不断地回到根源来获得向上生长的营养和动力。显然作者认为我们民族传统文化里保留着这些发展动力，它应该被珍惜、爱护，并得到很好的传承。

# “小说是弱者的心声”

## ——谈阿云嘎《狗事》

梁鸿鹰

阿云嘎是一位富于人文主义和理想主义情怀的当代作家，对草原的热爱，对文学的执着，对精神家园的坚守，使这个出生于内蒙古一个普通嘎查的牧民之子，在文学创作的道路上跋涉了四十余年。从上个世纪八十年代他的两个短篇《大漠歌》和《“浴羊”路上》获得内蒙古自治区文学创作“索龙嘎奖”一等奖，到长篇小说《满巴扎仓》发表于《人民文学》头条，他在四十多年的文学创作耕耘中一直没有停歇。

在阿云嘎看来，任何一个民族的作家的生命都与当代社会密切相连，离不开自己那个民族的命运，每个人身边每天都上演着让人感动的人间悲喜剧，“好多美好的东西我们丢掉了，好多新的考验又来了。你不想关注都不可能。这个时候作家就会感到有了一种责任。有些东西我看到了，就想写出来，这就是动力”。回顾阿云嘎走过的创作道路，我们会清楚地看到，他作品中一个清晰路径是写个人与社会生活的深刻联系，他始终没有忘记反映普通人的悲欢离合，始终为维护社会的公平正义而呐喊，这正是流淌在其作品中的一个鲜明的旋律。

在战火纷飞的困难岁月里，人性在经受着种种考验，现在人们的日子好了，同样也在经受着人性的考验，而如何对待弱者，如何尽自己对于弱者的社会义务，则成为衡量人性善恶的重要尺度。阿云嘎曾经说过：“从某种意义上讲小说是弱者的心声。”小说《狗事》写的无疑是弱者的故事，表达的是弱者的心声，只不过，小说所聚焦的弱者是一只无家可归却又不愿被收留的狗。

狗是用尾巴微笑的动物，狗充当着人类的帮手甚至慰藉者的角色。在五花八门的城市生活中，宠物豢养是当代生活中的一个很有特色的现象，每到天色初明，或夜幕降临之时，一个个小区就会出现大批遛狗的人，不少狗被主人打理得奇形怪状，有的穿着鞋，有的披着小背心儿，有的轻狂，有的温顺。不难看出，宠物和人一样，大致能看出“三六九等”，那些趾高气扬、边遛狗边颐指气使地打电话的人，他们携着的狗往往扬眉吐气、爱凑热闹，而那些步履蹒跚的老人们牵的狗，往往体积小、不愿往人多的地方去。

小说《狗事》里所写的“花花”，不爱在家待，不接受人的收留，找个机会就离家出走，愿意靠捡拾垃圾桶里的食物过活，是个十足的“弱者”。它作为一只无家可归的流浪狗，经常受到大狗的欺凌。小说主人公最初见到花花的时候，它正被一只巨型洋犬所追逐。无论是从体量上看，还是从气度上看，花花都不是巨型洋犬的对手，作者写道：“如果说大洋犬是一艘军舰，那么被它追逐的花花就像一条小舢板，处于绝对劣势，但它在拼命地逃窜。”花花之所以为“弱者”，还因为它无家可归，没有根基，没有自己的主人。而巨型洋犬的主人则是老板，而且是个“后台硬”、有多处店面出租的老板。越是弱者越有弱者的可敬之处，不愿被主人公桑杰收养的花花，每逢遇到曾经收留它的桑杰，就会感恩而愉快地摆尾示意，而且它具有见义勇为的侠肝义胆。作者为我们勾勒了一场花花作为一只“义犬”的异常忠勇之举，在面对巨型洋犬袭击桑杰和牧兰的时候，花花挺身而出，像射出去的箭一样，迅速冲到大洋犬跟前，“毫不犹豫地咬住了大洋犬的一条后腿”，让凶猛的大洋犬趔趄了一下，而在花花的脖颈被调过头来的大洋犬咬住的紧急关头，花花仍然毫不示弱，而是死死咬住大洋犬的后腿不放松，“好比变成了大洋犬身体的一部分”，作者描写了花花宁肯被咬死也不放松的大义凛然，彰显了这只“义犬”的忠勇气概。看到这里，我们不禁对这条流浪狗产生了肃然起敬的敬佩之情。

动物弱者的“忠勇之心”是这篇小说感动我们的一个重要因素，但作者同样意在通过一只狗的遭遇，通过我们人类对待狗的态度，呈现自己对社会问题的思考。在社会剧烈转型的过程中，为什么会有人气焰嚣张地张扬恶？为什么会有人明目张胆地漠视社会规则？我们通过小说的描写看到，维护社会的风清气正，要靠社会的制度安排，靠规则的制定、义务的厘清，同样要靠社会之中每个人的努力。如果每个人都怀有维护社会公平正义的责任，如果每个人都敢于抵制邪恶，向社会传布善良美好，我们的社会就一定会越来越美好。

# 关于《大漠歌》的对话

兴　安

**甲：**最近，我常常感到蒙古族小说创作的衰微。自从五十年代玛拉沁夫、敖德斯尔等老一辈作家以他们一系列诗一般的小说震颤全国文坛之后，蒙古族小说创作一直就好像没有太大的起色，尤其是近几年，全国小说创作的内容和形式已经发展变化得令人难以捉摸的今天。

**乙：**可是，一九八四年全国短篇小说奖的得主白雪林你忘了吗？

**甲：**不仅没有，而且我还清楚地记得我第一次读《蓝幽幽的峡谷》时所给我的美好的感受。那确是一篇很好的小说。但是，当我以极大的热情关注他以后的创作时，我得到的却是无言的沉默，他几乎没有再写出类似《蓝幽幽的峡谷》那样具有美感撞击力的作品，这是个不小的遗憾。

**乙：**前几天，我看了阿云嘎小说《大漠歌》，其中的牵驼人吉格吉德给我印象颇深。他对自己职业那种超乎寻常的挚爱，将之奉为一种神圣的事业，不顾周围人的讽刺和奚落，甚至对组成家庭也抱着无所谓的态度，任凭自己在冷寂荒芜的沙漠中孤独自由自在地生活和飘荡。这种勇敢纯朴超脱的性格和品质正是当今人们身上少有却又在一天天消失的，因而就显得异常悲壮感人。

**甲**：照你这么说，吉格吉德是个值得称赞的骑士了。

**乙**：应该这样。

**甲**：不然，我倒觉得吉格是一个被嘲讽的对象，当然这种嘲讽是善意的，带着同情的。吉格吉德是勇敢、纯朴、甚至超脱，但是在一个“卡车运输的时代”，他却干起了牵驼——这个早已成为历史的行当，而且对登山服和指南针（这些象征先进和现代）的鄙夷以及对烟袋杆和旧火镰（这些象征落后和传统）的热衷等等，你能说他是一个值得称赞的人物吗？我以为这足以决定了他是一个对现代社会漠不关心，与外界孤立隔绝，甚至妄自尊大的可悲可笑的形象。

**乙**：你说得有些道理，但你难道不承认吉格吉德身上有很多真诚的东西吗？比如，他对自己事业那种神圣的态度。

**甲**：不错，他很真诚，可悲的也正是这种真诚往往只是来自一种对传统的盲目崇拜和维护。他不懂得历史前进了，社会变化了，人的思想和行为也须随之发生改变，而是把那些在某一社会历史时期正确的或完美先进的令人怀念的原则加以神圣化绝对化和永久化。这种保守的观念的形成和维持，恰恰是靠着人们的真诚，可悲的可怕的真诚。由此可见，一个民族传统的落后的东西是多么冠冕堂皇地在意识和潜意识里支配桎梏着人们，并通过他们阻碍着社会的发展和变革。在这一点上，我认为《大漠歌》是一篇很好的改革题材的小说。

**乙**：改革小说？你怎么也赶起时髦了。

**甲**：确实，拉美一位著名学者说得精辟：“落后和不发达不仅仅是一堆能勾勒出社会经济图画的统计指数，也是一种心理状态。”我们国家的改革不单单是针对落后的不发达的经济，而且还有落后的不发达的心理状态，这个更为重要。不要以为家里摆上电冰箱大彩电这些现代化的消费物质就心安理得了，我们的心理状态达到现代化的要求了吗？清朝末年，皇宫的主人们享用着当时世界上最先进的英国六汽缸的“别克”牌小轿车，可是他们的思想意识却是当时最封建最落后的。这便从反面证明了改革人们心理状态的重要性。以往的改革小说多半像《乔厂长上任记》或者《新星》之类。前者塑造了一位大刀阔斧的带头人形象，后者则表达了人们企望“清官”上任传统思想，由于这些作品没有从改革民族心理中长期积淀的封建和落后的意识着眼，因此，小说的内涵基本游离在事物的表面。而《大漠歌》正是在这点上有所突破，它使人们认识到对于主体世界的剖析和调整，对于人自身的探索和改革，其意义或许更为重要和深远。

**乙：**听你说了半天，好像这篇小说就能挽救正在衰微的蒙古族小说了。

**甲：**我希望这样，至少它给蒙古族小说创作提供了经验，或者说它给少数民族小说创作提供了经验，并且也为作者今后的创作奠定了比较坚实的基础。《大漠歌》的成功之处就在于它对本民族的落后的传统采取了批判的扬弃的态度。没有对自身批判的民族是可悲的民族，也是无法进步的民族。缺少自觉的批判精神，回避对整个民族历史做冷静客观的分析，我以为这是当前蒙古族小说创作衰微的一个重要原因。蒙古族作家从来就没有像鲁迅那样在小说中塑造一个典型——阿Q，将其身上集满的中国民族的劣根性，无情地揭示出来给人们看，这很令人深思。《大漠歌》有这个苗头，但还远远不够。

**乙：**是呵，做到这一点很难，而且也需要一定的勇气。哎？另一方面我感觉《大漠歌》在挖掘和表现蒙古族的民族情感和民族心理方面也有很多独特的东西。比如：一个以牧业为根基的民族对其赖以生存的生产资料（这里是骆驼）的热爱和留恋，以及在严酷的自然环境中渴求对沙漠和风暴等这些异己力量的征服愿望，由此而理解和实现生命之意义的种种顽强的努力，这便构成了小说独特的审美价值和认识价值。

**甲：**对，独特的民族情感和民族心理是作品生命力的基本体现。

有些蒙古族作者，不是立足于本民族坚实的土壤，挖掘和发现本民族文化中所蕴含的独特的财富，而是跟在内地作家的后面，赶浪潮，惶惶中便丧失了自己的个性。写出小说也多半是别人作品的翻版，作品中的人物虽穿着蒙古袍，赶着勒勒车，可是，在这些人物身上，你很难捕捉到蒙古族独特的精神气质，他们只能给人一种貌合神离牵强附会的不和谐感。

**乙：**这实在是个悲剧。模仿或追随他人，既失去了自身的地位，又企及不了他人的高度，且为他人所睥睨。

这个症结甚至可以推衍到全国的小说创作。

**甲：**我看不止小说创作，不过这个题目讨论起来太大了，咱们还是就此打住吧。

# 小说人生

## ——解读阿云嘎（一）

哈达奇·刚

阿云嘎为小说而生，他的人生是小说人生。

阿云嘎是一位批判现实主义大师。从1970年代末开始写小说到他发表最后一篇小说为止，他一直没有离开批判现实主义这个他认准的创作道路。

他的小说主题鲜明，构思清晰，结构严谨，人物鲜活，语言生动，最大的特点是精致，通篇作品没有一句多余的话，但也无法删掉其中任何一句内容。

他最早获“索龙嘎奖”一等奖的短篇小说《吉日嘎拉和他的叔叔》就已奠定了这个基调。他的小说创作始于1970年代。所以，他受“主题先行论”影响很深。本来，“主题先行论”产于“文革”时期，行内多有诟病，但阿云嘎却将它当作一种纯创作方法运用在自己的创作中，将其发挥得淋漓尽致，以致让他的小说永远站在思想家巨人的高地。这就是1980年代初他的短篇小说《大漠歌》无可争议地一举抢占中国少数民族文学先锋阵地的缘由。

阿云嘎也是个不甘寂寞的先行者。

他一直在苦苦地探索着，追求着。他敏锐地洞察国内外文学创作动态中的细微变化，很快发现了小说创作新的突破口——揭示人物的内在世界。于是中篇小说《“浴羊”路上》诞生了。作品写了一群少年男女，在集体去外地浴羊的几天路上，油然萌生了性意识，一夜之间由童贞少年变为痴情男女的心路历程，可谓大笔如椽，犁开了内蒙古文学未曾开垦的心灵小说处女地，并理所当然地实现了“索龙嘎奖”一等奖三连冠。这是1990年哪，其超前意识何等地难得！时隔二十年后，评论家们再度审视这部小说，将其归类为“成长小说”典范之作。由此可证明，阿云嘎之不容置疑的内蒙古新生代文学先驱者地位。

这次的成功，让阿云嘎感觉到了“主题先行论”似乎有着一些不可逾越的缺陷，隐隐觉察到其中有个无形的羁绊。为此，他为自己提出了新的目标，开始寻找新的突破口——“无主题小说”。这就是短篇小说《三岔路口》产生的原因，完全摒弃“主题先行”，只写人和故事，不流露任何倾向。当然其结果自然很新鲜，立刻有评论家注意到了，并给予了积极的评价。

然而更重要的是，阿云嘎是个思想家，而且还是个批判现实主义作家，骨子里、DNA里全是不安于现状的火山岩浆，所以怎能沉沦于这种不痛不痒的纯文字铺排中呢？因此，他的“无主题”追求戛然而止，再也没写第二篇，又回到了批判现实主义创作道路上。短篇小说《天上有没有铁丝网》，就是一片充满批判现实主义思想光芒的檄文。草原上自古以来实行生产资料（草场）全民所有制的公有制社会制度，牧民们除了毡房和畜群外没有其他私有财产，大家都在公有的草场上放牧。1958年实行人民公社化以后，这点私有财产也变成了集体财产（只留几只临时宰吃的自留畜），草原上的私有财产彻底没了，随之私心杂念从牧民们思想深处被彻底根除了。同时实行的是生产责任承包制，由家户承包集体的畜群，于是集体主义思想成为一种强大的思想武器，占领了牧民们的思想阵地。人们只为集体而劳动，集体的畜群就是个人的一切，牧养集体畜群，就是牧养自己家户的畜群，他们像爱护自己的眼睛一样爱护集体的畜群，假如因不慎让集体的畜群受到了损失死了一两只羊，他们宁愿悄悄地用自家的私留畜顶数也不愿担一个出了失误的牧民的名声。“草原英雄小姐妹”便是这一社会背景下的必然产物。那时不只是龙梅、玉荣，草原上的任何一个牧民都是这么做的。那时候的牧区，没有人偷懒，没有人为自己谋利，也没有绝对的贫穷，可以说基本实现了共产主义的初级阶段，人们的思想觉悟也已经达到了“我为人人，人人为我”的共产主义思想境界。然而没想到的是1983年实行“包产到户，生产承包责任制”的时候，牧区也来了个一刀切，本来1958年已经实行了生产承包责任制，这次居然将其全然否定，不仅把那时候加入集体的畜群重新分给了牧民，而且还把自古以来全民公有的草场也分给了牧民。于是牧民们不得不改变观念，草原上也发生了各种各样的故事。短篇小说《天上有没有铁丝网》便描述了这一历史时期的客观现实，其主人公，就是处在这样一个历史阶段的牧民。他不理解为什么草场也要分给个人，因为他的传统文化里没有草场要归个人这样一个观念，怎么也接受不了嘎查将祖祖辈辈公有的草场切割成无数个小块块分给家户的事实。所以别人都在自己分到的草场上拉了铁丝网，他就是不拉，别人家的畜群进了他家的草场，他也不驱赶。他仍然坚持草场应该公有，怎么也见不得这个铁丝网，与那铁丝网格格不入。但是周围的人也见不得他，总是挑他的毛病，嫌他不给自己家的草场拉铁丝网。这让他受不了。他认为这一切的根源在于这个罪恶的铁丝网，他想摆脱它，他向往回到祖祖辈辈过惯的那种草场公有制状态，渴望到一个没有铁丝网的理想天国去生活，于是有一天朝着一个高耸入云的遥远的天际走去，他认为一直走下去可以到天上，他相信天上不该有铁丝网。

这篇小说所包含的思想意义是重大的，深邃的，是令人深思的。

# 忧虑的草原忧虑的人

## ——读阿云嘎的《天上没有铁丝网》

王石庄

蒙古族作家阿云嘎的中篇小说《天上没有铁丝网》(蒙古文,《花的原野》2011年第1期载;蒙译汉,《民族文学》2011年第11期载),是一部直面现实的力作,表现了草原人对现实的忧虑。自从草牧场分到户,大草原被一条条铁丝网分割得零零碎碎,骏马不能自由驰骋,草原生活失去了悠扬的牧歌情调,人的心理、草原固有的文化都发生了剧烈变化。

六十岁的牧民萨勒吉德,心地善良,是一位典型的、承载了民族历史与文化的蒙古人。他的全部世界就是"家乡和乡亲们"。对家乡、对乡亲们的热爱,使得孤身一人、生活贫困的他仍然觉得生活充实、美好。但是有一天,他变了。面对曾经无比热爱的家乡,他伤感,面对曾经无比亲近的乡亲们,他怀疑,一种无边的忧虑甚至恐惧让他无法释怀。

"在这片土地上我活了六十年,这几年想起家乡,心里就恐惧。要是离开这里会怎样呢?"于是在一个夏天的晚上,老牧民萨勒吉德真的悄然远离家乡,爬上了一座叫"天堂台"的山岭。他有太多的情思难以割舍,儿女、前妻南斯拉玛、晚年的意中人米都格达热、好朋友东吉拉……黧黑的面庞上不禁老泪纵横，但他毅然继续向着“天堂台”行进。

在当地，人们敬畏“天堂台”，甚至害怕听到“天堂台”三个字，宁肯在红尘中忍受百般苦难，也不愿提起更不敢前来登临此地。而萨勒吉德却表现得义无反顾，毫不犹豫。是什么让这位善良的老人如此决绝呢？

萨勒吉德的出走，与铁丝网有关。草原上原本没有铁丝网，其遍布草原是近些年的事。萨勒吉德记得那年旗里来了工作队，开会宣传分草牧场到户，说这是解决牧区草场退化等问题的唯一办法。但是不懂人话的牲畜不管你分没分，哪儿的草好就吃到哪儿，甚至可以越过国境线去吃，这肯定影响到人类的制度安排。于是上级干部又说，解决问题的唯一办法就是拉铁丝网，把各家各户的草场同邻家的隔开。就这样，大草原被一道道铁丝网分割开来，原先是“大家的”，现在变成了“你的、我的”。萨勒吉德的家乡就这样面目全非了，以往笼罩牧村温情脉脉的面纱开始消解，古朴的民风开始式微，代之以邻里诉讼、父子纷争、兄弟龃龉、朋友反目、善者沦落、渣滓泛起。这让萨勒吉德难过、伤感。

在整个牧村，唯独萨勒吉德没拉铁丝网，敞开的草场一任牲畜自由出入。在他看来，天赐草原，不惟一家一户，撕扯分割、藩篱阻隔是不可想象的。比邻的牧户朱尔旦自私贪婪，自从分了草场便神气起来，时常跟人吵架，说“自私光荣，人人自私社会才能发展”。萨勒吉德未封闭的草场理所当然地也成了他的牧场。萨勒吉德没说什么，有时候还替他饮牲畜，但心里纳闷：“这是怎么了？”朋友东吉拉看不过，责备了朱尔旦，朱尔旦却反咬一口：“谁让萨勒吉德不拉铁丝网呢？”这让萨勒吉德想不明白，明明自己吃了亏，反倒是自己有了错。而且自从拉铁丝网分了草场以后，自己的两个儿子也常常吵架，甚至儿媳还这样说：“你不吃掉别人，就会被别人吃掉。”家乡美，家乡的人好，这是萨勒吉德的信念，也是他生活的全部理由和全部意义。可现在，他的信念被颠覆了，这让他深为疑惑，也深感痛苦。

尤其让萨勒吉德接受不了的是，由于没拉铁丝网，上级干部当众批评和奚落他，旗领导也觉得脸面无光，批评他。这让他难以接受，更不能理解。他想：“我没跟任何人过不去，怎么所有的错都是我的了呢?”拉了铁丝网的各个跟仇敌似的，难道领导就鼓励这糟糕透顶的事情吗？萨勒吉德觉得世道有点不可思议了，是非似乎不太清楚了，人心变得无法理解了。生活了六十年的家园终成异己之乡，倾注几十年情感的家乡人成了异化的人。发自人性深处的悲哀，终致萨勒吉德出走。

人物形象是文学作品的灵魂。萨勒吉德这样的人物在内蒙古牧区具有普遍性，可以说在牧区随便找一个上了年纪的老牧民，可能就是萨勒吉德的生活原型。作品的高明之处在于人物贴近生活，让读者能够读出历史的变迁以及特定的文化韵味。

萨勒吉德体现了蒙古人世代传承的悲悯情怀和善良品德。“心地善良而利他”，这是村民对他的评价。他一辈子贫穷，但深入骨髓的悲悯情怀、善良品德在他身上恰如春天的花、秋后的果。谁家活多忙不过来，肯定有他在帮忙；谁家娶亲嫁女，肯定有他的身影在张罗；谁家老人病重或小孩过生日，他肯定倾囊相助，即使是和自己有过节的人。

萨勒吉德这一形象，浓缩了草原地区自然状态下人们牧歌般的文化心态。敬畏自然，与生态和谐相处，这是蒙古牧民典型的文化心理特征。萨勒吉德对家乡、对草原一往情深，而草原被纵横交错的铁丝网分割，人事也随之混乱，这是他不能接受的，因而宁肯自己的牧场不拉铁丝网，任由他人的牲畜进入，也要保留内心向往和珍视的一方天地、一种状态。当他深知牧歌唱尽、无力回天时，情愿出走去向“天堂”，也要在心中保留那远去的美好。在去往“天堂台”的路上，他最后一次以悲悯的目光回望生活了六十年，而现在已物是人非的家乡时，他悲伤怅惘，热泪盈眶。

萨勒吉德性情温厚、宽容、朴实，浓缩了蒙古牧民性格的普遍特征。萨勒吉德虽然生计潦倒，但微笑总是挂在脸上，即使吃了亏、受了骗，也不往心里去，淳朴如处子。这绝不是不幸不争的怯懦表现，也不是庸痹麻木的愚滞无为，而是一个民族淡然豁达的品性在牧民身上的表现。这是一种深刻的豁达、超然的朴实，但也不是没有底线。一个政府官员当着他所热爱的乡亲们的面讽刺羞辱他，等于打碎了他所有美好的向往，冲破了他的心理所能承受的底线。作为一个几乎可以被忽略的普通牧民，他无力抗衡代表社会主流的这种强势，只好以出走作出回应。人生的悲哀莫过于此。

萨勒吉德爱得深沉、无私。他深爱他的妻子南斯拉玛，就因为自己太穷，不善料理生计，又乐善好施，妻儿跟着他受苦。终于有一天他醒悟，与其如此，不如让妻儿离开自己。离婚后，萨勒吉德将家里几头牛、一百多只羊全部送给妻儿，诚心祈愿她能过上好日子。后来南斯拉玛嫁给了自己的好朋友东吉拉，他这才一块石头落地般放了心。看起来不可思议的事，在萨勒吉德那里是理所当然，这是一种真爱，是无私的爱。南斯拉玛和东吉拉也没有忘了萨勒吉德，总是惦念着不会生活的他。力所能及地照顾他，成了这对夫妇日常生活的一部分。

作为草原之子的作家阿云嘎，以铁丝网为象征，紧紧围绕萨勒吉德这一人物主线展开故事情节，揭示了牧区的现状和人们的生存状态。故事裹挟着思想，思想引领着情节与人物，表达了对草原和草原上的人们的深深忧虑。阿云嘎以收敛的笔触、平静白描的手法，将笔墨放在细节的描述上，将隐忍的关怀倾注在人们的命运上，倾诉了一种淡远而忧伤的情绪，表达了一种源自文化深处的忧虑。

作家的使命就是深刻地反映生活现实，同时用温暖的人性光辉去照亮人们的心灵，指给人们光明的生活前景。小说进入尾声，走向“天堂台”的萨勒吉德不禁发出疑问：“天上也有铁丝网吗？”这一疑问，让读者的心也跟着萨勒吉德的心猛然一沉。而这更增强了作品的震撼力和厚重感。马塞尔·普鲁斯特曾经感叹“真正的天堂是失去的天堂”。但愿草原上牧歌悠扬，萨勒吉德们不再忧虑与绝望。

# 论《满巴扎仓》的本土叙事与现实风格

包明德

《满巴扎仓》是蒙古族作家阿云嘎用蒙古文创作的长篇小说，由哈森翻译成汉文后，发表于《人民文学》2013年第12期。作品通过扣人心弦的情节，神秘莫测的迷局，讲述了发生在十九世纪末鄂尔多斯草原的故事，塑造了一群为保护和利用民族文化遗产而勇敢担当的喇嘛形象。这部作品，不仅表现了浓郁的地域蕴含和民族特色，也开掘和张扬了民族传统文化中潜隐的价值，体现了鲜明的创新精神与现实品格，透射着作者对自然与社会的独特体验，对重大思想文化问题的思考，因而产生了广泛热烈的反响。

满巴，是藏语医师的意思；扎仓，是学部或研究院的意思。满巴扎仓亦即医学研究院所之意。蒙医蒙药绵延数千年，作为中华医学的一部分，在历史的长河中，同草原的自然环境和牧民生存的状态相结合，不断创新和丰富，到近现化臻为宝贵的文化遗产。蒙古医药学的显著特点是养生与治疗结合，精神抚慰与身体治愈结合。满巴扎仓，既是医师喇嘛的寺院，同时也是寺院的医学会所，还是传播民族文化与民族精神的殿堂。“这里供的佛不是观音菩萨而是药王佛，从这里散发的不是桑叶和香火之香，而是蒙药藏药的芬芳”，多少起源于各种流派的医术像一条条溪流先后汇集到这里。特别是，元末明初元上都被烧后，从大火中被抢救出来的秘方药典就保存在这里，更增加了这个地方的神秘与奥妙。故而，这个满巴扎仓成了纷争、恶斗的舞台，上演了一幕幕的悲剧、喜剧、丑剧与正剧。秘方药典，便成为各种争斗的武器与筹码，纠结着权欲、贪念、野心与虚妄。

作品开篇伊始，就是满巴扎仓的名医旺丹遭到暗地里一伙人的绑架。这不仅扣紧读者的心弦，增强了作品的魅力，也为整个作品构建起情节体系与人物谱系。旺丹是名医，也是个不好不坏的中间人。他爱金钱，爱美女，同时医术很高明，有做人的底线。而他的大半生都为周遭的权谋所累。二十年前，他在伊尔盖城被朝廷暗探桑布的同伙威胁利诱，不得已利用治病之机，使王府两位夫人乌仁陶古斯和苏布道达丽失去了生育能力，为此他一直很内疚，很压抑，很惶惑。这次被绑架，也是桑布要弄的阴招。原来，旺丹以他高明的医术从苏德巴的脉象与情态，推断出他内心有仇恨，身世不寻常。事实上苏德巴是被逼出王府，隐姓埋名的王位合法继承人。这就直接威胁到桑布设计的大圈套。因为苏德巴一直被桑布视为他攫取秘方药典，同时篡得王府大权，并进而受到朝廷升官加赏的棋子。总之，装扮成药贩子的桑布，为了实现升官发财的梦想，是不择一切手段，无所不用其极的。还有旗王爷、老协理等人，同桑布一样，为了得到药典，方式是丑陋的，目的是卑污的。同桑布及旗王爷，老协理等相反，围绕秘方药典的保护和利用，住持扎仓堪布，名医楚勒德木，药方专家拉布珠日，流浪医生潮洛蒙以及苏德巴等人物形象，鲜亮地体现了草原医生天性的美好、品格的纯正和职业的操守，表现了群体良善的智慧和力量，折射了草原上世代相传的人性光辉。

拉布珠日视野开阔，徜徉于天地万物与世间人群之间，以一个专家的眼光，把寺庙定位于研修医学、学习知识和磨砺人品的地方。他身体力行，刻苦编纂经书。他引导学生既要学知识，也要学习怎么做人，要注重到实际生活中去体验。他认为医学也是一种抚慰心灵的学问，在它的背后，隐藏着善良、宽厚、同情和怜悯。在他体贴的呵护和有效的教导中，苏德巴化解了仇恨，摆脱了苦闷与孤独，变得宽宏和纯朗。楚勒德木和潮洛蒙则鲜明地体现了蒙古人直来直去、点火就燃、疾恶如仇和义无反顾的品格。为了保护徒弟，为了保护药典，楚勒德木立刻手持棍棒必欲除掉坏人更登而后快。潮洛蒙在遭到桑布哄骗绑架讨要药典之际，视死如归地对桑布说："我是不会把药典给你的，想要我的命，你就拿去吧。"面对朝廷、权奸与卑劣小人占有或破坏药典的罪恶图谋和行径，满巴扎仓住持扎仓堪布，不负前辈的重托，不辱身肩的使命，在保护和利用秘方药典的斗争中，表现出高超的智慧与勇气。他感到对秘方药典最好的保护，就是把它公开，就是让大家分享。所以，他预先就发动召集包括小喇嘛在内的众人，抄录那部珍贵的药典并广为散发。那部秘方药典里所有的药理、方术、智慧和技艺已永久地留在了满巴扎仓，留在大家的记忆里。谁也抢不走了，谁也无法破坏啦，一切阴谋伎俩都以失败告终。

作品生动鲜活，血肉饱满的人物，同作品的情节蔚为互动激发的艺术效果，不仅拉抬了情节的跌宕起伏，同时也深化了作品的主题思想。文明和财富是经年历代不断积累形成的，"现在的许多根源，深深存在于过去"，"在人类进步的道路上，发明与发现层出不穷，成为顺序相承的各个进步阶段的标志"。在整个中华文明的视野上加以考察，作品《满巴扎仓》所唤醒和表现的价值元素，和现代文明建设形成了有机的对接和转化。例如，有效地保护和利用文化遗产，把秘方公开，使之服务于公众的珍贵理念。还有对各个民族乃至整个人类，如何才能彻底摆脱仇恨与疼痛，世界如何才能和平、和睦与和谐等问题，都进行了深刻的省思。

在我们现实生活中，有许多把发明专利用于社会，献给广大农民，献给广大牧民，献给广大市民的鲜活事例，这可以说是优秀传统基因，在社会主义时代条件下发扬光大的结晶。在这方面，作品《满巴扎仓》让读者看到了过去生活中游走的影子。这对历史题材、民族题材和本土题材的书写是有启示借鉴意义的。

作者阿云嘎是土生土长的鄂尔多斯人。他生长的地方，村里乡里都遍布大小寺庙，著名的成吉思汗陵就坐落在这个地方。少年阿云嘎曾被送进寺庙当过喇嘛，经历过跳鬼、念经和庙会文化的熏陶，也在寺庙里学到各方面知识。特别是，作者对寺庙药房和僧俗人生百态有着痛切的凝视与体察。新中国建立后，他同很多有相似背景的年轻僧人一样，逐渐转化成长为国家干部和出色的作家。特殊的环境、特殊的经历、特殊的感受与特殊的积累，使得精通蒙古语文的阿云嘎，抓住了民族性格的深刻处，写出了族群记忆与民族审美心灵的关键点。阴谋、仇恨、妒忌与奸诈，是从古到今蒙古民族最憎厌的品行。有无这些方面的表现，几乎成为界定人品好坏、人格高低最鲜明的标准，可以说这就是一种“民族性秘密”。作品《满巴扎仓》通篇就渗透着这样的审美倾向。例如：“人间的阴谋就很像这种蘑菇，它总是在暗中运行，而且不易被人发觉”，“皇宫是一个充满着阴谋、谗言、冤屈的地方”。再例如，正派而睿智的扎仓堪布住持，同觊觎秘方药典的陌生人下棋时，洞悉到“这棋盘就是家乡的土地，各种阴谋，较量和角斗都在继续……”。老协理夫人苏布道达丽赞赏“金巴为何总是快乐而信心十足，因为他不使阴谋，不怀恶意，没有贪念，坦坦荡荡，那样的人怎能不快乐呢?”等等。纵观中外文学的历史，从有意识和无意识的各个层面都可以看到，“民族审美心理中积淀着民族特有的想象、情感、记忆和理解。任何一个民族，其审美能力的生成和发展都有别于哲学抽象力的深化，也不同于伦理道法体系的规范化。作为人类历史的感性成果，民族审美的鲜明特点是理性与感悟、民族与个体、历史与心理的融合统一。积淀是生理的，更是心理的。是个体的，更是民族的，社会的”。可以清晰地看到，《满巴扎仓》所鲜明呈现的审美心理，对嫉妒、阴谋与奸诈的拒斥和批判，是从古到今流淌在蒙古族精神文化里的一汪活水。鄂尔多斯地区在古老的阿塔天神祭词里就说：“让我们避开妒忌者的恶意”，“让我们避开人世间的奸诈。”《蒙古源流》是最有价值的蒙古族史籍之一，成书于1662年，后由清廷编入《四库全书》。这部典籍作者萨囊彻辰也是鄂尔多斯人。其中有段话说：“（众生们）现吃现取那种稻子，其间一个奸猾的众生当天收回次日的份额存起来，那种稻子也绝迹了，而嫉妒罪业之道由此始起。”“在这里著者把嫉妒，贪念之类上升到了罪恶的层级。渗透于蒙古族文化艺术中的审美价值取向，还鲜明地体现于文学欣赏与文艺评论中，并且臻为一种方法。”晚清蒙古族文学家哈斯宝，在研读了《红楼梦》之后，为薛宝钗的奸诈和嫉妒所惊惧，他犀利地评说道“看她行径，真是句句步步都像个极明智，极贤淑的人，却终究逃不脱被人指为最奸诈的人”。他还透辟地点明袭人“狡计奸诈”，并把她看作男人中的宋江。另外，开创了蒙古族新文学先河的纳·赛音朝克图，在新中国成立后的诗作《鲁迅》中，赞颂道“当嫉妒、仇恨、欺诈像蛛网般密布的时候，你是一位烈火般燃烧的作家”。由此可见，文学的民族个性根深蒂固，源远流长，具有很强的稳定性和久远的传承性。长篇小说《满巴扎仓》所体现的民族审美心理，虽然有别于哲学意义上的升华，也不同于民族伦理道法体系的规范化，也不是一成不变的遗传基因，但却打开了蒙古族“时代魂灵的心理学”，展示着一个民族性格的秘密。这些，都有助于读者认识蒙古族文学，进而把握其从伦理到形式创新发展的脉动。

总之，作者阿云嘎“以新的形，尤其是新的色”写出了他对生命的体验和所经历的生活，为民族文学创作带来一股清奇的新风。

# 《满巴扎仓》的历史意蕴与文化情怀

梁鸿鹰

一个地区的发展不单是以其经济来衡量的，更是以文化来衡量的，而文化发展得好不好，往往要看文学。内蒙古自治区党委高度重视文学事业，抓创作选题、队伍建设、抓深入生活和出精品，持之以恒，成效日显。特别是提倡和打造草原文化，有远见、勇担当，反映了对内蒙古历史文化规律的尊崇。草原文化向世界昭示的核心理念是崇尚自然、践行开放、恪守信义，以及坚守走过往昔岁月而生生不息的悲壮的英雄主义，内蒙古当代文学作为草原文学的有机组成部分，流淌着草原文化的血脉，体现出草原文化的核心特质。

阿云嘎以蒙古语创作的长篇小说《满巴扎仓》（哈森译）是草原文学沉甸甸的收获、民族文学的可喜结晶，更是中国当代文学的重要果实。作品文字精当、结构巧妙、意趣饱满，篇幅节制却内容丰沛，脚踏实地却以沛然文采卓见特色。作家没有采用人们通常习见的家族史、民族史手法，而是“螺蛳壳里做道场”，在一个相对封闭的空间里进行自己的艺术构思，很见功力。草原之广袤向来孕育宏大，驱使写作者幻想冉冉飞腾，但智慧的作者没有放纵自己艺术虚构的缰绳，他把思绪投射在两百多年前，缩小于鄂尔多斯高原北部的一个点上。

作品讲的是位于鄂尔多斯右翼中旗的托克旗图海山半山坡上一座叫满巴扎仓的寺庙里发生的故事。满巴扎仓这座寺院之闻名，是因为“这里供的佛不是观音菩萨而是药王佛，从这里散发的不是桑烟和香火，而是蒙药藏药的味道，这就是它的特殊之处”。作者集中精力在这个点上做文章，让阴谋、焦虑、命运和较量成为这个小世界里的核心，最终让正义战胜邪恶。他深信，这场独特的胜利，属于蒙古族，属于任何人，是个人的也是世界的。

由于一部传世药典的存在，满巴扎仓这个神秘的所在失去了往日的宁静，陷入了阴谋和罪恶的暗算，作家很善于渲染气氛、制造悬念。作品的开篇是一个风雨交加、电闪雷鸣的夜晚，一位旺丹的好色名医神秘失踪，由此展开的全部情节均带有曲折万端的特点。美女的身手不凡、各方人手的齐整配合，增添了悬念迭出的曲折，而风雨如磐、险象环生的所有根源，均因为一场明争暗斗的较量。接着我们看到，旗王爷兄弟俩因为没有子嗣而陷入深深的不和与极端的焦虑，求子心切的两位妯娌剑拔弩张。然后是关键人物的出场——曾救助过老王爷之子的达林台，他更牵出了充沛的悬念、多面目的人物，紧张的、多头的线索对“争夺”这个核心主题的围绕吸引着读者。小说中多种身份的人物为繁衍后代而争夺药典，是人心之间的较量，是善与恶的斗争，小说围绕药典展开一环扣一环的各种线索，引出了广阔丰富的社会生活。没有权力的争夺，就不会有人心的崩溃和善意的瓦解，矛盾与冲突来自争夺，而最终结束于富于智慧的解决。

作为一部悬念极强的小说，作品并没有陷于情节的迷雾，通过对于药典的追寻和抢夺的展开，特别弘扬了坚守道德良知，坚守蒙医核心精神的理念，这个理念表达得如此深刻和彻底，以致产生了震撼人心的力量。在那个黑暗的年代里，有良知的医学实践者，一直在为捍卫医学的尊严进行着顽强的抗争。在蒙古族人民看来，医学是哲学，是关于宇宙奥秘的认识和实践，医学是将人类、自然和现实世界联系在一起的学问。小说还昭告人们，医学是一种调整心灵的学问。医学的背后隐藏着善良、宽容和怜悯，若是能真正学好医学，心灵就会变得宽宏纯净，并能悟到人生的本质。这个作品的核心理念就在这里。这部作品张扬的道德良知，是提倡尊重自然、良心，并与世界对话，弘扬崇尚自然、践行开放、恪守信义，这是给我们最大的启示。

# 鄂尔多斯高原上的生命护佑者之歌

## ——解读阿云嘎长篇小说《满巴扎仓》

满　全

阿云嘎长篇小说《满巴扎仓》发表于蒙古文文学季刊《潮洛濛》2012年1期，发表后在母语读者当中引起强烈反响。翻译家哈森将之译成汉文，近期刊登于《人民文学》杂志上。与之前的《人间》《有声的戈壁》《拓跋力微》等长篇小说相比，阿云嘎的这部新作在情节设计、故事编排等方面均有所突破。

### 一

在此前的创作中，阿云嘎一直坚守精英文学创作路子，追求意义、深度、永恒，以精英的立场观照社会与人生。如在《大漠歌》《狼坝》《燃烧的水》等作品中，作者虽然讲故事，但是其意不在于故事，而是故事背后的寓意。而在《满巴扎仓》中，他始终遵循雅俗共融的创作方向，以通俗的外壳中涵括精深思想，在悬疑故事中贯穿敏锐思考。从作者立场、文本结构、读者期待等方面来看，《满巴扎仓》都体现出大众化、通俗化、趣味化的趋势。作者不仅是思考者，更多的时候以故事讲述者的身份出现于文本中，掌控着故事的走向。

从精英文学立场转向通俗文学立场，从知识分子立场转向民间大众立场，意味着作者的文学观念正在发生变化，其背后有深刻的社会文化原因。市民社会的形成、消费主义的兴起、大众文化的崛起、文学市场的商业化，改变了大家对通俗文学的看法。在以前，人们采取二元对立的观点来看待严肃文学和通俗文学；而现在，作家们更加注意“雅俗共赏”带来的阅读快感。实际上，现在我们所讨论的一些经典文学作品，在出现之时是被当作通俗文学来看待的，后来却成为了严肃文学的代表。因此，对于阿云嘎的这种转变，我并不觉得难以理解。

《满巴扎仓》的文本结构几乎包含了通俗小说的所有要素和特征。蒙古族民间文学有一个“寻宝”母题：主人公经历千辛万苦，冲破重重阻碍，一丝不苟地寻找传说中的宝，最后虽然得到宝，但是宝不属于贪心之人。这类寻宝故事广泛流传于蒙古地区。《满巴扎仓》的故事轮廓与“寻宝”母题相契合。小说讲述了寻找秘方药典的故事，朝廷、旗扎萨克贝勒府和民间人士都在寻找神秘的秘方药典，最后虽然找到了秘方药典，但是那部药典不属于贪念之人，而变成了人类共有的遗产。

宫廷阴谋也是蒙古族民间故事中常出现的情节，是与权力之争有关的情节。《满巴扎仓》描写了鄂尔多斯右翼中旗扎萨克贝勒府的阴谋和权力之争。十年前，旗扎萨克贝勒府兄弟之间上演了一场争夺旗扎萨克贝勒诺彦位子的骨肉相残悲剧。这场宫廷较量中哥哥败给了弟弟，就挂了个东协理之名，搬出官邸隐居乡下。但是兄弟俩从此结下了永不和解的仇怨。十年后，旗贝勒诺彦夫人乌仁陶古斯和东协理夫人苏布道达丽同时患上了不孕之症。

在小说中，作者这样写道：“现在他们的较量依然在继续，但较量的内容似乎有了一些变化。他们之间的较量，现在已经从争权夺势转化成了生儿子的竞赛。然而，乌仁陶古斯、苏布道达丽自嫁到贝勒府以来，……。因而，旗扎萨克诺彦顶冠上的红宝石顶戴今后由谁继承，已经成为一个巨大的悬念。要是乌仁陶古斯、苏布道达丽中的哪一个生了儿子，那孩子肯定就是未来的旗扎萨克诺彦。意识到这一点的兄弟俩真是焦急万分，两家的夫妇为了生个儿子，都在全力以赴。”在这场争夺权力的风波中，两个女人付出了伦理、道德乃至性命的代价。

《满巴扎仓》借鉴了悬疑小说的模式，故事围绕神秘的秘方药典展开。据说元上都被烧后，妥懽帖睦尔北上应昌，一部药典从上都大火中被抢救出来，辗转一番到了鄂尔多斯。那部药典起初被保管在民间，后来被移送至满巴扎仓保管。那部药典的保管特别严密，只有满巴扎仓的住持堪布才知晓它的存放处。但是，上一代住持突发暴病而去世，没来得及给下一代住持交代那部药典在何处。就这样，满巴扎仓有了一个天大的谜，引起了从内到外形形色色之人的贪念和猜测。传说秘方药典神奇无比，能治愈百病，谁拥有药典谁就找到了生命的保护神。因此，从朝廷、旗贝勒府、寺院到民间江湖，都被卷入到一场寻找药典的生死搏斗中。故事跌宕起伏，复杂多变，一波未平，一波又起，深深吸引了读者的好奇心和阅读兴趣。

在《满巴扎仓》中，我们还能看到武侠小说中的江湖好汉、言情小说中的痴男怨女和其他各种具有故事性、趣味性的元素。当然，小说中也不乏精英文学的元素，比如文化的景观、人性的思考、丰满的叙述等。

## 二

从人类学意义上讲，小说家是文化的记录者和诠释者。可以说，一部优秀长篇小说是民族文化的百科全书。长篇小说的全景式叙事能充分展示民族文化的诸多场景和社会生活的各个角落，从物质生活到精神世界。一部小说所囊括的文化信息量越多，它就越有意蕴、越有厚重感。

阿云嘎是一个有意识地挖掘和展现民族文化的作家，其小说如同陈年老酒，越品越觉醇厚。鄂尔多斯是阿云嘎的故乡，也是蒙古族文学版图上的重镇。古老、神奇的鄂尔多斯高原以浓厚的文化积淀和无尽的文化魅力哺育了诸多文学才子，造就了蒙古族文学的亮丽风景线。对于阿云嘎来说，鄂尔多斯高原有永远挖掘不完的文化宝藏，其小说的很多故事均来自这片土地。

阿云嘎笔下的鄂尔多斯高原，不仅为故事的展开提供了单纯的地理图景和故事发生的场所，更影响了作品的文化基因和叙事风格。像海明威迷恋波涛汹涌的大海，福克纳迷恋约克纳帕塔法，莫言迷恋朴素坚硬的高密大地一样，阿云嘎迷恋鄂尔多斯高原，高原的气候、习性、风格早已融进了他的血液和灵魂深处，无意间影响着小说的叙述。

在《满巴扎仓》中，戈壁、草原、寺院、官邸、牧区、马群、秘方药典、蒙古草药、蒙古象棋以及简单的游牧生计、简朴的寺院生活都向读者强烈地传达着地域文化信号。这使得小说的内容趋于丰满、独特和厚重，提升了整部作品的感染力。这些文化元素，不是为了记录而记录，也不是为了展示而展示，它已成为整部小说的有机组成部分，是故事、人物、意义结构中的血液和基因，并带有象征意蕴。

在小说中，秘方药典是民族传统文化的符号，为了保护秘方药典，很多人付出了生命的代价。在作者看来，这些付出生命的无名英雄们虽然崇高无比，让人无比敬佩，但是这些人深陷于文化保守主义的深潭中，无法自拔。阿云嘎显然是一个文化开放主义者，他的很多小说都在讲述文化变迁中的深层纠葛。他1985年发表的小说《大漠歌》也是触及文化保守主义与文化开放主义之间的冲突和纠葛，对于某个文化共同体来说，坚守与开拓同样重要。在《满巴扎仓》中，作者另辟蹊径，为保护传统文化开了新药方。

作者认为，从元朝皇宫大火中抢救出来的药典当然是神圣而神秘的，它象征着民族文化传统。但是药典的神圣和神秘不是来自药典本身，而是长期以来少数特权者拥有该药典，赋予了它神圣而神秘的色彩。故事结尾，满巴扎仓堪布将秘方药典公布于众，并说："药典是救助病痛者的一种书籍。不管对帝王还是对平民，不管对哪一个族群，都是有益的东西。因而，这部药典不仅仅是满巴扎仓的珍贵遗产，也不仅仅是蒙古族的珍贵遗产，它更是人类共同的珍贵遗产。为什么要争它？不是应该一起分享和保护才对吗？"这番话是扎仓堪布对清兵头目说的。这部药典渗透了硝烟、血泪、仇恨和恩怨，保护它的最好办法就是把它公开。

很显然，小说流露出的是文化开放主义姿态。整部小说所构建的意义之塔虽然在故事结尾处轰然倒塌，带来反讽之意蕴。但是在另一个向度上，小说意义却得到了提升。践行开放才是作者心目中的文化精神。

小说中的蒙古象棋也是一种文化符号，棋盘是角斗、较量的场所，是红尘世界的象征。小说采用双重叙述路线，从故事开头到结尾，几拨人在争夺秘方药典，有两个人在暗地下棋，有时几天几夜连续下棋，不分胜负。其中的一个人是扎仓堪布，另一个人的身份不明。对于寺院的最高掌权者扎仓堪布来说，棋盘就是人间风尘，棋盘上的阴谋、较量和角斗就是人世间的阴谋、较量和角斗。

故事临近结尾时，作者才交代了那个棋艺高手的身份，他是清政府官员。在棋盘上扎仓堪布和朝廷官员进行着生死较量，在现实生活中保护秘方药典的势力和争夺秘方药典的势力进行着生死博弈。双重叙述线索互相烘托、互相暗示，形成了张力空间，使小说文本趋于丰满和深刻。

## 三

阿云嘎是善用象征手法的作家，常常用自然场景、人文景观的描写来渲染、烘托故事情节和意义取向。小说开头这样描写道："百余年前，鄂尔多斯是一个雨水丰沛的地方。就说故事开头的那天吧，白天本来还是一个大晴天，到了下午人们就看到那个叫乌仁都西的山顶上布满乌云。起初，云在那里不移不动的，夕阳西下时却翻卷而来。人们知道暴风雨就要来了。于是，放牧的人们尽早把畜群往家赶，留在家里的人们抓紧把牛粪柴火往家搬，去相亲家瞧病的满巴扎仓的喇嘛们趁雨还没下，也快马加鞭往寺院赶，草原上呈现了一片慌忙的景象。就这样，到了晚上暴风雨惊天动地地降临了。刚开始的时候，乌仁都西山顶不断电闪雷鸣，没多久转到东边有名的黑龙贵峡谷口，再从位于高山深处的奇异石头棋盘上狂飙而过后向满巴扎仓袭来。瓢泼大雨没有停息的样子，满巴扎仓四周闪电不断，一直持续到深夜。"这段描述，不仅仅是自然景观的描写，而是蕴含了整篇作品的文化氛围、叙事基调和故事走向。从这段描述中我们可以读出很多信息，如变化多端的高原气候、牧人和满巴们的日常生活、暴雨袭卷满巴扎仓，还有高山深处的奇异石头棋盘等。

小说中描写闪电、暴雨的场景很多，而很多重要事情都发生在电闪雷鸣、暴雨倾盆的极端环境中，以此来塑造紧张突变的叙述氛围的同时，也暗示了故事的发展方向。满巴扎仓是一座医学寺院，看起来一切有条不紊，秩序井然，安详静谧，其实不然，满巴扎仓暗藏玄机，深不可测，是无止境的深潭。其原因是一场宫廷风波毫无征兆地席卷了满巴扎仓，就像自然暴雨席卷满巴扎仓一样，满巴扎仓无法逃脱这场惊天动地的宫廷阴谋和较量，为此很多人付出了生命的代价。

通过《满巴扎仓》可以看出十九世纪末鄂尔多斯高原上的社会生活全景，从宫廷到民间，从喇嘛到俗人形形色色的生活场景，富有地域文化氛围。藏传佛教传入蒙古地区后出现了多座满巴扎仓。满巴，藏语意为医生。扎仓，藏语意为学院或者研究院。新中国成立之前，很多蒙古名医都是从满巴扎仓走出来的喇嘛。小说中描写的楚勒德木、金巴、旺丹、更登均是远近闻名的名医，拉布珠日是药学专家。这座医学寺院很特殊，云集了远近闻名的医学高手，这里供奉的不是观音菩萨而是药王佛，从这里散发的不是桑烟和香火，而是蒙药藏药的芳香。从题材上看，这部小说是一部与蒙医有关的长篇小说。在当下全球化语境中，它在挖掘、保护、利用民族文化资源等方面都有启示意义。

# 《满巴扎仓》的民族根性与开放意识

丁　琪

阿云嘎是新时期中国文坛一位蒙汉语兼通的双语作家，他的长篇小说《满巴扎仓》以母语进行创作，后由哈森译成汉文出版单行本。这部作品秉持了作家一贯的创作理念，即将草原民族的生存经验上升到哲学思辨和审美层次从而对游牧民族稳定的文化结构和民族性心理进行深入省思和审美展现。不过，阿云嘎的创作从来不能简单地抽象为民族认同这样的单一文化立场。其文本所表现的中华民族文化共性、世界范围的价值普适性以及高度的文学性结构在一起超过任何简单的概括，形成独具游牧民族风采又包孕万千的叙事笔法，这也昭示出当代少数民族文学创作的文化视野和审美追求。系统解读这部长篇力作对于我们重新认识作者关于民族性与现代性、独特性与多元性的复杂关系的理解和处理具有重要意义。

## 一、从蒙医传承追问民族根性

蒙古族文化心理与价值观念向来都是阿云嘎创作的内在支撑。这部作品选择的叙事场域不是茫茫西部戈壁或北疆大草原，而是一所具有很高文化层次和精神象征的蒙医研究院，这也正是“满巴扎仓”的汉语意思，“满巴”，意为医生，“扎仓”则指学院或者研究院，“满巴扎仓”通常是指寺院内设的医学院。因此，《满巴扎仓》这部小说乃是从医学层面出发探求蒙古族人生哲学思考和精神信仰，由此构造整个作品的叙事逻辑。蒙古族医药学是蒙古族传统文化的重要组成部分。古代蒙医如热敷、灸疗、浴疗、正骨、马奶酒疗法、饮食疗法等都是传统医疗技术，适应于北方高寒气候条件和游牧民族的生活方式。大约在十六世纪，伴随着藏传佛教的广泛传播，蒙医吸收了藏医理论精华，经过长期实践逐步形成了以“三邪”学说为主要内容的理论体系，“这就是阴阳学说、五大元素学说、寒热对立统一的学说、七元三秽学说、六因辩证学说、脏腑经络学说等基本理论”。蒙医药理论体系既有人体科学性质，凝聚着传统观念生活智慧及哲学内涵，也融汇了佛教伦理的思想精华，堪称民族文化的集大成。因而，作者以满巴扎仓为叙事对象既有地缘因素和人生经历（作者曾被送进寺庙并当过喇嘛）的关系，更是因为这是探究民族精神和文化心理密码的一条写作路径。

作者以一个充满悬疑色彩又有历史背景的“寻找药典秘籍”的故事切入传统医药与民族文化的结合点，实现了文学创作与文化阐释的和谐统一。相传元末明初，元上都被烧，一部药典从大火中抢救出来，辗转到了鄂尔多斯的满巴扎仓。那部药典具体存放在什么地方、在谁手里，只有满巴扎仓的住持堪布才知道。一代住持将老时，会将这一秘密告诉下一代住持。但上一代住持洛桑堪布突然暴病而去，没来得及向下一代住持交代药典藏在何处。就这样满巴扎仓有了一个天大的谜，引起了上自朝廷、旗王府，下至寺院僧侣、普通百姓各色人等的贪念和猜测。清政府的密探桑布扮成药贩子混进满巴扎仓寻找这部秘典，旗王爷、王爷协理也费尽心机，还有满巴扎仓里怀有不同动机的喇嘛们也卷入其中，三股力量扭结在一起相互较量着。邪恶与正义、情欲与理性、世俗与宗教等对立的元素碰撞冲突，上演了一场你死我活的殊死搏斗。最终，满巴扎仓的住持、医生和药师们把医药学问和医术技能升华为一种人生哲学，化解了人世间的阴谋、陷阱、痛苦和仇恨，把治病救人和人生修为嫁接起来，在治疗身体疾患和研究医药的过程中担负起净化灵魂和普度众生的道义责任，用生命保护了民族文化典籍，以高超的智慧和清洁之人格树立了民族道德典范。

作品的一个中心人物苏德巴具有文化象征的隐喻意义，他的身份和思想蜕变彰显了蒙古族文化感悟于天地万物的生长规律并具有治疗和化育人心的巨大力量。他是医师拉布珠日的学徒，但真实身份却是老王爷最小的儿子，在争夺王位的仇杀中被救走最后来到满巴扎仓做了喇嘛，隐藏在这里二十年就是为了复仇并重新夺回王位。他的师父拉布珠日洞悉了他的内心，并用自己的身世经历和言传身教逐渐矫正了他的心灵。拉布珠日教导他说“医学也是一门调整心灵的学问。医学的背后隐藏着善良、宽容和怜悯。所以要是能真正学好医学，心灵就会变得宽宏纯净，并能悟到活着的本质……”他带着苏德巴在苍山间、草原上采药，同时传授给他天地人心的智慧：“你看！若说草原是山峦的根基，那么山峦便是草原的威严，若说天空是大地的盖子，那么大地便是苍天的托盘……若是人有千种病痛，世上就长着千种治愈他们的草。人是怎么生病的？因了空气、饮食、冷热等。人的病怎样才能痊愈？要倚仗世上的草木、岩石、动物的脏器……这个世界上没有一个东西是独立存在的，包括恩德、仇恨、悲悯、嫉妒……要是不关注蒙古人的命运，做了再大的官又能如何？若是有了那般心志，在乡间寺院为僧又如何？人活着的意义在于为何而活着……”拉布珠日所讲的苍天大地的胸怀、万物相辅相成的思想及因果定律是蒙古族传统文化的思想精华，最终感化了苏德巴，使他由复仇者蜕变为药方专家。这一人物形象的塑造也传达了包容、无我、心怀大爱的人生哲理和向善正行，实现了医药文化、精神信仰和佛教思想在哲学思考层面的高度统一。

这种成功的构思需要高超的文学创作，更需要作者对医药学、宗教学和民族文化的贯通理解，是创作者长期的生活积累、思想感悟和精深研究相融合的结果。阿云嘎是土生土长的鄂尔多斯人，他生长的地方，村里乡里都遍布大小寺庙，“少年阿云嘎曾被送进寺庙当过喇嘛，经历过跳鬼、念经和庙会文化的熏陶，也在寺庙里学到各方面知识。特别是作者对寺庙药房和僧俗人生百态有着痛切的凝视与体察”。这种生活经历使他在多年以后对家乡满巴扎仓的衰落场景难以释怀，并最终成为创作冲动，“几十年前的满巴扎仓在我记忆里早已变得模糊，但那种破败、颓废、被遗弃的感觉却不仅没有模糊，反而似乎越来越清晰……反正时间越久我却越觉得我对满巴扎仓的那种感觉可能会变成一个让人读下去的故事”。为此，作者沉潜在满巴扎仓的历史资料、管理模式和教学方式的研究之中，广泛接触资深的蒙医专家，获得大量专业方面的指导和帮助，并以医药学、宗教学的专业精神构思创作，甚至进入过去无人触碰的领域。因而作者有关民族根性的文化思考不是玄虚的思辨，而是从实际生活和专业研究中自然流淌出来，使作品以原创性的叙事活力带来心灵的震撼和思想的启迪。正如译者哈森所说：“在别人眼里它只是故事，在我眼里她是蒙古人的精气神。”

## 二、传统文化心理的审美观照

蒙古族文学具有鲜明的民族性审美特征，大多以草原游牧文化为内在的思想支撑，映射出蒙古族赖以生存的自然环境、生计方式和历史发展所塑造的民族心理结构。传统蒙古文学中呈现的天高野阔的自然景色，“毛毡帐裙”“食唯肉酪”的生活方式，逐水草而居的生计方式，都散发着浓郁的草原生活气息，别具雄浑刚健之美。加之严峻的生存环境、刀光剑影的斗争历史以及民族生息繁衍的发展诉求，使得对英雄的呼唤、对和平正义的渴望成为蒙古文学长盛不衰的主题。从较早的英雄史诗、民间传说、历史文学到近现代作家文学，无不印证这种独属于草原游牧民族的审美理想和思想观念。阿云嘎是当代文坛蒙古族作家中的佼佼者，他的创作几乎都是典型性民族文本，无论是那些醉心于传统游牧生活方式和草原雄奇壮美风光之作（《“浴羊”路上》《天边，那蔚蓝色的高地》等），还是聚焦蒙古族社会遭遇现实生态危机和心理困扰的经典（《大漠歌》《黑马奔向狼山》等），无一例外都继承了民族美学风格。《满巴扎仓》也同样执着于寻绎民族根性，展示富有生命力和传承能力的文化因子、伦理观念和审美理想，在这个现代化如火如荼的时代保留和发扬了民族精神和地方文化精粹，使作品散发出智慧的光芒和美的气息。

首先，作者以一个波澜起伏的传奇故事再现了蒙古族的人文智慧。蒙古族的一般文化形象是勇武有力、朴实善良，但实际上除了力量和美德之外，蒙古族还是在生存实践和思想创造力方面都有独特智慧的民族。智性犹如文化基因一样流淌在他们的血液里，刻写着他们的日常生活轨迹和辉煌的历史篇章。

作品选取蒙古族寺庙医学院为表现对象，这是蒙古族知识精英的聚集地，处于整个民族文化穹顶的位置，“智慧”成为叙事的主线。以扎仓堪布、拉布珠日、楚勒德木、苏德巴、金巴、潮洛蒙为代表的智者，医术精湛、智慧超群，之所以能在这场被人布下天罗地网的阴谋中最终胜出，凭借的就是智慧。寺院住持扎仓堪布是一位三十多岁的英俊喇嘛，他对蒙古象棋情有独钟，从一出场到故事结束，一直和高手（也是阴谋者）在下一盘棋，“这盘棋就是家乡的土地，各种阴谋、较量和角斗都在继续”，无论发生什么大事他都不慌不忙、成竹在胸，运筹帷幄间与对手进行智力较量。当楚勒德木把秘典交给他之后，他最后的一步棋就是结束抢夺秘典的纷争，使秘密公开化：他迅速组织喇嘛们连夜抄写药典并传播出去，让权贵们企图独占秘典的计划落空，这种机智、决断和魄力体现了蒙古族知识精英的超群智慧和思想境界。另一位重要人物楚勒德木是实际保存秘典的人，他凭借自己做人的智慧，在关键时刻审时度势，出色地完成了使命。他平时寡言少语、冷静沉着、低调行事，所以才能默默保管秘方药典数十年而没有暴露身份。最后秘典被发现，他智斗更登，躲过种种陷阱和威逼利诱，终于把秘典交给扎仓堪布，保护了徒弟，完成使命后圆寂。他的冷静沉着、坚韧勇敢、不存私心的品质让人折服。在作品中我们不难看到的是，智慧并非一种玄虚之物，除了机智、审慎、明察还有蒙古族所尊崇的大爱、善良、无我等美德凝聚而成的生命感悟和伦理观念，体现为超拔而坚定的意志和高远的识见，在这些智者身上我们看到某种神性特质与民族美德的完美交融，这种大智慧是抵御现实邪恶势力和人类内心阴暗的最后屏障。

其次，整个作品突出强化了蒙古族传统文化“戒贪念”的伦理道德，这也是民族文化思想的核心观念。蒙古族传统文化是“逐水草而居”的游牧文化，其“生计方式和行为特征是‘走’，是‘动’，与农耕民族相比，其生活方式大都处于动态之中”。为便于行走必须减少各种负累，包括物质、情感和精神性占有。

在长期的生活实践中沉淀为“放下”“戒贪”“共享”的思想观念，也内化为精神信仰和道德规范。这种源于地理环境和生产生活方式的伦理道德因藏传佛教传入后更加清晰明确，“藏传佛教传入蒙古地区后，它的业报轮回思想和因果报应说所产生的道德约束力，对人们产生了极为深远的作用。在这种道德说教的影响下，无论是王公贵族，还是目不识丁的劳苦大众都相信在他们度过此生以后将要再生、变形体。这种思想意识远比萨满教的天命观更能使人向善”。民众不再是战战兢兢地去服从“天道”和“神意”，而是自觉自愿地修善除恶、积累功德，而这首先要做到的就是控制欲望、约束内心、与人为善。在《满巴扎仓》中，对欲望的不同态度构成了正义与邪恶的两极世界，以名医旺丹为首，包括争夺权力的王爷、求子心切的王爷夫人以及寻找秘典的桑布在内的一群人，构成了一个充满阴谋、放纵欲望的邪恶世界。以满巴扎仓的住持扎仓堪布、医师楚勒德木、拉布珠日、苏德巴为代表的另一群人则构成了一个与此相反的正义世界，他们共同的特点是清心寡欲、正直善良，以用精湛的医术帮助更多的人作为人生目标。最终，作者以“戒贪念”“行善事”的伦理尺度控制了故事的发展走向和斗争结局。那些处心积虑、机关算尽的人都竹篮打水一场空，落入“恶有恶报”的咒语之中；而那些对物质看得很淡、对精神境界要求极高的人都能够善终。以僧人的精神洁癖来净化欲望过多的世俗追求，让人在生存之外寻找更高远的人生意义，这是作品暗含的道德训诫。为此，作者以夸张的文学手法让人看到“欲望”的巨大破坏性。旺丹对金钱有着贪婪的追求，正因为如此他被盯上，成为他人作恶的棋子，接着他被威胁、跟踪、绑架，他藏在深山里的女人、财产也都被发现，被阴谋者所利用的最后结局只能以悲惨下场告终。情欲之可怕在两位王爷夫人苏布道达丽和乌仁陶古斯身上均得到体现。作品不仅描写了单纯的情感占有，还掺杂着利用、诱惑和阴谋。

为了寻找生子秘方，两位王爷夫人以自己高贵的身份和美貌作为情欲的陷阱让那些不懂得控制情感和欲望的人掉进深渊而为其所用。在苏布道达丽眼里那些不被情欲控制的人是幸福快乐的，所以当她看到金巴这样的人只会默默祝福他：“因为他不使阴谋不怀恶意没有贪念坦坦荡荡，那样的人怎能不快乐呢？好了，让人家快乐地生活下去吧！像我这样肮脏的人想人家做什么？心里祝福他好好的就行了。”作者借助纵欲者的“反省”“忏悔”反复强调对自身需求、情绪欲望的控制，拒斥占有欲、阴谋、狡诈、贪婪及算计。善念正行已经成为民族文化的根性表达并渗透在《满巴扎仓》中，它“有别于哲学意义上的升华，也不同于民族伦理道法体系的规范化，也不是一成不变的遗传基因，但却打开了蒙古族‘时代魂灵的心理学’，展示着一个民族性格的秘密”。

最后，从叙事审美层面看作者对神秘自然力的渲染和英雄人物的塑造都充盈着阳刚之美，延续了草原民族崇尚“力量”的审美取向。古代蒙古族对力的理解，大体上包括神秘外力和人力两部分。在早期氏族社会，由于对很多自然现象缺乏理性认识，在畏惧心理作用下人们更崇尚变化莫测的自然力，风雨雷电、凶禽猛兽、高山大川都被赋予神灵的身份。正是由于对神力的畏惧才产生了对英雄的渴望，即人力崇拜。在人与自然和社会的矛盾斗争中，希望出现具备非凡力量的英雄来抵御大自然和社会的各种灾难，于是文学创作中出现了大量勇、义、力相结合的英雄形象，“英雄实际上是对力的文学化表述”。《满巴扎仓》延续了这种民族审美取向，把大自然的神力描写与英雄人物的塑造相统合，传达对自然、神力、英雄勇武之气的敬畏之情。作品以雷电交加的暴风雨之夜展开叙事：名医旺丹被神秘女子挟持带走，由此引出其失踪的悬念，而夜晚、雷鸣闪电瓢泼大雨、神秘女子绑架失踪等这些意象都在渲染某种不可控的力量，铺垫出一个惊心动魄的开端。围绕这个谜团作者一直在营造诡秘的叙事氛围，同时刻画带有传奇色彩的英雄人物，交织成神力和人力的结合，描绘超越邪恶和阴谋的正义世界。重要事件发生时总是伴随着风云雷雨、江河咆哮等自然力量的渲染，对英雄人物的刻画都内含蒙古族崇尚体格魁伟、健饭豪饮、勇气过人的男性美学观，如独眼英雄达林台的传奇经历和辨识足迹的特殊能力。对女性的审美也并非崇尚阴柔、娇艳，而是欣赏体格健美性格豁达开朗的侠女形象，比如神秘女子次仁朵丽玛就是美貌与勇武兼备，她骑马驰骋草原的英姿、出神入化的投石技艺彰显出作者心目中的女性形象。作者对力之美的赞颂总是强调力量与智慧、勇气、正义的和谐统一，使道德评价与审美评价密切相关，这也是蒙古族传统美学观念的生动体现。

## 三、民族根性与开放意识

有研究者认为《满巴扎仓》是“脱离了小文本式的纯文学样态而转向对大文本式的民族文化甚至人类文明的反思”。文化反思确实是阿云嘎创作的持续性主题，他的作品如《大漠歌》《燃烧的水》《有声的戈壁》等都洋溢着鄂尔多斯高原浓郁的生活气息，人物和故事承载着家乡的原初记忆，同时又融汇了哲学、历史、民俗、艺术的多方面思考，而最终题旨往往指向草原游牧文化存续与发展的文化命题。难能可贵的是作者对本民族文化的思考开合有度，深中肯綮。并非持狭隘、封闭的态度，也没有把游牧之地塑造为刻板的桃花源，而是在以现代化为背景和现代文明为参照系的整体框架下展呈游牧文化的现实处境和未来走向。《满巴扎仓》虽然讲述的是百年前发生的故事，但应对的是当前蒙古族文化在全球化进程中的衰微现状。从中可以窥见作者是在现代化吞噬地方文化的危机感中强调蒙古族传统文化的精髓，挖掘其抵抗邪恶和诱惑的可能性，从而树立正义、善良、大爱等精神信仰和文化观念。那些贪婪物欲、阴谋、算计、利己诱惑并不是只在那个特定时代和环境中才存在，而是横亘在人性深处的永久性威胁，尤其是在这个商品经济时代弘扬传统文化的必要性和时代意义自不待言。作者对待民族文化的态度又并非消极的固守，而是以现代开放意识积极应对社会转型和文化变迁。作者安排的结局是满巴扎仓的知识精英们凭借高超的智慧、理性和包容性把民族医药秘典公开，以此避免无休止的流血、杀戮和仇恨。这种发扬光大的共享意识是一种开放的民族文化建设姿态，与现代文明形成了有机的对接和转化。只有放弃保守，才能让民族文化在动态交流中传承和发展。

这种开放意识还体现在创作中的多民族文化书写及其空间结构层面。小说体现了作者和译者的“跨界意识”，不仅跨越文化，还跨越不同语言、族群和地域。就语言层面而言，这部作品有一种“杂语”特色。

作家最早以蒙古语写作发表于蒙古文文学季刊《潮洛濛》后来哈森译成汉文后发表在《人民文学》；同时故事又发生在藏传佛教寺院和藏文化关系密切，所以出版的汉语单行本里面也保留着大量的蒙古语和藏语的词汇和表达，比如藏语“满巴”（医师）“扎玛”（伙夫），蒙古语“哈屯”（夫人）“巴音”（富人）“图拉嘎”（火撑子）等从称谓、地名、官阶等词汇到日常俗语不一而足，作者和翻译者都有意融入和保留这些不同语言和文化体系中的原初话语，创造了文本的多重阐释空间。杂语的使用包含着他对文化的理解和尊重，使用得当便能够“充分运用人类语言文字的技巧”并“获得多样叙事的最大可能”。另外，作者有意在空间上打开一些出口，从而使文本摆脱封闭单一的结构，成为一个流通、开放的对话空间。满巴扎仓是把佛教与医学两相结合的知识荟萃之地，神圣性、宗教性是其重要特征。建在鄂尔多斯北部阿尔巴斯山区的这座寺院医学院必须爬五百六十四个台阶才能到庙里，周围是深山老林，河涛汹涌，因此显得巍峨而神秘。然而医学以治病救人为宗旨，医僧们每天要为周围的世俗世界包括王公贵族和普通百姓提供服务，这里就不可能是与世隔绝之地。心怀叵测的小人、婀娜多姿的女性、争权夺利的贵族们与这里的喇嘛有了千丝万缕的联系。因而静虚的佛门圣地联系着一个喧嚣的世俗世界，僧俗两众交替出场，构成了文本整体叙事空间双重架构。同时作者让这些喇嘛医师们走出蒙古草原到汉族聚居区去行医以拓展故事叙述的空间格局并强化族际交流的历史状貌。在第六章“金巴与流浪医生的邂逅”中，金巴与流浪医生治好乡下老人的病之后忽然接到寺院住持的来信令其前往陕西救治瘟疫，于是二人策马飞奔就到了陕西。作者对在陕西的救治过程和当地官民的感激涕零有详细的描写。其实这一章与整个故事情节发展并没有太大关联，但其空间书写和文化象征意义却是不容忽视的。因其意味着蒙汉之间的空间交错和文化交流，在叙述策略上避免了仅仅聚焦本民族文化的单一与封闭。就像研究者指出的那样，“在当代少数民族文学中小说叙述仅强调本民族历史社会与民族内部生活材料的统一完整性，仅仅是本民族的单向叙述是不够的。因为每个民族间现实日常生活的交往性存在决定了我们的少数民族文学从内容到形式都是永远不断发展、变化、丰富的”。保持开放的文化视野既是历史与现实，也是作家的文化自觉，由此决定了文本是否呈现为一种丰富、多样、饱满的文化书写，这种书写与充分吸纳并自觉融入其他民族的文化因子密不可分。

独特性和原创性依然是蒙古族文学永葆生机和活力的源泉，是民族根性的重要体现。但是必须注意的是过于关注这种民族根性可能会造成民族文化某种程度的停滞和僵化，正如陈平原所言：“强调民族间的差异性对作家来说是把双刃剑，在凸显本民族文化立场的同时，也使原先富有弹性的民族关系变得过分清晰乃至有点僵硬了。这里谈的不是意识形态的对与错而是由于长期的积累汉语书写的文学作品拥有更为丰厚的资源，不该因政治立场而刻意疏远。”在这一点上《满巴扎仓》有一定的示范意义。作者虽然以书写民族文化传统为己任，但是并没有僵化“民族文化”概念而是将之理解为一个动态建构过程，表现出可贵的开放意识。这在纵向上体现为叙写民族传统的现代意识，在横向上则体现为对其他民族或跨地域的文化吸收，以他者的优秀文化因子去激活古老的草原游牧文明，使民族传统底蕴在当代生活实践中发挥潜在的文明推动功能。因而《满巴扎仓》不是单一的民族文化文本，其文化形态是丰盈饱满的，体现出一种既有文化稳定性又有时空超越性的审美观照，昭示了少数民族文学创作应对全球化时代的稳健走向。

# 民族文化反思与个体经验写作

## ——解读阿云嘎长篇小说《满巴扎仓》

肖惊鸿

看上去这是个大题目，其实我思考的问题很具体。那就是在个体经验写作中，如何反思民族文化。前些年，我读云南普米族诗人鲁若迪基的诗怦然心动：“河流太多了/我只选择无名的那条/茫茫人海里，我只选择一个叫阿争五斤的男人/做我的父亲/一个叫车尔拉姆的女人/做我的母亲/无论走在哪里/我只背靠一座/叫斯布炯的神山/我怀里/只揣着一个叫果流的村庄。”（《选择》）这首诗很典型，它充分体现了少数民族作家写作的民族文化自觉。那么对于蒙古族作家来说，他们笔下的草原、山川、河流和马背上的人们，就是蒙古族长期传承的民族文化的别样表达。

正如蒙古族诗人席慕容这样表述：“虽然我已经不能用母语来诉说，我也是高原的孩子啊，心中有一首歌，父亲的草原母亲的河……”这首歌也引起我的情感共鸣。我也一样看不懂甚至也听不懂母语。蒙学时仅仅两年的基础，早就被汉语挤压到记忆的边缘。甚至连英语都远远地好过了它。所以在我的阅读体验里，有一片我无法涉足的洪荒。我朝那里投入了敬畏、向往，还有莫名的忧伤……基于这样的前提，我读本民族作家的小说，要么是汉语写作，要么是汉译本。如果不是哈森这个优秀的青年翻译家，我今生无缘读懂蒙古族作家阿云嘎的长篇小说《满巴扎仓》。

在阿云嘎的笔下，一百二十年前的蒙古高原，草绿、水清、天蓝，人们有信仰。那时人们的信仰没有高低贵贱之分，但那时人们的信仰大多来自寺院。当时草原上的宗教分为本土宗教和外来宗教。清政府推行的藏传佛教已然成为草原人民生活的一部分。因为这部小说与蒙古地区的宗教文化关系密切，所以在宗教这个问题上我要多费些笔墨。当年佛教进入蒙古是在十三世纪初，成吉思汗进兵卫藏时，把许多佛像和经典带到蒙古地区，佛教自此传入蒙古。蒙元时期以藏传佛教即喇嘛教为国教。忽必烈继位后，还创立“帝师”制度，并大量支付资金兴建佛寺。不过，并不限制其他宗教信仰，这是蒙古帝国的优良传统。元代“广建道场，多作佛事”甚至成为政府的一大负担，渐渐为社会所诟病。也正因为喇嘛教虽为宫廷贵族信仰的主要宗教，但未能向平民普及，因而随着元朝走向式微而逐渐消失。

两百多年后的十六世纪后期，在阿拉坦汗的倡导和扶持下，喇嘛教在蒙古地区再度兴起，影响日甚。明、清政府也乐于见到喇嘛教在蒙古地区的影响。特别是到了清朝，将“利用黄教治理蒙古，利用蒙古管理西藏”作为执政手段。又由于蒙古部落“刚直好勇”，“三皇不治，五帝不服”，所以清王朝只能利用蒙古部落“敬奉喇嘛教”的特点，以收其心，结成联盟，进行治理。甚至连“不好仙佛”的康熙都曾直言“在蒙古地区‘建一庙，胜养十万兵’”。

在这个大前提下，喇嘛庙所代表的佛教文化在蒙古高原的影响可见一斑。故事就发生在鄂尔多斯的一座寺庙满巴扎仓，汉语的意思相当于药师寺院。扎仓里有好多草原名医，即药师。传教、行医，是这些喇嘛的天职。

我介绍这部小说，旨在说明民族文化与个体写作的关系。这部小说在当下少数民族书写当中应该说比较好地传达了民族文化的底蕴。

小说开篇从扎仓的名药师旺丹失踪说起。作家的写作技巧和语言才能汇在一起，让这部小说具有了强有力的看点。一个神秘姑娘雨夜请走了爱财贪色的旺丹，从此杳无踪影。作家写道："尘世间的事，总是以其固有的轨迹运行，不会因为满巴扎仓的一个喇嘛失踪而改变其什么。""满巴扎仓在睡梦中静默着。"语言充满了民族地域特色。

阿云嘎的这部小长篇，在十万字的篇幅里，有名有姓、活灵活现的人物多达几十人，人物塑造极为生动。满巴扎仓掌权者扎仓堪布，是棋场高手，他与代表清朝执政者的对手的博弈出神入化。在他眼里，这棋盘就是家乡的土地，各种阴谋、较量和角斗都在继续。

尽管限于篇幅，没有更多地拓展开来，但满巴扎仓的众生相已跃然纸上。作家这样形容庙里的喇嘛达林台：达林台是一个独眼儿，一条腿还有残疾，脸上还有着深深的疤痕。他身材魁梧、力大无比，脾气很坏。他原本不是满巴扎仓的喇嘛，而是旗王爷手下的兵头。那时候胆大力大不说，还有一种特殊的本领，那就是对各种踪迹具有特殊的识别能力。他一次背回来的柴火，甘毕勒扎玛辛苦半天才能堆到一边。还有旺丹的师弟楚勒德木，楚勒德木的徒弟耶奇勒，"白脸更登"，名医金巴……等等，每个人都活灵活现，呼之欲出。作家用智慧的语言表述道：谁也别想满巴扎仓是宁静的，水深则不起浪，这个满巴扎仓兴许是一个无底的深潭呢……

这个发生在满巴扎仓的故事，围绕着传世珍宝《元大都所藏秘方》展开。由于上一代住持堪布暴病死去，所以本应只有堪布才知道的药典就此没了下落，也使满巴扎仓有了一个天大的谜，同时激起形形色色人的贪念和猜测。

如果故事只是发生在寺院里的喇嘛之间，可能是另外一种叙事情状；但故事发生在喇嘛与旗王爷和旗王爷的兄长东协理和他们的哈屯之间，喇嘛庙与清王朝之间，所有的人都在寻找秘方药典，故事就有了极大的延展性。

“贪图别人东西的人，总是先笑后恼的。”满巴扎仓的老堪布说过的话应验了。小说里写道，“朝廷那边前些天专门派来特使，下旨说秘方药典必须要上交皇宫管理。在朝廷变脸之前，寺院做好了一切准备。尽管清朝官兵无奈退兵，但是，寻找那部药典的行动，从未停止。”

不光是清政府在找这部秘典，旗王府为了治愈哈屯不育症也在寻找这部秘典，满巴扎仓里也有怀揣不同动机找寻秘典的喇嘛们。三股力量相互扭结较量着。

旺丹失踪不说，旗王爷的哈屯（夫人）乌仁陶古斯，和东协理的哈屯苏布道达丽，两人结婚多年均不孕。她们时常住进满巴扎仓近边的院子，以求喇嘛药师医治好她们的不孕症。

而二十年前，达林台抱走逃生的那个旗王爷的小老婆生的儿子，终于被救走他的达林台辨认出来。他认出了二十年前那个三岁男孩长大了的足印。他就在寺院里，就是药方专家拉布珠日的徒弟苏德巴。“达林台走出经院，大步流星走上了后山。太阳已经落入了地平线，天际一片血红。他忽然用脏兮兮的大手掌捂着脸哭了。……声音呜咽，像狼嚎一般。”作家把人物内心情感表达得非常到位。

小说里写到了畸情：“尽管草原上有这句话，‘不管公牛是谁家的，牛犊可是自家的。’”可是刚刚年过二十的小喇嘛耶奇勒扎马做梦也没想到会跟旗王爷的哈屯乌仁陶古斯到了这个地步。旗王爷的哈屯与庙里的小喇嘛偷情，毕竟不是光彩的事。而小喇嘛由此带来的惶恐也足以让他付出生命的代价。达林台又有了新的发现：他不仅看到了耶奇勒去乌仁陶古斯家的足印，还看到苏布道达丽去白脸更登住所的足印。为了秘典，喇嘛更登几近丧命，东协理赔了夫人又折兵。失踪了的旺丹和这件事有没有关系？秘方药典又在哪里？两位哈屯不育的背后是什么？一连串的悬念让小说险象环生、波澜起伏。

在苏德巴看来，旺丹的好奇是一个巨大的危险。结果没过多久，旺丹果真就失踪了。

畸恋、怀疑、猜忌，贯穿了整部小说叙事。叫桑布的朝廷官员扮成药贩子，和东协理家的女仆诺日吉玛密谋着。女仆诺日吉玛与东协理的关系、与药贩子桑布的关系，表达出人性的贪婪和扭曲。白脸更登成了他们手里的一枚棋子。而楚勒德木为保住药典，同时为救徒弟耶奇勒，给了乌仁陶古斯受孕的药，之后与更登决一死战。楚勒德木自杀，徒弟耶奇勒重新变成哑巴。惨烈的方式背后彰显出了民族大义。

在一波三折的叙事中，作家还不忘安排寺院里的名医金巴、拉布珠日与流浪医生潮洛蒙去陕西医治瘟疫。历史上也确实发生过蒙古草原上寺院的喇嘛去救治灾民的事。作家以文学叙事让蒙古民族以他们的胸襟和博爱在人类文明进程中，表现了受难者和拯救者的双重担当。

有关苏德巴的描写并不多，但充分展露了他的内心世界。当师父让他去给哈屯送药时，他几次想到换药下毒，但内心矛盾重重。那时他想到了母亲，他不由感叹，都是一样的母亲啊，他终是不忍。由此作家展现了一个复仇者真实的内心，苏德巴的人格也由此得到了升华。正如拉布珠日对逃跑之后的苏德巴说，“爱与恨，每个人心中都有。然而，爱有大爱与小爱，恨也分大恨与小恨……”

草原的寺院不仅仅生活着神医，也产生像拉布珠日这样的哲学家。他这样看待世界：“世间诸多事物的关联就在你的眼前。你看！若说草原是山峦的根基，那么山便是草原的威严，若说天空是大地的盖子，那么大地便是苍天的托盘。你看到空中飘浮的白云了吗？那是地上的水升腾为气飘在天空中，之后又化作雨降落到大地。春去冬来，日夜更替，如影随形……相辅相成，相反相成……”是的，一个民族之所以能够强大兴旺起来，支撑这个民族的就不仅仅是勇气和长矛。

作家通过拉布珠日的口说出了清政府对蒙古族官员后裔的意图，体现出对历史的深层观照和反思：一是继承父位成为清王朝的工具，一是到寺院当喇嘛毁其一生。但当时有远见的蒙古族王公贵族，还是把优秀的子孙送到了寺院接受各种教育。因为，在未来，无论哪个族群，都要依靠学识才能立足于这个世界。一个民族的未来有没有希望，要看这个民族有没有对知识怀有敬畏并薪火相传。小说所蕴含的民族文化的传承，已不仅仅是一部药典所能涵盖，也不仅仅是围绕保护药典所传达的对民族文化的发掘，而是在文学叙事中体现出自强不息的民族精神，和对未来的坚定信念。甚至可以说，传达了蒙古族文明和人类文明前行的足音。

在众所周知的清廷为其动机而建的众多寺院里，优秀的民族文化传承者将这里当成了研修学习知识的场所。拉布珠日说："要是没有族群意识，做了再大的官，又能如何？若是有那般心志，在乡间寺院为僧又如何？人活着的意义，在于为何而活着！"

回过头来说故事开篇即失踪了的旺丹。旺丹始终记得二十年前朝廷来人说的话："我相信你有本事让女人不孕。但是别忘了也骗掉她们的男人。"五百两银子迷住了旺丹的眼睛。贪财好色的旺丹遭遇绑架后又侥幸活了下来，他明白今后他必须远走他乡了。所以他不仅需要处理家产，带上自己的女人，还必须把药典带上。到此，旺丹的形象立起来了，尽管贪财、好色、自私，但生命里还有敬畏，还有最后的防线。

这部小说在严谨的布局当中，还有一处奇妙之处，作家展现了一个立体景象。故事不但发生在辽阔的草原，还伸展到草原背面的山峦。阿尔巴斯山脉深处的一块草场上，旺丹的女人扎哈玓在人迹罕至之地生活了多年。尽管这个情节没有展开，这个女人对于整个叙事来说是边缘人物，但是作家通过这个人物写出了草原上的女人对自由的追求和对命运的隐忍，给小说呈现了一抹亮色。绑架旺丹的女侠次仁朵丽玛最后与游医潮洛蒙的婚配，反而显得相对平淡了。

虽然，在这部小说的背后，我们读出了诸多关于民族文化继往开来的意味，但小说讲的是故事，围绕药典发生的故事从来没有偏离过轨道。前后提到的药典有三部，每一个藏有药典的人都以为自己手里的药典就是那部宝典。潮洛蒙将药典交给了金巴，而苏布道达丽受金巴委托保存药典。被人信任的感觉多么美好啊！尤其接受她所敬重的金巴这样的人的重托，苏布道达丽真切地感受到了幸福。这个女人可以说是小说中塑造最成功的女性。蒙古民族美好的人性被点点滴滴渲染又无处不在。在诺日吉玛和老协理领着清兵追赶之下，苏布道达丽带着药典跃进陡岸下翻滚的巨浪之中，完成了灵魂的洗礼与升华。

而旺丹取出师父交给他的药典，却被桑布抢去。然而达林台领着大侠红痣，和他的佩戴金马耳坠儿的妹妹次仁朵丽玛赶到了。但是这部药典也并非元上都宝典。

在楚勒德木圆寂，耶奇勒暴病成了哑巴之后，扎仓堪布召集了寺院所有的喇嘛们，揭开了楚勒德木以生命为代价数十年保管秘方药典的秘密。

小说写到最后，这样表述道：不管是我们的对手，还是我们自己，现在都有点乱套了。一盘棋下到最后，总是会出现这样的情况。当朝廷官兵冲上来时，扎仓堪布说出的一席话不啻于晴天霹雳。“多少人为了这部药典失去了生命，还有多少人危在旦夕。这部药典里浸透了硝烟和血泪、心灵的痛苦。”他说，“药典是救助病痛者的一种书籍。不管对帝王还是对平民，不管对哪一个族群，都是有益的东西。因而，这部药典不仅仅是满巴扎仓的珍贵遗产，也不仅仅是蒙古族的珍贵遗产，它更是人类共同的珍贵遗产。那么为什么要争它？不是应该一起分享和保护才对吗？”

扎仓堪布赢了最后一步棋。他公布了这部秘方。至此，这部小说完成了最后的精神洗礼。民族文化的瑰宝和传承的智慧永久地留在了草原，留给了后世。

爱之深，责之切。对这部小说而言，它所承载的民族大义得到了最好的传达。但这不意味着小说完美无瑕。作家对故事情节的关注多少遮蔽了人物的光芒。小说限于篇幅，延展空间有限，尽管在有限的空间里，作家尽其语言的优势使众多的人物尽量鲜活灵动，性情恣肆。但是事情总是有其两面，正如小说的语言非常洗练一样，小说中人物性格的深度开掘显得惜墨如金、相对薄弱，造成人物性格形成和心理变化的某种缺失或突兀，导致有时作家出场来说明某个人物的某种行动，如果在谋篇布局中对情节的发展能够进一步完善、人物形象的饱满度进一步加强，这部小说的整体成色就会更高，从而更接近浑然一体、水到渠成的天然雕饰之大美。对于蒙古族作家来说，他们的写作无疑源自草原文化的浸润，大漠孤烟、长河落日，草原辽阔，蓝天寂寥……我们不能无视北方游牧民族大气豪迈的性格生成与历史文化积淀的关系，他们从来不乏讲故事的本领。民间叙事文学传统进入当代作家视野并在写作中继承和体现，不但令人振奋，也足以令人骄傲。这也是北方民族作家写作的普遍特点。但是，以发展的眼光看待一个民族的文学进步为出发点，我仍对阿云嘎小说叙事细节的不足提出了苛求。

我之所以以这部小说为例，来说明民族文化与个体经验写作的关联，在于这部小说以其不同寻常的叙事超越了寻常的少数民族作家在其文本中对民族地域特征的表达，这种民间资源在文学中的体现只是表象，或者说还不足以反映民族文化更深层的东西。而《满巴扎仓》似能参透祖先的暗示，在民族话语权的充分运用中，有效地激活了民族文化传统，并通过个体审美经验提升了作品的民族文化内涵，将民族文化的过去与未来融合起来，使得作家的写作脱离了小文本式的纯文学样态，而转向对大文本式的民族文化甚至人类文明的反思，在价值比对中凸显出文化立场，从而使个体经验写作实现了价值承担，折射了作家对民族文化传统的深度思考，重建或重申了民族精神价值和民族文化的尊严。

# 《满巴扎仓》的思想深度与生命关怀

李　博

小说《满巴扎仓》由我区知名作家阿云嘎用蒙古语创作、翻译家哈森译成汉文，刊登于2013年第12期《人民文学》上。小说围绕寻找一部神秘的蒙医药典籍展开故事，通过几股势力不择手段地争夺药典推动情节发展。并在这一过程中，成功地塑造了扎仓堪布、楚勒德木、金巴等富于智慧、不畏牺牲的形象。小说的脉络清晰，叙事宏大又中和充实，情节曲折迂回，而作者却能从容不迫娓娓道来。同时，作品中体现出的对生命的敬畏、人性的挖掘以及对民族历史文化的反思，都可见其的思想深度与生命关怀。

## 线状结构展开叙事

小说以线状结构展开叙事，视野宏阔，结构谨严，叙述张弛有度、富有韵律，情感不激不厉、沉静自然，营构了中和之美的艺术境界。

寻找药典是从扎萨克贝勒府两个哈屯开始的，贝勒府为了获取王位而争夺药典。朝廷是争夺药典最强的另一股势力。争夺药典的方式有明有暗，通过不同势力的先后出场、明争暗斗，推动情节发展。小说中的棋局，具有饶有意味的象征性，体现了小说叙事框架的均衡，也体现了作者的创作思路，以角切入，小心设劫，不断消解，每一股势力都在希望的渺茫与欲望的泛滥之间博弈，让读者在悬念的期待中感知故事的进展与转机，体味其引而未发的中和之美。

小说由旺丹的失踪开始，通过甘毕勒与达林台的议论，引出了与药典有关的一条重要线索——扎萨克贝勒府的权力之争。一个看似与寻找药典无关的开始，却伏脉千里，在接近尾声时，旺丹死而复生，作者笔锋陡转，才将这条线索点明。清廷为了争夺药典策划了一个致使两位哈屯不孕不育的阴谋，旺丹就是这个阴谋的执行者，事后，神秘的棋手为了灭口又将其绑架。棋手引出药典的计谋虽妙，却充满了不确定性。医术高超的流浪医生潮洛蒙、胆小自私的旺丹、充满正义的金巴等都流露出存有药典的痕迹，使得寻找药典的各种势力，奔波于各种可能的线索之中。随着一个接着一个谜团的解开，最终的矛盾聚集为一点——满巴扎仓。这种矛盾累积，让读者紧张、窒息。然而，当读者为药典的最终命运有个预判的时候，作者却以四两拨千斤的手法，将药典公开，化解了所有矛盾。寻找与抢夺药典的根本原因在于人的自私和贪欲，而能够化解自私和贪欲的便是公开与分享。小说结局的处理充满了智慧，凸显了作者对故事总体布局的宏观驾驭能力，将矛盾和欲望始终控制在道德底线的范畴，彰显了小说经营中和之美的艺术用心。

## 人物刻画丝丝入扣

小说的人物生动丰富，虽然铺叙平淡，却形象丰满。其丝丝入扣的人物刻画、细致入微的心理描写、富有表现力的细节叙述，使每一个人物、每一个情节都精雕细琢。

在人物刻画上，作者不是简笔勾勒，而是浓墨重彩地立体塑造，短短十万字，栩栩如生的人物形象就有二十几个，每个人物都个性鲜明，令人印象深刻。苏布道达丽性格刚烈而质朴，侠义而又灵慧，最后为了保守“药典”的秘密投入黄河而死。这一举动看似突然，实质必然，是其性格刚烈一面的最后爆发。然而这种性格的塑造不是骤然呈现，而是通过一系列的事件累积、逐步转化的。她引诱更登，打老协理，都凸显了她质朴而又灵慧的性格。所以，当被金巴点化以后，她有了新的认知、新的追求与新的生活。老协理捉奸的情节更富戏剧性，被捉“通奸”的更登，如磕头虫；但是当其被清廷所用，找到靠山后，他则耀武扬威，虚张声势。更登前恭后倨的变化，活现出其好色、阴暗、贪婪、无情的小人形象。还有阴险家桑布，回到宫中享受荣华富贵的欲望，是促使他制造各种矛盾和阴谋的根本动机，也是支撑他伪善、流浪江湖的根本动力。可以看出，作者对人物性格的塑造不是直线的表述，而是创造了一个“变”的流程，通过对人物的动态描写，写出了众多人物的人生起伏。这种起伏与其说是生命的体验，不如说是环境、条件变化中对人性贪婪与知足、扭曲与刚直、丑恶与善良的映射。正是如此，小说中的人物虽多，却不呆板，辨识度很高，从中见出小说家高超的写人技艺。

同时，人物形象的丰盈又是通过一系列细节的刻画实现的。在开篇旺丹“被请”一段，作者采用了对话、动作和心理等描写手法，表现了旺丹的内心不满—贪婪—怀疑—好色—怀疑等一系列变化。这一段情节设计曲折而紧凑，使得旺丹的人物性格跃然纸上。同时，也为他为什么被清廷收买，给哈屯下不孕不育药，做了合理的解释，也为其因揭露苏德巴身世秘密而引起杀身之祸做了铺垫。还有苏德巴在是否打掉乌仁陶古斯孩子问题上的迟疑，经过反复的内心的斗争，最后得出了“都是一样的女人，都是一样的母亲啊”的结论，与其说这是阴谋斗争中的犹疑不决，不如说是对人性中“善”的肯定。也正是通过这个细节，将苏德巴对仇恨隐忍与迸发的纠结呈现了出来，宣扬了尊重生命与人性本善的思想。作者根据情节的需要，赋予了不同人物的不同性格，也通过细节的刻画，将这些性格深刻化、典型化，使人物形象更具体。

## 独特的民族文化意蕴

作者以时间叙事，也以空间叙事，既有宏大轮廓的勾勒，也时刻穿插微观的生活场景，通过不断激活民族的、地域的文化元素，彰显出小说的地域风格特点。

故事发生的地点是鄂尔多斯高原。作家关于草原、戈壁、毡包、僧舍、马匹、羊群等物象的刻画，形成了小说辽阔的故事空间。清廷、王府、民间等不同势力将供奉着药王的满巴扎仓切割成零碎的区域，并在其间酝酿着一个个的阴谋。满巴扎仓不仅仅是普通的地理空间，善恶、恩仇、悲喜、爱恨、嫉妒、宽仁、豁达等一切情感皆充斥其中，这就使得它从地理空间转向了精神世界。

具有草原特点的地理空间，是草原文学构成要素中的一个鲜明标识。而《满巴扎仓》在地理空间的构造中具有明确的目的性和指向性。满巴扎仓是一定历史条件下形成的宗教地域，也是政治的产物。它的形成和作用是多方面的，扎布珠日所指出的清廷政策，流浪医生与金巴的辩论以及更登、耶奇勒的偷情，我们可以读出身为“满巴”的无奈与苦楚。这个文化地理环境不完全是封闭和狭小的。流浪医生和金巴的游历，纵贯了内蒙古高原的西部，他们经历了宁夏大地广阔苍茫、阿拉善山脉巍巍延绵，这似乎是对草原文化的一种巡礼与展示。而流浪医生和金巴深入陕西治疗瘟疫，既是小说情节的需要，好像也是一种文化的外延，更是对地理环境开放性的拓展。而在旺丹的隐秘处还有阿尔巴斯山脉深处的草原，有着“化铁熔山”的影子。所以小说中文化地理的背景既有民族的、历史的根源，也有向外延伸的主动思考。作者在草原上自觉地表现文化传统与生活的时候，民族也在他的灵魂里被唤醒，如巴尔扎克所说的“一个民族的秘史”。

## 关注生命与普世价值

强烈的生命精神，是小说的关注点，作者将具体的、民族的叙事扩展上升到生命精神的层面，将生命活动在生命美学的图景中尽心审视和阐释，具有崇高的美感与普世价值。

《周易》曰：“天地之大德曰生。”（《周易·系辞传》）对此，孔子解释说：天地最大的美德，就是孕育出生命，并且承载、维持着生命的延续。这是中国古代哲人对生命的判断与礼赞。《满巴扎仓》显然继承了这种生命情怀，充满了对生与生命的敬重。引出药典最重要的线索是两个哈屯不能生育，治愈不育是药典的一个重要的作用。虽然小说中生育披附着权力倾轧的外衣，但是对于药典本身的意义是对生命延续的护卫。“不管谁恨谁，没有恨胎儿的道理！治病救人的时候，医者没有权力犹豫。”正是这种对于生命的敬重，让苏德巴放弃了通过迫害一个未生的孩子来达到自己复仇的目的。而这场寻找药典的游戏本身就是对生的拷问与探寻。“药典是救助病痛者的一种书籍。不管对帝王还是对平民，不管对哪一个族群，都是有益的东西。因而，这部药典不仅仅是满巴扎仓的珍贵遗产，也不仅仅是蒙古族的珍贵遗产，它更是人类共同的珍贵遗产。为什么要争它？不是应该一起分享和保护才对吗？”这里，分享，是一种态度，是一种包容，而分享的根本动因是“救助病痛者”，是对生命的认知。对生命的问答和审视、对善的诠释与肯定，产生了伟大心灵的回声，体现了庄严伟大的思想。

关于生命主题的表现是通过人物的生活动作来完成的。小说将每个人的外在体验引向内心活动，完成了物质性实践到精神性认识的转向。满巴扎仓虽然供奉的是药王，但是更在于参悟与修行。而每一个人对生命体悟的方式又是不同的：拉布珠日通过百药百味和药性的热、温、寒作用体察和阐释万物的联系与生命的意义。扎仓堪布手中的棋局，棋势的强与弱，棋风的狠辣与温和，棋局中的镇定与惊慌，无一不考验着这位智者的智慧与修行。这一系列群像并不停留在自然的表象里，而是通过人物生活性的实践展现出崇高性，并可以从人物修身境界中寻找根据。

小说《满巴扎仓》如骏马驰骋于广袤草原，在奔跑中释放出力量的美感；如莲亭亭立于无边的沼泽，在阴谋的泥淖中，却释放着善的力量。人的生命意识和生命美学犹如一道行走的风景，在历史的、民族的与文化的大背景下，作者徐徐道来，演绎着一种人生的行进和美好。

# 阿云嘎创作论

## ——选自刘成《草原文学新论》

刘　成

阿云嘎自二十世纪七十年代中期开始涉足文坛以来，发表的主要作品有：长篇小说《人间》《有声的戈壁》《燃烧的水》《拓跋力微》《留在天地上的足迹》等，中短篇小说集有《幸运的五只岩羊》《大漠歌》等。此外，还有一个《小说创作谈》和近百篇未曾结集的中短篇小说与散文、随笔等。他的短篇小说《吉日嘎拉和他的叔叔》《大漠歌》《“浴羊”路上》连续三次获内蒙古自治区文学创作“索龙嘎”一等奖。1999年，短篇小说集《大漠歌》获第六届全国少数民族文学创作“骏马奖”。

阿云嘎是一位优秀的草原小说家。他的童年、少年生活在鄂尔多斯西部草原，地广人稀与世隔绝。这片草原异于呼伦贝尔大草原，也完全不同于锡林郭勒大草原。地域地势不一样，生长的野花青草也不同，民族风情自然也有差别。“阿云嘎的作品都从这个背景下展开。这片草原，成为成就他文学创作的根本依托。阿云嘎的笔写出了这片草原的神秘、辽阔、静谧和它的独特面貌。雄健的笔锋上，涂抹着一层淡淡的感伤和忧郁，也闪现着诗意的美的灵光。而孤独感，则是阿云嘎从这片草原中提炼而出的最核心的元素。没有这个提炼，这片草原的风神将大打折扣。”（尚贵荣《佛心生慧眼，铁笔著华章》）在这片草原上，马是孤独的，鹰是孤独的，连沙蒿、柠条这些植物也在万劫不复的时间的笼罩下生死荣枯。当孤独感由动植物的身上挪到吉格吉德（《大漠歌》）、小男孩（《戈壁滩上的小男孩》、他（《狼坝》）这些小说人物身上的时候，作家面对这片草原所要倾力开掘的题旨也就呈现出来了。

阿云嘎的前期小说应属人们所说的“后草原小说”。因为阿云嘎的前期小说明显背离了“文革”前十七年的前草原小说所规定的规范，摈弃了前草原小说的故事体的框架，而开创了一种情绪化氛围。并代表了一种新的小说观念和规范，是一种新的小说的话语。在这个语境中，阿云嘎小说语言中大量的格言、谚语以及前草原小说中常用的渲染、烘托、抒情等方式更多被省掉了；修饰性因素和成分很少，多用意象而少用描写和抒情的句式大量增多；推崇影视那样直截了当的风格，变得更有动作性和行为性。甚至写作、文本、细节之间合理性的关系，也遇到了挑战。在阿云嘎八十年代中期以来的小说创作中越来越注重情绪、心理、感觉的描写，可以清楚地看到这种新草原小说新的规范的约束力。

《大漠歌》是阿云嘎的前期小说的代表作，从整篇小说看，主人公吉格吉德执拗、倔强的性格，对牵驼生活的向往、执着，恰好反映了悠久的草原生产方式所形成的心理积淀。吉格吉德与青年、爱人及新鲜事物的矛盾，显示了开放与封闭的矛盾，表现了现代文明与草原古老传统之间的尖锐冲突，从而折射出特有的处于历史转折新的交替时期草原的情景，正是由于这一点，才使《大漠歌》具有了深厚的审美价值内涵。

注重反映草原生活，表现历史沧桑和底层民众生活的艰辛，是阿云嘎目光较为集中的领域。他的不少短篇作品都描写了基层牧民的艰辛生活，以细腻的白描将他们的喜怒哀乐一点一点地描绘出来，细致生动、带着草原生活的浓厚气息，让你不得不为之动容，为之牵肠挂肚。不管是表现牧区现实生活的作品（《主人》《岔路口》）；还是描写牧民打工族生存状态的作品（《吉祥的饮食包》《仲夏夜之旅》）；还有描写人与人之间冷漠无情和复杂心灵的作品（《秋雨凉》《家乡二三事》），作者的视角始终聚焦在社会的底层民众身上。而且，阿云嘎的聚焦是深情的，是温柔的。仿佛温柔而深情地抚摸着平民百姓身上的伤痛。阿云嘎小说在表现人与自然、人与社会、人与人，以及人身的灵与肉之间的关系时，总是坚持以人为本，和谐相处。

阿云嘎是一位擅长营造故事，同时也善于刻画人物的作家。在他的小说中，通常是人物在故事中出场，故事随人物而演进，不施匠意，不见斫痕，显得自然而然，水到渠成，包括寓言式的或富有传奇色彩的故事形成也是如此。作家似乎未动神色，而人物却以自己的言行活跃了起来，包括有了自己的性格，如：《大漠歌》中的吉格吉德、巴达玛日格，《“浴羊”路上》中的古勒格、扎木苏荣、珊丹、萨仁花，《第九个牧户》中的南斯勒玛、乌德巴拉、海里布，《燃烧的水》中的桑嘎、丹巴、额毕勒图、萨木腾、杭来玛，《有声的戈壁》中的游泳汉、嘎比拉、萨日莱、阿米坦、那木拉、莫德格玛等，这些人物无论着墨多或少，读者都会觉得活生生如在面前。总体上看，阿云嘎小说中的人物，绝大多数是属于平民化、生活化的，而且是取向低调的。除此之外，他笔下的女性形象普遍都是坦诚、宽容、善良的，普遍都从心底里珍重对美好人性的呵护，甚至甘愿以德报怨。

翻开阿云嘎的小说，很自然地读出作家的写作姿态，即会感到如同迎来一位朴实而平和的友人，可以轻松自如地去感知与感应。他的小说语言表达上的诚挚、自然，加之朴实而不乏灵性，往往可以自然而然地把人带入情境，以至于平中见奇，于淡中见趣，于自然中见深意，而且在不雕不琢间自成一格。

进入新世纪以来，阿云嘎用蒙汉文发表了不少短篇小说，还出版了好几部长篇小说。有的评论家把以阿云嘎为首的鄂尔多斯新锐作家的小说称为“新草原小说”。认为“这群新锐作家已经不满足草原小说仅仅表现浓郁的草原生活气息，体现本质的草原文化精神，提示独特的游牧民族性格、字里行间充盈着游牧民族的血脉和魂魄，而是以人类文化精神和审美精神的同感、共识、共享为创作起点，追求草原小说的人类文化品格和人类审美，竭力使作品具有穿越时空的思想张力和艺术张力。他们突破了以往作品对生命和人性思考的深度，突破了以往作品在创作方法上的理念和经验，以群体的智慧和力量在草原中国掀起了颇具冲击力的新草原小说旋风”（朱秉龙：《新草原小说：超越民族和地域的文化张力和审美张力》）。阿云嘎曾说过：“草原作家只有树立起跨越东西方的同一个世界、同一个梦想的全球文化意识，才能使具有草原文化神韵的草原文学在更广阔的空间大放异彩。”当然，阿云嘎没有忽视发挥自己本土文化的优势。他的新草原小说正因为既有草原文化神韵，又有全球文化意识，所以才具有了力透纸背的文化洞察力和丰富机智的审美性，产生了普遍性的人文价值和诗性价值。

对自然包括草原戈壁和动植物人格化的文学描述是阿云嘎新草原小说的一大特色。在工业化突飞猛进创造大量财富同时无情地破坏和毁灭人类精神的现实生活面前，草原在作家心目中“就像一个巨大的精神场域，守护着草原天地间的一切生灵，在草原上，天、人、动物、草木和睦相处互相依存。失去其中一个都不是完整的草原”（孟繁华：《作为地方性知识的“草原”》）。因此，人与自然和谐便成为“草原文学”审美追求的重要内容之一。在这一审美追求的观照下，“万物有灵”的这一原始宗教理念便演化成为：万物都是具备人一样的精神感知的生命，自然已不仅仅是作为人的生存环境而出现在作品中，而是作为叙述对象，与作品主旨密不可分的角色而存在。

当长篇小说《燃烧的水》中，一个外国人，为了获得草原上的财富——石油，倾家荡产独身一人来到草原，虽然经历了种种磨难，但“贪欲”像魔鬼一样缠住了他，最后变成了杀人抢劫王府财物的罪犯。而遭到了上天的严惩——被沙暴吞没，作品张扬了“草原”无比强大的人格力量。在《有声的戈壁》中面对人类的贪欲，戈壁发出了愤怒的吼声，对那帮形形色色的执迷不悟的人们，不得不搬出赫赫然深刻着“敬畏”两字的一块巨大的石碑来警告，面对日益物化了的人，作家终于按捺不住、替天代言，向人们发出了振聋发聩的警告，提醒人们要敬畏自然。大自然是有声的，力量是无可匹敌的，爱憎分明的生命体，它会毫不留情地惩罚人类对自然无休止的掠夺。作品展示了“草原”的伟大人格、面对人类的罪恶、作家在作品中对继承人类延续发展的女性，柔情万种，崇敬有加，赋予她们“佛性”的光环，这带有理想色彩的描述，与罪恶的人们形成了强烈的对比，从而透露出作家审美理想的悲悯情怀，也体现了作家对未来的寄托，表现了“草原”憎恶扬善的品格。

阿云嘎新草原小说的另一个特色就是与自然人格化描述紧密相连的作品寓言化倾向，短篇小说《黑马奔向狼山》就是一个现代寓言，一个关于追求自由的寓言。这篇小说是一篇用新草原文化意识反思农耕文化的令人刮目相看的佳作。农耕民族的土地承包责任制搬到草原，家家户户用铁丝网把自家的草场围起来，马便失去了自由奔跑的空间，屡屡被不是这家就是那家的铁丝网缠住受伤，并引发邻里间无休止的矛盾。最后，黑马无奈离开狭窄的草原和狭窄的人际关系奔向狼山。黑马为了追寻自由而不惜牺牲生命的勇敢选择和行为，成了一名英雄！一名以身殉自由的草原英雄，一名以死抗争人类愚蠢行为的当代英雄！阿云嘎通过草原文明和农业文明的生硬嫁接来表达历史的进步和精神的退步的立意，呼唤具有人类共同价值的草原自由精神和草原般宽阔的胸怀。《黑马奔向狼山》是篇寓言性很强的作品。从马是人的朋友变成人的仇敌，作品的隐喻性技术操作，成为小说的一大艺术亮点。从小说林林总总的具象描写里处处暗含着审美抽象，其艺术境界超越了题材的直接现实性而进入象征性层次，而象征性是艺术的世界语言。

阿云嘎新草原小说创作中寓言式的情境创造也是一个亮点。因为作家心中始终怀有一个理想的境界，包括关于自然和人生，而现实中的种种不堪与不适，却不免令其忧虑，这使他的小说创作中往往在显在的故事结构之中，内含有一个理想的情境，以作为故事或人物命运的参照，或者托寓。这使作品有了虚灵感，有了浪漫色彩，同时也便有了诗性。长篇小说《有声的戈壁》，写一个始终无缘标示自己姓名的逃荒者流落戈壁的经历，并通过他的经历写一个特殊的时代，以及那特定情境中的人生与人性。在那个时代里，接连出现了一些违背自然、违背人性的事情，因而引来了避之不过的天灾人祸。这是故事的显在结构，而作品中几次提到的“地声”之兆，则作为含有寓意的信息，传递出内在的批判态度，与切切劝诫之意。其中“古城”被狂沙埋没与小说结尾时的再现，也是其寓言式的暗喻。此外，长篇小说《燃烧的水》，以及短篇小说《旱》《鹰》《狼之歌》等，也以寓言式的情境创造而使作品富有超越性，而且显得意味深长。

历史小说的史诗化倾向是阿云嘎新草原小说的又一个显著特色。史诗化是历史小说创作努力追求的重要目标。也是考量一部历史小说文学价值的重要参数。草原作家创作了多部具有史诗品格的长篇历史小说，占据了“新草原小说”的半壁江山，这是值得肯定的。近年来，金黄色历史小说出现了一个在全国也属罕见的新的现象，即去史诗化现象。阿云嘎的长篇历史小说《拓跋力微》就是史诗化倾向十分显著的作品，这部长篇历史小说，取材于“鲜卑时代”，拓跋力微带领部众完成了鲜卑第二次南下，在当今和林县境内举行了“盛乐祭天”，宣布一个鲜卑族国家政权的诞生的这一历史。这个时代是一个充满了纷争、对抗的动荡时代，是一个北方少数民族与汉族相互竞争与融合的多元时代——题材本身潜藏着史诗的品格，但作家都采取了去史诗化的做法。小说一开始，就描写了已经104岁的拓跋力微在即将仙逝前的心理状况，拓跋力微说："好了，别想那么多了。让我们回忆进入草原的那个时候吧。"这似乎规定或暗示以下的内容应是在人记忆中的事件。作家巧妙地在小说开头就消解了读者对史诗的期待。而是随着小说的记述进入一个历史伟人的回忆中去。这一明确的去史诗化贯穿了整部小说。我们读到的是留在老人记忆中的那些充满了人生经验和生命感悟的历史事件，那些令老人激奋、欢乐、痛苦、悲伤的具有审美价值的历史生活片段，拓跋力微在弥留之际努力地睁开眼睛，费了好大力气才说："你去叫他们唱歌，全城都唱，唱咱们的鲜卑歌……"这场景令人肃然起敬，心灵感受到巨大的震动。作家在去史诗化之后，将笔锋深入到主人公的灵魂深处。真实地叙述了一位老人的心路历程，生动地表现了不同文化之间的冲撞与融合在人的精神世界中掀起的惊涛骇浪。成就了一部充溢着强烈现代意识的心灵史诗。

作者对历史的关注点不在历史本身，而是塑造不同历史人物的文化，是历史中多元文化的交锋和融合，确切地说，阿云嘎的长篇历史小说《拓跋力微》就是文化小说。

历史小说去史诗化现象的出现，揭示着新草原小说已开始具备完全属于自己的个性品格。

阿云嘎是新时期草原小说的杰出代表。

# 善缘成韵

## ——阿云嘎小说创作的艺术精神

宋生贵

阿云嘎先生是一位低调的作家。所谓“低调”，是就其处世状态而言，特别在涉及一己功利方面。所以，他对自己的创作及作品从不张扬，也不愿意让别人去张扬。这与他的做人风格是一致的。虽然说大千世界，人生万象，各有千秋，但就作家而言，我还是更赏识那些有内涵而不张扬者。我一直有一个比较固执的看法，认为太能张扬的人是做不了作家的，起码不可能成为有气候的作家，更与大作家无缘。因为爱张扬者必然是不甘寂寞，心浮气躁，总爱出头露脸，心性与精力更多地投资于外，因而不免内里亏空，流于浅薄，因此，很难有独到而深邃的思想，同时也不可能写出有厚重感的作品。与此相关，我通常不愿意与太能言说与造势的“作家”打交道，并基本不看他们的“作品”。作家者何？简而言之，即是以创作及作品成“家”者。作品是成就作家的根本，除此而外，任何运作与花样统统枉然！也许正是与我的这种观念与兴趣有关，我一向比较欣赏阿云嘎先生的创作，这首先是因为欣赏他那种沉静而宁和的状态。

作为通晓蒙语与汉语的蒙古族作家，阿云嘎先生自二十世纪七十年代中期开始涉足文坛以来，一直坚持用蒙、汉两种文字创作。他发表的主要作品有：长篇小说《人间》《有声的戈壁》《燃烧的水》《拓跋力微》《留在大地上的足迹》等，中篇小说《幸运的五只岩羊》，《大漠歌》等，此外，还有近百篇未曾结集的中短篇小说与散文、随笔等。我读不懂蒙文作品，而对他汉文创作的作品基本都有所涉猎。2009年春节前后，我利用休假时间集中阅读了他的两部长篇小说《燃烧的水》《有声的戈壁》和几个中短篇。在阅读过程中，有几个意念不时在我的脑海闪现，那就是“善缘”“自然”“诗性”等。直到读完最后一篇，待掩卷静思之后，我便提笔写下这四个字：“善缘成韵”。这该是我总的阅读感受了。

提及文学创作写“善”，也许有人会投来不以为然的一笑，认为未免太老套，太不“现代”与“后现代”了。的确，众所周知，写善、扬善，是中国文学艺术创作中的一个古老的主题，有关作品也不胜枚举。但是，古老的未必一定过时。就文学创作及文学所面对的选题而言，我以为依然是古今贯通的。因为事实上即使到了当下的全球资讯时代，人类所面临的仍然是历史上多次遭遇的共同问题：如，生死爱欲问题，即个人身心内外的和谐生存问题；权力关系与身份认同问题，即人与人之间如何和谐共处问题；人与外在环境的关系问题，即人与自然之间的和谐共处问题。追求这些方面的“和谐”，是古今中外人类文化的共同目标，是具有超越时空的普遍性的。当然，这种普遍性在不同历史时期和不同地域、不同文化环境中有着完全不同的表现，并进而形成不同的文化特殊性。可以说，从原始时期到现代，各种不同文化都在尽力探索这些有关生存之道的共同困惑与出路，而文学则可以在其中有所作为。对于侧重以叙事而写人物的小说创作来说，在表现人与自然、人与社会、人与人，以及人自身的灵与肉之间的关系（包括矛盾冲突在内）时，必然要涉及人性的追问。所以，善或善恶对立，作为人性中的存在，则必然会成为文学、特别是小说创作中永恒的命题。阿云嘎小说创作的“善缘”或善念，即是祈望人与自然、人与人、人的灵与肉之间，以善为本，和谐相处。

我用“善缘成韵”四字概括阿云嘎先生的小说创作，主要是基于三个方面的认识与把握，一是其创作的内在动力，二是其作品的艺术精神，三是其诗性的自然传达。

读过阿云嘎的上述小说，触发我再次想到这些年来曾多次于有意无意间想到的一个问题，那就是，人们为什么要进行文学创作？这同样是一个老问题，事实上也是一个不易言说清楚的问题。如果从形而上的本体论意义上追问，不免有些玄奥；若从形而下的实际表现看去，则可谓形形色色，实在复杂，此处不作详谈也罢。不过，有一点我的认知是比较明确的，那就是，一般来说，凡是对于文学创作投注以执著情怀者，往往是有一种内在动力的，特别是那些历数十年而始终孜孜以求，痴情不改者。这种“内在动力”，往往又是来自一种信念或信仰，是一个人的精神支点。若缺乏这种“支点”，其活动多半是游移不定、随波逐流或见异思迁的，有很大的趋附性。对于作家来说，在由相对确定的世界观和人生观浇铸而成的坚实的“支点”基础上，则需要确立对文学事业的信仰。文学信念（或信仰）与文学观念不同，后者更大程度上体现为人对文学的一种阶段性的认识（或认同），而前者则属于作家的一种异乎寻常的追求，是作家所恪守的类乎宗教信仰般的原则，并作为一个最高的目标始终立于心中。仔细阅读阿云嘎先生先后发表的大量作品，我们可以发现，作家是怀有一种深挚的信念的。而这信念更内在地投射到了同一聚光点上，那就是，对于善缘的珍重——包括人与自然之间、人与人之间、人的灵与肉之间。这种信念成为他人格心态的奠基，同时也便很自然地成为他潜心创作的内在动力。

如前所述，文学中表现善，古今均不乏其例。其中所见最多的，是将道德或宗教范畴的善，负载于文学之中，借助故事或人物而得以表达，所以，往往体现出“文以载道”的特点。阿云嘎小说创作的不同之处，是作家与善有缘，且以善缘而独步成韵，以至于形成自己的艺术精神。

所谓作家与善有缘，是我通过作品而对于作家的认知。我的判断是：作家自己是善念在心之人，为善几乎是其人生要义。正因如此，他对于善的感知与表达，总是灵犀相通，气息生动。这气息氤氲于他独有的创作“场”，于是便自然是别有韵致。譬如长篇小说《燃烧的水》，从故事层面上看，其情节的生成与交织点显然在“欲”上——人对自然界的征服欲、人对财富的占有欲、人的能力的展示欲，以及战胜他人等。这欲火从祖辈（郎和、哈拉金呼等）那时燃起，后继者愈燃愈旺——油田爆炸而燃起通天大火，抑或是一种象征，一种暗喻吧；而写其“燃点”是初始于法国人赛西亚的到来，这不仅拓宽了故事的空间，而且也表明人的欲望的延伸性。但是，当我们从时空交错、跌宕起伏的故事中走出之后，领悟到的恰恰是一种更内在的东西，那就是对人的贪欲的质疑，对善念的呼唤。我理解，这是作家创作的动因，也是作家的祈望。它是内在的，但却如灵魂与血脉一般存在于整个作品之中。把善念或善愿作为人类的大境界来写，这是阿云嘎小说的一个重要特点，也是其艺术精神的内核。请注意，艺术精神不同于我们通常所说的创作主题。

以“善缘成韵”来概括和评价阿云嘎的小说创作，除上述内在动因和艺术精神之外，还在于他的诗性表达，及其在相适生趣中以助“成韵”。我所说的文学创作的诗性表达，主要是指有灵性，有意味，有引人入境并触发人想象的魅力。阿云嘎小说创作总体的表达风格是素朴的、平和的。这样的表达何以体现诗性，又何以生趣、何以引人？这好比要以一些极普通的菜蔬来做出别具一格的美食一般，是尤其要见本事的。阿云嘎的本事是什么呢？在我看来，主要有如下三点，其一，是秉承“修辞立其诚”的传统；其二，是坚持“取法自然”的路径；其三，是寓言式的情境创造。单从这样的归纳来看，也许有人觉得似乎还是老套路，难以出新。不然。且不说这些本身既不老套，也不过时，更何况凡有自信，且有个性的作家，都会有能力使之各呈异彩的。我一直认为，在文学和艺术创作中，能够或曰善于“取法自然”，或趋近自然者，往往是需要有大自信与大境界的，而那些缺乏自信与境界的人，恰恰格外热衷于玩弄新花样，以图借此而引人耳目——用时髦的话说，这叫玩“包装”。阿云嘎小说创作表达上的诚挚、自然，以及寓言式的情境创造，与其所崇尚的善念、善缘相适成韵，因此，便于不雕不琢间自成一格。

翻开阿云嘎的小说，无须读太久，就可以很自然地读出作家的写作姿态，即会感到如同迎来一位朴实而平和的友人，可以轻松自如地去感知与感应。作家的创作智慧，是内蕴于中而淡出于外，总体表达始终不急不躁，从容不迫，加之朴实而不乏灵性的语言，往往可以自然而然地把人带入情境，以至于平中见奇，于淡中见趣，于自然中见深意。

寓言式的情境创造，是阿云嘎小说创作中的一个重要特点。这主要是因为祈望善缘的作家，心中始终怀有一个理想的境界，包括关于自然和人生；而现实中的种种不堪与不适，却不免令其忧虑，这使他的小说创作中往往于显在的故事结构之中，内含有一个理想的情境，以作为故事或人物命运的参照，或者托寓。这使作品有了虚灵感，有了浪漫色彩，同时也便有了诗性。长篇小说《有声的戈壁》，写一个始终无缘标示自己姓名的逃荒者流落戈壁的经历，并通过他的经历写一个特殊的时代，以及那特定情境中的人生与人性。在那个时代里，接连出现了一些违背自然、违背人性的事情，因而引来了避之不过的天灾人祸。这是故事的显在结构，而作品中几次提到的“地声”之兆，则作为含有寓意的信息，传递出内在的批判态度，与切切劝诫之意。其中，“古城”被狂沙埋没于小说结尾时的再现，也是其寓言式的暗喻。此外，长篇小说《燃烧的水》，以及短篇小说《旱》《黑马奔向狼山》《鹰》《狼之歌》等，也以寓言式的情境创造而使作品富有超越性，而且显得意味深长。

以上着重从三个方面认识并阐释阿云嘎小说创作的“善缘成韵”，及艺术精神，总的看法是，其崇善之愿与自然之法是和谐生趣的。与此相关，下面再来看看阿云嘎小说创作中的生态意识与女性形象。

可以说，生态意识是贯穿于阿云嘎小说创作的一大主题，几乎每一篇作品都会触及。他的创作并没有像某些作品那样，明确标举“生态文学”的名目，但是，在他的作品中，可以突出地感受到其对生态危机的关注与忧虑，对生态伦理异乎寻常的珍重。《燃烧的水》写自从草原上建起了油田之后，随着城镇高楼的矗立，街道上灯火的辉煌，上空多了乌烟，地下水位下降，还出现了母畜生出怪胎，绵羊长出门牙等怪事。用小说中萨满大师的话说，人对大自然肆无忌惮的掠夺，对自然环境的严重破坏，主要是来自人的贪欲，“因为人是越来越聪明了，也越来越贪婪了。一旦聪明与贪婪合在一起，那只有堕落”；“人这个东西呀，一旦把魔鬼释放出来，就必定被魔鬼牵着鼻子走。这就叫堕落”！这话像寓言，但显然又在警世。古人说：“天地有大美不言。”这是在天地受人关爱，并且处于和谐状态之时。如果人对大自然不敬不爱，以至动手破坏时，自然也会发怒，并施以报复。《有声的戈壁》中写道，1958年一支垦荒队伍进入达古图戈壁，要在这里垦荒建农场。“开来几台拖拉机，开始开垦草原。开垦是从水井旁边开始的。开垦面积越来越大，最后只剩下距水井十华里左右的那座敖包了。当那几台拖拉机按照指挥部的指令准备把敖包也垦掉，突突叫着向敖包进发的时候，地声突然出现了。那次地声持续的时间很长，一些人听到以后怕得发抖，有的人听到以后难过得流泪。”再如，流浪汉在饥饿的驱使下，在古城外杀死一头戈壁人家的骆驼，待他离城而去时，发现有成群的骆驼冲向古城，绕着古城跑来跑去，并且不停歇地哀叫着，“声音很凄惨，像是祈祷，像是诉说”。随后，一种可怖的景象出现了：“整个西北天空变成了一种十分奇特的暗红色。他立刻想起了那骆驼的血，便浑身颤抖起来。那个巨大的暗红色在不断地翻滚着，推进着，具有吞没一切的气势。落日的余晖很快被那个暗红色吞没了，天地变得一片混沌迷茫。他这才弄明白那个暗红色原来是风，是他从来没有遇见过的大风。”这寓言般的讲述，如同一曲醒世悲歌，令人震惊，同时也表达出一种大自然生态尊严的暗喻，发人深省。

短篇小说《“浴羊”路上》写草原上的蒙古族少年的生活情趣，他们生活得阳光而无邪，而且对自然界充满好奇与崇敬之情。小说中写站在鄂尔多斯高原上的少年视野中的自然景致：“在这里，你也许能看到马群从天地相接的远处奔驰而过，一瞬间变得无影无踪。还可以看到一两峰骆驼，一动不动地立在那里，像古老动物的化石。或许，你还能看到一个骑马或者骑骆驼的人。你会感到，人，在这里是那样渺小，人类一切活动，显得那样无力、可怜。这里只有大自然的雄伟和辽阔。”这别是一番美景，令少年崇敬与神往。短篇小说《鹰》写一只被捕的鹰，它虽然折断了一个翅膀，流了许多血，但却依然冷峻傲视，凛然绝食，以至使捕获者显得束手无策。是啊，鹰的世界在长空，失去了翱翔长空的自由，它宁肯死去。短篇小说《黑马奔向狼山》，写马与人、马与草场之间的关系，很有深意，耐人寻味。一方面是牧人那音太很喜欢他的那匹黑马，而且自从他得到那匹黑马，便又真正找回了牧人的感觉。小说中写道：“从那以后，那音太进入了一种陶醉的状态。他把十年前用过的鞍具翻出来修好，很认真地为马梳理鬃毛，完了就骑上马走得无影无踪。牧马人的骄傲与自信好像又回到了他的身上。”另外，是因为草场划块儿分到各个牧户之后，黑马失去了吃草和行走的自由。因此，使天性自由，且善于扬蹄驰骋的黑马屡屡遭受伤害——有的甚至下手很残忍，同时也引起了主人那音太与邻里牧户之间的矛盾。最后，通人性的——在主人那音太看来，甚至“比一般人都强”的黑马，被迫奔向狼山。“是的，黑马真的跑向了狼山。朝着那个没有人烟没有牲畜，只有荒草和狼的蔚蓝色的山脉跑去，它好像一点都不犹豫，越跑越快。”逃离人境而奔向狼山，这是黑马屡遭劫难后的无奈抉择。这个小说让人读来感慨良多，而且颇堪回味。如果我们把黑马看作一个象征的话，它会让我们想象到生命、自由和自然的关系，那就是，健旺的生命需要自由，而自由的起点和归属，皆在自然。这“自然”，既是指自然规律，也是自然而然的状态。这本身就是一个生态链。

阿云嘎小说中的生态意识，同样与“善缘”命脉相连。因此，善待自然、善待生命，是他的作品的重要命意。从他的作品中我们可以读出这样的启迪：有自然天地的广阔与宽厚，万物才可以自由生长，并衍生不息；万物生存（包括人类的生活与生存）并非只有相互加害、你死我活，人与自然、人与人以及人的灵与肉之间的和谐之美，远远胜过相互争斗、彼此残害之丑。珍重吧，善待吧，这是人性之美，也是人类的真正出路！

下面谈谈阿云嘎小说创作中的女性形象。阿云嘎是一位擅长营造故事，同时也善于刻画人物的作家。在他的作品中，通常是人物在故事中出场，故事随人物而演进，不施匠意，不见斫痕，显得自然而然，水到渠成——包括富有传奇色彩的或寓言式的故事形成也是如此。作家似乎未动神色，而人物却以自己的言行活跃了起来，包括有了自己的性格。如《燃烧的水》中的桑嘎、丹巴、额毕勒图、萨木腾、杭来玛、青巴图、哈拉金呼、郎和、赛西亚、乌吉木等，《有声的戈壁》中的流浪汉、嘎比拉、萨日莱、阿米坦、那木拉、德力格尔、莫德格玛、葫芦老汉等，《“浴羊”路上》中的古勒格、扎木苏荣、珊丹、萨仁花等，《第九个牧户》中的南斯勒玛、乌德巴拉、海里布等，这些人物无论着墨多或少，读来都会觉得活生生如在面前。

我在此特别探究他的小说中的女性形象，有两个原因，一是觉得他笔下的女性形象尤为传神；二是认为他所塑造的多数女性形象，都体现着作家理想的人格精神。因此，通过感受与分析他笔下的女性形象，则可以进一步把握其小说创作的艺术精神。

总体上看，阿云嘎小说中的人物，绝大多数是属于平民化、生活化的，而且是取向低调的。除此之外，他笔下的女性形象普遍都是坦诚、宽容、善良的，普遍都从心底里珍重对美好人性的呵护，甚至甘愿以德报怨。我理解，在阿云嘎所塑造的众多的女性形象中，恰也寄托了作家美好（甚或完美）的人格理想。譬如，纯洁无邪的蒙古族女孩珊丹、萨仁花（《“浴羊”路上》），明理而通情的驼倌之妻乌吉木（《燃烧的水》），善解人意的萨日莱（《有声的戈壁》），勤劳而宽厚的色布吉德玛（《野马滩》），忍辱负重的南斯勒玛（《第九个牧户》），等等。小说《旱》中的女主人公，对于素昧平生的过路卡车司机以诚相待，并投以毫不设防的信托，以至把自己家数十只羊在未留任何凭据的情况下让卡车司机拉走，到城里去卖，结果是受骗。这个“旱”，显然是有双重意味的，即，表层是写自然气候中的旱，而深层则是写现实中诚信的缺失——道义之“旱”，以及善良者对此的渴望。因此，“旱”也就成为一种象征。这便是以另一种方式表现出蒙古族女性待人以诚的可贵品格。作品中没有出现女主人公的姓名，恰恰隐喻其应有的普泛性。

长篇小说《有声的戈壁》中的嘎比拉，是上述阿云嘎几部作品中着墨最多的女性形象。她善良、宽厚、勤恳、聪慧，她通晓事理、富有爱心，且又能坚韧守志、无怨无悔，而所有这些，都是在平日里低调的生活中见出。她是草原博大情怀的象征，也是作家所褒扬的理想人格的集中表现。嘎比拉是数十年戈壁草原生活的亲历者与见证者。她虽然身处偏远闭塞、人烟稀少的地方，但是，自然环境的变化，政治风云的起落，世态人心的冷暖，等等，都使她置身其中，并且关系到了她自己的生活与生存。在“四清”运动中，她为了使因讲真话而遭受批斗的干部那木拉减轻“罪过”，主动出面把“责任”揽在自己身上，却使她付出了很大的代价，包括失去了与德力格尔之间魂牵梦绕的爱情。在每次风沙袭来前，她总是带着女儿萨日莱和儿子阿米坦，用自己家的毡子盖好井口，保护好那一大片戈壁上唯一的水源。她救了流浪汉一家人，并收养了他们实在无力养育的幼儿，并且始终待若己出。她收养了在沙暴中与驼妈妈失散了的小野骆驼，还给它起了很好听的名字宝日呼恒（意为“紫色的姑娘”）。为了让自己家的母骆驼给小野驼喂奶，她和女儿每天都专门为它们唱《劝奶歌》。作品中写：“从那天起，每天凌晨和黄昏，那支劝奶歌就按时唱起。有时候是萨日莱唱，有时候是嘎比拉唱。一直唱了十多天。一开头，那峰母驼根本不想认领它这个野孩子，又踢又撞，暴躁异常。但唱着唱着，它就安静了，望着遥远的天边，好像在沉思着什么，又似乎在回忆着什么。小驼羔这时候就拱向母驼的奶头。天边的霞光是那样地绚丽，戈壁静极了，悠扬的歌声向戈壁深处飘去……”这只是一段细节，但它与作品后面写到的四年后野骆驼宝日呼恒被流浪汉偷走，嘎比拉顶着沙暴，在茫茫的戈壁上唱起《劝奶歌》去寻找的情景相呼应，则具有了贯穿全篇的感染力，感到她那至诚至切的歌唱，几乎无处不在，禁不住让人为之动容，甚至落泪。嘎比拉的言行是极为朴素的，但作品通过写她的待人、待事、待驼——来自大自然的使者，以及对待周围的生存环境，则渐渐使一个自信而旷达的蒙古族女性，生动地走到读者面前。

当我们从阿云嘎的小说中走出，再反观其作品中的一个个女性形象时，可以发现，善良与宽厚可谓是她们普遍具有的性格底色。这便再次使我相信，对于他的创作而言，以“善缘成韵”作评，大抵不谬。

最后再谈一点感受。如今，我们随时随处都会感到商海大潮的茫茫水域，人们在商业性的奔波、劳碌、算计、忧患中，消耗着自己的体力、智力的同时，也不免消耗掉自己的生命情调和精神品格，极容易心浮气躁，甚至于有意无意间把自己与周围的气氛弄得紧张起来——当然自己也不免紧张——这其实是很不幸的。当此时，是尤其需要读书的，因为读书是调节与滋养人们心灵的良方之一。当然，前提是读好书。从这个意义上看，我以为阿云嘎的小说是可以列入选择对象的。读他的作品，可以使人除躁去急，扬善祛邪，以渐趋心气平和之境。

# 新时期蒙古族小说与游牧美学

丁　琪

在当代社会，游牧作为一种生产生活方式已经日渐式微，世界上的游牧民正在逐渐减少成为濒危少数族群，游牧人口占世界人口的比例已经小于1%，并且正在受到更多的压力而放弃他们的生活方式。但是游牧“作为一种观念、习俗、礼仪、传统或象征，仍闪耀着智慧的光芒”，成为前现代的自然生活和“高尚的野蛮人”的符号，在文化思想和艺术审美领域显示出了强大的生命力。这种吸引力与困扰共存的文化特征成为当代游牧美学的重要内涵和特征，贯穿于新时期蒙古族小说创作之中，以它为透视点可以更加清晰地观察整个社会转型时期蒙古族小说的文化思想传承、创新和审美变迁轨迹。

## 一、以传统游牧文化为思想根基

新时期蒙古族小说创作异彩纷呈、流派众多，但几乎都以传统游牧文化为内在思想支撑，所谓的游牧文化，“就是从事游牧生产、逐水草而居的人们，包括游牧部落、游牧民族和游牧族群共同创造的文化”，游牧文化作为一种经济类型文化主要是产业经济与民族的统一。中国北方的很多少数民族都创造过自己的游牧文化，但是由于蒙古族在十二、十三世纪横扫欧亚大陆并建立了统一全国的中央政权，对世界历史都产生了重大深远的影响，实际上成为游牧文化的集大成者和主要传承者，是中国北方草原游牧文化的代表性民族。游牧文化已经成为蒙古族的族群文化基因深深嵌入他们的族群记忆之中，并表现在文学创作里。在漫长的历史发展中，蒙古族文学已经形成了鲜明的民族风格，“逐水草而居”的游牧经济，“毛毡帐裙”“食唯肉酪”的生活方式和风土人情，以及“天苍苍，野茫茫，风吹草低见牛羊”的自然景色，使蒙古族文学散发着浓郁的草原生活气息，别具一种雄浑刚健之美。蒙古族历史文学如《蒙古秘史》《蒙古源流》以及《青史演绎》等作品以文史结合方式讲述了祖先的族源传说、黄金家族征战历史以及社会制度、风俗习惯、宗教信仰等，在传达草原游牧民族热爱自由正义的价值观念同时也展示了他们崇尚勇猛彪悍的审美理想。蒙古族文学的这些特殊美学趣味是由民族特定的自然环境和历史条件造成的，地处北疆的极度严寒和艰苦的自然环境锻炼了蒙古族强健的体魄和顽强的意志，游牧经济的移动特征和自然力的强大催生了他们对自然物的崇尚敬畏态度和追求人与自然和谐共生的理念，历史上连绵不断的征战和戎马倥偬的战斗生涯锻炼了他们英勇不屈的斗争精神，所有这些都对民族文学艺术表达产生影响，从而形成了蒙古族文学的游牧美学倾向，即把迁徙族群的生存经验上升到哲学思考和艺术审美的层面。

新时期蒙古族作家继承了民族传统游牧美学，突出了游牧民族逐水草而居的“移动性”特征，它体现为与狩猎文明、农业文明、工业文明等相对的、包括修辞意象和人物形象在内的一整套符号系统。游牧民族赖以生存的自然地理环境是“草原”，它是包括中国北疆丰富的自然生态在内的一个宏观概念，在作品中呈现为典型草原、草甸草原、沙漠草原、山地草原等多样化地域生存环境，它的地理气候特点是“地势较高，距海较远，边沿又有山脉阻隔，因而降水少而不匀，寒暑变化剧烈”。哈斯乌拉的《乌珠穆沁情话》《乌珠穆沁人的故事》、佳俊的《驼铃》等作品，展示了牛羊成群、水草丰美的茫茫大草原的独特风情；阿云嘎的《大漠歌》《驼队通过无水区》《天边，那蔚蓝色的高地》等作品富有西部高原特色，干旱缺水、黄沙漫天、高温炙烤的极端天气是故事发生的背景。作品中的自然环境不仅是地域文化标志，更打上了鲜明的民族特征，蒙古族的移动性生产生活方式、道德伦理和精神信仰的形成都与草原的气候、地理和自然力密不可分，而游牧民也永远在移动中歌咏着他们的家园，文学作品把他们的生存环境理想化和诗意化，隐喻为“母亲”“摇篮”“乳汁”“生命的源泉”等含义。与蒙古族游牧生活方式息息相关的生产生活资料等也被文学作品意象化，表现为骏马、勒勒车、蒙古包、羊群等组成的典型草原民族生活场景。蒙古族被称为马背民族，“马是他们生产生活的伴侣，马是他们最大的财富，马是他们与农耕民族相区别并且交流的文化符号”，在文学作品中骏马更是用来象征蒙古族自由驰骋的天性、宽广的胸怀和开拓的气派。阿云嘎的《黑马奔向狼山》《野马滩》，孛·额勒斯的《察森·查干》、海勒根那的《小黄马驹》等作品，虽然主题立意有别，但是骏马象征的传统文化含义几乎不变，其他如勒勒车、蒙古包、长调、奶茶、铜壶等物象均有相似性民俗符号含义。另外，草原游牧民依然是新时期蒙古族小说人物形象的主体，与农业文明中的农民、工业文明中的市民群体不同，游牧民的最大特征是迁徙，是依赖家畜和空间移动与自然的协调共存，这种天人合一的生存智慧在草原游牧民族中世代延续，这让他们看起来与复杂的现代工业社会和普遍的技术应用格格不入。痴迷驼铃回响和风暴呼啸而拒绝开大卡车的牵驼人吉格吉德（《大漠歌》），冒着生命危险穿过无水区就是为了去还债的达木丁、占楚布、海力布老爹（《驼队通过无水区》)，拒绝荣华富贵而执着于纯洁爱情的牧羊女珊丹(《“浴羊”路上》)，这些传统的牧民正如人类学者所概括的那样更像“高贵的野蛮人”，他们热爱自己的家园和祖先，过着极其淳朴简单的自然迁徙生活，不愿意进入靠工业技术推动的现代社会，不愿做出任何破坏传统生态的改变。

蒙古族作家们大多生活在远离草原牧区的城市，游牧对他们来讲只是一种曾经的生活经历或者是族群记忆。很多创作者是在城市定居与草原游牧两种生活的转换中获得了对游牧文化的自觉和关注，因而在思考和讲述的时候自然会选择游牧民与农耕民族、城镇居民的差异性和奇特性，并且是以文学意象化、符号化形式呈现民族整体文化状态，以片段、感性、细节想象方式讲述一种古老的文化类型的历史感、连续性和史诗特征。作品的最终思想指向是力图说明一种传统文明类型在当下和未来存在的合理性，作者倾向从历史、传统、日常生活中挖掘游牧民族的思想、价值观念和宗教信仰的魅力。比较典型的有阿云嘎的大漠戈壁系列，《燃烧的水》《有声的戈壁》《满巴扎仓》等长篇小说及《大漠歌》《野马滩》《驼队通过无水区》《赫穆楚克的破烂儿》等短篇，把现代工业经济侵入造成的冷漠、无情、贪婪的社会人心现状，与传统牧民们赶着畜群按着自然节律休息劳作的生活相对比，衬托出游牧者诗意栖居于自然怀抱的天然本色、浪漫气质和高贵品格。吉格吉德(《大漠歌》)就是传统牧人生活的缩影，从城市来的“诗人”对他的赞誉是：“牵驼人，你的名字就是自由、勇敢；你的脚印就是写在戈壁之上的诗行!”在这个充斥着机械技术和严重工业污染的当代背景下，游牧生活在文学中已经成为自然、生态、诗性的象征，代表着人类与自然和谐相处、诗意栖居和可持续发展的未来设想。

## 二、后游牧社会文学审美的内向化转变

新时期是蒙古族步入国家性现代化进程的重要社会转型期，二十世纪八十年代初开始内蒙古等草原牧区开始实施畜草双承包责任制，将草场的使用权和牲畜划分到户，并在九十年代后期实施第二轮草场承包责任制，这对蒙古族社会发展来讲是重要的社会转折，“草场承包不仅意味着草原产权制度的变革，而且还是牧民生产生活市场化的开始，草原牧区由此进入社会转型期，即从传统社会向现代社会的转型。牧民结束了逐水草而居的游牧生活，开始建设房屋，定居下来，享受一些现代化的生活设施，电视机、摩托车、电话甚至电脑进入草原牧区”。游牧民族的现代化意味着告别移动性生活开始造屋定居，并且改变过去以移动畜牧为生计的单一游牧经济类型，变为融合农业、工业、商业的复合经济类型社会，这正是研究者所说的“后游牧社会”，它最重要的特征是“游牧文化长期占主导地位的局面开始被打破，农业、工业作为新兴文化的因子，其影响不断扩大，地位不断提升，草原文化再度迎来了多种经济文化并存统一的格局。具体地讲，游牧文化作为一种生产方式和生活方式，其作用和地位已今非昔比，日渐式微”。尽管有汗牛充栋的材料和数据来论证这种变化的必然性、取得的现代化成果等，文学审美还是更多关注经济快速发展造成的传统文化遗失以及由此带来的巨大心理和情感震荡，如作家阿云嘎感叹：“在如日中天的工业文明和商业文明面前，我们民族的传统文化就是那轮正在下沉的落日和那面逐渐暗淡着的晚霞。”作家满都麦也充满忧虑：“不知从什么时候起，马背上的民族纷纷跳下马，不分男女老少，都被现代化交通工具所吸引，乃至牧民们也骑着摩托车放羊。这究竟是异化，还是进步的象征呢?”作家的思考总是聚焦当

代游牧社会生活的变迁，深入到游牧族群的内在精神情感层面进行文化反思。因而文学中的游牧美学它不再简单沿袭把迁徙族群的生存经验上升到审美层次的传统游牧美学套路，而是表现出后游牧文化时代在多重维度、大文化视野和并不乐观的现实处境中思考民族文化复杂深沉的思想特征和审美内向化转变。

在这种文学审美内向化转变中，游牧社会不再是牧歌荡漾的草原，牧民也不是“高贵的野蛮人”的变体，他们都是处在社会和文化大转型时期的矛盾体，跟进意味着自我迷失甚至是一种文化的消亡，坚守会错失发展的历史契机，况且现实中也没有给他们的这种想法留有更多的余地。因而陷在民族性与现代性中的挣扎、站在现代化门口的忧伤回望是新时期牧民的典型情态。《大漠歌》中的吉格吉德就是后游牧社会牧民的代表，作为沙漠里的牵驼人，它需要自由的心性、坚强的意志、强健的脚力以及神圣的向往，而吉格吉德似乎具有这一切天赋，从十七岁起就成为一名优秀的驼倌，他的父母觉得梦想成真，他也开始了新生活。但是后来情况慢慢发生变化，他的穿着打扮受到年轻人的嘲笑，他的驼倌职业在卡车运输时代变成了小伙子们的笑话，从小一起长大的其其格玛姑娘失望地离开了他。在沙漠孤独的旅途中巴达玛日格寡妇的温柔体贴给了他巨大的心灵安慰，不过很快他就发现她的理想是找一个能干的人安居乐业，那个开大卡车跑运输的司机更合适，他只好离开心爱的人听着驼铃孤单地行走在沙漠里。吉格吉德的生活尽管是合乎自然却面临着没有生存空间和出路的困惑。正如研究者所说：“牧民的文化特征同时代表着它的吸引力和困扰。它的吸引力在于它适应那种贴近自然的未开发的‘简单生活’，而这恰恰是在技术驱动的‘现代’社会中越来越被渴望的某种东西。牧民文化正因为它拒绝适应现代世界而导致它自身的衰落，而现代世界里没有空间留给流浪的、‘自然的’游牧民。”现代工商业经济主导的社会被技术和机械所驱动，追求的是速度、效率、舒适、精细，传统游牧民那种天然、慢节奏、磨砺式、混溶一体的生计方式被挤压得失去了空间，他们即使是坚守到底能撑多久，还要付出多少物质代价和精神情感的创伤呢？蒙古族小说中一直弥漫着这样一种困惑伤感的情绪和矛盾焦灼的心理。

在新时期蒙古族小说中，游牧文化的魅力和诗意不可能是静态的呈现，而是在与工业文明、农业文明发展的矛盾冲突中体现出来，美学风格由传统的刚健清新、昂扬飒爽转变为婉转低回、深沉厚重。马、骆驼等传统具有生命特质的生产生活工具与现代机械的对立冲突是作品中经常出现的叙事，象征着游牧生活方式受到工业化、电器化、定居模式的冲击，背后是蒙古族传统天人合一的生态观念与工业社会功利思想、贪婪的欲望、向自然的无尽索取和掠夺式开发之间不可调和的矛盾，创作者作为民族文化代言人对这种社会的“进步”“发展”充满了担忧。《大漠歌》中吉格吉德就是喜欢牵着骆驼在大漠中日夜兼程的感觉，但是现代化的东西已经不可阻挡，它受到年轻人的追捧，现代社会机械提供的效率、便捷使人自身能力退化，但是它却成为了发展的方向，所以传统牧人的悲剧就在于他们清醒但是孤独，以一人之力无法抵御现代车轮对草场和人心的碾压。

《黑马奔向狼山》也延续着这样一种传统与现代冲突的叙事模式，那音太还留恋过去牧马人的生活，喜欢骑上骏马在草原上驰骋的感觉，从姑娘媳妇们发光的眼睛里他感受到，“男人的世界在马背上，蒙古人骑上了马背就感到天高地广”。但是草场承包到户以后牧民用铁丝网把自己名下的草场围了起来，根本没有马匹自由飞奔的空间。那音太的黑马因为自由奔跑受到牧户的围追堵截，最后带着累累伤痕奔向了荒无人烟的狼山。作品把黑马的“通人情”与牧民欲望膨胀下的“无情”进行了对比，黑马留恋家乡但更留恋它现在的主人，所以一直踌躇着不肯走。倒是现代社会的人在利益观念支配下变得无情无义，为琐事斤斤计较、邻里冲突不断，甚至连一匹马的奔跑都容不下，更主要的是有了机械替代之后牧民们都觉得马是多余。这种社会转变恰恰说明现代社会的空间分割观念、功利之心、机械化生活方式对生命的深层伤害，不仅是挤压了他们的生存空间，更剥夺了人的同情、悲悯、包容等丰富情感和高尚道德情操，这种内在文化冲突和理性拷问使新时期蒙古族小说笼罩着深沉厚重的文化反思特征。

## 三、新时期游牧美学的独特性

文学创作中游牧社会魅力与困扰交织的美学形态不仅是基于社会转型期的现实境遇，同时还是一种文化思潮与学术传统向文学领域的延伸，它与二十世纪后期全球范围的人类学文化转向有潜在关联。人类学家摩尔根的社会进化论中对“游牧”有一个大致的定位，认为“在进化序列上低于农业，是一种过时的落后的模式”。值得庆幸的是，人类学给二十世纪最重要的思想献礼就是“文化相对主义”，它反对用种族优劣高下或遗传特性来解释不同人种在历史上的兴衰以及基于种族主义的“文明／野蛮”的人群划分尺度，而倡导“所有的人群和文化都同样值得研究”，都有它独特的存在价值和意义。这种文化思潮带动的是文学上的文化寻根热，从二十世纪八十年代开始原来被忽视的地方、边缘、民间的文化魅力成为文学表现的重点，蒙古族作家正是在文学视角向边缘移动的审美语境中获得了对本族群文化的自觉，通过文学重构一个古老的游牧民族的历史与现实，以此“证明自己的文化不是落后过时的，而是综合性的，有极强适应性和生命力的文化样式”。活跃在文本中的是传统的牧羊人、牧马人、牵驼人、沙漠中的向导、草原上的摔跤手、勤劳善良的额吉、纯真无邪的姑娘等人物形象，他们不再是“体格和道德优于文明人而物质条件和技术水准低于文明人”的“高贵的野蛮人”，而是葆有各自独特的心灵世界又信奉着共同的道德理想和价值信念的当代社会生活中的族群，丰富多元的人格形象体系彰显了当代蒙古族文化特色，某种程度上瓦解了长期以来存在于文学艺术之中对蒙古族僵化的人格想象。它并非倡导回归复古主义价值观，而是“只要求简朴纯真的生活理想，这种理想并不必然回溯到历史的某个已经逝去的时期”。它设想在现有自然和社会条件下人类能保持对宇宙自然的神秘敬畏之情和虔诚的宗教情怀，过着一种天然、纯真、简朴的生活，以抵御现代社会人类中心主义价值观和发展主义的工业神话。作品中传统的诗意生活和民族文化精粹具有鲜明的文化反思特征，潜在反思对象是起源于西方的现代工业文明。

在这样一种边缘、地方和民族崛起的文化思潮中，现代社会激荡下复苏的民族生态伦理与文化哲学省思凝聚为一种新的游牧美学独特性，主导了新时期蒙古族小说创作。其中生态文化是蒙古族文化中最有特色、带有起源性的文化思想，其“崇尚自然”的核心理念使游牧美学散发出充满生命活力的绿色光环。“崇尚自然”的思想观念与北疆游牧民族的生态环境和植被条件十分脆弱有关，它直接作用于人的精神情感和文化心理从而形成富有游牧民族特色的文化体系，体现为万物有灵的原始宗教，对动物、植物的图腾崇拜，严禁破坏草场、污染水源的法律制度，移动性生计方式和融入自然的居住观念等。这种生态文化思想“正是千百年来草原民族在自然条件相当恶劣，生态环境相当脆弱的草原地带既要生存发展，又能把基本完好如初的蓝天绿地传给后代的原因”。阿云嘎的《野马滩》《黑马奔向狼山》等作品以“人与马”的关系演变为弘扬人与自然万物生命平等、和谐共生的思想。满都麦的《瑞兆之源》以额吉不放弃任何生命的感人故事象征草原母亲的性格特质。这样的作品比比皆是，蒙古族作家以此提倡民族传统的诗意栖居的绿色生存理想，其核心内涵是强调人是大自然的一部分，大自然可以没有人但人不能没有大自然，因而应怀着对自然的敬畏之心有限索取，在移动和分享中维持生态系统联盟，否则人的世俗贪欲无限膨胀最终毁掉的是人类自己。

新时期以来民族美学对游牧文化的哲学省思倾向也同样值得关注，现实中少数族裔生存空间的萎缩恰恰激发了它在文艺思想领域的文化自觉和高扬，以民族的器物和思想为美的潮流在学术思想和大众文化传播领域如火如荼，音乐、美术、摄影、影视剧、文学、大众旅游等共同制造着“民族风”的视觉景观和文字记载。相比较其他艺术形式而言文学的民族审美更加注重少数族群的精神情感和内在心理宇宙层面，更加注重对原住民历史与现实生活的文化反思和哲学内省，这为身处地理与文化双重边缘因而现实生存处境不是那么乐观、但是带着民族的期许充满未来指向意义的文化共同体提供了艺术表达的载体。它继承了传统游牧美学的审美特征，比如基于地理与历史条件的对“勇、义、力”的审美偏向，对传统祖先族源神话的集体记忆的渲染，对“苍狼与白鹿”神话传说的信仰以及由此衍生的阳刚阴柔的性别秩序的强化，等等，但是它最重要的特征却是融合当代社会现实的对游牧文化的哲学反思。

蒙古族文化发展和传承所遭遇的农业文明的冲击和现代工业文化的挤压尤为被关注，它引起的心灵情感震荡和忧思是典型的对“消失”的眷恋和追怀，充满着孤独寂寥的哲学思辨意味和对现实无奈感伤的色彩。在这些作品中，民族审美发生了由道德伦理指向到哲学省思的重要转向，由过去更加注重单一文化的道德、价值等方面的评判，到新时期在多元文化视野中辩证思考“野蛮／文明”“自然／工业”“游牧／定居”“中华民族／少数族裔”“中心／边疆”“进步／倒退”等范畴的互动关系，由过去人本主义思维下侧重对人的塑造和人的道德、品性、价值等方面考量，发展到在“天地人”的结构关系和较长历史时段中凸显游牧民族的生态思想和物我合一境界。在这种哲学思维模式中，蒙古族游牧文化的合理性、科学性和智慧特征得到充分展现，它诗意栖居的生存隐喻成为游牧美学的亮点和对未来的彩色寓言。

# 阿云嘎——为大漠草原而书

李菡丹

——我们少数民族作家应该利用自己的优势表现各自民族的文化特色，形成一个五彩缤纷的中国文学。

四十年，他笔耕不辍，致力于小说创作，代表作有长篇小说《人间》《有声的戈壁》《留在大地上的足迹》《燃烧的水》《拓跋力微》《锡尼喇嘛》《满巴扎仓》，儿童中篇《幸运的五只岩羊》《小说创作谈》，短篇小说集《大漠歌》，另有《有声的戈壁——阿云嘎小说精选》一部。此外，他还有近百篇中短篇小说、评论、散文、随笔刊登在各种刊物上，部分作品被翻译介绍到英、法、德、朝、南斯拉夫、蒙古等国家和台湾地区。他就是草原之子、蒙古族作家阿云嘎，内蒙古文联第五、第六届主席，曾获内蒙古自治区“索龙嘎、萨日纳杰出贡献奖”“内蒙古自治区文学艺术家突出贡献奖”。他常以收敛的笔触、平静白描的手法，将笔墨放在细节的描述上，将隐忍的关怀倾注在人们的命运上，倾诉一种淡远而忧伤的情绪，表达一种源自文化深处的忧虑。

作家的使命就是深刻地反映生活现实，同时用温暖的人性光辉去照亮人们的心灵，指给人们光明的生活前景。阿云嘎坦陈：“什么是中国文学？其实就是中国56个民族的文学。中国少数民族文学应该承担丰富中国文学的使命，我们少数民族作家应该利用自己的优势表现各自民族的文化特色，形成一个五彩缤纷的中国文学。这是我们的责任。”

## 奔跑的作家梦

阿云嘎于1947年出生在内蒙古鄂尔多斯鄂托克旗包乐浩晓苏木一个叫敖伦淖尔的地方，是个地处偏远的荒漠草原。偏远到什么程度？阿云嘎说：“在1964年我去呼和浩特上专科之前只乘坐过两次汽车，第一次是走了几百米，第二次走了三十多公里，去呼和浩特是我第三次乘坐汽车，并第一次坐火车，在那以前我都没见过火车。”说这话时，阿云嘎的目光飘向远方，思绪也回到了五十年前。1964年，阿云嘎初中毕业，考入内蒙古蒙文专科学校翻译班，这是他人生中的第一个转折点，他从偏远的牧区来到了自治区首府呼和浩特。四年毕业后，他被分配到鄂尔多斯报社，之后历任鄂尔多斯广电局副局长兼蒙文编辑部主任，伊克昭盟党委副秘书长（伊克昭盟即现在的鄂尔多斯）、秘书长、盟委委员等职。1995年，阿云嘎被任命为内蒙古文联党组书记，从盟市调入首府，1999年起当了两届内蒙古文联主席，2010年文联换届后按惯例又任了两年自治区人大常委。

这就是阿云嘎的人生轨迹。但是，他却微笑着说自己还有一套“履历”，那就是他的文学创作道路。“在我的人生中始终贯穿着对文学创作的追求，从未间断和动摇过。”阿云嘎回忆说，“在上小学的时候，我就对文学着迷，当然刚开始还分不清文学和纪实文学，凡是好看的东西就读。后来大概到了小学五年级，我懂得了文学作品是由人创作出来的，创作文学作品的人被称为作家。从那时起，我就梦想当个作家。”

回顾写《大漠歌》的过程，阿云嘎认为有一点起到了很重要的作用，那就是“从开始写的时候起，我已经处于一个激动的状态，我完全放开了我的思绪，没有任何束缚，想怎么写就怎么写。我认为，对一个写作者而言，这是最佳状态”。

在小阿云嘎的心目中，作家就像天空中的星星一样可望而不可即。记得上初中时，他给内蒙古的蒙古文综合性文学刊物《花的原野》投过几次稿，写的都是诗歌，“那时候的编辑很负责任，每次退稿都附有短信。短信都是统一格式打印的，空白处写着我的名字和作品名称。我将那几封退稿信珍藏了好几年”。遗憾的是随之而来的“文革”让一切文学刊物停刊，任何出版社都不可能出版文学书籍了。但阿云嘎说自己的作家梦还在，对文学的热爱也还在。“文革”中，不知道是哪位同学撬开了学校图书馆的窗户，大家开始从那里搬书。他们把书抱来塞在床底下，我的床下也塞得满满当当。于是，我就成天看那些书，真是太惬意了。”

1968年，当阿云嘎被分配到鄂尔多斯报社时，报社资料室已经被砸烂，藏书堆在印刷厂大库房里。“管理库房的老工人允许我们去搬书，因此我的床下又一次塞满了书，有《战争与和平》《安娜·卡列尼娜》《沫若文集》，还有建国10周年出版的我国文学精品单行本，还有好几年《文艺报》的合订本。我最喜欢的是《文艺报》里的文学评论，正是那些评论让我明白了小说创作的基本要求和原则。”“说来也有意思，我，包括与我一样年龄的作家，关于文学的启蒙教育是在我国文学大萧条时期得到的。因此，当全国的文艺政策开始松动时，一大批文学新人的名字出现在报刊上。”“文革”后期，阿云嘎开始发表作品，第一次变成铅字出现在《内蒙古日报》上的是一首诗，共三十二行，题目是《鄂尔多斯沙漠的春天》，那一年是1973年；第二首是他去“五七干校”接受“锻炼”时写的《五七抒怀》，发表在《鄂尔多斯报》上；还有一首是歌颂“牧区大寨”乌审召公社的，收进了某部诗集里。然而，此时的阿云嘎很快意识到“自己天生缺乏诗的思维，我不能够将我心中的好多东西用诗表达出来”。于是，他开始试着写小说，第一个短篇发表在1976年11月11日《内蒙古日报》文艺副刊上，题目是《鹰飞不过去的沙梁上》，写的是学大寨的内容。“如今再看，我的第一个短篇写得根本不成样子，一大片沙漠，连雄鹰都无法飞越，但人们却在改造它。写法也是模仿那时候‘战天斗地’的作品。”

自此，阿云嘎一直写小说，至今已经写了近四十年了。想怎么写就怎么写，当被记者问及，“在您的所有作品中，您最满意的是哪一篇?”阿云嘎坦率地说是1980年代他写的两个短篇——《大漠歌》和《“浴羊”路上》，这两个短篇都获得内蒙古自治区文学创作“索龙嘎奖”一等奖。“《大漠歌》体现了我小说创作中的一个转折。在那之前，我写的小说地域特色、场景描写、人物个性都不理想，而且内涵也不够深刻。写《大漠歌》的时候就有了变化：首先，小说里的场景是毛乌素沙漠里一个风沙漫天的深夜，一个孤独的年轻人牵着骆驼顶着风沙在走。场面感就比较浓厚了。这个年轻的牵驼人要去哪里?他是要去一个相好的女人家里住宿。但当他顶风冒沙赶到女人家时，却发现一个开汽车跑个体运输的人住在她家。在草原上，一种传统的运输方式是驮运，现在他这个古老运输方式的传承人却不得不败在汽车运输方式面前，他只好牵着骆驼离开了女人。但我在这篇小说里并没有批评牵驼人的落后，而是歌颂了他身上很多美好的东西，比如他对自由生活的追求，他对爱情的观念，他对传统方式的热爱等。”

阿云嘎称自己在《大漠歌》中想表达的是，传统的东西里有好多美好的内容，只是因为社会的发展我们不得不丢弃它，这是一种必然，也是一种悲剧。

在多年的写作中，阿云嘎称自己也悟到了一些东西。在写《大漠歌》的过程中，那是一个冬天的傍晚，他下班后顶着风沙骑着自行车走在回家的路上，“那天的风确实很大，我边蹬自行车边想着我小时候的情景。在我小时候，遇到这样的风沙天气，有时候就会传来驼铃声。那是从荒原深处传来的，说明有驼队过来。驼铃声越响越近，不久牵驼人的歌声也传来。牵驼人是孤独的，大概是为了消除途中的寂寞，他们总是放开嗓子唱……”就这样边走边想，阿云嘎开始激动起来，也好像看到了小时候的情景。回到家吃完饭，他就铺开稿纸写出了最初的段落：落日时分，在风沙弥漫的荒原上，一个年轻人牵着骆驼在艰难地行进……“这个年轻人要去什么地方？会遇到什么？我都没有想好，只是想把已经想到的场景记录下来。写完这个段落，下边的情节又出现在我的脑海里。就这样，我写了几个晚上，小说就写成了。假如那天傍晚我没有在风沙中走在街上，比如我出差到了别的地方，我会想起写这个短篇吗？不可能。所以，有的文学作品的产生是很偶然的，可以说是可遇不可求的。”

回顾写《大漠歌》的过程，阿云嘎认为有一点起到了很重要的作用，那就是“从开始写的时候起，我已经处于一个激动的状态，我完全放开了我的思绪，没有任何束缚，想怎么写就怎么写。我认为，对一个写作者而言，这是最佳状态”。

而《“浴羊”路上》写的是三个十五六岁的男孩性意识的觉醒。三个男孩跟比他们大几岁的两个姑娘一起走上了浴羊（为羊洗澡）的路，他们原本是羞于跟女孩子同行的，但那一天他们几乎同时发现那两个姑娘是那样地美，第一次在心中产生了一种异样的冲动。接着，他们的表现显得很可笑也很可爱，他们本来觉得两个姑娘很美，却拼命掩饰这种感觉；他们仇视接近两个姑娘的年轻人……浴羊结束了，他们觉得自己长大了。阿云嘎说：“我之所以喜欢这篇小说，是因为我没有写政治思想、道德等东西，而是写了纯粹的人性。”

除了短篇，阿云嘎也写过好几部长篇，其中《满巴扎仓》的蒙古文稿在内蒙古的刊物上发表后，又被译成汉文发表在《人民文学》上，现在正被译成英文。这部长篇写的是民族文化遗产传承的困境：明朝烧毁了元上都藏书阁，其中的一部蒙古族的药典从大火中被抢救，流落民间，后被鄂尔多斯右翼中旗的一个叫满巴扎仓的寺庙所收藏，到了清朝，宫廷又在寻找这部药典，引发了一系列错综复杂的争斗。这部长篇获得“朵日纳”大奖。阿云嘎坚称，“感觉”在他的文学创作中具有特殊的意义。“在长篇小说《满巴扎仓》中写到的满巴扎仓这座寺庙是真实存在的，就在我的老家鄂托克旗北部山里。1964年，在我第一次离开家乡奔赴呼和浩特念书时，我曾路过那里，并去参观过。寺庙在半山坡上，当时已经没有人了，但建筑还算完好。一座半山坡上人去屋空的寺庙给人留下的感觉是非同一般的，它不仅显得荒废，还显得神秘，似乎其每一间房屋里都隐藏着故事。从那以后，我再也没有去那里，时过几十年，那座寺庙的具体样子早已变得模糊，但那种破败、颓废、被遗弃的感觉在我的脑海里却变得越来越清晰，给我提供了很大的想象空间。”阿云嘎坦诚地说，如果没有这种感觉，《满巴扎仓》这部长篇可能是写不出来的。“我非常重视感觉，没有感觉宁肯不写，有了感觉就跃跃欲试。”

家乡人影响着我。阿云嘎称自己最先接触的是内蒙古的玛拉沁夫、敖德斯尔等人的作品，而且一直喜爱。“他们在作品中描写的草原场景、人物都是我所熟悉的，很亲切。还有上世纪五十年代蒙古国的作品，在我的阅读经历中占有重要的位置。那时候，我国和蒙古国的文学交流很广泛，我这个年龄段的内蒙古读者对他们那些文学大家的作品都相当熟悉。他们写的也是草原生活，蒙古人的生活，读来感到亲切。”他还强调，“当时的内蒙古读者是通过蒙古国的翻译，认识了俄罗斯以及前苏联的文学，当然也大量阅读我国的汉族作家的作品，都是通过蒙译的，如《青春之歌》《林海雪原》等。”

随着改革开放，中国读者有机会接触世界各国的文学，阿云嘎的文学视野大大地扩展了，正是在这个阶段，他喜欢上了雨果、屠格涅夫、艾特玛托夫。“其实，凡是爱读小说的人都有自己的喜爱倾向，总是特别喜爱某几个人的作品。对普通读者而言，这大概跟其审美倾向有关，而对作家来说又跟他的追求有关。当他发现自己想写而又没有能够写出的一些东西在别人的笔下淋漓尽致地出现了，他的内心肯定会产生一种共鸣，产生一种崇拜心理。而我比较喜欢一种冷峻、粗犷的风格。”在多年的创作中，阿云嘎说对他产生最大影响的“当然是我家乡的人们”，“我的优点和缺点，我的成绩与局限，都来自那里。他们对我的思维方式和行为方式的形成，对我性格的形成，对我的人生观和价值观的形成起到了决定性的作用”。

“我离开家乡已经好多年了，但我却越来越觉得家乡人的身上有挖掘不完的东西。每当我回忆起家乡人，总是抑制不住地动感情。他们是一些什么样的人呢？他们是一群与世无争的人。我们总要求年轻人去认识社会，但不了解这些最底层的老百姓，你就不会懂得社会是什么。我们还常说社会的良知，但不同情这些人就是社会良知的缺失。这样一种认识和情感，对我的作品当然有影响，并且决定了我的作品的基调。”曾经，《民族文学》让阿云嘎写创作感言，他写道：“从某种意义上讲，小说是弱者的心声。”阿云嘎在小说里就写过不少弱者，“弱者之所以变成弱者，其原因五花八门，他们当然跟其他人一样也有缺点，但他们是可爱的、善良的，是我们整个社会的主要根基”。

阿云嘎给记者讲了几个他自己亲历的小故事。“在我上小学三四年级的时候，班里来了一名同学，叫青格乐达赖，学习很好，很聪明。但没过几个月，他辍学了，因为他的继父将他赶出了家门，而他母亲又没有能力保护他。从那以后，我们每天看见他背柴火到旗所在地小镇里卖。一个孩子的生活轨迹就这样被改变了。他背柴火经常路过学校门口，我们看到他背负着巨大的柴捆，艰难地、慢腾腾地走过。后来有一次我与他在街上相遇了，还说了几句话。说了什么我已经记不清了，但我当时的心境却至今记得。我当时突然产生了一种类似负罪感的感觉，觉得在他面前十分尴尬。也就是说，我看到了他的不幸和我自己的幸运，这个差距让我感到羞愧，好像我从他那里抢了什么似的。现在我有时候还能想到他，不知道他后来怎么样了，现在在哪里。”“1964年，我到呼和浩特念书，这在我们那个偏远的家乡，是很让人羡慕的事情。每次我放假回家，一位牧民老奶奶都要来看我。她是那样由衷地为我的好运高兴，每次都带给我新制作的奶食品，让我说说呼和浩特的所见所闻，有一次还给了我两元钱。她跟我非亲非故，为什么要这样？而且我知道他的孙子曾经跟我同班，小学没有毕业就辍学了，但她却为我高兴。我想这就是一种善良吧。”

还有一件事让阿云嘎终生难忘。那是1980年代，阿云嘎任盟委副秘书长，协助副书记分管落实政策工作。落实政策这个提法在当时有特定的含义，指平反冤错假案，为受害人提供一定的补偿。当时“文革”结束才几年，落实政策任务很重，每天都有不少人找他，其中有一个姓张的年轻人，是盟所在地附近的农民，“文革”中被当作强奸犯判刑，后来因为事实不清放了，但罪名没有被否定。一个未婚青年的名誉就这样被毁掉了。但困难在于，这是一个经法院判决的案子，法院宣判他无罪之前，谁都解决不了他的问题。有一次，这个年轻人又来找阿云嘎，说在附近煤矿挖煤，接着拿出一个信封放到他前面，说里边是一些与他的案件有关的材料，让阿云嘎慢慢看，说完起身就要走。阿云嘎叫住他，打开信封一看里边是钱，“估计是100元钱，全是一元面值的票子。我立刻将信封扔给了他，说以后不要来找我。结果他哭了，还说了一句‘我没有办法呀……’说完走了。我立刻惊呆了，接着陷入了深深的自责。一个冤狱的受害者，一个靠挖煤维持生计的人，我不收他的钱是应该的，但也应该说几句暖心的话，安慰几句呀！”阿云嘎说这件事对他来说是个深刻的警示，对他以后的作品影响很大。“我的作品中如果有一种孤独感，悲剧意识等，那都是生活给予我的。”

谈及我国少数民族文学的未来，他认为，少数民族文学的内在活力决定了其未来发展的竞争力。“从作者层面看，主要是各民族是否有一群具有创作实力的作家，但支撑这些作家创作的应该是他们对各自民族文化精神的理解。”

# 阿云嘎："民族寓言"的书写者

赵富荣　鲍丽丽

弗雷德里克·詹姆斯所说的"民族寓言"，就是指"第三世界的文本，……总是以民族寓言的形式来投射一种政治：关于个人命运的故事包含着第三世界的大众文化和社会受到冲击的寓言"。詹姆斯在对第三世界和第一世界的文化差异比较之后，认为第一世界的"文化确信"，是"认为个人生存的经验以某种方式同抽象经济科学和政治动态不相关"；而第三世界的"文化确信"，是"讲述一个人和个人经验的故事时，最终包含了对整个集体本身的经验的艰难叙述"。也就是说，第三世界文本中个人命运只是集体的必然、共有的命运，总是包容在大众文化之中；而个人命运也有普遍、连贯的意义，讲述的是民族、集体和国家共有的故事。詹姆斯对第三世界文学的分析给我们分析阿云嘎的作品提供了认识的角度、立场和方法。作家阿云嘎从1976年开始致力于小说创作，长篇小说《人间》《有声的戈壁》《燃烧的水》《锡尼喇嘛》《满巴扎仓》以及短篇小说集《大漠歌》等作品为大漠草原而书写，小说从个人的生存经验出发，将隐忍的关怀倾注在小人物的命运上，表达了对本民族在现代化进程中的经济转型、生态环保，民族文化精神弘扬、传承及保护，民族历史的发展变化等方面的思考，包含了“集体本身的经验”，有了詹姆斯所说的“民族寓言”的特点。阿云嘎“民族寓言”的书写与其创作历程、时代氛围的变化、文学思潮的演变紧紧地联系在一起，从自发走向自觉，是逐步形成和逐渐深化的过程。

二十世纪八十年代，阿云嘎创作初期，以《大漠歌》为代表，关注现代化进程中人们精神历程所经历的残酷危机，写出了转型时期生活方式与生活观念的冲突。在毛乌素大沙漠中，现代化以潜移默化的方式潜入其中。卡车运输代替了驼队，“驼队走五天的路，汽车一天能跑五趟”。年轻人穿上了轻便的登山服，小巧的高跟鞋，用上了指南针和现代化家电。人们都在追逐富裕，追逐金钱，追求更舒适、更便捷的生活。只有年轻的牵驼人吉格吉德，似乎与这个时代格格不入，他仍穿着大清时代的牵驼服——头戴狐狸皮帽，身穿老羊皮袄，穿着笨重的蒙古靴——拿着老烟袋，用火镰燧石取火，在大漠里牵驼独行。当然，吉格吉德也认识到了驼队运输的落后，“这驼群的步子迈得太慢了，沉重得像麻木”。新的生产方式和新的思想观念，让他感到迷惘，曾经爱慕他的女人们一个个离开，“他只觉得耳边狂风大作，天昏地暗，他做牵驼人以来第一次迷了路；路断了，路被沙浪淹没了，路在他面前消失了。驼群在惊恐地呼号，他必须找到那条路，或者以牵驼人的坚韧的毅力与勇气，去另外走出一条路来”。似乎吉格吉德是现代文明映照的落伍者和失败者，但在他悲剧性的选择中，有着坚守传统的精神品格。作为牵驼人，他有着刚毅的步伐，耐得住孤独、严寒，有勇气和自由游走的精神。“在这个飞沙走石的世界上，如今满不在乎地闯荡的是谁？还不是驼倌吉格吉德！”大漠恶劣的自然条件、奇崛的自然风光，与他不屈服的默默坚守融为一体，形成对现代化的一种偏执抵御，悲壮的失败中有一种从民族传统延续下来的文化价值留存。“牵驼人身上有好多美好的、传统的东西，但随着时代的发展，那些美好的东西正在被丢弃。这是一种必然，但也是一种悲剧”。小说直面社会变革与深固的传统之间的冲突，书写着社会转型期群体性的犹疑、困惑和思考，隐喻群体、民族、国家共同体所面临的重大课题，有了一定的文化承担和思想力度，阿云嘎在自觉和不自觉中开始了“民族寓言”的书写。

二十世纪九十年代，计划经济向市场经济的转型带动了中国社会各方面的变化。生存方式的更替，价值观念的变迁，给社会生活和人们的思想观念带来了极大的冲击。阿云嘎《戈壁上的白骆驼》写的是牧羊姑娘阿嘎茹，当年为了调到苏木供销社，委屈自己嫁了人。尽管婚姻不如意，但在小镇里有了正式工作，她也很知足。社会转型，代表国有经济的供销社亏损巨大，濒临倒闭，阿嘎茹牺牲幸福得到的工作就要失去了，她感到痛苦、迷惘。镇里小饭馆、小酒馆、个体户相继出现，个体经济日益渗入戈壁深处。阿嘎茹也决定放弃婚姻，离开供销社，开始新的生活。“现实社会开始出现金钱至上，恶性膨胀的物欲开始威胁现行的价值规范和生存信念”。濒临破产的供销社里讲美德，讲奉献，希日布、满都呼都不贪污公家一分钱，互相之间有着亲近的人际关系和淳朴单纯的友情；个体经济带来物质财富的同时，却也带来了假冒伪劣的产品和更多坑蒙拐骗的行为。作者书写着计划经济和市场经济交锋中人们的变异，关注时代生活的变化给个人生活和价值观念带来的深刻影响，表现了个人的命运与抽象经济之间的密切关系。

阿云嘎1992年发表的小说《天边那蔚蓝色的高地》则叙述了东日布喇嘛的命运遭际，表现出个人的生存经验与政治动态的密切联系。东日布喇嘛在清朝时期，受政策感召，十几岁到庙里当了喇嘛；中华人民共和国成立后，在破除迷信的号召下，他回归了世俗的生活，这个穷人也拥有了一匹带驹的骒马；之后的政治风雨中，马又归了公，他也因为喇嘛的身份挨了批斗；改革开放后，实行家庭联产承包责任制，分到了马匹，努力十年，有了一小群马；二十世纪九十年代，市场经济来了，他接受不了以畜养畜的概念，舍不得卖一匹马；草原生态日益恶化，大旱倒场，在无水区，东日布喇嘛不计代价地保留马匹，跟着追风的马群消失了。东日布喇嘛令人唏嘘的命运与政治动态、抽象的经济形式变革紧密地联系在一起。阿云嘎书写个人生存经验时反映了抽象经济方式和政治形态对个人生活的影响，以小人物的命运映照着群体在现代化的进程中的挣扎、徘徊，表达了作家对普遍性的时代问题、社会问题的思考，作品带有更多民族寓言的色彩。

二十一世纪初，在现代化、一体化、全球化的进程中，阿云嘎开始关注在游牧文明和农耕文明、商业文明的交锋中，经济、政治方式的改变对保护、延续、传承民族文化生态的影响。2001年、2007年阿云嘎发表的小说《有声的戈壁》《燃烧的水》，以生态和文化的双重叙事完全进入了“民族寓言”的书写。《有声的戈壁》以寻找生活、寻找信仰指向现代性的反思、民族精神的坚守以及现代文明的精神建构。来自黄土高原的流浪汉及其叔伯哥哥，在家乡无法生存下去，走入戈壁。叔伯哥哥半路上偷走了粮食和水，几乎将流浪汉一家置于死地。为了活下去，流浪汉偷走了嘎比拉家的骆驼。来寻找骆驼的嘎比拉，救活了一家三口，并收留了流浪汉的儿子。戈壁女人嘎比拉出于本性中建立起的一种习惯，也就是信仰，救助干部那木拉，抚养流浪汉的孩子阿米坦（有生命的意思），喂养野驼羔，用母性的柔情对待一切生灵。无论自然生态、人文生态如何凋敝，她以德报怨的救赎，她所代表的民族精神和信仰，在大漠中散发着神性的光辉。和嘎比拉一样，戈壁上还有那木拉，用科学家的正直保护地方的生态环境；有被掩埋的古城，连通着历史，连通着敬畏苍天的信仰；有滚滚的地声，用大地的咆哮来警示、惩戒人的贪婪。戈壁和戈壁上的人们将根脉深扎在这片大地，坚守着让人类不朽的价值：灵魂、同情心、牺牲和忍耐精神。结尾，流浪汉对叔伯哥哥以德报怨的救赎，让流浪汉找到了儿子，找到了恩人，也找到了信仰。在民族精神与现代化相遇时，作家阿云嘎“是‘存在的勘探者’，他必须在对抗现实的过程中，为人类找到这种或那种生存的‘可能性’，从而画出‘存在的图’。这种对存在的各种‘可能性’的追寻，也就意味着作家对理想生存模态的探求，对大众指认的现实生存逻辑的警惕”。阿云嘎在不动声色地书写分崩离析的现实时，本质上指向了大漠和大漠中的人们，他们将以大德无言的信仰，以宽广、沉静、坚韧的大地力量来救赎这片土地。

“知识分子的选择不能只是寻求超越于世俗社会心理之上的形而上的价值关怀，而是要在参与、体验、认同社会转型过程中，寻求引导、启示和转化的契机。也就是说，目前人文精神需要的不是否定现实前提的重建，而是承认现实前提的整合，是如何在价值和历史进程之间寻求更具实践性的文化依托。”长篇小说《满巴扎仓》就是阿云嘎在坚守传统和批判现实的基础上，为民族在全球一体化的进程中，寻求“文化依托”的有意尝试。小说讲述了满巴扎仓的喇嘛们为了保护珍贵的民族文化遗产——秘方药典所进行的一系列斗争。小说在传奇的基础上构建故事、发展主题，“寻找蒙医药典的过程并不是简单的寻宝，而是面对强权和贪婪，面对民族危难，抱有民族气节和正义感的僧侣们对民族文化和民族精神的拯救、保护和传扬”。这种民族文化和民族精神就是“大道之行也，天下为公”，大道施行的时候，天下是人们所共有的，人们在其中分享与承担。“历史上诸如秘方、秘籍之类东西的产生，乃根源于人类的自私和贪欲。自私和贪欲只能导致争夺，不能产生分享。”最终这部蒙古族药典以手抄经卷的形式广布天下、泽被苍生，寓言着在全球经济一体化进程中，每一个个体、民族、国家都是你中有我、我中有你的，民族文化应该以更加开放的姿态，在合作共荣中传承发展。《满巴扎仓》作为一部文化寓言小说，“以古寓今”，以历史故事为模板，关注现实的诉求。小说另一条重要线索是鄂尔多斯王府继承人苏德巴的命运。当年，在父母的安排下，他远走大漠，远离了争权夺利的中心，保全了性命。若干年后，作为满巴扎仓中的小学徒，他继承人的身份使他仍然成为被利用、被谋杀的对象。骨肉分离、母亲惨死让复仇的火焰时时在这个年轻人身上燃烧。但是，达林台、日格木德、洛布桑堪布、拉布珠日都曾舍命救过他、温暖过他，尤其是师父拉布珠日更是以医家的悲悯时时感化着他。这些悲悯和智慧的光泽让苏德巴渐渐从蝇营狗苟中走出来，他汲取着达林台的勇气、楚勒德木的仁心和扎仓堪布的智慧，成了药方专家，也成为民族文化的守护者和传承者。苏德巴的命运指示着民族文化只有在分享与承担的大道中传承下去，才能发扬光大。

从二十世纪八十年代到今天，是一个充满变动与转折的时代，一个激烈地告别传统、企求现代性的时代。阿云嘎这一时期的创作，与一个国家、一个民族进入现代化的进程联系在了一起，与现代民族国家的诉求关联在了一起。“个人命运的故事，包含着第三世界的大众文化和社会受到冲击的寓言”，阿云嘎成为这一时期“民族寓言”的书写者。

# 小说是弱者的心声

阿云嘎　阿　霞

纵观阿云嘎的写作，评论界称其文风冷峻，语言精炼，善用寓言式的情境抒发浓重的草原忧患意识。

**阿霞：**阿老师好！作为我们的老领导，大家公认您是一位宽厚、公正的人，一位有着佛心的人。据说，您少年之时有一段极其特殊的经历，被选为当地的活佛，那是什么时候？这段经历对您的人生有什么影响？方便和我们谈谈吗？

**阿云嘎：**很多人都向我提出过这个问题，现在正好你也提出来了，我就借此机会再做一次比较详细的说明。

在我很小的时候（确实很小，当时我根本不记事），人们就传说我是个活佛，其实这个说法并不准确。确切地说：我曾经是一位高僧的转世灵童的“备选人”之一。现在的乌海市附近有一座迪亚庙，那里曾住着一位高僧，在宗教界很有名气。他圆寂后，寻找他转世灵童之事也就提上议事日程。经过一整套严格的寻访程序后，有两个孩子被确定为备选对象，其中一个就是我，另一个孩子也是鄂托克旗人。如果没有解放，我们两个人中的一个大概会被最后确认为转世灵童，坐床当活佛。但很快就解放了，这事也就搁置下来，再也没有被提起。但附近的牧民都知道我这个身份，大家传来传去的。后来上学，老师和同学们也说这个事，再后来我参加工作，期间工作调动，这个说法也一直跟随着我。我调到内蒙古文联后，参加全国文联的会议，发现那里也有不少人知道这个事，他们有的还专门跟我讨论有关宗教方面的事。我知道大家都是善意的。在很多人心目中这个事可能有点神秘，其实在内蒙古，这真的不算什么。据我所知，就内蒙古文艺界，跟我情况类似的人也不是一个两个，他们有的可能还被确认过，有的可能跟我一样是“备选”的。这件事就是这么一个过程，其实我也没有被送到寺庙里剃度为僧，所以我连僧人的身份都没有，与我同时被选的那一位后来是什么情况，我就不知道了。而且那时候我很小，所以这件事对我的心理以及后来世界观的形成，其实也没有产生什么影响。

**阿霞：**让我们回到上世纪70年代，还记得您是如何走上文学道路的？第一篇作品写的是什么？那时就确定自己要当作家吗？

**阿云嘎：**我的作家梦在小学时候就开始了。说实话，小时候我是一个很爱看书的孩子。我们旗所在地叫乌兰镇，那时候乌兰镇仅有一家书店，几乎每天下午的课外活动时间，我就跑到那里看书。因为没有钱买书，我就站在书店里看，什么时候人家下班，我才出来。而且离开书店时我默默记下看到了第多少页，第二天来接着再看。后来老师告诉我可以去旗文化馆借书看，于是我办了借书证，不断去借书。我看的当然都是文学作品，或者民间故事。我记得到了小学五年级，我们的班主任老师就经常给我们讲文学作品，我终于明白了我所读到的那些故事并不是真的发生过，而是有人“编”出来的，编那些故事的人叫作家。从那时候起我就非常羡慕作家，梦想着将来当作家。在我的心目中，最了不起的人就是作家。所以，后来我开始尝试着写东西，也是很自然的。

当然走上文学创作道路，我也遇到了一些有利条件，比如我初中毕业后考入了内蒙古蒙文专科学校，那里的好几个老师是全区比较有影响的文学评论家。一般来说，学生们羡慕哪个老师，就有意无意要受到他们的影响。而且那几个老师给我们讲文学讲得非常精彩，我很喜欢听他们的课。现在回忆起来，什么文学的结构、叙述角度、切入点、节奏感等等，他们都讲到了。这可以说是我第一次接受文学的启蒙。遗憾的是“文革”来了，课程中断，我们这些学生从最初的兴奋、狂热慢慢转化为后来的茫然、麻木。我的一些同学不知用了什么办法，把学校图书馆的书一摞一摞地搬到了宿舍，更不知为什么，他们把那些书全塞到了我的床底下，塞得满满当当。从那时候起一直到毕业，那些书一直陪伴着我们。1968年我分配到了鄂尔多斯报社，一开始在铅印车间当工人，几个月后调入编辑部，我又跟几个朋友把鄂尔多斯报社资料室准备当废纸卖掉的书搬回宿舍塞到床下，其中有《鲁迅全集》《沫若文集》《战争与和平》，还有一整套“建国十周年优秀文学作品”单行本等等，我几乎每天晚上都看到后半夜。无论是学校，还是报社，都是文化氛围浓厚的地方，也比较容易结识一些文学爱好者。我很愿意跟他们来往，我们读文学，谈文学，希望将来自己也能写出一点东西来。

我的第一个短篇小说1976年11月发表在《内蒙古日报》文艺版，写的是牧区“学大寨”、治理沙漠的故事。这里我必须提到一个人，那就是《内蒙古日报》文艺编辑仁钦忠乃老师，后来他调到内蒙古大学教外国文学，再后来创办了“包氏正骨医院”，还用自己的钱设立了内蒙古“包尔只斤文学奖”。他当《内蒙古日报》文艺编辑期间，有一年到我的老家采访一位英雄模范人物，鄂尔多斯报社派我一同前往。我们到了鄂托克旗苏米图公社小额尔和图大队采访了十多天。他是《内蒙古日报》的文艺编辑，我是一个文学爱好者，十多天里我们几乎天天谈文学。他性情耿直，看问题尖锐，而且很愿意扶持文学爱好者，临别时他再三鼓励我一定努力写作。因此后来我把第一个短篇寄给了他，很快就发表了。那是我走上小说创作道路的起点。

**阿霞：**早在上世纪八十年代，您创作出《吉日嘎拉和他的叔叔》《大漠歌》《“浴羊”路上》等优秀的短篇小说，并分别获得了三次内蒙古“索龙嘎”奖一等奖。您能否回顾当时创作的一些想法？

**阿云嘎：**不是谦虚，说实话，这三个短篇也好不到哪儿去。但反过来说，这三个短篇对我个人而言确有一定的意义，它们标志着我小说创作道路上的几次小小的跨越。如果简单地概括，《吉日嘎拉和他的叔叔》鞭挞了部分蒙古人身上存在的一种消极因素，《大漠歌》表现了蒙古族传统文化所遭受的冲击，《“浴羊”路上》写的则是人性。

从1976年发表第一个短篇后，我又陆陆续续发了一些东西，但说实话没有什么长进。几年后，我读到《花的原野》刊发的一首诗，其中有两句话的大意是：别的民族在谈论他们的宇宙飞船飞到了什么位置的时候，蒙古人却在谈论赛马时谁的马跑了第几名……多么尖锐的对比呀！如果以此立意写一个短篇，我估计应该是很不错的。但只有立意还远远不够，还需要有人物和矛盾冲突，于是我就在脑海里开始编故事。正是那一年，《草原》编辑部准备出报告文学专号，把我们几个人召集到呼和浩特。但我脑子里连写报告文学的素材都没有，只好无功而返。我正准备走，《花的原野》的敖斯尔老师说：“你写一个短篇再走，住处我给你安排，吃饭你自己解决。”于是我又留下来，开始写已经酝酿了好几个月的那个故事，就是《吉日嘎拉和他的叔叔》。当时两个编辑部都在新风旅社，没有机关食堂。我跟当时《花的原野》的勤杂苏宁住在一起，每天差不多要写到凌晨，上午睡觉，到了中午去街对面吃武川莜面。我在小说里写了一个喜欢马的老牧马人与其侄儿之间的冲突。老头儿因为赛马的事跟邻居闹矛盾，想把自己的侄儿培养成跟他一样的牧马人，但侄儿却喜欢小发明，自装半导体收音机，这就是故事的基本框架。现在回头看，写法幼稚不说，内容也很直白。但提出的问题比较尖锐，我认为这是获奖的原因。

**阿霞：**很难忘的一段写作经历。

**阿云嘎：**写《大漠歌》的过程比较有意思。那年冬天的一个傍晚，东胜刮起了沙尘暴，其时我正好蹬着自行车走在回家的路上。我当时就想起我家乡。每到冬天，我的家乡也常刮大风。如果是傍晚，我可以看到失去光泽的太阳像一个生了锈的大铜盘在天边慢慢地沉落。在这样的傍晚，从我家北边的高地上偶尔会下来一支驼队。驼铃叮咚，伴着牵驼人嘹亮的歌声……我想着想着就激动起来，觉得那个场景太美了。吃完晚饭，我仍激动不已，就迫不及待地铺开稿纸写了起来。我写了荒漠草原上的傍晚、沙尘暴、一个孤独的牵驼人……写到这里我还没有想好接着怎么写，因为我根本就没有一个完整的构思。但那天我的思维很活跃，写完第一段落我立刻想到这个牵驼人应该去见他相好的女人，而当他顶着大风终于走到情人家的时候，却失望地看到一个跑运输的男人已经在女人家里，于是他只好连夜离开，又走入漫天的风沙中……没有犹豫，没有停顿，就那么一口气写了下去。近一万字的东西不可能一夜间写完，第二天的中午和晚上接着写，第三天又写……写了几天终于写完。我从来不认为这篇小说有多好，但后来我还是总结了两条。第一，我写这个东西为什么那么顺？《大漠歌》是我所有的作品里写得最快的一个。我认为这个跟我当时的心态有关。我觉得，一个写作者一旦激动起来，动了真感情，落笔时就应该把自己完全放开，不要用构思呀、结构呀去束缚自己。我很幸运，在无意中真的进入了那样的状态。我如果没有放开自己，过多考虑其他因素，也许我的心思从火热的激情中转移到冷冰冰的逻辑思维之中，而一旦进入那样的状态，作品就不一定能写好。第二，《吉日嘎拉和他的叔叔》与《大漠歌》有什么区别？我想，这两个短篇的主要人物在本质上很相似，《吉日嘎拉和他的叔叔》里的叔叔喜欢马，《大漠歌》里的牵驼人喜欢拉骆驼，他们都是崇尚古老、传统的生活方式；这两个人对新的生活方式都抱有排斥的态度，“叔叔”见不得其侄儿鼓捣无线电，而牵驼人对个体户的汽车也瞧不上眼。但在作品中表现出来的倾向是不同的：对前者是一味地鞭挞，而对后者却表现出了同情与理解。为什么？因为在前一个短篇里我只是看到了我们民族心理中落后的一面，而后一个作品里我却看到了美好。这或许可以说是一种认识上的深化吧？写《大漠歌》时我真的意识到，那个牵驼人没有什么值得责怪的地方。他热爱牵驼人的生活，热爱那种自由自在的生活方式，他也真心爱着那个女人，他有什么错？只因为时代变了，汽车运输替代了驼队运输，他才开始被时代所抛弃。似乎可以说，这是民族性格的悲剧，传统文化心理的悲剧吧？不要简单地指责我们民族的东西落后，其实那些东西是美好的、珍贵的，只是因为时代在发展，我们不得不丢弃那些美好和珍贵。

**阿霞：**写《“浴羊”路上》是不是有了变化。

**阿云嘎：**说到《“浴羊”路上》，我想先说说我的不足。我写的很多小说都存在着一种不足，就是总想迫不及待地告诉读者一些观点、看法等等。就好像很怕读者看不出我写的是什么，总是想把作品的主题点出来。其实我自己也知道这是个缺点，甚至我认为，小说只有表现生活就足够了，根本不需要承担讲道理的任务。但想是这么想，我却做不到。唯独《“浴羊”路上》我却做到了。这个短篇我写了草原上几个男孩儿内心世界一种微妙的变化，按现在的说法可以说是“性意识的觉醒”吧。三个十几岁的男孩儿和两个稍大一些的姑娘赶着羊群去“浴羊”。在以往，这三个男孩儿总是对姑娘们看不顺眼，但就在那一天，他们望着站在羊群那边的两个姑娘，心中却产生了一种从未体验过的冲动，他们第一次觉得那两个姑娘很可爱，也很美。接着他们又巧妙地赶走了前来骚扰两个姑娘的公社干部，当他们发现其中一个姑娘有了男朋友的时候心里是那么难过……他们赶着羊群来回走了两天，就在这两天的时间里他们觉得自己长大了。这篇小说里一点都没有牵涉政治观点，没有牵涉是非，也没有描写更多的社会大环境，只是写了人的内心里比较隐秘的部分。

**阿霞：**我们知道，您是一位蒙汉双语创作的作家，除了蒙语创作，近几年来您又开始用汉语写作，这两种语言您认为哪一种更适合您？在写作过程中有什么具体的体会吗？

**阿云嘎：**先说说我学汉文的过程。我们是小学四年级开始学的汉文，课本是《看图识字》，总共也没有一百个字。上了五年级有了正式汉文课本。1968年从内蒙古蒙文专科学校毕业时，我也只会用汉文写信。毕业后我到《鄂尔多斯报》工作，虽说在蒙编部，但下乡采访也短不了为汉文报提供稿件，这样慢慢提高了汉文水平。后来写小说，有时候汉文报刊要用，请人翻译又比较麻烦，就萌生了自己汉译的想法，再后来《民族文学》创刊，也想直接用汉文写作，但又怕把哪个词用错了，让人家笑话。因此我刚开始用汉文写作或者翻译，就偷偷找民俗文化学者郭永明先生看。他看得很认真，看了几篇后说你完全可以用汉文写作了，此后我就比较自信了，写了汉文稿也不请别人看了。

我的体会是，多懂得一种语言文字是很有意思的事情。一种语言就是一个独立完整的世界。你从一种语言转入另一种语言环境的时候，你肯定会看到一个原先没有看到的世界。不要以为，各种语言只是发音不同而已，其所表达的意思是一样的，其实根本不是那么回事。还有人说，手头有一部蒙汉词典就能当翻译，这只能说明他根本不懂得语言是什么。当然，语言是逻辑和概念的表述，在各民族语言里，逻辑和概念是相同的。比如日常生活中常用的一些名词、动词等，在各民族的词库里都有。但还有好多东西是每个民族语言独有的，那就是通过语言表达出来的非常细微的情感区别，语气和词汇中表达出来的情绪，还有各民族语言独有的美感等等，假如你不懂得那个民族的语言，你就绝对不可能理解。

另外我感觉到，各民族语言的文学表现力是有点区别的。比如说蒙古语，那是蒙古族生产生活环境以及思维、行为模式的产物，所以它表达蒙古族的情感、情绪的时候比其他任何语言都鲜明、准确、生动。那么表达汉族的情感的时候，最贴切的当然是汉语。

还有一点，读者对文学语言又特别敏感，一部文学作品内容再好，如果语言不行，读者是不愿意读的。因为读者读文学作品主要是一个欣赏、品味的过程。而各民族的表达习惯、欣赏习惯也有一定的差别。比如说，我们读拉美作家的作品总是感到一点不习惯，觉得这个作品为什么是这样的写法？这样细微的差别在蒙汉两种文字中也存在，比如有些句子用蒙文阅读觉得很传神，但一译成汉文就变得很苍白，反过来也一样。

**阿霞：**我曾有幸做过您的几篇小说的责任编辑，像《狼坝》等，语言极为简洁，叙述准确，有一种化繁为简的动人力量。也有评论认为您的小说真实地再现了草原的古老风貌与时代气象，充满独特的个性与魅力。对此评价，您自己怎么看？

**阿云嘎：**从一九七六年算起，我写小说有三十多年了，也一直比较努力，形成自己的特色或者个性也不足为奇。我比较喜欢冷峻、粗犷的风格。这个追求在我写的东西里边大概有所反映。

**阿霞：**我们注意到一个现象，在您的小说里，几乎看不到抒情的文字，这是怎么回事？是性格使然，还是有意为之？在《鹰》和《狼坝》两篇小说里，有一种深深的忧患意识和英雄主义情结，您能具体谈谈这两篇作品创作的意图吗？

**阿云嘎：**关于缺乏抒情的问题，其他人也向我提出过，说明这是客观存在的，但我真的说不清楚我的作品为什么缺少抒情。不过有一点是可以肯定的：我绝对不是反对或者回避抒情。任何人写东西，自己觉得写够了，就不会刻意再去添加一点什么，我也不例外。还有一点，可能是与我写的故事、人物也有关系。我写的不少作品都是写苦难的，包括生活的苦难和心灵的苦难，我写的人物大部分也是孤独的，具有悲剧意味的，写这样的生活和人物，大概更需要一种冷峻、简洁、不外露的风格，就是更需要有力度，而不太需要抒情。但我这个说法能否站得住脚，也难说。

关于《鹰》和《狼坝》就简单说几句。《鹰》里写的是一个真实的故事，那鹰是被我叔叔打伤并逮回来的，最后是我用叔叔的猎枪把它打死的，包括小说中出现的那条小狗崽都是真的。而且打死那只鹰以后我很久都不能忘掉它，因为我真的从鹰的身上看到了一种震撼力。那时候我在上蒙专，根本也没有打算把鹰写进小说，但就是不能忘掉。过了十多年后我突然又想到了那只鹰，才打算写一个短篇。于是我就认真思考我从它身上看到的最核心的东西是什么？想明白这个问题很重要，因为这个问题关系到小说的立意。那只鹰从被抓回来一直到死，在我家待了十几天，它不吃不喝，后来已经相当虚弱了，但一直到死它都是高傲地昂首挺胸，一双眼睛直射出仇恨的锐光。我可以写它的视死如归，也可以写它的凶恶和仇恨，但我最后却把鹰的一切表现归纳为两个字：蔑视！它蔑视死亡，蔑视它的仇人，在它眼里，打伤并俘虏了它的人类永远是失败者！我觉得我捕捉到了更为本质的东西。

写《狼坝》是前几年的事了，我觉得草原人的性格中曾经存在过一种类似野性或者狼性的东西，而现在那种东西却不容易找到了，越来越淡薄了，我认为这是一种遗憾。于是我想象，过去的草原绝不是这样的，那时候的草原因为野性或狼性的存在而显得蓬勃，显得有活力。因此我写了一匹狼，也写了过去的“爷爷”和爷爷的情人。如果说创作意图的话，我想通过小说呼唤野性和狼性。

**阿霞：**我知道您是出生在鄂尔多斯鄂托克旗敖伦淖尔嘎查一个蒙古族牧民家庭，童年生活是怎样的？故乡对您来说是一种什么样的概念？

**阿云嘎：**在我的印象里，我的故乡比较闭塞，生活方式也比较古老。我长大以后了解到，在我出生那个年代，好像鄂托克旗西部、乌审旗南部有不少蒙古族牧民已经住上了房子，而我们那个地方绝大部分牧户仍然住着毡包。大家开始盖房子时我已经懂事了，而且我记得在我们那一小块地方最先盖房子的是我们家。不仅是住处，那时候交通也不发达，在1964年去呼和浩特念书之前，我总共坐过两次汽车，一次是从砖窑到旗政府，大概是几百米的距离，另一次是去苏米图公社参加那达慕大会，单程不到四十公里，那时候我还没有见过火车。1964年秋天我去蒙专是第三次乘汽车，还第一次看见并乘坐火车到了呼和浩特。

我的童年就是荒漠草原上度过的。我放羊羔（我们那个地方挤羊奶，因此每天至少有半天时间把羊羔跟羊群隔离），放羊，追逐野兔，望着高空中盘旋的老鹰发呆，懵懵懂懂，没心没肺。那时候居住分散，人也少，最近的人家也有三五里的距离，因此我只能一个人玩。我一个人扮演好几个角色，用好几种声调说话。

后来我长成了少年，那时候我母亲到旗蒙古族小学当牧工。父亲在旗里当干部，我和弟妹在旗里上学，因此一年大部分时间只有母亲一人放一群羊。但每年两个假期，我从回家的第二天起一直到去学校报到的头一天都在放羊，帮母亲干活儿。那时候我们家虽说有一匹马也不常骑，羊群却很多，后来达到七百多只。因此管理羊群的一切活路我差不多全会做，从接羔育羔，阉割打记，从挤奶、捣酸奶到制作奶酪，为羊群配药灌药……我都做过。现在虽说时隔多年，我相信自己仍然能够拿得起那些活路。

**阿霞：**故乡各异乡愁相同。

**阿云嘎：**每个人只有一个故乡，而一般来说，一个人的性格、思维和行为方式等等，都会留下故乡的影响。我没有回到生我养我的那片草原已经好多年了，但我没有忘记我的故乡，没有忘掉故乡的人们。那是一些什么样的人呀？解放初期我还小，但我记得那时候出来很多新的歌曲。每出来一支新歌，不管男女老少那个兴奋呀，大家争相学唱，只几天工夫一支新歌就会流行起来。其实，歌词里的好多内容大家都不太懂，甚至有些歌词都唱错了，但大家仍在唱。这就是我家乡的人们。记得公社化那年，大家争先恐后地赶着畜群去入社，“四清”时搞“阶级斗争”，后来又有“文革”灾难铺天盖地，大家都默默地接受了，他们把自己的命运完全交给了“上边”去安排，自己再苦再难也认了，这就是我家乡的人们。他们是可怜的，但也是伟大的，他们是卑微的，但也是高尚的。我这个人是不容易流泪的人，但有那么几次我想起那个遥远的家乡，我却独自流泪了。你的第一个问题里问我，当小活佛的经历对我人生观的形成有没有影响？我已经说了，那段经历对我几乎没有什么影响。其实，对我影响最大的是我的家乡和我的家庭。在我的记忆里，我们家好像经常被歧视，也经常吃亏。我父亲虽然很早就参加工作当了干部，但因为一个阴差阳错的所谓“社会关系问题”，就大半辈子抬不起头来。凡是苦累的事都少不了他，而好事几乎没有他的份儿。再加上我母亲是个普通得再不能普通的牧民，再加上生活还比较困难，你想想那是一种什么样的状况？而我这个人又比较敏感，所以我记得那些趾高气扬的干部看我父亲的眼神，更忘不了其中那么几个人对我父亲无端的呵斥。但我并不恨他们，只是躲避他们。这样的一个孩子，不变得内向才是怪事。而且，我从父母身上理解到了什么叫“与世无争”！他们早已习惯了吃亏，早就明白好多好事跟他们无缘，但他们却一点脾气都没有。我记得父亲在我小时候对我讲的一句话：“人啊，当了官能怎么样？发了财能怎么样？就咱们这样过下去又能怎么样？”我相信，我身上留有太多的家庭的印记。

家乡对我的作品的影响当然是很大的。我在为《民族文学》写的一句创作感言里曾经写道：小说是弱者的心声。我小说里绝大多数人都是弱者，也许那里有我父母的影子吧。

**阿霞：**您曾在很长一段时间里担任过基层和地方领导职务，这在好多人眼里是人生得意、仕途畅达之时，但您最后选择了文化部门，而且一呆就是十几年，直到退休。您当时有什么样的考量？这与您的文学梦想有关吗？

**阿云嘎：**调到内蒙古文联并非我个人的选择，而是组织的安排，而且说实话我当时心里也存在过不平衡，但也没有过分纠结，还是父亲说过的那句话："这样过下去又能怎么样？"再后来，我已经相当超脱了。其实，好多人成天绞尽脑汁追名逐利，而且看似确实得到了很多，但你好好想吧，每个人得到的其实没有多少差别。而且生活中永远是有失有得。我离开了权力核心，但我却从事了我喜欢的工作，这是值得欣慰的。而且，我如果没有调入内蒙古文联，我的写作水平可能是原地踏步，来文联有好多名家指点我，好多作家跟我交流，对搞创作的人来说这是一个难得的环境。所以这些年我写了不少东西，而且觉得有进步。

**阿霞：**调入内蒙古文联后，您曾担任过党组书记以及两届文联主席。作为管理文人的官儿，您有什么特别的感触吗？

**阿云嘎：**当领导或者做管理工作需要专门的知识和历练，领导科学和管理科学已经成为专门的学问。其实各个单位，各种工作类型对领导者和管理者的要求是不同的。比如军队，你必须说一不二，必须"军令如山倒"，而生产部门，可能需要以效益为中心。像文联这样以作家艺术家为核心的单位，我觉得工作重点应该是激发大家的创作热情。我在文联工作了十几年，工作做得并不理想，但至少我认识到了这一点。

**阿霞：**说说您的文学师承，是否受到过哪些作家或作品的影响？时至今日您是否总结过自己的写作生涯，对自己的写作满意吗？

**阿云嘎：**每一个喜欢阅读小说的人，都有几个自己喜欢的作家和作品。我比较喜欢肖洛霍夫的《静静的顿河》、屠格涅夫的《木木》、雨果的《悲惨世界》等几部长篇，杰克·伦敦的中短篇小说，艾特玛托夫的中短篇小说。中国作家我比较喜欢陈忠实的《白鹿原》。当然还有好多国内和区内的作家的作品。他们的好多作品我都看过三五遍以上。不好说我模仿了谁或者可以学习哪一个的写法，但我说过我比较喜欢冷峻、粗犷的风格，他们的作品里就有这样的东西。

那些大师的作品是高山，而我自己写的东西只不过是山脚下的小石子儿，根本无法跟他们的作品进行比较。所以我只能在自己这个水平上评价自己的作品。我写的一些东西，当然也有自己的长处，比如生活气息比较浓，人物内心挖掘比较有力等等，但我的作品缺少一种气势，更缺乏挥洒自如的想象力，总是被一些观点束缚着。这是我最不满意的地方。

**阿霞：**我知道，近几年创作热情不减，2008年又出版了一部鲜卑族题材的力作——长篇历史小说《拓跋力微》。请您为读者介绍一下关于这部长篇的创作情况，为什么会选择拓跋力微这样一个人物？出版后的反响如何？您还有什么写作计划吗？

**阿云嘎：**《拓跋力微》是邓九刚先生让我写的。那年他策划了“北方少数民族人物系列”，第一批选题里大部分是一些鲜卑历史人物，其中就有拓跋力微。他就让我写这个人物，还给我收集了不少书和资料。拓跋力微是何人？是北魏的开国皇帝，分散游动的鲜卑各部落在他的努力下形成了统一的力量，并建起了北魏政权。北魏在中国历史上曾创造过辉煌。但关于他的史料却很少，我费了不少时间研读后才发现，有关拓跋力微的资料全部来自《魏书》的序记。于是我又跟尚贵荣先生借了一套《魏书》。而《魏书·序记》里有关拓跋力微的记载也很简单，我估计大概还不到一千字，而且其中有些事写得像神话，比如拓跋力微是“天女”所生，拓跋力微带领部众走出深山走投无路时有“吉祥兽”为其带路等。反正，拓跋力微这个人完成了鲜卑族走出深山密林走向平原的历史性跨越，又建立起了北魏政权。我只能根据这个脉络去虚构一个长篇小说的故事框架。但整个故事里注入一个什么样的内涵？这又是一个必须认真思考的问题。我当然可以构思一个打打杀杀的故事，按《魏书》记载，拓跋力微当时有两个对手，一个是他的岳父窦宾的势力，另一个是西部鲜卑。我可以按照这个故事线索，写一个比较弱小的部落头领如何运筹帷幄，由弱到强最后战胜对方的故事，写这样的故事，有好多现成的模式可以让我套用。但能不能写好，我真的没有把握，再说，我很想为这个故事选择一个新颖的角度。拓跋力微一生主要业绩有两项：一是带领自己的部族走出深山密林找到了一个更为广阔的生存空间，二是统一了包括鲜卑各势力在内的北方民族建立了北魏政权。而这两个历史性事件的背后是拓跋力微将拓跋鲜卑从封闭带向开放，从弱小走向强盛的愿望，当然也一直伴随着部族内部反对派强有力的抵抗。我设想，反对势力也同样热爱自己的民族，同样希望自己的民族兴旺发达，他们认为，恰恰是拓跋力微带领部族走出深山密林的主张最后将拓跋鲜卑带向灭亡，拓跋鲜卑一旦离开故乡的深山与其他民族发生接触，就会失去部族的纯洁性，最后被其他民族同化。因此，拓跋力微与其反对者之争并不是爱不爱自己民族的问题，而是关系到究竟怎样才能保证民族的兴旺发达的问题，这样写，在整个故事的背后就一直隐藏着一个巨大的悬念：拓跋鲜卑未来的命运究竟如何？拓跋力微当年带领部族迁徙的结果究竟如何？

我认为这样立意就大大深化了作品的主题。两千年前，各民族纷纷走向了更为广阔的空间，走向了与其他民族共同推动历史进程的道路，这是当时各民族的内在要求。在这个各民族大迁徙的过程中，他们各自的传统文化都经历了变革、变异的过程，还有些民族缓慢地消失了。而两千年后的今天，世界好多民族又提出了“走向世界”的口号，这也是历史的必然。这时候我们回头遥望两千年前的那些事，肯定是有意义的。

**阿霞：**您如何评价今天的内蒙古或蒙古族文学创作？您认为今天的内蒙古或蒙古族文学在中国当代文学层面上处于怎样的位置？

**阿云嘎：**我就谈谈蒙古族作家吧。远的不说，解放后不久，内蒙古的蒙古族作家已经在全国打出了名气，从那以后，内蒙古的蒙古族作家在全国文坛一直引人注目。如果没有他们，“草原文学”就不会存在，如果没有“草原文学”，中国文学也不可能完整。所以在整个中国文学的发展中，内蒙古的蒙古族作家是做出了贡献的。当然，包括蒙古族作家在内的内蒙古作家也面临着挑战，但我坚信，内蒙古作家不会落后，也不会从中国文坛上已经占据的位置上掉下来。因为论实力，内蒙古的作家不比任何其他省市的作家差。

**阿霞：**如果让您对年轻的一代写作者给出一些建议，您想说些什么？

**阿云嘎：**我只提两条希望吧：一，希望多了解、体验最底层人们的生活、想法和情感。任何社会都分好多阶层，但我觉得一个作家如果不了解处于最底层的大众，他的作品至少会缺乏同情心和正义感，而缺少了这两个东西，作品往往就显得苍白无力。二，希望多一点拼搏精神。文学创作这东西，下不下功夫结果是大不一样的。我接触过很多年轻的作家，他们有文学才华，也有很多很好的素材，但有自满情绪，缺乏拼搏精神，认为自己能创作和发表作品，碰上机会还能得个奖，就不用太费劲了。这样的心态，只能产生一些平庸的作品，这是对自己才华的不珍惜，太遗憾了。做任何事情，应该尽量做得好一点。

以上两条，仅供参考。

# 后　记

乌日娜

在我老伴阿云嘎去世三周年之际，在自治区党委宣传部、自治区文联的关注和支持下，《阿云嘎文集》出版了。阿云嘎一生致力于文学创作，从一个牧人之子成长为能用蒙汉文双语创作的作家，用文学之笔书写他对草原、对故乡的爱，坚韧执着、义无反顾，艰辛却也快乐。想到这里，我的心里沉甸甸的。文集里凝聚着他的毕生心血，也饱含着亲朋好友们对他的厚爱。

阿云嘎的故乡是鄂尔多斯。1947年，内蒙古自治区成立那一年的腊月初十，阿云嘎出生在鄂尔多斯市鄂托克旗包乐浩晓苏木。那是一片荒凉但文化底蕴厚重的草原。那个地方叫敖伦淖尔，意即“很多的湖泊”。说是“湖泊”，其实就是一些水泡子，那是一片下湿地，地底下渗出的水天长日久形成了“湖泊”。雨水好的年头，湖泊就更多一些，水更深些。有一条河叫南陶思图河，从那里流过。在月夜，走上北边的高地往下看，那些大大小小的湖泊反射月光，像清冷的月亮。一面面大小不一的镜子，煞是好看。

从敖伦淖尔那些湖泊往西大约走二十华里，有一处高地，那里有一个敖包叫海流图敖包。敖包西北五六里地曾有一户人家，那就是阿云嘎的家，一个普通的牧民家。这是命运的安排，他的故事就是从这个地方开始的。命运把他安排成那里的孩子，从出生的那一刻开始许多事情可能就被确定了。比如容貌，嗓音，眼神，思维方式，都是从那里来的。他是敖伦淖尔的孩子。在他很小，还不记事的时候，就被确定为一位高僧的转世灵童备选人之一。经过一整套严格的寻访程序后，有两个孩子被确定为备选对象，其中一个就是阿云嘎。如果是在新中国成立之前的话，很可能最终会被确认为转世灵童，坐床当活佛。没多久就解放了，这事也就被搁置下来。那一段特殊的“备选”经历没能影响他的成长，但使他敬畏宗教，对宗教格外关注。随着年龄的增长和思想的成熟，在磨练他正直善良，沉稳大度的品德方面产生了潜移默化的影响。

阿云嘎故乡的风土人情很独特。在人烟稀少的草原上，牧民们聚到一起就喜欢唱歌，那里的人几乎都能歌善舞，一晚上不重复地唱很多民歌。在略显孤寂的夜晚，长辈也会给他讲各种传说。在这样的环境里长大的他从小就喜欢读故事，喜欢唱歌。夏天放羊的时候，他常常会躺在草地上，望着天上的云发呆，那些云仿佛是故事里的各种人物，角色，异常生动。他的想象力大概就是这样形成的。从小学三年级开始，一到课外活动时间他就同小伙伴们跑到新华书店看书。没钱买书就站在那里看书，直到人家下班关门时才恋恋不舍地离开，并且记住看到了哪一页，第二天接着看。老师告诉他，去文化馆办一个借书证就能看到自己想看的书。老师还告诉他，小说里的故事都是编出来的。写那些故事的人就是作家。他暗暗下决心一定要好好学习，长大了当作家。一个蒙古族少年的文学梦就这样诞生了。1964年他考上了内蒙古蒙文专科学校（今呼和浩特民族学院）翻译专业。上蒙古语课的几位老师都是著名文艺评论家，讲文学课既深刻又生动。在老师的引导下，他对文学的兴趣越来越浓厚。他写的作文经常受到老师的表扬。在内蒙古蒙文专科学校学习期间，正值“文革”动乱，很多好书都被视为“毒草”。学校图书馆的墙角堆满了准备当废纸处理的各种书籍。他在那堆书里找到了世界名著：《静静的顿河》《战争与和平》《安娜·卡列尼娜》。还有《郭沫若文集》《鲁迅全集》和《文艺报》合订本，此外还有《建国十周年优秀作品集》等珍贵书籍。强烈的求知欲使他如获至宝，废寝忘食地阅读这些文学精品，遨游在文学的海洋里。尤其是《文艺报》上的文艺评论令他耳目一新，懂得了很多文学创作的基本理论知识。对他来说，那一段的学习就是他的文学启蒙课。

1968年毕业后他被分配到鄂尔多斯报社蒙文编辑部工作。采访之余总想把新闻稿写成文学作品。但是一次也没成功。在一次下乡采访时遇到《内蒙古日报》记者仁钦忠乃老师。在他的指导和帮助下，1973年在《内蒙古日报》蒙文版发表了处女作，诗歌《鄂尔多斯沙漠的春天》，从此踏上了文学创作之路。在文学创作的初期，阿云嘎写了不少诗歌，但是发表的只有两首。面对着频繁的退稿，他没有气馁，没有退缩，调整了思路，试着写小说。他的第一篇短篇小说是1976年发表在《内蒙古日报》蒙文版的《鹰飞不过去的地方》。没过多久，他的第二篇短篇小说发表在蒙古语文学期刊《花的原野》上，对他来说这是极大的激励。他的写作兴趣越来越浓，接着又写了好几篇短篇小说。虽然起步艰难，反复修改，但是他的创作劲头越来越足，到了上世纪八十年代，他似乎终于找到了写小说的秘诀。1984年短篇小说《吉尔嘎拉和他的叔叔》获内蒙古最高文学奖第一届索龙嘎一等奖。1987年短篇小说《大漠歌》获第二届索龙嘎一等奖。1990年中篇小说《“浴羊”路上》获第三届索龙嘎一等奖。连续三届三个一等奖，三连冠！面对如此振奋人心的荣誉，他没有自满，更没有忘乎所以。他说：“我找到了写小说的感觉。”从此之后他一边用蒙古语创作，一边试着翻译自己的作品。在汉族朋友的帮助下，从小就爱学习的他很快就掌握了汉文写作。《天边那一抹耀眼的晚霞》《拓拔力微》《留在大地上的足迹》《锡尼喇嘛》就是他直接用汉文创作的。

从上个世纪末开始阿云嘎把创作重点放在了长篇小说上。他发表的第一部长篇小说是1999年由内蒙古人民出版社出版的《人间》。我问他为什么写这个题材的长篇，他说："以前鄂尔多斯有不少寺庙，牧民信仰喇嘛教的比较多。小时候我也接触过一些，比较了解，写起来顺手。"再后来他连续创作了好几部长篇小说，并且很受读者欢迎。他的创作进入"黄金时期"，他有很多读者。他的稿约不断，常常忙于为蒙汉文各种文学期刊提供头条作品。在这个阶段，他写小说越来越熟练，构思巧妙，故事精彩。他喜欢创作长篇小说，很擅长编故事，地域特点浓厚。这让我想起著名作家张炜为《长篇小说选刊》的题词："长篇小说是个人的心灵长卷，它越是有这样的性质，越是容易被一个民族拥有和收藏。"

在47年的写作生涯中，除了退休后的近十年外，阿云嘎都是在繁忙的工作之余，利用节假日写作。他一生用蒙古语、汉语写了6部长篇小说，74篇中短篇小说、两部长篇纪实文学，还有散文、杂文、文学评论、创作谈等共计六百余万字的作品。他在工作的44年中基本没有请过假，有时大年初一还在加班。我现在经常想，老伴真是不容易，太累了。他一直是挑着工作和创作两副重担超负荷运转。

在文学创作的过程中，阿云嘎的作品以中短篇小说居多，并且多次获奖，有了坚实的创作基础和丰富的创作经验。随着几部长篇小说的发表，阿云嘎开始构思一部新的长篇小说《满巴扎仓》。他说，年少时去呼和浩特上学，路上看到了拉僧庙，觉得很好奇。心里想着那里一定发生过很多惊心动魄的故事。现在我就可以写这个故事了。就这样，一个从未走出过草原的少年的好奇心和写作欲望终于使他写成了一部反映鄂尔多斯高原波澜壮阔的传奇故事。繁忙的工作之余，他利用一切可以利用的时间沉浸在《满巴扎仓》的创作中，虽然写得很艰辛，但是兴致勃勃。他查阅了很多资料，断断续续写了四年，终于写完了初稿。退休后，他把写好的初稿又修改了两遍，请作家朋友参与修改后，给蒙古语文学期刊《潮洛蒙》投了稿。

2013年翻译家哈森把《满巴扎仓》译成汉文。在家人的鼓励下，阿云嘎把《满巴扎仓》投给了《人民文学》。主编觉得版面不足，嘱咐责编删除一部分。责编几经努力也未能删除。与编辑部主任商量后找到主编说明情况，并且一致认为删除哪一段都很可惜。《满巴扎仓》被安排到2013年第12期全文发表。一位蒙古族作家创作的长篇小说登上了全国一流的文学期刊《人民文学》的大雅之堂。2014年2月21日来自全国各地的专家学者聚集北京，研讨解读《满巴扎仓》。2月28日《内蒙古日报》用整版篇幅刊登了专家学者的发言摘要。各种荣誉纷至沓来。2014年6月《满巴扎仓》获第三届朵日纳文学大奖。2016年12月获乌兰夫基金年度文化艺术优秀作品奖。

一部《满巴扎仓》，凝聚着作家朋友和期刊界朋友们的大爱。重庆出版社出版了单行本。后来这部长篇小说还被翻译成英文、藏文、基里尔文发行。2017年蒙文版《满巴扎仓》由内蒙古人民出版社再版。《满巴扎仓》的创作经历是阿云嘎创作生涯中精彩的一笔，作品文化底蕴深厚，精神内涵深远，是我们永远的美好记忆。

退休后，阿云嘎终于可以自由自在地写作了。很多有深度的作品就在那个时候发表，包括《满巴扎仓》。我问他，你的创作动力是什么？他说："家乡就是我创作的根，有些事情你听到了，看到了，就想写出来。这就是动力。"2018年初第一次住院治疗时他还躺在病床上打腹稿，出院后忍着病痛很快就发表了两篇短篇小说。从2018年开始，他的健康每况愈下。但是他依然心态平稳，致力于写作，准备策划出版三本书。一本是何平主编的文学共同体书系·中国当代多民族经典作家文库，选入了阿云嘎进入新世纪后创作的六部中短篇小说。一本是被选入《潮洛濛》中篇小说精粹的蒙文版《雪落无声》。

一本是蒙文版的《阿云嘎小说选》。由于疫情等原因，他没看到新出版的三本书就驾鹤西去。给我们留下了无尽的遗憾。阿云嘎忙碌了一生，也幸福了一生。他把荣华富贵看得很淡。他认为只要有小说可写就是幸福生活。有一次，他回顾自己的创作经历，深情地说："我调入内蒙古文联后，得到作家朋友们的真诚指导和帮助，我的写作水平迅速提高。我很幸运。"从阿云嘎的创作足迹，我仿佛看到了内蒙古各民族作家们文学创作的心路历程。更加理解阿云嘎说过的"内蒙古的文学事业是各民族作家共同创造的，来之不易。一定要珍惜"的深刻内涵。阿云嘎走了，但是他的作品和人品是他留给后人的丰厚的精神财富。

阿云嘎是草原的孩子，他写了一辈子草原的故事。他把文学创作看得与生命同样珍贵。他认为生命的价值比生命的长度更宝贵。他的读者、他的朋友、他的亲人们永远不会忘记他！

本文集收录阿云嘎47年来创作的长篇小说6部，中短篇小说68篇，长篇传记和纪实文学各1部，散文、杂文、文学评论18篇，共九卷本。最后一卷本有文艺评论家们对阿云嘎作品的评论，共收录18篇文章。在策划、收集、整理、编辑本文集的过程中，得到了内蒙古党委宣传部、内蒙古文联、内蒙古作家协会以及老作家、老朋友们的真诚指导和帮助。一部分中短篇小说的翻译工作量大，翻译家们在短时间内不仅赶进度，而且注重翻译质量，很辛苦。好在6部长篇小说以前都在内蒙古翻译家协会那里翻译过了，并且已经由阿云嘎本人审读过。我和孩子们向参与翻译工作的各位翻译家们表示衷心的感谢。我们从翻译家们的付出，看到了作家和翻译家们对内蒙古文学事业的热爱和奉献精神，非常感动。

为了出好这部文集，内蒙古党委宣传部拨了专款。阿云嘎的故乡鄂尔多斯市鄂托克旗党委政府也鼎力相助，感恩故乡亲人们的大爱！我们虽然失去了至亲至爱的人，但依然被浓浓的爱感动着。感谢92

岁高龄的著名蒙古族作家玛拉沁夫先生赐序，我和孩子们怀着一颗感恩的心向玛老表达深深的敬意和谢意。祝老人家健康长寿!最后还要特别感谢作家出版社为出版这套文集付出的努力。

作为一个出生、成长于内蒙古的作家，阿云嘎一直以来都以能够用文学来书写故乡和民族感到荣耀，这片土地和生活滋养了他的文学创作。我和孩子们代表他将《阿云嘎文集》献给他的故乡，献给他的热心读者，献给所有热爱文学的年轻一代!

2022年7月　呼和浩特

（本文集由内蒙古自治区文联、中共鄂托克旗委员会、鄂托克旗人民政府赞助出版）

**图书在版编目（CIP）数据**

阿云嘎文集 / 阿云嘎著. -- 北京：作家出版社，2024. 1
ISBN 978-7-5212-2615-7

Ⅰ. ①阿… Ⅱ. ①阿… Ⅲ. ①阿云嘎 – 文集 Ⅳ. ①I217.2

中国国家版本馆CIP数据核字（2023）第234225号

**阿云嘎文集**

**作　　者：**阿云嘎
**责任编辑：**兴　安
**特约策划：**锡林巴特尔　哈达奇·刚
**特约编辑：**戴塔娜　那日苏
**封面设计：**王一竹
**内文设计：**张　亮
**出版发行：**作家出版社有限公司
**社　　址：**北京农展馆南里10号　　**邮　　编：**100125
**电话传真：**86-10-65067186（发行中心及邮购部）
86-10-65004079（总编室）
E-mail:zuojia@zuojia.net.cn
http://www.zuojiachubanshe.com
**印　　刷：**北京盛通印刷股份有限公司
**成品尺寸：**152×230
**字　　数：**3000千
**印　　张：**171.75
**版　　次：**2024年1月第1版
**印　　次：**2024年1月第1次印刷
ISBN　978-7-5212-2615-7
**定　　价：**600. 00元（全九卷）

# 阿云嘎文集

第八卷 儿童文学 散文

作家出版社

爱是善良、包容、对他人的理解。爱赐给我灵感，引领我的精神追求。

外孙女阿西娅与姥爷的话题涉猎很广，宇宙、时间、物理学、人生的意义……

外孙女阿敏娜一直在姥爷身边长大，姥爷是她的庇护所，也是她善良的本源

# 目　录


| | |
|---|---|
| 乡下的孩子 | 001 |
| “浴羊”路上 | 010 |
| 幸运的五只岩羊 | 033 |
| 你好，西拉木伦河 | 124 |
| 难忘公主府15号 | 127 |
| 路过包头 | 133 |
| 历史并不遥远 | 137 |
| 牧业文明——地球浪漫曲 | 142 |
| 关于文化的遐想 | 144 |
| 我的书房 | 147 |
| 一个叫鄂托克的地方…… | 151 |
| 故乡记忆，1965…… | 158 |
| 《花的原野》窗外的鸟窝 | 164 |

# 乡下的孩子

滩上，绿草成茵，潮湿的气息扑向心肺。

滩头，天地一色，淘气的岚霭翻腾嬉戏。

三群绵羊散在草滩上静静地吃草。三群绵羊的小主人自然而然地聚到一起。昨天，他们的学校放暑假，正好碰上去苏木拉货的丹毕，就坐上他的马车回家来。如果没有碰上马车，步行回来也行，他们才不在乎哩！一个学期虽然只有五个月，可他们这些住校生觉得比五年还要长。对于他们来说，放假之日如同囚犯被释放之时，真是难熬难盼。今天是放暑假回来后的第二天，他们早早地赶着自家承包的集体羊群，来到草滩上。

“不去看看布仁呼？”小朝勒蒙说。他圆圆的脸盘，有一双黑白分明的眼睛，长得很喜人。妈妈就非常漂亮。也许是因为太像妈妈，他很像个小丫头，所以经常受到其他男孩的欺侮。

“当然要去啦。”贺希格图说。他倒是很像他父亲。看他那一副模样，黝黑的长脸，小小的眼睛和瘦瘦的骨架，是跟牧马人钟乃一个模子塑出来的。草原上的人都这么说。

“去。现在就去。”这是纳仁巴图。他是个小胖子。其他孩子都叫他“胖阿婆”。

布仁呼跟他们同龄，今年都十五岁。不过布仁呼两年前已经退学，留在家里放羊。在这片草滩上，他们和布仁呼一块儿长大，刚一回来当然是首先想到要去见布仁呼啦。

离他们三家的羊群很远，还有一群散牧的绵羊和山羊的合群。他们知道那是布仁呼放牧的羊群。三个学生挥舞着小木棍和小柳鞭，蹦蹦跳跳地跑过去。布仁呼坐在原地没有动，望着欢欢喜喜跑来的三个学生，他的脸上显露出一丝只有男子汉才有的不以为然的微笑。

“你好，布仁呼！”

“你知道我们回来了，怎么不去看我们？”三个人大声吵吵着。

“没工夫。昨天，我上供销社卖羊皮去了。”布仁呼并没有什么特别的表示，慢腾腾地说。

三个男孩羡慕起布仁呼来。他的声音变得很粗，眼神里透出一种老成的目光。他已经学会靠自己的劳动过日子了。听说前不久还到碱厂干了三个月的临时工，用挣来的钱为他奶奶买了一副老花镜呢。比起他，他们仨还都是从家里讨吃的小毛猴哩。布仁呼从怀里掏出一盒烟，给三个人各递了一支。

“布仁呼！我们还没学会吸烟呢。”

“老师不让我们吸烟。”

他们虽然嘴上这么说，但还是接住了香烟。布仁呼那一副手指夹烟口吐烟圈的老练样，在他们看来是那样地带劲儿。而他们刚吸一口就呛得咳嗽起来。

布仁呼不屑一顾地扫了他们一眼，便若无其事地翘着下巴瞭望羊群。

他们咳嗽了好一会儿，才对吸烟有点习惯了。

这时，贺希格图提议道：

“布仁呼！咱们到水淀子边上捉青蛙去。”

“你们想去就去吧。我没工夫。”

“你有什么事？还要去卖羊皮？”

“我要去见乌仁其木格，有点事。”

乌仁其木格也跟他们同岁。她退学比布仁呼还早。

贺希格图的小眼睛连连眨巴几下。有一种朦朦胧胧的神秘玩意儿在吸引着他的兴趣。他禁不住问：

“你跟她……有什么事？”

布仁呼的脸上掠过一丝高傲的笑容。可他没有直接回答贺希格图的问话。

“你们快去吧！不过请不要妨碍我。记住，朝我的羊群多瞭一眼！”

平坦草滩的南端，横亘一道长长的黑梁。今年风调雨顺，梁上覆盖着茂密的青草。布仁呼头也不回地朝黑梁走去。

三个男孩愈想找布仁呼玩，布仁呼愈是跟他们有意疏远。越是得不到的东西越向往，这是孩子们共同的心理。布仁呼愈是不理，他们愈是迫切地希望找布仁呼玩不可。

布仁呼瞧不起他们，这很明显。他们连着几天去找布仁呼，他都爱理不理的，总是说一声，“好吧！请你们瞭着我的羊群，我去办个事。”便头也不回地朝某一个方向走去。他们想跟吗？没门儿。

他们注意到，常跟布仁呼来往的有乌仁其木格和比乌仁其木格大点的另一个姑娘，还有几个二十多岁的大小伙子，以及大车老板丹毕。

一天，丹毕赶着大车路过草滩时见有布仁呼的羊群，便停下车喊布仁呼过去。

三个男孩见了，惊奇得不得了。这位丹毕要跟布仁呼谈什么呢？“走，看看去。”他们好奇地也跑了过去。丹毕是个大人，而布仁呼是个跟他们一样的毛孩子。他们不理解布仁呼竟然会跟丹毕交上了朋友。可他们怵丹毕。有时，丹毕会揪住他们的耳朵，直到他们嗷嗷地叫起来才满足地呵呵笑着松开手。

他们跑到跟前时，丹毕正给布仁呼递香烟。他递给布仁呼一支，自己点着一支，将其余的装回口兜里，朝他们仨看都没看一眼。他们仨也知趣地往后缩了缩。

“布仁呼，这几天你都干什么去啦？是不是尽找姑娘们鬼混了？”丹毕那口气就像是在跟他年龄相仿的人开玩笑。

“什么找姑娘？追你老婆追得倒挺来劲儿的。”布仁呼从鼻孔里喷着浓浓的烟团，不以为然地说。

丹毕呵呵笑着，说：

“我的儿子也有你这么大了。你这头刚吃上青草的混账小牤牛！”

“你是老公马。”

于是，两人哈哈笑了。

“好吧，布仁呼！你想赚钱就把你那只大叉角羊扔到我的车上。”

“干什么用？”

“盟里的展览馆想用。价钱很高，估计能给这个数。”他伸出二拇指，“他们只有一个条件，角要特别大。我想起你的羊群里有这么一只羊，所以专门找你来了。”

布仁呼跟丹毕将羊群又挡又追的，折腾了好一阵子到底捉住了那只大角山羊。他俩将它的四条腿捆好，搁到车上。布仁呼从山羊胡子里揪了几根，装进口袋里(他们知道大人们卖牲畜时总是这么做)。然后，两人又流里流气地说笑了一阵，这才分手。

丹毕赶着车渐渐走远了。

三个男孩一直呆呆地站在一旁。他们有点胆怯，不敢继续跟布仁呼接触了。他们感到布仁呼跟丹毕一样，也成了个大男人。

第二天晌午，三个男孩又在草场上见面了。

贺希格图狡黠地笑着从兜里掏出半盒烟，给朝勒蒙和纳仁巴图一人扔过去一支。很显然，他想将每一个动作做得尽量跟布仁呼或丹毕的举止一样。

“喂！你怎么吸开烟了？”朝勒蒙奇怪地问。“胖阿婆”纳仁巴图的脸上也充满了惊异的神色。

“我从爸爸那儿偷来的。”贺希格图得意地说。

三个男孩儿头对头蹲下来，费了半天工夫，终于点着了烟，各自猛烈地咳了几声。

过了一会儿，贺希格图眼望远处，对另两个说：

“我给我爸爸说不想上学了。你听我爸爸怎么说的，他说：‘本来，你这个没出息的东西，一学不好功课，二也学不来规矩，真不如早点退学哩。’”

“胖阿婆”纳仁巴图的两只眼睛立刻亮起来，忙说：

“你要退学，我也退。”

“我也想退。可……我妈妈肯定不同意。”小朝勒蒙愁容满面地说。

“你本来就不是男的嘛。女孩子家哪敢自己做主啊！”

贺希格图趁机讥笑他：

“你听妈妈的话，好好上学吧，嗯！”

“谁说我是女孩子？”朝勒蒙的小圆脸马上红到了脖颈。他咄咄逼人地凑近贺希格图，突然拦腰抱住了他。

他俩打得不可开交。

纳仁巴图坐在地上看着他俩打架，幸灾乐祸地叫着：

“哈！我‘胖阿婆’的两个儿子互相翻脸，打起来啦！哈……”

两个人一直打到踩平一片足有蒙古包那么大的青草地，才停下来。

贺希格图用袖口揩着嘴角上的血，朝地上唾了一口：

“呸！就是女的。破玩意儿！私生子！”他骂朝勒蒙。

朝勒蒙气喘吁吁地往上拽着撕破了的衣襟，回敬他：

“你娘才是破玩意儿！你是牧马人钟乃的老儿子！”

纳仁巴图更是得意忘形地助威。

……

不知什么时候，他们仨又成了好朋友，到水淀子边上逮青蛙去了。他们把刚才草场的打骂早已抛到九霄云外。

“真的。咱们三个一块退学吧。那该多好哇！”他们边走边议论。

蓦地贺希格图站住不走了。“你俩等等!”他说,“从现在起,我们不能玩青蛙了。那是小孩玩的,人家会笑话咱们。”自从决定退学之后,他理所当然地成了三个人的领袖。

朝勒蒙和纳仁巴图默默地点了点头。是啊!不是要退学了吗?那就得改掉小孩子脾气,跟布仁呼一样像个大人才行。

蓝蓝的天空,无比清澈,无限宽广。在它空荡荡的怀抱里,有几朵白云在自由自在地浮动,就像羊栅栏里一堆堆刚剪下的绵羊毛。长满花草的绿色丘陵,此起彼伏,一直延伸到遥远的地平线上,与天相接。

三个男孩儿犹如三匹脱缰的野马,在那绿色世界里尽情地撒欢。他们已经想不起躺在书包里的那些首尾不全的烂课本了,红领巾也不戴了,那是学生的象征、小孩的符号,不能戴。他们倒是从各自家里弄来一盒盒香烟,拿到这野滩上抽,这才是大人的样哩。他们不再被呛得咳嗽了,从他们身上也开始散发出只有成年男子才有的烟油子味儿。

从南面黑梁上的蜃气中走出两个骑马的人。一个是高大的汉子,穿一身青缎子蒙古袍,另一个是小男孩,穿着短褂,胸前飘扬着鲜艳的红领巾。到了岔路口,那个高大的汉子让小男孩跳下马,自己带着两匹马,原路回去了。小男孩背着书包,沿着小路,徐徐而行。

站在斜坡上的他们仨一动不动地瞅着那个戴红领巾的小男孩。

“那是谁呀?”

“可能是咱们学校的。”

贺希格图猛然看到那个男孩戴在胸前的校徽。“嗨!原来是旗完小的。”他们这儿只有旗完小的学生才戴这种小白牌子。

三位好汉走下斜坡,拦住那个男孩。

“哪儿的?”纳仁巴图威风凛凛地发问。

那个皮肤微黑的男孩,黑眼睛滴溜儿转着,很有礼貌地说:

“我是巴彦杭盖苏木的。你们好哇!”看样子他的年龄跟他们不分上下。

“啊，原来是学生娃娃!”贺希格图蔑视地哼了一声，从兜里掏出烟朝纳仁巴图和朝勒蒙各扔过去一支。

“你们……不是学生?”那个男孩很奇怪，不停地打量着他们仨。

贺希格图故意拉长声调，说：

“不——是。我们是这儿的老乡。”然后又故意问，“你吸烟吗?”

“不……不……”男孩慌忙推辞着，向后退了两步。

这时，这三位好汉张开嘴，哈哈笑起来。他们看到小男孩发窘的样子，感到很开心。“刚才那个人是谁?”纳仁巴图问。“我哥哥。他很忙。所以只把我送到岔路口。”

“那么，现在你要去哪儿?”

“我要去哈达图苏木。那儿将举行暑假数学比赛。”

三位好汉立时有点发窘。想不清自己想退学到底对还是不对。

“啊，走吧，走吧!”

等那男孩走出一段距离，一直不言语的朝勒蒙才试着想喊句什么，终于没有喊出来。

又过了好一阵，他们才又高高兴兴地挡羊去了。

他们的确还算高兴。想到不再上学了，心里就像从学校偷跑回家一样，有点甜蜜感，可又有点不安。上学！本来，对他们这个年龄的孩子，最温暖的应当是学校呀！可他们为什么不愿意上学呢？说实在的，一提起学校，他们就觉得很沮丧。那熬不完的长日子、听不明白的训斥、阴暗潮湿的教室和破烂不堪的桌凳……这就是呈现在他们脑海里的学校。校长是一位身患残疾的老头。在“挖肃”运动中，他的头七处受伤，他的腰被打断三次。在他们上学的四年里，老校长有两年是在各地医院养病。他们的班主任老师是个女的，倒很年轻。她是当时公社书记的儿媳妇，是占用落实政策指标参加工作的，她连二年级都没毕业，参加工作前还是个牧民呢。可是她给他们当班主任，从一年级教到四年级，天知道她都教了些什么。学校里还有一个年轻老师，据说是从盟师范毕业，很有学问。反正在苏木所在地再没有一个人有他那么高的文化，不过那位老师经常醉酒，两眼总是布满血丝儿，听说是他不愿待在我们这个穷地方，今年春天终于调到旗里去了……

他们就这样任着性子在野地里跑，有件事情对他们的吸引力特别厉害，那就是成年男女间神秘莫测的关系。

“乌仁其木格让我捎了个小包给布仁呼。那娘们儿的脸红红的，好像有什么名堂。”纳仁巴图煞有介事地说着，好像是在叙述一件世界上的头等趣闻。

“然后呢?”贺希格图和朝勒蒙的脖颈一下子伸得老长老长。

“我走到高坡那边打开一看，原来是一块手帕。上面绣着脖子上套着脖套的两只什么鸟。”。

“手帕?”

“手帕!”

他们似乎意识到这块手帕的用途并不是擦汗，而是别的什么。他们的心莫名其妙地跳动着，小胸腔里似乎有种虚幻的欲念在蠕动。

一天，布仁呼找到他们仨，说:

“今天晚上到我家来吧!”

“有什么事?”三个人受宠若惊地问。

“给我熬茶。”

“熬茶?”

布仁呼有点不耐烦了:

“晚上，丹毕他们要来我家喝酒。没有人给我们熬茶。”

他们这才明白了原委，高高兴兴地答应了。布仁呼能给他们这种差事，就算是高抬他们，叫他们升了一格哩。

丹毕领来一个白脸后生。乌仁其木格带来另外两个大姑娘。他们开始喝酒作乐。男的将那白酒如同喝水一样喝着。女的放开嗓门不停地唱着。可贺希格图他们连酒杯的边都没沾上，只有一壶接一壶地熬茶的份。

不过他们虽然手脚不停地干活，但还是可以观察到酒宴上的情景。那个场面真够气派。手捧酒杯的丹毕他们像持剑佩刀的将军，个个高大威风，神气十足。三更时分，丹毕和那个白脸后生相互逞能，连干了七八杯，结果白脸后生没能支持住，朝后一仰，便不省人事。姑娘们夸丹毕是有种的。丹毕得意扬扬地晃来晃去。贺希格图他们打心眼里佩服丹毕，久久地凝视着。三个人的心里同时萌生一种念头，将来一定要做一个丹毕那样海量的男子汉。

草滩东侧天边渐渐发亮，淡淡的曙色再一次照耀大地。

滩里，三个男孩踩着挂满晨露的青草往回走。通宵达旦的酒宴刚刚结束。丹毕和布仁呼已经一横一竖地倒下，拼命打呼噜。姑娘们也喝了不少，用五花八门的嗓子瞎唱一气，天亮时分便嘻嘻哈哈地跑出来，帮着布仁呼的奶奶挤牛奶去了。这样一来，贺希格图他们仨的差事也告完成，只好回家了。他们心里说不出是个什么滋味。

他们默默地走着，心里像是被人摘去了什么似的，空落落的。

这年秋天学校开学时，贺希格图、朝勒蒙和纳仁巴图，都没去报到。

他们一起退学了。

哈达奇·刚　译

# “浴羊”路上

## 一

小时候，我差不多每年都参加“浴羊”。“浴羊”，就是把羊群赶到咸湖边上，把羊一只一只扔进水里，给羊洗个咸水澡。这是生活在鄂尔多斯高原上的蒙古族牧民多少辈传下来的做法，一直流传到现在。

那时候，我的家乡很荒凉，人烟稀少，一口古老的水井，或者有一条小溪的小盆地，就能吸引三五户牧民好几辈居住下来。除了劳动以外绝无其他非分要求的牧民们，一代接一代地在那一块天地里操劳着。每年一次“浴羊”，到几十里地以外的咸湖走一趟，确实是牧家的一件大事，引起欢乐和激动。

每年快到“浴羊”的时候，我们这些牧家的孩子像过节日一样高兴。“浴羊”需要人多，一家一户单独行动难以应付，必须几家一起去。几家的孩子好不容易走到一起，暂时脱离了大人们的管束和监督，感到像小鸟一样自由自在。羊群不愿离开已经习惯了的草场，总是走不快，我们只能慢慢地赶着走。我们像没有上笼头的二岁子马，奔跑着，嬉闹着，你咬我一口，我踢你一脚。而家里的大人们动身比我们迟，快到中午才出发，骑着马赶着驴，带着锅碗瓢盆、干粮、帐篷，从后边赶来，赶到我们前边去，找个能宿营的地方，搭好帐篷，熬好奶茶，等我们把羊群赶到。

离湖几十步远挖好几个大坑，再挖渠把湖水引进坑里。而后把羊群赶到坑边，大人小孩围成半圆形（圆的另一半就是湖），逮住羊噗通噗通地扔进坑内。又稠又咸的湖水浓得像硫酸，如果把人扔进坑里，身上马上会烫出水泡的。就是那些羊，受到这种意想不到的袭击，也会惊恐万状。它们一个个地从坑内爬出来，浑身淌着水，委屈地咩咩叫个不停，样子十分可怜。“浴”完以后，便是把羊赶到中午滚烫的沙漠上暴晒。羊群站在沙子上，身上的水分马上挥发掉了。而水里的盐、碱、芒硝等留在了羊身上。这样一来，羊身上的一切寄生虫被彻底消灭。过几天让暴雨一冲洗，它们的毛色像缎子一样发亮，比任何时候都精神起来。

大约是我十五岁那一年吧，我又参加了一次“浴羊”。

## 二

那次“浴羊”，是我们五家一起去的。五家的羊放到一起赶，一家出一个孩子。

这五个孩子中，除了我以外，还有两个男孩子。一个叫古勒格，是个又黑又瘦的家伙，有名的淘气鬼。另一个叫扎木苏荣，别看他比我和古勒格大一岁，且长得又白又胖，实际上是草包一个。他总爱招惹我俩，结果每次都吃亏。还有两个姑娘，一个叫珊丹，一个叫萨仁花，比我们大好几岁。处于我们当时那种年龄的男女是走不到一起的。所以我们三个男孩和她们两个姑娘自然互相躲得远远的。我们三个在羊群的这一边，她俩总在羊群的那一边。在那个时候，真不知道我们究竟为什么那么讨厌女孩子。讨厌得简直到了仇恨的地步。男孩子们互相骂，最厉害的一种就是“谁谁是你老婆！”被骂的一方绝不会容忍，马上就会动拳头，直打到鼻青脸肿才罢休。我们见了跟我们年龄相仿的小姑娘，会毫无缘由地骂她们，甚至有时候还打她们。所以小姑娘一般都躲得远远的。为此，我们感到十分满足。

但那一天不知怎的，我们的心情与以往不同。

寸草滩犹如绿缎子般发亮。远远地看去，两个姑娘站在羊群的那一边，紧紧靠在一起，不停地说着什么。真不知道这些姑娘哪来那么多说不完的话，一见面总是互相悄悄地说个不停，哧哧地笑个不停。我无意之中远远地看了她们一眼，心里产生了一种从未有过的微妙的震动。我感到，她们的身段，随便搭在肩上的头巾，偶尔随风摆动一下的衣角，似乎突然间都对我具有了一种吸引力。我把她俩看了很久。后来我一下子意识到我是在看两个“黄毛丫头”，而且看了那么久。我感到了问题的严重性，我这种反常的神态要是被古勒格和扎木苏荣看出来，他俩就会从心眼里瞧不起我，我会被孤立的。我飞快地瞟了他们一眼，嗬，今天可真怪了。古勒格也跟我一样，久久地直愣愣地望着她俩，瘦黑的脸上显出激动。而扎木苏荣简直像个傻子，同样呆呆地看着两个丫头发愣。

那两个姑娘当时究竟有多大年龄我已记不起来了。只记得珊丹比萨仁花还大一些。但不管怎样她们还应该算是孩子。珊丹当时最多也就十八岁，我想。就在那一天，我第一次感到这两个姑娘不但不使人讨厌，而且发现她们原来是那样的美丽。看吧，珊丹长得比萨仁花高一些。不胖不瘦，像一棵戈壁红柳一样窈窕多姿。萨仁花长得却很壮实，有几分男气，犹如一株过分茂盛的柠条。

有几只调皮的山羊离了群，两个姑娘转身走开，赶那几只羊去了。

古勒格突然装出满脸看不起的样子：“看那两条小母狗，咋看咋不顺眼。那个珊丹更是……”

我接住他的话：“是呀，真叫人恶心。”我企图用这么一句话掩饰刚才的失态。

这是我们之间第一次隐瞒自己的真实感情，企图蒙骗对方。啊，这也许说明我们那时已经快要告别天真无邪的少年时代了吧。

只有不会撒谎的扎木苏荣呵呵笑着："依我看，珊丹和萨仁花是两个漂亮姑娘。"

## 三

晌午，我们把羊群赶到一个小盆地。盆地长满了水嫩的小草。在干旱的鄂尔多斯高原，有很多这样的地方，我们管它叫"柴达木"。一条小溪在柴达木腹地欢快地流淌，野鸭在水中嬉戏，水边的草像铺了地毯一样平整而光滑。湿润的空气使人心旷神怡。再看柴达木四周连绵起伏、无边无际的硬砂戈壁，你真想一辈子待在这个地方。五家的羊群放在一起，像无数颗珍珠一样在绿草滩上滚动着。我们三个这个时候已经忘掉了刚才的激动，忘掉了两个姑娘。

扎木苏荣突然笑着对我和古勒格说："我给你们吃个好东西。"他笑得有点古怪。

"什么好东西？"古勒格问。

他掏了半天破书包，拿出三块花纸包着的糖球，一人给了一颗。我们那个地方把这种糖叫作"俄罗斯糖"，像我们这样普通人家的孩子，一年也吃不到几次的。

我们不知道这家伙从什么地方搞到了这种糖。扎木苏荣实际上是个苦命的孩子。父母早逝，家里只有姐姐姐夫。姐夫是个地道的浪荡鬼，他姐姐只知道跟着男人发疯，从来不照顾弟弟。所以比起我和古勒格来，扎木苏荣不幸多了。天知道他怎么会长得又白又胖。但他那高大的身躯不会给人一种健壮的感觉，而显得笨重可笑。

"吃，吃呀，快吃。"他在催我们。他把自己的那一块放进嘴里，

“哈，真好吃。”

本来我们还有点舍不得吃掉手里的糖。但经他这么一刺激，我们撕开了糖纸，这才知道上了当。纸里包的不是糖，而是羊粪蛋。

扎木苏荣得意地挤眉弄眼：“怎么不吃了？吃呀……”

他那种得意忘形的样子，使我们感到忍无可忍。我们扔掉了羊粪蛋，握紧拳头向他靠近。

他好像并未觉察到灾难已经到来，还在笑，“嘻嘻……为什么扔掉？太可惜了，吃了多好……”

我和古勒格几乎同时打了出去，一人一拳就把那个小子打倒在地上。之后双双骑在了他的身上。

他拼命地挣扎：“哎哟，我再不敢了，饶了我吧……”他又喊又笑。但我们不会轻饶了他，你一拳我一拳地打下去。

古勒格抓起一把湿土抹在拳头上，在扎木苏荣眼前晃了晃，威胁道：“叫爹！不叫我要‘补尿壶’了。”用抹上湿土的拳头在对方的脑袋上来回蹭，我们叫作“补尿壶”。那是非常疼的。

“你放开我，我就叫。”扎木苏荣说。

见他在耍滑头，古勒格开始“补”了。古勒格家孩子多，父亲对孩子们非常严厉。所以古勒格非常害怕父亲。但父亲不在跟前，他什么事都敢做。

扎木苏荣疼得受不了，喊了起来：“哎哟，我叫，我叫……爹……”

“好好叫！”古勒格随时准备继续“补”。

“古勒格爹……”

我们放开了他。他爬了起来，摸摸被“补”得青一块紫一块的光头：“儿子摸爸爸的脑袋，将来会得手抖的毛病。”他就是这么一个人，老是惹我们，惹的结果必定挨打，挨完打再来惹，从这种恶性循环中获得乐趣和满足。我们重新把他按倒，又“补”了起来，一边还学着挑担走家串户的汉族小炉匠那种不太利索的蒙话叫了起来。

“这尿壶漏得不行了。”

“好好补，要不然一尿就漏。”

扎木苏荣受不了这酷刑，开头还在笑，后来就叫，最后疼得哭了起来，一边哭一边骂。这小子，真没用。我们早就不这样哭了。

我们只好放开了他。

他站起来，衣服扣子不见了，满身是泥。他一边拍打身子，一边还在哽咽：“哼！古勒格，狗崽子叫古勒格……嗯嗯……不要脸的东西，你跟珊丹睡过一个被窝……”

我们有时这样骂对方：“跟姑娘睡过一个被窝。”确切的含意我们也不清楚，但却知道那是非常丢人的事。

他又朝我骂：“萨仁花是你老婆!”

要是放在过去，他这样骂我们，肯定逃脱不了第三次“补尿壶”的厄运。但这一次，无论是古勒格还是我，都没有动。奇怪的是，这次挨了骂我们谁都没有觉得不能容忍，反而心里感到甜滋滋的。

他骂完了，抽抽搭搭地从破书包里又拿出两块糖递给我俩。

我们相信，这回绝不会是羊粪蛋。

## 四

我们把羊群赶到了高梁上。我想，来到鄂尔多斯高原的人，只有当他爬上那绵延几百里，像山一样陡峭的高梁的时候，才能真正领略到鄂尔多斯迷人的风光。从这里，能看到千里之外的贺兰山，和贺兰山以南苍苍茫茫神秘的大平原。“那里是回回的世界”，老人们说。你站在高梁上，再向着南方极目远眺吧，浩瀚的毛乌素沙漠金光闪亮，像无边无际凝固了的金色的海洋。在这里，你也许能看到马群从天地相接的远处奔驰而过，一瞬间变得无踪无影。还可能看到一两峰骆驼，一动不动地立在那里，像古老动物的化石。或许，你还能看到一个骑马或者骑骆驼的人。你会感到：人，在这里是那样地渺小，人类的一切活动，显得那样无力、可怜。这里只有大自然的雄伟和辽阔。

今年雨水充足，沙蒿和柠条长得非常茂盛，丛丛簇簇地连绵不断。远远的天边，蘑菇状的云朵露出了脑袋。我们向刚才打过架的柴达木望去，嗬，那么大的草滩现在看起来就像巴掌那么点儿了。从高处俯瞰这一切，别有一番情趣。柴达木中间有个骑马的人朝这边走过来，看着好似一只甲虫一样小。

“喂！你们过来，快过来呀！”

珊丹在前边叫我们。萨仁花她俩已经跑上了一座土丘。

要是在过去，我们是不会理睬她的。叫我们“过去”，她算老几？但今天我们却很高兴向她俩跑去。

“你们吃呀。”珊丹把包在手巾中的干粮递给我们。

我们确实有点饿了。但因为干粮是一位姑娘的，我们犹豫了一下。

“还客气呢。”珊丹伸手把我一拽，便把我拉到她的身旁坐了下来。这样一来我紧张极了，怕她这一举动引起古勒格和扎木苏荣的注意。他俩会欺侮我的。我想站起来，可珊丹却用手压着我的肩不让我往起站，这样一来我差不多被她搂住了。我急忙中扫了她一眼。我看到她前额上的几绺头发是乌黑发亮的，她的两道浓眉和一双圆圆的眼是那么漂亮。她红扑扑的脸上渗出了细密的汗珠。我感到她的肩膀是柔软而有力的，而且她浑身散发着热气，使我热得受不了。我简直像做梦一样精神恍惚。

“刚才你们在草滩上说什么啦？好像还提到了我的名字。”她问。虽然比我们大几岁，但她毕竟未脱孩子气。两只眼睛天真地忽闪着。

听她这么一问，我们三个都不好意思起来。

“没有，没有。我们什么也没说。”古勒格竭力否认着。

扎木苏荣的脸红到了耳根，嘿嘿地笑。

萨仁花像个假小子一样打着口哨。“得了，得了。没说就没说吧，紧张什么?”她装得像大人般不耐烦的样子，接着又说，“告诉你们这些小兔崽子，今后少在背后说我们姑娘们的坏话，那样将来会找不上媳妇的。”

真是个野丫头，竟然训斥起我们来了。我们当然不会示弱。

“我们才不找什么媳妇呢。”古勒格说。

“萨仁花，这么说来，将来你也要找男人啦?”我反问道。

“说到将来嘛，当然要找。姑娘长大了，谁都得找婆家，懂吗?”

她毫不在乎地拿腔拖调地讲着。珊丹却替她羞红了脸，小声劝着她：“瞎嚷什么？你可真是……”

古勒格不打算轻易放过她，继续问道：“你想找什么样的男人呢?”

再厉害也毕竟是个姑娘，她的脸微微红了一下。她抬起头来，看着我们认真地说：“当然要找好的。就像大哥哥一样，能关心我，能让我无忧无虑地生活……嗨，不说了，不说了。”她突然想赶快结束这个话题。

我们的心，微微震动了一下。一个姑娘，当着我们的面，说起了将来要找什么样的男人，不但没有使我们觉得有任何出格的地方（要是在过去，我们肯定会认为萨仁花是个不要脸的东西），反而感到她心中对未来的憧憬是十分美好的。

珊丹站了起来，突然提议：“咱们一起玩儿吧。”

“咋玩儿呢?”

“咱们从这儿往下跑，看谁跑得快。”她兴致勃勃地说。

我们像撒欢的小马驹一样奔跑起来。真没想到，珊丹会跑得那么快。我和古勒格拼出吃奶的力气才能跟上。我俩谁也不甘落后，都想在姑娘面前露一手。萨仁花跑了几步就不跑了，掐了一枝野花拿在手里，打着口哨，慢悠悠地走着。扎木苏荣虽然也在跑，但已远远地落在了后边。这个高大笨拙的家伙，像牛一样喘着粗气。

我们的笑声响彻了整个草原。

## 五

刚才出现在草滩上的那个骑马人来到我们跟前。原来是森格。森格是公社秘书，爱骑马，夏天老是穿着一件雪白的衬衫。他下乡到过我家，每天早晨都刷牙，还抹擦脸油。

他骑着马跑到我们跟前，很有风度地笑了起来：“珊丹，你好！”接着又说：“哦，萨仁花也在这里。”对我们三个男子汉却看都不看一眼。他的眼睛是专门为了看姑娘而长的。这混蛋！

他下了马，走到珊丹跟前，拿出一支烟用打火机点着了，说道：“听说你在赶羊，我就追着你跑。你看，马都出汗了。”

珊丹不作声。但看得出来，她对森格是不太欢迎的。看出这一点，我们很高兴。

森格这家伙趾高气扬地看看左右，对萨仁花说：“萨仁花，你骑上大哥的马，去达楞太家统计一下绒毛收入情况再回来。”他打发走了萨仁花，才注意到了我们三个的存在，突然呵斥道：“喂！羊都走远了，你们还站着干什么？还不快去？屎！”

我们明白了他的用意。他支走了萨仁花，现在又想把我们轰走，打算单独和珊丹留在一起。不要脸的东西，你才是“屎”呢！

我们十二分不情愿地走下了土丘。古勒格突然说：“他究竟想和珊丹搞什么名堂？走，咱们悄悄盯着他们。”

真是个好办法。我们像猎人一样猫着腰，轻手轻脚地踅了回去，隐蔽在一丛柠条后边，偷偷望着他们。

他俩还是那么站着。只是两人之间的距离比刚才近多了。森格笑着："珊丹，你想想看，我是国家干部，你要是跟我结了婚，就搬到公社去住。不愁吃穿，有钱花。"听他那个话音，就像哄着不懂事的孩子。再看他那个笑容吧，真让人生气。

珊丹窘极了。怕、羞、急，使她满脸通红。她埋着头，用羊鞭在地上乱画。我们对她十分同情，这么一个好姑娘，叫这坏蛋逼得六神无主。这森格真不是个东西。

森格却一点都不可怜她。"你大概也知道，现在的姑娘们拼命追干部。但我们这些人说实话又瞧不起她们。所以嘛，绝大多数姑娘最后只能找一个满身臭汗的牧民过一辈子。哎，可怜！"他的话里充满着优越感。还骂我们放牧人"满身臭汗"！

看珊丹还不吱声，他好像急了："你……要是不好意思表态……也没什么，就算这么定了。过两天我让别人去告诉你父母。"

"不……不行！"珊丹怯生生地叫起来。

森格脸上出现了一种十分古怪的笑。"别害羞，没什么。"他突然抓住了珊丹的手。我们有生以来第一次见到这种事，心跳得像怀揣了一只兔子。珊丹拼命想抽回自己的手，森格却顺势跨一步，竟把她紧紧地抱住了。"你别怕……听话，我可是干部。"

珊丹在拼命地挣扎，还带着哭腔说着什么。但这厚颜无耻的家伙不但不放她，反而抱得更紧了。嘴里反复着："别怕……别怕……"

我们急得不知道怎么办才好。古勒格突然说"快，咱们喊！"接着他喊了起来："珊丹姐，你在哪里？"扎木苏荣和我也可着嗓门喊："珊——丹——姐——"

听到喊声，森格一下子放开了珊丹，用阴森森的眼光左顾右盼，想弄清楚这突如其来的喊声是从哪里来的。珊丹飞快地整理着衣服，一边急急地答应着："我在这儿哪，你们快来！"看样子，简直是在呼唤着救星。

我们从柠条后边站了起来。珊丹用感激的眼光看了我们一下。这使我们非常高兴。恼羞成怒的森格在不住口地骂我们。但这对我们来说简直不如蚊子叫呢。有珊丹那感激的一瞥，我们全有了。我们是胜利者。

“你们滚!”骂完了他又吼。

我们没有动。

他举起了马鞭。

我们走了十来步又站住了，并且回头看着他。珊丹急急忙忙朝羊群走去。森格不死心地跟上了她。我们又不远不近地跟在了他的后边。后来萨仁花回来了，森格只好骑上马滚蛋。

他从我们旁边走过去的时候，脸色变得铁青，咬着牙骂了一句：“我将来叫你们蹲监狱!”用马鞭狠抽了一下马屁股，狂奔而去。

我们故意大声笑了起来。

## 六

快到中午了。

远远看到几个人赶着毛驴骑着马朝我们赶来。那是我们几家的大人们。我们认出了走在最前头的是古勒格的父亲。我们欢呼起来。让火辣辣的太阳晒了半天，我们又累又饿，大人们来了，我们可以把炒米酸奶吃个够。只要填饱了肚子，我们的精力就会奇迹般地恢复，我们又会在草原上欢快地奔跑。

我们五个静静地站在那里，看着大人们走近。多么晴朗的天，像蓝色的绸缎，天空中有一只小鸟在不停地啁啾，但你只能听到它的声音，却无法看到它。

大人们来到了我们跟前。古勒格的父亲望了望正在安静地吃着草的羊群，满意地微笑了。劳动总是给人们带来快乐，看来大人们今天情绪很好。古勒格的父亲把眼光收了回来，继而用审视的目光看着我们。突然他的目光变得严厉起来，我们的心里咯噔了一下。原来他注意到了扎木苏荣的脑袋。我们“补尿壶”的痕迹还留在他的光脑门子上。“你的头怎么了?”他奇怪地问。扎木苏荣摸了一下沾满泥巴的脑袋，傻乎乎地笑着回答：“我们刚才补了一下。”这笨蛋，连撒谎都不会。

“什么？补了一下?”古勒格的父亲更加奇怪了。很显然，他不懂何谓之“补”。接着他转向古勒格很严厉地问道：“又是你干的好事吧?”

古勒格在他父亲面前就像耗子见了猫一样，平时的淘气劲儿一点也不见了，低头弯腰像一张弓，小声回答：“不是我……”

古勒格的父亲冷笑了一声：“不要只图玩，不能让羊饮积水，也不要把羊赶得太快。明白了吗?”

古勒格十分老实地答应着。萨仁花的父亲是个善眉慈眼的老头儿，他笑着：“我们到湖边上宿营，你们几个把羊赶到离湖不远的地方过夜就行了，明天上午把羊赶到湖边。这是你们的午餐和晚餐。”他拿出炒米、奶酪递给了我们。我们都暗暗地高兴起来。今天，大人们不跟我们在一起过夜，我们玩到天明都没人管，怎么能不高兴呢?

我们看到哈达大哥也跟我们几家的大人一起来了，觉得有点奇怪。他家在半个月前已经浴过羊，这我们知道。他是想帮帮我们几家的忙吧？我们想。

哈达大哥长着一副英俊的黑里透红的脸，看上去很有神采。他是一个老实厚道的人，话不多，见了人总是露出雪白的牙齿笑。他家里生活困难。因为他爱帮助左邻右舍，干起活来又快又好，且不怕吃苦流汗，大人们经常赞叹：“哈达是个好小伙子！”我们都叫他哈达大哥，对他很敬重。

今天我们发现，哈达大哥不时地向珊丹瞟一眼。于是我们又想起刚才森格欺侮珊丹的情景。我们产生了一种怀疑，这些青年男子好像都在打珊丹的主意。

大人们对我们嘱咐了一番，继续赶路了。哈达大哥走出几十步远便下了马，佯装整理坐骑的肚带，落在了后边。他向我招了招手。我跑了过去。他拿出一个叠成“×”形的纸递给了我，并说：“你把这个递给珊丹。注意，别让别人看见。”他对我笑了笑，骑上马走了。

这肯定是一份情书，我想。我心里感到非常的别扭。我突然对向来敬重的哈达大哥产生了一种莫名其妙的敌意。我回头看了看珊丹，她也正在看着我。看得出来，她在等待我把这个可恨的情书给她送去。我突然来了一股倔劲：哼！你等着吧，我偏不给你送去。我感到受了欺骗和委屈。

整个一下午，珊丹多次用期待的，甚至于是乞求的眼光看着我。但这更使我气愤。我像没事人一样跟古勒格和扎木苏荣玩着，理都不理她。

我们把羊群赶到一个长满野艾的平坦草场。回头一看，已看不见我们家附近的那些丘陵和沙坨子了。我们好像已经来到一个遥远的陌生的地方。

沉默了很长时间的古勒格这时问我：“给珊丹的？”我明白他的意思，他指的是那张纸条。

“是的。”我回答。

“哈达大哥也……这珊丹真不是个好东西。”

“对。”

我们变得多么不可思议啊！明明对哈达大哥不满，嘴上却骂珊丹。究竟是什么东西在我们心里作怪呢？

“珊丹怎么成了‘不是好东西’？”扎木苏荣根本不理解我们的心情，“她是好人，顶好的好人。”

“关你什么事?”我大喊。

扎木苏荣当然不会白白地让我吼他。他瞪起眼睛开始揭我的短:“哈达大哥给珊丹的信，你为什么不给送?”

我心中的无名之火腾地燃烧起来了:“用你管吗?混蛋!”

“你再管闲事，当心再把你脑袋当尿壶补!”古勒格恶狠狠地威胁道。

扎木苏荣更不服气了。我怀疑，他已看出了我们心中的秘密，所以故意在旁敲侧击。他笑着对我们说:“哈，多好啊。原来，哈达大哥和珊丹好上了，真是多好的一对。”

“呸!”古勒格啐了一口。

没想到扎木苏荣更加放肆起来:“你们二位是什么意思?啊?哈达大哥给珊丹的信，你们竟敢扣着不送。我要向哈达大哥告你们!”

我的忍耐已经到了极限，向前大跨一步，一拳打得他差点摔倒。

“你们干什么?”受到意外一击的扎木苏荣退了几步，突然领悟到了什么，“哈，不要脸!你们俩竟打珊丹的主意，想娶珊丹。哼，乳臭未干的娃娃，羞不羞?珊丹能看上你俩?人家早就跟哈达好上了……”

他的话，像一把锋利的刀，剥着我们的脸皮。话已说到这个份上，古勒格和我反而不知道说什么了，只是怔怔地看着他骂。

扎木苏荣越说越来劲:“我再也不跟你们好了。你们不是好东西，你们是……流氓!”他头也不回地走掉了。

西斜的阳光，照着静悄悄的草原。羊群一动不动。我感到心里空荡荡的。

“他骂我们是……流氓!”我气得浑身发抖。

“哼，扎木苏荣……”

我们觉得无聊透顶。

# 七

一座明沙坡上，羊静静地卧着。

羊儿的倒嚼声，草丛里的虫鸣，像一曲柔和的音乐，使戈壁之夜变得更加迷人。

皓月挂在中天，像高悬的明镜，一动不动。可是当一片薄云遮住它的时候，它却急匆匆地游动起来，像是要尽快地摆脱云彩似的。最后它如愿以偿了，又挂在那儿一动不动了。

空气湿润而清新，我们的衣服被露水打湿了。

为了不让羊群跑掉，珊丹和萨仁花守在沙梁顶上，我们三个则守在坡下。看来羊群一点动静也没有。我们放心了，便开始玩。我们把下午的别扭忘到九霄云外去了。

我们捉迷藏，“捉特务”，闹得天翻地覆。扎木苏荣不管藏到什么地方，总是很容易被我们捉住。因为他穿着一件白衬衣，而古勒格和我都穿蓝褂子。在朦胧的月光下，我们远远地就能看见他的白衬衣。

“这不公平，咱们换衣服。”扎木苏荣在求我。

“没门儿。”

古勒格却说：“扎木苏荣说得对，你们俩把衣服换了。”

“这……”我还是不太情愿。

但在古勒格的坚持下，我最后还是和扎木苏荣换了衣服。古勒格对扎木苏荣说：“你到南面那个沙坨子那边站一会儿。我们藏好了再来找。”

接下来我才知道，这仅仅是古勒格将要编导的恶作剧的开头部分。

扎木苏荣向沙坨子走去以后，古勒格狡黠地笑了：“让咱们治一治这小子。叫他一辈子也说不清。”他神秘地说：“今天夜里，谁穿着白衬衣，谁就是扎木苏荣。明白了吗?”

我一点儿都不明白。古勒格在我的耳朵里如此这般地说了一番，我兴奋异常地点头称是。现在回想起来，真是荒唐极了。但当时，我们正在最容易办出荒唐事的年龄啊。

我们从羊群的左边绕了过去，走到沙梁脚下，古勒格留在下边。我穿着扎木苏荣的白衬衣开始往沙梁上爬。我想到，电影里的特务正是这么爬的，不知是因为兴奋还是有点紧张，我有点心跳。

快爬到沙梁顶上了。我隐蔽在一丛柠条后边观察起来。离我一丈多远，有几棵沙蒿，沙蒿那边，珊丹和萨仁花紧挨在一起躺着。在月光下，看得清清楚楚，她俩合盖着一条毯子，头底下枕着书包。

我一动不动地趴在那儿。她俩却不停地说着话。

“去年夏天，有一夜，我和妈妈睡在外边。我开始数星星。我下决心，一定要数清有多少。就那么数下去……”萨仁花说。

“数清了吗？有多少?”珊丹咯咯地笑。

“没数完就做起梦来了。”

她俩又笑。

“萨仁花你看，月亮里边的小兔在捣炒米。”

“捣了多少年哪，可怜的小兔子。”

当她俩越说越起劲的时候，我已经爬到了她们的脚边，一伸手抓到了毯子的一角。我一下蹦了起来，拽着毯子向沙梁下边飞跑。

惊恐万状的两个姑娘在后边尖叫起来。我完全相信，她们已经看得清清楚楚，是一个穿白衬衣的人抢走了她们的毯子。

在我逃离现场的时候，等在下边的古勒格开始喊了起来：“扎木苏荣，你后边拖的是什么呀？哎哟，这不是珊丹的毯子吗？你从哪儿弄来的?”

珊丹气愤的叫声又从后边传来了：“扎木苏荣，你干了什么事呀!”萨仁花也在骂：“扎木苏荣，臭流氓!”我跑得更快了。古勒格跟着我跑，一边喊：“扎木苏荣，你站住！”

我俩一口气跑到羊群的南边，真正的扎木苏荣傻愣愣地站在那里。他还问我们：

“怎么啦？出了什么事？”

“给。”我飞快地脱下了他的白衬衣给他，“快，把我的蓝褂子脱下来。”

“这个也给你。”古勒格把毯子一把塞在他手里。

扎木苏荣又把白衬衣穿上，手里抱着毯子，一边嘟哝：“真是，珊丹她们怎么在骂我呢？”

两个姑娘还站在沙梁顶上骂。“扎木苏荣，还不把毯子拿来，明天我告诉你姐姐。”萨仁花的嗓子都喊哑了。

“快送去呀。”古勒格在催他。

“怎么回事儿呢……”扎木苏荣嘟哝着往沙梁上走去。

我们悄悄地跟在他后边。有好戏看了。

“扎木苏荣，你怎么学坏了？你还是个孩子呢。”珊丹气愤地斥责着他。

“半夜三更，像贼一样爬着来，抢姑娘的被子，你怎么这样下流？”萨仁花也在吼。

扎木苏荣手里拿着毯子，像一根桩子钉在那里挨骂。他根本不清楚为什么突然挨了一顿骂。

“我没抢你们的毯子。”他说。

“还撒谎。毯子不在你手里吗？而且你们三个里边，只有你一个是穿白衬衣的。”

这小子终于明白了。“啊……我上当了。你们等着，兔崽子们。”他喊了一声回头就跑。他准备找我们算账。但他找不到我们，其实我和古勒格就藏在离他们不远的沙蒿丛里。

“真不像话。”萨仁花还在骂。

“算了，睡吧。”珊丹说。两个姑娘又重新躺下了。

过了好久，珊丹长长地叹了一口气。

“珊丹，你在想什么？”

“唉，咱们这样的女孩子，要是永远长不大该多好。”

“怎么啦？”

“我们小时候，人人都疼爱我们。现在倒好，长大了，好些人欺侮我们，恨我们……”

“那些小子，没有一个好东西。”萨仁花咬牙切齿。

“还没给你说呢。今天你去了达楞太家，森格对我……”

“对那家伙可得提防着点儿，真不是个东西呢。”

“就说刚才这个事吧，叫干什么呢？其实我们有什么错？是他们来抢我们的毯子。可是要是传出去，人们还是说我们长短。”

“你和哈达不是……？”

“哎……”

“我好像看见，哈达给了他们什么东西。当时我想，肯定是给你的信。怎么，他们没给你吗？”

“看样子，他们根本不想给……”

“这几个灰小子，怎么也跟你过不去了？”

“是啊，我怎么也不明白。我可一点也没惹他们呀。”

“哼，他们肯定受了森格的唆使。”

“不会。今天如果没有他们，森格还不知道把我怎么样了呢。可是哈达来过了以后，他们几个一下子就对我冷淡了起来。”

萨仁花说“你也是，总是那么胆小。要是我呀，就直接找哈达，说：喂，小伙子，我好像有点爱上你了。”

“谁让咱们是个姑娘呢……”

一小块乌云，不知从什么地方飘来，一下子把月亮吞掉了。周围变得黑乎乎的。白天烈日晒得发烫的沙子如今已经冷却了。我们的心也冷静了下来。刚才我们究竟办了一件什么事啊。我为什么扣下哈达大哥的信？又为什么恨珊丹？我感到，珊丹原来是那么可怜，心里那么苦，我们应当同情她。

古勒格轻轻地碰了我一下。我们悄悄地退了下去。

## 八

太阳升起来的时候，我们把羊群赶到了咸湖附近的沙梁上。往东望去，在刚刚升起来的太阳这一边，湖水像一面巨大的镜子一样明亮闪光。我们看到，在咸湖南岸，我们几家的大人们在挖渠。

我一下子看到了哈达大哥。他就在湖边上那些人当中。只见他叉开两腿，拿着锹不停地挖土，显得那样有力。我想起了那张纸条。我到现在还没有给珊丹，真该死。

我跑去找珊丹。她在用忧伤的眼睛望着湖那边，我知道，她在看哈达。

“珊丹……姐。”我小声叫道。我好像第一次管一个姑娘叫姐姐。我产生了一种想法：她要是真是我的姐姐该多好啊。我心里热乎乎的。

“这是哈达大哥给你的。”

她脸上的忧伤一瞬间变成了激动的微笑。那个纸条，她好像等了一个世纪，几乎是从我手里抢过去的。她想马上打开看，看了看我，又装进衣袋里。她甜甜地笑着，被幸福烧红了的脸，像花儿一样美丽。“珊丹姐……”我轻轻地叫了一声。

“嗯……什么？”

“昨天夜里……不是扎木苏荣，是我。”

她轻轻地“啊”了一声，接着笑了起来：“你为什么……玩笑开过了头，不好。”

“我错了。”

我刚转身，她把我叫住了：“给姐姐说真话，你们是不是……恨我？”

“没有，没有。”我赶忙否认道。

“那你们……对我……究竟怎么想的？”

这真是个说不清的问题。对自己昨天以来莫名其妙的感觉和离奇古怪的做法，难道我们自己能说得清吗？经她这么一问，我的脸在发烧，心里难受得慌，也不知怎的，突然流出了眼泪。

珊丹着慌了。“哎呀”，她叫了一声，用头巾给我擦着眼泪：“你别这样啊。你们恨我也行，或者……对我怎么想都行。我不怪你们……”

“姐——！”我心中的委屈、悲哀一下子像决了堤的洪水，奔涌而出。

“好弟弟！”

## 九

“浴”完羊，我们在沙梁上过午。太阳晒得沙子滚烫滚烫的，气温少说也在四十度以上。

那些羊实在受不了这种烤灼，就往有草的地方跑。为了把它们多晒一会儿，我们几个孩子各把一方。我的右边是古勒格，他只穿着一条短裤，又黑又瘦的身体就像一条晾干了的肉条。他拿着羊鞭，毫不客气地教训着那些企图逃跑的羊。我的左前方是珊丹，她坐在一棵柠条旁，一遍又一遍地看着哈达大哥给她的纸条。今天早晨以来，不知她看了多少遍。

我的心里特别得愉快、舒坦。自从当着珊丹的面哭了一次，我的心好像被泪水冲洗干净了，感到轻松了许多。

“喂，你来。”珊丹在叫我。

我跑了过去。她递给我一张纸条，红着脸说：“求你了，替我写个信。”

“行啊。”我满口应承。珊丹只上过扫盲班，写信对她来说不那么容易。

可是她又犹豫了：“要不……我自己写，你给我说。”

“我说？我怎么给你说？”

她把纸铺在腿上，一手拿着铅笔，脸红地问我：“心爱的，怎么写？”

我用手指在沙地上写了“心爱的”，她照着写。还用左手挡着那张纸，怕被我看见。

“我愿意，怎么写？”

我第一次看到一个年轻姑娘被巨大的幸福所陶醉。她的双眼在不停地颤动着，胸脯在剧烈地起伏，她时而微笑，时而咬着嘴唇发呆。此时此刻，她把什么都忘了。

她终于写好了信，叠起来，“你给他送去，姐姐求你了。”

到了下午，微风从戈壁边缘上吹来。一团团白云飘上了天空。天更美了，像一面绣着白莲花的蓝色绸缎一样。

大人们又提前走了。哈达大哥说要到旗里买东西，一个人骑着马向北走去。他走以前，和珊丹相视一笑。

因为要回家了，我们都很高兴。羊群走得很痛快。上千只羊，头朝着一个方向，像一片白云一样移动着。古勒格和扎木苏荣逮住了一只小兔子，后来又跑掉了。他俩到处找，还互相抱怨，吵了起来。萨仁花放开嗓子不停地唱着歌。落日时分，我们看到了宿营地。

我们看到了帐篷。帐篷外边，大人们在熬茶。炊烟顺着地势一直漫下来。一个宁静的戈壁黄昏来到了。珊丹来到我们跟前，羞涩而幸福地说“我……去一下。”在我们的正北方，有一片小树林。我们看见，树林里拴着哈达大哥的马。

珊丹走进树林里，不见了。我们几个互相会意地看了一下。我们感到被别人信任的快乐。

萨仁花还在唱。她突然对我们说：“你们三个小子听着。珊丹是和哈达幽会去了。对谁都不能说，要绝对保密。你们如果乱讲，看我剥你们的皮。”

“我们知道。还用你说吗？”古勒格不服气地说。

“珊丹姐的那封信还是我送的呢。”我骄傲地宣布。

“嘻嘻，萨仁花，你将来要是跟谁约会，告诉我们一声，我们替你站岗。”扎木苏荣笑着说。这个笨蛋，有时说出话来也蛮有意思的。

“是吗？那时候就劳驾你们了。先表示感谢。”萨仁花说完，又开始唱歌。

我们警惕地望着小树林的四周。要是有人向小树林走去，我们一定想办法挡住。

## 十

又是这个该死的森格。

他肯定一直在等着珊丹。看见了羊群，他突然冒了出来。

“喂，萨仁花，珊丹哪儿去了？”他问。

萨仁花看都不看他一眼，打着口哨。

森格无可奈何地笑了笑，问我们：“好弟弟们，告诉大哥，珊丹在哪里？”这混蛋，态度比昨天好多了。但我们不会上他的当。

“我们放羊不放人，谁知哪里去了？”古勒格狠狠地顶了一句。

“什么，小王八蛋！”他举起鞭子。

“珊丹留下了。”我说。

“留在哪儿了？”森格转过头来问扎木苏荣。他看出了扎木苏荣比我们老实。

“留在湖边上。”扎木苏荣困难地回答。

“不许撒谎。”

“真的。她……突然头疼，就留在湖边上一家人家那里。”扎木苏荣说。

哈，扎木苏荣，我们的好兄弟！谁说你笨呢？在这森格面前，你也是一条好汉。

森格骑着马，朝着和我们相反的方向驰去。哼，等你到湖边，也就后半夜了。白跑一趟吧，祝你一路平安！

“嗬，你们还真可以，像男子汉！将来，姑娘们一定会爱上你们的。那时候，我替你们站岗。”萨仁花说。

听了她的话，我们心里甜滋滋的。接着，我们和萨仁花一起唱了起来。我们的歌声，在黄昏的戈壁上荡漾着，飞向很远很远的地方。我们相信，哈达大哥，还有珊丹，一定听到了我们的歌声。

我突然觉得自己长大了。乡下的孩子，大概就是这样突然长成大人的。

我们还在唱。月亮升起来了。戈壁的月亮，是那样大，那样红……

戴兰　译

# 幸运的五只岩羊

## 一　踪迹

毛色青灰，犄角长得很大的几只岩羊受惊后像鹿一样矫健地飞奔了起来。它们越过了山脊，即使有大块儿的岩石挡在前面也没有停下来，直接跳上去，继续向前飞奔。太神奇了！岩羊的腿虽然细，但全是肌肉，灵活而有力。它们踩着陡峭的岩石缝里长出来的杂草，就像踩着梯子一样，镇定自若地往上攀爬着。小岩羊紧紧跟在后面，仿佛不是踩着石头，而是像一个个圆球一样滚着就过去的。

前面又出现了巨大的石块，岩羊丝毫没有犹豫，从两块儿石头的缝隙间蹿过去，不一会儿就消失在了远处。

“岩羊!”

睡梦中的孩子嘴里嘟哝了一声，吧嗒吧嗒嘴，脸上露出了期待的笑容。住在这里的孩子们梦里经常会出现这种泛着青色光芒的好看的野羊。这就是大家都以为绝迹了的岩羊。

真的，岩羊已经绝迹好多年了。好像只剩下了关于岩羊的有趣的回忆、故事……

可是这种泛着青色光芒的好看的野羊又出现在了孩子们的梦里。

远的不说了，就说三十多年前吧。这里是完全不同的景象。那个时候，这里是岩羊的故乡。人们说那时候的山都比现在的要绿一些。

一群群的岩羊慢悠悠地吃着草，仿佛从远处的山腰那儿飘过来的一片片乌云，突然又好像被风吹散了一样飞奔起来，瞬间又消失了。究竟有多少群岩羊，很难估计。“那个，那个……岩羊跑过来了！”“好多的小羊啊！”“长膘了，哈哈……”那时候人们看着远处的岩羊群兴奋谈论着。那时候岩羊是这里的一道风景，人们眼中的景、心中的景。

岩羊遇到灾难的那一年是五八年的冬天。知道当时情况的人现在不多了。有的人说因为连年的干旱，草的长势不好，为了让自己的牲畜有草吃，人们开始捕杀岩羊。又有人说那时候山外面的一个地方聚集了很多的人，要开矿建城。因为人太多，食物短缺，才开始大规模猎杀岩羊解决人们吃肉的问题。很难说谁说的是对的。反正大量捕杀岩羊是真的。

那年冬天一点雪都没下，干冷干冷的。

上面动员山里的人们，又派了一些人过来，专门给发了枪和子弹，派了车，向岩羊群突然发起了袭击。那时候岩羊丝毫没有意识到灾难的降临，还在山坡上慢悠悠地吃着草。四周山头上突然出现了拿着望远镜的一些人，探出头来挥着小旗子发了信号，机枪突然朝悠闲吃草的岩羊扫射了起来。无数只岩羊倒了下去，山坡上很快恢复了寂静。岩羊身上流出来的血像小溪一样潺潺流下来，远远地就能闻到血腥味。这样的猎杀大概持续了两三个月，原来会像乌云一样飘过来的岩羊群也烟消云散了。

大山一下子变得特别的空寂，附近的人们因此开始担忧了。

岩羊就这样消失了吗？以后也不会出现了吗？

……

据说猎杀的头两个月岩羊虽然大批量死亡，它们也没逃走。侥幸逃脱的那些岩羊用奇怪的眼神看着不断射出子弹的枪、看着前边探头探脑的人们、看着同伴中枪倒下，有些不知所措地用蹄子来回地踩。它们并不知道杀害它们同伴的是远处那哒哒作响的铁棍及端着铁棍的两条腿的动物。也许它们认为两条腿的这种动物从来就没害过它们。它们慌张、害怕，但也完全不知道这场巨大的灾难来自哪里，就那样惶恐地站在那里，很快就成了枪下的猎物。后来岩羊渐渐对人类似乎有了点戒心，看到人就会躲开。实际上也可能不是那么情愿，因为它们会时不时回头看看，犹犹豫豫地远去。即使这样，还是会有很多岩羊倒在枪口下。

最后一群岩羊似乎明白了些什么，飞快地奔向了大山深处，消失在了人们的视野之外。从那以后，再也没有岩羊出现在附近。

干冷干冷的一个早上，拿着奶桶的一个蒙古族妇女站在山腰处，一边用木勺向远处洒着牛奶一边嘴里念叨着："回来吧，我的岩羊，青色的岩羊，回来，回来吧！"

远处只有蓝色的天，青色的山，一点响动都没有。

旁边的男人说："岩羊再也不回来了。它们记恨咱们了。咱们做的事情不可原谅！"

几个小孩子眼里噙着泪水向远处望去。最后那一群岩羊就是消失在那个方向的。

这几个人究竟是谁？后面就会提到的。亲爱的读者们，岩羊就是在他们的叹息、希望以及泪水中失去踪迹的。

山里只留下了关于岩羊的种种传说。

……有人把一个婴儿扔到了山里。婴儿的哭声引来了一群岩羊。它们围着婴儿遮光挡风，赶走了蚊蝇，奶水充足的几只母羊轮流给婴儿喂奶，这个婴儿才活了过来。

……因为母亲病重，儿子进山采药。一只漂亮的青色岩羊给他带路来到了悬崖的下边。那只岩羊爬上了峭壁，很快嘴里叼着一株灵芝下来了。

……

这儿的孩子们经常会梦到岩羊。虽然他们不知道真正的岩羊长什么样子，但在梦里见到的岩羊是那么的矫健、机敏、会跟人亲近。孩子们是多么喜欢那些岩羊啊！

岩羊绝迹已经三十多年了。

难道一只都不剩吗？山里的人们偶尔会说起这件事。“不会的，那年不是看到最后一群岩羊跑了吗？一定是到深山里去了。”“岩羊什么时候回来啊？”

今年春天听说岩羊回来了。没有一个人能说清楚是谁在哪里看到了回来的岩羊。但是这个消息还是传开了。

虽然大家都不太相信，但还是传着这个消息。据说有人看到至少大小五只岩羊在山腰那边出现过。

或许是因为听说了这些消息吧，宝日呼最近总是梦到岩羊。

## 二　“石屋”的秘密

宝日呼醒来看见妈妈微笑着站在旁边：“我儿子做梦了？”

宝日呼没说话，梦里的那些岩羊的样子一直在脑子里。

早上空气特别好，清晨的一缕阳光从门缝里挤了进来，又是阳光明媚的一个早上。宝日呼的继父坐在地上锥着马鞍子。

宝日呼起来把衣服套在身上，然后从一个小罐子里舀出凉凉的酸奶喝了几大口。出门时看到门口放着一缸酸奶，上面还插着搅奶棒。现在正是出酸奶的季节，妈妈每天都在忙碌着捣酸奶。外边的架子上晾着刚做好的酸奶片，在阳光下像冬天山顶上的积雪一样白得耀眼。放着熬奶锅的灶旁，宝日呼八岁的妹妹在跟一只青色的山羊羔玩耍。这只羊羔一生下来母羊就死了，所以它整天跟着妹妹玩。因为经常调皮捣蛋，钻进灶里玩，白色的羊羔变成了青灰色。所以，妹妹就给它起了个“岩羊”的外号。

妹妹看到宝日呼笑了起来。圆圆的小脸蛋上挂着天真的笑容，白白的牙齿显得格外漂亮。

妹妹笑着说：“瞌睡虫，瞌睡虫，淘气的小牛犊。”

宝日呼看着妹妹笑了：

“谁是瞌睡虫？”

“你呀，你不是刚起来吗？”

“你还在睡觉的时候我帮妈妈把奶羊拴在一起才又接着睡的。”这是实话。夏天做奶食的季节牧民是非常忙碌的。很早就起来，在天亮前就要把奶胀得不行的母羊拴在一起，一直到太阳升起来都在挤奶。宝日呼每天早上在天亮前都要跟着妈妈把奶羊都拴在一起，然后要么在石头上坐着等天亮，要么就回去继续睡觉。

“哈哈……”妹妹笑了。

“苏雅拉玛。”妈妈在屋里叫着自己的女儿。小姑娘往在自己怀里打盹的羊羔屁股上拍了一下，放到地上，朝屋里跑去。

宝日呼拿着棍子放羊去了。

宝日呼一家人一直住在山里，以放牧为生。屋子周围高山延绵不断，常常被一层薄雾笼罩着。在这里看不到平坦的草场，只有长着低低的灌木的山坡。羊只要一出圈就能在半山腰上吃草。如果是住在平坦的草原上的人看到这些羊一定会捏一把汗，这些羊会不会掉到山沟里去啊？

宝日呼家的房子盖在半山腰上一处较平缓的地方。羊圈、草棚，住的房子……充分利用了地形，修葺得非常好。在他家前面大概一百米的地方有条小山沟，还能看到山沟那边的山坡。

宝日呼把羊赶到了山沟那边，朝山坡走去。那儿有各种形状的石头。附近的人把这个地方叫作“石屋”。放羊的孩子们成天在这儿玩。

宝日呼到了山坡上面，“石屋”就在前面。

“石屋”是大自然的杰作。两块并排着的大石块儿看着就像蒙古包，“屋子”西南方一大一小的两块石头像奶牛和小牛犊，东面的石头像拴马桩上拴着的两匹马。再往远处有些小一点的浅色的圆形石块儿仿佛是一群吃草的羊。更好玩的是“屋子”门口一块石头看着就像一条趴着的狗。西北方向有一块巨大的方形石头，围着的几块小点的石头看着既不像山羊又不像绵羊，大家都说这些是“岩羊”。方形石块儿的中间有个洞，可以钻进去一个人，里面是个蒙古包大小的洞。这肯定是这户“人家”的育羔房了。这里的人把圈羊羔的地方叫作育羔房。这样就齐全了，是完整的一户人家。传说山里人的一个祖先在山坡上盖了这样的房子，留下了牲畜，告诉他的后代必须世世代代这样生活。这个人升天之后那些房子和牲畜，包括岩羊都变成了石头，永远留在了那里。

孩子们最近只要聚在石屋附近，就会谈论起岩羊。大家传说的那五只岩羊究竟在哪里？真的出现了吗？为什么看不到啊？岩羊在这里生活过，可这里的孩子们却不知道岩羊长什么样。他们只知道岩羊是种野羊，特别机敏。那五只岩羊不是在山里吗？为什么我们看不到？他们一边想着一边望着罩着一层薄雾的大山。雾中的大山显得巍峨挺拔，仿佛隐藏了很多秘密。

宝日呼正坐在石狗旁边，突然听到山脊的那一边有石块儿滚落到山沟里的声音。一定是青格乐图来了。青格乐图比宝日呼大两岁，今年十六了。在学校比宝日呼高两个年级。他是这附近住的三户人家的小孩子里最大的一个，性格直爽，有点莽撞。

青格乐图的脸红扑扑的，眼睛一眨一眨的，似乎有些激动。宝日呼心里琢磨，这家伙到底怎么了？

青格乐图一走到宝日呼旁边就说：“我姐夫看见岩羊了，真的……昨天……就在这西面……”

“什么？岩羊？……真的吗？”

“真的，不骗你。”

“长得什么样子？”

“大小一共有五只，一只公的，三只母的，还有一只小羊……”青格乐图今天好像说话都是半句半句的。

“那么……就是……”

“嗯……是的。”

两个小伙伴激动无比。大人们挂在嘴边、小孩子们放在梦里的那些岩羊真的回来了吗？不仅回来了，还来到了他们家附近？究竟在哪里？我们能看到吗？

宝日呼站起来朝西面望去。西面那些岩石像被刀切过一样垂直，离这里很近。一只鹰在岩石那边不慌不忙地盘旋着，其他什么都看不见。

“就在那边吗？”

“就那边！那几只岩羊一看到我姐夫就朝着岩石飞蹿了上去。小羊羔还是太小了，是它妈妈把它弄上去的……”

“弄上去？怎么弄上去的？”

“不知道……好像是从脖子上还是耳朵上叼着上去的吧。看着是那样的。”

宝日呼脸上浮现出了阳光般明媚的笑容。岩羊回来了是真的。昨天就在这西面……一想到这儿心里就开始扑通扑通地跳。

两个小伙伴站在“石屋”那儿用期待的目光望着周围的山峰、山沟。在金色的阳光下山上仿佛罩着一层轻纱，分外的好看。因为有了岩羊的消息，这里的山好像也变得欢快了起来。

那五只岩羊现在究竟在哪里呢？

这个时候娜布其玛走了过来。她今天也有些怪怪的。好像很着急的样子，小跑着到了他们旁边。

“娜布其玛，你听说了吗？听说岩羊回来了。”宝日呼说道。

“我昨天才听说。”

“听说了？你爸妈也看到岩羊了？”青格乐图急忙问。

“没听他们说过，我是听别人说的。”

“是吗？”

娜布其玛有点着急了：“你们听说了吗？打岩羊的人要来了。”

“什么？”宝日呼急忙问道。

“我爸妈说的时候我听到的。”娜布其玛回答。

刚听说岩羊回来的消息还兴高采烈的宝日呼和青格乐图的心立刻沉了下来。究竟是怎么回事？岩羊刚回来，害岩羊的人立刻就出现了？

青格乐图皱着眉头：“谁要抓岩羊啊？又是城里来的吗？”

娜布其玛说：“听说是。”

“畜生！”宝日呼咬牙切齿地骂道。

青格乐图比宝日呼还要生气：“这些讨厌的家伙那年还用枪打过我们家的羊。”

离这里三十公里远的地方有座工业城市，是五八年捕杀岩羊的那个时候建起来的一座城市。城里人休息的时候就会拿着枪到山里来。要么开车，要么骑摩托到山脚下，步行扛着枪进山。也有些技术好、胆子大的司机会直接把车开到山里来。他们实际上没什么捕猎的经验，大多数人打枪的技术也不行，不懂三点一线的道理。就这样还喜欢捕猎杀生。休息的时候来山里打上一两只猎物，就浑身舒坦了。他们可能觉得山里面一定有很多的猎物，打猎也是他们的自由和权利，想怎么打就怎么打。进山里就像进自家的羊圈一样大摇大摆，说说笑笑。鸟、喜鹊、老鼠、兔子，看到什么打什么。山里突然响起密集的枪声，噼噼啪啪的，不清楚的人还以为打仗了，可牧民们心里明白这天肯定又到了城里人休息的日子。

那一年，也是有这么三个所谓的“猎人”骑着摩托进山来了。枪好，子弹多，在山里转悠了一整天，但连一只老鼠都没打到。眼看太阳落到了山头，该回城了。但是这三个人还是不甘心，怎么也得打到一只猎物。太阳马上落山了，他们朝着光线越来越暗的山梁、山沟望去。还是没看到什么猎物，只是在两百米开外，有四五只羊在吃草。那是青格乐图家的羊。不小心离群的羊成了城里“猎人”眼中的猎物。

知道城里人家的小鸡都不能随便抓的这三个人，用枪瞄准牧民的羊的时候却丝毫没有犹豫。长短三支枪朝可怜的动物射出了子弹。

因为枪法不准，子弹打到了离羊挺远的地上，打得地上的石子乱飞。从来没见过子弹的那几只羊，稍微受到了点惊吓，抬头看了看。“猎人”重新瞄准后又开始打。突然一只绵羊猛然跳了一下，拖着受伤的一只前腿逃走了。又有一只山羊倒在地上，挣扎着站起来开始跑起来。

“哈哈哈，哈哈哈……”

“打中了，打中了！”

“打得好！”

“抓住那只羊！”

三个人朝受伤的羊大喊着跑了过去。那只绵羊很快倒在了地上，肚子上被打了一枪的那只山羊拖着流出来的两三米的肠子飞快地跑开了。

听到枪声感到很好奇的青格乐图从山梁那边赶了过来，看到眼前吓人的情况，扯着嗓子大喊了起来。

专心追羊的那三个人没理睬他。青格乐图拼命朝自己的家跑去。

青格乐图的姐姐姐夫赶过来的时候，城里来的那三个“猎人”带着猎物消失得无影无踪了。只能从地上的羊血、几节子羊肠猜出刚才这里发生了什么可怕的事情。

第二天，青格乐图的姐夫进城报案去了。但是因为不知道那三个人穿着什么衣服，长什么样，摩托车牌号是多少，只得到一个“查查看”的回复就被打发回来了。

实际上城里也在试着加强枪支弹药的管制。别说城里人进山里来打羊了，“打”人的事情也不是没有发生过。贴告示，收缴枪支弹药，忙乎了一年多枪声似乎越来越少了。可是，从去年开始，进山里打猎的人又开始出现，引起了牧民们的反感。

“打岩羊的人什么时候来?”宝日呼问。

“听我爸妈说好像已经进山了。”

青格乐图说:“那刚回来的那几只岩羊就有危险了?”

“是吧……”几个孩子不禁为还没见到的那几只岩羊担心起来。从记事起就听着岩羊的故事长大的几个孩子是多么希望能看到那漂亮的青色的羊啊！他们安静地望着被青雾笼罩的山。山里有岩羊，也有想打岩羊的猎人。猎人来了的消息仿佛乌云一样笼罩在孩子们的心头。

宝日呼自己安慰自己，说:“听说岩羊跑得很快，他们追不上吧?”

“太讨厌了……”

正在这时枪响了。枪声挺远，穿过青色的薄雾在深山里回声不断，孩子们吓了一跳。他们立刻想到了昨天的那五只岩羊。一定是在打岩羊。

“砰，砰，砰!”

枪声不断，感觉是在山的那边，也不知谁说了声“走”，三个小伙伴朝山那边拼命跑去。

枪声消失了。当他们爬到山顶时周围寂静一片。

“下去看看。”青格乐图说。

走到半山腰时看到一个带着枪的人朝他们招手。

这三个孩子有点害怕，犹犹豫豫朝这个微笑着的人走了过去。这个人长着络腮胡，穿着一件短夹克，一看就是城里人。

“你们看到一只岩羊没有？受了伤的。”那个人问道。

“没有……”

“肯定打伤了。从上面滚了下来，站起来就跑了。跑得比别的要慢……可是总比人快呀。”那个人一边为自己的枪法感到骄傲，一边为自己没抓住岩羊感到遗憾。

几个孩子看了看周围，什么都没有发现。

“就从那边跑了。”那个人往前指了指又说道，“你们几个帮我找找吧，也许受伤倒在什么地方死了。”

“我们，我们……”

“我给钱，要不你们可以玩我的枪，每人可以打五发子弹……”

青格乐图说:“我们有事。”宝日呼、娜布其玛俩连忙附和。

那个城里人嘴里嘟嘟囔囔地走开了。

“哎，怎么办啊，一只岩羊被打伤了。”青格乐图朝另外两个小伙伴看去。那个城里人时隐时现，在那边的山洼里走着。

“咱们找找那只受伤的岩羊吧！”宝日呼说道。

“好！”娜布其玛表示同意。

跟城里的孩子比起来，山里的孩子们还是特别擅长观察地形的。他们站在山梁上，认真观察地形，判断岩羊可能逃跑的方向。

一直找到太阳落山，连岩羊的一根羊毛都没有看到。三个孩子又累又渴，一脸疲惫。岩羊可能没受伤，可能是轻伤，可能早就逃走了，说着各种可能性，几个孩子往家的方向走去。

几个人慢慢走到了石屋附近。

磨磨蹭蹭走在后面的娜布其玛突然往旁边跳了一下，不禁喊了一声:“啊呀，这……这……你们快来看！”

“怎么了？”宝日呼、青格乐图俩回头看到娜布其玛盯着一丛灌木一动不动。

三个孩子盯着看了一会儿，什么都没有看到。再仔细一看，不禁惊叫了起来。

灌木旁茂密的草丛里有两只眼睛，再仔细看有鼻子、嘴巴，还有头上的两只犄角。

“岩羊。”青格乐图轻声说道。他不知所措地站在那儿一动不动。岩羊也在草丛里仔细观察着这几个人。几个孩子发现岩羊伤得太重无法动弹。

“这……不行了吧。走，看看去。”青格乐图又说道。

他们小心翼翼地靠近了岩羊。岩羊抬起头想站起来，没成功，仿佛叹了口气又趴在那里一动不动。

“血快流完了吧，血流完就死了。”青格乐图不由得说道。他姐夫是个猎人，所以他比较了解这方面的事。

“现在该怎么办呀?”宝日呼、娜布其玛俩急忙问道。

“看看伤口吧。”

三个孩子慢慢地给岩羊翻了个身。岩羊疼得叫了一声。一条后腿被打断了。“给绑一下吧。”青格乐图朝娜布其玛说，“把头巾给我。”

他用漂亮的头巾把岩羊受伤的腿绑得紧紧的。岩羊好像特别疼，漂亮的棕色眼睛感觉特别温顺，又有些悲伤的样子，仿佛在说听天由命吧。

“啊呀，有奶流出来了!”娜布其玛又大声喊了起来。

真的，岩羊的乳房鼓鼓的，白色的乳汁一滴滴流了出来。

原来是只奶羊啊，他们找来找去，也没有看到小羊。

几个人就怎么保护岩羊讨论了好一会儿，至少在以下几点达成了一致：一、把这只受伤的岩羊藏到石屋的洞里，洞口必须挡好了，免得被别人看到，被野狗吃掉。二、要每天给岩羊送草，送水，让它的伤尽快好。三、必须马上找到羊羔。

几个孩子还因为另外一件事情争论了半天。要不要把找到岩羊这件事告诉大人呢?他们知道大人可能更会给岩羊养伤。大人要是帮助他们，这件事就更有把握了。所以宝日呼觉得应该告诉大人。

青格乐图却坚决不同意。“不能告诉他们，不但不帮咱们，反而会把岩羊杀掉吃了！我姐夫总说岩羊的肉特别好吃。”他说道。

“你那讨厌的姐夫三天打不到猎物就会杀羊吃吧？”宝日呼好像很了解似的。

“你后爸知道这个秘密后又会怎么样？谁知道？不能信！”青格乐图有点不高兴，“实在要说的话，告诉娜布其玛的爸爸吧，她爸可好了。”

娜布其玛说：“我觉得先不要告诉别人了。”大家都表示同意。

三个孩子把那只受伤的岩羊慢慢地抱了起来。天快黑了，山里开始起雾，周围也都模模糊糊的。

“慢点，别把伤口碰到……”

“小声点，别让人听到……”

岩羊时不时挣扎一下，因为力气不够，喘气声很重。

断了的腿骨好像也在响。

奶一滴一滴往下滴着。

他们走了好一会儿才到石屋，把岩羊藏到了山洞里，洞口用石块挡好了。

“现在怎么办？”

“回家。”

他们心里想着这家伙到明天早上会不会死了？但没有一个人把心里的担心说出来。

月亮从东面的山谷那边升了起来。澄澈的月光下山脊挺立，好像在夸奖孩子们的爱心，祝愿孩子们以及岩羊的好运，宁静的山谷充满了温馨祥和的氛围。羊群早就回到了羊圈。一想到爸爸妈妈可能责备他们回去得太晚，孩子们的心不由得沉了下来。

## 三　青山的记忆（一）

这五只岩羊从哪里来？为什么这时候回来？是因为哪些人的原因才跑回来的？没人知道答案。

不管怎么说，这些岩羊就是以前那漫山遍野像云一样飘来的岩羊的后代。没错，一定是。它们一定是悄悄藏了起来，胆战心惊，三十多年来因为干旱，野狼、野狗的袭击，它们的数量时不时会减少一些，一直到了现在。

现在，有五只岩羊回到了家乡！

这里的人们没有忘记岩羊，岩羊也没有忘记故乡。这里的大山更是没有忘记岩羊，大山的记忆是那样的牢固。

随着孩子们的视线会看到远处阳光直射下的青山，起起伏伏，充满了生机，蕴藏了很多的故事。那是九十年代的一个夏天。从那个夏天倒回三十多年，也是一个夏天。在晨曦中山脊显得特别高大，一切静悄悄的。

穿着蒙古袍的女主人拿着柳条簸箩向屋后的石崖走去。清晨潮湿的空气中，山里的光线变得越来越亮。青草的味道很清新，大概是因为露水的原因，山石也看起来颜色更深，更加突兀。刚睡醒的鸽子在石缝中的窝里“咕咕”叫着。山里的人们把附近的石缝、石堆利用得很好，加了门之后就变成了仓库，可以储藏食物。女主人走到仓库里准备拿一些饼作为早点。

太阳从东面的山顶慢慢升起，将温暖的阳光洒向了山里的这户人家。女主人眯着眼朝羊圈看去。羊圈里有群羊躺着，而羊圈那边稍远的山坡上躺着一群岩羊。

女主人不由得笑了。这群岩羊虽然白天不见踪影，晚上就会回到羊圈那边的山坡上休息。这样大概有一年了。这群岩羊她几乎都能认出来。哪只是母羊，哪几只调皮，哪几只老实，哪几只特别怕人，哪几只不怕人，她都清清楚楚。

每天晚上她都会望着山坡，直到岩羊回到山坡那里躺下，她才会觉得心安。哪一天要是岩羊没回来的话，她一整夜都睡不着。

岩羊好像也知道她的心思，每晚都会来。还有几只小岩羊经常过来调皮捣蛋，弄得她哭笑不得，像喜剧一样有意思。

今天早上喜剧又上演了。女主人打开仓库的门，取了一些饼，放到了地上的簸箩里，正准备锁门的时候，几只调皮的岩羊突然飞奔过来，围着簸箩看了看，毫不客气地开始吃起了簸箩里的饼。

女主人慌慌张张的，连仓库的门也忘了关，飞快地把簸箩端了起来。那几只岩羊却不停地往上蹦，拼命朝簸箩伸长了脖子。

女主人有些生气地嘟哝道："讨厌的畜生，白面是你们吃的吗？"边说边把岩羊往走赶。

可是那几只岩羊并不怕她。推开这只那只又过来抢饼吃，女主人一点办法都没有。她又气又急，胡乱挥舞着手开始揍岩羊。岩羊好像没知觉一样丝毫不理会她，反而朝装着饼的簸箩又把头凑了过去。"讨厌的家伙们！"女主人一边骂一边端着簸箩朝蒙古包跑去。那几只岩羊一直追到门口。

就听女主人在里面骂道："就应该被狼吃了，就应该冬天被打猎的……"那几只岩羊毫不在乎女主人的骂声，闻闻蒙古包的围绳，咬一口旁边的青草，就站在那儿。

"你就不能出去把那几只岩羊赶走吗？越来越过分了，再不管就跑到屋里来做客吃饭了。"

这是女主人跟她儿子说的话。男孩走出来拿起了挂在墙上的短鞭挥了起来，那几只岩羊好像受了惊吓跳了起来。其实它们并不害怕，是在跟那个男孩玩。突然一只岩羊跑过来做出了用犄角撞男孩的样子，然后所有的岩羊又一下子散开了。

这户人家就这样天天跟岩羊打闹着，日子很美好，很有趣。

冬天到了，突然有人开始猎杀岩羊。来猎杀的不是拿着火枪的猎人，而是开着车拿着机关枪的当兵的。

这家男主人从公社的动员大会上回来时就阴沉着脸。

“说什么了?”女主人着急地问道。

“说是要打岩羊了。”

女主人没懂。冬天偶尔会有牧民拿着枪到山里捕岩羊。这在会上有什么好说的?实际上参加动员会的男主人也没怎么弄明白就回来了。他现在皱着眉，结结巴巴地跟自己的妻子解释着会上听到的消息。

一个领导……等等，什么领导来着……反正是从上面来的大领导，来咱们山里检查工作，然后碰到了好几群岩羊。然后他问是绵羊还是山羊。不是，是岩羊。岩羊是什么羊?是野羊……那个领导的眼睛一亮，从车上下来盯着岩羊群看了很久。这个地方有这么多的野羊，可城里买不到肉都快半年了。有的地方别说肉了，粮食都买不到……可这儿有这么多的野羊，他嘴里嘟嘟哝哝的。然后根据这个领导的指示开展了猎岩羊的活动。领导讲道:“我们是世界的主人，我们不但要充分利用山里的金银铜铝矿，还要利用好地上的各种物资。那种青色的岩羊吃草吧?一只羊一天吃两斤青草，那么多只岩羊得吃多少草啊?我看这岩羊就像国民党一样，吃我们草场上的草，喝我们河里的水，还不给我们羊皮羊绒和羊肉。哼，蒋介石都让我们赶跑了，这几只岩羊有什么大不了的?你们也是，就打过几场小仗，没见过大场面。我跟你们说，打仗就是……”

女主人听到这儿不禁问道:“要把岩羊怎么样?”

“消灭掉!”

"全部都要消灭吗?"

"好像是那样说的……"

女主人无法相信自己的耳朵。"那山里没有岩羊该怎么办?"

"是啊，该怎么办?"

夫妻俩说来说去还是没弄明白。

可是一开始捕杀岩羊他俩就明白了。消灭就是不管岩羊的大小一起全部消灭的意思。别说捕杀有生命的动物了，就是割草砍柴牧民都不会这样干啊。

机关枪的突突声让牧民们目瞪口呆。"打仗"是什么，他们算是弄明白了。战争就是毁灭的意思。

"汇报一下哪里有岩羊群。"上面的命令传了过来。

夫妻俩着急了。岩羊群每晚还是会在他们家羊圈那边的山坡上休息。怎么也有三四百只。难道要把这些岩羊送到枪口前面吗?

夫妻俩的觉悟并不低。可是要把这三四百只睁大眼睛的生命送到机关枪前面，怎么想都不忍心。他们没有向上面报告这群岩羊的踪迹。

一天下午，那群岩羊好像受了很大的惊吓，跑了过来。每天都不会这么早回来，肯定出事了，女主人心里想着朝那群岩羊看了看，好像少了很多只。再仔细看，女主人基本上知道少了哪几只了。

"看，一定是抓了不少!"女主人急忙喊道。

男主人从屋里出来看着明显数量减少了的岩羊："真少了，哎……"

睁着惊慌的大眼睛的岩羊站了好一会儿才觉得总算是到了安全的地方了，开始低头闻着青草吃了起来。也就是从那天开始这群岩羊再也没离开过这户人家，就在周围吃草。

可怜的家伙们，真的害怕了！夫妻俩议论着。那是岩羊对于熟悉的这户人家的全部的信任吧!

远处有枪声回荡，一定是山谷里又在捕杀岩羊。女主人正在羊圈里清理羊粪，听到枪声的岩羊，有些惊恐地伸长脖子来回张望，开始一点点靠近女主人。

这些家伙怎么了？女主人看着因为害怕慢慢靠近她的岩羊突然明白了。真是这样，岩羊东张西望，犹犹豫豫地走到离女主人二三十步的地方停了下来，就站在那里一动不动。一会儿惊慌失措地看着远方，一会儿又用祈求的眼光看着女主人。

女主人的眼里满是泪水。可怜的家伙，怕成这样，一想到这儿，她心里就难过。不会说话有什么办法呢？如果这些动物会说话，一定有很多话要说。那天它们究竟遇到了多可怕的事情，它们的同伴是怎么倒在面前的，它们是怎么一路逃出来的……它们一定会把这些都说给她听，而且会求她保护它们，因为它们不知道如何脱险。岩羊虽然不会说话，这些一定是它们想说的，女主人心里很难过。

“可怜的家伙，别怕，没事儿……”女主人盯着岩羊自言自语道。

孩子们对于捕杀岩羊也很感兴趣。大人们响应号召去捕杀岩羊的时候小孩子们也跟着去凑热闹，看到了以前从没看到的有意思的东西。

他们知道了机关枪是什么样儿的，子弹又是从哪里出来的，心里痒痒的也想打几枪。他们眼睛都不眨紧盯着被包围了的岩羊。突然，四面八方响起了枪声，岩羊就像镰刀下的麦穗一样倒了下去，孩子们欢呼了起来。这种壮观的、有趣的场面他们一定是头一次见。过了好一阵子，枪声停了，人们从四周朝倒在山坡上的岩羊跑过去，孩子们抢在了最前面。没断气的岩羊有很多。很多半死不活的岩羊就那样被扔到了车上。能挣扎的那些岩羊又被用步枪上的尖刀补了几刀。那些调皮的孩子很积极地参与到里面，拿着从大人那里要来的带着尖刀的步枪，扎向挣扎着站起来的岩羊时觉得很过瘾。

“用刀扎的时候会噗的一声，血一下子涌出来，我都能感觉到骨头断了，羊皮破了……”

“你那有什么了不起的？我就捅了一下，刀穿过身体扎到了地上。岩羊的腿儿还蹬着，眼睛还睁着呢!”回家的路上孩子们互相吹着牛。

“这些孩子以后肯定错不了。”一个大人听到孩子们的话夸奖道。

“谁知道会变成好汉还是赖皮，还不懂事的孩子，怎么能让他们杀岩羊呢?”另外一个人边摇头边说道。

去欺负、折磨弱小的动物这种爱好一直隐藏在人类本能的深处，孩子们兴冲冲捕杀岩羊这件事就是最好的证明。去限制这种本能的爱好是非常有必要的。如果不加以限制，我们生活的这个星球一定会淹没在血海当中。

三个放羊的孩子在山顶上遇到开始聊天。就像三十多年后的宝日呼、青格乐图、娜布其玛一样，也是两个男孩、一个女孩。

“你们俩听到没有？火车的声音。”一个孩子说道。

真的从远处传来了火车的轰鸣声。

“谁不知道啊！每天都能听到。”另外两个孩子不屑地说道，“那不是吗？火车在那儿!”

站在这里从两座山中间一直往远看就是一片平原。顶子上冒烟的一条黑色的东西缓慢地在平原上滑动。那就是火车。

“你们知道那条铁路从哪儿到哪儿吗?”一个孩子突然问。

“那谁不知道？往东到北京，往西到兰州。”另外一个回答。

孩子们一动不动地看着三十公里以外的那列火车。沿着铁路往前走，以前的一个小站现在变成了一座煤城，有很多人生活在那里。人口不断增加的那座煤城离这儿也有三十多公里。三十多公里不算远，但跟山里的生活比起来那是一个完全不同的世界，所以对孩子们来说也算远。那边是现代化的热热闹闹，山里面却是古老的、传统的老样子。

当年，岩羊被一车车拉到城里。后来，山里也不那么容易看到岩羊了。以前，人们每天都会捕到好几群岩羊，现在好几天都找不到一群。岩羊越来越少，山里的人们心里也越来越空，刚开始捕杀岩羊的那种兴奋劲儿也没了。有的人开始担心这样捕杀下去山里的岩羊很快就可能消失了。有的人开始琢磨怎么保护这些可怜的家伙。可是上边没有一点儿要停止捕杀的意思，反而让他们见到岩羊必须立即上报。

孩子们的话题转到了岩羊上。

“看见岩羊可别告诉别人，我爸说的。”一个孩子说道。

“我爸妈也是这样说的”小姑娘也跟着说。

第三个孩子什么都没说，他想起了每天在他家周围转悠的那群岩羊。这个孩子就是被那只调皮的岩羊抢去了饼的那个女人的儿子。夫妻俩嘱咐儿子不能向别人说起他家周围的那群岩羊。

毫无疑问想隐瞒一群岩羊根本不可能。又不是可以藏到柜子里的什么东西，一群活生生的动物怎么藏？虽然说是山里面，迟早也会被别人看到的。

三个孩子下山往家走去。屋子周围有一群岩羊的那个男孩儿从那边山坡上把羊群往家赶。后面有人叫他，扭过头一看是一个背着枪骑着马笑眯眯的人。

“舅舅。”男孩儿微笑着叫道。

“放羊呢？”孩子的舅舅问道。

“嗯，舅舅要去哪儿？”

“去你们家。”

“哦……”

男孩儿突然想到了那群岩羊。他稍微犹豫了一下。舅舅是大队民兵排长，男孩儿知道捕杀岩羊这件事儿舅舅特别积极，要是舅舅到了他家，那群岩羊就危险了。

“怎么了？不想让我去你们家？”舅舅笑着问道。舅舅看着很年轻，也很聪明。枪口朝下斜背的步枪让他看上去威风了不少。男孩儿知道那支枪一下子能打出三十几发子弹，只有民兵排长才能背这种枪。

舅舅从马上跳下来，跟男孩儿聊着翻过一座山，前面就是男孩儿的家了。男孩儿赶紧往四周看，没看到那群岩羊，但他的心还是绷得紧紧的。因为岩羊一定没走远，一定在那边的山谷里。他确定。

## 四　孩子和岩羊

发现那只受伤的岩羊的第二天一大早，宝日呼、青格乐图和娜布其玛三个人约好了似的，一起到了石屋那儿。在“育羔房”那儿三个孩子好像有点胆怯不敢打开洞口，不敢出声。那只岩羊死了的话该怎么办？一想到这儿他们的小心脏扑通扑通地跳着，看着洞口的石板不敢动。

“什么声音都没有……”

“就是……”

“里面怎么了？”

放在洞口的石板没有动过，还是老样子。岩羊一定还在里面。可是怎么一点声音都没有呢？

突然石洞里好像有声音传出来，好像是岩羊在反刍，又好像是在打喷嚏，听得不是很清楚。

“听见没？有声音……”

“还活着呢……”青格乐图猛地掀起了石板。

岩羊的确还活着，只是比昨天还虚弱。娜布其玛拔了点嫩草放到岩羊的嘴边，这家伙却闻都不闻。

“这家伙不是不饿，我姐夫说野外的动物不吃人给的食物。”青格乐图说道。

宝日呼说：“咱们不是给羊灌过药吗？给它也灌灌看？”

青格乐图拍了下大腿：“这个办法好。快快……”他开始给宝日呼和娜布其玛俩布置任务。宝日呼从家里拿奶粉，娜布其玛负责回家取糖和一种叫土霉素的药。“我去找玻璃瓶，我姐夫是个酒鬼，家里肯定有。”他接着说。

没过多久，三个孩子像小偷似的从家里拿来了需要的东西。奶粉、糖用水冲好，连着给岩羊灌了三瓶。

“不流血了。吃了这么多也不会饿死了。”青格乐图说道。

“你们知道人们为什么要捕杀岩羊吗？”宝日呼问。

“谁知道呢，姐夫这两天就跟着了魔一样。”青格乐图说。

“这家伙的小羊羔在哪儿呢？”娜布其玛有些担心。

是啊，还应该有只羊羔子，到现在都没看到。孩子们觉得他们的小肩膀扛不起这么重要的任务，压得有些喘不上气。

“怎么办？找吗？”

“可……去哪儿找呢？”

一点办法都没有。他们盯着远处的山。可怜的羔子一定又渴又饿，在哪儿藏着呢？

没想到那只不知道在哪儿的岩羊羔子自己出现了。

就那天晚上，娜布其玛准备把羊关到羊圈里时发现羊群后面有只灰色的小羊羔远远地跟着。娜布其玛刚开始以为是宝日呼的妹妹苏雅拉玛养的那只名叫“岩羊”的小羊羔迷路了。后来怎么看都跟那只羊羔有点不一样。这只灰色的羊羔好像有点害怕羊群，又有点不敢离开，跟着走走停停，跑跑停停。

岩羊的小羔子……娜布其玛想到这儿又高兴又害怕，心脏噗通噗通的。岩羊羔子跑这儿来了，现在该怎么办？不管怎么样，先抓住再说。可是怎么才能抓住呢？不能让它发现我的意图，一旦发现，小岩羊也毕竟是野生的，追都追不上。先得想办法把羔子弄到羊圈里。娜布其玛一边想着一边小心翼翼地把羊群往圈里赶。

几只调皮的小羊羔意外地帮了娜布其玛的大忙。刚吃完妈妈的奶，心满意足的这几只小家伙看到灰色的岩羊羔子格外好奇，时不时地用鼻子闻闻味道，显得很友好。岩羊羔子因为长时间离群，一直逃命，看到小羊羔就好像看到同类一样形影不离。娜布其玛把羊群慢慢往羊圈里赶着，眼睛一直盯着那只岩羊羔子跟着那几只羊羔进了羊圈。

娜布其玛赶忙跑过去关了羊圈的门。圈在羊圈里岩羊羔子抓起来应该不难。娜布其玛抓住了那只小小的、心脏噗通噗通跳的羔子，又找了一只奶胀得鼓鼓的母羊，喂了起来。饿得快晕了的羔子连呛带噎地开始吸吮羊奶。

娜布其玛守住了不向大人说起他们发现岩羊的事情的承诺。兴奋得一夜没睡好觉的小姑娘，第二天一大早抱着小羔子往“石屋”拼命跑去。

看到自己的小宝贝，受伤的母羊挣扎了一下，但是没站起来，闻了闻羔子的尾巴，高兴地“咩”了一声。小羔子看到妈妈不要命地使劲往前冲，一口咬住了妈妈的奶头。卧着的母羊支起身子，伸长脖子把娜布其玛的手舔了又舔。

受伤的岩羊看到自己的孩子明显好了很多，毫不犹豫地开始吃孩子们拔的青草。

孩子们高兴极了。救了受伤的岩羊，又找到了小羔子，让它们团圆了，真是太好了。受伤的岩羊不光血止住了，也开始吃喝了，显然性命无忧。他们的任务就是到山坡上拔最嫩的草，背着家长悄悄用桶打来水给两只岩羊。其他时间就是从洞口往里看两只漂亮的岩羊，然后把石板盖上再去放羊。

今天青格乐图头一个到的“石屋”，刚开始被气得快爆炸，后来又放声大哭。青格乐图在同龄的男孩子里是属于长得很高大的。虽然他脾气暴、性子直，心地却很善良。今天早上，他第一个到的这里，从石板缝往里面看去。母羊伸展着躺在地上，小羔子一会儿爬到妈妈身上闻闻妈妈的嘴，一会儿又来来回回地蹦着，跳着。有妈妈在身边的小动物都是这样调皮又幸福。青格乐图越看越喜欢那只小羔子，不由得想抱抱它。他把好几块盖着洞口的石板拿开，头和两只胳膊都伸进去，朝小羔子伸出了手。躺着的母羊用三条腿挣扎着站了起来冲青格乐图顶了过来，然后来回晃着脑袋。一半身子在外、一半在洞里的青格乐图没有保护自己的本事，只能尽力往回缩。受伤的母岩羊好像看到了不共戴天的仇人似的用尽全力用头撞着他。等青格乐图好不容易半截身子出来后，头上、身上已经挨了好几下，像棒子打了一样疼。他没想到岩羊会那么有劲儿，犄角会那么硬。

青格乐图用两只胳膊撑在洞口愣了愣神，心里的火一下子起来了：救了你的命，找到了你的孩子，把吃的草给你放到嘴边，还这样对我？想到这儿心里的火再也压不住，母岩羊毫不留情顶撞他的样子让他很是生气。他从石板缝往里看去。受伤的岩羊还用三只脚站着，时不时心疼地闻闻自己的小宝贝，用凶狠的目光朝外看看青格乐图。

“不知好歹的牲口……”青格乐图嘴里嘟囔着不再看岩羊，咬着嘴唇，他一点办法都没有。

“你怎么把石板掀开了？”娜布其玛有些责怪地走到他跟前。

青格乐图没说话，很明显娜布其玛的话让他不高兴了。

“你来这么早没给喂点儿草吗？”娜布其玛接着说道，很明显她就是在责怪他。

青格乐图觉得受伤的岩羊和娜布其玛在合起伙来欺负他。他没回答。

娜布其玛推了推他说道：“怎么坐着不动？真懒！”

青格乐图没忍住，生气地喊道：“想去的话你去拔草吧！”

娜布其玛有点意外，盯着青格乐图嘴里嘟囔着：“讨厌的家伙。”

这时，宝日呼也到了。“你们……怎么了？”他问道。

“刚才我把头伸进去，那家伙用角顶我……”青格乐图边说边把被顶得发红的脖子伸出来，“看这儿……”

“你进洞干什么?”宝日呼又奇怪又有点责备地问道。

“我？我想抓住那只羔子”青格乐图嘴里嘟囔着。

“为什么？万一跑了呢?”娜布其玛在旁边责怪道。

宝日呼和娜布其玛不再理他，朝山坡下走去给岩羊拔草。两人边走边说话，声音断断续续能听到。

“为什么要钻洞里？……”

“真是的……”

“脖子被顶得红红的……”

“真是活该……”

青格乐图心里觉得很委屈，很难过，眼泪不由得流了出来。他坐在地上抱着膝盖哭了起来。

宝日呼、娜布其玛俩拔了很多草回来，看到青格乐图愣住了。比他们大几岁的青格乐图哭成这样，他俩没想到。两个人把青草扔进了石洞里，犹豫了一下走到青格乐图旁边坐了下来。

娜布其玛把装水的壶递了过去：“给你。”

宝日呼接着说道：“那只岩羊还认生呢。”

青格乐图用袖子抹了抹眼泪，接过了娜布其玛递来的水壶喝了两口，叹了口气：“它……不想让人碰羔子。”

“嗨，你们看岩羊的眼神。”娜布其玛喊道。

“怎么了?”

真的是，不仔细看真看不出来。从岩羊的眼神里可以看到很多——放弃、遗憾、难过、希望……落入人类之手后的放弃，不小心被子弹伤到后的遗憾，思念远方的青山、同伴的难过，你从岩羊的眼神里可以看到这一切。岩羊的目光穿过洞口的石缝延伸到了远方的青山和蓝天，久久不愿移开。

看了好长时间，岩羊仿佛还叹了口气，令人心碎。

“一定……是想同伴了吧？”娜布其玛也叹了口气。

“慢慢就习惯了。牛羊马以前都是野外生活的，慢慢被人类驯服的，老师不是说过吗？”宝日呼说。

“牧羊犬以前跟狼一样，慢慢地被人类驯服才变成了现在的狗，书上说的。”娜布其玛也补充了一句。

宝日呼好像突然想到了什么重要的事情，笑着说：“我们如果把能找到的岩羊都养起来，那些打猎的就不能抓了吧？”

“是啊，岩羊要是每天能跟着咱们……”娜布其玛双眼也亮了起来。

无精打采的青格乐图的脸上也出现了笑容。

孩子们脑海里出现了这样一幅画：青格乐图、宝日呼、娜布其玛三个人沿着山坡走着，后面紧紧跟着大大小小五只岩羊，他们在山坡上坐着休息时岩羊也躺在旁边……

现实是，那只母岩羊可不是那么容易被驯服的。虽然会毫不客气地吃孩子们拔来的草、端来的水，想到旁边去，想都别想。一有人到旁边，小羔子先会跳起来，接着母羊用三条好腿站起来冲过来，一不小心就会被撞倒。

第一个放弃的是娜布其玛。她那天把小羔子抱来的时候，母羊还舔了她的手。今天这是怎么了？这家伙还认生呢，算了。娜布其玛心里有点委屈。青格乐图因为之前被母羊撞过，就再也没进洞，只是把青草和喝的水拿过来放到洞里，坐在洞口外苦笑着。

只有宝日呼没放弃，坚信岩羊总有一天会跟他们做朋友。在他看来影响岩羊和他们之间友谊的就是那几块挡着洞口的石板。要是每天进洞里跟这两个家伙待着，一定很快就不认生了。青格乐图在那边说道：“那你钻进去试试吧，刚进去半截身子就会被岩羊的角顶出来。”宝日呼争辩道：“美国一个女科学家到了非洲，在没有人的丛林里跟大猩猩生活了好几年。那本书上说的……”

为了跟岩羊交朋友，宝日呼过一会儿就把一个石板挪开。他觉得这样的话岩羊能天天看见他们，慢慢地就好了。结果差点出了大问题。

一天下午，宝日呼挪开洞口石板后，朝着远处的青格乐图和娜布其玛挥着手：“你俩赶紧过来！”

“怎么了？”

“我们得离它俩近一点才能……”

没等他说完，小岩羊突然从洞里冲了出来。

这个突发状况让三个孩子很是着急。洞里受伤的母羊为了追上小羔子也从洞口伸出了头和前蹄。青格乐图和娜布其玛用尽了力气想把母羊推回洞里，母羊却挣扎得更厉害了。可能是本能，在洞里关了几天的小岩羊看到眼前的大山，来来回回蹦着、跳着，抓都抓不住。宝日呼着急了，喊道：“你俩赶紧来帮忙，抓不住的话就麻烦了……”

可那两个跟母羊搅和着，没法儿过来帮忙。

宝日呼没办法只能自己想办法去抓小羔子。他弯着腰，嘴里发着声音，慢慢靠近着。在原地吃着嫩草的小羔子看到他靠近了，噌的一下就跳开了。

又急又怕的母羊猛地从洞口冲了出来。青格乐图、娜布其玛俩一个抓住羊角，一个搂住脖子，一点都没有放开的意思。青格乐图急忙喊道：“宝日呼！宝日呼！”

天空盘旋的一只饥饿的老鹰突然向小岩羊俯冲过来。最先看到这只鹰的一定是那只母羊，所以才拼命要出来。

可是宝日呼没看到老鹰，也没听到青格乐图的召唤。

“你说什么？”他扭头问道。

青格乐图快急死了：“别啰嗦了，往上看！”

宝日呼赶紧抬头，不光看到一个跟他们家的簸箩差不多大小的黑乎乎的东西斜着快速冲下来，耳边还能听到像闷雷一样的轰隆隆的声音。

这声音太大了，连忙着调皮捣蛋的小岩羊都愣在那儿不知道该怎么办了。只是几秒钟的事儿，宝日呼像足球守门员一样伸出两只手朝小羊扑过去，一把抱住了往旁边滚了过去。就在这个时候，空中那个巨大的黑色物体带着风遮天蔽日地下来了，宝日呼感觉身上被什么东西使劲儿拍了一下。

一瞬间降临的危险一瞬间又消失了。宝日呼抱着小岩羊躲在一块岩石下朝天空看去。什么都没抓到的老鹰呼啸着冲向了天空。被老鹰翅膀袭击了的宝日呼虽然没有皮开肉绽，却也满头满脸都是土，好像地底下钻出来的一样。

四周一片寂静。母岩羊也不挣扎了。青格乐图、娜布其玛俩还是抓着岩羊，一动不动盯着宝日呼。宝日呼站起来，抱着小羔子朝母羊走去。母岩羊看到自己的宝宝，爱怜地咩咩叫着。母子俩老老实实地回到了洞里。

“这两个家伙老实多了。”娜布其玛小声说道。

“真的，这两个家伙在洞里安安静静地站着，时不时互相闻一下，然后就一动不动地站着。”

“吓坏了，可怜的家伙。”青格乐图也轻声说道。

然后，三个孩子慢慢走到了洞里。宝日呼抱住了小岩羊。母岩羊这回没有生气。娜布其玛慢慢地挠着岩羊的脖子，岩羊一动不动。只有青格乐图因为被母羊撞过，识趣地离得远远的。

母羊一动不动站了好长时间，然后伸长脖子开始慢慢舔娜布其玛的脸。

这就是动物表达自己爱的方式啊，孩子们心里觉得暖暖的。

娜布其玛觉得痒痒，强忍着没笑出声来。母羊舔了很长时间，又走到宝日呼旁边开始舔他。

孩子们心里舒坦多了。他们高高兴兴地用石板挡住了洞口往回走。

"青格乐图哥，就没舔你……"娜布其玛开起了玩笑。

青格乐图笑了笑没说话，能看得出他也很高兴。

从这以后，两只岩羊和孩子们友好多了。

## 五　岩羊寻踪

没出什么事儿，孩子们心里很高兴。他们哪儿知道世界是那么复杂，人是那么复杂。

善良的孩子们想都没想到阴谋和危险离岩羊越来越近了。

在孩子们听说岩羊的事情之前，几个城里人已经确定有五只岩羊在山里出现过。

从宝日呼家生活的那座大山往西北方向走十来公里就出了山区了。再往那边走就是戈壁滩了，上面随处可见大块儿石头。这里几百年来没有人和牲畜出现过。好多年前，冬天的时候，有时候会看到驼队在太阳落山时在这儿稍微休整一下，然后继续往西北的阿拉善、青海方向走去。顺着驼队走去的方向看，就会看到远在天边、云雾缭绕的贺兰山。在贺兰山的这边，黄河仿佛一根细细的铜丝闪闪发光。

五十年代末，有条铁路从遥远的东面慢慢修了过来，一直向西延伸。蒸汽火车呼啸着穿过，声音久久回荡在山谷里，宣告着一个全新的时代的开始。然后在那片戈壁滩上很快建起了一座城。城郊一座工厂外墙上刷着的标语"全民全动员，共建文明城"仍然清晰可见。那条标语每过几年都会用鲜艳的油漆重新刷一遍，所以看着很显眼。三十多年过去了，城里面的人好像还没有忘记那个时代，仿佛在表达着什么。

文明与野蛮的冲突一直在这座城市持续着。所以，写这条标语的人看得太远了，令人佩服。

这座城里大概有二十多万人，不是所有的城里人都响应标语的内容。五只岩羊在山里出现过的消息，对于一些人来说只是茶余饭后的话题。因为别说五只，就是五千只岩羊出现也应该是稀松平常的事情。可是有些人听到五只岩羊的消息心里立刻打起了算盘，开始谋划。这些人互相联系着、悄悄计划着，不知不觉、小心翼翼……好像有个指挥部似的。“指挥部”的毁灭目标就是那五只可怜的岩羊，人畜无害的那五只岩羊。

“指挥部”里是哪些人呢？你们也不用问。等你读完这个故事，这些人也不会出现。可是他们有这么几个特点你们必须清楚。首先，他们都是见钱眼开的人，或者可以说这些人只为了钱活着，或者他们觉得钱比命重要。因为这第一个特点，又有了另外两个特点：第一，因为爱钱，他们能想到别人想不到的恶毒的主意。第二，为了钱他们什么恶毒的事情都能做出来。

钱真是个奇怪的东西，可以让人变成鬼！

看到山坡上吃草的岩羊，普通人一定会想这些好看的动物让山变得更美了，而不是想着怎么利用这些动物弄点钱花。一般人一定不会这样想。可是这些人的想法不一样。他们看出来能用这五只岩羊换不少钱。所以，他们想了不少办法。岩羊的皮毛、肉、脑子、筋甚至是角都能治病，这个谣言是他们故意传出去的，是他们计划的第一步。谣言并不需要依据。把人们最害怕的病都包括进去就可以了。“癌症病人的福音”“专治瘫痪”“岩羊脑有助于孩子智力的提高”“岩羊心专治心脏病”……印了大量这样的宣传单见人就发，见墙就贴，闹得沸沸扬扬。宣传单背面还印着某某地某某人吃了岩羊肉病好了，每张单子上都有二三十例病例，说得好像真的似的。这也不是什么难事儿，随便找个人给五十块钱，让他假装喝了泡岩羊角的水半个月癌症就好了。

这些谣言传出去后，他们又开始造岩羊价格的谣了。“广州活岩羊羔子的脑子能卖到三万块”“大岩羊的角比羚羊的都要值钱”“一只岩羊能换一辆小汽车”……类似的谣言传到了城里的各个角落，也传到了城外。打听岩羊的人多了起来，哪怕是岩羊的一个蹄子也有人希望能弄到。

世间的事情是多么奇怪，多么荒谬啊！随便造个谣，说某个东西价格高，大家就信了，然后就倾家荡产也要得到这个东西。这样，造谣的人就能发财了。他们正在打算抓住那五只岩羊，或者至少抓住一只，那样他们就能发大财了。

谣言传出去了，现在就剩抓岩羊了。那五只岩羊不能落到别人手里，必须到他们的手里。因为岩羊就是金钱，而金钱就是一切！太阳落山的时候一个步行的人从山谷中走了进来。矮胖的身材，一脸贪婪而又愚蠢的样子，这个人朝青格乐图家走去。他认识青格乐图的姐夫丹巴。因为有的时候会进山，山里的人都认识他。大家都叫他老张。现在，老张看着夜雾中的大山无精打采地走着。

这世界上的人形形色色。老张就是个奇怪的人。喜欢抽烟、喜欢喝酒、喜欢唱歌跳舞并不奇怪。因为人的爱好本来就各种各样。可是这老张的爱好截然不同，他喜欢折磨动物猎杀动物。

“我就没剥过活人的皮，其他都干过！”他经常这样炫耀。小的时候抓到老鼠、麻雀，就把煤油浇上去点着了玩。看到烧得焦黑但还有一口气的老鼠、麻雀他心里爽得不得了。他喜欢看各种电影，读各种书，最入迷的是各种烧杀打砸的故事。用烧得通红的熨斗烫、指甲缝里钉竹签子、鼻子里灌辣椒水……诸如此类的故事让他很感兴趣，晚上躺在床上脑子里也是这些画面。“文革”中他是“下乡知识青年”，一开始就做了件“惊天动地”的事儿。

到了冬天，给他分了一只活羊作为肉食的补充。他居然把羊活剥了皮！看见的人说那只羊浑身血，惨叫声不断，跑了一百多米才断气。听说这件事的所有人头发都好像竖起来了。他不知道美利坚究竟是个国家还是民族，但知道很多折磨人、折磨动物的法子，比魔鬼知道的都多。哪个国家烤活驴吃，怎么烤，猴子的脑子怎么打开，蘸着酱油醋吃……这些奇奇怪怪的事情他都知道，经验很丰富。他曾经把一只雏鸟钉在木钉子上三天直到断气，笑眯眯地把老鼠封到玻璃瓶里看着老鼠缺氧后挣扎着死去。

因为这种奇怪的爱好，这家伙成了远近闻名的打手，折磨过很多人，后来坐了三年牢。可是他的本性并没有改变。刑满释放后他回到城里打工，偶尔做点小买卖度日。有时间也会捡起原来的“爱好”，经常看看折磨杀伤弱小动物的电影或书。

这个人适合在死后去阎王爷那儿工作。活着的时候适合给一些搞阴谋的人当屠夫。

那些密谋抓岩羊的人注意到了他，并花钱雇了他。老张凶狠，雇他的那些人更狠。虎是狼的主子，那些人是老张的主子。

“一天三百块，进山去找岩羊吧。”那个神秘的人对老张说道。

“三百？好好好。我正想进山找找那玩意儿呢。”老张急忙回答道。

“你说得不对。不是你想去，而是我们雇你去的。一天三百块钱雇的。”那个人又说道。

“好好。”老张在三百块钱面前脾气好了很多。

“十天的期限。”

一天三百，十天就是三千块钱，老张心里快速地算了一下。二十天就能挣六千块钱，想到这儿，他皱着眉说道：“要想抓那几只岩羊，没有一个月不行。”

那个人冷笑了一下：“那我们就雇别人了。”

“别，别，十天就十天，我一定努力。”

“那你明天就进山。”

“好，好。”

“给！”那个人给他扔过来一个装着钱的信封。老张打开信封开心地数着钱，突然脸色一变:“这儿只有一千块钱啊……”

那个人冷笑道:“另外两千块钱到了日子再给。十天后如果你连岩羊的一根毛都没找到，这一千块给我们还回来。别耍花样，小心点儿!”

老张看着那个人冰冷的目光一句话都没敢多说。本来是三千块钱的工钱，结果好像又欠了别人一千块，就这样老张进山了。

谁都没注意到老张进山了。在山里有熟人的城里人进山也不是什么新鲜事儿。又矮又胖的老张以前也会偶尔进山来丹巴家。

山里的夏天悄无声息，日子缓缓地过去了。

娜布其玛的爸爸这天到宝日呼家来了。宝日呼刚把羊赶回来，大口地喝着酸奶。宝日呼的妈妈在屋外捣着酸奶。妹妹苏雅拉玛跟那只青色的山羊羔子玩得兴高采烈。继父正在修马绊子。

因为是邻居，他们也没什么客套话。宝日呼的妈妈拿来了装着茶的壶，空碗放到了娜布其玛的爸爸面前。娜布其玛的爸爸没喝茶，走到了宝日呼的继父前面看着他修马绊子。

娜布其玛的爸爸是个慢性子，说话声音低，脸上总是带着微笑。大家都觉得这个人很好。据说娜布其玛的爸爸家里原来很穷。因为娜布其玛的曾奶奶生下她爷爷就去世了，娜布其玛的曾爷爷没办法只能用岩羊的奶喂大了这个没妈的孩子。这可能是真的。山里的人们有时会开娜布其玛爸爸的玩笑，说他也是岩羊奶喂大的，所以像岩羊一样老实。这个时候娜布其玛的爸爸总是笑眯眯的，不作声。

事实上娜布其玛的爸爸不仅性子慢，脾气好，做事情还很谨慎小心，遇到事情也不慌不忙，事情也总是处理得妥妥当当。这也是大家喜欢他的一个原因。在大家的心目中他一辈子没做错过事情，没让小偷偷过，没吃过什么亏。

他看着宝日呼笑着问道:“每天放羊，有时间学习吗?”

“没……还没顾上呢。”宝日呼有点不好意思了。

“不是没时间，是不想学习。”宝日呼的妈妈在旁边说道。

“孩子嘛，爱玩。我们家娜布其玛也是一样。”娜布其玛的爸爸盯着宝日呼若有所思。

“听说有人要进山来捕岩羊了？”宝日呼的妈妈边捣酸奶边问道。宝日呼的继父停下了手上的活儿朝娜布其玛的爸爸看去。

“你听谁说的？”娜布其玛的爸爸喝了一口茶慢悠悠地问道。

“不是说是你说的吗？”

“我也是听人说的。城里有人那样说。”娜布其玛的爸爸接着说道：“岩羊是国家保护动物，法律上说不能捕杀。”

宝日呼的妈妈接着话：“这些人就不能放过剩下的这几只可怜的家伙吗？”

“咱们这儿真的有岩羊吗？”娜布其玛的爸爸说完了朝宝日呼的继父看去。

宝日呼的继父一脸严肃：“我还真忘了岩羊长什么样子了。”

“咱们这儿肯定没有岩羊，有的话肯定有人见过，可咱们谁都没见过。”娜布其玛的爸爸说着朝宝日呼看去，“有的话天天放羊的人应该能看到，你们看到了吗？”

“没。”宝日呼的脸有点红了。因为撒了谎心里有点别扭。他开始觉得不应该跟大人们隐瞒岩羊的事儿。这事儿就怪青格乐图和娜布其玛，要不是他俩不同意，大人们早就应该知道了。大人们一定能好好保护岩羊，他心里琢磨着。

宝日呼的继父一边做皮绳，一边说道：“自打那年岩羊消失后，咱们是多盼望它们再回来啊！娜布其玛的奶奶拿着一罐子奶不停地召唤岩羊回来。可一传出岩羊回来的消息就有人惦记了吧？”

娜布其玛的爸爸好像在回忆三十几年前的事儿，默不作声。然后他看向宝日呼：“我们家娜布其玛太马虎了，不知道把头巾丢哪儿去了，你看到了吗？”

宝日呼想起来头巾用来给受伤的岩羊包扎了。娜布其玛的爸爸的目光虽然温和却也尖锐，仿佛能看穿宝日呼内心的秘密。

“没见到。”宝日呼连忙回答。

娜布其玛的爸爸笑了笑，没说什么。一定以为我在撒谎，宝日呼心里想。

娜布其玛的爸爸待了一会儿就走了。

全家人都没说话。继父叹了口气。越来越不对劲儿了，都是因为有人要捕杀岩羊。

妈妈捣酸奶噗通噗通的声音听着让人心里觉得很没劲儿。继父一直在那儿低着头修马绊子，一句话也不说。只有妹妹苏雅拉玛把绸子头巾围在小羊羔的头上，嘴里还唱着:“我的头巾飞啊飞，青青的草摇啊摇……”熟悉的大山在薄雾的笼罩下岿然不动，让人心里觉得很踏实。夕阳西下，东面的山渐渐暗了下来，最后一切都陷入了黑暗。

“嗯……那口锅是不是该上点油了?”继父边修着马绊子边问道。

“嗯……”

宝日呼还是不太敢跟继父说话。父母离婚后，去年这个怪怪的人来到了他们家，成了主人。宝日呼到现在都不把他当成父亲，也从来没叫过爸爸。继父是个不喜欢说话，面无表情的人。从去年到现在，他也没叫过两个孩子“儿子”“姑娘”。继父也是这个地方的人，宝日呼从小叫他叔叔，现在突然改成爸爸，舌头怎么都转不过来。

继父叫他“嗯”，他回话的时候也是“嗯”。

正在捣酸奶的宝日呼的妈妈听到自己的丈夫和儿子“嗯，嗯，嗯”地说话不由得笑了。自打继父来到这个家，宝日呼的妈妈好像年轻了不少，每天高高兴兴的。

宝日呼跑到屋子的东面，开始给石灶上的大铁锅涂油。熬茶前必须在锅里涂油，要不然很容易生锈。生锈的锅里熬的茶泡奶豆腐的话颜色就不好看了。所以熬茶前必须在锅里抹油。宝日呼知道这个，也会抹。

今天早上附近的人们就像约好了似的，没过多久青格乐图的姐姐孟根花、姐夫丹巴也来了。丹巴要是参加世界摩托车比赛的话一定能拿第一名。徒步都很难走的地方丹巴都会骑着摩托像一阵风一样快。今天他把老婆带在摩托车后面，直接骑到了宝日呼家门口。这对年轻夫妇喜欢赶时髦，穿着新式样的衣服。可能是刚从城里回来。

“干吗呢？”丹巴摘下墨镜，拽起衣襟扇着风，“大家都好吧？”他开着玩笑哈哈大笑。

“又进城了？”宝日呼的继父问道。

“不进城干吗？我的朋友都在城里，嫂子，我快渴死了。”

宝日呼一点都不喜欢青格乐图的姐姐和姐夫。这两个人就知道整天骑着摩托闲逛，从来都不好好照顾弟弟。丹巴在城里有很多朋友。整天热衷于跟那些人瞎做生意。

“从城里挣上钱了？”宝日呼的妈妈问道。孟根花在帮她。

“哎，做买卖有的时候挣，有的时候赔，跟那些家伙来往也就那么回事……不过，最近可能能挣点钱。”丹巴自己倒了碗茶喝了起来。

“什么买卖？”

“岩羊的买卖。”

宝日呼的继父盯着丹巴：“真的要抓岩羊吗？”

丹巴说道：“真的，千真万确，活的死的都能卖钱。一只岩羊羔子能换一辆我这样的摩托车。这世上的事情太有意思了，谁能想到一只破岩羊能那么值钱？听说吃岩羊肉能治病，心血管病、心脏病，还有那个可怕的癌症、男女肾虚，这些病都能治。吃岩羊的脊髓能预防白血病。活岩羊卖到动物园能挣三千块钱。岩羊头骨能卖到五百块……”

“岩羊的肉真的那么有用吗？”宝日呼的妈妈问。

“真的假的跟咱们没关系。值钱是真的！”丹巴继续说。

“所以就要捕杀岩羊了？”

“要不是为了钱，谁愿意跟在岩羊的屁股后面追？”

宝日呼的继父问道：“那你也要捕杀岩羊？”

“那是当然的。钱不是废纸，钱太有用了！”丹巴接着说道，“那天我在这西面看到了五只岩羊，当时没带枪，所以一点办法都没有……”

丹巴、孟根花俩离开的时候太阳快落山了。山里太阳落得快，天黑得早。虽然天空还很亮，山里已经开始慢慢暗了下来，山坡逐渐被黑暗笼罩。

“我的头巾飞啊飞，青青的草摇啊摇……”

这回，苏雅拉玛的绸子头巾可不在小羊羔的头上，而是在她自己的头上。她一蹦一跳地在前面，那只叫“岩羊”的小羊羔紧紧跟在后面。

“哥哥，哥——哥——”她跑到了山谷的边儿上，奶声奶气地叫着。声音在山谷里久久回荡。宝日呼在山谷的另一头儿放羊。

宝日呼冲妹妹挥了挥手。苏雅拉玛也不管小羊羔能不能跟上了，晃动着两条胳膊拼命跑起来。她跑得太快了。绸子头巾快要飞起来了。

苏雅拉玛一口气穿过山谷到了哥哥身旁，小脸红扑扑的，小胸膛因为跑得太快一起一伏的。

“没事儿跑这么快干什么？”宝日呼笑着问道。

苏雅拉玛从兜里掏出两块糖递给哥哥。

“就为了这两块糖跑过来的？”

苏雅拉玛点点头。离婚后亲生父亲离开的时候给兄妹俩留下一塑料袋子水果糖。虽然年纪小，但是他俩知道从父亲离开的那天开始就再也不是这家的人了，所以那袋子糖对他们来说尤为珍贵。兄妹俩从来舍不得吃。

宝日呼：“这个糖你留着，咱俩一个月只吃一次，一次每个人两块儿。”

小姑娘认认真真地使劲点了点头。

虽然只有八岁，但哥哥的话苏雅拉玛特别听。炕的一个角落里有几件旧衣服，还有一把羊拐子，那是小姑娘的世界。那袋子糖总是藏在那几件衣服下面。每个月的那一天——亲生父亲离开的那一天，小苏雅拉玛就会从袋子里拿出四块儿糖，把剩下的好好藏起来。三年过去了，那袋子糖还没吃完。

长满山坡的冷蒿在午后的斜阳下绿油油的很好看。兄妹俩并排坐在羊群旁边，那只叫“岩羊”的小羊羔闻了闻他俩的鞋子，咬着满嘴的青草，高兴地在草地上打滚。

“这只羊羔子太懒了，昨天睡了一下午。”

“是吗？”

“嗯，早上还钻到灶洞里去了，蹭了一鼻子灰……”

“嗯……”

苏雅拉玛一见到哥哥就变得像麻雀一样叽叽喳喳得停不下来。

父亲离开后，这两个孩子没怎么念叨。因为从他们记事儿起，父亲就没怎么在家待过，一直就是妈妈带着他俩过。可是，突然来了一个人，成了他们的继父。这是这几年他们家发生的最大的变化。孩子们幼小的心灵还没办法认真思考这件事情，但是从那时起这兄妹俩的关系好像比原来还要好，还要亲。宝日呼好像突然意识到了自己是哥哥，妹妹很可爱还很可怜，他要好好保护妹妹。胆儿小的苏雅拉玛一看到继父就会跑到宝日呼的旁边，一步也不离开。

“哥，你快看……”

苏雅拉玛用细细的手指着远处：“青格乐图的姐夫在干什么？”

宝日呼看到丹巴在那边的山顶上蹲着，用望远镜看着远方。

“他在找岩羊。”宝日呼说道。

“啊？他要杀岩羊吗？”

“有可能。”宝日呼继续说道，“岩羊那么好，怎么能杀呢？”

“丹巴真坏!”苏雅拉玛骂道。

丹巴用望远镜看了半天从山坡上走了下来，骑着摩托走了。

苏雅拉玛眨着眼想了一会儿问道：“娜布其玛的爸爸也要杀岩羊吗?”

“不会吧?”

“前天娜布其玛的爸爸也在山顶上拿着望远镜看。”

“是吗?”

苏雅拉玛：“他不是在找岩羊吗?”

“估计不是吧。”宝日呼回答道。

苏雅拉玛站了起来说道：“我要回去了。”

“赶紧回去吧。”

苏雅拉玛拍了拍困得打盹儿的小羊羔，小羊羔站起来跟着她往回走。

宝日呼看着妹妹和羊羔子心里觉得暖暖的。人和动物能这么好，形影不离。苏雅拉玛去哪儿羊羔子都跟着，她停下来采朵花，捡颗石子儿，小羊羔就紧紧跟在后面。

宝日呼看着妹妹离开后，朝“石屋”走去。

受伤的岩羊伤口好了很多，慢慢跟孩子们也熟了。一听到孩子们的脚步声，在“石屋”里躺着的岩羊母子俩立刻站起来，母羊低声地叫着，小羊也迫不及待地挣扎着想出去。母羊见到孩子们总是伸出粗糙但又热乎乎的舌头舔孩子们的手和脸，没完没了。小羔子就会用还没长犄角的头轻轻地顶孩子们玩儿。

自从上次脱险之后这只小羔子好像懂事多了。有的时候孩子们在太阳落山时把小岩羊弄出去放放风。好像被唤醒了野性，这只羔子在岩石上来来回回地蹦，技艺娴熟，但从来都不会跑得太远，听到洞里妈妈的叫声，就赶紧跑回去。

几天后的一个夜晚，苏雅拉玛突然把哥哥叫出了屋子。宝日呼心里觉得奇怪，不知道发生了什么。

苏雅拉玛鼻尖上都是汗，很激动地说道："哥，石屋那儿有岩羊，是吗？"

宝日呼心里一惊，连忙问道："什么？你说什么？"

妹妹说："下午我去那儿了，洞里突然钻出来一只小岩羊，看到我又赶紧回去了。"

"嗯……然后呢？"宝日呼装着什么都不知道，继续问。

"我看了，肯定是岩羊羔子。比我的小羊羔要高一点。一定是你们藏在那儿的，是吧？"

妹妹的小脸看着很可爱，好像在乞求他，又好像在期待着什么。宝日呼的心当时就软了下来。他觉得没告诉妹妹这个大秘密，有点对不起她。

他拉着妹妹的手走得离屋子稍微远点儿，转过来擦掉了妹妹鼻尖儿上的汗珠子，说道："这是我们大孩子的秘密，你不能跟别人说，记住没？"

妹妹苏雅拉玛很认真地点了点头。

"好。那我跟你说，那个洞里藏着受伤的岩羊和小羔子。谁都不能告诉，知道了吗……"

"嗯……"

被别人信任是多么令人高兴的事情啊，小苏雅拉玛脸上的表情证明了这一点。

第二天早上宝日呼看到了令人惊奇的一幕。在做奶食品的季节，牧民们起得都很早。宝日呼会一大清早起床，跟着妈妈一起把要挤奶的母羊用绳子拴到一起。妈妈开始挤奶，宝日呼要么就回去继续睡觉，要么就闻着清晨湿润的空气，看着在远处黑黝黝的山峰下映衬的朝霞，想会儿心事儿。那天一大早，宝日呼干完活还是那样坐着，盯着远处。突然，他看向"石屋"那边时吓了一大跳。石屋那儿有几只黑乎乎的动物。

是狗？也可能是狼，宝日呼心里很是着急。一想到洞里的两只岩羊，他抄起一根棍子朝石屋跑去。

宝日呼走到石屋旁愣住了。那几只动物不是狼，也不是狗，是三只岩羊！显然，它们就在洞口边住了一晚上。有卧过的痕迹，也能看到湿乎乎的羊粪蛋儿。它们是来找受伤的那两只岩羊的！出乎意料，这三只岩羊看到宝日呼也没有跑，只是离得稍微远一点，回头看着，一只母岩羊还开始吃起地上长的嫩草。

宝日呼突然觉得心里难以控制的激动，眼里充满了泪水，坐在石头上双手支着下巴，久久地凝视着那几只岩羊。

## 六　青山的记忆（二）

三十几年前的那座山仿佛什么都没有发生过一样寂静。清冷的早上，在凛冽的晨光下，山脊也仿佛冷得哆嗦了一下。

小男孩看得不错。自打舅舅昨晚来他们家了后，小男孩心里越来越着急，一大早就起来朝那个山坡望去。他想得没错，一群岩羊卧在那里。男孩儿的心不由得哆嗦了一下，山脊也好像哆嗦了一下。

不只是小男孩儿看到那个当他舅舅的男人心里着急，男孩儿的父母也一样。不过，一家三口假装什么事儿也没有，好歹熬过了一晚上。

舅舅喋喋不休讲了一晚上捕杀岩羊的故事。

“总算知道这支枪的脾气了。三十几发子弹打出去后就打不准了。所以你得迁就着来，弄对了没有比这更好的枪了。这是从抗美援朝那儿退下来的，吴连长夸了我半天，说连里没有比我更好的抢手了……每次看到岩羊群，都把我放在主枪手的位置上……”

舅舅说的好像他是抗美援朝回来的英雄似的。

舅舅可能以为他们一家子会问他到底猎杀了多少只岩羊，安静地看着他们，等着。

可是这一家三口谁都没那么问。都在想，这家伙如果明早看见岩羊群他们该怎么办啊？

“……前前后后怎么也得有两百多只了。”舅舅说完喝了口茶。

“……这……这个捕杀岩羊是不是差不多了？留一部分不是更好吗？……留着等到明年冬天……”男孩儿的父亲有点讨好地笑着，结结巴巴地说道。他这是在为外边的那群岩羊讨个生路。

“那样不行。吴连长说的。他只要战斗，不把敌人全部消灭决不罢休。尤其是现在是非常时期……”

“吴连长”现在也不是真正的连长，可能是复员回来，这次参加捕杀岩羊的退伍军人。舅舅现在“吴连长”不离口。

“你们家这边儿看到过岩羊没？”

“嗯……这个……好……好像……没……”男孩儿的父亲哭也不是笑也不是。撒谎也没什么用，明天一大早可能能看到那群岩羊。

“不管有没有，你都不能在我们家外面开枪！”男孩儿的母亲说道。

舅舅笑了：“姐姐姐夫你们俩有什么秘密不告诉我？”

几个人各有各的心思，就这样睡着了。

现在小男孩看着那群岩羊着急得不得了，真想把它们赶走。舅舅一会儿就出来了。出来就能看到这群岩羊。

“天气真不错，就是有点冷……”舅舅说着从屋里走了出来。他走到拴马桩那边小便完了，朝远处被霜覆盖的山脊看了过去，盯了好大一会儿突然一动不动。

“啊呀！这么多……”舅舅嘴里嘟囔着弯着腰进了屋子。一定是想到了自己的枪。

然后屋子里传出了姐弟俩激烈的争吵声。

“你去哪儿打猎是你的事儿。可是在我们家外面，在我眼前不能朝那些家伙开枪!”小男孩儿的母亲说得斩钉截铁。

“打猎还能选地方啊?是野生动物，又不会像家养的一样跟着人走。”

“真是怪了，你们跟岩羊有仇?”

“这不是政府号召吗?”

“不喜欢你们捕杀岩羊的又不止我一个。”

“这是两种思想的斗争。”

姐弟俩吵架的工夫那群岩羊站起来朝山谷走了。

男孩儿的舅舅准备动身了，“姐姐姐夫你们俩落后了啊!迟早有思想转变的一天。”

学习多、教育活动多是那个时代的特点。从那天开始小男孩儿的父母不得不经常接受教育，整天被批评，被帮助。岩羊应该保护还是猎杀，已经不是个普通的问题了。普通的牧民哪儿经得起这个折腾，早就没有了当初拦住弟弟时的勇气了。

男孩儿的舅舅带着那支一下子能打出三十多发子弹的枪住到了他们家。那群岩羊仍然白天在周围吃草，晚上在附近山坡上住。

那天一大早男孩儿的母亲拿着大簸箩到库房去取东西。那几只调皮的岩羊羔子又馋了，直接冲了过来。男孩儿的舅舅也看到了这几只岩羊。

“啊呀，来了，来了。”他噌的一下站起来，装好子弹，从门口挂着的毡子门帘缝里悄悄地伸出了枪筒。

枪响了。前面走着的三只岩羊栽倒在地，后面几只岩羊赶紧往回跑。

听到枪响，山坡上的岩羊都站了起来。一片寂静，枪再也没有响。男孩儿的舅舅很聪明。

岩羊站在那儿，呆若木鸡，过了一会儿，向那边奔去。

下午，远处的山谷里突然响起了枪声。受惊的岩羊一群群地朝他们家奔来。男孩儿的舅舅高兴极了。枪筒从毡子门帘后面再一次伸了出来，一阵枪响，五六只岩羊倒了下去。

可怜的岩羊啊，从那以后，在信任的这家人附近，每天三只五只地倒下来。

“哈哈，我头一次打这样的猎，每天在这儿守着，每天都有岩羊送上门来。”孩子的舅舅笑道。

“这些傻瓜怎么还来呢？可怜的家伙！”男孩儿的妈妈小声叨叨。

岩羊的确挺傻。它们天生没有那种面对朋友突然变成要它们命的敌人的状况的能力，所以它们还是不断地跑到信任的这户人家这儿来，倒在枪口前面。这种情况每天都在重复。

重复了很多遍之后，岩羊不再靠近这户人家了。但是好像它们也没打算离开，只是在不远处徘徊。

马上要过年了，人们都开始买鞭炮。舅舅有一天买来一串鞭炮交给男孩儿的爸爸：“姐夫把这串炮拿到岩羊的那头放了吧。”

“为什么？”

“我想了个办法……”

鞭炮噼里啪啦地在岩羊群那边不远处响了起来，岩羊受惊了，拼了命地朝这户人家跑过来。毡子门帘缝里照旧伸出来一支枪管。

“哒哒哒哒……”

男孩子从屋里朝外望去。刚开始仿佛能看到岩羊随着枪声倒下，后来在尘土中什么都看不见了。枪声不再响起，过了好久尘土也落下了。十几只岩羊横七竖八地躺在草地上。

其他岩羊都不见了。

火药的味道很刺鼻。

舅舅在他们家又等了两天，再也没看到岩羊的踪迹。

男孩儿至今都记得跟爸爸那一次上山的事情。

侥幸逃脱的岩羊不见踪影，男孩儿的舅舅等了两天走了。又过了两天大队书记的命令来了："剩下的那些岩羊在哪儿？去找！"

爸爸领着男孩儿进山找岩羊去了，很疲惫的样子，拖着腿在前面慢慢走着。腰上别的望远镜、破水壶随着节奏来回晃动着。男孩儿在后面跟着。

他们翻过了好几座山，前面的山更高。爸爸领着男孩儿继续爬。快正午的时候他们才到山顶。上面的风更冷，透骨地冷。远处的山峦叠起，仿佛都在脚下。抬头可以看到棉絮一样的一朵朵白云，仿佛伸手就可以够到。这座山的山顶像桌面一样平整，长满了及膝的荒草。

爸爸朝一个方向快步走了一会儿突然停了下来。男孩儿一眼看到了一座敖包。

男孩儿显然很少来敖包这里，眼里充满了好奇。他静静地站在爸爸的后面盯着敖包。

这是座年代久远的敖包，表面坑坑洼洼的石块记录着风雨的痕迹，石缝中冒出来的一丛丛的草虽然荒了，但是也十分茂密。敖包周围也长满了杂草。

爸爸好像在祈祷，一动不动地站在前面。男孩不由得被这个画面打动了，神圣的感觉油然而生。蔚蓝的天空、无边的山峦、寂静的四周、被荒草覆盖的敖包……都好像在向他诉说着无尽的传说。

敖包的石块上似乎有些图案。小男孩儿仔细看了一下，青色石块儿上是画上去的暗红色的图案吗？或者是刻上去的？模模糊糊的都是人和岩羊的图案。

这是岩羊的敖包！男孩儿突然明白了。他听长辈们说起过山里有个岩羊的敖包，敖包的石块儿上有人和岩羊的图案。虽然爸爸什么都没说，他好像明白了为什么领他来这里。

沉默了许久，爸爸突然说了一段话。至于说了什么，随后的故事里会说到。之后爸爸朝远处走去。

男孩儿紧跟在后面。

爸爸对这座山里的地形非常熟悉。左拐几下、右拐几下就下到了半山腰。然后他坐在了一块大石头上，一动不动。男孩儿悄悄坐到了旁边。爸爸为什么坐在了这里？累了？他心里琢磨着。

爸爸静静地坐在那儿，突然长长地叹了口气。也就是在那个时候，在他们的下方有了动静。男孩儿不经意往下瞥了一眼，惊呆了。

离他们往下一百来米的石崖下有一群岩羊。男孩儿看一眼就知道是以前在他家附近的那群岩羊的幸存者。数量少了很多。瘦骨嶙峋，毛色也变暗了。有几只在嚼草，另外几只在呆呆地看着远方。

男孩儿觉得这群岩羊有些寂寞，也有些悲伤。无缘无故被人们猎杀，没办法又不得不流浪在大山深处，想到这里男孩儿的心都快碎了。

爸爸也盯着那群岩羊。惋惜，可怜，难过，他能从爸爸眼里看到的只有这些。父亲盯着岩羊看了好半天，不声不响站了起来朝那边走去。男孩儿紧紧跟在后面。

“哎，可怜的家伙们……”父亲嘴里嘟囔着，用粗糙的手掌擦了擦眼睛。

他们再也没朝岩羊看。

回去后父亲对岩羊只字未提。

## 七　危险降临

宝日呼的妈妈和继父计划去参加邻居孩子的生日聚餐。孩子过一岁生日时，家里人会邀请亲友、邻居聚一聚，给孩子剪头发，这里的人们有这个习俗。

“把羊群看好了！”妈妈高兴地在苏雅拉玛的额头上亲了一下。

“嗯……”被妈妈亲了一下的小姑娘比得了什么大奖还要高兴，

忍不住笑了起来。那只叫“岩羊”的小羊羔闻了闻沾满露水的青草，回头咩咩叫了起来。

“哎呀，我的小可怜是舍不得离开我吗？”妈妈笑着说。

继父一脸严肃对宝日呼说道：“我们可能半夜才能回来，小心着点！”

宝日呼点了点头，觉得继父的这句话很重要。

然后家里的两个大人骑着马离开了。

夏日的太阳从山那边升起来不到一尺高就感觉变得滚烫了。那只小羊羔找了个阴凉地像骆驼一样卧着，没过多久就沉沉睡去。

“懒家伙！”苏雅拉玛溺爱地笑了。

“你又给它偷偷吃什么好吃的了？”宝日呼笑眯眯地问道。

“什么都没有。”苏雅拉玛眨了眨眼睛。

天真无邪的孩子即使说了谎，清澈的双眼仿佛在说：“是的，我悄悄给它吃了很多好吃的。”苏雅拉玛太惯着这只小羊羔了。山里的孩子缺少玩伴，这只小羊就像好朋友一样形影不离，有时还会跟它说好多悄悄话。因为宠它，出于孩子的童真，妹妹还会时不时把最好吃的东西偷偷喂给小羊吃。这只小羊的口味变得越来越怪了。从糖果、水果到饼干、奶豆腐、奶油……每天把小肚子塞得满满的。大热天吃得越饱，睡得越沉。

苏雅拉玛觉得没人知道她悄悄喂小羊羔的秘密，实际上全家人都知道她的这个秘密。为了安慰把不是秘密的这件事当成秘密的苏雅拉玛，全家人都装着不知道，强忍着笑。

“你跟羊羔子看好家，哥哥去放羊了。”宝日呼说道。

“给我晾点茶。”妹妹跟哥哥撒娇。

“没问题，没问题。”宝日呼晾了一壶茶，还盛了一碗酸奶又加了点糖。然后他拿着羊鞭跟着羊群走了。

娜布其玛站在“石屋”那儿冲他招手。他像岩羊一样不一会儿就爬到了石屋那儿。

“快看那只岩羊！”娜布其玛赶紧说道。

俩人从盖着洞口的石板缝往里看去。

受伤的母羊和小岩羊羔子伸长脖子努力从石板缝里伸出了鼻子闻了闻他俩。这是岩羊和孩子们清晨打招呼的方式。度过了漫长而又寂寞的黑夜之后，清晨孩子们一过来这两只岩羊就会抢着从洞口的缝隙里伸出鼻子来问好。

“它们饿了，拔点草给它们吃。”宝日呼说。

然后两人朝山坡走去。他们拔了好几把嫩草用衣襟兜着，送到“石屋”，让两只岩羊吃饱比什么都重要。

“看……青格乐图朝前面的山坡去了。”娜布其玛说。

宝日呼朝那边望去。果然，青格乐图把羊群赶到了家前面的山坡上。旁边跟着一个矮胖的扛着枪的人。

“有人跟着他呢。他来不了了。”宝日呼说道。

“是那个叫老张的人吗？”

“应该是。”

娜布其玛的爸爸骑着马朝他们走来。看到两个孩子，立刻下了马，从包里翻了一会儿，找出了几张带公章的《关于禁止捕杀岩羊的通知》，说：“这是市政府的命令。你们看到来来往往的人给发一下。保护岩羊是大事儿！”

两个孩子高兴地收下了那几张通知。

跟着青格乐图放羊的那个矮胖子真的是老张，住在丹巴家，天天往山里跑，鞋都快磨破了却连一根岩羊毛都没找到。照这个样子，十天后别说挣那三千块钱了，到手的一千都得给人退回去。一想到这儿，老张就像热锅上的蚂蚁一样坐不住了。

他坚信山里一定有岩羊，白天在山里转悠，寻找岩羊的踪迹。晚上一无所获，回到丹巴家不停地叹气，抓耳挠腮。

昨天他跑到了娜布其玛家。他听说娜布其玛的爸爸是个有经验的猎人，而且知道很多岩羊的事儿。可娜布其玛的爸爸连茶都没给他盛一碗，更别说给他好脸色了。

“这山里没有岩羊。”娜布其玛的爸爸说得斩钉截铁。

“有，大哥，原来有五只，一只母的受伤了，跟小羔子一起不见了，真的……”老张从包里拿出一支烟递给了娜布其玛的爸爸。

娜布其玛的爸爸瞥了一眼那支烟，很坚决地说道：“就算有，岩羊也是受法律保护的动物。不能捕杀！”

老张很不爽，觉得抓岩羊之前应该把这家伙抓住扒了皮。他一声没吭。

“我该去饮牛了。您是不是也该忙去了？”娜布其玛的爸爸毫不客气。

岩羊该不会是他爹妈吧？老张心里骂了一句后，回丹巴家了。

那天晚上一个陌生人到了丹巴家。开着吉普来的这个人说是在找亲戚家。

在丹巴家吃了晚饭，跟老张、丹巴俩聊了一会儿，瞥了一眼在角落里看书的青格乐图，微微笑了一下，朝老张说道：“不跟你们挤了，继续赶路。我的车出了点毛病，你帮我一下！”

老张不太情愿地跟了出去。

自从老张来到他家，青格乐图心里挺别扭。他心里清楚，这是个岩羊屠夫。这家伙在这里多待一天，岩羊就多一天的危险。所以他无时无刻不在关注着老张的一切行动。

老张整日愁眉苦脸，骂骂咧咧，像丢了魂一样无精打采。青格乐图心里暗自高兴。这家伙这个样子就说明还没找到岩羊的踪迹。可是今晚青格乐图隐隐约约觉得有些不对劲，是因为那个开吉普的陌生人。那个人虽然说是问路，但总感觉他是专门来丹巴家的。对陌生人还是要提高警惕，母岩羊和小羔子毕竟离得不远。

哎，等等，这家伙跟老张一起出去的，是在密谋什么吗？想到这儿，青格乐图起身悄悄跟了出去。老张和那个人的对话他听得很清楚。

“你来这儿三天了！有什么消息吗？”开吉普来的那个陌生人站在车那边问道。

“什么？……”

“我是给你三千块钱那个人派来的，明白了吗？”

“哦，是吗？”

“蠢货，现在才知道？这几天除了吃，你还干了点什么？”

“我也没闲着，来来回回打听……可……”

“别忘了那一千块钱现在还不是你的。”

满天星星，四周黑压压的山峰，这个夜晚显得异常诡异。黑暗中好像有了新的阴谋。

青格乐图躲在一块石头的后面竖起耳朵。

老张生气地说道：“看在我这么辛苦找岩羊的分儿上，你们不能把那一千块钱给我吗？”

“想要赖吗？在我们这儿可不行。我们虽然没拧断过岩羊的脖子，可是拧断过好几个人的脖子。自不量力的话把你的头拧下来扔进山沟里也说不定。这山里，一百年都没人能发现你的骨头。”

“去你的！”

啪！

开吉普的男人把老张扇得晕头转向，随后从怀里掏出一把长刀抵到了老张的脖子上。

该不会出人命吧？青格乐图的心脏快从嗓子眼儿蹦出来了。这个人杀了老张也不会停手的，接下来就是我们了。怎么办？不知道姐夫藏起来的那支枪有没有装火药，他打算随时往家里跑。

可那头儿一下子安静了。老张老实了。

“行，行。听你的。”他气喘吁吁地说道。

“那你听好了，那只受伤的母羊和小羔子应该就藏在附近。这家的小男孩和其他附近的几个孩子有可能把那两只岩羊藏起来了。这几天你要是找不到那两只岩羊，哼！你可能比岩羊死得早，知道吗！”

吉普车轰鸣着，闪出的两道冷光扫过山石，看不到踪迹了。

青格乐图从石头后面悄悄出来进了屋子。虽然没出什么大事，但是他的心脏不受控制怦怦乱跳。开吉普来的那个人的话把他吓坏了：那两只岩羊有可能是这家的小男孩和其他附近的几个孩子藏起来的。

他明白危险已经到来。

开吉普的那个家伙是怎么知道岩羊就藏在附近的？是怎么猜出来是这几个孩子藏起来的？青格乐图越想越奇怪，越想越害怕。

还没长大的青格乐图怎么可能知道人长大了会有多狡猾！山里会不会有人给雇老张的那伙人送信儿？单纯的青格乐图无论如何也不会有这种怀疑。

姐姐姐夫住一间屋子，青格乐图跟老张住一间。那天晚上老张不住地叹气，在地上走来走去，时不时还瞥一眼青格乐图。青格乐图虽然躺下看着书，心思却不在书上。怎么办？连夜找宝日呼、娜布其玛商量吗？还是把那两只岩羊转移到别的地方？他脑子里翻来覆去地想。但是一想到这家伙会盯着不放，青格乐图最后还是决定今晚不行动，明天再说。

天一亮青格乐图就跳了起来，老张也紧跟着起来了。早上喝茶的时候老张对丹巴说：“我今天跟你弟弟放羊。”

蒙在鼓里的丹巴说道：“想干啥都行，反正你是来山里玩儿的。”

哎，这家伙跟着我不放了。去他的，想跟就跟着吧，青格乐图气得咬牙切齿。所以，放羊的时候故意把羊群往“石屋”相反的方向赶去。

老张一直跟着他。

羊群开始在山坡上慢悠悠地吃草，青格乐图也有时间朝“石屋”看去。远远地看到了两个同伴的身影。看来宝日呼和娜布其玛早就到了。我还不能去那儿，但是得想办法让他俩知道情况。该怎么办才好呢？青格乐图心里琢磨着。

“青格乐图，天气真好，咱俩坐会儿吧。”老张说道。

两个人坐下后，老张笑眯眯地说：“放羊很无聊吧？你们几个小孩儿每天放羊时还干点什么有趣的事情？一起玩吗？”

“玩的话羊就跑了。”青格乐图说完，心想这家伙在试探我呢。

“不玩的话干什么？”

怎么应付这家伙好呢？青格乐图突然想到了一个办法，连忙说道：“你给我看着羊，我一会儿就回来。”

老张两眼放光：“去哪儿？”

“去一个地方。”

“去……干什么？”

“这个……不能说。”

老张笑了：“行，行，你去吧。羊我给你看着。”

青格乐图站起来就朝东南方的山口走去。他没有回头，但他知道老张一定用他那双狡猾的眼睛盯着他。

进了山口后他立刻藏到了草丛后面悄悄盯着山口。那个老张随后急匆匆跑了过来。搞定了。我把你领进里面的山谷就回去了，青格乐图边想边往里面走去。

这个山口叫柳树口。“石屋”相反方向的这个山口往里走二十里地就到了地形特别复杂险峻的一个山谷。老张要想用在城里柏油马路上走习惯了的两条腿在这个山谷里穿过去可不是那么容易的事儿。

山里的孩子动作就是快。山谷里布满了有绵羊那么大小的圆形石头，青格乐图在上面快速跳跃穿梭，还时不时回头看看有些费劲儿勉强才能跟上的老张。

越往里走石块儿越多，山谷两面的石壁越陡峭，山谷也变得越来越窄了。抬头往上看，只能看到蓝色的像绳子一样细细的一条。从这儿开始就进入有名的玛尼图山谷了。青格乐图站在那儿等了会儿，直到他确定后面跟的老张看到了他，才开始朝陡峭的岩壁像岩羊一样敏捷地往上爬。他一口气爬到了谷顶，头也没回就直接回家了。现在那家伙一定跟在我后面拼命地往上爬呢吧？等他爬上来了太阳都落山了。

青格乐图不停在石块儿上跳来跳去，直接跑到了“石屋”那儿的山坡上，见到了正在给岩羊拔草的宝日呼、娜布其玛俩人。

“有人知道咱们藏岩羊了……”青格乐图把昨天的事情一五一十地讲给了两个小伙伴。

“现在该怎么办？”

应该立刻把这两只岩羊转移到更加秘密的地方，孩子们的脑海里突然闪现出这个主意。可是这么两个大活物，别说容易不容易了，就算找到地方，太远的话送水送草也不是件轻松的事情啊。

宝日呼想了想突然说道：“他们实际上还不知道藏岩羊的具体地方。如果知道的话早就抓走了。是吧？”

“按道理说是这样。可是……”青格乐图心里很着急，想说什么又说不出来。

“先别说话！”娜布其玛也有点着急了。

“从现在开始咱们不能每天在这儿碰面了。尽量把那个矮矬子老张的注意力往别的地方引。就像今天青格乐图干的这样……”宝日呼分析道。

“行，天天把矮胖子往山谷里领。”青格乐图两眼发亮。

想到了这么好的主意，孩子们感觉自己像天才，无比兴奋。

宝日呼忽然想到了什么：“那个开吉普的对这儿的情况怎么这么清楚？”

“是啊，奇怪。”

“咱们这儿肯定有人给他传递消息。”宝日呼若有所思地说道。

青格乐图、娜布其玛俩吓了一大跳。

“不会是我姐夫吧？”

“肯定是!”娜布其玛说。

宝日呼摇了摇头分析道：“如果是你姐夫的话肯定是告诉老张。他俩不是好朋友吗？而且你姐夫不是最近没进城吗？”

“是不是你继父干的？”青格乐图接着问道。

“我继父不是坏人。”宝日呼非常有把握地说道，“他很久没进城了。”

娜布其玛的爸爸就更不用怀疑了。

三个孩子越想越弄不明白了。

太阳落山。

宝日呼把羊群赶回去，把小羊羔单独关到一个圈里，跟妹妹俩简单吃了点。

爸爸妈妈还没回来。他朝“石屋”那边望去，在暮色中那里显得异常寂静，仿佛有什么危险正在悄悄靠近那里。

太阳一落山，从山谷里就吹来了凉爽的风，带走了白天的炙热。正是这个时候，苏雅拉玛朝“石屋”走去。知道了“石屋”里的秘密后，小姑娘按捺不住自己的好奇心了。岩羊一定长得非常可爱。不早不晚，她正好今天傍晚想去看看这两只可爱的动物。

很快就到了“石屋”了，她把洞口的石板挪开往里面看去。实际上还没等她看，一只青色的羊羔猛地从里面蹦了出来。

她又高兴又紧张。小岩羊羔子真好看啊，可跑了该怎么办？

正在这时，另外一块盖着洞口的石板从里面被推开，母羊从洞里也蹦了出来朝小羊羔追去。

苏雅拉玛害怕极了，怎么这么快就有两只岩羊跑出去了？

“哈哈，笨蛋……原来在这儿。”后面传来了沙哑的声音。端着枪的矮胖子好像突然从地缝里冒出来似的，站在离她很近的地方。这是刚从玛尼图山谷回来的老张。

老张可能以为岩羊羔子跟山羊羔子一样没本事，好抓，直接跳过去想抓活的。母羊突然转身朝正向它的羊羔宝宝伸手的老张撞去。一点准备都没有的老张趔趄了几下，好不容易站稳了。

“该死的家伙！……”

老张边骂边朝母羊端起了枪。苏雅拉玛急得哇哇大叫，跑过去拽住了老张的衣角喊道：“不许打！”

“砰！”

因为苏雅拉玛拽着衣角，老张射出来的子弹打歪了。受到枪声惊吓的母岩羊跳着跑开了，很快不见了踪影。剩下的那只小羔子直接往宝日呼家跑去。

老张看着母羊不见了踪迹，开始拼命追小羊。

苏雅拉玛可跑不过老张。她大声喊着：“哥哥，岩羊！”然后大哭了起来。

听到“石屋”那儿传来的妹妹的叫喊声、枪声，宝日呼就知道一定是出事儿了。

他刚从屋子里跑了出来，就见一个青色的东西飞快地奔了过来，是那只岩羊羔子。接着听见那边的山坡上有沉重的脚步声，越来越近了。

“小羊，这儿，快到这儿……”宝日呼喊了一声又打了个响亮的口哨。这么长时间几乎天天都在一起，小岩羊羔子一定是信任宝日呼的，直接冲过来钻到了怀里。宝日呼立刻抱起小羊羔回头跑到熬茶的石灶旁，把它塞进灶膛里堵住了灶口。

老张跑了过来。虽然天黑了看不大清楚，宝日呼还是看到老张的两眼通红，一副把看到的一切都要吞到肚子里的贪婪样子。

“说！岩羊羔子在哪儿？”老张端着枪嚷嚷道。

“什么岩羊？……”宝日呼吓了一跳，往后退了两步。

“去你的！不把岩羊给我的话扒了你的皮！”老张冲过去拽住了宝日呼的衣领。

老张真的好像疯了。被青格乐图骗到玛尼图山谷好不容易出来，差点累死，嘴里好像在冒血，胸口好像着了火一样难受。他火冒三丈，看到大石块儿都想用枪崩开。正好看到“石屋”那儿有个小孩儿，他突然想到这附近几个小崽子最近经常在这儿玩儿，是不是有岩羊在附近。然后走到“石屋”时意外看到了那两只岩羊。

他亲眼看到岩羊羔子跑到这家来的。宝日呼还好像抱起了那只岩羊。今晚找不到那只岩羊的话他死都闭不上眼。为了抓住这只岩羊羔子，他可是什么都干得出来。

他抓着宝日呼的衣领向上提，宝日呼已经两脚离地了。“那只羔子在哪儿？快说！”他边喊边来回晃动着小男孩儿。

“不……知道。”宝日呼开始感觉喘不上气，使劲儿咬着牙回答道。

苏雅拉玛大哭着跑回来拽着老张的衣角，大喊着：“放开我哥哥，坏蛋……”

老张把宝日呼扔出去几米远，端起枪喊着：“快点把羔子交出来！”也许是为了吓唬孩子们，也许是真的为了出气，朝空中打了两枪。黑暗中枪口里冒出了火光，可以闻到浓浓的火药味儿。

宝日呼紧紧抱着妹妹，一动不动。

正在这个时候，灶台里传出了羊羔子咩咩叫的声音。这是苏雅拉玛那只心爱的小羊羔。这家伙原来也躲在石灶里玩。

老张正要伸出手抓宝日呼，听到羊羔的叫声顿了顿，灶台里的小羊又叫了一声。

“哈哈……这儿呢…….”老张嘴里嘟囔着朝灶台走去。

宝日呼突然跳了起来：“你别动，我给你抓。”

“什么？”老张看了宝日呼一眼有些疑惑地说道，“嗯……好，好吧。”

宝日呼把灶口的石板挪开把手伸了进去。摸到了两只羔子。毛短一点的是岩羊羔子，另外一个毛厚点的是妹妹心爱的山羊羔子……

宝日呼把妹妹那只被叫作“岩羊”的山羊羔子抓了出来，然后用石板把灶口堵上了。

老张好像怕吓着那只羔子，像接过一个易碎玻璃制品一样小心翼翼地从宝日呼的手中接过了那只山羊羔子。

“我的岩羊，放开我的岩羊……”苏雅拉玛哭着要去抢。宝日呼赶紧把妹妹抱到怀里小声说道：“听话！”

那只山羊羔子因为每天都被叫作“岩羊”，已经完全习惯了，朝主人挣扎着咩咩叫。

“哈哈哈……哈哈哈……”

老张突然疯了一样大笑着抱着羊羔消失在了远处的黑暗中。

紧紧咬着牙的苏雅拉玛的眼泪不停地往下流。

## 八　约定

几个孩子拯救岩羊的故事很快传开了。

市里面特别重视这件事情，相关部门的人不停地到山里来。可是他们都没有看到希望看到的，没有听到希望听到的，失望而归。

最先来的是公安局的人。他们来调查矬子老张进山的事情。

几个警察来到宝日呼家里，跟夫妻俩聊了聊，要求他们仔细说说老张的所作所为。

“该干的不该干的都干了。那家伙找岩羊跑了好几天了。后来把我们家的一只羊羔给弄错了，抱走了。”宝日呼的继父说道。

“那究竟有没有开枪吓唬过你们家孩子？”

宝日呼的父母互相看了看。

“有。”

“你们觉得他是故意开的枪还是不小心走火了？”

夫妻俩明白这个问题的答案很关键。矬子老张因为这个答案就有可能进监狱。那天晚上夫妻俩因为参加邻居家孩子的生日宴不在家。可他俩觉得老张一定是为了吓唬孩子们故意开的枪。现在公安局的来问，他俩反而犹豫了。故意开的枪？可如果那家伙是不小心走火了呢？那样的话那家伙这辈子不就完了吗？他们心里琢磨着。

“……开枪是真的……是不是故意我们可不知道。”宝日呼的继父接着说道。

公安局的人仔细做了记录，似乎有些遗憾地摇摇头离开了。

下一拨来的人是记者。他们一定要让孩子们和岩羊合个影。可等到太阳落山也只见到了三个孩子，连岩羊的影子都没有看到。

“我们把岩羊放回山里了。”他们说道。

记者们离开后又来了几个专家。可这几个人什么问题也没问，什么也没看，就好像专门进山就是为了跟牧民们聊天。

“你们山里的牧民很有觉悟啊！”一个老专家笑眯眯地夸道。

看着老专家花白的眉毛、干净的脸庞、金丝边眼镜后面那双炯炯有神的眼睛，牧民们笑了。

“您的话我们不太明白，我们哪有什么觉悟？”丹巴哈哈大笑。

“你们有可能不知道觉悟这个词。但是你们一代一代都遵守着大自然的规律。”另外一个专家接着说道。

老专家从包里掏出了很多照片。“你们看！这山里是不是有座岩羊敖包？这敖包的石块儿上有很多古代的岩画，你们知道画的什么吗？”

“有人、岩羊、树、草……好像什么都有吧。”宝日呼的妈妈说道。

“没错，可那些岩画究竟是什么意思？你们可能没注意。实际上说的是你们山里人和岩羊之间的历史。”老专家把手里的照片铺开了。

大家围过来仔细看，照片上的确都是那座岩羊敖包上的岩画。

“你们快看！这里坐着一个人，带着小羔子的母岩羊在旁边吃草呢。这说明什么啊？山里人和岩羊的关系很好！……再看这个！是风暴吧？好像是洪水和冰雹吧？岩羊群在这家人的棚圈里避雨呢……再看这个，这是捕获岩羊的图。拿着弓箭的人正在瞄准那只岩羊。可带着羔子的母羊不是正在这个人身后静静地吃草吗？……”老专家抬起头继续说道，“你们山里人砍柴的时候会把干枯的树枝砍掉，绿色的嫩枝是不会砍的。割草的时候也一样，只会割掉上面的，不会把根子都拔掉。采石的时候也不会破坏地形，尽量不会改变原状。打猎时会捕杀老弱或者公的，留下小的和母的……这些规矩我早就注意到了。为什么会有这些规矩呢？是因为我们很注意保护一切生存在这个地球上的动植物。牧民的祖先们为什么这么注意这件事情？是什么时候开始注意的？现在几乎没什么考证。但祖先们的这个觉悟很正确，也很重要。这个我们不得不承认。现在的生态平衡的理论正是来自牧民的祖先们遵守的那些规矩，那种仁慈之心，或者那种对于大自然的爱……我们的环境越来越差了。”

“要是老让像矬子老张那样的人住在家里，别说几只岩羊了，可能连邻居家的孩子们都不会有好。”孟根花对着丈夫挖苦道。

丹巴的脸微微红了一下：“谁知道他会干那种事情啊？”

“你们俩都一样，不到南墙不死心的家伙……”

老专家笑了笑：“丹巴同志，你是不是喜欢打猎啊？那我问个问题吧，打猎的乐趣究竟在哪里？”

丹巴挠了挠头，回答道：“我喜欢打猎。可我并不是为了吃肉、卖皮毛才打猎的……哎，我跟你们说，你们就好好瞄准在草丛里转悠的动物，一扣扳机，那家伙就倒地了……对，就是那一下子，心满意足，一天又渴又累都不算什么。”

老专家点点头：“我相信你说的是真心话。很多猎人都跟我说过一样的话。打猎是个人爱好，这没什么可批评的。可我个人是反对打猎的。尤其是为了满足个人爱好打猎。因为那是用动物的生命娱乐。这世界上猎人越来越多的话，被称为人类朋友的那些野生动物是不是天天生活在恐慌中？”

老专家跟大家聊了好久，最后还是坚持要见一见救岩羊的三个孩子。然后有人带路领到了“石屋”附近，找到了孩子们。老专家没怎么说话，从包里拿出三本书，把岩羊岩画的照片夹在中间送给了孩子们。

“孩子们！感谢你们，真的……这是我写的关于环境保护的书。希望……对你们有用……”话还没说完，老人家的眼眶湿润了。

带着小羔子的母岩羊现在关在宝日呼家的草棚里。门用粗粗的铁链子锁着，宝日呼家的那只大狗从来不让陌生人靠近草棚，所以岩羊母子俩要比原来安全得多。

失去了那只叫“岩羊”的小山羊羔子的苏雅拉玛现在几乎天天都在草棚里转悠。每天她都跟小岩羊羔子形影不离，一会儿是奶豆腐，一会儿是糖，往小羔子嘴里塞个不停。慢慢地小岩羊羔子吃上瘾了，苏雅拉玛一进草棚，小羔子就会跑着迎上去闻闻衣兜，急着把兜里的东西用嘴往出叼。馋嘴的岩羊羔子有时候也会把苏雅拉玛手里的好吃的弄得一地都是。这时候苏雅拉玛就会假装生气地用手拍小羔子那没长犄角的脑袋，吓唬道:“不听话的话就让老张来抓你！”没过多久又会心疼地抱着说:“别害怕，宝贝！矬子老张不来，再也不会来了。”

宝日呼、娜布其玛、青格乐图三个孩子每天都会给岩羊喂草、喂水。岩羊母子俩已经完全习惯了这种圈养的生活。

另外三只躲藏在外的岩羊有时候也会到宝日呼家附近来转转，再后来就到草棚，通过门板的缝隙跟里面的岩羊互相闻闻，问候一下。那三只岩羊已经完全不怕宝日呼家的人了。看到有人过来会不慌不忙地离开。

从老专家给的书里看到了动物有“第一感应系统”“条件反射”，宝日呼非常高兴。

“虽然跟岩羊无法说话，但是我们却可以感应对方的意思。”他跟两个伙伴说道。

“怎么理解呢?”青格乐图笑眯眯问道。

“你别笑，那本书上不是写着呢吗?‘第一感应系统’。”

“那本书上写了可以感应对方的意思了吗?”青格乐图毫不让步。

娜布其玛说：“没那样写意思也差不多吧?铃铛一响，狗就知道开饭了……”娜布其玛经常跟青格乐图唱反调。

“那我们是不是也该准备一个铃铛?”

宝日呼说：“不是说必须有铃铛。我们以后来这儿的时候打口哨吧。一听到口哨声岩羊就知道咱们来了。”

“打口哨的话我爸会说我的。女孩子不能打口哨。”娜布其玛说道。

“我到现在都不会打口哨，那声音究竟是什么发出来的?”青格乐图问道。

“没有比你笨的人了。”

宝日呼打了个响亮的口哨。

几天过去了，“条件反射”形成了。

无论宝日呼从多远的地方打口哨，岩羊母子俩都会从草棚木板的缝隙里把嘴巴伸出来。宝日呼的口哨对它们来说就像是一种固定的信号。

“你们等着瞧！等到明年的时候那三只岩羊听到我的口哨也会过来的。”宝日呼骄傲地说。

“哦，条件反射原来是这么回事儿啊！”青格乐图这个时候才明白。

多少年前一个名叫巴甫洛夫的苏联大胡子老头儿，在动物研究方面取得了何等重要的成果，孩子们现在才有了更加深刻的理解。那个老头儿把一只狗关进笼子，在喂食的同时摇响铃铛。就这样人和狗的思维被那个铃铛连接了。时间长了那只狗似乎理解了食物和铃铛之间的关系，明白铃铛响了食物就来了。巴甫洛夫老头儿摸着胡子观察着那条狗。那个老头儿有一双能够看透万物之间关系的锐利的眼睛。铃铛和食物看似毫不相干，可那只狗为什么一听到铃声就能想到食物？巴甫洛夫琢磨着。一次，老头儿摇响了铃铛，没给食物。可那只狗的唾液腺仍然积极分泌唾液。巴甫洛夫因此看到了事物的本质。原来，动物的大脑里有一种信号系统。这就是“第一信号系统”，反映到具体的行动上就是条件反射。

解开这个秘密就是巴甫洛夫最大的贡献。

现在这个条件反射反映在了岩羊的身上。宝日呼的口哨对于岩羊来说并不是食物的信号，而是好朋友来了的信号。一听到口哨声，岩羊的脑子里就会出现三个可爱的孩子的形象，会想起它们与孩子们的深厚情谊。那时候岩羊就会高兴起来，心里会有一股暖流，一切过去的难过与对未来的担忧都会被忘掉。

一天，三个孩子把岩羊羔子抱出来放到了远处的山谷里。这是挺冒险的事情。可宝日呼对自己的口哨信心满满。三个人把岩羊羔子放到山谷里快速爬到山顶藏了起来。

小羔子闻着青草站在原地东张西望。

宝日呼打了个响亮的口哨。

小羔子好像被吓了一跳，抬头看了看就朝山顶口哨吹来的方向飞奔上来。

宝日呼打第二个口哨的时候小羔子已经冲到了他的怀里。

孩子们心里充满了各种美好的心愿。

## 九　青山的记忆（三）

三十几年前的故事实际上已经结束了。

可那父子俩上山找岩羊，在岩羊敖包旁做了什么，说了什么，没有说清楚，所以在这里必须补充一下。

……父子俩在敖包前祈祷着。

父亲突然小声说道：“儿子！磕头，磕三个头！”

“啊……我吗?”

“嗯……”

儿子跪下磕了三个头。

父亲也跪在那里磕了头。

“儿子！我们是给自己的恩人磕头……”父亲说。应该感谢恩人，可我们却对不起恩人，做了对不起它们的事情。虽然父亲没说，可儿子感觉到就应该是这么回事。

“那年……”父亲开始讲故事。这故事的大概儿子也知道。可这是第一次听到这么多细节。父亲似乎情绪特别激动，声音颤抖，时不时还停顿一下。

……那一年春天的一个晚上，群狼袭击了一家牧户的羊圈。恶狼冲过去的时候，已经卧倒安静睡觉的羊群被惊了起来，在羊圈里狂奔。那家的看家狗虽然狂吠不止，试图赶走狼群，因为力量悬殊被狼狠狠地咬了几口。这群狼太厉害了。这家男主人慌忙披上外套跑出来大声喊叫试图吓走狼群。后面跟着女主人，怀里抱着刚刚两个月的儿子。狼群又朝羊群猛冲过去。虽然听到了人的喊叫声，但是发狂了的狼一点害怕的样子都没有，把冲散的羊挡到羊圈的几个角落里不停地撕咬。

“快……快，点火把，把那垛柴也点着！”男主人跟妻子说着跑进家拿出了猎枪。

女主人拿着点燃的火把，柴垛随后着了起来。

砰！

狼群来的时候悄无声息，消失的时候也悄无声息。那些家伙隐藏到了山里的黑暗中。恶狼一点都没有嘴下留情，羊圈里的羊有不少被咬伤了。火光中十几只羊七零八落地躺在羊圈里。

“咱们的羊都快死光了……”女主人忍不住哭了起来。男主人看着眼前的惨状有些回不过神来，嘴里嘟囔着：“天狗……把我们家的羊给毁了。”

“……你的爷爷那时候才刚刚两个月大。来到这个世界上刚两个月就碰到了这么大的灾难。”父亲说道。

父亲接着讲故事。

羊圈里的一小半羊就这样被咬死了。大夏天处理这么多羊的尸体并不是件容易的事情。夫妻俩把那些被咬断喉咙、剖膛破肚、皮开肉绽的断了气的羊抬着扔到好几里远的山谷里。夫妻俩没说话，眼泪却掉出来了。牲畜就是牧民的命根子，他们现在是把自己的命往山谷里扔啊！因为眼泪一直在流，两个人的眼睛都是红肿红肿的。

虽然这次的遭遇很惨痛，时间却也一点点过去了。夫妻俩一早一晚都要朝羊圈看一看，总是感觉羊圈里的羊少了一半儿似的。因为太难过，妻子的奶不够两个月大的儿子吃了。没办法只能用羊奶来喂孩子。

“你的爷爷一生下来就命不好啊！刚生下来没多久就没有妈妈的奶吃，只能吃羊奶。”父亲说道。

故事在继续。

没过多久这家人又遭受了一次灾难。那天天气特别好。女主人把儿子喂饱了用襁褓包好，然后关上门去放羊了。男主人一大早就出去找带着马绊子跑了的马去了，一直没有回来。快到中午的时候，炙热的太阳预示着这天的温度又会很高。

今天热得跟往常不太一样。不光是热，而且有些让人喘不上气来。这家的女主人却没注意到这些。她也没空注意，生活的重担好像已经让她变得麻木了。山坡上吃草的羊受不了阳光的烘烤躲到了山谷里去了。山谷里的阴凉地特别凉快。

天空中挂着炙热的太阳，周围一片寂静。十几里之外的山那边危险正在聚集，马上就要降临了。

十几里之外的山那边黑压压的乌云不断翻滚，大雨倾盆。夏天的暴雨就是这么厉害。巴掌大的一片云不一会儿会变成了乌云满天，瓢泼大雨倾泻而下。可是隔一个山头一片云彩都看不到，蓝天依旧。跟着羊群进了山的女主人根本不可能看到十几里外的乌云。她一点儿都没有想到会下这么大的雨。

可是雨该下还是会下，不仅是下了，而且特别急。山坡上的雨水太大，来不及渗到地里都流到了山沟里，无数条小溪流汇集到一起，水越来越多。

山洪下来了。

山洪倾泻而下的这个山沟就是十几里外女主人放羊的那条沟。泛着红色泥沙的洪水朝着山沟里的那群羊和女主人咆哮着翻滚而来。

山沟里的几只山羊似乎感应到了什么，竖起耳朵来回张望。绵羊却毫无反应，沿着山沟里的阴凉地静静地卧在那里。女主人也待在阴凉地里打着盹。那时候轰隆隆的声音似有似无，大地也在微微颤动，不知从哪里来的风吹了起来。可是女人却一无所知。也许是太累了睡着了，或者是太累了闭着眼睛又想起了被狼群袭击的那些羊，又或者是惦记着在家里睡着的儿子。不管是羊群，还是羊群的主人都没注意到即将发生的灾难。

大自然就像变魔术一样，不到熬壶茶的工夫，山沟里的羊群和女人都不见了。踪迹全无！那群羊，那个羊群的主人好像没有存在过一样……山谷里红色的洪水翻卷着，好像要把山谷撑破似的倾泻而下。

“你的太奶奶就那样被山洪吞噬了。你的太爷爷抱着襁褓里的孩子四处流浪。如果没有那几只岩羊的话你的爷爷就饿死了……”

抱着婴儿的男人开始在山里游荡。每到一户人家，这家人就急着给这个可怜的孩子找奶吃。“这家要是有一头带着小牛犊的奶牛就好了，可是男人怎么会挤奶呢？”人们不住地摇头。那个男人游荡了二十来天，回到家的时候有一群岩羊在附近扎了根了。今年多了不少小岩羊羔子，有很多只带着羔子的母羊。

饿得两眼发黑的婴儿哭声也格外微弱。毫无办法的男主人急得像热锅上的蚂蚁一样到处乱转。突然，他把孩子留在家里朝外跑去。在附近山沟的一头他圈住了几只带着羔子的母岩羊。

从那以后这家男主人天天都把儿子放到那个山沟边上，自己拿着桶下到山沟里。孩子旁边放着用羊角做的奶嘴。每天他都挤一些岩羊奶给儿子喝，儿子每次喝饱了岩羊的奶都会心满意足地睡去。

等秋天到了，天气凉爽起来的时候儿子可以吃饭了。被关了几个月的母岩羊带着小羔子随着岩羊群远去的时候，山坡上已经有了一层薄薄的霜了。那个男人抱着儿子目不转睛望着远去的岩羊。儿子啊！岩羊是你的救命恩人，他嘴里嘟囔着……

那天在岩羊敖包旁，父亲给儿子细细地讲起了这个故事。因为太激动，有的时候声音有些哽咽。儿子也因为父亲的讲述眼里充满了泪水。

“我们不应该伤害岩羊！对不对？”父亲问儿子。

儿子点点头。

“世世代代都应该保护岩羊，这是你爷爷的遗言，记住！”父亲接着嘱咐道。

“什么时候都绝不伤害岩羊。”儿子发誓。然后父子俩离开了敖包，下山了。

## 十　疯狂

看到现在的矬子老张，你一定会吓一跳。他眼里布满了血丝、闪着要吃人的凶狠的目光、胡子拉碴，像山石一样粗糙的脸。他几乎是跺着脚走路，时不时紧握拳头，咬着牙喘着粗气，目光像手术刀一样冷酷。看到这样的老张都会以为他疯了。实际上他真的快疯了。

可是没有人会见到老张。因为他这次进山的时间是在深夜。

天上没有星星，也没有月亮。山顶上乌云黑压压的，好像一个铁桶罩了下来漆黑一片。因为来过多次，老张根本不可能迷路，在石块儿上磕磕绊绊地好不容易来到了宝日呼家附近。泛着潮气的微风吹来，好像要下雨了。可老张一点都不在乎，像头疯牛一样横冲直撞。

仿佛这个世界上的花草树木、一切动物、石头泥土都跟他有仇。

他抱着宝日呼给他的羊羔子当时是多么高兴，跑得多快啊！心里很有把握：这只羔子给了那伙人的话，三千块钱一定进自己的口袋了。因为他找到的不是岩羊的踪迹，而是活生生的岩羊啊！想到这儿，他连吃饭都顾不上，抱着羔子在天亮时赶回了城里。

老张再坏也没想过用山羊羔子替代岩羊羔子骗人，青天在上，黄土可鉴。他真的信了宝日呼的话，把怀里的山羊羔子当成了岩羊羔子，兴高采烈地来了。

可是绝不会有人相信。

天亮的时候老张到了城郊的一个大院子里，推开了亮着灯的一个屋子的门。雇他的那个人住在这儿。

“这个……我……我把岩羊羔子给抓来了……”老张结结巴巴地说道。灯影下隐隐约约能看见三四个人，其中的一个人把羔子接过去了。

老张长吁一口气，心里盘算着这回该要多少钱。忙活这么长时间，嗓子干得要冒烟，肚子饿得咕咕叫，全身酸疼。这才想起来早上跟着青格乐图进山到现在跑了一天一夜，一口水一口粮都没进肚子。一想到这儿老张就火冒三丈，心里暗骂着这帮家伙：你们以为我把这个长毛的动物弄过来容易吗？不拿一万块钱来我就把羔子抱走。

那几个人在灯光下端详了小羔子好一会儿，然后悄悄朝老张围了过来。

“哎！老张，你真是个聪明人！”他们中的一个开口了。这句话听起来怎么也不像是在夸他。

另外一个接着说：“老张，你可真是小看我们啊。我们怎么也不会像你想的那么蠢吧？”老张都能听到那个人咬牙切齿的声音。

几个人围住了他。这几个人不会为了钱把我灭了口吧？老张想到这儿结结巴巴说道：“你们……想干什么？”

“你想要赖吗？看看你抱来的岩羊羔子吧！”一个家伙把羔子塞到他怀里。

老张觉得奇怪，仔细端详了一阵，心里开始发抖。虽然他从来没有近距离看到过岩羊，但是他确定眼前的这个羔子肯定不是岩羊羔子。这不是牧民家养的山羊羔子吗？

“哎呀！这……我弄错了。”他暗自叫苦。

“是吗？怎么回事儿？”

“哎，被骗了！”

“是吗？哈哈哈……”

不知是谁从后头打了一下，老张随即倒地不起。随后立刻有一个尖头皮鞋朝他的肚子踢了过来。疼得他气都喘不上的时候，又一脚踩到了他的脸上。

“往死里打！以后看你还敢骗我们！”

穿着各种皮鞋的脚从四面八方踢了过来，几分钟内老张就晕了过去。

就听见一个人紧紧拽住老张的头发说道：“那一千块钱在哪儿？拿出来!”

“兜里……”老张的嘴唇肿得高高的，好不容易挤出了一句话。有一只手伸进了衣兜里，把所有的东西都给掏走了。老张的眼睛也肿了，勉勉强强看到了灯亮着。

“扔到大街上算了……”

老张再次醒来时已经躺在大街上了，费了半天劲儿才睁开肿得厉害的眼睛，一看天好像亮了。他好不容易站起来，扶着墙踉踉跄跄走回家，倒在床上又晕了过去。

老张在床上躺了几天才有力气起来。这几天因为恨得牙痒痒，他把嘴唇都咬出了血。这辈子他都不会忘了这个仇恨。辛辛苦苦费了半天劲儿才挣到的一千块钱这么容易就没了？他天天绞尽脑汁在想该怎么办。有一天他在街上晃荡的时候看到市里正在举办“假冒伪劣商品展”。没事儿干的他跟其他人一起进去看了展览。虽然他早就知道有假冒伪劣商品，展览还是让他很震惊。马肉变成了牛肉、牛皮纸上了漆就变成了羊皮皮鞋皮带、加了红糖的水变成了葡萄酒、玉米面捏成小药丸……老天爷呀！连鬼都想不到的办法有些人不光是想到了，还做出来了。

回去的路上他突然想到了一个点子。宝日呼能用山羊羔子骗我说是岩羊羔子，我为什么不能把羊肉当成岩羊肉卖？看看刚才的那个展览吧。纸都能当成皮革，羊肉好歹是肉啊。现在都传说岩羊肉能治病。开个岩羊肉馆子，羊肉，甚至是狗肉都可以当成岩羊肉卖，这样老子不就发大财了吗？哎，为啥之前那么折腾非要抓真正的岩羊呢，太蠢了……

老张突然无比兴奋，感觉伤口好像也一下子好了。

结果是这个倒霉鬼的岩羊肉馆子刚开了三个小时就关门了。开业的那天早上来了几个人，一人吃了一大碗“岩羊肉”走了。发财的时候到了，老张正想着，又来了一拨客人。这几个人要比上一拨人麻烦，不停地问岩羊肉是哪儿弄来的。“这个吗？嗯……青海……飞机运过来的。”那几个人也是每人吃了一碗，吃完后坚持说是羊肉，不付钱。老张气得都快动菜刀了才好不容易要上钱。那几个人走后又来了第三拨人。这几个人直接到了厨房看了看，笑着说是羊肉就离开了。没过多久来了第四拨人，这回是警察。

“你这真的是岩羊肉吗？”

“嗯……真的……”老张吞吞吐吐。

“那你看看这个。”警察递给他一张告示。老张看了一眼就知道必须说实话了。如果承认是岩羊的话必须进监狱了，这是告示上的内容。

“哎，说实话哪能有那么多岩羊？我这是山羊肉……”这个倒霉鬼讨好地笑着。

“那你这是欺诈，是吧！”

老张嘴里像是塞了一个木塞子似的说不出话。欺诈的话也得进监狱！说是岩羊肉的话进监狱，说是山羊肉的话也得进监狱！

最后的结果就是馆子被查封，老张被罚款五百块钱并拘留，做好的羊肉、生肉，连盐和花椒都被没收了，老张在里面待了半个月才被放出来。

要是宝日呼的父母没有那么心软，告诉去调查的公安局的人老张朝孩子们的上方开了枪的话，别说十五天，就是十五年老张能不能出来都不好说。按说老张应该知道感恩，可他不是那种以德报德的人。

为了报仇，为了补回损失，他一从拘留所出来就到这儿来了。第一，他要想尽办法抓到真正的岩羊。第二，即使抓不到岩羊也要把怒火发泄出来，报仇！这次他不光带了枪、子弹、刀和绳子，连火药都带了过来。

他坐在一块石头上休息了片刻。夜晚的天空布满了云，雨滴落了下来，风凉凉的。来是来了，下一步该怎么办？他的脑子飞快地转着。第一，绝不能让这里的人看见。一旦被看见，警惕性就提高了，他的计划就无法实施了。所以需要先找个山洞躲起来。第二，在不被人发现的情况下需要仔细观察这些人的动向。那天虽然受伤的母岩羊跑掉了，岩羊羔子不是留下了吗？很可能藏在这几户人家里的一家。想着这些，他踮着脚踩着石头朝“石屋”走去。上次，他就知道那儿有个山洞。

他在又阴又冷、散发着岩羊粪味儿的小山洞里窝了一晚上。天亮的时候他爬到了“石屋”东面的山顶上，埋伏在了几个石块儿之间。从这里用望远镜可以清清楚楚地看到“石屋”周围的三户人家和附近山谷里的情况。

甚至连这三户人家早起熬茶、倒炉灰、拴羊挤奶都看得很清楚。淡蓝色的炊烟弥漫在房子周围。这宁静祥和的山里的清晨、开始平淡的一天日子的牧民，所有的这些在老张看来都特别可恨。那天把他引到玛尼图山谷后就消失了的青格乐图挥着手中的羊鞭把乱跑的几只羊往一个方向赶去。用山羊羔子骗他，让他尝了不少苦头的那个叫宝日呼的家伙蹲在门口看不清楚在干什么。另外一个小丫头片子朝草棚蹦蹦跳跳地过去了。真该死！那天要不是因为这个屁大的孩子又喊又叫又拽又拉的，我早就把那只母的抓住了。受了伤，而且只有十几步的距离。就算是瞎子开枪都能打准了呀……

就见青格乐图匆匆忙忙往宝日呼家走去。然后宝日呼的继父、宝日呼他们三个好像在商量着什么，到了井边打了一桶水，拎着进了草棚。没过多久三个人晃着空水桶出来了，宝日呼的继父回去了，宝日呼、青格乐图俩人到山坡上拔了些草又进了草棚。这时小姑娘手里拿着什么东西也进了草棚。

哎呀！一定有事儿。那草棚里肯定有吃草喝水的动物吧？究竟是什么动物？这大夏天的什么动物还用关在草棚里呢？他们不会是把那只母岩羊关在里头养着吧？

老张的心怦怦直跳。真是天助老张也！今天晚上无论如何都要去草棚看看。估计不会空手的。

等太阳落山好像总也等不到。老张啃着干馒头、喝着水壶里的水度过了漫长的一天。

一整天好像都在跟老张作对的太阳总算落到了西山的那一边。晚风习习，夜幕很快降临。老张瞪大了眼用望远镜看着宝日呼家的灯灭了后下山了。

可在他离草棚还有半里地的时候听到了猎狗的叫声，而且那个叫声越来越近了。号称什么都不怕的老张实际上最怕狗了。他觉得那个汪汪大叫的狗比骆驼都要高大，比虎豹都要凶猛，撕碎他好像是不费吹灰之力。能跑就跑，跑不了的话只能开枪了，想到这里他转身就跑。

那只狗也的确是比较凶猛，一直把他撵到后山的山头才罢休。他站在山头气喘吁吁，嗓子都快冒烟了，心里还想着如果狗再继续追过来就只能开枪了。这时候宝日呼家外面亮起了手电筒，人们大呼小叫地朝草棚跑去。

那只狗没有继续追过来。

山里的夜晚空气很湿润。他们的对话老张听得清清楚楚。

“好像来了个什么东西。”

“什么？是狼吗？”

“狼的话肯定会冲到羊圈的。往草棚来干什么呀？听狗的动静应该是朝草棚来的。说不定是两只腿的狼。”

“现在该怎么办？”

“只能边走边看了。”

正在这个时候东南面的山坡上亮起了摩托车的前灯。一定是丹巴来了，老张猜对了。“狗叫得挺厉害。没事儿吧？”听到了丹巴的声音。

“还没什么事儿。”宝日呼的继父的声音。

没过多久老张又听到了娜布其玛爸爸的声音。他们几个在草棚附近打着手电筒唠唠叨叨说了好半天，一点儿散的意思都没有。

“讨厌的家伙们！明天再想办法”老张嘟嘟囔囔地离开了。

那只狗好像在欢送他，又叫了几声才消停下来。

第二天下午出了两件怪事。当时没人觉得这两件事情有什么奇怪的地方。可晚上又出了一件大事儿，之后有那么一两个人才想起来下午的两件事情跟晚上的这件事情似乎有关系。可大多数人都没想到那儿去。实际上很多人都不知道这两件事，就那么过去了。

第一件事情跟老张有关。

老张还是埋伏在东面山顶上的几块大石中。他的脸黑黝黝的，嘴唇干裂，眼睛红肿。昨晚要去草棚的路上被狗追了出来。下一步该怎么办？他脑子里不停地琢磨着。老张虽然怕狗怕得要死，但到草棚里偷岩羊的想法却一点都没有动摇，他坚信岩羊一定在那个草棚里。

馒头啃起来好像是馊了，壶里的水喝起来也是怪怪的。

“你好？在这儿干什么？”

突然有个声音在身后响起，老张吓得差点魂都飞了。回头一看，是个不认识的人。

老张没说话，心里想着我在这儿跟你有什么关系。

可那个人到了旁边从兜里掏出一支烟递了过来，说：“抽吗？”

在疲惫的老张的眼里那支烟很有吸引力。他接过烟狠狠地吸了几口问道：“你是干什么的？”

“我还是有话直说吧。想从草棚里偷岩羊是不可能的事情，干不成！”那个人说。

这家伙是怎么知道我的计划的？老张又惊又怕，呆呆地盯着那个陌生人。

“还不如想别的办法。”

老张还是没说话。他不知道这个人是干什么的。

“你想办法抓住一个孩子。那样的话岩羊有可能自己就跑过来了。”

“真的吗？”老张闭上眼睛思考着。他想到了电视上演的绑架活人换赎金的事情。他觉得这个陌生人说的就是这个意思。

“你就在这儿等着。天黑的时候机会就来了。”那个人说完起身走了。

“等等，你是干什么的？”老张急忙问道。

那个人头也不回走了。

闹了半天我一直在别人的眼皮底下。不，也许一直是按照别人的计划走。该死！这家伙连我在哪儿、想什么都知道得一清二楚。这是什么人？是不是把我打得半死的城里那伙儿人派来的？老张琢磨着。

不过，刚才那个人的主意还真不错。

第二件事情跟宝日呼、苏雅拉玛有关。兄妹俩在去赶羊的路上遇到了骑着马的娜布其玛的爸爸。

“去赶羊吗？”娜布其玛的爸爸问道。

“嗯。”宝日呼回道。

“你家的羊群在那边吃草呢。有几只羊离群了，好像跑到山沟那儿去了。进了山沟弄不出来就麻烦了。”娜布其玛的爸爸说。

这时候太阳快落山了。

兄妹俩朝羊群望去。头羊正领着羊群往回走。俩人决定去找那几只离群的羊，朝后面的山沟走去。

两个孩子翻过家后面的那座小山包，继续朝山沟走去。这一切老张当然看到了。这时候他想起了白天见到的那个人的话，好像屁股底下着火了一样有些坐不住了。如果说好人害怕干坏事的话，坏人一看到有机会干坏事就会坐不住。老张一看到两个孩子就盘算着怎么能抓住，却想都不愿意想这样做的后果。

把这两个小家伙抓住关到一个没人知道的地方，然后就要求用两个孩子来换那两只岩羊，这个办法估计行，他心里打着算盘。然后他猛地站起来，弯着腰跟着兄妹俩进了山沟的深处。

这条山沟好像是深深陷进土地里似的，山沟两边怪石嶙峋。老张轻手轻脚地快速跟着边走边说话的兄妹俩。

“哥，还是看不到羊啊。”

“快点走。娜布其玛的爸爸不是说得清清楚楚吗？咱家的几只羊进了山沟了。”

老张非常警惕，四处张望着，心里琢磨着下一步的计划。要是算直线距离的话从这儿到宝日呼家不到一千米。可是山包两边就像两个世界，不太容易听得见动静。另外，这条山沟越走越窄，两边还长满了灌木，外边的人要想看到山沟里的情况也不是那么容易。老天爷给的机会啊！听刚才这两个孩子的对话是娜布其玛的爸爸看到他家的羊进了山沟告诉他们的。然后这两个孩子就到这儿来了。不管是那几只羊，还是娜布其玛的爸爸，毫无疑问都给老张提供了绝好的机会。

这窄窄的山沟，别说是羊了，就是小小的獾子都进不来。两个孩子总算是弄明白了这一点，正打算往回走，一回头就看到了老张。小姑娘尖叫一声立刻藏到了哥哥的身后。这么窄的沟里，都没有地方可逃。

“别喊！再喊就要你们的命！”老张拔出了一尺多长的杀猪刀恶狠狠地对着两个孩子说。

两个小家伙瞪大了眼睛，抱得紧紧的，站着一动不动。

“老实点，别动啊！”老张一手拿着刀，用另外一只手掏出了一根绳子把两个孩子绑了起来。接着从宝日呼的衣服上撕下来布条塞到了他们的嘴里。

这两个小家伙现在是逃也逃不掉，喊也喊不了。有人知道这两个孩子到这里来找羊了，现在必须尽快离开这里，老张心里盘算着。

“往那边走！”老张命令着。宝日呼用肩膀撞了一下妹妹眨了眨眼睛，意思是哥哥在，别害怕。两个孩子被老张赶着朝山沟的远处走去。

走了好久，从山沟里走出来的时候月亮已经升起来了，又是一个凉爽的夜晚。湿润的空气里混合着青草的味道，银白色的月亮挂在天空，远山近岭影影绰绰。看着两个被绑得紧紧的孩子拖着腿走得很累的样子，老张心里没有丝毫的怜悯，反而很开心。

老张赶着两个孩子走了很久，翻过几座山最后钻进了一个山洞。

“坐下！”老张把累得快走不动的两个孩子推了一把，让他俩坐在了地上。

“我跟你俩说实话吧。要是瞎折腾的话就要你们的命。老实点的话还能保住命。你们的爸妈要是聪明的话就能用岩羊换你们的命。那个时候咱们就愉快地告别。现在得受点罪了。”老张恶狠狠地说。

然后这两个孩子嘴里塞着的布条被扯掉了。

## 十一　螳螂捕蝉，黄雀在后

到了第二天了。

山里的这几户人家快闹翻天了。

宝日呼的爸爸妈妈晚上回来的时候两个孩子不在家。估计是去“石屋”那儿玩去了，应该很快就回来了。他们也没怎么在意。可一直到晚上都不见两个孩子的影子。

平时不怎么说话，总是一脸严肃的宝日呼的继父有些坐不住了，时不时到屋子外面朝月光下的山包那边看一眼。

“这两个孩子干什么去了?”他嘴里嘟嘟囔囔。

宝日呼的妈妈也有些不放心了,“是不是在青格乐图家,或者娜布其玛家玩得太晚了住那儿了?”她有些不太确定地问。

“会吗?”

夫妻俩一晚上都很担心,没怎么睡踏实。第二天两个人起了个大早,决定到青格乐图,娜布其玛家去问问。正在这个时候,丹巴,孟根花骑着摩托来了。

“两个孩子在家吗?”丹巴有些着急地问着,眼睛从屋里屋外扫了一圈。孟根花在旁边哭个不停。

“昨晚就没回来……怎么了?”宝日呼的继父的脸好像更黑了。宝日呼的妈妈吓得腿都软了,差点摔倒,被孟根花一把给扶住了。

“这个……”丹巴掏出一张纸条急着说,“早上起来就发现我家窗台上用石头压着这个……”

皱皱巴巴有些污渍的纸上写着几句话。

两个孩子在我手上。把两只岩羊或者三万块钱放到“石屋”的话两个孩子能活着回去。报警或者耍花招的话有你们好看的!

宝日呼的妈妈看到那张纸条就晕了过去。继父也愣在那儿了,嘴里嘟囔着:“这是宝日呼的字。是别人逼着他写的。”

孟根花扶着宝日呼的妈妈坐下,说:“着急也没用。青格乐图去娜布其玛家送信儿去了。大家一起商量着想办法。”

没过多久娜布其玛的爸爸妈妈、青格乐图、娜布其玛四个人跑过来了。娜布其玛的爸爸紧绷着脸,但还是比较稳当。

他说:“不要太着急。这家伙是想要钱或者是岩羊,不是想要孩子。所以现在孩子没什么危险。丹巴,你骑着摩托现在赶紧去市里的公安局报警。市里虽然不管我们旗，但是离这儿最近，还是去市里报警比较快。孟根花你陪着宝日呼的妈妈在家里等。”接着，他对宝日呼的继父说道：“咱们自己的苏木也得报警！你赶紧去嘎查长那儿！他们可以往上报。我出去找找。现在大家赶紧。不要担心羊群。到了点儿羊群会自己出去，自己回来的。”

慌乱的众人觉得他说的很有道理，纷纷行动起来了。

到中午的时候市公安局的三辆车飞奔而来。娜布其玛的爸爸已经向警察报告了发生的事情。

事情进展神速，也很顺利。这里面娜布其玛的爸爸起了很大的作用。

“昨天下午宝日呼的几只羊好像跑到了后面的山沟那儿。所以我就跟宝日呼说了，让他最好把羊赶回来。我觉得两个孩子可能是在那儿被绑架的。”娜布其玛的爸爸说道。

公安局的人牵着警犬进了山沟，很快就找到了案发的第一现场。

“这几天你们这儿有没有见到过陌生人?”警察询问道。

娜布其玛的爸爸说：“陌生人是没看到。可前天晚上宝日呼家的狗叫得很厉害。我觉得是听到了什么动静了。我觉得让宝日呼写这张要钱、要岩羊的纸条也是有原因的。宝日呼的爸爸妈妈不认识汉字，绑架孩子的人可能不认识蒙语。所以才逼着宝日呼写的纸条。是不是这么回事?”

“您说得很有道理。矬子老张已经失踪好几天了。我们已经调查过了。看样子绑架孩子的人对这里的地形、住户的情况比较了解。也许真的是矬子老张干的。”警察分析道。

这个时候旗公安局的人也来了，就地开了个紧急会议。商量的结果是在不惊动犯罪分子的情况下应该尽早找到藏孩子的地方。不能逼得太急了，狗急跳墙。要防止嫌犯伤害孩子们。想尽办法，调虎离山救孩子。这是大的原则。之后又确定了详细的计划。

两个孩子一直被关在山洞里。

晚上，老张逼着宝日呼写了勒索信，把两个孩子绑在山洞里的石柱上离开了。宝日呼这才有了时间仔细琢磨整个事情。

“哥哥……我有点怕……”妹妹哆哆嗦嗦的声音从阴冷的山洞的一个角落传了过来。宝日呼有些心疼妹妹。

“别怕！哥哥在这儿呢……”

“那个人不会杀了我们吧？”

这个问题宝日呼已经反反复复想了很多遍了。

“他不敢！”宝日呼说得很肯定。

“真的？”

老张一开始把他们兄妹俩绑起来、布头塞到嘴里抓到这儿的时候，宝日呼还以为这家伙一定是因为上次的事情记仇了，要杀人报仇。可刚才老张逼着他写了勒索信后，他估摸出了老张的真正目的。

“他想把咱们关在这里换岩羊，所以绝对不会杀咱们俩的。”宝日呼对妹妹说道。

“那岩羊该怎么办？”

“绝对不能给他。”

“嗯，绝对不给！”

可怜的小姑娘，自己有了危险还在替岩羊着想。

听话懂事的好妹妹，宝日呼心里想着鼻子由不得一酸。

安慰妹妹对他来说现在是最要紧的事情。

“你别害怕！很快就会有人来救咱们了。警察、爸爸妈妈、邻居们……他们一定会来的！”宝日呼安慰道。

“他们来了就会把老张抓起来。”

“是，就像电视上演的那样……”

妹妹过了一会儿安静了。

宝日呼心里开始琢磨，从现在开始究竟怎么办才好？必须好好想一想。

他心里很清楚老张是个什么人。抓他们的就是那个上次急红了眼，朝他们头顶上方开枪的人。身上带着枪支、子弹、绳子和刀子，什么都带全了的家伙。这种人什么都能干出来。下一步他会干什么呢？……看样子为了抓住岩羊都快疯了。可是这个人为了达到目的，或者达不到目的的话也有可能对我们俩下毒手啊。坏蛋！

宝日呼心里突然燃起了仇恨的火焰。为了杀死在山里生活的人畜无害的可怜的岩羊，为了岩羊伤害生活在岩羊故乡的可爱的孩子们，这个人快疯了。他想到这里对老张恨到了骨子里。仇恨就是勇气的源泉。宝日呼突然感觉无所畏惧了。那个家伙有力气、有武器又能怎么样？一个犯了罪被困在山洞里的人，还是个傻子！他的计划、行动里一定能找到破绽，利用好了的话一定能逃脱。

如果跑不掉的话是不是只能死了？宝日呼牙齿咬得嘎嘎响。山里人那种宁死不屈的性格深深地刻在了宝日呼的骨子里。碰到那种无法无天的人，山里人的回击是直接而有力的。他们的这股劲儿上来的话说好听的没用、用金钱拉拢没用、用死来吓唬也是没有用的。他们那个时候就会像山里的大石块儿一样在艰难险阻面前毫不动摇，从来不会想到动摇。

想法子让这家伙把妹妹放了的话我就好说了，宝日呼心里想着。老张还没回来，他们俩又被绑得死死的，只能等。

“必须听我的话！我让你干啥你就干啥！”宝日呼跟妹妹说道。

“嗯……”

老张气喘吁吁地回来了。他用手电筒照了照两个被捆住的小家伙，放心地一屁股坐了下来，然后点了一支烟。

“给我们松开！撒尿！”宝日呼喊道。

老张嘴里骂了一句解开了绳子。

“我们饿了！”宝日呼继续说道。

“忍着！”

“你想干什么？”

山洞里黑乎乎的，但宝日呼仿佛看到了老张那奇怪的表情。被捆得死死的小孩儿这样问他一定感到很奇怪吧。

“只要把钱或者岩羊给我送过来就放你们回。”老张回答道。

“那如果不送过来怎么办？”

“你们俩就不能回家了。”

“他们如果包围了这个山洞呢？”

“逼急了就杀了你们俩。”

“那样的话你能跑出去吗？”

老张不说话了。

“你跑不掉！肯定跑不掉！”宝日呼说完就感觉这个家伙肯定陷入绝境了。“我说你最后岩羊也得不到，钱也弄不到。杀了我们俩你也得自杀。可这是你来这里的目的吗？”宝日呼又加了一句。

“闭嘴！”老张的火一下子上来了。可宝日呼从这句话里听出了老张的歇斯底里，无计可施。

“就算你得到了岩羊或者钱，然后把我们俩放了，可你又能去哪儿呢？迟早不是会被抓吗？”

“你要是再说话现在就杀了你！”老张狂叫起来。

“我倒是有个办法。”宝日呼继续说道。

“什么办法？”老张突然抓住宝日呼的衣领喊，“快说！”

宝日呼看出来了，老张真的是歇斯底里了。

“把我妹妹放了！”

“什么？”

“天亮的时候把我妹妹放走！对你来说多关一个孩子没什么用，我在就行。我妹妹回去拿上三万块钱送过来你把我放了。”

老张没说话。这家伙估计是听进去我的话了，宝日呼期待着。

老张突然开口了："不行！只要放了你妹妹别人就会知道山洞的位置。"

"这样傻等的话你以为就没人知道了？两个孩子失踪，这里所有人都会找的。然后就会报告公安局。警犬可厉害了。马上就能找到这个山洞。只要公安局知道了绑架的事情就会麻烦了。别说公安局了，就是我们家的那只狗两天见不到我就会找过来，你信不信？不信就等着。你最好还是在狗找到我之前把钱弄到手跑吧！"

这家伙真是哪壶不开提哪壶。老张眼里仿佛看到那只狗领着警察往这儿跑过来了。吓得有些魂飞魄散的他想了想说道："嗯，是个好办法。"

"我妹妹年纪小，好多事情说不清楚。我得写封信。"

"或者把你妹妹留下，你走。"

"我妹妹胆子小，你不让她走的话我也不走。咱们三个就在这儿等警察吧！"宝日呼很坚决。

老张又想了想命令道："那就放了你妹妹，赶紧写信！"

老张打着手电筒，宝日呼在纸上划拉着。

宝日呼的妹妹跑出山洞之后发生的事情就比较顺利了。

下午的时候宝日呼的继父往山洞方向走来。老张和宝日呼几乎是同时看见了他。宝日呼的继父手里拎着一个包，走得很快。宝日呼看到继父一夜之间消瘦了不少，不知道的人可能还以为他赶了好多天的路。

"停！……"老张朝宝日呼的继父喊。

继父没有停下来，而是朝着黑洞洞的枪口毫不在乎地走着，也喊道："你不放我儿子的话我不停。"

"你……你想干什么？"老张接着喊，可因为害怕、紧张，声音都有些变了。

"我给你送钱来了。"继父说。

“你一个人？”

“一个人。”

“公安局的没跟着来？”

“没。”

老张从洞口伸出头往外看了看，没发现可疑的地方。然后宝日呼的继父也从洞口走了进来。

看到继父那又黑又消瘦的脸庞，宝日呼不由得鼻子一酸。从昨天晚上到现在他受了多大折磨啊！宝日呼突然意识到他从心底里是特别在乎这个继父的。

“爸……”他不由自主叫了起来，压根儿就没意识到这是他第一次这样称呼继父。

继父强忍着泪水扭过头盯着老张说道：“放了我儿子！”

“你先把钱拿出来！”

继父从包里掏出几捆子一百元的钞票放到了石头上。

“现在往出走！”老张命令道。

“先把我儿子放了！”

看到宝日呼的继父那坚毅的表情，老张犹豫了一下把枪口冲着他说：“行，宝日呼你先走。”

宝日呼的继父把宝日呼放在前面用身体掩护着，从洞口一出去就拽着他躲到了一块大石头后面。几乎与此同时山洞对面几块石头那边探出了几个警察，十几支枪对准了山洞。

老张已经意识到他不应该那么快放了那两个人。他急忙朝洞口冲过去，可是已经晚了。刚跑出去的父子俩踪迹全无。他能看到的只有警察的锐利的目光以及无数个黑洞洞的枪口。

“举起手出来！”

这一声声的命令声中大山仿佛都在颤抖。

老张赶忙跑回了山洞，脑子里想着这回完了。接着全身酸软、两眼发黑，无法止住地颤抖。

老张实际上是以折磨动物为乐的心狠手辣的人，可又是个软弱到极点的人。此时此刻，他怕得差点晕过去。昨晚绑架两个孩子时脑子里浮现的是电影里绑架人的场面，而现在脑子里反复出现的是绑架案的罪犯被判刑的故事。一想到刚才那些锐利的目光、黑洞洞的枪口，他的魂儿都要吓没了。

“出来！举着手出来!”洞外再一次响起严厉的声音，就好像打雷似的惊天动地。

眼睛虽然瞟了眼石头上的钞票和旁边放的枪，却没胆子动一下。洞外再次传来命令声，他不得不赶紧出去。

“举起手往前走!”

他可不敢直接朝警察走去。洞口的对面好像是陡峭的石崖。他略微犹豫了一下，胡乱叫喊着像一只鸟一样冲着石崖扑腾了出去。

宝日呼和继父亲眼看到了这个贪婪、凶狠又愚蠢的人的结局。

“这就是坏人的结局!”继父给出了评价。

所有人的注意力都集中在洞口的时候，没有人关注到他们背后发生了什么。当人们逐渐从老张的这个事情中平静下来，回了家之后宝日呼赶紧往草棚跑。一进去他突然大叫了起来。

母岩羊和小岩羊都不见了。

## 十二　敖包旁边

夜幕中几个孩子出来找失踪的岩羊了。

“岩羊，岩羊……”他们不停地呼唤着，宝日呼还时不时打个响亮的口哨。受了伤的岩羊和羔子仿佛就在眼前，让他们很揪心。娜布其玛更是哭哭啼啼地寻找着岩羊。

那两个可怜的家伙很明显是被人偷走的。锁着的草棚的门只有人类能打开。他们认为偷岩羊的人一定是顺着山沟逃走的。因为山沟是出山的唯一通道。可他们沿着山沟走了十几二十里路什么都没有发现。没办法他们只好出了山沟往山上走。夜色中山峰嶙峋，冷风刮得嗖嗖的。几个人呼唤着岩羊，吹着口哨找了很久。岩羊踪迹全无。

已经过了十五了，亮白色的月亮从远处的山包那边慢慢升起。因为远，所以月亮显得不是那么亮。

孩子们有些气馁地坐在石块上。

娜布其玛气得眼泪不住往下掉。

孩子们毫无头绪的同时，有个人带着两只岩羊正在深山里向上攀爬着。那个人把自己的衣襟系在腰间，一只手抱着羊羔子，另一只手连拉带拽地把捆着的母岩羊往上拽，身手特别敏捷。这个人对地形很熟悉，爬山也异常熟练。

这是那帮抓岩羊的城里“指挥部”在山里最得力的眼线。胖子老张只是城里那帮阴谋家便宜雇来的人。而山里的这个人则是他们的得力助手。

因为有了这个助手，城里那帮人才对于山里的事情了如指掌。山里出现了五只岩羊的事情也是这个人最先传的消息。一只带着羔子的母岩羊受了伤又踪迹全无的事情也是这个人告诉城里那帮人的。那两只岩羊不是失踪了，而是很有可能被几个孩子悄悄养了起来，因为这个人告诉了他们这个消息，才有了后来雇老张到山里找岩羊，到草棚里偷岩羊的事情。这个人特别聪明。娜布其玛的头巾不见的时候，他立刻想到了头巾有可能用来包扎岩羊的伤口了。

说实话，老张绑架两个孩子的条件也是这个人给提供的。昨天下午他看到了隐藏在几块石头中间的老张。然后把宝日呼和他妹妹骗到了山沟里。这样老张才那么容易抓到了两个孩子。当所有人都在忙着从老张手里解救两个孩子的时候，这个人不慌不忙地偷走了那两只岩羊。想捕蝉的螳螂就是老张，可没有人想到螳螂后面还等着这么一只黄雀。

天亮的时候要是能到城里的话，这个人就会得到一大包的钞票。

这个人原来竟是娜布其玛的爸爸。

母羊并没有遂他的意，不停地挣扎让他费了不少力气。可他也没放弃，一直拽着那只岩羊走。突然，母羊好像是在找自己的小羔子，低声咩咩叫着，身上泛起了羊奶的味道。岩羊的叫声、羊奶的味道不断刺激着他的神经，他的心里不由得一紧。爷爷就是靠着岩羊的奶才长大的啊，我这样做真不是人。每次想到这里他就觉得心头压着一块大石头，巨大的石头。已经去世的父亲似乎在愤怒地盯着恩将仇报的他。哎，没出息的子孙在造孽啊！祖宗们一定要原谅啊！我不是没良心的人，是为了挣两个小钱把日子过得好一点，他嘴里嘟囔着脚下却没停。

他没有沿着山沟走，而是选择了最险要的地方。这样的话就不会轻易被别人发现。第二天上午应该能拿到钱。然后把钱锁在箱子里像没事儿发生一样微笑着，惋惜着失踪的岩羊，讨论着保护野生动物的事情……骗过山里的邻居们很容易。只是……脑子里总是出现已经去世的爷爷似乎看穿了他的想法、他的所作所为。爷爷的那双看穿一切的眼睛一直在他的脑海里，无法摆脱。

他突然后悔走这条路了，因为爬上这座山才想起来那座岩羊的敖包就在这上面。

小时候父亲领着他来拜过敖包，磕过头。父亲的那句“世世代代不能伤害岩羊，一定记住！”一直在耳边响起。他没有勇气走向夜空下高高耸起的敖包。

感觉爷爷好像坐在敖包旁，他的头发都立起来了。

他刚想着绕过敖包，突然听到敖包旁传来了好像是有什么东西踩到石块儿的声音。

娜布其玛的爸爸的汗毛都快立起来了，心里不停念叨着：祖宗饶恕，祖宗保佑。把这两只岩羊卖了我再也不做这种造孽的事情了。我发誓一定出钱把这个敖包用石块儿和水泥砌好。然后他抱着羔子牵着母羊准备继续跑。

敖包旁边的声音越来越大，好像有什么东西从后面追过来了。他虽然非常害怕，但脑子还能转，听出来后面追来的不是爷爷的脚步声，而是有蹄动物的声音。

扭头一看，天啊，三只成年的岩羊已经离得非常近了。

微弱的月光下虽然看得不大清楚，但岩羊好像都拉着脸用锐利的目光盯着他，大大的羊角像剑一样往两面张开，。

母岩羊想往同类那儿跑，小羔子也跟着用尽全力挣扎。他使劲儿想把母岩羊拽回来的时候，那三只大岩羊突然冲了过来。三只岩羊的头像三块石头一样撞在身上，他不由得摔倒滚了好几圈，最后腿碰在一块石头上发出“啪”的一声。在他摔倒时岩羊母子俩已经挣脱开了。

“腿断了……”他胡乱喊叫着，突然不知道为什么哭了起来。

五只岩羊用忧郁的眼神看了一眼慢慢往那边走去。他的腿真的断了，钻心地疼，他差点晕过去。这深山里断了一条腿很可能走不出去，就把命留在这儿了。想到这儿，他不由得颤抖起来，爬到岩羊敖包旁边哭边磕头，希望山里的小神小鬼能救救他。挂在天边的弯弯的月亮似乎无视他的存在，那座古老的敖包也毫不在意地伫立在那里。

只有绝望的哭声随着山里的风传了出去。

坐在山下石头上休息的孩子们几乎是同时站了起来。他们听到了哭声。

“……饶恕……岩羊……嗯嗯嗯。”

“不是我爸爸的声音吗？”娜布其玛有些奇怪。

“没错，去看看。”

"快点！……"

孩子们非常敏捷地朝山上爬去。

他们手足无措地看着跪在敖包前面一动不动的娜布其玛的爸爸。

孩子们不可能把一个大人弄下山去。

"爸，你怎么来这儿了?"娜布其玛带着哭腔问道。

"我……我是为了找这两只岩羊……哎哟哟!"

满脑子都是各种歪门邪道的这个人到了现在了都忘不了撒谎。他的真实面目就这样被永远地掩盖了。只有那几只不会说话的岩羊和那座敖包清楚他的所作所为。

"娜布其玛你看着你爸，我们去叫人!"宝日呼说道。

"哎呀，那，岩羊！……"青格乐图忍不住喊了起来。

从天边升起来的弯弯的月亮慢慢挪到了夜空的中央。月亮现在看起来巨大无比。

听到孩子们的动静，岩羊都回来了。

"孩子们，要保护好岩羊……"娜布其玛的爸爸说道。

小岩羊羔子突然跑过来钻到了宝日呼的怀里，开始用鼻子来闻他的衣兜。宝日呼从兜里掏出糖喂了小羔子。

过了一会儿母岩羊也走过来对着孩子们的脸庞又闻又舔。

另外三只岩羊盯着他们一动不动。

## 十三　向着朝阳

孩子们该返校了。他们特别舍不得岩羊。

"大人们一定会好好照顾的。"宝日呼说。

娜布其玛更兴奋，说："咱们放寒假回来的时候羔子都长大了。"

"到那个时候犄角也长出来了，到处跑着顶人了吧!"青格乐图哈哈笑着。

孩子们这样聊天的时候，三家的大人——除了在家养腿伤的娜布其玛的爸爸，其他人都聚在宝日呼家商量一件事情好长时间了。孩子们没注意到这件事。

大人们一直商量到太阳落山，最后似乎统一了意见，宝日呼的继父从家里出来走到了聚在“石屋”旁的孩子们那儿。

“孩子们！明天上学之前先送送岩羊！”宝日呼的继父说道。

“什么？……”

宝日呼的继父继续说：“我们反复商量过了。受伤的母羊倒是没什么，托孩子们的福伤治好了。这只带着羔子的母羊虽然遇到了生命危险，多亏孩子们拼尽全力才平平安安活到现在。这几只岩羊跟你们已经非常熟悉了。按道理说从那么远的山里回到了家乡，应该跟咱们生活在一起。可是……孩子们，我们担心再有灾难哪一天会降临在它们身上。丹巴刚从城里回来，城里人说还有人想抓岩羊呢。所以……”他话没说完叹了口气，又继续道：“明天还是把这几只岩羊往山里赶吧……”

虽然大人们的这个决定有些出乎意料，三个孩子想了想还是点头同意了。他们明白岩羊身边潜在的危险还没有过去。

岩羊还会再一次消失吗？

宝日呼的继父走后，孩子们的脑海里不断浮现这个想法。

“也不一定。明年岩羊生了宝宝也可能又回来了。”宝日呼说道。

“对，老专家的书上也是那样写的。”娜布其玛表示同意。

那本书的第一页上写着“岩羊总有一天会回到人类身边，孩子们，一定要坚信这一点！”。他们一直记着这句话。

小苏雅拉玛哭闹不止，不愿意让岩羊离开。

“别难过！岩羊明年还会回来的。还会带着更多的岩羊回来的。”娜布其玛安慰着小姑娘。

“继续留在这儿的话，也许还会有像老张那样的人过来抓他们。”青格乐图开始吓唬苏雅拉玛。

苏雅拉玛用黑黑的小手擦了擦眼泪，一把抱住了小岩羊羔子。然后噘着嘴避开其他的孩子，从兜里掏出来一块水果糖，剥开糖纸把糖块儿塞到小羔子嘴里。

那天晚上苏雅拉玛睡觉时一直抱着小羔子，抱得紧紧的。

那天晚上三户人家的大人小孩儿都没有睡着。

天亮了。

太阳升起来之前三户人家一起把岩羊送走了。也不能说一起，腿断了的娜布其玛的爸爸就没有出现。

受伤的岩羊已经完全好了。

五只岩羊慢悠悠地往前走。人们跟在后面。

宝日呼的妈妈、娜布其玛的妈妈、孟根花三个人目送着岩羊，每人拿着一桶奶，舀一勺子朝天上扬去。

“长生天保佑！保佑岩羊，饮泉水、吃百草、种群繁荣、远离血光！长生天保佑！”

已经痊愈的母岩羊回头看了看，用低沉悲伤的声音回应着，小羔子突然跑了回来。

“走吧，走吧，可怜的家伙。你的家在深山的悬崖峭壁上……”宝日呼的妈妈流着泪把那只小岩羊羔子往岩羊群那儿赶。

小苏雅拉玛突然放声大哭，从兜里掏出一把一把的水果糖往岩羊的方向撒去。

“这群岩羊要是一直在咱们家附近该多好啊！”孟根花声音有些哽咽地说道。

“岩羊还会不会回来？”娜布其玛问大人们。

宝日呼的继父叹了口气，说：“哎，有什么办法啊！岩羊和人类本来是生活在一起的。按说它们应该生活在咱们这儿，成为我们眼里的美景，成为心灵的伴侣才对。可……哎！可现在人类是岩羊的敌人啊，它们还是远走高飞比较好。”他顿了顿，接着说道：“岩羊啊，别回头看了。离开两条腿的人类，走得越远越好！”说完用粗糙的手掌擦了擦眼睛。

岩羊群走远了，朝着远处的山那边冉冉升起的朝阳，一直走，直到消失在红彤彤的太阳中……

那日苏　译

# 你好，西拉木伦河

甩开高低不平的丘陵地带，列车进入一望无际的原野。我凝神望着窗外碧绿的科尔沁草原，顿时感到心旷神怡。一曲深沉的旋律萦绕在我耳边："南方飞来的大鸿雁啊，不落西拉木伦河不呀不起飞；要说起义的嘎达梅林，是为了蒙古人民的土地……"歌词中的西拉木伦河，就是这科尔沁草原上的西拉木伦河。多少年来，这支悲壮的歌曲到处传唱着，在蒙古族人民中已是无人不晓。那么，西拉木伦河在哪里？在这科尔沁草原的深处吗？

飞驰的列车好像要把整个大地一股脑儿抛向身后。"西拉木伦河在哪儿？"我真担心大地很快被冲到尽头，迫不及待地问对面座位上的一位上了年纪的本地人。

"唔，西拉木伦河吗？在这里是看不到的。"

哦，这神秘的西拉木伦河！

这次，我们这些各地来的文学界的朋友，云集哲里木盟通辽市，先后参观了欣欣向荣的农村牧区、工程浩大的防护林体系、巨大的发电站和现代化的玻璃厂。一路上，真是大饱眼福。然而，那滚滚的西拉木伦河，却好像有意回避着我们。如果说，到过新疆的人看不到天山的雄姿，到过西藏的人看不到宏伟的布达拉宫，到过海南岛的人看不到"天涯海角"，那将是一生的憾事。来到科尔沁草原的人，怎么能不亲耳听一听西拉木伦河的浪涛声就悻悻而归呢！

我渴望着，期待着。几天过去了，西拉木伦河仍然没有出现在我的眼前。

一天，我们从通辽市出发，乘车向西北疾驶。汽车在一座大桥前戛然停下。车上的人纷纷跳下来，向桥下走去。一条干枯的河道静静地躺在大地上。浅黄色的沙粒在河床中闪烁，像巨龙的鳞片。

“西拉木伦河……”人们指着干枯的河床议论起来。

“这就是西拉木伦河？”像有一盆冷水突然泼到我的头顶，一种失望感猛然涌上我的心头。难道这就是西拉木伦？就是那在我心目中有着汹涌浪涛的西拉木伦？就是那昔日鸿雁流连忘返的西拉木伦？不错，在我眼前的，正是西拉木伦。往日那滔滔河水，已被上游大大小小的水库瓜分殆尽，加上今年的春旱，河床中看不到一滴水。这条巨龙悄然爬向大海，留下来的只是它那深深的足迹。望着这空旷的谷地，我感到一阵阵的空虚和惆怅。

“老阿爸，西拉木伦河就是这个样子吗？”我慢慢走近一位戴草帽的蒙古族老人身边，带着疑惑的目光问。

“是啊。”

“一条干枯的河？”我有些失望了。

“不，西拉木伦，永不枯竭，科尔沁人民在歌中这样唱过。要不了多久，它会回来的。”老阿爸脸上显露宽厚而又自信的微笑。

我半信半疑地走向汽车。

我生在遥远的鄂尔多斯高原，可是对科尔沁这个名字并不陌生，在那些动人的传说中，科尔沁和西拉木伦是同义词。千百年来，这条黄色的长龙哺育着科尔沁草原，科尔沁人世世代代居住在它的岸边，今天的科尔沁人，正是在西拉木伦河畔繁衍下来的。这条大河像一个永生的历史见证人，在它那数不清的浪花里，记录着科尔沁人的生生死死，记录着科尔沁大地的风风云云！

而今，这个永生的见证人在哪儿？

汽车驶入扎鲁特旗，公路两侧呈现出一望无际的碧野。来自新疆的一位年轻诗人忽然对我说："我想了一首诗，就以西拉木伦命题。"我突然想到，此时此刻，大家心里一定都汹涌着西拉木伦的波涛。

我们一行在一位牧民老大娘家做客。我们以最美好的语言向她祝福。老大娘深情地对我们说："孩子们，祝你们一路平安。就像西拉木伦河永不干枯一样，你们的美好理想一定实现！"

啊，又是西拉木伦！这西拉木伦真的没有消逝，它已经分成千千万万个支流，在人们的心中继续流淌！

就在我们离开扎鲁特旗所在地——鲁北镇的那个早晨，通辽传来电话，说西拉木伦河水暴涨，过往的车马要加倍小心。

我好像蓦地回到了梦中，回到了刚刚踏上科尔沁草原时的那些遐想中。西拉木伦河再现了，奇迹般复苏了！人们都在激动地传告："西拉木伦又回来了！"

汽车已经远离鲁北镇，急切的心情使我感到归途的漫长。我坐在车窗前，凝视着远方。几天前的沉静空气已经烟消云散，无边的大地好像在轰鸣。突然，眼前呈现出一条浊浪滚滚的大河。我望了望四周，认出这正是几天前看到干枯河床的地方。汽车刚刚停下，我便飞也似的奔向河岸。噢，西拉木伦回来啦！昔日的西拉木伦河道已经消失。汹涌的河水，正以排山倒海之势，冲过河道，奔向干旱的草原，奔向干旱的田野。

草绿了，花红了，人更乐了。

西拉木伦，我终于见到了你的英姿！

你好！西拉木伦河！

西拉木伦河，你好！

# 难忘公主府15号

## 一

呼和浩特的任何一个地方我都可能忘掉，但有一个地方却永远不会，那就是公主府15号。因为那里曾有过一所学校——内蒙古蒙文专科学校，我在那个学校学习了4年，从1964年到1968年。

1968年7月末的一个凌晨，我背着书包，兜里装着车票朝火车站走去。大概还不到凌晨5时，公主府那一带在灰白色中静默着。我终于毕业了。行李头一天下午已经托运，所以我身上只有书包与车票。走出校门，我站住脚回头望了那么一会儿。校门静悄悄的，住门房的夏大爷大概也没有起床（那真是个好老头，在校4年我大概没有跟他说过几句话，但我至今仍然记得他。“文革”开始后他不管对“黑帮”还是对“黑崽子”都很和蔼，说明他是个善良的老人，听说“文革”后期他去世了）。

是的，我看到的是一个静悄悄的校门，那是我母校对我的最后一个表情。那是一个凄惨的表情，大门两边的砖垛上有“文革”武斗的痕迹，有“打倒……”“火烧……”的大标语残片。我回头望了那么几秒钟或十几秒钟，又向前走去。多少年以后我才意识到，那几秒或十几秒是一次无意中的注目礼，是一种告别，我不仅告别了母校，同时也告别了我的学生生活。

头一天晚上我们去火车站为东去的同学送行。他们最远的去海拉尔，最近的也要到集宁，全在一趟车上。一种铁轨旁特有的气味在那里弥漫。我现在都能想起那种气味，那大概是钢铁、水和机油混合散发出来的气味。同学四年，如今却要各奔东西了，按说应该有点伤感和恋恋不舍，甚至有些同学应该会哭起来。那是毕业生相互道别时常有的情景。但那天晚上并没有出现那种情况，上了车的同学打开窗户向我们招招手，站在站台上的我们也向他们招招手。一种冷漠，甚至有一种解脱感主宰着那个场面。但每一颗年轻的心在那一刻都在流淌着情感，只是因为那个年代排斥情感，不允许表达情感。再者……谁还有表达情感的情绪？人与人之间的隔阂简直就像一道厚厚的墙，那道墙是“文革”筑起来的。

同学！按说应该是多么亲切的关系？那是一段很容易吵架也很容易和好的年龄，将兜里的几毛钱或者手里的一个窝窝头都可以拿出来分享的友谊，将内心深处对异性的爱恋深深地匿藏又要迫不及待地告诉同伴的冲动……但因为“文革”，这一切都不可能了，相互提防、相互算计、相互猜忌，甚至告密与迫害都过早地进入了我们年轻的生活。学生们分成了这派那派，这个观点那个观点，始而拳脚相加，继而刀枪相见，再后来大家似乎都厌倦和麻木了……

是的，在1968年的夏天，中国的年轻学生突然都过早地变得成熟和世故了。我们这些学生也不能例外。

就在那天早晨，我不仅告别了母校，告别了学生生活，也告别了呼和浩特……

## 二

时隔40年，我们又一次在呼和浩特公主府15号相聚了。那是2008年8月29日，我们班——蒙专翻译37班同学回到母校搞了一次聚会。一清早我们走进母校校园的时候我的眼睛竟湿润了，我似乎看到一个身影：一个出生在鄂尔多斯西北草原的又黑又瘦又高的少年在这个校园里奔跑着、兴奋着、憧憬着……那就是40年前的我。

时间是个神奇的东西，它在无声的流逝中改变着一切。刚踏进校门，我们的记忆与眼前的环境总是对不上号。我们曾经挥汗奔跑过的操场，我们曾经劳动过的菜地，还有其他曾经的一切……如今在哪里？我们都弄不清楚我们现在走在上边的马路和我们正站在下边的这个楼角过去曾经是什么？但我们突然惊喜地看到那时候的学生餐厅、礼堂和一两栋灰砖房还在。我们怦然心动，但那些40年前的建筑在高大的楼群旁边早已显得孱弱和苍老。

是的，学校是一个青春的场所。在全世界所有的学校里青春的身影在晃动，青春的歌声在嘹亮，青春的爱情在萌动，青春的荒唐也在演绎——但那是多么可爱的荒唐！如今我们重新走进40年前的校园，是不是我们也显得孱弱和苍老？

大概是的。但关于青春的记忆永远不会老。

我与一些同学真的是时隔40年才见面。刚一见面，站在我对面的是一个个陌生的老头或老太太。但看着看着，我从他们“爷爷奶奶式”慈祥的面孔上却看到了他们（她们）青春的模样。只有记忆才能够穿透时间，但时间又会改变我们的感觉。40年前的好多感觉已经被“时间”老人所纠正。我们之间如今已经多了几分宽容，多了几分理解，更主要的是多了几分祝福。就在2008年8月29日那天早晨，我感觉到“文革”留给我们的最后一点阴影已经不存在了，而且我相信那个可恶的阴影再也不会回来了。我突然感到我们真的成熟了。什么是成熟？成熟就是一种宽容，一种超脱，更是一种对人生的透彻感悟。当回忆起年轻时候的一切，包括那些恩恩怨怨，能够淡然一笑，“那时候年轻嘛。”轻轻的一句话便一切烟消云散。感谢时间老人！

那天我又想到“缘分”两个字。全班几十名同学，东起呼伦贝尔西到阿拉善，我们为什么是“同学”？就因为缘分。而这个缘分的起因就是呼和浩特，因为呼和浩特有一个公主府15号。

## 三

浓浓的文化特色是一个城市的灵魂。提起一些名城的时候我们当然会想起一些著名的建筑，比如武汉的黄鹤楼、杭州的雷峰塔、苏州的小庭院，当然还有延安的宝塔山和北京的天安门等。但我们之所以能够想起它们并不是因为它们有多高或者多现代，而仅仅是因为它们与我们的历史文化记忆有关。一个城市不是靠建筑而是靠弥漫、激荡在大街小巷的浓重的文化氛围而出名的。

在40年前的毕业生记忆中，呼和浩特的魅力依然存在。比如说在公主府那一带经常出现的骆驼拉车，还有每天清晨飘荡在那里的“焙子”的清香。从一个叫“十三中”的停车点我们可以乘6路公共汽车到达旧城的北门，票价5分钱。谁还能忘记那个万头攒动的旧城！一进“旧城”，气氛变了，口音变了，连空气中飘荡着的气味都变了：炒板栗的气味、蒸“烧卖”的气味、煮羊头的气味、炒瓜子的气味、烙馅饼的气味……混杂着呼和浩特旧城特有的口音和叫卖声，形成了一种浓浓的特色。而最具特色的是呼和浩特的“烧卖”馆。“烧卖”馆面积都不大，里边摆着一些高低不平拼凑起来的餐桌。每天一早，顾客拥挤着坐在那里，大部分是熟人，一边喝着酽酽的老砖茶，一边聊天。蒸烧卖费时间，好在这些顾客都不着急，就那么聊下去。聊什么呢？完全是普通市民的话题，其间还忘不了相互打听今天吃多少烧卖，“你要了几两？”“老样子，还是一两。”“我要了二两。”那些拼凑起来的餐桌中间，大都有一个铁炉子，里边炭火轰轰燃烧，上边坐着水壶。不久水壶里的水开了，也不用伙计动手，顾客自己动手往餐桌上的茶壶续水。那些茶壶没有一个是新的，不是掉了把儿就是壶嘴缺了一截……那是一种浓浓的生活气息，浓浓的地方特色。

多少年以后我有一次到呼和浩特，一早突然想吃烧卖，就一路寻找烧卖馆。新城区烧卖馆也不少，我进了好几家，但总不满意，接着就进旧城。到了旧城又进了好几家，我仍然不满意。我其实并不是为了烧卖的香味，而是为了寻找那个浓浓的“过去”！快到中午了，我突然想起大召寺西街，我一下子闯了进去。啊，这里才是呼和浩特旧城！我又走进了那个久违了的气氛：特有的口音，特有的气味，特有的环境……

## 四

呼和浩特是草原蒙古人的向往。最偏远牧区蒙古族牧民家的收音机里都响着呼和浩特的声音：宝音德力格尔、哈扎布的歌声，帕杰、毛依罕的“乌力格尔”，当然还有那些著名播音员的声音。大家还知道呼和浩特有乌兰恰特，有白马宫——那是乡下蒙古族人对博物馆的称呼，还有牧民招待所。像我们这些草原牧民的孩子，上过初中以后当然更明白呼和浩特有内蒙古大学、内蒙古师范学院、内蒙古艺校，当然还有内蒙古蒙文专科学校。也知道那些经常在报刊上见到其名的作家、艺术家、评论家、学者……大部分都在呼和浩特。

我曾经仔细地想过，当年的呼和浩特为什么对我们这些草原的孩子有那么大的吸引力？就因为它体现了草原蒙古族文化的某些高度，同时也包含着草原孩子的一些梦想。

## 五

这些年呼和浩特在迅速走向现代化，同时也在迅速失去它的个性。它已经越来越变得与任何一座中国北方的中等城市雷同。这是一种文化内涵的丢失。呼和浩特40年前的很多特色如今只留在人们的记忆里。我们的母校——内蒙古蒙文专科学校也早已变成大专，而且改了名称，据说很快又要“升本”。

但也有一些东西没有变。

聚会那天傍晚我站在宾馆门口向西眺望。晚霞在大青山那边缓慢地消失着。那个浓重的山影和山顶上美丽的晚霞大概在一千年前就是这个样子，而且今后很多很多年仍然会是现在这个样子。

我们对呼和浩特和对公主府15号的记忆也不会变，因为那个记忆是有关成长、理想、憧憬和友谊的记忆。

# 路过包头

## 一

几十年来我多次路过包头。

其实，“路过”是一种十分美好的体验，尤其是当我们乘火车旅行的时候。如果我们有幸坐到靠车厢窗口的位置，那是一种什么样的感受啊！荒原、田野、沙漠、村镇……一个接一个地从我们眼前经过着，引起我们很多的遐想：荒原上那个牧户的拴马桩上拴着一匹马，马的主人在毡包里喝茶吧？他是一个年轻的牧马人吗？明晃晃的沙坡下边孤零零地站着一棵树，它是怎么长出来的？长了多少年？田野里有一个穿着鲜艳的女人在劳动，她是刚过门的新媳妇还是待嫁的大姑娘？村口聚集着很多人，是出了什么事吗？……这些问题不会得到任何答案，但正因为没有答案，你才觉得这个世界很有意思，甚至还有点神秘。你就这么一边看一边想吧，刚刚出现的景观很快就过去了，又换成新的景观，你又开始新的遐想。这就是我们的世界，人们在各种不同的环境里生活着，操劳着。

“路过”的地方与“目的地”完全不同。目的地再陌生，哪怕你是第一次去，但你终归有一个明确的目的：见什么人或者办什么事情。而任何一个行为一旦与实实在在的“目的”联系在一起，它就没有了诗意。在一头以“吃饱”为目的的牛的眼里，满山遍野的鲜花只不过是能填饱肚子的饲料而已。但“路过”就不一样了，它跟任何实际目的无关，从而是充满诗意与美感的。再者，你大概也读到过类似于“结果并不重要，重要的是过程”这样的句子吧？这话是有道理的。我们去追求一个目标的时候，很多难忘的体验其实都出现在到达目标以前的过程之中。

我第一次路过包头，是1964年8月……

## 二

1964年8月的某一天，我离开家乡到呼和浩特念书。那是我第一次离开家乡。我乘汽车到了海勃湾，就是现在的乌海市海勃湾区，从那里又乘火车东进。那是一趟“慢车”，凭着入学通知书买票，从海勃湾到呼和浩特才四块五毛钱。记得是半夜上的车，一路走走停停，到了第二天下午突然听到列车广播里播出：前方到站是草原钢城包头。接着播放《草原晨曲》。

啊，包头！我心头一震。

在鄂尔多斯，居住在最偏远地区的牧人大概也都知道包头这个地名。这个名称出现在鄂尔多斯人的歌曲中、传说中，甚至俗语中。有一首鄂尔多斯民歌叫《包头以北》：包头以北是阴山，野鹿和岩羊在那里嬉戏繁衍……有一则传说：一头梅花鹿向阴山跑去，回头叫了一声，汹涌的黄河立时变得温柔平静。还有俗语：骑到包头都磨不破屁股——那是形容钝刀子，刀子钝了，你就骑马一样骑在那刀子的刃上，从鄂尔多斯骑到包头，也磨不坏你的屁股。在鄂尔多斯人的心目中，包头是个熟悉而又陌生、生动而又模糊的概念。

我们这些青年学生对包头的理解比草原牧民更丰富一些。那是因为我们从课本里了解到包头有包钢，还看过电影《草原晨曲》，会唱电影里的歌。当然我们还听过关于那头神鹿的传说。在一个乡下孩子的心目中，城市就是神话。而一座城市又跟大企业、电影、歌曲和传说联系在一起，那就是神话中的神话了。而这一天，我们却要路过这个地方。

列车在《草原晨曲》旋律中缓缓而行，后来停下来。我一直好奇地看着外边。其实看到的东西并不多，而且一点都不神奇。车站楼挡住了视线，只能看到很多旅客拥出检票口朝着车厢奔来，当然也有很多下车的人走向出站口。所以在我的视线里几乎全是人，全是一些提着旅行包或扛着行李的行色匆匆的人。毕竟是大站，停车时间长，上下车的旅客也多。后来车又徐徐开动了。

就这样过了包头啦？我感到遗憾。但我后来才明白，遗憾就是余地，是向往。

## 三

是的，人需要遗憾，或者人生不可避免遗憾。当你参观某一个景点，正当你在兴头上，但这时候有人催促你马上回去，你就会感到些许的遗憾。当你听说某一部电影或者书很好看，你非常想看，但你因为某种原因而与之失之交臂，你就会感到些许的遗憾。当你拼尽全部力气完成了某一种工作，但效果却与你的希望有差距，你就会感到些许的遗憾。你本来为父母、孩子、亲友办一件好事，让他们高兴高兴，但也许你没有办好，或者办好了人家并不理解你，你也会感到些许的遗憾。但这种遗憾给你带来的却不仅仅是遗憾，还有一种并不完美的满足感：我曾经追求过、奋斗过，以后我仍然不灰心，等等。一般来说，遗憾并不会给你带来绝望，它带给你的往往是这种残缺的满足。

残缺本身就带着美感。残缺的长城，残缺的罗马斗兽场，还有天上残缺的月亮，对过去残缺的记忆，残缺的维纳斯……它们对我们的美感冲击是惊人的，完全能够让我们发呆和战栗。

## 四

从那次以后，我曾多次路过包头。

那时候我已经回到鄂尔多斯工作，要是路过包头去呼和浩特、北京，就先坐班车到包头东站，等几个小时，再上火车。要是从外地回鄂尔多斯，那就在包头东站下火车，再奔“红星旅社”。当然去红星旅社的路上必须到伊盟汽车站买好第二天的汽车票。去红星旅社没有别的原因，只因为去鄂尔多斯的汽车站离那儿不远。去红星旅社必定要经过红星电影院，但我从未进去过。

这几年我又有好几次去包头开会、办事，这就不是“路过”，而是把包头当作目的地了。但包头在我的心目中并没有失去诗意，因为我第一次和那以后多次“路过”的诗意并没有消失，我至今没有看清包头的全貌。包头在我心目中永远带着神秘。

我曾感到包头是强壮的，那是我参观包钢时的感觉。我曾感到包头是青春的，那是我看到包头街上很多带着现代派意味造型后的感觉。我曾感到包头是自信的，那是因为我听到她很多的故事：邓成和维权、出租车司机集体献血……我也曾感到包头是古老的，因为她北边的阴山和南边的黄河。

这就是我心目中陌生而又亲切的包头……

# 历史并不遥远

历史的逻辑与洪流的逻辑相似——当它按照自己的惯性奔腾向前的时候，将靠近岸边的好多东西卷进它汹涌的浪涛里带走，同时又把好多东西抛上岸边。有用的，没用的，丑陋的，美好的……一旦被抛上了岸，它们的命运都一样，就像一条小鱼，先大概也蹦跶几下，但很快就死亡，消失。你为此伤心，悲哀，激动，惋惜都没有用，历史才不管你那一套呢。历史自有它自己的选择方式。

比如说蒙古人捕鱼。蒙古人在历史上是猎过鱼的，《蒙古秘史》里就有铁木真即后来的成吉思汗几兄弟捕鱼的描写。我还知道有一本古老而权威的蒙古语字典，因其封面是蓝色的，一般统称“蓝皮字典”，凡是接触过那部字典的人都应该记得，其中有很多鱼和渔具的名称，说明蒙古人曾经与鱼和渔具有过频繁的接触。但不知从何时起，绝大部分蒙古人告别了捕鱼，鱼的美味彻底从他们的生活中消失。这是历史之谜。当时的蒙古高原河流湖泊很多，河流湖泊里的鱼肯定也很多，但他们好像突然忘记了它们。为什么呢？

当我听到吉林省前郭尔罗斯蒙古族自治县的蒙古人至今保留着捕鱼的生产方式时，我竟然无论如何不能够将“蒙古人”与“捕鱼”两个词联系在一起。难道，我们所熟悉的那些彪悍的摔跤手、牧马人，健壮美丽的牧羊姑娘、挤奶员能够在水面上撒网捕鱼，就像我们在反映渔民生活的电影里看到的一样？那是一种什么情景？他（她）们唱渔歌吗？他（她）们头戴斗笠、赤着双脚？那里的炊烟里弥漫着鱼香？我感到不可思议。这我才意识到，“蒙古人”这三个字不单单是表达概念。至少在我的头脑里，真的无法将蒙古人想象成渔民。但是当我站在查干湖的冰面上看到冬季捕鱼场面时，我真的看到了蒙古族渔民。那是2007年冬天冬至后的第六天，公历12月28日。一位大汉反穿着皮袄、脚蹬毡靴、头戴皮帽子，威风凛凛地站到了冰面上。那天真是寒冷彻骨，雪花一直在飘，天、地、四面八方一片白色，强劲的白毛风在湖面上肆虐着。大汉面对着观礼台上的我们（其实他面对的是苍天、大地和湖），把一大碗酒高高地举起。他脸色黑红，刚毅得像古代武将（这是我看到的），他两眼被烧酒烧得通红，像两块烧透了的煤球（这是我想象的，因为距离远，我不可能看到他的眼睛），开始念诵。那应该是一场古老的仪式，但这里的人们又为这个仪式起了一个很时尚的名称：查干湖冬捕旅游节开幕式。因为风很大，加之麦克风出了问题，声音时断时续，但只要你是蒙古人，就不难猜到他念诵的内容：他对苍天、大地和查干湖表示敬畏，乞求宽恕——宽恕他们因为生活所需而不得不下网捕鱼了。他确实是一个蒙古汉子，因为扩音器里断断续续传出的是蒙古语。他身后站着几十个同样穿戴的大汉，他们之中肯定也有蒙古人。当然也不难看出，为了渲染旅游节的气氛，仪式中加进了一些看似古老其实是表演性的内容，但我相信，这仪式最核心的部分，它所体现的文化精神，贯穿整个仪式的基调其实有一个明确的指向——再现历史，展示古老。

其实，任何“再现历史”的努力往往与历史的真实存在着很大的差别。这是没有办法的事，因为时代已经不可能回头，大人不可能再变回孩子时代。但在查干湖上，至少残留着很多历史的痕迹。比如那个“祭湖”仪式肯定包含着蒙古族的传统文化心理。在一些反映汉族生活的电影、电视剧里我们常看到一些“祭海”“祭河”的情节。那是祈求老天爷不要刮风造成翻船，让出海打鱼的人们安全归来，或者祈求龙王爷赐雨，祈求大自然将更多的东西赐给人们。形式跟蒙古人“祭湖”没有多少差别，但两者的文化涵义却有很大不同：汉族是要求赐予——“多给予我们一些吧”；蒙古族是祈求宽恕——“我们将要索取一些东西了，请宽恕我们吧！”向大自然索取的同时又怀有深深的负罪感，这就是蒙古族传统文化心理的表现。

仪式在继续。虽然天气寒冷，飘着雪花，但参加仪式的人还是不少。有省里的领导、各种媒体的记者，来自长春、沈阳甚至南方的企业家、学者和作家……我知道在同一个场所，观看同一种仪式，但每个人看到的却不一定是同一个东西。领导看到的大概是发展前景，老板们看到的当然是商机，记者们看到的一般是新奇，学者们看到的主要是历史与文化。有的看到了捕鱼者的剽悍，有的看到了收获的喜悦，有的看到了东北冬天的景色与风土人情，有的看到了人的技巧与聪明——其实不仅仅是技巧与聪明，还有一种让人惊奇的经验——选择下网地点、调整渔网、把握拉网的时机……那绝不是只靠技巧的娴熟与脑瓜子的聪明就能解决问题的，只有具有丰富的经验，才能知道选择什么地方凿开冰窟窿并且下网。网下到厚厚的冰层下面，更需要一种非常奇特的本领去让渔网按着自己的意图向着某一个方向延伸，最后在冰层下面合围。当然更重要的是你必须保证渔网合围的范围内有很多的鱼！这可不是草原上的围猎，猎物在哪儿，朝什么方向逃窜，看得清清楚楚。人的目光不可能穿透那么厚的冰，只能靠经验。我后来甚至想，也许有一种比经验更为神秘的本能在起作用。据当地领导介绍，查干湖冬捕最多的一次曾一网捕到过21万斤鱼，那大概是二十多年前的事，前几年也有一网捕11万斤的记录。那哪儿是在捞鱼？是在捞钞票呀！而且要连续“捞”一个月。自然母亲对这里的人真是太偏爱了！

我在查干湖的冰面上看到的首先是庄严与肃穆，甚至还有悲壮。是的，风在呼啸，大喇叭在响，很多汽车在那里来往穿梭，但我的感觉里世界静极了。为了生存，人类在这里将要进行一次大屠杀。头一天夜里下到冰层下面的渔网这时候都已经合围了。那些渔网把湖里亿万条鱼分隔在那些合围圈里。那些鱼当然至今都不会想到即将要发生什么……一想到这个，我更觉得那个仪式的悲壮意味和深层涵义：请宽恕人类吧。我还觉得人们更应该善待大自然，善待查干湖。

仪式结束后我们急忙去看拖网。我这才知道，在望不到边的查干湖冰面上有很多捕鱼点，都是头一天选好的。我们坐汽车跑了很久，才来到一个点上。

网从一个很小的冰窟窿里被往外拖，我不知道世界上还有没有更长的渔网？我们去的时候已经拖了好长时间，我们去了以后仍然拖了近三个小时。绿色的尼龙网像一条绿色的蟒蛇一样缓缓地出来，永远没有尽头似的。网是空的，最多偶尔挂着一些湖虾什么的，后来就有鱼了，开头是一些小鱼，偶尔被网带出来一两条，接着越来越多，再后来就只看见白花花的鱼，看不到渔网了。那些鱼大的怎么说也有五六十斤，小的也有三五斤吧，带着浓浓的腥味、冒着热气，拥挤着、翻滚着、蹦跳着，很快又不动了，变成在冰面上一堆堆灰白色的丘陵……鱼很快被城里来的人买走，渔民们带着收获的喜悦要回家了。他们拥挤着坐上爬犁，长鞭一甩发出清脆的声音，高大强壮的几匹马立刻扬鬃奋蹄，向前跑去，很快消失在白色的雪雾中……

回到松原市天已经黑了，大街上灯火辉煌。我们上了哈萨尔大道，又经过哈萨尔广场。这个路线并不是导游有意安排，这个大道和广场是松原市的标志，回宾馆，这是必经之路。哈萨尔是成吉思汗的二弟，前郭尔罗斯县属于哈萨尔的领地，这里的蒙古人有些是哈萨尔的后代。别看这里的蒙古族只占总人口的十分之一，但广场的设计甚至大道两旁的路灯造型都带着浓厚的蒙古族特点。有一种强烈的文化意识在这里像春潮一样涌动着。这不是人为造成的，因为它的源头来自历史。

我又想起了白天看到的那个场面，那场仪式，那些蒙古族渔民。我真的看到了一些历史的影子。历史，距这里并不遥远……

# 牧业文明——地球浪漫曲

牧业文明时代是人类的青春期。没有孩童的懵懂，没有中年的工于心计，更没有老年的超脱或怀旧，牧业文明时代最典型的心态是自由、追求、欢乐与自信。因为有了牧业文明，世界也变得浪漫了起来。

不是吗？狩猎文明太艰难而无暇浪漫，农耕文明太保守而压抑了诗意，到了城市文明与工业文明时代连民歌和民间舞蹈都消失了。现在又是“数码时代”，数字符号代替了一切，世界还能浪漫得起来吗？

人类本来是大自然的一部分，后来人类却把自己当作了大自然的对立面，成天跟大自然过不去，甚至还幻想主宰大自然。唯有牧业文明时代，人类似乎又回归到了大自然。这时候人的心灵变得纯净了，欢乐了，也自由了。浪漫也随之出现了。

归根到底，我们应该感谢大自然。

一些学者试图在民歌旋律与地形地貌之间建立一种因果关系。他们想证明，辽阔的草原造就了蒙古族长调，高低不平的沟壑丘陵引发了节奏欢快的爬山调，雪域高原的雄奇景色是高亢的藏族民歌的真正母体……他们的这种假设是不是已经得到了科学的论证？不得而知。但有一点我认为应该肯定，那就是地形地貌影响人类的情感表达方式，这种观点大概是错不到哪儿去的。

民歌大概是原始社会那时候产生的，一直唱到了今天。但我想，民歌最多的时期应该是人类牧业文明阶段。因为民歌的鼎盛与人类的浪漫情怀有关。而牧业文明阶段应该是人类历史进程中最充满浪漫情调的阶段。

不是吗？狩猎文明充满着血腥，农耕文明太艰难而压抑了诗意，而且与封建礼教相伴随，任何一种非人的残害都可以存在，唯独不能容忍浪漫。到了工业文明时代民歌的末日也到来了。现在又是“数码时代”，今后还会有民歌产生吗？

只有在牧业文明环境中，人类的浪漫天性才能够得以充分地释放。蓝天、白云、无边的草原、清澈的河流，还有牛马骆驼羊，世界本身就很浪漫，人类肯定也会跟着浪漫起来。于是民歌就像“井喷”一样汹涌奔腾了起来。

牧业文明时代是人类的青春期。没有孩童的懵懂，没有中年的精细，更没有老年的超脱，有的只是力量、追求、欢乐与自信。因为有了牧业文明，世界也多了几分美好。

# 关于文化的遐想

什么是文化？乍一看，似乎什么都是文化，再一看，又觉得什么都不是文化。我们真的无法指着某一个具体的东西说：“看啊，那就是文化。”生产生活方式是文化吗？图腾与禁忌是文化吗？歌舞是文化吗？习俗是文化吗？都不是。这些都是“文化现象”而不是文化。文化应该是隐藏在文化现象背后的东西！

那些伟大的科学家可以画出原子模型，画出基因图谱，画出五维八维的宇宙模式，但他们能画出文化是什么样的吗？不可能，不仅目前不可能，将来永远都不可能。但文化确实存在着。不仅存在着，还起着巨大的作用，人类社会历史中的很多重大变革以及进程、走向等，如果探究其深层次的原因，其实都与文化有关。有人说，当今世界各国之间的实力竞争在其深层次上是文化竞争。我觉得这话有道理。但我们就是看不到它的具体模样。它是无形的。

所以我觉得我们应该将问题改变一下，把“什么是文化？”改变为“文化是什么？”

文化是什么？文化有时候是一种“态度”，我们对大自然抱什么态度？是顺应还是对立？我们对其他人抱什么态度？以诚相待还是猜忌敌视？对成功、对失败、对未来、对生与死……抱什么态度？这肯定是文化范畴里的问题。文化有时候又是一种哲理，为什么人们对世界万象万物给出了多种多样的解释？就因为人们的文化传统、文化模式、文化心理不同。当然，文化还可以表现为道德观、价值观、决心、毅力、谋略等。文化有时候还可能表现为情感基因。上世纪80年代中期，鄂尔多斯卫校每年从云南省通海县的蒙古族中录取一部分学生，等他们毕业后让他们带着“就业指标”回去就业。很多人应该看到过关于云南那部分蒙古族人的报道，他们的祖先是元朝过去的，经过多少年多少代以后他们这些后代的生产生活方式早已融入那里的大环境。能够证明他们是蒙古族的并不是语言、服饰、饮食和礼仪习俗等，而是一部世代珍藏的族谱和一尊记载他们祖先业绩的石碑。当然他们血管里流动着的是蒙古族人的血，但那是无声的。我曾去慰问过他们，还跟他们联欢了一次。我所见到的那一期学生全是女生，她们从长相到言谈举止完全是“云南化”了的。但就是这帮女孩子后来的一次表现却强烈地震撼了我。有一次学校组织她们去拜谒成吉思汗陵。守护成吉思汗陵的达尔扈特蒙古族人组织马队迎接了她们。这当然是最高规格的迎接了。接着她们步入成吉思汗陵前厅，看到成吉思汗汉白玉雕像就开始流泪。泪水越来越汹涌，她们去亲吻雕像，趴在雕像底座久久不肯起来，甚至其中有两个姑娘哭着哭着昏厥了过去。我想连她们自己都说不清楚这是怎么了，而且在迈入陵堂之前自己都没有想到会有这样的举动。我曾苦苦地想这一幕后边究竟是什么东西起了作用？是血统？潜意识？好像都不是。后来我想，起作用的大概是一种类似基因的东西，但不会是遗传基因，也许可以称之为情感基因吧？

文化是不可消灭的，也不会轻易被改变的。当我们认为已经消灭掉了某一种落后的、过时了的文化的时候，其实它仍然存在，多少年后我们又会看到它。它既然已经形成，其生命力是惊人的。当我们自认为已经改造了某一种文化形态的时候，其实它一点都没有改变，我们突然会发现它还是原来那个样子。“五四”运动时期的年轻人以为已经把孔孟之道打得奄奄一息了，过了多少年我们却发现孔孟学说仍然雄健地存在。刚解放时我们认为封建文化已经被铲除，“文革”以后经过反思我们才明白其实我们保留了太多封建的东西。说起来是人类创造了文化，但人类却不能消灭或者随意改造自己所创造的文化。

在各民族传统文化中，我们会发现好多共性的因素，甚至都弄不清究竟谁受了谁的影响。强大、稳定，而又不好把握和捉摸，这大概就是“文化”的特性。因此我们能够说的是，文化研究应该不断地深化。在不断的深入研究中，我们才有可能对“文化”不断地有新的理解和新的发现。

# 我的书房

## 一

我的书房总是有点凌乱，正因为凌乱，它才显得生动——我发现有一个规律，任何环境太整齐了就会变得不生动，信不信由你。你看我的书房，茶杯里还有半杯茶，烟灰缸里有很多烟蒂，桌子上扔着几本书刊，电脑仍在运行，保护屏幕的图案在不厌其烦地重复着……这些都是我制造出来的气息——我的书房的气息。

书房能够体现其主人性格的某些侧面——好的和不好的侧面。假设有一个陌生的人趁我不在书房的时候进去，我想他大概也能够猜出我是一个什么样的人。这是一个比较懒散的家伙，他首先会想。你看，人走了，电脑还没关，这里的主人很可能是忘了关机，或者根本就不关心电价的多少。还有那个茶杯，内壁有厚厚的茶锈，还有半杯浓茶，还有烟灰缸里的那些烟蒂，说明这里的主人不太注意保健。那些书刊人家一看便知，哪个都没有看完，这本书刚翻了几页，又去翻那本刊物，都想看又都没有看完，说明这里的主人计划性很差……这些就足够勾勒出我的形象。

世界上肯定有各种类型的书房。比如有的书房以藏书为主要功能，这种书房无疑是宝库，当然“宝”的品种体现着书房主人的偏爱，而“宝”的品位则与主人的鉴赏水平有关，但不管怎么说此类书房是一种储藏室。有的书房是为了品味，书房的设置不讲求实用而偏重于氛围。这种书房一般很讲究，灯光、色彩、桌椅、书架的配置费了不少心思，传统的文房四宝，现代的电脑、打印机，应有尽有。主人走进书房坐一坐，站一站，体验着一种别样的情趣，而一般很少去动那些笔砚或电脑。此类书房像什么？像一杯咖啡，只提供给你一种味道；或者像一个景点，让你感到愉悦。据说还有一种书房，那是那些文化水平不高却很有钱的大款们的书房。书架高大，价格昂贵，里边全是大开本的精装书，似乎是一种无声的示威。我很理解他们的心理：一方面那是一种抗争，社会上说他们只认钱不认字或者除了挣钱以外什么都不懂等等，于是他们用这种造价昂贵的书房告诉人们，我的书比你多，我这些书你买都买不起。另一方面这也是一种心理补偿，他们自觉缺少了一点什么，就用书和书房把那种缺憾填满。其实这些我都是听说，并没有亲自进去看。书房与卧室一样，带有隐秘性，不好随便进去参观的。

写到这里，我就想我的书房是什么？

我的书房像一个小作坊，我想。那是属于我一个人的小作坊。因为是作坊，就不需要装饰，也不需要多余的东西，能凑合着干活就行。我在那里辛辛苦苦地鼓捣出一些小产品，质量大部分低劣。制作完成，我又拿着那些产品去推销，换点钱。钱确实很少，少到对我生活水平的提高或降低基本没有影响。因此，我之所以在作坊里辛勤劳动，并不是为了贴补生活，而是出于一种精神需要。

其实，任何一个类型的书房在本质上都是精神的。

## 二

我刚成家时，单位分给我一间房，就是那种一半是炕一半是地的一间房，二十平方米左右的面积。因为我们两口子只有那么一间房，我们就赋予它多种功能：卧室、客厅、厨房、储藏室等，当然它也有书房的功能。

体现书房功能的是一张两屉桌。单位里处理一些旧财产，我就花四块钱买了那么一张旧桌子，欢天喜地搬回了家，使我们的那间小屋立刻提高了一个档次。我现在还记得，桌子上最显眼的是一台收音机，紧靠收音机就是一排书，桌子的另一角摆了个台灯，台灯旁边有一摞稿纸——当时我和我爱人在报社当编辑，编辑部缺什么也不缺稿纸。

当编辑当然每天都与书桌和稿纸打交道，但那是在办公室里。当我第一次在自己家里坐在自己的书桌前，铺开稿纸写东西的时候，那感觉确实是不一样了。我感到兴奋，感到满足，甚至感到幸福。

现在回忆起来我才明白，我们那间小屋虽然属于“多功能”，但那些功能可以分为精神的和物质的两个类型。就说我们那张书桌，至少它的桌面部分是属于精神的。桌子的质量，台灯的亮度，趴在那儿写东西舒适与否……这些物质的内容已经淡化了，而凸现出来的是一种精神方面的意义。

那种精神方面的意义其实很具体。就在那张书桌上我度过了很多的夜晚，看书，写作，做笔记……我惊奇地发现世间万象后面竟然隐藏着那么多的哲理与逻辑，看到那些出类拔萃的人物所追求的是多么超脱、高尚、自由，开始明白真正文学意义上的“真实”是什么样的……我并不是说在那张书桌上我提高了多少或者进入了一种什么境界。但我确实在那里看到了遥远的夜空中闪烁着的一些朦胧的光。

## 三

每天在书房消耗若干个小时已经是我的习惯了：阅读、写作和遐想。书房真的是一个小小的独特的世界，它让你马上进入一个特别的状态——产生阅读与写作的冲动。我的书并不多，但都是我喜欢的书，我站在书架前浏览过去，很多书我都迫不及待地想看，于是我抽出其中的一本，心里美滋滋的。有时候一些细节、情节、片段、人物形象……闪现在脑海里，我又迫不及待地把它们输入电脑。有时候我正在读或者写，突然又停下来，进入无尽的遐想。想什么呢？没有主题，没有方向，绝对的“意识流”。

我上边提到了“冲动”——阅读和写作的冲动。我认为这个冲动十分重要。有了阅读的冲动就会在阅读的过程中经常有新的难忘的发现，有了写作的冲动至少可以写得有情感。而这种“冲动”大概在书房里才能够产生。阅读和写作的效率与砌墙绝对不一样，只要坚持砌下去，即便没有“冲动”，墙也可以越砌越高；而如果没有冲动，阅读和写作就不会有进展。

两年前我曾看到一篇文章，其中说：有出息的人都去政界、商界，没出息的就买一台二手电脑躲在书房写小说。我明白那也是一种“观点”，也许还是一个比较流行的“观点”。但我并不感到悲哀，也懒得去反驳。

我们的世界是如此繁忙、热闹、五光十色、千声百调，唯独书房是一个清静的所在。它会让我们忘掉门外的好多东西，又会让我们想起比外边的诸多现象更为深远的东西。这是我们所有拥有书房的人值得庆幸的。

我也一样，为自己拥有书房而感到庆幸。

# 一个叫鄂托克的地方……

一个地方叫鄂托克，是我的故乡。当我于1964年离开那里到呼和浩特上学时，我并没有意识到那是一次漫长离别的开始。我在呼和浩特待了四年后到东胜工作，在那里待了二十七年又调入呼和浩特。这么多年我当然也经常回鄂托克，但都是待三五天就离开，像个过路人。我思念故乡，但故乡的好多东西都逐渐变模糊，让我感到无可奈何的遗憾。但我这两年又逐渐意识到，从某种意义上讲，远距离观察往往比身临其境更能够看到事物的全貌。岁月的流逝其实是一个记忆筛选的过程，它会让好多事情变得模糊的同时，也会让另外一些事情变得更加清晰。这时候你有可能看到过去被忽略的东西。

## 海勃湾，包兰线上的一个小站

我1964年夏天第一次离开家，到了一个叫海勃湾的地方。那是一个新型工业城市的雏形，包兰线从那里经过，所以鄂托克旗人出远门一般到海勃湾上火车。现在那个地方叫乌海市，据有人说乌海是乌金之海之意，“乌金”指的是煤，乌海也就是煤海。其实乌海这个称谓跟煤没有半点关系。那年乌达市与海勃湾市合并，有关部门就取了乌达的乌和海勃湾的海，所以叫乌海市。那么海勃湾是什么意思？是

“海日布湾”的音译，过去有一个叫海日布的牧民住在那个地方。

从旗里到海勃湾，对我而言是个难忘的长途旅行。用五个多小时的车程跑二百多公里，在我是有生以来第一次。在那里我第一次见到火车并乘坐它奔向了遥远的呼和浩特。如果说那是我生命中的第一次重大转折——我第一次走出家乡走向一个广阔的天地——那么那次转折是在海勃湾那个小站完成的。

那以后我多次经过乌海市。几十年以后有一次我溜达到火车站，而且还走上了站台。我不知道这里是不是我五十多年前上车的那个地方——也许那个小站在另外一个地方，而且已经废弃，这里新建了一处车站？但这个已经不重要了。因为在这里我已经看到了五十多年前的自己。一个十几岁的少年第一次站在距家几百公里之外的车站站台上，兴奋地望着这个陌生的环境——对面的贺兰山山脉遮住了大半个天空，山这边的峡谷里是奔流的黄河，高原强劲的风在吹荡。我看到一条铁轨在我眼前，静静的。据说它的起点在一个叫兰州的地方，终点在那个世界闻名的北京城，它要经过包头、呼和浩特。突然，我感觉到大地在震颤，同时也听到一种低沉的隆隆声，接着一声凄厉的鸣笛，一个庞然大物停在我的眼前。它呼呼喘气，可能是刚才跑得太快了，但它并不疲劳，还要继续跑下去。一个小站，上车的人很少。我跟在几个人后边上了车。

几十年后的那一次，我站在站台上望着远处。过去的海勃湾现在已经相当现代化了。但我看到黄河和贺兰山仍是原来的样子。它见证了一个地方的变迁，从“海日布湾”变成了海勃湾，又变成了乌海。它们将来还会见证很多东西，想起来特有意思。

也许，中国的大西北是从海勃湾开始的。这是我那天站在站台上突然想到的。因为从这里看，天空好像高了许多，大地好像也有了一种粗粝的荒凉感，人们的穿戴、口音都开始有了变化。渡过近在咫尺的黄河，那边就是腾格里沙漠、阿拉善大戈壁……

那里就是中国的大西北。

## 不愿张扬的土地

跟其他任何地方一样，鄂托克也发生过很多事情。但事情一旦过去，这里的人们就很少提起——已经过去了，就不说它了。所以我觉得我的家乡是一块不愿意张扬的土地。

这里我想说两件事。

一是1965年的大旱。有人说那是百年不遇的大旱，但我想我们一千年都不一定能遇到一次。我查阅过资料，那年全旗227万头牲畜损失了90万头，一年的抗旱费用等于全旗十年的财政支出。好多旗直机关有一两个人留守以外其他统统下到抗旱第一线，甚至学校都放假。在乡下，任何时候都可以看到抗旱干部的身影。他们住到牧户，为了多救活一头牲畜，他们跟牧民一起日夜苦斗。国家从数千公里外的呼伦贝尔草原调草，用火车运到海勃湾，再用卡车运到牧民家。不仅有本旗运输公司的汽车，还有外省的车队来支援。每天夜里我走出家门，都会看到运草的汽车灯光，那灯光一串一串的，说明好多台车在鱼贯而行，而且日夜不停。多少年以后当年在旗医院工作的一位老先生说，1965年抗旱最关键的那段时间，医院的好多病床都空了。为什么？因为大家都坐不住了，都去抗旱去了。没有人动员他们去，他们都是自己去的。“那时候的人就是那样，看大家都困难，自己也想出点力。”那位老人说。

多少年以后我跑了一些地方，我看到过不少景点，其中包括发生过某场激烈战斗的小山头，某个劳动模范的墓碑等。为的是想方设法将一些重大的记忆保留下来。那时候我就想起家乡1965年的抗旱。那是全旗规模的持续差不多一年的苦斗。但那次的记忆却好像一点痕迹都没有了。第二年初夏牧草返青，很少有人提起那场刚刚过去的艰难了。

第二件事。那年在我家北边的长坡，两辆马车一前一后地跑着，载着十几个年轻人。因为都是年轻人，不免打打闹闹。一个年轻人从前面那辆车上摔下来，后边的马车来不及躲避，胶皮车轮正好从那个年轻人胸部碾轧了过去。就这样，惨案一瞬间发生了。伤者被送到旗医院，但没有抢救过来。那时候已经是晚上。旗有关部门领导去看了看，就当即决定尽快将死者的父母接来。手忙脚乱之中旗党委派出一台车。好些年后我跟开车接死者父母的那个人说起这件事。他对我说，那对中年夫妇被突如其来的噩耗差不多击倒了，开始是愣在那儿什么话都说不出来，接着是哭泣。等稍微平静下来，遇难者的父亲问了一句："那个孩子现在怎么样?"他说的"那个孩子"是赶车的那个年轻人，正是他的车轮子夺走了另一个年轻人的生命。"可能被带到公安局了吧？……"

大家在忙乱中度过一个不眠之夜，第二天一早人们发现那两口子出现在公安局门口。那时候天刚亮，公安局还没有上班，有人问他们来公安局干什么，两口子说："我们的孩子已经没有了，我们不能让另一个家庭也失去孩子。我们向公安局求情，请求他们把那个孩子放了。他不是有意的……"

我有时候想什么样的语言最有力量？我看应该是那种朴实的语言，因为朴实的语言最真实。比如那两个失去孩子的父母那几句话。还有旗医院那位老人说的"那时候的人就是那样，看大家都困难，自己也想出点力"。乍一听没有什么，但只要你细细品味，确实太动人了。

也许，不愿意张扬是我故乡的个性。我发现我家乡的人到了中年以后就变得话不多。他们是一些沉默的人。其实他们经历了很多事情，但他们不愿意诉说心中的悲苦与欢乐。我认为这也是一种自信。

他们已经承受了很多，还会承受很多，他们承受得起。

## 景观与传说——一些不解之谜

西桌子山。

海拔两千二，是鄂尔多斯最高的山峰。从远处看呈方形，所以汉族朋友叫它为桌子山。但这里的蒙古人叫乌仁都西——巧铁匠的砧子。因为这座山跟一个铁匠的传说有关。那个铁匠肯定是世界第一号巨人，他把一座山当作砧子用来打铁，可见他身材有多么巨大。据说他每天在这个巨大的砧子上打铁，还一伸手就把烧红的铁放到几十里外的黄河淬火。

这位巨人铁匠叫尧勒达尔马。

传说与神话都是美丽、神奇的。据说在各个民族的神话中都有巨人这个角色。那可能是各民族的一种希望的表达——希望人类强大无比。但有关乌仁都西这个神话一直让我觉得特别神秘。

比如，那个铁匠为什么叫尧勒达尔马？是蒙古语吗？什么意思？他为什么是个铁匠而不是其他什么角色？铁匠这个角色与蒙古族历史、文化思维有什么渊源吗？一些学者对这个神话给出过一些解读，但我总觉得说服力不强。我认为有两个东西不可忽略：铁与火。铁与火在人类历史进步中起了巨大的作用。也许这个神话表达着古代蒙古人对这两个东西的某种认识？

阿尔寨石窟。

在茫茫荒原上很意外地出现了一座暗红色的小山包，那就是阿尔寨石窟。它曾长期被遗弃、忽略，多次遭到破坏，近些年却引起国内外学者的注意，被称作“草原敦煌”，有人还提出“阿尔寨学”这个概念。这个历尽沧桑的石窟像个倔强的守护者耸立在荒原上，但它在守护什么呢？

有人将它与成吉思汗西征的一段历史联系起来。

在《蒙古秘史》卷十二中对这段历史是这样记载的：

狗儿年……秋出征唐兀惕百姓。……征途中，成吉思汗乘兔斑赤马，于阿儿不合一地猎野马群。见野马群奔腾而来，兔斑赤马受惊，成吉思汗坠地。成吉思汗浑身不适，便到搠斡儿合惕一地下营休息。

这无疑是历史上一个重大的事件：成吉思汗坠马受伤。时间是“狗儿年”秋天，坠马地点是阿儿不合，又到一个叫搠斡儿合惕的地方休养。

有人大胆设想：阿儿不合就是现在鄂托克境内的阿尔巴斯山脉，搠斡儿合惕就是阿尔寨。这个设想当然还没有得到普遍的认可，但也提出了不少依据。首先，“阿儿不合”和“阿尔巴斯”的蒙古语读音几乎是一样的，只是最后一个音节不同。而搠斡儿合惕的原意就是“有石窟的地方”。

百眼井。

那是一个奇特的枯井群，也是在一片荒原上。每隔十来米一口井，现在发现的有七八十眼井，据说原来是一百零八眼井，后来有些被风沙埋没。在一个地方密集着几十上百眼井，着实让人惊奇。它的用途是什么？什么年代什么人挖的？于是人们又将百眼井与成吉思汗西征途中打猎联系起来，也跟那个巨人铁匠尧勒达尔马联系起来，说成吉思汗打猎带着一百零八条猎犬，因为这里缺水，成吉思汗便命尧勒达尔马凿出了一百零八口井……

因为缺水等原因，鄂托克北部草原人口密度仍然比其他地方小一些，这里仍然保留着一种荒凉感。荒凉感让人感到神秘、古老，遐想连连。我面对着这片荒原曾无数次想过，这里肯定发生过很多重大事件。

两匹“扎嘎勒”的传说。

蒙古族有一部著名史诗《成吉思汗的两匹骏马》，但蒙古民族的母语表述的是《成吉思汗的两匹扎嘎勒》。何为扎嘎勒？扎嘎勒就是马匹的毛色，指的是一种以蓝青色为主夹杂一些白色的毛色。所以，史诗里的两匹骏马就是那种毛色的马。史诗中并没有说两匹扎嘎勒的故事发生在什么地方，但鄂托克有些人认为就是发生在自己的家乡。因为这里有一口古老的水井叫“扎嘎勒井”，附近一些地名似乎也透露着跟扎嘎勒有关的信息。后来旗所在地乌兰镇的一条马路被命名为“扎嘎勒路”。当然人们也不会忘记有一首著名的古老鄂尔多斯民歌《圣主的两匹扎嘎勒》……

## 神秘之魅力

我的家乡现在已经走向现代化，但古老和神秘依然存在。大自然本来就是神秘的，只是它的神秘感被高楼大厦、高速公路、铁路以及其他机械湮没了。

我爱我现在的家乡，也爱家乡的古老和神秘。古老和神秘是一种文化厚度，一个地区真正的魅力所在。

我希望有更多的人关注一个地方：鄂托克！

# 故乡记忆，1965……

## 一

1965年我的故乡鄂托克旗遭遇百年不遇的严重干旱。说是“百年不遇”，也许那样严重的旱灾几百年都不曾有过。那次旱灾的严重程度可以从两个方面得到印证：一是有关数字，二是笔者亲历过的一些事情。

先说数字。

《鄂托克旗志·大事记》记载：那年全旗227万头（只）牲畜损失了90万头，国家拨出1300万元的抗灾经费，地方财政也投入了500万元。我们另从旗志的《财政税收》一章里又了解到：1963到1965年之间，鄂托克旗每年平均财政收入为184万元，同期年平均财政支出为207万元。这些数字告诉我们：

一年里全旗牲畜损失了40%，而为保护占牲畜总头数60%的137万头牲畜所付出的财力差不多等于全旗10年的财政收入或8年半的财政支出。那么，1800万元除以137万头牲畜，平均每一头牲畜花掉了13元多。这13元就是救活一只羊（牲畜头数一般以羊为单位）的成本。那时候物价便宜，13元基本可以买到两只羊。但我们还必须指出，这13元肯定只是一个不完全成本，因为广大干部群众所付出的劳动与牺牲以及各行各业“为抗旱让路”所承受的损失肯定不计入其中。如果将那些因素都加上，那么救活每一只羊的成本还要增加，至少增加50%，那样为救一只羊付出的成本大概增加到十八九元，可以买到三只羊。

我们可以继续用这些数字进行推算，而且在推算过程中不断提出质疑，比如：用三只羊的价钱救活一只羊究竟值不值得？用那个1800万元不是去救那137万只羊，而是另去买羊能买回多少只羊？等等。但这些问题我们稍后再讨论。这里我只是想说，以上数字已经足以说明那年旱灾的惨烈程度。

再说说我的所见所闻。

那年我18岁，在内蒙古蒙文专科学校读书，但暑假和寒假我都回家了，所见所闻终生难忘。

暑假回家时，汽车从海勃湾出发，中午驰入鄂托克旗地界。不时看到牧人赶着畜群走在烈日下，有羊群、牛群和马群。车上的旅客讲，今年旱灾十分严重，好多地方牧草没有返青，井水干涸，牧人们只好赶着畜群长途跋涉，去寻找草场。据他们讲，好多地方牲畜开始死亡，别说羊群，连马群都顶不住了，牧人赶着马群“倒场”，一些两三岁马跑着跑着就倒下，牧马人从随身带的水壶里倒出一小茶缸水灌进马嘴里，它又可以站起来奔跑，但跑着跑着又倒下……旅客们的话语里多次出现一个新机构的名称：抗办。我猜测，那应该是“抗旱指挥部办公室”的简称。

旅客们突然惊叫：“停车，停车……”边叫边对着路边指指画画。于是我看到一匹马倒在那里挣扎。那是一匹带驹的母马，它的孩子——小马驹在母亲的周围转悠，偶尔去吻吻母亲的脑袋，发出无助的嘶鸣，声音十分稚嫩。它们肯定在“倒场”途中掉队了。司机停下车，旅客们下车朝马跑去，我看到两个女旅客边跑边哭。我也在跟着大家跑，我似乎懂得了什么叫“残酷”！

大家把母马扶了起来，它摇摇晃晃地站着。谁心里都明白，我们离开以后它还会倒下去，那也许就永远起不来了。小马驹怎么办？

后来我才明白，那年夏天倒毙的那些牲畜并不只是因为饥饿，而主要是因为干渴。老天爷不下雨，地下水开始迅速下降，很多水井、溪流都干了，生命也就迅速地跟着走向枯萎……

我回到了家。那年夏天我家周围那一片草场还不错，但没过几天我还是看到了问题的严重性。我们那片草场原先只有三家牧户，三家人畜全靠一口水井。那是一口古老的水井，叫“阿布日古”井，据说是过去旗王爷的饮马井，向来水很充足，饮过多少匹马多少个马群都从未干涸过。但那年夏天，那口井几乎每天都断水。我回去的时候，旗“抗办”在那口井周围安排了从其他地方“倒场”来的好几个畜群。每天天刚亮，第一群牲畜就到那里饮水，接着第二群、第三群……轮番过去，到下午时水井见底，大家只好等着井里渗出水来。每当这个时候情况就变得十分糟糕，上千只羊，还有马群把水井围得水泄不通，无奈、混乱、烦躁甚至愤怒开始在那里弥漫。其实问题并不在于混乱，而在于出现了一个多少年都没有过的现象：那口古老的水井开始出现断水，那是一种可怕的预示。

从后来的情况看，那时候灾难才刚刚开始。

寒假我又回家，情况早已变得十分困难。旗里很多机关甚至商店都只留下很少几个人值班，其他人都被抽调下乡抗旱。“争取多救活一头牲畜”已经成为全旗一切工作的中心，为了这个中心，工作秩序、生活秩序早已被打乱：人们没有了休息时间，甚至没有了昼夜之分，在拼搏和操劳着。办法也已经想尽：一种是捡兔粪，将兔粪捣碎喂弱畜。也就是把兔粪里残留的一丁点营养让牲畜“再吸收”。还有一种是捡来枯沙蒿捣碎喂弱畜，据说效果也不错。甚至将死畜肉熬成汤给弱畜灌，牧人们将废弃的茶渣都喂进了牲畜肚子里。

我家在“后大梁”下边。每到夜晚往北望去，从后大梁下来的公路上汽车灯光形成了长龙，不见头尾。那是运草的汽车。据说从遥远的呼伦贝尔用火车把草运到海勃湾车站，再用汽车运进鄂托克旗，送到牧户家里。

一种浓浓的悲壮气氛笼罩着鄂托克旗……

## 二

多少年过去了，故乡1965年的记忆一直留在我的心里，而且在我的灵魂深处写下了永远抹不掉的四个大字：鄂托克旗！

现在回想起来，就在1965年，已经18岁的我看到了我家乡的形象，或者看到了家乡形象中过去从未看到过的一面。

当老天爷跟人类过不去的时候，人类的渺小与无能就立刻显现出来。1965年鄂托克旗的情况正是那样。不错，那个年代是个标语口号盛行的年代，一条“人定胜天”的大标语就写在乌兰镇某一面墙上，十分醒目，从几里地以外都能看见。但究竟能不能“胜”？大家看到的真实情况是困难一天比一天严重。那怎么办？只能苦斗下去。“无望”中的苦斗是一种境界，甚至是一种美，一种悲壮之美。

正是1965年，我看到了家乡的悲壮之美！

我们在上面罗列出了一些数字，也点出了那些数字之间的逻辑关系。但在当年，那些逻辑已经毫无用处。其实人类在很多情况下是并不能靠数字逻辑做出决定的。比如那个1800万抗旱经费。假设当年鄂托克旗227万头牲畜全部死光，用那么多的钱肯定能够买到更多的牲畜。但账能那么算吗？事能那么做吗？一个旗不是一家企业，实在顶不住压力就可以申请破产。在鄂托克旗，从领导到最基层的牧民，他们没有宣布“失败”的权力，也没有坐以待毙的理由，他们只能竭尽全力拼下去，拼到哪儿算到哪儿！

我永远忘不了家乡当年显现出来的英雄气概。据说那年看病住院的人很少，申请救济的人几乎没有，甚至听不到诉苦求援的声音。一些公社把仅有的最好的草场和水源让给了从其他公社来的畜群，很多牧户在自家的牲畜大批死亡的情况下无私地支援了外来的牧户。在最困难的时候，在鄂托克旗最不容易听到的也正是“困难”二字!

就在那一年，我对“英雄”二字有了更深刻的理解。英雄指的不仅仅是凯旋者，更应该指无望中的拼搏者。多少年过去，我每当想起1965年的鄂托克旗，就不禁想起二战中的英雄城市斯大林格勒，抗战时期的英雄山太行山。我那个小小的家乡，当然无法与斯大林格勒与太行山相提并论，反法西斯战争与抗旱也绝不是一回事。但它们也有相同之处，它们都曾在巨大的压力下傲然挺立。

这就是1965年的鄂托克旗!

## 三

我曾想象过在鄂托克旗应该立一座碑，为了纪念那个难忘的1965。其实，鄂托克旗本身就是一座丰碑，那碑是1965年突然耸立在我家乡蓝天下的。那座丰碑上书写的绝不是“人定胜天”，而是“天人和谐”四个字。

我们真的不应该忘记1965年。因为那一年有一个非常深刻的命题突然摆在了人们面前：人，对大自然应该抱有一个什么样的基本态度?

其实，读懂1965年的大旱灾一点都不困难。灾难发生在1965，但事情早已开始。鄂托克旗的土地大致可以分以下几个类型：一类是沙漠湿地，大部分地处南部、西南部。一类是干旱草原，后大梁以北、以西全属这个类型。除这两个基本类型外还有山区牧场和若干个适宜农耕的地方。沙漠湿地和干旱草原是一种相互弥补的生态系统。天旱了，沙漠湿地就能够发挥其水位高的优势；雨水充足的年份，沙漠湿地容易出现寄生虫灾害，那时候辽阔的干旱草原又变成了牧人的天堂。而且沙漠湿地适宜经营山羊绵羊，而干旱草原适合大畜。正因为有这样一个相互支撑和补充的生态系统，全旗牲畜品种基本保持平衡，头数一直在稳中有升，到了60年代初鄂托克旗已经成为全自治区牲畜头数最多的一个旗。但不知从何时起，开垦草原开始了。而且这种开垦带有浓重的政治色彩，往往与“人定胜天”“改天换地”“学大寨”等联系在一起，无法抵制。先开垦的是沙漠湿地，接着又直指干旱草原。本来脆弱的生态支柱从那时候开始就受到了侵蚀，吱吱呻吟，但无人理睬大自然的呻吟，到了1965年那两个支柱突然折断，灾难降临了。

不错，那年不仅是鄂托克旗，整个内蒙古西部都遭受了大旱。但如果原先那个生态系统没有被破坏，损失肯定不会那样惨重。

1965年的大旱还不算老天爷的惩罚，那以后不断发生的旱灾也不算真正的惩罚，那只是老天爷在向人们发出警告。警告的核心内涵是：顺应自然，不要折腾！

在鄂托克旗，至少有相当一部分人听懂了这个警告。他们逐渐明白，最佳的生态环境是一种平衡的生态环境，因此最应该做的是想方设法恢复过去曾经有过的那种平衡。

仅从这个意义上讲，1965也是不应该忘记的……

# 《花的原野》窗外的鸟窝

内蒙古文联旧楼四楼是两个刊物编辑部：从楼梯上去，左拐是《草原》，右拐是《花的原野》。一条长廊紧贴着背墙，从窗户望出去就是车水马龙的乌兰察布西路。乌兰察布西路是一条繁忙的大街，车流、人流不断，南侧是一溜地摊，对面总是有一群等待被雇佣的临工聚集在一起，一些骑着摩托车的人飞速地驶过，我想他们是工地上的小工头。也有一些上街买菜的人横穿马路。

有一天我去《花的原野》，刚爬上楼梯，看见包海峰站在面对大街的窗户跟前嘻嘻地笑着，看见我说："你看这里有什么？"我走了过去。

我看到窗外紧贴墙壁是一根电杆，电杆的高度正好达到窗户。电杆的顶部有一根横向固定的金属杆，上面是几只绝缘瓷瓶，几条发黑的旧电线从上边松松垮垮地经过……

"这里有什么？"我问。

"仔细看哪。"包海峰说。

于是我终于看到了那个鸟窝。

电杆和金属杆形成了一个小三角，鸟窝就在那个三角上面。一只鸟静静地卧在那里，它下边是几只雏鸟。

"天哪，这只鸟竟在这里筑巢，下蛋，孵化小鸟……"我大为惊奇。

“这里是它的家嘛。”包海峰说。

“它什么时候来的?”我问。

“去年就在这里，下了一窝小鸟，后来长大了，飞走了。今年又来了……”

我不知道那是什么鸟，比麻雀大得多，但比鸽子小一些，灰褐色。我实在想不明白它为什么把“家”安在这么一个地方。按说野外安家对它来说应该更安全一些，就想城里安家也行，它完全可以找一个僻静的地方，找一棵大树……但它却在乱哄哄的乌兰察布西路上找了个电杆！我感到它在这里筑巢落户的原因很复杂，存在着多种可能，而我却永远也不可能知晓真正的原因。

我想起了“生存空间”这个词。世界上所有有生命的东西成天争来斗去。他们究竟在争什么，为什么要斗？从某种意义上讲就是在争生存空间，为了生存空间而斗！

**图书在版编目（CIP）数据**

阿云嘎文集／阿云嘎著. -- 北京：作家出版社，2024. 1
ISBN 978-7-5212-2615-7

Ⅰ. ①阿… Ⅱ. ①阿… Ⅲ. ①阿云嘎 - 文集 Ⅳ. ①I217.2

中国国家版本馆CIP数据核字（2023）第234225号

**阿云嘎文集**

**作　　者：**阿云嘎
**责任编辑：**兴　安
**特约策划：**锡林巴特尔　哈达奇·刚
**特约编辑：**戴塔娜　那日苏
**封面设计：**王一竹
**内文设计：**张　亮
**出版发行：**作家出版社有限公司
**社　　址：**北京农展馆南里10号　　**邮　　编：**100125
**电话传真：**86-10-65067186（发行中心及邮购部）
86-10-65004079（总编室）
E-mail:zuojia@zuojia.net.cn
http://www.zuojiachubanshe.com
**印　　刷：**北京盛通印刷股份有限公司
**成品尺寸：**152×230
**字　　数：**3000千
**印　　张：**171.75
**版　　次：**2024年1月第1版
**印　　次：**2024年1月第1次印刷
ISBN　978-7-5212-2615-7
**定　　价：**600. 00元（全九卷）